Lion
Feuchtwanger

Erfolg

Lion Feuchtwanger

Erfolg

Drei Jahre Geschichte einer Provinz

Roman

Aufbau-Verlag
Berlin und Weimar
1989

1. Auflage 1989
Alle Rechte Aufbau-Verlag Berlin und Weimar
© Lion Feuchtwanger 1955
Einbandgestaltung Sibylle Juraschek
Typographie Peter Birmele
Karl-Marx-Werk, Graphischer Großbetrieb, Pößneck V15/30
Printed in the German Democratic Republic
Lizenznummer 301. 120/294/89
Bestellnummer 614 123 9
02400

ISBN 3-351-01561-5

Erstes Buch

Justiz

I
Josef und seine Brüder

In der staatlichen Sammlung moderner Meister in München hing im ersten Jahr nach dem Krieg mehrere Monate hindurch im Saal VI ein großes Gemälde, vor dem sich oft Leute ansammelten. Es stellte dar einen kräftigen Mann in mittleren Jahren, der, ein starkes Lächeln um die festen Lippen, aus langen, tiefliegenden Augen auf eine Schar von Männern schaute, die gekränkt vor ihm standen. Es waren ältere Männer von gehaltenem Aussehen, die Gesichter verschieden: offen, verkniffen, gewalttätig, behaglich. Eines aber hatten alle gemeinsam. Sie standen fest und satt da, bieder, überzeugt von sich und ihrer Sache. Es war offenbar ein übler Mißgriff vorgekommen, so daß sie mit Recht beleidigt, ja erbittert waren. Nur ein ganz junger Mensch unter ihnen, trotzdem ihn die Polizisten im Hintergrund besonders scharf beobachteten, hatte nicht diese gekränkte Miene. Vielmehr schaute er aufmerksam und vertrauend auf den Mann mit den langen Augen, der hier sichtlich als Herr und Richter fungierte.

Die Menschen des Bildes und ihre Erlebnisse muteten bekannt an und fremd zugleich. Ihre Kleider konnten auch heute getragen werden, doch war mit Sorgfalt alles Modische vermieden, so daß man nicht erkannte, welchem Volk und welcher Zeit sie angehörten. Suchte man im Katalog nach dem Bild, so fand man unter Nummer 1437 als den Maler einen Franz Landholzer, als Bezeichnung des Bildes:

Josef und seine Brüder
oder: Gerechtigkeit
(310×190)

Von dem Maler Franz Landholzer waren andere Werke nicht bekannt. Der Erwerb des Bildes durch den Staat hatte Lärm gemacht. Der Maler war nicht sichtbar geworden. Er sei ein Sonderling, hieß es, lebe vagabundierend auf dem Land, habe unangenehme, aggressive Manieren.

Die zünftige Kritik hatte mit dem Bild nicht viel anzufangen gewußt. Es war schwer einzuregistrieren. Ein Rest von Dilettantismus, von Nichtroutine war unverkennbar, schien mit Absicht ans Licht gestellt. Die seltsam außermodische, klobige Art der Malerei, trotzdem sie so wenig sensationell war wie der Gegenstand, brachte manchen Kritiker auf. Auch der Untertitel »Gerechtigkeit« wirkte aggressiv. Die konservativen Blätter lehnten ab. Die Neuerer verteidigten das Werk, ohne Schwung.

Ehrliche sprachen aus, daß die fraglos starke Wirkung mit dem üblichen Vokabular der Kunstkritik nicht zu erklären sei. Viele Beschauer kamen immer wieder vor das Bild zurück, viele dachten über den Gegenstand nach, viele schlugen die Bibel auf. Da fanden sie die Geschichte von dem Spaß, den Josef mit seinen Brüdern macht, nachdem sie ihn, weil er ihnen bei ihrem Vater im Wege steht und weil er überhaupt anders ist als sie, verkauft haben, und nachdem er ein großer Herr geworden ist, Ernährungsminister des reichen Landes Ägypten. Sie kommen zu ihm, erkennen ihn nicht und wollen ein Getreidegeschäft mit ihm machen. Er aber läßt den Heimkehrenden einen silbernen Becher in ihr Gepäck hineinpraktizieren und die Unschuldigen wegen Diebstahls verhaften. Worauf sie mit Recht empört sind und beteuern, sie seien anständige Leute.

Diese anständigen Leute also hatte der Maler des Bildes Nummer 1437 gemalt. Sie stehen da. Sie sind erbittert und verlangen ihr Recht. Sie sind gekommen, mit einem hohen Staatsbeamten einen für beide Teile vorteilhaften Abschluß zu tätigen. Nun traut man ihnen zu, sie hätten einen silbernen Becher mitgehen lassen. Sie haben vergessen, daß sie einmal einen gewissen Knaben verkauft haben, der ihr Bruder war; denn das ist lange Jahre her. Sie sind sehr empört, aber sie benehmen sich würdig. Und der Mann lächelt sie an aus seinen langen Augen, und im Hintergrund die Polizisten stehen dienstwillig und etwas stumpf, und das Bild heißt »Gerechtigkeit.«

Übrigens verschwand Nummer 1437 nach einigen Monaten wieder aus der staatlichen Galerie. Ein paar Zeitungen brachten Glossen über dieses Verschwinden, viele Besucher vermißten »Josef und seine Brüder« mit Bedauern. Aber dann verstummten die Zeitungen, allmählich verstummten auch die Fragen der Besucher, und das Bild wurde wie sein Maler vergessen.

2

Zwei Minister

Der Justizminister Dr. Otto Klenk schickte trotz des Regens das wartende Auto nach Hause. Er kam aus dem Abonnementskonzert der musikalischen Akademie, angenehm erregt. Er wird jetzt etwas spazierengehn, später vielleicht noch ein Glas Wein trinken.

Den Lodenmantel, den er liebte, um die Schultern, die Brahmssche Sinfonie noch im Ohr, die Pfeife wie stets im Mund, trottete der kräftige, hochgewachsene Mann behaglich durch den gleichmäßigen Regen der Juninacht. Er bog in den weitläufigen Stadtpark ein, den Englischen Garten. Die alten, großen Bäume trieften, der Rasen roch erquicklich. Es ging sich angenehm in der reinen Luft der bayrischen Hochebene.

Der Justizminister Dr. Klenk nahm den Hut von dem braunroten Schädel. Er hat einen arbeitsvollen Tag hinter sich, aber jetzt hat er etwas Musik gehört. Gute Musik. Die Nörgler mögen sagen, was sie wollen, gute Musik macht man in München. Er hatte seine Pfeife im Mund, eine Nacht ohne Geschäfte vor sich. Er fühlte sich frisch wie auf seiner Jagd im Gebirg.

Eigentlich ging es ihm gut, ausgezeichnet ging es ihm. Er liebte es, Bilanz zu machen, festzustellen, wie es um ihn stand. Er war siebenundvierzig Jahre alt, kein Alter für einen gesunden Mann. Seine Nieren sind nicht ganz in Ordnung, vermutlich wird es einmal sein Nierenleiden sein, an dem er abkratzt. Aber fünfzehn, zwanzig Jahre hat das noch Zeit. Seine beiden

Kinder sind gestorben, von seiner Frau, der dürftigen, gutmütigen, eingetrockneten Geiß, hat er Nachwuchs nicht mehr zu erwarten. Aber draußen der Simon, der Bams, den er von der Veronika hat, die jetzt auf seiner Besitzung Berchtoldszell im Gebirg den Haushalt führt, gedeiht ausgezeichnet. Er hat ihn in der Filiale der Staatsbank in Allertshausen untergebracht. Dort wird er Karriere machen; er, der Minister, wird noch gutgestellte Enkel erleben.

Soweit ging es ihm weder gut noch schlecht. Allein in seinem Beruf, da ging es besser als mittelmäßig, da fehlte sich nichts. Seit einem Jahr jetzt hat er sein Ministerium inne, verwaltet er die Justiz des Landes Bayern, das er liebt. Es war mächtig vorangegangen in diesem Jahr. Wie er durch den riesigen Körper, durch den langen, rotbraunen Schädel herausstach aus seinen zumeist kleinen, rundköpfigen Ministerkollegen, so auch fühlte er sich durch Herkunft, Manieren, Gehirn ihnen überlegen. Es war hergebracht seit der Überwindung der Revolution, daß die besseren Köpfe der herrschenden Schicht sich von der Regierung des kleinen Landes zurückhielten. Sie schickten subalterne Leute ins Kabinett, begnügten sich, aus dem Hintergrund zu dirigieren. Man hatte sich gewundert, daß er, von großbürgerlicher Herkunft, ein guter Kopf, in die Regierung eintrat. Aber er fühlte sich sauwohl darin, raufte sich voll Passion herum mit den Gegnern im Parlament, trieb volkstümliche Justizpolitik.

Vergnügt stapfte er unter den triefenden Bäumen. In dem knappen Jahr, in dem er daran war, hat er gezeigt, daß er Schmalz in den Armen hat. Da ist der Prozeß Woditschka, durch den er die bayrische Eisenbahn verteidigt und das Reich hineingelegt hat, da ist der Prozeß Hornauer, durch den er die bodenständige Brauindustrie vor einer scheußlichen Blamage bewahrte. Da ist jetzt vor allem der Prozeß Krüger. Seinetwegen hätte dieser Krüger, bis er schwarz wird, Subdirektor der staatlichen Sammlungen bleiben können. Er hatte nichts gegen den Krüger. Nicht einmal, daß er die mißliebigen Bilder in die Staatsgalerie gehängt hat, nahm er ihm übel; er selber hatte Sinn für Bilder. Aber daß er auftrumpfte, der Krüger, daß er, pochend auf seine feste, lebenslängliche Anstellung, sich mokierte, die Regierung könne ihm den Arsch lecken, das ging zu weit. Man hatte es sich gefallen lassen müssen, zunächst. Der Flaucher, der Kultusminister, der traurige Hund, war nicht fertig geworden mit dem Krüger. Aber da hat er, Klenk, seine ausgezeichnete Idee gehabt und den Prozeß auffahren lassen.

Er lächelte breit, klopfte an seiner Pfeife herum, brummelte mit seinem mächtigen Baß Melodien aus der Brahms-Sinfonie, schnupperte den Geruch der Wiesen ein und des langsam aufhörenden Regens. Immer wenn er an seinen Kollegen vom Kultusministerium dachte, war er vergnügt. Dieser Dr. Flaucher war so recht der Typ jener bäuerlich kleinbürgerlichen Beamten, wie sie die Partei ins Kabinett vorzuschicken liebte. Ihm, Klenk, machte es Freude, sich an ihm zu reiben. Es war amüsant, wie der schwere, plumpe Mensch, wurde er gereizt, hilflos den Kopf vorstieß, wie die kleinen Augen aus dem dikken, viereckigen Schädel bösartig den Feind anfunkelten, wie dann irgendeine klobige, salzlose Grobheit kam, von ihm, Klenk, mühelos pariert.

Der Mann im Lodenmantel streckte den Handrücken aus, konstatierte, daß der Regen so gut wie aufgehört hatte, schüttelte sich, machte kehrt. Er hatte einen Spaß vor. Der Flaucher hatte von Anfang an den Prozeß Krüger möglichst groß aufziehen, eine sensationelle Sache daraus machen wollen. Scheußliche Lackl schickten einem die Schwarzen jetzt als Kollegen ins Kabinett. Immer wollten diese gescherten Rammel Zeugnis ablegen, Trümpfe auf den Tisch hauen, *Justament* schreien. Er, Klenk, wollte die Sache mit Krüger leise abmachen, elegant. Schließlich war es keine Kulturtat, einen Mann vom Verwaltungssessel der staatlichen Galerien weg ins Zuchthaus zu schicken, weil er abgeschworen hatte, mit einer Frau geschlafen zu haben. Aber der Flaucher blökte in die Welt hinaus, ließ alle Zeitungen trompeten von dem Fall Krüger. Da hatte er, Klenk, einen Referenten geschickt nach dem Gut des Dr. Bichler, hatte vertraulich die Meinung dieses großen Bauernführers, eines heimlichen Regenten im Lande Bayern, einholen lassen. Selbstverständlich hatte der Dr. Bichler, wie das von dem klugen Bauern nicht anders zu erwarten war, seine, Klenks, Meinung geteilt. Hatte von den *Eseln in München* gesprochen, die immer zeigen wollten, daß sie die Macht hätten. Als ob es auf den Schein der Macht ankäme und nicht auf ihren tatsächlichen Besitz. Das mit den *Eseln* kann der Flaucher noch nicht gehört haben; denn der Referent ist erst heute zurückgekommen. Bestimmt noch sitzt der Flaucher in der Tiroler Weinstube, einem Restaurant der Altstadt, wo er immer den spätern Abend verbringt, und tut sich dick mit dem morgigen Prozeß. Das mit den *Eseln*, diese Meinung des allmächtigen Mannes, das muß er, Klenk, ihm versetzen. Den Hauptspaß muß er sich gönnen.

Er kehrte um. Rasch stapfte er zurück, fand am Ausgang des Parks einen Wagen.

Ja, in der Tiroler Weinstube saß der Flaucher. Er saß in dem kleinen Nebenzimmer, wo der Viertelliter Wein zehn Pfennige mehr kostete, unter lauter Vertrauten. Klenk fand, daß der Kollege in diesem Restaurant viel passabler aussah als unter den Empiremöbeln des gut eingerichteten Arbeitsraums in seinem Ministerium.

Die betont bürgerliche Gemütlichkeit, die Holztäfelung, die massiven, ungedeckten Tische, die altväterisch festen, für seßhafte Männer gemachten Bänke und Stühle, das war der richtige Rahmen für den Dr. Franz Flaucher. Da hockte der schwere Mann mit seinem breiten, eigensinnig dumpfen Schädel, rings um ihn saßen auf gewohnten Plätzen Männer in festen Stellungen, mit festen Ansichten. Der Raum war dämmerig vom Rauch guter Zigarren und vom Dunst nahrhafter Speisen. Aus einem nahgelegenen Bierlokal drang durch die geöffneten Fenster der Gesang einer beliebten Volkssängertruppe; der Text ein Gemisch von Rührung und eindeutiger Fleischlichkeit. Draußen lag eng und verwinkelt der kleine Platz mit dem weltberühmten Bräuhaus. Hier also hockte auf dem gewohnten, festen Holzstuhl, den Dackel Waldmann zu seinen Füßen, der Minister Dr. Franz Flaucher, Maler, Schriftsteller, Wissenschaftler um ihn herum. Der Minister trank, lauschte, beschäftigte sich mit seinem Dackel. War heute, am Vorabend des Prozesses Krüger, besonders geachtet. Er hatte seinen Haß gegen den Mann Krüger nie verheimlicht. Es erwies sich, daß dieser Mensch mit den verderbten Kunstanschauungen auch im bürgerlich sittlichen Leben faul und angefressen war.

Wie der Kollege von der Justiz eintrat, wurde die Laune des Dr. Flaucher herabgestimmt. Es war ein bitterer Tropfen in seinem Wein, daß er den Sieg über den Mann Krüger eigentlich diesem Klenk zu verdanken hatte. Denn der Minister Dr. Franz Flaucher mißbilligte den Minister Dr. Otto Klenk, trotzdem sie der gleichen Partei angehörten und die gleiche Politik verfolgten. Er mißbilligte die patrizierhaft überlegene Art, wie Klenk mit ihm verkehrte, er mißbilligte sein Geld, seine beiden Autos, sein Besitztum und seine Jagd im Gebirge, seine lange Figur, sein herrisch unernstes Wesen, den ganzen Mann und alles, was ihm gehörte. Der hatte es leicht, der Klenk. Schon seine Eltern und Ureltern waren Großkopfige gewesen. Was wußte der von dem Wesen eines Beamten. Er, Franz Flaucher, geboren als vierter Sohn des Konzipienten des Königlichen Notars in Landshut in Niederbayern, hatte wahrlich jeden Zoll seines Weges von der Wiege bis zum Ministersessel mit Schweiß und hinuntergewürgten Demütigungen bezahlen müssen. Wieviel Nachtwachen und Zähnezusammenbeißen erforderte es schon, bis er im Gegensatz zu seinen Brüdern nicht nur nicht im Griechischen gescheitert war, sondern die Mittelschule absolvieren konnte, ohne eine Klasse wiederholen zu müssen. Dadurch zur Laufbahn eines höheren Beamten bestimmt, wieviel Schlauheit und Selbstüberwindung hatte er aufbringen müssen, um auf diesem Weg nicht steckenzubleiben. Wieviel Bittgänge, um immer wieder die klerikalen Stipendien zu ergattern, wieviel bescheidene Überredungsversuche bei den Redakteuren, bis er als Mitglied einer katholischen, nichtschlagenden Verbindung immer wieder seine Aufsätze unterbrachte, die von allen Seiten her Recht und Pflicht des Studenten beleuchteten, Satisfaktion mit der Waffe zu verweigern. Und wäre nicht der Glücksfall gekommen, daß Burschenschafter nach einem lustigen Frühschoppen, um seine Demut auf die Probe zu stellen, ihn verprügelten, er wäre trotz allem unten klebengeblieben. Allein auch so, wie oft noch mußte er bescheiden und zäh auf sein Märtyrertum hinweisen, an dem, ihm zum Heil, der Sohn einer einflußreichen Persönlichkeit aktiv beteiligt war, wie oft noch demütig und beharrlich Schmerzensgeld aus dieser Affäre verlangen, bis er hochkam. Und wieviel Lippenzusammenpressen kostete es, vor den Leithammeln der Partei immer wieder, während man es doch besser wußte, zu kuschen, damit nicht eines anderen besserer Gehorsam dieses andern bessere Eignung zum Minister erweise.

Mit tiefem Mißtrauen sah er, wie Klenk, lärmend begrüßt, am Tische Platz nahm, mit bärenhafter Anmut behagliche Witze riß, den oder jenen der Tafelrunde bald gutmütig, bald giftiggrün anulkend. Ein zuwiderer Kerl, dieser Klenk, ein verwöhnter Mensch, dem die Politik nichts ist als eine Gaudi, eine beliebige Beschäftigung, das Leben auszufüllen, wie ein Pokerabend im Herrenklub oder seine Jagd in Berchtoldszell. Was wußte der Klenk davon, wie tief von innen her sich Franz Flaucher verpflichtet fühlte, die alten, wohlbegründeten Anschauungen und Gebräuche zu verteidigen gegen die modische Laxheit der genußgierigen Zeit. Krieg, Umsturz, der ständig sich intensivierende Verkehr hatten so viele Dämme eingerissen: er, Franz Flaucher, war dazu da, die letzten Sicherungen vor den giftigen Strömungen der Zeit zu schützen.

Was galten dem Klenk diese Dinge. Wie er dahockte, der Bursche, mit seinem großen Schädel, seinen langnägeligen Pratzen. Natürlich war ihm auch der übliche Tiroler Wein nicht gut genug, er mußte einen teuern Flaschenwein saufen. Sicher war ihm sogar der Prozeß Krüger nur ein spannender, amüsanter Trick. Daß einen die Unschädlichmachung des Mannes Krüger so angehen konnte wie die Heilung einer nassen Flechte, dafür hatte der unernste Mann kein Organ.

Denn der Angeklagte des Prozesses, der Doktor Martin Krüger, war so recht ein Gewächs der übeln Zeit nach dem Krieg. Während der Revolution ins Amt gekommen, hatte er als Subdirektor der staatlichen Sammlungen Gemälde erworben, die bei allen kirchlich und gesund Denkenden Anstoß erregten. Jenes zweideutige, umstürzlerisch gefärbte Bild »Josef und seine Brüder« war man ja glücklicherweise verhältnismäßig rasch wieder losgeworden. Aber der blutrünstige, sadistische »Crucifixus« des Malers Greiderer und jener weibliche Akt, der dadurch so schamlos wirkte, daß er ein Selbstporträt der Malerin darstellte – mußte eine Person nicht durch und durch verderbt sein, die sich selber nackt malte, Schenkel, Brüste dirnenhaft zur Schau stellend? –, diese beiden Bilder verhunzten noch bis vor kurzem die staatlichen Galerien. *Seine* Galerien, für die er, Franz Flaucher, verantwortlich war. Den Minister, dachte er an die beiden Bilder, überkam ein fast körperlicher Ekel. Er konnte den Urheber dieser Schweinerei, den Mann Krüger, nicht riechen, nicht seinen geschwungenen, schmeckerischen Mund, nicht seine grauen Augen mit den dicken Brauen. Als er einmal seine Hand hatte nehmen müssen, die warme, behaarte Hand des Mannes Krüger in seine eigene, harte, dickgeäderte, hatte er Sodbrennen bekommen.

Er hatte sogleich alles unternommen, um den Mann Krüger auszurotten. Aber seine Ministerkollegen, an der Spitze natürlich der Klenk, hatten Bedenken gehabt gegen gewaltsame Maßnahmen. Den Dr. Martin Krüger, der als Kunsthistoriker weithin klingenden Namen hatte, auf disziplinärem Weg wegen Unzulänglichkeit wegzujagen, hätte der Stadt eine Einbuße an Kunstprestige gebracht, und davor scheute man im Kabinett damals noch zurück.

Der Minister Flaucher, wenn er an diese Einwände dachte, durch die seine Kollegen ihn verhindert hatten, schon viel früher mit dem Krüger Schluß zu machen, knurrte so laut, daß der Dackel Waldmann zu seinen Füßen unruhig wurde. Kunstprestige! Der Staat, dem er diente, war ein Agrarstaat. Die Stadt München, mitten in diesem Staat gelegen, war ihrer Struktur und ihrer Bevölkerung nach eine Siedlung mit stark bäuerlichem Einschlag. Das sollten seine Kollegen gefälligst bedenken. Fernhalten sollten sie ihrer Residenz jene modisch sich brüstende, gehetzte Lebsucht, die die großen Städte der Epoche so scheußlich verunstaltete. Statt dessen redeten sie damisch daher von Kunstprestige und ähnlichem Blödsinn.

Der Minister Flaucher knurrte, seufzte, rülpste, goß Wein hinunter, lehnte sich mit beiden Armen übellaunig über den Tisch, duckte den wulstigen Schädel, betrachtete aus kleinen Augen den behaglich dasitzenden Klenk. Die Kellnerin Zenzi, seit langen Jahren diesen Tisch der Tiroler Weinstube betreuend, lehnte an der Anrichte, schaute organisatorisch auf ihre Gehilfin Resi und mit kleiner, gelassener Amüsiertheit auf die lärmenden Männer, ihren Gemütszustand und den Stand ihrer mehr oder weniger geleerten Gläser gleichzeitig im Auge haltend. Die dralle Frau, plattfüßig durch ihren Beruf, breit und hübsch von Gesicht, kannte sehr gut ihre Gäste, sie hatte genau beobachtet, wie sich der Minister Flaucher veränderte, als der Minister Klenk eintrat. Sie wußte, daß der Dr. Flaucher um diese Stunde, war er guter Laune, nochmals Würste, war er schlechter Laune, Rettich zu bestellen pflegte. Er brauchte seine Weisung nicht zu Ende zu knurren, so stand schon sein Rettich vor ihm.

Kunstprestige! Als ob er nicht Sinn hätte etwa für Musik. Aber es war dekadent, snobistisch, von wegen diesem Kunstprestige jedem Schlawiner seine provozierenden Schweinereien durchgehen zu lassen. Der Minister Flaucher zog verdrießlich und in Gedanken den Teller mit den Speiseresten seines Nachbarn zu sich heran und warf dem Dackel Waldmann den Knochen zu. Noch während er kunstgerecht seinen Rettich zubereitete, fraß es ihm an der Seele, wie endlos lang er den Schädling Krüger im Amt hatte dulden müssen.

Der Dackel zu seinen Füßen schmatzte, nagte an dem Knochen, schlang, fraß. Der Minister, die Hantierungen an seinem Rettich beendet, wartete, daß die einzelnen Schnitten der wässerigen Wurzel genügend Salz einsögen. Durch die geöffneten Fenster kam, trotz des Lärms in der Stube deutlich vernehmbar, aus dem gegenüberliegenden Bierlokal, von vielen hundert Stimmen mit gerührtem Behagen gesungen, die Münchner Stadthymne: solang der alte Peter am Petersberg stehe, solang die grüne Isar durch die Münchner Stadt gehe, so lang höre die Gemütlichkeit in der Münchner Stadt nicht auf. Ja, lange, lange hatte der Flaucher warten müssen, ehe er den Krüger ausgerottet hatte. So lange, bis ihm der – es war bedauerlicherweise nicht zu leugnen –, der Klenk das Werkzeug gegen den Mann Krüger in die Hand lieferte. Der Flaucher sah jene Stunde wieder deutlich vor sich. Es war an einem Abend wie heute; es war hier in der Tiroler Weinstube, an dem Tisch schräg gegenüber, unter dem großen Brandfleck in der Täfelung, den der Schriftsteller Lorenz Matthäi einmal so obszön ausgedeutet hatte. Hier hatte ihm der Klenk, seine tiefe Riesenstimme mühsam dämpfend, in Andeutungen zuerst, auf seine verdruckte, hinterhältig frotzelnde Art, später in klaren Worten die Affäre Krüger hingereicht, jene gottgesandte Meineidsaffäre, die die Handhabe bot, den Mann Krüger sogleich vom Amt zu suspendieren und ihn jetzt durch den Prozeß ein für allemal zu beseitigen. Es war ein großer Abend gewesen, er hätte beinahe dem Klenk seine ganze protzige Überlegenheit verziehen, so gehoben fühlte er sich über den Untergang der schlechten und den Sieg seiner guten Sache.

Und jetzt war es also an dem. Morgen wird der Prozeß steigen. Er, Flaucher, wird den Sieg auskosten, er wird dastehen, massig, imponierend, wie er es zuweilen an Pfarrern auf dörflichen Kanzeln gesehen hat, und mit dicker Stimme verkünden: »Seht ihr, so sind die Gottlosen. Ich, Franz Flaucher, habe von Anfang an den Teufel richtig gewittert.«

Er begann seinen jetzt genügend gebeizten Rettich zu verzehren; jeder einzelnen Schnitte gab er ein wenig Butter bei und einen Bissen Brot. Aber er aß mechanisch; der Genuß, den er sich erhofft hatte, wollte sich nicht einstellen. Ja, das Hochgefühl, mit dem er vor ein und einer halben Stunde seine Wohnung verlassen hatte, war fort, endgültig futsch, seitdem der Klenk in der Stube war. Scheinbar friedlich kümmert er sich nicht um den Flaucher, aber das simuliert er, gleich wird er ihn mit scheinheiliger Freundlichkeit derblecken.

Da hörte er schon die tiefe Stimme des Klenk. »Übrigens, Kollege«, sprach sie, »ich habe Ihnen noch etwas zu sagen.« Was der ihm zu sagen hat, ist sicher kein Oktoberfest. Ganz gelassen klang die umfangreiche Baßstimme; aber Flaucher hörte doch die böse, höhnische Absicht heraus. Klenk hatte sich umständlich zu seiner ganzen riesigen Höhe erhoben. Flaucher blieb sitzen, über den letzten Schnitten seines Rettichs. Aber Klenk winkte freundlich, jovial. Flaucher, widerwillig, gezogen, richtete sich hoch. An der Anrichte stand die Kassierin Zenzi, schaute ihn an. Auch ihre hurtige Gehilfin Resi, gleichzeitig mit einem Gast schwatzend, an einem anderen

Tisch einen Teller wechselnd, schaute den beiden Männern nach, wie sie jetzt vertraulich nebeneinander zur Toilette gingen, Flaucher ein trübes Gefühl im Herzen wie als Student, wenn er hinausgebeten wurde.

In dem gekachelten Raum erzählte der Justizminister dem Kultusminister von der Unterredung seines Referenten mit dem Bauernführer Bichler. Nein, der Bichler war nicht recht einverstanden mit der Prozeßtaktik des Kollegen Flaucher. *Esel*, hatte er gesagt, schlechthin und unmißverständlich *Esel*, nach einem zuverlässigen Bericht. Nun teilte ja auch er, Klenk, die Meinung des Kollegen über die einzuschlagende Taktik keineswegs. Immerhin: *Esel* sei eine geschmalzene Bezeichnung. Das erzählte er, ohne seine riesige Baßstimme zu dämpfen, dröhnte es so laut, daß man ihn sicher auch außerhalb der Toilette hörte.

Trüb, die dicken Schultern noch runder und schlaffer als sonst, kehrte der Kultusminister Flaucher aus dem gekachelten Raum zurück an der Seite des fröhlich schwatzenden Klenk. Er hatte es ja gewußt, ihm gönnte man nichts. Gegen diese Willensäußerung des Ökonomen Bichler, des wahren Regenten in Bayern, war nicht aufzukommen. Hier hieß es beiseite treten, den Triumph aus den Händen fallen lassen. Beschissen jetzt schien ihm alles, der ganze Prozeß. Stumm über seinen Rettichresten saß er, den leise winselnden Dackel mit dem Fuß beiseit schob er, dumpf, grimmig hörte er zu, wie die vergnügte Laune des Klenk Lärm und Gelächter der Tafelrunde immer neu entfesselte.

Schwunglos schließlich, knurrig kehrte der Kultusminister Flaucher in seine Wohnung zurück, die er, weil am Vorabend des Prozesses Krüger, kurze Zeit zuvor sehr gehoben verlassen hatte. Müde, die Betrübnis seines Herrn ängstlich spürend, wischte Waldmann der Dackel in seinen Winkel.

3

Der Chauffeur Ratzenberger und die bayrische Kunst

Der Vorsitzende, der Landesgerichtsdirektor Dr. Hartl, jovialer, blonder Herr, verhältnismäßig jung, noch nicht fünfzig, leicht beglatzt, beliebte eine elegante, schmissige Prozeßführung. Es gab unter den bayrischen Richtern nicht viele, die einen Prozeß, auf den die Augen des Reichs gerichtet waren, halbwegs mit Anstand führen konnten. Er wußte also, daß die Regierung mehr oder minder auf ihn angewiesen war, daß er ziemlich willkürlich vorgehen konnte, wenn nur das Endresultat, in diesem Fall die Verurteilung des Angeklagten, der Politik des Kabinetts entsprach. Reich, unabhängig, fühlte sich der ehrgeizige Richter als großer Herr. Es konnte nicht schaden, wenn er der Regierung bewies, daß er seine Fähigkeiten nach allen Seiten hin spielen lassen konnte, daß er ein Faktor war, mit dem man rechnen mußte. Seine gut bayrisch konservative Überzeugung stand über allem Zweifel fest; er war gesichert durch kluge Zusammensetzung der Geschworenenbank; juristisch fühlte er sich hinreichend souverän, mit Hilfe der zur Verfügung stehenden biegsamen Paragraphen jeden Spruch, der ihm beliebte, formal überzeugend zu begründen: warum also sollte er es sich nicht leisten, eine große Sache wie diesen Prozeß Krüger artistisch spielerisch zu führen, sein Verständnis für Menschliches leuchten zu lassen.

Mit sicherem Instinkt für wirkungsvollen Aufbau schränkte er die Vernehmung des Angeklagten auf Formales ein, auf nüchterne Angaben, und bot Spannung erst, als das Interesse zu erlahmen begann. Eine lange Weile mußte man warten, bis er den Hauptbelastungszeugen vorrief.

Die Hälse reckten sich, Lorgnons wurden vors Auge gestielt, die Zeichner der großen Journale begannen hastig zu arbeiten, als jetzt der Chauffeur Franz Xaver Ratzenberger, kleiner, dikker Mensch, rosig runder Kopf, blonder Schnauzbart, wichtig vortrat, geschmeichelt von der allgemeinen Aufmerksamkeit. Linkisch in dem ungewohnten schwarzen Anzug, ging er mit breitem, gespielt natürlichem Schritt, sehr plump. In knarrendem, umständlichem Dialekt beantwortete er die Fragen nach seinen Personalien.

Lautlos hörte man dann den wenigen, ungeschlachten, an sich nichtssagenden Sätzen zu, mit denen der untersetzte, kleinäugige Mensch den Beklagten Krüger entscheidend belastete. Er hatte also, vor drei und einem halben Jahr, in der Nacht vom Donnerstag, dem 23., zu Freitag, dem 24. Februar, den Beklagten Krüger und eine Dame um drei Viertel zwei Uhr morgens von der Widenmaierstraße zu dem Haus Katharinenstraße 94 gefahren. Dort war der Dr. Krüger ausgestiegen, hatte ihn abgelohnt und war mit der Dame in das Haus hineingegangen. Da der Beklagte in dem Disziplinarverfahren gegen die jetzt verstorbene Anna Elisabeth Haider unter Eid das Gegenteil bezeugt hatte, daß er nämlich in jener Nacht die Dame nach ihrer Wohnung gebracht habe, dann aber im gleichen Wagen weitergefahren sei, lag, wenn die Aussage des Chauffeurs glaubwürdig befunden wurde, Meineid vor.

Der Vorsitzende machte loyalerweise, ohne daß erst der Verteidiger Dr. Geyer hätte eingreifen müssen, den Chauffeur auf das Unwahrscheinliche seiner Aussage aufmerksam. Die Vorgänge lagen mehr als drei Jahre zurück. Wie kam es, daß Ratzenberger, der doch in der Zwischenzeit mehrere tausend Fahrgäste befördert hatte, sich des Dr. Krüger und seiner Begleiterin so genau erinnerte? War keine Verwechslung möglich? Im Datum? In den Personen? In der legeren Art, wie er mit Leuten aus dem Volk umzugehen pflegte, redete der Vorsitzende auf den Zeugen ein, so daß der Staatsanwalt beinahe unruhig wurde.

Aber der Chauffeur Ratzenberger war gut präpariert und blieb keine Antwort schuldig. In anderen Fällen könne er nicht mit solcher Bestimmtheit sagen, wann, wo und wie. Aber am 23. Februar sei sein Geburtstag, den habe er gefeiert, und eigentlich sei er entschlossen gewesen, die Nacht darauf keinen Dienst zu tun. Er sei aber dann doch losgefahren, weil nämlich die Rechnung für das Elektrische nicht bezahlt gewesen sei, und seine Alte habe so in ihn hineingeplärrt, und da sei er halt doch losgefahren. Hier konstatierten die Berichterstatter Heiterkeit. Es sei saukalt gewesen, und er hätte sich saumäßig geärgert, wenn er keine Fuhre gekriegt hätte. Sein Halteplatz sei an der Mauerkircherstraße gewesen, in einer Gegend, wo lauter noble Leute wohnten. Und dann habe er halt eine Fuhre gekriegt, eben den Herrn Dr. Krüger und eine Dame. Die Herrschaften seien aus einem Haus an der Widenmaierstraße gekommen mit lauter erleuchteten Fenstern, wo offenbar ein Fest gewesen sei.

Dies brachte er vor, treuherzig knarrend, nach jedem Satz etwas schmatzend, sehr bemüht, sich verständlich zu machen. Er wirkte auch bieder, gemütlich, glaubwürdig, er verbreitete Wohlwollen und Anregung. Richter, Geschworene, Journalisten, Publikum folgten interessiert seinen Aussagen.

Wieso er darauf geachtet habe, fragte der Vorsitzende – auch er sprach jetzt im Dialekt, was ihm allgemeine Sympathien eintrug –, daß der Dr. Krüger mit der Dame in das Haus in der Katharinenstraße gegangen sei. Der Chauffeur Ratzenberger erwiderte, dafür interessieren er und alle seine Kollegen sich sehr; denn die Herren, die eine Dame nach Hause begleiten und dann mit ihr hinaufgehen, die ließen sich nicht lange herausgeben, sondern spendierten anständige Trinkgelder.

Wieso er in der Dunkelheit den Angeklagten so genau gesehen habe, daß er ihn heute mit aller Bestimmtheit wiedererkenne?

Er bitte sehr, erwiderte der Chauffeur, aber einen Mann wie den Herrn Doktor erkenne man eben wieder.

Alle beschauten den Angeklagten, sein massiges Gesicht, die breite Stirn mit dem tief hereingewachsenen, strahlend schwarzen Haar, die grauen Augen mit den dicken, finsteren Brauen darüber, die fleischige, wuchtige Nase, den geschwungenen Mund. Es war richtig, dies Gesicht war leicht zu merken. Es war glaubhaft, daß der Chauffeur sich das Gesicht durch die Jahre gemerkt hatte.

Der Angeklagte saß unbeweglich. Sein Verteidiger, Dr. Geyer, hatte ihm eingeschärft, nicht einzugreifen, sondern ihn machen zu lassen. Dr. Geyer hätte gern auch das herausfordernde Lächeln vom Gesicht des Mannes Krüger gestrichen, das bestimmt nicht wohlgetan war und ihm wenig Sympathie brachte.

Der Rechtsanwalt, hagerer, blonder Herr, dünne, gekrümmte Nase in dem nervösen, mit Anstrengung beherrschten Gesicht, spärliches Haar, rasche, blaue Augen unter dicken Brillengläsern, merkte sehr gut, daß die Fragen des Vorsitzenden Suggestivfragen waren, dazu angetan, die Glaubwürdigkeit des Zeugen Ratzenberger zu erhärten, nicht, sie zu erschüttern. Er sah, daß man gut vorbereitet war auf den Einwand, daß unmöglich sich ein Chauffeur an das Verhalten eines Fahrgastes nach mehr als drei Jahren so minutiös genau erinnern könne. Dr. Geyer beschloß also, den Zeugen von anderer Seite her zu erschüttern. Er saß da, voll Spannung und Geladenheit wie ein angekurbeltes Auto, zitternd vor der Abfahrt. Eine rasche Röte kam und ging. Mit zufahrender Stimme, die scharfen Augen nicht von dem Chauffeur lassend, begann er, harmlos zunächst und von weit her, das Vorleben des Zeugen zu beklopfen, das auf besondere Glaubwürdigkeit nicht schließen ließ.

Der Chauffeur Ratzenberger hatte seine Stellung als Mechaniker oft gewechselt. Dann im Krieg war er viel in der Etappe gewesen, schließlich doch an die Front gekommen, verschüttet, wegen einer schweren Verletzung entlassen worden. Hatte sich in der Heimat aus irgendwelchen Gründen besonderer Protektion erfreut, so daß er die Uniform endgültig ausziehen konnte. Hatte dann geheiratet, ein Mädchen, das von ihm bereits zwei nicht mehr kleine Kinder hatte und das jetzt etwas Geld erbte. Von diesem Geld der Frau hatte er sich seine Autodroschke gekauft. Während er die Kinder, besonders seinen Sohn Ludwig, auf derbe Art verzog, war die Frau mehrmals bei der Polizei vorstellig geworden, ihr Mann habe sie mißhandelt. Auch von einem Familienzwist war die Rede, bei dem Franz Xaver Ratzenberger einen Bruder am Kopf verletzt habe und von seinen Geschwistern frecher und grober Lügen überführt worden sei. Mehrmals war er von Besitzern und Lenkern privater Wagen angezeigt worden, weil er sie unflätig beschimpft, auch körperlich bedroht hatte. Ratzenberger führte diese Anzeigen auf Intrigen zurück, behauptend, die meisten Herrenfahrer hätten etwas gegen die Droschkenführer, weil die besser fahren könnten. Auch sei er seit dem Krieg, häufig schon aus geringfügigem Anlaß, gereizt. Einmal hatte er, er wußte selbst nicht mehr recht warum, einen Selbstmordversuch gemacht. War unversehens aus einer Fähre, die in der Nähe Münchens über die Isar führte, mit dem Ausruf »Adieu, schöne Gegend!« aus dem Fährboot ins Wasser gesprungen, aber wieder aufgefischt worden.

Der Rechtsanwalt Dr. Geyer wunderte sich, daß man einem so nervösen Mann die Konzession zur Führung einer Autodroschke gegeben habe. Feststand, daß der Zeuge Ratzenberger trank. Wieviel? fragte die zufahrende, nicht angenehme Stimme Dr. Geyers. Etwa drei Liter am Tag. Manchmal auch mehr? Manchmal auch fünf. Auch sechs? Auch sechs. Existierte nicht ein polizeiliches Protokoll, daß er einmal einen Fahrgast, weil der ihm kein Trinkgeld gab, verprügelt hatte? Möglich. Wahrscheinlich habe der gescherte Lackl ihn beleidigt. Beleidigen lasse er sich nicht. Ob der Dr. Krüger ihm ein Trinkgeld gegeben habe, damals? Wisse er nicht mehr. Er pflege sich aber doch die Damenbegleitung seiner Kunden gerade wegen des Trinkgelds anzuschauen. Die hastige, helle Stimme des Anwalts hackte verwirrend scharf auf den Zeugen ein. Ob er den Angeklagten auch sonst schon gefahren habe? Wisse er nicht mehr. Aber so viel sei doch richtig, daß einmal ein Verfahren gegen ihn anhängig gemacht wurde, ihm die Fuhrkonzession zu entziehen?

Der Zeuge Ratzenberger wurde unter den rasch auf ihn niederstoßenden Fragen Dr. Geyers zunehmend unsicher. Er schmatzte viel, kaute an seinem rötlich verfransten Schnauzbart, geriet so tief in den Dialekt, daß die auswärtigen Berichterstatter kaum zu folgen vermochten. Der Staatsanwalt griff ein. Die Fragen hätten mit der Sache nichts zu tun. Der Vorsitzende, mit betonter Menschlichkeit für den Angeklagten, ließ die Fragen zu.

Ja also, es hatte einmal ein solches Verfahren wegen Konzessionsentziehung geschwebt. Eben wegen jener angeblichen Gewalttätigkeit gegen einen Fahrgast. Es sei aber niedergeschlagen worden. Die Angaben jenes Mannes, eines schofeln

Kerls, eines Schlawiners, der sich nur von der Entrichtung der Taxe drücken wollte, hätten sich nicht als stichhaltig erwiesen.

Eine neue, rasche Röte flog über die Wangen des Dr. Geyer. Er packte schärfer zu. Seine schmalen, dünnhäutigen Hände hielt er jetzt nicht ohne Anstrengung ruhig, seine helle, hohe Stimme bohrte an dem Zeugen, klar, unerbittlich. Er wollte Zusammenhänge herstellen zwischen der heutigen Aussage des Chauffeurs und jenem Verfahren auf Konzessionsentziehung. Er wollte darlegen, daß das Verfahren niedergeschlagen worden sei, als sich die Möglichkeit ergab, durch die Aussage Ratzenbergers den Dr. Krüger zu belangen. Er stellte unschuldige Fragen, von sehr weit her sich näher pürschend. Aber da schaute Ratzenberger nicht vergeblich hilfesuchend nach dem Vorsitzenden, da griff Dr. Hartl ein, da war eine Mauer. Nicht erfuhr das Gericht, wie Ratzenberger zuerst ganz unbestimmt ausgesagt hatte, wie man ihm dann die Konzessionsentziehung ausmalte, wieder verschwinden ließ, bis er in seinen Bekundungen fest war. Nicht erfuhr man, wie da Fäden gingen von der Polizei zu den Justizbehörden, von den Justizbehörden zum Kultusministerium. Hier war alles vag, unbestimmt, nichts festzustellen. Immerhin war das Postament, auf dem der Zeuge Ratzenberger stand, angeknabbert. Allein er rettete, unterstützt vom Vorsitzenden, seinen Abgang. Durch einen volkstümlichen Ausspruch: er habe vielleicht wirklich einmal einen Fahrgast nicht ganz gebührlich behandelt; aber man solle fragen, wen man wolle, jeder Chauffeur der Stadt fahre besser mit zwei Maß Bier im Leib. Damit wurde er entlassen, fest glaubend, nach bestem Wissen und Gewissen seiner Zeugenpflicht genügt zu haben, mit sich nehmend viele Sympathien, die berechtigte Hoffnung auf manche Trinkgelder, die bestimmte Aussicht, selbst wenn ihn wieder so ein damischer Hammel von Fahrgast wegen Gewalttätigkeiten anzeigen sollte, im sichern Besitz seiner Konzession zu sein.

Das Gericht beschäftigte sich sodann mit dem Faschingsfest, das jener Autofahrt vorangegangen war. Dieses Fest hatte im letzten Jahr des Kriegs stattgefunden. Eine Dame aus Wien hatte einige dreißig Leute in ihre Wohnung gebeten. Die Wohnung war auf nette, anspruchslose Art geschmückt gewesen, man hatte getrunken, getanzt. Aber die Insassen der darunterliegenden Etage, der Dame aus Wien aus mancherlei Gründen feind, hatten die Polizei gerufen. Es war grober Unfug, während des Kriegs zu trinken und zu tanzen, die Polizei hatte die Festgäste aufgehoben. Soweit sie in kriegsdienstpflichtigem Alter standen und keine Beziehungen von Einfluß hatten, wurden sie, auch wenn sie als nicht felddiensttauglich oder als unabkömmlich befunden waren, umgeschrieben und an die Front geschickt.

Da die Wienerin, die das Fest veranstaltet hatte, Abgeordneten der oppositionellen Linksparteien nahestand, ließ sich die Behörde angelegen sein, den Vorfall nach Möglichkeit aufzubauschen. Schnell verwandelte sich der harmlose Tanz in eine wüste Orgie, man erzählte starkfarbige Details von den obszönen Akten, die sich dort abgespielt hätten. Die Dame wurde aus Bayern ausgewiesen. Sie hatte ein Kind von einem angesehenen Mann, der vor zwei Jahren gestorben war. Jetzt versuchten die Verwandten dieses Mannes, sie als sittlich unzuverlässig von der Vormundschaft über ihr Kind auszuschließen. Die Münchner Bürger erzählten sich angeregt schmunzelnd und lippenleckend immer saftigere Einzelheiten von jenem Abend; man kommentierte ausführlich, entrüstet und interessiert die raffinierten Verfallserscheinungen der *Schlawiner*, unter welcher Bezeichnung man in jener Stadt alle zusammenfaßte, die, sei es im Aussehen, sei es in der Lebensform, sei es in der Begabung, von der Norm des Mittelstandes abwichen.

Bestritt Dr. Krüger, daß er und die Dame an jenem fragwürdigen Abend in der Widenmaierstraße teilgenommen hatten? Nein. Durch eine umständliche Beweisführung suchte die Anklagebehörde festzustellen, daß die obszöne Luft jenes Festes Vorbedingungen geschaffen habe, aus denen heraus das Faktum, das der Chauffeur beeidet, daß nämlich Dr. Krüger der Dame in ihre Wohnung gefolgt war, doppelt naheliegend erschien. Der Staatsanwalt beantragte zunächst, wegen Gefährdung der Sittlichkeit die Öffentlichkeit auszuschließen. Es gelang zwar Dr. Geyer, diesen Vorstoß abzuwehren, vor allem, da sich der Vorsitzende bei dem murrenden Publikum nicht unbeliebt machen wollte. Doch nun wurde in öffentlicher Sitzung anschaulich gemacht, daß Polster auf dem Boden herumlagen, daß die Beleuchtung trüb und zweideutig war, daß man auf schamlose, überaus sinnliche Art tanzte. Dr. Geyer machte geltend, daß, wenn das Fest so anregend gewesen wäre, der Beklagte sich doch kaum so verhältnismäßig früh entfernt hätte. Allein der Staatsanwalt erwiderte geschickt: gerade durch die Atmosphäre jenes Abends habe Dr. Krüger das Bedürfnis gefühlt, möglichst bald mit seiner Dame allein zu sein. Konziliant, verständnisvoll, entlockte der Vorsitzende dem Zeugen immer mehr kleine Züge, die, an sich harmlos, in der Ausdeutung des Staatsanwalts höchst zwielichtig erschienen. Waren nicht Personen beiderlei Geschlechts anwesend? Lag man nicht auf Matratzen herum? Aß man nicht stimulierende Gerichte, deutschen Kaviar beispielsweise? Die Dame wurde vernommen, die jenes Fest veranstaltet hatte. Waren nicht an jenem Abend, an ein und demselben Abend, zwei Männer anwesend, mit denen sie liiert gewesen war? Tanzte sie nicht mit diesen beiden Männern? Hatte sie nicht auch, als dann die Polizei erschien, Widerstand gegen die Staatsgewalt geleistet? Sich mit den Polizisten herumgeprügelt? Sie war eine üppige Dame mit einem schönen, fleischigen Gesicht. Sie litt unter der Hitze des schwer zu lüftenden Raums, war nervös, ihre Aussagen klangen überstürzt, hysterisch. Sie erregte Heiterkeit und ein gewisses mit Verachtung gemischtes Wohlwollen, wie es die Bewohner jenes Landstrichs ihren Huren entgegenzubringen pflegten. Es stellte sich heraus, daß sie sich keineswegs mit den Polizisten herumgerauft hatte; sie hatte lediglich, als ein Polizist sie von hinten an der Schulter packte, mit dem Fächer gegen die unsichtbare Hand geschlagen. Sie war auch nicht etwa wegen Widerstands gegen die Staatsgewalt verurteilt worden, sondern nur wegen Übertretung der Vorschriften über die Rationierung der Kohle und der Elektrizität, weil sie nämlich gegen die Vorschrift in mehr als einem Zimmer Licht gebrannt hatte. Allein während die Gewalttätigkeiten des Chauffeurs Ratzenberger gegen den Schlawiner schmunzelnde Billigung fanden, hatte man für den Fächerschlag dieser Dame ein allerdings gekitzeltes Kopfschütteln. Jedenfalls sah man wieder, wie wüst es bei den Schlawinern zuging; das Publikum kam sehr auf seine Rechnung. Man war angenehm erregt, sogar geneigt, dem Angeklagten mildernde Umstände zuzugestehen. Doch trotz aller Kunst Dr. Geyers hatte das Gericht es zuwege gebracht, daß nun sämtliche Zuhörer von der Schuld des Mannes Krüger überzeugt waren.

Der Chauffeur Ratzenberger hatte am Abend dieses Tages im Restaurant »Zum Gaisgarten«, als er sein Auftreten vor Gericht mit seiner Stammtischrunde »Da fehlt sich nichts« feierte, die Achtung aller Vereinsbrüder für sich. Auch seine Geschwister, sonst ihn für einen Klachl und Scheißkerl haltend, fanden für diesen Abend, er sei ein feiner Hund, und seine Frau, die ihn früher wegen Mißhandlung mehrmals bei der Polizei angezeigt hatte, wissend, er habe sie nur behufs Erwerbs einer Autodroschke geheiratet und möchte sie gern wieder los sein, liebte ihn sehr.

Bewundernd aber mehr als die andern hing an seinen Lippen sein ältester Sohn, der Ludwig Ratzenberger, ein junger Bursch von angenehmem Aussehen. Ehrfürchtig trank er jedes Wort, das der Chauffeur langsam, selbstzufrieden unter seinem verfransten, bierschaumbedeckten Schnauzbart hervorkaute. Niemals hatte sich der Ludwig Ratzenberger aus seiner ewig lamentierenden Mutter etwas gemacht. Selbst damals an ihrem Ehrentag, als er ihr, ein Bub noch, bei ihrer späten Trauung die Brautschleppe getragen hatte, zusammen mit seiner Schwester, damals selbst hatte er etwas wie Verachtung für die Jammerselige gespürt. Der Vater hingegen, war der nicht von jeher und in jeder Lebenslage imposant gewesen? Dunkel erinnerte sich der Ludwig und mit dumpfem Wohlbehagen, wie ihm, schon als er noch nicht gehen konnte, der Vater, mit Hilfe eines Lappens, Bier in den kleinen, gierigen Mund eingeflößt hatte. Und wie hatte des Vaters Schimpfen und Fluchen das Zimmer und die Seele des Knaben ausgefüllt, mannhaft, vorbildlich. Dann die Stunden voll heimlicher, verbotener Gaudi, wenn ihm der Vater gegen die Vorschrift, denn er war noch zu jung, das Chauffieren beibrachte. Die indianerhafte Seligkeit der tollen, nächtlichen Fahrten in Wagen, deren Besitzer solche Ausflüge wahrscheinlich nicht gerne gesehen hätten. Und welch ungeheuren Eindruck hatte es dem Jungen gemacht, wie der Vater einem Herrenfahrer, der sich anläßlich eines geringfügigen Konflikts die Schimpfworte des Chauffeurs verbeten hatte, dann, als sein Wagen parkte, den Gummireifen zerschnitt. Dieses Sichanschleichen, diese Gehobenheit nach vollbrachter Rache. Jetzt, wie der Vater dastand, gerühmt von den Leuten im »Gaisgarten« und von den Zeitungen, glorreich, krönend sein bisheriges Leben, schwoll dem Jungen das Herz.

Die Oppositionspresse aber und einige auswärtige Zeitungen stellten nachdenkliche Betrachtungen an über die Zusammenhänge zwischen dem Gedächtnis des Chauffeurs Ratzenberger und der offiziellen Kunstpflege des Landes Bayern. Hätte nämlich der Chauffeur sich des Mannes Krüger nicht so genau erinnert, dann wäre es unmöglich gewesen, diesen zu suspendieren und die unbequemen Gemälde, deren Platz in der Staatsgalerie er durchgesetzt und verteidigt hatte, wieder zu entfernen.

4

Kurzer Rückblick auf die Justiz jener Jahre

In jenen Jahren nach dem großen Krieg war über den ganzen Globus hin die Justiz mehr als sonst politisiert.

In China wurden während des Bürgerkriegs Beamte aller Dienstgrade, sofern sie unter der besiegten Regierung gedient hatten, von dem jeweils siegreichen Regime um aller möglichen nicht begangenen Verbrechen willen nach Richterspruch gehängt oder erschossen.

In Indien verurteilten wegen gewisser Aufsätze und Bücher höfliche, imperialistische Richter unter tiefen Verneigungen vor der Überzeugungstreue und dem Edelmut der Beschuldigten auf Grund fragwürdiger, formaljuristischer Argumente Führer der nationalen Bewegung zu langjährigen Gefängnisstrafen.

In Rußland wurden Anhänger des zaristischen Systems von bolschewistischen Richtern wegen vermutlich nicht begangener Spionage, auf daß die Gegner eingeschüchtert würden, hingerichtet.

In Rumänien, Ungarn, Bulgarien wurden jüdische und sozialistische Angeklagte nach possenhaften Gerichtsverfahren zu Tausenden erschossen, gehängt, auf Lebenszeit in Kerker gesperrt um nicht bewiesener Straftaten willen, während Nationalisten nach erwiesenen Straftaten entweder nicht belangt oder freigesprochen oder zu geringfügiger Strafe verurteilt und amnestiert wurden.

Ähnlich in Deutschland.

In Italien wurden Anhänger der an der Macht befindlichen Diktatur trotz erwiesener Mordtaten freigesprochen, Gegner dieser Diktatur nach geheimen Verfahren verbannt und für verlustig ihres Vermögens und ihrer Ansprüche erklärt.

In Frankreich wurden Offiziere der am Rhein stehenden Besatzungsarmee nach Tötung von Deutschen freigesprochen, Pariser Kommunisten, die bei Zusammenstößen verhaftet worden waren, um nicht erweislicher Gewalttätigkeiten willen auf Jahre ins Gefängnis gesperrt.

In England erging es ähnlich irischen Nationalisten. Einzelne starben im Hungerstreik.

In Amerika wurden Mitglieder eines nationalistischen Klubs, die unschuldige Neger gelyncht hatten, freigelassen. Eingewanderte Italiener, Kommunisten, wurden um eines angeblichen Mordes willen trotz glaubhaft gemachten Alibis von den Geschworenen einer mittelgroßen Stadt zum elektrischen Stuhl verurteilt.

Dies geschah entweder im Namen der Republik oder des Volkes oder des Königs, in jedem Fall im Namen des Rechts.

Der Prozeß Krüger, neben vielen ähnlichen Prozessen, fand im Juni eines jener Jahre statt, in Deutschland, im Lande Bayern. Es war nämlich damals Deutschland noch in Länder zerteilt, und zwar umfaßte das Land Bayern bajuwarische, alemannische, fränkische Gebiete, merkwürdigerweise auch einen Teil links des Rheins, die sogenannte Pfalz.

5

Herr Hessreiter demonstriert

Im modischen, grauen Anzug, den schönen, ererbten Elfenbeinstock leicht schwingend, verließ der Kommerzienrat Paul Hessreiter, einer der Geschworenen des Prozesses Krüger, seine Villa, ruhig gelegen an der Seestraße in Schwabing, in der Nähe des Englischen Gartens. Da heute der Beginn der Verhandlung aus einem technischen Grund erst auf elf Uhr angesetzt war, benutzte er den Morgen zu einem Spaziergang. Ursprünglich hatte er hinausfahren wollen an den Starnberger See, nach Luitpoldsbrunn, dem schönen Besitz seiner Freundin, der Frau von Radolny, draußen im See baden und mit ihr frühstücken. Mit dem neuen, amerikanischen Wagen, den er vor drei Wochen gekauft hatte, wäre er bequem noch zu Beginn der Verhandlung zurück gewesen. Aber er hatte die telefonische Auskunft erhalten, Frau von Radolny sei noch zu Bett und habe nicht die Absicht, heute vor zehn Uhr aufzustehen.

Träge federnd, mit langsamer Eleganz, ging Paul Hessreiter durch die Junisonne der Stadt München. Trotz des blanken Himmels und der leichten, frischen Luft der geliebten bayrischen Hochebene fühlte er sich nicht so vergnügt und befriedet mit sich, der Welt und seiner Stadt wie sonst. Er ging die breite Pappelallee der Leopoldstraße entlang zwischen Vorgärten und friedlichen Häusern. Blitzblaue Wagen der Straßenbahn klingelten fröhlich vorbei. Gewohnheitsmäßig sah er nach den Beinen der aufsteigenden Frauen, die die Mode der Zeit bis hoch hinauf freigab. Mit umständlicher, heute etwas gezwungener Munterkeit dankte er vielen Grüßen. Denn viele Leute grüßten ihn, manche sahen ihm mit Neid, die meisten mit Wohlwollen nach. Ja, der hatte es gut, der Hessreiter. Inhaber der ausgezeichnet gehenden Fabrik Süddeutsche Keramiken Ludwig Hessreiter & Sohn, von ererbtem Vermögen, aus geachteter Großbürgerfamilie, als guter, etwas behaglicher Sportsmann mit seinen zweiundvierzig Jahren sehr jung, ein famoser Gesellschafter, gefällig, jedermanns Spezi, einer der fünf eingeborenen Lebemänner der Stadt. Nirgends verkehrte man lieber als in seinem Haus an der Seestraße und in Luitpoldsbrunn, dem breit und reich geführten Besitz seiner Freundin.

Herrn Hessreiters Vaterstadt München mit den Seen und Bergen ihrer Umgebung, mit ihren ansehnlichen Sammlungen, ihrer lichten, gemütlichen Architektur, mit ihrem Fasching und ihren Festen war die schönste Stadt des Reichs, Herrn Hessreiters Stadtteil Schwabing war der schönste Teil Münchens, Herrn Hessreiters Haus war das schönste in Schwabing, und Herr Hessreiter war der beste Mann in seinem Haus. Dennoch hatte er heute keine Lust an seinem Spaziergang. Er stand unter dem großen Siegestor, zu seinen Häupten die Bavaria mit ihrer Löwenquadriga, das mächtige Sinnbild des kleinen Landes. Seine braunen, schleierigen Augen blinzelten nachdenklich und beschäftigt in die besonnte Ludwigstraße, deren schöner, behaglich provinzialisierter Renaissancestil ihm nicht die Freude wie sonst machte. Er stützte sich in sonderbar benommener Haltung auf den elfenbeinernen Stock und sah, der gemeinhin so muntere Herr, nicht mehr jung aus.

War es doch dieser damische Prozeß? Er hätte seinem ersten Antrieb folgen sollen, hätte keinen Geschworenen machen, gleich als er die Ladung bekam, unter irgendeinem Vorwand ablehnen sollen. Mitglied des feudalen *Herrenklubs*, auch durch seine Freundin, die Baronin Radolny, mit den Kreisen des früheren Hofes in mannigfacher Berührung, hatte er die Zusammenhänge und Hintergründe des Prozesses Krüger von Anfang an genau gekannt. Jetzt saß er mittendrin in dieser unsympathischen Geschichte. Saß, gestern, heute, morgen, in dem großen Schwurgerichtssaal im Justizpalast, in unmittelbarer Nähe des Landesgerichtsdirektors Hartl, des Dr. Krüger, des Rechtsanwalts Geyer, an einem Tisch mit fünf anderen Geschworenen: den Hoflieferanten Dirmoser, bei dem er seine Handschuhe zu kaufen pflegte, dem Altmöbelhändler Lechner, der ihm durch seine großen, gewürfelten Taschentücher, in die er sich oft und umständlich schneuzte, auf die Nerven ging, dem Gymnasiallehrer Feichtinger, der angestrengt, unglücklich und offenbar ohne jedes Verständnis aus seinen blassen Augen hinter einer großen Stahlbrille der Verhandlung folgte, dem

Versicherungsagenten von Dellmaier, Angehörigen einer sehr alten und angesehenen Münchner Familie – eine Straße hieß sogar nach ihr –, doch nunmehr heruntergekommen, windig und geneigt zu ungewöhnlich platten Witzen, und schließlich dem Briefträger Cortesi, einem schweren, höflichen, beflissenen Menschen, der stark nach Schweiß roch. Er hatte nichts gegen diese fünf Männer, aber es war nicht angenehm, mit ihnen zusammen die Komparserie des Prozesses zu machen. Er interessierte sich wenig für Politik, und es schien ihm ein starkes Stück, einen Mann wegen eines Kavaliereids zu Fall zu bringen. Man sollte bei einer solchen Sache nicht mitmachen. Es war seine verflixte Neugier, die ihn in diese Schweinerei hineinbugsiert hatte. Immer mußte er Einblicke tun. Die Verstrickung dieses unseligen Mannes Krüger hatte ihn angezogen. Jetzt hatte er's und konnte die schönen Junitage unbehaglich im Justizpalast versitzen.

Er durchschritt das Siegestor, passierte die Universität. Aus den links liegenden, geistlicher Erziehung eingeräumten Gebäuden kamen in schwarzen Soutanen Theologiestudenten mit groben, stillen, bäurischen Köpfen. Ein uralter, lederhäutiger Professor des Kirchenrechts mit blicklosen Augen und totenschädelig eingeschrumpftem Gesicht schlurfte zwischen den friedlich plätschernden Springbrunnen. Das war immer so gewesen, wird wohl noch eine Weile so bleiben und hatte etwas Beruhigendes. Aber mit heftiger Kritik heute sah Hessreiter die Studenten. Er schärfte seine schleierigen Augen, betrachtete aufmerksam die wichtig sich habenden jungen Menschen. Viele sahen sportlich aus, mit knappen Gürteln, forschen, praktischen Jacken aus derbem Stoff. Andere, sorgfältig angezogen, mit ruckartigen, soldatischen Bewegungen waren wohl Offiziere gewesen. Jetzt, da sie beim Film oder in der Industrie nicht unterkamen, suchten sie durch hastig lustloses Studium in die Justiz oder in die Staatsverwaltung hineinzuschlüpfen. Über gutgewachsenen, trainierten Körpern sah er viele skrupellose Gesichter, geeignet für gewisse technische, für mancherlei sportliche Leistungen, entschlossen zum Rekord. Aber bei aller Anspannung schienen ihm die Gesichter doch sonderbar schlaff, als seien sie Autoreifen, noch gespannt, aber schon angestochen, daß sogleich die Luft entweichen wird.

Vor dem breiten Gebäude der staatlichen Bibliothek saßen in Stein gehauen friedlich in der Sonne vier Männer altgriechischen Gepräges mit nacktem Oberkörper. Er hatte in der Schule gelernt, wen sie darstellten. Heute wußte er es natürlich nicht mehr. Wenn man täglich an jemandem vorbeigeht, sollte man eigentlich wissen, wer es ist. Er wird sich nächstens einmal wieder erkundigen. Wie immer, es war eine gute Bibliothek. Zu schade eigentlich für die jungen Leute mit den Rekordköpfen. Sie waren nur zu einem kleinen Teil Münchner, diese zukünftigen Lehrer, Richter, Beamten. Früher hatte die schöne, behagliche Stadt die besten Köpfe des Reichs angezogen. Wie kam es, daß die jetzt fort waren, daß an ihrer Stelle alles, was faul und schlecht war im Reich und sich anderswo nicht halten konnte, magisch angezogen nach München flüchtete?

Jemand knurrte ihm einen Gruß entgegen, blieb stehen, sprach ihn an. Ein breiter Mann in graugrüner Joppe, kleine Augen in dem runden Schädel, der Dr. Matthäi, der Schriftsteller, den seine Darstellungen oberbayrischen Lebens weithin bekannt gemacht hatten. Er und Hessreiter waren nächtelang in der Tiroler Weinstube zusammengesessen, Hessreiter war bei Matthäi in Tegernsee, der bei ihm und Frau von Radolny in Luitpoldsbrunn zu Gast gewesen. Der vierschrötige, knurrige Mann in der Joppe und der phlegmatisch elegante in dem modisch grauen Anzug sagten sich du, sahen sich gerne. Dr. Lorenz Matthäi kam von der Galerie Novodny, wo heute die Bilder, die dem Dr. Krüger die Feindschaft der Gutgesinnten zugezogen hatten, zum erstenmal seit ihrer Entfernung aus der Staatsgalerie öffentlich ausgestellt waren. Auf die Ankündigung hin hatten einige von den Gutgesinnten heute nacht der Galerie Novodny die Fenster eingeschlagen. Dr. Matthäi freute sich über die Gaudi. Er fragte, ob Hessreiter sich die Schinken auch ansehen wolle. Er riß ein paar saftige Witze über die Bilder, sprach von einem Gedicht, das er zu machen beabsichtige gegen die Snobs, die sie jetzt andächtig begafften, erzählte eine geschmalzene Anekdote über den Andreas Greiderer, den

Maler des beanstandeten »Crucifixus«. Aber Hessreiters Augen hingen nicht mit der üblichen Begeisterung an den dicken Lippen des Schriftstellers. Er hörte nur mit halbem Ohr auf die Anekdote, lachte etwas krampfig, wich den Fragen über seine Geschworenentätigkeit aus, verabschiedete sich bald. Der Dr. Matthäi schüttelte nachdenklich den klobigen, bezwickerten Kopf hinter ihm.

Herr Hessreiter ging dem Hofgarten zu. Er nahm heute sogar dem Dichter Matthäi, dem Klassiker in der Darstellung oberbayrischen Lebens, seine Worte krumm. Grantig wie er war, neigte er dazu, ganz allgemein den Gegnern des Dichters Lorenz Matthäi recht zu geben. War der Lorenz nicht einmal ein Rebell gewesen? Hatte er nicht saftige, bösartige Gedichte gemacht gegen die harte, ichsüchtig dumme, heuchlerische Verstocktheit des bayrisch klerikalen Systems? Es waren tapfere Verse gewesen, den Gegner mit photographischer Akribie treffend. Aber jetzt war er fett geworden, wir wurden wohl alle fett, sein Witz war verstumpft, seine Zähne fielen aus. Nein, es war nichts mehr Erfreuliches an dem Dr. Matthäi; Herr Hessreiter begriff nicht, warum er so herzlich mit ihm stand. Die kleinen, bösartigen Augen in dem zerhackten, fetten Schädel: wie konnte man einen solchen Kerl mögen! Was er über den Mann Krüger und die Bilder gesagt hatte, einfach ekelhaft war das gewesen. Ekelhaft überhaupt war es, daß jetzt auch einen Mann wie den Dr. Lorenz Matthäi sein dickes Blut der regierenden bäuerlichen Schicht so blind in die Arme getrieben hatte. Je nun, kritisch war er wohl nicht, kritisch waren wir alle nicht, sein Herz war wahrscheinlich immer dort gewesen.

Herr Hessreiter war jetzt auf den Odeonsplatz gelangt. Vor ihm hob sich die Feldherrnhalle, eine Nachbildung der Florentiner Loggia dei Lanzi, errichtet den beiden größten bayrischen Feldherren, Tilly und Wrede, von denen der eine kein Bayer und der andere kein Feldherr war. Herrn Hessreiter, sooft er die Feldherrnhalle sah, gab es einen kleinen Stich. Er erinnerte sich, welche Freude er als ganz junger Mensch gehabt hatte an dem schönen Bauwerk, das der Architekt Gärtner mit sicherem Takt als Abschluß der Ludwigstraße hingesetzt hatte. Aber schon als Knabe hatte er erleben müssen, daß man auf die

Treppenwangen zwei schreitende Löwen setzte, die strenge, vertikale Wirkung des Bauwerks zerstörend. Später dann hatten die Hammel die Rückwand der Halle mit einer blöden, akademischen Aktgruppe verhunzt, dem sogenannten Armeedenkmal. Seither schaute Herr Hessreiter immer mit einer gewissen Scheu auf die Feldherrnhalle, ob nicht dort über Nacht irgendein neues Greuel aufgestellt sei, und die zunehmende Verschandelung der Loggia galt ihm als Barometer der Böotisierung seiner Stadt.

Heute war in der Halle Militärmusik aufgezogen, ein inniges Lied aus einer Wagneroper schmetterte über den mit flanierendem Volk dicht gefüllten Platz. Der Verkehr stockte, Autos hielten, die blauen Wagen der elektrischen Bahn klingelten sich mühsam durch das Gedränge ihren Weg. Viele bemützte Studenten waren da, standen in Gruppen, grüßten sich gegenseitig durch tiefes, eckiges, scharf gemessenes Abziehen ihrer Mützen, genossen die Blechmusik. Herr Hessreiter fing Fetzen ihres Gesprächs auf. Feststand, daß man dem Komment zufolge während des Essens von warmen Speisen die farbigen Mützen ablegte, beim Konsum kalter Gerichte hingegen sie aufbehielt. Die Debatte ging nun darüber, ob gehacktes, rohes, mit Zwiebeln und Ei gemischtes Fleisch, sogenanntes Tatar-Beefsteak, nicht warmem Essen gleich zu achten sei, ob es *als warm ziehe* oder nicht. Eifrig und mit vielen Argumenten diskutierten darüber die Angehörigen verschiedener Studentenverbindungen. Kinder und Frauen fütterten zahme, dicke Tauben, die an der Halle der fragwürdigen Feldherren und an der barocken Theatinerkirche nisteten. Am Ausgangstor des Hofgartens stand wie in Ergänzung der Statuen der Halle idolhaft wuchtig ein Feldherr des großen Krieges noch in Fleisch und Blut, herrisch sich reckend inmitten einer ehrfurchtsvollen Gruppe, der General Vesemann, krampfig forscher Schädel, flacher Hinterkopf, fleischiger Nacken.

Herr Hessreiter hatte ursprünglich vorgehabt, in einem der stillen, friedlichen Hofgartencafés unter den großen Kastanienbäumen einen Wermut zu trinken, bevor er sich in den Schwurgerichtssaal begab. Auf einmal reizte ihn das nicht mehr. Er sah nach der Uhr. Er hatte noch eine kleine Stunde Zeit. Er wird sich doch noch die Bilder in der Galerie Novodny anschauen.

Herr Hessreiter war ein friedlicher Herr in ungewöhnlich günstigen Umständen, nicht geneigt, gegen die Weltläufte zu rebellieren. Aber er ärgerte sich über den Matthäi. Er hatte einiges von dem Krüger gelesen, Bücher und Essays, das Buch über die Spanier vor allem, er goutierte es nicht ganz, es war ihm zu sensitiv, Sexualdinge waren überbetont, alles war übertrieben. Auch persönlich war er mit dem Krüger einige Male zusammengetroffen. Er schien ihm ein bißchen ein Gigerl und ein Krampfbruder. Aber mußte man deshalb so giftig über ihn losfahren? Mußte man überhaupt einen gleich ins Zuchthaus schicken, weil er ein paar Bilder in die Galerie gehängt hatte, die ein paar Trotteln von Akademikern nicht paßten, weil die lieber ihre eigenen Schinken dort hätten hängen sehen? Das fleischige Gesicht des Herrn Hessreiter sah angestrengt und bekümmert aus; er malmte, die Schläfen mit dem leicht melierten Bart zuckten. Wenn man alle ins Zuchthaus schicken wollte, die einmal mit einer Frau geschlafen und es hinterher abgeschworen hatten, wohin käme man da. Die Bevölkerung war doch sonst nicht so. Herr Hessreiter, in die Brienner Straße eingebogen, der Galerie Novodny zu, mußte sich zwingen, nicht ungebührlich schnell zu gehen. So kribbelig war er plötzlich darauf, die Bilder wiederzusehen, derenthalb er jetzt zusammen mit den fünf anderen Münchnern auf der Geschworenenbank im großen Saal des Justizpalastes saß.

Endlich stand er in der Galerie. Es war ihm heiß geworden, die Kühle des schattigen Raumes tat ihm wohl. Herr Novodny, der Besitzer, schwarz, klein, smart, führte den verständigen, sehr solventen Besucher erfreut sogleich zu den Bildern, vor denen eine kleine Gruppe Betrachter stand, scharf im Auge gehalten von zwei massig gebauten Individuen. Seiner Hauspolizei, wie Herr Novodny erzählte; denn die staatliche Polizei lehnte den Schutz der Gemälde ab. In seiner hurtigen, sprudelnden Art erzählte der Galeriebesitzer weiter. Die Aktion der bayrischen Regierung habe die Bilder noch mehr in Sicht gebracht, als selbst er erwartet hatte. Schon seien eine Reihe ansehnlicher Kaufangebote da. Es sei erstaunlich, wie der

Maler Greiderer über Nacht Mode geworden sei, gesucht, bezahlt.

Herr Hessreiter kannte den Greiderer. Ein mittelmäßiger Maler, unter uns. Aber ein zünftiger Gesellschafter, von bäurisch liebenswerten Manieren. Er blies auf der Mundharmonika, auch schwierige Dinge, Brahms, den Rosenkavalier. In der Tiroler Weinstube hatte er das manchmal vorgeführt.

Herr Novodny lachte. Die Herren von der Tiroler Weinstube jedenfalls, die eingesessenen Münchner Maler mit ihrem fest abgesteckten Platz in der Kunstgeschichte und ihrem soliden Ruf bei bestimmten solventen Käuferschichten ärgerten sich grün und gelb über den jäh aufgetauchten Konkurrenten; denn seine Bilder gingen eigentlich dem Publikum genauso ein wie die ihren. Im übrigen spreche der Greiderer von seinem Erfolg naiv, entwaffnend beglückt, so daß jedermann, abgesehen eben von jenen Konkurrenten, ihm die Geschichte gönne. Viele Jahre unbeachtet in der Ecke, angejahrt, habe er Erfolg nicht mehr erwartet. Rührend sei, wie er jetzt seine alte Mutter, die sich mit Händen und Füßen dagegen sträubte, zwingen wolle, ihr Bäuerinnendasein in einem mittelalterlichen Dörfchen in das Leben einer städtischen Matrone zu verwandeln mit Auto, Chauffeur, Gesellschafterin.

Herr Hessreiter hörte unbehaglich zu. Die hurtigen Worte des Herrn Novodny störten ihn, er war froh, als der bewegliche Herr sich entfernte.

Herr Hessreiter beschaute das Bild des Malers Greiderer. Er verstand, daß dieser »Crucifixus« zarte Nerven irritierte. Aber, lieber Gott, die jetzt so schockierten Herren hatten doch sonst in vielen Fällen ganz robuste Nerven gezeigt, hatten den Krieg ohne merkbare Erschütterung überstanden, hatten in der Folge Dinge getan oder zumindest geschehen lassen, die in leitender Stelle mitzumachen einige Kaltblütigkeit erforderte. Zudem war ihnen sicher nicht unbekannt, daß es in allen und selbstverständlich auch in der Münchner Galerie eine große Reihe von Darstellungen des gemarterten Heilands gab, die auch nicht gerade übermäßig zahm wirkten.

Immerhin merkwürdig dieser Erfolg des Malers Greiderer. Weil der Kretin von einem Franz Flaucher den Krüger nicht leiden kann, hat der Maler Greiderer einen Erfolg und zwingt seine alte Mutter, sich aus einer zufriedenen Bäuerin in eine bemühte Großstädterin zu verwandeln. Nein, gut eingerichtet ist das nicht, irgend etwas stimmt da nicht.

Die Anna Elisabeth Haider, die Malerin des Akts, hatte ja nun nichts mehr von dem Aufsehen, das ihr Bild jetzt machte. Sie war tot, sie hatte sich auf üble Weise umgebracht, und nichts mehr war da von ihr außer diesem unappetitlichen Prozeß und diesem einen Bild. Denn sie war eine sonderbare Person gewesen, sie hatte ihre Bilder vernichtet. Und um dieses eine, das Martin Krüger gerettet hatte, war jetzt die schlechte Luft dieses widerlichen Prozesses.

Er beschaute das Selbstporträt, fühlte sich stark angerührt. Er verstand nicht, was an dem Bild Aufreizendes sein sollte. Was waren das für Männer, denen allein die Vorstellung, daß eine Frau sich auf solche Weise malen konnte, zur Aufgeilung genügte. Die Frau blickte mit einem verlorenen und gleichwohl gespannten Ausdruck, der nicht übermäßig schlanke und gewiß nicht geschmeichelte Hals war auf hilflose und rührende Art gereckt, die Brüste schwammen weich in der milchig zarten Luft des Bildes und schienen doch fest. Das Ganze war anatomisch exakt und zugleich poetisch. Sollen die braven Herren von der Akademie das einmal nachmachen.

Herr Novodny stand wieder neben ihm, redete. »Was halten Sie für einen angemessenen Preis für den Akt?« unterbrach unvermittelt Herr Hessreiter. Herr Novodny, überrascht, blickte Herrn Hessreiter zweifelnd an, wußte, der sonst so Gewandte, nicht, was er sagen sollte, nannte schließlich einen hohen Betrag. »Hm«, sagte Herr Hessreiter. »Danke«, sagte er dann, verabschiedete sich umständlich, entfernte sich.

Kehrte nach fünf Minuten zurück. Sagte in einer gezwungen beiläufigen Art: »Ich kaufe das Bild.«

Herr Novodny, bei aller Geschicklichkeit, konnte seine Sensation nicht ganz verbergen. Herrn Hessreiter war das nicht angenehm. Wenn schon Herr Novodny so runde Augen machte, was wird Frau von Radolny, was die ganze Stadt zu dem Ankauf des Bildes sagen? Gewiß, dieser Bilderkauf war eine Demonstration. Der ganze Prozeß Krüger und alles rundherum paßte ihm nicht. Aus diesem Gefühl heraus war er umgekehrt, hatte er das Bild gekauft. Aber vor andern auf so knallige Art sich aufzuspielen, war das nicht ein wenig geschmacklos? Genügte es nicht, still und entschieden vor sich selber zu demonstrieren, seine Stellung festzulegen?

Unsicher und etwas schwer stand er vor dem höflich schweigenden Herrn Novodny. »Ich kaufe das Bild im Auftrag eines Freundes«, sagte er schließlich, »und ich wäre Ihnen verbunden, wenn Sie vorläufig nichts davon verlauten ließen, daß *ich* den Kauf vermittle.« Herr Novodny sicherte das so beflissen zu, daß sein Unglaube und seine Diskretion kilometerweit erkennbar waren. Dann fuhr Herr Hessreiter verdrossen, trotzig, sich wegen seiner Feigheit beschimpfend, befriedigt wegen seines Mutes, in den Justizpalast und setzte sich auf seinen Geschworenenplatz, im Angesicht des Landesgerichtsdirektors Hartl und des Mannes Krüger, in eine Reihe mit seinen Mitgeschworenen, dem Hoflieferanten Dirmoser, dem Gymnasiallehrer Feichtinger, dem Altmöbelhändler Lechner, dem Versicherungsagenten von Dellmaier und dem Briefträger Cortesi.

6

Das Haus Katharinenstraße 94 sagt aus

Der Landesgerichtsdirektor Hartl wandte sich dem Verhör der Hausgenossen des toten Mädchens Anna Elisabeth Haider zu. Fräulein Haider hatte im Hause Katharinenstraße 94 eine Atelierwohnung innegehabt. Katharinenstraße 94 war ein kahles Miethaus, bewohnt von kleinen Kaufleuten, Beamten, Handwerkern. Fräulein Haider war nicht selbständige Mieterin gewesen, vielmehr Untermieterin einer gewissen Frau Hofrat Beradt, deren Sohn Maler und im Krieg verschollen war. Frau Beradts Bekundungen über das tote Fräulein Haider klangen säuerlich. Es hatte bald Zwistigkeiten zwischen dem Fräulein und ihr gegeben. Das Fräulein war schlampig, schmutzig, kam zu unregelmäßigen Zeiten, bereitete sich gegen ausdrückliches Verbot im Atelier auf feuergefährliche Art Speisen und Getränke, zahlte unpünktlich, empfing zweideutige, lärmende Besuche, hielt sich an keine Ordnung. Als die Beziehungen mit dem Angeklagten Krüger begannen, hatte Frau Hofrat Beradt, wie sie mit scharfer Stimme feststellte, dem Fräulein sogleich gekündigt. Aber die damaligen Gesetze schützten leider den Untermieter, es war zu langwierigen Verhandlungen vor dem Mieteinigungsamt gekommen, und es war der Hofrätin nicht geglückt, den lästigen Insassen loszuwerden. Herr Dr. Krüger sei anfangs sehr häufig gekommen, fast täglich, sie wie das ganze Haus hätten an den anstößigen Beziehungen des Herrn zu dem Fräulein Ärgernis genommen. Woraus sie habe entnehmen können, fragte Dr. Geyer, daß diese Beziehungen mehr als freundschaftliche waren. Die Hofrätin Beradt, sich rötend und nach mehrmaligem Räuspern, erklärte, der Herr und das Fräulein hätten auf vertrauliche, geradezu intime Art gelacht, auch habe Herr Dr. Krüger das Fräulein auf der Treppe mehrmals am Arm, an der Schulter, am Nacken angefaßt, wie es zwischen nicht intim Stehenden nicht üblich sei. Ferner sei aus dem Atelier kreischendes Gelächter gekommen, kleine, gekitzelte Schreie, Geflüster, eben anstößige Laute. Ob das Atelier so gelegen sei, daß die Nachbarn ohne weiteres hätten hören können? Es sei zwar ein Zimmer dazwischen gewesen, erklärte die Hofrätin, aber bei angespannter Aufmerksamkeit, in der Nacht, wenn man zudem ein gutes Gehör habe wie sie, dann habe man diese Laute wohl hören müssen. Hören müssen oder können? fragte Dr. Geyer, leicht gerötet und mühsam beherrscht, unter der scharfen Brille unangenehm zwinkernd. Hier lachte der windig aussehende Geschworene von Dellmaier ein wenig, verstummte indes gleich wieder auf einen vorwurfsvollen Blick seines Mitgeschworenen, des Briefträgers Cortesi, und einen erstaunt blöden des Gymnasiallehrers Feichtinger.

Ob der Dr. Krüger in der fraglichen Nacht bei Fräulein Haider gewesen sei, konnte die Hofrätin nach so langer Zeit nicht mehr angeben. Jedenfalls habe sie, daß der Herr einige Male zu unziemlichen Zeiten das Atelier betrat oder verließ, deutlich gesehen, beziehungsweise gehört.

Ähnlich sagten die andern Zeugen aus. Es war über das

Fräulein viel getuschelt worden. Das Fräulein sei ein sonderbar schlampiges Geschöpf gewesen, schlecht und verwahrlost angezogen. Darum hat sie sich ja auch nackt gemalt, witzelte ein Journalist. Augen hatte sie oft zum Fürchten. Man konnte nicht in ein richtiges Gespräch mit ihr kommen. Die zahlreichen Kinder des Hauses hatten sie gern; trotzdem es ihr nicht gut ging, schenkte sie ihnen Früchte, Bonbons. Aber alles in allem war sie unbeliebt, besonders seitdem sie einmal eine struppige, verwahrloste Katze mitgebracht hatte, die dann eine andere Katze im Haus mit der Räude ansteckte. Daß sie zu dem Dr. Krüger intime Beziehungen habe, wurde allgemein angenommen. Die mickerigen, ausgetrockneten oder aufgeschwemmten Kleinbürgerfrauen, die das Haus bevölkerten, ärgerten sich vor allem, daß sie nicht einmal versucht hatte, diese Beziehungen zu verheimlichen.

Der Geschworene Feichtinger, Gymnasiallehrer von Beruf, schaute die Zeugen aus blassen Augen hinter seiner Stahlbrille aufmerksam und verständnislos an. Er mühte sich pflichtgemäß eifrig, den Aussagen zu folgen; doch ebenso langsam wie gründlich von Begriff, erkannte er nicht recht, worauf Fragen und Antworten hinauswollten. Insbesondere vermochte er nicht festzustellen, inwiefern die einzelnen Bekundungen mit der Grundmaterie in Zusammenhang standen. Das alles ging ihm zu schnell, die Methode war ihm zu modern hastig. Er kaute an den Nägeln, korrigierte manchmal mechanisch in Gedanken eine Satzkonstruktion, schaute aus blassen Augen auf die Münder der vielen Zeugen. Der Geschworene Cortesi, Briefträger seinem Stande nach, überlegte, wieviel Parteien das Haus Katharinenstraße enthielt. Es sah gar nicht groß aus, und doch wohnten so viele Menschen darin. Welcher von seinen Kollegen hatte doch jetzt die Bestellgänge in diesem untern Teil der Katharinenstraße? Er erinnerte sich, daß es einmal eine unangenehme Geschichte gegeben hatte wegen einer Zustellung in jenem Haus; die war von einer Tochter des Adressaten übernommen und dann doch nicht bestellt worden, und der Briefträger natürlich hatte die Scherereien gehabt.

Der Geschworene Cajetan Lechner hielt sich sehr unruhig, strich sich oft mit den Fingern den tief hinunterreichenden

Schläfenbart, zog sein gewürfeltes Taschentuch, schneuzte sich, seufzte. Nicht nur wegen der Hitze. Die ganze Angelegenheit ging ihm nahe. Einesteils war er als guter Bürger geneigt, den Krüger ins Gefängnis zu schicken; denn Recht und Ordnung mußte sein. Andernteils hatte er Verständnis, ja ein gewisses Mitgefühl für den Schlawiner. Sein eigenes Geschäft grenzte an das Gebiet der Kunst; er verstand sich darauf, etwas ramponierte, kostbare Altmöbel so zu restaurieren, daß es die Freude der Kenner war, hatte viel mit Schlawinern zu tun, hatte mancherlei Einblick in ihr Leben. Auch hatte seine Tochter, die Anni, Beziehungen, ein Verhältnis, ein sogenanntes *Gschpusi*, mit einem Mann, den er wohl oder übel als Schlawiner ansprechen mußte. Er grantelte deshalb Tag für Tag mit der Anni herum, zuweilen recht wüst; aber im Grunde war er tolerant. Er hatte seine Erfahrungen, der Cajetan Lechner. Oft, auf der Dult, beim Jahrmarkt, wenn er die Trödlerbuden absuchte, schaute ein Möbelstück durchaus wohlbehalten her, als könnte es noch seine zwanzig, dreißig Jahre überstehen. Untersuchte man es dann ernsthaft, erwies es sich als kaputt, wurmstichig, und es war ein Wunder und Schwindel, daß es überhaupt noch zusammenhielt. Das Leben war halt kompliziert; auch für einen Großkopfigen wie den Dr. Krüger war es nicht immer einfach, besonders wenn einer gewissermaßen von Natur ein Schlawiner war. Der Geschworene Lechner schaute aus seinen wässerig blauen Augen den Angeklagten Krüger an, strich sich durch den Schläfenbart, schnaufte, schneuzte sich in das gewürfelte Taschentuch, seufzte.

Der Geschworene Paul Hessreiter folgte den Bekundungen über das tote Mädchen mit einem unmotiviert leidenschaftlichen Interesse. Den kleinen Mund hielt er leicht offen, so daß sein fleischiges Gesicht ein wenig töricht aussah.

Neben ihm der Hoflieferant Dirmoser schaute ihn manchmal von der Seite an. Ihm war sein blödes Geschworenenamt eine lästige Formsache, er hätte sich gern davon gedrückt. Aber er fürchtete, das könnte seinem bürgerlichen und geschäftlichen Ruf schaden, so etwa wie wenn er der Beerdigung eines großen Kunden ferngeblieben wäre. Er litt unter der Hitze, seine Gedanken glitten ab, glücklicherweise hatte er sich für solche Gelegenheiten ein offizielles, beteiligtes Gesicht eingeübt, das er ohne Mühe durch längere Zeit festhalten konnte. Ekelhaft war, daß sich die erste Verkäuferin der Filiale seines Handschuhgeschäftes in der Theresienstraße krank gemeldet hatte; die dumme Gans hatte wahrscheinlich wieder zuviel Gefrorenes geschleckt. Jetzt mußte seine Frau die Leitung der beiden Geschäfte ganz allein besorgen. Das traf sich besonders blöd, weil der zweijährige Pepi wieder kränkelte und auf das neue Mädchen kein Verlaß war. Dies überdenkend, betrachtete er mechanisch die Zwirnhandschuhe einer Zeugin, sie waren badisches Erzeugnis, er hätte von dieser Fabrik einen längeren Zahlungstermin verlangen sollen.

Zuverlässig bekundet wurde von den Insassen des Hauses Katharinenstraße 94 nur, daß Dr. Krüger einige Male nachts in dem Atelier des Fräuleins gewesen war. Aber wann, wie, ob allein, ob mit mehreren, wagte mit Sicherheit keiner der Zeugen auszusagen.

Der Angeklagte Krüger blieb bei seiner ersten bestimmten Erklärung. Er sei mit Anna Elisabeth Haider häufig und gern zusammen gewesen, oft in ihrer, oft in seiner Wohnung. In der fraglichen Nacht habe er sie von dem Fest nach Hause begleitet, sei aber dann im gleichen Wagen weitergefahren. Geschlechtlichen Charakter hätten ihre Beziehungen nicht gehabt. Seine Aussage in dem Disziplinarverfahren gegen das tote Mädchen sei Punkt für Punkt wahr, er halte sie aufrecht.

Der Angeklagte sah heute trotz der langen Untersuchungshaft frisch und spannkräftig aus. Sein massiger Kopf mit den starken Kiefern, der fleischigen, wuchtigen Nase, dem geschwungenen Mund war wohl etwas gebleicht und schärfer von Zügen; aber er folgte allen Windungen des Prozesses mit ganzer Aufmerksamkeit, es kostete ihn offenbar Mühe, den Weisungen seines Verteidigers gemäß ruhig zu bleiben und nicht mit Heftigkeit dazwischenzufegen. Für die Frauen des Kleinbürgerhauses hatte er rasche Augen voll verächtlicher Gleichgültigkeit. Nur einmal, während der Aussage der Hofrätin Beradt, war er im Begriff, aufzuspringen, und stieß ein so heftiges Gesicht gegen sie zu, daß die nervöse Dame mit einem kleinen Aufschrei zurückfuhr.

Vielleicht hätte sich, wäre der Mann Krüger den Schikanen der Hofrätin gegen das tote Mädchen einmal mit soviel Anteilnahme begegnet statt mit eben jener verächtlichen Gleichgültigkeit, alles freundlicher gelöst. Sicher ist, daß dem Manne Krüger seine heftige Gebärde zwar einen milden Verweis von seiten des Vorsitzenden eintrug, daß aber die Frauen nicht mehr mit der gleichen Gehässigkeit auf ihn schauten, mit der sie seinen blicklosen Hochmut erwidert hatten.

7

Der Mann in Zelle 134

Am Abend dieses Tages saß der Mann Krüger allein in seiner Zelle. Die Zelle 134 war von mäßigem Umfang, kahl, aber zu sonderlichen Beanstandungen keinen Anlaß gebend. Es war acht Minuten vor neun Uhr. Um neun Uhr wird das Licht ausgehen, und die Gedanken werden dumpfer und beklemmender, wenn das Licht ausgegangen ist.

Während der ersten Tage seiner Haft hatte Martin Krüger sich verzweifelt gewehrt. Er hatte gebrüllt, sein massiges Gesicht war nur mehr ein tobender Mund gewesen unter irren Augen. Die haarigen Hände zu Fäusten geballt, hatte er auf die Tür seiner Zelle eingehauen.

Der Rechtsanwalt Dr. Geyer, als seine kühle Haltung den Rasenden schließlich besänftigt hatte, erklärte dem Ermatteten, er habe wenig Verständnis für derartige Wutausbrüche. Er selbst, Geyer, habe in scharfer Zucht gelernt, an sich zu halten. Das sei nicht leicht, wenn man das ganze Maß an Unrecht und Heuchelei, wie es in diesem Staat geübt werde, kennenlerne wie er. Was an ihm, dem Manne Krüger, geschehe, geschehe an Tausenden, Schlimmeres geschehe an Tausenden, und Schreien sei bestimmt dagegen nicht das rechte Mittel. Während er so mit seiner scharfen, nervösen Stimme auf den stumpf Dasitzenden einpeitschte, ihn mit seinen blauen, dringlichen, dickbebrillten Augen bedrohend, hatte der Mann Krüger sich wieder eingefangen. Ja, es war merkwürdig, wie klagelos der Verwöhnte von jetzt an die Entbehrungen der Haft ertrug. Gewöhnt an vielerlei Bequemlichkeit, an sein genau temperiertes Bad, verstimmt durch die geringfügigste Entstellung seiner Räume, duldete er jetzt ohne Wehleidigkeit das kahle Leben der Zelle.

War er allein, so fiel der Mann Krüger häufig unvermittelt aus spöttischer Überlegenheit, in der er diese Haft als vorübergehende unangenehme Episode empfand, in Raserei und Depression. An den beiden Prozeßtagen hatte er sich oben gehalten durch die Vorstellung, die ganze Angelegenheit sei nicht ernst zu nehmen. Man wird es nicht wagen, jemanden, der unter den deutschen Kunstwissenschaftlern auf erhöhtem Platze stand wie er, auf eine so läppische Aussage hin zu verurteilen. Er stammte aus dem Badischen, er konnte sich schwer einfühlen in die dumpfe, breiige Beharrlichkeit, mit der die Bewohner der bayrischen Hochebene den einmal Gehaßten zur Strecke bringen. Er konnte sich nicht vorstellen, wie ein eifriger Staatsanwalt aus dem schmierigen Gerede der Kleinbürgerinnen juristisch faßbare Tatbestände konstruieren, wie der biedere Hoflieferant Dirmoser, der wackere Briefträger Cortesi aus so unsauberem Gestammel für ihn Gefängnismauern bauen sollten.

Allein heute während der Vernehmung der Hofrätin Beradt, als diese jämmerliche Affäre des Mädchens Anna Elisabeth Haider so widerwärtige Färbung angenommen hatte, war ihm mit einem Ruck ungeheuer real die Bedrohlichkeit seiner Lage unter diesen bayrischen Menschen aufgegangen. Jetzt auf einmal verstand er den ganzen angespannten Ernst des Dr. Geyer. Wohl hatte sich Martin Krüger mit rascher Phantasie Bilder des Martyriums vorgespielt: wie das sein wird, Verzicht auf die angenehmen Gewohnheiten seines Alltags, Verzicht auf vernünftige Tätigkeit, Kunst, Gespräch mit musischen Menschen, Verzicht auf Frauen, geschmackvoll zusammengestellte Mahlzeiten, morgendlich willkommenes Bad. Mit sentimentaler Freude am Kontrast hatte er sich das zurechtgemalt. Draußen Juni, schon streckte man sich am Meer auf besonntem Sand, flirtete in Booten, jagte auf weißen Landstraßen in bestaubten Wagen, hockte vor Schutzhütten, die Glieder wohlig ermüdet,

Wein trinkend, zwischen Berggipfeln; während sein Leben so sein wird: kahle, graue Wand, wenige Quadratmeter zu seinen Füßen, morgens braunes Wasser im Blechnapf, tagsüber den Anordnungen mürrischer, schlechtriechender Aufseher unterworfen, eine halbe Stunde Spaziergang im Hof, dann wieder kahle, graue Wand bis neun Uhr: Licht aus. Und so das Jahr hindurch und weitere zweiundfünfzig Wochen und vielleicht weitere endlose dreihundertfünfundsechzig Tage. Aber immer, selbst während seiner Tobsuchtsanfälle, war solche Vorstellung Spiel geblieben. Wie sie an diesem Vormittag zum erstenmal in nicht zu vertreibender Wirklichkeit vor ihm stand, da wurde ihm die Kehle schlaff, alle Kraft rann aus seinen Gliedern, ein hohles, übles Gefühl kroch ihm den Magen hinauf.

Es waren noch vier und eine halbe Minute, bis das Licht ausging. Er hatte Angst vor der vollen Stunde. Er saß auf der heruntergeklappten Bettpritsche, im Schlafanzug, um ihn Tisch, Stuhl, Wasserkrug, Emailnapf fürs Essen, weißer Kübel für die Notdurft. Die Hände auf den Knien, der Unterkiefer leicht herabgefallen, sah er durchaus nicht mehr gefährlich aus.

Er hatte das Mädchen Anna Elisabeth Haider nicht gesehen, nachdem sie sich auf so üble Weise getötet hatte. Er war damals in Spanien gewesen, um sein Buch über die spanische Malerei zu Ende zu schreiben, und war eigentlich froh, daß er ihre letzte, schlechte Zeit nicht mehr mitgemacht hatte. Es war sonderbar, daß ein Mensch sich umbrachte, ihm war das unverständlich, er hatte es abgelehnt, sich damit zu befassen. Jetzt, am vierten Juni, drei Minuten vor neun Uhr, ließ es sich nicht ablehnen. Die Vorstellung des toten Mädchens Anna Elisabeth Haider ging nicht aus der Zelle 134, trotzdem das Licht noch brannte und trotzdem er genau wußte, daß er seine Gedanken für Wichtigeres nötig hatte, nämlich zur Abwehr dieses maßlos albernen Prozesses.

Er hatte nicht gelogen. Er hatte das Mädchen an jenem Abend wirklich nicht in ihre Wohnung hinaufgebracht, hatte auch niemals mit ihr geschlafen. Unter den scharfen, spürenden, blauen Augen Dr. Geyers hatte er sich die Gründe klargemacht. Es war eigentlich ein Zufall, daß er nicht mit ihr geschlafen hatte wie mit anderen Frauen. Anfänglich hatte es sich aus irgendwelchen äußeren Ursachen nicht gefügt. Dann hatte sie jenes Bild gemalt, und es war ihm, warum, wußte er nicht genau, der Anreiz vergangen. Das Bild war zu sehr da, sagte er zu Dr. Geyer.

Er sah sie vor sich, wie sie die Treppe hinunterhüpfte – sie hüpfte viel zuviel für ihre frauenhafte Figur –, das Antlitz breit und rund, ein Bauernmädelgesicht eigentlich, mit dikkem, blondem, nicht einwandfrei gepflegtem Haar, die Augen standen grau, mit einem verwirrenden Ausdruck von Vertiefung und Abwesenheit in dem sonst naiven Gesicht. Der Umgang mit ihr war nicht einfach, sie war verzweifelt weltfremd, sehr gleichgültig gegen alles Äußerliche, solange es ihr nicht an den Hals ging, überaus schlampig, kompromittierend verwahrlost angezogen. Dazu hatte sie Anfälle von Quartalssinnlichkeit, die ihm in ihrer Wildheit sehr ungelegen kamen. Aber sein sicherer musischer Instinkt wurde trotz dieser ihm verhaßten Unbequemlichkeiten angezogen von ihrem durch eine undeutliche Zeit schwierig, aber unablenkbar richtig vortastenden Kunstwillen. Denn er hielt die dumpfe, unbequeme Frau, die so recht das war, was die Stadt unter einer *Schlawinerin* verstand, und die durch schlecht und unregelmäßig versehenen Zeichenunterricht in einer staatlichen Schule dürftig ihr Leben bestritt, er hielt diese Frau für einen der seltenen geborenen Künstler der Epoche. Sie produzierte mühselig, mit Stockungen und Zusammenbrüchen, sie vernichtete immer wieder, was sie gemacht hatte, ihre Ziele, ihre Methoden waren schwer zugänglich; aber er spürte das Unbeirrbare darin, das Einmalige, Gewachsene. Vielleicht war es gerade ihre Künstlerschaft, die ihn hemmte, sie unbedenklich als Frau zu nehmen, wie er viele andere genommen hatte. Sie litt darunter, holte sich infolge der sonderbaren Passivität seiner Beziehungen zu ihr ziemlich wahllos Männer zusammen. Bis dann, veranlaßt durch Versäumnisse in ihrem Schuldienst, aber vor allem durch den von ihm bewirkten Ankauf ihres Bildes für die staatlichen Galerien, das Disziplinarverfahren gegen sie eingeleitet wurde, in dessen Verlauf er jenen fatalen, noch dazu überflüssigen Eid geleistet hatte.

Denn selbstverständlich war sie, was jeder in diesem Lande voraussehen mußte, trotz seiner günstigen Aussage diszipliniert worden. Er war nach Spanien gegangen, den Ausgang des Verfahrens nicht abwartend, die Folgen nicht verhütend, die er doch bei etwas mehr praktischer Menschenkenntnis ebenfalls hätte voraussehen müssen. Es war schließlich begreiflich, daß er, wenn er sich einmal auf einige Zeit aus seinem deutschen Betrieb frei machte, Ruhe haben, sich seinem Werk widmen wollte und daß er sich seine Post nicht nachkommen ließ. Es war aber auch begreiflich, daß sie, nachdem sie ihm mehrmals vergeblich geschrieben hatte, nicht mehr aus noch ein wissend, sich mit Leuchtgas vergiftete. Als er zurückkam, war sie tot und Asche. Frau Hofrat Beradt, mit der er wegen Regelung des schriftlichen und künstlerischen Nachlasses eine widerwillige Zusammenkunft hatte – von Angehörigen war nur eine Schwester da mit wenig Anteilnahme –, hatte sich sehr feindselig gezeigt. Schriftliches war von den Gerichtsbehörden beschlagnahmt worden. Einige Zeichnungen waren noch da; ihre Bilder hatte die Tote offenbar vernichtet. Ein Wächter der Staatsgalerie berichtete, Fräulein Haider sei am Tag vor ihrem Tode noch in der Galerie vor ihrem Bilde gewesen, sie sei durch ihr verstörtes Wesen aufgefallen und habe ihm schließlich, als er, veranlaßt durch ihr damisches Geschau, sich mit ihr in ein Gespräch einlassen wollte, ein eigentlich unmotiviertes Trinkgeld von zwei Mark gegeben. Was Frau Hofrat Beradt außerordentlich mißbilligte. Denn es waren noch Schulden zu begleichen. Die Tote war Miete schuldig geblieben, auch hatte sie vieles in den von ihr benützten Räumen ruiniert, so daß Reparaturkosten zu bezahlen waren, abgesehen von der vor allem durch ihr Ende hochgelaufenen Gasrechnung.

Es war jetzt noch eine halbe Minute vor neun. Dr. Krüger gelang es nicht, sich das Mädchen wirklich vor Augen zu stellen. Er bemühte sich fast ängstlich, sie zu denken, wie sie rauchend und in schlampiger Haltung in ihrer Diwanecke hockte, oder wie sie mit angestrengtem Gesicht ziemlich langsam ohne Schirm in dickem Regen mit ihrem zu zierlichen Schritt über die Straße trippelte, oder wie sie einem gelöst und doch sonderbar schwer beim Tanzen im Arm hing. Aber das Bild drängte immer vor, es war nichts von ihr da als das Bild.

Das Licht war aus, es war dumpfe Luft in der Zelle, die Hände waren ihm heiß, die Bettdecke kratzte auf unangenehme Art. Er zerrte den Kragen des Schlafanzugs höher, die Hose tiefer. Atmete beschwerlich. Schloß die Augen, sah farbige Wirbel, öffnete sie wieder, lag in drückender Nacht.

Er war zu weich, zu wenig energisch, das war der Grund allen Übels. Atavistische Vorstellungen bedrängten ihn jetzt in der Nacht. Dies war Strafe und Heimsuchung. Er ließ sich gehen, er machte es sich zu bequem. Versäumte die Pflichten, die seine Begabung ihm auflegte. Es ging ihm zu gut, das war es. Es war ihm alles zu leicht gemacht worden. Es fehlte ihm selten an Geld, er sah gut aus, die Frauen verwöhnten ihn, seine Begabung war gefällig, sein Stil schmiegte sich leicht und eingängig den Kunstdingen an, die er näherbringen wollte. Seine schärferen, unbequemeren Erkenntnisse hatte er zurückgehalten. Es stand zwar kein Wort in seinen Büchern, das er nicht mit gutem Gewissen hätte vertreten können, aber manches stand nicht darin, was zu hören wenig beliebt, was zu verkünden unbequem war. Es gab Erkenntnisse, die er ahnte, aber um die er sich herumdrückte. Vor sich selber, und wie erst vor anderen. Er hatte einen einzigen wirklichen Freund, Kaspar Pröckl, Ingenieur in den Bayrischen Kraftfahrzeugwerken, einen finstern, etwas verwahrlosten Menschen mit starken politischen und künstlerischen Neigungen, voll von Fanatismus und heftigem Willen. Kaspar Pröckl setzte ihm oft zu wegen seiner inneren Trägheit, und manchmal vor den unbequemen Augen dieses jungen Menschen, der übrigens sehr an ihm hing, kam sich Martin Krüger wie ein Hochstapler vor.

Aber hatte er sich nicht zu seiner Sache bekannt? Hatte er nicht Zeugnis abgelegt? Wenn er hier saß, war es nicht deshalb, weil er Zeugnis abgelegt hatte, weil er zu den Bildern gestanden war, die er für richtig hielt?

Gut. Aber wie war das mit »Josef und seine Brüder«? Es war eine verwickelte Sache gewesen, und zu Anfang hatte er sich auch richtig gehalten. Man hatte ihm eine Photographie des Bildes geschickt, viel Geheimnis und Gewese gemacht. Der

Maler sei krank, hieß es, menschenscheu, schwierig zu behandeln. Mit Mühe nur habe man erreicht, daß er das Bild nicht wieder vernichtete. Die photographische Aufnahme sei ohne sein Wissen erfolgt, sicher gegen seinen Willen. Der Maler, im Wahngefühl seines Unvermögens und der Sinnlosigkeit jeder Kunstbetätigung in dieser Epoche, verkrieche sich in eine läppische Brotarbeit als subalterner technischer Beamter. Man verspreche sich viel von einer Intervention Martin Krügers, dessen Bücher der Maler kenne.

Er hatte sich auch, der Mann Krüger, erfüllt von dem Bild, mit wildem Elan hinter die Aufgabe hergemacht. Den Maler allerdings hatte er nicht zu Gesicht bekommen. Aber das Bild hatte er gesichert. Er hatte, seine Stellung ernsthaft gefährdend, den Minister vor die Frage gestellt, ihn zu entlassen oder das Bild zu kaufen. Hatte dann, als man triumphierend auf den zu hohen Preis hinweisen konnte, den Reindl, den Autofabrikanten, so widerwärtig der ihm war, zur Herausgabe einer großen Summe mühevoll überredet. Bis dahin konnte er vor jeder Instanz seinen Mann stellen. Allein wie weiter? Über dieses Spätere war er immer gern hinweggeglitten, hatte er sich mit etwas nebelhaften Vorstellungen abgefunden. Jetzt, in der Nacht der Zelle 134, schwitzend und bedrängt, biß er die Zähne zusammen, rekonstruierte sich die Geschichte, zwang sich, vor den Zusammenhängen die Augen nicht zu schließen.

Es war dies gewesen. Als das Bild einmal in der Galerie hing, war er erschlafft. Während er für mittelmäßig frühe Spanier suggestive Sätze gefunden hatte, waren ihm für »Josef und seine Brüder« die rechten Worte niemals gekommen. Er hatte sich begnügt mit allgemeinem Gesabber. Es wäre sein Amt gewesen, für dieses Werk, das er erfaßt hatte, auch andere zu erfassen, es in Worten nochmals zu malen, daß es sichtbar werde. Aber Konzentration war schmerzhaft, das Bild »Josef und seine Brüder« in Worte umzugestalten, kostete Nerven, er war zu träg. War das schon üble Schlamperei gewesen: das für immer Unverzeihliche geschah dann später. Als der Minister Flaucher ans Ruder kam, hatte der trübe Idiot sich mit Kraft darauf geworfen, das Bild aus der Galerie hinauszuschieben.

Man hatte ihm, dem Krüger, nahegelegt, einen dicken Urlaub zu nehmen. Der war ihm willkommen; denn er schuf ihm die Möglichkeit, sein Buch über die Spanier gründlich durchzuarbeiten. Als er zurückkam, war das Bild »Josef und seine Brüder oder Gerechtigkeit« fort, vertauscht gegen einige brave Gemälde, die unleugbar ausgezeichnet zur Komplettierung dienten. Er hatte das gewußt, ehe er den Urlaub antrat. Es war kein Wort darüber verlautet, aber er hatte gewußt, daß er einen Kuhhandel einging, daß man ihm den Urlaub gewährte als Gegenleistung für seine passive Zustimmung zu dem übeln Verrat an dem Maler Landholzer und seinem Werk.

Wie er sich das mit dürren Worten sagte, jetzt, in der Zelle 134, bäumte er hoch, schnaubte durch die Nase. Es waren viele Dinge an ihn herangekommen, täglich. Vieles, was man hätte tun sollen, hatte er nicht getan. Man war nicht der liebe Gott, man war ein Mensch mit zwei Händen, einem Herzen und einem Hirn, und es genügte, wenn man einiges tat von dem, was zu tun war. »Einiges«, knurrte er vor sich hin, »einiges, nicht alles.« Aber auch der Schall der Worte vertrieb nicht die Gewißheit, daß sie falsch waren. Die Vorstellung seines jungen Freundes stieg vor ihm auf, des Kaspar Pröckl, das unrasierte, hagere Gesicht mit den tiefliegenden Augen und den starken Jochbogen. Er fühlte sich hilflos, legte sich auf die andere Seite.

Aber was zum Teufel hatte die Sache »Josef und seine Brüder« mit seinem verdammten Pech zu tun? Er war verflucht nervös, daß er schon mythologische Begriffe wie Schuld, Sühne, Vorsehung bemühte. Hätte vielleicht ein anderer in seiner Stellung es besser machen können? Nein, ein anderer vielleicht nicht: aber er selber. Er hätte weitergehen, hätte bis zu seinen Grenzen gehen müssen. Er war ein schlechter Mann, er war ein fauler Mann. Er war nicht bis zu seinen Grenzen gegangen. Wer nicht bis zu seinen Grenzen geht, ist ein fauler Mann.

Die Schritte des Beamten kamen gleichmäßig von dem Gang vor seiner Tür. Neun Schritte konnte man ganz deutlich hören, dann nochmals neun leiser, dann verklangen sie.

Ja, er war ein fauler Mann, ein schlechter Mann, zu Recht

vor Gericht gefordert, wenn auch der Hoflieferant Dirmoser und der Altmöbelhändler Lechner nicht ahnten, warum. Er hatte doch sehr genau gewußt, wie es um »Josef und seine Brüder« bestellt war. Es war wahrscheinlich kein rundes, vollgültiges Werk. Aber er hatte die Gelegenheit gehabt, einen Maler, wie er vielleicht einer Generation nur einmal geschenkt wird, ins Licht zu heben, er hatte diese Gelegenheit erkannt und sie, aus Bequemlichkeit, versäumt.

Hatte er nicht einmal halb im Spiel – was tat er nicht halb im Spiel? – eine Stufenleiter aufgestellt der Werte in seinem Leben? Ja, einmal, an einem Regentag im bayrischen Vorgebirg, mit Johanna in einem friedlichen Schloßpark spazierend, hatte er ihr diese Skala auseinandergesetzt. Er erinnerte sich noch ganz genau. Der gestutzte Park jenes Königsschlosses war angefüllt mit mythologischen Figuren im Geschmack von Versailles. Er hatte sich auf eines dieser hölzernen Tiere gesetzt, im Reitsitz. Denn es war nicht die Jahreszeit, es war gegen Abend, und sie waren die einzigen Fremden auf der Insel. Und so, auf dem hölzernen Rücken des mythologischen Tiers, hatte er ihr seine Stufenleiter der Werte dieses Daseins entwickelt. Zuerst, ganz unten, war der Komfort, die vielen Annehmlichkeiten des Alltags. Dann, etwas höher oben, stand Reisen, die Freude an der Mannigfaltigkeit dieser Welt. Dann, wieder eine Stufe höher, standen Frauen, alle Dinge verfeinerter Lust. Und nochmals einen Grad höher stand Erfolg. Ja, Erfolg war gut, Erfolg schmeckte gut. Doch diese Dinge waren untere Grade. Darüber stand der Freund, Kaspar Pröckl, und sie, Johanna Krain. Aber ganz ehrlich, auch das war nicht das Letzte. Das Letzte, Höchste war seine Arbeit.

Johanna hatte zugehört, nachdenklich unter ihm stehend, in dem leichten Regen. Aber ehe sie antworten konnte, war ein Schloßwächter gekommen, mit einem großen Hund, und hatte drohend gefragt, was er da oben auf dem Kunstwerk mache; das Reiten auf den Kunstwerken sei streng verboten. Und Martin Krüger war heruntergeklettert von der hölzernen Mythologie, er hatte einen Ausweis bei sich, und der Wächter war strammgestanden vor dem Direktor der staatlichen Sammlungen und hatte sich untertänig erklären lassen, für die Erforschung dieser Art Kunstwerke sei es erforderlich, darauf zu reiten.

Ja, es war merkwürdig, daß Johanna Krain es jetzt schon im vierten Jahr mit ihm aushielt. Er sah sie vor sich, das breite Gesicht mit der sehr gestrafften Haut, das bräunliche, eigensinnig gegen die Mode geknotete Haar, die dunkeln Brauen über den großen, grauen, unvorsichtigen Augen. Es war merkwürdig, daß sie ihn so lange in ihrer klaren Luft aushalten konnte. Man brauchte nicht die starke, gerade Johanna Krain zu sein, um schon aus seinem Verhalten in der Sache um »Josef und seine Brüder« zu erkennen, wie bequem und verwaschen seine Praxis war. Ja, so war er, mit ungeheurem Elan auf eine Sache losstürmend; wenn es aber darum ging, auszuhalten, auf längere Zeit seinen Mann zu stehen, dann, auf verschwommene, kompromißlerische Art, drückte er sich.

Unvermittelt überkam ihn heftige Lust, Johanna zu sehen. Er hatte ihr kräftiges, breites Gesicht im Gerichtssaal gesucht unter vielen Gesichtern. Vergeblich. Wahrscheinlich hat nur dieser widerwärtige Dr. Geyer aus irgendwelchen kniffligen, juristischen Motiven verhindert, daß sie da war. Dabei sollte sie doch gar nicht aussagen. Er will nicht, daß sie aussagt. Er hat das dem Anwalt schon zwei- oder dreimal gesagt. Er will nicht, daß Johanna in diese schmutzige Angelegenheit gemengt wird, aus der jeder nur bedreckt herauskommt.

Aber der Mann in Zelle 134 konnte nicht verhindern, daß er sich immer wieder mit rascher Phantasie ausmalte, wie das sein wird, wenn Johanna mit ihrer unbekümmerten Stimme für ihn Zeugnis ablegt. Es wäre eine verdammt bittere Enttäuschung, wenn der Dr. Geyer wirklich auf ihn hört und auf Johanna Krain verzichtet. Großartig wird das, wenn Johanna den blöden Burschen die Meinung sagt. Wenn der Prozeß in sein albernes Nichts zusammenschrumpft. Wenn sie dann alle kommen, sich zu entschuldigen. Der Minister Flaucher voran, der trübe Quadratschädel. Oh, er, Krüger, wird dann keine große Geschichte daraus machen. Ganz unpathetisch, mit einem kleinen Schmunzeln, fast herzlich wird er die reuige Hand des alten Esels nehmen, froh, daß man ihm fortan wohl oder übel in seinem Amt größere Unabhängigkeit wird einräumen müssen.

Auf alle Fälle ist es ein Jammer, daß er in diesen Tagen Johanna nicht zu Gesicht kriegt. Der vorsichtige, immer viel zu opportunistische Dr. Geyer glaubt, es werde den Effekt ihrer Aussage abschwächen, wenn sich herausstellt, daß sie in diesen Tagen viel mit ihm zusammen war. Die Stärkung, die ihm, dem Manne Krüger, aus einem Zusammensein mit Johanna zufließen würde, kam natürlich nicht in Frage. Fast gehässig dachte der Mann Krüger an die hellen, spürenden, dickbebrillten Augen des Anwalts.

Aber daß Johanna so lang und so dicht zu ihm hält, ist eine große Bestätigung. Ja, er hat einmal versagt. Aber jetzt hat er sich wieder zusammengerissen, er wird seinen Wagen flottkriegen. Er muß nur erst aus dieser tristen Geschichte heraus sein. Dann wird er, und sei es im tiefsten Sibirien, das Bild »Josef und seine Brüder« wieder auftreiben, wird, was wichtiger ist, den Maler Landholzer aufstöbern. Wird suchen, zäh, fanatisch, zusammen mit dem jungen Kaspar Pröckl. Mit seiner früheren verfluchten Kaulquappenmanier jedenfalls wird er ein für allemal Schluß machen.

Wieder die Schritte des Wächters. Neun Schritte laut, neun Schritte leiser, dann hört man ihn nicht mehr. Aber unter solchen Gedanken kratzte ihn die Decke weniger, auch legte er sich unbesorgt wieder auf die linke Seite, ohne Furcht wegen seines Herzens. Seine natürliche Müdigkeit siegte über die Nervosität der Nacht und der Zelle, er schlief ein mit einem kleinen, zufriedenen Lächeln.

8

Rechtsanwalt Dr. Geyer stellt anheim

Der Rechtsanwalt Dr. Siegbert Geyer ließ sich auch an dem verhandlungsfreien Sonntag pünktlich um acht Uhr von seiner Haushälterin wecken. Über jede Stunde auch dieses Sonntags ist verfügt. Er muß die Zeugin Krain empfangen, er muß in der Tiroler Weinstube, die am Sonntagvormittag eine Art neutralen Klubs für die Politiker des kleinen Landes bildet, seine nicht übermäßig geschickten Parteifreunde vor Dummheiten behüten. Vor allem aber muß er sich mit seinem Manuskript beschäftigen »Geschichte des Unrechts im Lande Bayern vom Waffenstillstand 1918 bis zur Gegenwart«. Denn dieses Werk muß in Fluß bleiben. Er darf es nicht gefährden, indem er zu große Pausen in die Arbeit einschiebt.

Als die larmoyant heisere Stimme seiner Haushälterin Agnes ihn weckte, riß er sich mit Willensanspannung und ungern gehorchenden Gliedern aus dem Bett. Im Bade dann erlaubte er sich gelöste Gedanken, entspannt der scharfen Logik, zu der er sich diszipliniert hat.

Wußte man von den Mühen, mit denen er seine berühmte überlegene Ruhe, seine klare Energie täglich neu wieder ankurbeln, speisen, in Betrieb halten mußte? War er nicht im Grunde von kontemplativer Art, ungeeignet für solch überhitzte Aktivität? Schön wäre es, sich aufs Land zurückzuziehen, des Berufs und des politischen Betriebs ledig, sich auf theoretische Schriftstellerei über Politik zu beschränken.

Wird er heute Ruhe finden, um weiterzuarbeiten an der »Geschichte des Unrechts«? Es ist verdammt schwer, die Gedanken von dem Manne Krüger und von sich selber loszukriegen. Einmal, wenn das Buch etwas werden soll, muß er doch hier Schluß machen und sich auf ein paar Monate in die Stille retten.

Ach, er wußte, wie ein solcher Versuch ausgehen würde. Leise schaukelnd in dem warmen Wasser, ein fatales Lächeln um die dünnen Lippen, dachte er an frühere Bemühungen, dem aufreizenden Betrieb ringsum zu entfliehen. Immer nach zwei Wochen ländlicher Stille sehnte er sich nach seiner Post, nach Zeitungen, nach juristischen, politischen Konferenzen. Sehnte sich danach, im Gerichtssaal, auf der Tribüne des Landtags zu stehen und in Gesichter zu schauen, die an seinem Mund hingen. So genau er wußte, daß solche Wirkungen Schein waren, es war zu schwer, auf sie zu verzichten.

Der Anwalt Dr. Geyer schaukelte in der Wanne, seine Glieder schwammen mild in dem grünlich hellen Wasser. Er dachte an das Buch »Recht, Politik, Geschichte«, das große Buch, das er einst schreiben wird. Er dachte liebevoll an einige

Formulierungen, die er gefunden hatte und die ihm geglückt schienen, schloß die Augen, lächelte. Seit seiner Studentenzeit hatte er sich damit befaßt. Er wußte, »Recht, Politik, Geschichte« wird ein gutes Buch werden, es wird mehr und Wichtigeres darin stehen, als er jemals vor einem Tribunal oder im Parlament wird sagen können. Es wird auch auf bessere Leute wirken als auf Richter und Abgeordnete, vielleicht sogar gelangt es einmal an einen, der seine Gedanken in Taten umsetzt. Er hatte Material gesammelt, gesichtet, geordnet. Er schichtete es um, Jahr um Jahr, verwandelte Pläne und Grunddisposition. Schob die eigentliche Arbeit, die den ganzen Mann verlangte, hinaus. Machte sich schließlich an das kleinere Buch, an die »Geschichte des Unrechts im Lande Bayern«, seine Selbstvorwürfe einschläfernd mit der flauen Rechtfertigung, dies sei nur Vorarbeit zu dem großen Werk. Aber heimlich, nicht jetzt im Bade, doch in ruhigen Minuten der Erkenntnis, wußte er, daß er das große Werk nie wird schreiben können, daß er zeitlebens hin und her hetzen wird zwischen kleiner Tagespolitik und Advokaterei, seine große Aufgabe lächerlich umsetzend in zwergige Geschäftigkeit.

Der Rechtsanwalt Dr. Siegbert Geyer rieb sich die dünne, sehr weiße Haut mit kalter Gummibürste, frottierte sich. Seine Augen bekamen ihren scharfen, zupackenden Glanz. Theoretische Spintisiererei. Albern. Es tat nicht gut, so lange im warmen Wasser zu liegen. Er hatte seinen Kopf zusammenzunehmen, sich mit dem Angeklagten Krüger zu befassen.

Das sanguinische, undisziplinierte Wesen des Krüger war ihm zuwider. Allein so unlieb ihm gerade dieses Objekt der Rechtsbeugung war, so aussichtslos die Verteidigung des Rechts war gegen einen Staat, der Recht nicht wollte, dennoch tat es wohl, Zeugnis abzulegen, etwas zu tun, einen Einzelfall weithin sichtbar ins scharfe Licht zu stellen.

Er frühstückte hastig, unachtsam, große Brocken in den Mund schiebend, heftig kauend. Die Haushälterin Agnes, knochig, mit gelbem Gesicht, ging ab und zu, schimpfte auf ihn ein, er solle langsam essen, so bekomme es ihm nicht. Auch hatte er natürlich wieder den alten, unmöglichen Anzug an; den neuen, den sie ihm bereitgelegt hatte, hatte er übersehen.

Er saß in unschöner, unbequemer Haltung, hörte sie nicht, kaute, besabberte seine Kleider, überflog die Zeitungsberichte, die sein Bürovorsteher ihm angestrichen überschickt hatte. Schon hatte er wieder die raschen, nüchternen, erkennerischen Augen wie im Gerichtssaal. Mehrere Zeitungen brachten sein Bild. Er beschaute das Bild, die dünne, gekrümmte Nase, die eckig heraussspringenden Backenknochen, das etwas krampfig vorgestreckte Kinn. Es war kein Zweifel, er gehörte heute zu den unumstritten besten Anwälten Bayerns. Er hätte fort sollen aus dieser trägen Stadt, nach Berlin. Niemand verstand, daß er sich mit dem Abgeordnetensitz im Parlament dieses kleinen Landes begnügte, daß er sich nicht in die große Politik begab. Offensichtlich hatte er sich in seine albernen Kämpfe mit diesem läppischen Duodezdiktator, dem Klenk, offenkundig sich in seine belanglosen Scheinerfolge in diesem unbeträchtlichen Lande verbissen.

Dr. Geyer, ein neues Zeitungsblatt umschlagend, hatte plötzlich jenes schreckhafte Zusammenzucken wie im Gerichtssaal, als ihn das unanständig alberne Lachen des Geschworenen von Dellmaier verwirrt hatte. Es war ein Berliner Mittagsblatt, das er in der Hand hielt, der Zeichner dieser Zeitung hatte frech und gut die Geschworenen des Prozesses Krüger porträtiert. Es waren Köpfe von hoffnungsloser Mittelmäßigkeit, ihre Stumpfheit war in wenigen Strichen erbarmungslos überzeugend eingefangen, und vornean, groß, zwei andere Köpfe überschneidend, war das Gesicht des Versicherungsagenten von Dellmaier, jenes windige, arrogante, hagere Gesicht, das der Anwalt nun Tage hindurch Stunde für Stunde sehen mußte. Es warf ihn immer wieder aus seinem nicht leicht erkämpften Gleichmut. Denn wo Dellmaier war, da war Erich nicht ferne; diese Burschen, so unzuverlässig in allem andern, in ihrer Unzertrennlichkeit waren sie zuverlässig. Erich. Der Anwalt hatte alles, was mit dem Komplex Erich zusammenhing, überdacht, geklärt, ausgesprochen. Es war erledigt. Endgültig. Allein er wußte, wenn der Junge leibhaft vor ihn hintreten wird, und einmal wird er vor ihm stehen und zu ihm reden, in diesem Augenblick wird eben nichts erledigt sein. Er hielt das Zeitungsblatt in der Hand, die andere Hand, im Begriff, ein halbgegessenes Brötchen zum Mund zu führen, war mittewegs steckengeblieben. Er starrte auf die Zeichnung, auf die paar Striche, die das freche, spöttische, windige Gesicht des Geschworenen wiedergaben. Dann mit einem Ruck riß er seine Augen weg von dem Zeitungsblatt, gebot sich, nicht mehr an den Dellmaier zu denken, und schon gar nicht an den Freund und Genossen des Dellmaier, an Erich, an den Jungen, seinen Sohn.

Während er noch am Frühstück schlang, kam Johanna Krain. Wie sie mit ihren schnellen, festen Beinen ins Zimmer trat, im rahmfarbenen Kostüm, das den sportlich kräftigen, ebengewachsenen Leib gut umschloß, mit dem kühnen, breiten, blaßbräunlichen Gesicht, packte den Anwalt ihre Ähnlichkeit mit einer, an die er nicht denken wollte. Er wunderte sich wie stets, wenn er sie sah, was dieses kräftige, entschiedene Mädchen mit dem immer wechselnden Krüger verknüpfte.

Johanna bat, das Fenster öffnen zu dürfen; der Junitag kam in das dumpfige, unbehagliche Zimmer. Johanna setzte sich auf einen der lieblos hingestellten, schmalen, steiflehnigen Stühle. Dr. Geyer, sonst solchen Stimmungen nicht zugänglich, fand den Bruchteil eines Augenblicks, eigentlich könnte jemand daran denken, seine Wohnung etwas heller auszustatten.

Johanna, die entschiedenen, grauen Augen auf ihm, bat ihn, weiter zu frühstücken, hörte ihm aufmerksam zu, wie er ihr die Prozeßlage auseinandersetzte. Er, sie nur zuweilen mit scharfem, spähendem Blick streifend, Brot brechend, Krümel zusammenscharrend, legte ihr dar, die Aussage des Chauffeurs Ratzenberger habe den Prozeß so gut wie aussichtslos gemacht. Die Glaubwürdigkeit des Chauffeurs anzuzweifeln, hätte vielleicht vor einem anderen Gericht Sinn. Dieses Gericht lasse eine Erörterung, wie die Aussage zustande gekommen sei, nicht zu.

»Und meine Aussage?« fragte nach einem kleinen Schweigen Johanna.

Der Anwalt, kurz aufschauend, dann in seinem Ei herumlöffelnd, präzisierte, was ihm Johanna früher mitgeteilt hatte. »Sie wollen also bekunden, daß Martin Krüger in der fraglichen

Nacht vom 23. zum 24. Februar zu Ihnen kam und sich zu Ihnen ins Bett legte?« Johanna schwieg. »Ich brauche Ihnen nicht zu sagen«, erklärte der Anwalt, Johanna plötzlich aus der dicken Brille wieder scharf anstarrend, »daß damit nicht viel gewonnen ist. Die Tatsache, daß Dr. Krüger in dieser Nacht bei Ihnen war, entkräftet an sich nicht die Aussage des Chauffeurs.«

»Kann man ihm zutrauen . . .?«

»Man wird ihm zutrauen«, erklärte trocken der Anwalt. »Ich halte es für richtiger, von Ihrer Aussage abzusehen. Daß Dr. Krüger im Laufe der Nacht bei Ihnen war, schließt nicht aus, daß er früher bei Fräulein Haider war. Die Anklage wird sich selbstverständlich auf den Standpunkt stellen, daß er eben *auch* bei Ihnen war.« Johanna schwieg; senkrecht standen über der Nase drei kleine, angestrengte Furchen in der sonst sehr glatten Stirn. Der Anwalt zerkrümelte Brot. »Ich glaube nicht, daß Richter und Geschworene durch Ihre Aussage beeinflußt werden. Im Gegenteil, es wirkt möglicherweise ungünstig, wenn festgestellt wird, daß der Angeklagte Beziehungen auch zu Ihnen hatte. Die Aussage wird für Sie nicht angenehm sein«, sagte er, sie plötzlich wieder mit den Augen packend, mit sehr klarer Stimme. »Man wird Sie nach Details fragen. Ich stelle anheim, von der Aussage abzusehen.«

»Ich möchte aussagen«, erklärte eigensinnig das Mädchen ihm ins Gesicht; immer, wenn sie einen anschaute, drehte sie den ganzen Kopf mit. »Ich möchte aussagen«, wiederholte sie, »ich kann mir nicht denken, daß . . .«

»Sie leben doch lange genug in dieser Stadt«, unterbrach ungeduldig der Anwalt. »Sie können sich doch mit mathematischer Sicherheit ausrechnen, welche Wirkung Ihre Aussage haben wird.« Johanna saß verbissen da. Der starke, zusammengepreßte Mund drang rot vor aus dem blaßbräunlichen Gesicht. Der Anwalt machte darauf aufmerksam, daß Krüger selber nicht wünsche, daß sie aussage.

»Ach, das ist eine Geste«, sagte Johanna und hatte unvermittelt ein kleines, amüsiertes Lächeln. »Wenn er etwas noch so gern will, immer spielt er zuerst den Höflichen und ziert sich.«

»Ich will mich natürlich bemühen«, sagte Dr. Geyer, »aus

Ihrer Aussage alles herauszuholen, was möglich ist. Tapfer sind Sie ja«, fügte er mit einem fatalen Lächeln hinzu, denn Komplimente zu machen war er nicht gewöhnt. »Über die Peinlichkeiten der Aussage sind Sie informiert?« fragte er plötzlich noch einmal, sehr sachlich.

»Ja«, sagte Johanna Krain mit einem etwas unwirschen Schnauben durch die Nase. »Das werde ich aushalten«, sagte sie.

»Aber ich stelle dennoch anheim, von der Aussage abzusehen«, beharrte hartnäckig der Anwalt. »Es wird wirklich nichts dabei herausschauen.«

Die Haushälterin Agnes kam herein, dürr, groß, mit gelbbraunem, rasch gealtertem Gesicht. Aus schwarzen, heftigen Augen schaute sie mit mißtrauischer Neugier auf die junge, feste Frau. Sie räumte umständlich das Geschirr weg, billige, blaugemusterte Ware aus den Süddeutschen Keramiken Ludwig Hessreiter & Sohn, und wechselte die Tischdecke, während Dr. Geyer und Johanna schwiegen.

»Können Sie sich erinnern«, fragte auf einmal, als die Haushälterin fort war, der Anwalt, »wann in dieser Nacht Dr. Krüger zu Ihnen kam? Die genaue Uhr meine ich.« Johanna überlegte. »Es ist lange Zeit her«, sagte sie. »Das ist mir nicht unbekannt«, erwiderte Dr. Geyer. »Aber sehen Sie, der Chauffeur Ratzenberger zum Beispiel kann sich trotzdem an die genaue Zeit erinnern. Ich habe ihn gefragt, wann der Dr. Krüger das Auto verließ. Gleich nach zwei Uhr, sagte er. Man hat kein Gewicht auf diese Aussage gelegt, aber sie steht im Protokoll.«

»Ich werde meine Erinnerung überprüfen«, sagte langsam Johanna Krain. »Wenn ich mich zum Beispiel erinnern sollte, daß Martin Krüger schon um zwei Uhr zu mir kam . . .?« sagte sie, angestrengt nachdenkend.

»Dann wäre zumindest die Aussage des Chauffeurs sehr erschüttert«, erwiderte rasch der Anwalt. Er nahm ein Zeitungsblatt, faltete es auseinander, die Zeichnung mit den Köpfen der Geschworenen wurde sichtbar, das windige Gesicht des von Dellmaier. »Wahrscheinlich wird man selbst dann dem Chauffeur mehr glauben als Ihnen«, sagte Dr. Geyer und faltete sorgfältig die Zeitung wieder zusammen. »Immerhin hätte dann Ihre Aussage Sinn.«

»Ich werde meine Erinnerung nachprüfen«, sagte Johanna und stand auf. Da stand sie, das Gesicht breit, klar, graue, kühne Augen über der stumpfen Nase, kräftig der Mund, ein großes, bayrisches Mädchen, entschlossen, ihrem unbesonnenen Freund auch mit Gefahr aus seiner blöden Geschichte herauszuhelfen.

»Aber alles in allem«, beharrte der Anwalt, »stelle ich Ihnen anheim, von der Aussage abzusehen. Besonders, wenn Sie sich nicht sollten an die genaue Stunde erinnern können.« Johanna legte ihre etwas breite, großporige Hand in die schmale, dünnhäutige des Anwalts und ging.

Aus dem Fenster des Nebenzimmers schaute ihr unter verzotteltem, schwarzem Haar das gelbbraune Gesicht der Haushälterin Agnes nach, angespannt, leidenschaftlich, wie sie fest und kräftig in dem gutsitzenden, rahmfarbenen Kostüm durch die Junisonne schritt.

Dr. Geyer saß erbarmungswürdig schlaff an dem mit Zeitungen unordentlich überdeckten Tisch. Dieses Mädchen Krain war viel zu gut für den Krüger. Dieses Mädchen Krain, trotzdem sie Bayrin war mit breitem, bayrischem Gesicht und unverkennbarem, breitem, bayrischem Dialekt, hatte eine gewisse Ähnlichkeit. Aber er wollte ja nicht daran denken, an den Jungen nicht, an die Mutter des Jungen nicht. Sie war tot, die ganze Geschichte war abgelebt, erledigt.

Er stand auf, mit einem kleinen Ächzen. Sah, daß er seinen Anzug sehr besudelt hatte. Schellte. Die Haushälterin Agnes stürzte herein. Er schrie sie an, wenn man sie nicht brauche, schnüffle sie herum, wenn man sie brauche, sei sie nicht da. Sie mit ihrer nervösen Stimme quäkte zurück, machte viele Worte. Jetzt endlich solle er doch wenigstens den richtigen Anzug anziehen, den sie bereitgelegt habe. Aber er hörte sie schon nicht mehr, setzte sich hin, kritzelte Notizen oder vielleicht auch nur Schnörkel auf den Rand einer Zeitung.

Noch als die Haushälterin längst wieder weg war, saß er so. Die Augen schmerzten ihn, er hielt die leicht entzündeten Lider geschlossen unter der dicken Brille. Er sah alt und müde aus und konnte trotz aller Selbstdisziplin nicht verhindern, daß er, dachte er an die Zeugin Krain, mitdachte an eine gewisse Ellis Bornhaak, eine Norddeutsche, verstorben vor längerer Zeit.

9
Politiker der bayrischen Hochebene

Obwohl der schöne Sonntag viele an die Seen und in die Berge führte, war die Tiroler Weinstube an diesem Junivormittag dicht gefüllt. Man hatte alle Fenster der Sonne geöffnet, aber es blieb angenehm dämmerig in dem großen Raum. Dick lag der Rauch der Zigarren über den massiven Holztischen. Man aß kleine, knusperig gebratene Schweinswürste oder lutschte an dicken, safttriefenden Weißwürsten, während man kräftige Urteile über Dinge der Kunst, der Weltanschauung, der Politik äußerte.

Es kamen am Sonntagvormittag vornehmlich Politiker in die Tiroler Weinstube. Sie saßen da im schwarzen Sonntagsrock, großspurig. Bayern war ein autonomer Staat: bayrischer Politiker sein, das war etwas.

Zerfiel nämlich damals Europa in zahlreiche souveräne Einzelstaaten, von denen einer das Deutsche Reich war, so zerfiel dieses Reich wiederum in achtzehn Bundesstaaten. Diese sogenannten *Länder*, an ihrer Spitze das Land Bayern, wachten, wiewohl sie ihrer wirtschaftlichen Struktur nach längst Provinzen waren, eifersüchtig über ihre Eigenstaatlichkeit. Hatten ihre Tradition, ihre historischen Sentiments, ihre *Stammeseigentümlichkeiten*, ihre Sonderkabinette. Achtzig Minister, 2365 Parlamentarier regierten in Deutschland. Die hochbetitelten Herren der Länderregierungen, diese Staatspräsidenten, Staatsminister, Landtagsabgeordneten, wollten nicht verschwinden oder bestenfalls Provinzialbeamte werden. Sie wollten es nicht wahrhaben, daß ihre Länder zu Provinzen des Reichs herabglitten, sie sträubten sich dagegen, sie redeten, regierten, verwalteten, um ihre staatspolitische Eigenbedeutung zu erweisen. Die bayrischen Minister und Parlamentarier waren in diesem Kampf der Länder gegen das Reich die Führer. Fanden für die Autonomie der Bundesstaaten die saftigsten Worte. Kamen besonders großspurig daher.

Ein Abglanz dieser Bedeutung fiel auch auf die Herren von der Opposition, die Parteifreunde Dr. Geyers, trotzdem die den bayrischen Partikularismus programmatisch bekämpften. Auch sie, infolge der politischen Struktur des Deutschen Reiches, saßen gewissermaßen im Nabel der großen Politik, sie fühlten sich wichtig, und diese Sonntagvormittage in der Tiroler Weinstube waren große Zeit für sie.

Sie saßen, die Politiker der Opposition, nicht in dem kleinen, etwas teureren Nebenzimmer, sondern betont volkstümlich in dem menschengestopften Hauptlokal. Fremd, schmal, mit zerarbeitetem Gesicht saß Dr. Geyer zwischen den Führern seiner Fraktion, den Herren Josef Wieninger und Ambros Gruner. Er hatte sogleich ins Nebenzimmer gespäht, wo häufig der Justizminister saß. Aber er hatte nicht den Klenk, nur den massigen Dr. Flaucher entdecken können. Leicht enttäuscht jetzt, daß der Feind nicht da war, und doch in seiner Müdigkeit froh, nicht kämpfen zu müssen, saß er, trank hastig und ohne Genuß von seinem Wein, betrachtete durch den Rauch die Köpfe seiner Tischgenossen. Josef Wieninger war der landesübliche Rundschädel; aus dem rosig blassen, blonden Gesicht schauten gutmütige, wässerige Augen; langsam, verträglich kaute er zwischen Würsten Satzbrocken hervor. Ambros Gruner hingegen trug den Schnurrbart forsch aufgezwirbelt, hatte auftrumpfende Bewegungen, hielt den dicken Bauch feldwebelmäßig stramm, rieb ihn am Tisch. Erging sich in starken Wendungen gegen die Regierung. Was eigentlich suchte Dr. Geyer zwischen diesen Leuten? Er wußte genau, so verschieden etwa die beiden Männer sich gaben, sie würden auf Worte des Kultusministers auf die gleiche Art reagieren, sie ließen sich bestechen durch derb gemütliche Umgangsformen. Man hatte den gleichen seelischen Boden, war trotz sozialistischen Geredes breiig zäh in der gleichen bäurischen Ideologie befangen.

Aus dem Nebenzimmer hörte man jetzt deutlich die knurrende Stimme des Dr. Flaucher. An seinem Tisch unterhielt man sich lärmend, stritt über Bismarck, das Reservatrecht der bayrischen Notenbanken, die Todesursache des eben ausgegrabenen ägyptischen Königs Tut en Kamen, die Qualitäten des Spatenbräubiers, die Verkehrspolitik Sowjetrußlands, den stammeseigentümlichen bayrischen Kropf, den Expressionismus, die Küche der Restaurants am Starnberger See. Immer wieder kehrte das Gespräch zurück auf das Aktporträt der Anna Elisabeth Haider. Es hatte sich aus der Galerie Novodny das Gerücht verbreitet, das Bild sei verkauft, nach München verkauft, an eine Persönlichkeit von Einfluß und zu einem ansehnlichen Preis. An wen, wurde nicht gesagt. Man riet auf den Baron Reindl, den Großindustriellen. Argwöhnte hierhin, dorthin. Stritt über die Qualität des Bildes. Der Dr. Matthäi, der Schriftsteller, wird in der nächsten Nummer seiner Zeitschrift das Gedicht veröffentlichen, von dem er gestern dem Kommerzienrat Hessreiter gesprochen hatte, er trug es bereits fertig im Kopf, er rezitierte die kräftigen, geschmalzenen Verse. Sie kamen dick, bösartig aus seinem von Säbelhieben zerhackten Gesicht; hinter dem Kneifer beobachtete er, ein gieriger Köter, die Wirkung. Man lachte dröhnend, trank ihm zu. Er, die Pfeife wieder zwischen den Lippen, setzte sich zurück, satt, befriedigt. Aber der Dr. Pfisterer, der andere Schriftsteller der Tafelrunde, fand das Gedicht zynisch. Er meinte, die Anna Elisabeth Haider, hätte man sie nicht so gehetzt, hätte sicherlich ins Gesunde heimgefunden. Auch der Dr. Pfisterer trug wie der Dr. Lorenz Matthäi eine graue Joppe, auch er schrieb umfängliche Geschichten aus den bayrischen Bergen, die ihm Erfolg überall im Reich brachten. Allein seine Geschichten waren optimistisch, rührten ans Gemüt, schufen Erhebung; er glaubte an das Gute im Menschen außer in dem Dr. Matthäi, den er haßte. Sie saßen sich gegenüber, die beiden bayrischen Schriftsteller, mit roten Köpfen, maßen sich hinter ihren Kneifern aus kleinen Augen, der klobige, zerhackte hielt den Schädel gesenkt, der andere stieß den rotmelierten Vollbart erregt, ein wenig hilflos vor.

Alle zeterten jetzt aufeinander los. Siegerin in dem Geschrei blieb schließlich, trotzdem sie nicht laut war, die Stimme des Professors Bathasar von Osternacher. Ihre biegsame, beharrliche Eleganz übertönte die andern, eifernd gegen das tote Mädchen. War er etwa nicht ein Revolutionär? War er nicht immer eingetreten für unbedingte Freiheit der Kunst auch in der Darstellung des Erotischen? Aber solche Malerei war ein eindeutiger physiologischer Vorgang, war Selbstbefriedigung einer unbefriedigten Frau, hatte mit Kunst nichts zu schaffen.

Die Kellnerin Zenzi lehnte an der Anrichte, hörte zu, sah besorgt, wie der Professor von Osternacher vor Eifer die Würstchen kalt werden ließ. Sie wußte Bescheid um die Stellung ihrer Stammgäste in der Wertung der Welt und der Kenner. Sie hörte vieles, es war nicht schwer, es zusammenzureimen. Über manche Ereignisse in Politik, Wirtschaft, Kunst hätte sie überraschende, gutfundierte Aufschlüsse geben können. Sie wußte auch, warum der Professor von Osternacher sich so ereiferte und die Würstchen kalt werden ließ.

Er war ein großer Mann, der Professor, verankert in der Kunstgeschichte, berühmt und hochbezahlt vor allem jenseits des Ozeans. Die fremden Gäste, nannte sie ihnen seinen Namen, schauten neugierig und ehrfürchtig her. Aber die Kassierin Zenzi erinnerte sich gut seines verzerrten Gesichts, als ihm einmal ein Spezi hinterbracht hatte, daß der Dr. Krüger ihn einen *begabten Dekorateur* genannt hatte, und sie begriff sehr gut, daß er den Kauf des von diesem Manne propagierten Bildes, noch dazu von seiten eines Münchners und für einen hohen Preis, als persönliche Kränkung empfand. Sie, besser als seine Frau und seine Tochter, kannte ihn. Ja, er war wirklich einmal revolutionär gewesen, aber er war auf seiner Manier, die sich später als nur modisch erwiesen hatte, sitzengeblieben. Er war alt geworden; wenn er sich nicht beobachtet glaubte, sie, die Kassierin Zenzi, wußte es, hatte er einen runden Rücken. Die Kellnerin Zenzi kannte das gut, wenn er so schimpfte. Das waren eigentlich nicht die andern, über die er loszog, sondern ihn stach, zwickte, ärgerte sein eigener Niederbruch. Sie war dann immer besonders mütterlich zu ihm, sänftigte ihn, bis er, heiser von der hadernden Bemühung, sich an seine erkalteten Würstchen machte.

In den Lärm des allgemeinen Gezänks hinein kam ein nagelneues, dunkelgrünes Auto. Ihm entstieg mit gutmütig schlauem, hartfaltigem, strahlendem Bauerngesicht der Maler des »Crucifixus«, Andreas Greiderer. Zutraulich kam er, breiten Schrittes, an den Tisch der großen Kollegen. Er war dort immer gern geduldet worden, als Konkurrent kam er nicht in Frage; sein einfältig pfiffiger Bauernwitz, seine Kunstfertigkeit auf der Mundharmonika hatten ihm einen Platz in der Runde verschafft. Allein heute, wie er mit einer gutmütig ironischen Anmerkung über seinen Schwammerling von Erfolg an den Tisch trat, stieß er auf saure, zugesperrte Gesichter. Man zeigte sich nicht geneigt, zusammenzurücken, niemand bot ihm Platz an. Eine Stille entstand, von dem großen Bierlokal jenseits des Platzes tönte die Blechmusik herüber, eine getragene Volksweise, zu Mantua in Banden liege der treue Hofer. Betreten von dieser Wirkung, zog sich der Maler Greiderer zurück, ging in das Hauptlokal, geriet an die Männer der Opposition. Unter anderen Umständen hätten die Herren Wieninger und Gruner den von dem Kultusminister befehdeten Maler aus Demonstrationsgründen willkommen geheißen; aber heute wünschten sie ihn bald wieder weg, richtig vermutend, solange sie ihn nicht los seien, werde aus dem ersehnten, sonntäglich üblichen, jovial kämpferischen Beisammensein mit den Großkopfigen nichts werden. Sie gaben sich also immer eintöniger, tranken, rauchten, beschränkten sich auf Hm's und Ha's. Der Maler merkte lange nicht, daß er die Ursache dieser strohernen Stimmung sei, endlich dann, es doch spannend, entfernte er sich in dem dunkelgrünen Auto, während alle ihm nachschauten.

Jetzt aber, statt seiner, kamen endlich Flaucher und der Dichter Dr. Pfisterer herüber an den Tisch im Hauptlokal. Denn es hatte sich die Gewohnheit herausgebildet, daß die Minister der regierenden Partei, dem Kleinbürgertum der Opposition auf solche Art schmeichelnd, an den Sonntagvormittagen beim Frühschoppen zu den Abgeordneten im Hauptlokal herüberkamen, um sich auf joviale Art mit ihnen herumzustreiten. Da saßen sie nun, diese Politiker der bayrischen Hochebene. Man sprach höflich miteinander, pürschte sich vorsichtig aneinander heran. Herr Franz Flaucher, den massigen, kurzen Oberkörper in einem langen, schwarzen, abgetragenen Rock, sprach auf Herrn Wieninger ein, manchmal leicht knurrend, mit gemachter Höflichkeit; der Dichter Pfisterer beschäftigte sich mit Ambros Gruner, haute ihm gemütlich die Schulter.

Dr. Geyer fand die vier Männer alle aus einem Stoff, aus dem dumpfen Stoff des Landstrichs, schlau, eng, ohne Horizont, winklig wie die Täler ihrer Berge. Ihre derben Stimmen, gewöhnt, über dem Lärm lauter Versammlungen durch Bierdunst und schlechten Zigarrenrauch zu dringen, suchten sich zu gemäßigt verbindlichem Ton zu dämpfen, quälten sich ein ungelenkes Schriftdeutsch ab, durch das ihr harter, breiter Dialekt immer wieder durchbrach. Sie saßen massig auf ihren festen Holzstühlen, sich zulächelnd mit derber Höflichkeit, schlaue Bauern, einander beim Viehhandel keineswegs trauend.

Es ging um eine Personalfrage. Man hatte vor kurzem eine Altersgrenze festgesetzt. Hatten Staatsbeamte das sechsundsechzigste Lebensjahr erreicht, so wurden sie pensioniert. Nur in Ausnahmefällen konnte die Regierung schwer zu ersetzende Beamte in ihren Stellungen belassen. Diese Ausnahmebestimmung wollte der Kultusminister anwenden auf einen Historiker der Münchner Universität, den Geheimrat Kahlenegger, der die Altersgrenze längst überschritten hatte. Es bestanden nämlich drei Lehrstühle für Geschichte an der Münchner Universität. Einer war nach den Bestimmungen des mit dem Papst abgeschlossenen Konkordats abhängig von der bischöflichen Genehmigung und somit besetzt mit einem zuverlässigen Katholiken. Die zweite Professur war bestimmt vor allem für bayrische Landesgeschichte, somit naturgemäß besetzt mit einem zuverlässigen Katholiken. Die dritte, repräsentativste, einst von König Max II. für den großen Forscher Ranke gestiftet, hatte zur Zeit der alte Geheimrat Kahlenegger inne. Der hatte sein Leben der Erforschung der biologischen Gesetze der Stadt München gewidmet. Hatte, mit manischem Eifer Material zusammentragend, alles kosmische Geschehen, alle geologischen, biologischen, paläontologischen Erkenntnisse starr auf die Geschichte seiner Stadt München bezogen mit dem Ergebnis, daß die Stadt naturnotwendig eine bäuerliche Siedlung geworden sei und bleiben müsse. Dabei war er nie in Widerspruch geraten mit den Lehren der Kirche, hatte sich vielmehr immer als zuverlässiger Katholik erwiesen. Außerhalb Münchens freilich bezeichnete man sein Endergebnis, trotzdem die Einzelheiten des Materials stimmten, als sinnlos, denn der Gelehrte habe die durch die Technik bewirkte Unabhängigkeit des Menschen vom regionalen Klima und die sozialen Veränderungen der letzten Jahrhunderte übersehen. Die Fakultät nun beabsichtigte, sollte der Geheimrat Kahlenegger pensioniert werden, einen Mann vorzuschlagen, der freilich Bayer, aber Protestant war. Ja, dieser von der Universität begönnerte Mann war in einem Buch über die vatikanische Politik gegen England zu dem Ergebnis gekommen, die Maßnahmen des Papsttums gegenüber der Königin Elisabeth hätten den Grundsätzen der christlichen Moral nicht entsprochen, der Papst habe von den Mordanschlägen der Maria Stuart vorher gewußt und sie gebilligt. Dr. Flaucher war also entschlossen, die Berufung dieses Mannes zu verhüten und den Geheimrat Kahlenegger von den Bestimmungen der Altersgrenze auszunehmen.

Dr. Geyer, während sich Glaucher weitläufig, fast schwärmerisch über die Bedeutung Kahleneggers erging, betrachtete den alten Professor, der im Nebenzimmer am Tisch der Großkopfigen saß. Lang, trotz seiner Magerkeit sehr plump, hockte er; der hagere Schädel, dünn, mit breiter, höckeriger Nase, drehte sich auf dem riesigen, ausgetrockneten Hals, äugte aus sonderbar stumpfen, hilflosen Vogelaugen in die Runde. Manchmal tief aus dem Kehlkopf holte der Greis seine Stimme, die, so laut sie war, marklos und überaus angestrengt klang, und äußerte einige druckreife, langfließende, leblose Sätze. Dr. Geyer dachte daran, wie lange dieses Greises Urteilskraft nun schon versiegt war. Das ganze akademische Deutschland begann allmählich über den Mann zu lachen. Denn er hatte seine letzten zehn Jahre in den Dienst einer einzigen Idee gestellt; er erforschte die Geschichte des ausgestopften Elefanten in der Münchner zoologischen Sammlung, jenes Elefanten, der bei der abgeschlagenen Belagerung Wiens durch den Sultan Soliman II. in die Hand des Kaisers Maximilian II. gefallen und später von diesem dem bayrischen Herzog Albrecht V. geschenkt worden war.

Dr. Geyer hatte nichts gegen Kahlenegger, manches gegen die bieder und überzeugt vorgetragenen Übertreibungen des Flaucher. Plötzlich mit seiner hellen, unangenehmen Stimme sagte er: »Und die vier Elefantenbücher Ihres Kahlenegger?«

Schweigen entstand. Dann legten der Dr. Pfisterer und der Flaucher fast gleichzeitig los. Dr. Pfisterer rühmte die heimatkundlichen Forschungen des alten Geheimrats, in denen Wissen und Gemüt unlöslich vermengt seien. Ob denn der Dr. Geyer im Ernst glaube, solche heimatkundlichen Forschungen seien unwesentlich? »Wir wollen aus dem Elefanten des Kahlenegger keine Mücke machen«, sagte er gutmütig. Der Flaucher hingegen meinte ernst und mißbilligend, wenn einzelne für den Gefühlswert solcher Forschungen keinen Sinn hätten, das Volk als Ganzes lehne eine derartig amerikanische Einstellung entschieden ab. Die Volksseele hänge an diesem Elefanten, wie sie an den Frauentürmen hänge oder an sonst einem Wahrzeichen der Stadt. Dem Herrn Abgeordneten Geyer freilich, schloß der Minister mild, könne man es nicht verübeln, wenn er dafür das rechte Verständnis nicht aufbringe. Denn solche Gefühle seien nur denen zugänglich, die in diesem Boden wurzelten. Und er ließ ab von dem Rechtsanwalt, mit beinahe mitleidiger Verachtung, und blickte dem Abgeordneten Wieninger stumpf und treuherzig ins Auge. Dann wandte er den gleichen Blick dem Abgeordneten Gruner zu, mit biederer Mahnung. Ehrwürdig sei der greise Forscher Kahlenegger, sagte er schließlich, ehrwürdig, und alle schauten hinüber, wo der alte Mann saß. Der Abgeordnete Wieninger nickte, verlegen, leicht ergriffen, der Abgeordnete Ambros Gruner warf dem Dackel des Ministers mit verträumter Bewegung eine Wursthaut zu.

Und plötzlich fühlte sich der Anwalt Dr. Geyer sonderbar allein. Kahlenegger und sein Elefant: über alle politischen Antipathien hin gehörten der reaktionäre Minister, der reaktionäre Schriftsteller und die oppositionellen Abgeordneten zusammen, vier Söhne der bayrischen Hochebene, und der jüdische Anwalt saß fremd, störend, feindlich dazwischen. Er sah, daß sein Anzug abgetragen und besudelt war, und schämte sich. Rasch verließ er und unbehilflich den Raum. Aus dem großen Bierlokal von jenseits des Platzes scholl gefühlvoll und mit viel Blechmusik die alte Stadtweise herüber von der grünen Isar und der nie aufhörenden Gemütlichkeit. Die Kassierin Zenzi, trotzdem er ihr ein reichliches Trinkgeld gegeben hatte, fand, während er sich so fluchtartig entfernte, er sei ein zuwiderer Kerl und passe eigentlich nicht hierher. Und sie goß behutsam dem halb schlafenden Geheimrat Kahlenegger neuen Wein ins Glas.

Die Kanzlei, bestimmt für viele Menschen, erfüllt sonst von hin und her rennenden Angestellten und dem Geknatter der Schreibmaschinen, lag heute in der Stille des Sonntags trist und leblos. Der Geruch von Akten, Rauch, toten Zigarren war in der Luft. Die scharfe Sonne beleuchtete jedes Stäubchen in dem kahlen Raum und lag prall auf dem nicht aufgeräumten, mit Asche überstäubten Schreibtisch. Der Anwalt holte ächzend das umfängliche Manuskript hervor, zündete sich eine Zigarre an, sah alt, seine dünne, blaßrosige Haut zerknittert aus in dem grellen Licht. Und er schrieb, stellte dar, reihte Daten und Ziffern aneinander, belegte aktenmäßig jene vielfältige Geschichte des Unrechts im Lande Bayern in dem von ihm behandelten Zeitabschnitt. Er schrieb, rauchte, die Zigarre ging aus, er schrieb. Sachlich, nüchtern, eifrig, hoffnungslos.

10
Der Maler Alonso Cano (1601–1667)

Um die gleiche Zeit saß der Mann Krüger in der Zelle 134. Vor sich aufgestellt hatte er in einer guten Reproduktion das Selbstbildnis des spanischen Malers Alonso Cano aus dem Museum von Cádiz. Es wäre nicht schwer gewesen, über dieses Selbstbildnis manches Einprägsame zu sagen. Der indolente Idealismus des Mannes, sein gefälliges Talent, das ihm die Arbeit zu leicht machte, so daß er faul niemals bis an seine Grenzen ging, die unsolide, dekorative Leerheit, es war nicht ohne

Reiz, darzutun, wie das alles in dem gepflegten, eleganten, nicht unbedeutenden Kopf sich ausdrückte. Aber Martin Krüger rundeten sich die Sätze zu leer und bequem, das Bild steckte an, er fand nicht den Punkt Ruhe und Kraft, von dem aus er ernsthaft den Mann und sein Werk hätte machen können.

Die kleine Zelle sah heute in dem scharfen Licht besonders kahl und nüchtern aus. Der Mann Krüger dachte an die Stadt Cádiz, die mitten im Meer scharf und weiß in der Sonne lag. Er fühlte sich nicht schlecht, aber nüchtern, unbeschwingt. Tisch, Stuhl, die hochgeklappte Bettpritsche, der weiße Kübel, dazwischen der elegante Kopf des Malers Cano mit dandyhaft gepflegtem, blondem Bart auf einer dekorativen, rostroten Hintergrundsauce. Er sagte sich nachdenklich, es sei wohl gleichgültig, vor welchem Hintergrund man stehe. Ob vor einer grauen Zellenwand oder vor einem solchen Bilde oder vor solchen Sätzen, wie er sie gerade schrieb.

Kaspar Pröckl wurde hereingeführt. Der junge Ingenieur schaute aus tiefliegenden, brennenden Augen mißbilligend auf das Bild des Alonso Cano. Er hatte Verständnis für die einfühlsame Art, wie Martin Krüger seinen Eindruck und sein Erlebnis eines Bildes weitervermitteln konnte. Aber er war überzeugt, sein begabter Freund sei auf falschem Weg. Er, Kaspar Pröckl, sah die Aufgabe der Kunstwissenschaft in dieser Epoche in ganz andern Dingen. Angefüllt von den Theorien des Jahrzehnts, die in der Wirtschaft Basis und Mitte alles Weltgeschehens sahen, war er überzeugt, die Kunstwissenschaft müsse zunächst einmal die Funktion der Kunst in einer sozialistischen Gesellschaft erforschen. Der Marxismus hatte, denn er hatte Wichtigeres zu tun, verzeihlicherweise keine Vorstellung dieser Funktion geschaffen. Hier lag die Bedeutung der Kunstwissenschaft in diesem Jahrzehnt, daß sie, zum erstenmal seit ihrem Bestehen erlöst aus trockenem Herbarismus, in Verbindung mit der Staatswissenschaft lebendig werden, der Kunst des proletarischen Staates den Boden urbar machen konnte. Er, jung, brennend, voll tatwilligen Kunstverstandes, mühte sich, dem Manne Krüger, den er liebte, den rechten Weg zu zeigen.

Daß da das Selbstporträt des Alonso Cano stand, ärgerte ihn sehr. Er hatte das Mißgeschick des Krüger, in das Getriebe der bayrischen Politik zu fallen, bedauert. Dann aber war es ihm fast willkommen; denn er hoffte, Martin Krüger werde, die Widerwärtigkeit des heutigen Zustandes so leibhaft an sich spürend, aus seinem Genießertum aufgeschreckt, zu ihm herüberfinden. Finster also aus hagerm, unrasiertem Gesicht zwischen starken Jochbogen starrten seine tiefliegenden Augen auf das Bild. Aber er sagte nichts. Kam vielmehr sogleich auf den Zweck seines Besuchs. Der Chef der Bayrischen Kraftfahrzeugwerke, wo er angestellt war, der Baron Reindl, war ein zuwiderer Bursche; aber er interessierte sich für Kunstdinge. Er war von großem Einfluß. Vielleicht konnte Kaspar Pröckl ihn dazu bringen, für Krüger zu intervenieren. Der Mann Krüger versprach sich nicht viel davon. Er kannte Herrn von Reindl und hatte den Eindruck, daß der ihn nicht recht leiden mochte. Sehr bald, wie oft bei ihren Gesprächen, gerieten Martin Krüger und Kaspar Pröckl von ihrem unmittelbaren Gegenstand ab, erörterten angeregt Möglichkeiten und Wirklichkeiten der Kunst im bolschewistischen Staat. Als die Besuchszeit Kaspar Pröckls abgelaufen war, mußten sie in zwei Minuten eilig das Notwendigste über die Schritte besprechen, die Kaspar Pröckl für Krüger unternehmen sollte.

Der junge Mensch gegangen, fühlte sich Krüger ungewohnt frisch und lebendig. Mit einer Handbewegung wischte er die Reproduktion des Bildes vom Tisch. Er brachte einige Gedanken zu Papier, die die Unterredung in ihm geweckt hatte. Das Wichtigste war ihm natürlich hernach erst eingefallen. Er lächelte: das war kein schlechtes Zeichen. Er schrieb frisch, männlich, überzeugend, wie es ihm selten glückte. Er war so eifrig bei der Arbeit, daß er erst, als der Wärter ihm das Abendessen hereinstellte, wieder daran erinnert wurde, wo er war.

II

Der Justizminister fährt durch sein Land

Am gleichen Sonntag fuhr der Minister Otto Klenk durch das grün und gelbe bayrische Alpenvorland den Bergen zu. Der wuchtige Mann fuhr nicht übermäßig rasch. Leichter Wind ging, durch die Fahrt zu guter Kühlung verstärkt; die Straßen waren kaum staubig. Der Wagen fuhr in einen dichten Wald hinein. Klenk, in derbstoffiger Gebirgstracht, überließ sich der Freude an der raschen Bewegung.

Das rotbraune Gesicht und die starken Glieder entspannt, lenkte er, die Pfeife im Mund, in einer für diesen Landstrich ungewohnt lockeren Haltung seinen Wagen. Schön war das Land, fest und greifbar stand alles in der klaren, kräftigen Luft. Es war gut, in dieser kräftigen Luft zu leben, man machte sich keine überflüssigen Gedanken, es ging den ganzen Tag holperige Wege bergauf, bergab, man mußte mit dem Atem haushalten. Wind, Schnee, Sonne gerbten Haut und Seele. Klenk hatte seinen Jäger bestellt, er wird einen Gang durch das Revier machen. Er freute sich auf die derbe Kost, die Veronika ihm vorsetzen wird. Übrigens muß er sich nächstens einmal nach seinem und ihrem Sohn umsehen, dem Simon, den er in die Bank von Allertshausen gesteckt hat. Der war ein rechter Rotzbub, der seiner Umwelt zu schaffen machte. Ihm, Klenk, gefiel das. Die Veronika war ein umgängliches Weiberts, daß sie ihm nicht in den Ohren liegt wegen des Bams. Überhaupt hat er sich das gut eingerichtet. Seine Frau, die dürftige, vertrocknete Geiß, stört ihn nicht, ist froh, wenn er sie mit einer Art jovialen Mitleids behandelt.

Der Wagen glitt einen schönen, langgestreckten See entlang. Hügelige Ufer, dahinter die heitere Linie der Berge.

Ein komfortabler Tourenwagen überholt ihn. Eine Gesellschaft exotischen Aussehens sitzt darin. Viele Fremde fahren jetzt durchs Land. Er hat einen Aufsatz gelesen unlängst, der sich intensivierende Verkehr müsse notwendig so etwas wie eine neue Völkerwanderung zur Folge haben. Der schwerbewegliche, seßhafte Typ werde verdrängt, aufgelöst von dem leichten, nomadischen Typ. Eine große, allgemeine Vermengung bereite sich vor, habe schon begonnen.

Der Minister schaute dem Wagen der Exoten spöttisch, angewidert nach. Na, er wird erfreulicherweise diese schönen Zeiten kaum mehr erleben. Er hat an sich nichts gegen Fremde. Mag sein, daß etwa die Chinesen Repräsentanten einer viel älteren, reiferen Kultur sind als die Bayern. Aber ihm schmecken Knödel und Weißwürste besser als gebackene Haifischflossen, er liest die Bücher des Lorenz Matthäi lieber als die des Li Tai-po. Er denkt nicht daran, sich auffressen zu lassen von einer fremden Kultur.

Eine bisher noch nie bemerkte Gedenktafel am Wegrand fiel ihm auf, wie sie ihrer zu Tausenden an den bayrischen Straßen herumstanden, zur Erinnerung mahnend an einen Verunglückten. Er stoppte, betrachtete interessiert die naive Bauernmalerei, die darstellte, wie ein ehrengeachteter vierundfünfzigjähriger Ökonom auf sehr farbige Art mit seinem Heuwagen in die Tiefe stürzte. Darunter forderte eine klobig versifizierte Inschrift den Wanderer auf, für die Seele des zu Tode gekommenen Landwirts zu beten. Gott werde sich seiner erbarmen, da er ein Weib gehabt habe, das ihm schon auf Erden sogar das Wirtshaus zur Hölle machte. Der Minister las schmunzelnd die pfiffig derbe, augenzwinkernd mit Gott feilschende Reimerei. Er interessierte sich sehr und von innen her für solche Dinge. Hatte sich wie viele seiner Landsleute von jeher liebevoll und gründlich damit befaßt. Wußte eine Menge Kuriosa, bayrische Historie und Ethnographie betreffend. Wußte zum Beispiel genau, warum er *Klenk* hieß, nicht etwa *Glenck* oder *Klenck*, und konnte mit dem Schriftsteller Dr. Matthäi, dem besten Kenner auf diesem Gebiet, über winzige dialektische Nuancen einen stundenlangen, wohlfundierten Disput führen.

Ein zweiter Wagen hielt neben dem seinen. Irgendein Neugieriger musterte Bildtafel und Inschrift, ein unbayrischer Mund rezitierte mühsam und verständnislos die Verse. Ein Norddeutscher natürlich. Es sind bald mehr Fremde da als Einheimische. Hotels und Fremdenbars ersticken schon fast die Häuser der Landsässigen. Er muß wirklich einmal eine Statistik einsehen, wieviel Nichtbayern sich hier seit dem Krieg eingenistet haben.

Er fuhr mit gesteigerter Geschwindigkeit weiter, seine Haltung war gestrammter. Er dachte unvermittelt an den Rechtsanwalt Dr. Geyer. Er sah den rotblonden, dünnhäutigen Kopf des Anwalts vor sich. Seine dringlichen Augen unter der dikken Brille, seine zappeligen, nur mit Energie beherrschten Hände. Die helle, unangenehme Stimme stand fast körperlich vor ihm. Dr. Klenk biß stark auf das Mundstück seiner Pfeife. Den wenn er einmal vors Korn kriegt, das wäre eine gesunde Mahlzeit. *Logik, Menschenrechte, Reichseinheit, Demokratie, zwanzigstes Jahrhundert, europäische Gesichtspunkte:* einen Schmarrn. Er schnaubt durch die gepreßten Lippen, knurrt wie ein aufgeregtes Tier gegen den Feind. Was versteht so ein Wichtigmacher wie der Geyer, so ein Gschaftelhuber und Streber, so ein Saujud, von dem, was in Bayern und für Bayern recht ist. Es hat ihn niemand gerufen. Hier will niemand besser gemacht werden. Höchstens wenn so ein damischer Hammel hereinriecht mit seinem Papierschädel, dann wird das Bier sauer.

Bald wieder unter dem klaren, hohen Himmel des bayrischen Junitags verdunstet sein Zorn. Der Minister Dr. Klenk ist ein gescheiter Mann und ein vielwissender Mann. Ausgezeichneter Jurist, aus wohlhabender, altkultivierter Familie, die dem Land seit Generationen hohe Beamte stellt, sich verstehend auf Menschen und seine Materie, könnte er natürlich, wenn er nur wollte, dem Dr. Geyer Gerechtigkeit widerfahren lassen. Aber er denkt nicht daran zu wollen.

Er war am Südende des langgestreckten Sees. Schön standen die Berge, deutlich in den Konturen, blau und grün. Es war das angenehmste Wetter, prachtvoll zu fahren. Er steigerte die Geschwindigkeit, hockte gelassen, locker am Steuer, ließ seine Gedanken kraus und quer gehen, kinderspielzeughaft bunt wie die saubere, starkfarbige Landschaft.

Ein Bild spürt man oder man spürt es nicht, man braucht nicht soviel Sauce darum zu machen wie der Krüger. Immerhin, der Krüger hat einen offenen Kopf. Warum muß dieser Lalli der bayrischen Politik in ihre Maschinerie hineintapsen? Warum muß er aufbegehren? Kann der Sauhammel nicht das

Maul halten? Wer hat es ihm geschafft? Wo es um bayrische Dinge geht, ja, mein Lieber, da kennen wir keinen Genierer.

Der geschreimäulige Flaucher natürlich war ein Esel. Es war ein Skandal, daß bloß die Dummköpfe ins Kabinett gingen. Dabei waren gute Leute da. Er hätte drei, vier Namen nennen können. Warum hatte er nicht Männer zu Kollegen wie etwa den alten, feinen Grafen Rothenkamp, der auf seinem Schloß in den Bergen des Chiemgaus hockt, still, vorsichtig, ab und zu nach Rom fährt, mit den Diplomaten des Vatikans leise Politik machend, manchmal nach Berchtesgaden zu dem Kronprinzen Maximilian? Warum darf der Reindl so im Schatten bleiben, der Mann der Bayrischen Kraftfahrzeugwerke, der durch seine Verbindung mit dem großen Ruhrkonzern die Industrie des Landes beherrscht? Von dem Dr. Bichler ganz zu schweigen, dem schlauen Bauernführer, dem alten Fuchs, der von nichts weiß, es nie gewesen ist, nie was gesagt hat. Aber wehe dem Minister oder dem Abgeordneten, der was tut oder sagt ohne seine Direktiven. Natürlich, diese, die wirklichen Bonzen, halten sich zurück, bleiben unsichtbar. Die Verantwortung müssen die andern übernehmen, brave Leute, etwas beschränkt, um Gottes willen nicht zu selbständig.

Da war das Gut des Toni Riedler. Der hat sich auch aus der offiziellen Politik zurückgezogen. Hat stark drauflosgelebt, solange er bayrischer Diplomat war, hat sich dann im Krieg und nachher gesund gemacht, weiter gut gewirtschaftet. Jetzt ist er üppig geworden, hat das dritte Auto, einen schönen, italienischen Wagen, eine ganze Kompanie unehelicher Kinder, macht sich den Spaß, illegale Verbände zu organisieren, daß er, Klenk, es schwer hat, die Augen zuzudrücken. Ein bißchen dick geben wir es in unserem klerikalen Oberbayern mit den unehelichen Kindern: wir haben einen höheren Prozentsatz als das übrige Mitteleuropa. Ein Pech hat der Krüger, daß er sich einsperren lassen muß, weil er mit einer Frau geschlafen hat. Es ist schon eine Sauarbeit, offizielle bayrische Politik zu machen; die andern, die die wirkliche, heimliche machen, haben es schöner. Auch die Zahl der Roheitsverbrechen ist nach der letzten Statistik südlich der Donau immer noch höher als irgendwo sonst im Reich. Wir können uns sehen lassen mit unserer Kriminalität; das sind Ziffern, die sich gewaschen haben. Vital sind wir, da fehlt sich nichts.

Hoppla. Jetzt hätte er fast den Radler niedergefahren. Er hatte neunzig Kilometer auf dem Schnelligkeitsmesser. »Mach deine Ochsenaugen auf, Aff, geselchter!« rief er dem erschrokkenen Radfahrer die landesübliche Formel zu, zurückschimpfend. Am besten kommt man mit den Hunden aus. Die Radfahrer sind das Idiotischste, was es gibt. Er lächelt, wie er daran denkt, daß von allen Städten Deutschlands München den größten Prozentsatz Radler hat. Das wäre ein Gaudium und eine Hetze in der ganzen Oppositionspresse, wenn er einmal das Pech hätte, einen zu überfahren.

Die neue Ausgabe der »Rechtsphilosophie« hätte er sich mitnehmen können. Er pflegte auf dem Anstand zu lesen, und für Fragen der Rechtsphilosophie interessierte er sich. Er wußte gut Bescheid über die verwickelten Probleme von Heteronomie und Autonomie, von Legalität und Moralität, von organischer Theorie und Vertragstheorie. Verblüffte manchmal das Parlament durch ein abgelegenes, schlagendes theoretisches Zitat. Er kann es sich leisten, sich mit Problemen zu befassen. Es ist sehr unterhaltend. Eine Gaudi. »I-de-o-lo-gischer Überbau«, sagt er vor sich hin in den kleinen Wind, grinsend, die Silben auskostend, und gibt mehr Gas. Theorien hin, Theorien her: er ist der Gesetzgeber, vor dessen berichtigendem Wort nach dem berühmten Satz ganze Bibliotheken zu Makulatur werden.

Ein ekelhaftes Gefrieß hat dieser Geyer. So ein Krampfbruder, so ein zuwiderer. So ein hysterischer Gschaftelhuber. Auch mit dem Toni Riedler wird er einmal zusammenrücken. So ein Knallprotz. Ja, die Rechtsphilosophie. Ein weites Feld. Er, Klenk, tut nicht recht, nicht unrecht. Er ist eingesetzt, zu verhüten, daß Volksschädliches ins Land kommt. Er tut, was der Tierarzt, der Maßnahmen gegen die Klauenseuche anordnet.

Der Wind hat zugenommen. Gleich nach dem Essen wird er mit seinem Jäger, dem Alois, zur Gschwendthütte gehen. Er gibt Gas, nimmt die Mütze ab, läßt die wehende Luft über den spärlich bewachsenen Schädel streichen. Fährt durch sein Land, Pfeife im Mund, zufrieden, mit Appetit, wachsam.

12

Briefe aus dem Grab

Am Tage darauf spielte der Staatsanwalt seinen großen Coup aus und beantragte die Verlesung gewisser Schriftstücke aus dem Nachlaß des toten Mädchens Anna Elisabeth Haider. Diese Schriftstücke hatte die Gerichtsbehörde beschlagnahmt, unmittelbar nach der Vergiftung des Mädchens, und niemand kannte sie außer den Gerichtspersonen.

Ein Beamter der Gerichtsschreiberei verlas die Schriftstücke. Es waren Teile eines Tagebuchs und nicht abgeschickte Briefe. Sie waren aus der willkürlichen Handschrift der Toten, die mit sehr spitzer Feder und violetter Tinte auf beliebige Papierfetzen zu schreiben pflegte, in ein Maschinenmanuskript übertragen worden, vorsichtshalber, damit der Schreiber bei der Verlesung zurechtkomme. Aus dem Munde dieses Gerichtsschreibers, einem kindlichen, gutmütigen Mund mit einem erfolglos auf Flottheit aspirierenden Schnurrbärtchen, erfuhren Richter, Geschworene, Journalisten, Publikum, erfuhr der Verteidiger Dr. Geyer und erfuhr der Mann Krüger selbst zum erstenmal diese aus dumpfer Seele für ihn herausgeschleuderten Dinge. Der Gerichtsschreiber hatte zwar die Schriftstücke schon vorher einmal überlesen, um sich bei der öffentlichen Verlesung nicht zu blamieren. Immerhin handelte es sich hier um für ihn ungewohnte Dinge, auch fühlte er sich durch die allgemeine Aufmerksamkeit zwar wichtig, doch gehemmt, er schwitzte leicht, las stockend, unter mannigfachem Räuspern, mundartlich untermalt. Es fiel dem Angeklagten Krüger nicht leicht, als er diese ihn anrührenden schweren Sätze aus diesem Mund und in dieser Lage zum erstenmal hörte, das Gesicht so unbewegt zu halten, wie es angemessen gewesen wäre.

Der Staatsanwalt hatte aus der Fülle des Materials zwei Tagebuchstellen und einen angefangenen Brief ausgewählt. In einem drückenden Stil, wie er der Malerei der Toten entsprach, war darin von dem Manne Krüger die Rede. Schamlos, umständlich und unmittelbar sich übertragend war geschildert, wie seine Berührung auf die Schreibende einwirke. Seine Finger, sein Mund, seine Muskeln. Es war ein dumpfiger Brand in den Worten, eigentümlich gemischt mit der Luft katholischer Vorstellungen, wohl aus der klösterlichen Erziehung des Mädchens herrührend, das Ganze voll von dunkler, immer wieder gekapselter und immer wieder durchbrechender Sinnlichkeit. Es waren ungewohnte Worte, eingesperrte, tierische Schreie. Schwer greifbar, manchmal im Munde des Gerichtsschreibers geradezu komisch. Aber keinesfalls klangen diese Konfessionen so, als ob von kameradschaftlichen Beziehungen die Rede sei.

Das Auditorium sah nach den Händen des Angeklagten, von denen viel die Rede war, nach seinen Lippen, nach dem Manne Krüger. Das üble Gefühl außerordentlicher Schamlosigkeit, das einige überkam, als die privaten Aufzeichnungen einer Toten im Licht des Gerichtssaals vor vielen Ohren dem Manne ins Gesicht gestellt wurden, erstickte in der großen Sensation. Wie man wohl einem Boxer zusah, der in der letzten Runde keuchend die schwersten Schläge des Gegners empfängt, ob er aufrecht bleibt, so wartete man auf den Niedergang des Mannes Krüger unter diesen Aufzeichnungen. Der Rechtsanwalt Dr. Geyer, die blauen Augen scharf auf dem Mund des Schreibers, die Lippen streng versperrt, konnte doch nicht hindern, daß immer wieder eine rasche Röte seine mühsam festen Wangen überflog. Er verwünschte die dumpf poetische Ausdrucksweise des toten Mädchens, die jedem Gegner die Möglichkeit gab, aus ihren Worten herauszulesen, was ihm nützlich war. Er bemerkte gut die starke Wirkung auf Gericht, Publikum, Presse; es war ein Volltreffer, den der Staatsanwalt da abgefeuert hatte, unleugbar. An den Mienen auch der Wohlwollenden sah man, wie der Glaube an die Zweideutigkeit der Beziehungen des Mannes Krüger zu der Toten von Wort zu Wort fester wurde.

Am Schluß ließ der Staatsanwalt einen angefangenen und nie abgesandten Brief des toten Mädchens verlesen. Ihr ganzer Leib, hieß es, sei rauchendes Feuer, wenn Martin nicht da sei; sie laufe im Regen herum, sie könne nicht atmen. Ihre Malerei liege unvollendet da, sie stehe stundenlang vor seiner Wohnung und vor der Staatsgalerie. Sie wisse, daß er sie nicht mit der wilden Frömmigkeit begehre wie sie ihn. Nur wenn sie unter ihm verlösche, könne sie atmen. Wenn sie ihn auf der Treppe höre, würden ihr die Knie schwach. Aber es vergingen viele Tage, bis er komme. Sie zwinge sich zu arbeiten, aber es gehe nicht, Traurigkeit und Begierde reiße ihr jedes Gesicht aus der Hand. Müde, mit heißen Händen und trockenem Mund sitze sie, und nichts sei auf der Welt als ihre schreckliche, tiefe Verwirrung und Traurigkeit und die heftige Stimme der Hofrätin, die Geld wolle.

Dies also verlas der Gerichtsschreiber Johann Hutmüller im Sitzungssaal 3 des Justizpalastes vor dem Schwurgericht unter gespannter Anteilnahme des Publikums. Einige Damen hatten den Mund töricht und hübsch halb offen, andere hörten zu mit schweratmender Versunkenheit, verwirrt darüber, daß eine Frau derartiges an einen Mann schrieb. Immer hatten Frauen den Mann Martin Krüger lang und gern betrachtet. Aber nie noch war er von so vielen Frauenaugen so angespannt beschaut worden wie an diesem 5. Juni.

Der Vorsitzende Dr. Hartl hatte ein philosophisches, leicht trauriges Lächeln. Die Briefe der Toten waren typisch, ein Dokument. So waren sie, die Schlawiner. Sie hatten keine Richtung, keinen Ehrgeiz. Nehmen sich jede Freiheit. Sagten heraus, wie es ihnen zu Sinn war, schamlos, hemmungslos. Was hatten sie davon? Was blieb, war Dumpfheit und Trauer, ein geöffneter Gashahn und ein aufregendes, zweideutiges Bild. Er leitete umsichtig die ziemlich lang dauernde Verlesung, half dem Schreiber über ein paar schwierige Worte nachsichtig hinüber, sorgte dafür, daß, als draußen leichter Wind aufkam, an dem heißen Tag ein Fenster geöffnet wurde.

Der Staatsanwalt genoß die Verlesung, den Kopf mit den leichtbehaarten Ohren vorgestreckt, um auch jedes Wort aufzunehmen, und konstatierte mit verbissenem Triumph die Wirkung.

Auf der Geschworenenbank hörte man angestrengt zu. Der Altmöbelhändler Cajetan Lechner stierte benommen mit dümmlichem Gesicht auf den Mund des Gerichtsschreibers, strich sich den Schläfenbart, gebrauchte seltener, fast nur mechanisch sein gewürfeltes Taschentuch. Er dachte an seine

Tochter, die Anni, und an ihr Gschpusi mit dem zuwideren Kerl, dem Kaspar Pröckl. Es war unglaublich, auf was für ein damisches Zeug so ein Mädel kommt. Wenn er sich freilich das frische, gesunde Gesicht seiner Anni vorstellte, dann war nicht anzunehmen, daß sie jemals einen solchen Schmarren zusammenschmieren könnte. Andernteils wußte man, sobald einer oder eine sich mit einem Schlawiner einließ, nie, was da alles passieren konnte. Wirklich auslernen tut da keiner. Unbehaglich über dem kropfigen Hals rückte er den wasserblauäugigen Kopf, schaute mit Widerwillen auf Martin Krüger. Der Gymnasiallehrer Feichtinger und der Briefträger Cortesi, die am wenigsten begriffen, verstanden immerhin so viel, daß es sich hier um etwas Unsauberes, Schweinisches handelte, das den Meineid des Krüger klar erwies. Auch der Hoflieferant Dirmoser, obwohl ihm die Lage seines Handschuhgeschäfts und die Krankheit des Kindes wirklich den Kopf genügend füllten, hörte zu und dachte, wieviel sonderbare Worte man machen könne um etwas so Einfaches wie das zwischen dem Krüger und der Haider. Wenn die schon eine solche Gschaftelhuberei anstellen, ehe sie sich zusammen ins Bett legen, was für endlose Reden würden sie schwingen, wenn sie in eine ernsthafte Sache hineingerieten wie den Handel mit Handschuhen. Sehr angeregt folgte der Versicherungsagent von Dellmaier der Verlesung. Er hielt ein ironisches, lebemännisch sein wollendes Lächeln fest um die blassen Lippen, er fältelte überlegen die Lider um die wässerigen Augen, lachte zuweilen hell, mekkernd, albern, von dem Anwalt Geyer mit Widerwillen betrachtet.

Aus braunen, schleierigen Augen aber schaute von der Geschworenenbank her auf den Mann Krüger der Kommerzienrat Paul Hessreiter. Er war umgänglich, er raunzte manchmal ein bißchen, gewiß, aber er ließ mit sich reden und erklärte sich einverstanden mit Menschen, Welt und Dingen, vor allem mit seiner Vaterstadt München. Doch was zuviel war, war zuviel. Der Krüger war kein sympathischer Bursche: aber einen Mann mit Liebesbriefen aus dem Grab zu behelligen, war einfach ungehörig. Aus Paul Hessreiters Gesicht schwand die übliche phlegmatische Toleranz, die gewohnte schleierige Liebenswürdigkeit, er zog angestrengt, unbehaglich die Stirn zusammen, atmete schwer, so daß sein Nachbar erstaunt aufschaute, glaubend, er sei eingenickt und beginne zu schnarchen. Vielleicht dachte der Kommerzienrat Hessreiter daran, daß es eigentlich sinnlos schwer gemacht wurde, in der unter klerikaler Herrschaft stehenden Stadt München doppelt schwer, Ehen zu scheiden. Vielleicht dachte er daran, daß Tag für Tag Männer in die Lage kamen, er selber zum Beispiel bereits zweimal, zu beschwören, daß sie zu der oder jener Frau keine Beziehungen hätten.

Der Gerichtsschreiber aber las weiter an dem langen Brief des toten Mädchens Anna Elisabeth Haider, der geschrieben war in einer Nacht vom 16. zum 17. Oktober, im ungeheizten Atelier, mit klammen Fingern, *auf den Tasten des Herzens* angeblich, und der sehr verspätet und unter ungewöhnlichen Umständen an die Adresse des Empfängers kam.

13

Eine Stimme aus dem Grab und viele Ohren

Die Zeitungsberichte über die Aufzeichnungen des toten Mädchens waren groß aufgemacht, die Verlesung wurde als sensationelle Wendung des Prozesses bezeichnet. Mit hurtiger Eloquenz belichteten geschickte Berichterstatter, wie die gespenstische Liebeserklärung aus dem Grab, ihrem Empfänger durch den Mund eines Gerichtsschreibers gemacht, sehr verspätet, im hellen Tageslicht, vor zahllosen Zeugen, ihn überdies mit Zuchthaus bedrohend, wie unheimlich diese Verlesung auf die Anwesenden gewirkt habe. Viele Stellen aus dem Tagebuch und aus den Briefen waren wörtlich zitiert, einige in Fettdruck.

Es lasen die Berichte die Männer der Stadt München, breite Männer, rundköpfig, langsam von Gang, Gesten und Denken, sie schmunzelten, tranken überzeugt, tief und behaglich aus grauen Tonkrügen schweres Bier, klopften die Kellnerinnen auf die Schenkel. Es lasen diese Berichte alte Frauen, konstatierend, daß solche Schamlosigkeit in ihrer Zeit unmöglich gewesen wäre, und junge Mädchen, schwer atmend, mit schlafferen Knien. Es lasen diese Berichte, heimkehrend aus ihren Büros und Arbeitsstätten, Einwohner der Stadt Berlin, auf den Verdecken der Autobusse über den heißen Asphalt durch den Sommerabend fahrend oder gedrängt in den langen Wagen der Untergrundbahn, sich festhaltend an Strippen, sehr müde, schlaff gelockt von den sonderbar fromm- und schamlosen Worten des toten Mädchens, schielend nach Armen, Busen, Nacken der Frauen, deren Fleisch nach der Mode der Zeit sehr sichtbar war. Ganz junge Burschen lasen den Bericht, vierzehnjährige, fünfzehnjährige; neidisch auf den Empfänger der Briefe, erbittert über ihre Jugend, stellten sie sich erregt die Zeit vor, da man ihnen einmal solche Briefe schreiben wird.

Es las diesen Bericht der Kultusminister Dr. Flaucher. Er hockte zwischen den alten Plüschmöbeln seiner dumpfen, niederen Wohnung. Dies war mehr, als er sich erhofft hatte. Er knurrte befriedigt etwas Musik vor sich hin, daß der Dackel Waldmann aufschaute. Es las den Bericht der Professor Balthasar von Osternacher, der repräsentative Maler, den der Mann Krüger einen Dekorateur geheißen hatte. Er lächelte, machte sich von neuem und intensiver an seine Arbeit, trotzdem er für diesen Abend eigentlich hatte Schluß machen wollen, er hielt jene Wertung durch den Mann Krüger jetzt für endgültig widerlegt. Auch der Dr. Lorenz Matthäi las den Bericht, der ausgezeichnete Gestalter bayrischer Volkstypen; sein fleischiges, unbeherrschtes Hundsgesicht wurde noch knurriger, die Säbelhiebe aus seiner Studentenzeit noch röter. Er nahm den Kneifer von seinen kleinen, unguten Augen, putzte ihn umständlich, las den Bericht ein zweites Mal, nicht mit Behagen. Vielleicht erinnerte er sich gewisser Redouten, denen er als junger Rechtsanwalt beigewohnt hatte, vielleicht einer gewissen Photographin, die einen ähnlichen Stil geschrieben hatte wie die Verfasserin der Briefe und die nun hinuntergeschwommen war. Sicher ist, daß er sich breit an seinen Schreibtisch setzte und ein bösartiges, saftiges Epitaph auf die tote Malerin schrieb in der Art der *Marterl*, der Erinnerungstafeln, wie sie in den bayrischen Bergen am Straßenrand zu stehen pflegten. Er lehnte sich zurück, überlas die Verse, sah, daß sie gut waren.

Es gab eine feine, nervöse Analyse der Bilder der Anna Elisabeth Haider, geschrieben von dem Manne Krüger; aber seine Verse sind urwüchsig, dreschflegelkräftig. Er grinste. Sie werden die Analysen des Krüger verdrängen, die endgültige Grabschrift des toten Mädchens sein.

Als die Hoflieferantin Dirmoser den Brief las, wurde sie bitter. Also darum, daß ihr Mann dabeisein konnte, wenn solche Sauereien vorgelesen wurden, mußte sie sich in die Filiale in der Theresienstraße stellen und ihren kleinen zweijährigen Pepi vernachlässigen. Ohne ihren Mann ging das nicht, sonst ginge wahrscheinlich der ganze bayrische Staat kaputt. So schimpfte sie lange, während sie besorgt nach dem kleinen Pepi schaute, dem Saubankert, der immerfort schrie, bis sie ihm schließlich trotz des ärztlichen Verbots mitleidig einen warmen Trank aus Milch und Bier einflößte.

Das dralle, hübsche Gesicht der Kassierin Zenzi hingegen, als sie den Bericht las in der Tiroler Weinstube, wurde nachdenklich wie zuweilen im Kino, und sie überließ die Sorge für ihre Gäste auf zwei Minuten ihrer Gehilfin Resi. Sie hatte den Mann Krüger gut gekannt, ein hübscher, spaßhafter Herr, er hatte oft derb mit ihr geflirtet. Es gehörte sich nicht, daß man das spinnerte Zeug veröffentlichte, das das tote Mädchen ihm geschrieben hatte. Es waren sehr unanständige Briefe, solche Sachen schrieb man nicht, aber einige Wendungen machten ihr Eindruck. Draußen im Hauptlokal saß häufig ein junger Mensch, ein gewisser Benno Lechner, Sohn des Altmöbelhändlers Lechner, Stand: ledig, Beruf: Elektromonteur in den Bayrischen Kraftfahrzeugwerken. Aber er wird in dieser Fabrik wohl nicht alt werden, er hält es nirgends lange aus, er hat ein freches, aufrührerisches Gemüt. Kein Wunder, er steckte ja den ganzen Tag mit dem Kaspar Pröckl zusammen, dem Schlawiner, dem zuwidern. Im Zuchthaus war er auch schon gewesen, der Beni, ein Zuchthäusler war er, freilich nur aus politischen Gründen: aber Zuchthaus bleibt Zuchthaus. Trotz dieser am Tag liegenden Mängel gefiel er ihr gut, und es war ein Schweinstall, daß er so wenig von ihr hermachte. Schon das dritte Jahr jetzt war sie zur Oberkellnerin, zur Kassierin avanciert, und sie hatte zu ihrer Entlastung eine Gehilfin, die sie herumkommandieren konnte, die Resi. Im Hauptlokal und in dem teuren Nebenlokal bewarben sich viele darum, mit ihr auszugehen. Feine Kavaliere. Gerade das Geriß hatte sie. Aber die Kassierin Zenzi reservierte die spärlichen Abende ihres Ausgangs für den Elektromonteur Benno Lechner. Der hatte es gnädig und ließ sich, obwohl er bloß der Sohn der Tandlerei Lechner vom Unteranger war, lange bitten, bis er den Abend mit ihr verbrachte. Es war ein Kreuz. Aber er hatte Sinn für Höheres, war für Verdrehtes, Spinnertes zugänglich: vielleicht konnte sie bei Gelegenheit einmal für ihn Wendungen aus den Briefen des toten Mädchens gebrauchen. Sie schnitt sich säuberlich den Bericht aus der Zeitung, verwahrte ihn in ihrem Poesiealbum, das neben Denksprüchen ihrer Verwandten und Freunde Sentenzen und Unterschriften der bedeutendsten Männer aus dem Bereich der Tiroler Weinstube in Fülle enthielt.

Es las den Bericht auch, angewidert und bestätigt, der Graf Rothenkamp, jener stille Herr auf dem Schloß in den Bergen des südöstlichen Winkels, der oft nach Rom fuhr, in den Vatikan, und nach Berchtesgaden zum Kronprinzen Maximilian, der reichste Mann südlich der Donau, von großem Einfluß auf die leitende klerikale Partei, von leisen Manieren, ängstlich von jeder offiziellen Betätigung sich fernhaltend. Der Kronprinz Maximilian selbst las den Bericht. Auch der Baron Reindl las ihn, der Generaldirektor der Bayrischen Kraftfahrzeugwerke, genannt der *Fünfte Evangelist*, durch seine Verbindung mit dem Ruhrkonzern Führer der bayrischen Industrie. Er überflog den Bericht nicht sehr interessiert. Einen Augenblick dachte er daran, dem Chefredakteur des »Generalanzeigers« zu telefonieren. Er hatte die finanzielle Oberhoheit im »Generalanzeiger«, ein Wort von ihm hätte dem Prozeßbericht eine erheblich andere Färbung gegeben. Einer seiner Ingenieure, ein gewisser Kaspar Pröckl, ein komischer Kerl, recht begabt, hatte in seiner frechen, unbeholfenen Art bei ihm für den Krüger zu intervenieren versucht. Vielleicht hätte der Baron Reindl wirklich interveniert. Aber er erinnerte sich, daß dieser Krüger ihn einmal hinter seinem Rücken einen *Dreipfennig-Medici* geheißen hatte. Er war nicht nachträgerisch, der Baron

Reindl, aber ein *Dreipfennig-Medici* bestimmt auch nicht. Hatte nicht erst seine Munifizenz den Ankauf des Bildes »Josef und seine Brüder« ermöglicht? Es war ein wenig arrogant von dem Krüger, und jedenfalls, das dürfte sich jetzt erweisen, war es unpraktisch. Der Baron Reindl überlas ein zweites Mal den Bericht, aufmerksamer, sein fleischiges Gesicht verzog sich schmeckerisch, er telefonierte nicht.

Auch der optimistische Schriftsteller Pfisterer las den Bericht, die Haushälterin Agnes, der Galeriebesitzer Novodny. Und, mit Begeisterung für seinen heldischen Vater, der junge Ludwig Ratzenberger. Nicht aber las den Zeitungsbericht der mächtigste unter den fünf heimlichen Regenten des Landes Bayern, der Dr. Bichler. Denn der war blind. Er saß herum in den weiten, niedrigen, schlecht gelüfteten Räumen seines alten niederbayrischen Gutshauses, an dem viele Geschlechter gebaut, geflickt und immer wieder angebaut hatten. Er saß herum, schimpfend, schlecht rasiert, mit knotigen, blauroten Händen. Ein Geheimrat vom Landwirtschaftsministerium mühte sich ängstlich, von ihm angehört zu werden. Sein Sekretär stand da mit den Zeitungen, um ihm vorzulesen. Der dicke, plumpe Mann stieß unwirsche, halbe Sätze aus. Der Sekretär glaubte den Namen Krüger zu hören und begann, den Bericht über den Prozeß vorzulesen. Der Dr. Bichler stand auf, der Sekretär wollte ihm helfen, aber der Dr. Bichler stieß ihn unwillig zurück, tastete sich allein durch die Räume, der Geheimrat vom Landwirtschaftsministerium und der Sekretär hinter ihm her, bemüht, von ihm gehört zu werden.

14

Die Zeugin Krain und ihr Gedächtnis

Die Zeugin Johanna Krain las den Bericht, den Mund halb offen, daß die kräftigen Zähne in ihrem gestrafften Gesicht bloßlagen. Sie furchte die breite Stirn unter dem dunklen Haar, das sie gegen die Mode jener Jahre in einem Knoten nach hinten gestrichen trug. Sie ging mit sportlich starkem Schritt, unmutig

Luft durch die Nase stoßend, knackend mit den ungeduldigen Fingern ihrer festen, großporigen Hand, auf und ab durch das Zimmer, das geräumig, doch für ihre Heftigkeit fast zu klein war. Dann ging sie ans Telefon, bekam nach mehrmaligem Versuch Verbindung mit der Kanzlei des Dr. Geyer, erfuhr, was sie vermutete, daß er nicht zu erreichen war.

Ihr Gesicht mit dem starken Mund und den entschiedenen, grauen Augen verzog sich so unmutig, daß sie fast häßlich wurde. Sie überflog nochmals den Bericht mit angewiderten Lippen. Das Zeitungsblatt war noch feucht vom Druck und roch übel, und, jenseits selbst allen persönlichen Interesses, ekelte sie die dumpfe Luft, die aus den Worten des toten Mädchens aufstieg. Martin hätte sich nicht so viel mit der Haider abgeben dürfen. War es nicht unappetitlich, das Objekt solcher Briefe zu sein?

Sie erinnerte sich deutlich an die Haider. Wie sie etwa mit Martin und ihr in der »Minerva«, einer Tanzdiele des lateinischen Viertels, an einem Tisch hockte, zusammengekauert, am Strohhalm ihres Cocktails saugend, wie sie dann sonderbar ausgelöscht und hingegeben Martin im Arm hing. Einmal hatte Martin gefragt, ob sie denn dem Mädchen keine graphologische Analyse machen wolle; ihre Analysen – damals hatte sie sie noch nicht berufsmäßig gemacht – waren in diesen Kreisen bekannt und begehrt. Aber die Haider hatte rasch, unhöflich geradezu, abgelehnt. Vielleicht war es auch mehr Angst gewesen. Eigenschaften wechselten wie Wasser, hatte sie erklärt; in jeder Lage und in jeder Beziehung zu jedermann sei man ein anderer. Sie denke nicht daran, sich auf bestimmte Eigenschaften festlegen zu lassen.

Johanna ging auf und ab in ihrem großen Zimmer zwischen hübschen, hellen Wänden, stattlichen, praktischen Möbeln, geordneten Büchergestellen, zwischen der Apparatur ihres graphologischen Betriebs, dem riesigen Schreibtisch, der Schreibmaschine. Im Spiegel wechselnd sah sie die helle Isar, Anlagen, den breiten Kai. Nein, sie hatten sich nicht gut verstanden, sie und das tote Mädchen. Die halb widerwillige Freundschaft, in der die Haider den Martin in ihrer wunderlich saugenden, schwülen Art festgehalten hatte, war widerwärtig und konnte nicht gut ausgehen. Sie, Johanna, hätte Martin warnen müssen. Sicherlich war ihm diese Freundschaft längst lästig geworden, aber er mußte immer gestoßen sein. Er drückte sich vor allem Unangenehmen, er drückte sich vor der Szene. Bestimmt war das der einzige Grund, aus dem er vermieden hatte, mit der Haider Schluß zu machen.

Es hatte wenig Sinn, sich jetzt darüber zu ärgern. Das war aus und vorbei. Das einzige, was sie jetzt tun konnte, war warten, bis sie den Anwalt erreichte.

Hat sie nicht die Analyse dieser Frauenhandschrift zugesagt für heute abend? Nummer 247, ja. Sie wird sich jetzt gleich an die Arbeit setzen und in einer halben Stunde nochmals versuchen, Dr. Geyer zu erreichen. Sie nimmt das Zeitungsblatt vom Tisch, legt es ordentlich zu den gelesenen Zeitungen. Sucht die Schriftprobe 247 vor, spannt sie in den kleinen, lesepultähnlichen Apparat, den sie zu ihren Analysen benützt. Sie verdunkelt das Zimmer, schaltet den Reflektor ein, daß sich die Schriftzüge fast plastisch von dem Untergrund des Papiers abheben. Sie beginnt, die Handschrift zu sezieren nach den klugen Methoden, die sie gelernt hat. Aber sie weiß, daß sie auf diese Art zu keinem Bild aus der Handschrift gelangen kann. Auch macht sie keinen ernsthaften Versuch, sich zu konzentrieren.

Nein, keineswegs war sie verpflichtet damals, Martin von der Haider loszulösen. Sie war keine Gouvernante. Es war überhaupt Unsinn, einen Menschen anders haben zu wollen. Vorher mußte man sich klar sein über einen Menschen, ehe man sich an ihn band. Aber es war schade, daß man bei Martin so gar nicht auf Grund stieß. Er fühlte sich am wohlsten im Zwielicht. Gab sich dabei ohne Hinterhalt. Ging so weit in seiner Offenheit, daß sie es geradezu schamlos fand, wie er dem Nächstbesten vertrauliche Dinge erzählte. Aber man konnte ihn aufblättern wie eine Zwiebel, Blatt um Blatt, und stieß auf nichts Festes. Entscheidungen zögerte er hinaus. Mochten die Dinge durcheinandergehen: einmal, so oder so, löste sich alles von selbst. Warum soll sich er mit den Lösungen abplagen?

Sie hörte draußen den schweren Schritt der Tante Franziska Ametsrieder, mit der sie zusammen wohnte und die den Haushalt führte. Bestimmt wieder wird die Tante mit resoluten Urteilen über den Prozeß nicht zurückhalten, handfeste, kernige Meinungen über den Mann Krüger abgeben. Johanna nahm sonst der Tante Ametsrieder ihr gemacht resolutes Auftreten nicht übel, vielmehr pflegte sie sie damit zu necken, freundschaftlich, zu beider Vergnügen. Aber heute ist sie nicht in der Stimmung, mit der Tante Gefühle und Werturteile auszutauschen. Hell und entschlossen durch die versperrte Tür erklärte sie, sie habe zu arbeiten, so daß die Tante gekränkt und streitbar abzog.

Von neuem strebt sie, sich zur Konzentration auf die Schriftprobe zu zwingen. Sie hat die Analyse für diesen Abend versprochen, es liegt ihr nicht, jemanden warten zu lassen. Aber es will heute absolut nicht gehen.

Die reinste Freude aneinander hatten sie gehabt, wenn sie reisten. Unbeschwert dann, jungenhaft lustig, gab er sich allen Eindrücken hin, jubelnd über jede Freundlichkeit der Witterung, tief gekränkt über jedes zu primitive Wirtshaus. Sie dachte an Abende in Hotelhallen, wenn sie zusammen saßen, von den Gesichtern der übrigen Gäste Art, Beruf, Schicksal ablesend. Martin hatte die spannendsten, interessantesten Lebensläufe zusammenfabuliert, kleine, abgelegene Details aus irgendeinem Winkel eines Gesichts sicher erspürt; aber im großen hatte sich seine Deutung sehr oft falsch erwiesen. Es war merkwürdig, daß jemand, der in Bilder so tief hineinsah, so wenig praktische Psychologie besaß.

Denn wie er sich in Kunstdinge hineinwühlen konnte, wie er benommen war, ohne Vorbehalt hingegeben, verwandelt vor Kunst, das zu sehen war schön und beglückend. Ihr gefiel ein Bild, es rührte sie an. Aber daß ein Mensch, soeben noch täppisch launenhaft, im nächsten Augenblick ehrfürchtig werden konnte, fähig, sich selber auszulöschen für Kunst, dies Wunder reizte sie immer von neuem.

Dr. Geyer hatte sicher recht, daß es klüger war, wenn sie ihn in diesen Tagen nicht sah. Doch es war nicht leicht. Sie hätte gern seine fleischigen Wangen gestreichelt, ihn an seinen dichten Brauen gezupft. Sie und dieser eitle, lustige, sanguinische, in Kunst lebendige, geckenhafte Mann gehörten zusammen.

Sie stand auf mit ruckartig heftiger Bewegung, zog die Jalousien hoch, stellte ihre Graphologie beiseite. Man konnte nicht so dasitzen und untätig abwarten. Sie läutete nochmals bei Dr. Geyer an, diesmal in der Wohnung. Die nervöse, heisere Stimme der Haushälterin Agnes war im Apparat. Nein, sie wußte nicht, wo Dr. Geyer zu erreichen war. Aber da Fräulein Krain nun einmal am Apparat sei, möchte sie sie bitten, sich doch des Herrn Dr. Geyer ein wenig anzunehmen. Auf sie, die Haushälterin, höre er ja nicht. Es sei ein Kreuz mit dem Mann. Er schlinge das Essen nur so hinunter. Für nichts habe er Zeit. Er schlafe nicht. Er vernachlässige seine Kleidung, daß es eine Schande sei. Er habe ja niemanden. Wenn das Fräulein es ihm sage, dann kriege er es wenigstens einmal zu hören. Denn wenn sie, Agnes, davon anfange, nehme er Akten vor, Zeitungen, ein Buch.

Johanna Krain erwiderte eine ungeduldige, halbe Zusage. Alle wollten etwas von ihr. Sie hat jetzt, weiß Gott, andere Sorgen als um die Kleider des Dr. Geyer.

Aber das war immer so gewesen. Mit einer sonderbaren Selbstverständlichkeit hatte man gerade von ihr immer erwartet, daß, wenn etwas schiefging in ihrer Umgebung, sie es wieder ins Gleis bringen werde. Schon wie sie nach der Scheidung ihrer Eltern als halbes Kind hin und her pendelte zwischen Vater und Mutter, war das so gegangen. Der Vater, vielbeschäftigt, in sich versperrt, hatte erwartet, daß sie den durch sein unregelmäßiges Leben recht schwierigen Haushalt in Gang halte, und hatte schweren Krach gemacht, wenn einmal etwas nicht stimmte. Sie mußte, als Halbwüchsige, dafür sorgen, daß neue Lieferanten neuen Kredit gaben, daß, kamen unerwartete Gäste, für ihre Bequemlichkeit alles vorbereitet war, sie mußte die Führung des Hauses den immer wechselnden Finanzverhältnissen des Vaters anpassen. Lebte sie bei der Mutter, so hatte sie alle schwierigeren und unangenehmen Dinge zu verrichten; denn die Mutter, Kaffeeklatsch im Kreis von Freundinnen liebend, behielt sich das Jammern, der Tochter die Arbeit vor. Später, als sie sich, nach dem Tod des Vaters, mit der wiederverheirateten Mutter endgültig verkracht hatte, nutzten ihre Bekannten in weitem Umkreis ihre Gefälligkeit aus und suchten selbst in abgelegenen Fällen gerade bei ihr Rat und Hilfe.

Daß sie da, wo man sie ernsthaft gebraucht hätte, daß sie im Fall Krüger versagt hatte, ärgerte sie wütend. Jetzt wußte sie genau, es war ein Fehler, daß sie sich nicht früher, energischer um Martin gekümmert hatte. Ihre Theorie von der notwendigen Selbständigkeit des einzelnen, in die man ohne Aufforderung des andern nicht eingreifen dürfe, war zu bequem. Wenn man sich an einen Menschen bindet wie sie an Martin, wissend, welcher Art er ist, dann hat man eben die Verantwortung für ihn zu übernehmen.

Das Kinn in die kurze, großporige Hand gestützt, saß sie am Tisch, dachte an den Martin jener Stunden, zu dem sie am entschiedensten ja gesagt hatte. Wie sie etwa in der kleinen, langsamen Stadt gewesen waren, mit der alten, geschmackvollen Bildergalerie, die Martin für die Münchner Sammlung zu plündern beabsichtigte. Wie überlegen und überzeugend er die mißtrauischen Provinzgelehrten hereingelegt hatte, ihnen die alten Schinken aufbindend, die er aus seiner staatlichen Sammlung forthaben wollte, und ihre schönsten Dinge ihnen fortschwatzend. Als dann nach langwierigen Verhandlungen der umständliche Tausch festgelegt war, hatte Martin frecherweise, sich und ihr zum Spaß, noch die Bedingung gestellt, daß der Magistrat jener Stadt seine Verdienste um die Komplettierung der städtischen Galerie gebührend feiern und ihm ein Festdiner geben müsse. Sie saß da, Kinn in die Hand geschmiegt, das kräftige Gesicht mit der stumpfen Nase gesenkt. Sie sah deutlich vor sich das Gesicht Martins, wie er mit spitzbübischem Ernst dem mühsamen Toast zuhörte, den der Bürgermeister auf ihn ausbrachte.

Dann auf einmal wieder war sie mit Martin in Tirol. Neben ihnen im Coupé saß der pedantische, angelsächsische Herr, der die Nase immer im Reiseführer kleben ließ, den Kopf kurzsichtig um sich stieß, nie eruieren konnte, ob die Naturschönheiten rechts oder links seien. Martin hatte ihm zur Freude der Mitreisenden unermüdlich und ernsthaft verkehrte Auskunft gegeben, seine Zweifel mit Scharfsinn und Geistesgegenwart zur Ruhe gebracht, ihn überzeugend, belanglose Hügel seien berühmte Gipfel, Bauernhäuser Schloßruinen, einmal auch, als der Zug eine Stadt durchfuhr, eine Mariensäule sei ein Männerdenkmal.

Sehr genau hatte sie alles das im Gedächtnis. Oh, sie erinnert sich überhaupt an vieles, sehr im Detail erinnert sie sich. Allen Respekt vor hergebrachten Begriffen, Heiligkeit des Eides, Verantwortung vor der Gesellschaft und dergleichen, aber sie hat es jetzt satt und beruft sich auf ihr gutes Gedächtnis. Sie erinnert sich genau der Stunde, es war zwei Uhr, als Martin damals zu ihr kam. Wieso weiß sie es so genau? Deshalb, weil sie ursprünglich für den Tag hernach einen Ausflug ins Gebirge vorhatten. Aber Martin bestand darauf, auf das Fest zu gehen. Sie hatten sich gestritten darüber. Dann war Martin eben doch unerwartet zu ihr gekommen. Hatte sie geweckt. War es nicht natürlich, daß sie auf die Uhr geschaut und sich die genaue Stunde gemerkt hatte? Ja, so war es, so klingt es durchaus plausibel. Wenn der Chauffeur Ratzenberger gute Gründe hat für sein genaues Gedächtnis, sie hatte keine schlechteren. Genau so war es. So wird sie aussagen. Unter Eid. Und das so bald wie möglich.

Sie weiß nicht, ob Martin mit dem toten Mädchen geschlafen hat. Sie glaubt es nicht; sie hat nie mit ihm darüber gesprochen, es interessiert sie nicht. Aber das weiß sie, das sagt ihr der gesunde Menschenverstand, daß es nicht gut sein kann, wenn ein Mann länger als eine Nacht unter der Last solcher Bekundungen bleibt, wie die Briefe und Tagebücher der Haider sie darstellen. Sie wird sich rühren. Wird dagegen angehen. An Hand von gutem Material widerlegen.

Sie telefonierte von neuem, erreichte Dr. Geyer. Sagte ihm schnell und entschieden, sie habe ihr Gedächtnis nochmals geprüft, erinnere sich jetzt genau. Wolle aussagen. Morgen. Möglichst sogleich. Dr. Geyer erwiderte, darüber wolle er sich am Telefon nicht äußern, er erwarte sie in einer Stunde in seiner Wohnung.

Eine Stunde. Sie wird zu Fuß gehen. Aber auch dann hat sie noch reichlich Zeit, bis sie aufbricht.

Wenn sie Martin nicht sehen kann, so hat sie doch Briefe von ihm. Sie ging an die Kassette, in der die Briefe lagen, zahlreiche Briefe, aus vielen Städten, vielen Stimmungen, vielen Situationen. Martin schrieb leicht und unbedenklich drauflos, wie es in jener beschäftigten Epoche wenig Leute mehr taten. Es waren ungleiche Briefe. Einzelne sachlich, trocken, andere jungenhaft lustig, voll von abgelegenen, krausen Einfällen. Dann lange, impulsive Auslassungen über Bilder, über Dinge seines Berufs, alles ohne Hemmungen, widerspruchsvoll.

Da also lagen die Briefe, wohlverwahrt und geordnet. Ob sie seine Briefe auch in ein Register einloche? hatte Martin sich einmal über ihre Ordnung lustig gemacht. Sie nahm ein Blatt heraus, warf einen Blick auf die raschen, großen, eigentümlich zarten Schriftzüge. Wandte die entschiedenen, grauen Augen sehr bald wieder ab. Legte das Blatt zurück.

In dem ungemütlichen Zimmer des Anwalts wies Dr. Geyer sie in dürren Worten darauf hin, daß ihr gutes Gedächtnis in diesem Lande nicht ungefährlich sei. Man werde vermutlich eher sie wegen Meineids belangen als den Chauffeur Ratzenberger. Johanna, drei Furchen über der Nase, das blanke Gesicht sehr straff, fragte, warum er gerade ihr das sage. Ob er glaube, das mache auf sie Eindruck? Er halte sich für verpflichtet, sie über die möglichen Folgen ihrer Aussage aufzuklären, meinte er trocken. Sie, ebenso trocken, dankte für seine freundliche Absicht. Entfernte sich, lächelnd.

Lächelnd, auf einem Umweg, ging sie nach Hause, durch den Englischen Garten. Summte vor sich hin, unmusikalisch, zwischen Lippen und Zähnen, unhörbar fast, eine Melodie aus einer altmodischen Oper, immer die gleichen paar Takte. Der schöne, weite Park lag abendlich kühl und friedsam. Viele Liebespaare waren unterwegs. Auch ältere Leute genossen nach frühem Abendbrot die einfallende Kühle. Sie saßen auf den Bänken, schwatzten, rauchten, lasen ruhevoll in ihren Zeitungen die ausführlichen Berichte über die Liebe der toten Schlawinerin zu dem Manne Krüger.

15

Herr Hessreiter diniert am Starnberger See

Die gleiche Straße, die gestern der Minister Dr. Klenk gefahren war, fuhr am Abend dieses Tages der Kommerzienrat Paul Hessreiter. Er fuhr mit seiner Freundin, Frau Katharina von Radolny; denn er pflegte einen großen Teil des Sommers auf ihrem schönen Besitztum Luitpoldsbrunn am Starnberger See zu verbringen.

Herr Hessreiter chauffierte. Es war der neue amerikanische Wagen, den er erst vor drei Wochen übernommen hatte. Nach dem widerwärtigen Prozeßtag war es angenehm jetzt, in die beginnende Nacht hineinzufahren, auf breiter Straße, durch den undichten Forst. Die Scheinwerfer hoben kleine Sektoren der Straße und der Landschaft heraus, Herr Hessreiter fuhr in maßvollem Tempo, genoß die einfallende Kühle, die vertraute Nähe Katharinas, die ihm von den vielen Frauen, die er, einer der fünf Lebemänner der Stadt München, gehabt hatte, die liebste war. Sie waren nicht verheiratet. Katharina vereinigte die Annehmlichkeiten einer Freundin und einer Ehefrau.

Sie saßen nebeneinander, führten eine lässige Unterhaltung mit vielen Pausen. Gegenstand war selbstverständlich der Prozeß Krüger. Ja, meinte Herr Hessreiter, unangenehm sei es schon, bei diesem Prozeß als Geschworener, als Richter gewissermaßen, mitzumachen. Aber er gab sich jetzt vor Katharina realpolitisch, zynisch, großspurig. Man war schließlich Geschäftsmann; es war denkbar, daß gewisse Leute von Einfluß ihre Keramiken von anderswoher bezogen hätten, wenn man sich von seiner Bürgerpflicht gedrückt hätte. Übrigens war nicht zu leugnen, daß der Prozeß als Ganzes sehr interessant war. Diese Briefe des toten Mädchens zum Beispiel, die man heute zu hören bekommen hatte. Sehr unappetitlich, gewiß; unbegreiflich, wie ein Mann mit einem so verkorksten, schwierigen Mädchen etwas anfangen wollte. Immerhin, interessant war es fraglos. Warum eigentlich kam Katharina niemals zur Verhandlung? Frau von Balthasar war dagewesen, die Schwester des Barons Reindl, die Schauspielerin Kläre Holz.

Er saß am Steuer, lenkte mit sachten Bewegungen den leisen, gehorsamen Wagen. Es war eine schöne Nacht. Man hatte den Ort Starnberg passiert. Viele Menschen waren am Seeufer, doch die Nacht fing die Geräusche auf, ringsum schien alles still, man fuhr durch Laubwald, ein beleuchteter Dampfer war auf dem See.

Nein, Katharina hatte keine Lust, zu diesen Verhandlungen zu gehen. Ihre sonore Stimme klang neben ihm auf, voll jener selbstsichern Trägheit, die ihn immer von neuem erregte. Politik war Katharina unsympathisch. Die Herren, die seit der Revolution damit zu tun hatten, hatten etwas Ungelüftetes an sich. Diese Jagd auf den Mann Krüger gefiel ihr gar nicht. Das schmeckte nach sauer gewordener Milch. Auch war es mißlich, zu denken, in wie peinliche Situationen man durch diese alberne Politik kommen konnte. Immer mußten Männer vor Richtern und Journalisten beschwören, mit welchen Frauen sie geschlafen hatten, was doch keinen anging und für die Regierung des Staates belanglos war.

Die schöne, üppige Frau sprach mit ihrer tiefen, ruhigen Stimme in die Nacht hinein. Herr Hessreiter schaute sie von der Seite an. Nein, sie lächelte nicht. Wahrscheinlich dachte sie gar nicht daran, daß er seinerzeit anläßlich der Scheidungsklage des jetzt glücklich verstorbenen Herrn von Radolny beschworen hatte, er habe keine intimen Beziehungen zu ihr. Ohne eine Sekunde zu zaudern, ohne die geringsten Skrupel hatte er das beschworen. War nicht Herr von Radolny, als er nach ihrer mehrjährigen Freundschaft mit dem Prinzen Albrecht Katharina heiratete, ein umgänglicher Herr gewesen, zufrieden mit der angesehenen Stellung, die er sich durch dieses Arrangement bei Hofe erwarb? Wenn er plötzlich ungemütlich wurde, Szenen machte, auf Scheidung klagte, verstand es sich nicht von selbst, daß Herr Hessreiter seine schöne und liebenswerte Freundin gegen derartige unmanierliche Geschichten in Schutz nahm? Jetzt war Herr von Radolny tot, Katharina hatte sein ansehnliches Vermögen geerbt, wie gut, daß sie sich seinerzeit so energisch gegen die Scheidung gewehrt hatte. Sie hat mit dem Geld des Toten ihr heruntergekommenes Besitztum Luitpoldsbrunn, das ihr Prinz Albrecht bei der Trennung überschrieben hatte, wieder hochgebracht. Von den Einkünften des Gutes und der Rente, die sie von der Vermögensverwaltung des ehemaligen königlichen Hauses bezieht, kann sie das Leben einer großen Dame führen. Ihr Gut ist musterhaft verwaltet, ein gesellschaftlicher Mittelpunkt, sie ist bei Hofe, vor allem bei dem Kronprätendenten, dem ehemaligen Kronprinzen Maximilian, gern gesehen, ihre Freundschaft mit Hessreiter scheint fest begründet, sie macht große Reisen, interessiert sich freundlich für Kunstdinge. Was sie zu dem Prozeß Krüger geäußert hat, ist klar, klug, entspricht ihrer Lage und ihrer Art. Warum also kommt Herr Hessreiter nicht los von diesem doch erledigten Thema? Selbstverständlich ist er nicht so taktlos, die damalige Scheidungsangelegenheit und seinen eigenen Eid mit dem Fall Krüger in Parallele zu bringen. Immerhin streift er daran. Betont, daß nur einem so lebensfremden Schlawiner wie eben dem Krüger so was an den Hals gehängt werden könne. Kavalierseide, in denen Beziehungen zu Frauen abgestritten werden, seien reine Formsache geworden, würden allgemein geschworen, jeder Richter wisse da Bescheid. Es sei, wie wenn man jemandem, dem man einen schlechten Tag wünscht, guten Tag wünsche, niemand nehme solche Eide ernst. Aber natürlich dürfe man dem Staatsanwalt Handhaben nicht geradezu hinreichen wie der Krüger. Denn an sich müsse die Ehe vom Staat geschützt werden. Da sie schwieg, meinte er nach einer Weile, er verstehe wenig von sozialen Dingen. Die Familie aber halte er für die Keimzelle des Staates, und er glaube also, daß sich die Ehe so wenig abschaffen lasse wie etwa die Religion. Verpflichtend sei sie aber natürlich nur für die Masse, nicht für den wissenden einzelnen.

So ausführlich hatte sich Herr Hessreiter selten über Fragen der Gesellschaft und der Moral ausgelassen. Katharina beschaute ihn von der Seite. Er pflegte, wenn er besonders münchnerisch gesinnt war, die vom Scheitel her landesüblich in die Schläfen hineinwachsenden Haare etwas länger zu tragen. Auf Reisen oder wenn sonst er sich kosmopolitisch gab, ließ er diesen Schläfenbart kürzer schneiden. Heute, wie immer in der letzten Zeit, trug er ihn tief die fleischigen Wangen herunter: was also hatte er? Sie schwieg eine Weile. Entschloß sich, seine Auslassungen für eine augenblickliche Indisposition zu halten, und bemerkte abschließend mit ihrer ruhigen Stimme, sie finde es nicht richtig, daß man dem Manne Krüger die Möglichkeit nehme, in diesem Sommer in die Berge oder ans Meer zu gehen, während zum Beispiel sie und Herr Hessreiter jetzt am Ufer des Starnberger Sees entlangführen. Die stattliche Dame strich sich mit leichter Mißbilligung die kupferfarbenen Härchen zurecht, die unter der Automütze hervorkamen; aus dem schönen Gesicht mit dem starken Mund und der fleischigen Nase schauten still die braunen Augen in die vorübergleitende Nacht.

Auf dem See in den Booten sang man. Herr Hessreiter lenkte reumütig ab von einem Thema, das seine Freundin wenig zu interessieren schien, konstatierte, daß Wasser offenbar die Menschen zu ästhetischer Betätigung anrege. Auch er fühle in der Badewanne häufig einen unbezähmbaren Drang zu singen.

Die letzte Strecke schwiegen sie. Gemeinhin anerkannte Herr Hessreiter seine Freundin als die Klügere, Praktischere, Wissendere von ihnen beiden. Aber heute fühlte er sich ihr heimlich überlegen. Er hatte sich einmal den Spaß gemacht, ihre Handschrift analysieren zu lassen, von der Graphologin Johanna Krain. Mit so was wie schlechtem Gewissen; es war nicht ganz fair, es schien ihm indiskret, einen Menschen, der einem nahestand, mit Hilfe eines Dritten auszuschnüffeln. Dann aber war er doch zufrieden; denn die Analyse hatte in höflichen Wendungen bestätigt, was er bereits wußte: daß nämlich Katharina zwar praktisch recht klug war, aber ohne Romantik, fern jeder Lust an Abenteuern des Geistes. Das stimmte. Sie verstand nicht, ja im Grund mißbilligte sie seine Neigung, in Abgründe des Daseins hineinzulugen, sich bei aller Ruhe und Gemächlichkeit des äußeren Lebens eine unspießige Gesinnung zu bewahren. Daß er diese Neugier ihr voraushatte, füllte ihn mit männlichem Stolz. Was hätte Katharina für Augen gemacht, wenn sie von jenem heimlichen Bilderkauf erfahren hätte, durch den er sich verschmitzt und tapfer vor sich selber und der Welt salviert, sich als vorurteilslos und europäisch erwiesen hatte. Er stellte sich ihr Erstaunen deutlich vor. Gelt, da schaust! dachte er schmunzelnd, während er seine Freundin sanft durch die Nacht fuhr.

Als sie in Luitpoldsbrunn ankamen, war Herr Pfaundler da, der in der Nähe seine Villa hatte und manchmal des Abends vorzusprechen pflegte. Frau von Radolny sah den unternehmenden Mann gerne. Erst Kellner, später Restaurateur, hatte Herr Alois Pfaundler während des Kriegs Fleisch für die Armee geliefert. Dadurch in der Lage, den Besuchern seiner luxuriösen Gaststätte trotz der strengen Rationierungsvorschriften schmackhafte, ausgewählte Gerichte vorzusetzen, deren Seltenheit man in den dürren Zeiten gern teuer bezahlte, war Herr Pfaundler rasch zu Geld gekommen. Er legte sein Kapital in der Vergnügungsindustrie an, er war an vielen großen Varietés und Kabaretts im Reich, auch in den Grenzländern beteiligt und unbestritten der erste Vergnügungsindustrielle des südlichen Deutschlands. Er wäre im sichern Besitz seiner Macht gewesen, hätte er sich nicht darauf versteift, just in seiner Vaterstadt München große Etablissements zu unterhalten, den Vergnügungsstätten dieses Platzes weltläufige Färbung zu geben. Er besaß das vornehmste und größte Varieté Münchens, ein gut geleitetes Kabarett, zwei Restaurants von Qualität; ein großes Badeetablissement am See suchte er in diesem Sommer zu starten. Kluger Geschäftsmann, der er war, wußte er natürlich, daß auf dem Boden der bäurischen Siedlung München solche Unternehmungen schlecht vorwärtskommen konnten. Denn hatte die Stadt vor dem Krieg als Deutschlands erster Kur- und Vergnügungsort gegolten, so hatten die kleinbürgerlichen Verwaltungsmaßnahmen des neubayrischen Regimes die Fremden aus der Stadt weggegrault. Aber Herr Pfaundler redete sich ein, München als einzige größere Stadt inmitten eines weithin von Bauern bewohnten Bezirks habe eben die Sendung, anders zu sein als der bayrische Bezirk ringsum. Die Landleute, nach München kommend, suchten dann gerade städtische Vergnügungen, das Gegenteil ihres Alltags. Er verbiß sich also darein, die Vergnügungsindustrie gerade seiner Vaterstadt wieder hochzubringen. Es war wohl auch, weil der Instinkt fürs Dekorative, Theaterhafte, der zu gewissen Zeiten immer wieder in den Menschen der bayrischen Hochebene aufstieg, tief in ihm saß. Münchner Volksfeste, die er als Knabe ergriffen miterlebt hatte, der alljährlich wiederkehrende Rummel auf der Stadtwiese, volkstümliche, karnevalistische Veranstaltungen mit trommelfellsprengendem Lärm, Wagnerfestspiele, Schützenfeste, die prunkende Prozession am Tage Corpus Domini, die Karnevalsbälle im Deutschen Theater, vergnügungsselige Bierfeste in den Riesensälen der großen Brauhäuser, dieser ganze geräuschvolle Prunk hatte sich tief in ihm festgesetzt. Er wollte selber Schaustellungen solcher Art veranstalten, sie mit den Mitteln moderner Technik intensivieren, den Lärm lärmender, den Rausch rauschender, den Glanz glänzender machen. Mit bäurischer Zähigkeit steckte er das Geld, das er aus dem Vergnügungsbedarf des übrigen Deutschlands herausholte, in diese immer wieder mißglückenden Münchner Versuche.

Frau von Radolny streckte Herrn Pfaundler die große, weiße Hand hin, begrüßte ihn mit einer an ihr ungewohnten Lebhaftigkeit. Ihre Anfänge waren dunkel gewesen, sie sprach nicht darüber. Jedenfalls unterhielt sie sich gerne über alle Fragen des Varieté- und Kabarettbetriebs, hatte eine staunenswerte Kenntnis aller Fachausdrücke und war an einigen Unternehmungen des Herrn Pfaundler vorsichtig beteiligt.

Während des Abendessens auf der schönen, dem See zu gelegenen Terrasse unterhielt sie sich interessiert mit dem fleischigen, umfangreichen Mann. Ihr etwas rauhes, sonores Organ mischte sich mit dem hellen, fetten Pfaundlers. Der schwere Mann, blaßhäutig, schlaue, winzige Mausaugen in dem wulstigen Schädel, hatte keine rechte Stellung zu dem Prozeß Krüger. Natürlich schade die umständliche, hinterwälderische Art, wie man einem Kunsthistoriker von Rang die Bettlaken lupfe und berieche, dem Ruf der Stadt, aus der die Eselhaftigkeit der Regierung sowieso schon alle Fremden und halbwegs bedeutenden Intellektuellen hinausgeekelt habe. Es müßte einmal einer eingreifen, den regierenden Schafsköpfen tüchtig den Marsch blasen. Einer aus der Wirtschaft. Er wüßte schon einen, der, wenn er wirklich wollte, aus München etwas machen könnte: der Herr von Reindl. Aber der halte es leider heimlich mit den Preußen, wegen seiner Verbindungen mit dem Ruhrkonzern, und trotz seines föderalistischen Geredes sei ihm alles Bayrische ein Dreck. Herr Hessreiter, sowie der Name Reindl auftauchte, verdüsterte sich. Der Reindl war im stillen ein steter Vorwurf für ihn, war an Geld und industrieller Bedeutung, gesellschaftlichem Rang, lebemännischen Qualitäten ihm überlegen.

Er dachte vag an seine keramische Fabrik und daß man dort in der Kunstabteilung zur Zeit wieder vor allem Pierrot- und Kolombinen-Gruppen herstellte. Die Süddeutschen Keramiken Ludwig Hessreiter & Sohn hatten ursprünglich Gebrauchsdinge hergestellt, Geschirr vor allem. Ein großer Teil der bayrischen Menschen südlich der Donau speiste aus ihren Schüsseln, Tellern, Näpfen und entleerte sich in ihre Fabrikate. Besonders beliebt war ein wohlfeiles Muster, sehr blau: Enzian und Edelweiß. Schon Herrn Hessreiters Vater hatte den keramischen Werken eine Kunstabteilung angegliedert. Sie war indes nie zu rechter Bedeutung gekommen. Ein groß angelegter Versuch, künstlerische Maßkrüge auf den Markt zu werfen, war empfindlich gescheitert. In letzter Zeit hingegen gewann diese Kunstabteilung größeres Ausmaß. Das deutsche Geld hatte an Wert sehr verloren, schon kostete der Dollar fünfundsechzig Mark. Die deutsche Arbeitskraft war billig, ermöglichte den Unternehmern einträgliche Auslandsgeschäfte. Die Hessreiterschen Werke hatten sich rechtzeitig darauf eingestellt; im Ausland fanden vor allem die Erzeugnisse der Kunstabteilung Anklang, sie überschwemmten, gigantische Fliegenpilze, langbärtige Gnomen und dergleichen, weithin die Welt. Herrn Hessreiter gingen diese Erzeugnisse sehr gegen den Geschmack: aber was konnte er machen? Sollte er das Geschäft andern überlassen?

Herr Pfaundler, als er sah, daß Herrn Hessreiter das Thema Reindl nicht angenehm war, fragte, immer noch bekümmert, ob Katharina von diesem Forster 1911 noch genügend Vorrat habe; er könne ihr allenfalls noch fünfzig Flaschen ablassen. Dann erzählte er von seinen Plänen für das neue große Etablissement in Garmisch, »Die Puderdose«. Schon im vergangenen Jahr hatte er angefangen, diesen Winterkurort großzügig zu starten; heuer werde Garmisch-Partenkirchen wirklich der mondänste Ort des deutschen Winters sein. Auch im Ausland, vor allem in Amerika, habe er gut vorgearbeitet.

Angeregt fragte Katharina nach Einzelheiten des Vergnügungsprogramms, das er für sein Etablissement dort plane. Ja, Herr Pfaundler, ein starker Arbeiter, hatte schon eine ziemlich genaue Liste seiner Engagements ausgearbeitet. Am meisten versprach er sich von einer bisher in Deutschland unbekannten russischen Tänzerin, der Insarowa, um die er viel Geheimnis und Wesens machte. Frau von Radolny verbreitete sich sachkundig über die Qualitäten einzelner Künstler, die Pfaundler genannt hatte. Sie trällerte die Glanznummer eines Kabarettsterns vor sich hin. Herr Pfaundler, mit dem Interesse des Fachmanns, machte Ausstellungen, erläuterte, was am Vortrag dieser Künstlerin wirkungslos sei, worin der Effekt bestehe. Bat Katharina, sie möge die Nummer wiederholen. Die schwere, schöne Frau tat es ohne Gezier. Mit ihrer sonoren Stimme sang sie das zuckerig zotige Couplet, zwang ihren massigen Gliedern die üblichen neckischen Gesten und tänzerischen Zuckungen ab. In Herrn Pfaundlers Augen entzündete sich Appetit. Er war sehr bei der Sache; belebt äußerte er, gerade durch ihre Fülle gewinne der Song besonderen Reiz. Man ereiferte sich über ein paar Nuancen. Verglich mit einer Grammophonplatte. Herr Hessreiter hörte schweigend zu. Er beschaute die beiden riesigen Vasen auf der Brüstung der Terrasse gegen den See hin. Hier in Luitpoldsbrunn auf dem Gut seiner Freundin waren überall im Haus und im Garten Erzeugnisse aus seiner keramischen Fabrik verstreut, teils mächtige Gebilde, teils Nippessachen. Es war merkwürdig, daß Frau von Radolny während ihres langen Zusammenlebens ihn nie gefragt hatte, warum in seinem eigenen Haus in der Seestraße nicht ein einziges Produkt seiner Fabrik stand.

Frau von Radolny fühlte sich offensichtlich wohl bei ihrer Kabarettdarbietung, trotzdem sich, stattlich wie sie war, Gestus und Vortrag etwas merkwürdig ausnahmen. Als ein Dienstmädchen erschien, um die Tafel abzuräumen, unterbrach sie sich keineswegs, nahm es vielmehr wohlgefällig auf, daß das Mädchen seine Beschäftigung hinauszögerte, um zuzuhören.

Herr Hessreiter, dem sonst diese Abendessen auf der Terrasse am See lieb waren, fühlte sich heute nicht behaglich. Der See lag friedlich im halben Mond, angenehmer Wind ging durch die Bäume, starken Geruch von Wiesen und Wäldern mit sich bringend. Die gebratenen Renken waren zart gewesen, der Wein blumig und gut gekühlt, Katharina saß groß, gut angezogen, verlockend an seiner Seite, Herr Pfaundler war ein erfahrener Mann, der die Stadt München mit den Weltläuften in kluge Beziehung zu setzen wußte. An anderen Abenden fühlte sich der gesellige, auf seßhafte Art lebensfreudige Herr in solcher Lage ohne Wunsch zufrieden, machte breite, saftige Witze nicht ohne Hintergrund, eine geruhsame Fröhlichkeit ging von seiner behaglichen, verzwickten Eleganz aus. Heute, nachdem er zu Anfang einiges gesprochen hatte, fiel er unvermittelt in Schweigsamkeit. Eigentlich war er froh, als endlich Herr Pfaundler sich entfernte.

Während das Geräusch seines Wagens eine Weile in der stillen Nacht hörbar blieb, saßen Herr Hessreiter und Katharina noch zusammen. Herr Hessreiter, umständlich rauchend, meinte, so einer wie Pfaundler habe es gut, stecke in seiner Arbeit, um ihn und durch ihn gehe etwas vor. Was tue er, Hessreiter? Alle vierzehn Tage einmal gehe er in seine Fabrik, die ohne ihn genauso laufe, und sehe, daß man dort den gleichen Kitsch mache wie seit Jahrzehnten. Auch seine Sammlung Münchner Altertümer könne ein anderer genausogut weiterführen. Frau von Radolny schaute schweigend auf den aufgerührten Mann, seine nachdrücklich rudernden Hände, seinen gepflegten, traditionellen Schläfenbart. Dann zog sie das Grammophon auf und spielte zwei seiner Lieblingsplatten. Auch fragte sie ihn, ob er noch eine Flasche Wein wolle. Er lehnte dankend ab, seine Zigarre war zu Ende, er schnaufte unbehaglich. Man saß noch eine Zeit zusammen, schweigend. Frau von Radolny dachte, es sei nicht klug, wenn zwei Menschen zuviel Zeit zusammen verbringen. Sie wird nächstens nach Salzburg gehen. Dort ist man nahe bei Berchtesgaden, nahe am Südostwinkel Bayerns, wo jetzt ihre guten Bekannten aus der Hofgesellschaft leben. Auch den Kronprätendenten wollte sie gern einmal wiedersehen; er fand an ihrer bedachtsamen Art großes Gefallen, und sie schätzte ihn sehr.

Andern Tages, als sie zum Frühstück hinunterkam, hatte Hessreiter schon sein Bad im See genommen und war zur Verhandlung in die Stadt gefahren. Als er den Odeonsplatz passierte, sah er, daß in der Feldherrnhalle große Gerüste aufgeschlagen waren; er erinnerte sich, von neuen Greueln gelesen zu haben, die dort aufgestellt werden sollten. Beschloß, nächstens einige keramische Entwürfe ausführen zu lassen, modelliert von einem jungen, noch unbekannten Bildhauer, die wenig Aussicht auf geschäftlichen Erfolg hatten, ihn aber künstlerisch ansprachen. Vornehmlich eine Serie »Stiergefecht«, die seine Herren als *spinnert*, als verrückt mit besonders tiefem Widerwillen erfüllte.

16

Ein Schlafzimmer wird berochen

Die Zeugin Johanna Krain war geboren in München, vierundzwanzig Jahre alt, bayrische Staatsangehörige, evangelischer Konfession, ledig. Ihr blaßbräunliches Gesicht straffte sich angestrengt, während sie aussagte. Sie war durchaus nicht bemüht, ihre starke Erregung zu verstecken. Ihre grauen Augen unter den dunkeln Wimpern blickten heftig, ihre breite Stirn furchte sich zornig.

Der Mann Krüger sah sie mit geteilter Seele vortreten. Natürlich war es gut, daß endlich ein vernünftiger Mensch in dieses mittelalterlich gespenstische Gerichtsverfahren eingriff. Aber es war doch ein unangenehmes Gefühl, schuld daran zu sein, daß sich dieses Mädchen dem albernen Gewäsch des ganzen Landes aussetzte. Wehrlos zuzuwarten, wie Millionen schmieriger Zungen dumm an ihr herumlecken würden. Auch wenn man frei war von atavistischen Kavalierbegriffen, war es anständiger, ein solches Opfer abzulehnen. Das hatte er ja auch getan. Immerhin schien ihm heute, im klaren Tageslicht, daß er es entschiedener hätte tun können.

Er hatte sie lange nicht gesehen. Wie sie jetzt vortrat, erregt und doch sicher, fest, kräftig, in gutsitzendem, rahmfarbenem Kleid, das dunkle Haar fein und dicht über der breiten Stirn, durchrann ihn Neigung und Zuversicht. Sie schien ihm der leibgewordene gesunde Menschenverstand, der vortrat, um ihn aus den Händen eines dumpfen, kleinbürgerlichen Fanatismus zu befreien.

Ähnlich spürten viele unter den anwesenden Männern, als die zornige Frau vor die Richter hintrat. Den kleinen Mund in dem fleischigen Gesicht leicht geöffnet, ein bißchen töricht, schaute auf sie aus großen, nicht mehr schleierigen Augen der elegante Herr Hessreiter. Soso, diese Johanna Krain, von der er einmal die Handschrift Katharinas hatte analysieren lassen, war also die Freundin des Krüger. Keine unebene Person; sie hatte ihm damals, als er wegen der Analyse mit ihr zu tun hatte, gut gefallen. Auch heute gefiel sie ihm. Er dachte an die Briefe der Haider, er wog ab das Mädchen Anna Elisabeth Haider und das Mädchen Johanna Krain. Er begriff den Krüger nicht, fand ihn dumm, unkultiviert, antipathisch. Aus dringlichen, klaren Augen hinter den dicken Gläsern hervor, das dünnhäutige Gesicht wechselnd gerötet, beschaute unverwandt der Rechtsanwalt Dr. Geyer seine Zeugin. Er war seiner Sache nicht ganz sicher, da er sie erregt sah; anderseits versprach er sich gerade von ihrem unverstellten Zorn Wirkung auf die Geschworenen. Auf den Bänken der Berichterstatter spannte man sich. Der trockene Triumph, mit dem Dr. Geyer die Vernehmung dieser Zeugin beantragt hatte, versprach eine interessante Wendung des Prozesses, es galt, diese Aussage nach Möglichkeit journalistisch auszuquetschen. Die Zeichner arbeiteten angestrengt, das einmalige Antlitz, die breite Stirn, die stumpfe, lebendige Nase, den kräftigen Mund, den ganzen zornmütigen Gestus der Frau möglichst eindrucksvoll festzuhalten. Ein berufsmäßiger Skeptiker erteilte Informationen. Diese wohlgewachsene Dame lebe angeblich von graphologischen Analysen. Es ließen aber beinahe ausschließlich Männer solche Analysen bei ihr anfertigen, und es sei fraglich, ob es gerade ihre Wissenschaft sei, die sie bezahlten.

Sehr peinlich berührt durch die unerwartete Zeugin war der Staatsanwalt. Die klare, eindeutig zornige Frau sah nicht so aus, als ob sie im bayrisch offiziellen Sinn beeindruckt werden, auch nicht so, als ob sie durch kluge Fragen beirrt, zu seiner

Auffassung der Schuldfrage hingelenkt werden könnte. Offenbar einfach dadurch, daß sie eine gut aussehende Frau war, hatte sie, schon bevor sie den Mund auftat, die allgemeinen Sympathien für sich. Der Verteidiger Dr. Geyer, das mußte man ihm lassen, hatte zudem den richtigen psychologischen Moment gewählt.

Der Vorsitzende, der Landesgerichtsdirektor Dr. Hartl, zeigte Unruhe, zum erstenmal während dieses Prozesses. Er schneuzte sich mehrmals, was den Geschworenen Lechner bewog, sein gewürfeltes Taschentuch auch seinerseits noch öfter zu ziehen. Er nahm wohl auch das Barett ab und wischte sich den Schweiß von der Glatze, was er trotz der Hitze noch nie getan hatte. Das unerwartete Auftreten dieser Zeugin machte den bisher so glatten Prozeß stachelig, öffnete dem ehrgeizigen Richter eine Gelegenheit, sich in harter Situation zu bewähren: die Verteidigung des Angeklagten durfte nicht eingeschränkt, doch seine Verurteilung nicht gefährdet werden.

Die Zeugin Krain bekundete dies: der Angeklagte Dr. Krüger sei ihr Freund. Was das heiße? Diesmal beantragte die Verteidigung Ausschließung der Öffentlichkeit. Aber da der Vorsitzende eine Chance sah, durch die Breite der Hörerschaft die unbequeme Zeugin einzuschüchtern, wurde der Antrag abgelehnt. Johanna Krain mußte öffentlich aussagen. Ob sie bekunden wolle, daß sie intimen Verkehr mit dem Angeklagten gehabt habe? Ja. Was sie also von den Vorgängen jener Nacht wisse, in der Dr. Krüger dem Fest in der Widenmaierstraße beigewohnt habe? In jener Nacht sei Dr. Krüger zu ihr gekommen. Die Köpfe der Geschworenen stießen mit einem Ruck, wie gezogen, näher gegen die Zeugin; selbst in das schwere, dumpfe Gesicht des Briefträgers Cortesi kam Spannung, des Gymnasiallehrers Feichtinger sanfter Mund, umgeben von dem flaumigen, schwarzen Vollbart, rundete sich in einem dem Anklagevertreter unwillkommenen Staunen. Beunruhigt durch die offensichtliche Sensation, die die Bekundung der Zeugin Krain machte, fragte der Staatsanwalt weiter, ob sie sich der genauen Zeit erinnern könne, wann Dr. Krüger in jener Nacht zu ihr gekommen sei. Kurze, hörbare, gespannte

Atemstöße ringsum. Ja, erwiderte sehr deutlich Johanna Krain, das könne sie. Es sei zwei Uhr gewesen.

Es wurde in dem heißen, menschenvollen Saal ganz still. Wieso sie, fragte mit etwas heiserer Stimme der Staatsanwalt, die Stunde so genau wisse. Mit großer Sicherheit, nicht zu dürr und nicht zu umständlich, erzählte jetzt die Zeugin Krain die Geschichte von dem geplanten Ausflug ins Gebirg. Wie Martin nicht habe mithalten wollen, wie sie sich gestritten hätten, wie er dann doch, bereuend offenbar, von dem Fest weg mitten in der Nacht zu ihr gekommen sei und sie geweckt habe. Natürlich sei da ihr erster Blick zur Uhr gewesen; sie hätten dann natürlich auch die Frage des Ausflugs noch lange besprochen; denn wenn man um zwei Uhr geweckt werde, sei es nicht angenehm, um halb fünf endgültig aufstehen zu müssen. Der Mann Krüger hörte aufmerksam zu, fast glaubte er selbst, was sie sagte. Sie bedaure jetzt sehr, schloß die Zeugin Krain ihre Erklärung, daß sie nicht mitgegangen sei zu jenem Fest; denn dann wäre der ganze Prozeß nicht zustande gekommen. Diese Äußerung wurde von Dr. Hartl als nicht zur Sache gehörig ernst zurückgewiesen.

Während man auf Verlangen des Staatsanwalts den Chauffeur Ratzenberger suchte, um ihn mit Johanna Krain zu konfrontieren, wurde ihre Vernehmung scharf und lange fortgesetzt. Zunächst wurde sie gefragt, ob der Angeklagte auch in jener Nacht vom 23. zum 24. Februar mit ihr intimen Verkehr gepflegt habe. Nochmals beantragte Dr. Geyer Ausschluß der Öffentlichkeit, nochmals wurde sein Antrag abgelehnt. Verbissen, deutlich, blaß, in unverhohlenem Dialekt erklärte Johanna, ja, auch in dieser Nacht sei Martin mit ihr zusammengelegen. Jedes Wort und jede kleinste Bewegung war kräftig, unzweideutig, sie war erfüllt von einer großen Wut gegen ihre Landsleute. Der Gymnasiallehrer Feichtinger hatte geradezu ein bißchen Angst vor ihren wilden, resoluten, grauen Augen. Ob sie denn allein gewohnt habe, wurde sie weiter gefragt, und wie der Angeklagte ungesehen habe zu ihr gelangen können. Sie wohne zusammen mit ihrer Tante Franziska Ametsrieder, einer älteren Dame, die regelmäßig und frühzeitig zu Bett zu gehen pflege. Ihre, Johannas, Zimmer seien abgelegen und ungestört. Dr. Krüger, im Besitz eines Schlüssels, habe bequem ungesehen und ungehört zu ihr gelangen können. Das Feixen des windigen Geschworenen von Dellmaier hatte aufgehört, er nickte innig zustimmend, beflissen, sachverständig. Der Staatsanwalt seinerseits nahm sich vor, das Verhalten der sauberen Frau Tante ein wenig auf Kuppelei hin zu beklopfen.

Ob die Zeugin Krain, inquirierte er weiter, gewußt habe, daß Dr. Krüger auch zu andern Frauen in Beziehungen stand. Ja, das habe sie gewußt; es seien flüchtige Beziehungen gewesen, die sie ihm nicht weiter verübelt habe. Diese Bekundung machte keinen günstigen Eindruck, der Staatsanwalt konstatierte mehrmals, daß das merkwürdig sei. Aber für ausgeschlossen halte sie es, fuhr Johanna fort, daß Martin Krüger geradewegs aus dem Schlafzimmer einer anderen Frau zu ihr gekommen sei. Hm, machte der Staatsanwalt. Auch andere machten hm und na. Es sei ausgeschlossen, erklärte Johanna stark und erregt. Der Vorsitzende ersuchte sie, sich zu mäßigen. Der Bildberichterstatter der »Berliner Illustrierten Zeitung« machte eine wirksame Zeichnung dieses Moments, wie sie den breiten, gutgeformten Kopf entflammt gegen den klobigen des Staatsanwalts herumreißt; immer wenn sie einen anschaute, ging der ganze Kopf mit. Wovon sie lebe? fragte der Staatsanwalt. Sie habe etwas Vermögen, auch erziele sie Einnahmen aus ihren graphologischen Analysen. Sie verstehe übrigens nicht, was das zur Sache tue. Sie wurde ein drittes Mal von Dr. Hartl mild, doch mit Nachdruck in ihre Schranken zurückverwiesen.

Ob sie Geld von Dr. Krüger erhalten habe, fragte mit aufreizender Langsamkeit der Staatsanwalt weiter. Hier wurde Dr. Krüger, der den letzten Fragen mit finsterem, zugesperrtem Gesicht gefolgt war, rebellisch. Begierig stürzten sich die Zeichner auf den Moment; allein diesmal gelang es eigentlich nur dem Herrn von der Leipziger »Illustrierten Zeitung«, die starke Pose festzuhalten, wie der Mann Krüger, voll Wut um sich schlagend, das gewalttätige Kinn vorstieß gegen den Staatsanwalt, ihn anblitzend mit den gewölbten, grauen Augen unter den dicken Brauen. Der Staatsanwalt hielt dem Rasenden mit ironischer Geduld stand; er verlangte nicht einmal Schutz vom Vorsitzenden, bis der schließlich, als Dr. Krüger ohnehin ermattet, ihn mild verwies. Ob also, fragte der Staatsanwalt weiter, unbewegt, als wäre von seiten des Mannes Krüger nichts erfolgt, ob also Fräulein Krain von dem Beklagten nicht Geschenke an Geld oder Geldeswert erhalten habe. Ja, antwortete die Zeugin, Blumen, verschiedene Male, einmal einen Korb mit Eßdingen, einmal ein Paar Handschuhe, auch Bücher. Der Hoflieferant Dirmoser beschaute interessiert die feste Kinderhand Johannas; bei der Vereidigung hatte er nicht ohne Mißbilligung bemerkt, daß sie keinen Handschuh hatte abstreifen müssen, da sie ohne Handschuhe gekommen war; jetzt verlor seine Denkart an Schärfe sowohl gegen Krüger wie gegen Johanna Krain. Was den Geldeswert anlange, erklärte behaglich der Mann Krüger, so habe, wenn er nicht irre, der Eßkorb achtzehn Mark fünfzig gekostet; es könnten aber auch zweiundzwanzig gewesen sein. Infolge der steigenden Geldentwertung wisse er das nicht mehr genau. Der Vorsitzende, selber mit einem kleinen, gezwungenen Lächeln, tadelte die unangebrachte Heiterkeit des Publikums. Ob nicht einmal ein Verfahren wegen Gaukelei gegen Johanna Krain geschwebt habe? Nein, es hatte niemals ein solches Verfahren geschwebt. Der Verteidiger bot Sachverständigengutachten an, daß die Analysen der Zeugin wissenschaftlichen Wert hätten. Als unerheblich wurden diese Gutachten abgelehnt. Im stillen ärgerte sich Dr. Hartl über die ungeschlachte Taktik des Staatsanwalts, dem offenbar die Überrumpelung alle Logik verschlug. Sichtlich hatte die Zeugin die Sympathien selbst derjenigen, die sie zu Anfang durch ihre kühne Art verstimmt hatte, zurückgewonnen und war jetzt allgemein beliebt. Dazu kam, daß sie mit steigender Erregung immer unverkennbarer bayrische Mundart sprach; ihre Worte, ihr ganzes Gehabe war so, daß niemand daran denken konnte, sie etwa als Zugereiste, als Schlawinerin, zu verdächtigen.

Ob der Angeklagte ihr über seine Beziehungen zu andern Frauen Einzelheiten mitgeteilt habe? fragte der Staatsanwalt, verstockt auf dem falschen Weg beharrend. Nein, weder habe sie ihn befragt, noch habe er davon gesprochen. Nur ganz allgemein habe sie von solchen Beziehungen gewußt. Ob sie also in Hinblick auf die Briefe des toten Mädchens etwas aussagen könne, beziehungsweise ob sie erfahren sei in Hinblick auf die erotischen Gewohnheiten des Dr. Krüger? Hier entstand unwilliges Gemurmel bei den Zuhörern. Der windige Herr von Dellmaier lachte unangenehm meckernd heraus, Dr. Geyer aber schaute ihn mit Augen so hemmungslosen Hasses an, daß der blasse Mensch mitten in seiner Lache, erschreckt fast, verstummte.

Jetzt aber erhob sich schnaufend und mit einer weiten Armbewegung der Geschworene Hessreiter. Dieses tapfere bayrische Mädchen war seinem Herzen wohlgefällig; er fand die Art, wie man ihr zusetzte, unwürdig. »Wenn der Mut in der Brust seine Spannkraft übt«, dachte er einen ehemals berühmten Vers des bayrischen Königs Ludwig I., nicht ganz klar wissend, ob er die Worte auf sich oder auf das Mädchen beziehen solle. Jedenfalls stand er stattlich da und erklärte mit ungewohnt fester Stimme, er glaube im Namen aller Geschworenen zu sprechen, wenn er diese Frage für überflüssig halte. Der Geschworene Cajetan Lechner, Altmöbelhändler, nickte langsam, doch entschieden Zustimmung. Er war von Anfang an nicht einverstanden mit der Behandlung dieser Zeugin Krain. Das gehörte sich nicht. Er dachte an seine selige Frau, die als Mädchen Rosa Hueber geheißen und sich als Kassierin betätigt hatte, und er war der prinzipiellen Meinung, man solle ein Frauenzimmer nicht so klobig anfassen wie hier der Staatsanwalt. Er dachte an seine Tochter Anni, das Luder, von der man nicht wissen konnte, ob sie nicht einmal in eine ähnliche Lage kommen werde wie diese Zeugin Johanna Krain. Er dachte insbesondere an seinen Sohn, den Beni, den sie ihm zum Zuchthäusler gemacht hatten, und er war in diesem Augenblick nicht sehr einverstanden mit der bayrischen Justiz. Der Vorsitzende erklärte im Ton höflichen Verweises, es sei Sache des Gerichts, über die Zulassung von Fragen zu entscheiden. Die Zeugin Krain sagte, sie verstehe die Frage nicht recht. Der Staatsanwalt erklärte, das genüge ihm.

Bei der Konfrontierung zwischen dem Chauffeur und Johanna Krain zeigte sich Franz Xaver Ratzenberger sehr patzig. Nochmals wurde umständlich gefragt, ob kein Irrtum möglich sei, im Datum, in der Uhr. Nein, es war kein Irrtum möglich. Der Chauffeur Ratzenberger hatte den Dr. Krüger in der Nacht vom 23. zum 24. Februar um zwei Uhr früh zum Hause Katharinenstraße 94 gefahren, und Dr. Krüger war zusammen mit dem Mädchen Anna Elisabeth Haider dort ins Haus hineingegangen. Er war aber auch, und zwar ebenfalls um zwei Uhr, im Bett der Zeugin Johanna Krain in der Steinsdorfstraße gewesen. Der Chauffeur schlug im Laufe der Konfrontierung um, wurde treuherzig, gemütlich. Das Fräulein müsse sich eben doch irren. Mit dem Gedächtnis der Damen sei das so eine Sache. Er machte keinen schlechten Eindruck. Aber zweifellos auch wirkte die Hartnäckigkeit und der unverstellte Zorn Johanna Krains stark auf Geschworene und Publikum. Der Vorsitzende, der ehrgeizige Richter Hartl, schloß die Sitzung nicht ohne Betretenheit, zum erstenmal mit einer kleinen Wolke Sorge um den Ausgang des Prozesses.

17
Ein Brief aus Zelle 134

Frau Franziska Ametsrieder erfuhr von der Aussage Johanna Krains aus der Zeitung. Jetzt wurde ihr klar, warum immerzu das Telefon läutete, warum Scharen von Besuchern kamen, die bestimmt nicht alle graphologische Analysen wünschten.

Frau Ametsrieder schickte die Besucher fort, stellte schließlich Telefon und Flurklingel ab. Ging zu Johanna. Angriffslustig trug sie auf kurzen, festen Beinen den feisten, strammen Körper wie eine Kriegsmaschine zu der unklugen Nichte. Die klaren, hellen Augen schimmerten kampfbereit aus dem mächtigen Mannsschädel unter den ganz kurz geschnittenen, sehr schwarzen, nur zu einem kleinen Teil entfärbten Haaren. Sie vermutete, Johanna werde sie nicht empfangen.

Allein Johanna ließ sie vor. Wartend, nicht einmal unhöflich, blickte sie auf die runde, resolute Tante. Die ging nicht auf Moralisches ein, sondern setzte mit guten Gründen auseinander, daß erstens die Aussage Johannas an dem Schicksal des

Mannes Krüger kaum etwas ändern werde und daß zweitens bei der Stimmung, die nun einmal in der Stadt München herrsche, Johanna ihre eigene wirtschaftliche Existenz ein für allemal untergraben habe. Johanna ließ sich auf die umständliche Argumentation nicht ein, sondern fragte kurz, was nun, nachdem die Sache so liege, nach Meinung der Tante im einzelnen geschehen solle. Da stellte sich heraus, daß, wie häufig, Frau Ametsrieder zwar eine bestimmte, sehr resolute Ansicht der geschehenen Dinge hatte, aber nur sehr vagen, allgemeinen Rat für die Zukunft. Johanna meinte schließlich, falls die Tante sich durch ihre Anwesenheit in der Wohnung beeinträchtigt fühle, möge sie ihr nur sagen, wann sie wünsche, daß sie wegziehe. Die Tante, darauf nicht gefaßt, ihre Entschiedenheit nur mühsam intakt haltend, entgegnete, ein Wort zur Lage werde man wohl noch äußern dürfen. Johanna, mit vor Zorn verdunkelten Augen, erklärte unvermittelt sehr laut und in starkem Dialekt, jetzt aber wolle sie Ruhe haben, und die Tante möge schauen, daß sie in Schwung komme. Die Tante Ametsrieder erwiderte, sie werde Johanna Tee und Toast hereinschicken, und zog, wenig befriedigt, ab.

Einen Stapel von Zeitungen und Zuschriften ließ sie da. Johanna wurde in unflätigster Weise beschimpft. Viele schrieben, ihre Aussage beweise nichts für die Unschuld des Krüger. Denn warum solle ein Schlawiner wie der Dr. Krüger nicht im Lauf weniger Minuten von einer leicht zugänglichen Dame zu einer andern laufen? Ihr Bild sah sie in verschiedenen Posen. Alle, mit Ausnahme eines einzigen, nahmen sich dermaßen unecht aus, daß sie sich fragte, ob sie sich wirklich so theaterhaft gegeben habe. Einige Zeitungen traten für sie ein, aber in der unwillkommen wohlwollenden Art jener Leute, die alles verstehen. Während die Mehrzahl sich über ihre Graphologie lustig machte, auch jene Verdächtigung, ihre Graphologie sei nur Vorwand zum Männerfang, hatte in vorsichtiger Form Platz gefunden, verteidigten andere ihre berufliche Tätigkeit, allein in so überheblich gönnerhaftem Ton, daß diese freundlichen Anmerkungen noch peinlicher wirkten als die gehässigen. Mehrere Zuschriften drohten, man werde es ihr schon zeigen. Diese Briefe waren voll von zotigen, vorstädtischen, manchmal sehr bildkräftigen Schimpfworten, von denen selbst Johanna nicht alle kannte, trotzdem sie auch mit Einwohnern der Bezirke am andern Flußufer zu tun hatte.

Eine neue, ungeheure Wut stieg hoch in ihr, machte ihr Gesicht weiß. Mit einer jähen Bewegung fegte sie einen großen Stoß beschriebenen und bedruckten Papiers vom Tisch, trat herum auf dem Haufen aus Buchstaben zusammengesetzten Kotes. Etwas tun! Dreinschlagen! Einem von diesen Lumpen ins Gesicht haun! Aber der Anfall dauerte nicht lange. Sie stand in einer wunderlich krampfigen Haltung im Zimmer, klemmte die Oberlippe ein, dachte scharf nach. Seine fünf Sinne gut beieinanderhalten mußte man. Nachdem sich Martin Krüger auf so einfältige Art von ihren stierhaft bornierten Landsleuten hat fangen lassen, wird es verflucht schwer sein, ihn wieder loszukriegen.

Sie lockerte ihre Starrheit, setzte sich, griff mechanisch hinein in den Wust von Briefen vor ihr. Die Handschrift eines Umschlags machte sie stutzig. Der Brief war von Martin Krüger.

Sie hat den Mann Krüger nicht aufgesucht nach der Vernehmung. Er hat eine kleine Neigung zu opernhaften Szenen, die sie nicht teilt. Wahrscheinlich hätte er einiges Pathetische geäußert. Jetzt also hat er geschrieben. Sie starrt auf den Briefumschlag, ärgerlich. Es gab nichts zu schreiben. Drei Furchen über der Nase, unwillig atmend, reißt sie den Brief auf.

Er wolle das nicht, schreibt der Mann Krüger. Ritterliche Gesten lägen ihm fern, wie sie wisse. Aber er wolle durchaus nicht, daß jetzt, wo er offensichtlich und auf lange Zeit hinaus im Pech sei, ein anderer sein Schicksal an das seine knüpfe. Er bitte sie, ihn sich und der bayrischen Justiz zu überlassen. Er gebe sie frei.

Johanna saugt die Oberlippe zwischen den Zähnen fest. Der kommt ihr recht. Freigeben. Sie läßt sich nicht so dumm anreden. Geschmackloses Familienblattgewäsch. Er ist tief heruntergerutscht durch die Untersuchungshaft.

Sie hält den Brief vor sich. Plötzlich, halb getrieben, spannt sie ihn in den kleinen, lesepultartigen Apparat, den sie zu ihren graphologischen Analysen benützt. Beginnt die Handschrift zu sezieren nach den klugen, kalten Methoden, die sie gelernt hat. Sie spielt auf diese Art mit sich und dem Manne Krüger; denn diese Methoden sind ihr nur Mittel, um sie in den Rauschzustand zu versetzen, aus dem allein heraus sie eine Handschrift lebendig deuten kann. Manchmal starrt sie stundenlang vor dem kleinen Lesepult, ohne daß sich eine Erkenntnis in ihr löst. Manchmal verweigert eine Handschrift überhaupt jede Art von Ausstrahlung, und sie muß sie unverrichteterdinge zurückgeben. Manchmal wieder wirkt eine Schriftprobe so stark auf sie, daß sie ihre nüchtern zünftige Methode wie eine Schutzmauer davor aufbauen muß. Sie fühlt sich dumpfig, sie möchte Klarheit: fast immer aber ist ihr Erkenntnis mit Qual verbunden. Es ist ein zweideutiges Gefühl von Scham und Kitzel, wenn das Wesen des andern sich aus der Handschrift zu lösen beginnt, Gestalt annimmt, sich mit ihr mengt. Zuerst, als sie Analysen aus Sport machte, zur Unterhaltung einer vergnügten Gesellschaft, war es ihr Spaß gewesen, in nachdenkliche, verblüffte Gesichter zu schauen. Dann hatte es sie Überwindung gekostet, diese fremde und unheimliche Begabung in bares Geld umzusetzen. Jetzt ist sie abgestumpft. Sie nimmt ihre Analysen ernst. Sie sagt nichts, was sie nicht ehrlich meint; aber sie verschweigt vieles, was sie ersieht. Oft auch fehlen ihr die Worte, oft drückt sie sich vor unwillkommenen Erkenntnissen.

Sie sitzt in dem verdunkelten Zimmer, starrt gespannten Auges in den Apparat. Fast plastisch in dem starken Licht springen die Schriftzüge Martins sie an. Noch nicht, aber bald, jetzt gleich, mit der Sicherheit des sich entwickelnden Films, wird ihr das Bild des Schreibenden kommen. Schon spürt sie jene Spannung und Erhöhung, leichte Glieder, trockenen Mund, Öffnung aller Sinne, jene Anzeichen, durch welche Erkenntnis sich verkündigt. Da reißt sie sich los. Die Vorhänge hoch, den Tag herein. Sie löscht die Lampe des Apparats, öffnet die Fenster, atmet. Der Mann in Not, der Mann in der Zelle. Der Mann, mit dem sie in den Bergen war, auf dem Meer. Der Mann, der ihr zublinzelte, als der Bürgermeister jener Provinzstadt auf ihn toastete. Der Mann, mit dem sie zusammenlag, der Kindisches und Starkes, Albernes, Gütiges, Weises in sie hineinflüsterte.

Sie nimmt den Brief aus dem Apparat. Martin Krüger ist vielleicht ein schlechter Mann oder auch ein guter. Jedenfalls ist er ihr Freund. Sie will ihn nicht auskundschaften. Sie spürt gut, warum sie sich in diese Sache hineinbegab. Sie will sich nicht mit klugen Gründen rechtfertigen vor sich selber. Es müßte mit dem Teufel zugehen, wenn sie mit dieser blöden Schufterei nicht fertig würde. Langsam, bedächtig, in kleine Stücke zerreißt sie den dummen Brief des Mannes Krüger, ihres Freundes.

Sieht wieder den Stapel von Zeitungen und Zuschriften. Sie will vernünftig bleiben, aber sie kann nicht verhindern, daß eine neue, helle Wut sie packt, ihr breites Gesicht noch breiter zerrend. Sind ihre Landsleute stierköpfig, so ist sie es doppelt. Könnte der Rechtsanwalt Dr. Geyer sie sehen, wie sie jetzt dasitzt, mit starrsinnigen, zornigen Augen, er begänne zu zweifeln, wer von den beiden bayrischen Menschen schließlich siegen wird, der Justizminister oder dieses große Mädchen.

18

Gnadengesuche

Dem Justizminister Otto Klenk lagen zwei Gnadengesuche vor, an deren Entscheidung weitere Kreise interessiert waren.

Auf einer der Hauptstrecken des bayrischen Eisenbahnnetzes war ein D-Zug entgleist, neunzehn Menschen waren getötet, einunddreißig verletzt worden. Die Ursachen des Unglücks ließen sich nicht klar feststellen. Einige führten sie auf mangelnde Sicherungsmaßnahmen zurück, behauptend, der Oberbau dieser Strecke tauge nicht für die neuen, schweren Maschinen. Da damals Konflikte entstanden waren zwischen der Zentralverwaltung der Reichseisenbahnen und der Verwaltung des bayrischen Kreises, kam dieses Unglück den bayrischen Partikularisten ungelegen. Auch war die Entscheidung, ob Verbrechen oder nicht, zivilrechtlich von Wichtigkeit. Lag ein Verbrechen vor, so war die Verwaltung ohne Haftpflicht; andernfalls konnten die Verletzten und die Hinterbliebenen der Getöteten hohe Ersatzansprüche stellen. Die Eisenbahnbehörde bestritt hartnäckig jede Schuld und erklärte, das Unglück sei auf einen verbrecherischen Anschlag zurückzuführen, worauf die Art der Schienenlockerung und ähnliche Momente hindeuteten.

So lagen die Dinge, als die Landgendarmerie einen zweifelhaften Burschen aufgriff, der sich nachweislich um die Zeit des Unglücks in der Nähe der Strecke herumgetrieben hatte. Dieser Bursche, neunundzwanzigjährig, Prokop Woditschka von Namen, Tscheche seiner Nationalität nach, war in seinem Heimatland mehrmals wegen Roheitsverbrechens vorbestraft worden. Jetzt seit Wochen vagabundierte er beschäftigungslos im Bayrischen, sich nährend von Kartoffeln, Feldfrüchten, manchmal in den Wirtshäusern an der Straße durch Musik und Tanzen einige Pfennige verdienend; denn der plumpe Bursche mit dem blassen, schweißigen Gesicht, das auch in Sonne und Wind keine Farbe annahm, war ein wilder Musiker und Tänzer, dem die Kellnerinnen und Chauffeure in den Wirtshäusern gern zuhörten. Da hatte er nun einige saftige, bolschewistische Äußerungen getan, er werde es den Großkopfigen zeigen, er werde etwas anstellen, von dem man sprechen werde, und sie würden es schon in der Zeitung lesen. Sicher war, daß er noch eine Stunde vor dem Unglück in der Nähe des Tatorts gesehen wurde; auch war er im Besitz verdächtiger Brechwerkzeuge, geeignet, die Schienen und Schwellen in der Weise zu lockern, die dann die Entgleisung herbeigeführt hatte. Verdächtig war auch, daß er sich nach dem Unglück in größter Eile von dem Tatort entfernt hatte.

Jedenfalls hatte das bayrische Gericht, vor dem er sich verantworten mußte, sich durch diese Indizien von seiner Schuld überzeugen lassen und ihn zu zehn Jahren Zuchthaus verurteilt. Die bayrische Verwaltung stand gerechtfertigt vor den scheelsüchtigen norddeutschen Nörglern, ihre Kassen waren einer unangenehmen Verpflichtung ledig.

Nun hatte aber der böhmische Landstreicher einen begeisterten Anwalt gefunden, im Umkreis des Dr. Geyer natürlich, und zwar war es ein gewisser Rechtsanwalt Löwenmaul, der sich für den Verbrecher Woditschka mit der bayrischen Justiz herumraufte. Es waren, wie er vor Gericht und später in den Spalten der Oppositionspresse ausführte, vor allem psychologische Gründe, die ihn an der Schuld des Mannes zweifeln ließen. Zunächst nämlich hatte der dicke Bursche geglaubt, es handle sich um gewisse andere Straftaten, um derentwillen man ihn verhafte. Wie man ihn dann des Eisenbahnattentats beschuldigte, war er einfach verblüfft gewesen und hatte herzhaft, stürmisch als über einen ausgezeichneten Witz gelacht. Wie ein Fanatiker, der sich um einer Idee willen gefährdet, sah er wirklich nicht aus, und welcher Vorteil hätte für ihn aus einem solchen Verbrechen herausspringen können? Er hatte dann auch, als man darauf beharrte, ihn mit der Entgleisung in Verbindung zu bringen, mit solcherlei Vernunftgründen operiert; es war ihm unbegreiflich, wie man auf ihn verfallen konnte. Es war wirklich reiner Zufall, daß er sich um die Unglücksstunde in der Nähe des Tatorts herumtrieb. Drohungen allgemeiner Art hatte er allerdings ausgestoßen, aber wer in seiner Lage hätte das nicht getan? Sein fleischiges, intelligentes Gesicht sah bösartig aus, doch auch träge und nicht wie eines Mannes, der wegen eines Prinzips ein Verbrechen begeht. Er suchte das unverdrossen klarzumachen, glaubend, seine einleuchtenden Argumente müßten ihn bald entlasten. Als er indes aus einer Zeitung durch Zufall erfuhr, welche Interessen die Verwaltung daran hatte, daß Verbrecherhände und nicht Fahrlässigkeit jenes Unglück bewirkt hätten, gab er mit einem Fatalismus, der den Anwalt Löwenmaul erschütterte, jeden Versuch, sich zu verteidigen, auf. Wenn ein ganzes Land von sechs Millionen Menschen, erklärte der faule Mann dem Anwalt, Interesse daran habe, ihn zum Verbrecher zu stempeln, so dumm sei er nicht, dann als einzelner den Kampf gegen diese sechs Millionen aufzunehmen. Er begnügte sich von da an, die bayrische Justiz mit einer gewissen träg bösartigen Jovialität zu verulken. Aber der Rechtsanwalt war gerade durch diese Haltung des Angeklagten bestärkt in seiner Meinung, daß der Strolch Woditschka an dem Eisenbahnunglück unschuldig sei.

Nachdem er vor Gericht mit dieser Meinung nicht durchgedrungen war, kämpfte er mit kluger Zähigkeit, übrigens ohne Provokation, in der Presse weiter für seinen Mandanten, und ein umständliches, sorgfältig motiviertes Gnadengesuch des Rechtsanwalts Löwenmaul für den Strafgefangenen Prokop Woditschka lag also jetzt dem Dr. Klenk vor. Klenk war ein Mann, mit dem sich reden ließ, von heftigem Temperament, aber borniert nur, wo es um persönliche oder um die Interessen seines Landes Bayern ging. Die waren durch die rechtsgültige Verurteilung des Prokop Woditschka hinlänglich gewahrt, insonderheit da der Woditschka sich verbeten hatte, daß Löwenmaul Revision einlege. Ja, dem Minister mußte eigentlich seiner ganzen Art nach der freche, träge, intelligente Bursche gefallen, und der Anwalt rechnete sehr, daß sein Gnadengesuch genehmigt werde.

Die Prestigefrage machte dem Dr. Klenk in dieser Sache wenig Sorge. Natürlich würde die Oppositionspresse im Fall der Begnadigung kluge Reden schwingen, sehr sicher habe man sich also doch nicht gefühlt, und das mit der Eisenbahnkatastrophe sei nach wie vor ungeklärt. Aber das war Schmarren, leeres Geschrei. Die Geschichte war tot, abgelebt, mit dem rechtsgültig gewordenen Spruch ein für allemal erledigt. Der Mann Woditschka als solcher war gleichgültig. Einzige tatsächliche Folge einer Begnadigung dürfte sein, hatte der zuständige, altbewährte Referent, es befürwortend, zu dem Gnadengesuch bemerkt, daß in Zukunft an Stelle Bayerns die Tschechoslowakei für den dorthin abzuschiebenden Vagabunden Woditschka zu sorgen hätte.

Der Minister Klenk, dies lesend, schweifte plötzlich ab. Sah mit einemmal hinter den dicken Gläsern die scharfen, blauen Augen des Anwalts Dr. Geyer, der doch mit der Sache Woditschka nichts zu tun hatte, seine schmalen, nervösen Hände. Fein gedeichselt war das von dem Hund, dem Geyer, wie er die Aussage dieser Johanna Krain an den Schluß des Prozesses gestellt hatte. Der Kunstgriff gefiel ihm, gerade weil er deshalb noch lange nicht in Sorge war um den Ausgang.

Der Minister zwang sich zu dem Aktenstück zurück. »Einzige tatsächliche Folge einer Begnadigung dürfte sein.« Der

Geyer war ein recht zuwiderer Bursche. »Wenn man in Betracht zieht, daß immerhin nur ein Indizienbeweis.« Der Flaucher an seiner Stelle hätte das Gesuch abgelehnt. Mit dem Löwenmaul kann man auskommen. Der Geyer, wenn er von der Begnadigung liest, wird das dünne Maul verziehen.

Mit seinen großen Buchstaben, quer über die letzte Schreibmaschinenseite des Gesuches, langsam, mit rotem Bleistift malt Klenk: »Abgelehnt K.«

Jetzt wird der Geyer sein Maul nicht verziehen.

Das Telefon läutete. Nebensächliches. Der Minister, während er kurze, nichtssagende Antworten in den Apparat sprach, holte sich das Gesicht des Prokop Woditschka in die Erinnerung zurück. Es ist ein blasses, dickes Gefrieß mit kleinen, schlauen Augen. Eigentlich nicht unsympathisch. Der wird also weiter im Zuchthaus sitzen, Strohmatten flechten, die kleinen, schlauen Augen in alle Winkel schicken, aber er wird seine Zeit ruhig abwarten, so dumm ist der nicht, daß er einen Fluchtversuch macht.

Die Stimme im Telefon ist fertig, der Minister wirft das Hörrohr in die Gabel zurück. Er ist im Grunde wirklich nicht unsympathisch, der Zuchthäusler Woditschka. Neben dem dünnhäutigen, zwinkernden, tief widerwärtigen Geyer ist er direkt sympathisch. Mit dickem, rotem Stift durchstreicht der Minister Klenk den Vermerk: »Abgelehnt«, macht ihn unkenntlich. Fest und eindeutig schreibt er, mit noch größeren Buchstaben, daneben: »Genehmigt K.«

Das nächste Gesuch betraf den Heizer Anton Hornauer. Dieser Heizer war in der Kapuzinerbrauerei angestellt gewesen, einer jener alten, großen Brauereien, die München Weltruf verschafft hatten. Wochentags hatte er acht Stunden Dienst, sonntags zwölf. Er heizte seinen Kessel, beobachtete auf seinem Glas den Wasserstand, beobachtete den Dampfdruck, schob Kohlen nach. Stand so. Acht Stunden des Wochentags, zwölf am Sonntag. Zweimal im Tag drehte er an einem Hebel. Dann fuhr der hundertdreißig Grad heiße Dampf in ein Rohr, dann in ein Gully und riß alles mit, was den Kessel verunreinigte. Dies war die übliche Art, einen Kessel auszuschlammen.

Eines Sonntags, als der Heizer wie gewohnt seinen Hebel gedreht hatte, hörte er ein gräßliches Geschrei. Man stürzte herein: »Abdrehen! Abdrehen!« Der Heizer Hornauer drosselte den Dampf ab, rannte auf den Hof. Aus dem Gully zog man einen Arbeiter. Der Mann hatte das Loch reinigen sollen; als er einige Meter hinabgestiegen war, kam der Schwall der glühenden Dämpfe über ihn. Er starb vor den Augen des Heizers, hinterließ eine Frau, vier Kinder.

Vor Gericht stritten sich die Sachverständigen um die Verantwortung des Heizers. War die Anlage vorschriftsmäßig gewesen? War der Heizer Anton Hornauer juristisch verpflichtet, sich darum zu kümmern, ob in dem Gully gearbeitet wurde? Wußte er, wohin die Dämpfe strömten, die er losließ? War er verpflichtet, es zu wissen? Die Kapuzinerbrauerei, in der das Unglück geschehen war, hatte Weltruf, ihr Bierexport umfaßte den Erdkreis. Die tadellose Führung ihres Betriebs, die Vermeidung jeder sträflichen Fahrlässigkeit war Sache nicht nur der Direktion, sondern der ganzen bayrischen Wirtschaft. Das Land war befriedigt, als das Gericht feststellte, daß hier Schuld eines einzelnen vorlag, nicht eines altehrwürdigen, weithin geschätzten, neununddreißig Prozent Dividende ausschüttenden Unternehmens. Überdies zahlte die Direktion aus freien Stükken, abgesehen von den angefallenen Unterstützungsbeiträgen, eine Rente von weiteren 23,80 Mark an die Hinterbliebenen des verbrühten Arbeiters. Der schuldige Heizer Hornauer wurde zu sechs Monaten Gefängnis verurteilt.

Er nahm es mit der stieren, dumpfen Ausgelöschtheit eines Mannes hin, der nicht begreift. Denn er war viele Jahre hindurch in dieser Brauerei gewesen, hatte viele Jahre täglich zweimal diesen Hebel gedreht. Er hatte eine kränkliche Frau, zwei kümmerliche Kinder. Da lag nun das Begnadigungsgesuch.

Die Direktion und einige von den Hauptaktionären der Brauerei verkehrten in dem sehr feudalen Herrenklub, in dem auch Klenk manchmal seine Abende zu verbringen pflegte. Die ganze Sache war persönlicher als der Fall des Prokop Woditschka. War der Heizer Hornauer unschuldig, so waren die Geheimräte von Bettinger und Dingharder schuldig, angesehene, gewissenhafte Großbürger. Freilich auch der Reindl, dem es Klenk gerne gegönnt hätte. Der saß zwar nur im Aufsichtsrat der Kapuzinerbrauerei, war aber doch, wie jeder wußte, der Herr. Es war verlockend, einem an sich bedauernswerten Burschen ein paar Monate Gefängnis zu ersparen, besonders wenn man dem Reindl noch eins auswischen konnte. Aber andernteils handelte es sich um ein altverdientes Unternehmen, um die wichtigste bayrische Industrie, um allgemeine bayrische Belange. Klenk konnte sich die kleine Gaudi doch nicht leisten.

Des Justizministers Gedanken, während er etwas mechanisch, groß und deutlich hinschrieb: »Abgelehnt K.«, waren schon weiter, waren schon bei dem Vortrag, den er heute abend im Rundfunk halten sollte. Er hörte sich nicht ungern sprechen. Seine tiefe, joviale Stimme machte Eindruck, das wußte er. Was er war, wie er sprach, alles ging gut zusammen. Als Thema hatte er angekündigt »Die Ideale moderner Rechtspflege«. Und er gedachte, jetzt, gegen Ende des Prozesses Krüger und nach etwa einem Jahr seines Regiments, auszuspielen das Ideal einer wahrhaft volkstümlichen Justiz gegen die mißverstandenen Ideale starren, normativen, absoluten, römischen Rechts.

19

Ein Plädoyer und eine Stimme aus der Luft

Ein Plädoyer mußte man so anlegen, daß es auf die Gemütsart der Geschworenen wirkte. In der oberbayrischen Hochebene vor allem war es nicht sehr klug, an die Vernunft der Volksrichter zu appellieren: rechnen mußte man vielmehr mit ihrer dumpf musischen Einstellung. Dem Rechtsanwalt Dr. Geyer wäre es besser gelegen, scharf logische Gedankengänge zu entwickeln, mathematisch aufzuzeigen, wie schwache Argumente für die Schuld, wie starke für die Unschuld des Angeklagten sprachen. Aber er wußte, wie wenig Urteilskraft einer Masse im allgemeinen, wie wenig im besonderen einer Masse auf der bayrischen Hochebene zu eigen ist. Er stellte sich die Gesichter der Geschworenen Feichtinger, Cortesi, Lechner vor und war entschlossen, seine Nerven zu zügeln, seinen Ekel an dem ganzen System nicht laut werden zu lassen. Plattes Zeug zu reden, das diesem Volk ins Blut ging. Wenn den Abgeordneten und mehr noch den Mann Geyer sein Herz trieb, Scham, Ekel, Wut über den Zustand der bayrischen Justiz in die Welt hinauszuschreien, so hatte der Anwalt Geyer die Pflicht, seinen Mandanten zu retten, nichts sonst. Klugheit erforderte, sein brennendes Herz zu verstecken, Kontakt mit den Geschworenen zu halten.

Er ließ seine Gedanken locker, er durfte es sich gönnen. Er hatte sein Plädoyer klar disponiert. Sein Arbeitszimmer, trotz aller Mühen der Haushälterin Agnes, sah schon wieder ungeordnet und ungemütlich aus. Papiere, Bücher waren verstreut. Er hatte die Schuhe in diesem Zimmer ausgezogen statt im Schlafzimmer, jetzt standen sie kotig mitten im Raum. Der Rock, dessen er sich entledigt hatte, war über einen Stuhl geworfen. Ein Päckchen mit Schokolade lag unter den Akten, auf der Heizung stand eine halbgeleerte Tasse kaltgewordenen Tees, Zigarettenasche war überall.

Er legte sich auf die Ottomane; die nervösen Hände unterm Kopf verschränkt, starrte er zur Decke. Warum verteidigte er den Mann Krüger? Was lag ihm an dem Manne Krüger? Lohnte es, einen einzelnen zu verteidigen? Hatte er nicht Wichtigeres zu tun? Wer war der Mann Krüger, daß er sich für ihn erschöpfte, ausleerte, mit komödiantischen Mitteln auf blöde Geschworene Eindruck zu machen suchte? Er zwinkerte stark, steckte sich mechanisch eine Zigarette an, rauchte in schnellen Zügen, auf dem Rücken liegend.

Was überhaupt sucht er in dieser ungewöhnlich erkenntnislosen Stadt? Dieses Volk *wünscht* doch seine schmutzige Unlogik, fühlt sich wohl in seiner qualligen Verworrenheit. Gott hat ihnen ein stumpfes Herz gegeben, ein großes Plus übrigens auf diesem Planeten. Er hat den Komiker Balthasar Hierl gesehen, einen trüben Hanswursten, der mit melancholischer Scheinlogik verstockt an trotteligen Problemen herumbohrt. Gefragt etwa, warum er eine Brille ohne Gläser trage, erwidert er, besser als nichts sei es doch. Man erklärt ihm, die

Besserung der Sehschärfe liegt an den Gläsern, nicht am Gestell. Warum man dann ein Gestell trage? fragt er zurück. Um die Gläser zu halten, wird ihm geantwortet. Also, meint er befriedigt, das sage er ja, besser als nichts sei es doch. Er ist ein sehr geschätzter Komiker, berühmt weit über die Stadt hinaus: ihn, Geyer, widert er an. Aber so wie dieser Mann mit der leeren Brille ist das ganze Volk. Ihm genügt das leere Gestell der Justiz, auch wenn es schmerzhaft einschneidet, den Sinn will es nicht. Und für dieses Volk rackert er sich ab. Wozu? Warum die schmutzige Maschine des Rechts saubermachen wollen, wenn sich die Betroffenen doch wohl fühlen in ihrem Mist? Er hat ein weit über Verstand und Logik hinausgehendes, anormales, fanatisches Bedürfnis nach Sauberkeit im Recht, nach Klarheit. Die Unzulänglichkeit des ganzen Apparates gut erkennend, wünscht er, daß er zumindest mit mathematischer Sicherheit funktioniere. Wozu? Niemand dankt es ihm. Er ist wie eine Hausfrau, die partout reinemachen will in einem Haus, in dem man sich nur in Dunst und dumpfig Ungelüftetem behaglich fühlt. Wie die Agnes, seine Haushälterin, ist er. Diese Menschen fühlen sich viel wohler bei der volkstümlichen Justiz ihres Klenk.

Da liegt er auf der Ottomane, todmüde, erschöpft von den Anstrengungen, seine Nerven, die ständig durchgehen wollen, in Zaum zu halten. Wäre es nicht klüger, er vollendete in Ruhe seine »Geschichte des Unrechts im Lande Bayern«? An »Politik, Recht, Geschichte« wagt er schon nicht mehr zu denken.

Er liegt auf dem Rücken, die Zigarette ist ausgegangen. Die Augen hält er geschlossen, aber er ist zu müde, die Brille abzunehmen; die Lider unter den dicken Gläsern liegen rot, stark geädert. Er atmet beschwerlich, die dünne Haut der Wangen sieht trotz der starken Rötung verfallen aus unter spärlichem Flaum; denn er ist schlecht rasiert.

So liegt er eine Weile, bemüht, nichts zu denken. Aber sein gut arbeitendes Gedächtnis schwemmt immer neue Dinge herauf: Verse über den gerechten Richter aus einem alten indischen Spiel, Deduktionen des populären Komikers, Auslassungen des Mannes Krüger in einem Essay über die Beziehungen zwischen flämischer und spanischer Kunst, die Gesichter seiner Geschworenen. Das Gesicht auch des Geschworenen von Dellmaier. Ja, das windige, blasse, spitz zulaufende Gesicht des Versicherungsagenten von Dellmaier steht wieder einmal gegen seinen Willen vornean im Hirn des müden Mannes. Es ist ein Rattengesicht, spitz wie es ist, mit den kleinen, dummen Zähnen. Auch das hohe, platte Lachen des Menschen hat etwas von dem Pfeifen einer Ratte. Eine nagende, ansteckende Ratte ist der ganze Kerl. Und dahinter, ihm über die Schulter, schaut noch blasser ein anderes Gesicht. Der Anwalt atmet, daß es klingt wie ein knurrig unterdrückter Schmerzlaut. Mit einem Ruck reißt er sich hoch. Auf diese Art wird er sich nicht entspannen. Er streckt sich, gähnt, schaut mit leeren Augen in sein unordentliches Arbeitszimmer. Es ist noch nicht spät, er könnte sich vielleicht den einen oder anderen Passus seines Plädoyers noch schärfer zurechtlegen. Aber es ist klüger, morgen frisch zu sein und jetzt, so ungewohnt früh die Stunde ist, schlafen zu gehen. Er stülpt, halb mechanisch, den Rundfunkhörer über den Kopf, ein paar Takte Musik will er noch mitnehmen. Aber sein Gesicht spannt sich, seine Augen werden scharf, böse, rechnerisch. Er hört die tiefe, joviale, höhnische Stimme des Ministers Klenk. »Das Absolute zu erreichen, ist dem Menschen nicht gegeben. Unser Ideal muß es sein, die Normen, die erst lebendig werden in Berührung mit dem Menschen, abzuwandeln im Sinne des Volkstümlichen.«

Der Rechtsanwalt und Landtagsabgeordnete Dr. Siegbert Geyer nimmt langsam den Hörer wieder ab, stellt das Gerät ungewohnt sorglich zurück. Seine Stirn ist fleckig. Er wischt sich mit dem Handrücken den Schweiß ab, sieht nicht mehr müde aus. Er kramt unter vielen Papieren den dicken Manuskriptstoß hervor, der auf blauem Aktendeckel den Vermerk trägt »Geschichte des Unrechts«. Das Manuskript begleitet ihn, es geht von der Kanzlei in seine Wohnung, von der Wohnung in die Kanzlei. Er blättert, spannt sich, streicht an, schreibt. Die Haushälterin Agnes mit ihrem langen, schleichenden Schritt windet sich ins Zimmer. Ihre nervöse, heisere Stimme quäkt, er habe wieder nicht zu Abend gegessen, und er habe morgen einen schweren Tag, und das gehe nicht so weiter, und er solle endlich essen. Er sieht auf, blind an ihr vorbei. Schreibt. Sie beginnt zu schreien. Er unterbricht nicht. Schließlich geht sie hinaus. Nach zwei Stunden noch sitzt er und schreibt.

Andern Tages während seines Plädoyers hatte sich der Anwalt ganz in den Zügeln. Seine Hände flatterten nicht, seine Wangen waren gestrafft, keine jähe Röte flackerte sie an. Sein helles Organ war nicht angenehm, aber er beherrschte sich und sprach nicht zu schnell. Er sah die Gesichter, die seinem Mund folgten. Vor allem auf das angestrengte Antlitz des Geschworenen Lechner richtete er den durchdringenden Blick, nur selten zwinkernd, und je nachdem der Altmöbelhändler Lechner sein gewürfeltes Taschentuch häufiger benutzte oder seltener, wußte der Anwalt, wohin er steuern sollte. Jede Wirkung saß, wo er sie wünschte.

Ein so kennerischer Beobachter freilich wie etwa der Rechtsanwalt Löwenmaul bemerkte, daß Dr. Geyer zweimal aus dem Konzept kam. Einmal sprach er überflüssigerweise von den vielen Verführungen der Epoche, von ihrer Disziplinlosigkeit, ihrer windigen, aushöhlenden, im Grunde temperamentlosen Genußsucht; mühsam nur fand er dann herüber zu der unnötigen, ja schädlichen Feststellung, daß Martin Krüger sich von dieser Genußsucht zwar auch habe anstecken lassen, daß sie sich aber in ihm doch zu einem großen Teil in Kunst umgesetzt habe. Nicht bemerkt hatte Löwenmaul, daß Dr. Geyer, als er zu dieser Diatribe ausholte, abgeglitten war vom Gesicht des Altmöbelhändlers Lechner und hängengeblieben an dem blassen, blonden, finnigen Schädel des Versicherungsagenten von Dellmaier, der denn auch spöttisch, gelangweilt, geckenhaft den Blick nicht abwandte von dem eifernden Munde des Anwalts. Dann später, beobachtete Löwenmaul, schweifte der Kollege ab in Ausführungen allgemeiner Natur, die zweifellos ursprünglich nicht vorgesehen waren; Ausführungen über Ethik im Recht, sehr temperamentvoll übrigens, die aber besser ins Parlament als vor die Geschworenen gehört hätten. Und zwar war das, als unerwartet der Justizminister im Saal erschien.

Beide Male fing sich Dr. Geyer bald wieder ein. Selbst die gegnerischen Zeitungen mußten konstatieren, daß das Plädoyer des bekannten Anwalts ein eindrucksvolles forensisches Schauspiel gewesen sei.

20
Ein paar Rowdys und ein Herr

Am Tag nach der Verurteilung Dr. Krügers ging Johanna Krain auf dem Weg zu Dr. Geyer durch die Anlagen an der Isar. Kräftig, für den Geschmack der Zeit etwas zu voll, kamen die Beine aus dem mandelfarbenen, knappen Kleid, das kurz war, wie die Mode jener Jahre es vorschrieb. Sie hatte Zeit, schritt gemächlich, Sand knirschte unter ihren niedrigen Absätzen. Frischer Wind ging, die Stadt lag gut anzuschauen in dem heiteren, starken Licht der Hochebene, und Johanna liebte sie. Sie genoß den Weg, konstatierte nicht ohne Erstaunen, daß sie eigentlich nicht mehr zornig war. Sie ging stattlich, den frühen Sommer einschnuppernd, durch das helle Grün, unten floß rasch und stark der Fluß, sie war gelassen kampfmutig.

Aus einem Seitenweg kamen vier Burschen, laut schwatzend. Einer trug eine Windjacke aus graugrünem Stoff. Sie beäugten das große Mädchen eingehend, pfeifend, einer fuchtelte mit einem dünnen Stock. Dann überholten sie sie, schauten sich mehrmals um, lachten mit betonter Munterkeit, lärmend, setzten sich auf eine Bank. Johanna Krain dachte daran, umzukehren, in einen Seitenweg einzubiegen. Aber nun starrten die vier auf sie, abwartend offensichtlich, was sie tun werde. Johanna ging weiter, an ihnen vorbei, ohne den Schritt zu beschleunigen. »Natürlich ist sie's«, sagte der eine mit der Windjacke. Der mit dem Stock pfiff sehr laut, sie anstarrend. Sogleich in ihrem Rücken erhoben sie sich, folgten ihr. Zwei kleine Kinder kamen ihr entgegen, sonst war niemand auf dem Weg. Sie ging immer gleich langsam vor sich hin, drei zornige Furchen jetzt auf der breiten Stirn. Etwa drei Minuten wird sie noch haben, dann trifft wieder ein Weg den ihren, wahrscheinlich auch wird dieser Weg nicht die ganzen drei Minuten so leer bleiben. Die vier hinter ihr machten ihre unflätigen Bemerkungen so laut, daß sie sie unmöglich überhören kann. Sie warten offenbar nur auf eine Antwort von ihr, dann ist der Krach da. Oh, aber sie wird klug sein, sie wird nicht reagieren. Sobald jemand kommt, ist sie die Lausejungen sowieso los. Da vorne taucht jetzt schon jemand auf, ein gutangezogener Mann, wie es scheint. Sie schaut gerade vor sich hin, auf die Brücke, die sich vor ihr schmal im Licht über den Fluß spannt, und in den Dunst hinein weit dahinten. Der Herr, der ihr entgegenkommt, wird größer, die vier sind unmittelbar hinter ihr, so daß sie ihr fast auf die Füße treten. Ihre derben, unflätigen Stimmen klingen ihr ins Ohr, sie scheinen getrunken zu haben. Der Herr, der ihr entgegenkommt, geht jetzt schneller, er ist aufmerksam geworden.

»Fräulein, suchen Sie sich heut schon so früh einen Mann für die Nacht? Wie wäre es mit einem von uns? Wir können es auch zweimal, sogar drei- oder viermal, wenn es sein muß. Anschauen können Sie uns doch wenigstens. Oder muß man bei Ihnen ein Zeugnis mitbringen, daß man schon einen Meineid geschworen hat?«

Sie bleibt in ihrem gleichmäßig langsamen Schritt. Aber jetzt, der Herr ist ganz nahe, fängt sie doch an, rasch zu gehen, ja, sie läuft ihm geradezu entgegen mit schaukelndem Rock. Es ist ein magerer Herr in einem guten, hellen Anzug mit einem scharfen, rotblonden Kopf. »Was gibt's?« fragt der Herr mit einer hellen, etwas gequetschten Stimme. »Was wollen Sie von der Dame?« Johanna Krain steht ganz nahe an ihm, eine Hand nach ihm ausgestreckt, als wolle sie sich an ihn halten, den Mund halb offen, mehr ängstlich jetzt als zornmütig. »Na, eine Hure auf dem Strich wird man sich doch noch anschauen dürfen«, sagt einer. Es klingt behaglich, erklärend, ein bißchen nach Rückzug, gutmütig fast. Aber da hat ihn der Herr schon unterlaufen. Allein der Griff, wie er ihn unterkriegen will, glückt nicht. Der Herr scheint Jiu-Jitsu gelernt zu haben, doch nicht genügend. Jedenfalls liegt er sogleich am Boden, die vier hauen und puffen auf ihn ein. »Was geht Sie das überhaupt an?« schreien sie. Und »Sie sind wohl der Lude von der Dame?« schreit einer.

Hinten auf dem Weg ist jetzt ein älteres Ehepaar aufgetaucht, auch von vorne kommen wieder Leute. Der blonde Herr liegt am Boden, rührt nicht den Mund und kein Glied. Johanna Krain schreit drauflos, einfach drauflos. Die Leute vorn setzen sich in raschere Bewegung; das Ehepaar hinten bleibt stehen, hat vermutlich Angst, in eine Rauferei verwickelt zu werden, dreht um.

Die vier betrachten den am Boden. Er liegt, ohne sich zu rühren, er sieht schmutzig und sehr verknittert aus, über die Hand und übers Gesicht rieseln dünne Blutstreifen. Aber er atmet leise, die Augen geschlossen. »Jetzt hat er genug, der Hammel, der damische«, bemerkt einer, unsicher. »Sie hätten auch nicht gleich so schreien müssen, Fräulein«, sagt der in der Windjacke; »diese Weibsbilder schreien immer gleich, als ob sie am Spieß stäken.« – »Es hat Ihnen keiner an die Frisur wollen«, sagt der dritte. Aber der vierte sagt munter, abschließend, seinen dünnen Stock schwingend: »Na, nichts für ungut, Fräulein.« Und damit treten die vier einen geordneten, aber schnellen Rückzug an in der Richtung des verschwindenden Ehepaares, und gerade ehe die Leute von der andern Seite kommen.

Johanna Krain kniet neben dem Liegenden, der Sand sticht in ihre Knie. Die vorne sind herangekommen, es ist auf einmal eine ganze Anzahl Leute: ein biederer Proletarier, ein mittelständisches Liebespaar, ein halbwüchsiges Mädchen mit einer Mappe, zwei Jungens, Studenten anscheinend, eine alte Spaziergängerin, an einem Stock humpelnd.

Der blonde Herr blinzelt. »Sind sie fort?« fragt er vorsichtig. Dann, ein wenig mühsam, mit seiner hohen, gequetschten Stimme, zu Johanna: »Sie werden sich schmutzig machen.«

»Können Sie sich rühren?« fragt man auf ihn ein. »Soll man einen Arzt holen? Sanität? Einen Schutzmann? Was war eigentlich?« Der Herr richtet sich halb hoch, ächzt und knurrt ein bißchen, kommt, von allen unterstützt, hoch. »Danke, ich glaube, ich brauche nichts«, sagt er.

»Wie sie ihn zugerichtet haben«, bemerkt empört die alte Dame am Stock, »der schöne Anzug.« – »Ja, wenn man eine Bürste haben könnte«, sagt der blonde Herr, indem er sich vergeblich mit seinem Taschentuch das Blut abzuwischen sucht. Johanna gibt ihm das ihre. Aber »Damentaschentücher sind hierzu nicht brauchbar«, konstatiert er sachlich. Daß er jetzt in einem dicken Kreis von Gaffern steht, ein wenig schwankend, Gesicht und Hände blutbesudelt, scheint ihn nicht zu stören. »Ich brauche wirklich nichts, meine Damen und Herren«, sagt er endlich. »Da vorne an der Brücke stehen immer Autos. Die fünf Minuten bis dahin kann ich bequem gehen. Ich brauche auch dann nichts als Wasser und eine Bürste.«

»Einen so zuzurichten«, bemerkt wiederholt die alte Dame am Stock. Und durch einen erregten Meinungsaustausch bewegt sich der blonde Herr in Richtung der Brücke. Er hat wie selbstverständlich den Arm Johannas genommen. Die ringsum sind etwas verstimmt, weil es jetzt aus zu sein scheint, ohne daß man Näheres erfuhr. Aber da sie annehmen, der Herr und die Dame gehörten zusammen, lassen sie den Blonden mit Johanna ohne weiteres passieren. »Das Gesicht von ihr kommt mir bekannt vor«, sagt einer der Studenten. »Ist sie nicht eine Filmschauspielerin?« sagt träumerisch das halbwüchsige Mädchen mit der Mappe. »Er hat ihn angerempelt«, sagt einer autoritativ. »Wer? Wen?« fragt man, und der Autoritative gibt immer mehr Details. »Schauen Sie nur, wie sie ihn zugerichtet haben«, fordert nochmals die empörte alte Dame am Stock, und alle folgen in kleiner Entfernung dem blonden Herrn, der am Arm Johannas davonhumpelt, übrigens nicht weiter verdrossen, wie es scheint.

»Habe ich das nicht geschickt gedreht?« sagt der indes spitzbübisch zu Johanna. »Was? Wieso?« fragt Johanna erstaunt zurück, indem sie an ihrem schmutzigen Rock herumputzt. »Nachdem der erste Griff zu tief war, konnte ich doch nichts mehr machen«, erklärte er. »Natürlich war es dann das Klügste, die Augen zuzuhalten und den toten Käfer zu spielen.« Er humpelte noch stark. »Hätten Sie es für mutiger gehalten, wenn ich mich noch mehr hätte verprügeln lassen?« Johanna mußte lächeln. »Kennen Sie übrigens die jungen Herren?« fragte er und schaute sie aus seinem klugen, scharfen, etwas verknitterten Gesicht listig an. »Wieso?« fragte Johanna mit hohen Brauen. »Wenn Sie mir nichts über den Streit sagen wollen«, meinte er, »werden Sie Ihre Gründe haben. Ich hätte ganz gerne Details gehört. Ich bin von Natur neugierig, müssen Sie wissen.« Er schaute sie aus verschmitzten Augen zutraulich an. »Au«, knickte er plötzlich ein. Doch da sie ihn stützen wollte, sogleich knurrig: »Tun Sie doch den Arm weg. Sie machen sich nur blutig.« – »Ich kenne die Lausbuben selbstverständlich nicht«, sagte sie. »Aber sie haben wahrscheinlich mich erkannt.« – »Wieso erkannt?« fragte er mit seiner gequetschten Stimme. »Man muß Sie kennen? Sind Sie Filmstar? Schwimmchampion? Jetzt kommt mir Ihr Gesicht übrigens wirklich bekannt vor.«

»Ich bin froh, daß wir am Auto sind«, sagte sie, da sein Antlitz sich wieder schmerzhaft verzogen hatte. »Die Geschichte scheint Sie doch mitgenommen zu haben. Soll ich Sie nicht begleiten?« – »Unsinn«, sagte er. »Ich heiße Jacques Tüverlin«, fuhr er fort, nach einem ganz kleinen Schweigen. »Wenn es Ihnen Spaß macht, können Sie sich nach meinem Befinden erkundigen. Ich stehe im Telefonverzeichnis.«

Sie erinnerte sich, den Namen gelesen zu haben, ließ ihn sich aber gleichwohl nochmals vorbuchstabieren. »Ich heiße Johanna Krain«, sagte sie dann. Und er, nach einem kleinen Nachdenken: »Ach so, weiß schon. Aber dann tun Sie vielleicht doch besser, mit mir zu fahren. Nicht meinethalb, sondern infolge der derzeitigen Verhältnisse«, und er verzog sein Gesicht von neuem in lauter kleine Fältchen. Gleich darauf aber sah er wieder ganz still aus und wartete.

Sie schaute ihn an und sah, daß er breite Schultern und schmale Hüften hatte. Das Auto war angekurbelt. Er zögerte noch eine Weile, dann stieg er ein. »Oh, ich glaube nicht, daß ich noch einmal belästigt werde«, antwortete verspätet Johanna. »Die da waren wohl betrunken. Im allgemeinen sind die Leute ja gutmütig.« – »Wie Sie denken«, sagte er. »Immerhin haben sie bei aller Gutmütigkeit schon reichlich viele totgeschlagen in den letzten Jahren.« Er saß im Wagen, der Motor brummte. »Können Sie Jiu-Jitsu?« fragte er. Und da sie lachend den Kopf schüttelte: »Dann sollten Sie vielleicht doch mitfahren.« Er blinzelte aus verschmitzten, leicht schläfrigen Augen.

»Um halb zwölf muß ich aber bei meinem Anwalt sein«, sagte sie, den Fuß schon auf dem Trittbrett. »So ist es vernünftiger«, sagte er vergnügt, während sie sich neben ihn setzte und der Wagen losfuhr.

Zweites Buch

Betrieb

I

Ein Waggon der Untergrundbahn

Der Waggon 419 der Berliner Hoch- und Untergrundbahn, zur Hälfte rotlackiert mit roten Lederpolstern, zur Hälfte gelblakkiert mit Holzbänken, war dicht gefüllt; denn es war die Stunde des Geschäftsschlusses. Aneinandergepreßt standen die Menschen, sich haltend an Strippen, den Sitzenden an die Knie gedrückt. Sie stießen sich mit Ellbogen, machten sich schmal, schimpften, entschuldigten sich. Einer, stark nach einem Antiseptikum riechend, lehnte den verbundenen Kopf mit geschlossenen Augen in die Ecke, eine lutschte Pralinen aus einer Tüte, eine ließ von Zeit zu Zeit ihre Handtasche oder eines ihrer vielen Pakete fallen. Ein hilflos Bebrillter stieß trotz ängstlicher Bemühung immer wieder seine Nachbarn, einer leerte mit geschicktem Griff die Tasche seines Nächsten, eine beschäftigte sich mit ihrem Lippenstift. Zwei junge Mädchen brachten ihre Umwelt durch ihre Tennisschläger in Unruhe, ein Blaubebluster durch ein großes, sägeartiges Instrument, von dem die meisten behaupteten, es dürfe nicht mit in den Wagen genommen werden.

Diese ganze Fuhre Mensch, kichernd, debattierend, Geschäfte machend, flirtend, nach Parfüm riechend, mit stumpfen, ausgelöschten Augen an der Strippe hängend, folgte mit gleichem, mechanischem Rhythmus den Bewegungen des sausenden Zuges, schwankte, schaukelte gleichmäßig, hin, her, bei starken Kurven, blinzelte mit dem gleichen Lidschlag, wenn die Bahn, im Schacht elektrisch belichtet, heraufauchte in die starke Sonne des Juniabends.

Viele lasen die kaum eine Stunde alten Spätabendzeitungen mit ihren Bildern und ihren heftig die Neugier stachelnden

Schlagzeilen. »Attentat auf den Abgeordneten Geyer«, hieß die Schlagzeile des einen Blattes. Die andere Zeitung hingegen, diese Mitteilung in unscheinbaren Lettern auf der zweiten Seite bringend, behielt die Schlagzeile ihrer ersten Seite »Großen Unterschleifen sozialistischer Beamten« vor.

Aber ob in großen oder in kleinen Lettern, so viel konnten die Leser beider Zeitungen erfahren, daß am frühen Nachmittag in einer stillen Straße der Stadt München drei Individuen den Anwalt Geyer überfallen und mit Knütteln dergestalt zugerichtet hatten, daß er ohnmächtig und blutend liegenblieb. Die Täter waren entkommen. Die eine Zeitung war stürmisch entrüstet, daß in der Stadt München ein Mann derart am hellichten Tag überfallen werden konnte, und führte die Verwilderung der Sitten auf die wohlwollende Duldung der bayrischen Regierung zurück. Die andere gab nur eine leichte Verletzung des Dr. Geyer zu und vermutete, es handle sich um einen privaten Racheakt. Wer die provokatorische Art dieses Anwalts kenne, die sich erst im Prozeß Krüger wieder manifestiert habe, werde eine solche Züchtigung zwar nicht billigen, aber verstehen.

Dies also lasen die meisten Fahrgäste des Wagens 419 der Berliner Hoch- und Untergrundbahn am 28. Juni abends. »Das kommt davon«, dachte ein dicker, schwer atmender Herr, »daß er sich so exponiert hat. Ich mit meinem unzuverlässigen Herzen könnte mir solche Geschichten nicht leisten. Freilich macht es auch Reklame. Aber sie ist mit solchen Aufregungen zu teuer bezahlt«. Er wischte sich das schweißüberströmte Gesicht, beruhigte seinen Hund, der ihm nervös zwischen den Füßen herumfuhr, beschloß, sich auch in Zukunft wie bisher unter allen Umständen von politischen Prozessen fernzuhalten. »Das kommt davon«, dachte auch ein stattlicher Herr in einem jägermäßig aussehenden Anzug mit hohen Stiefeln. »Diese Juden sind selber schuld. Warum mischen sie sich in unsere Dinge ein, die sie nichts angehen?«

»München«, dachte ein Dicker mit einem massigen Spazierstock, »Brauereiaktien. Ob das keinen Einfluß hat? Wenn sie nicht weiter steigen, wird es nie etwas mit meinem Auto.« Zwei junge Menschen, die, die Köpfe gegeneinander geneigt, zusammen aus einem Zeitungsblatt die Nachricht gelesen hatten, sahen sich an, finster angerührt, schwiegen, die Gesichter fast verstört. »Wenn ein Arbeiter von reaktionärem Lumpenpack verhauen wird«, sagte mit hoher, etwas fiebriger Stimme ein bebrillter, dünnberockter, junger Mensch zu zwei andern, »und das kommt alle Tage vor, dann nehmen sie keine so großen Typen.« Ein strammer Bursche in einer Windjacke sah feindselig hinüber, fragte sich, ob er sich einmischen solle, sah, daß er in diesem Waggon keine Überzahl haben werde, begnügte sich, drohend zu blicken. »Immer mit ihrer faden Politik«, dachte ein Mann mit einer Maske starrer Männlichkeit, einen riesigen Ring am Finger, und blätterte weiter zu dem Bericht über die gestrige Premiere, in der ein Fachkollege gespielt hatte.

»Ich habe es immer gesagt«, meinte ein jüdischer Herr mit rascher, fettiger Stimme zu einer feisten Dame. »Man soll nicht nach Bayern zum Landaufenthalt gehen. Wenn sie es am Fremdenverkehr merken, werden sie keine solchen Zicken mehr machen.« – »Wenn die weiter solche Zicken machen«, sorgte sich ein bebrilltes Mädchen, »dann klettern die Butterpreise noch schneller. Jetzt kostet das Pfund schon 27,20 Mark. Ich kann sowieso für den Rest der Woche dem Emil unmöglich mehr auf die Frühstücksstulle was auftun.« – »Ob man ein empörtes Beileidstelegramm schicken soll?« überlegte ein blasser, vegetarisch aussehender Mann mit Zwicker und einer übergroßen, nach allen Seiten anstoßenden Aktenmappe. »Wenn ich es nicht tue, dann heißt es: Sie denken aber auch an gar nichts. Und wenn ich's tue und es geht schief, dann fangen die Bonzen an zu meckern.«

»Zeiten sind das!« jammerte eine aufgeregte Dame, die die Nachricht, einem andern Fahrgast über die Schulter lugend, erspäht hatte. »Wer ist hingerichtet worden?« schrie ihre halbtaube, klapperige Mutter zurück. »Der Dr. Geyer.« – »Ist das der Minister, der die Inflation gemacht hat?« schrie vom andern Ende des Wagens die Mutter. Mehrere suchten sie aufzuklären, jemand bat indigniert um Ruhe. Es sei also doch der Minister, konstatierte befriedigt die Schwerhörige.

An jeder Station stiegen Leute aus, gingen rasch dem Ausgang zu, zum Abendessen, zu einem Mädchen, einem Freund, ins Kino. Schon auf den Stufen hinauf in den Tag hatten sie den Zeitungsbericht vergessen, und das heftige Geschrei der Zeitungsverkäufer: »Attentat auf den Abgeordneten Geyer«, klang als etwas Abgelebtes, Langweiliges in die Ohren der Eiligen.

2

Einige abwegige Bemerkungen über Gerechtigkeit

Johanna Krain trat, geführt von der Haushälterin Agnes, in das Schlafzimmer, in dem der kranke Anwalt Geyer lag. Die Haushälterin Agnes, mit einem ungeschickten Versuch, ihre quäkende Stimme zu dämpfen, erzählte lamentierend, daß mit Dr. Geyer so gar nicht zurechtzukommen sei. Erst den zweiten Tag aus dem Krankenhaus zurück, würde er am liebsten die Pflegeschwester fortschicken, um sogleich zur Arbeit aufzustehen. Für heute abend, trotz des ärztlichen Verbots, sei sein Sozius bestellt, für morgen der Bürovorsteher. Was er mit Johanna zu besprechen hat, werden sicher auch nicht nur Fragen der Krankenkost sein.

Wie sie eintrat, schickte Geyer sogleich die Pflegeschwester hinaus. Johanna betrachtete mit sachlicher Freundlichkeit das fleischlose, mattfarbene Gesicht des Anwalts. Die Form des Schädels trat jetzt besonders deutlich heraus, die scharfe, dünnrückige Nase, die starke Stirn, die sehr hohlen Schläfen. Der Schädel war verbunden, die Wangen überflaumt von rötlichem Gekraus, die blauen Augen größer als sonst, matter. Kaum hatte die Krankenschwester sich entfernt, tastete er mit magerer Hand nach der Brille, die ihm verboten war. Sah, sowie er sich damit bewehrt hatte, sogleich dem früheren energischen Herrn ähnlicher.

Er behandelte seinen eigenen Fall mit betonter Nebensächlichkeit. Machte sich lustig über das endlose Gewäsch der Zeitungen. Schlimm sei das Attentat ja nicht ausgegangen. Die Gehirnerschütterung sei so gut wie vorbei, die Schramme überm Aug ungefährlich; bleiben werde höchstens eine kleine Versteifung des Hüftgelenks.

Er hatte, sowie er aus dem Fieber zu klaren Gedanken durchgestoßen war, beschlossen, die Sache vor sich selber nicht ernst zu nehmen. Wenn er sich alle Einzelheiten zurückrief, durfte er sich bezeugen, er habe sich gut gehalten. Er hatte, als er in der stillen Straße heftige Schritte hinter sich hörte, sich umgewandt, hatte eine winzige, doch für ihn nicht kurze Zeit schon vor dem Schlag gewußt, daß er nun vielleicht tödlich getroffen werden würde. Er hatte keine Angst gespürt in jenem Augenblick, war nicht zum Feigling geworden, war kalt geblieben in der Gefahr. War mit sich zufrieden.

Es gab da freilich einen Punkt, der ihn drückte. Er hatte, als er sich umwandte, deutlich drei Burschen gesehen. Es war nur für den Bruchteil eines Augenblicks gewesen, daß er sie sah; zudem hatte der, auf den es ankam, verdeckt von den andern, den Kopf gesenkt gehalten. Dennoch glaubte der Anwalt, das Gesicht erkannt zu haben, ein windiges, freches, spöttisches Gesicht mit kleinen Rattenzähnen. Vielleicht auch war es nur Geträume, Fieberphantasie. Denn die Gedanken des Anwalts, so energisch er sich dagegen sträubte, gingen oft um dieses Gesicht. Sich größere Gewißheit zu verschaffen, wäre nicht schwer gewesen; er hätte nur dem untersuchenden Beamten den Namen des Versicherungsagenten von Dellmaier nennen müssen. Aber war der Windige wirklich beteiligt, dann wußte noch ein Dritter um das Attentat. Dies aber wollte Dr. Geyer nicht erfahren. Er zog es vor, im ungewissen zu bleiben.

Im übrigen nahm er das Attentat nicht wichtig. Mit solchen Ungelegenheiten mußte jeder rechnen, der für eine Idee eintrat. Beinahe spürte er, wäre nicht das Gesicht gewesen, Genugtuung über sein Märtyrertum. Dachte er aber an das Gesicht, dann taten seine Wunden weh, dann bohrte ihm ein scharfes Instrument langsam durch den Schädel, dann brannten seine Augen unter den geschlossenen Lidern, und er lag, ein hilfloser, geschlagener Mensch.

Johanna saß hell und ruhig zwischen den Fabrikmöbeln, aus denen das Schlafzimmer lieblos zusammengestellt war. Ihr war

Koketterie zuwider, und die betonte Gleichgültigkeit, mit der Geyer von seinem Unfall redete, schien ihr selbstgefällig. Sie erwiderte wenig, lenkte bald über zu dem Fall Krüger, dessenthalb sie gekommen war.

Martin Krüger hatte sich nämlich dagegen gesträubt, daß man Revision einlege. Johanna hatte angenommen, es sei ein komödiantischer Gestus, schmollende Auflehnung gegen das Schicksal: je schlechter es mir geht, so besser ist es. Aber sie war gegen Martins Haltung nicht aufgekommen; sein Fatalismus schien doch tiefer zu gehen. Sie hatte gehofft, daß die klaren Argumente des Anwalts mehr Eindruck auf Martin machen, ihn zu normalem Widerstand gegen sein blödes Pech bestimmen würden. Aber am vorletzten Tag, ehe die Revisionsfrist ablief, war Geyer überfallen worden. Sein Vertreter hatte bei Martin nichts ausgerichtet. Jetzt war der Termin vorbei, Martin ins Zuchthaus Odelsberg überführt.

Nüchtern setzte Dr. Geyer die Lage auseinander. Eine Wideraufnahme des Verfahrens komme nach § 359 nur in Frage, wenn neue Tatsachen oder Beweismittel beigebracht würden, die das Gericht für geeignet halte, in Verbindung mit den früher erhobenen Beweisen die Freisprechung des Angeklagten zu begründen. Etwa wenn erwiesen werden könnte, der Chauffeur Ratzenberger habe einen Meineid geschworen. Er, Dr. Geyer, habe selbstverständlich das Naheliegende bereits getan und den Ratzenberger wegen Meineids angezeigt. Aber es sei äußerst unwahrscheinlich, daß die Staatsanwaltschaft Klage erheben werde, da sie ja klug genug sei, nicht einmal gegen sie, Johanna Krain, Klage zu erheben. Vielmehr sei man offenbar entschlossen, den ganzen Komplex als erledigt anzusehen. Auf eine Begnadigung hinzuarbeiten, sei vorderhand so gut wie aussichtslos. Die erbitterten Angriffe der außerbayrischen Presse auf das Schandurteil schadeten in dieser Hinsicht mehr, als sie nützten. »Juristisch also«, resümierte er sachlich, »kann man nichts für ihn tun.« – »Und auf anderem Weg?« fragte Johanna und richtete die großen, grauen Augen auf ihn, den ganzen Kopf langsam mitdrehend. Dr. Geyer nahm die Brille ab, schloß die rötlichen Lider, legte sich zurück; er hatte sich überanstrengt, wofür eigentlich? »Sie könnten vielleicht durch gesellschaftliche Beziehungen auf die Regierung einwirken«, sagte er schließlich ohne Schwung.

Johanna Krain, während Geyer dies sagte, dachte merkwürdigerweise an einen fleischigen Kopf mit schleierigen, abwandernden Augen und einem kleinen Mund, aus dem eine langsame, behutsame Stimme kam. Sie fand den zugehörigen Namen nicht gleich; es war einer der Geschworenen, und er war ihr beigesprungen, als der Staatsanwalt sie so blöd bedrängte. Sie sah auf den Anwalt, der jetzt müde, schlaff, alt, sehr mager dalag; es war wohl Zeit, zu gehen. Aber sie fragte ihn brüsk: »Sagen Sie, Dr. Geyer, wie hieß eigentlich der Mann, der Geschworene, der mich damals gegen den Staatsanwalt in Schutz nehmen wollte?« – »Das war ein gewisser Kommerzienrat Hessreiter«, sagte der Anwalt. »Glauben Sie, daß der was machen könnte?« fragte Johanna. »Es ist nicht ausgeschlossen«, sagte der Anwalt; »ich habe allerdings an andere gedacht.« – »An wen zum Beispiel?« fragte Johanna. An der Tür klopfte es, die Haushälterin Agnes wahrscheinlich, zum Aufbruch mahnend. Der Anwalt nannte Johanna, nicht ohne Mühe, fünf Namen. Sie notierte sie umständlich. Dann erst ging sie. Dr. Geyer hatte sich auf Johanna Krain gefreut, jetzt ließ sie ihn zurück abgezehrt, die dünnen Lippen hochgezogen über den starken, gelben, trockenen Zähnen. Jenes Gesicht quälte ihn. Die Haushälterin Agnes flüsterte der Krankenschwester zu, es sei sehr unvernünftig gewesen, daß man die Dame vorgelassen habe.

Johanna fand vor dem Haus in der Steinsdorfstraße, in dem sie wohnte, Jacques Tüverlin warten mit seinem kleinen französischen Wagen. Sie hatte ihm zugesagt, heute mit ihm in die Umgebung zu fahren. »Sehen Sie«, erklärte er vergnügt, »ich war gescheit und habe nur zweimal gehupt. Dann dachte ich mir, Sie seien doch nicht zu Hause, und bin stillgeblieben. Hätte ich weitergehupt, hätte ich die ganze Gegend aufmerksam gemacht. Wollen wir an den Ammersee?« schlug er vor. Sie war einverstanden mit diesem ruhigen, weniger effektvollen Ziel.

Er fuhr nicht übermäßig rasch, sehr sicher. Sein zerknittertes Gesicht sah altklug unter der großen Autobrille hervor, er war glänzender Laune, sprach viel und offenherzig. Er war in der

Zwischenzeit zweimal mit Johanna zusammengewesen; doch sie, erfüllt von der Sorge um dringende Geschäfte, hatte wenig Ohr für seine Theorien gehabt. Heute hörte sie besser zu.

Gerechtigkeit, erklärte er, während der Wagen über das flache Land fuhr, in schräger Linie den blassen Bergen zu, Gerechtigkeit sei in politisch bewegten Zeiten eine Art Seuche, vor der man sich hüten müsse. Der eine erwische eine Grippe, der andere Justiz. In Bayern sei diese Seuche besonders bösartig. Der Mann Krüger, prädisponiert, hätte Präventivmittel anwenden müssen. Sein Fall sei Pech, bedauerlich, doch ohne Interesse für die Allgemeinheit, untragisch. Aber das alles habe er ihr bereits auseinandergesetzt. Und er machte sie aufmerksam auf gewisse Tricks beim Chauffieren.

Sie wunderte sich, erwiderte sie später – denn sie war langsam und erwiderte manchmal erst nach geraumer Zeit –, sie wunderte sich, daß er dann immer noch Wert darauf lege, mit ihr zusammenzusein; denn ihre Interessen gehörten ziemlich ausschließlich dem Fall Krüger.

Jacques Tüverlin betrachtete sie von der Seite. Sie sei dazu hinlänglich legitimiert, meinte er dann gleichmütig, eine Kurve aufmerksam und elegant nehmend. Denn ihr mache die Sache ja Spaß. Einziger Rechtfertigungsgrund menschlichen Tuns sei der Spaß, den die Handlung dem Handelnden mache. Sowie ein Mensch von Format Spaß darin investiere, werde die fadeste Sache interessant.

Seine Hände am Steuer waren kräftig, sommersprossig, rötlichblond behaart. Der Oberkiefer seines sonderbar nackten Gesichts sprang vor, mit großen, festen Zähnen, über der scharfen Nase die tiefliegenden Augen wanderten eilig herum, beobachteten Straße, Landschaft, Entgegenkommende, seine Nachbarin. »Ich sage gern alles offenherzig heraus«, erklärte er mit seiner hellen, gequetschten Stimme. »Es ist so umständlich, lange, listige Umwege zu machen, es paßt nicht in die Zeit, Gradheit ist schneller und komfortabler. Ich sage Ihnen also gleich, daß ich einmal in meinem Leben eine große Dummheit gemacht habe. Das war, als ich mich in Deutschland naturalisieren ließ. Eine sentimentale Demonstration für den Besiegten, eine Quadrateselei. Im übrigen setzen mich der

Völkerbund, der die Rente meines Genfer Hotels sehr gesteigert hat, und der Kurswert meiner Schweizer Franken in die Lage, ohne Verzicht auf die Annehmlichkeiten des Lebens sagen zu dürfen, was ist. Meine Schriftstellerei ist im Ausland bei einigen Kennern so angesehen, wie im allgemeinen in Deutschland unpopulär. Mir macht sie Spaß. Ich produziere langsam, mit Schwierigkeiten; aber ich lese meine Produkte mit innigem Vergnügen und finde sie ungewöhnlich gut. Dazu kommt, daß ich als reich gelte und deshalb gut honoriert werde. Ich finde es angenehm, zu leben. Ich schlage Ihnen eine Verständigung auf unsentimentaler Basis vor, Johanna Krain. Ich, Jacques Tüverlin, interessiere mich für den Fall Krüger, in dem Sie Spaß investiert haben, und Sie interessieren sich für meine Späße.«

Sie aßen in einem bäuerlichen Restaurant zu Mittag. Es gab eine dicke Suppe, ein kräftiges Stück Kalbfleisch, derb und kunstlos zubereitet, Kartoffelsalat. Der See lag weit und blaßfarbig, die Berge dunstig dahinter, es war windstill, die alten Kastanienbäume des Wirtsgartens standen unbewegt. Johanna wunderte sich, mit welchem Appetit der magere Jacques Tüverlin aß.

Hernach ruderten sie auf den See hinaus. Er strengte sich nicht an, bald ließ er das Boot treiben. Sie lagen faul auf dem See in der Sonne. Er blinzelte, sein Gesicht hatte etwas von einem vergnügten, dreisten Jungen. »Finden Sie mich schamlos«, sagte er, »daß ich alles heraussage?«

Sie erzählte ihm von ihrem Besuch bei Dr. Geyer. Für Jacques Tüverlin hatten Märtyrer etwas Komisches. Tätliche Angriffe gehörten im Fall des Dr. Geyer zum Risiko des Metiers. Daß Märtyrer einer Sache nützten, sei modischer Aberglaube; der Tod eines Menschen beweise nichts für seine Qualitäten. Ein Sankt Helena mache keinen Napoleon. Wer keinen Erfolg habe, pflege mit Martyrium zu argumentieren. Eine Sache mit Blut zu düngen, sei ein probates Mittel, aber es müsse das Blut des Gegners sein. Gerechtigkeit sei eine Folgeerscheinung von Erfolg. Immer sei die gerechte Sache identisch mit der erfolgreichen.

Dies erklärte der Schriftsteller Jacques Tüverlin dem Mädchen Johanna Krain in einem alten Ruderboot auf dem Ammersee. Johanna hörte ihm zu mit hochgezogenen Brauen, in ihrem bayrischen Gemüt verärgert, in ihrem Verstande von seiner saloppen, sachlichen Art nicht angenehm berührt. »Wollen Sie mir also im Falle Krüger helfen?« fragte sie, nachdem er schwieg. »Selbstverständlich«, erwiderte er faul, vom Boden des Bootes her, sie in aller Ruhe ungeniert auf- und abschauend.

3
Besuch im Zuchthaus

Die Fahrt nach der im Niederbayrischen gelegenen Strafanstalt Odelsberg war lang und unbequem. Der Ingenieur Kaspar Pröckl hatte sich erboten, Johanna hinzufahren. Sein Wagen, ihm von seiner Fabrik, den Bayrischen Kraftfahrzeugwerken, gestellt, hatte eine gute Maschine, aber er war unkomfortabel. Es regnete, es war ziemlich kalt. Das finstere, hagere Gesicht schlecht rasiert, saß Kaspar Pröckl, lederbejackt und mit lederner Mütze, in unschöner, gezwungener Haltung neben dem großen, frischen Mädchen und äußerte kantige Ansichten in schroffer Form. Johanna wußte nicht viel mit ihm anzufangen. Was er sagte, war scharf, fanatisch, willkürlich, nicht dumm.

Der junge Ingenieur, ungewandt in gesellschaftlichen Dingen, hatte sich eine Theorie zurechtgelegt, derzufolge er mit den Leuten, mit denen er zusammentraf, immer nur über ihre Angelegenheiten sprach, nie über die seinen oder gar über allgemeine Fragen. Denn gewöhnlich sind die Menschen über ihre eigenen Angelegenheiten unterrichtet, und darüber, schwerlich über anderes, kann man Sachkundiges und manchmal Wissenswertes von ihnen erfahren. Mit Johanna Krain also sprach er über Frauendinge, über Ehe, Frauenarbeit, Mode. Er machte sich erbittert lustig über die Ehe als eine dumme, kapitalistische Institution, höhnte über die Vorstellung, man könne einen Menschen *besitzen.* Kam darauf, wie lächerlich es sei, in der Welt nach dem Krieg die Fiktion der *Dame* aufrechtzuerhalten. Sprach sich freier, wurde wärmer, überzeugend, geradezu lustig wurde er, Johanna fand die kalte Wand einschmelzen zwischen ihm und ihr. Aber gleich darauf begann er mit dem Lenker eines Pferdefuhrwerks, der sein Signal nicht hörte und verspätet auswich, ein wüstes Gezänk. Lief rot an, brüllte. Die auf dem Fuhrwerk waren in der Überzahl und streitbar, eine Rauferei wurde gerade noch vermieden. Den Rest der Fahrt saß Kaspar Pröckl finster, schweigsam.

Die Formalitäten in der Strafanstalt waren langwierig. »Sind Sie mit dem Krüger verwandt?« – »Nein.« Der Beamte schaute nochmals nach dem Namen des Scheins. »Ach so.« Johanna, um ein Haar, wäre losgefahren. Dann stand man in kalten Büros und tristen Korridoren endlos herum, beäugt von neugierigen Schreibern, Wärtern. Aus einem vergitterten Fenster schaute man gelegentlich in einen Hof mit sechs kümmerlichen, eingemauerten Bäumen. Endlich wurde zunächst Kaspar Pröckl in den Sprechraum geführt.

Johanna wartete. Als Kaspar Pröckl wiederkam, sagte er, er könne es hier nicht länger aushalten. Er werde sie dann vor dem Haupttor treffen. Er schaute eifrig, angeregt, weniger finster als sonst.

Johanna, wie sie den Mann Krüger sah, erschrak. Sie hatte damit gerechnet, daß er heruntergekommen aussehen werde. Nicht, daß der ehemals glatte, beinahe feiste Mann jetzt schlotterig dastand, mit grauer, überstoppelter Haut, schlaff von Gliedern und ohne Glanz der Augen, erschreckte sie. Vielmehr war es dies, daß er so friedsam lächelte. Jammern hätte sie ertragen, mit Klagen wäre sie fertig geworden, aber das ruhige Lächeln aus diesem grauen Gesicht heraus wirkte wie aus einem Grab. Dieses Sichfügen in die Vernichtung, schaubar an einem Menschen, den sie so stürmisch lebendig gekannt hatte, nahm ihr Wort und Haltung.

Dr. Geyer hatte ihr erzählt, am zweiten Tag nach seiner Überführung habe Krüger einen Tobsuchtsanfall gehabt, der in einem schweren Herzkrampf endete. Der Arzt war geneigt, den Anfall für Simulation zu erklären. Da aber in letzter Zeit mehrere Male Anfälle von Simulation zum Erstaunen des Arztes mit dem Tod des Simulanten geendigt hatten, war Krüger vorsichtshalber ins Hospital gebracht worden. Dr. Geyer stellte fest, daß seine Behandlung auch nach seiner Wiederherstellung schonend geblieben war. Er habe den Eindruck, hatte der Anwalt Johanna erzählt, Krüger staune an seinem Schicksal so hilflos herum wie ein Tier, das in Gefangenschaft geraten sei. Ihn so zu finden, damit also hatte sie gerechnet. Nun aber stand, durch ein Gitter von ihr getrennt, ein ganz anderer vor ihr, ein grauhäutiger, alter, verwester, fremder Mann, merkwürdig friedsam lächelnd. Mit diesem Mann hat sie Reisen gemacht? Mehrmals? Mit ihm geschlafen? Das war der gleiche Mensch, der den Bürgermeister jener Provinzstadt spitzbübisch zu dem spaßigen Toast gezwungen hatte? Der in der Odeonbar einen repräsentativ aussehenden Herrn geohrfeigt hatte, weil ihm seine unflätigen Äußerungen über den Dichter Wedekind auf die Nerven gingen?

Er freue sich sehr, daß sie da sei, sagte der Mann hinter dem Gitter. Er vermied es, über Tatsächliches aus seinem Leben zu berichten. Er sei nicht unglücklich. Er sage nicht ja zu den Dingen und nicht nein. Nach Arbeit sehne er sich nicht. Er finde, was er gemacht habe, Dreck. Es sei höchstens eines, worüber zu schreiben sich lohne, darüber habe er mit Kaspar Pröckl gesprochen. Es sei gut von ihr, daß sie um seine Freilassung kämpfe. Es werde von ihr und Geyer sicher alles bestens erledigt werden. Er glaube, seine Lage sehe von außen schlimmer aus als hier zwischen den Mauern. Sein graues, mattes Gesicht mutete sie, während er diese gelassenen Dinge sprach, weniger willkürlich an, als wenn er früher manchmal Behauptungen mit feuriger Entschiedenheit vertreten hatte. Er sprach vag, friedlich, höflich, nichtssagend. Der Wärter fand keine Gelegenheit einzugreifen. Sie war froh, als er schließlich erklärte, die Zeit sei um. Der schlaffe Mann mit dem grauen Gesicht gab ihr durch das Gitter die Hand, verneigte sich mehrere Male. Erst ganz zuletzt, nach so vielen Veränderungen, bemerkte sie, daß er auch kurzgeschoren war.

Über lange Korridore, laufend fast, suchte sie den Ausgang, das Haupttor. Diese Ruhe war grauenvoller als der schlimmste Tobsuchtsanfall. Sie hatte den falschen Weg genommen und mußte zurück. Durch das Fenster sah sie im Regen den Hof mit den sechs kümmerlichen, eingemauerten Bäumen. Ein

Wärter in einem Tiergarten hatte ihr einmal erklärt, die Tiere spürten die Gefangenschaft nicht. Liefen sie im Käfig auf und ab, so hätten sie, zehntausendmal sechs Meter laufend, hin, her, das gleiche Gefühl, wie wenn sie sechzig Kilometer Distanz machten. Eine Löwin, die geworfen hatte, trug ihr Junges den ganzen Tag hin und her, offenbar weil sie es möglichst weit von der ursprünglichen Höhle entfernen wollte, um es dem freßgierigen Vater zu entziehen. Woran das Tier glaubte, war also der Weg, nicht die Distanz.

Der Anwalt hatte recht, schien es: Martin Krüger verstand von seiner Lage so wenig wie ein eben eingefangenes Tier.

Kaspar Pröckl war erfüllt von der kurzen Unterredung. Sein knochiges Gesicht mit den tief in die Stirn gewachsenen Haaren war groß bewegt. Er fand den Mann Krüger im Aufstieg. »Er beißt sich durch«, sagte er eifrig. »Sie werden sehen, er beißt sich durch.« Die eine Sache, um die es lohne und über die er mit dem Ingenieur Kaspar Pröckl gesprochen hatte, war das Bild »Josef und seine Brüder« gewesen. Johanna meinte, man solle vielleicht mit der Suche nach dem verschollenen Bild ein Detektivbüro beauftragen. Aber das hatte Krüger ausdrücklich verboten.

Johanna beschäftigte die merkwürdig kaufmännische Art, wie Martin zu ihr über ihre Tätigkeit für ihn gesprochen hatte. Sie und der Anwalt würden das schon *bestens erledigen*, hatte er gesagt. Aber zu Kaspar Pröckl hatte er von dem Bild »Josef und seine Brüder« gesprochen.

Auf der Rückfahrt war sie einsilbiger als der Ingenieur. Der suchte ihr zu erklären, was er gut, was schlecht an Martins Büchern fand. Daß Martin Krüger sie jetzt als Dreck bezeichnete, war natürlich übertrieben. Aber es war nicht schlecht, daß er es tat. »Er beißt sich durch«, sagte er nachdrücklich, Johanna aus seinen tiefliegenden, brennenden Augen heftig anstarrend.

Als sie sich von Kaspar Pröckl verabschiedete und die Treppe zu ihrer Wohnung hinaufstieg, blieben Johanna drei Bilder: der graugesichtige, friedliche, schlaffe Mann hinter dem Gitter, die brennenden, tiefliegenden Augen des jungen Ingenieurs, die sechs kümmerlichen, eingemauerten Bäume des Spazierhofs.

4
Der Fünfte Evangelist

Andreas Freiherr von Reindl, Generaldirektor der Bayrischen Kraftfahrzeugwerke, sah nach der Uhr und sah, daß es fast halb elf war. Um halb elf sollte er nach einer Notiz auf seinem Kalender seine Direktoren Otto und Schreiner empfangen. Gleich wird das Telefonsignal aufleuchten, und der Sekretär wird die beiden anmelden. Herr von Reindl spürte wenig Lust zu dieser Konferenz. Technische Details der Bayrischen Kraftfahrzeugwerke interessierten ihn nicht; wenn er mit seinen Beamten darüber sprach, war es Formsache, fade Pflicht.

Er kramte in den Briefschaften, Zeitungsausschnitten, die man ihm auf seinem dekorativen Schreibtisch zurechtgelegt hatte. Ließ die braunen Augen nicht sehr interessiert über die vielen Papiere gleiten. Griff sich schließlich ein giftgrünes Heft heraus, eine Berliner Zeitschrift. Schlug mit den blassen, feisten Händen den dick angestrichenen Aufsatz »Der Fünfte Evangelist« auf. Er kam in Mode jetzt bei den Feuilletonisten des Wirtschaftsteils. Man beschäftigte sich in der Öffentlichkeit mit seinem Seelenleben. Langsam, während sich die Oberlippe mit dem dicken, schwarzen Schnurrbart gepreßt aus dem fleischigen Gesicht wölbte, las er dieses:

Herr von Reindl, Chef der Bayrischen Kraftfahrzeugwerke, der Donauschiffahrtsgesellschaft, Herr der Kapuzinerbrauerei, des »Generalanzeigers«, beteiligt an manchen andern Unternehmungen, unter den bayrischen Industriellen unbestritten führend, sei, trotz seiner Zugehörigkeit zur partikularistischen Partei, anders, als man sich gemeinhin einen Bayern vorstelle. Heute annähernd fünfzig, habe er in seiner Jugend als das gegolten, was man in München ein *Früchterl* nenne, als verlorener Sohn. Er habe viel auf Reisen gelebt, seltsame, für einen Münchner ungewöhnliche Neigungen an den Tag legend. Nach Bayern zurückgekehrt, habe sich dann Herr von Reindl als Führer der wenigen eingeborenen Lebemänner der Stadt München aufgetan. Vielleicht aus jener Zeit rührte sein Spitzname Der Fünfte Evangelist. Dieser Spitzname, trotz seiner undeutlichen Begründung, hafte an dem Mann jetzt seit zwanzig Jahren. Strahlend schwarz das Haar und der buschige Schnurrbart, habe er sich fremdartig ausgenommen in der Münchner Umgebung, ein Bursche von auffallend gutem Äußeren: Erbteil vermutlich seiner Großmutter, Marianne von Placiotta, die König Ludwig I. für die Schönheitsgalerie seiner Residenz hatte porträtieren lassen. Er sei damals von den Münchner Frauen vorbehaltlos angeschwärmt worden, Mittelpunkt des Münchner Faschings, sowohl der Bälle der oberen Zweitausend wie der Redouten in den Bierkellern des Volks, nächst dem Prinzen Alfons der beliebteste Mann der Stadt. Allein trotz seiner Eleganz, seiner Weltläufigkeit, trotz der Liebe der Frauen sei dieser reiche Sohn einer alteingesessenen Aristokratenfamilie in der Münchner Gesellschaft, bei Hof, im Kaufmannskasino, im Herrenklub, niemals wirklich beliebt gewesen. Hier wunderte sich Herr von Reindl. Denn was der Berliner Journalist da behauptete, hatte er niemals wahrgenommen, und niemals hatte ihm jemand etwas davon gesagt. Aber jetzt, mit zunehmenden Jahren, die Situation klarer übersehend, fand er, daß der Berliner eigentlich recht hatte, und er lächelte, nicht ohne eine Art scharfer Befriedigung.

Wesen und Schicksal des Andreas Reindl, las er weiter, habe sich überraschend geändert, als durch den frühen Tod des alten Reindl die verzweigten Betriebe in seine Hand übergingen. Mit verblüffender Energie habe er sich da, ohne im übrigen sein wildes Privatleben aufzugeben, in die Welt der Geschäfte gestürzt. Zahlreiche ältere Beamte entlassen, frühzeitig mit dem Krieg gerechnet, sich darauf eingestellt. Im Gegensatz zu allen Münchner Gepflogenheiten folgenreiche Verbindungen mit der westlichen Schwerindustrie angeknüpft.

Die Signallampe des Telefonapparats leuchtete auf. Herr von Reindl beachtete es nicht. Erhob sich, ging, der schwere Mann, auf und ab. Immer das giftiggrüne Heft in den blassen, feisten Händen. Dieser bayrische Industrieführer, las er, habe, ohne viel von technischen Dingen zu verstehen, scharf gewittert, wo neuer Wind aufkam. Habe die erste deutsche Luftschiffgesellschaft auf die Beine gestellt, die erste deutsche Kraftfahrzeugfabrik. Als im Krieg die Wirtschaftsführer das

Reich unter sich verteilten, sei Herrn von Reindl Südostdeutschland als Interessensphäre zugesprochen worden; aber es sei den Herren vom Rhein und von der Ruhr niemals geglückt, den tätigen Mann auf sein Gebiet zu beschränken, ihn aus ihren Geschäften zu eliminieren.

Er unterscheide sich sehr von den übrigen deutschen Großunternehmern. Man habe das Gefühl, als fabriziere er etwa Autos nicht, um Geld zu machen, noch weniger um Autos zu machen, sondern als organisiere er um der Organisation willen, aus Spaß. Weil es ihm nämlich Spaß mache, ein riesiges Gemenge herzustellen aus Autos, Zeitungsunternehmungen, Bier, nationalistischen Wehrverbänden, Schiffahrtslinien, kochender Volksseele, Hotels. Er unterstütze in weitem Ausmaß, doch sehr willkürlich, Kunstdinge. Als das Parlament stiernakkig den Zuschuß zu den Münchner Galerien aus dem Budget gestrichen habe, sei er eingesprungen. Auch habe er den Ankauf eines gewissen umstrittenen Gemäldes »Josef und seine Brüder« für den Staat ermöglicht. Vielen Münchnern sei er als *spinnert* verdächtig. Geschäfte, Glaube, Liebes- und Kunstdinge gingen im Leben des Fünften Evangelisten seltsam ineinander, einzig erkennbares Motiv für den Betrachter sei neben jener bayrisch ungeordneten Gemütsverfassung Neugier, Nervenkitzel, Sensation.

Herr von Reindl, die Lektüre beendet, durchmaß den großen Raum mit dem lebhaften Schritt, den er aus früheren Jahren beibehalten hatte und der jetzt nicht mehr recht zu seiner anschwellenden Figur passen wollte. Er sah den etwas zweifelhaften Giorgione, darstellend Europa auf dem Stier, und er gefiel ihm nicht. Selbst das berühmte Lenbach-Porträt seiner Mutter an der anderen Wand betrachtete er ohne Wohlwollen. Der ganze Raum sah auf einmal wie ein Saal in einem Museum aus, nicht wie ein Büro. Blöd war das. Er schaute in den schmalen Spiegel, fand sein Gesicht gedunsen, nicht gesund. Er schmiß das giftiggrüne Heft auf den Schreibtisch zurück, sagte gelangweilt eher als verärgert: »Schafskopf.«

Das Signal des Apparats leuchtete wieder auf. Er nahm den Hörer ab. Der Sekretär fragte, ob nun die Herren von der Direktion kommen könnten. Herr von Reindl, die Stimme kam verblüffend hoch und fett aus dem massigen Körper, erwiderte: »Nein.« Und setzte hinzu, er lasse den Ingenieur Kaspar Pröckl bitten.

Seine Direktoren werden sich ärgern, daß er sie wegschickt und den jungen Rowdy herholt. Es ist übrigens wirklich Blödsinn, daß er sich mit dem Kerl abgibt, wo doch sein Tag so vollgestopft ist. Der Pröckl wird ihm nur den Bauch vollreden mit technischen Details. Sicher hat er wieder einen neuen Arbeitsplan in petto, wie man seinen billigen Serienwagen herstellen könnte oder sonst einen Schmarren. Er wird, der Reindl, zwanzig kostbare Minuten vergeuden. Es wäre vernünftiger, seinen schafsköpfigen Direktoren endlich einmal gewisse Prinzipien in ihre dicken Schädel zu hämmern.

Kaspar Pröckl kam. Er trug seine verwahrloste Lederjacke, war unrasiert, drückte sich, ziemlich entfernt von Reindl, auf der Kante des prunkvollen Stuhls, in unschöner Haltung. Musterte geduckt, aus tiefliegenden, mißtrauischen Augen seinen Chef. Kramte Pläne aus, Zeichnungen. Dozierte eifrig, im Dialekt. Wurde, da er den Eindruck hatte, Reindl verstehe schlecht, bald ungeduldig, begann zu schreien. Flocht immer häufiger ein grobes, heftiges »Verstehen Sie« ein.

Er spürte, wie stets wenn er mit dem Fünften Evangelisten zusammen war, Unbehagen. Er wußte natürlich, daß Reindl sich für das Technische seiner Kraftfahrzeugfabrik nicht interessierte. Es war sonderbar, daß er gerade ihn vorließ, nicht die Direktoren. Was überhaupt sollte er, Kaspar Pröckl, in diesem Betrieb? Wozu ließ man ihn immer neue Pläne entwerfen, gestattete ihm kostspielige Versuche, wenn man sie doch nicht ausführte? Er konstruierte da herum an seinem Serienwagen, mit dem man wahrhaftig die Amerikaner schlagen konnte. Der Reindl mußte doch erkennen, was für ungeheure Möglichkeiten in diesem Projekt staken.

Aus dem blassen Gesicht des Kapitalisten mit dem vorgewölbten dicken Schnurrbart konnte man nichts ablesen. Reindl verstand kein Wort und erwiderte kein Wort. Aber der junge Ingenieur wollte nicht sehen, wie gleichgültig dem fleischigen, gepflegten Mann seine Erklärungen waren. Er bot seine ganze Suggestionskraft auf, ihn herumzukriegen, arbeitete sich ab, seinem Chef Dinge begreiflich zu machen, die der nicht wissen wollte.

Herr von Reindl indes mit seinen traurigen, braunen Augen betrachtete interessiert den großen Riß oben rechts in der Lederjacke Pröckls. Er erinnerte sich deutlich, diesen Riß vor einem halben Jahr schon gesehen zu haben. Rasiert war der Kerl natürlich auch nicht. In der Art, wie er sich die Haare in die Stirn wachsen ließ, lag eine gewisse naive Koketterie. Seltsam eigentlich, daß der junge Pröckl den Frauen gefiel. Die Schauspielerin Kläre Holz, die doch Urteil und Geschmack hatte, war einfach weg gewesen von dem Burschen. Dabei hatte sie bestimmt gemerkt, wie verwahrlost er war. Hatte sich darüber mokiert. Der Kerl roch wirklich wie Soldaten auf dem Marsch. Sein eckiger, bösartiger Humor war auch nicht gerade das Rechte für Frauen. Es war ein sicherer Geruch von Revolution um ihn. Offenbar machte er es mit seinen hundsordinären Balladen. Wenn er die sang, mit seiner gellenden Stimme, dann wurden die Weiber schwach. Drei oder vier schon hatten ihm davon erzählt mit jenem verdächtigen, gebrochenen Glanz in den Augen. Eigentlich möchte er den Pröckl einmal einladen, ihm so eine Ballade vorzusingen. Aber er wird ihn bestimmt abfahren lassen, der Bazi.

Er redet immer noch weiter von seinem Serienwagen, eine lange Sauce von Kuppelung und Auspuffgasen. Wahrscheinlich hat er das wirklich sehr listig konstruiert. Schlau ist er. Sicher ist er ein ausgezeichneter Ingenieur. Sonst würden die andern nicht so wild auf ihn schimpfen. Ein Verdruckter ist er, ein Hinterfotziger, ein Kopf. Köpfe sind etwas Rares in seinem Heimatland Bayern. Köpfe sind im Betrieb schwer zu verwerten. Aber er sammelt Köpfe. Der Fünfte Evangelist kann sich das leisten. Er hat es sogar ab und zu fertiggebracht, aus Köpfen geschäftlichen Profit zu schlagen.

Eigentümlich, daß ein begabter Mensch wie dieser Pröckl so gar keine Ahnung hat von ihm und seinen Geschäften. Er meint offenbar, er, Reindl, habe brennendes Interesse an seinem Serienwagen, seiner Kuppelung und seinen Auspuffgasen. Da reden diese Kommunisten immer wichtig daher von Imperialismus, vom Internationalismus des Kapitals, und dann, in der Praxis, ist so ein Bursche so weltfremd, daß er glaubt, den Reindl interessiert Kuppelung oder Auspuffgas. Ob ich Serienwagen herstellen lasse oder nicht, mein allerwertester Herr Pröckl, das hängt nicht von Ihren Konstruktionen ab, sondern vom französischen Eisensyndikat. Die Arbeitskraft ist billig jetzt in Deutschland während der Inflation, sogar noch viel billiger, als Sie denken, mein Lieber. Wenn jemals, dann kann man jetzt die ausländische Konkurrenz schlagen. Bloß, wenn ich Ihre billige, einfache Konstruktion herstelle, Herr Ingenieur Pröckl, dann kompliziert das vielleicht gewisse Verbindungen mit amerikanischen Autowerken. Und ob ich diese Verbindungen kompliziere, das hängt davon ab, ob die Herren am Rhein und an der Ruhr sich mit den Franzosen einigen. Und da kommst du mir mit deiner schlauen Kuppelung.

Kaspar Pröckl, während er seinem Chef immer von neuem mit andern Worten sein Projekt bildhaft, kräftig auseinandersetzte, fragte sich, warum eigentlich er diesen Schweinehund so umständlich bediene. Es ist überhaupt blödsinnig, daß er hier im Land bleibt. Warum geht er nicht nach Moskau? Dort wird er bestimmt weniger Mühe haben, seinen Serienwagen durchzudrücken. Dort braucht man Ingenieure wie ihn, dazu Leute, die von Herz und Nieren Marxisten sind. Warum redet er eigentlich diesem Saukerl ein Loch in seinen dicken Bauch, statt ihm den Dreck vor die Füße zu schmeißen?

Die gefräßigen Lippen des feisten Mannes, der fleischig und traurig vor ihm sitzt, öffnen sich auf einmal, sowie Pröckl in seinen technischen Darlegungen eine kleine Atempause macht, und der Chef sagt: »Hören Sie, lieber Pröckl, Sie haben mir doch seinerzeit von Ihrem Freund Krüger gesprochen. Haben Sie ihn in der Zwischenzeit einmal gesehen?« Kaspar Pröckl weiß, daß der Herr von Reindl ein ungeheucheltes Oberbayrisch spricht, aber auch heute, sooft er das gehört hat, überrascht ihn zunächst mehr noch als der Inhalt der Frage der Dialekt. Er schaut den Mann an, der massig, träumerisch vor ihm sitzt. Dann überlegt er, daß Johanna Krain ihm erst neuerdings wieder mitgeteilt hat, nach ihren Informationen könnten fünf Männer, jeder einzelne, den Mann Krüger aus dem Zuchthaus herausholen: der Kardinalerzbischof von München, der

Justizminister Klenk, der alte Bauernführer und heimliche Regent Bichler, der Kronprinz Maximilian, der Baron Reindl. Er, Pröckl, hat seinerzeit schon den Reindl aufgefordert, zu intervenieren. Vergeblich. Was jetzt der andere mit seiner Frage will, ist ihm durchaus unklar. Vorsichtshalber erwidert er mit Grobheit: »Ich verstehe nicht, was das mit meinem Serienwagen zu tun hat.«

Reindl wundert sich jetzt selber, wieso er den Pröckl gerade dies gefragt hat. Er ist doch an dem Fall Krüger absolut desinteressiert. Hat nicht einmal der Krüger eine gewisse Äußerung getan von einem *Dreipfennig-Medici*? Er trägt sie ihm nicht nach: allein wie kommt gerade der Dreipfennig-Medici dazu, dem Mann aus dem Dreck zu helfen?

Aber so ist es immer, wenn er mit dem jungen Pröckl zusammentrifft. Immer dann reizt es ihn, ein heikles Thema anzuschneiden. »Ich verstehe wenig von Auspuffgasen, lieber Pröckl«, sagt er nach einer kleinen Weile mit seiner hohen, fetten Stimme geradezu begütigend, »aber ich glaube Ihnen aufs Wort, daß Ihre Projekte gut sind. Bloß, Sie begreifen: ob es jetzt Sinn hat, dick zu produzieren, das ist nicht allein abhängig von der Vortrefflichkeit Ihrer Projekte. Was nun Herrn Dr. Krüger anlangt, Ihren Freund«, fuhr er undurchsichtig fort, »so erinnere ich mich, daß seinerzeit Sie mir zuerst von ihm gesprochen haben. Ich konnte Ihnen damals nichts Bestimmtes sagen. Es war schade, daß ich gerade um jene Zeit nach Moskau mußte. Mit Ihren Genossen kann man übrigens beim besten Willen keine Geschäfte machen, lieber Pröckl. Es ist zu anstrengend. Die Leute sind so doktrinär und so bäurisch schlau. Es ist da eine gewisse Ähnlichkeit mit unseren Landsleuten, lieber Pröckl.« Kaspar Pröckl beschaute aus seinen tiefliegenden, heftigen Augen die träumerischen seines Chefs. Er fand, daß dieser Mann eine bösartige Stirn habe, und beschloß, nichts für Martin Krüger zu sagen; denn es wäre bestimmt aussichtslos. Er schwieg also. Bis er plötzlich den Mann mit seiner hohen Stimme sehr liebenswürdig sagen hörte: »Wie ist das, lieber Pröckl, wollen Sie mir nicht einmal ein paar von Ihren Balladen zu lesen geben?« Pröckl lief rot an, fragte unmutig: »Woher wissen Sie?« Es stellte sich heraus, daß Herr von

Reindl durch die Schauspielerin Kläre Holz wußte. Pröckl erwiderte nichts, wollte auf technische Dinge zurücklenken. Doch Herr von Reindl erklärte unvermutet herrisch, jetzt absolut keine Zeit mehr zu haben. Nicht einmal für Herrn Pröckls Balladen, fügte er mit geschmeidiger Höflichkeit hinzu. Kaspar Pröckl nahm an, daß das sogar Wahrheit war.

Er verabschiedete sich kurz, grob. Er ärgerte sich ein wenig über sich selber; denn er hätte die Stimmung des Reindl dazu benutzen können, den häufigen, dringenden Rat seiner Freundin, der Anni, befolgend, wenigstens etwas Praktisches, eine Gehaltserhöhung oder dergleichen, aus ihm herauszuschlagen. Mehr noch ärgerte er sich über den Reindl selbst, über seine fette, gelassen protzige Frechheit. Allein er konnte nicht umhin, sich zu sagen, daß bei allem Krampf hinter der fleischig traurigen Maske etwas stecke. Auch betrachtete er seinen Chef schon wegen seiner bayrischen Aussprache nicht ohne ein gewisses Wohlwollen. Während er das widerwärtig dekorative Büro verließ, gestand er sich ein, daß er im Fall eines Umsturzes den Fünften Evangelisten nur mit einem gewissen Bedauern an die Wand stellen ließe.

5

Fundamentum regnorum

Dr. Klenk und Dr. Flaucher fuhren zusammen von der Eröffnung der Ausstellung für Flugwesen zurück. Flaucher fragte den Kollegen von der Justiz, ob er Bericht habe über das Verhalten des Krüger in der Strafanstalt. Ja, Klenk hatte Bericht. Der Strafgefangene Krüger sei renitent, der Strafgefangene Krüger lege ein provokatorisches Verhalten an den Tag. Das sehe ihm ähnlich, knurrte Flaucher; anders habe er es von dem Schlawiner nicht erwartet. Worin sich dies provokatorische Verhalten dokumentiere? »Der Mann Krüger lächelt«, erklärte Klenk. Flaucher wunderte sich. »Ja, die Herren schreiben mir, der Mann Krüger lächle provokatorisch. Sie hätten ihn mehrmals streng verwarnt, aber es ist ihm nicht abzugewöhnen. Sie möchten ihn am liebsten dafür bestrafen.« – »Das sieht ihm ähnlich«, bemerkte wieder der Kultusminister Flaucher und rieb sich zwischen Hals und Kragen. »Ich persönlich«, meinte Klenk, »halte nicht viel von der Psychologie meiner Herren. Ich glaube nicht, daß das beanstandete Lächeln provokatorisch gedacht ist.« – »Natürlich ist es provokatorisch«, beharrte heftig Flaucher. »Diese Erklärung ist zu simpel«, sagte Klenk und sah Flaucher an. »Ich habe Anweisung gegeben, man solle davon absehen, den Mann Krüger wegen seines Lächelns zu disziplinieren.« – »Sie haben sich anstecken lassen von diesem scheußlichen Humanitätsdusel«, jammerte Flaucher und betrachtete mißbilligend den langen, knochigen Mann. »Ich glaube, wir werden ihn eines Tages begnadigen«, meinte Klenk, schielend aus spaßhaften Augenwinkeln auf den vor Ärger Fauchenden. »Eines Tages«, beruhigte er den Kollegen, der losfahren wollte. »Nicht heute und nicht morgen. Los haben Sie ihn schließlich, und rachsüchtig sind wir doch nicht.« Damit setzte er, am Kultusministerium angelangt, den schlechtgelaunten Flaucher ab.

In Klenks Vorzimmer wartete Dr. Geyer. Er ging am Stock. Er hatte sich einen rötlichblonden Backenbart stehen lassen, scharf sprang die dünnrückige Nase aus dem blassen Gesicht. Er hat sich auf geschundenen Märtyrer zurechtgemacht, dachte Klenk.

Klenk rieb sich gerne an dem verhaßten Anwalt. Geyer pflegte drei-, viermal des Jahres aus Gründen vorzusprechen, derenthalb der Minister andere nicht empfangen hätte. Solche Unterredungen hatten auch im allgemeinen kein praktisches Ergebnis. Dennoch waren die beiden Männer immer wieder gespannt auf ihre Begegnung.

Diesmal kam Geyer wegen des Strafgefangenen Triebschener. Der Feinmechaniker Hugo Triebschener hatte in einer elenden Jugend Eigentumsdelikte begangen und war, zwanzigjährig, mit zwei Jahren Gefängnis bestraft worden. Entlassen, hatte er sich zäh hinaufgearbeitet. Er erwies sich als der weitaus geschickteste Uhrmacher seiner Gegend. Bald hatte er in der mittelgroßen norddeutschen Stadt, in der er beheimatet war, vier Filialen, gründete auch seinem Vater in einer anderen

Stadt einen Uhrenladen, ernährte die Mutter, half der ganzen Familie mit Zuschüssen. Da kam der Krieg, und der Uhrmacher Triebschener, wie alle Vorbestraften, wurde unter Polizeiaufsicht gestellt. Ständige Meldungen beim Polizeikommissar, ständiger Geruch von Kriminalität um ihn, Polizei auf allen seinen Wegen. Die Bevölkerung war puritanisch zu Beginn des Kriegs, man freute sich, den rasch Hochgekommenen zu dukken. Gesellschaftliche Ächtung, geschäftlicher Boykott. Bankrott. In die letzte Schicht gedrückt, durch die Aufsichtsorgane von einem Ort zum andern gejagt, kaufte er einem Genossen, mit dem ihn die polizeiliche Meldung in Berührung gebracht hatte, gestohlene Silberlöffel ab. Er wurde ertappt, neuerlich vor Gericht gestellt. Dies ereignete sich in einer preußischen Kleinstadt. Das Gesetz ließ den Richtern die Möglichkeit, den Rückfälligen mit Freiheitsentzug von drei Monaten Gefängnis bis zu zehn Jahren Zuchthaus zu bestrafen. Es traf sich nicht günstig für den Uhrmacher Triebschener, daß unter den Leuten, denen früher jene silbernen Löffel gehört hatten, Richter waren, die jetzt vor ihren spruchfällenden Kollegen als Zeugen auftraten. Auch war Humanitätsduselei während des Krieges nicht populär. Das Gericht entschied sich für die zehn Jahre Zuchthaus.

Während des Kriegs Strafgefangener zu sein, war nicht angenehm. Die Kost auch derer, die frei herumgingen, war reduziert, noch mehr die Kost derer in den Zuchthäusern. Freilich auch die Bewachung. Es gelang dem findigen Uhrmacher Triebschener zu entfliehen. Allein in Hamburg kam ihm die Polizei auf die Spur, nahm ihn fest, nach einer längeren Jagd über Dächer. Er kam, abgestürzt, mit einem Knochenbruch ins Hafenspital. Entsprang von neuem, wurde von neuem verhaftet. Die Zeitungen erzählten abenteuerliche Geschichten von dem Ein- und Ausbrecherkönig. Das ergrimmte Hamburger Gericht fügte den zehn preußischen Zuchthausjahren acht hamburgische hinzu.

Am 10. November 1918 zerbricht die Revolution das Tor seiner Strafanstalt. Er verschafft sich Uhrmacherwerkzeug, versucht vergeblich, über die gesperrte holländische Grenze zu entkommen. Wird quer durch ganz Deutschland gehetzt. Erwirbt, in letzter Not, in einer Zeit des Umsturzes und allgemeiner Auflösung, in der Zehntausende ungestraft das gleiche tun, gestohlenes Gut. Wird an der bayrisch-tschechischen Grenze von bayrischen Behörden ertappt und, der berüchtigte Ein- und Ausbrecher, nun von einem bayrischen Gericht zu der verhältnismäßig milden Strafe von weiteren vier Jahren Zuchthaus verurteilt.

Verdikte von insgesamt zweiundzwanzig Jahren Zuchthaus auf dem Rücken, von einer Strafanstalt in die andere überführt, gelangt der Uhrmacher Triebschener schließlich nach mehr als einjähriger Kettenhaft in die westfälische Stadt Münster. Und diesmal hat er gutes Glück. Dem Zuchthausdirektor von Münster gefällt der ruhige, anstellige Mann; er gestattet ihm Vorzugsarbeit. Die außerordentliche Befähigung des Strafgefangenen Triebschener stellt sich heraus. Uhren, die kein anderer im Land reparieren kann, vermag er wieder instand zu setzen. Bald ist seine Zelle die beliebteste Werkstatt im Umkreis von mehreren hundert Kilometern. Der Direktor hat Freude an seinem Gefangenen, läßt ihn bald allein in die Stadt gehen, Material einzukaufen, Arbeiten auszuführen. Der Strafgefangene Triebschener geht in der Stadt herum, nimmt die vielfältige Gelegenheit zur Flucht nicht wahr um der Güte des Direktors willen. Holt sich sein Material zusammen, bastelt, bosselt, biegt seine Federn, feilt seine Rädchen. Die Uhr am Dom zu Münster war vier Jahrhunderte vorher von den Wiedertäufern zerstört worden, seit vier Jahrhunderten standen ihre Zeiger. Der Strafgefangene Triebschener, zum Spaß der Laien und zum Staunen der Fachleute, setzt sie wieder in Gang.

Die Domuhr von Münster macht Lärm, erreicht das Ohr der Presse. Die Presse macht ihren großen Mund auf, untersucht den Fall des Uhrmachers Triebschener, bedauert sein Los, rühmt seine Kunst, verlangt seine Begnadigung. Preußen begnadigt ihn, auch Hamburg.

Nicht aber hatte dem Mann, dem seine preußische und seine Hamburger Strafe erlassen war, Klenks Vorgänger seine bayrische Strafe geschenkt; denn der wollte Bayerns Justizhoheit demonstrieren. Es bedeutete also für den Uhrmacher die

Begnadigung lediglich die Überführung aus der angenehmen Anstalt in Münster in ein weniger angenehmes bayrisches Zuchthaus. Jetzt war Geyer gekommen als bayrischer Anwalt des Triebschener, um hinzuweisen auf das einmütige Urteil des Reichs, wie begnadigungswert sein Mandant sei, und den Klenk zu bitten, die Entscheidung seines Vorgängers zu widerrufen.

Klenk war sehr höflich zu Dr. Geyer, bot ihm besorgt eine besonders bequeme Sitzgelegenheit, fragte ihn umständlich nach seinem Befinden, ob er sich auch nicht zuviel zumute, wenn er jetzt schon an seine Geschäfte gehe. Dr. Geyer, tiefer erblassend vor Ärger, erwiderte, er glaube, die unmäßige Freude vieler stehe zu der Geringfügigkeit seines Unfalls nicht im rechten Verhältnis. Ja, erwiderte mit seiner riesigen, tiefen Stimme der Justizminister, Schadenfreude schmecke gut, und er fragte, ob er in Gegenwart des Herrn Abgeordneten frühstücken dürfe. Worauf er dem Diener im Vorzimmer Auftrag gab, Weißwürste zu bestellen und seinen Sherry zu bringen. Der Anwalt lehnte fast unhöflich ab, mitzuhalten.

Was den Fall des Uhrmachers Triebschener anlangte, so äußerte der Justizminister zunächst einiges Allgemeine mit ironischen Spitzen gegen die Theorien des Anwalts Geyer. Er selber bedaure, meinte er, wenn aus justizpolitischen Rücksichten ein an sich sympathischer Mensch in Haft gehalten werde. Übrigens sei gerade jenes bayrische Urteil verhältnismäßig mild. Auch könne kein Mensch wissen, wie gegebenenfalls dem Triebschener die Freiheit bekäme. So allgemeine Argumente wie das von Geyer angeführte Presseurteil, hier liege ein typischer Begnadigungsfall vor, machten auf ihn, Klenk, wenig Eindruck. Er habe Weisung gegeben, den Triebschener möglichst gut zu behandeln. Ihm selber, wie gesagt, gefalle der Mann; er beabsichtige, einiges durch ihn arbeiten zu lassen. Die Uhr am Dom von Münster sei eine feine Sache. Aber auch in einer gewissen früheren Freien Reichsstadt im bayrischen Franken gebe es eine Turmuhr, die seit dem Dreißigjährigen Krieg nicht mehr funktioniere. Er habe da ein Bild dieser Uhr. Ob Dr. Geyer es sehen wolle? Hier könne sich der Triebschener betätigen.

Der Anwalt hörte still zu, voll tiefer Wut. Auch er hatte den Strafgefangenen Triebschener gesehen. Der war ein ruhiger Mann, hager, mit dichten Haaren von solcher Fahlheit, daß man nicht unterscheiden konnte, waren sie weiß oder blond. Wahrscheinlich waren sie weiß, dachte der Anwalt jetzt. Dr. Geyer verstand etwas von Gerechtigkeit und Menschlichkeit, aber nicht verstand er sich auf den einzelnen Menschen. Es war nicht unmöglich, daß der Klenk recht hatte, und dies füllte den Anwalt mit einer machtlosen Wut. Er erwiderte nichts auf die behaglich überlegenen Reden des Klenk, tat sie ab mit einem geradezu ungezogenen Achselzucken.

Der Klenk reagierte nicht, blieb gelassen sitzen, verbindlich abwartend, ob Dr. Geyer noch zwecks anderer Dinge gekommen sei. Ja, der Anwalt, während er seine nervösen Finger durch feste Umklammerung der Krücke ruhig zu halten suchte, fragte unvermittelt, ziemlich unbeholfen, ob allenfalls ein Begnadigungsgesuch für den Dr. Krüger jetzt Aussicht auf Erfolg habe. Dr. Klenk erwiderte nachdenklich, sehr höflich, er habe sich den Fall selbst schon durch den Kopf gehen lassen. Die oppositionelle Presse, das sage er dem Herrn Rechtsanwalt vertraulich, habe ihm seine Stellungnahme sehr erschwert; denn jetzt sei die Sache so aufgebauscht, daß er ohne Billigung des Gesamtministeriums nichts unternehmen möchte. Er betrachtete mit wohlwollendem Hohn den Anwalt, der riesige, knöcherne Mann mit den braunen, vergnügten Augen in dem langen, gegerbten Kopf den schmächtigen, abgezehrten, dem Röte das Gesicht fleckte, so arbeitete er sich ab vor Haß.

Der Diener brachte die prallen, weißlichgrauen Würste und die Flasche Sherry. Der Justizminister meinte, als Beamter habe er dem Herrn Abgeordneten nichts mehr zu sagen; wohl aber möchte er vom Menschen zum Menschen diese Unterredung fortsetzen. Ob er den Rock wechseln dürfe? Er fühle sich unbehaglich in dem schwarzen Fetzen. Und er vertauschte den Überrock mit der Lodenjoppe, die er liebte. Dann nochmals bot er dem Anwalt von seinen Würsten an, schenkte sich ein Glas von dem starkriechenden, gelben Wein ein, stopfte umständlich die Pfeife. Er habe also den ausgezeichneten Aufsatz des Herrn Dr. Geyer in den »Monatsheften« gelesen. Praktisch komme nicht viel heraus bei solchen Abstraktionen und Begriffsbildungen. Immerhin, auf der Jagd, auf dem Anstand, des Morgens im Bad, auf längeren Autofahrten mache er sich zuweilen einen Sport daraus, über Fragen, über die er sich in seinem Instinkt und vor seinem Gewissen im klaren sei, auch vor seinem Verstand begrifflich ins reine zu kommen. Er sog das Fleisch aus der Wursthaut, wischte sich den Mund, trank in kleinen, genießerischen Schlucken von seinem Wein. Um es also deutlich zu sagen, wie es sei, so habe er manchmal den Eindruck, als ob der Dr. Geyer mit gewissen bösartigen Formulierungen allgemeiner Art auf ihn, Klenk, hinziele. Aber das sei gefehlt. Treffe ihn in keiner Weise. Er gebe zu, es sei nicht einfach, in seiner Situation und auf diesem Teil des Planeten maßgeblich zu entscheiden. Bayern oder Reich, Staat oder Recht, Rechtssicherheit oder Gerechtigkeit: er möchte fast sagen, soviel Buchstaben soviel Probleme. Aber um sich zwischen diesen Problemen zurechtzufinden, brauche er nicht einmal die Stütze katholischer Rechtsphilosophie, die doch in einem Zeitalter der Machtpolitik als einzige die Courage habe, sich der brutalen Tatsachensumme nicht unbedingt zu fügen.

Dr. Geyer, erregt, hörbar atmend, hielt es nicht mehr aus auf seinem Stuhl. Er stand auf, hinkte an seinem Stock durchs Zimmer, lehnte sich schließlich in einer sonderbar unnatürlichen Haltung, auf die Krücke gestützt, an die Wand, fast wie hingeklebt. Der Minister, essend, trinkend, fuhr leichthin, gleichmütig fort. Er, Klenk, wisse mit naturwissenschaftlicher Sicherheit, was er tue, sei gut für dieses Land Bayern. Es passe zu dem Land, sei gut wie seine Wälder und seine Berge, gut wie seine Menschen, seine Elektrizität, seine Lederhosen, seine Bildersammlungen, sein Fasching und sein Bier. Es sei gewachsene, organisch bayrische Gerechtigkeit. Recht und Ethik, behaupte ein gewisser norddeutscher Philosoph namens Immanuel Kant, stünden außer jeden Verhältnisses: Recht und Boden aber, Recht und Klima, Recht und Volk, das meine er, der Otto Klenk aus München, die seien zweieinig, nicht zu trennen. Es sei nicht ausgeschlossen, dies sage er vertraulich, als Mensch, nicht als Beamter, daß der Dr. Krüger keinen Meineid geschworen habe. Es sei überhaupt aus mannigfachen

Gründen ein fragwürdiges Beginnen, den Eid zu schützen, und er habe für den Mann Krüger volles Verständnis. Vielleicht wäre es im Sinn einer reinlichen Justizpflege richtiger, wenn er, Klenk, persönlich hinginge und sagte: »Du, Martin Krüger, bist schädlich für das Land Bayern, ich muß dich also bedauerlicherweise erschießen.« So, wie die Dinge nun einmal liegen, sei er, Klenk, der festen Meinung, seine bayrische Gerechtigkeit sei die beste unter allen hier denkbaren. Er übernehme die Verantwortung. Gerechtigkeit sei das Fundament der Staaten; aber gerade darum müsse eines jeden Staates Gerechtigkeit aus dem gleichen Stoff sein wie eben der Staat selbst. Er vertrete die Justizhoheit seines Landes mit Überzeugung und aus ganzem Herzen. Und während Dr. Geyer noch weiter zurückwich, sich geradezu in die Wand hineinpressend, schloß der Minister: der Herr Abgeordnete möge ohne Sorge sein. Er, Klenk, schlafe sehr gut, während der Dr. Krüger und der Uhrmacher Triebschener zwischen Kerkermauern schmachteten.

Er sagte: *schmachteten*; er lutschte an seiner Wurst, er saß rittlings auf seinem Stuhl, in seiner Lodenjoppe, und seine braunen, lustigen Augen schauten wohlwollend und vertraulich in die dicken Brillengläser, hinter denen blau und scharf die Augen des Anwalts jeder seiner Bewegungen folgten. Den, wie er die ruhigen Worte hörte, die groß, dick, mit dialektischem Anklang aus dem kräftigen, kauenden Mund des obersten Justizbeamten dieses Landes kamen, packte Abscheu, Scham, Ekel dergestalt, daß er die drängenden Sätze hinunterschluckte. Er sagte, er fühle sich noch nicht gesund genug zu einer philosophischen Debatte, dankte dem Herrn Justizminister für seine Aufschlüsse, ging fort, beschwerlich auf seinen Stock gestützt. Klenk, ohne Lächeln, schob den Teller mit den Wurstresten beiseite, machte sich an seine Papiere.

6

Eine Legitimation muß sein

Ein gewisser Herr Georg Durnbacher hatte Johanna Krain um ein graphologisches Gutachten gebeten. Johanna war der Mann nicht sympathisch. Sie entschuldigte sich mit Arbeitsüberlastung. Herr Durnbacher drängte. Schließlich lieferte Johanna das Gutachten. Sie umschrieb vorsichtig die unangenehmen Eigenschaften, die sie aus der Schriftprobe herausgelesen hatte, bezeichnete den Schreiber als einen Mann von verwinkelter Phantasie, geneigt, sich selber und andern etwas vorzumachen.

Es erwies sich, daß ein Regierungsrat Tucher Urheber der Schriftprobe war. Leidenschaftlicher Anhänger des alten politischen Systems und somit Gegner Johanna Krains und des Mannes Krüger, hatte er nicht eigentlich seine Schrift, sondern die Wissenschaft Johannas erproben wollen. Ihm bewies diese Analyse, die einen untadeligen höheren Staatsbeamten mit verschleierten Worten als Schwindler kennzeichnete, daß die sogenannte Kunst Johannas Schwindel war. Der Regierungsrat zeigte also die entlarvte Graphologin wegen Gaukelei an. Dieses Delikt gab es in der deutschen Gesetzgebung nicht; doch die bayrische Polizei behielt sich das Recht vor, gewisse Handlungen unter dieser Bezeichnung zu verfolgen. Es wurde also ein Verfahren wegen Gaukelei gegen Johanna Krain eingeleitet und ihr die Ausübung ihrer graphologischen Tätigkeit bis auf weiteres untersagt.

Dr. Geyer, als Johanna mit ihm den Fall besprach, schien merkwürdig müde und nicht sehr interessiert. Er nahm, während er sprach, die Brille ab, blinzelte, schloß wohl auch die Augen. Diese Sache, setzte er auseinander, wie alle Dinge, die sie und Martin Krüger beträfen, werde längst nicht mehr auf juristischem, sondern auf politischem Gebiet entschieden. Und da gebe es, da weder sie noch er Macht hätten, nur jene gesellschaftlichen Einwirkungen, von denen er schon gesprochen habe. Daß man ernstlich gegen sie vorgehen wolle, glaube er übrigens nicht. Es handle sich wohl um eine kleine Warnung;

man wolle ihr zeigen, daß man Waffen gegen sie in der Hand habe für den Fall, daß sie sich mausig mache. Tue sie das, könnte die Behörde statt des harmlosen Gaukeleiverfahrens einen Meineidsprozeß gegen sie auffahren lassen. Im Machtbereich des Dr. Klenk, eines skrupellosen Gewaltmenschen – sein dünnhäutiges Gesicht verzog sich schmerzhaft –, sei kein Ding unmöglich.

»Bleiben also nur die gesellschaftlichen Beziehungen«, resümierte Johanna nachdenklich. Sie wußte die Liste der fünf Namen, die ihr Geyer damals auf seinem Krankenbett gemacht hatte, längst auswendig. Aber die Männer dieser Liste, ihre Gesichter, die sie von Bildern her kannte, ihr Leben und ihre Umstände waren ihr unzugänglich. Sie wußte nicht, wie sie diese Sache anpacken solle. Immer wieder nur kam ihr als einziges in den Sinn das fleischige Gesicht des Geschworenen Hessreiter.

Dr. Geyer schwieg. Wieder spürte er, doch fast mit Widerwillen heute, die Ähnlichkeit des großen Mädchens mit jener Toten. »Ja«, sagte er schließlich, »gesellschaftliche Beziehungen. Ein etwas vager Rat. Ich weiß keinen anderen.«

Johanna ärgerte sich über Dr. Geyer. Man hatte ihr gesagt, einen besseren Anwalt ihrer Sache gebe es nicht. Allein sie fand ihn schlaff, lätschig. Sie erhob sich. Breit, fest stand sie da, zornig in Dr. Geyers leicht verzerrtes Gesicht hinein sprach sie von den Schikanen, die man ihr mache, Sendungen an Krüger kämen zurück oder würden ihm erst, wenn sie verdorben seien, zugestellt. Nur nach endlosen Schwierigkeiten bekomme sie Erlaubnis, ihn zu sehen. Immerzu werde sie gefragt, wodurch sie legitimiert sei, für ihn zu wirken.

»Ja, wodurch sind Sie legitimiert?« fragte mit einem fatalen Lächeln der Anwalt. »Vielleicht durch Menschenliebe? Durch Ihre Freundschaft mit Krüger? Solche Legitimationen genügen nicht bei einer bayrischen Behörde. Verbindungen zwischen Mann und Frau, sollen sie behördlich anerkannt werden, bedürfen der standesamtlichen Sanktionierung.«

Johanna klemmte die Oberlippe ein. Der dünne Spott des Anwalts ärgerte sie. Seine Haltung, sein sanfter, rötlichblonder Bart, sein Blinzeln, der ganze Mensch ärgerte sie.

»Ich werde ihn heiraten«, erklärte sie.

Der Anwalt, nach einem Schweigen, meinte, es seien da gewisse Schwierigkeiten zu überwinden. Genau unterrichtet über die Formalitäten, und was man ihr in den Weg legen könne, sei er nicht. Johanna bat ihn, ungesäumt mit größter Energie alles Nötige zu tun.

Allein, lehnte Dr. Geyer den Kopf mit den geschlossenen, roten Lidern zurück; sein unangenehmes Lächeln vertiefte sich, legte die starken, gelben Zähne bloß. Er hat sich zwar bewiesen, daß die Angelegenheit mit Erich aus und erledigt ist. Aber sie war eben nicht erledigt, und vielleicht wäre es doch besser gewesen, er hätte dem Untersuchungsbeamten von jenem fatalen Gesicht erzählt, das für den Bruchteil einer Sekunde vor ihm aufgetaucht war, damals, als sie auf ihn einschlugen und er niedersackte.

Der Anwalt Dr. Geyer war anders geworden. Er bemühte sich weniger, seine Nerven in Disziplin zu halten, war nicht mehr sachlich überlegen. Ließ seiner reizbaren, ironischen Beredsamkeit den Lauf. Führte finstere, beunruhigende Reden, wobei seine Hände flatterten und seine Augen wild zwinkerten. Die Sorge um Essen, Wohnung, Kleidung, selbst die Sorge um seine Finanzen überließ er mehr und mehr der Haushälterin Agnes. Zuweilen verfiel er in große Mattigkeit, saß da mit erloschener Miene, schlaffen Gliedern. Doch pflegten solche Anfälle rasch vorüberzugehen. Dann wieder sprach er davon, seine Praxis ganz aufzugeben, vielleicht auch seine parlamentarische Tätigkeit, sich auf seine Schriftstellerei zu beschränken.

Waren es die Folgen des Überfalls, die den Dr. Geyer so verwandelten? Nein, er hatte immer gewußt, daß seine Tätigkeit nicht ungefährlich war, hatte mit Schlimmerem gerechnet. Was ihn verändert hatte, mußte tiefer liegen, mußte ein anderes sein, eine neue Erkenntnis, ein plötzlicher Blick.

Es war der Blick in die vertraulichen Augen und in den kräftigen, kauenden Mund des Dr. Klenk, es war der Blick in die Seele der nackten Gewalt, der den Dr. Geyer so erschüttert hatte. Nach jener Unterredung war er tagelang in sich eingesperrt geblieben, die sonst wachen Augen abgekehrt, stumpf. Er revidierte, zog Bilanz, sah, daß er auf morschen Grund gebaut hatte. Wohl hatte er um diesen Sachverhalt immer gewußt, hatte Reden darüber gehalten, kluge, scharfe Gedanken dazu geäußert. Aber gesehen, mit leiblichen Augen gesehen hatte er das Unrecht jetzt zum erstenmal. Nun wußte er: was ging ihn der Mann Krüger an? Was kümmerte ihn der Uhrmacher Triebschener? Die dreihundert Fälle seines Buches »Geschichte des Unrechts in Bayern«, mochten sie noch so sauber und für das blödeste Auge klar herauspräpariert sein, sie waren allesamt belanglos. Mit so einfachen Mitteln war der volkstümlich souveränen Justiz des Dr. Klenk nicht beizukommen.

Er, Siegbert Geyer, muß mit den selbstherrlichen Waffen des Klenk kämpfen. Auch er wird sich nicht mehr um den einzelnen scheren. Es war Sentimentalität, dem vergewaltigten einzelnen helfen zu wollen. Dem Unrecht selber wird er zu Leibe gehen.

Im Innersten wußte er: ob er nach Berlin, ja, ob er nach Moskau gehen wird um seiner Theorie willen, für ihn wird das Unrecht immer nur eines einzelnen Gesicht haben. Es wird kleine, vergnügte Augen haben in einem rotbraunen, derbhäutigen Antlitz, es wird einen kräftigen, stark kauenden Mund haben und eine Lodenjoppe tragen.

Der Anwalt in seinem ungemütlichen Sessel verfiel vollends. Dann endlich mit einem Ruck raffte er sich zusammen. Mit einem kleinen Ächzen nahm er ein dickes Aktenbündel vor: »Geschichte des Unrechts im Lande Bayern vom Waffenstillstand 1918 bis zur Gegenwart. Fall 237.«

7

Herr Hessreiter diniert in München

Johanna Krain stand an der Straßenbahnhaltestelle, wartete auf einen der blaulackierten Wagen, der sie nach Schwabing fahren sollte zu Herrn Hessreiter. Der Abend war nebelig und kühl. Im Spiegel eines Schaufensters sah sie sich, im Licht der Bogenlampen, das Gesicht im Gegensatz zur Mode gar nicht geschminkt und nur wenig gepudert.

Jemand ging vorbei, grüßte höflich, unbeteiligt. Johanna wußte nicht genau den Namen. Es war ein Gesicht, wie es viele Männer aus der herrschenden Klasse jener Zeit trugen, klug, unter breiter Stirn etwas schläfrige, vorsichtige Augen. Ein Gesicht, wissend, wie fragwürdig modisch alle Wertung der Epoche war. Relativistisch. Die Träger solcher Gesichter, zugebend, der Fall Krüger sei des Zornes und des Mitleids wert, pflegten trotzdem Zorn und Mitleid zu verweigern; denn es gäbe zu viele solcher Fälle. Johanna kannte das, sie kannte Welt und Leben. Doch sie begriff es nicht. Denn sie selbst, so alltäglich das Elend wurde, das die politisierte Justiz jener Jahre über die Menschen brachte, wurde nicht stumpf. Empörte sich, schlug um sich, immer von neuem.

Ihr Wagen kam. Sie setzte sich in die Ecke, reichte mechanisch dem Schaffner den Fahrschein, überlegte. Hessreiter, trotzdem er nicht direkt zu den fünf Mächtigen gehörte, die Martin aus der Zelle heraushelfen konnten, war schon der Richtige. War nicht immer wieder, wenn sie mißgelaunt, überlegend, die vielen Gesichter ihrer zahlreichen Bekannten hatte vorüberziehen lassen, sein Gesicht gekommen? Jenes Gesicht, das sie gesehen hatte während ihrer peinlichen Aussage in dem großen, menschengefüllten Gerichtssaal. Ein verblüfftes Gesicht damals, ein bißchen dumm vor Verblüffung. Aber dann hatte der kleine, genießerische Mund dieses Gesichts sich aufgetan für sie, sie vor einer schmutzigen Frage des Staatsanwalts geschützt.

Ja, es war schon das richtige, daß sie ihn antelefoniert, daß sie seine zögernde Einladung, bei ihm zu Abend zu essen, ohne weiteres angenommen hatte. Sie spürte in der Ecke ihres Trambahnwagens eine gewisse Spannung. Das Abendessen bei dem wunderlichen Herrn Hessreiter war eine Art Debüt für sie, ein Versuch auf fremdem Boden. Wenn sie bisher mit Menschen zusammengewesen war, so hatte sie mit ihnen entweder über sachliche, berufliche Dinge oder der Unterhaltung wegen gesprochen. Jetzt sah sie sich plötzlich vor der Aufgabe, von einem fremden Menschen mir nichts, dir nichts etwas zu verlangen. Von früh auf an Selbständigkeit gewöhnt, gab sie ungern zu, daß sie allein mit einer Sache nicht fertig wurde.

Das mit den gesellschaftlichen Beziehungen war eine ungemütliche Geschichte. Wie machte man das? Wie erreichte man einen Dienst ohne Gegendienst? Sie zog aus, um gesellschaftliche Beziehungen anzuknüpfen, wie auf eine Abenteuerfahrt in ein unbekanntes Land.

Martin Krüger hatte zuweilen konstatiert, sie habe keine Kinderstube. Das mochte stimmen. Sie rief sich ins Gedächtnis den unordentlichen Betrieb ihres Vaters, bei dem sie den größten Teil ihrer Jugend verlebt hatte. An dem heftigen, begabten Mann hatte, weiß Gott, sie mehr herumerzogen als er an ihr. Bestrebt, Ideen und Pläne, für welche die Zeit kaum reif war, mit Gewalt durchzusetzen, hatte er für solche Nebendinge wie Manieren keine Muße. Und ihre Mutter gar, lieber Gott! Die bequeme Frau, zu kleinbürgerlichem Klatsch geneigt, hatte ab und zu wilde Versuche gemacht, ihr die eigenen, willkürlich zusammengestapelten Umgangsformen beizubringen, um dann ebenso rasch wieder davon abzulassen. Es war für Johannas Erziehung nur von Vorteil gewesen, daß ihr die zweite, späte Verheiratung der Mutter, mit dem Charcutier Lederer, Gelegenheit gegeben hatte, endgültig mit ihr zu brechen. Wenn sie daran dachte, wie die alternde Frau lebte, mit hundert klatschsüchtigen Weibern sich anfreundend, sich verzankend, faul, geschäftig, lamentierend, nein, viel hätte sie von ihr nicht lernen können. Von Kinderstube konnte schwerlich die Rede sein.

Johanna betrachtete die Nägel ihrer kurzen, großporigen Hand. Sie waren nicht sehr gepflegt. Einmal hatte sie ihre Hände einem Maniküremädchen übergeben. Mit Widerwillen. Es war zuwider, sich die Nägel von einer Fremden zurechtschneiden, schnipseln, färben zu lassen. Immerhin, so grob und viereckig brauchten sie nicht zu sein.

Sie war an ihrer Station angelangt, stieg ab, ging ein paar kurze Minuten durch ziemlich dunkle Straßen. Da lag Herrn Hessreiters Haus, versteckt hinter einer Mauer und alten Kastanienbäumen, am Rand des Englischen Gartens. Niedrig, altmodisch, irgendein Hofbeamter mochte es gebaut haben im achtzehnten Jahrhundert. Ein Diener führte sie durch umständliche Korridore. In der Raumgestaltung betont altväterisch, war das Haus ausgerüstet mit den Bequemlichkeiten der letzten Jahre. Johanna mutete das eigensinnige, behagliche Gebilde ein bißchen komisch, doch nicht ungefällig an.

Herr Hessreiter begrüßte sie herzlich, wortreich, ihre beiden Hände nehmend. Er sah in seinem Hause noch fülliger, eleganter aus, er paßte hinein wie der Krebs in seine Schale. Die braunen Augen schlau und schleierig in dem fleischigen Gesicht, meinte er, er habe eine Überraschung für sie; doch zuerst wolle man zu Abend essen.

Er machte behagliches Gespräch mit vielen versponnenen, leicht albernen, liebenswürdigen Späßen. Er sprach die gleiche Mundart wie sie, gebrauchte die gleichen Worte. Sie verstanden sich leicht. Er erzählte von seiner keramischen Fabrik, und daß das eine geteilte Freude sei. Es wäre schön, wenn man nur Kunst machen könnte. Aber die Leute wollen es nicht, sie lassen einen nicht. Überhaupt mit der *Kunststadt München*, ein schöner Schwindel. Wie sie jetzt wieder die Feldherrnhalle verschandelt haben. Die ganze Zeit war er neugierig, was hinter dem großen Gerüst stecke, mit dem sie die Hinterwand verkleidet haben. Jetzt ist es also heraus. Sie haben die Wand ausgeschmückt mit scheußlichen, gelben Blechschildern, verziert mit eisernen Kreuzen, für jede der *verlorenen Provinzen* ein Blechschild, und daran haben sie bunte Kränze aufgehängt. Als ob sie den schönen Bau nicht genügend verhunzt hätten mit den schreitenden Löwen und dem Armeedenkmal. Er sei ein guter Münchner, aber bei dieser Barbarei mache er nicht mit. Er plane jetzt zum Beispiel, trotzdem es geschäftlich ganz aussichtslos sei, für seine keramische Fabrik einige ganz merkwürdige Sachen von einem jungen, unbekannten Bildhauer, den er entdeckt habe, eine Serie »Stiergefecht« unter anderem. Später dann, gelegentlich, ging er auf den Prozeß Krüger ein. Es ergab sich, daß er im Verlauf des Prozesses viele von ihr nicht bemerkte kleine Züge minutiös angeschaut und bewahrt hatte, die er ihr jetzt wie unter einem Vergrößerungsglas deutlich machen konnte.

Gegen Ende des kennerisch zusammengestellten Mahles wurde Herr Hessreiter dringend am Telefon verlangt. Er kam verlegen zurück. Eine liebe und verehrte Freundin, teilte er Johanna mit, wolle ihn noch diesen Abend mit einer größeren

Gesellschaft aufsuchen. Der Dame, die jetzt den größten Teil ihrer Zeit auf ihrer Besitzung am Starnberger See zubringe, habe er eine Überraschung versprochen, die gleiche übrigens, die er auch ihr zeigen wolle. Nun nehme die Dame, diesen Abend unvermutet in der Stadt, die Gelegenheit wahr, mit einigen Freunden die versprochene Überraschung zu besichtigen. Die Dame heiße von Radolny. Er hoffe, Fräulein Krain werde sich durch neue Gäste nicht stören lassen. Johanna, resolut, erklärte, gerne wolle sie bleiben. Sie schaute Herrn Hessreiter an, hielt es für an der Zeit, vorzurücken, berichtete ihm ungeniert von ihren Absichten, gesellschaftliche Beziehungen anzuknüpfen und auszunützen. Herr Hessreiter, sogleich in Schwung, ruderte heftig mit den Armen: gesellschaftliche Beziehungen, großartig, dafür sei er der rechte Mann. Er freue sich, daß sie zu ihm gekommen sei. Es treffe sich gut, daß er sie gleich Frau von Radolny vorstellen könne. Jetzt sei der Fall Krüger auf einem Gebiet, wo man mit ganzem Herzen und Verstand dabei sein könne, sei gewissermaßen aus dem politisch Schachmäßigen ins Menschliche gerückt.

Noch während er sich darüber erging, kam mit ihrer Gesellschaft Frau von Radolny. Üppig, gelassen, sehr sicher füllte sie den Raum; bestimmt war sie überall sogleich selbstverständlicher Mittelpunkt. Die Art, wie sie Johanna beschaute, kühl, ungeniert, prüfend, schien dem großen Mädchen nicht uneben. Katharina ihrerseits sah zufrieden die Wirkung, die sie auf Johanna machte, fand Gefallen an ihr, setzte sich neben sie. Sie wußte, wie schwer es war, sich in dieser großen und gefährlichen Welt zu behaupten. Sie war von unten heraufgekommen, sie war jetzt angelangt und sicher, aber es war nicht leicht gewesen, und noch immer sah sie voll Sympathie zu, sich der eigenen Bestätigung freuend, wenn eine tapfere Frau sich nicht unterkriegen ließ. Sie war natürlich innig und durchaus einverstanden mit den Methoden der herrschenden Klasse. Allein da sie angelangt war, übte sie in dem an sie herantretenden Einzelfall mit der gleichen Selbstverständlichkeit Toleranz, mit der sie intolerant war im allgemeinen. Interessiert, sachverständig hörte sie die Geschichte von Johannas nicht einfacher Kindheit, dem Krach mit ihrer Mutter, ihrer Berufstätigkeit, ihrer Verbindung mit dem Mann Krüger. Die beiden Frauen, die breitgesichtige mit den entschiedenen, grauen Augen und die kupferhaarige, üppige mit dem satten, wissenden Gesicht, sahen, so vereint, ihre langsamen, bayrisch breiten Sätze tauschend, dermaßen sicher aus, daß der optimistische Hessreiter an dem endlichen Erfolg Johannas nicht mehr zweifelte.

Allmählich, doch ohne von den Worten Frau von Radolnys eines zu verlieren, fand sich Johanna zurecht auch in der anderen Gesellschaft. Der Mann mit dem gutmütigen, hartfaltigen Gesicht, der aussah wie ein Bauer im Smoking, das also war der Maler Greiderer. Das zerhackte Mopsgesicht des Dr. Matthäi kannte sie aus den illustrierten Zeitungen. Der rosige, bezwikkerte Herr mit dem melierten Vollbart, das war natürlich der Dr. Pfisterer, der Schriftsteller, und der Alte, der auf ihn einsprach, das war der Geheimrat Kahlenegger. Obwohl manchmal zu andern Schlüssen geneigt, hörte ihm Pfisterer mit Aufmerksamkeit, fast mit Ehrfurcht zu. Es war aufregend, aufwühlend, wie der Geheimrat alle Ergebnisse der Naturwissenschaft immer wieder und ausschließlich auf die Stadt München bezog, mit fixer Idee sich weigernd, Launen ihrer Fürsten, Eigenwilligkeiten des Verkehrs, der Wirtschaft als bestimmende Faktoren anzuerkennen. Sieben biologische Grundsätze hatte er konstruiert, sieben Grundtypen festgestellt, aus deren Eigenschaften er die Geschichte der Stadt München herleitete. Immer wieder schaute Johanna hinüber zu dem knochigen Mann mit der mächtigen, höckerigen Nase, der angestrengt aus der äußersten Tiefe seiner Kehle druckreife Sätze herausholte.

Etwas unmotiviert brach er ab. Es war plötzlich Stille im Raum. Herr Hessreiter, in das Schweigen hinein, sagte, jetzt aber wolle er seine Überraschung vorweisen, führte die erwartungsvolle Gesellschaft in das kleine Bilderkabinett, drehte das Licht an. Es zeigte sich, zwischen wenigen anderen Bildern, an einer ruhigen, grauen Wand das Aktporträt des Mädchens Anna Elisabeth Haider. Mit verlorenem und gleichwohl gespanntem Ausdruck blickte das tote Mädchen in den klug und schön belichteten Raum nach dem Gemälde, das ihr gegenüber hing, einem dumpfig und kraftvoll gemachten oberbayrischen

Bauernhaus. Der nicht eben schlanke Hals war auf hilflose, rührende Art gereckt, Brüste und Schenkel schwammen in milchigzarter Luft.

Zwiespältig angerührt, stand Johanna vor dem Porträt. Da hing nun das Bild, Ursache so vieler Verwicklungen, ihr immer zuwider. Still, naiv, widerwärtig hing es da, Herr Hessreiter stand daneben und wies mit gutmütigem, triumphierendem Lächeln darauf hin. Was wollte der merkwürdige Mann? Warum hatte er das Bild gekauft? Warum zeigte er es hier? Sie sah fragend von dem Bild zu Herrn Hessreiter, von Herrn Hessreiter zu dem Bild, den ganzen Kopf mitdrehend. Sie überlegte rasch und vielfältig, doch ohne zu einem Schluß zu kommen. Sie stand lange vor dem Bild, stumm. Auch die anderen waren betreten. Frau von Radolny blickte mit hohen Augenbrauen auf die vielberedete Leinwand. Sie war empfänglich für Dinge der Kunst, durchaus nicht geneigt, sich der Meinung der Zeitungen ohne weiteres zu fügen. Aber es ging etwas Anrüchiges, Verbotenes von dem Bild aus, das war nicht abzustreiten, dafür hatte sie ein unbeirrbares Empfinden. Das Bild war vielleicht trotzdem oder gerade deshalb ein ansehnliches Stück Malerei. Aber mußte ein vielbeachteter Mann der guten Münchner Gesellschaft wie Paul gerade in diesem Zeitpunkt dieses Bild kaufen? Das mußte Ärgernis erregen. Es wirkte nach *Justament* und *Jetzt gerade*! Eine Weltanschauung, die sie als Bayerin verstand, die ihr aber nicht sympathisch war.

Der einzige Greiderer sprach. Er äußerte sich laut, mit derbem, ausdrücklichem Wohlwollen. Der alte Kahlenegger saß teilnahmslos in einem Sessel, dies schlug nicht in sein Fach, er war plötzlich ausgelöscht, sah uralt aus, fossil. Herrn Pfisterers etwas verständnislose, neutrale Zustimmung zu dem Bild verdichtete sich nicht zu Worten. Schließlich schwieg auch der Maler Greiderer. Fast eine Minute war es ganz still, man hörte den starken Atem der beiden Schriftsteller. Alle schielten ein wenig gekitzelt nach Johanna Krain, mit einem undeutlichen Gefühl, dieses Mädchen vor diesem Bild in diesem Kabinett, da sei irgend etwas zweideutig. Aus dem fleischigen Antlitz des Herrn Hessreiter verschwand langsam der gutmütige Stolz, guten Freunden eine schöne Sache vorzuführen; seine Wangen wurden schlaffer, leicht hilflos.

Auf einmal in die Stille hinein hörte man die böse, knurrige Stimme des Dr. Matthäi. Ein Saustall sei es, äußerte er. Nicht einmal die Gegner, meinte er, wagten es, den Bayern ihre eminente bildnerische Begabung abzustreiten. Das bayrische Barock, das bayrische Rokoko. Die Gotik eines Jörg Ganghofer, eines Mäleskirchner. Die Münchner Erzgießerschule um den Weilheimer Krumper herum. Die Brüder Asam. Und auch – jawohl! – die Ludovicianische Klassik. Das alles sei gewachsen, anständig, bodenständig. Und dahinauf pflanze man jetzt einen solchen Kohl und Mist. Ein Saustall.

Alle spürten, daß diese klobigen Sätze dem Dr. Matthäi geradewegs aus dem Gemüt kamen. Diese bayrischen Menschen spürten aus ihnen die Liebe des Mannes, von dem sie nur gallige Urteile zu hören gewohnt waren, zu seinem, ihrem Lande. Der Schriftsteller Matthäi schaute nach seinem Ausbruch ein wenig geniert, böse und starrsinnig vor sich hin. Der Schriftsteller Pfisterer schüttelte begütigend seinen bärtigen Kopf und meinte: »Na, na.« Herr Hessreiter strich peinvoll verlegen an seinem gepflegten Schläfenbart; er dachte an die Produkte seiner keramischen Fabrik, an die langbärtigen Gnomen und gigantischen Fliegenpilze, die man dort mit Vorliebe herstellte. Er lächelte krampfig, tat, als nähme er die starken Worte des Dr. Matthäi für einen guten Witz.

Allen war es willkommen, wie jetzt breit Herr Pfaundler eintrat. Der große Vergnügungsindustrielle war von Frau von Radolny eingeladen, und er brachte mit eine russische Dame, aus der er seit Monaten viel Wesens machte. Er stellte sie vor: Olga Insarowa und tat, als bezeichne dieser Name einen Menschen, bekannt über den Planeten hin. Es war aber die Dame ein schmales, schmächtiges Mädchen mit beweglichem Gesicht, anmutigen, ein bißchen spöttischen Bewegungen, schiefen, gleitenden Augen. Der Dr. Matthäi wandte sich ihr sogleich zu mit plumper Kavaliergeste, erklärte, er hoffe Hessreiter nicht zu nahezutreten, wenn ihm eine lebendige Tänzerin lieber sei als eine tote Malerin, und alle kehrten, befreit, in die Bibliothek zurück.

Johanna Krain sah erstaunt, wie hemmungslos gefräßig sich Dr. Matthäi der Russin bemächtigte. Der schwere Mann mit dem klobigen, von Schmissen durchzogenen Schädel hatte harten Stand gegen den hurtigen Witz der kleinen Person, die ihn geschickt abführte, viel lachte, wobei sie feuchte, kleine Zähne bloßlegte und sehr hübsch aussah. Sie sprach dreimal schlagender als er, dreimal gescheiter. Machte sich mitleidlos lustig über ihn. »Ja, jetzt ist Matthäi am letzten«, konstatierte gutmütig Pfisterer. Frau von Radolny und Johanna sprachen nicht mehr, alle hörten dem ungeschickt sich abarbeitenden Dr. Matthäi zu. Der glitt fort auf ein Gebiet, wo er sich gewandter fühlte, attackierte plötzlich den Pfisterer, rückte dem rosenroten Optimismus des populären Dichters wirksam, mit boshafter Schlagkraft auf den Leib. Bedrängte ihn an seiner wundesten Stelle. Denn dies begriff der gutmütige Mann, der breite Erfolge hatte, durchaus nicht, es kratzte ihn, es stach ihn in der Seele, daß einige Literaten, deren Begabung er von Herzen anerkannte, seine sonnige Weltanschauung nicht gelten lassen wollten. Warum wollte man es ihm nicht gönnen, seine lebensbejahenden Geschichten unters Volk zu tragen, Freude zu bringen vom Palast des Königs bis zur Hütte des Köhlers? Er bemühte sich, seine Gegner zu verstehen, sich einzufühlen in sie. Aber hier kam man mit Ehrlichkeit nicht weiter. Die Art etwa, wie Dr. Matthäi ihn anpöbelte, war einfache Niedertracht. Er lief rot an. Stämmig, brüllend, standen sich die beiden Schriftsteller gegenüber. Die Insarowa lächelte interessiert, ein bißchen abschätzig, leckte sich mit einer kleinen, lausbübischen Zungenbewegung die Mundwinkel. Aber Johanna in ihrer ruhigen Art sprang Pfisterer bei, er hatte sich bald wieder in Zügeln. Seine Entrüstung kehrte sich in Trauer; kräftig den rotblondlockigen Kopf schüttelnd, den angelaufenen Kneifer putzend, beklagte er den bösen, zerstörerischen Trieb einzelner Menschen.

Während Matthäi sich wieder der hurtigen Russin zuwandte, stark rauchend, sie aus bösen, kleinen Augen behaglich anglotzend, setzte sich Pfisterer zu Johanna Krain. Dieses feste, gütige, bayrische Mädchen war so recht wie die Menschen seiner Bücher, lebfrisch, das Herz auf dem richtigen

Fleck. Auch Johanna fand Gefallen an ihm. Sicher war das reale Leben anders als in seinen Büchern, ohne Goldschnitt. Aber sie verstand, daß viele Menschen ihre freien Stunden gern mit solchen Büchern verbrachten, daß sie die Berge so lackfarben, die rauhen Älpler so bieder treuherzig sahen wie Pfisterer; sie selber hatte Romane Pfisterers mit Vergnügen gelesen. Daß er Einfluß hatte, war gewiß, er war an allen deutschen Höfen wohlgelitten, bestimmt konnte er ihr helfen. Sie sah ihn also gerne neben sich. Begann von dem Fall Krüger zu sprechen. Setzte ihm auseinander, sacht, überall dämpfend, daß hier Willkür war. Er schüttelte verständnislos den rotblonden, großen Kopf. Er war ein Anhänger des Bestehenden, bedauerte aufs tiefste die Revolution. Man war Gott sei Dank wieder auf dem rechten Weg, seine Bayern hatten eigentlich bereits zurückgefunden. Etwas guten Willen, und alles löste sich auf einfache Art. Was sie ihm da erzählte von einem betrüblichen Justizirrtum, das könne er, sie möge ihm nicht böse sein, nicht ohne weiteres glauben. Er war freundlich, teilnehmend, schüttelte nachdenklich den bebarteten, bezwickerten Kopf. Man dürfe nicht immer gleich den andern für einen Schurken halten. Mißverständnisse. Irrtümer. Er werde sich der Sache annehmen. Werde vor allem einmal mit dem Kronprinzen Maximilian den Fall durchsprechen, mit diesem prächtigen, großherzigen Menschen.

Herr Pfaundler erzählte, der Kronprinz werde im Winter einige Zeit nach Garmisch-Partenkirchen kommen. Alle Welt komme nach Garmisch; die Propaganda, die er für diesen Kurort gemacht habe, trage Früchte. Das Etablissement »Die Puderdose«, das er dort eröffnen werde, da fehle sich nichts; da hätten die Herren Künstler, der Herr Greiderer und der Künstler der Serie »Stierkampf«, sich selber übertroffen. Eleganz des achtzehnten Jahrhunderts und dabei gemütlich. Eine zünftige Sache, international, mondän. Die Kacheln aus den keramischen Werken des Herrn Hessreiter: einfach großartig. Auch die Insarowa werde dort zum erstenmal in Deutschland auftreten. Herr Pfaundler sprach schleppend, nicht laut, aber in den Mausaugen in seinem wulstigen Schädel hatte sich ein kleines, fanatisches Feuerchen entzündet, das seinen Worten viel Suggestionskraft gab. Er machte, als er ihren Namen nannte, eine kleine Verneigung gegen die Tänzerin, lässig, besitzerhaft frech, die bewirkte, daß sie plötzlich gar nicht mehr lebendig spitzbübisch, sondern schlaff und hohlwangig aussah. Ja, schloß Herr Pfaundler, Garmisch werde im Winter ein europäisches Zentrum sein.

Johanna überlegte, auch für ihre Zwecke wäre es wahrscheinlich von Vorteil, nach Garmisch zu gehen. Ein mondäner Winterkurort. Bisher war ihr so etwas sehr Wurst gewesen, eher schon zuwider. Sie beschaute ihre viereckigen, schlecht gepflegten Nägel. Menschen, die ihre Arbeit hatten, eine Existenz mit Sinn und Zweck, paßten da nicht hin. Übrigens kostet so was sicher furchtbar viel Geld, und durch dieses Arbeitsverbot wird sie ohnehin bald wirtschaftlich ins Gedränge kommen.

Man brach auf. Als sie im Gegensatz zu den anderen zu Fuß gehen wollte, bestand Herr Hessreiter darauf, sie zu begleiten. Stolz ging er neben ihr. Sie hatte Eindruck gemacht, ihre Sache gefördert. Er betrachtete das als persönlichen Erfolg. Der ganze Mann, schwer und schwebend, war eine einzige Zuversicht. Johanna strich skeptisch neun Zehntel von seinen Hoffnungen ab. Schritt aber, befriedigt auch von dem einen Zehntel, fröhlich neben ihm her; seine fleischige Gegenwart schien ihr kein schlechter Schutz.

Er sprach auf dem nicht kurzen Weg von allen möglichen abseitigen Dingen, kam schließlich, nach endlosem Herumdrücken, auf das saudumme Verbot ihrer beruflichen Tätigkeit. Meinte, das werde ihr auch ökonomisch zu schaffen machen; denn er stelle sich vor, wenn man es nicht nötig hätte, würde man doch lieber nicht jedem Hanswurst sein Geschmier analysieren. Johanna, an die scharfen, klaren Sätze Jacques Tüverlins denkend, das umständliche Ungefähr ihres Begleiters genießend, erwiderte nach einer Weile, ja, Bilder zu kaufen wie der Herr Hessreiter, dazu lange es ihr nicht. Dann, scheinbar unvermittelt, fügte sie hinzu, sie habe während der Reden des Herrn Pfaundler flüchtig an einen Winteraufenthalt in Garmisch gedacht. Stürmisch pflichtete Herr Hessreiter ihr bei. Garmisch, das sei eine ausgezeichnete Idee. Dort könne sie auf zwanglose Art mit aller Welt in Verbindung kommen, alle Welt sei dort umgänglich, gutgelaunt. Natürlich müsse sie nach Garmisch. Sie möge ihm ja rechtzeitig sagen, wann sie hingehe. Es wäre eine furchtbare Enttäuschung für ihn, wenn sie ihm nicht erlaubte, ihr dort behilflich zu sein. Sie dürfe sich auf ihn verlassen, er werde alles, was sie ihm anvertraue, bestens erledigen. Johanna, wie auch er sagte: *bestens erledigen*, spürte einen kleinen Ruck, wie sie einen kleinen Ruck gespürt hatte, als er im nötigen Augenblick anfing, von Geld zu reden. Er hielt, vor ihrer Tür, die feste Hand Johannas mit den viereckigen Nägeln in seiner fülligen, gutgepflegten, schaute ihr mit schleierigen Augen zutraulich, dringlich in das breite, unbefangene Gesicht.

Johanna, während sie sich schlafen legte, lächelte. Lächelnd dachte sie an die altmodische, angenehme Art des Großbürgers Paul Hessreiter, versuchte, seine weiten, rudernden Armbewegungen nachzumachen, beschloß endgültig, nach Garmisch zu gehen, schlief lächelnd ein.

8

Randbemerkungen zum Fall Krüger

Jacques Tüverlin diktierte seiner saubern, blitzblanken Sekretärin einen Essay zum Fall Krüger. »Der Mann Martin Krüger«, diktierte er, in einem weiten, einfarbigen Hausanzug schlenkerig auf und ab gehend, »der Mann Krüger ist der Regierung unbequem. Er hat Ansichten, die dem Wesen der Bevölkerung, der Methode der Verwaltung zuwider sind. Auch widersprechen seine Kunstanschauungen den üblichen Sitten und Gebräuchen, an denen der in seiner Grundschicht alpine, konservative Stamm, der die bayrische Hochebene bewohnt, festhält. Daß diese Sitten und Gebräuche nicht übereinstimmen mit denen des übrigen Europa, daß sie, basierend auf den Notwendigkeiten sehr früher Jahrhunderte, auf den Bedürfnissen kleiner Siedlungen oder einzelner Höfe, patriarchalisch, also unlogisch und störend sind, tut nichts zur Sache. Der Tatbestand, daß der Mann Krüger weite, rascherem Verkehr entsprechende

Anschauungen auf seinem Gebiet in die Tat umsetzte, während man ringsum enge, beschränkte Dinge pflegte, gibt der Regierung dieses engen Landes selbstverständlich das Recht, sich des Mannes mit den konträren Ansichten als eines Verbrechers zu entledigen.«

Der Lautsprecher des Rundfunks gellte einen Tanz, eine Freundin Jacques Tüverlins beschwerte sich am Telefon, daß er sie im Restaurant habe sitzenlassen; er hatte tatsächlich vergessen und schob alles auf die Sekretärin; doch die war unschuldig, denn er hatte ihr nichts mitgeteilt. Der Bote eines Verlags forderte dringend Korrekturfahnen ein. Er wich nicht aus dem Vorzimmer, er hatte Auftrag, nicht ohne die Korrekturen abzuziehen. Jacques Tüverlin liebte Lärm beim Arbeiten. Die Sekretärin wartete geduldig, er diktierte weiter.

»Eine bessere, sachlichere Justiz würde die wirklichen Gründe nennen, aus denen ein Mann gesellschaftsschädlich, also zu beseitigen ist. Der Mann hat Kunstwerke in eine Sammlung des Volks gehängt, die dem Volk unangenehm sind; er muß also beseitigt, auch zur Abschreckung anderer bestraft werden. Aber warum – und das belastet die bayrische Gerechtigkeitspflege – statt wegen der guten Bilder, die er aufgehängt hat, wegen eines Beischlafs, den er nicht vollzogen, und wegen eines Meineids, den er nicht geschworen hat? Warum erklärt nicht klar und eindeutig der Justizminister: ›Du bist ein Schädling, du bist uns unangenehm, du mußt weg, du mußt ausgerottet oder zumindest abgesondert werden!‹«

Ein Schneider kam zur Anprobe des neuen Smokings, der Bote des Verlags wartete, der Lautsprecher schrillte und quäkte, ein Sporthaus rief an, die neuen Schneeschuhe seien angekommen.

»Natürlich trifft den Mann Krüger«, diktierte Tüverlin weiter, während der Schneider mit Nadeln und Kreide an seinen breiten Schultern und schmalen Hüften herumhantierte, »eine viel größere Schuld als die bayrische Regierung. Er als gebildeter Mann mußte wissen, daß er freventlich handelte, wenn er für das Bayern dieser Jahre gute Kunst kaufte. Ferner mußte er wissen, daß, dem Ausspruch eines wahrhaft Weisen zufolge, ein kluger Mann schleunigst über die Grenze flieht, wenn man ihn beschuldigt, das Louvre in die Tasche gesteckt zu haben: wieviel schleuniger, wenn ein bayrisches Gericht ihn beschuldigt, vor mehreren Jahren einen Beischlaf vollzogen und dann abgestritten zu haben. Der Mann Krüger also soll nicht verteidigt werden. Wohl aber bleibt verwunderlich die komisch machiavellistische Methode der bayrischen Justizpflege. Zugegeben selbst, man konnte dem Manne Krüger nicht an, wenn man ihn wegen der wahren Gründe prozessierte: wäre es dann nicht angemessener, anständiger gewesen, ihn um solche Dinge zu verklagen, die in der Richtung des von ihm verübten Verbrechens lagen, also wegen eines Verstoßes gegen das Übliche? Wer aber wird im Ernst behaupten wollen, daß eine Frau zu beschlafen und es hinterher abzuschwören nicht landesüblich sei?«

Solche und ähnliche Grundlinien des zu schreibenden Essays legte der Schriftsteller Jacques Tüverlin fest, diktierend, auf und ab schlendernd, dem verzweifelten Schneider pantomimisch Weisungen gebend. Dann fertigte er den Boten ab, bestellte die Schneeschuhe, vereinbarte mit dem gekränkten Mädchen eine Zusammenkunft, schickte die Grundlinien des Essays an Johanna Krain.

Johanna wurde finster, als sie den Aufsatz las. Sie sagte sich nicht, daß der sachliche, klare Tüverlin, wäre ihm ähnliches zugestoßen wie dem Manne Krüger, die Hauptschuld in sich gesucht hätte. Sie begriff nicht, daß Tüverlin den Aufsatz geschrieben hatte, um seine komplizierte Anschauung zu klären, um sich vor ihr und vor sich selber zu salvieren. Der Essay war, fand sie, einfach eine zynische Verhöhnung ihres geraden, aufrichtig geführten Kampfes für eine gute Sache. Sie hatte sich für den andern Abend mit Tüverlin verabredet. Sie beschloß, nicht mit ihm zusammenzusein, ein für allemal mit ihm zu brechen. Das Hörrohr schon ausgehängt, um ihm dies mitzuteilen, beschloß sie anders: sich mit ihm auseinanderzusetzen.

Den Vormittag darauf hatte sie eine Unterredung mit Geyer. Sie berichtete ihm von dem Abend bei Frau von Radolny, von ihrem Vorhaben, nach Garmisch zu gehen. »Gut«, sagte Dr. Geyer, »das ist ganz gut. Gesellschaftliche Beziehungen, wie ich Ihnen sagte. Mit ihren eigenen Mitteln muß man an die

Leute heran, auflösen muß man sie. Sich mit ihnen herumbeißen, nützt nichts, weil sie die stärkeren Zähne haben.« Es schien Johanna, als beschränke sich der Anwalt auf allgemeine Maximen, als interessiere ihn die Sache Krüger nicht mehr recht. Er saß da, hatte die Augen unter der Brille geschlossen. Johanna klemmte die Oberlippe zwischen die Zähne, ärgerte sich. Tüverlin, der Anwalt: ernsthaft schienen sich für Krüger nur die Armen im Geiste zu interessieren. Da plötzlich sagte Geyer: »Der Reichsjustizminister Heinrodt wird im Winter zwei Wochen nach Garmisch fahren, zur Erholung. Wenn ich ihm schreibe, wird er für Sie zu sprechen sein.« Er suchte sie mit seinem alten, gesammelten Blick zu packen; aber sie ließ sich nicht bluffen, sein Blick glitt ab.

Den andern Abend aß sie mit Jacques Tüverlin in Pfaundlers Restaurant. Er wunderte sich, daß sie ihm den Essay verübelte. »Es ist selbstverständlich, daß ich Ihnen helfe«, erklärte er in seinem quäkenden, saloppen Ton. »Aber das schließt doch nicht aus, daß ich ausspreche, was ist. Es kann doch nur förderlich sein, wenn man klarsieht. Ich habe übrigens unlängst Gelegenheit gehabt, den Minister Klenk kennenzulernen. Ein ungewöhnlich sympathischer Mann.« – »Er vertritt die schlechteste Sache der Welt«, sagte mit weißen Lippen, den zornigen Blick auf ihm, Johanna. »Und?« fragte Jacques Tüverlin zurück. »Mancher gute Mann vertritt eine schlechte Sache.«

»Ich habe Ihre Aphorismen satt«, sagte Johanna und warf die Serviette auf den Tisch. Ihre stumpfe Nase zitterte. Was für dünne, lebendige Flügel eine stumpfe Nase haben konnte. Die ganze Frau gefiel Tüverlin ausnehmend. »Man greift in lauter Glassplitter«, fuhr sie fort, »wenn Sie reden. Sie sind schlechter als die bayrischen Gerichte.« Sie stand auf, ohne fertiggegessen zu haben. Jacques Tüverlin, gleichfalls aufstehend, fragte, wann er sie wiedersehen werde. »Ich fahre auf einige Wochen nach Garmisch«, sagte Johanna. »Das trifft sich ausgezeichnet«, sagte Jacques Tüverlin. »Ich hatte sowieso die Absicht, auch bald nach Garmisch zu gehen.« Er begleitete sie bis zum Ausgang des Restaurants, kehrte dann an seinen Tisch zurück, aß zu Ende.

9
Ein graubrauner Bräutigam

Über dem Arbeitstisch des Strafgefangenen Martin Krüger hing ein Wandkalender, darüber ein Kruzifix, eine schematische Fabriknachahmung gewisser mitteldeutscher Darstellungen des Gekreuzigten aus dem fünfzehnten Jahrhundert. Vor dem Tisch auf einem Hocker saß Martin Krüger den größten Teil des Tages, graugesichtig, mit Händen, die von dem ewigen Wegwaschen des Kleisters rissig geworden waren. Zugeschnittenes Papier, Kleistertopf, Pinsel, ein Falzholz, eine Schablone zum Umbrechen der Böden. Der Mann Krüger saß da vom Morgen bis zur Mittagspause, dann bis zur Stunde des Spaziergangs, dann bis zum Abend. Er strich Kleister auf, klebte Futter an, falzte das Ganze zur Hülse, kleisterte, klebte nochmals, brach den Boden um, kleisterte die Tüte fertig.

Sah er auf, so erblickte er in einer Höhe von zwei Metern über dem Steinfußboden das sehr kleine Fenster, dahinter fünf senkrechte, zwei waagerechte Stäbe. Unter dem Fenster auf einem Wandbrett einige Emailgefäße, Waschschüssel, Seifenbehälter, Krug, Becher. Ab und zu wohl stand er auf, schritt den kleinen Raum auf und ab, vier Meter Länge waren es, zwei Meter Breite. Zwei Eisenriegel und ein sehr festes Schloß sperrten die starke Eichentür. Die kahlen Wände waren mattgrün gestrichen, der obere Teil geweißt. Er kannte jeden kleinsten Pinselstrich der Tünche, die beiden Stellen, an denen Nägel wieder ausgezogen waren, und sehr genau die fünf Stellen, wo früherer Nageleinschlag übertüncht war. An der Seite des Wandbretts, auf kleinem, weiß überzogenem Pappkarton, las er: »Martin Krüger, Grundbuchnummer 2478, drei Jahre.« Auch das Datum des Strafbeginns stand da und des Strafendes und außerdem: »Meineid § 153.« Ein weißer Kübel für die Notdurft war da, und, wunderlicherweise, ein Thermometer. Zum Schreiben eine Schiefertafel und ein Griffel. Papier und Tinte blieb ihm vorläufig versagt.

Immer wieder durchblätterte er die vier Broschüren, die an durchlochten Ecken mit Bindfaden in einer Ecke aufgehängt waren. Ein Heftchen mit Alkohol- und Tuberkulose-Merkblättern, eines über die Hinterbliebenen- und Invalidenversicherung, ein während der Inflation doppelt seltsames Büchlein »Sparmerkblätter« und ein schwarz eingebundenes Heft »Vorschriften für Gefangene«.

Längst wußte er, was verboten war, er wußte, daß im zweiten Absatz der »Hausstrafen« eine Type ausgefallen war und daß ein großer, brauner Fleck war in dem eingeklebten Nachtrag über den »Progressiven Strafvollzug«. Jeden Buchstaben wußte er auswendig mit der Faserung des Papiers, auf dem er stand. Aber wieder und wieder las er die nüchternen Regeln für die Gefangenen. Verboten war es, aus dem Fenster zu schauen. Verständigung mit andern Gefangenen durch Sprechen, Schreiben oder Zeichengeben war verboten, verboten Tauschhandel, gegenseitiges Annehmen oder Geben von Geschenken. Verboten war es, die Aufseher anzusprechen, Singen, Pfeifen, sonstige Erzeugung von Lärm war verboten. Hausstrafen waren angedroht gegen jeden Verstoß: Kostabzug, Nachtlagerentzug, Arrest im Eisenkäfig, Dunkelarrest.

Im Anhang mitgeteilt waren die Ministerialverordnungen über den »Progressiven Strafvollzug«. Bei guter Führung konnten die Gefangenen nach einer gewissen Frist in Stufe II eingereiht werden. Auf Stufe II wurde ihnen das Halten einer Zeitung gestattet, sogar das Sprechen auf dem Hof während des Spaziergangs konnte zugestanden werden.

Besuche durfte Martin Krüger nur alle drei Monate empfangen. Es war eine besondere Vergünstigung, daß ihm der Besuch nichtverwandter Personen wie Johanna Krain und Kaspar Pröckl gestattet wurde, und er zählte gierig die Tage, bis er sie wiedersehen durfte. Fünfzehn Minuten durfte der Besuch bleiben, ein Gitter war zwischen ihm und dem Gefangenen.

Briefe durfte Martin Krüger auf Stufe I alle acht Wochen, auf Stufe II alle vier Wochen schreiben und erhalten. Alle Briefe wurden zensuriert. Unzulässige Mitteilungen zogen schwere Hausstrafen nach sich. In vielen Fällen wurde dem Gefangenen nur Name und Wohnort des Absenders mitgeteilt, der Brief selbst, ohne daß der Gefangene seinen Inhalt erfuhr, zu den Akten gelegt.

Einmal meldete sich Martin Krüger zum Rapport. Er stand auf dem Korridor, mit andern Gefangenen, in einer Doppelreihe. Ein Beamter tastete ihn ab, ob er ein Instrument, Schlag- oder Stichwaffe bei sich trage. Er trat in das Zimmer des Direktors, nannte vorschriftsmäßig seinen Namen und seine Nummer. »Was wollen Sie?« fragte der Direktor, ein kleiner, beweglicher Mann, bezwickert, mit einem vertrockneten, vielschnuppernden Gesicht und einem stichelhaarigen Schnurrbärtchen. Er hieß Förtsch, war Oberregierungsrat, Gehaltsklasse XII, und in einem Alter, daß er nur mehr ganz wenige Jahre für seine Karriere vor sich hatte. Im Lauf dieser wenigen Jahre mußte sich entscheiden, ob er es noch zu etwas bringen wird. Er träumte davon, Ministerialrat zu werden, in die höchste Besoldungsgruppe, die Gruppe XIII, aufzurücken und dann vielleicht mit dem Titel eines Ministerialdirektors pensioniert zu werden. Von dem Gehalt eines Ministerialdirektors, einem *Einzelgehalt*, hinausgehend über alle Besoldungsgruppen, wagte er schon nicht mehr zu träumen. Zu bleiben aber, was er war, Oberregierungsrat zu bleiben, bedeutete ihm ein Ende, ruhmlos, in Versauerung. Sein Leben war nicht lebenswert gewesen, blieb er Oberregierungsrat. Er ersehnte also Karriere, wartete gieriger mit jedem Tag, schielte nach einer Gelegenheit, sich hervorzutun, immer auf der Lauer. Sein Mund war in unablässiger Bewegung, die einzelnen Härchen ringsherum zitterten und zuckten mit, was dem ganzen Mann etwas Kaninchenhaftes gab.

»Was wollen Sie?« fragte er also; er war neugierig, mißtrauisch, zur Abwehr geneigt, diesem Burschen Nummer 2478, diesem famosen Krüger gegenüber besonders. Martin Krüger wollte, daß man ihm gestatte, sich Bücher kommen zu lassen. »Die Bücher der Anstaltsbibliothek genügen Ihnen wohl nicht?« fragte der Direktor. Der Mund mit den Stichelhärchen zuckte, die aus der kleinen Nase herausgewachsenen Härchen zuckten belustigt mit. Der Direktor war schlau. Seine *Pensionäre* wandten viele Schliche und Listen an, das war natürlich, aber er war immer noch einen Grad listiger. Er glaubte nicht an den Wissensdurst seines Strafgefangenen. Die Sendung von Büchern war oft dazu benutzt worden, verbotene Mitteilungen ein- oder hinauszuschmuggeln. Man mußte die Bücher genau durchprüfen, ob nicht in den Einband oder zwischen zwei zusammengeklebte Seiten ein Kassiber hineinpraktiziert worden war. Das machte viel Arbeit. »Haben Sie sonst noch Wünsche?« fragte er; er liebte es, sarkastische, joviale Witze mit seinen *Pensionären* zu machen. »Mehrere«, erwiderte Martin Krüger. »Sagen Sie einmal, mein Junge«, fragte der Oberregierungsrat gemütlich, »haben Sie schon einmal darüber nachgedacht, ob Sie hier als Strafgefangener oder als Privatgelehrter eingestellt sind?« Es grenze an Zynismus, meinte er, wenn ein Gefangener schon auf Stufe I zu einer solchen Bitte sich erdreiste. Er müsse sich überlegen, ob er nicht eine solche Frechheit werde bestrafen müssen. Ob sich der Herr Dr. Krüger klargemacht habe, daß dann Bewährungsfrist für den Rest seines Pensums ein für allemal ausgeschlossen sei?

Höflich korrigierend, trotz der mehrmaligen Rüge provokatorisch lächelnd, erwiderte Martin Krüger: »Ich rechne nicht auf Bewährungsfrist, mein Herr, ich rechne auf Freispruch und Wiederherstellung.«

Auf diese unverständlich frechen Worte, besonders auf dieses *mein Herr* hin wußte der Kaninchenmäulige nichts zu sagen. »Ab!« kommandierte er und schluckte. Der massige, schlappe, graubraune Rücken des Mannes Krüger schob sich langsam hinaus.

Merkwürdig war, daß Nummer 2478 nach diesem Vorfall nicht bestraft wurde, ja, nach dem Kontrollbesuch eines höheren Beamten rückte Martin Krüger in Stufe II auf. Es schienen Einflüsse da, die den Strafvollzug in diesem Fall zu mildern suchten, wenngleich sie von rauheren Strömungen immer wieder gekreuzt wurden. Man wollte gehört haben, daß dem Justizminister an einem strengen Strafvollzug wenig gelegen sei, um so mehr dem freilich hierfür nicht zuständigen Kultusminister Dr. Flaucher. Aufmerksam spähte Zuchthausdirektor Förtsch nach solchen Winken, um sich den Herren im Kabinett gefällig zu erweisen, wie ein Hund während der Mahlzeit seines Herrn nach seinen Speisen und Bewegungen äugt, ob für ihn etwas abfällt.

Auf Stufe II wurde dem Manne Krüger gestattet, sich beim

täglichen Spaziergang mit einem Mitgefangenen zu unterhalten. Auch wurden ihm jetzt ziemlich oft Briefe ausgehändigt oder zumindest, mit Weglassung der für ungeeignet befundenen Stellen, bekanntgegeben. Der Oberregierungsrat Förtsch las ihm dann die Briefe vor, mit seiner staubigen Stimme, mit billig ironischem Tonfall, häufig stockend, da die Weglassungen oft mitten im Satz begannen. Einmal las er ihm einen Brief des Ingenieurs Kaspar Pröckl. Der junge Kaspar Pröckl schrieb: »Lieber Doktor Krüger, in meiner freien Zeit arbeite ich an dem Manuskript ›Kunst und Technik‹. Von dem Material, das Sie geschafft haben, kann ich viel verwenden. Halten Sie sich aufrecht. Sie haben noch viel unter Dach zu bringen. Ich glaube, Sie werden an meiner Arbeit Freude haben. Sowie es erlaubt ist, schicke ich Ihnen das Manuskript.« Da werde sich der Herr noch etwas gedulden müssen, warf der vorlesende Direktor gemütlich ein. »Dem ›Josef‹ bin ich auf der Spur.« Damit schloß der Direktor; denn das Weitere rieche zu sehr nach vereinbartem Rotwelsch, und dumm machen lasse er sich nicht. Martin Krüger bedankte sich mit seinem stillen, höflichen, den stichelhaarigen Direktor bis in die Nieren ärgernden Lächeln für die Vorlesung und verließ das Arbeitszimmer weniger schlaff als sonst.

Es war ihm jetzt aus der Anstaltsbibliothek ein Band aus »Brehms Tierleben« zugewiesen worden. Er versenkte sich leidenschaftlich in diesen Band. Er las das Buch dreimal durch, genau, vom ersten bis zum letzten Wort, las von den Zügen der Lemminge, von der Kampflust und der Herdengründung der Wildesel, von der Einfalt der Elefanten. Als er das Buch abliefern sollte, bat er, man möge es ihm nicht nehmen, so dringend, daß man es ihm eine weitere Woche beließ. Am Tage, an dem er den Brief Kaspar Pröckls erhielt, las er von den Murmeltieren, von der Ausmusterung und Tötung der alten und kranken Tiere, die die Herde der Gesunden vornimmt, bevor sie ihren Winterbau beziehen. Er las, wie sie ihren Körper rüsten mit Fett und ihren Bau mit Erde, Steinen, Lehm, Gras und Heu, und wie sie dann die Frostzeit über liegen in todähnlicher Erstarrung, regungslos, kalt, dreißigmal weniger Kohlensäure ausatmend als im Sommer und also auch dreißigmal mehr Sauerstoff sparend, wartend in kluger Selbstnarkose auf die Zeit der Wärme.

In dieser Nacht träumte der Mann Krüger, er sitze faulenzend nach schwerer und geglückter Arbeit in einem der hübschen Ledersessel seiner Bibliothek, schmökernd in einem leichten Moderoman. Da läutete das Telefon, und eine Stimme sagte zu ihm: »Nicht wahr, Sie sind doch der, der sich für das biblische Gemälde eines gewissen Landholzer interessiert?« Es war eine grobe, rustikale Stimme, die ihn das fragte, in geschraubtem Schriftdeutsch und im Ton eines predigenden bayrischen Landpfarrers. »Ja«, sagte der Mann Krüger eifrig, »gewiß, dafür interessiere ich mich brennend.« – »Da könnte ich ...«, erwiderte die Stimme, aber da wurde die Verbindung getrennt. Sofort läutete Martin Krüger beim Amt an, von wo aus man ihn angerufen habe. Aber da wurde er grob angelassen, wenn er sich noch einmal eine so zynische Frechheit erlaube, werde er eine schwere Hausstrafe bekommen. Gleich darauf wurde er von neuem angerufen, die gleiche Stimme war im Apparat, sie sagte das nämliche, wurde an der nämlichen Stelle unterbrochen. Der Mann Krüger wagte nicht beim Amt anzufragen; denn er sagte sich, er habe ja keinen Fahrschein, und er suchte ängstlich in allen Taschen nach dem Fahrschein, aber er fand ihn nicht. Eigentlich, sagte er sich, sei es seine Pflicht, sich trotzdem beim Amt zu erkundigen; aber er wagte es nicht. Er wurde noch ein drittes Mal angeläutet. Und an der gleichen Stelle unterbrochen.

Wenige Tage später wurde er wieder zum Rapport geholt. Das Gesicht des kleinen Direktors zerknitterte sich in tausend sarkastische Fältchen, die Haare um den Mund und auch die aus der Nase zuckten Ironie, als er sich anschickte, ihm den Brief zu verlesen. »Ich gratuliere Ihnen, Nummer 2478«, sagte er zur Einleitung. »Sie bekommen einen Antrag.« Gegen die Gewohnheit dann teilte er ihm nicht zuvor den Absender mit, sondern begann sogleich zu lesen. »Lieber Martin, ich halte es für angebracht, unser altes Projekt zur Ausführung zu bringen und unsere Beziehungen durch eine Eheschließung zu legitimieren. Juristische Berater informieren mich, daß dem auch unter den gegenwärtigen Umständen nichts im Wege steht.« Der Kaninchenbärtige konnte nicht umhin, vor »gegenwärtigen Umständen« eine kleine, spaßhafte Pause einzulegen. »Ich werde die nötigen vorbereitenden Schritte bestens erledigen.« Der Strafgefangene, dem sein gewohntes provokatorisches Lächeln schon bei Beginn der Vorlesung abhanden gekommen war, zuckte bei diesem letzten Wort auffallend zusammen. »Bei unserer nächsten Zusammenkunft hoffe ich, Dir Abschließendes mitteilen zu können.« – »Die Unterschrift brauche ich Ihnen wohl nicht vorzulesen, Nummer 2478«, fügte der Direktor schalkhaft hinzu. »Im übrigen hat die Dame recht. Wir haben schon mehrere Eheschließungen unter diesen Umständen gehabt. Ich gratuliere Ihnen. Es ist auch ein Paket für Sie eingelaufen. Da Sie jetzt Bräutigam sind, will ich es Ihnen trotz gewisser Bedenken, die mit Ihrer Führung zusammenhängen, aushändigen lassen.«

Der Mann Krüger zitterte stark und riß sich die Worte saftlos aus der Kehle. »Ich danke«, sagte er. Und: »Könnte ich den Brief einmal sehen?« – »Wenn Sie glauben, ich habe ihn gefälscht«, sagte ironisch der Direktor. »Da«, sagte er und warf ihm den Brief hin. Er war mit der Schreibmaschine geschrieben, er sah kaufmännisch aus, unpersönlich, verrenkt und schwunglos wie der Stil, in dem Johanna Krain zu ihm sprach.

Die folgenden Tage waren nicht gut für Martin Krüger. In seiner nackten Zelle stand bunt seine frühere Zeit. Mit festen Beinen, hell, kräftig, mit breitem, kühnem Gesicht Johanna Krain, dann südliche, starkfarbige Landschaft, dann die großen, weißen Bogen seines Manuskriptpapiers, sich bedeckend mit raschen Schriftzeichen, davon aufsteigend der leicht giftige Hauch glänzender, nicht ganz ehrlicher Arbeit. Dies stand beunruhigend in seiner Zelle, nicht mehr da waren »Josef und seine Brüder«. Das farbige Genebel verwirrte seinen Schlaf, machte seine Hände zittern, während er kleisterte.

Am nächsten Termin, zu dem er schreiben durfte, ging ein Brief von ihm zu Johanna Krain. Er danke ihr, er wolle es sich überlegen, es sei bestimmt nicht gut für sie, und für ihn wahrscheinlich auch nicht. Ein Krampfbruder, dachte der Direktor, während er zensurierend den Brief überlas. Vielleicht ist auch alles mit ihr abgekartet, dachte er. Aber mich werden sie nicht hereinlegen.

10

Ein Brief im Schnee

Johanna lag im Schnee, ausruhend, angenehm gedankenlos, in schweren, niedrigen Stiefeln, nach der Mode der Zeit männerartig vermummt in den langen Hosen des Skianzugs. Nur wenige Minuten wollte sie rasten. Sie schnallte die Schneeschuhe nicht ab; im Winkel zu dem dunkelblau gekleideten Körper standen die Hölzer.

Sie war jetzt acht Tage in Garmisch. Herr Pfaundler hatte recht gehabt, dieser Ort war heuer ein Treffpunkt von Großkopfigen aus aller Welt. Aber von den Leuten aus dem Kreise der Frau von Radolny, von denen sie sich besonders viel versprach, war noch niemand da. Es kümmerte sie wenig, daß sie warten mußte. Sie war von Kind auf viel in den Bergen gewesen, hatte Freude am Skilaufen.

In der Tasche ihres Anzugs spürte sie etwas knittern. Ein Brief, ihr eingehändigt, unmittelbar bevor sie in den Zug hinauf zum Hocheck stieg. Sie hatte den Brief, der den Stempel von Odelsberg trug, der Poststation des Zuchthauses, ungelesen eingesteckt. Es war merkwürdig, daß sie die ganze Zeit nicht an den Brief gedacht hatte.

Aber jetzt will sie ihn lesen. Das Geschrei dort drüben stört sie. Das sind Anfänger, die üben mit einem Skilehrer. Sie wird zu Tal fahren, vor diesen. Unterwegs, wenige Minuten weiter unten, hat sie Ruhe.

Sie glitt hinein in das weite Gelände. Ein Stück Wald kam, man konnte ihn umfahren. Sie klemmte die Oberlippe ein, wählte den Weg durch das kürzere, schwierigere Terrain. Mühsam zwischen Bäumen arbeitete sie sich durch, plagte sich ab. Als der Wald durchkreuzt war, warf sie sich mit den Skiern in den Schnee: jetzt hatte sie das schönste Stück des Weges vor sich, lange, weich fallende Bahn. Entspannt, mit einem etwas leeren Lächeln, lag sie, ruhte, atmete, in glücklicher Müdigkeit. Riß sich zusammen. Jetzt wird sie den Brief lesen. Er mußte die Antwort sein auf ihren Vorschlag, zu heiraten.

Sie griff in die Tasche, konnte das Papier nicht greifen. Zog den Handschuh ab, packte nochmals zu. Das Schreiben war nicht da, sie hatte es verloren. Es war nicht angenehm, daß jetzt Martin Krügers Brief irgendwo im Schnee lag. Sicherlich hat sie ihn im Wald verloren. Sie muß ihn suchen. Es war Aussicht, ihn auf ihrer Spur zu finden. Freilich, der Nachmittag ist vorgerückt, die Sonne steht ganz unten, in kurzer Zeit wird es stark nebeln. Martin Krüger darf nicht oft schreiben. Es ist ein Ereignis für ihn, wenn er schreiben darf.

Aus dem Wald arbeitete sich etwas heraus. Ein Mann, schwer, doch nicht unelegant, milchkaffeefarben vermummt. Er kam näher, schaute sie an, aus schleierigen Augen, vergnügt, zog den dicken, wollenen, mit Schnee behängten Handschuh ab, streckte ihr die Hand hin, sagte: »Guten Tag.«

Ja, Paul Hessreiter war also doch früher gekommen, als er vorgehabt hatte. Es war wahrscheinlich leichtsinnig von ihm, seine keramische Fabrik im Stich zu lassen in diesen Zeiten der Geldaufblähung, wo man von Stunde zu Stunde darauf spannen mußte, wie Einkaufs- und Verkaufspreise sich änderten. Aber das war jetzt Wurst. Nachdem sie schon acht Tage hier war, wollte er nicht mehr Zeit verstreichen lassen. Er hatte im Hotel gehört, daß sie aufs Hocheck gefahren war, hatte hinauftelefoniert, war, als er sie nicht erreicht hatte, einfach heraufgefahren. War er nicht ein Mordskerl, daß er mit sicherer Nase den Weg durch den Wald genommen hatte?

Der kaffeebraun vermummte Mann war vergnügt wie ein kleiner Junge, schwatzte drauflos. Also, eine ganze Bande sei mit ihm im Zug gewesen, der Pfaundler, der Maler Greiderer, auch der Reindl, der Fünfte Evangelist. Ein fader Kerl übrigens, ein zuwiderer, fügte er etwas säuerlich hinzu. In einigen Tagen wird auch Frau von Radolny kommen. Ob sie den Justizminister Heinrodt schon gesprochen habe? Nun, das werde der Dr. Geyer schon managen. Sie müsse so bald wie möglich mit ihm in »Die Puderdose«, Pfaundlers neues Etablissement. In zwei, drei Tagen werde man hier aufgefressen vor lauter Bekannten. Es sei fein, daß man das ganze Stück da vor ihnen jetzt Schuß fahren könne. Er sei heuer erst ganze dreimal auf Schneebrettern gestanden. Man komme zu nichts, wegen dieser damischen Inflation. Der Dollar stehe heute 193,50. Übrigens habe es sich gelohnt, daß er ihrer Spur nachgefahren sei. Er habe etwas gefunden. Den einen Ski gekantet, höflich, mit schneebedecktem Handschuh, überreichte ihr der fleischige, vergnügte Mann den Brief aus Odelsberg.

Johanna nahm den Brief, dankte. Riß ihn auf. Las. Drei Furchen in der Stirn, mit finsteren, grauen Augen zerriß sie das Schreiben des Mannes Krüger. Die hundert Fetzchen flatterten, sahen schmutzig und störend aus in dem weiten, blanken Schnee.

»Fahren wir«, sagte Johanna.

Später, im Bad, den Druck der harten, heißen Kleider wegspülend, überlegte sie, was der Mann Krüger geschrieben hatte, Wendung um Wendung. Wie er sich zierte, wie er sich die Dinge aufnötigen ließ, nach denen er doch hungrig war. Sie hatte geglaubt, in der Zelle werde er das Getue lassen. Derweil schrieb er solche Briefe. Jetzt lag sein Brief im Schnee in hundert ekelhaften Fetzen.

Es war leicht, hier in dem bequemen Hotelzimmer in Garmisch einen Brief zu kritisieren, der in Odelsberg geschrieben war vor sechs eingemauerten Bäumen. Man selber pflegte sich, aß gut, genoß Schnee, Sonne, man konnte leicht Forderungen stellen an den Mann mit dem grauen Gesicht.

Sie saß im Bademantel vor dem Toilettentisch, an ihren Nägeln feilend, polierend. Man sah noch, daß sie wenig gepflegt gewesen waren, grob von Form, aber bald werden sie milchig schimmern und mondförmig sein.

Die Tante, während des Essens, berichtete Johanna mit starker Stimme von einem ausführlichen amerikanischen Zeitungsartikel zum Fall Krüger. Frau Franziska Ametsrieder war eine vernünftige Frau, sie stand fest auf ihren kurzen, resoluten Beinen in der Wirklichkeit. Freilich beschränkte sie ihre Anteilnahme an Johannas Kampf im wesentlichen auf kernige Maximen allgemein belehrenden Inhalts. Andernteils wirkte sie imponierend, wenn sie dastand mit ihrem feisten, festen Körper, ihren klaren, tapferen Augen und, den mächtigen Mannskopf mit den schwarzen, kurzgeschnittenen Haaren vorstoßend, einem Interviewer Informationen gab über den Fall Krüger und Johanna Krain, untermischt mit handfesten Sentenzen und kräftigen Charakterisierungen bayrischer Staatsmänner und Journalisten.

Jetzt also redete sie auf Johanna ein. In allgemeinen Wendungen sprach sie von der Neigung der Welt, moralische Zusammenhänge herzustellen, wo sie vielleicht nicht am Platze seien, zum Beispiel zwischen dem luxuriösen Leben im Garmischer Winter und dem Alltag eines Strafgefangenen in Odelsberg.

Johanna ließ sie gewähren, hörte ihr ziemlich höflich zu und ganz ohne Unmut. Sie sprach jetzt oft mit der Tante Ametsrieder, geduldig eingehend auf viele Details. Doch von ihren Vorbereitungen, Martin Krüger zu heiraten, sagte sie ihr kein Wort.

II

Die Puderdose

Direktor Pfaundler führte Herrn Hessreiter und Fräulein Krain durch »Die Puderdose«, demonstrierte ihnen stolz das Lokal: wie geschickt jedes Eckchen ausgenützt, wie listig überall versteckte Nischen ausgespart seien, Boxes, Logen; *lauschige Winkel* nannte er sie. Er hatte sich mit den Herren Künstlern, dem Greiderer und dem Künstler der Serie »Stierkampf«, nicht schlecht herumraufen müssen, bis sie ihm diese lauschigen Winkel nach Wunsch zurechtmachten. Auch wollten sie ihm lange nicht soviel Kachelbelag lassen, die Bazis, wie er brauchte. Alles sollte immer zierlich sein, zart, elegant, achtzehntes Jahrhundert. Schön, hatte Herr Pfaundler gesagt, selbstverständlich, Puderdose: aber die Hauptsache bleibt doch schließlich die Gemütlichkeit. Und was jetzt dastand, sagen Sie selbst, Herr Nachbar, konnten damit die Herren Künstler nicht ebenso zufrieden sein wie der Herr Unternehmer? Das war Puderdose, das war achtzehntes Jahrhundert *und* gemütlich. Nirgends war gespart, da fehlte sich nichts. Altväterisch zierlich ging es auf den blau und gelblichweißen Kacheln des Herrn Hessreiter her, behaglich luden, das Gemüt ansprechend, die lauschigen Winkel die Gäste. Da mußte auch dem steifen, internationalen Publikum das Herz aufgehen.

Es ging ihm auf. Jeder Platz war besetzt. Es war, als verbrächten sämtliche Besucher von Garmisch ihren Abend in der »Puderdose«.

Zur Zeit wurde ein sorglich zusammengestelltes Kabarettprogramm exekutiert, und Herr Pfaundler wies seinen Münchner Freunden einen guten Platz an, einen *besonders lauschigen Winkel*, von dem aus sie, selber nur von wenigen gesehen, alles sehen konnten. Johanna saß ziemlich schweigsam neben Herrn Hessreiter. Langsam führte sie ihre Augen über die geschmückten Menschen, die in mancherlei Zungen halblaut kleine, nichtige, gefällige Dinge schwatzten. Vor allem fesselte sie eine magere Dame mit nervösem Gesicht, olivfarben, geiernäsig. Sie kannte offenbar viele Leute im Saal, sie hatte für viele ein munteres Wort, oft war das Telefon ihres Tisches an ihrem Ohr, aber zu Johanna sah sie nicht herüber. Johanna hingegen hielt sie im Aug und sah, wie die Magere einmal, als sie sich nicht beobachtet glaubte, sich auf erschreckende Art verwandelte, sich entspannte, wie das lebhafte, kluge Gesicht plötzlich grau, schlaff, hoffnungslos müde aussah wie einer ausgeschöpften Greisin. Die Magere war Fancy De Lucca, erklärte Herr Pfaundler, die bekannte Tennisspielerin. Tennis war ein Ballspiel jener Zeit, mit Schlägern gespielt, sehr in Mode. Ja, Herr Hessreiter hatte das Gesicht sogleich erkannt, er hatte die De Lucca spielen sehen. Es war fabelhaft, erzählte er, dieser gestreckte, trainierte Körper im Sprung. Sie hatte das italienische Championat seit zwei Jahren. Aber viele warteten darauf, bis sie es wieder abtrat; lange wird sie ihre Meisterschaft nicht halten können.

Das Telefon auf Johannas Tisch klingelte. Der Maler Greiderer begrüßte sie. Sie hatte ihn nicht gesehen, er beschrieb ihr die Lage seines Tisches. Ja, da saß er, der Maler des »Crucifixus«; breit, lärmend saß er inmitten eines Haufens billig aussehender, junger Mädchen und trank ihr zu. Er schaute sonderbar aus im Smoking, sein vergnügter, derber Bauernschädel scheuerte sich an dem weißen Kragen, seine Hände kamen fremdartig aus den weißen Manschetten. Dann sprach er mit

Hessreiter durch den Apparat, Johanna sah seine listigen Augen zwinkern und die billigen Mädchen lachen. Nein, dem war sein später Erfolg nicht bekommen. Er verbummle zusehends, erklärte Hessreiter, inmitten seiner *Haserln*; so nannte der Maler Greiderer die billigen jungen Mädchen. Herr Pfaundler meinte, die Hofhaltung des Malers Greiderer und seiner Frau Mutter koste viel Geld. Der Herr Kunstmaler verstehe es, Preise zu machen; auch er, Pfaundler, habe ihm einen dicken Batzen Geld hinlegen müssen. Aber erstens sei Inflation und zweitens sei der Ruhm eines Malers eine Sache, auf die er, Pfaundler, keine Hypothek geben würde. Die Inflation werde nicht ewig dauern, meinte er dunkel.

Über Johannas Nase erschienen die drei senkrechten Furchen. Lebte sie nicht selbst über ihre Verhältnisse hier in Garmisch? Sie hatte, seitdem sie mehr als ihre knappe Notdurft verdiente, nie ängstlich gerechnet, doch auch niemals über mäßig bürgerliche Vorstellungen hinaus Geld vertan. Jetzt brauchte sie Geld, ohne groß zu zählen. Während man im übrigen Deutschland hungerte und verkam, saß man in Garmisch im Überfluß. Es waren zumeist Ausländer da, die infolge der Inflation hier für geringes Entgelt üppig leben konnten. Kein Mensch fragte nach den Preisen. Nur die Tante Ametsrieder schüttelte finster den mächtigen Mannskopf und sprach starke Worte vom bevorstehenden Untergang. Wenn Johanna auf dem Boden ihres Bankkontos angelangt ist, was dann soll sie machen? Hessreiter um Geld angehen? Sie besah Herrn Hessreiter, der still, mild, gutgelaunt neben ihr saß, leise mit den Armen den Rhythmus der Musik mitschlagend. Es war schwer, jemand schlankweg um Geld anzugehen; sie hat noch nie den Versuch gemacht.

Herr Hessreiter wandte ihr jetzt seine schleierigen Augen zu, machte sie aufmerksam auf den Mann, der sich auf der Bühne abarbeitete. Es war eine Art musikalischer Clown, er verzerrte bekannte Musik, gescheit, bösartig. Der Mann, kommentierte Pfaundler nicht ohne Hohn, hatte einst revolutionäre Musik gemacht. Sein Programm war die Autonomie des reproduktiven Künstlers gewesen. Verkündet hat er, daß für den wahren Künstler die Vorlage – in seinem Fall also das

Werk des Komponisten – Rohstoff sei, mit dem er schalten könne, wie sein Blut es von ihm verlange. Zunächst auch hatte er mit willkürlicher, aufreizender Interpretation klassischer Musik große Erfolge gehabt, wütenden Angriff, wütende Begeisterung. Dann allmählich hatte er das Publikum gelangweilt. Jetzt war der Revolutionär Kabarettmann geworden. Er tat gut daran, fand Herr Pfaundler.

Johanna, nicht sehr musikalisch, hörte zerstreut hin, wie der Mann auf der Bühne sich zerquälte. Sie glaubte ·wahrzunehmen, daß sie mehr beachtet werde als zu Beginn. Sie machte eine Bemerkung darüber zu Hessreiter. Der sagte ihr, er schaue schon lange dem Maler Greiderer zu, wie der von Tisch zu Tisch mit ihrer Naturgeschichte hausieren gehe. Immer mehr Augen suchten den halbversteckten Platz, wo sie saß.

Sie wurde am Tischtelefon verlangt. Eine Stimme im Apparat bat sie, hinüber zur Loge Fancy De Luccas zu schauen. Mit anmutiger Gebärde hob die olivfarbene Frau das Glas, ein starker, warmer Schein war über ihrem Gesicht. So trank sie, im Angesicht des zuschauenden Saals, der auf diese Geste viel mehr als auf die Bühne achtete, die dunkeln, wilden Augen unverwandt auf ihr, Johanna zu. Johanna errötete glücklich, ihre grauen Augen strahlten dankbar zurück zu der berühmten Italienerin, die sie, die Unbekannte, und ihre Sache so sichtbar auszeichnete.

Doch nun wurde der Saal dunkel, das erstemal während des Abends. Auftrat die Insarowa. Es war ihr erstes Auftreten vor einem Publikum mit Ansprüchen. Herrn Pfaundlers Gerede war natürlich nur Reklame gewesen. Er hatte sie als Chansonette eines dunkeln Lokals der Berliner Friedrichstadt aufgefischt: jetzt, leidenschaftlich gespannt, ob seine Nase bestätigt werde, beobachtete er, schnuppernd, mit gierigen Mausaugen ihre Wirkung. Ihr dünner, demütiger Körper glitt ziemlich kunstlos über die Bühne, ihre schiefen Augen streichelten hilflos, frech, zutraulich die Zuschauer. Es war still in dem sonst recht nonchalanten Saal, die Angelsachsen saßen aufrecht, aufmerksam, einer hatte die Pfeife stopfen wollen, unterließ es. Die Insarowa tanzte eine kleine Pantomime, schamlos und rührsam, wie es Johanna schien, wohl auch etwas dumm, sicher sehr banal. Sie tanzte zuerst unbekümmert vor sich hin, dann mit einer plötzlichen, dreisten Wendung dem Publikum zu, einer bestimmten Stelle im Publikum zu. Es war jetzt ganz dunkel auf der kleinen Bühne. Ein Scheinwerfer stach die Tänzerin aus dem Dunkel heraus, stach auch einen Sektor des Zuschauerraums heraus, den Sektor, gegen den hin die Tänzerin sich wandte. Eine kleine Unruhe war, man schaute nach diesem Sektor. Im Licht saß ein junger, süßlich aussehender Mensch, kein Schauspieler fraglos, einer von ihnen, aus dem Publikum einer. Ja, es war kein Zweifel, für ihn tanzte das schmächtige, aufreizende Geschöpf auf der Bühne, auf ihn richtete sie ihre feuchten, schiefen, gleitenden Augen, für ihn warf sie ihre demütigen Glieder. Die Unruhe nahm zu, der junge Süßling saß vollkommen unbewegt, trank seinen Drink. Merkte er nicht, daß aus dem Dunkeln viele Augen neidisch interessiert auf ihn schauten? Droben die Schmächtige wurde erfaßt von einer immer leidenschaftlicheren Demut, ihre Wangen wurden hohler und kindlicher, ihr Tanz, mit saugender, nackter, unzüchtiger Bitte, ging nur zu dem Unbewegten. Schließlich schlägt sie ohnmächtig hin. Kleine Schreie von Frauen, Männer erheben sich halb, die Musik bricht ab. Doch die Gardine schließt sich nicht. Nach wenigen Augenblicken großer Unruhe steht lächelnd das Mädchen auf, tanzt in der rührsam schamlosen Art wie zu Beginn, legt feuchte, kleine Zähne bloß, sieht hübsch und kindlich aus, ihre schiefen Augen streicheln hilflos, frech und zutraulich die Zuschauer. Nach ein paar Takten ist sie zu Ende. Ein Schweigen zuerst, dann einige Pfiffe, dann wütender Applaus. Eine gewagte Angelegenheit, meint Herr Hessreiter. Herr Pfaundler schnauft befriedigt, verabschiedet sich, lächelnd. Er war stolz auf seine Nase. Mehr als Geldverlust kränkte ihn, wenn ihn, sehr selten einmal, seine beste Begabung, sein Witterungsvermögen, im Stich ließ. Heute, an der Insarowa, hat er seinen Riecher bewiesen.

Kaum ist er weg, fragt Herr Hessreiter unvermittelt Johanna: »Ist es richtig, daß Sie den Dr. Krüger heiraten werden?« Er schaut sie nicht an, dies fragend, seine schleierigen Augen sind irgendwo im Saal, seine gepflegten, fleischigen Hände spielen mit dem Glas. Johanna antwortet nicht, das Licht spiegelt sich in ihren glänzenden Nägeln, sie schaut mit undeutbarer Miene vor sich hin. Herr Hessreiter weiß nicht einmal, ob sie seine Frage gehört hat. Aber das stimmt nicht, natürlich weiß er, daß sie gehört hat. Weiß auch, daß ihn dieses große Mädchen näher angeht, als er möchte. Doch das will er nicht wahrhaben, er denkt nicht daran, dergleichen in sich aufkommen zu lassen. Lebemann, der er ist, denkt er vielmehr an ganz anderes, und er macht eine flotte, zynische Anmerkung zu Johanna über eines der nackten Mädchen, die sich jetzt auf Herrn Pfaundlers Bühne betätigen.

Johanna erklärt mit zugesperrter Miene, sie sei müde. Doch wie Herr Hessreiter, leicht verletzt, sie nach Hause bringen will, drängt Herr Pfaundler, sie müßten noch den Spielsaal und vor allem den *privaten Zirkel* im Betrieb sehen. Bittet, beschwört, bis endlich Johanna zermürbt nachgibt.

Herr Hessreiter fand im *privaten Zirkel* für sich und Johanna rasch gute Plätze. Setzte einen hohen Betrag. Verlor. Setzte bei nächster Gelegenheit wieder. Sagte, auf die Hände des Bankhalters schauend: »Also heiraten wollen Sie den Krüger. Eigentümlich.« Er spielte weiter, nachdenklich, melancholisch, waghalsig. Verlor stark. Forderte Johanna auf, sie möge sich an seiner Bank beteiligen. Johanna saß uninteressiert, sie verstand nicht. Sie dachte, das sei viel Geld, davon könne man in Garmisch viele Wochen leben. Auf einmal stand die Insarowa hinter ihr, begrüßte sie unmotiviert herzlich, riet stürmisch: ja natürlich müsse sie mit dem Herrn halten. Hessreiter warf einen großen Haufen Spielmarken auf seinen Satz, murmelte, das also sei für sie. Johanna, unaufmerksam, schaute von den angestrengten Gesichtern der Spieler auf die fleischigen Hände Hessreiters, auf das nervöse, sensible Profil der Insarowa, die sich neben sie beugte, das Spiel Hessreiters mit verzückten Schreien begleitend, kleine, feuchte Zähne bloßlegend.

Johanna achtete nicht auf das Spiel; sie hatte den Eindruck, daß Hessreiter stark verliere. Plötzlich fand er, jetzt sei es genug, das Spiel scheine sie zu langweilen. Er schob ihr einen großen Packen Geldscheine und Marken hin, erklärte, das sei ihr Anteil. Johanna sah auf, sehr überrascht; die Russin, gespannt, auffallend blaß, schaute von einem zum andern. Es war ein beträchtlicher Haufen Geldes, der vor Johanna lag. Auch wenn ihre berufliche Tätigkeit ihr Monate hindurch versperrt bleibt und der Aufenthalt in Garmisch noch so kostspielig wird, auf diese Art kommt sie nicht sobald auf den Boden ihres Kontos. Sie sah hinüber zu Hessreiter. Der stand krampfig unbeteiligt, einen Rest Geld noch in der Hand; sein Schläfenbart zuckte leise. Er gefiel Johanna sehr, er hatte eine gute Art, Geld zu geben.

Dann, durch die helle, eiskalte Nacht, begleitete er sie den kurzen Weg in ihr Hotel. Die Insarowa stand am Fenster des Spielsaals, schaute ihnen nach. Sie sah hohlwangig aus, müde. Neben ihr stand Herr Pfaundler, sprach auf sie ein. Seine kleinen Mausaugen aus dem wulstigen Schädel wandelten emsig ihren schmächtigen Leib auf und ab.

Ein Mann kam vom Hotel her, Hessreiter und Johanna entgegen. Unförmig, in dem dicken Pelz doppelt massig, ging er vor sich hin, allein durch die lichte Schneenacht, mit Schritten, die für seine schwere Gestalt krampfig lebhaft waren. »Der Fünfte Evangelist«, flüsterte Herr Hessreiter grimmig. »Der kocht hier eine Schweinerei aus mit einem von diesen Kohlenbazis von der Ruhr.« Johanna sah in dem blassen Licht über dunkelbraunem Pelz undeutlich ein fleischiges Gesicht, Oberlippe, dicken, schwarzen Schnurrbart, vorgewölbt. Herr Hessreiter machte eine unsichere Bewegung nach dem Hut, als wolle er den Mann grüßen. Aber der sah ihn nicht oder erkannte ihn nicht, und Herr Hessreiter unterließ den Gruß.

Schweigsam neben Johanna ging er den Rest des Weges zum Hotel. »Also den Krüger heiraten Sie«, sagte er schließlich. »Eigentümlich, eigentümlich.«

12

Tamerlans lebendige Mauer

Johanna Krain suchte in Begleitung des Rechtsanwalts Geyer den Justizminister Heinrodt auf, der für kurze Zeit zur Erholung in Garmisch war. Dr. Heinrodt wohnte in keinem der großen, luxuriösen Hotels, sondern in der preiswerten, einfachen

Pension »Alpenrose«, am Ende der Hauptstraße, die die beiden ineinander übergehenden Orte Garmisch und Partenkirchen durchzog.

Der Justizminister empfing seine Gäste in der kleinen Konditorei, die zu der Pension »Alpenrose« gehörte. Es war ein rauchiger Raum mit runden Marmortischen und Plüschbänken an den Wänden, durch einen großen Kachelofen überheizt. Die Mauern entlang liefen Ranken von Alpenrosen. Auf ihnen tanzten in steter Wiederholung Burschen mit grünen Hütchen, sich das Gesäß schlagend, den *Schuhplattler*, einen Stampftanz, um weitröckige Mädchen mit engen Miedern, sogenannte *Dirndl*. An den Marmortischen ringsum saßen Kleinbürger in zusammengestoppelter Winterkleidung, Schals, Lodenjoppen, Havelocks, fette Kuchen in Kaffee tunkend. Dr. Heinrodt war ein betulicher Herr mit Brille und mildem Vollbart; er hörte es gern, wenn man seine Ähnlichkeit mit dem angesehenen indischen Schriftsteller Tagore bestaunte. Er schaute den Kömmlingen lang und gütig ins Auge, half Johanna ihre Jacke abnehmen, klopfte Dr. Geyer freundschaftlich die Schulter. Dann saß man an einem der runden Tische in der Ecke auf der Plüschbank, Kaffee trinkend, halblaut sprechend, ringsum saßen andere Gäste, die, spannten sie nur das Ohr, hören konnten.

Johanna redete wenig, mehr der Anwalt Dr. Geyer, am meisten der Reichsjustizminister. Er zeigte sich als Mann von erstaunlicher Belesenheit, er hatte die meisten Schriften Dr. Krügers gelesen, er schätzte ihn sehr, bedauerte ihn unendlich. Gab zu, daß Martin Krüger mit großer Wahrscheinlichkeit unschuldig sei. Aber der Minister hatte einen weiten Gesichtskreis, er zog jeden Einzelfall ins Allgemeine, wo er sich rettungslos verflüchtigte. Johanna wurde müde, schlaff, gereizt bis zur Übelkeit durch diese tatenlose, alles verstehende Milde. Was sie aus den klugen, scharfsichtigen Deduktionen heraushörte, war dies: daß in vielen Fällen die Rechtssicherheit der Gerechtigkeit vorangehen müsse, daß Fälle denkbar seien, in denen einem Mann zu Recht unrecht geschehe, daß Macht, von Erfolg begleitet, Recht wirke, Summe: es sei oft wichtiger, daß ein Streit überhaupt als wie er beendet werde.

Der kleine Raum war überheizt; Menschen kamen, gingen; die Alpenrosen mit den grünbehuteten, weitrockigen Tänzerpaaren rankten sich die Wände entlang; Kaffeetassen klirrten. Der milde, weiße Bart des Justizministers hob, senkte sich, seine onkelhaften Augen beschauten wohlwollend Johannas bräunliches, breites Gesicht; verstanden und verziehen den rastlosen Märtyrer Geyer, den schweigsamen Unmut Johannas, die saumselige Bedienung der kleinen Konditorei, den ganzen, gutgelüfteten, luxuriösen Winterkurort inmitten des verelendeten Erdteils.

Der Anwalt und der Minister führten ein gescheites, dialektisch angeregtes Gespräch über rechtsphilosophische Dinge. Längst war nicht mehr von Martin Krüger die Rede. Vielmehr führten zwei freidenkende Juristen einer beliebigen Zuschauerin ein interessantes Turnier vor. Ein lähmendes Gefühl überkam Johanna vor dieser fatalen Einsicht des milden Greises, der mit der besten Absicht schlimme Richtersprüche in ein Meer wortreichen Verständnisses schwemmte, verkehrte, unmenschliche Urteile in die Watte seiner wohlwollenden Philosophie wickelnd.

Sie hatte sich viel von der Unterredung mit dem Justizminister versprochen, dessen Menschlichkeit weithin gerühmt wurde. Seine Anwesenheit hatte sie sich zum wichtigsten Vorwand genommen, nach Garmisch zu gehen. Jetzt saß sie in dem dürftigen, dumpfen Raum, der einen nach der frischen, starken Luft draußen faul und benommen machte, alles schien aussichtslos trüb, ein alter Mann tunkte Kuchen in Milchkaffee und redete, und ein jüngerer, nervöser, mit tausend anderen Dingen beschäftigter redete auch, und mittlerweile saß der Mann Krüger in der Zelle, die vier Meter lang und zwei Meter breit war, und seine beste Stunde im Tag war die zwischen den sechs eingemauerten Bäumen.

Johannas Rücken wurde rund. Warum saß sie mit diesen Männern? Warum saß sie hier in Garmisch? Alles war sinnlos. Sinn hatte es vielleicht, aufs Land zu gehen, Feldarbeit zu machen, ein Kind zu gebären. Der Minister wurde jetzt poetisch. Seine gleichmäßige, lehrsame Stimme verkündete: »Der Diktator Tamerlan ließ in die Mauer, mit der er sein Reich umgab, lebendige Menschen einmauern. Die Mauer des Rechts ist solche Menschenopfer wert.«

Jetzt aber fing der Anwalt Geyer an, den Minister ernstlich zu bedrängen. Er war in Form jetzt, seine scharfen, zupackenden blauen Augen ließen den Partner nicht los, seine Stimme, nicht laut, damit nicht die Umsitzenden aufmerksam würden, war dringlich und erzwang sich Glauben. Er sprach von den vielen Toten der Münchner Prozesse, von Erschossenen und Eingekerkerten, von manchen als Mörder Gerichteten, die keine Mörder waren, und vielen Mördern, die nicht als Mörder gerichtet wurden. Er ließ aufmarschieren die Zahlreichen, die, um irgendeines Verbrechens willen im Reich verfolgt, in München unbehelligt herumgingen, und die vielen, die um einer läppischen Kleinigkeit willen auf Jahre ins Zuchthaus geschickt oder getötet waren. Er vergaß nicht Nebenumstände. Nicht die Möbel, die der Frau eines um einer albernen Bagatelle willen Verurteilten gepfändet worden waren, weil sie die sehr hohen Gerichtskosten seines umständlichen Prozeßverfahrens nicht zahlen konnte, und die Kosten nicht der Exekution eines um Hochverrat Erschossenen, die man jetzt der Mutter des also Getöteten zum zweitenmal präsentierte, »binnen einer Woche zu zahlen zur Vermeidung der Zwangsvollstreckung«.

Johanna, schlaff vom Gerede des Alten und der Wärme des Raums, konnte der scharfen, hurtigen Aufzählung des Anwalts kaum folgen. Seltsam war, daß sie die Nebendinge stärker aufrüttelten als die großen Tatbestände. Schreckhaft war die Zahl der sinnlos Getöteten, mit gelbem Gesicht und durchlöcherter Brust hastig eingescharrt in einem nächtlichen Wald, ungesühnt, oder in einem Steinbruch in Haufen niedergeschossen wie bei einer Treibjagd, dann in ein Erdloch geworfen, Kalk darüber, ungesühnt. Schreckhaft waren die Toten, an einer Kasernenhofmauer liegend, nachdem man zehn gleichgültigen Flintenläufen als Zielscheibe gedient, schuldlos, doch im Namen des Rechts. Aber ekelhafter noch benahm den Atem die trockene Beamtenhand, die der Mutter die Rechnung vorlegte für die Kugeln, die die Erschießung des Sohnes gekostet hatte.

Der Minister, sosehr er die vorgebrachten Fälle mißbilligte, verstand auch sie. Während eine kleine Musikkapelle, Geige, Zither, Harmonika, ihre Weisen begann, ließ er auch diese Irrtümer und Fehlsprüche einmünden in das Meer allgemeiner Rechtserkenntnis. Autonomie des Richters mußte sein; denn ohne sie keine Rechtssicherheit. Soweit er, Heinrodt, immer mit Wahrung der Grundsätze, mildern konnte, tat er es.

Im Fall Krüger konnte er nichts unternehmen. Formal lag Anlaß zum Eingreifen nicht vor. Gestützt auf welchen Titel sollte er in das Bereich seines bayrischen Kollegen eingreifen? Johanna entriß sich endlich ihrer Benommenheit, bäumte hoch gegen die Reden des milden, menschlichen Greises, die jeden Aufschrei wie Sand zudeckten. Ob es denn also kein Mittel gebe, den Unschuldigen aus den Mauern von Odelsberg freizukriegen? Ob denn also jeder der Willkür eines jeden Justizbeamten ausgeliefert sei?

Hier sei ein gewisses Risiko, das die Gesellschaft bei Eingehung eines Gesellschaftsvertrages in Kauf nehmen müsse, erklärte der Minister, ihre Erregung und ihren ungebührlich heftigen Ton väterlich verstehend. Amtlich, wie gesagt, könne er in ihrem Fall nicht helfen. Er rate, sich an den Ökonomen Dr. Bichler zu wenden, einen einflußreichen Herrn, gescheit, unbekümmert um Prestigedinge, menschlich.

Man brachte dem Minister einen Haufen Zeitungen. Während er mild weitersprach, schielte er nach den Zeitungen. Die Kellnerin präsentierte die Rechnung. Der Anwalt Geyer verabschiedete sich umständlich, kollegial von dem Minister. Johanna spürte die Hand des Alten drucklos in der ihren. Sie hatte das Bedürfnis, nach dieser Unterredung allein in der frischen Schneeluft herumzugehen. Doch Dr. Geyer schloß sich an. Trotzdem es ihm sichtlich Schwierigkeiten machte, hinkte er neben ihr her, sprach auf sie ein, erklärte der Ungläubigen, Verdrießlichen, er habe einen günstigen Eindruck. Die hübsche, gutangezogene Frau und der hinkende Mann mit dem interessanten, zerarbeiteten Gesicht fielen auf.

Auch in der Halle ihres Hotels, in der sie dann Tee tranken, beachtete man den Anwalt. Allein er konnte nicht aufkommen, das spürte er, etwa gegen die eleganten, berufsmäßigen Eintänzer, die Herr Pfaundler für den Fünfuhrtee aufgebracht hatte.

Denn in jener Zeit hatte sich die Sitte verbreitet, daß bewegungslustigen Frauen an öffentlichen Stätten von Berufs wegen Tänzer zur Verfügung standen. Vier Herren waren es hier in der Halle von Johannas Hotel. Der eine, Wiener, blond, leicht fett, doch sehr beweglich, lächelnd; der zweite, hartes, gekantetes Gesicht, stramme, zusammengerissene Figur, Monokel, Norddeutscher; der dritte, schwarz, nicht groß, skeptisch sentimentale Augen, Rumäne; der vierte, hager, locker von Gliedern, gelassen, Norweger. Diese vier Herren also standen den Tänzerinnen zur Verfügung. Sie führten die heftigen Bewegungen der Negertänze jener Epoche kunstvoll und streng neutral aus, sie waren modisch und gepflegt von Haut, Haar, Nägeln und Anzug; die Dame in ihrem Arm machte gute Figur. Jeder Tanz wurde notiert und den Damen zu Tee und Kuchen auf die Rechnung gesetzt.

Dr. Geyer mühte sich, in den Augen Johannas den Glanz zurückzugewinnen, den er durch die nicht ertragreiche Unterredung mit dem Justizminister eingebüßt zu haben glaubte. Erst gab er praktische Weisungen, wie man eine allenfallsige Zusammenkunft mit dem Dr. Bichler, dem mächtigen Maulwurf von Niederbayern, zustande bringen könnte. Zu fassen war der höchstens, wenn er auf Reisen war. Das aber war er nicht selten. Denn der Blinde liebte es, große Politik zu machen, er wühlte seine Gänge nach Paris und Rom.

Und jetzt war der Anwalt Dr. Geyer da, wo er seine besten Fähigkeiten ins Licht stellen konnte. Während die Eintänzer elegant und unbeteiligt ihre Glieder verrenkten, entwickelte er Johanna die Struktur der bayrischen Politik in der Art des von ihm geliebten römischen Geschichtsschreibers Tacitus, klar, mit leidenschaftlicher Logik. Bayern hat der von Hugo Preuß entworfenen Verfassung des Reichs zugestimmt, mit klugen Gründen. Zwar schimpfen, raunzen, rülpsen die Bayern gegen diese Verfassung, aber ihre paar heimlich herrschenden Köpfe wie eben der Ökonomierat Bichler wissen sehr genau, daß gerade sie die einzigen Profitmacher dieser Verfassung sind. Denn ihre Praxis hat die Verfassung so ausgedeutet, daß sie sich als zentrale Gewalt des zentralistischen Reichsbetriebs installiert haben. Sie stellen den Reichswehrminister. Sie legen mit Erfolg die Verfassung so aus, daß, was in Bayern geschieht, das Reich nichts angeht, was im Reich geschieht, der Zustimmung Bayerns bedarf. Sie frönen ihrer Lust zur Rauferei, indem sie ausländische Kommissionen verprügeln, und legen dann dem Reich die Kosten auf. Sie frönen ihrem Hang zu komödiantischen Äußerlichkeiten in Verhöhnung ausdrücklicher Verfassungsbestimmungen, indem sie einen Haufen alberner Titel über ihre Anhänger ausschütten. Sie frönen ihrer kindlich starrsinnigen Lust an Willkür und partikularistischer Machtentfaltung, indem sie die Reichsamnestien nicht durchführen und sich autonome »Volksgerichte« gegen alle der Regierung Mißliebigen schaffen. Sie treiben separate Außenpolitik, schließen Sonderverträge mit Rom, zwingen das Reich zuzustimmen. Sie errichten ihr bestes Werk, ihr Museum der Technik, mit Reichsmitteln, aber sie betonen, es sei eine bayrische Schöpfung, und schmücken den Bau an seinen Festtagen mit ihren bayrischen Fahnen, dem Reich seine Fahne verweigernd. Ihr Unitarismus besteht wirtschaftlich darin, daß sie sich vom Reich sehr viel höhere Zuschüsse zahlen lassen, als ihre Quote zu den Ausgaben des Reichs beträgt. Nicht ganz ohne Grund also fühlt sich der Mann, der diese Dinge erwirkt, der Maulwurf in Niederbayern, als Diktator seines Landes nicht nur, sondern des Reichs.

Dies legte der Anwalt Dr. Geyer Johanna auseinander, in hellen, großen Worten, entfaltete es, unbeirrt durch Nebendinge. Er saß gesammelt da, seine dickbebrillten Augen schauten konzentriert vor sich, seine dünnhäutigen Hände lagen still. Johanna hatte nicht viel Interesse an Fragen des Staats, aber sie wurde mitgerissen von der Angespanntheit des Anwalts, der seinen Stoff vor sie hinbreitete, sachlich und zugleich beteiligt, brennend in kaltem Feuer. Johanna fragte sich, warum der Mann, der es vermochte, sie, die Bayrin, ihren Staat mit seinen Augen sehen zu machen, seine große Kraft verströmte in die Nichtigkeiten des Tages statt in seine Wissenschaft und ihre Verkündigung. Sie sah den Anwalt Geyer und den Minister Heinrodt, beide tauglich, die Dinge, wie sie sind, zu sehen, nicht tauglich beide, aus ihren Gesichten Taten zu machen.

Herr Geyer war verstummt. Er löffelte in seinem Tee, schwitzte etwas, putzte die Brille, saß unglücklich da, manchmal einen Beliebigen mit seinen zupackenden Augen musternd. Die Eintänzer schoben, zerrten, schmissen in wilden, unbeteiligten Gebärden korrekt ihre Damen durch den Saal. Jemand kam durch die Halle an ihren Tisch heran. Ein junger Mensch, gut angezogen, sehr weiße Zähne in dem hagern, spöttischen, windigen Gesicht. Ein leiser Geruch von Heu und Leder verbreitete sich, sowie er näher kam, einmaliger Geruch eines sehr männlichen Parfüms. Dr. Geyer, den jungen Menschen bemerkend, zuckte zusammen, zwinkerte stark, flatterte mit den Händen. Der junge Mensch nickte ein freches, vertrauliches, leicht spöttisches Kopfnicken zu dem Anwalt hin, richtete seine hellen, dreisten Augen dringlich auf Johanna, verneigte sich vor ihr. Der Anwalt bezwang sich, hielt sich ruhig, schaute den Jungen nicht an, schaute nur Johanna an. Und sie, wirklich sie, Johanna Krain, für die er soviel Kunst und Verstand aufgeboten hatte, stand auf, mit dem Fremden zu tanzen, mit einem wildfremden, nach Heu und Leder duftenden, windigen, zweideutig aussehenden Herrn. Denn daß er Erich Bornhaak war, sein Sohn, konnte sie nicht wissen.

Erst als sie schon vom Tisch fortgegangen war, um sich von dem Jungen durch die Halle schieben, schmeißen, zerren zu lassen, brach die mühsam verhütete Panik in Dr. Geyer los. Was tut der Junge hier in Garmisch? War er Skitrainer? Schob er irgendwelche Inflationsgeschäfte? Gab er sich ab mit der Ausbeutung erlebnislüsterner Damen mit dicken Scheckbüchern? Er hatte ihn sehr lange nicht gesehen. Der Junge pflegte aufzutauchen, unregelmäßig, wieder zu verschwinden. Wenn der Tanz zu Ende war, wird er bestimmt an den Tisch zurückkommen. Dann könnte er ihn fragen. Oder doch dies, jenes, Allgemeines mit ihm sprechen. Er hat nur eine stumme Verneigung gemacht, Dr. Geyer hat seine Stimme nicht gehört. Wenn er an den Tisch zurückkommt, wird er vermutlich seine roten Lippen aufmachen, und Dr. Geyer wird seine Stimme hören. Sonst wieder kann es Jahre dauern.

Unsinn. Erledigt. Abgetan. Er wird noch mit dem Abendzug zurück nach München fahren. Aber soll er nicht Johanna Vorsicht anraten vor ihrem Tänzer? Unsinn. Ein Vorwand. Ist er der Vormund dieses resoluten Mädchens? Die weiß besser Bescheid als er selber. Er wartete Johannas Rückkehr nicht ab. Stand auf, mühsam, man sah, daß sein steifes Bein ihm noch viel Beschwer machte. Er wird mit dem Abendzug nach München fahren. Er ging durch die Halle, hinkend, stark mit den Augen zwinkernd, kaum mehr interessant. Verschwand im Aufzug.

Der junge Mensch, wie er, Johanna an ihren Tisch zurückbringend, den Anwalt nicht mehr sah, lächelte mit seinen sehr roten Lippen, erfahren, geringschätzig. Zögerte eine Weile, ob er sich zu Johanna setzen sollte. Betrachtete sie ungeniert mit seinen hellen, frechen Augen. Verneigte sich dann etwas salopp, meinte, groß sei der Ort ja nicht, man werde sich wohl wiedersehen. Entfernte sich, den merkwürdigen Duft von Heu und Leder in der Luft lassend.

Johanna saß dann eine Zeit allein an ihrem Tisch, leise erregt noch vom Tanz. Sie zerbröckelte ihren Kuchen, schaute vor sich hin in die Halle. Sah auf einem Gerank von Alpenrosen einen Stampftanz von Grünbehuteten, einige Gelbgesichtige dazwischen, Tote vermutlich, dahinter den Justizminister Heinrodt, mit vielen höflichen Verneigungen Hinterbliebenen eine Rechnung präsentierend.

13

Tod und Verklärung des Chauffeurs Ratzenberger

Das Restaurant »Zum Gaisgarten«, in dem der Chauffeur Ratzenberger mit etlichen Gleichgesinnten seinen Stammtisch »Da fehlt sich nichts« hatte, lag in einer Seitenstraße an der Peripherie der Innenstadt. An dem Stammtisch des Franz Xaver Ratzenberger hatten etwa ein Dutzend Männer teil, Monteure, Droschkenkutscher, ein Bäcker, auch der Besitzer einer kleinen Druckerei. Man trank reichlich Bier, aß kleingehackte, saure Lunge, Kalbsbraten, Kartoffelsalat, raunzte über die Dinge der Stadt, des Staates, die Großkopfigen, die Straßenbahn, die Fremden, die Revolution, die Geistlichkeit, die Monarchie, über Gott, Lenin und das Wetter. Diese Stammtischrunde war der Kern des Lokals; ohne sie hätte der Wirt sein fast siebzig Jahre altes Restaurant zusperren müssen.

Nun hatte der Druckereibesitzer Gschwendtner in letzter Zeit häufig zwei Brüder mitgebracht, den Boxer Alois Kutzner und dessen Bruder, den Monteur Rupert Kutzner. Alois, schwer, plump, dumpfig, Boxer alter Schule, hockte herum, die Arme aufgestützt, hörte zu, seufzte viel, knurrig, schnaufend, sprach wenig. Um so beredter zeigte sich Rupert Kutzner, der Monteur, zur Zeit stellungslos. Mit heller, manchmal leicht hysterischer Stimme deklamierte er; mühelos von langen, blassen Lippen flossen ihm die Worte; mit eindringlichen Gesten, wie er sie predigenden Landpfarrern abgesehen hatte, unterstützte er seine Rede. Man hörte ihm gerne zu, er hatte Gesichtspunkte, unter denen sich die Dinge des Staates und des Tages bequem bereden ließen. Schuld an allem Bösen war das Zinskapital, war Juda und Rom. Wie die Lungenbazillen die gesunde Lunge, so zerstören die international versippten Finanzjuden das deutsche Volk. Und alle Dinge werden gut und renken sich ein, sowie man nur die Parasiten ausschwefelt. Schwieg der Monteur Kutzner, so gaben die dünnen Lippen mit dem winzigen, dunkeln Schnurrbart und das pomadig gescheitelte Haar über dem fast hinterkopflosen Schädel dem Gesicht eine maskenhafte Leere. Tat aber der Mann den Mund auf, dann zappelte sein Antlitz in sonderbarer, hysterischer Beweglichkeit; die höckerige Nase sprang bedeutend auf und ab, und er entzündete Leben und Tatkraft in der Stammtischrunde.

Die Kunde von dem beredten Rupert Kutzner, der genial einfache Mittel gefunden hatte, das öffentliche Leben zu säubern und auf gesunde Beine zu stellen, verbreitete sich. Es kamen mehr Leute, seinen Reden aufmerksam und zustimmend zu lauschen; der Buchdruckereibesitzer machte eine kleine Zeitung auf, die den Ideen Kutzners gewidmet war. Gedruckt allerdings nahmen sich diese Ideen dürftig aus, immerhin diente die Zeitung, den Lesern den lebendigen Eindruck des auf seinen Worten überzeugt hinrudernden Mannes ins Gedächtnis zu drücken. Jedenfalls kamen immer mehr Leute in das Restaurant »Zum Gaisgarten«. Der Wirt, der Druckereibesitzer, der Boxer und zwei Chauffeure begründeten eine Partei, Die Wahrhaft Deutschen, unter Führung des Rupert Kutzner, der sich jetzt nicht mehr als Monteur, sondern als politischer Schriftsteller bezeichnete.

Franz Xaver Ratzenberger saß nach wie vor an seinem Platz am Stammtisch »Da fehlt sich nichts«. Er war erst nicht ganz einverstanden gewesen mit dem zunehmenden Betrieb in der Wirtschaft. Aber wie die meisten Bewohner der Hochebene voll Freude am Komödiantischen, an Hetze und Gaudium, fand er sich allmählich mit der Veränderung ab, schließlich gefiel sie ihm. Die einfachen, leicht faßlichen Ideen des Rupert Kutzner sagten ihm zu. Zudem glänzte Rupert Kutzner das Ansehen auf, das der Chauffeur Ratzenberger als Hauptzeuge in einem großen, politisch gefärbten Prozeß genoß. Er pflegte ihn als Märtyrer zu bezeichnen, da er sich durch seine Aussage den frechen Verdächtigungen der Gegner ausgesetzt habe.

Der Stammtisch »Da fehlt sich nichts« beteiligte sich also eifrig an den Debatten, die die Beredsamkeit des Rupert Kutzner entfesselte. Die Nüchternheit der marxistischen Ideen, soweit sie überhaupt davon gehört hatten, stieß diese Kleinbürger ab, das Programm Rupert Kutzners schmeichelte ihrem Bedürfnis nach Romantik. Überall sahen sie heimliche Bünde und Komplotte; wenn der Tarif der Autodroschken herabgesetzt wurde, erblickten sie in dieser Maßnahme die Hand der Freimaurer, der Juden, der Jesuiten.

So war es nicht verwunderlich, daß am Stammtisch »Da fehlt sich nichts« romantische Fragen lebhaft diskutiert wurden. Gab es detaillierte Anweisungen, durch deren Befolgung sich das Judentum der Herrschaft über die Welt bemächtigte? Lebte der König Ludwig der Zweite von Bayern noch, von dem herrschsüchtige Verwandte behaupteten, er habe sich geisteskrank in den Starnberger See gestürzt, was aber keineswegs erwiesen war? Hatten zusammen mit dem Papst die Juden den Weltkrieg angezettelt?

Diese Fragen wurden breit und immer wieder erörtert. Mannigfache Einzelheiten wurden vorgebracht, genaue Ziffern über das Vermögen der führenden jüdischen Hochfinanz. Die Basis dieser Ziffern waren nicht Erkenntnisse, wissenschaftliche Schlüsse, Einsichtnahme in die Bücher, die Steuerlisten oder dergleichen, sondern Gefühle. In der Seele des Chauffeurs Ratzenberger beispielsweise hatte sich die Idee jüdischer Finanzherrlichkeit grimmig zwickend festgebissen, als er einmal in einer illustrierten Zeitung die Abbildung des Grabdenkmals eines gewissen Rothschild gesehen hatte, eines bekannten jüdischen Finanzmannes. Das sehr fürstliche Grabmonument hatte ihm von dem luxuriösen, rauschenden Leben dieser Leute eine neiderfüllte Vision erweckt.

Denn mit Grabdenkmälern hatte sich Ratzenberger aus bestimmten persönlichen Gründen intensiv befaßt. Seine älteste Schwester nämlich, die als altes Mädchen gestorben war, hatte den größten Teil ihrer Erbschaft zur Errichtung eines stattlichen kupfernen Engels für ihr Grab bestimmt. Der verzweigten Familie Ratzenberger war es später nicht gut gegangen. Die noch lebenden fünf Geschwister Ratzenberger, ansässig mit *einer* Ausnahme in den Vorstädten Giesing und Haidhausen, hungerten während des Kriegs und der beginnenden Geldaufschwemmung erbärmlich; die Familie des einen Bruders, Ludwig Ratzenberger, wohnte ihrer sieben, Männer, Weiber, Kinder durcheinander, in *einem* Raum. Zwist war entstanden unter den Familien der Ratzenberger; man belauerte sich gegenseitig wegen des kupfernen Engels, dessen Erlös allen geholfen hätte. Denn es war ein mittelgroßer Engel, eigentlich ein sehr großer, er senkte trauernd einen umfangreichen Palmzweig, auch trug er ein weites, faltiges, viel Kupfer enthaltendes Gewand. Von Rechts wegen hätte er, als der Staat Not an Kupfer litt, Kanone werden sollen; aber sei es durch Zufall, sei es, wie die Geschwister annahmen, durch gewisse Beziehungen Franz Xavers zur Polizei, der Engel war der großen Metallablieferung entgangen. Die Besitzrechte an ihm waren fragwürdig. Nicht fragwürdig war, daß jemand, man hatte den jungen Ludwig, den Sohn des Franz Xaver, in Verdacht, den Versuch unternommen hatte, das Grabdenkmal fortzuschaffen, doch war er an der Schwere des Engels gescheitert. Lange hatten sich die Familien gegenseitig belauert, es war eine Art ständiger Wachdienst auf dem Friedhof gewesen. Ein materiell Denkender hatte den Vorschlag gemacht, den Engel für gemeinsame Rechnung zu verkaufen. Aber da das Mädchen, über deren Resten der Engel trauerte, eine wackere, seelengute Haut gewesen war, und vor allem da man sich über den Teilungsmodus nicht einigen konnte, unterblieb eine solche Regelung. Infolge dieser Streitigkeiten, an denen er sich heftig beteiligte und im Verlauf deren er einem seiner Brüder die im Prozeß Krüger erwähnte Kopfverletzung beigebracht hatte, interessierte sich Franz Xaver Ratzenberger lebhaft für Totendenkmäler, und das Mausoleum für jenen Rothschild hatte sich als ungeheures Symbol beneideter Machtfülle in seiner Seele festgesetzt.

Nun gab es in der Stadt München einzelne Juden, die den Namen Rothschild trugen. Der Chauffeur Ratzenberger, romantisch wie die meisten Bewohner der Hochebene, brachte diese Rothschilds in Verbindung mit dem stolzen Grabdenkmal. Insbesondere behauptete er, der Inhaber eines Hutgeschäftes Rothschild in der inneren Stadt sei ein mächtiges Mitglied jener Magnatenfamilie. Darauf hingewiesen, es sei unwahrscheinlich, daß ein sehr reicher Mann persönlich die Kunden seines Ladens bediene, ihren Schädeln Hüte anpassend, erklärte der Chauffeur Ratzenberger, während er kunstgerecht einen jungen Rettich in Scheiben schnitt, gerade das sei das Verdächtige und offenbare die hintertückische Schlauheit jener hundshäuternen Lumpenbagage. Die andern blieben skeptisch. Der Chauffeur Ratzenberger redete sich in Wut, legte Rettich, Salz und Messer beiseite, forderte auf, dem Sauhammel von einem Rothschild die Schaufenster einzuschlagen und ihn zu verhauen. Der Vorschlag wurde kühl aufgenommen, ja, der Bäcker, der der Tafelrunde angehörte, verteidigte den Huthändler Rothschild, dem er einige Jahre hindurch Semmeln geliefert hatte. Der sei ein ganz kommoder Mann; es sei äußerst unwahrscheinlich, daß der den Krieg gemacht habe. Der Chauffeur Ratzenberger geriet in eine stille Wut, kaute an dem dicken, blonden Schnauzbart, seine runden, blaßblauen Augen stierten den Bäcker hilflos und zornig an. Dann trank er. »Hin muß er werden«, sagte er, sich den Schaum vom Barte wischend, den Bäcker bösartig anschauend. Er wisse genau, sagte er, daß der Rothschild einem Geheimverband angehöre. Er habe einmal den Rothschild zusammen mit einem galizischen Rabbiner in seiner Droschke gefahren, und die Unterredung der beiden sei sehr deutlich gewesen. Dann trank er.

Diese offenbare Lüge brachte den Bäcker, einen sonst stillen Menschen, auf. Es war ein hagerer, trauriger Mann mit einem vielgebuchteten Birnenschädel über dem landesüblichen Kropf. Er trank. Dann sagte er still: »Hundsknochen, meineidiger, miserabliger.«

Der Chauffeur Ratzenberger, im Begriff, den Bierkrug niederzustellen, verlangsamte die Bewegung. Einen Augenblick hielt er den Mund auf, seine Wangen blieben rosig wie die eines Kindes, während er den Kopf hochhob. »Das sagst noch einmal«, sagte er.

Jetzt waren alle still. Denn sie wußten gut, worauf sich die Kennzeichnung des Chauffeurs Ratzenberger als eines meineidigen Hundsknochens bezog. Eines Abends nämlich, einige Monate nach dem Prozeß Krüger, und zwar am Feste Allerseelen, da man sich über die Beiträge der einzelnen Geschwister zu den Kosten der bunten Lämpchen und der Stoffblumen, mit denen an diesem Tag der kupferne Engel geschmückt war, nicht hatte einigen können, waren die Zwistigkeiten besonders heftig aufgeflammt. Einer der Brüder des Franz Xaver war im Restaurant »Zum Gaisgarten« erschienen, es hatte Geschrei und wüste Beschimpfungen gegeben, und im Verlauf dieser Auseinandersetzung hatte der Bruder erklärt, Franz Xaver sei ein gemeiner Lügner. Auch seine Aussage über den Mann Krüger sei falsch, das habe er ihm ausdrücklich gesagt und sich dessen gerühmt. Vier oder fünf Leute hatten diesem Streit beigewohnt. Darunter der Bäcker. Sie hatten die Bekundungen des Bruders sehr deutlich gehört. Der Bruder hatte sie in verschiedenen Variation wiederholt, bald verbissen drohend, bald schreiend, unmißverständlich, und Franz Xaver hatte sie eigentlich auch nicht bestritten. Er hatte nur erwidert: »Was bin ich? Ein Lügner bin ich?« Die vier oder fünf hatten nicht viel dazu geäußert, nur Bemerkungen allgemeiner Natur, wie, da solle man sich niederlegen, oder, da solle man herschauen.

Im übrigen hatten sie sich nur gegenseitig stumm betrachtet. Der Chauffeur Ratzenberger hatte seine Aussage zur Unterstützung der Ordnung getan und der sittlichen Weltanschauung: es gehörte sich nicht, darüber eine Meinung zu haben, diese Aussage mit ordinärem Maßstab zu messen. Immerhin hatten sich den Ohrenzeugen die Worte des Bruders Ratzenberger ins Gedächtnis gegraben; sie wußten genau, was jetzt der Bäcker meinte, als er den Märtyrer seiner unerschrockenen Zeugenschaft als einen meineidigen Hundsknochen bezeichnete.

Alle schauten also still und gespannt auf den hageren, traurigen Bäckermeister und auf den rosigen Chauffeur, der, nachdem er die Worte »Das sagst noch einmal« geäußert hatte, den Kopf vorgestreckt und hochgeschoben, wartete.

Der Bäcker seinesteils antwortete still, hartnäckig und traurig: »Jawohl sag ich das noch einmal: Hundsknochen, meineidiger, miserabliger.« Worauf der Chauffeur, alles sehr langsam, wie unter der Zeitlupe, aufstand und den Bierkrug hob, um ihn am Kopf des Widersachers zu zerschmettern. Allein der Widersacher hob gleichfalls seinen Krug und ließ ihn, auch er ohne Eile, doch mit Wucht und als erster auf den Gegner niederfallen.

Schnell jetzt und ungewohnt klar, während er zusammenbrach, erlebte der Chauffeur Ratzenberger sein ganzes bisheriges Dasein. Wie er plärrend, blutig und zerdreckt, mit andern kleinen Buben um farbige Steine spielend, sie beschiß. Wie er in der Schule nach ungenügenden Leistungen sich vor Prügeln dadurch bewahrte, daß er dem Herrn Lehrer sein Bier mit weniger Schaum holte als die andern. Wie er in schwarzem Anzug, steif, unbehaglich, rotznäsig, eine Kerze in der Hand, in die christliche Gemeinschaft aufgenommen wurde, dabei nach den Hirschgranteln schielend, die der Herr Pate an der Uhrkette trug. Wie er als Mechaniker wegen Unzuverlässigkeit, Faulheit, übler Nachrede eine Stelle um die andere verlor. Wie er das Verhältnis mit der Crescentia anfing, ihr ein Kind machte, seinem Söhnchen Ludwig den ersten Schluck Bier einflößte. Wie er ins Feld mußte, sich anfangs in der Etappe herumtrieb, in polnischen Schenken und Bordellen, mehrmals durch listig vertauschte Kommandos Kameraden in den Tod prellend, bis er schließlich doch verschüttet lag in einem zusammengetrommelten Schützengraben. Wie er im Lazarett herumhockte; vielleicht war das seine beste Zeit, mit dem Recht zu faulenzen; das Bier war dünn, aber reichlich, die Weiber willig. Wie er dann mit dem Geld seiner Braut sich die Autodroschke kaufte, Besitzer war, die Frau verprügelte, herumschrie. Wie er in fremden, feinen Wagen durch den nächtlichen Forstenrieder Park sauste, seinen Buben Ludwig neben sich, die Wildsäue der Königlichen Jagd aufstöbernd. Wie er sich an dem Herrenfahrer rächte, ihm den Gummireifen zerschnitt. Wie er aus dem Fährboot in die Isar sprang mit dem Ruf: »Adieu, schöne Gegend.« Wie er sich leidenschaftlich mit seinen Geschwistern um den kupfernen Engel herumraufte. Wie er die Sache mit dem Krüger drehte und dem Vaterland diesen großen Dienst erwies. Wie er im Restaurant »Zum Gaisgarten« hockte, am Stammtisch geachtet, ein fester Mann. Dies alles wiedererlebte der Chauffeur Ratzenberger jetzt, während die Knochen seines zerschmetterten Schädels ins Gehirn eindrangen. Es war schön, dies nochmals zu leben, es war ein gutes Leben, er hätte es gern noch ein drittes und viertes Mal gelebt. Aber es blieb ihm nichts übrig, als den schweren Oberkörper nach vorne sacken zu lassen, ein wenig zu gurgeln und zu sterben.

Die andern, als sie den Ratzenberger so zwischen Bier und bereitetem, doch nicht gegessenem Rettich liegen sahen, waren betreten. Der Bäcker freilich beschränkte sich auf die Worte: »Jetzt hat er's, der Hammel, der damische.« Die allgemeine Erbitterung richtete sich gegen den Huthändler Rothschild, der Anlaß gegeben hatte zu dem Tod des verdienten Chauffeurs.

Die Beerdigung des Ratzenberger wurde groß aufgemacht. Er war ein Mann, der, weil er ohne Furcht die Wahrheit bekannt hatte, von den Schlawinern und den Roten heftig verfolgt worden war. Aber er hatte unbeirrt seine Sache getan um ihrer selbst willen, war zur Wahrheit gestanden, ein echter deutscher Mann. Die Wahrhaft Deutschen hielten eine große offizielle Totenfeier ab mit einer zündenden Ansprache Rupert Kutzners. Stumm am Sarge, das hübsche, blonde Gesicht zugesperrt, hörte der junge Ludwig Ratzenberger die Reden zu Ehren seines Vaters. Jetzt hatten sie es also fertiggebracht, die Feinde, die hundshäuternen, Juda und Rom. Jetzt hatten sie seinen Vater hingemacht. Aber er, Ludwig, ist auch noch auf der Welt, er wird es ihnen zeigen. Auch ein Grabmal für den Ratzenberger gaben die Wahrhaft Deutschen in Auftrag, wie es sich der Verblichene imposanter nicht hätte wünschen können. Das Relief stellte auf einem rollenden Rad, Anspielung auf seinen Beruf, einen Mann dar, der eine Schwurhand ausgestreckt gegen den Himmel hielt, Anspielung auf seine mannhafte Tat.

Die Untersuchung gegen den Bäcker wurde schnell und flüchtig durchgeführt, der Fall lag ja klar. Es war ein Streit entstanden um den Juden Rothschild, der Bäcker hatte den Juden verteidigt, der Chauffeur, begreiflicherweise gereizt durch die Verfolgungen, die er hatte dulden müssen, war heftig geworden. Raufereien waren in bayrischen Wirtshäusern nicht selten, es war wirklich ein alltäglicher Fall. Der Bäcker war klug genug, die Vorgeschichte nicht weiter aufzurollen. Er sagte mit stillem, traurigem Gesicht: »Ja mein, wie das halt so geht«, hielt den ausgebuchteten Birnenschädel stier und nachdenklich vor sich. Wurde zu milder Strafe verurteilt.

Aber wenn auch in öffentlicher Sitzung kein Buchstab davon verlautete, ein Geraun von der eigentlichen, letzten Ursache von Ratzenbergers Untergang ging durch die Vorstädte Giesing und Haidhausen und kam trotz der Verklärung des Chauffeurs nicht zum Schweigen. Es drang auch zu der Witwe Crescentia Ratzenberger. Wüste Worte fielen zwischen ihr und dem jungen Ludwig, der die Herrschaft im Hause Ratzenberger energisch an sich gerissen hatte, das pfäffische Getue der Mutter sowieso nicht leiden konnte, das Andenken des Vaters in höchsten Ehren hielt. Heftig erklärte er, die Gerüchte über den Meineid seien giftige Ausstreuungen politischer Gegner. Sein wildes, autoritatives Geschrei machte die kümmerliche Mutter schließlich stumm. Aber sie wußte, was sie wußte. Auch ihr hatte der Verklärte mitgeteilt, was er seinem Bruder eröffnet hatte, und die Witwe Ratzenberger sah in seinem Tod

Strafe und Zeichen. Sie war fromm, liebte ihren seligen Mann, begnügte sich nicht, Messen für ihn lesen zu lassen. Es nagte an ihr, daß er vielleicht im Fegefeuer, vielleicht tiefer noch im Dreck saß. Sie hatte ihn einmal unter dem Eindruck eines Films gebeten, er möge öffentlich bekennen, was er gegen den Mann Krüger Unrechtes getan habe. Aber da hatte er ihr nur eine heruntergehaut. Jetzt war er tot, sie hatte ihm die Prügel längst verziehen und war ganz ausgefüllt von liebender Sorge um seine Seele. Sie fragte ihren Beichtvater um Rat. Der unangenehm berührte Herr verwies sie auf Messe und Gebet. Allein das genügte ihr nicht. Oft lag sie des Nachts schlaflos, grübelnd, wie sie dem Toten helfen könnte.

14
Einige historische Daten

Die Bevölkerung des Planeten zählte in jenen Jahren 1800 Millionen Menschen, darunter etwa 700 Millionen Weißhäutige. Die Kultur der Weißhäutigen wurde für besser gehalten als die der andern, Europa galt als der beste Teil der Erde; eine langsame Gewichtverschiebung fand statt hinüber nach Amerika, wo etwa ein Fünftel der weißen Menschen lebte.

Die Weißen hatten unter sich vielerlei Grenzen aufgerichtet, sehr willkürliche. Sie redeten verschiedene Sprachen; Gruppen von wenigen Millionen Menschen hatten ihr eigenes Idiom, das von den andern nicht verstanden wurde. Sie verstärkten künstlich die Differenzierung der Individuen und der Gruppen und bekriegten einander unter den verschiedensten Vorwänden. Zwar begann sich die Erkenntnis, daß es unangebracht ist, Menschen zu töten, unter ihnen zu verbreiten; doch war in vielen eine primitive Lust an der Tötung anderer. Man bekriegte sich beispielsweise aus nationalen Gründen, das heißt deshalb, weil man an verschiedenen Punkten der Erdoberfläche geboren war. Man schaltete den Gruppenaffekt ein, erklärte es für eine Tugend, Menschen, die außerhalb der eigenen von Behörden festgesetzten regionalen Grenzen geboren waren, für minderwertig zu halten und in gewissen von der Regierung bestimmten Zeiten auf sie zu schießen. Solche den Kindern von früh an gelehrte und ähnliche Tugenden faßte man zusammen unter dem Begriff *Patriotismus.* Andere Kriegsgründe der Weißen waren *soziologische.* In diesem Kampf spielten die Begriffe *Mehrwert, Ausbeutung, Klasse, Proletarier, Bourgeois* eine Rolle. Auch hier war die Abgrenzung willkürlich, es war für die Führer der Parteien nicht leicht, Eigenschaften festzulegen, deren Besitz ihren Träger zum Angehörigen oder Gegner ihrer Gruppe machte.

Die Lebensweise jener Epoche war nicht hygienisch. Man wohnte eng aneinandergepreßt in riesigen Häusern von Stein und Eisen, schlecht gelüftet, ohne viel Grünes, übel ineinander verfilzt. In Nordamerika wohnten 25,9 Prozent der Bevölkerung in Städten von mehr als 100000 Einwohnern, in Europa 13,7 Prozent, in Deutschland 26,5, in England 39,2 Prozent. Man atmete den Rauch getrockneter, langsam verglimmender Kräuter ein, Tabak genannt, sich und andern die Luft verderbend. Man aß in großen Quantitäten das Fleisch getöteter Tiere; der Genuß von Menschenfleisch hingegen war auch bei den Weißhäutigen abgekommen. Der Genuß von Alkohol war in Amerika untersagt; doch wurde dieses Verbot allgemein umgangen, so etwa, daß in der Christnacht eines dieser Jahre allein in der Stadt New York am Genuß von Ersatzalkohol 23 Menschen starben.

Es zählte damals Europa 463 Millionen Einwohner. 63 Millionen entfielen auf Deutschland, auf deutschsprechendes Land 72,7 auf Bayern. Millionenstädte deutscher Zunge gab es 4: Berlin, Wien, die sich bildende Ruhrstadt, Hamburg. In Bayern keine. Städte über 100000 Einwohner zählte Deutschland 46, Bayern 3. Es trafen auf je 1000 Einwohner in Deutschland 652,1 Protestanten, 330,6 Katholiken, 9,2 Juden. In Bayern saßen 2 Millionen Evangelische, 5 Millionen Katholiken, 55000 Juden.

Im Jahre des Prozesses Krüger starben in Deutschland 379920 Menschen, darunter 14352 durch Selbstmord. Es hatten also von je 100 Toten 4 Selbstmord verübt.

Von der Landwirtschaft lebten im Deutschland jener Jahre

14373000 Erwerbstätige mit ihrem Anhang, 25781000 von Handwerk und Industrie. Im Deutschen Reich lebten 41,4 Prozent der Erwerbstätigen von Industrie und Handwerk, von der Landwirtschaft 30,5 Prozent. In Bayern hingegen 43,8 Prozent von der Landwirtschaft, von der Industrie nur 33,7 Prozent. Über die Arbeitslöhne jener Jahre sinnvolle Daten zu geben, ist verwickelt, da infolge eines schlauen Manövers, der sogenannten *Inflation*, durch übergroße Ausgabe von Banknoten Wert und Kaufkraft des deutschen Geldes von Tag zu Tag zusammenschrumpfte, dergestalt, daß der weitaus größte Teil der Bevölkerung bei nominal immer wachsenden Löhnen ein Leben der Entbehrung und des Hungers führte. Von der Bevölkerung Deutschlands konnten ihrem Lebensstandard zufolge bei vorsichtiger Schätzung 64,2 Prozent dem sogenannten *Proletariat* zugerechnet werden. Doch bekannten sich dazu durch Stimmabgabe nur 43,6 Prozent. In Bayern 29,1 Prozent.

667884 deutsche Menschen waren bei Post und Eisenbahn beschäftigt, in Gast- und Schankwirtschaftsbetrieben 650897. Fischer gab es 24805, Ärzte 40150, Schriftsteller 8257, Hebammen 15043; in Berlin waren 13502 berufsmäßige Huren amtlich einregistriert.

Die deutschen Eisenbahnen beförderten in jenem Jahr 2381 Millionen Menschen. Die Gesamtzahl der Personenkraftwagen betrug 88000. Der Flugverkehr beförderte 21000 Menschen. Man begann in jener Zeit überall auf dem Planeten Wert zu legen auf technische Meisterschaft und auf gesteigerten, vervollkommneten Verkehr. Doch organisierte man den Verkehr nach den Bedürfnissen der Kriegerkaste und nach den Wünschen kapitalkräftiger Einzelinteressenten. Von den 11269 Flugzeugen, die auf dem Planeten vorhanden waren, dienten 874 dem Personenverkehr, 1126 der Schulung von Piloten, 9669 waren Kriegsflugzeuge.

Sehr angesehen waren Leibesübungen. Ihr Hauptziel war der Rekord. Man bemühte sich, jede Art körperlicher Fähigkeit zu spezialisieren. Am meisten interessierte das *Boxen*, wobei überzüchtet kräftige Männer nach gewissen Regeln aufeinander einschlugen. Beliebt waren auch sogenannte *Sechstagerennen*,

Veranstaltungen, wo einzelne Menschen sechs Tage hindurch auf ziemlich primitiven Maschinen, die durch die Kraft der Füße fortbewegt wurden, in einer Arena möglichst lange Strecken zurücklegten. Diese berufsmäßigen Sportler konnten ihr Faust- und Fußwerk nicht lange treiben. Die überzüchtete Kraft fraß sich selber auf, sie alterten und verendeten frühzeitig.

Die Bildung der Epoche orientierte sich im wesentlichen an den Idealen der Renaissance, das heißt an griechischer und lateinischer Literatur, humanistisch kommentiert. Von der Weisheit des Ostens, soweit sie in Büchern und Kunstwerken, in Geschichte und Lebensformen Ausdruck geworden war, wußten unter den Weißhäutigen fast nur einige hundert Forscher. Die offizielle Ethik der Nichtfarbigen basierte auf Anschauungen, die die Juden in ihren alten klassischen Büchern niedergelegt hatten; kommentiert beziehungsweise revidiert wurde diese Ethik nach den jeweiligen kriegerischen, wirtschaftlichen, nationalen Bedürfnissen der Regierungen. Der weitaus größte Teil des Lehrstoffs in den Schulen der Kinder war für das praktische Leben nicht verwendbar. Die Geschehnisse früherer Jahre wurden nach schwerverständlichen Prinzipien registriert, am Kanon von kriegerischen Ereignissen, von Geburts- und Regierungsdaten der Fürsten und ähnlichem; ökonomische Zusammenhänge wurden im Schulunterricht verheimlicht. In scharfem Gegensatz hierzu befaßte sich eine revolutionäre Mode damit, sämtliche Dinge der Erde nach soziologischen und wirtschaftlichen Begriffen zu katalogisieren, dergestalt, daß die Anhänger dieser Mode ihre gesamte Weltanschauung soziologisch beziehungsweise ökonomisch einstellten. Man versuchte auch, auf dem sechsten Teil der Erdoberfläche einen Staat nach der Doktrin der Soziologen K. Marx und W. I. Lenin zu organisieren, die sogenannte USSR, Union der Sowjetrepubliken, gemeinhin Rußland genannt.

Als ein wesentliches Mittel der Erkenntnis diente den helleren Köpfen der Epoche eine von dem Wiener Sigmund Freud gefundene listige Methode, die Seele des Menschen zu ergründen, die *Psychoanalyse.* Andere Begriffe, mittels deren man den Erscheinungen der Erde weltanschaulich beizukommen suchte, waren der der *Relativität*, die physikalische Basis dazu hatte ein deutscher Professor namens Einstein geliefert: der der *Rasse*, ein gefühlsmäßiger Begriff, nach schwankenden Gruppenaffekten abgewandelt; vor allem auch der der *Normierung* und *Typisierung*. Da sich die Anwendung dieses letzten Begriffs auf Wirtschaft und Industrie als nicht unfruchtbar erwiesen hatte, suchte man ihn auf überhaupt alle Gebiete praktischer Vernunft zu übertragen. Selbst mittels der Photographie suchte man diesen Begriff zu fundieren. Ein gewisser Francis Galton photographierte das *Zeitgesicht*. Er stellte zehn möglichst gleichartig orientierte Porträtphotographien von Zeitgenossen her in genau gleicher Größe, machte nach diesen Einzelaufnahmen ein neues Negativ, wodurch ein Durchschnittsbild entstand, das die charakteristischen Merkmale des Normaltyps zeigte. Der amerikanische Forscher Bodwitsch photographierte mit entsprechend abgekürzten Expositionen ganze Reihen von Bildnissen übereinander auf die gleiche Platte. Es verstärkten sich so die gemeinsamen Züge, die individuellen verschwanden. Es ergab sich mit dokumentarischer Treue das Porträt des normalisierten Menschen jener Epoche. Das so entstandene Durchschnittsantlitz war nach den Anschauungen der Epoche schöner als das Einzelgesicht.

Hatte man unter den Weißhäutigen vor kurzem noch alle Sexualempfindungen stark als seelisches Zentrum unterstrichen, so suchte man sie jetzt, Soziologisches, Wirtschaftliches, Politisches ganz in die Mitte stellend, an die Peripherie zu rücken. Die Gesetzgebung schützte und förderte die Monogamie, privilegierte und ächtete die Prostitution, erschwerte die Verhinderung der Empfängnis, verbot die Fruchtabtreibung, sah unverständliche Maßnahmen vor für den Unterhalt der unehelich Geborenen, bestrafte den Ehebruch. In der Praxis aber übten weite Teile der Bevölkerung unter stillschweigender Duldung der Regierungen Geburtenkontrolle, verhinderten die Empfängnis, trieben die unwillkommene Frucht ab. In der Praxis bestand auch überall unter den Weißen sexuelle Anarchie, Promiskuität. Nirgendwo klaffte Gesetz und Leben mehr auseinander als in diesem Bezirk. Alle Komödienschreiberei der Epoche zog ihren Stoff aus dem Gegensatz zwischen natürlichem

Trieb und allgemeiner Praxis auf der einen, Gesetzgebung und offizieller Moral auf der anderen Seite.

Die Lebensformen waren ungefüg und unsicher. Die Studienkommission eines amerikanischen Instituts für angewandte Psychologie fand unter je 1000 Menschen, klassenmäßig möglichst entsprechend zusammengesetzt, in China 4 Unhöfliche, in Skandinavien 88, in England 124, in Amerika 204, in Deutschland 412, in Bayern 632.

Was die Politik der Weißhäutigen anlangt, so bevorzugten die Länder mit einer geringen Analphabetenziffer demokratische Staatsformen, die Länder mit einer hohen Analphabetenziffer Diktaturen. In dem demokratisch verwalteten Deutschland waren die Anhänger des feudalen Autoritätsgedankens, die Rechtsparteien, den Anhängern eines mehr sozial betonten Staatsgefüges, den Linksparteien, ziffernmäßig um ein geringes überlegen. Die materiell Minderbemittelten waren zumeist in den Linksparteien, die geistig Minderbemittelten in den Rechtsparteien organisiert. Unter den Schriftstellern deutscher Zunge, die auch außerhalb ihrer Sprachgrenzen Namen hatten, waren 27 links-, 1 rechtsgerichtet. In den Reichstagswahlen entfielen im Kreis Oberbayern-Schwaben auf die Linksparteien 19,2 Prozent der abgegebenen Stimmen, in Berlin 61,7 Prozent. Abonnenten rechtsgerichteter Blätter waren von 100 Münchner Studenten 57, von 100 Münchner Offizieren 91, von 100 Hamburger Arbeitern 2, von 100 eingeschriebenen Berliner Huren 37. Abonnenten linksgerichteter Blätter von 100 Münchner Studenten 19, von 100 Münchner Offizieren 2, von 100 Hamburger Arbeitern 52, von 100 eingeschriebenen Berliner Huren 5.

Geborene Idioten und Kretins gab es in Deutschland 36461, davon in Bayern 11209. Die Ausgaben des Deutschen Reichs für Heereswesen betrugen 338 Millionen Goldmark, für Literatur 3000 Mark, für Bekämpfung der Geschlechtskrankheiten 189000 Mark.

Die Gerechtigkeitspflege im Deutschland jener Jahre hatte zum praktischen Leben wenig Beziehungen, gar keine zur Weltanschauung der Epoche. Sie basierte teils auf den Rechtsnormen, die vierzehnhundert Jahre früher, in dem Kodex der Römer, teils auf den moralischen Anschauungen, die zwei

Jahrtausende früher in den kanonischen Büchern der Juden niedergelegt waren. Abgesehen von den Reichsgesetzen waren noch 257432 Polizeiverordnungen in Geltung, stammend zum Teil aus dem sechzehnten Jahrhundert, deren Unkenntnis jeden auf deutschem Boden Befindlichen mit Strafe bedrohte.

Es amtierten in jenem Jahr im Deutschen Reich 9361 Richter, in Bayern 1427. Verurteilt wurden im Reich wegen Verletzung der Eidespflicht 1251 Personen, wegen Unzucht 3439, wegen gefährlicher Körperverletzung 24971, wegen Abtreibung 3677. Die prozentuale Beteiligung Bayerns an Roheitsverbrechen war die stärkste unter den deutschen Ländern. Was den Strafvollzug anlangt, so sorgte man mehr für die Seelen der Verurteilten als für ihre Leiber. An den 1732 Strafanstalten des Deutschen Reichs waren Priester in größerer Anzahl tätig als Ärzte; hauptamtlich angestellt waren 125 Geistliche, 36 Ärzte.

Alle Länder der Blaßfarbigen, am sorgfältigsten die Vereinigten Staaten Nordamerikas, führten Statistiken über diese und alle möglichen anderen Dinge und legten die Ergebnisse in umfänglichen Jahrbüchern nieder, ohne indes daraus praktische Folgerungen zu ziehen.

Solcher Art waren die weißhäutigen Menschen, die der Planet in jenen Jahren durch den Raum drehte und die zwei Fünftel seiner menschlichen Gesamtbevölkerung bildeten.

15

Der Komiker Hierl und sein Volk

Der große Minervasaal, ein volkstümliches Varieté in der Nähe des Hauptbahnhofs, war dicht gefüllt; denn der Komiker Balthasar Hierl, der heute nach längerer Pause zum erstenmal wieder auftrat, war populär. Die Zuhörer waren zumeist Kleinbürger, Leute aus dem Mittelstand, Dreiviertel-Liter-Rentner, *Drei-Quartl-Privatiers* wurden sie genannt, weil ihr Vermögen zu einem ganzen Liter Bier nicht reichte. Sie saßen in dem harten Licht des nüchternen, mit patriotischen und mythologischen Fresken geschmückten Saales, rauchten Zigarren oder

Pfeife, hörten in den Pausen einem großen Blechorchester zu. Während der Vorträge aßen sie. Der eine Abend mußte sie entschädigen für die Entbehrungen der ganzen Woche. Also aßen sie. Würste von vielerlei Art: weiße, hautlose; saftige, prall in der Haut steckende; braunrote, dünne, dicke. Wohl auch Kalbsbraten, kunstlos zubereitet. Nierenbraten, Gratbraten mit Kartoffelsalat. Gewaltige Knödel, bereitet aus Mehl und Leberfleisch. Mächtige, gesottene Kalbsfüße. Salzbrezeln. Rettiche. Von den Frauen tranken viele Kaffee, tunkten Nudeln hinein: Rohrnudeln, hoch, gebuchtet, den Rand gebläht, Dampfnudeln, Kirchweihnudeln, dick, schmalztriefend, Krapfen, fett- und zuckerschwitzend. Serviert das alles auf Geschirr aus den Süddeutschen Keramiken Ludwig Hessreiter & Sohn, zumeist mit dem beliebten, sehr blauen Enzian- und Edelweißmuster. Der Saal war voll von Rauch, gleichmäßigem, langsamem Geräusch, Dunst von Bier, Schweiß, Menschen. Alte Bürger saßen behaglich, Liebespaare hockten breit, selig. Höhere Beamte, andere Großkopfige waren zahlreich in die Masse der Kleinbürger hineingesprengt. Denn der Komiker Balthasar Hierl beschränkte sich eigensinnig auf volkstümliche Vergnügungsstätten.

Johanna Krain, mit Hessreiter und dem Anwalt Dr. Geyer an einem der mit roten, gewürfelten Decken verkleideten runden Tische, fühlte sich wohl. Garmisch war nicht die schlechteste Zeit gewesen, wahrscheinlich auch ihrer Sache ersprießlich. Aber es war gut jetzt, hier zu sitzen, ein derb zubereitetes Schnitzel vor sich, beengt von drei umfangreichen, schwatzenden, rauchenden, sich nährenden Bürgern, bevor man morgen früh nach dem Zuchthaus Odelsberg fuhr, um von Nachmittag um drei an für die Zukunft Frau Johanna Krüger zu heißen.

Es war nicht Schadenfreude gewesen, auch Erleichterung nicht, als sie von dem gemeinen Ende des Chauffeurs Ratzenberger in der Zeitung gelesen hatte. Eher hatte sie es als eine Mahnung aufgefaßt. Ihr Aufenthalt in Garmisch, selbst wenn er die Sache Martin Krügers gefördert haben sollte, der leere Betrieb des Winterkurorts, die wichtige Sportlerei, die Bedeutsamkeit, die man der Kleidung beilegte, die Hotels, die »Puderdose«, Herr Hessreiter, der junge, windige Erich Bornhaak, all das hatte sie mit zunehmender, nervöser Langeweile erfüllt. Sie hatte, nachdem sie den Bericht von dem Tod ihres Gegenzeugen Ratzenberger gelesen hatte, die Vorbereitungen zur Heirat mit dem Manne Krüger doppelt heftig betrieben, war schleunigst aufgebrochen, zur großen Verwunderung der Tante Ametsrieder. Paul Hessreiter, trotz ihres Widerstrebens, hatte es sich nicht nehmen lassen, sie zu begleiten. Jetzt saß sie hier, den Komiker Hierl zu hören. Den Abend unabgelenkt zu verwarten wäre zu öde gewesen. Morgen wird sie Martin Krüger heiraten.

Sie hatte in den zwei Tagen, die sie in München war, die Nachricht bekommen, das Verfahren gegen sie wegen Gaukelei sei eingestellt. Die Behörden hatten die Sache wohl nie sehr ernst genommen; allein Johanna schien dieser Rückzug der Obrigkeit von Bedeutung. Der Fall Krüger sah hier anders aus als in der fröhlichen Luft von Garmisch. Er war hier nicht mehr eine politisch spielerische Angelegenheit, noch weniger eine sportliche ihres Eigensinns. Vielmehr war da etwas wie eine Forderung, ein Druck, der auch im freisten Moment nicht ganz nachließ, etwas, das nagte und zwickte. Es war schade, daß Jacques Tüverlin nicht da war, heute wäre ihr seine scharfe, dünne Art recht gewesen.

Sie beschaute sich die Köpfe ringsum, dumpfe, gelassene Köpfe. Gutmütig im Grund. Man sollte meinen, man könnte ohne Mühe den unschuldigen Krüger von ihnen herauskriegen. Aber sie wußte besser um diese Menschen, sie war ja eines Stammes mit ihnen. Sie wußte, wie halsstarrig sie sein konnten; unversehens waren sie gereizt, niemand erkannte recht, wieso, und dann war gegen ihre trübe, viehische Querköpfigkeit nichts auszurichten.

Auf der Bühne erschien der Komiker Balthasar Hierl. Ein verschlissener Samtvorhang war da, rot und gold, überladen und sehr dreckig. Vor diesem Vorhang saßen einige Orchestermusiker, unter ihnen lang, dürr, traurig der Komiker. Auf billige Art geschminkt, die Gurkennase kläglich weiß, zwei feuerrote Clownflecken auf den Backen, klebte er wie eine Fliege auf einem armseligen Stuhl; die hageren Waden, aus viel zu weiten Stiefeln herausstelzend, hatte er kunstvoll um die Stuhlbeine gewickelt. Es galt eine Orchesterprobe. Der Komiker Hierl spielte zunächst Geige, aber da der Kollege an der Pauke fehlte, hat er es übernommen, auch dessen Part zu vertreten. Das war schwierig. Das ganze Leben war schwierig. Es kamen einem harmlosen, friedfertigen Menschen überall Tücken dazwischen, hundsgemeine Ablenkungen, mit denen man sich herumschlagen mußte. Da rutschte zum Beispiel dem Kapellmeister die Krawatte, darauf mußte man ihn doch aufmerksam machen. Das war schwierig so mitten im Spielen. Man konnte zwar schnell und eifrig mit dem Geigenbogen auf die Krawatte deuten, doch das verstand der Kapellmeister nicht. Man mußte also aussetzen. Da kam das ganze Orchester in Unordnung; man mußte von vorn anfangen. Da rutschte wieder die Krawatte. Überhaupt war es hoffnungslos, sich zu verständigen. Alle einfachsten Dinge gerieten sogleich ins Problematische. Das Sprachliche reichte nicht. Dazu sollte man zwei Instrumente spielen. Die Hände reichten nicht, die Füße reichten nicht, die Zunge reichte nicht. Es war eine schwierige Welt. Man konnte nur traurig und beschäftigt darin sitzen und wohl auch etwas eigensinnig und verstockt. Denn man hatte seine eigenen, richtigen Gedanken. Aber die andern begriffen sie nicht oder wollten nicht darauf eingehen. Zum Beispiel hat man an einen Radfahrer gedacht, und richtig saust da ein Radfahrer daher. Das war doch merkwürdig. Aber die andern wollten es nicht als merkwürdig gelten lassen. Ja, behaupteten sie, ja, mein Lieber, wenn man beispielsweise an ein Flugzeug gedacht hätte und es wäre just ein Flugzeug dahergekommen, das wäre schon eher merkwürdig gewesen. Es war aber doch, Herrschaftseiten!, kein Flugzeug gewesen, sondern ein Radfahrer. Dazu die Instrumente, die Pauke, die immer, wenn man gerade mit der Geige beschäftigt war, bedient sein wollte, der Mann auf der Bühne, der immer hämmern mußte und den man nicht ohne Ratschläge lassen konnte, die rutschende Krawatte des Kapellmeisters, die man nicht rutschen lassen konnte, die Gedanken, die man doch ans Außen bringen mußte, still, unentwegt, ohne Hoffnung auf Verständnis, verbissen. Das Problem mit dem Radfahrer, von dem man nicht loskam. Es war halt kein Flugzeug, es war ein Radfahrer. Jetzt aber ging es ganz wild auf, es kam die Ouvertüre zu »Dichter und Bauer«. Die ging furchtbar schnell, gleich war man aus dem Takt. Allein man war gewissenhaft, man steckte die weißgeschminkte, bebrillte Gurkennase in die Notenblätter, geriet in einen Strudel, mühte sich, zappelte, versank im Strudel. Die andern rasten über einen fort: man ließ nicht locker, man arbeitete für sein Geld, arbeitete für drei. Und es war halt kein Flugzeug, es war ein Radfahrer. Und die Krawatte rutschte auch schon wieder. Eine wilde Sache. Todernst, dürr, hoffnungslos, die Waden um die Stuhlbeine gewickelt, traurig, verstockt, emsig, gewissenhaft arbeitete man. Das Publikum schrie, brüllte, tobte vor Lachen, fiel von den Stühlen, japsend, sich an Bier und Speisen verschluckend.

Seltsam, wie vor der simplen Eindringlichkeit dieses Schauspielers Hierl die Zuschauer gleich wurden. Ihre Einzelsorgen, Einzelfreuden versanken. Nicht mehr dachte Johanna an den Mann Krüger, nicht mehr Herr Hessreiter an die kitschigen, langbärtigen Gnomen und die gigantischen Fliegenpilze seiner Fabrik, der Minister Klenk nicht mehr an gewisse in nächster Zeit vorzunehmende bedeutungsvolle Personalveränderungen, nicht mehr der Geheimrat Kahlenegger an die sich häufenden, erbitternden Angriffe auf seine Theorien über den Elefanten der zoologischen Sammlung. Wie die Köpfe mit gleichmäßiger Bewegung der Bewegung des Schauspielers auf der Bühne folgten, so reagierte mit gleichmäßiger Schadenfreude ihr Herz auf die erfolglose Bemühung des mürrischen Menschen auf der Bühne. Ja, untergingen alle andern vielfältigen Interessen der tausend Sinne des dichtgefüllten Saales in der *einen* schallenden Freude über das Mißgeschick des geschminkten, verdrießlich sich abarbeitenden Hanswursten.

Nur der Dr. Geyer behielt seine Kritik. Mißgelaunt, abschätzig saß er da, manchmal mit dem eleganten Krückstock, leise, klopfte er den Boden, rötete sich nervös, fand die ganze Geschichte ungeheuer albern, passend zu der Minderwertigkeit des Volksstamms, in dessen Mitte ein widerwärtiges Geschick ihn hatte geboren werden lassen. Seine scharfen Augen gingen hinter den dicken Brillengläsern von dem trüben, birnenschädeligen Mann auf der Bühne zu dem Minister Klenk, der wuchtig dasaß in seiner Lodenjoppe, Pfeife im Mund, aus breiter Brust Ströme von Gelächter holend. Dr. Geyers Augen und seine Gedanken kehrten nicht zurück zur Bühne, verweilten bei dem lachenden Mann im Zuschauerraum. Die Partei hatte dem Dr. Geyer ein Reichstagsmandat in Aussicht gestellt. Er war unbequem rührig, man wollte ihn forthaben. Auch lockte ihn die lebendige Stadt Berlin. Allein es war schwer, München zu verlassen, sich von dem Feind loszureißen, der behaglich im Triumph sich sielte.

Siehe! Er verhöhnte ihn. Grüßte, wagte es zu grüßen, hob das Glas, ihm zuzutrinken. Auch der uralte Geheimrat Kahlenegger mit blöden, stumpfen Augen folgte dem Beispiel des Ministers, trank, grüßte herüber.

Man hörte jetzt, drangvoll eng sitzend, die nächste Szene des Komikers. Das war die Darstellung eines Brandes und der amtierenden Feuerwehr. Die Männer von der Feuerwehr vergessen immer wieder, daß es brennt. Sie verlieren sich in Gespräche über Dinge, die ihnen wichtiger scheinen, Feststellung von Verwandtschaften, ob der Huber, den der eine meine, der, dessen Tochter jetzt Klavier spielen lernt, identisch sei mit dem Huber des andern. Auch der Besitzer des brennenden Hauses interessiert sich mehr für diese Dinge. Die Qualitäten einer Spritze werden umständlich erörtert und vorgeführt, während jenseits dieser trefflichen, nur eben infolge Demonstrierung nicht angewandten Spritze das brennende Haus zusammenstürzt. Der Saal schütterte vor Jubel und Gaudi, der Minister lachte sein riesiges Lachen, Hessreiter und Johanna freuten sich. Der Geheimrat Kahlenegger, auch er mit dem Minister an einem Tisch mit Bürgern, die ihm nicht weiter bekannt waren, zeigte in langen, druckreifen Sätzen die anthropologische Basis, auf welcher der Humor des Komikers beruhe. Er sprach von dem Schottermenschen, der von jeher das Schotterdreieck zwischen Schwabing und Sendling als natürliche Heimat gehabt habe, von dem Lehmmenschen in Ost und West, dem alpinen Menschen im Süden, dem Moormenschen im Norden, in Dachau. So wie es ein Münchner Lehmedaphon und eine Lehmflora gebe, so auch gebe es einen Münchner Lehmmenschen, bedingt durch seinen Boden, und der Ausdruck dieser Lehmmenschheit sei der Komiker Balthasar Hierl. Die Münchner Bürger hörten Kahleneggers Auseinandersetzungen gelassen zu, sie hielten sie für gelehrt und *spinnert* und beschränkten sich darauf, manchmal »Ja, ja, Herr Nachbar« zu äußern.

Die Kapelle spielte einen blechernen Schlußmarsch »Auf ins hintere Restaurant«. Herr Hessreiter brachte Johanna nach ihrer Wohnung in der Steinsdorfstraße, einsilbig. Er hatte bis zuletzt geglaubt, Johanna werde ihren Entschluß, den Mann Krüger zu heiraten, aufgeben. Er bildete sich nicht ein, ein großer Seelenkenner zu sein, aber sehr gut merkte er, daß hinter diesem Entschluß nicht innere Bindung an den Mann Krüger stand, sondern Trotz, ein *Nun gerade.* Es war ihm nicht gegeben, Johanna offen darüber zu sprechen. Er konnte seine Meinung nur in einem allgemeinen Mißmut ausdrücken, in einem Unbehagen, das sich auf sie übertrug. Seinen Vorschlag, sie nach Odelsberg im Wagen zu bringen, lehnte sie unzweideutig ab.

Es war ekelhaft, wie alle behutsam am Rand hinredeten, wenn es sich um ihre Beziehungen zu Martin Krüger handelte. Diese verdammte Diskretion. Es wäre gut, wenn statt des breiten, nebeligen, konzilianten Hessreiter der scharfe, saloppe Tüverlin neben ihr säße. Sie hatte ihn nicht mehr gesehen, seitdem sie damals, verärgert über seine zynischen Aphorismen, vom Tisch aufgestanden war. Er würde sich nicht zartfühlend über ihr Vorhaben ausschweigen. Kein Mensch hatte ein handfestes Argument gegen ihren Heiratsplan vorgebracht. Wenn dieser Hessreiter doch endlich etwas Handfestes sagen würde.

Aber Herr Hessreiter hockte neben ihr, schleierig, beschäftigt, machte mit seinem Elfenbeinstock eigentümlich rudernde Bewegungen, als rühre er in einem Brei. Gerade passierte der Wagen die Feldherrnhalle, und Herr Hessreiter warf, trotzdem sie in der Nacht nicht recht sichtbar waren, auf die dort aufgestellten Greuel einen haßerfüllten Blick. War es wegen seiner keramischen Fabrik, daß Johanna ihn nicht für voll nahm? Wegen des Kitsches, den er dort fabrizierte? Aber da gab es mancherlei Rechtfertigung. Er sammelte mit Verständnis gute

Kunst, duldete nichts von seiner eigenen Produktion in seinem Haus. Er und alle Welt war einverstanden mit seinem Leben. Sollte ein anderer das Geschäft machen? Johanna war ein vernünftiges Mädchen, sicherlich wird sie seinen Standpunkt begreifen. Er erwog in seinem Herzen, ob er ihr seine Fabrik zeigen solle, seine Arbeiter, seine Maschinen. Hat er Grund, sich zu schämen? Er hat auch Grund, stolz zu sein. Er wird ihr die langbärtigen Gnomen, die gigantischen Fliegenpilze nicht unterschlagen, ihr aber auch die Serie »Stiergefecht« vorführen. Er war der Mann, was er machte, zu vertreten. Den Entschluß gefaßt, strich er sich den Schläfenbart, wurde besserer Laune, gesprächig.

Unterdessen schminkte in seiner Garderobe der Komiker Balthasar Hierl sich ab. Mit Vaseline entfernte er das klägliche Weiß von seiner Nase, das giftige Rot von seinen Backen, mürrisch auf einem plumpen Holzschemel hockend. Leise dabei schimpfte er vor sich hin, das Bier sei nicht warm genug; denn er litt am Magen und durfte sein Bier nur gewärmt trinken. Seine Gefährtin, die den Feuerwehrhauptmann gespielt hatte, ein resolutes Frauenzimmer, noch in der Uniform des Feuerwehrmannes, redete beschwichtigend auf ihn ein; er war schwierig, immer erfüllt von Depressionen. Sie erklärte ihm, das Bier habe genau die vorgeschriebene Temperatur. Aber er murrte nur unzugänglich vor sich hin über die Weibsbilder, die damischen, die immer das letzte Wort haben müßten. Man hatte ihm natürlich gesagt, was für prominentes Publikum er heute gehabt hatte, und er, bei aller gespielten Verschlafenheit, hatte aufmerksam jede Wirkung beobachtet, wütend, wenn der winzigste Teil einer Pointe unter den Tisch fiel. Jetzt schimpfte er auf die Hammel, die sich an ihm ergötzt hatten. Er hatte nichts davon. Glaubte man etwa, daß ihm seine Späße Spaß machten? Einen Schmarren. Er war erfüllt von seiner Vaterstadt München; er sehnte sich nach einer Komödie, in der er sich, die Stadt München und die Welt hätte ausdrücken können. Aber das verstanden sie nicht, die Zwetschgenschädel, die blöden. Das ließen sie nicht zu.

Knurrig, mit gelangweiltem, hohlwangigem Kopf, ausgemergelt, in schlotterigen, langen Unterhosen stand er da, kläglich, trank, blinzelte seine Gefährtin an, schimpfte leise vor sich hin. Endlich, er war trotz guter Einnahmen geizig und scheute den Luxus einer Mietdroschke, ließ er sich von ihr zu einem Straßenbahnwagen ziehen. Auf der Plattform drängte er sich an sie, voll Angst vor der Berührung der fremden Leute.

16

Die Hochzeit von Odelsberg

Diesmal fuhr Johanna in der Eisenbahn nach der Strafanstalt Odelsberg. Es war eine mühevolle Fahrt. Zweimal mußte sie in Nebenstrecken umsteigen. Die Wagen der langsamen, überfüllten Züge waren abgebraucht, ungepflegt. Wie Herr Hessreiter hatte auch der Ingenieur Kaspar Pröckl ihr angeboten, sie im Auto hinzubringen; aber im Grunde war sie trotz der überaus umständlichen Eisenbahnfahrt froh, daß das Wetter die Benützung des Autos nicht erlaubte. Alles in allem war es ihr nicht unangenehm, daß die Zuchthausverwaltung den Kaspar Pröckl als Trauzeugen nicht genehmigt hatte. Sie war nicht in der Laune, mit dem anstrengenden, fanatischen, unmanierlichen Jungen zusammenzusein. So freilich war sie ungeschützt den Zudringlichkeiten einiger Journalisten preisgegeben, die, nachdem sie ihr keinerlei verwertbare Äußerungen ablocken konnten, sie durch freches Anstarren, lautes Kommentieren, Hantieren mit ihren Photographenapparaten verdrossen.

Endlich die kahle Zufahrtsstraße zu der Strafanstalt. Die flache, langweilige, wie ein ungedeckter Tisch hingebreitete Landschaft. Der nackte, öde Würfel des Zuchthauses, durchlöchert von den gleichmäßigen, winzigen Fenstern, die die Größe der Mauern mehr betonten als unterbrachen. Das kahle, riesige Tor, die Wache, die Stube, in der die Papiere geprüft wurden, die langen Korridore mit ihrem moderigen Geruch. Der Blick auf den Hof mit den sechs eingemauerten Bäumen.

Johanna wurde in das Zimmer des Direktors geführt. Das Kaninchengesicht des Oberregierungsrats Förtsch war wichtig, das Schnurrbärtchen hastete mit den rasch bewegten Lippen, die aus der Nase kommenden Härchen zuckten, die ganze Miene des Mannes war in geschäftiger Bewegung. Er hatte emsig nachgedacht, was wohl hinter der Heirat stecke, welche schlauen Motive hinter der ersten Weigerung und all dem Geziere, Krampf und Getue des Strafgefangenen Nummer 2478 verborgen sein könnten. Aber er hatte es nicht herausgekriegt. Irgendwo hier, das spürte Direktor Förtsch, mußte es eine Möglichkeit geben, einen Punkt für seine Karriere herauszuschinden. In jedem Fall roch diese Hochzeit nach Sensation; die hätte er gerne ausgenutzt. Er hatte beschlossen, sich leicht zu geben, jovial; auch ein paar witzige Wendungen hatte er vorbereitet, die vielleicht in die Presse kommen könnten.

»Da wären wir also soweit«, sagte er mit einem hurtigen, schadhafte Zähne bloßlegenden Lächeln zu Johanna. Ein dikker, verlegener Mann war noch da, in einem langen, schwarzen Rock, mit einer umfangreichen Uhrkette über dem Bauch, der Bürgermeister des nahe gelegenen Marktfleckens, der als Standesbeamter fungieren sollte, und der Lehrer, auch er unsicher, schwitzend, als Protokollführer. Die Journalisten, die mit Johanna gefahren waren, standen an den Wänden herum. Sie schaute mit Unwillen, den Kopf langsam drehend, von einem zum andern.

»Kann ich Krüger vorher sehen?« fragte sie sachlich. »Leider durchaus nicht angängig«, sagte der Direktor. »Wir haben ohnedies jede mögliche Konzession gemacht. In einem ähnlichen Fall wurde dem Gefangenen nach dem Trauakt eine halbe Stunde Sprechzeit zugebilligt, ich habe Ihnen eine Stunde genehmigt. Da werden Sie sich reichlich aussprechen können, denke ich.« Johanna erwiderte nichts, es war Stille in dem kleinen Raum. An den Wänden hing das Doktordiplom des Direktors, ein Bild, ihn als Offizier darstellend, ein Bild des Feldmarschalls Hindenburg. Mehrere Beamte des Zuchthauses waren da, sie hielten die Mützen in den Händen, schwiegen, voll Erwartung. Nach langem Hin und Her hatte man dem Krüger zugebilligt, daß der Strafgefangene Leonhard Renkmaier, den man ihm für die Spaziergänge zwischen den sechs Bäumen beigesellt hatte, als Trauzeuge fungieren könne. Als zweiter Trauzeuge war ein Gefangenenwärter bestimmt, ein Mann mit einem viereckigen, ruhigen, nicht harten Gesicht. Er ging zu Johanna hin, stellte sich vor, gab ihr zutraulich die Hand. »Ich meine, man sollte anfangen«, sagte der Bürgermeister und schaute, trotzdem eine große Wanduhr im Zimmer hing, auf seine klobige Taschenuhr. »Ja«, sagte der Direktor. »Führen Sie den«, er machte eine Pause, »*Bräutigam* herein.« Die Journalisten grinsten, mit einemmal hatten alle im Zimmer etwas zu reden. »Nur Mut«, sagte merkwürdigerweise der als Trauzeuge bestimmte Wärter zu Johanna, von den andern nicht gehört.

Als Martin Krüger und sein Trauzeuge Leonhard Renkmaier hereingeführt wurden, entstand Geräusper und Verlegenheit. Man hatte Martin Krüger erlaubt, bei diesem Anlaß die Zuchthauskleidung abzulegen. Er hatte einen grauen Sommeranzug getragen, als er in Odelsberg eingeliefert wurde; diesen Anzug trug er jetzt. Allein er war schlotterig geworden und sah befremdlich aus, jetzt im Winter, in den Mauern von Odelsberg, in dem eleganten Sommeranzug vom vergangenen Jahr. Der Trauzeuge Leonhard Renkmaier hingegen trug den graubraunen Rock des Zuchthäuslers. Mit vorquellenden, blassen Augen betrachtete er eilig die Versammlung, er machte hurtige Verbeugungen, war ungeheuer angeregt. Der redefreudige, geltungssüchtige Mensch witterte Sensation, sein Instinkt sagte ihm, daß die Herren an den Wänden Journalisten seien. Dies war ein großer Tag für ihn. Jede Bewegung, jeder Blick dieser wenigen Minuten war kostbares Gut, von dem der gesellige Mann lange, kahle Monate zehren mußte.

»Darf ich also bitten, Herr Bürgermeister«, sagte der Direktor. »Ja«, sagte der dicke Bürgermeister, zog etwas an seinem langen, schwarzen Rock. Der Lehrer wischte sich den Schweiß von der Oberlippe, breitete umständlich ein riesiges Buch aus. Der Bürgermeister fragte die Formel. Martin sah ringsum, sah alle an, den Direktor, die Wärter, den Leonhard Renkmaier, die Journalisten an den Wänden und, sehr aufmerksam, Johanna; er sah, daß ihr breites Gesicht tief von Sonne gebräunt war. Dann sagte er: »Ja.« Johanna sagte klar und deutlich: »Ja«, klemmte die Oberlippe ein. Der Lehrer bat höflich, man möge jetzt in sein großes Buch die Unterschriften vollziehen. »Bitte, nicht Ihren Mädchennamen«, sagte er zu Johanna, »sondern den Ihres Herrn Gemahls.« Die Journalisten feixten über den *Herrn Gemahl.* Mit flinken, schattenlosen Zügen schrieb elegant Leonhard Renkmaier seinen Namen, kostend das süße Gefühl, daß jetzt alle ihm zuschauten, daß die Zeitungen berichten würden über diese Handlung. Johanna Krain-Krüger, atmend die muffige, verbrauchte Luft des kleinen Raums, um sich die Wärter mit ihren Mützen, Direktor, Bürgermeister, schaute mechanisch, um sich abzulenken, auf die entstehenden Schriftzüge, die fahrigen, weiten, dünnen Renkmaiers, die engen, ungefügen, dicken des Wärters. Doch vermied sie den Blick auf Martins Unterschrift.

Jetzt kamen die Anwesenden alle heran, schüttelten die Hände, gratulierten. Martin Krüger nahm es gleichmütig hin, freundlich, die Journalisten konnten mit bestem Willen weder Trotz noch Verzweiflung, noch irgend etwas journalistisch Verwertbares an seinem Verhalten beobachten. Hingegen versuchte sogleich Leonhard Renkmaier mit ihnen ins Gespräch zu kommen. Allein nach wenigen Sätzen schritt der Direktor ein, höflich und entschieden, und Leonhard Renkmaiers Festtag erlosch.

Martin Krüger und seine Frau wurden in das Sprechzimmer geführt, wo Martin Krüger sich noch eine Stunde in Gegenwart eines Wärters unterhalten konnte. Einer der Journalisten fragte den Direktor, ob denn nun dem Krüger nicht Gelegenheit gegeben werde, die soeben vollzogene Ehe zu konsumieren. Der Oberregierungsrat Förtsch hatte sich darauf gefreut, daß Martin oder Johanna ein dahingehendes Ersuchen an ihn richten würde, er war enttäuscht gewesen, daß das nicht geschehen war; denn er hatte gerade hierfür einige witzige Erwiderungen präpariert gehabt. Jetzt, mit hastigem Auf und Ab seines Nagetiermundes, konnte er seine mit Liebe zurechtgemachten Scherze wenigstens an die Journalisten bringen.

Die Unterhaltung zwischen Johanna und Martin floß zäh, mit Pausen. Trotzdem der wohlwollende Wärter nicht hinhörte, ließen sie die Zeit vergehen, ohne sie zu nützen. Kaum, daß sie Persönliches sprachen. Johanna schämte sich, daß sie so kalt blieb. Aber was sollte sie diesem Manne sagen, der mit einem wissenden, freundlichen Lächeln auf sie sah wie ein Erwachsener auf ein Kind? Was eigentlich hatte sie mit ihm zu schaffen? »Wie braun du bist, Johanna«, sagte er wohlwollend, gewiß ohne Ressentiment, eher amüsiert. Aber ihre Befangenheit hörte doch etwas wie einen Vorwurf heraus. Schließlich erzählte sie ihm von gewissen Theorien Kaspar Pröckls über den Einfluß des Films, des bewegten Bildes, auf die Malerei, und wie das Gefühl des bewegten Bildes die Aufnahmefähigkeit des Beschauers für das ruhende Bild nachdrücklich ändern müsse. Martin, unvermittelt, erzählte, das einzige, was er wirklich vermisse, sei der Anblick gewisser Filme. Er sehne sich nach Tierfilmen. Er sprach von seiner Lektüre von »Brehms Tierleben«. Von den Lemmingen, dieser gedrungenen, stutzschwänzigen Wühlmausart, mit ihren kurzen, im Pelz versteckten Ohren und ihrem trippelnden Gang. Er sprach von ihren rätselhaften Wanderungen, wie sie, in ungeheure Scharen zusammengedrängt, plötzlich, wie vom Himmel gefallen, in den Städten der nordischen Ebene erscheinen und sich durch keinen Fluß oder See, selbst durch das Meer nicht von weiterem Vordringen abhalten lassen. Diese vielberedeten, verhängnisvollen, in ihren Motiven nicht recht aufgeklärten Wanderungen, bei denen alle die Wandernden durch ungünstige Witterung, durch Pest, durch Wolf, Fuchs, Marder, Iltis, Hermelin, durch Hunde oder Eulen zu Tode kommen, beschäftigten ihn sehr. Es sei nach Brehm zweifellos nicht richtig, meinte er mit einem kleinen Lächeln, daß Nahrungsmangel, daß ökonomische Ursachen Grund dieser Völkerwanderungen seien. Dann redete er, ein bißchen nachsichtig, von den Theorien Kaspar Pröckls. Der Wärter, endlich hinhörend, war erstaunt, daß der Mann unter diesen Umständen mit seiner Frau über solche Dinge sprach.

Martin erzählte dann von dem Plan eines großen Buches über das Bild »Josef und seine Brüder«. An diesem Bild wollte er seine Anschauungen entwickeln über den Sinn, den Kunst in diesem Jahrhundert haben könne. Auch erzählte er, wie er einmal in letzter Zeit eine neue, große Idee gehabt habe, eine so neue Idee, daß er schwerlich jetzt Verständnis dafür hätte finden können. Ausgesprochen hätte er trotzdem diese Idee sehr gerne, sie hinausgeschickt als eine Flaschenpost gewissermaßen an einen Zukünftigen. Allein als er die Idee fand, war ihm just zur Strafe ein Schreibverbot auferlegt worden. Er hatte kein Papier, er konnte seine Idee nicht aufschreiben. Sie war aber organisch verbunden mit ihrer Formulierung, mit dem präzisen Wort. Sie starb ab ohne ihr Wort wie die Schnecke ohne ihr Haus. Er merkte, wie seine Idee ihm verschwand. Sie war ihm deutlich gewesen; jetzt war sie fort; er wird sie so bald nicht wiederfinden. Er erzählte das freundlich, ohne Zorn und Bedauern, mit einer so dünnen, fleischlosen Freundlichkeit, daß es Johanna kalt wurde davor. Der Wärter stand verständnislos daneben.

Johanna war froh, wie die Stunde um war und sie sich verabschieden konnte. Sie ging durch die Korridore, schneller, immer schneller, zuletzt lief sie fast. Sie atmete hoch, als sie draußen stand, sie atmete dankbar die frostige Luft der flachen Landschaft, schritt befreit, beinahe fröhlich durch das Gemisch von Regen und schmutzigem Schnee die Straße zum Bahnhof.

17

Der Reliquienschrein des Cajetan Lechner

Der Altmöbelhändler Cajetan Lechner, Geschworener seinerzeit im Prozeß Krüger, fuhr in einem Wagen der blauen Straßenbahn von der inneren Stadt nach seiner Wohnung am Unteranger. Der fünfundfünfzigjährige Mann, feist, rundschädelig, rotblonder Schläfenbart, Kropf, machte ein beschäftigtes, verdrießliches Gesicht, schneuzte heftig in sein blaugewürfeltes Taschentuch, schimpfte vor sich hin über die Saukälte, suchte die in Wollhandschuhen steckenden Hände, die in Gummistiefeln steckenden Füße durch Bewegung zu erwärmen. Er trug unter einem rehbraunen Mantel einen schwarzen, langen, dickstoffigen Rock, der ihm seit vielen Jahren bei würdigen Gelegenheiten diente; denn er kam von einer äußerst wichtigen Unterredung, noch dazu mit einem Ausländer, einem Holländer. Er hatte lange geschwankt, ob er nicht auch den Zylinder aufsetzen solle; aber der war ihm schließlich zu feierlich erschienen, so hatte er sich mit dem werktäglichen, grünen Lodenfilzhut begnügt, der nach der Landessitte mit einem Gamsbart geschmückt war.

Am Unteranger angelangt, sah er, daß von seinen Kindern keins zu Hause war. Er vertauschte die nassen Gummistiefel mit Pantoffeln, den feierlichen, dickstoffigen Rock mit einer gestrickten Weste. Die Anni stak natürlich mit ihrem Schlawiner zusammen, mit ihrem Pröckl, dem Herrn Ingenieur, dem notigen, und der Beni hockte wahrscheinlich in einer seiner damischen Betriebsratssitzungen. »Der rote Hund, der rote«, schimpfte er vor sich hin, während er sich den schwarzen Ohrenstuhl, den er selber auf neu zurechtgerichtet hatte, näher an den Ofen rückte. Er war Witwer, hatte das Bedürfnis, sich auszusprechen. Gerade heute nach der Unterredung mit dem Holländer. Aber da hockte er, allein. Natürlich, erst zieht man die Kinder auf; wenn man dann einmal eine Ansprache braucht, ist keins da.

Das Geschäft mit dem Holländer, der Reliquienschrein, das *Kommoderl*, die halbe Million. Blödsinn. Basta. Er mag das jetzt nicht. Seine Ruhe will er haben. Er stellte sich, um den Schmarren aus seinem Kopf zu bringen, recht leibhaft die Gesichter der Kinder vor. Eigentlich, wenn man es recht bedenkt, hat sich der Beni doch rasch wieder hinaufgerappelt. Eine Lausbüberei war das Ganze gewesen, eine jugendliche Verirrung, wie der geistliche Herr sehr richtig bemerkt hatte. Und schließlich war es ja bloß, weil er Klavier lernen wollte. Sonst wäre der Rotzbub niemals zu der »Roten Sieben« gegangen. Er war kein Politischer seiner ganzen Art nach. Sicher stimmte, was er angab, daß er sich auf der Liste dieser kommunistischen Vereinigung nur deshalb hatte führen lassen, weil ihm im Hinterzimmer der »Hundskugel«, wo die »Rote Sieben« zusammenzukommen pflegte, das Klavier zur Verfügung stand. Von dem Sprengstoffattentat, für das dann das Ausnahmegericht, das Volksgericht, alle Mitglieder der Vereinigung zu Zuchthausstrafen verurteilte, hat der Bub bestimmt keine Ahnung gehabt.

Es schien ja wieder ein wenig hinaufzugehen, indem der hochwürdige Herr dazu verholfen hat, daß ihm der größere

Teil der Strafe erlassen wurde. Sogar eine gute Stellung hat er jetzt, in den Bayrischen Kraftfahrzeugwerken, und Vorlesungen hört er auf der Technischen Hochschule. Kaputt gemacht haben sie ihn nicht mit ihrem Zuchthaus. Bloß so weit haben sie es gebracht, daß er jetzt ein wirklicher Bolschewist ist, der Saubub.

Auch die Anni verdient ganz gut. Sauber ist sie, *gestellt.* Und daß sie mit einem geht, das ist landesüblich, darüber ist nichts zu klagen. Bloß daß es gerade mit dem Kaspar Pröckl sein muß, mit dem Schlawiner. Saublöd.

Er stand auf, schlürfte hin und her, seufzte. An den Wänden hingen Photographien, die er in seiner Jugend gemacht hatte, darstellend geschnitzte Sessel, Tische, eine erleuchtete Spiegelgalerie, eine Uhrkette mit vielen Anhängern, jedes einzelne Detail sorgsam ins Licht gerückt. Gegen seinen Willen mußte Herr Cajetan Lechner auf einmal wieder an das Geschäft denken. »So ein Holländer, so ein zuwiderer«, schimpfte er vor sich hin.

Denn diesmal, das wußte er, ist es ernst. Wenn er diesmal den Schrein nicht verkauft, dann tut er es nie. Dann hat die Rosa unrecht gehabt, seine Selige, dann ist er ein Tepp, und recht haben dann die Kinder, die nicht lachen, aber ungläubige, verstockte Gesichter hermachen, sooft er versichert, daß er doch noch hochkommen wird. Wenn er diesmal den Schrein nicht verkauft, dann kriegt er das Haus niemals, das gelbe Haus in der Barerstraße, das Haus seines Herzens.

Im ganzen freilich, selbst wenn er das Kommoderl nicht verkauft, macht sich das Geschäft nicht schlecht. Er hat die Hotelportiers geschmiert, und mancher noble Fremde, von ihnen hergewiesen, läßt sich den weiten Weg zum Unteranger nicht reuen. Jetzt während der Inflation sind eine Masse Ausländer da, und Cajetan Lechner ist ein Schlauer, er verlangt unerhörte Preise. Aber das Schicksal, Cajetan Lechner, ist noch schlauer, und steigerst du deine Preise von einem Tag zum andern um das Dreifache, so ist das Geld, das du kriegst, in dieser Zeit um das Vierfache entwertet.

Cajetan Lechner schnob, schneuzte sich, hielt die Hände an den Ofen, legte nochmals nach, trotzdem ihm recht heiß war.

Die Fremden zahlen gut; aber er hängt an seinen Sachen, er gibt sie ungern her. Wieviel Arbeit, umständliche Wege, Schweiß haben sie ihn gekostet. Er schnüffelt herum auf den Jahrmärkten, den Trödelmärkten, den sogenannten *Dulten*, er äugt in die Behausungen der Kleinbürger ringsum und der Bauern in der Umgebung. Einzelne Stücke sind da, Möbel, Sessel, Tische, Stühle, Vitrinen, Kommoden, die hat er direkt ins Herz geschlossen. Einiges, das hoffnungslos kaputt schien, hat er zurechtgeflickt, liebevoll, wie ein guter Chirurg einen fast schon aufgegebenen Patienten. Und da kommen diese damischen Fremden und locken ihn mit immer höheren Angeboten. Jetzt also – über Nacht, binnen zwölf Stunden muß er sich entscheiden – soll auch der Schrein daran glauben, sein Lieblingsstück, das Kommoderl, das er nicht einmal dem Kunstmaler Lenbach abgelassen hat.

Cajetan Lechner atmete schwer in dem nun überheizten Raum. Sein Herz war nicht zuverlässig; denn es war ein großes, fettes Herz, erweitert durch Bierkonsum, geschwächt durch den Ärger um seine Kinder und durch die Sorge, ob er wohl noch hochkommen wird. Auch der Kropf war keine Annehmlichkeit. Cajetan Lechner sitzt vornübergeneigt, Hände auf den Knien, schnauft, und plötzlich mit heftiger Bewegung reißt er den rehbraunen Überzieher an sich, stülpt ihn über, rasch, plump, geht aus dem warmen Zimmer vor in den kalten Laden.

Da stand der Schrein. Es war ein guter Schrein, wirklich schön, ein einmaliges Stück, das sich gewaschen hat. Er war, aber dies wußte der Altmöbelhändler Lechner nicht, ursprünglich von normannischen Künstlern gefertigt worden, unter sarazenischem Einfluß, in Sizilien. Dann hatte ihn der deutsche König Karl erworben, der vierte Karl von Luxemburg-Böhmen, für die Reliquien eines bestimmten Heiligen; denn dieser König liebte sehr Reliquien. Dann war das Kommoderl gestanden in einer böhmischen Kirche. Darin aufbewahrt lagen einige zerbrochene Knochen, auch eine eiserne Zange. Die Knochen hatten nach der Versicherung des Verkäufers, als noch Fleisch um sie war, einem mit Namen bezeichneten Kalenderheiligen gehört, dem sie die Heiden zerbrochen hatten um seines Glaubens willen; mit der eisernen Zange aber hatten sie ihm das Fleisch aus dem Körper gezwickt. Am Tag dieses Heiligen wurden seine Bleibsel dem Volke gezeigt. Wurden geküßt, verehrt, taten Wunder. Als der Aufstand der Hussiten losbrach, hatten die Priester das Heiligtum nach dem Westen geflüchtet. Die Zange wurde verloren, die Knochen verstreut. Der Reliquienschrein ging durch manche Hände. Es war ein kunstvoller Schrein, nicht aufdringlich. Edle Arbeit, Löwenfüße aus Bronze, eingelegtes Metall, matt glänzend. Im siebzehnten Jahrhundert erstand ihn, seine frühere Bestimmung nicht kennend, zusammen mit andern Stücken undeutlicher Herkunft ein Jude namens Mendel Hirsch. Als der Schrein für Kirchengut erkannt wurde, setzte man den Juden fest, folterte ihn, verbrannte ihn wegen Schändung christlicher Heiligtümer. Um seine Hinterlassenschaft stritten sich Kirchenbehörde und Kurfürst. Schließlich verblieb nach gütlicher Vereinbarung der Schrein der weltlichen Macht. Kurfürst Karl Theodor schenkte ihn der Tänzerin Graziella, einer seiner Mätressen, die ihren Schmuck darin verwahrte. Als sie in Ungnade und Armut fiel, erstand der Hofkonditor Plaicheneder den Schrein. Seine Nachfahren veräußerten ihn. Von späteren Erben wurde sein Wert verkannt. Als Trödelware ging der Schrein zusammen mit anderer Hinterlassenschaft an Althändler, sogenannte *Tandler.* Auf der Auer Dult, einem Münchner Jahrmarkt, hatte ihn vor zweiundzwanzig Jahren der Altmöbelhändler Cajetan Lechner eräugt und erworben.

Da stand er also jetzt, der Schrein, in der Tandlerei des Cajetan Lechner am Unteranger. Alte Möbel, Leuchter, Madonnenbilder, Bauernschmuck, Hirschgranteln, Riegelhauben, mächtige Bilderrahmen, alte, bemalte Leinwand, riesige Reitstiefel waren ringsum gestapelt. Aber Cajetan Lechner sah von diesen Dingen nichts, seine wasserblauen Augen hingen hilflos, schmerzhaft, innig verliebt und dennoch schon entschlossen zum Verrat, an dem Schrein. Denn da war nichts zu machen. Dieser damische Holländer gab nicht nach, ums Verrecken nicht. Cajetan Lechner hatte einen so unverschämten Preis verlangt, daß er selber davor erschrak. Eine halbe Million Mark. Aber es hatte nichts genützt; der Holländer hatte dennoch ja gesagt. Vielleicht hatte er sich ausgerechnet, daß eine halbe Million Mark umgewechselt kaum mehr war als fünftausend holländische Gulden. Dem Cajetan Lechner, als er das Ja dieses hundshäuternen Holländers hörte, hatte es die Rede verschlagen. Er verschluckte sich an einer großen Gräte, wischte sich den Schweiß, gab, von dem ungeduldigen Holländer gedrängt, nichtssagende Dialektworte von sich. Bis ihm der Holländer unmißverständlich erklärte, entweder bringe morgen bis längstens zehn Uhr der Herr Lechner den Schrein ins Hotel, oder das Geschäft sei gescheitert.

Es war sehr still in dem nächtlichen Laden und sehr kalt. Cajetan Lechner merkte es nicht. Er hatte alle Birnen eingeschaltet, daß der Schrein gut im Licht stand, säuberte sich umständlich die roten, rissigen Hände, streichelte den Schrein. Eine halbe Million war viel Geld. Aber auch der Schrein war eine feine Sache. Eigentlich um ihn hatte sich ja das ganze Leben des Cajetan Lechner herumgebaut. Er dachte daran, wie er seine Existenz auf die Kunst hatte stellen wollen, auf seine Photographiererei. Sein Ehrgeiz hatte sich damals nicht begnügt, große Brocken zu photographieren, Möbel, Gesichter: nein, gerade das Kleine wiederzugeben, einen Maßkrug, eine Käfersammlung, *Gelump mit Herz* hatte der Kunstmaler Lenbach es geheißen, das war sein Traum. An solchen Dingen hatte er herumgemurkst und keine Ruhe gegeben, bis er sie so weit hatte, daß sich ihre kleinen, das Gemüt ansprechenden Eigenschaften dem Beschauer recht im Licht unverlierbar präsentierten. Und daß er nicht auf diese Kunstfertigkeit sein Leben stellte, daß er sie aufgab, daran war der Schrein schuld.

Er hatte ihn aufgestöbert, ein halbes Jahr etwa, nachdem er auf die Rosa Hueber gestoßen war, ein einsilbiges Mädchen, fromm katholisch, von kernigen Ansichten, durch Umgang mit Gästen der verschiedensten Schichten und Temperamente mit dem praktischen Leben wohl vertraut. Ein rechtes Trumm Weib. Jedes Wort von ihr saß. Mit ihr einen Hausstand zu gründen war von ihrer ersten Begegnung an Cajetan Lechners Ziel. Der Widerstand der Rosa, die nur einen gestellten Mann heiraten wollte und voll Mißtrauen war gegen Lechners künstlerische Pläne, verstärkte nur seine bäurisch-bayrische Zähigkeit. Wohl ging sie mit ihm und hatte ihn ohne Frage gern. Mit Wehmut erinnerte er sich der schönen Morgen im »Chinesischen Turm«, einem sonderbaren Restaurant im Englischen Garten. Wie er sie dort herumschwenkte unter gemütlichem, kleinbürgerlichem Volk, Dienstmädchen, Kutschern, Näherinnen, Hausknechten, Briefträgern, die, bevor sie in die Messe gingen, in der grünen Frühe zu derber Blechmusik tanzten. Gern war die Rosa mit ihm zu solchen und ähnlichen Vergnügungen gegangen; doch für eine Heirat war sie, ehe der Cajetan auf etwas Sicherem stand, nicht zu haben gewesen. So war die Lage, als Cajetan auf der Auer Dult unter Gerümpel und wertlosem Kram das Kommoderl eräugte. Er hatte damals noch ein starkes Herz; aber leicht war es nicht gewesen, seine Freude, damit die Tandlerin nichts spanne, zu verstecken. Wie dann das Kommoderl richtig in seinem Zimmer stand, sein Eigentum, und wie gleich ein Antiquitätenjud kam und ihm achthundert Mark dafür bot, da gingen endlich der Rosa die Augen auf, was sie an ihm hatte. Sie nahm ihn, steckte ihr Erspartes in den Laden am Unteranger, und er sagte: »Pfüat di Gott, Kunst.«

Oft seither war die Versuchung an ihn herangetreten, den Schrein zu veräußern: aber er widerstand, hielt ihn für einen Glücksbringer. Ringsum die Muttergottesstatuen, Riegelhauben, die Truhen, Sessel, alten Uniformen wechselten; doch fein und eine Freude der Kenner stand unveränderlich der alte Schrein in dem Laden. Schließlich starb die Rosa. Vielleicht, dachte er jetzt, war es gut, daß sie hin war und die letzten Jahre nicht mehr erlebt hatte. Nicht das elende Fressen und das noch miserablere Bier der Kriegszeit, nicht das saudumme Gschpusi der Anni mit dem Schlawiner und vor allem nicht den Tanz mit dem Buben.

Ein Saustall war das. Dem Lechner, wenn er an die blöde Hatz dachte, die sie damals mit dem Buben angestellt hatten, verdunkelte sich das Metall des Schreins, verschmutzte sein Holz. Der Cajetan Lechner war konservativ, war für Ruhe und Ordnung; aber das war klar wie Kletzenbrühe, daß die »Rote Sieben« bloß verklagt war, weil die Regierung Material brauchte für die Beibehaltung ihrer Einwohnerwehr. Darum mußte ihm sein Beni zum Zuchthäusler gemacht werden. Der Cajetan war ein lauer Katholik gewesen ursprünglich; eigentlich war es mehr wegen der Rosa, daß er in die Kirche ging. »Alte, sei gscheit«, pflegte er, wenn sie es mit ihrer Frömmigkeit gar zu wichtig hatte, den Refrain eines gutmütigen Volkslieds aus seinem zunehmend kropfigeren Hals zu brummen, die Rosa gemütlich vor den Hintern stoßend. Nach der Verurteilung des Buben, trotzdem ihm der geistliche Herr den Beni herausgeholt hatte, ging es mit seinem Christentum ganz bergab. Nein, auf Gott war auch kein Verlaß, und der geistliche Herr konnte ihm nicht sagen, wie er sich verhalten, ob er das Kommoderl hergeben sollte oder nicht. Eine halbe Million war viel Geld. Wenn er schon kein Glück hatte mit seinen Kindern, das gelbe Haus wenigstens mußte der Herrgott ihm gönnen. Auf das gelbe Haus ist er scharf, das muß er kriegen. Hinaufkommen muß er. Wenn es jetzt wieder nichts wird, das wäre ja noch schöner. Fast drohend schaute er zu dem derben, mächtigen Bauernkruzifix hinauf, das neben dem Schrein hing. Hausbesitzer muß er werden, und das gelbe Haus in der Barerstraße muß es sein. Der Pernreuther, der jetzige Besitzer, war ein Geizhals, ein ausgeschämter; aber eine halbe Million, da sagt er nicht nein. Der Lechner hat sich heute, bevor er zu dem Holländer ging, das gelbe Haus wieder angeschaut. Hingestellt hat er sich davor, lange, hat die Mauern beklopft, das alte, bronzene Torschild befühlt. Ist die niedrigen Treppen hinaufgestiegen, das Geländer streichelnd, hat die Namenschilder der Mieter angeschaut, vier aus Porzellan, zwei aus Email, zwei aus Messing, sehr genau, wie er sich seinerzeit die Dinge anschaute, die er photographieren wollte.

Der alternde Mann, nächtlicherweile in dem hellen Laden vor dem Schrein stehend, in Pantoffeln und rehbraunem Überzieher, spürte den scharfen Frost. Dennoch zögerte er, das Licht auszuschalten. Er kraute sich den rotblonden Schläfenbart, schaute auf den Schrein, die wasserblauen Augen grimmig, wunderlich nach innen gestellt. Morgen abend wird er dastehen in dem Laden am Unteranger, aber das Kommoderl wird nicht dastehen. Das war ein recht fader Gedanke. Häuser gab es viele auf der Welt, zweiundfünfzigtausend Häuser gab es in der Stadt München; aber das Kommoderl war allein, das gab es nur einmal. »Der Holländer, der damische, der hundshäuterne!« schimpfte er seufzend vor sich hin, während er in die warme Stube ging.

Er hockte wieder in dem großen Ohrenstuhl, erwog noch einmal und ein drittes Mal, was er schon erwogen hatte. Wenn er jetzt das Kommoderl verkitschte, dann stand er da. Aber wenn er es nicht verkitschte, dann stand er auch da. Er dachte: ja, ja, und daß es ein schwerer Entschluß sei und so wenig Zeit. Morgen in aller Frühe muß er zu dem Holländer gehen oder auf seine Träume mit dem gelben Haus verzichten. Er dachte, daß Morgenstund Gold im Mund habe und daß es keine zweite solche Gelegenheit gebe hochzukommen und daß er nicht mehr der Jüngste sei. Auch daß, wer den Pfennig nicht ehre, des Talers nicht wert sei. Er sah sich, wie er vor die Mieter des gelben Hauses hintritt in seinem schwarzen, dickstoffigen Rock, sich ihnen als der neue Hauswirt vorzustellen. Dann, wie er seinem Kegelklub »Die Grüabigen« den Hauskauf mitteilen wird. Sie werden ihn derblecken, aber fuchsen werden sie sich doch, rauchen wird er ihnen, stinken wird er ihnen, sehr beneiden werden sie ihn.

Der Altmöbelhändler Cajetan Lechner stand auf, ächzend, zog sich an. Das hatte man von seinen Kindern. In die kalte Winternacht hinaus mußte man, wollte man eine Ansprache haben. Er ging in seinen Kegelklub, mit dem Vorsatz, das mit dem Schrankerl und mit dem Hauskauf für sich zu behalten; denn wenn er es den Grüabigen sagt, werden sie ihn doch nur frotzeln.

Dann sagte er es ihnen, und sie frotzelten ihn.

Er trank ziemlich viel an diesem Abend, und auf dem Rückweg schimpfte er mächtig auf seinen Buben, den Beni, den Bazi, den roten Hund. Als er dann in den Flur seiner Wohnung kam, hörte er die Atemzüge des schlafenden Beni. Er machte das Licht nicht an, zog, obwohl ziemlich betrunken, die Gummizugstiefel aus, um den Buben nicht zu wecken, schlich behutsam ins Bett. Aus seinem kropfigen Hals, so leise es ging, schon halb im Schlaf, brummte er vor sich hin die verblichene Melodie des Liedes: »Alte, sei gscheit.«

18
Eine keramische Fabrik

Johanna, in München, nach der Verheiratung mit dem Manne Krüger, versuchte sich wieder mit Dingen ihres Berufs abzugeben. In Garmisch ab und zu hatte sie brennende Lust verspürt, vor ihrem Apparat zu sitzen, wartend auf jenen gefürchtet-ersehnten Moment, da aus den Schriftzügen das Bild des Schreibenden herausspringt. Aber jetzt in dem gewohnten Zimmer, die Dinge ihres Arbeitstages um sich, Schreibtisch, Maschine, die Bücher ihrer Wissenschaft, fand sie alles leer und öde, sich selber am meisten. Sie erinnerte sich an die aufreizende Stimme Geyers, als er sie fragte: »Ja, wodurch sind Sie legitimiert?«, an sein albernes Blinzeln, an ihre prompte Erwiderung: »Ich werde ihn heiraten.« Sie versuchte sich vorzustellen das Gesicht Jacques Tüverlins, der Tante Ametsrieder, der Leute im Palace-Hotel in Garmisch, wenn sie ihre Heirat in den Zeitungen lesen. »Ich glaube, da habe ich eine Dummheit gemacht«, sagte sie sich mehrere Male, die drei senkrechten Falten über der Nase. »Ich glaube, da habe ich eine Mordsdummheit gemacht«, sagte sie schließlich gegen ihre Gewohnheit laut vor sich hin.

In den nächsten zwei Tagen wies sie mehrere Aufträge eigentlich grundlos ab, beschäftigte sich unlustig mit theoretischen Dingen. Es kam ihr gelegen, als Herr Hessreiter sie ein zweites Mal aufforderte, seine Fabrik zu besichtigen.

Die Süddeutschen Keramiken Ludwig Hessreiter & Sohn lagen in einem Vorort, ein großes, rotes, häßliches Gebäude. Herr Hessreiter führte Johanna in die Zeichensäle, die Büros, die Maschinenräume, die Werkstätten. Es arbeiteten aber in Herrn Hessreiters Fabrik zumeist Mädchen, viele kümmerliche Fünfzehn- und Siebzehnjährige. Das ganze, große Gebäude war erfüllt von säuerlichem Geruch. In den Arbeitsräumen haftete der säuerliche Geruch so dumpf und stark, daß Johanna sich fragte, wie diese Menschen ihn je aus Kleidern und Haut herauskriegen könnten. Herr Hessreiter, während des Rundgangs, schwatzte, er hatte seinen Pelz nicht abgelegt, trotzdem es heiß war, er machte muntere Bemerkungen. Seine Arbeiter mochten ihn. Er sprach mit ihnen in ihrer Mundart, überflüssiges Zeug; sie ließen sich gerne stören, waren, vor allem die Mädchen, keineswegs feindselig. In den Büros hingegen schien Herr Hessreiter weniger willkommen; hier atmete, wenn sich der Chef und seine Besucherin zum Gehen anschickten, das Personal geradezu unhöflich auf.

Zuletzt zeigte Herr Hessreiter Johanna die Lagerräume. Es waren hier gestapelte Kunstwerke, die meisten für das Ausland bestimmt: Mädchen, mit Krügen aus Wasserquellen schöpfend, Hirsche und Rehe, Zwerge mit riesigen Bärten, Kleeblätter in ungeheuren Dimensionen, nackte, keusche, libellenflüglige Jungfrauen darauf, lebensgroße Störche mit Höhlen, die als Blumenkästen dienen sollten, gigantische rot und weiße Fliegenpilze. Jede einzelne Figur in Hunderten, in Tausenden von Exemplaren, eine ungeheure Ansammlung, säuerlichen Geruch ausströmend. Johanna schaute um sich, schnüffelte unbehaglich, Anblick und Geruch verschlug ihr die Sprache, ein peinliches Gefühl kroch ihr den Magen hinauf. Herr Hessreiter redete darauflos, machte sich lustig über alles, stellte ihr vor, wie hübsch sich diese Dinge in den Wohnräumen irgendeines kleinstädtischen Antipoden ausnehmen würden, im Garten eines amerikanischen Farmers, zwischen farbigen Glaskugeln. Mit seinem Elfenbeinstock bezeichnete er den oder jenen Gegenstand. Seine Bemerkungen waren voll guten Humors, Martin Krüger hätte sich nicht saftiger über diese Bildnerei lustig machen können.

Johanna, nach der Schau, wollte zurückfahren, aber Hessreiter ließ es nicht zu. Er mußte ihr erst noch eine Reihe von Skizzen zeigen, kühne Entwürfe, von einem jungen, unbekannten Künstler, eine Serie »Stiergefecht« besonders. Technisch seien diese Dinge nicht einfach herzustellen, erklärte er. Geschäft sei bestimmt keines damit zu machen. Aber er wurde warm, während er ihr darlegte, was ihm an den Entwürfen gefalle. Er erklärte nachdrücklich, er werde diesen jungen Bildhauer durchsetzen. Es sei schade, daß man auf neunundneunzig Kitschdinge höchstens einmal eine solche Sache steigen lassen könne. Johanna war schweigsam, auch während der

Heimfahrt hatte sie nur wenige, gleichgültige Sätze. Sie konnte das riesige Gebäude mit seiner dumpfigen, den Atem benehmenden Luft und seiner verlogenen Bildnerei nicht so heiter nehmen wie Herr Hessreiter; wahrscheinlich fehlte ihr der Humor dafür. Etwas von der säuerlichen Luft seiner Fabrik blieb an Herrn Hessreiter haften.

Sie war froh, als sie bei ihrer Heimkehr ein Telegramm Dr. Pfisterers vorfand, der Kronprinz Maximilian werde in den nächsten Tagen in Garmisch erwartet, sie möge die Gelegenheit nicht versäumen. Sie fuhr noch am gleichen Tag. Kam am Abend an, hatte eine kurze, derbe Auseinandersetzung mit der Tante Ametsrieder, die ihre Heirat aus der Zeitung erfahren hatte, aß allein auf ihrem Zimmer.

Andern Morgens, auf dem Eisplatz, sie hatte, ohne große Kunstfertigkeit, Freude am Schlittschuhlaufen, traf sie Jacques Tüverlin. »Hallo!« rief er, tat, als sei niemals ein gewisser Abend in Pfaundlers Restaurant gewesen, an dem sie im Zorn von seinem Tisch aufgestanden und gegangen war. Lud sie ohne weiteres ein, mit ihm zu frühstücken. Johanna, auch sie jenes Abends mit keinem Wort gedenkend, nahm an. Fröhlich saß sie neben ihm, er blinzelte sie munter an mit seinen fast wimperlosen Augen. Einträchtig aßen sie jene Münchner Mahlzeit in der kleinen Frühstücksstube des Garmischer Eisplatzes zu Ende.

Der Mann Hessreiter mochte seine Vorzüge haben; aber es war an ihm etwas Undurchsichtiges, Trübes, gegen das sie sich wehrte, dazu die säuerlich widerwärtige Erinnerung an seine Fabrik. Wenn sie in das nackte, spaßhafte Gesicht Tüverlins blickte, wenn sie seinen lockeren, fettlosen Körper sah, seine knochigen, rötlich behaarten Hände, dann konnte sie reden ohne Vorbehalt. Hier war ein ausgelüfteter, richtiger Mensch, mit dem man sich verstand ohne lange Umschweife. Es war gut, nach so langer Zeit neben ihm zu sitzen, sie spürte sich zu ihm gehörig.

Er habe sich mit manchen kleinen Unannehmlichkeiten herumzuschlagen, erzählte er, während er mit gutem Appetit aß und behaglich in die Sonne blinzelte. Es gab Streitigkeiten zwischen seinem Bruder und ihm über seinen Anteil an dem

Genfer Hotel, das sie geerbt hatten. Er wurde von seinem Bruder offenkundig übers Ohr gehauen. Wahrscheinlich wird er nicht weiter mehr so unbekümmert um Finanzdinge hinleben können wie bisher. Doch schien ihm das wenig Sorge zu machen. Vorläufig wohnte er in einem kleinen Haus oben im Wald. Er fuhr oft herunter, auf Schneeschuhen, auch des Abends im Smoking oder im Frack, die Lackschuhe über der Schulter. Er erzählte mit seiner hellen, gequetschten Stimme, ohne lamentierende Anmerkung, trank mit Genuß seinen Wermut. Johannas entschiedene, graue Augen schauten ihn mit herzhafter Fröhlichkeit auf und ab. Sie gefiel ihm sehr, und er sagte es ihr.

Später betätigte sich der Schriftsteller Tüverlin intensiv auf der Übungswiese am Hocheck. Er stand sicher auf seinen Schneeschuhen und fuhr gut, doch willkürlich. Jetzt bemühte er sich, Stil in seine Fahrerei zu bringen, die Vorteile der *Arlbergschule* zu begreifen, die er nicht kannte. Eifrig debattierte er mit dem Skilehrer, geduldig, fröhlich, man hörte sein gequetschtes Lachen immer wieder über das weite Schneefeld. Niemand war vergnügter über seine vielen Stürze als er selber.

Johanna fühlte sich wohl. Odelsberg lag hinter ihr. Hinter ihr der klemmend dumpfe Martin Krüger, der fanatische Dr. Geyer. Der trübe, nie greifbare Herr Hessreiter schaute sie vorwurfsvoll aus seinen schleierigen Augen an; sie hatte kaum Zeit für ihn. Sie machte Skitouren mit Jacques Tüverlin, ging mit ihm in »Die Puderdose«, besuchte ihn in seinem kleinen Haus am Wald, war oft zum Mißfallen der Tante Ametsrieder auch bei den Mahlzeiten im Hotel mit ihm zusammen. Sie redeten miteinander viel und offen. Doch Johanna sprach nicht von dem Fall Krüger; auch daß sie den Mann Krüger geheiratet hatte, erwähnte sie nicht, und sie wußte nicht, ob er davon gelesen hatte.

19
David spielt vor König Saul

Der Ingenieur Kaspar Pröckl stapfte unwirsch, unrasiert, mit wenig geeigneten Schuhen, durch den aus Regen, Schnee und Schmutz gebildeten Matsch auf der Hauptstraße des Winterkurorts Garmisch-Partenkirchen. Die Zeitungen übertrieben nicht; dieser faule, luxuriöse Ort inmitten der eiternden allgemeinen Not war ein Ärgernis. Er war am Nachmittag hergefahren, ziemlich mühsam auf glitschenden, aufgeweichten Straßen, durch schmelzenden Schnee. Er hatte auch eine kleine, lächerliche Panne gehabt, sie in Weilheim beheben lassen und sich bei dieser Gelegenheit mit dem Mechaniker wüst herumgestritten. Hätte nicht die Mundart besänftigend gewirkt, dann hätte es der Weilheimer dem finster und befremdlich ausschauenden Menschen mit seinem knochigen, unbayrischen Gesicht gezeigt.

Es war ein Blödsinn, daß er herausgefahren war. Der Direktor Otto in den Bayrischen Kraftfahrzeugwerken hatte ihm, etwas säuerlich, gesagt, der Baron Reindl wünsche ihn zu sprechen und bitte ihn, gelegentlich nach Garmisch zu kommen, ins Palace-Hotel, wo er für etwa acht bis zehn Tage abgestiegen sei. Mußte er da gleich herfahren wie ein Hund auf den Pfiff, wie irgendein Arschkriecher? Finster, in seinem verwahrlosten Aufzug sehr befremdlich, stapfte er durch den frühen Abend des elegant behaglichen Kurorts. Der Schnee und die elektrischen Bogenlampen gaben ein unangenehmes Licht. Aus den Cafés, den Hotels kam die Jazzmusik der Tanztees. Das Empfangspersonal, die Boys, als er im Palace-Hotel nach dem Baron Reindl fragte, beäugten den verdächtigen Kerl in der zerrissenen, verschwitzten Lederjacke mit Spott und Neugier.

Aber schau an! Der Baron Reindl war zu Hause und empfing sogleich. Er habe da in Garmisch Konferenzen mit einigen amerikanischen und französischen Herren, erklärte er vertraulich, geradezu freundschaftlich seinem jungen Ingenieur. Es seien jetzt doch gewisse Chancen da, daß er Pröckls Serienwagen werde herstellen können. Er ging, der Fünfte Evangelist, herum, unförmig, in einem üppigen, violetten Schlafrock, auf absatzlosen, dünnen Lederschuhen. Riesig, mit den gewölbten, braunen Augen, saß der strahlend schwarzhaarige Kopf über der violetten Masse. Es war sehr warm im Zimmer. Herr von Reindl bat den Pröckl, die Lederjacke abzulegen. Läutete nach Tee. Legte sich aufs Sofa, ein elegantes Tischlein zwischen sich und dem Ingenieur. Steif, unschön saß der hagere Pröckl vor dem mächtig Daliegenden.

Herr von Reindl löffelte in seinem Tee, während er auf die raschen, groben, technischen Ausführungen des Ingenieurs hörte. Er nickte lässig, wenn Pröckl sein zufahrendes »Verstehen Sie« hervorstieß, blätterte in einem großen Buch, betrachtete seine Hände, die außen schmal, innen sehr fleischig waren, zerkrümelte Kuchen, gab sich keine Mühe, seine Zerstreutheit zu verbergen. Pröckl nahm erbittert die geringe Aufmerksamkeit seines Chefs wahr. »Wollen Sie lesen oder mir zuhören?« fragte er scharf. Herr von Reindl, ohne das Buch wegzulegen, erwiderte höflich: »Ich will Tee trinken.« Er läutete und sagte dem eintretenden Mädchen, man möge etwas Licht ausschalten, es sei zu hell. Pröckl ärgerte sich, daß der Mann zu faul war, eine so kleine Leistung selbst vorzunehmen. Er schwieg eine Weile. Herr von Reindl trank einige Schlucke seines stark gezuckerten Tees, während Pröckl, trotzdem er noch durchkältet war, das Getränk nicht berührte. Dann, unvermittelt, sehr angeregt, sagte der Fünfte Evangelist: »Wollen Sie mir nicht einige von Ihren Balladen vorsingen?«

Merkwürdigerweise begehrte Pröckl nicht auf. Er sagte nicht: »Haben Sie mich deshalb hergesprengt?« oder etwas dergleichen. Vielmehr war ihm, als habe er nur darauf gewartet, ja, als sei er nach Garmisch gefahren, bloß um dem Fünften Evangelisten seine Balladen vorzusingen.

Er sagte also: »Das wird nicht gehen. Dazu braucht man ein Banjo oder so was.« Herr von Reindl erwiderte lebhaft: »Oh, das ist eine Kleinigkeit«, und gab Auftrag. Zehn Minuten dauerte es, bis das Instrument beschafft war, und zehn Minuten saßen die beiden zusammen, schweigend, beide darauf brennend, was nun kommen werde.

Als das Saiteninstrument da war, ging Pröckl an die Tür und schaltete alles Licht ein. Dann stellte er sich mitten in den Raum, und hell, frech, mit schriller Stimme, häßlich, unverkennbar mundartlich, überlaut begann er zu dem Geklapper des Banjos seine Balladen aufzusagen. Es enthielten aber diese Balladen Geschehnisse des Alltags und des kleinen Mannes, gesehen mit der Volkstümlichkeit der großen Stadt, nie so gesehen bisher, dünn und böse, frech duftend, unbekümmert stimmungsvoll, nie so gehört bisher. Der Violette lag auf seinem Diwan, jede Wendung des Vortrags folgend, bald die Oberlippe mit dem strahlend schwarzen Schnurrbart gepreßt vorwölbend, bald das fleischige Gesicht entspannt, ein Gemisch von Empörung, Hohn, Anerkennung, Unmut, Genuß. Der Ingenieur Pröckl starrte ihn unverwandt an, schrie ihm seine zotigen, proletarischen Verse in das gepflegte, feiste Antlitz. Dann zog er sich einen kleinen, lächerlichen, vergoldeten Stuhl heran, stellte ihn mitten ins Zimmer, frei, hell ins Licht, daß man jede Stoppel seines unrasierten, hageren Schädels sah, setzte sich hin, frech, rotzbübisch, in seinem verschmutzten Anzug, die Gummisohlen der braunen, abgebrauchten Schuhe nach einwärts gekehrt, den Teppich mit ihrem Dreck besudelnd. Der Violette hörte bewegungslos zu, nur sein Gesicht spannte und entspannte sich, während er aus gewölbten Augen diesen Burschen Pröckl anschaute, wie sein magerer Hals mit dem starken Adamsapfel über dem weichen, farbigen Kragen sich reckte.

Ein Klopfen an der Tür. Herr von Reindl reagierte nicht. Kaspar Pröckl schrie ungeniert weiter. Plötzlich, mitten in einen Vers hinein, sagte der Violette, ohne sich zu rühren, leise, doch sehr hell und vernehmlich: »Etwas weniger Licht, bitte!« Der Ingenieur Pröckl brach sofort ab, blieb reglos sitzen, sagte: »Läuten Sie doch Ihrem Zimmermädchen.« Herr von Reindl sagte: »Danke.« Nach einem kleinen Schweigen fragte Kaspar Pröckl: »Werden Sie nun meinen Serienwagen herstellen?« – »Ich glaube nicht«, sagte Herr von Reindl freundlich, sich halb aufrichtend, den Ingenieur Pröckl mit einem kleinen Lächeln beschauend. »Ich bitte um meine Entlassung«, sagte Kaspar Pröckl. »Sie sind entlassen«, sagte der Fünfte Evangelist. »Aber

Sie haben Ihren Tee gar nicht angerührt«, fuhr er vorwurfsvoll fort; »ich hoffe, Sie werden mit mir zu Abend essen.« – »Ich glaube nicht«, erwiderte Kaspar Pröckl. Er stellte das Saiteninstrument sehr behutsam in eine Ecke. »Wo ist meine Jacke?« fragte er. Herr von Reindl läutete. Die Jacke des Herrn sei in der Garderobe, wurde mitgeteilt. Herr von Reindl stand auf, ging mit seinem krampfig lebhaften Schritt an einen Schrank, entnahm ihm einen Lederband in sehr großem Format. Es war eine Luxusausgabe der Sonette Shakespeares. »Darf ich Ihnen das geben?« fragte er den Ingenieur. Kaspar Pröckl nahm das große Buch ohne weiteres, achtlos. »Ist nicht ein Privatdruck Ihrer Balladen erschienen?« fragte Herr von Reindl. »Ja«, antwortete Pröckl, »in zwanzig Exemplaren.« – »Kann ich ein Exemplar haben?« fragte Herr von Reindl. »Ich biete Ihnen hundert englische Pfund«, sagte er. Es waren aber an jenem Tage hundert englische Pfund gleich 107068 Mark. Es kostete in München ein Laib Brot acht Mark, ein Pfund Kakao vierundzwanzig Mark, eine schöne Lodenjoppe dreihundertfünfzig Mark, ein Anzug für einen Mann aus dem Volk dreihundertfünfundsiebzig bis siebenhundertfünfundzwanzig Mark; Frauenmäntel waren von hundertneunzig Mark an zu haben. Für hundert englische Pfund konnte man ein Haus kaufen. Der violette Mann auf dem Diwan lag reglos, schaute den Ingenieur aus seinen braunen, undeutlichen Augen an, wartete auf Antwort. Allein Kaspar Pröckl erwiderte nichts.

Verärgert, nachdem er den Reindl verlassen hatte, saß er in der Halle. Er wäre am liebsten noch in der Nacht zurückgefahren; aber die Straßen begannen auf eine für den Wagen unangenehme Art zu vereisen. So mußte er, da er nur ganz wenig Geld hatte, in dem scheißfeinen Palace-Hotel bleiben, weil dort Herr von Reindl seine Rechnung beglich. Er war ein Mordsrindvieh, daß er seine Entlassung genommen hatte. Die Anni, seine Freundin, wird sich niedersetzen über eine solche Eselei. Den Wagen wird er auch an die Fabrik zurückgeben müssen, wenn er geht. Wenigstens die hundert Pfund hätte er nehmen sollen. Er wird doch dem Reindl den Privatdruck der Balladen schicken und einfach statt der hundert Pfund den Wagen behalten. Er ärgerte sich über die halbnackten Frauen, die durch die Halle gingen und den Lebensunterhalt ganzer Familien um ihren dummen Leib herumhängen hatten. Unwirsch, aus seinen tiefliegenden Augen sah er auf die Männer in der vorgeschriebenen schwarzen Abendtracht der herrschenden Schicht, die Hals und Brust aus den weißgestärkten, unpraktischen, ungesunden Hemden und Kragen reckten. Er dachte daran, Johanna Krain aufzusuchen. Allein er sah sie von fern, von ihr ungesehen, wie sie am Arm so eines schwarz und weißen Kerls durch die Halle ging, auch sie in großbürgerlichen Abendkleid, gepudert, und er gab es auf, mit ihr zu sprechen.

Er aß in einem für die Einheimischen bestimmten, kleinen, kneipenartigen Nebenraum, der sogenannten »Schwemme«, und hatte dort ein wüstes Gezänk, weil man ihm nicht glauben wollte, daß der Baron Reindl für ihn zahle. Dadurch etwas besser gelaunt, ging er in ein Café, setzte sich hin, rauchte stark. Las Zeitungen. Verlangte die »Rote Fahne«, ein scharf oppositionelles Berliner Journal. Zu seiner Überraschung war die »Rote Fahne« vorhanden. Aber sie wurde, wie ihm der Kellner erklärte, gerade gelesen, von dem Herrn dort drüben in der Ecke. Kaspar Pröckl sah, daß der Herr in der Ecke eine andere Zeitung las, aber einen Haufen von Zeitungen um sich gestapelt hatte. Er ging hin, fragte, ob die »Rote Fahne« frei sei. »Nein«, erwiderte der Herr mit einer hohen, gequetschten Stimme. »Wann wird sie frei?« fragte Kaspar Pröckl. Der Herr schaute ihn an aus blinzelnden Augen, sagte vergnügt: »Vielleicht in einer Stunde, vielleicht in zwei.« Kaspar Pröckl sah den Herrn an und sah, daß er unter einem scharfen, rotblonden Kopf, unter einem nackten, verknitterten Gesicht einen breitschultrigen, kräftigen Körper hatte. Aber Kaspar Pröckl war aufs äußerste gereizt, wünschte Entladung, suchte sich, trotz der offensichtlichen Gefahr, unter den aufgestapelten Zeitungen die seine heraus. Der Herr faßte mit lockerer Hand den Zeitungshalter am anderen Ende. Kaspar Pröckl hielt den Stiel fest, hob die freie Hand. »Ich rate Ihnen ab«, sagte mit seiner vergnügten, gequetschten Stimme der Herr, den Kaspar Pröckl achtsam im Aug haltend. »Falls Sie nicht Jiu-Jitsu können, ist es ganz aussichtslos.« Dem Kaspar Pröckl schien das, wie er den Herrn ansah, zu stimmen. »Was wollen Sie übrigens mit der ›Roten Fahne‹?« fuhr der Herr fort. »Wenn Sie ernsthaft politisch interessiert sind, dann können Sie sich an meinen Tisch setzen und hier die Zeitung lesen.« Dem Kaspar Pröckl gefiel der Mann, und er setzte sich zu ihm. Der Herr reichte ihm höflich die »Rote Fahne«, blinzelte hinüber, was Kaspar Pröckl las, sah, daß es ein Aufsatz war über die Funktion der Kunstmuseen im bolschewistischen Staat. »Finden Sie nicht«, fragte er, »daß dieser Bursche Blödsinn schreibt?« Pröckl, ablehnend, äußerte: »Ich fürchte, es gibt kein Dutzend Leute, die darüber was Gescheites zu sagen haben. Das ist unerschlossenes Gebiet.« – »Ich habe ein Jahr damit verloren«, quäkte munter der Herr, »um daraufzukommen, daß der Marxismus Sinn für mich hat, und noch ein Jahr, um zu entdecken, daß er keinen Sinn für mich hat.« Kaspar Pröckl schaute ihn mit einem ganz kleinen Blick aus seinen tiefliegenden Augen an, prüfend, las die »Rote Fahne«. »Das Schwierige für mich ist«, fuhr Tüverlin fort, »daß ich zwischen den Klassen stehe. Ich bin nämlich Schriftsteller.« – »Wollen Sie mich nicht endlich in Ruhe lesen lassen?« sagte finster, doch leise Kaspar Pröckl. »Zur Zeit bin ich der Meinung«, quäkte munter der Herr, »daß das deutlichste Motiv meiner Handlungen der Spaß ist. Der reine Spaß, Sie verstehen? Es gibt eine berühmte Glorifizierung des Spaßes in einem antiken Theaterstück. Spaß ist darin aufgefaßt ungefähr als eine Kreuzung und Durchkreuzung der zivilisatorischen Vernunft durch den Naturtrieb. Das Stück ist von einem Manne namens Euripides und heißt ›Die Bacchantinnen‹. Kennen Sie es zufällig?« – »Ich kenne es nicht«, erwiderte Pröckl, die Zeitung weglegend, »aber ich gebe Ihnen zu, daß dieser Artikel Schmarren ist.« Er schaute sich seinen Tischgefährten genauer an. »Was war das übrigens für ein Blödsinn, den Sie da über Spaß gesagt haben und über Soziologie?«

Auf diese Art gerieten der Schriftsteller Jacques Tüverlin und der Ingenieur Kaspar Pröckl in ein angeregtes Gespräch über Marxismus. »Sie sind der unlogischste Mensch, der mir jemals untergekommen ist«, sagte schließlich Herr Tüverlin anerkennend. Er bestellte ziemlich viel Alkohol, trank ihn mit Genuß, und Pröckl, gegen seine Gewohnheit, hielt mit. Die beiden Männer sprachen sehr laut, Pröckl mit seiner schrillen, schreienden, Tüverlin mit seiner gequetschten Stimme, so daß die anderen Gäste mißbilligend, gestört, amüsiert herschauten. Pröckl schlug mehrmals mit dem mächtigen Lederband der Shakespearischen Sonette, dem Geschenk des Kapitalisten Reindl, auf den Marmortisch. Sie sprachen von materialistischer Geschichtsauffassung, bürgerlicher und proletarischer Ideologie, von der parasitären Existenz des Künstlers in der heutigen Gesellschaft. Von der anschwellenden Völkerwanderung, von der Mischung europäischer Zivilisation und asiatischer Kultur, von den Fehlerquellen einer nur aufs Soziologische eingestellten Denkart. Sie redeten heftig, angeregt, tranken ziemlich stark, und manchmal hörte sogar einer dem andern zu. Schließlich verlangte Herr Tüverlin eine Postkarte, und auf dem nassen, klebrigen Marmortisch des Cafés Werdenfels schrieb Herr Jacques Tüverlin, zur Zeit in Garmisch-Partenkirchen, eine Postkarte an Herrn Jacques Tüverlin, zur Zeit in Garmisch-Partenkirchen, Palace-Hotel, folgenden Inhalts: »Lieber Herr Jacques Tüverlin, vergessen Sie nie, daß Sie nicht anlehnungsbedürftig sind und es also nicht nötig haben, klassenbewußt zu sein. Vergessen Sie nie, daß Sie nur dazu da sind, sich selbst und nur sich selbst auszudrücken. In aufrichtiger Verehrung Ihr redlichster Freund Jacques Tüverlin.« Als das Café geschlossen wurde, stellte sich heraus, daß sie im gleichen Hotel wohnten; denn Herr Tüverlin hatte es auf die Dauer zu unbequem gefunden, sich immerzu von dem Haus am Berg durch den Schnee herunter- und wieder hinaufzuarbeiten. Er lud Pröckl ein, noch mit in sein Zimmer zu kommen. Durch die recht kalte Nacht gingen sie den kurzen Weg ins Hotel. Dort angelangt, mußte Jacques Tüverlin wieder ein Stück des Weges zurückgehen; denn er hatte vergessen, die Postkarte aufzugeben. Sie diskutierten lange in Jacques Tüverlins Zimmer, bis sich die Nachbarn mit immer steigender Energie über ihr Geschrei beschwerten. Sie beschimpften sich wüst und kamen zu keinem Ende. Als er sich von Tüverlin trennte, beschloß Kaspar Pröckl, der ursprünglich vorgehabt hatte, am frühen Morgen nach München zurückzukehren, seinen Aufenthalt in Garmisch bis zum Nachmittag zu verlängern, und verabredete ein Zusammentreffen mit dem Schriftsteller, um das Gespräch fortzusetzen.

20

Und dennoch: es ist nichts faul im Staate Bayern

Dr. Josef Pfisterer, Schriftsteller, wohnhaft in München, zur Zeit in Garmisch, vierundfünfzig Jahre alt, katholisch, Verfasser von dreiundzwanzig umfangreichen Romanen, vier Theaterstücken und achtunddreißig größeren Novellen, erwartete, nachdem er Johanna das Telegramm über die bevorstehende Ankunft des Kronprinzen Maximilian geschickt hatte, er werde jetzt in Garmisch viel mit ihr zusammensein können. Statt dessen fand er sie immer in Begleitung dieses faden Jacques Tüverlin. Dr. Pfisterer ließ Menschen gerne gelten, aber der Tüverlin war ihm zuwider. Der warmblütige Bayer wurde gereizt, wenn er das nackte, zerknitterte Gesicht des Westschweizers blinzeln sah, die Gegenwart Johannas wurde ihm durch diesen Burschen verleidet.

Auch durch anderes wurde sein prinzipieller Frohmut angeknabbert. Der Fall Krüger nämlich wurde bei näherem Studium immer verdächtiger; es war schwer, ihn anders zu deuten denn als bewußte Rechtsbeugung. Er glaubte an sein Volk, er glaubte an seine Bayern. Es machte ihn krank, an der Gerechtigkeit des umgänglichen Landesgerichtsdirektors Hartl zweifeln zu müssen. Der Klenk gar, der dastand wie ein Baum, sollte der wirklich ein zynischer Verbrecher sein, imstande, einen Mann von vielem Verdienst ins Zuchthaus zu schicken, bloß weil ihm sein Programm nicht paßte? Undenkbar. Aber er mußte es dennoch denken, er wurde den Gedanken nicht los, senkte den ungefügen Nacken, stieß den großen, dichtgelockten Kopf mit dem Zwicker vor gegen ein Unsichtbares. Er war auf dem Herzen nie recht fest gewesen; jetzt litt er häufiger an Atemnot als früher, seine Welt wurde dunkler.

Nach wie vor gab es gereizte Auseinandersetzungen mit dem Dr. Matthäi. Der klobige Mann mit dem Kneifer auf dem zerhackten, bösartigen Mopsgesicht fühlte sich nicht behaglich in Garmisch. Er wollte in sein Haus am Tegernsee, zu seiner Jagd, seinen Hunden, seinen Geweihen, seinen Pfeifen, seinem Förster, seinen langsamen, schlauen Bauern. Aber die Insarowa hielt ihn. Er hatte Medizin studiert, war von äußerst materialistischen, auf derber Physiologie gründenden Anschauungen über Weiber, machte saftige Witze über jede erotische Bindung. Die schmächtige Russin sah ihn aus ihren schiefen Augen an, leckte die Mundwinkel, sagte irgend etwas Haarfeines, was der Bayer als übelsten, affektierten Feuilletonismus abtat. Aber er blieb. Schickte, sich selber zum Hohn, der Tänzerin Schokolade, Blumen, Früchte. War gereizt gegen alle Welt. Behandelte den Pfaundler wie einen Haufen Dreck, hatte wüste Szenen mit ihm, weil er die Insarowa nicht genügend herausstelle.

Der sonst so friedfertige Pfisterer suchte geradezu Zusammenstöße mit ihm. Die beiden Männer machten ihr Leben herunter, ihr Werk, ihren Erfolg, ihren Leib und ihre Seele. Den derberen, kräftigeren Witz hatte der Dr. Matthäi, aber auch der Dr. Pfisterer wußte genau, wo der andere zu treffen war. Er erzählte ihm, man lege Wetten darauf, daß er bei der Insarowa nicht ans Ziel gelangen werde; aber, so viele bei der Russin ans Ziel gelangten, niemand wolle dagegenhalten. Der Dr. Matthäi trank sein Bier aus, paffte dem andern ins Gesicht, meinte, auch wenn der Krüger aus dem Zuchthaus komme, werde er, Pfisterer, nicht zu der Krain ins Bett kommen. Die beiden alternden, schwerblütigen Männer saßen nebeneinander, schnaufend, die Köpfe gegeneinanderduckend.

Dem Pfisterer fraß es am Herzen, daß man glauben konnte, er suche Gerechtigkeit für den Mann Krüger um der Frau willen. Er saß vor seinem Manuskript. Sonst floß ihm seine Schriftstellerei aus dem Herzen. Er freute sich, wenn die Geschehnisse sich fein und spannend ineinanderfügten. Doch heute waren die Begebenheiten zäh, das Harte schmiegte sich nicht. Die Tücke ließ sich nicht fortblasen wie Staub. Er konnte das Schicksal der blonden Bauerntochter Vroni, die, in die Stadt verschlagen, dort verkannt, schließlich aber doch von einem Maler als großes Talent gewertet, ins gebührende Licht gestellt und geheiratet wird, er konnte dieses Schicksal nicht mit der Freude, Leichtigkeit, Überzeugung runden wie sonst. Das breite, bräunliche Gesicht Johannas drängte sich dazwischen mit den drei Falten über der stumpfen, lebendigen Nase und den grauen, zornigen Augen. Nein, es war leider nicht wegen der Frau, daß er sich um diese Geschichte mit dem Krüger kümmerte. Es wäre ihm lieber gewesen, wenn an ihm etwas in Unordnung gewesen wäre; das hätte sich bereuen lassen, einrenken. Aber so war etwas an seinem Land nicht in Ordnung. Die Zweifel, die ihn angefallen hatten, als seine biederen Bayern Revolution machten, nagten ihn stärker. Ungerechtigkeit war in der Welt, Ungerechtigkeit war in seinem Land. Man sah sie, sie spreizte sich in der Sonne, hatte jemand gesagt. Man hörte sie schreien und stellte sie nicht ab. Nein, da mußte er mit anpacken.

Sein Appetit nahm ab, seine Atembeschwerden zu. Er ging finster und beschäftigt herum, ließ seine freundliche, betuliche Frau hart an, daß die rundliche Dame sich nicht mehr zurechtfand.

Alle, er, Matthäi, Hessreiter, jetzt wieder ständig in Garmisch, waren erbittert gegen Tüverlin. Das Lockere an ihm, der Unernst, die billige Toleranz, die eine These gleichgültig fallenließ, wenn sie dem andern nicht paßte, das elegant Schlenkrige ärgerte die bayrischen Menschen. Er sei ein Floh, fanden sie, leicht, hüpferisch. Hessreiter war beleidigt, weil das Experiment mit der Besichtigung seiner keramischen Fabrik nicht geglückt war. Er ging nicht recht aus sich heraus, saß einsilbig herum, schmollte, daß Johanna ihm den Tüverlin offenkundig vorzog: sie war undankbar.

Er schloß sich wieder enger an Frau von Radolny an, die im Garmischer Winter gute Figur machte. Stattlich anzusehen in ihrem Skianzug, trainierte sie auf den Sportplätzen, unprätentiös und sicher, fröhlich gerötet in der besonnten Kälte. Abends beim Tanz in den Hallen der großen Hotels oder in der »Puderdose« war sie selbstverständlicher Mittelpunkt. Von dem Kronprätendenten, der gern in ihrer Gesellschaft war, fiel mancher Strahl auf sie. Sehr klug, protegierte sie nach wie vor Johanna Krain. Die beiden Frauen waren täglich zusammen. Sie hoben einander, dienten sich zur Folie, die gelassene, üppige, kupferfarbene Schönheit Katharinas und die frische, resolute Johannas.

Es dauerte länger als eine Woche, bis Frau von Radolny und Dr. Pfisterer erwirkten, daß der Kronprinz Maximilian Johanna empfing. Sie ging mit Pfisterer in die Villa, in der Maximilian wohnte. Ohne viel Hoffnung. Um so angenehmer war sie enttäuscht von dem anspruchslosen, herzhaften Mitgefühl des Kronprinzen. Da saßen diese drei bayrischen Menschen zusammen, der Prinz, die Frau, der Schriftsteller, und berieten miteinander, in der gleichen Mundart alle drei, wie man einem Mann, an dem einem lag, aus einer leider recht verzwickten Situation heraushelfen könnte. Dem Dr. Pfisterer, wie er diese seine beiden Landsleute sah, die tapfere Frau und den fürstlich wohlwollenden Mann, ging das Herz auf. Seine Besorgnisse schmolzen, sein Atem ging leichter. Die Revolution war eine schlimme Epoche gewesen; aber heute, in der Gegenwart dieser beiden Menschen, wußte er, sie ging ihrem Ende entgegen, alles wurde wieder gut. Er spürte, wie er andern Tags die Schicksale der blonden, lebfrischen Vroni einem guten Schluß werde entgegenführen können.

Johanna, als sie sich entfernten, strahlte nicht weniger als Pfisterer. Sie brannte darauf, von dieser offenbar erfolgreichen Unterredung Jacques Tüverlin zu erzählen. Noch immer nicht hatte sie mit ihm über Martin Krüger gesprochen, kein Wort von ihren Aussichten, ihren Schreibereien, Laufereien, der Unterredung mit dem Minister Heinrodt; nicht einmal über ihre Heirat mit dem Manne Krüger ein Wort. Es war durchaus möglich, daß Tüverlin davon nichts erfahren hatte. Vielleicht schwieg sie, weil sie sich ein bißchen komisch vorkam mit ihrer erfolglosen Zappelei für den Mann Krüger. Führte sie diesen Kampf nicht recht dilettantisch? Jedenfalls wollte sie mit Tüverlin über diese Sache erst sprechen, wenn sie ihm Handfesteres, Aussichtsvolleres mitzuteilen hatte. Jetzt, durch die Unterredung mit dem Prinzen, wurde ihre Angelegenheit die etwas lächerliche Romantik los, die Tüverlin bisher nicht zu Unrecht darin gefunden hatte. Jetzt hatte sie Boden. Jetzt war es eine Lust für sie, sich mit dem Schweizer über den Mann Krüger klar auseinanderzusetzen.

Nicht sagte sie sich, daß sie vielleicht andere Gründe an dieser Auseinandersetzung gehindert hatten. Martin Krüger war nicht der erste Mann in Johannas Leben. Jacques Tüverlin gefiel ihr. Wenn sie seine breiten Schultern sah, seine schmalen Hüften, seine kräftigen, überflaumten Hände, sein gescheites, skeptisches, bei ihrem Anblick helleres Gesicht, war die einzige Hemmung der Gedanke an den Mann Krüger. Beim Tanzen, wenn sie den Körper Tüverlins spürte, bei Gruß und Abschied, wenn er ihre Hand lange hielt, störte sie der Gedanke an den Mann hinter dem Gitter. Sie wußte, daß Martin Krüger selber die Vorstellung physiologischer Treue unwichtig, vielleicht läppisch erschienen wäre; aber das Bild des Mannes in Odelsberg mischte sich auf unerträgliche Art in jede engere Berührung mit Tüverlin.

Nachdem sie für Martin etwas erreicht hatte, war ihr, als habe sie eine Schuld bezahlt. Bisher, wenn sie mit Tüverlin zusammen war, war es gewesen, wie wenn ein Schuldner Geld an einen Dritten hinausschmeißt, während der Gläubiger darbt. Jetzt war der Gedanke an den Mann zwischen den ummauerten Bäumen kein Hemmnis mehr.

Sie schüttelte, von der Unterredung mit dem Kronprinzen kommend, Pfisterer sogleich ab, vermied die Tante Ametsrieder. Suchte Jacques Tüverlin. Suchte ihn im Hotel, auf der Übungswiese. Je länger sie ihn nicht fand, so drängender wünschte sie, endlich die Geschichte mit Krüger klarzulegen. Es war eine Dummheit, daß sie ihn geheiratet hatte; aber es war eine notwendige Dummheit, die sich bezahlt machte durch größere Freiheit. Das alles mußte sie Tüverlin erklären. Wo steckte er? Auch auf dem Eisplatz war er nicht, nicht in dem kleinen Café Werdenfels, wo er Zeitungen zu lesen pflegte. Jemand sagte ihr, er glaube, Herrn Tüverlin mit einem andern Herrn gesehen zu haben auf der großen Hauptstraße, die aus dem Ort hinausführte. Johanna ging die Hauptstraße entlang, traf Bekannte, fertigte sie ab. Ging bis zur Peripherie des Ortes, setzte sich schließlich in die Konditorei »Alpenrose«. Unter den Ranken der Alpenrosen, zwischen dem Stampftanz der grünbehuteten Burschen und der weiträckigen Dirndln, wartete sie, vor einer Tasse sehr heller Milchschokolade, auf Jacques Tüverlin.

21
Die Funktion des Schriftstellers

Dieser Schriftsteller Jacques Tüverlin ging mittlerweile, etwa eine kleine Stunde von der Konditorei »Alpenrose« entfernt, auf der Hauptstraße mit dem Ingenieur Pröckl. Sie debattierten eifrig, wenig achtend auf die berühmte Winterlandschaft ringsum, ab und zu ausgleitend auf dem glatten, harten Schneegrund. Jacques Tüverlin, in gebauschten Hosen, die, die Waden frei lassend, bis unter die Knie reichten, in dreimal genähten, gegen Schnee und Wasser gut schützenden, genagelten Stiefeln, Pröckl hingegen mit langen Röhrenhosen und Schuhen mit Gummisohlen, nicht sehr geeignet für den Winter in den Bergen. Die Stimmen der Männer, die helle, schreiende Kaspar Pröckls und die lässige, gequetschte Tüverlins, kamen durch die Schneeluft, unterbrachen sich, wenn einer ausglitt, setzten sogleich wieder ein; denn sie waren sehr vertieft in ihr Gespräch.

Der Ingenieur Pröckl verlangte von Tüverlin gebieterisch, daß er aktivistische, politische, revolutionäre Literatur mache oder keine. Hatte es Sinn, während der gewaltigsten Umstellung der Welt läppische, kleine Gefühlchen einer sterbenden Gesellschaft festzuhalten? Sanatoriums-, Winterkurortpoesie zu machen, während der Planet zerrissen wurde vom Klassenkampf? Wenn einmal gefragt wurde: »Und was hast du während dieser Zeit gemacht?«, was dann hatte man aufzuweisen? Verwinkelte, nach altmodischen Parfüms duftende, erotische Spielereien, rein modische, in zehn Jahren nicht mehr begreifbare. Vom Sinn der Zeit hatte man nichts kapiert. Während die Welt brannte, hatte man die Seelenregungen von Haustierchen beobachtet. Schriftstellerei, wenn sie bleiben soll, muß den Wind der Zeit im Rücken haben. Oder eben sie wird nicht bleiben. Dokumente der Zeit machen müsse der Schriftsteller. Das sei seine Funktion. Sonst sei seine Existenz ohne Sinn.

Diese Thesen stellte der Ingenieur Kaspar Pröckl auf, während er in seiner verschwitzten, unzweckmäßigen Lederjacke mit dem Schriftsteller Tüverlin spazierenging auf der Hauptstraße, die von Garmisch-Partenkirchen südwärts führte. Er wurde sehr aggressiv, schrie Herrn Tüverlin seine Forderungen ins Gesicht, mehrmals ausgleitend, manchmal vor einem entgegenkommenden oder überholenden Schlitten in die schmutzigen Schneehaufen des Straßenrandes springend.

Tüverlin hörte ihm aufmerksam zu, ließ ihn ausreden, ließ sogar zweimal eine kleine Pause vorbeigehen, ohne sie zu einer Erwiderung zu benützen. Dann erst, vorsichtig, setzte er an. Der Herr sehe also die Funktion des Schriftstellers darin, Dokumente der Zeit aufzuzeichnen, zu konservieren, was in der Zeit historisch, Geschichte wirkend, wesentlich sei. Aber woher nehme der Herr seine Maßstäbe? Er für sein Teil zum Beispiel sei nicht so unbescheiden, seine Wertung dessen, was Geschichte wirkend sei, für normativ zu halten. Für noch viel weniger normativ freilich halte er die Wertung des Herrn. Sei der doch von seiner Geschichtsauffassung so besessen, daß er gar nicht erst bedenke, ob einer nicht außerhalb seiner Kategorien das Bewegungsmoment der Zeit sehen könne. Ihm, Tüverlin, zum Beispiel scheine der Zusammenstoß der alten asiatischen Kulturen mit der jungen barbarischen Europas, die durch den erleichterten Verkehr bewirkte neue Völkerwanderung mit all ihren Begleiterscheinungen viel wesentlicher als die soziologische Umschichtung Europas. Er müsse den Herrn ernstlich auffordern, das Jahrzehnt einmal nicht unter dem beliebten Sehwinkel der ökonomischen Neuordnung Europas anzuschauen, sondern eben unter dem dieser neuen Völkerwanderung und Kulturmischung. Er müsse ihn ernstlich auffordern, unter diesem, und nur unter diesem Sehwinkel zu arbeiten.

Dies brachte er vor mit seiner gequetschten, etwas komischen Stimme, doch nicht ohne Entschiedenheit. Er wollte hinzufügen, so gewiß sich der Herr diese Zumutung entschieden verbitten werde, so entschieden müsse er sich verbitten, daß man ihm die Grundanschauung vorschreibe, aus der er seine Visionen beziehe. Seine Weltanschauung sei für niemand verbindlich, nur für ihn. Aber für ihn sei sie es. Es sei Anmaßung, ihm das bestreiten zu wollen. Er für sein Teil sei nicht so anmaßend, seine Auffassung des Epochemachenden als verbindlich auch für andere zu erklären. Solche Prätension überlasse er Machtmenschen, Politikern, Pfaffen, Hohlköpfen.

Das also wollte er hinzufügen. Er kam aber nicht dazu. Sie waren nämlich bereits am Rand des Ortes, die Straße war eng hier, ein Schlitten klingelte so rasch heran, daß Tüverlin gerade noch Zeit fand, beiseite zu springen, während Kaspar Pröckl auf der andern Seite in eine Haustür hineingedrängt wurde. Als sie wieder nebeneinander waren, konnte sich Pröckl unmöglich länger bezähmen, er konnte den offenbaren Schmarren des andern nicht zu Ende hören, sondern mußte den frechen Unsinn auf der Stelle widerlegen. Er käme kaum viel weiter, sagte er also höhnisch, wenn er die freundliche Aufforderung des Herrn befolgte, nur von dessen relativistisch ästhetisierendem Sehwinkel aus zu arbeiten. Er konstruiere nämlich, mit der gütigen Erlaubnis des Herrn, Autos. Da würde es ihm einen Dreck nützen, wenn er das unter dem Sehwinkel des Zusammenstoßes der chinesischen mit der angelsächsischen Kultur machte. Er heiße übrigens Pröckl, Kaspar Pröckl, beschäftigt, aber nicht lange mehr, bei den Bayrischen Kraftfahrzeugwerken. Er heiße Tüverlin, quetschte Tüverlin. »Na also«, sagte Kaspar Pröckl einlenkend, beinahe höflich, denn er kannte den Namen. Kein Mensch verlange, fuhr er dann sogleich wieder scharf fort, daß er oder Herr Tüverlin zu dem Problem Asien-Europa Stellung nehme. Von dem Platz aus, an den sie gestellt seien, könne da weder er noch Tüverlin etwas fördern oder hindern. Aber der andere Standpunkt, der ökonomische, der sei fruchtbar für sie beide. Er zum Beispiel habe aus dieser Einstellung heraus seine Konstruktion des Wagens für den kleinen Mann gefunden. Er könne sich nicht denken, daß nicht auch Tüverlin von diesem marxistischen Sehwinkel aus leichter, freier, vernunftmäßiger sollte arbeiten können. Der Zusammenstoß Asiens mit Europa sei ein Thema für ästhetische Tees. Der andere Kampf, der wirtschaftliche, sei für jeden aktuell, sei da, an jedem Ort und zu jeder Stunde um sie herum. Die Menschen um sie herum seien gespalten in zwei Klassen, die sich bekriegen. Bürgerkrieg sei. Dieser Bürgerkrieg sei Herrn Tüverlins naturgegebener Gegenstand, vor dem er sich nicht feig drücken könne. Er könne sich nicht in die Betrachtung chinesischen Porzellans vertiefen, während rings um ihn die Maschinengewehre tickten. »Hier ist Rhodus, hier springen Sie!« forderte er. Und während ein Fuhrmann kopfschüttelnd ihn betrachtete, vor sich hin sagend: »So ein Hammel, so ein damischer«, wiederholte er mehrmals mit gellender Stimme: »Hier ist Rhodus, hier springen Sie!«

Tüverlin hätte nun hierauf mancherlei zu erwidern gehabt, etwa: er sei keine militante Natur, eine Eigenschaft, die er mit schätzungsweise vierhundert Millionen Asiaten gemein habe; er sei eben einmal an ökonomischen Fragen innerlich weniger interessiert als an denen des großspurig so genannten ideologischen Überbaus, und er denke nicht daran, hier zu springen: als er plötzlich sah, daß Kaspar Pröckl überhaupt nicht mehr auf ihn achtete. Vielmehr verzerrte sich das hagere Gesicht des Ingenieurs zu einer erschreckenden Maske der Wut, und mit diesem Gesicht starrte er in einen Schlitten, der ihnen entgegenkam und in dem, unförmig in Pelze gehüllt, ein massiger Herr saß, der den pelzbemützten, fleischigen Kopf mit dem strahlend schwarzen Schnurrbart höflich gegen den Ingenieur neigte. Pröckl indes dankte nicht, sondern stierte immer mit dem gleichen Haßgesicht den massigen Herrn an. Dann, als der Wagen vorbei war, sagte er zu Tüverlin unwirsch, er müsse zurück. Bei diesem Sauwetter sei es auch am Tag eine scheußliche Rückfahrt nach München, und es sei höchste Zeit.

Auf dem Rückweg ins Hotel machte Pröckl bittere, zynische Anmerkungen über die sportlich modischen, eleganten Frauen, die ihnen entgegenkamen. »Der schiere Strich, das lasterhafte Tal«, zitierte er dunkel und obszön, und Tüverlin wußte nicht, ob das ein Vers war aus den Shakespeare-Sonetten, die gestern der Ingenieur merkwürdigerweise in einer Luxusausgabe bei sich getragen hatte, oder aus sonst einem bei Pröckl beliebten Lyriker.

Pröckl fuhr sein Auto aus der Garage. Es war von Natur mißfarben und jetzt sehr schmutzig, denn er hatte es nicht waschen lassen. Er ging hinauf in sein Zimmer und holte sein Gepäck, Kamm, Schwamm, Zahnbürste, in Zeitung eingewickelt. Auch die Luxusausgabe der Shakespeare-Sonette. Jacques Tüverlin wartete darauf, daß der junge Ingenieur, der ihn sehr interessierte, eine neue Zusammenkunft in München anregen werde. Aber Kaspar Pröckl schwieg, finster, die Augen nach innen gestellt. Während er das Auto ankurbelte, fragte er sich, warum eigentlich er nach Garmisch gefahren sei. Mit seinem Projekt, mit dem Serienwagen, war er nicht weitergekommen. Nicht einmal Johanna hatte er gesprochen. Er war ein Mordsrindvieh, daß er die hundert Pfund nicht genommen hatte; die Anni wird mit Recht schimpfen. Alles in allem war er in Garmisch gewesen, um dem gewissen Herrn von Reindl seine Balladen vorzusingen. Was er nach Hause brachte, war seine Entlassung und die Shakespeare-Sonette.

Es dauerte ziemlich lange, bis der Motor in der scharfen Kälte ansprang. Jacques Tüverlin stand am Wagen, in seinen gebauschten Kniehosen, schlenkrig, elegant, machte sachverständige, fahrtechnische Anmerkungen; er war oft auf winterlichen Straßen gefahren. Endlich lief der Motor. Kaspar Pröckl, während er anfuhr, sagte unvermittelt mit scharfer, zurechtweisender Stimme zu Tüverlin, daß übrigens auch die Lehre Buddhas nichts weiter sei als primitiver, wissenschaftlich noch nicht genügend fundierter Marxismus.

Tüverlin, vergnügt, aufgefrischt durch die Debatte, ging voll belebter Gedanken die Straße zurück. Sah im Innern der Konditorei »Alpenrose« Johanna Krain sitzen. Freute sich, mit ihr, einer einfühlsamen Partnerin, das abgebrochene Gespräch mit Pröckl weiterzuführen. Er ging in die Konditorei. Mit seinen schlenkrigen Schritten stelzte er auf das große Mädchen zu, das blühend dasaß in grauem Kostüm, die graue Pelzjacke geöffnet, blätternd in einer illustrierten Zeitung.

Johanna saß so seit mehr als einer Stunde unter dem Alpenrosengerank, zwischen Schlagsahne verzehrenden Kleinbürgern. Die Milchschokolade, von der sie in kleinen Schlucken trank, schmeckte nicht gut; dennoch zeigte sich bereits am Grunde ihrer Tasse das beliebte Enzian- und Edelweißmuster aus den Süddeutschen Keramiken Ludwig Hessreiter & Sohn. Die Linien dieses Motivs mechanisch studierend, die gleichen langweiligen illustrierten Zeitungen immer von neuem durchblätternd, hatte sie gewartet. Randvoll von ihrem Erfolg bei dem Kronprinzen, stürmisch, sowie Tüverlin endlich kam, erzählte sie ihm jetzt. Er hörte halb hin, sagte: »Ja, ja«, äußerte einiges mild Abschätzige über den Prätendenten; war erfüllt von seinem Gespräch mit Kaspar Pröckl. Wie er sie hatte sitzen sehen, schön, groß, blühend, hatte er ein solches Bedürfnis gespürt, in sie die Gedanken und alle die Abwehr hineinzusprechen, die der gewalttätige junge Mensch in ihm aufgerührt hatte. »Verstehen Sie diesen Burschen?« sagte er. »Da ist der Kerl hundertmal lebendiger als das ganze Kruppzeug um ihn herum und verbohrt sich mit seinem heftigen Verstand gerade in *einen* Punkt. Wenn ein Mediziner oder ein Jurist von ihm verlangte, er solle die Welt ausschließlich vom medizinischen oder juristischen Standpunkt aus betrachten, dann haute er dem Kerl wahrscheinlich eine runter. Wenn ein Nationalökonom ihm das zumutet, sagt er ja. Er will nicht begreifen, daß Weltanschauung jenseits der Klasse erst anfängt. Ist es nicht ein prachtvolles Freiheitsgefühl, die in die modischen Klassenbegriffe Eingesperrten von außen anzuschauen? Statt dessen sperrt sich der Bursche, der es wahrscheinlich nicht nötig hätte, selber in sie ein.«

Johanna schluckte. »Es ist bestimmt nur eine Frage der Zeit, bis der Prinz wirklich eingreift. Ich habe in dieser Sache zwei Dutzend angeblich sehr wichtige Unterredungen gehabt, wo ich nichts anderes erzielte als Gerede. Jetzt endlich krieg ich Boden unter den Füßen. Verstehen Sie, Tüverlin, wie wichtig das für mich ist?«

»Wissen Sie«, sagte Tüverlin und schaukelte das Glas mit seinem Wermut, daß das Eis klapperte, »wenn der Mensch unbegabt wäre, dann wäre alles verständlich. Aber ich rieche es dem Rotzbuben an, daß er begabt ist. Muß sich der Esel dieser modisch bequemen Theorie an die Rockschöße hängen. Ich neige gewiß nicht zur Nervosität, aber sehen Sie, Johanna, das regt mich auf. Er lehne es ab, sagt er, auf dem abgesägten Ast der bürgerlichen Gesellschaft zu hocken. Mir, sagte ich ihm, mir genügt es, wenn ein Mensch, eine Begebenheit, eine Idee mein Lebensgefühl steigert. Das dann gebe ich weiter. Aber das findet dieser Bursche bürgerlich faul. So leicht macht er es sich nicht, sagt er. Er muß erst untersuchen, ob der Boden tragfähig für die Zukunft ist. Der Lausbub.«

Johanna hatte sich ungeheuer auf Tüverlin gefreut, hatte stundenlang auf ihn gewartet. Eigentlich hatte sie, seitdem sie in Garmisch war, darauf gewartet, mit Jacques Tüverlin über den Mann Krüger zu reden, über das, was sie getan hatte, wovon sie nicht wußte, ob es heroisch war, eigensinnig, dumm oder anständig. Merkte er nichts? Er schaute sie doch an, redete ihr doch ins Gesicht. Merkte er nicht, daß sie sich ihm anbot? Daß sie sich ihm an den Hals geschmissen hätte, wenn er nur auf sie einging? War er so blöd, daß er gar nichts sah?

Ja, er war so blöd, da er Schriftsteller war. Alle die Erwiderungen, die er Pröckl gegenüber nicht hatte anbringen können, entweder weil sie ihm nicht eingefallen waren oder weil er sie im Augenblick nicht gut formulieren konnte, oder weil Unwesentliches an Stelle von Wichtigem sich vorgedrängt hatte, alle diese Einwände formulierte er jetzt in scharfer Attacke vor der stummen, ablehnenden, gekränkten Johanna. Er fand gute Wendungen, wurde zusehends munterer, vergnügter. Ging über zu seinen Projekten. Erzählte ihr von einem Buch »Marx und Disraeli«, einem scharfen, wahrscheinlich sehr ungerechten Buch, das er demnächst veröffentlichen wird. Diese beiden Menschen, lebend in der gleichen Welt, in der gleichen Stadt, erlebend die gleichen Ereignisse, hatte er gemacht. Die historischen Ereignisse um sie herum gegeben, so nüchtern wie möglich, und dann gezeigt, wie völlig anders sie sich in den beiden Köpfen spiegeln. Ferner arbeitete er für den Rundfunk am Entwurf eines großen Spiels »Weltgericht«. Ein undeutliches Jüngstes Gericht untersucht Begebenheiten aus dem Leben sogenannter repräsentativer Männer. Es hebt an eine Auseinandersetzung zwischen Menschen der gleichen Epoche, die aber verschieden alt sind ihrer Artbeschaffenheit nach, einer vielleicht dreißigtausend Jahre älter als der andere. Keiner kann für nichts, jeder ist seines Rechtes sicher, jeder hat recht: und dann zeigt sich, daß vor diesem »Weltgericht« sein Recht eben doch unsicher wird.

Von diesem Hörspiel erzählte Tüverlin, kräftig, mit schnellen Worten, gar nicht skeptisch und gelassen, mit vielen heftigen Ausfällen gegen den Ingenieur Pröckl, den er übrigens als das einzige *Individuum mit Menschengesicht* bezeichnete, das er an diesem Lustort getroffen habe. Aber er hatte eine finstere Zuhörerin. Johanna interessierte sich nicht für seine Arbeit, von der sie sonst mit Leidenschaft gehört hätte. Sie schaute auf seine behaarten Hände und fand sie häßlich. Sie schaute auf sein arbeitendes, zerknittertes Gesicht und fand es eine Clownsfratze.

Sie versuchte, sich in ihn hineinzudenken. Der Mann kann Werk, Beruf deutlich abtrennen von der Frau, kann für die Zeit, da sein Werk ihn ausfüllt, die Frau in die Ecke stellen. Das war so, das wußte sie. Aber sie konnte nicht verhindern, daß ihre Oberlippe sich einsog, daß ihre grauen Augen zornig wurden. Es war ekelhaft, daß sie sich so gar nicht verstellen konnte.

Sie war erbittert über diesen Mann, der keinen Anteil nahm an ihr und ihrem Erfolg. Sie war erbittert über sich, daß ihr an der Anteilnahme gerade dieses Mannes lag. Sie war erbittert über sich und ihn, daß sie hier nebeneinander saßen, jeder so in sich eingesperrt.

Sie sah Herrn Hessreiter mit Herrn Pfaundler die Konditorei »Alpenrose« betreten. Gereizt, ablehnend, etwas albern sagte sie zu Tüverlin: »Entschuldigen Sie, ich verstehe nicht viel von diesen Dingen«, stand auf und ging zu Hessreiter. Der hatte durch Pfisterer gehört von ihrem Erfolg bei dem Prinzen, hatte sie durch den ganzen Ort gesucht, begrüßte sie mit vielen umständlichen Glückwünschen. Er war sehr stolz, daß sie Tüverlin hatte sitzenlassen, umgab sie mit Zuversicht, Neigung, Wärme, all dem, was Tüverlin ihr versagt hatte. Und sie vergaß die keramische Fabrik mit den Gnomen, mit den Fliegenpilzen, und nicht mehr spürte sie den säuerlichen Geruch ausgehen von Herrn Hessreiter.

Tüverlin, als sie ihn so plötzlich allein ließ, war zuerst verblüfft. Ach so, sie hatte ihm ja erzählt von diesem Trottel, bei dem sie gewesen war, und er hatte offenbar nicht genügend darauf geachtet. Etwas mehr hätte er wirklich auf sie eingehen können. Sie war gut anzusehen, sie gefiel ihm, alles an ihr, auch ihr Unmut, der vielleicht albern war. Aber hatte sie ihn nicht schon einmal allein gelassen? Er lächelte, vergaß sie. Er hatte sich warm geredet, war nicht allein: war mit seinen Plänen.

Herr Pfaundler sah den arbeitenden Mann. Herr Pfaundler erwog seit langem den Plan, einmal in München eine jener großen Revuen zu starten, wie sie die Zeit liebte. Vom geschäftlichen Standpunkt aus war das Unsinn; München war keine Weltstadt, kaum eine Großstadt. Aber andernteils die alte künstlerische Tradition, der berühmte bildnerische Geschmack: es wäre eine Mordsviecherei, von hier aus die Revue zu veredeln, die überall auf der Welt die Szene beherrschte. Der Vorsatz wärmte ihm das Herz. Er verdiente viel an der steigenden Inflation, und er schwankte seit Monaten, ob er das verdiente Geld in einer solchen veredelten Revue anlegen solle oder in einem Passionsfilm. Jetzt, wie er Tüverlin dasitzen sah, entschied er sich. Er hatte den Riecher. Er sah es auf den ersten Blick, dieser Tüverlin war sein Mann. Der internationale, schlenkrige Bursche war Viechskerl genug für die Revue, war nüchtern und hatte dennoch Einfälle. Herr Pfaundler ging hin zu ihm, bat um die Erlaubnis, Platz nehmen zu dürfen, bestellte für sein Teil einen Wermut. Sprach mit dem planträchtigen Tüverlin über die projektierte Revue. Ja, Tüverlin in dem verdrießlichen und lustvollen Akt des Produzierens ging auf Herrn Pfaundler ein. Er hatte eine Idee vorrätig für eine Revue, und dieser Mensch Pfaundler hatte den richtigen Unternehmersinn. Er fragte Herrn Pfaundler, ob die Revue politisch sein dürfe. Herr Pfaundler, vorsichtig, meinte, auch politisch dürfe sie sein. Mit Maß selbstverständlich. Sehr allgemein. Der lächelnde Tüverlin baute auf einem Grundriß des Aristophanes eine Revue an, das Gespräch mit Pröckl wirkte nach in ihm. Er schlug vor, die Revue auf den einheimischen Komiker Balthasar Hierl zu stellen. Herr Pfaundler stimmte beglückt zu: er, der Balthasar Hierl, der gescheite Tüverlin, das konnte ein Mordstrumm von einer Revue werden. Damit könnte man die Berliner an die Wand drücken. Tüverlin dachte an so was wie »Kasperl im Klassenkampf«. Das behagte Herrn Pfaundler wenig; er dachte eher an so was wie »Höher geht's nimmer«, was er vornehmlich auf die Kostüme der Frauen bezogen wissen wollte. Aber er hatte Erfahrung,

Künstler wollten vorsichtig behandelt sein; er schlug also vor eine Revue mit beiden Titeln »Kasperl im Klassenkampf oder Höher geht's nimmer«, damit rechnend, daß es seiner Zähigkeit und Beharrlichkeit allmählich gelingen werde, das Kasperl-im-Klassenkampf-Motiv zu eliminieren. Er bestellte einen zweiten Wermut, einen dritten, nicht für sich. Er versuchte Tüverlin auf das Geleis seiner Wünsche zu lenken. Tüverlin, ihn durchschauend, knetete konziliant diese Wünsche mit in seinen Teig. Verließ die Konditorei »Alpenrose« in Gesellschaft des Unternehmers Pfaundler, gewillt, die Revue zu schreiben.

Johanna, die sich währenddes zur Freude Hessreiters ungewohnt herzlich und aufgetan mit ihm unterhalten hatte, schaute den beiden nach, wurde wieder schweigsam.

22

Der Chauffeur Ratzenberger im Fegefeuer

In diesen Wintertagen, während der Kurs des Dollars an der Berliner Börse von 186,75 auf 220 stieg, begann das Geständnis des toten Chauffeurs Ratzenberger, er habe im Prozeß Krüger gegen die Wahrheit geschworen, Kreise zu ziehen. Der tote Chauffeur nämlich, trotzdem sich das herrliche Denkmal über seinem Grab erheben sollte, fand keine Ruhe. Mehrmals im Traum erschien der Unselige seiner Witwe Crescentia. Die Witwe Crescentia Ratzenberger stammte aus einem ländlichen Bezirk; sie hatte oft in starken Bildern über das Fegefeuer predigen hören, auch Schilderungen gesehen, in denen Sünder, im Fegefeuer bratend, anschaulich dargestellt waren. Aber nicht in der Art solcher Bilder, Haare, Wimpern, Schnauzbart versengt, mit brutzelndem Fett, die rosige Haut überdeckt mit Blasen, erschien ihr der tote Franz Xaver. Vielmehr zeigte er sich weit unheimlicher mitten in den Flammen unversehrt, doch immer mit gleichen jammervoll ausgestreckten, wächsern rosigen Händen. Und mit leiser, gläserner, unnatürlicher Stimme barmte, winselte er, er habe einen Meineid geschworen damals und müsse jetzt so lange in Flammen und Schwefel sich läutern, bis sein falsches Zeugnis aus der Welt sei.

Die Witwe Crescentia lag kalt übergossen von Schweiß, in schwerer Herzensnot. Wem konnte sie sich anvertrauen? Ihre vierzehnjährige Tochter Kathi war gutmütig, sanft, lachte gern; selig war sie, wenn man sie ans Wasser führte, sie konnte stundenlang mit freundlich idiotischem Grinsen die grüne Isar anschauen, in die seinerzeit einmal ihr Vater mit dem Ruf »Adieu, schöne Gegend« hineingesprungen war. Aber sie war geistig nicht recht beisammen, war spinnert und keinesfalls geeignet, die seelischen Nöte der Witwe Crescentia in Ohren und Herz aufzunehmen. Auch der Bub, der Ludwig, hatte keinen Sinn für den Kummer seiner Mutter. Er war ein großer Herr geworden; der Rupert Kutzner, der Führer der Wahrhaft Deutschen, dem jetzt seine immer fetter werdende Partei ein Auto stellte, hatte den gutaussehenden, strammen Jungen zu seinem Chauffeur gemacht. Da saß er am Steuer, der Bub, wenn der graue Wagen, den die ganze Stadt kannte, auf Rupert Kutzner wartete. Ein Abglanz seines großen Meisters fiel auf ihn, reglos unter den Blicken der Menge saß er, durchwärmt von seiner und seines Führers Bedeutung. Er teilte zwar noch die Wohnung mit seiner Mutter, aber wenn sie zaghaft von ihrem Kummer anfing, wies er sie, erfüllt von der Sendung und dem heroischen Martyrium seines Vaters, mit barschen Worten zurück, erklärte, die Ränke der Gegner, die schweinischen Verleumdungen der Juden und Jesuiten hätten sie narrisch gemacht. Ihre Gesichte bezeichnete er kurzerhand als saublöden Schmarren. Der geistliche Herr sagte ihr Ähnliches, gebrauchte nur als höflicher, gebildeter Mann statt des volkstümlichen Ausdrucks *Schmarren* die wissenschaftliche Bezeichnung *Halluzination.* Er hieß sie eine Vermessene, weil sie sich für begnadet halte, fragte, ob sie vielleicht gescheiter sei als er, und erklärte herrisch, abschließend, Messen genügten.

Allein der geistliche Herr irrte. Messen genügten nicht. Der Chauffeur Ratzenberger im Fegefeuer kam nicht zur Ruhe. Schrecken erregend in seinen Flammen erschien er, immer öfter, unversehrt, eine rosige Wachspuppe, wiederholte mit gläserner, unnatürlicher Stimme immer das gleiche, nannte seine

Witwe wohl auch eine dumme Gans, und aus dem Fegefeuer heraus stieß er sie mit der Faust, wie er es auch als Lebendiger getan hatte, derb vor den Hintern.

Und sein Geständnis zog Kreise. In der Wirtschaft »Zum Gaisgarten« hatte ein gewisser Sölchmaier verkehrt, ein Setzerlehrling aus der Druckerei Gschwendtner, ein trüber Bursche. Der Faktor der Druckerei konnte ihn nicht leiden, schikanierte ihn, mißhandelte ihn. Der Sölchmaier übertrug seine Gefühle gegen den Faktor auf den Inhalt der Kutznerschen Zeitung, an der er setzte. Betrachtete sie mit immer kritischeren Augen, wechselte, als er schließlich aus dem Betrieb des Gschwendtner hinausgeschmissen wurde, hinüber in die »Hundskugel«, wo noch immer die »Rote Sieben« tagte. Die »Rote Sieben« nämlich war unter anderm Namen wieder auferstanden, sie wuchs und blühte; denn die Not der Inflation füllte trotz der blutigen Dezimierung nach der Niederschlagung des Räteputsches und trotz aller Regierungsmaßnahmen die kommunistischen Reihen immer wieder auf. Als bester Mann der »Roten Sieben«, wiewohl er kein offizielles Amt in der Partei innehatte, galt der Elektromonteur Benno Lechner von den Bayrischen Kraftfahrzeugwerken. Der junge, hübsche Mensch, kräftiges, rotbraunes Gesicht mit flottem, kurzem Schnurrbart, schrie nicht, drohte nicht herum wie die andern. Kaum zwanzig und Oberbayer, war er dennoch ruhig, besonnen, ernsthaft. Die hundsgemeine Geschichte damals mit dem Klavierspielen in der »Roten Sieben« und der Zuchthausstrafe, die ihm das Ausnahmegericht dafür aufbrummte, hatte ihn nicht zum verbitterten Raunzer gemacht. Nachdenkend in der Strafanstalt über das Getriebe der Welt, viel lesend, war er ernst geworden, abwägsam. Wenn er, weil er Klavier spielen lernen wollte, ins Zuchthaus geraten war, so trugen daran nicht einzelne die Schuld: Ursache war die soziologische Struktur der Gesamtheit. Zu schimpfen, auf den Tisch zu hauen, half nicht. Er tat nicht oft den Mund auf in der »Hundskugel«, und die anderen hörten zu, wenn er sprach. Viele meinten, wenn von den Unternehmungen der Münchner Kommunisten etwas sinnvoll sei, habe es den jungen Benno Lechner zum Urheber.

Ihm mit hündischer Ergebenheit schloß der Setzerlehrling

Sölchmaier sich an. Ihm auch erzählte er, was man im »Gaisgarten« herumraunte von dem Meineid des Chauffeurs Ratzenberger. Benno Lechner horchte auf. Er war befreundet mit Kaspar Pröckl, er wußte, was Zuchthaus ist, freute sich, dem Martin Krüger, dem Freund des Kaspar Pröckl, zu helfen. Ging mit dem Genossen Sölchmaier zur Witwe Crescentia Ratzenberger.

Die Witwe Crescentia, als der tote Franz Xaver bewirkte, daß diese beiden erschienen und ihr auf den Kopf zusagten, sein Zeugnis damals sei falsches Zeugnis gewesen, atmete, fühlte angesichts dieser neuen Mahnung einen frommen Schauer, bekam Kraft, sich gegen ihre Last zu stemmen. Der junge Lechner brauchte nicht erst viele Worte zu machen, daß jetzt infolge der Sünde des Chauffeurs ein Unschuldiger im Zuchthaus hocke, und sie möge doch, um dem Lebendigen zu helfen, der Wahrheit die Ehre geben: als sie schon unter reichlichem Flennen erklärte, ja, was die Herren sagten, sei richtig, auch ihr habe der selige Franz Xaver einbekannt, er habe damals falsches Zeugnis abgelegt. Leider kam hier, und noch ehe man von der Witwe Crescentia etwas Schriftliches kriegen konnte, der junge Ludwig Ratzenberger dazu. Es setzte Geschrei und eine Rauferei, in deren Verlauf der Ludwig Ratzenberger dem Genossen Sölchmaier ein Stück Ohrwaschel abbiß.

Und das Geständnis des toten Chauffeurs Ratzenberger zog Kreise. Nachdem es von der Witwe Crescentia zu den Genossen Sölchmaier und Lechner gekommen war, drang es zu Kaspar Pröckl. Denn Benno Lechner, gleich nachdem er den Genossen Sölchmaier ins Krankenhaus links der Isar transportiert hatte, setzte seinen Freund, den Ingenieur Pröckl, in Kenntnis. Der und Benno Lechner trugen das Geständnis zu dem Anwalt Dr. Geyer. Dr. Geyer war skeptisch. Stark mit den Augen zwinkernd, mit heller, unangenehmer, zweimal umkippender Stimme setzte er auseinander, ein Wiederaufnahmeverfahren in die Wege zu leiten sei immer eine schwierige Sache, in diesem Fall so gut wie aussichtslos. Über die Zulassung eines Antrags auf Wiederaufnahme entscheide nach § 367 der Strafprozeßordnung das Gericht, dessen Urteil mit dem Antrag angefochten wird. In diesem Fall also jenes bayrische Gericht, das den Krüger verurteilte. Nachgewiesen werden müsse, daß durch die Beeidigung seines Zeugnisses der Zeuge Ratzenberger sich einer vorsätzlichen oder fahrlässigen Verletzung der Eidespflicht schuldig gemacht habe. Gemeinhin anerkennten aber die Gerichte in einem solchen Fall Meineid nur, wenn er erhärtet sei durch eine Verurteilung des fraglichen Zeugen. Der Zeuge Ratzenberger leider sei vor einer solchen Verurteilung gestorben. Ob die beiden Herren glaubten, der Herr Landesgerichtsdirektor Hartl werde, was sie ihm da mitteilten, selbst wenn sie es stützen könnten durch eine schriftliche eidesstattliche Versicherung der Witwe Ratzenberger, als hinreichenden Nachweis im Sinne des Gesetzes gelten lassen? Auf alle Fälle werde etliche Zeit verstreichen, bis das Material herbeigeschafft sei, um den Antrag juristisch genügend zu fundieren. Er überließ es Kaspar Pröckl, ob Martin und Johanna Krüger jetzt schon benachrichtigt werden sollten.

Ludwig Ratzenberger hatte nach der Rauferei mit den beiden Kommunisten die Wohnung seiner Mutter endgültig verlasssen. Die Witwe Crescentia blieb allein zurück mit ihrer leicht spinnerten Tochter, getröstet durch die Erscheinung des Seligen, der zwar immer noch innerhalb seiner Flammen auftauchte, doch nicht mehr barmend und winselnd, sondern fast schon mit einem Schmunzeln. Noch war sie nicht soweit, ihre mündliche Aussage schriftlich zu bestätigen, aber sie schlug es nicht einfach ab, sie vertröstete, stellte in Aussicht.

Und das Geständnis des toten Ratzenberger zog Kreise. Kaspar Pröckl fuhr nach Odelsberg.

Die Behandlung, die der Oberregierungsrat Förtsch dem Manne Krüger zuteil werden ließ, hatte mittlerweile sprunghaft gewechselt. Ohne daß irgendein Grund angegeben wurde, gewährte man ihm Vergünstigungen, die man ihm ebenso unvermittelt wieder entzog. Bewirkt wurden diese Veränderungen durch die wechselnden Strömungen der politischen Lage. Die führende klerikale Partei des Landes hielt es aus gewissen Gründen für angebracht, sich mit den nationalistischen Parteien zu verbünden. Man liebäugelte, insbesondere der Minister Flaucher, mit jener extrem völkischen Partei des Monteurs, jetzt politischen Schriftstellers Rupert Kutzner, den

Wahrhaft Deutschen. Da aber die zumeist sehr jungen führenden Leute dieser Partei zu großer Dreistigkeit neigten und, gab man ihnen einen Brocken, sogleich die ganze Schüssel verlangten, hielt man es, insbesondere der Minister Klenk, für angebracht, ihnen zeitweise wieder die kalte Schulter zu zeigen. Der Direktor der Strafanstalt, der Oberregierungsrat Förtsch, horchte gespannt auf jeden Windhauch aus dem Kabinett, und jede Schwankung machte sich im Strafvollzug an dem Manne Krüger spürbar. Er bekam die jeweilige Schattierung des Kabinetts zu merken an Kost, Schlaf, Gewährung und Entzug von frischer Luft, Besuchen, Schreibgelegenheit.

Nachdem man ihn eine Zeitlang mit Leonhard Renkmaier zusammen in eine Zelle gesperrt hatte, brachte man ihn plötzlich wieder in Einzelhaft. Es war die Zelle, die er gut kannte, der weiße Kübel, das Heftchen mit den Tuberkulose-Merkblättern, der braune Fleck in dem eingeklebten Nachtrag über den progressiven Strafvollzug. Ganz unten am Fuß der Mauer, nur minutiöser Betrachtung sichtbar, hatte ein Gefangener, der in der Zwischenzeit Insasse der Zelle gewesen war, in der einen Ecke eine Zeichnung angebracht, mikroskopisch klein, zotig, in der andern Ecke eine Zeile aus einem Gebet.

Martin Krüger betrachtete aufmerksam, denn er hatte viel Zeit, das Kruzifix, jene schematische Fabriknachahmung gewisser mittelalterlicher Darstellungen des Gekreuzigten aus dem fünfzehnten Jahrhundert. Er verglich es mit dem »Crucifixus« des Malers Greiderer, lächelte. Gut war es, das Fabrikerzeugnis hier zu haben, nicht das Bild des Greiderer. Er saß auf dem Hocker, dann ging er eine halbe Stunde auf und ab. Man hatte ihm seltsamerweise – Vergünstigung? Strafe? – keine Arbeit gegeben. Seine Gedanken gingen langsam, gleichmäßig, ohne Auflehnung, befriedet.

Als man ihm seine Schreiberei wiederbrachte, war er vollkommen glücklich. Er brauchte längst keine Reproduktion mehr des Bildes »Josef und seine Brüder«. Jedes winzigste Detail hatte er sich rekonstruiert. Nur eines einzigen Bruders Gesicht fehlte ihm, er hatte es als gutmütig, scheu und trotzig zugleich in Erinnerung, doch dies eine Gesicht blieb ihm undeutlich. Gerne hätte er das Bild gesehen, lieber den Maler; aber zufrieden war er auch so und brauchte keinen Telefonanruf in der Nacht. Er wußte, daß, soweit einer dem Maler nachspüren konnte, der Ingenieur Kaspar Pröckl auf dem Wege war. Längst war ihm das Bild mehr geworden als ein Kunstwerk. Die Ruhe, das Einverstandensein mit seinem Schicksal war ihm aus der starken Vorstellung des Bildes gekommen.

Es war schön, so wie jetzt schreiben zu dürfen. Niemand wartete, für keinen war es wichtig, daß er schrieb, nur für ihn selber. Oft schrieb er einen einzigen Satz an einem arbeitsvollen Tag. Gut war das: Zeit haben. Nichts festhalten, was nicht Anschauung, Gedanke, Leben ist. Die Einfälle fortjagen, die nicht die Schranken passieren, hinter denen die Gedanken liegen. Der Mann saß auf seinem Hocker, kurz geschoren, graubraun berockt, umgeben still und kräftig von Bildern, Gestalten, Ideen. Trottete zwischen Schnee, Mauern, den sechs Bäumen. Sah das vertrocknete, vielschnuppernde Gesicht des Direktors. Hörte die hurtigen Sätze des geschwätzigen Renkmaier. Aß. Schrieb.

Oh, diese ganz stillen Stunden in der Zelle, wenn nichts war als Ruhe, von werdenden Gedanken dicht, die er durfte reif werden lassen, ungehetzt, in listigem Frieden, gut für Anschauungen und Bilder. Man saß da, locker alle Glieder, locker das Hirn, ruhevoll und bereit.

In diese Befriedung hinein trug Kaspar Pröckl den Aufruhr. Denn was Kaspar Pröckl über das Geständnis des toten Chauffeurs erzählte, von dem Aufseher immerzu behindert, gezwungen, mit Andeutungen sich zu begnügen, riß auf einmal die Zelle wieder auf, warf den Graubraunberockten zurück in die Zeit, da er sich noch mit Alonso Cano beschäftigt hatte, einem eleganten Porträtmaler aus dem Cádiz des siebzehnten Jahrhunderts. Schüttelte ihn bis in die Nieren. Er hatte bisher für die Versuche, ihn zu befreien, von denen Geyer, Pröckl, Johanna ihm erzählt hatten, ein mildes, fernes Lächeln gehabt. Sie waren an ihm abgeglitten wie Wasser von einem Ölmantel. Diese Mitteilung plötzlich riß die dicke Watte auseinander, in die er sich gepackt hatte. Auf einmal wieder stand das Leben vor ihm, Reisen, Bilder, Meer, Sonne, Frauen, Erfolg, Tanzsäle, Bauten, Theater, Bücher. Der Ingenieur Kaspar Pröckl, der sich von der dumpfen Verpuppung des Mannes Krüger sehr viel erhofft hatte, nämlich daß er sich aus seiner bequemen Lebens- und Arbeitsweise durchbeißen werde zu seiner eigenen, harten, schonungslosen, erschrak vor der tiefen, wortmangelnden Aufgewühltheit des Mannes. Nein, Krüger war noch nicht soweit; sonst hätte ihn diese doch äußerliche Chance nicht so ungeheuer anrühren können. Kaspar Pröckl, ohnedies in seinen Mitteilungen behindert durch den Wärter, lenkte ab, sprach von den Bemühungen, die er aufgewandt hatte, um das Bild des Malers Landholzer zu finden, das Bild »Josef und seine Brüder«. Der Maler hieß nicht Landholzer, er hatte sich nur versteckt hinter einem Manne dieses Namens. In Wirklichkeit hieß er Fritz Eugen Brendel und war Ingenieur. Diesem Ingenieur Brendel war Kaspar Pröckl jetzt auf der Spur. Er war sicher, ihn aufzustöbern.

Sonst hätte diese Nachricht Martin Krüger im Innersten gepackt: heute hatte er keinen Sinn dafür. Es war eine tiefe, atemschwere Unruhe in ihm, daß Pröckl wünschte, er hätte ihm nichts von dem Geständnis des Chauffeurs gesagt. Fort war die Befriedung der guten letzten Wochen. Er konnte nicht stillsitzen, sein Manuskript war ihm gleichgültig. Er ging auf und nieder, zog den graubraunen Rock der Anstalt aus, wieder an. Er dachte an Johanna Krain, war sinnlos erbittert, daß sie sich in Garmisch vergnügte, während er hier saß. Das Essen schmeckte ihm nicht, der Geschmack des Sodas, das man, um die erotischen Appetite der Gefangenen zu dämpfen, den Speisen beimischte, widerte ihn an. Ein starkes körperliches Verlangen nach Johanna überkam ihn, er sah sie vor sich, nackt, spürte die Berührung ihrer festen, großporigen Kinderhände. Er biß sich in die Arme, ihn ekelte vor seinem Körper, seiner Ungepflegtheit, seinem Geruch. Er hatte das alte, gewalttätige Gesicht von früher. Dann wechselte er grotesk hinüber in die schlaffe Maske eines hilflosen Greises. Er begann einen Brief an Johanna, gemischt aus Geilheit, Erbitterung, Zärtlichkeit, Beschimpfung. Er hockte auf dem Boden, kaute an seinen Nägeln, verwünschte den Chauffeur Ratzenberger und den Ingenieur Pröckl. Dies war der erbärmlichste Tag seiner Gefangenschaft. Er zerriß den Brief an Johanna Krain; niemals hätte die Zensur des Direktors ihn hinausgehen lassen. Er rechnete, wie lange er noch so werde bleiben müssen. Es waren noch viele Monate, sehr viele Wochen, endlos viele Tage. Er schlief nicht in dieser Nacht. Er formulierte an dem Brief für Johanna.

Andern Tages arbeitete er mehrere Stunden an den wenigen Zeilen des Briefes, sie so zu machen, daß sie die Zensur des Direktors passierten. Der Oberregierungsrat Förtsch freute sich, als er den ungewöhnlichen Brief las, sein Kaninchenmaul arbeitete hastig. Er las den Brief mehrere Male, merkte sich einzelne Stellen, um sie den Honoratioren am Stammtisch des benachbarten Ortes, wo er zweimal die Woche sich einstellte, zum besten zu geben. Dann zensurierte er den Brief als unstatthaft und legte ihn zu den Akten.

23
Die Nachtwandler

Herr Pfaundler, so mondän und international er im allgemeinen »Die Puderdose« wünschte, legte an gewissen Tagen besonderes Gewicht auf gut bayrische Färbung. So wie man nur in München Bier herstellen konnte, es lag an der Beschaffenheit der Luft, des Wassers, so auch konnte man nur in München, es lag an der Beschaffenheit der Menschen, Feste feiern ohne Krampf und Ziererei, Stimmung herstellen, *Gaudi.* Solche richtige, anspruchslos derbe Münchner Atelierfeste veranstaltete Herr Pfaundler mehrere. Für die Kostümierung wurde jedesmal eine andere Parole ausgegeben, immer zwanglos, so daß keiner gebunden und jedem alles erlaubt war.

Die Idee dieser kleinen Bälle schlug ein. Die Fremden taten enthusiastisch mit. Für das Dekorative zog Herr Pfaundler den Maler Greiderer zu und den Künstler der Serie »Stierkampf«, die diese Aufgabe mit Beflissenheit und Geschmack lösten. Herr Pfaundler sparte nicht; diese Feste waren ihm Herzenssache. Eigens für sie holte er sich aus München kleine Maler, Kunsthandwerker, allerhand *Viecher*, junge Leute, die auf gute

Art lustig sein konnten. Schaffte sie auf seine Kosten nach Garmisch, hielt sie frei.

Diesmal hieß die Parole: *Die Nachtwandler.* Eine geschickte Parole. Denn was nicht alles wandelte in der Nacht? Wer es sich leicht machen wollte, konnte einfach, einer beliebten Ballmode jener Jahre folgend, im Pyjama kommen.

Sakrament, was hatten die Herren Künstler aus der »Puderdose« herausgeholt. Wo war das achtzehnte Jahrhundert hingeraten, der vornehme Kachelbelag, der ganze mondäne Krampf? Heute gab es unter einem kunstvollen Sternenhimmel mit rot und grünen Lampions ein astrologisches Laboratorium, einen Hexentanzplatz, Grauen und Schauer erregend mit wilden Teufeln, sogenannten *Gangerln*, und saftigen Hexen von naiver Obszönität, ein Fegefeuer, aus flatternden gelb und roten Papierschlangen gruselig zurechtgemacht. Den Hades gab es mit dem Flusse Styx und einem kunstvoll schaukelnden Boot (Überfahrt für Einheimische zwanzig Mark, für Ausländer zehn Cent). Der *Privatzirkel* aber war in eine Mondlandschaft verwandelt, großartig öd, grotesk, romantisch, verziert mit kräftigen bayrischen Sprüchen. Wollte man sich aber von all dem Graus wohlfeil und behaglich erholen, dann brauchte man nur in das Bierstüberl zu gehen, das der Maler Greiderer mit besonderer Liebe ausgestattet hatte. Tücher mit den weißblauen Würfeln des bayrischen Wappens bildeten ein freundliches Zelt. Viel Grün war da, flatternde Wimpel, Fähnchen. Lustige Zeichnungen, zutraulich optimistische Inschriften stärkten die Herzen.

Eine Stunde nach dem angesetzten Beginn war die »Puderdose« bis in den letzten lauschigen Winkel gefüllt. Es war kein schlechtes Bild. Nicht fehlte jene ganz leise Dosis Verruchtheit, die Herr Pfaundler gerne für die Raffinierteren beimischte. Das schwarze, hochgeschlossene, langschleppige Kleid etwa, das den schmächtigen, demütigen Körper der Insarowa eng umschloß, konnte auch dem prüdesten Beobachter nicht anstößig erscheinen und wirkte trotzdem so, daß selbst die Mausaugen in dem wulstigen Schädel des Unternehmers, der seine Tänzerin und ihre Tricks doch allmählich kannte, sich geil und anerkennend entzündeten. Auch die Art, wie dieser von Dellmaier und sein Freund ihre Kostüme leicht anrüchiger Damen trugen, war gerade durch ihre freche Diskretion wirkungsvoll.

Doch solcher Kostüme gab es nur sehr wenige. Grundstimmung blieb das Derbe, Harmlos-Lustige, die bayrische *Gaudi.*

Trotzdem also erreicht war, was Herr Pfaundler wollte, war er auffallend nervös und grob. Gerade zu seinen Lieblingen. Da war etwa Herr Druckseis, Erfinder von Lärminstrumenten und Juxartikeln, der epochemachende Neuheiten auf seinem Gebiet lanciert hatte, beispielsweise eine Rolle Klosettpapier, die beim Abreißen der Blätter volkstümliche Melodien von sich gab, »Üb immer Treu und Redlichkeit« und »In einem kühlen Grunde«. Herr Pfaundler konnte sich nicht vorstellen, daß man bei einem ernsthaften, auf Qualität fundierten Fest ohne Herrn Druckseis auskommen könnte, und hatte ihn veranlaßt, anläßlich *des Balles der Nachtwandler* einige besonders sinnreiche, unerwartete Melodien produzierende Apparate zu kreieren. Dennoch ließ er den verdienstvollen Erfinder, als der eine harmlose, berechtigte Frage stellte, mit Wucht abfahren.

Herrn Pfaundler störte, daß, so viele Menschen von Rang und Namen auf seinem Feste waren, einer fehlte. Er war so weit gegangen, diesen *einen* durch ein persönliches Handschreiben einzuladen, trotzdem ihm das Schreiben schwerfiel. Aber der Fünfte Evangelist war das letztemal nicht gekommen, er kam auch heute nicht. Das kratzte Herrn Pfaundler. Er ließ den verdutzten Erfinder Druckseis hart an. Schimpfte dann laut vor sich hin, daß der lätschige Herr Hessreiter noch nicht da war und die dicke Frau von Radolny. Diese Bagage, die ihr Leben lang faul auf dem Hintern hocken kann, ist immer am unpünktlichsten.

Als die beiden reichlich verspätet erschienen, stellte sich heraus, daß es für ihre Verzögerung triftige Gründe gab. Sie hatten nämlich gehofft, diesmal den Kronprinzen Maximilian mitbringen zu können. Aber der hatte im letzten Augenblick unvermutet abreisen müssen. »Die politische Lage«, erklärte Herr Hessreiter umständlich, verschwommen, dunkel. Soviel Herr Pfaundler erkannte, hatten die Führer der Linksparteien in geheimer Sitzung beschlossen, einen Volksentscheid herbeizuführen über die Vermögensenteignung der früher regierenden Fürsten, und der Prinz, nach langen Telefongesprächen mit dem Grafen Rothenkamp und mit dem Ökonomen Bichler, war noch am späten Abend nach München gefahren.

Herr Pfaundler hatte Herrn Hessreiter und seine Freundin an ihren Tisch geführt. Er beschaute Frau von Radolny. Bezog sie nicht eine Rente, die unter die zu enteignenden Werte fiel? War sie nicht unmittelbar betroffen von dem Beschluß der Linksparteien? Anmerken ließ sie sich nichts. Sie saß da, gelassen, fürstlich, umgeben von Respekt, das kupferne Haar prangend über dem großen Gesicht, mit vollen, nackten Armen, prachtvoll anzuschauen, in einem schwarzen Kleid, barbarisch mit Edelsteinen und riesigem Schmuck bestickt. Sie stellte heute eine fernöstliche Göttin der Nacht dar. Sie nahm Anteil am Gespräch, erwiderte ruhevoll freundlich die vielen Grüße aus dem lärmenden, fröhlichen Saal.

Innerlich war sie voll Panik. Das Enteignungsgesetz. Sie hatte die Revolution mit Ruhe überdauert, voll heimlichen Spottes über die einfältigen Aufrührer, die sich mit der Änderung der aufgeklebten Etikette begnügten, ohne, Rindviecher, die sie waren, die wirkliche Macht, den Besitz, anzutasten. Jetzt auf einmal nach so langer Zeit kamen sie darauf. War das möglich? Durfte das sein? Das Eigentum ernstlich umstürzen wollen, die Heiligkeit des Besitzes. In Deutschland. In Bayern! Daß man den Gedanken nur erwog, war schon ausgeschämt, jenseits aller Vorstellungen. Mächtig im Fleische thronte sie, erwiderte respektvolle Grüße, machte gelassene Scherze, aber im Herzen war sie ausgehöhlt, hilflos. Hatte nicht schon einer was gemerkt? Begann man nicht aufzumucken? Sie kannte die Welt. Den Erfolglosen verließen alle, sie fand das natürlich.

Sie beschaute Herrn Hessreiter, der an ihrer Seite saß. Er war ganz in Schwarz, trug schwarzatlassene Kniehosen, lange schwarze Strümpfe, eine schwarze Weste, hoch um den Hals schließend, eine mächtige Perle darin. Er erklärte sich für *Die Nacht* schlechtweg, bemühte sich, eine Gestalt zu sein des vor hundert Jahren verstorbenen deutschen Erzählers E. T. A. Hoffmann, den er sehr schätzte. Sah aus wie ein etwas beleibtes, distinguiertes Gespenst. Er konnte seine Nervosität nicht verstecken. Sie kannte ihn, sie wußte, daß daran nicht die schamlose politische Aktion dieser Trottel schuld war. Er suchte jemanden, den er bisher nicht erspäht hatte. Sie war sonst eine ruhige Dame und gönnte ihm seine Freuden: heute ärgerte sie sich. Es war gemein von ihm, wegen des Enteignungsgesetzes nicht, wohl aber Johanna Krains wegen nervös zu werden. Sie saß da, gelassen, in dem Prunk ihres idolhaften Kostüms. Bedachtsam, während man rings zuschaute, nestelte sie ein störendes Schmuckstück aus dem kupferfarbenen Haar, wandte ihr schönes Gesicht mit dem starken Mund und der fleischigen Nase dem Dr. Pfisterer zu. Der hatte primitiverweise einen Venezianermantel über einen etwas altmodischen Frack gezogen und suchte mit rührender Bemühung seine an Lodenjoppe und krachlederne Hosen gewöhnten Glieder dieser zeremoniellen Tracht anzupassen. »Haben Sie eigentlich Frau Johanna Krain gesehen?« fragte sie ihn. »Wissen Sie, ob sie heut abend kommt?« Alle waren verblüfft. Frau von Radolny und Johanna waren befreundet. Wenn irgend jemand über die heutigen Absichten Johannas unterrichtet war, dann Frau von Radolny. Herr Hessreiter wußte zudem, daß sie mit Johanna über ihr Kostüm gesprochen hatte. Was also sollte die bösartige Frage?

Pfisterer schwieg zunächst verwundert, schaute Frau von Radolny beflissen und verständnislos an. »Sie sind doch dick befreundet mit Frau Krüger, nicht?« fuhr Frau von Radolny mit ihrer sonoren Stimme fort, unbeirrt. »Sind Sie *nicht* mit ihr befreundet?« sagte schließlich Pfisterer, etwas dumm. »Ich denke, wir sind es alle«, sagte er, sich aggressiv rings umschauend. Katharina, immer mit dem gleichen, ruhigen Lächeln, meinte, sie habe jetzt wieder in einer amerikanischen Zeitung einen heftigen Angriff gelesen auf Johanna, die sich in Winterkurorten amüsiere, während ihr Mann im Zuchthaus sitze. Sie meine nur, fügte sie friedvoll hinzu, es sei denkbar, daß solche Urteile Johanna verhinderten, heute zu kommen.

Herr Hessreiter saß da in zunehmendem Unbehagen. Was wollte Katharina? Der Dialog mit dem ahnungslosen Pfisterer konnte nur den Zweck haben, ihm und den andern zu zeigen, daß sie von Johanna abrücke. Wahrscheinlich hing es mit dieser saumäßig blöden *politischen Lage* zusammen. Wenn Katharina Gründe hatte, ihre Aktion für Johanna jetzt nicht weiterzuführen, warum betonte sie das in einer so launisch taktlosen Form? Das war sonst nicht ihre Art. Geschah es, um ihn zu verärgern? Er trank stark. »Sie haben vergessen, Katharina«, sagte er dann, ohne sie anzuschauen, etwas gravitätisch, »daß Frau Krüger Ihnen ausdrücklich gesagt hat, daß sie kommen wird. Ich will nachschauen, ob sie da ist«, sagte er, die Stimme belegt, die schleierigen Augen auf Katharina. Stand auf, ein wenig mühsam, ging.

Nein, in dem großen Hauptsaal mit dem Sternenhimmel und den vielen rot und grünen Monden war Johanna offenbar nicht. Herr Hessreiter spähte in die zahlreichen Logen und *lauschigen Winkel.* Wand sich langsam durch die Tanzenden, in seinem schwarzen Kostüm der *Nacht,* mit seinem Elfenbeinstock, in etwas schwerfälliger Eleganz, ein beleibtes, distinguiertes Gespenst, beschäftigt, verdrießlich. Zum erstenmal seit ihrem vieljährigen Zusammenleben ernstlich verstimmt gegen Katharina. Er hatte solche Züge langsamer, bewußt zielender Bosheit niemals an ihr wahrgenommen. Er sehnte sich nach Johanna, er hatte das Gefühl, er müsse etwas an ihr gutmachen.

Unachtsam erwiderte er viele Grüße, Scherzworte, die seinem Kostüm galten. Tauschte abwesend, mit gewohnter, konventioneller Herzlichkeit, Händedrücke. Immer suchend. Er suchte auf dem *Hexentanzboden,* im *Fegefeuer.* Im *Hades* schlug ihn einer auf die Schulter, ein etwas bäuerlicher Herr, halbnackt, mit Blumen geschmückt, einen phantastischen Kranz auf dem Bauernschädel, einen Fotzhobel an den Lippen, einen Besenstiel mit einem Pinienzapfen in der Hand, umgeben von einigen sehr nackten billigen Mädchen. »Servus«, sagte der Herr. Es war der Maler Greiderer. Er behauptete, Orpheus zu sein, Orpheus in der Unterwelt; die Vorstadtmädchen um ihn herum, die *Haserln,* hatten sich für diesen Abend in Nymphen verwandelt. Der Maler Greiderer äußerte, er fühle sich ungeheuer wohl. Er blies ein paar Takte auf dem Fotzhobel, klopfte, um das Dionysische zu unterstreichen, mit dem als Thyrsus bezeichneten Besenstiel seinen Haserln den Hintern.

Dem Maler Greiderer kam das Arrangement dieses Festes

und sein Trubel sehr zupaß. Er suchte Anlaß, sich zu betäuben. Er hatte Sorgen. Er konnte das große Leben, das Renaissanceleben, das einem Künstler gemäß war, nur schwer aufrechthalten. Schon erfolgte die Gagenzahlung an die Gesellschafterin und den Chauffeur seiner betagten Mutter nicht regelmäßig. Seine frühere Produktion hatte er verkauft; es waren nur mehr Reste da, Nebenarbeiten, nicht recht geglückte, beiläufige. Die Konjunktur ließ nach. Neues fiel dem Greiderer wenig ein. Das rauschende Leben bekam ihm nicht. Er schaute zuweilen recht müde aus seinem faltigen, listigen Bauerngesicht. Er war Fatalist. Es ist schlecht gegangen, es ist gut gegangen. Wenn es jetzt wieder schlecht gehen wird, wird es später wieder besser gehen. An einen inneren Zusammenhang zwischen der Qualität seiner Bilder und ihrem Erfolg glaubte er nicht. Jedenfalls, vorläufig ging es noch. Warum es nicht ausnützen?

Der Professor von Osternacher gesellte sich zu ihm, stattlich und dekorativ im schwarzen Kostüm eines spanischen Granden. Das Schicksal des von dem Manne Krüger, der ihn als Dekorateur bezeichnet hatte, hochgepriesenen Greiderer war ihm eine innere Bestätigung. Sie setzten sich zusammen, der halbnackte bayrische Orpheus mit seinen lymphatischen Vorstadtmädchen und der repräsentative, schwarzsamtene bayrische Grande. Der Grande nahm eines der Haserln auf den Schoß, flößte ihm Sekt ein, erkundigte sich nach den Plänen des Kollegen. Der jammerte über die Konjunktur. Hühnerhöfe und Crucifixi gingen am besten. Er aber wolle einmal etwas ganz anderes machen. Er denke daran, zum Beispiel eine Gestalt des bayrischen Bauerntheaters zu malen, so was wie einen *Oberfernbacher Apostel*, was Bäurisches und Pathetisch-Biblisches zugleich. Das sei Hühnerhof und Crucifixus in einem. Ob der Herr Kollege nicht glaube, das müsse ihm liegen? Der Professor Balthasar von Osternacher ließ langsam das Haserl vom Schoß gleiten, schwieg. Das allerdings, meditierte er, könnte dem Maler Greiderer glücken, das könnte ihm, wie er ihn kannte, neuen Auftrieb geben. Herr von Osternacher schluckte, drückte herum, trank, überlegte. »Ja, das Theater«, sagte er träumerisch. »Wir Bayern haben immer unsere Vorliebe für Komödie gehabt.« Er dachte an die Möglichkeiten, die ein großer Realist hätte, der wirklich einen Bauernspieler malte, seinen ungelenken Aufschwung, seine arme und beflissene Vorstellung vom Erhabenen. Sorgfältig wischte er sich den Samtmantel des Granden, den der betrunkene Kollege besabbert hatte.

Herr Hessreiter unterdes suchte weiter durch das Getriebe der kostümierten und unkostümierten Großbürger, Abenteurer, reichen Damen, großen und kleinen Huren, durch rotbefrackte, unter bäurischen Teufelsfratzen schwitzende Musiker, Kellner, durch die Eintänzer, die heute ihren ganz großen Tag hatten, durch die Instrumente des Erfinders Druckseis, durch leisen Flirt, lärmende bayrische Gemütlichkeit, norddeutsches Geschnauze, durch Papierschlangen, Schrammelmusik, tausenderlei Flitter, durch kleine, gekitzelte Frauenschreie, durch hysterisches und derb saftiges Amüsement, durch die ganze phantastisch zurechtgemachte »Puderdose«.

Wie er endlich Johanna fand, spürte er einen Stich. Sie saß in dem kleinen Spielsaal, in dem er sie damals an seiner Bank hatte teilnehmen lassen und der heute die groteske Ödnis der *Mondlandschaft* darstellte. Dort, in einer Ecke, in einem besonders lauschigen Winkel, unter der Inschrift: »Auf Erden geht's jetzt sakrisch zu, / Auf dem Mond ist königlich bayrische Ruh.« Dort also saß Johanna, und zwar mit zwei Burschen, deren einen Herr Hessreiter kannte. Denn dieser eine war der Geschworene von Dellmaier, der windige von Dellmaier, der Versicherungsagent, Unternehmer auch von zahllosen sonstigen kleinen, düsteren Geschäften. Der andere war ihm ähnlich, nur vielleicht acht Jahre jünger, sehr jung, mit dem gleichen, herausfordernden, mokanten Gehabe, den gleichen, wässerigen Augen. Das heißt, die Augen waren eigentlich anders. Sie sammelten sich plötzlich, konzentrierten sich, packten zu. Wo nur hatte Herr Hessreiter die Augen schon gesehen?

Wie konnte sich Johanna mit diesen Burschen zusammensetzen? Wie konnte sie mit ihnen lachen, schwatzen, eingehen auf ihr Gemecker, auf dieses gemacht Weltmännische? Ein Mädchen wie sie. Herr Hessreiter betrachtete gierig, schwärmend wie ein Gymnasiast, ihr breites, offenes Gesicht, auf dem jede Regung kam und ging. Ein Mensch war sie, der kräftig und fanatisch zu seiner Sache stand, ohne Krampf. Eine Münchnerin, eine Landsmännin, auf die man stolz sein durfte. Beharrlich, von innerem Anstand, mit unverstelltem Zorn, der keine billige Regung war, sondern vorhielt. Die dichten Augenbrauen, feinhaarig, so daß sie klar in der breiten Stirn standen. Die festen, großporigen Kinderhände. Die langen, entschiedenen, grauen Augen. Sie hatte nicht erst umständliche Versuche gemacht, sich auffällig zu kostümieren. Ihr ebener Bau, strotzend, doch ohne Fett, ihre warme Haut kamen augenscheinlich aus dem ungezierten, schwarzen Kleid. Herr Hessreiter spürte heftiges Verlangen, ihre Hand zu drücken, seine schleierigen Augen von ihren hellen treffen zu lassen. Aber der Unmut über ihre Gesellschafter hinderte ihn. Er beschloß, an ihrem Tisch vorbeizugehen. Zeigte sie sich erfreut bei seinem Anblick, dann wollte er sich heransetzen.

Sie begnügte sich, ihm lässig-freundlich zuzunicken. Beleidigt ging er vorbei.

Ja, Johanna Krain war froh an der Unterhaltung ihrer windigen Gesellschafter. Das waren lustige, unbeschwerte Jungen, ihr Gespräch fuhr munter hierhin, dorthin, immer an der Oberfläche. Unter andern Umständen hätte sie sich wahrscheinlich nicht amüsiert an den frechen Bardamenkostümen der beiden zweideutigen Gesellen. Aber heute war sie froh an jeder leichten, unernsten Ablenkung. Es war gut, allein zu stehen; aber manchmal, zum Beispiel wenn so ein Haufen dreckigen Zeitungsgewäsches über einem zusammenschlug, wäre es doch angenehm gewesen, jemanden zu haben, mit dem man reden konnte. Ohne viel scharfe, richtige, unbequeme Worte. Es war *Ball der Nachtwandler*: sollte sie Skrupel haben, mit wem sie zusammensaß? Sie trank. Sie hörte auf die süffisanten Reden der beiden, die sich gegenseitig umfaßt hielten, die Jungensgesichter leicht geschminkt, obszön. Aus ihren Reden war ihr Schicksal und ihre Art mühelos zu konstruieren; sie waren im Schützengraben Freunde geworden, der ältere von Dellmaier und der milchgesichtige Erich Bornhaak. Die *Unzertrennlichen* hießen sie, auch *Kastor und Pollux*. Sie hatten den Schwindel durchschaut. Hatten Heldentaten verrichtet, aus Langeweile. Hatten verlernt, an irgend etwas zu glauben. Bismarck, Gott, Schwarzweißrot, Lenin, völkische Belange, Wandervogelbewegung, Expressionismus, Klassenkampf: es war alles derselbe Schwindel. Fressen, saufen, huren, ein bißchen Nachtlokale, ein bißchen Film, sehr schnell Autofahren, ein gutgeschnittener Smoking, würdige Männer verulken, ein neuer Tanz, ein neuer Song, ihre Freundschaft: das war Leben. Was man sonst sagte, Leitartikel. Sie sahen sich trotz des Unterschieds von acht Jahren sehr ähnlich, lang aufgeschossen, blaß, wässerig, ohne rechte Kontur, spitz zulaufende Gesichter. Georg von Dellmaier hatte sein hohes, pfeifendes Lachen, Erich Bornhaak die plötzlich zupackenden Augen. Sonst unterschieden sie sich wenig. Sie erzählten in schneller Folge kleine, schamlose Anekdoten. Sie selber, ihr ganzer Kreis, die Stadt München, das Reich, der Krieg, die Welt verwandelte sich in ihren Erzählungen in einen Ameisenbetrieb von Leerheit, dünner Geilheit, vollkommen unsinniger Geschäftigkeit. Sie verrieten einander dreimal in jeder Minute und waren bereit, sich einer für den andern in Stücke hacken zu lassen. Sie hielten sich grotesk umschlungen in ihren Barmädchenkleidern. Es war unvorstellbar, daß sie ein Leben führen sollten ohneeinander. Sie erzählten geschäftig, einer nahm dem andern das Wort aus dem Mund. Johanna saß dabei, groß, schön, nur leicht ablehnend, amüsiert.

Auf einmal sprachen die Burschen von dem Prozeß Krüger. Mit einer gewissen kalten, niederträchtig wohlwollenden Vertraulichkeit. Johanna spürte einen Stoß. Es war gemein, ihre Sache im gemeinen Munde dieses Gesindels zerkaut und zerspuckt zu hören; aber sie blieb sitzen. Sie sah mit ihren kühnen, gläubigen Augen der kahlen, lässigen Verderbtheit dieser Jugend ins Gesicht. Daß Menschen so jung sein konnten und so glaubenslos. Auf diesem dünnen, zähen Zynismus wuchs nichts, hier konnte nichts angebaut werden, kein Gefühl, keine Idee. Nachdem Herr Dr. Geyer ihre Sache geführt habe, sagte Erich Bornhaak, die gefärbten, manikürten Nägel seiner dünnhäutigen Hand anstarrend, sei es von vornherein sicher gewesen, daß nichts dabei herauskommen konnte. »Wissen Sie«, sagte er plötzlich, mit scharfen Augen Johanna anpackend,

»daß Dr. Geyer auf dem Papier mein Vater ist?« Johanna schaute so verblüfft in die Augen des Jungen, daß Herr von Dellmaier hemmungslos in sein plattes, pfeifendes Lachen ausbrach. Auf alle Fälle, fuhr die dünne, spöttische Stimme Erichs fort, habe Dr. Geyer einiges Geld für seine Erziehung bezahlt. Er selber übrigens glaube nicht an diese Vaterschaft, er habe bestimmte Gründe, durchaus nicht an diese Vaterschaft zu glauben.

Nun aber war es genug. Sie hatte Bedürfnis nach frischer Luft jetzt. Sie wollte sich durch nichts stören lassen mehr, sie wollte fort aus dieser albernen *Mondlandschaft*, sie wollte jetzt mit Jacques Tüverlin sprechen.

Der war Herrn Pfaundler in die Hände gefallen. Herr Pfaundler, in der tatkräftigen Stimmung des großen Festorganisators, arbeitete daran, seine Idee der Revue bei Tüverlin durchzusetzen und das Radikale, Politische auszumerzen. Ein naiv prunkvoller Passionsfilm mit schlauer Spekulation auf Amerika wäre auch keine schlechte Sache gewesen; aber er hatte sich jetzt eine Münchner Revue in den Kopf gesetzt. Er hatte eine deutliche Vision. Das mit dem »Kasperl im Klassenkampf« war natürlich ein Schmarren. »Höher geht's nimmer« hingegen, da war Behagliches, Münchnerisches, da rauschte die grüne Isar, da schmeckte man Bier und Weißwurst. Auf diese Basis konnte man eine veredelte Revue stellen. Auch konnte man, wandte man das Motiv »Höher geht's nimmer« auf die Frauenkostüme an, einen rechten Nebensinn behaglicher Fleischlichkeit hineinbringen. »Bauen, Brauen, Sauen«, der alte Wahrspruch Münchens sollte der Revue ihren Geschmack geben. Herr Pfaundler redete also in väterlichem Ton auf den Schriftsteller Tüverlin ein. Der liebte es nicht, sich zu kostümieren. Vielmehr saß sein zerknittertes, blinzelndes, listiges Gesicht über einem korrekten Smoking und einem korrekten, steifen Halskragen. Herr Pfaundler hingegen sah etwas seltsam aus. Um die fette Brust hatte er die Kette des Festordners geschlungen. Eine Papierkrone trug er auf dem wulstigen, pfiffigen Schädel. Die kleinen, tiefliegenden Mausaugen glitzerten; denn er hatte getrunken, helles, leuchtendes Märzenbier heute, während er sonst Wein bevorzugte. Die Insarowa, demütig und lasterhaft in der schmalen Pracht ihres engen, fließenden, hochgeschlossenen Kleides, saß wunderlich verrenkt, wie frierend, neben ihm.

Pfaundler tätschelte Tüverlin die Schulter. Redete ihm gut zu wie einem kranken Kind. Er solle doch auf seine politischen Faxen verzichten und eine anständige Revue schreiben. Wenn einer, habe er das Zeug dazu. Er, Pfaundler, schmecke das, er habe den Riecher. Der Künstler müsse über den Zinnen der Partei stehen, das sei doch ein alter Schnee. »Machen Sie keine Geschichten«, ermunterte er. »Stellen Sie sich über die Zinnen der Partei. Auf geht's.« Die Insarowa schaute aus schiefen Augen in das nackte, zerknitterte Gesicht Tüverlins, rückte unmerklich ab von Herrn Pfaundler. Tüverlin erwiderte, er sei politisch nicht sehr interessiert; er wolle nichts als die ungeheure Chance ausnützen, einen Schauspieler vom Format des Komikers Balthasar Hierl in die rechte, ergiebige, heutige Situation setzen, eben in die Situation des Klassenkampfs. Hier sehe er eine Quelle großen, legitimen Gelächters. Herr Pfaundler blieb skeptisch. Der Komiker Balthasar Hierl sei als Zugabe ausgezeichnet. Aber man müsse nicht nur Senf geben, sondern auch Wurst. Das Hauptstück einer Revue, auch einer veredelten Münchner Revue, der eherne Fels seien die nackten Mädchen.

In Pfaundlers Ästhetik hinein forderte die Musik auf zur Française. Tüverlin brach die Debatte ab, trat mit der Insarowa zum Tanz an.

Es war aber die Française ein Gruppentanz, im übrigen Deutschland außer Mode. In Bayern hatte sie sich erhalten, hatte sich dort den Bräuchen der Bevölkerung angepaßt, galt als Hauptstück aller Münchner Bälle. Man stand sich in langen Ketten gegenüber, marschierte sich entgegen, sich bei den Händen fassend. Man verneigte sich, umschlang sich, drehte sich eng umschlungen wild um sich selber. Man hob die Frauen auf verschränkten Armen hoch, ungehemmt hinausschreiend. Drehte sich mit der Tänzerin gegenüber, der Tänzerin nebenan, wirbelnd, die Kommandos des komplizierten Tanzes brüllend. Man schwitzte, jauchzte, mit leuchtenden Augen. Man kreiste in rasendem Wirbel, Frauenschenkel auf den verschränkten Armen, Frauenarme um den Nacken. Man küßte, knutschte, schüttete Sekt hinunter, überspült von der Musik eines riesigen Orchesters.

Von den Bayern fehlte keiner bei diesem Tanz. Herr Pfaundler selber schloß sich nicht aus; seine Papierkrone saß nicht ganz gerade, die Kette wackelte auf seiner fetten Brust. Aber die Mausaugen schauten klar und schnell rechnend aus dem wulstigen Schädel, streiften hinüber zu Tüverlin und der Insarowa, die etwas verloren in diesem fremdartigen Tanze stand. Elegant und kräftig drehte und wirbelte der Maler Balthasar von Osternacher seine Tänzerin herum, die Tennisspielerin Fancy De Lucca. Viele Augen schauten dem berühmten Paar zu. Die Tennismeisterin sah in den Armen des schwarzsamtenen Granden doppelt fein, kühn und verderbt aus. Sie stellte eine Orchidee dar, eine nur in der Nacht blühende, wie sie versicherte, was aber allgemein bestritten wurde, und stolz, lustig, schamlos, manchmal kleine Schreie der Angst oder der Lust ausstoßend, reckte sich über dem tiefroten Kleid ihr geiernäsiger Kopf. Herr Hessreiter tanzte die Française mit Frau von Radolny, beide ziemlich schweigsam, etwas gravitätisch, abwesend und routiniert. Auch viele Fremde beteiligten sich an dem Tanz, darauf bedacht, die komplizierten Figuren richtig auszuführen, die Frauen hochschwingend, unbeholfen, aber mit Liebe. Grotesk, mit blasiertem Lächeln, standen in ihren Bardamenkostümen die Herren Erich Bornhaak und von Dellmaier. Es tanzte auch der Landesgerichtsdirektor Dr. Hartl, der ehrgeizige Richter, bekannt aus dem Prozeß Krüger. Er war vermögend, er pflegte das Wochenende in seiner Villa in Garmisch zu verbringen. In diesen Zeiten der Inflation, in denen es den festbesoldeten Beamten nicht gut ging, lud er sich Kollegen ein. Heute hatte er seine drei Gäste zum *Ball der Nachtwandler* mitgeschleppt. Alle die vier hohen Richter tanzten die Française mit; denn es war ein würdiger Tanz, erprobt aus den guten Zeiten der Monarchie. Der Dr. Prantl, vom Obersten Landesgericht, bemerkte bei jeder Reverenz, die er zu machen hatte: »Tages Arbeit, abends Gäste«, worauf sein Gegenüber erwiderte: »Saure Wochen, frohe Feste.« Der Landesgerichtsdirektor Dr. Hartl erzählte seiner Dame während des Tanzes, in diesen Zeiten der Auflösung müsse man bei aller Konzilianz streng sein. Sie vier hätten im Lauf der letzten Jahre zweitausenddreihundertachtundfünfzig Jahre Zuchthaus verhängt.

Fortissimo die Musik. Geschrei. Jauchzen der *Nachtwandler*. Verschütteter Wein. Kellner, die an verlassenen Tischen den Sekt in die Eiskübel leeren, um die Zeche zu erhöhen. Hitze, welkende Blumen. Geruch von Speisen, schwitzenden Männern, heißem Frauenfleisch, verlaufender Schminke. Wild arbeitende Musiker. Der Erfinder Druckseis, an allen Ecken und Enden seine Instrumente in Tätigkeit setzend. An einem Tisch, allein, ein Haserl auf dem Schoß, sich besaufend, vor sich hin schwatzend, grinsend, mit dem Fuß taktierend, der weinlaubgeschmückte Orpheus Greiderer.

Unvermittelt sah sich Tüverlin vor Johanna. Sie tanzte ihm schräg gegenüber, mit Pfisterer. Er versteckte nicht seine erfreute Überraschung. Seit jener Unterredung in der Konditorei »Alpenrose« hatte er kaum mehr Gelegenheit gehabt, Johanna zu sehen. Er hatte damals nicht recht begriffen, warum eigentlich sie gekränkt war. Er hatte wenig Interesse gezeigt für ihre dumme Audienz beim Kronprinzen, die sie so ungeheuerlich aufbauschte. Nun schön, er war mitten aus einem interessanten Gespräch gekommen, hatte mit ihr weiterreden wollen. War das ein zulänglicher Grund, einzuschnappen? Er hatte versucht, ihr mit Argumenten der Vernunft beizukommen. Allein Johanna, sonst bemüht um Gerechtigkeit, hatte sich geweigert, auf ein halbwegs sinnvolles Gespräch einzugehen. »Dann nicht«, hatte er sich gesagt, achselzuckend. Ihn beschäftigte die Auseinandersetzung mit dem Ingenieur Pröckl, seine literarischen Pläne, die Revue für Pfaundler, dazu die Ordnung seiner Finanzangelegenheiten; die Manipulationen seines Bruders drohten ihn um sein ganzes Erbteil zu bringen. Sein Leben war ausgefüllt.

Jetzt, wie ihm Johanna in der Française gegenüberstand, wie er sie den Vorschriften des Tanzes gemäß umfaßte, ihren Körper spürte, spürte er, wie sehr sie ihm gefehlt hatte. Er wird jetzt die alberne Geschichte bereinigen, die frühere Lage wiederherstellen. Ist er etwa ein *Kavalier*? Soll man ihm Sinn für

Würde und Repräsentation vorwerfen? Nein, er scheut es durchaus nicht, daß sie ihn noch einmal mit ihrem großkopfigsten Gesicht, die drei Furchen über der Nase, abfahren läßt. Er vernachlässigte seine russische Partnerin, dehnte alle Drehungen, die ihm der Tanz mit Johanna erlaubte, über Gebühr aus.

Die Française ging weiter. Man war an jenem letzten Teil, wo man sich, während die Musik leiser wird, in langer Kette unter den Armen einhakte, um beim Forte in kräftigem Marschschritt aufeinander loszugehen. Die Musik tobte. Der schwarzsamtene Grande Osternacher war nicht mehr alt. Er hob während dieses ganzen Teils seine Tänzerin, die tiefrote Orchidee Fancy De Lucca, hoch in die Luft, drehte die Strampelnde, Lachende, Schreiende, Atemlose um seinen Kopf, besessen, mit angeschwollenen Adern. Ein langes, nicht abreißendes, jauchzendes Schreien war im Saal. Johanna wehrte sich nicht mehr gegen Tüverlin. Sie spürte beglückt jenes Gefühl des Wartens sich lösen, das immer in ihr war bei der Vorstellung des Mannes Tüverlin. Den ganzen Abend hatte sie, eigentlich seit jener Unterredung mit dem Prinzen Maximilian ununterbrochen, auf ihn gewartet. Sie ließ es zu, daß er sich nach beendetem Tanz einfach von der Insarowa abkehrte, sich mit ihr in einen der vielen *lauschigen Winkel* zurückzog.

Sie saß da, erregt von Tanz, Hitze, Fest, Männern und insbesondere dem Manne vor ihr. Kein leisester Gedanke war in ihr an den Mann Krüger, nicht an den vergnügt ulkenden von vor vier Jahren und nicht an den graugesichtigen hinter dem Gitter. Sie sah den altklugen, zerknitterten Kopf Jacques Tüverlins mit dem vorspringenden Oberkiefer, seine kräftigen, rötlich behaarten, sommersprossigen Hände, wie er, elegant, schlenkerig, locker und doch beflissen in seinem Smoking dasaß, sie sehr begehrend. Sein nacktes, clownhaftes Jungensgesicht bemühte sich, treuherzig zu sein und nur wenig spöttisch. Sie war ihm sehr nahe, wußte: nun wird sie gleich zu ihm reden können.

Da gingen die beiden Windigen vorbei, leicht grinsend.

Und plötzlich, unvermittelt, waren alle die alten Gedanken, vor einer Sekunde noch Ewigkeiten fort von ihr, wieder da: das Zeitungsgewäsch, der aussichtslose, endlose Kampf um

Martin Krüger, jetzt ihren Mann. Fast körperlich war das da, saß mit am Tisch. So plötzlich riß die Verbindung mit Tüverlin, daß der, sonst kein scharfer Beobachter solcher Regungen, zusammenzuckte, aufsah.

Während sie am liebsten mit Jacques Tüverlin weggegangen wäre, irgendwohin, fort von Garmisch, in eine große Stadt, in ein verlorenes Schneedorf, auf sein Zimmer, in sein Bett, sagte sie ihm jetzt bösartige Dinge, bestimmt, ihn zu kratzen. Gegen ihren Willen. Doch sie konnte nicht anders. Das, was mit am Tisch saß, duldete es nicht anders.

Tüverlin hatte von den Erbstreitigkeiten mit seinem Bruder erzählt. War es nicht komisch, wenn jemand, der über alle andern im weiten Umkreis so scharfe, kritische Dinge vorbrachte, über die Ordnung ihrer Geschäfte, über die Ordnung des Staates, war es nicht komisch, fragte sie, wenn der bei der Ordnung seiner eigenen Geschäfte so jämmerlich versagte? War es nicht ein wenig komisch, wenn jemand, der sich so viel auf seinen gesunden Menschenverstand zugut tat, erst dann sich um sein Geld scherte, wenn es zu spät war? Sie fand kein Ende. Sie hatte das Gefühl, daß ihre andern Gedanken, der zum Beispiel an den Mann Krüger, daß das, was mit am Tisch saß, sich verflüchtigte, wenn sie bösartig auf Tüverlin einhackte. »Früher«, sagte sie, »als Sie mit der Aufmerksamkeit einer Viertelstunde Hunderttausende hätten retten können, haben Sie sich nicht um Ihr Geld gekümmert. Sie reden von der Lebensuntüchtigkeit der andern. Was haben Sie selber gemacht? Wenn es nicht Snobisterei war, Verlogenheit, Affektiertheit, war es nicht in jedem Fall einsichtsloser als das, was die andern tun? Die haben es schwer. Die sitzen und müssen zusehen, wie ihnen durch die Entwertung des Geldes ihr Vermögen zerschmilzt. Sie, Tüverlin, mit Ihrer Valuta hatten es besser und haben es dümmer gemacht als alle andern. Andere werden mit dem Staat fertig, Sie nicht einmal mit Ihrem Bruder. Ein Literat sind Sie, Tüverlin, ein Snob, überheblich. In der kleinsten praktischen Sache ist Ihnen jeder Droschkenchauffeur überlegen.«

Herr Tüverlin hörte sich das an. Er machte freundliche, mildspöttische, zaghafte Einwände. Er begehrte sie sehr, er hätte sie am liebsten geprügelt, er ärgerte sich schrecklich über sie. Sie selber litt unter ihrer albernen Bosheit; aber sie konnte nicht aufhören. Im Gegenteil, sie begann, ihn immer übler aufzuziehen. Auch er erwiderte schärfer. Sie saßen kampfbereit, spähten einer nach der Blöße des andern, sich zu verwunden. Durchstöberten, was einem vom andern bekannt war. Gerieten an den Fall Krüger. Es erwies sich, daß Tüverlin sehr gut wußte, wie die Dinge standen, und natürlich auch, daß sie Krüger geheiratet hatte. Er mokierte sich über diese sentimentale Geste. Spielte Dinge gegen sie aus, die sie ihm vertrauend, und nur ihm, mitgeteilt hatte. »Machen wir uns doch nichts vor, Johanna Krain«, sagte er, »der Märtyrer Krüger ist für Sie längst ein Pechvogel geworden, ein Gleichgültiger, ein Irgendwer, dessen Schrift Sie nicht einmal zu analysieren wagen, um sich nicht selber zu desavouieren.« Ohne ihre Antwort abzuwarten, rief er den Kellner, bestellte neuen Sekt, sagte, er habe mit Herrn Pfaundler zu sprechen, zahlte, stand auf, ließ sie allein mit dem Sekt.

Unterdessen drückte sich der Schriftsteller Dr. Pfisterer verdrossen, beschäftigt, in schweren Gedanken im Saal herum. Die Unterredung mit dem Kronprinzen hatte seinen baufällig gewordenen Glauben an sein biederes Volk neu gestützt. Aber jetzt war der Kronprinz abgereist. Ein so wackerer, kernfester Mann, und hatte doch, sah man genau hin, nicht zu seinem Königswort gestanden. Hatte für Johanna nur Phrasen gehabt wie alle. Unrecht geschah, wurde geduldet von allen, alle deckten es, alle hehlten. Den schweren, rötlichgrauen Kopf gesenkt, strich der stämmige Mann durch den Saal, der Frack saß fremdartig um den ungefügen Körper, grotesk umwallte ihn der Venezianermantel. Seine kleine, rundliche, betuliche Frau segelte besorgt und geschäftig um ihn herum. Er atmete schwer, er hatte keine Freude an diesem Ball. Nach Hause wollte er erst recht nicht. Dort warteten etliche lebfrische Zenzis, Seppln, Vronis darauf, von ihm fertiggeschnitzt zu werden. Sie werden geraten, selbstverständlich, er hatte die Handfertigkeit; aber sie machten ihm heute keinen Spaß.

Er geriet ins Bierstüberl, an den Tisch des Orpheus Greiderer. Der gluckste, nannte Pfisterer anerkennend den *Bayrischen Obergemütlichkeitsverschleißer*. Wies hin auf das weißblaue Rautenwerk an den Wänden. »Weißblau ist bayrisch«, erklärte er nachdrücklich, überzeugt, bedeutungsvoll. Die beiden Männer dampften Lob einer für den anderen. Vertraulich setzte der Maler Greiderer dem Herrn Nachbar auseinander, wie fad das Produzieren sei. Herr Pfisterer nickte nachdenklich Zustimmung. Allein gerade diese Zustimmung reizte den Greiderer. Er schlug plötzlich um, wurde bösartig, seine kleinen Augen schauten tückisch, vergnügt aus dem hartfältigen Bauerngesicht. Leise, hinterhältig, mit seiner knarrenden, unverbindlichen Stimme sagte er: »Sehen Sie, Herr Nachbar, Sie müssen bedenken, es gibt zwei Arten von Wirkung: eine breite und eine tiefe.« Dies wiederholte er mehrmals, hartnäckig, dem verwirrten Pfisterer auf den Schenkel schlagend, bis der vollends trübsinnig wurde.

Der Maler Greiderer aber begab sich auf die Toilette. Undeutlich hin und her schwankend, stand er, sein Orpheuskostüm war in Unordnung geraten. Sich festhaltend an dem Besenstiel mit dem Pinienzapfen, übergab er sich. In den Pausen sprach er auf den Landesgerichtsdirektor Hartl ein. Er wisse, die Großkopfigen hätten ihn, den Greiderer, nie recht leiden können. Aber jetzt habe er doch Erfolg, und jetzt solle man gemütlich sein. Weißblau sei bayrisch, grün schissen die Maikäfer. Der hohe Herr Gerichtshof sei ein feiner Hund, er müsse jetzt noch mit ihm und den Haserln Schampus trinken. Dr. Hartl hört zu, ein wenig umnebelt auch er, die Verderbtheit dieser republikanischen Zeit philosophisch, leicht traurig belächelnd. »Cacatum non est pictum«, wies er den Maler zurecht.

Johanna, als Tüverlin sie allein ließ, saß, die Oberlippe eingeklemmt, blaß. Das hatte sie doch nicht gewollt. Sie hatte sich auf den Abend gefreut, war sicher, bei dieser Gelegenheit die dumme Geschichte mit Tüverlin wieder einzurenken. Jetzt hatte sie durch ihre maßlose Albernheit alles vollends kaputt gemacht. Dabei hatte er recht. Sie war sich selber zuwider, weil sie sich so unsagbar blöd benommen hatte, und er war ihr zuwider, weil er recht hatte. Wie übrigens stand es denn um ihre eigenen Geldverhältnisse? Viel trüber und verworrener als um die seinen.

In ihre Wut, Reue, Scham hinein glitt schwarz und behutsam ein distinguiertes, leicht beleibtes Gespenst: Herr Hessreiter. Er hatte einen Fehler gemacht damals mit der Besichtigung der Süddeutschen Keramiken. Er sah das ein, alle Schuld lag an ihm. Jetzt saß sie da, bedrückt offenbar, trostbedürftig. Es war die rechte Gelegenheit, den Fehler gutzumachen. Es wurde ihm warm, wie er sie so sitzen sah. Er spürte beglückt, daß, was er für sie empfand, mehr war als jenes rasche Begehren nach einer Frau, das ruhig und gemessen wurde, sowie er einmal mit der Begehrten geschlafen hatte. Er war nicht mehr jung, ein Leben ständigen Genießens hatte sein Gefühl lau gemacht, gleichmäßig lau, so daß er kaum noch gehofft hatte, jemals wirklich warm zu werden. Von Herzen bemühte er sich um sie, einfühlend, behutsam. Und sie, nach den scharfen, rücksichtslosen Reden Tüverlins, ließ sich seine weitschweifige Sorgfalt gern gefallen. Er war liebenswürdig mit Geschmack, auch auf eine etwas altmodische und skurrile Art lustig.

Ein tiefer Ärger gegen Katharina war in ihm wegen ihrer unverständlichen Bosheit gegen Johanna. Er spürte Fremdheit, Gegensatz stärker als je in den langen Jahren ihres Zusammenseins. Er stellte es an, daß er in ihrer Nähe vorbeikam, den Arm mit betonter Herzlichkeit um Johanna, mit unterstrichener Vertrautheit in sie hineinsprechend. Katharina sah es. Sah auch, daß diese Neigung Hessreiters keine Sache etwa nur des heutigen Abends war. Sie lächelte tiefer, thronend in ihrem idolhaften Prunk, sie lächelte bitter, fast befriedigt. Also auch Paul war von ihr abgefallen. Auch er, unbewußt gewiß, aber mit dem natürlichen Instinkt, sich von denen, die im Pech sind, fernzuhalten, verließ sie, nun ihre Rente bedroht war.

Zu Johanna und Hessreiter gesellten sich Fancy De Lucca und Pfisterer. Fancy De Lucca war satt und glücklich. Ihr Orchideenkostüm hatte die Wirkung getan, die es sollte. Sport, Training, die zahllosen Erfordernisse ihres Championats füllten sie ganz aus, ließen ihr wenig Muße, an ihre Fraulichkeit zu denken. Heute abend hatte sie ausgekostet, daß sie, wollte sie nur, als Frau wirken konnte. Ihre aufreizende, undefinierbar obszöne Blumenhaftigkeit tat Wirkung. Weitergehen wollte sie nicht; mehr war schädlich, sie durfte es sich nicht leisten.

Man zog sich zurück in die *Mondlandschaft*, in einen von Pfaundlers *lauschigen Winkeln*, denselben, in dem Johanna vorhin mit den beiden Windigen gesessen war. Der schwermütige, zu Johanna besonders zärtliche, aus dem Geleis geworfene Pfisterer, die satte, befriedigte Tennismeisterin, die langsam in der Atmosphäre Hessreiters sich aufruhende Johanna, der von Johannas Zutunlichkeit beglückte Hessreiter bildeten inmitten der immer wüsteren *Nachtwandler* eine stille Gruppe für sich. Die *Mondlandschaft* schien Johanna weniger albern. Sie sprachen nicht viel; es war ihnen angenehm, daß sie sich so zusammengefunden hatten.

Fancy De Lucca drehte mechanisch am Radioapparat. Es ergab sich, daß man soeben von irgendwoher die letzten Nachrichten übermittelte. Die Stimme im Apparat sprach von einer großen Konferenz, Parlamentsreden, einer Aussperrung, von einem Eisenbahnunglück; dann teilte sie mit, in der Sache Martin Krüger habe Rechtsanwalt Dr. Geyer das Wiederaufnahmeverfahren beantragt, sich stützend darauf, daß der Chauffeur Ratzenberger mehrmals vor Zeugen erklärt habe, seine Bekundungen im Meineidprozeß Krüger seien falsch gewesen. Dann erzählte die Stimme von einem Dammrutsch, von einem Flugzeugabsturz, von der bevorstehenden Erhöhung des Porto- und Eisenbahntarifs.

Johanna, als die Stimme vom Prozeß Krüger sprach, horchte hoch. Auch die andern. Sehr genau verstand keiner, was diese Meldung besagte. Aber wenn Dr. Geyer, der doch bisher so skeptisch war, jetzt diesen Antrag aller Welt so wichtig verkündete, dann mußte er aussichtsreich sein, dann war er ein Fortschritt, ein Erfolg, das sahen alle. Johanna rötete sich, strahlte, stand halb auf. Die Stimme im Apparat sprach noch immer, sie war jetzt bei Sportangelegenheiten, keiner hörte zu. Fancy De Lucca, mit einer jähen, herzlichen Gebärde, streckte Johanna die olivbraune Hand hin; Pfisterer, geradezu erlöst, brach aus: »Himmelsakra! Das ist doch endlich ein Erfolg!« Hessreiter bestätigte es wichtig. Johanna stand vollends auf. Das breite Gesicht erregt, stand sie zwischen dem wüsten und behaglichen

Mondspuk des Malers Greiderer unter der Inschrift vom Mond und der königlich bayrischen Ruh. Sie nickte den andern zu, verließ stürmisch, das breite Gesicht erhellt, den kleinen Raum. Jetzt ist alles gut, jetzt hat sie Boden unter den Füßen. Alles hat sich verändert. Sie muß es Tüverlin sagen.

Allein der ist schon vor einiger Zeit weggegangen, in sein Hotel. Sich auskleidend, erwägt er, ob er nicht wieder in das kleine Haus oben am Walde ziehen soll.

Johanna mittlerweile drängt durch den Saal. Sucht. Ist besessen von der neuen, glücklichen Wendung. Strahlt. Sucht, wie ein und eine halbe Stunde vorher Herr Hessreiter gesucht hat, im *Astrologischen Turm*, auf dem *Hexentanzboden*, im *Fegefeuer*. Bis sie endlich auf Frau von Radolny stößt. Frau von Radolny liebelt in ihrer gelassenen Art mit dem Professor von Osternacher. Johanna unterbricht sie ungestüm. Katharina nächst Tüverlin ist die, die sich am meisten über ihr Glück freuen wird. Johanna teilt ihr überstürzt, nicht recht zusammenhängend, eigentlich unverständlich ihre gute Nachricht mit. Katharina, schnell von Begriff, versteht, schaut Johanna an aus ihrer götzenbildhaften Pracht heraus, ruhig, neugierig. Meint: »Na also, da gratulier ich. Hoffentlich geht es auch gut aus.« Und wendet sich wieder dem schwarzsamtenen Granden Osternacher zu. Johanna schaut sie an, ihr breites, straffes, bräunliches Gesicht zuckt ein wenig. »Der Prozeß wird wiederaufgenommen«, wiederholt sie, nicht laut. »Jaja, ich habe verstanden«, sagt Frau von Radolny nochmals, eine Spur Ungeduld in der sonoren Stimme. »Hoffentlich geht es gut aus«, wiederholt sie, betont uninteressiert. Und: »Sagen Sie, lieber Professor«, spricht sie zu dem Schwarzsamtenen weiter.

Ja, Frau von Radolny ist sich über ihre Taktik klargeworden, hat Stellung bezogen. Sie kommt von ziemlich weit unten, sie hat sich hochgerappelt, es war nicht leicht, sie denkt nicht gerne daran. Jetzt ist sie oben, und jetzt will man ihr auf einmal ihre Sache wieder nehmen. Oh, sie wird sich wehren. Sie ist keine Scharfe, gewiß nicht, sie war immer tolerant. Aber, wenn man ihr ihr Geld nehmen will, da hört die Gemütlichkeit auf. Jetzt ist alles, was zu dieser Geldnehmerbande gehört, ihr Feind. Martin Krüger ihr Feind, Johanna ihre Feindin. Ihr die

Rente nehmen. Sie hat nichts gegen Johanna. Das heißt, genaugesehen, ist das nicht wahr. Seit heute abend, seitdem vorhin Hessreiter auf solche Art mit Johanna vorbeigegangen ist, hat sie was gegen sie. Wer sich was zustecken will, was ihr gehört, ist ihr Feind. Sie wird auch das mit Paul klären. Sie vermeidet Szenen, wenn es möglich ist, sie hat sich mit Paul trotz seiner unklaren Art immer sehr gut verstanden. Aber jetzt, hier will sie rechtzeitig klare Sicht haben. Jedenfalls hat sie kein Interesse, aber durchaus keines, meine Liebe!, daß der Prozeß Krüger wiederaufgenommen wird. Sie trank von ihrem mit Rotwein gemischten Sekt, schaute freundlich in den von seinem Toben schon leicht ermüdeten Saal.

Johanna, wie Frau von Radolny sie stehenließ, begriff nicht. Sie hatte nicht einmal den starken Mund verpreßt wie sonst oder die Furchen des Unmuts. Sie machte zwei Schritte rückwärts, immer noch das Aug auf der Loge, wandte sich langsam, ging durch den Saal, ein wenig schleppend, blicklos, schwankend beinahe, daß wohl der ein oder andre glaubte, sie habe zuviel getrunken, und daß Herr Hessreiter, sehr gravitätisch nach wie vor in seinem erlesenen, leicht gespenstischen Kostüm, ängstlich neben ihr zottelte, fürchtend, sie werde im nächsten Augenblick zu Boden schlagen.

Die Nachricht von der geplanten Wiederaufnahme des Verfahrens hat sich verbreitet. Hessreiter erzählt davon dem, jenem. Seine Mitteilung wird kühl aufgenommen. Die Haltung Frau von Radolnys hat gewirkt, man hört mit Verlegenheit zu, mit teilnahmslosem Lächeln, mit erkrampftem, uninteressiertem »So, so, gratuliere«. Johanna fühlt sich elend. Warum begrinst man ihren Erfolg, zweifelt ihn auf lähmende Art an? Zuerst hatten doch alle ihr den Erfolg gewünscht. Sie verstand nur halb, spürte tiefen Widerwillen gegen die feigen, lätschigen, krampfhaft lustig vermummten Menschen ringsum.

Herr Hessreiter redete leise auf sie ein, vorsichtig, ganz dick voll Mitleid, Zärtlichkeit und Begierde. Folgte ihr, als sie nach dem Ausgang strebte, sich von niemand verabschiedend.

Seltsam dann, nachdem der Portier sie hinausgedreht hatte, vermummt in Pelze über ihren absonderlichen Kostümen, standen Johanna Krain und Herr Hessreiter unter einem eisig klaren Himmel mit einem stillen Halbmond und ruhigen Sternen.

Schlitten waren da. Herr Hessreiter hatte plötzlich eine Idee. Eifrig redete er ihr zu, nicht sogleich nach Haus zu gehn, sondern etwas hinauszufahren in die ruhige Nacht, sich auszulüften nach dem Lärm und dem Dunst des Festes. Er redete wichtig, mit rudernden Bewegungen. Er hätte gar nicht soviel Getue nötig gehabt: sie nickte einfach, stieg ein.

Im Schlitten umsorgte er sie mit kleinen, überflüssigen Maßnahmen. Sie saß warm unter der riesigen Pelzdecke, mit abebbenden Gedanken, zufrieden, behütet zu sein. Lautlos glitt, nicht sehr schnell, der Schlitten durch die Schneelandschaft. Gefühllos, urweltlich stand der Zirkus der Berge in dem gleichmäßigen Licht des halben Mondes, in beruhigender Unabänderlichkeit nach dem willkürlichen Gezappel in der »Puderdose«. Befriedung floß aus der milden, kalten Stille, der stummen Bewegung des Schlittens. Die Hinterbacken der Pferde hoben sich gleichmäßig vor dem breiten Rücken des Kutschers. Herr Hessreiter schwieg. Aus seinem runden, halboffenen Mund kam wolkig der Atem. Zärtlich aus seinen braunen, schleierigen Augen von der Seite sah er auf das Mädchen.

Die Fahrstraße führte am obern Rand einer Schlucht, einer tiefen Klamm, der Teufelsklamm. Unten durch diese Schlucht waren kunstvolle Wege geführt. Verklammerte Holzplanken, Steige, in die ungeheuer hohen zerrissenen Felswände eingehaut, Tunnels in den Stein gebohrt, überstäubt von den stürzenden Wassern des Falles. Jetzt war alles vereist, Teile des Geländers abgebrochen, der Winter hatte die kühnen, listigen Wege durch die Schlucht unpassierbar gemacht. Aber die Klamm sollte den Fremden erschlossen bleiben, für morgen war Wiedereröffnung versprochen. Jetzt in der Nacht werkten Scharen von Arbeitern, damit der versprochene Wiedereröffnungstermin eingehalten werde. Sie hingen an den vereisten Felsen, flackerig belichtet von Notlampen, sehr gefährdet auf dem glatten Felsen, der jeden unvorsichtigen Tritt mit Absturz und Zerschmetterung bedrohte. Gehalten von andern, angeschnallt, hingen welche, andere standen auf Klettereisen, hämmernd, schmiedend, festigend, damit am kommenden Tag zwischen dem Mokka des Lunchs und dem Tanztee die Fremden die Eiswunder der Schlucht wieder gefahrlos passieren könnten.

Die Arbeitenden winkten und riefen den späten Schlittenfahrern vergnügt hinauf, sie fanden ihre Arbeit durchaus selbstverständlich. Herr Hessreiter rief muntere Antworten zurück in ihrem Sinn und in ihrer Mundart. Er dachte währenddes, fast ängstlich gespannt, hoffentlich werde Johanna nicht umkehren wollen, ehe man nach Griesau kam. Sie fröstelte, war müde, aufgelöst von Hoffnung, Enttäuschung, Erlebnis. Er zog sie sacht näher an sich heran. Sie lehnte ohne weiteres den Kopf an seinen Pelz. Er atmete stärker, spürte sein Herz. Ihre Gegenwart beschwingte seine Phantasie. Er dachte an eine ungeheure Ausdehnung seines Betriebs, er wird mit Johanna eine Geschäftsreise machen, die keramischen Fabriken Südfrankreichs besichtigen. Die billige Arbeitskraft der deutschen Inflation, die künstlerische und die manuelle, gibt ihm die Möglichkeit eines unerhörten Dumpings. Er wird den Westen Amerikas erobern. Jedem Farmer seine Münchner Keramik. Er wird die Projekte des Bildhauers der Serie »Stierkampf« ausführen. Die Ausdehnung des Kitschbetriebs wird es ihm erlauben, ernsthafte Kunst zu machen. Die Süddeutschen Keramiken Ludwig Hessreiter & Sohn werden ihre Einflußsphäre ausdehnen von Moskau bis New York.

Man kam nach Griesau. Der Kutscher fragte, ob er umkehren solle. Das Hotel lag dunkel in dem weiten, überschneiten Talgrund. Hessreiter schaute auf die müde Frau, die an seinem Pelz lehnte. Etwas unsicher, doch gewollt forsch und selbstverständlich sagte er zu dem Kutscher, er solle läuten. Nach langen Minuten kam ein verschlafener Hausknecht, unwirsch, da es nicht einmal Amerikaner mit hochwertigem Geld waren, die ihn herauszuklingeln wagten. Ein dickes Trinkgeld Hessreiters machte ihn geschmeidig. Ja, die Herrschaften konnten heißen Tee kriegen. Johanna hatte mit keinem Wort zugestimmt oder abgelehnt. Der große Saal lag sonderbar leblos, der Mann hatte nur einen Teil der Beleuchtung aufgedreht. Sie saßen verloren in einer Ecke, zusammengehörig durch die Weite des Saals und das spärliche Licht. Nach der langen Fahrt taute die Lauheit des Raums die steifen Gliedmaßen wohlig auf. Nein, es hatte keinen Sinn, wieder zurückzufahren. Herr Hessreiter bestellte Zimmer. Johanna sah ihn an, müde, ohne Abwehr, sie wußte jetzt offenbar genau, worum es ging.

Der Tee kam, rann angenehm durch den Leib. Herr Hessreiter redete eine Weile lebhaft; dann wurde er stiller, seine Augen schleierten sich noch mehr. Johanna verglich den Mann, der neben ihr saß, sonderbar verschollen, elegant, sie umsorgend, sie begehrend, schwer und doch zart, brodelnd in etwas abstrusen Gedanken, mit dem beweglichen, scharfen Tüverlin. »Was halten Sie von Tüverlin?« fragte sie unvermittelt. Herr Hessreiter schrak geradezu zusammen, gab eine ausweichende Antwort. Johanna bestand.

Es stellte sich heraus, daß Herr Tüverlin Herrn Hessreiter nicht sehr gefiel. Er drückte herum, sprach halbe Sätze, die er durch rudernde, weite Handbewegungen ergänzte. Schwitzte. Deutete endlich gewunden an, er habe immer geglaubt, Johanna sei befreundet mit Tüverlin.

Befreundet? Was das heiße?

Halt *befreundet.*

Er saß betreten da, sich windend, schuldbewußt. Sie hatte plötzlich Mitleid mit dem schwitzenden, schleierigen Mann. Da hatte er also geglaubt, sie schlafe mit dem andern. Aber er hatte sich nichts merken lassen, war demütig, dienstbeflissen, fröhlich um sie herum gewesen, sich begnügend mit ihrer Nähe. Ein reicher Herr von Einfluß, verwöhnt von den Frauen. Der einzige, der wirklich etwas für sie getan hat. Und das ohne große Gesten, fast sich genierend vor ihr. Sie war auf einmal gerührt, ja erschüttert davon. Sie dachte nicht mehr an die Gnomen und Fliegenpilze, der säuerliche Geruch war fort. Sie nahm seine fleischige, gepflegte Hand, streichelte sie mit ihrer großporigen, festen. Da begann der schwere Mann zu zittern und verstummte vollends. Sie saßen in dem spärlich belichteten, ungemütlichen Raum, in einer Ecke, es war nicht warm, der Tee war dünn, schlecht zubereitet. In diesem Saal, nach einer durchtanzten, durchärgerten Nacht, in einem seltsamen Kostüm, nach fast zwanzig Stunden Wachen, auf beginnendem Abstieg seines Lebens schon, fühlte sich Herr Hessreiter beglückt und verwirrt wie als Jüngling, im Innersten angerührt von der Frau neben ihm. Er war bereit, für diese Frau mit dem blühenden, warmen Fleisch, den grauen, tapferen, unvorsichtigen Augen Opfer zu bringen, selbst, wenn es sein mußte, sein behagliches Leben aufzugegen. Er spürte, zum drittenmal in seinem Leben, wirkliche Leidenschaft, wie er sie einmal sehr jung gespürt hatte, dann ein zweites Mal, als er Katharina kennenlernte. Er spürte: dieses war das letztemal. Verwirrt, dankbar, sehr behutsam erwiderte er die Berührung ihrer Hand.

Der Hausdiener erschien in der Tür, sagte, die Zimmer seien fertig, brachte sie hinauf. Sie erstiegen eine nicht aufhörende, mit einem groben, roten Läufer belegte Treppe. Sagten sich, mit Blick, doch flüchtig, gute Nacht. Sie ließ es zu, daß er, kaum war der Hausdiener verschwunden, in ihr Zimmer kam.

Während der Schriftsteller Jacques Tüverlin nach einigen Gedanken an die Revue »Kasperl im Klassenkampf« gut und traumlos im Palace-Hotel in Garmisch schlief, während der Mann Krüger graugesichtig und schlaff in seiner Zelle in Odelsberg lag, die in dieser Nacht leer von Träumen war,

während der Minister Klenk kräftig gesund, aus gutem Gewissen heraus leicht schnarchte, während der Rechtsanwalt Geyer in verrenkter, unbequemer Haltung, die Decke zurückgeworfen, das gerötete Gesicht an zerknäulten Kissen rieb,

während Herr Pfaundler müde, befriedigt, schimpfend die Ausweise seiner Kassierer nachprüfte,

während man die letzte Hand legte an die Arbeiten zur Wiedererschließung der Teufelsklamm und die leitenden Ingenieure sehr befriedigt waren, daß bei den neun Tage dauernden Arbeiten nur zwei Unfälle unterlaufen waren, davon nur einer mit tödlichem Ausgang,

lag Johanna Krain-Krüger neben dem schlafenden Hessreiter. Der hatte den Mund leicht offen, atmete gleichmäßig, sah friedsam, bequem, eigentlich glücklich aus. Sie fühlte sich ruhig, träge, satt. Sie lag auf dem Rücken; fast unhörbar zwischen Lippen und Zähnen summte sie leise vor sich hin. Immer die gleichen altmodischen Takte, nicht sehr musikalisch, unermüdlich, befriedigt. In halb undeutlichen und jedenfalls nicht unangenehmen Gedanken, unter denen auch Gedanken an den Mann Krüger und den Mann Tüverlin waren.

Ziemlich früh am Morgen, als die Stubenmädchen des Hotels Post in Griesau sich durch den Wecker aus dem Schlaf scheuchen ließen und ächzend und schimpfend aufstanden, dehnte sich auch der Mann Hessreiter, wachte halb auf. Lag mit geschlossenen Augen, dämmernd, glücklich. Wie tief- und sattbefriedigt war er, während er sonst nach lauem Genuß ziemlich leer herumflackte, voll Sehnsucht, sich auszuschlafen, und befriedigt eigentlich nur darüber, daß nun wieder dieser halb als Pflicht empfundene Genuß absolviert war. Er legte sich höher, vorsichtig, daß er Johanna nicht störe, horchte auf die leisen Atemzüge der Schlafenden. Nein, es war diesmal wirklich etwas anderes gewesen. Jetzt noch klarer und beglükkender spürte er das als vorher. Er *liebte* sie. Ein großes, dummes Wort. Aber es stimmte. Es war gut, daß Katharina es ihm so leicht gemacht hatte. Er wird jetzt mit Johanna die große Kunst- und Geschäftsreise machen. Er wird auch ihre Sache richtig managen. Diese Sache mit dem Manne Krüger, mit dem sie, er lächelte, verheiratet ist.

Als sie, später, erwachte, während schon die erste Helle des Wintermorgens ins Zimmer kam, schaute sie um sich, nicht verwirrt, nicht lächelnd, ernst, ohne Scham. Dies war gut so. Besser als mit Tüverlin? Vielleicht.

Hessreiter, den Arm um ihren Hals, im Halbdunkel, warm an ihr, faul, fragte, gähnend fast, ob denn nun der Mann Krüger einen Meineid geschworen habe oder nicht.

Johanna war so erstaunt, daß sie zu atmen aufhörte. Nicht einmal erzürnt war sie gegen Hessreiter. Dieser Mann also, der seinen fleischigen Arm um sie hielt, gutmütig und sicher ehrlich verliebt, hatte niemals an seine und ihre Sache geglaubt. Er hatte sich eingesetzt für sie, weil ihr Wuchs, ihre Haut, ihre Stimme ihm gefiel. Ob der Mann, für dessen Unschuld er mit Wichtigkeit, ja mit Leidenschaft kämpfte, wirklich unschuldig war, interessierte ihn nebenher. Er fragte darüber nach einer Umarmung, gähnend. So also waren die Leute mit ihren Beziehungen und ihre Richter.

Siehe, er mißverstand ihr Schweigen. »Wenn man das nicht

wissen darf«, tröstete er mit seiner behaglichen Stimme, »macht es auch weiter nichts.« Und er fingerte an ihrer Haut, drückte sie fester an sich.

Später überlegte sie, daß sie sicher auch gerade nach einem Meineid Martin Krüger gedeckt hätte.

Hessreiter ging hinunter, um nach Garmisch telefonisch Weisung zu geben, man möge ihnen Kleider herüber nach Griesau schicken. Johanna sah sich mittlerweile um in dem unordentlichen, ungelüfteten, nicht komfortablen Hotelzimmer. Sie dachte an Krüger, freundlicher, sachlicher als sonst. Sie wird jetzt den Kampf für ihn besonnener führen, sie wird ihn zum guten Ende führen.

Hessreiter kam zurück. Man frühstückte, bis die Kleider kamen. Hessreiter lächelte über die herumliegenden Maskenkostüme. Johanna sah sie gar nicht. Sie aß unbefangen, mit gutem Appetit.

Er, an seinem Schläfenbart herumstreichend, sprach ihr in großen, gewundenen Worten von der Reise, die er vorhatte. Die Konjunktur sei günstig, er wolle sein Unternehmen ausdehnen. Es sei an der Zeit, daß er sich endlich durch den Augenschein informiere, wie weit während des Kriegs und nachher die ausländische keramische Industrie gekommen sei. Zunächst werde er nach Paris fahren. Er glaube, fügte er hinzu, sie nicht anschauend, sorgfältig ein Stückchen Butter auf das Messer nehmend, er glaube, auch Johanna könne für ihre Sache zur Zeit im Ausland mehr erreichen als in München. Er höre zum Beispiel, der Geheimrat Bichler werde demnächst nach Paris gehen. Auf Reisen sei dieser heimliche Regent Bayerns weniger unzugänglich. Er schlage ihr vor, schloß er, das Stückchen Butter endlich auf sein Brötchen streichend, mit ihm zu reisen. Er schwieg, wartete unsicher auf Antwort.

Johanna sagte ohne weiteres ja.

Drittes Buch

Spaß. Sport. Spiel

I

Stierkampf

Die Arena war, die billigen Plätze in der Sonne und die teuern im Schatten, seit fast einer Woche ausverkauft; überallher aus der Provinz waren die Leute gekommen, um sich des Vormittags die Prozession, gegen Abend den Stierkampf anzusehen. Denn auf dem Programm dieser Corrida, die übrigens zugunsten einer übernationalen humanitären Organisation, des *Roten Kreuzes*, stattfand, war der Stierfechter Montilla II angekündigt, der sich zur höchsten Rangstufe emporgearbeitet hatte, ein Espada großer Klasse, nächst dem Diktator der meistgenannte Mann Spaniens.

Der Maler Greiderer, trotzdem er nur über ein paar Brocken Spanisch verfügte, versuchte angeregt, zutraulich, ein Gespräch mit seinem Nachbarn. Der erwiderte lebhaft. Der Bayer und der Spanier, ohne daß einer den andern recht verstand, schwatzten heftig aufeinander ein, gestikulierend, befriedigt jeder vom Interesse des andern. Der Maler Greiderer, der sehr aufnahmefähig war für jede Art von Volksschauspielen, sah in diesem Stiergefecht den Höhepunkt der spanischen Reise, die er sich gönnte, solange seine Konjunktur noch anhielt. Man hatte ihm viel von Blut, aufgeschlitzten Pferdebäuchen und ähnlich Wüstem erzählt; er wartete neugierig, aufgekratzt.

Die Prozession am Vormittag hatte ihm großen Eindruck gemacht. Sachkundig, durch die Münchner Fronleichnamsprozession zum passionierten Kenner erzogen, hatte er alle Einzelheiten gewürdigt. In endloser Folge waren da an ihm vorbeigezogen die schweren, bunten Trachten der Geistlichen, die Heiligen, schimmernd in barbarischem Prunk, auf Bühnen, von vielen versteckten Männern in einem erregenden dumpfen Gleichschritt herumgetragen, die strotzenden Uniformen der Offiziere und Beamten, die Kirchenbanner, der nie aufhörende Schatz der Kathedrale, der Pomp des aufgebotenen Militärs. Pferde, Männer, Kanonen. Hinschreitend das alles auf Blumen, dick über die Wege gegossen, unter Zeltdächern, die die Straße überspannten, sie vor der starken Sonne schützend, zwischen Teppichen aus allen Fenstern und Balkonen. Da schaute der Maler Greiderer.

Jetzt am Nachmittag saßen die Tausende der Prozession im Stierzirkus, füllten die weißen Steinreihen hoch hinauf in den blendenden Himmel, ließen die bunten Tücher die Brüstungen hinabhängen, warteten nach dem Weihrauch, den Märtyrern, der Heiligkeit des Vormittags schausüchtig auf das Blut der Stiere, die herausgerissenen Därme der Pferde, die in die Luft geworfenen, zertrampelten Männer. Verkäufer, Bier ausschreiend, Zuckerwaren, Obst, Programme, Fächer. Reklamezettel alle Bänke überflutend. Die grauen, riesigrandigen, kuchenförmigen Filzzylinder der Männer, die feierlichen Tücher der Frauen. Geschrei, Erwartung, Schweiß, Erregung.

Aber da ist schon die Quadrilla in die Arena eingezogen. Rasch, zu einer munteren Musik, marschieren sie, farbig, in Jäckchen, sehr bestickt. Verteilen sich schnell über den hellen Sand. Schon ist auch der Stier da. Stutzt, lange Stunden im Finstern gehalten, vor der tobenden Menge in dem grellen Licht. Stößt in weichende, rote Tücher. Da sind auch die Pferde, erbarmenswerte Klepper, mit verbundenen Augen, geritten von Lanzenträgern in gigantischen Steigbügeln. Der Stier, schwarz, geduckt, wuchtig, nimmt den dürren Gaul auf die Hörner, wunderlich langsam ihn mitsamt dem Reiter hintenüberwerfend. Das geschieht in unmittelbarer Nähe Greiderers, der unten sitzt, ganz vorn. Er sieht das rohe Gesicht des kostümierten Picadors. Es dröhnt und kracht, wie der Stier die Hörner in den Gaul hineinbohrt, Greiderer sieht ihn herumwühlen in den Därmen des Pferdes, die Hörner aus dem Bauch des Gauls herausreißen, überschwemmt mit Blut und Eingeweiden, wieder hinein, wieder heraus, Herrgottsakra, das ist schon was anderes als der Salonkitsch des Herrn Kollegen von der keramischen Serie »Stierkampf«. Die Erregung, die die dreizehntausend andern gepackt hat, greift über auf den bayrischen Maler Andreas Greiderer, schüttelt auch ihn.

Der Stier, abgelenkt durch die Tücher bunter Burschen, wendet sich einem neu herangeführten Gaul zu. Der Reiter reißt ihm mit der Lanze ein Stück Fleisch und schwarze Haut heraus. Der Stier wirft den Gaul um. Der wird, überdeckt mit Blut und Kot, zitternd, wieder hochgerissen, mit großer Mühe wieder gegen den Stier getrieben, jetzt von ihm mit den Hörnern gepackt, zerfleischt. Der Reiter hinkt hinaus. Der Gaul stöhnt, wiehert, will immer wieder hoch, bis ein Mensch mit einer roten Jacke ihn absticht.

Burschen mit kurzen, farbig bewimpelten Speeren stellen sich vor dem Stier auf. Einzeln, elegant, ihn durch schalkhafte Zurufe anfeuernd. Laufen ihm in die schnaubenden Nüstern, im letzten Augenblick ausweichend, ihm die buntbebänderten Speere ins Fleisch bohrend, daß sie steckenbleiben. Die Menge begleitet jede Bewegung je nach ihrer Kunst mit prasselndem Beifall, rasendem Widerspruch. Der Stier, gespickt mit den quälenden, farbigen Spießen, überrieselt von Bächen Blutes, rennt durch die Arena, wird von dem einen gestellt, von dem andern. Einen stößt er um, verwundet ihn, nicht ernstlich.

Jetzt tritt ein einzelner vor die Loge des Präfekten, nimmt den Zweispitz ab. Der Stiertöter. Es ist noch nicht Montilla II, doch ein Espada von Namen und Rang auch er, hochbezahlt. Er stellt den Stier. In der Linken hält er das rote Tuch, in der Rechten den Säbel. Mit dem Tuch aus ganz kurzer Entfernung lenkt er den Stier, auf Fußspitzen, mit geschlossenen Beinen, locker, kaltblütig, nur den Oberkörper nach der Seite drehend, daß das Tier an ihm vorbei ins Leere stürmt, wieder zurück. Wie eine Marionette am Draht lenkt er das wütende Tier, durch die winzigste Fehlbewegung sich mit Tod bedrohend. Jede Drehung wird von den Dreizehntausend mit Beifallsgeheul begleitet, so daß, da die Drehungen sich rasch folgen, hin, her, in ganz kurzen Abständen, der riesige Raum von den kurzen, rhythmischen Stößen des Beifalls schüttert.

Jetzt aber ist es am Letzten. Der Espada steht, den Degen waagerecht an der Wange, zielend, dem Tier gegenüber, klein, elegant, die Schultern gespannt. Aber sei es, daß er Pech hat, sei es ein Kunstfehler: der Säbel dringt nicht ins Herz, das Tier schüttelt ihn ab. Die Menge pfeift, wütet.

Der Maler Greiderer begriff nicht den Jubel des Publikums und nicht seine Wut; sein Nachbar suchte ihm die Regeln zu erklären, nach denen der Stier getroffen werden muß. Der Maler Greiderer versteht nicht recht: aber mit geht er. Er zittert mit in der Erregung der schreienden, pfeifenden, jubelnden Masse. Wie sein Nachbar, wie zahllose andere dem gefeierten Espada beim Umzug nach dem schließlich kunstvoll getöteten Stier ihre Hüte zuwerfen, da schmeißt auch der Maler Greiderer aus München seinen neu erstandenen spanischen Hut in die Arena, der fünfundzwanzig Peseten gekostet hat, gleich elfhundertsiebenundzwanzig Mark.

Der Stier des vierten Kampfes wird ausgepfiffen. Er erweist sich als feig. Dieses Tier nämlich, als es nahe dem Ende ist, will niederträchtigerweise in Ruhe sterben. Es achtet nicht auf die prahlerischen, roten Tücher, nicht auf die hohnvollen Zurufe. Es ist groß geworden in einer Züchterei in der Nähe Córdobas, auf einer flachen Ebene mit gutem, kühlem Gras, unter einem weiten Himmel, bevölkert von vielen Störchen. Es ist groß geworden, dreitausendfünfhundert Peseten groß. Jetzt steht es da inmitten der Tausende, gespickt mit bunten Spießen, überschwemmt mit Blut, dumpf und schmerzvoll brüllend, Wasser lassend, süchtig nach Tod. An die Palisade drückt es sich, die Menschen sind ihm gleichgültig; selbst das Pulver und Feuer, das man ihm in den Nacken stößt, reizt das Tier nicht mehr. Es will nicht wieder in den Sand und die Sonne. Es will an der Palisade stehenbleiben, hier im Schatten, und sterben.

Der Maler Greiderer schaute hin, versunken, das faltige, schlaue Bauerngesicht blaß vor leidenschaftlicher Anteilnahme. Er verstand nicht, was sich ereignete, warum die Leute brüllten, bald für den Stier, bald für den Fechter. Er hatte viele Leute sterben sehen, im Bett, im Krieg, in den Münchner Straßenkämpfen, bei Raufereien. Aber dieses Schauspiel in Blut, Sand und Sonne, dieser genau geregelte, sinnlose Kampf, dieses großartige und scheußliche Schauspiel, in dem zum Spaß der Zuschauer gestorben wurde, grauenvoll und sehr wirklich, von jämmerlichen Pferden, von wuchtigen Bestien und vielleicht auch von einem dieser elegant fechtenden Männer, riß an seiner schausüchtigen Seele mehr als jedes andere Sterben, das er gesehen hatte.

Durch die abendlichen, belebten Straßen fuhr er dann in sein Hotel. Kinder spielten Stierkampf. Einer war der Stier, lief mit gesenktem Kopf einen anderen an, der ein Tuch schwenkte. Aber der Stier war mit der Haltung des Kämpfers nicht einverstanden und prügelte ihn durch. Der Maler Greiderer hockte im Wagen, das Gesicht finster vor Nachdenken. »Saugelump, dreckiges!« knurrte er, denkend an die keramische Serie »Stierkampf« seines Kollegen. Eingesenkt fortan blieb dem Maler Greiderer das Bild des wahren Stieres, an die Palisade gedrückt, Wasser lassend, sich nicht mehr kümmernd um Menschen, Säbel, bunte Tücher, nur mehr begierig, im Schatten zu sterben.

2

Ein Bayer in Paris

Johanna saß in Paris. Wartete. Die Reise des Geheimrats Bichler nach Frankreich hatte sich verzögert. Der mächtige Mann war launisch; auch liebte er es, Zwielicht um sich zu verbreiten. Niemand wußte den Tag, an dem er eintreffen werde.

Herr Hessreiter, mittlerweile, hatte es wichtig, besichtigte Betriebe, hatte Konferenzen, reiste herum. Er wollte ihr Menschen aller Art herbeischleppen; vielleicht konnte der eine oder andere ihr nützlich sein. Allein sie war ungläubig, zog es vor, viel allein zu bleiben.

Sie war also befreundet mit diesem Manne Hessreiter. Es war schwer, gegen den umständlichen, liebevoll besorgten Herrn unhöflich zu sein. Er war gefällig, immer bemüht, sich in sie einzufühlen. Dennoch, es war ungerecht, reizte sie manchmal der ganze Mann. Konnte er sich überhaupt richtig hineinwerfen in ein Gefühl? Niemals außer in jener ersten Nacht hatte er sie dergleichen spüren lassen.

Johannas Leben in Paris lief ruhig, gleichmäßig, angenehm geregelt. Sie aß leicht, gut, sie schlief gut, war müde des Abends, frisch des Morgens. Trotzdem oftmals war ihr, als sei sie verpuppt, als sei dies vor dem Leben, Schlafleben.

Sie hatte ihr anspruchsloses Tennisspiel wiederaufgenommen; vielleicht, in dieser flauen Zeit des Wartens, waren das ihre besten Stunden. Das Tennisspiel, wie jene Zeit es liebte, erforderte Geschwindigkeit, Ausdauer, Ruhe, rasches Erfassen der Situation. Johanna hatte einen gut durchgebildeten Körper, auch war sie zäh und ohne Hast schnell; doch ihre Auffassung war nicht rasch genug, sie wußte, daß sie niemals Meisterschaft erreichen konnte, und wollte es auch nicht. Es genügte, seinen Körper zu spüren, seine Kraft, seine Grenzen. Nach dem Training war sie munter, lustig, zu Dummheiten und kleinen Streichen aufgekratzt, wie in der guten Zeit vor dem Prozeß Krüger.

Herr Hessreiter suchte sehr ihre Gegenwart in diesen Stunden. Immer von neuem, wenn er das große Mädchen sah, war er stolz, daß er noch soviel Lebendigkeit, soviel Glücksbewußtsein aufbrachte. Katharina, sagte er sich, war eine bequemere Freundin gewesen, er rechnete es sich hoch an, daß er trotzdem Johanna vorzog.

Einmal spielte Fancy De Lucca ein Turnier in Paris. Die De Lucca, gehetzt von Erfolg zu Erfolg, ein Bündel Sensation und Ehrgeiz, liebte die Gesellschaft Johannas. Es ruhte die Tennismeisterin auf, aus dem Kreise ihrer hysterischen Bewunderer in die gesunde Luft Johannas zu treten.

Johanna kam zu Fancy unmittelbar nach dem Turnier. Fancy De Lucca war angetreten gegen eine amerikanische Spielerin, die Klasse hatte, doch nicht von solcher Art, daß Fancys Sieg einen Augenblick lang hätte zweifelhaft sein können. Es war also kein sehr wichtiger Kampf, und Fancy hatte auch überlegen gesiegt. Aber Johanna erschrak, als sie die Freundin hernach in ihrer Kabine liegen sah bis ins Letzte ausgepumpt. Wie aus allen Ecken ihres Wesens zusammengekratzt mußte ihr Aufschwung während des Spiels gewesen sein, daß sie dann in so völlige Ohnmacht zusammensackte. Sie liebte Fancy De Lucca sehr, während man den braunen Leib der Erschöpften badete, frottierte, massierte. Wie sollte das werden, wenn die Freundin einer ernsthaften Konkurrentin gegenüberstand, jener jungen Mantuanerin zum Beispiel, die sie bis jetzt, ohne es sich selber einzugestehen, vermied? Und selbst wenn sie sie besiegte, es war nicht denkbar, daß sie auf mehr als zwei oder drei Jahre noch ihren Titel wahren konnte. Sie hatte nichts mehr zu gewinnen, konnte nur verlieren. Es war kein gutes Los, neunundzwanzig Jahre alt zu sein, berühmt, und sicher, daß dieser mit Kampf und Entbehrung bezahlte Ruhm nur mehr kurze Zeit vorhalten konnte.

Fancy De Lucca hetzte weiter über den Planeten. Johanna blieb in Paris, setzte das Gleichmaß ihres Lebens fort. Aß, trank, träumte, schlief.

Bis eines Tages Herr Hessreiter die Nachricht bekam, jetzt endlich sei der Ökonom Bichler in Paris.

Zu Herrn Bichler vorzudringen war nicht leicht. Er wohnte in einem kleinen Hotel in Begleitung eines Sekretärs. Er war in Paris, um einen Spezialarzt zu befragen wegen seiner Blindheit. Man wußte, daß der Alte noch immer hoffte, das Licht wiederzuerlangen, aber man vermutete, er sei, trotzdem es entschieden bestritten wurde, auch wegen anderer Geschäfte in Paris.

Die Bayern hatten sich nicht immer als Deutsche gefühlt. Ihr erster König war in französischen Diensten gestanden und hatte seinen Sohn, den späteren König Ludwig I., nach seinem französischen Souverän genannt. Ihr letzter König, Ludwig III., trug aus einem Krieg zwischen Bayern und Preußen bis zu seinem Ende eine preußische Kugel in der Hüfte. Es war nicht viel mehr als hundert Jahre her, daß ein beamteter bayrischer Wissenschaftler, um den Eintritt des Landes in den Napoleonischen Rheinbund auch ethnologisch zu fundieren, ein Memorandum ausgearbeitet hatte, die Bayern seien ihrer Natur nach Kelten, mit viel mehr inneren Bindungen an Frankreich als an Preußen. In der letzten Zeit waren von neuem Rheinbundpläne aufgetaucht. Man spielte, schon um aus dem Reich noch mehr als das Erlangte herauszuquetschen, sehr behutsam mit der Idee eines zu gründenden Staatenbundes, der von Frankreich über Süddeutschland nach der Tschechoslowakei und Polen reichen sollte. Unterhielt nicht Frankreich, trotzdem Außenpolitik verfassungsgemäß nur von Berlin aus gemacht werden durfte, eine eigene, großspurige Gesandtschaft in München? Man ließ, was eigentlich der Geheimrat Bichler in Paris zettelte, im dunkeln, wies aber, vorsichtig drohend, bei der geringsten Differenz die beunruhigten Vertreter des Reichs auf diese geheimnisvolle Reise hin.

Das Büro des kleinen Pariser Hotels, in dem der Blinde wohnte, hatte strenge Weisung, niemanden vorzulassen, niemanden zu melden. Ein Herr Bichler war dort unbekannt. Er empfing keine Besuche. In den Palais gewisser geistlicher Würdenträger traf er den oder jenen. Auch in den Häusern nationalistischer Führer sah man den schweren Mann herumsitzen, an ungefügen Wortbrocken kauend, klobig lachend, mit seinen blauroten, knotigen Händen den Stock in die weichen Teppiche bohrend.

Johanna mußte lange warten, bis sie von Bichlers Sekretär die Nachricht erhielt, sie könne den Geheimrat bei Orvillier kennenlernen. Sie ging in das berühmte Restaurant. Es war überfüllt. Auf den Korridoren, vor den Garderoben warteten Gäste auf Aufruf ihrer Nummern und auf Platz. Am Tische Bichlers war ein Stuhl für Johanna reserviert. Der schwere Mann saß da, sein viereckiger, fleischiger Kopf sah heute, gut rasiert, nicht alt aus; aber in Haltung, Kleidung, Gehabe war er vernachlässigt. Umwickelt mit Servietten saß er und schlang in sich hinein die zarten, mit erlesener Kunst bereiteten Gerichte. Sein Sekretär fütterte ihn. Die Saucen troffen ihm von den Lippen und Kinn, er schmatzte, schob mit blauroten Fingern Speise in den weiten Mund, kaute, schlang, stieß grunzende Laute der Anerkennung, der Ablehnung aus. Goß sich Wein in die Kehle, ihn verschüttend. Die Kellner standen herum, dienstbereit, wie sie erzogen waren, doch nicht fähig, den staunenden Ekel über den fressenden *Metöken* ganz zu verbergen.

Als der Sekretär ihm sagte, wer sich an ihren Tisch gesetzt habe, lallte der Mann zunächst Unverständliches. Johanna, nicht wissend, ob er deutsch oder französisch spreche, erkannte langsam, daß es bayrisch war. Abgerissen, schnaubend, brummte, schimpfte, knurrte er. Er wisse schon, wer sie sei. Natürlich wisse er es. Was eigentlich sie von ihm wolle?

Johanna erklärte, die Gerichte des Dr. Klenk zögerten das Wiederaufnahmeverfahren ihres Mannes Martin Krüger böswillig hinaus. Sie lehnten den Antrag nicht ab, gäben ihm aber auch nicht Folge. Seit Monaten beschränkten sie sich darauf, zu prüfen.

Warum sie da zu ihm komme? knurrte er. Ob sie an das Zeitungsgetratsche glaube, daß er sich viel um Politik kümmere, alter, blinder Bauer, der er sei? Alles mögliche Geschwerl laufe ihm nach, besichtige ihn wie ein Menagerietier. Johanna hielt still. Der alte Mann interessierte sie. Er schnupperte, als wollte er sich durch ihren Geruch ein Bild von ihr machen. Weiber, sagte er, sollten sich nicht in Politik mischen. Es sei nicht Politik, erklärte sie. Sie wolle den Mann wiederhaben, ihren Mann, den man unschuldig ins Zuchthaus gesperrt habe. Unschuldig! höhnte er, die Knochen eines Vogels zerkrachend. Hätte er sich ruhig gehalten. Etwas wird er schon angestellt haben. Und was denn *er* tun solle? Sei er Minister? Was gehe ihn die Justiz an? Ganz verändert, nachdem er den Riesenbissen mit einem Riesenschluck Wein hinuntergespült hatte, gemütlich sagte er, es sei alles nur halb so schlimm. Er sei nicht dafür, daß man Menschen schinde. Er sei ein guter Christ, das wisse man. Bei der nächsten Amnestie den Schuldigen zu begnadigen, das sei ganz in seinem Sinn. Das werde er auch laut sagen. Vorausgesetzt, daß jemand auf ihn hören wolle. In den Zeitungen stehe so was, aber schon darum sei es unglaubwürdig.

Dann versank er. Beschäftigte sich nur mehr mit Essen. Über Martin Krüger war kein Wort mehr aus ihm herauszubekommen. Johanna machte sich fort, während ihm der Sekretär mit der Serviette den Mund wischte.

Sie sagte sich, dieser Dr. Bichler sei gar nicht so uneben. Nur an ihr lag es, nur an jener wunderlichen Lähmung, nur an der Trägheit ihres Herzens lag es, daß sie nicht mehr hatte von ihm erreichen können.

3
Kasperl im Klassenkampf

Jacques Tüverlin, während Herr Pfaundler bereits eintrat, sagte zu seiner Sekretärin: »Lassen Sie mir den Pfaundler nicht herein. Schmeißen Sie ihn hinaus. Ich kann ihn nicht brauchen.« Pfaundler, unberührt, einige Manuskriptblätter aus seiner Tasche ziehend, sagte: »Sie sind ein Schweinehund, Tüverlin. Erst tun Sie, als gingen Sie auf alles ein; dann liefern Sie den alten Mist.« – »Nachdem Sie Ihre Meinung so unmißverständlich geäußert haben, Pfaundler, könnten Sie wieder gehen«, sagte Tüverlin, während die Sekretärin an der Maschine wartete, daß er weiterdiktiere. »Herrschaftseiten«, wütete Pfaundler, »das könnte Ihnen so passen. Daß Sie ewig an ›Kasperl im Klassenkampf‹ herummurksen. Wo bleibt: ›Höher geht's nimmer‹? Wenn Sie mir bis Samstag kein ›Höher geht's nimmer‹ liefern, dann lasse ich die Beträge schießen, die ich in Sie hineingesteckt habe, und das Manuskript schreibt ein anderer.« Und er schmiß die Manuskriptblätter auf den Schreibtisch. Tüverlin, gleichmütig, diktierte weiter. Herr Pfaundler hörte ein paar Sätze mit an, zog die Augenbrauen so hoch es ging, erstarrte. »Das ist ja überhaupt nicht einmal ›Kasperl im Klassenkampf‹«, sagte er ehrlich entrüstet. »Das ist ja überhaupt nicht die Revue, das ist ja überhaupt etwas ganz anderes.« Und die kleinen Mausaugen in seinem wulstigen Schädel glitzerten böse. Tüverlin antwortete nicht. Herr Pfaundler sagte noch einiges; zum Schluß, seine Ohnmacht erkennend, um den Abgang zu retten: »Ich werde Ihnen mein Ultimatum noch in einem eingeschriebenen Brief bestätigen.«

Jacques Tüverlin, als Herr Pfaundler draußen war, warf mit einem kleinen, lausbübischen Blick der Sekretärin hin: »Natürlich hat er recht von seinem Standpunkt aus«, und diktierte weiter. Was er diktierte, hing nicht mit der Revue zusammen, das hatte Herr Pfaundler richtig bemerkt. Aber im Grund hing es doch zusammen. Tüverlin mußte, wenn die Arbeit gelingen sollte, über einiges Theoretisches ins reine kommen. Ob das Theater mit Kunst noch etwas zu tun habe, war fragwürdig geworden. Ob überhaupt Kunst als menschenwürdige Betätigung anzuschauen sei, stand nicht zweifelsfrei fest. Der Ingenieur Kaspar Pröckl zum Beispiel bezweifelte es, und seine Zweifel, so heftig er sie ablehnte, kratzten Herrn Tüverlin. Es drängte ihn, Kaspar Pröckls Argumente mit immer neuen Argumenten zu widerlegen. Sie debattierten viel.

Herr Tüverlin war ein leidenschaftlicher Arbeiter. Daß Besucher kamen, daß das Telefon zehnmal in der Stunde läutete, daß um ihn ein Hin und Her war wie an einem Postschalter, störte ihn nicht. Ob etwas bei seiner Arbeit herauskam, kümmerte ihn nicht. Er hatte keinen Respekt vor dem Werk, arbeitete aus bloßer Freude am Basteln, am Bessermachen. Es reizte ihn, den alten Aristophanes für die unmögliche Bühne von heute lebendig zu machen. Die Beweglichkeit dieses Dichters, der schnelle Übergang vom Pathos zu unflätigem Witz, die Elastizität seiner Hauptperson, die jetzt großer Ankläger und im nächsten Augenblick Hanswurst ist, vor allem aber der lokkere Bau, der jede Zutat erlaubte, ohne daß die Grundkonstruktion aufgegeben werden mußte, das alles reizte ihn.

Der Komiker Balthasar Hierl und der Ingenieur Pröckl berieten ihn, begutachteten, verwarfen. Die drei saßen zusammen, arbeiteten. Der Komiker Hierl schwieg die meiste Zeit, mürrisch. Manchmal stieß er unklare Laute des Zweifels aus. Manchmal wiegte er, deutlichere Anerkennung gab er nicht, den großen Birnenschädel. Manchmal sagte er giftig: »Schmarren.« Aber er achtete auf jedes Wort Tüverlins, klaubte, voll leidenschaftlicher Anteilnahme, alle seine Ideen zusammen. Tüverlin und Pröckl hatten Interesse an den technischen Möglichkeiten der Arbeit, nicht an der Wirkung, am Erfolg. Der fanatische Ingenieur, der mürrische Schauspieler, der bewegliche Schriftsteller hockten zusammen wie Alchimisten, verschwörerisch, brütend über der Aufgabe, aus einer Zeit ohne einheitliche Gesellschaft, ohne einheitliche Religion, ohne einheitliche Lebensform Kunst zu destillieren.

Jacques Tüverlin, passioniert, stetig, doch ohne Methode arbeitend, ließ sich immer wieder auf Nebenwege locken. Er schrieb gleichzeitig an der letzten Fassung von »Marx und Disraeli«, an den Plänen zu dem Hörspiel »Weltgericht«, an der

Revue. Er lief hin und her, sehr vergnügt, in seinem unordentlichen, komfortablen Zimmer. Wartend an der Maschine, blitzblank saß die Sekretärin, ein Grammophon spielte, er quäkte, dichtete, lachte schallend über einen geglückten Witz.

Gut war es, zu arbeiten. Dieses Sich-schweben-Fühlen, wenn Dinge und Menschen, alles, was man sah, dachte, las, lebte, hineinwuchs in den Plan. Gut sogar war die Wut, der Ärger, wenn Stockungen kamen, Widerstände, wenn sich zeigte, daß am Organismus etwas nicht in Ordnung war. Die Befriedigung dann, wenn es sich wieder einrenkte, so also, daß sich erwies: der Gedanke war wirklich lebendig, voll Widerhaken eben und Widerspruch. Prachtvoll die Arbeit an der Schreibmaschine, wenn die Buchstaben sich hineinwühlten ins Papier, Werk wurden, sichtbar. Die Lust, wenn plötzlich ein Einfall aufsprang, überraschend, irgendwo, unvermutet, im Bad, beim Essen, über dem Lesen eines Zeitungsblattes, mitten in einem albernen Gespräch. Willkommen auch jener finstere Zustand, wo man dahockte, fluchend, sich zusammenigelnd, weil man sich sagte: Es geht nicht, es läßt sich nicht zwingen. Da liegt dieser Berg vor einem, man kommt nicht hinauf. Nie wird man hinaufkommen. Recht haben die andern, die einen auslachen. Es fehlt an Kraft, man hat sich übernommen. Man ist ein Stümper. Dann wieder das deprimierende, aufstachelnde Gefühl, wenn man über den Werken derer saß, die es dennoch zwangen. Wenn aus ihren Büchern das abgelebte Leben neu aufstand, mit dem eigenen sich mischend. Man saß über dem alten, erquickenden Aristophanes, lachte, wie *er* gelacht hatte, als er diesen Witz fand, diesen kleinen Dreh, mit dem er über die sicherlich genau ebenso gespürte Schwierigkeit wegkam.

Was war Komfort, was Frauen, Reisen, was konnten geschäftliche, politische Siege sein, was war Erfolg vor dieser Lust an der Arbeit? Wie jämmerlich nahm sich das aus vor diesem zehnmal wirklicheren, in Raum und Zeit verzehnfachten Leben des Schrift, Gestalt, Gleichnis zeugenden Menschen?

Ein bißchen komisch war diese Gesellschaft und ihre Ordnung, die sonst vor jeden Genuß schwere Zahlung setzte, aber in seinem Fall dem noch zahlte, der sich solche Genüsse schuf. Wenn es ihm verwehrt worden wäre, zu schreiben, hätte er nicht noch mit niedrigster Arbeit die Vergünstigung bezahlt, schreiben zu dürfen?

Er storchte, stelzte, wippte herum in seiner Wohnung, schlenderte durch die Straßen, das zerknitterte Gesicht beschäftigt, listig und vergnügt, fuhr mit seinem Wagen in die Berge, spazierte mit dem Ingenieur Pröckl in den Wäldern des Isartals, am Ammersee. Er trieb viel Sport in jener Zeit, schwamm, trotzdem es früh im Jahr war und das Wasser sehr kalt, zwang seinen kleinen Wagen über schwierige, steile Nebenwege. Er übte sich weiter im Boxen, im Jiu-Jitsu. Seine schmalen Hüften wurden gelenkiger, Brust und Schultern breiter.

Jedermann sprach er von seiner Arbeit. Hörte jeden Einwand an, die Einwände aus unbefangenem Mund lieber als die von sogenannten Sachverständigen. Schmiß, leuchtete ihm ein Bedenken ein, mühevoll Erarbeitetes gleichgültig fort. Seine rötlich überflaumten Hände gestikulierten. Sein nacktes, zerknittertes Gesicht blinzelte lustig.

Er versuchte, dem höhnischen, skeptischen Kaspar Pröckl auseinanderzusetzen, warum er sich gerade in diesen Stoff *München* mit solcher Anspannung hineinwühlt. Er sieht gut das Läppische der großspurigen Stadt: aber gerade so wie sie ist, liebt er sie. Hat nicht Cervantes den Don Quichotte deshalb durch die Jahrhunderte haltbar machen können, weil er ihn mit dem Hirn ablehnt, doch mit dem Herzen ja zu ihm sagt? Tüverlin erkennt genau den Menschen der Hochebene in allen seinen Mängeln; allein sein Herz hängt an ihm. Er liebt diesen Menschen, der nur Sinneswahrnehmungen hat, die er praktisch verwenden kann, dem es aber nicht gegeben ist, gedankliche Zusammenhänge herzustellen. Er liebt dieses Wesen, das sich, an Urteilskraft zurückgeblieben hinter den meisten andern Weißhäutigen, mehr tierhaft triebhafte Instinkte bewahrt hat. Jawohl, dem Schriftsteller Jacques Tüverlin gefällt dieser nur oberflächlich zivilisierte Wald- und Frühackermensch, der mit Zähnen und Klauen das Erworbene festhält, mißtrauisch, dumpf knurrend, wenn Neues an ihn heran will. Ist er nicht großartig in seiner Ich-Beschränktheit, dieser Bewohner der bayrischen Hochebene? Wie er seine Fehler als Stammeseigentümlichkeiten glorifiziert. Mit welcher Überzeugung nennt er seine atavistische Plumpheit patriarchalisch, seine Grobheit knorrig, seine dumpfe Stierwut gegen alles Neue Sinn für Tradition. Prachtvoll, wie er sich wegen seiner primitiven Rauflust als den bayrischen Löwen feiert. Es liegt Tüverlin fern, diese Stammeseigentümlichkeiten zu verhöhnen. Im Gegenteil, er möchte am liebsten aus der bayrischen Hochebene mit allem, was darauf lebt, säuft, hurt, in den Kirchen kniet, rauft, Justiz, Politik, Bilder, Fasching und Kinder macht, er möchte am liebsten aus diesem Land mit seinen Bergen, Flüssen, Seen, seinem Getier und seinem Gemensch einen Naturschutzpark machen. Jedenfalls will er dieses saftige, urlebendige Gewese schriftstellerisch konservieren, es rund um sich drehen mit seinen herrlichen Besonderheiten. Er will es, mit Hilfe des Komikers Hierl, aristophanisch plastisch machen in der Revue »Kasperl im Klassenkampf«.

Sehr interessiert am Fortgang von Tüverlins Arbeit war Frau von Radolny. Sie verfehlte nicht, wenn sie in München war, Tüverlin aufzusuchen, schleppte ihn auch ein paarmal nach Luitpoldsbrunn. Sie brauchte Ablenkung, sie brauchte Pfaundler, die Revue, Tüverlin. Sie war zum erstenmal seit langen Jahren ernstlich unzufrieden mit sich. Sie hatte sich damals auf dem Ball der Nachtwandler falsch und dumm benommen. Hatte ihr Prinzip durchbrochen, Entschlüsse vor der Ausführung vierundzwanzig Stunden zu beschlafen. Wie jede Unbesonnenheit zog auch diese Kreise. Was hatte sie damals zusammengesponnen? Martin Krüger ihr Feind, Johanna ihre Feindin? Schmarren! Es hatte sich bald gezeigt, daß nichts so heiß gegessen wird wie gekocht. In Bayern jedenfalls nahm man die Geschichte mit der Fürstenenteignung ohne große Aufregung. Höchstens machte dort Eindruck der Hinweis auf die Art, wie der letzte, jetzt verstorbene König die Produkte seiner Ökonomie verwertet hatte, der Hinweis auf die hohen Preise besonders, die er auch während des Krieges für seine Milcherzeugnisse erzielte. Die Bevölkerung wollte ihren König repräsentativ. Sie fand, selber bäurisch, seine bäurischen Neigungen eines Monarchen unwürdig, schimpfte über seine Profitgier, verhöhnte ihn als den *Milchbauern.* Aber trotzdem: die sehr große Majorität, die erforderlich wäre, um die Enteignung wirklich Gesetz werden zu lassen, wird nie zu haben sein. Es war kein zureichender Grund dagewesen für die Panik, die Katharina bei jener Nachricht überkommen hatte. Sie hatte eine Eselei gemacht.

Zudem ging ihr Hessreiter mehr ab, als sie erwartet hatte. Sie ärgerte sich, daß sie selber ihn zu Johanna hinübergetrieben hatte durch ihr ungewöhnlich blödes Benehmen.

Sie war, das kam selten vor, unsicher, wie sie weiterlavieren sollte. Schrieb gelegentlich Hessreiter über irgendeine geschäftliche Frage, nett, nicht zu warm, nicht zu kühl, so als ob nichts geschehen wäre. Schwankte lang, ob sie nicht auch Johanna schreiben solle. Allein das Gefühl ihrer ersten Dummheit machte sie zögern, und als dann eine verschnörkelte, ausweichende Antwort Hessreiters eintraf, die nur das Geschäftliche berührte, schrieb sie Johanna nicht.

Ihr äußeres Leben hielt sie wie stets. Aber sie fand sich altern, fand Schärfen in ihrem schönen fleischigen Gesicht. Ihre Haltung wurde müder, sie war manchmal nicht mehr mit der gleichen Selbstverständlichkeit Mittelpunkt wie früher. Sie fragte sich nicht, ob das an den andern lag oder an ihr, ob man begonnen habe, ihre Stellung anzuzweifeln oder sie selber. Jedenfalls suchte sie die Gesellschaft Tüverlins.

Ihm gefiel die Dame, die massig und gegeben aus einer versinkenden Zeit in die seine hereinragte. Die Natürlichkeit behagte ihm, mit der sie sich bedienen ließ, mit der sie, eine echte Bayerin, die Welt als ihre Auster betrachtete. Auch interessierte ihn ihr Urteil; es war das Urteil einer ganzen Schicht, derjenigen Schicht, die freilich die ungeheure Dummheit des großen Kriegs, aber vorher alle Fundamente gemacht hatte, auf denen diese immerhin recht lebenswerte Epoche stand. Mochten Mißvergnügte die Zeit verfluchen: er wußte unter den früheren Epochen keine, in der er lieber gelebt hätte. Die gelegentlichen, beiläufigen, beruhigenden Versicherungen Kaspar Pröckls, im marxistischen Staat würde bei aller sozialen Gleichstellung der individuelle Lebensraum des einzelnen nicht eingeengt werden, minderten sein Mißtrauen nur wenig.

Er ließ sich also die häufige Gegenwart der gelassenen und

gescheiten Dame gern gefallen, überzeugt allerdings, daß ihre Meinungen über die Revue nur bedingten Wert hätten. Gelegentlich auch sprach er von Hessreiter und Johanna. Klug, ohne unterstrichenes Interesse, wie er glaubte. Aber sie merkte besser als er selbst, wie sehr ihm Johanna fehlte. Sie sah, daß er, hörte nur erst seine Arbeit auf, bedingungslos an Johanna zurückfallen werde. Sie suchte ihn zu sich herüberzuziehen. Er gefiel ihr. Vielleicht auch war es möglich, ihn bei Gelegenheit an Johanna zurückzugeben, gewissermaßen als Tauschobjekt gegen Hessreiter. So saß sie bei ihm, üppig, kupferfarbig, freundlich beteiligt, unmerklich kämpfend, lächelnd, nicht glücklich.

4

Projekt einer Katzenfarm

Dr. Siegbert Geyer, die dünnhäutigen Hände unterm Kopf verschränkt, lag in losem, schlampigem Hausrock auf der mit einer zerrissenen, grobstoffigen Decke belegten Ottomane. Das Gesicht war etwas voller geworden. Die Augen hielt er geschlossen; nachdenkend machte er kleine, malmende Bewegungen mit dem Kiefer, daß die schlechtrasierte Wange gleichmäßig zuckte. Die Möbel standen kahl und lieblos; auf dem Schreibtisch, über dessen unpraktische Proportionen er sich stets von neuem ärgerte, lagen verstreut Akten, Manuskriptblätter, Zeitungsausschnitte.

Dr. Geyer hatte beinahe alle anwaltlichen Dinge abgegeben, kümmerte sich wenig um politische Geschäfte, ging nicht aus seiner Wohnung. Aß, was die Haushälterin Agnes ihm vorsetzte. Er arbeitete an dem Manuskript »Geschichte des Unrechts im Lande Bayern vom Waffenstillstand 1918 bis zur Gegenwart«. Den ganzen nervösen Fanatismus, den er an seine Beschäftigung zu hängen pflegte, warf er jetzt auf das Buch. Er hatte sich als Belohnung versprochen, wenn er mit dem Buch »Geschichte des Unrechts« zur eigenen Zufriedenheit zu Rande komme, dann werde er sein großes Lieblingswerk wieder vornehmen: »Politik, Recht, Geschichte«. Auf das höchste

Brett des Aktenregals über seinem Schreitisch, unerreichbar, hatte er das geliebte Faszikel gelegt. Da schaute es auf ihn herunter, ihn stimulierend.

Mit glühendem Eifer präparierte er seine Fälle für die »Geschichte des Unrechts« heraus. Er ging nicht ans Telefon, die Haushälterin Agnes hatte Auftrag, jeden abzuweisen. Einzige Erholung waren einige Seiten Tacitus, Macaulay. Selbst die Zeitungen häuften sich ungelesen, schon die zweite Woche. Er zwang seinen Vortrag zu klassischer Ruhe, Zorn und Hitze blieben unter der Oberfläche. Wissenschaftlich zeigte er Unrecht und Willkür auf, mit kalter Logik. Er wußte, das bayrische Unrecht jener Jahre war nur ein kleiner Teil des Unrechts, das allenthalben in Deutschland und auf der Welt geschah. Aber er spürte dieses Unrecht lebendiger als jedes andere, er spürte dahinter das große, gewalttätige Gesicht seines Feindes Klenk. Zigarrenasche, wenige Bücher, ein bißchen Rundfunkmusik, Stöße ungeöffneter Briefe, unberührter Zeitungen um sich, arbeitete er, mühte sich ab, allein mit seinen Gedanken. Feilte zu klassisch ruhiger Darstellung die »Geschichte des Unrechts im Lande Bayern vom Waffenstillstand 1918 bis zur Gegenwart«. Der Fall Krüger war winzig in der Fülle des Materials, ein Hügel im Hochgebirg, er nahm ihn nicht auf.

Für die Haushälterin Agnes war gute Zeit. Die verzottelte, gelbhäutige, dürre Frau schlich herum, hündisch beflissen, es dem Manne recht zu machen. Er ließ sich geduldig eine gewisse Ordnung aufnötigen. Sie konnte die Zimmer säubern, ihn zu regelmäßigen Mahlzeiten anhalten. Sie hatte den Mann für sich. Strahlend befolgte sie seine Weisung, ihn vor jeder Störung zu bewahren. Sperrte ihn ab. Die zweite Woche schon hatte er, außer bei einem gelegentlichen Blick auf die Straße, keinen Menschen gesehen. Die Haushälterin Agnes ging so weit, seine Post zu erledigen. Kümmerte sich um seine Finanzen. Da er faul zu Hause herumsaß, statt Geld zu machen, mußte *sie* ihr Hirn anstrengen. Die Zeiten waren schwer, die Geldaufblähung verflüchtigte das gesparte Kapital zu Luft. Schon zahlte man für den Dollar um dreihundert Mark. Die Tätigkeit der Hausfrauen, die in jenen Zeiten zahllose Dinge des schlechtorganisierten Kleinlebens zu besorgen hatten, war aufreibend. Die Gelegenheiten, Nahrungsmittel und andere Dinge des Lebensbedarfs zu erhalten, waren spärlich, wollten rasch, umsichtig wahrgenommen sein. Geld, in dieser Woche nicht verwertet, konnte vielleicht schon in der nächsten nur mehr die Hälfte erkaufen. Die Verkäufer weigerten sich, die schlechte, einheimische Währung zu nehmen, lieferten vieles nur gegen ausländische Münze. Agnes, um für ihren Doktor gute Kost zu schaffen, schmeichelte aus dunklen, ländlichen Händlern teure Lebensmittel heraus, spähte nach immer neuen Möglichkeiten. Das erforderte Nerven, Talent zur Organisation, rasche Entschlüsse, ständige Bereitschaft. Auch auf der Börse spekulierte sie für ihn; ihre heisere, aufgeregte Stimme war gefürchtet am Schalter der kleinen Bankstelle, wo sie ihre Aufträge tätigte.

Dabei durfte der schwierige Dr. Geyer keinen Augenblick außer acht gelassen werden. Wer, während sie auf Einkaufsgängen war, auf der Bank, auf der Jagd nach Eßbarem, besorgte das Telefon, die Flurglocke, die kleinen Erfordernisse des Tags?

Der Anwalt indes spann sich ein in seine Arbeit. Er hatte Freude an der Sauberkeit logischer Entwicklung, an dem reinen Bau von Gedankenreihen. Glaubte an jenen Denker, der Ethik auf geometrische Art demonstrierte. Niemals in seinem Leben hatte er sich so glücklich gefühlt wie jetzt, getragen von seiner Kunst, einen Fall, zehn Fälle, tausend Fälle so darzulegen, daß das System auch dem Stumpfäugigen sichtbar wurde, dieses verhaßte, verlogene System, Gewalt, Willkür, Vorteil, Politik umzufälschen in Ethik, Gesinnung, Christentum, Recht, Gesetz.

Er schrieb. Lächelte. Strich einen überflüssigen Satz heraus. Wurde die Linie reiner? Er überprüfte. Während er leise, ohne Ton, sich selber vorlas, läutete die Flurglocke. Er beachtete es nicht, stellte den alten Zusammenhang wieder her, um nachzuprüfen. Er reduzierte den alten Satz auf fünf Worte, prüfte von neuem. Die Flurglocke läutete anhaltend, dringlich. Natürlich, kein Mensch kümmerte sich um ihn. Die Agnes, die schlampige, pflichtvergessene Person, stören konnte sie ihn immerzu: wenn sie aber wirklich einmal nötig war, wo blieb sie dann? Ächzend, knurrig, schlürfte er auf den dunkeln Vorplatz. Öffnete.

Prallte zurück. Vor ihm stand frech, windig, ein dünnes Lächeln auf den sehr roten Lippen, ein junger Mensch. Der Anwalt schluckte. Ihm war, als würde ihm plötzlich alles Blut in den Kopf hinaufgeschwemmt. Er schwankte, hielt den Mund auf, schnappte gierig nach Luft, während der Junge immer mit dem gleichen Lächeln in der offenen Tür stand. »Darf man herein?« sagte endlich Erich. Der Anwalt wich zurück von der Tür. Der Junge schloß sie behutsam, ohne Lärm, folgte dem Anwalt in das unordentliche Zimmer.

Sah sich um. Sah die Bücher, die Unordnung, die Unbehaglichkeit, die dürftigen, lieblos zusammengestellten Möbel. Verbarg nicht seine Geringschätzung. Es war das erstemal, daß er hier war. Bis jetzt immer hatte der Anwalt ihn aufgesucht. Es war ein großes, ungeheures Ereignis für den Dr. Geyer, daß der Junge zu ihm kam. Wichtiger als die »Geschichte des Unrechts«, wichtiger als irgend etwas in der Welt. Und es war ein ungeheures Unglück, daß er jetzt so unvorbereitet dastand. Er hatte sich die Situation oft vorgestellt, sich oft ausgemalt, was alles er dem Jungen sagen wollte, Gutes und Böses. Aber jetzt war ihm alles entfallen. Verwahrlost, blöd, ratlos, unendlich armselig stand er vor seinem Jungen, nun dieser zum ersten Male zu ihm kam.

»Wollen wir uns nicht setzen?« sagte endlich Erich. »Soweit das hier möglich ist«, fügte er mit einem aufreizend abschätzigen Blick hinzu. »Ja«, sagte der Anwalt. »Es ist hier ein bißchen ungemütlich«, sagte er, geradezu entschuldigend, noch niemals hatte er zu einem Besucher derartiges gesagt. Der Junge saß da, mit gekreuzten Beinen, lebemännisch. Er hatte sogleich die Führung an sich gerissen. Er sprach flott, mit norddeutschem, großstädtischem Akzent, während der Anwalt demütig, verfallen, unbeholfen vor ihm auf der Kante des Stuhls hockte, wartend.

»Du wirst dich wundern, daß ich dich aufsuche«, kam endlich Erich zur Sache. »Du kannst dir denken, daß ich nicht gerade gern mit dir zusammentreffe. Und hier schon gar nicht.« – »Ich weiß es«, sagte Dr. Geyer. »Aber das Geschäft, das ich machen kann«, fuhr der Junge fort, »ist zu erstklassig, als daß ich nicht trotz meiner berechtigten Antipathie zu dir kommen sollte, damit du mir das nötige Kleingeld vorstreckst.« Und er begann eine phantastische Geschichte zu erzählen von einer Katzenfarm, die er anlegen wollte, um dann mit den Katzenfellen ein fabelhaftes Geschäft zu machen. Man werde die Katzen mit Ratten füttern, vier Ratten genügten zur Sättigung einer Katze. Die Ratten wiederum werde man mit den Kadavern der enthäuteten Katzen füttern. Jede Katze werde im Jahr zwölf Junge werfen, die Ratten sich viermal so schnell vermehren. Der Betrieb ernähre sich also aus sich selber, automatisch. Die Katzen würden die Ratten fressen, und die Ratten würden die Katzen fressen, und die Unternehmer würden die Felle haben. Wie Dr. Geyer sehe, ein einleuchtendes Geschäft. Während der Junge diesen Plan entwickelte, nonchalant, das albern Phantastische nicht verschleiernd, sondern vielmehr mit einem gewissen Hohn geradezu betonend, betrachtete Dr. Geyer die Hosen, in denen die gekreuzten Beine des Jungen staken. Denn zu seinem Gesicht wagte er nur selten aufzublicken. Es waren aber karierte Hosen aus einem festen, englischen Stoff, gut gebügelt. Der Anwalt Geyer sagte sich, daß er wahrscheinlich niemals so gute Hosen getragen habe. Sie wirkten weit, locker und durch die strenge Bügelfalte dennoch stramm. Unter ihnen zeigten sich Strümpfe aus einem dünnen, mattglänzenden, edeln Stoff. Die Schuhe saßen ausgezeichnet, schmiegten sich stark und bequem. Sicher waren sie nach Maß gefertigt.

Dr. Geyer, schlampig, in unschöner Haltung, vermied das Gesicht des Jungen. Seine Augen irrten ab, suchten den Boden. Er hörte nicht recht hin auf die frech-phantastische Geschichte, die da, ihm zum Hohn, vor ihm ausgekramt wurde. Vielmehr dachte er, was wohl die Mutter, was wohl Ellis Bornhaak dazu gesagt hätte, daß jetzt der Junge doch vor ihm sitze, in seinem Haus, angewiesen auf seine Hilfe, trotz allem. Er sah das große Mädchen Ellis, wie er es zum ersten Male gesehen hatte damals, als er nach bestandenem Examen die paar Wochen an dem österreichischen See verbrachte. Er mußte wohl sehr beschwingt gewesen sein damals, witzig, dringlich, erfüllt von einem Gefühl, das sich schnell übertrug. Alles in allem war es ihm heute noch ein Rätsel, wie er das große, schöne Mädchen so rasch zu sich hatte herüberziehen können. Sie war frisch gewesen, straffe Haut über prallem, schlankem Fleisch, ein schönes, kühnes, nicht sehr kluges Gesicht; oft, wenn er Johanna Krain sah, mußte er an sie denken. Die warmen Nächte am See, wenn sie zusammenlagen, faul, glücklich, sich amüsierend über die Unbequemlichkeiten, die die Mücken in der Luft, die Käfer im Moos, die Ameisen ihnen bereiteten. War das wirklich er, der damals im Wald gelegen war mit dem Mädchen? Dann, wie die Verwicklungen kamen, wie sie schwanger war, schwankend, ob sie das Kind austragen solle. Der Krach mit ihrer bürgerlich strengen Familie. Wie sie dann doch zu ihm hielt, wie er glücklich war, ihr das bißchen Geld zu geben, über das er verfügte. Wie sie zweifelte, ob sie ihn heiraten solle. Nein sagte, ja, schließlich beim Nein blieb. Wie sie dann, warum, wußte er heute noch nicht, anfing, ihn zu hassen, sich kalt lustig machte über seine phantastisch-fahrige Art, seine zwinkernden Augen. Wie er ratlos stand vor diesem wachsenden, bösartigen Haß. Wie sie seine dringlichen Vorstellungen, zu heiraten, mit Verachtung abwies. Wie sie schließlich, gerade als es anfing, ihm gut zu gehen, kein Geld mehr von ihm nahm. Nach Norddeutschland fortzog, verfeindet mit ihrer Familie, seine Briefe nicht erwidernd. Sich elend und überaus mühevoll durchschlug. Ihr Kind großzog im Haß gegen den Mann Geyer, den Juden, den sie einige Wochen geliebt hatte und der ihr dann verhaßt geworden war wie ein stinkendes, widerwärtiges Tier. Wie dann der Junge, wahrscheinlich weil ihm das farblose, ärmliche Leben zu Hause zuwider war und er sich fürs Gymnasium nicht eignete, freiwillig ins Feld zog, in sehr jungen Jahren. Wie die Mutter an der Grippe starb. Wie der Junge zurückkehrte, verlottert durch den Krieg, windig, nicht mehr tauglich zu ernsthafter Arbeit. Wie die Eltern der toten Frau widerwillig einiges für ihn taten, sich dann endgültig von ihm abwandten. Wie er, der Anwalt, ihm seine Hilfe anbot, immer dringender, immer wieder abgewiesen. Wie der Junge sich zusammenschloß mit diesem peinlichen Frontkameraden, der acht Jahre älter war als er und ihm doch so ähnlich, diesem widerwärtigen von Dellmaier. Wie der Anwalt mit dem Jungen an dritten Orten zusammentraf, ihm zu helfen versuchte. Wie der dumpfe, unerklärliche Haß der Mutter sich auf ihn vererbt hatte, dem ratlosen Geyer immer wieder entgegensprang. Wie der Junge ihn verhöhnte, stets von neuem, gerade vor ihm seine Spuren zu verbergen suchte.

Dies alles dachte, sah, lebte der Anwalt Geyer, während Erich vor ihm saß, ein junger Nichtsnutz in gutgebügelten Hosen und tadellos sitzenden Schuhen, das alberne Projekt von der Katzenfarm entwickelnd.

Unvermittelt fragte Dr. Geyer: »Ist Herr von Dellmaier auch in dem Geschäft?« Erich, herausfordernd, erwiderte: »Ja, natürlich. Hast du was dagegen?« Nein, der Anwalt hatte nichts dagegen. Was sollte er dagegen haben?

Erich sagte, das mit der Katzenfarm sei nur eines von vielen Geschäften, die sich ihnen böten. Für Leute, die keine Tapergreise seien, für junge Menschen von Tatkraft sei jetzt gute Zeit. Wenn das mit der Katzenfarm nichts werde, dann würden sie eben eines von den vielen anderen Geschäften starten. Da seien zum Beispiel eine ganze Reihe von erstklassigen politischen Unternehmungen, die junge, unbedenkliche Leute dringend benötigten. Er habe fabelhafte Beziehungen. Er nannte Namen. Die Führer der Rechtsorganisationen, die Landsknechtführer, Toni Riedler und wie sie alle hießen, die Helden der illegalen Korps und Vereinigungen. Namen, dem Anwalt geradezu körperlich verhaßt, verächtlich, Gewaltnaturen, einer niedrigeren Spezies Mensch angehörig, näher am Tier. Ja, mit denen allen hatten Erich und sein Freund Dellmaier Beziehungen. Mancherlei politische Geschäfte. Wenn das mit der Katzenfarm wegschwimme, dann werde man sich eben tiefer in diese Dinge hineinknien. Er schaute den Anwalt an, während er so drauflos sprach, frech, obenhin, bösartig. Aber der Anwalt sah zu Boden. Schwieg. Sah aus, als ob er nicht zuhöre.

Der Junge sagte plötzlich, er habe nicht viel Zeit. Er ersuche den Anwalt, sich zu entscheiden. Ob er also mithalten wolle bei dem Unternehmen?

Der Anwalt sah auf. Ganz dunkel erinnerte er sich, daß ihm

damals bei dem Überfall gewesen war, als habe er das windige Gesicht des Versicherungsagenten von Dellmaier gesehen. Er stand beschwerlich auf. Hinkte durch das Zimmer. Holte seine Krücke. Hinkte abermals auf und ab. Holte Zigaretten. Bot dem Jungen an. Der zögerte, bediente sich. »Wieviel Geld brauchst du?« fragte der Anwalt.

Der Junge nannte eine nicht übermäßig hohe Summe. Der Anwalt schlurfte hinaus. Der Junge blieb im Zimmer, rauchte, stand auf, blätterte ungeniert in dem Manuskript, nahm ein Buch vom Regal. Von außen hörte man des Anwalts Stimme und eine andere, hohe, lamentierende, heisere, die beschwörend auf ihn einsprach. Lang dauerte, endlos lang die heftige, rasche, geflüsterte Unterhaltung. Der Junge, mit gutem Ohr, konnte einiges verstehen. Er mache sich unglücklich, sagte die lamentierende Stimme, wenn er diesem ausgehausten Lumpen etwas gebe. Der werde immer wiederkommen. Und es sei sowieso kein Geld da; Dr. Geyer arbeite ja nichts mehr, was Geld bringe. Und sie kratze überall die Pfennige zusammen, um dem Anwalt anständig zu essen zu geben. Und dann werde es so sinnlos hinausgeschmissen.

Als der Alte zurückkam, brachte er einige zerknüllte, ausländische Banknoten mit und etwas deutsches Geld. Der Junge betrachtete ernsthaft die ausländischen Banknoten, glättete sie sorgfältig, steckte sie ein. Der Anwalt lege sein Kapital gut an. Er solle ja nicht denken, es sei eine Gefälligkeit und er erwerbe sich Anspruch auf Dankbarkeit. Er mache ein Geschäft mit ihm. Ein sehr aussichtsreiches Geschäft. Ein bißchen Risiko sei natürlich dabei wie jetzt überall. Damit ging er.

Hinter ihm her schimpfte und lamentierte hemmungslos die Haushälterin Agnes. Der Anwalt saß in seinem unordentlichen Zimmer. Er nahm mechanisch den Stummel der Zigarette auf, den der Junge weggeworfen hatte, und legte ihn in einen Aschbecher. Er spürte Hunger. Allein Agnes brachte ihm, wohl zur Strafe, nichts zu essen. Also mit Politik gaben sie sich ab. Der Klenk war daran schuld. Auch daran. Er machte sich wieder an die »Geschichte des Unrechts«. Aber er saß davor, ausgeleert, schlaff, rauchte, saß, sah Bilder, arbeitete nicht.

Er ließ sich ein Bad bereiten, er hatte jetzt mehrere Tage

nicht gebadet. Er lag in dem warmen Wasser, seine Glieder entspannten sich. War es nicht ein Triumph, daß der Junge zu ihm gekommen war? Er dachte an die Mutter, an Ellis Bornhaak. Immerhin, wenn der Junge ernstlich etwas brauchte, wandte er sich nicht an ihre Eltern, dann kam er zu ihm. Er schaukelte leise in dem warmen Wasser, lächelte. Er hatte wilde Sitten und Gebräuche, der Junge, eine lieblose Art, das war nicht zu leugnen. Aber daran waren die Zustände des Landes schuld, daran war Klenk schuld. Und jedenfalls war der Junge zu ihm gekommen.

Der Anwalt stieg aus der Wanne, zog sich langsam an, ungewohnt sorgfältig, zum Erstaunen der schimpfenden, lamentierenden Agnes. Ging in das erste Restaurant der Stadt, in Pfaundlers Restaurant, aß gut, trank gut. Sprach aufgeräumt mit einigen Bekannten. Las des Abends bei einer Flasche edeln Weines ein Kapitel Tacitus und ein Kapitel Macaulay. Hielt den Tag als einen Feiertag.

5

Klenk ist Klenk und schreibt sich Klenk

Klenk, nachdem Herr von Ditram ihn verlassen hatte, dehnte sich, knurrte behaglich, pfiff eine edle, klassische Melodie. Dieser behutsame Herr von Ditram, der Chef des neuen, nach seinen Wünschen umgebildeten Kabinetts, Aristokrat aus dem Kreis des feinen, stillen Rothenkamp, tut, was er, der Klenk, ihn heißt. Morgen wird sich das neue Ministerium dem Landtag vorstellen. Er hat jetzt der Regierungserklärung den letzten Schliff gegeben, und der Ditram hat jede Nuance angenommen. Er hat es also geschafft. Mit dem bisherigen, mit dem Sigl, dem alten Trottel, war wirklich kein Auskommen mehr gewesen. Immer auf den Tisch hauen, immer der Sauherdenton gegen Preußen und das Reich, das war auch nicht das Rechte. Er, Klenk, hat sich auf die Dauer wirklich geniert, mit was für Viechern man da auf der Ministerbank zusammensaß. Es war schon gut, daß er die wirklichen, undeutlichen Machthaber im Hintergrund vor die Alternative gestellt hat, endlich einmal einen von ihren repräsentativen Leuten vorzuschicken oder auch auf ihn zu verzichten. Ein Licht war ja der neue, der Ditram, gerade nicht. Der Reindl ist auf die Idee gekommen, hat den Namen in die Debatte geschmissen. Er mag ihn nicht, den Fünften Evangelisten; der ist ein ganz Verdruckter und hat es gnädig, als wäre er Gottvater oder König Ludwig II. selber. Aber den alten Ditram wieder anschwirren zu lassen war doch eine gute Idee. Wenn er auch keinen Grips hat, er hat wenigstens Manieren. Er war unter dem Prinzregenten Luitpold Gesandter beim Vatikan. Er wird auf stille Art tun, was der Klenk für gut hält.

Harte Arbeit hat es gekostet. Konferenzen mit den Parteiführern. Telefongespräche mit den heimlichen Herren im Land. Hin, her, ein verflixter Kuhhandel. Eine ganze Woche ist das gegangen. Zwei Konzerte hat er auslassen müssen, auf die er sich gefreut hat, und keine halbe Stunde hat er erwischt, um bei dem schönen Wetter hinauszufahren. Aber jetzt hat er's hinter sich, und gut ist's gegangen. Eingetränkt hat er's ihnen. Er ist wer, das werden die andern jetzt auch gespannt haben. Klenk ist Klenk und schreibt sich Klenk.

Es ist kaum neun Uhr. Heut kann er sich einmal Feierabend vergönnen. Eine Hetz will er sich machen, eine Gaudi. Er lächelt, sein langer, kräftiger Mund verzieht sich. Wen soll er sich vorknöpfen, den Hartl oder den Flaucher? Er nimmt den Lodenmantel um, klemmt die Pfeife zwischen die Zähne, krempt sich den mächtigen Filzhut über den braunroten Kopf. Vielleicht beide, den Flaucher *und* den Hartl.

Er geht seinen kurzen Weg zu Fuß. Nicht in die Tiroler Weinstube, sondern zuerst einmal in das Restaurant zum Bratwurstglöckel.

Das alte Restaurant in dem engen Winkel zu Füßen des Doms war noch rauchiger, dämmeriger als die Tiroler Weinstube. Klenk, wie er jetzt die innere Glastür öffnete, sah riesig aus in dem niedrigen Raum zwischen den altertümlichen Modellen und Geräten, die, von der Decke hängend, ihm fast den Kopf rührten. Er sah sich um; es dauerte immer einige Sekunden, bis man in Dunst und Rauch Gesichter unterschied. Die

Menschen hockten dicht aufeinander, aßen sehr kleine, verrunzelte, gebratene Würste mit gekümmeltem Sauerkraut und winzigen Salzbrezeln, tranken Bier.

Richtig, dort saß der Mann, den er suchte, der Landesgerichtsdirektor Dr. Hartl. Es war klar, daß der heute hier sein wird an dem Stammtisch, auf dem als eine Art Wahrzeichen ein altertümlich angezogener bronzener Trompeter stand, eine Fahne haltend, mit der Verkündigung »Besetzt«. Der Dr. Hartl saß da zusammen mit einem Dutzend Fachgenossen; Klenk kannte sie gut, es war der Senatspräsident Messerschmidt und andere Kollegen. Der Minister sah, daß man im Bild war über seine Stellung in dem neuen Kabinett. Er wurde, an Achtung gewohnt, heute mit doppeltem Respekt begrüßt. Befriedigt stellte er fest: sie hatten es gespannt.

Während er sich durchwand durch die Gäste des Bratwurstglöckel, Leute mit Hochschulbildung, Oberlehrer, Zeitungsredakteure, höhere Beamte, die einander fast alle seit Jahren kannten, beschaute er durch den Dunst den Tisch mit seinen Beamten. Sie sahen nicht gut aus, verdrießlich, abgetragen, verschlissen Mienen und Kleider. Es war nicht verwunderlich, die Besoldung war miserabel, sie hatten Weib und Kinder, in jenen Jahren der Geldaufschwemmung stand es übel um Nahrung und Kleidung. Einige waren nahe an der Altersgrenze. Vor dem Krieg waren sie überaus angesehen gewesen und hatten sichere Aussicht gehabt auf reichliche Pension und ein Alter in Fülle: jetzt war schon der gewohnte Abend im Bratwurstglöckel Luxus, sie mußten sich zehnmal überlegen, welche Zigarre sie sich leisten konnten. Dazu hatte sich ihre Arbeit gehäuft. Schuld daran, wie an allem Bösen, war die neue Staatsordnung. Sie hatte die Sitten gelockert, die Ziffer der Verbrechen gesteigert, und wer hatte die Arbeit davon? Sie. Alle hatten sie jetzt drei- oder viermal soviel Akten zu erledigen wie früher, jeder hatte morgen seine acht oder zehn Termine.

Klenk, während man zusammenrückte, um ihm Platz zu machen, stellte sich die Objekte dieser Termine vor. Bestimmt hatten sie keine gute Nacht heute, warteten nervös auf den Morgen, bereiteten jede Geste, jedes Detail ihrer Haltung, jedes Wort vor, angstvoll gespannt auf das Gesicht, die Laune der Männer, die ihre Handlungen prüfen, wägen, richten sollten. Sie ahnten nicht, wie wenig diese Männer Zeit für sie hatten, wie wenig Neigung, sich mühsam in die Seelen der ihrem Spruch Unterworfenen zu versenken. Sie hatten es verdammt schwer jetzt, seine Richter, waren angefüllt mit ihren Privatsorgen. Ein Haufen Arbeit, miserable Bezahlung, dazu ein fortgesetzt nörgelndes Publikum und eine blöde Presse. Die Autorität war hin. Eine breite Öffentlichkeit fing an, den Richter so zu behandeln wie frühere Zeiten den Henker.

Es war ein Ereignis, daß Klenk heute an diesen Tisch kam, eine Demonstration. Die Männer freuten sich. Der Landesgerichtsdirektor Dr. Hartl nämlich, der heute hier am Tisch saß, jener gewandte Richter aus dem Prozeß Krüger, war auf die Dauer doch nicht gewandt genug gewesen. Er hatte sich zu sicher gefühlt, er war gestrauchelt. Eigentlich über einen einfachen Fall, den Fall Pfannenschmidt. Dem Pfannenschmidt, Lederfabrikanten in einer kleinen oberbayrischen Stadt, hatten seine Gegner, weil er Republikaner war, Landesverrat vorgeworfen, schmutzige Geschäfte, Syphilis, Mädchenschändung, hatten ihn mit Verleumdungen aus der Luft nahe an den Ruin getrieben. Pfannenschmidt hatte geklagt, war nicht durchgedrungen. Die gegnerischen Angriffe dauerten an. Der Fabrikant hatte sich, als die ganze Bevölkerung des Städtchens ihn boykottierte, vor ihm ausspuckte, zu Unbesonnenheiten hinreißen lassen. Es war zu Gewalttaten gekommen, zu Landfriedensbruch, zu einem Prozeß, in dem Landesgerichtsdirektor Dr. Hartl dem *roten Gerbermeister* das Fell tüchtig gegerbt hatte, wie die gutgesinnte Presse mit landesüblicher Schalkhaftigkeit feststellte. Allein der Dr. Harl hatte es sich dabei zu leicht gemacht, seine Souveränität hatte ihm einen Streich gespielt. Wenn man das Recht beugte, durfte man sich keine Formfehler leisten. Der Landesgerichtsdirektor Hartl war in dieser Beziehung unvorsichtig gewesen, Klenk hatte offiziell ein bißchen von ihm abrücken müssen. Inoffiziell hatte er ihm einen netten, humorigen Brief geschrieben, den der Hartl auch witzig konziliant erwidert hatte. Somit wäre alles gut gewesen, aber der Hartl hatte offenbar in dieser ganzen Sache Pfannenschmidt keine glückliche Hand. Er konnte sich's nicht verkneifen, ein Interview erscheinen zu lassen, in dem er sich in höflicher, verständnisvoll schmunzelnder, doch im Grund arroganter Art über den Klenk mokierte, Stellen aus seinem Brief zitierte, nur wenig verhüllt. Klenk fand das Interview ganz lustig, er ärgerte sich nicht darüber; aber er konnte sich dieses Aufmucken nicht wohl gefallen lassen, er verwarnte den Hartl auf disziplinärem Weg. Inoffiziell aber ließ er bei ihm anfragen, ob er geneigt sei, in die Verwaltung hinüberzuwechseln; er trug ihm das wichtige Referat für Gnadensachen an, das in Bälde frei sein wird. Der Klenk mochte im Grund den Hartl nicht und der nicht ihn. Die ganze Angelegenheit zwischen den beiden Männern hatte etwas von einer freundschaftlichen, nicht ganz ungefährlichen Frotzelei. In dem Hin und Her dieser letzten anstrengenden Tage war die Affäre Hartl dem Klenk eine Art Erholung, er fand jetzt, er habe sie gut gelöst. Den Schreiern von der Opposition hatte er das Maul gestopft und zugleich dem Hartl eins aufs Dach gegeben; denn er hatte ihn diszipliniert. Er hatte aber gleichzeitig der Opposition eins aufs Dach gegeben und auch dem Hartl das Maul gestopft; denn diese Disziplinierung sah einer Beförderung verdammt ähnlich. Jedenfalls war es nach außen hin eine Demonstration und ihm selber eine Gaudi, wenn nach der amtlichen Verwarnung des Landesgerichtsdirektors durch das Ministerium nun der Privatmann Klenk an den Stammtisch im Bratwurstglöckel kam, um mit dem Privatmann Hartl einen gemütlichen Abend zu verbringen.

Wie er aber jetzt im Bratwurstglöckel saß, war es auf einmal doch keine Gaudi. Die Männer hoben die schweren, derben Biergläser, sagten: »Prost, Hartl! Prost, Herr Minister!« Aber sie gefielen ihm nicht, seine Richter. Auch der Landesgerichtsdirektor Dr. Hartl, wie er aufgeblasen dasaß, mißfiel ihm dermaßen, daß es ihm nicht einmal Spaß machte, sich mit ihm herumzukampeln. Ein zuwiderer Kerl, dieser Hartl, mit seiner reichen, ausländischen Frau, seinem ausländischen Geld, seiner Villa in Garmisch, mit seiner frech gezeigten Unabhängigkeit und seiner billigen Popularität. Selbstbewußtsein war eine gute Sache; aber der Hartl gab es zu dick. Diese schleimige, glatte, ausgeschämt verständnisvolle Arroganz, diese höhnisch konziliante Ironie. Es lohnte nicht, sich mit dem Burschen abzugeben, er hätte ihm nicht das Referat für Gnadensachen antragen sollen, wo er immerfort mit ihm zu tun hatte.

Klenks Laune fiel herunter. Er beschaute sich die Gesichter am Tisch. Der Förtsch, dieser kaninchenmäulige Bursche, den er der Strafanstalt Odelsberg vorgesetzt hat, war natürlich gekommen, um zu schnuppern, von wo jetzt der Wind bläst. Der hat es auch gespannt. Alle krochen sie heraus aus ihren Löchern, kamen in die Stadt, zu wittern, was los sei. Daß jetzt er, der Klenk, daran war, daß er am Steuer saß, das schmeckten sie. War es wirklich so schwer zu kapieren, worauf er hinauswollte? War seine Politik, sein Programm, trotzdem er es nicht geschreimäulig kundtat, nicht schon bisher deutlich genug? Soviel sollte selbst ein höherer bayrischer Beamter ohne lange Reisen kapieren, daß jetzt nicht mehr auf den Tisch gehaut wird, daß man Konzessionen im kleinen macht, damit im großen um so saftiger genommen werden kann.

Die Anwesenheit des Ministers und des so fröhlich und elegant hinaufdisziplinierten Dr. Hartl belebte die Männer am Stammtisch. Dr. Hartl hatte kein Geheimnis gemacht aus seiner Berufung ins Ministerium, auch Klenk nicht. Es zeigte sich so, und auch die Anwesenheit des Ministers an diesem Tisch erwies es, daß die Justiz gepanzert war gegen alle blöden Angriffe, daß in dem wackligen Staat von heute sie die einzige feststehende, unerschütterliche Macht war. Es waren notige Zeiten, und sie, die Richter, sahen unleugbar etwas abgerissen aus. Aber sie waren autonom, unabsetzbar, nur ihrem Gewissen verantwortlich, konnten freisprechen und verdammen, in Ketten legen und lösen. Niemand konnte sie zur Rechenschaft ziehen. Das hatten die Meuterer vergessen, diese Saubande, als sie auf Meineid und Hochverrat einen neuen Staat aufbauen wollten. Sie, die Richter, die wichtigsten Pfeiler der alten Ordnung, hatten sie unangetastet stehenlassen, die Rindviecher. Man mochte gegen den Klenk haben, was man wollte; aber er war der Mann, diese heiligen Rechte zu wahren. Das zeigte sich in der Art, wie er den Fall Hartl behandelte, das zeigte sich jetzt, wie er breit und mächtig neben seinem verunglimpften Richter saß. Dieses Gefühl hob die alternden Männer, steifte ihnen trotz aller äußeren Armseligkeit den Rücken, wärmte ihnen das Herz. Sie gerieten in Laune, sprachen von ihren Studentenjahren. »Prost, alter Admiral von der Starnberger-See-Flotte!« sagte einer, eine vermottete Jugenderinnerung aufbügelnd. »Das mit der Mali in Oberlanzing«, träumte ein anderer vor seinen kleinen, runzligen Schweinswürstchen, »das war ein Oktoberfest für mich.« – »Prost, Leibfuchs!« sagte ein dritter, sehr alter, zu einem kaum jüngeren. Sie lachten dröhnend, sprachen mit polternden Stimmen durcheinander, wischten sich das Nasse von den Bärten, bestellten sich neues Bier. Wahrscheinlich, erwog der Minister, hofften sie heimlich, der reiche Hartl werde heute als an seinem Ehrentag den Tisch freihalten.

Nur der Senatspräsident Anton von Messerschmidt schloß sich aus von der allgemeinen Gaudi. Er war ein guter Jurist, ein bißchen langsam, schwerfällig. Stattlicher Herr, großes, rotes Gesicht mit altmodischem, gutgepflegtem Vollbart und riesigen, vorquellenden Augen, hörte er den Erzählungen des Geheimrats, den Späßen um ihn herum ohne Lächeln zu. Er litt mehr als die andern an der Zeit. An seinem ursprünglich großen Vermögen zehrte die Geldentwertung; schon mußte er aus seiner Sammlung bayrischer Kuriositäten geliebte Gegenstände veräußern, um für sich und seine Frau standesgemäße Kleidung zu beschaffen. Aber es war weniger wegen der äußeren Not. Es war dies: Die Messerschmidts waren von querköpfiger Rechtlichkeit. Der Senatspräsident war einer der ganz wenigen, die sich verpflichtet gefühlt hatten, während der Hungerjahre des Kriegs sich nur an die erlaubten Rationen zu halten; ein Bruder von ihm, Ludwig von Messerschmidt, Kapitän eines Minensuchschiffs, war umgekommen, da er, von den Engländern gefangen, auf ihrem Schiff schweigend auf ein Minenfeld losfuhr, das er selbst gelegt hatte. Anton von Messerschmidt quälte sich ab mit der bayrischen Gerechtigkeit, wie sie jetzt war. Er fand sich nicht zurecht. Ihn bekümmerten die vielen Urteile, die sich juristisch zulänglich begründen ließen, aber dem einfachen Empfinden über Recht und Unrecht zuwidergingen, die ganze Handhabung der Justiz, die allgemach aus einer Schutzvorrichtung für den gemeinen Mann Falle und

Verstrickung wurde. Er wäre am liebsten von seinem Amt zurückgetreten und hätte mit seiner Frau, seinen bayrischen Altertümern und einem bißchen Musik ein zufriedenes Leben geführt. Aber sein Messerschmidtsches Pflichtgefühl erlaubte ihm das nicht.

Er konnte nicht heiter werden in dieser Tafelrunde. Die Art, wie die Kollegen den vertrottelten Kahlenegger aufzogen, sagte ihm nicht zu. Die freche Hinaufdisziplinierung des reichen, ironischen Hartl paßte ihm nicht. Auch den Klenk konnte er nicht riechen. Der hatte seine Vorzüge, gewiß, war ein gescheiter, vaterlandsliebender Mann. Aber es fehlte ihm am rechten inneren Gleichgewicht für die schwierige Zeit. Nein, der Senatspräsident Messerschmidt hatte keine Freude an diesem Abend.

Dem Klenk schien der alte Messerschmidt nicht der schlimmste. Er war ein Langsamer, eigentlich ein Tepp. Aber er war ein grader Mensch, und man konnte mit ihm wenigstens ab und zu über bayrische Altertümer reden. Doch die andern, was für hoffnungslose, papierene Esel. Jetzt waren sie schon wieder bei Gehaltsstufen, Kohlenpreisen. Das und ein paar Paragraphen, das war ihr Weltbild. Der Klenk liebte sein Land, sein Volk, aber er war kritisch für den einzelnen und heute ein rechter Menschenverächter. Dieser Kaninchenmäulige, der Förtsch, den er der Strafanstalt Odelsberg vorgesetzt hat, wie er ängstlich auf jede Äußerung von ihm luste, um den Mann Krüger je nach seinem, Klenks, Gesichtsausdruck straffer oder lockerer zu halten. Der Hartl, der eingebildete, kokette Gigerl. Die Landesgerichtsdirektoren und Räte, diese traurigen Fachsimpel, diese blühenden Rindviecher, wie armselig ihre Gaudi war. Unendlicher Widerwille überkam ihn, sich immer verdichtende Langeweile. Nicht einmal sie zu frotzeln lohnte. Nein, es war schade um seinen Abend. Er gähnte mit einemmal erschreckend laut, ungeniert, sagte: »Entschuldigen Sie, meine Herren«, dröhnte hinaus, mächtig, in seinem Filzhut, die Herren betreten zurücklassend.

Also dieser Teil des Abends war beschissen gewesen. Hoffentlich wird die Geschichte mit dem Flaucher amüsanter. Wozu sonst hat er den zuwideren Grantlhuber in der Regierung gelassen? Ja, warum wirklich hat er ihn nicht zum Teufel gejagt?

Er hat eigentlich keinen Menschen, mit dem er über seine Angelegenheiten reden kann. Eine Ansprache sollte der Mensch haben. Seine Frau, die dürre, armselige Geiß, hat keine Ahnung von alldem, was er in diesen Tagen ausgerichtet, noch weniger, was er ausgestanden hat. Oder hat sie doch eine Ahnung? Sie ging in diesen letzten Tagen noch kläglicher, kümmerlicher, zerdrückter herum als sonst. Sein Bub, der Simon. Er hat lang nicht mehr an den Bams gedacht. Die Veronika, die Mutter, das Weiberts, die ihm auf seiner Besitzung Berchtoldszell die Wirtschaft führt, die hält das Maul und sagt kein Wort. Aber er hat Bericht. Von der Bank von Allertshausen, wohin er den Buben gesteckt hat, und auch von anderen. Er tut nicht gut, der Bub, er taugt nichts, er ist gar so ein Wilder. Ist jähzornig, fällt von einer damischen Sache in die andere. Jetzt hat er sich gar den Kutznerleuten angeschlossen, den Wahrhaft Deutschen, diesen Hornochsen. Lange wird das ja nicht dauern. Übrigens, je größer der Bub wird, um so mehr sieht er ihm ähnlich. Vielleicht sollte man sich doch mehr um ihn kümmern. Schmarren. Man kann keinem Menschen was beibringen. Seine Dummheiten und seine Erfahrungen muß jeder allein machen. Wenn der Bub ihm nachgerät, das ist nicht das Schlechteste. Dann wird er sich schon sein Teil herausschneiden aus dem Kuchen.

Er war in der Tiroler Weinstube angelangt, und hier endlich sah es aus, als sollte er auf seine Rechnung kommen. Da waren zunächst der Greiderer und der Osternacher. Es war amüsant, den beiden zuzuschauen. Greiderers Stellung unter den Lokalberühmtheiten war jetzt fest fundiert, und eine wunderliche, dicke Freundschaft verband den repräsentativen, in der Kunstgeschichte verankerten Professor Osternacher mit dem nach kurzem Aufstieg rasch verlotternden Maler des »Crucifixus«. Der kultivierte Mann, sehr anspruchsvoll sonst in der Auswahl der Frauen, die er um sich litt, Maler mondäner, kostbarer Damen der internationalen Gesellschaft, duldete die billigen Haserln Greiderers und seine verschiedenen, ordinären Arten von Gaudi. Greiderer war durch die Spezlschaft sehr geschmeichelt. Osternacher führte lange Kunstgespräche mit ihm. Er, während die andern sich schwer taten, das verworrene, geschwollen ausgedrückte Zeug des bäurischen Mannes zu kapieren, begriff. Der Greiderer hatte Ideen, zweifellos. Schuf aus dem gleichen Temperament heraus wie er selbst. Schuf da weiter, wo er, Osternacher, stehengeblieben war. Der ehemalige Revolutionär Osternacher aber spitzte die Ohren, streckte Fühler, belauerte, was der andere machte, mehr noch, was er machen wollte. Schmeckte es. Spürte jetzt, wo der andere lau und faul wurde, neue Kraft. Sammelte sich die vielen fragmentarischen Einfälle des andern zusammen. Kratzte in eines die eigenen Reste und die des andern. Es müßte mit dem Teufel zugehen, wenn sich der Osternacher keine Renaissance erzwingen könnte.

Klenk setzte sich zu den beiden. Er ahnte die Gründe, aus denen Osternacher sich dem pöbelhaften Burschen so angehängt hatte. Es juckte ihn, den feinen Herrn von Osternacher sich winden zu sehen. Er lockte aus dem proletarischen Greiderer kompromittierende Äußerungen, und der Osternacher mußte widerwillig ja dazu sagen. Er hetzte durch seinen Beifall den Greiderer zu immer gröberen Sätzen über Cliquenwirtschaft und Krampf, und der Osternacher mußte Beschimpfungen decken, die aussahen, als wären sie gerade auf ihn gemünzt.

Erst nach diesem Voressen, langsam, gemütlich, ging Klenk hinüber zu dem Flaucher. Der saß zusammen mit Sebastian Kastner, dem Abgeordneten des Stimmkreises Oberlanzing. Die Feindschaft mit Klenk war dem Flaucher lebenswichtig geworden wie sein Rettich, sein Bier, seine Politik, sein Dackel Waldmann. Er schnupperte dem Feind ängstlich und doch fast begierig entgegen.

Knurrig fragte er den Klenk, was er meine zu der damischen Geschichte an der Feldherrnhalle. Dort nämlich sollte jetzt, und zwar diesmal nicht in der überfüllten Halle selber, sondern auf der Straße ein neuer Denkstein erstehen, ein *Mahnmal.* Aus diesem Grunde hatten die Wahrhaft Deutschen dort demonstriert und hierbei einen Amerikaner verprügelt, weil er jüdisch aussah. Es gab unliebsame Auseinandersetzungen mit den amerikanischen Behörden. Flaucher fand die Ansprüche des Rupert Kutzner, der sich in dieser Angelegenheit sehr großmäulig benahm, weitgehend, aber verständlich. Der Abgeordnete von Oberlanzing, demütig an seinen, des großen Vorkämpfers der bayrischen Belange, Lippen hängend, pflichtete ihm eifrig, doch bescheiden bei. Klenk hingegen machte sich lustig über den Kutzner, sein gipsernes Geprotz, seine miserablen Reden. Hier war einer der prinzipiellen Gegensätze zwischen Klenk und Flaucher. Der Minister Flaucher begünstigte die Wahrhaft Deutschen. Der Minister Klenk benutzte die Bewegung, wo er sie brauchen konnte, fand aber, man müsse dem Kutzner, werde er seiner Neigung gemäß zu frech, ab und zu aufs Maul hauen. »Ich fürchte«, schloß er, an seine Pfeife klopfend, »einmal müssen wir ihn auf seinen Geisteszustand untersuchen lassen, den Kutzner.«

Flaucher schwieg eine Weile, dann plötzlich, mit auffallend leiser Stimme, dem Klenk direkt in die Augen: »Sagen Sie, Klenk«, erwiderte er, »wenn Sie mich immerfort frotzeln, warum haben Sie mich eigentlich in der Regierung gelassen?« Er sprach ziemlich leise, aber sehr deutlich. Vor dem Abgeordneten Sebastian Kastner, seinem hündischen Anhänger, genierte er sich nicht. Dem Abgeordneten des Stimmkreises Oberlanzing, so unversehens in den Streit der Mächtigen hineingeraten, stand das Herz still. Das konnte für einen verhältnismäßig kleinen Mann wie ihn nicht gut ausgehen. Er stand auf, stotterte mehrmals: »Entschuldigen die Herren«, ging unsichern Schritts, ohne Bedürfnis, zur Toilette. Der Flaucher, bemüht, seinen wulstigen, viereckigen Schädel zu recken und den Klenk fest anzublicken, wiederholte: »Warum haben Sie mich im Ministerium gelassen?« Klenk neigte sich ein wenig, schaute schräg hinüber zu dem ergrimmten Mann, sagte: »Sehen Sie, Flaucher, das frage ich mich auch manchmal.« Flaucher sagte: »Es ist kein Spaß für mich, Klenk, mit Ihnen zusammen zu arbeiten.« Er schob unmutig den Dackel Waldmann zur Seite, der sich an seiner Hose rieb. Klenk, immer aufmerksam an seiner Pfeife herumklopfend, erwiderte: »Aber für mich, Flaucher, ist es ein Spaß.« Flaucher, die knotige Hand um das dicke Weinglas, besann sich auf eine Antwort, die den andern treffen könnte. Er sah seine Manschette, sie war steif gestärkt und abgeschabt, sie scheuerte ihn am Gelenk. Er dachte an die Ängste und das große, wüste Hin und Her dieser üblen Woche. Er dachte daran, wie er zuerst gehört hatte, daß eine Umbildung des Kabinetts bevorstehe und daß Klenk der Treiber sei. Wie er es anfangs nicht hatte glauben wollen. Wie er dann gewußt hatte, daß es stimmte. Wie er voll Angst und Wut war, weil ihm jetzt wieder davonschwimmen wird, was er mit soviel Schweiß und Demütigungen erworben hat. Wie dann sein Haß gegen Klenk ihn fast erstickte. Wie er erwog, zu demissionieren; denn Klenk wird ihn ja doch davonjagen, und es war besser, von selber zu gehen. Wie er es dann doch nicht über sich brachte, sondern wartete, bis der Stoß von Klenk kommen wird. Wie dann überraschenderweise gerade er geschont wurde. Wie er aufatmete. Wie dann aber seine Wut gegen Klenk, gerade weil der ihn schonte, immer wuchs. Sie hatten einander stets gefrotzelt, immer dabei schnitt der Klenk besser ab; aber niemals hatten sie sich ihre Meinung so dürr gesagt wie diesmal, und da Flaucher überzeugt war, im Recht zu sein, und da er doch für eine gute Sache kämpfte, mußte ihm auf diese große Frechheit des Klenk, auf dieses zynische Eingeständnis, daß er an der wichtigsten Stelle des Landes einen Mann beließ, den er nicht für fähig hielt, nur sich selber zum Spaß, auf diese mordsdicke Unverschämtheit hin mußte Gott ihm doch etwas einfallen lassen, was den andern klein machte. Er hielt also das dicke Weinglas, starrte auf die beschädigte Manschette, wie sie hart aus dem Stoff seines kleinbürgerlich geschnittenen Anzugs herauskam, dachte rasch, hilflos und angestrengt nach, was er sagen könnte. Es fiel ihm aber nichts Besonderes ein, vielmehr sagte er nur, nicht einmal bösartig, sondern eher traurig: »Sie sind eben ein unernster Mensch.«

Klenk war auf irgendeine salzlose Bosheit gefaßt gewesen. Seltsamerweise traf ihn diese nüchterne Konstatierung des dummen und verachteten Flaucher. Ja, dem Flaucher hätte nichts Besseres einfallen können. Klenk war Klenk und schrieb sich Klenk; er war Staatsminister für Justiz und Herr im Lande Bayern. Es konnte ihm furchtbar Wurst sein, was der Flaucher über ihn dachte, und was heißt das überhaupt: jemand ist ein unernster Mensch? Aber jedenfalls war ihm jetzt auch an der Plänkelei mit dem Flaucher die Laune verdorben. Der Dackel Waldmann gähnte. Der Wein im Glas schaute häßlich aus wie Harn. Klenk sah, daß jetzt für diesen Abend auch in der Tiroler Weinstube nichts mehr für ihn zu holen war.

Er brach auf. Ging einige Schritte weiter, verdrießlich, in das Kabarett des Pfaundler. Setzte sich dort zu Frau von Radolny und dem Baron Toni Riedler, dem Landsknechtführer. Vergaß allmählich bei dem besonders edlen Rotwein, den Pfaundler anfahren ließ, den Flaucher. Er schaute mit halbem Aug auf die Bühne, trank, stritt bärenhaft gutmütig mit Frau von Radolny herum, die gegen ihre Überzeugung einen Sieg des Fürstenenteignungsgesetzes für möglich erklärte. Er sprach sachlich mit Pfaundler, zog den Toni Riedler auf wegen der sportlichen Einkleidung seiner illegalen Landsknechtverbände.

Fragte, den Kopf nach der kleinen Bühne reckend, plötzlich aufmerksam, als hätte er unvermutet ein kapitales Stück Wild eräugt: »Was ist das für ein Mädchen?« Es war ein schmächtiges Geschöpf, das dort oben tanzte, mit schiefen, demütigen, lasterhaften Augen, mit gleitendem, sonderbar klebendem Schritt. »Sie ist heute nicht in Stimmung«, sagte Pfaundler. »Ich muß ihr einmal wieder den Marsch blasen.« Frau von Radolny sagte: »Eigentlich muß Ihnen genausoviel an dem Enteignungsgesetz liegen wie mir, Klenk. Sogar mehr. Denn Sie sind ehrgeizig.« – »Wie heißt sie?« fragte Klenk. »Es ist die Insarowa«, sagte Pfaundler. »Haben Sie nie von ihr gehört?« Nein, Klenk hatte sie nie gesehen. Der Tanz ging mit schwachem Beifall zu Ende. Man sprach von anderem. »Tritt sie noch einmal auf?« fragte später Klenk. »Wer?« sagte Pfaundler. »Diese, diese, wie heißt sie, Ihre Russin?« – »Nein«, sagte Pfaundler. »Wir müssen hier ja leider um zwölf Uhr Schluß machen. Aber sie wird nebenan sein im Einuhrklub.« – »Schicke Person, was?« sagte der Landsknechtführer Toni Riedler, besitzerhaftes Lächeln in dem frechen, hübschen Gesicht. Klenk sprach mit Frau von Radolny. Später sagte er dem Landsknechtführer: »Sie würden übrigens uns allen und sich selber einen Gefallen tun, wenn Sie den Major von Guenther auf Ihrem Gut ein bißchen unsichtbar machten.« – »Den Major von Guenther?« fragte Toni Riedler zurück. »Wenn es mir Spaß macht, lieber Klenk, wie wollen Sie den Guenther verhindern, sichtbar zu sein?« Er schaute ihm aus seinen braunen Augen, auch ihr Weiß spielte ins Bräunliche, frech ins Gesicht. »Man kann einen Mann verhaften, zum Beispiel wegen Meineids«, sagte Klenk recht unverbindlich. Das gewalttätige Gesicht des Barons Riedler lief rot an. »Das möchte ich gerne sehen, ob einer den Guenther vor dem Jüngsten Gericht verhaftet«, sagte er. »Kommen Sie noch in den Einuhrklub?« fragte Frau von Radolny. »Ja, ich komme«, sagte Klenk. Auch der Landsknechtführer schloß sich an.

Der Einuhrklub erwies sich als ein viereckiges, kleines, ungemütlich belichtetes Lokal mit den gleichen Gästen, Kleinkünstlern und Kellnern wie Pfaundlers Kabarett. Die Insarowa kam an den Tisch. »Können Sie nicht noch fauler tanzen?« fuhr Pfaundler sie an. »Sie haben heute wie ein Schwein gearbeitet.« – »Wie wer?« fragte die Insarowa. Klenk lachte ihr beifällig zu. »Wie behandeln Sie denn Ihre Leute, Pfaundler«, sagte er. »Da muß man ja einschreiten.« – »Ich bin heute nicht gesund«, sagte mit ihrer gezierten, kränklichen Stimme die Insarowa. Sie schaute Klenk ungeniert prüfend an, wandte sich wieder an den Landsknechtführer, zeigte offenkundig, daß der ihr besser gefiel. Klenk blieb gut gelaunt, war witzig, paradierte vor der Russin, die sich seine Komplimente mit leichter Neugier gefallen ließ, ohne Lächeln, ziemlich gleichgültig.

Klenk blieb vergnügt auch auf dem Nachhausewege. Vergnügt nahm er sich vor, im nächsten Ministerrat eine allgemein schärfere Stellung gegen die Bewegung Kutzners zu verlangen. Vergnügt beschloß er, den Toni Riedler und seine Sportverbände, desgleichen den Major von Guenther und seinen Meineid ein wenig schärfer ins Auge zu fassen. Er hatte es lange schon vorgehabt.

Auch der Flaucher ging unterdessen nach Haus, begleitet von dem Abgeordneten Sebastian Kastner. Der, als er geziemende Weile draußengeblieben war, hatte zu seiner Verwunderung den Flaucher allein am Tisch gefunden mit dem schlafenden Dackel. Der Flaucher war sehr aufgeräumt jetzt, er hatte es offenbar dem Klenk gegeben. Der Abgeordnete des Stimmbezirks Oberlanzing hatte um die Vergünstigung gebeten, den Minister nach Hause begleiten zu dürfen. Nicht achtend die Belästigung durch den ihm um die Füße springenden Dackel, ging er ehrerbietig immer einen Viertelschritt hinter dem Flaucher drein, sehr froh, daß die altväterische Gesinnung des biederen Mannes triumphiert hatte über die hochmütige Neuerungssucht des Klenk, gehoben von dem Bewußtsein, daß er morgen mit dieser Beruhigung zu seinen Wählern in die Vorberge zurückkehren könne.

Auch im Nürnberger Bratwurstglöckel war man aufgebrochen. Einige der Herren hatten ein längeres Stück Weg gemeinsam nach Bogenhausen durch den Englischen Garten. Der Hartl hatte sie, wie sie gehofft, freigehalten. Die Demonstration des Ministers für den Kollegen, für die Selbstherrlichkeit des Richters hob ihr Herz hinaus über die Not der Zeit, sie waren sehr aufgekratzt. Sie zogen durch den nächtlichen Park in ihren anständigen, etwas abgeschabten Anzügen. Sie dachten nicht an die Arbeit und Mühen, die ihre Frauen den andern Tag haben würden um die Beschaffung der Nahrung, um die Aufrechterhaltung des Hausstands. Sie dachten auch nicht an die Termine, die ihnen am Morgen bevorstanden, nicht an die Objekte dieser Termine, nicht an die 2358 Jahre Zuchthaus, die vier unter ihnen verhängt hatten. Sie dachten vielmehr an Mützen, Bänder, Uhrzipfel, Bier, Fechtboden, Bordell, an die ganze Seligkeit ihrer Jugend, und sie sangen mit Überzeugung und soviel Schneid, als ihre alternden Stimmen hergaben, ein lateinisches Lied: nun wollten sie fröhlich sein, solang sie jung seien; nach einer vergnüglichen Jugend, nach einem verdrießlichen Alter werde sie der Erdboden haben. Auch die beiden protestantischen Herren sangen dies mit, nicht bedenkend, daß sie sich der größeren Ersparnis halber in einen Feuerbestattungsverein eingekauft hatten.

6

Hundemasken

Wenige Tage nach der Unterredung mit Dr. Bichler, als Johanna in der Nähe der Oper am Perron eines Cafés vorbeiging, grüßte sie ein junger Mensch, stand auf, kam mit vertraulicher Nonchalance auf sie zu. War hell, locker angezogen, aus dem blassen, frechen, windigen Gesicht stachen sehr rote Lippen. Er bat Johanna, ihm Gesellschaft zu leisten. Sie zögerte, dann setzte sie sich zu ihm.

Es ergab sich, daß Erich Bornhaak häufig in Paris war und die Stadt gut kannte. Einmal auch war er Fremdenführer gewesen; er sprach das Französische leicht, fließend. Ob er sie nicht einmal führen solle? Er könne ihr verschiedenes zeigen, was sie sonst bestimmt nicht zu sehen bekäme. Er blinzelte sie an, sah verkommen aus. »Es ist übrigens eine Ewigkeit vorbei, daß ich Fremdenführer war«, lachte er. »Jetzt habe ich andere Geschäfte, ziemlich komplizierte.« Sein Gesicht, bei aller Lasterhaftigkeit, sah auf einmal jungenhaft aus. Er lud sie dringend ein, ihn zu besuchen. Er habe eine hübsche, kleine Wohnung in Clamart. Auch einen Wagen habe er zur Verfügung. Es sei wirklich nett bei ihm, nicht uninteressant.

Sie kam. Erich Bornhaaks winzige Zimmerchen in Clamart, freundlich zwischen Bäumen, waren luxuriös, puppig, unordentlich. An den Wänden hingen Gipsmasken von Hundeköpfen, viele, sehr verschiedene: Terrier, Doggen, Spaniels, Hunde aller Art. Erich Bornhaak ging herum, elegant, locker, mit seinem überheblichen Lächeln, leisen Geruch von Heu und Leder verbreitend. Sie tat ihm nicht den Gefallen, nach den sonderbaren Hundemasken zu fragen.

Er sprach von seinen politischen Geschäften. »Ich könnte manchen Mann auffliegen lassen«, sagte er. Er nannte Namen. Er sprach vertraulich, von Hoffnungen, von der Möglichkeit von Fehlschlägen. Sind wir denn Spießgesellen? dachte Johanna, sich wundernd über das abgelegene Wort, das ihr da ins Hirn kam. »Wir sind ja eigentlich politische Gegner«, sagte er, »aber ich bin tolerant.« Er gab sich mit lässiger Selbstgefälligkeit in ihre Hand. Was will er? dachte Johanna. Warum sagt er mir das alles?

Erich schaute das große Mädchen auf und ab, hielt die Zigarette etwas geziert in seinen spitzen, gepflegten Fingern. Aufregend elegant ist sie nicht, dachte er. Wenn ich mit Laurette zusammen bin, macht es bessere Figur. Aber es müßte amüsant sein, mit ihr im Bett zu liegen. Sie hat so etwas Ausgiebiges. Wahrscheinlich ist sie sentimental.

»Meine Mission«, sagte er, »ist eigentlich reizvoll, soweit in dieser langweiligen Welt etwas reizvoll sein kann. Spießermoral würde vielleicht von Spionage quatschen, pathetische Phrasendrescher von Feme. Mir ist das Kostüm piepe. Was soll an einem Spion schlecht sein? Menschen überlisten ist doch schwieriger als Tiere. Den Boxkämpfer hält man für besser als den Stierkämpfer.«

»Wie finden Sie Herrn von Dellmaier?« fragte er unvermittelt. *Er* fand ihn fabelhaft. Johanna erinnerte sich, wie sich die beiden übereinander lustig gemacht hatten, in Garmisch. Jetzt sprach er schwärmerisch von ihm, und es schien Johanna ehrlich. »Unsere Geschäfte gehen Hand in Hand«, erzählte er. »Abwechselnd bleibt einer in der Stadt, der andere reist. Wir haben viele Geschäfte, nicht nur politische.« Er zeigte ihr Artikel der Linkspresse, in denen die Polizei heftig angeklagt war, zu wenig zu unternehmen für die Aufklärung des Mordes an dem Abgeordneten G., einem Abgeordneten der Linkspartei, der auf offener Straße in München ermordet worden war, ohne daß die Behörde eine Spur des Täters entdeckt hätte. Die Zeitungsartikel wiesen auf Spuren. Sie behaupteten, ein Herr von D. könnte Aufklärung geben. Sie schilderten Herrn von D., es war klar, daß sie von Dellmaier meinten, ihn für den Mörder hielten.

»Was soll das?« fragte Johanna, die drei Furchen in ihrer Stirn. Sie stand heftig auf, warf die Zeitungen auf den Tisch, schaute ihn an aus zornigen, grauen Augen. Er blieb sitzen, erwiderte vergnügt, mit frechem, spitzbübischem Knabengesicht, die weißen Zähne bloßlegend: »Im Krieg hieß man uns Helden, jetzt Mörder. Ich finde das unfair und unlogisch.« Ohne Übergang sprach er von seiner Vorliebe für Paris, von den sexuellen Eigentümlichkeiten kleiner Pariser Mädchen.

Alles, was der Mensch sagte, kam aus leerer Brust und war Johanna zuwider. Sie hörte nicht mehr zu, schaute durch die offenen Fenster auf die hellgrünen Bäume, dachte angespannt nach, warum sie hierhergekommen sei, warum eigentlich sie nicht gehe. Sie spürte, die Benommenheit der letzten Zeit war fort. Sie ärgerte sich über den Menschen, war gereizt, lebte.

Wie sie wieder hinhörte, erzählte er von Hundepfändungen. Er sprach anschaulich, streute zynische Wendungen ein; aber er hielt Johanna im Aug, mit dem scharfen, zupackenden Blick, den sie von Dr. Geyer her kannte. Hunger und Elend in Deutschland nahm zu, schon kostete der Dollar 408 Mark. Ein Laib Brot kostete in München 15,20 Mark, ein Pfund Kakao 58 Mark, eine Lodenjoppe 1100 Mark, ein Anzug für einen Mann aus dem Volk 925 bis 3200 Mark. Viele konnten die Steuer nicht mehr aufbringen, die auf die Haltung von Hunden gelegt war. Sie hingen an ihren Tieren, aber woher sollten sie das Geld nehmen? Sie erlisteten für den Pfändungsbeamten hundert Ausflüchte, kamen mit Verwünschungen, Tränen, Beschwörungen. Erich Bornhaak saß auf seinem niedrigen Sessel, er sprach lebendig, die Zigarette war ihm ausgegangen. Sichtbar aus seinen Worten wuchsen die dumpf und stumm drohenden Männer, die flennenden Weiber und Kinder, die Knaben, die Schmerz und Wut standhaft verbissen. Die am Fenster klebenden Gesichter, dem fortgeführten Hund nachstarrend. Die Frauen sagten fast alle das gleiche. »Man soll nichts haben«, sagten sie stumpf, »wenn einer arm ist, wird einem alles genommen.« Er war manchmal bei solchen Pfändungen gewesen. Er betrieb nämlich auch eine Hundezucht. Besaß Preise. Die Seele von dem Geschäft sei Herr von Dellmaier. Ein fabelhafter Kerl, wirklich. »Was haben Ihnen übrigens meine Zeitungen getan?« Er starrte Johanna mit seinem frechen Lächeln an, nahm die Zeitungen vom Tisch mit den Berichten über den Mord an dem Abgeordneten G., faltete sie sorgfältig, verschloß sie wieder. Steckte sich eine neue Zigarette an. »Ich kenne Leute, denen eine Hundepfändung an die Nieren geht. Allerbestes Kino, fabelhaft. Ich verstehe übrigens nicht, warum die Kerls ihre Hunde nicht lieber auffressen. Doch, ich verstehe es; ich liebe nämlich Hunde.«

Er wies auf die Hundemasken, erörterte sein Verfahren. Die Masken waren lebenden Hunden abgenommen, narkotisierten natürlich. Es war ein besonderes Verfahren. Mit dem üblichen ging es nicht, wegen der Haare. »Sind die Masken nicht eindrucksvoll, gerade wegen der geschlossenen Augen?« Er sprach ohne Übergang von ihrem Beruf. Sie scheine ihn aufgegeben zu haben. Er habe einmal daran gedacht, Masken von Menschen berufsmäßig herzustellen, er finde das interessant. Es schlage von fern her in ihr Fach. Ein Geschäft sei es bestimmt. Das ewige Photographieren werde den Leuten langweilig. Man müßte ein großes Büro aufmachen, den Kunden Masken abnehmen, eine Charakteranalyse geben, an Hand der Maske *und* der Schrift. Ob sie nicht Interesse habe an einem solchen Büro?

Da mache er schon wieder Pläne. Ja, Projekte mache er gern. Vielleicht sei das eine Errungenschaft aus der Langeweile des Schützengrabens. Das Heldenleben an der Front, sie könne sich nicht vorstellen, zum Kotzen langweilig sei es gewesen. Einzelne Projekte seien schließlich sogar ausgeführt worden. Das mit den Hunden zum Beispiel. Er lachte sein verderbtes Jungenslachen.

Johanna fuhr nach Haus mit gespaltenem Gefühl. Sein Anerbieten, sie im Wagen nach Paris zu bringen, lehnte sie ab. Den ganzen geckenhaften Kerl lehnte sie ab. Aber sie konnte nicht verhindern, daß sein Tonfall, sein Gesicht, seine weißen Zähne ihr im Gedächtnis blieben. Der Mord an dem Abgeordneten G., die Hundepfändungen, der fabelhafte von Dellmaier, die Fremdenführungen durch das nächtliche Paris mit den gemieteten Apachen. Der leise Geruch von Heu und Leder. Die sonderbaren Gesichter der Terrier, Doggen, Spaniels, Dackel, Schäferhunde, Windhunde.

Sie lehnte ab, als er sie ein zweites Mal einlud. Auch das drittemal. Das viertemal traf sie ihn in einem Café. Diesmal war er liebenswürdig und zurückhaltend. Sprach wenig von seinen eigenen Dingen, ging mit Verstand und wirklicher Anteilnahme darauf ein, als Johanna von dem Kampf für den Mann Krüger berichtete.

Sehr bald darauf begann Hessreiter sich darüber zu verbreiten, daß man im Hotel nicht gut aufgehoben sei. Das Essen sei ja nicht schlecht, aber auf längere Zeit sei ein Leben im Hotel ungemütlich. Auch achte Johanna zu wenig auf sich selber, sei wie ein Kind, müsse jemanden haben, der auf sie aufpasse. Johanna sah ihn an, erwiderte nichts.

Sie hatte seit der Unterredung mit dem Geheimrat Bichler kaum mehr etwas für den Mann Krüger unternehmen können. Zwei-, dreimal war sie mit einflußreichen Journalisten zusammengekommen, aber es war ihr nicht geglückt, diese Herren zu erwärmen. Jetzt fiel ihr auf, daß man ohne ihr Zutun anfing, sich in Frankreich für den Dr. Martin Krüger zu interessieren, für den Mann, sein Schicksal und vor allem für sein Werk. Aus-ging dieses Interesse von einem längeren Essay des Kunstkritikers Jean Leclerc. Johanna wurde interviewt, der Mann Krüger tauchte immer häufiger in der Pariser Presse auf. Man analysierte seine Theorien, übersetzte Artikel, ein angesehener Verlag kündigte eine Ausgabe seiner »Drei Bücher zur spanischen Malerei« an. Irgendwer mußte diese plötzliche Anteilnahme entfacht haben, schüren: wer, konnte Johanna nicht herausbekommen. Auch Hessreiter, verdrießlich, daß er nicht die glückliche Wendung verursacht hatte, wußte es nicht.

Zwei Tage später, nachdem er wieder umständlich ausgeführt hatte, wie wenig gemütlich das Leben im Hotel sei, schlug Hessreiter vor, eine Wohnung zu nehmen, die Tante Ametsrieder kommen zu lassen. Johanna erwiderte unmißverständlich, sie finde das Hotel angenehm, sie sei froh, die Tante los zu sein, denke nicht daran, sie zurückzurufen. Auch halte sie es für überflüssig, jetzt während der Inflation eine dritte Person durch das kostspielige Pariser Leben mitzuschleppen. Herr Hessreiter erwiderte freundlich, darüber möge sie sich keine Sorgen machen, seine Geschäfte gingen vortrefflich. Es ergab sich, daß er bereits eine Wohnung gemietet und der Tante Ametsrieder geschrieben hatte. Es war das erstemal, daß es zu Streit kam. Hessreiter hörte ihre kräftigen Worte still, mit milder Abwehr.

Allein, überlegte sie, ob sie sich von ihm trennen solle. Warum wollte er die Tante Ametsrieder in Paris haben? Sie hatte ihm nichts von ihren Zusammenkünften mit Erich Bornhaak gesagt, wußte nicht, ob ihm die Anwesenheit des Windigen in Paris bekannt war. War er eifersüchtig? Wollte er ihr eine Aufsichtsdame in den Nacken setzen? Er war weich, liebenswürdig, doch zäh, und wenn es um seine Interessen ging, in den Mitteln nicht bedenklich. Sie spürte den säuerlichen Geruch seiner Fabrik.

Ernstlich erwog sie, ob sie nicht zu ihrer Graphologie zurückkehren solle. Die Hundemasken des Windigen kamen ihr in den Sinn. Sein Vorschlag war gar nicht so dumm. Überhaupt war er nicht dumm, der Junge. Masken waren etwas viel Solideres, waren ganz anders greifbar als blasse, mehr oder minder willkürliche Schriftanalysen. Sie überlegte, was Erich Bornhaak ihr erzählt hatte von seiner Methode, solche Masken anzufertigen. Er meinte, seine Technik zu erlernen, sei nicht schwer. Ein verkommener Bursche. Nicht unbegabt. Er war bestimmt, als er von den Hundepfändungen erzählte, ehrlich ergriffen gewesen. Sie holte den Zettel hervor, in dem er sie zuletzt eingeladen hatte. Begann zu analysieren. Hier war alles klar beim ersten Blick. Sie schaute auf die leichten, wehenden, fahrigen Schriftzüge. Ein unsteter, einfallsreicher, verantwortungsloser, ausgelaugter Mensch. Die gemeinen, niederträchtigen, seelenlosen Anspielungen auf den Mord an dem Abgeordneten. Unstet, wandlungsfähig. Das letztemal hat er hilfsbereit wie ein Bruder gesprochen. Ruhig, vernünftig. Viel klarer als jemals Hessreiter. Ob man nicht doch auf tragfähigen Grund stößt?

Ob sie sich von Hessreiter trennen soll?

Hessreiter kam. Er tat, als hätte ihre letzte Auseinandersetzung nicht stattgefunden. War behutsam, zärtlich. Es wird nicht einfach sein, sich dieser ständigen Umsorgtheit zu entwöhnen. Es wird auch nicht einfach sein, sich wieder um Geld herumzuschlagen. Der Kampf um den Mann Krüger wird schwieriger sein ohne Hessreiter.

Als entschieden war, daß man eine Wohnung beziehen und daß die Tante Ametsrieder kommen werde, traf Johanna Erich

Bornhaak im Café. Wieder gab er sich ohne Affektation, vernünftig. Als sie von dem überraschenden Interesse sprach, das die Pariser Zeitungen für den Mann Krüger hatten, meinte er, es freue ihn, daß er es recht gemacht habe, als er Herrn Leclerc auf die Bücher Krügers scharfmachte. Johanna schwieg erstaunt, wußte nicht, ob sie ihm glauben sollte. War es denkbar, daß der Windige Einfluß hatte auf den berühmten Kunstkritiker? Er sprach nicht weiter darüber, beließ es bei dem knappen, beiläufigen Satz.

Als sie sich trennten, hatte er mit ihr vereinbart, daß er sie an einem der nächsten Tage an die See bringen werde in seinem kleinen Wagen. Nach Hause fahrend, summte sie vor sich hin, zwischen Lippen und Zähnen, unhörbar fast, recht unmusikalisch, nachdenklich, vergnügt.

7

Sechs Bäume werden ein Garten

Der Regierungsrat Förtsch persönlich hatte, jovial wie er war, gegen den Strafgefangenen 2478 niemals etwas gehabt. Jetzt, da der allmächtige Klenk offenbar im gesamten Strafvollzug einen sachteren Kurs wünschte, wurde der Silberstreif immer breiter, den Förtsch am Horizont des Mannes Krüger hatte aufgehen lassen. Er bemühte sich, ihm die Tage im Zuchthaus leicht zu machen.

Seitdem der Kunsthistoriker Krüger von der Pariser Presse entdeckt war, wurde seine Post immer dicker. Es waren interessante Briefe. Der Direktor zog seinen Gefangenen, wenn er sie ihm aushändigte, in längere, behagliche Gespräche. Gratulierte ihm zu seinen wachsenden beruflichen Erfolgen, fragte nach seinen Ansichten über den oder jenen Maler. Oh, der Kaninchenmäulige war kein verknöcherter Fachmann, er hatte ausgedehnte Interessen. Er las in den Büchern Krügers. Eines Tages ersuchte er den graubraunen Mann, ihm in eines dieser Bücher eine Widmung zu schreiben. Auch schmunzelte er zuweilen wohlwollend über die vielen Frauenbriefe, die Martin

Krüger erhielt. Denn viele erinnerten sich jetzt seiner, und mit Briefen von ausländischen Anhängerinnen kamen auch Briefe von deutschen Frauen, die von Tagen, Nächten, Wochen redeten, die sie mit dem nun ins Unglück geratenen glänzenden Mann verbracht hatten.

Der Graubraune, höflich, ließ sich die Konversation des Zuchthausdirektors gern gefallen. »Jetzt hat er sich wieder derfangen«, erklärte an seinem Stammtisch der Kaninchenmäulige der interessierten Tafelrunde, Pfarrer, Bürgermeister, Lehrer, Gutsbesitzern. Alle waren neugierig auf den berüchtigten Mann. Besonders die Frauen der führenden Odelsberger. Der Oberregierungsrat stellte in Aussicht, er könne vielleicht bei Gelegenheit, wenn der Krüger seinen Hofspaziergang mache, ihn vorführen. »Er ist ein Grübiger, wenn man ihn richtig behandelt«, erklärte er.

Ja, Martin Krüger hatte sich, seitdem er die Nachricht von der Verbesserung seiner Situation durch die Aussage der Frau Crescentia Ratzenberger gehört hatte, verändert, und der Hinweis des Anwalts, daß von einem Antrag auf Wiederaufnahme bis zur Wiederaufnahme ein endloser, in den seltensten Fällen zu überwindender Weg sei, warf ihn nicht mehr zurück in die frühere Dumpfheit. Nicht mehr hockte er tagelang sinnend über seinem Manuskript. Eifrig las er die Briefe, die er erhielt, studierte sie. Studierte auch die Rezensionen seiner Bücher, lernte, ein sorgfältiger Buchhalter seines Ruhms, fast auswendig die Artikel, die irgendein Schreiber mit flüchtiger, eleganter Feder über ihn verfaßt hatte. Er sehnte sich nach der Stunde der Post, seiner einzigen Verbindung mit dem Draußen. Sooft er konnte, mit Wärtern, Mitgefangenen, dem Direktor, sprach er von den Briefen, die er erhielt, von den Frauen, deren Geschreibe ihm ins Zuchthaus nachlief, von seinen Erfolgen und seiner Wirkung in der Welt.

Am meisten davon sprach er dem Gefangenen, den man ihm zum Genossen während der Spazierstunde gegeben hatte, dem Leonhard Renkmaier. Der hurtige, spitzige Renkmaier war stolz auf den Umgang mit einem so großen Mann wie dem Dr. Krüger. Er redete ihn nur mit *Doktor* an, seine eigene Geltung hob sich durch den Widerhall, den der andere draußen fand. Oh, er selber, der Leonhard Renkmaier, so jung er war, war kein Unbekannter. Er hatte seinerzeit, in Kriegsgefangenschaft geraten, einem feindlichen Offizier, der ihn mit dem Revolver bedrohte, Mitteilungen gemacht, übrigens wertlose, über die Stellung einer Batterie. Hatte nach Kriegsende in der Heimat mit diesen seinen Erlebnissen aufgedreht. War von einem nationalistischen Feldwebel angezeigt, wegen Kriegsverrats zu fünfzehn Jahren Zuchthaus verurteilt worden. Nun waren zwar Kriegsverbrechen amnestiert, die bayrische Verordnung hatte aber die aus ehrloser Gesinnung begangenen Kriegsdelikte ausgenommen. Dem Renkmaier unterstellten die bayrischen Gerichte das Motiv der Ehrlosigkeit. Da dies nur mit Hilfe einer sehr gewundenen Konstruktion möglich war, erregte der Fall Aufsehen. Der Abgeordnete Dr. Geyer hielt darüber eine scharfe Rede im Parlament, alle Linkszeitungen im Reich waren erbittert, daß ein Delikt gegen den Krieg noch so lange Jahre nach Beendigung dieses Kriegs gebüßt werden sollte. Der Gefangene Renkmaier war stolz auf diese Erbitterung. Das Bewußtsein, daß man soviel von dem Unrecht sprach, das an ihm getan wurde, nährte seine Lebenskraft. Er sog sich voll damit, berauschte sich daran. Er war lang, schmal, blond, mit hoher Stirn, spitzer Nase, seine Haut dünn, farblos, die Haare schütter, der ganze Mensch wie aus Löschpapier. Er plapperte Martin Krüger von seinem Fall vor, eifrig, beflissen, mit seiner wässerigen Stimme. Verlangte, daß Martin Krüger das Interessante seines Falles begreife, anerkenne. Der Mann Krüger tat es. Er ging ein auf den geschwätzigen, geltungssüchtigen Menschen, beschäftigte sich in seinen langen Nächten mit den Schilderungen, Wertungen des Renkmaier, gab andern Tages seinen Kommentar. Zum Entgelt hörte Leonhard Renkmaier mit gläubiger Aufmerksamkeit die Geschichten des *Doktors* mit an. Sie trotteten über den Hof, der glänzende Martin Krüger und der blasse, armselige Renkmaier, nahmen Anteil einer am andern, richteten sich aneinander auf. Es waren gute Stunden, wenn sie zusammen die kleine Runde des Hofes ausliefen, in der Sonne, zwischen den sechs eingemauerten Bäumen. Die sechs Bäume wurden zum Garten.

Es war, während Martin Krüger in Odelsberg saß, Sommer

und Herbst geworden, Winter und Frühjahr, und es kam ein neuer Sommer. Johanna Krain war in Garmisch gewesen, hatte ihn geheiratet und lebte jetzt mit dem Kommerzienrat Hessreiter in Frankreich. Neue Flugzeuge waren konstruiert, der Ozean überflogen worden, auf Luftwellen sandte man jetzt Musik und Vorträge in jedes Haus. Naturgesetze, soziologische Gesetze waren entdeckt worden, Bilder gemalt, Bücher geschrieben, seine eigenen Bücher, überaltert, ihm schon fremd, eroberten sich Frankreich, Spanien. Das oberschlesische Industriegebiet war zu einem großen Teil an Polen gefallen, der Kaiser Karl von Habsburg hatte einen tragikomischen Versuch gemacht, sein Reich wiederzuerobern, und war in Madeira gestorben. Die zerspaltenen sozialdemokratischen Parteien des Deutschen Reichs hatten sich wieder vereinigt. Die Insel Irland hatte eine selbständige Verwaltung erkämpft. Deutschland hatte mit seinen Besiegern in Cannes und später in Genua konferiert über die Wiedergutmachung der Kriegsschäden. Das englische Protektorat in Ägypten war aufgehoben worden. Das Regime der Sowjets in Rußland hatte sich gefestigt, in Rapallo war ein Staatsvertrag zwischen Deutschland und der Sowjetunion zustande gekommen. Die Mark war weiter gesunken, auf kaum mehr als den hundertsten Teil ihres Goldwerts, mit ihr die Lebenshaltung der Deutschen. Fünfundfünfzig Millionen von den sechzig Millionen Deutschen wurden nicht satt und litten Not an Kleidung und Hausrat.

Martin Krüger hatte von all diesen Dingen wenig erfahren, ihre Wirkung nur mittelbar gespürt. Jetzt, in diesem Frühsommer, hatte er von seinem alten Glanz manches wiederbekommen. Es war nicht leicht in jener Zeit, sich seinem Reiz zu entziehen. Seine Begierde war nicht häßlich, seine Sehnsucht nicht armselig, die Gewißheit, das Gehoffte zu erreichen, beschwingte ihn. Er war voll Anteil für alles, was um ihn geschah. War gefällig, geistreich, konnte gut lachen. Sein Einverständnis mit seinem Schicksal übertrug sich, erhob auch die andern. Es ging etwas Strahlendes aus von dem graubraunen Mann, das alle spürten: der Arzt, die Wärter, sogar die *Himmelblauen*, deren Zuchthauszeit endlos war wie der blaue Himmel, die auf Lebenszeit Verurteilten.

In den Nächten freilich hielt der Glanz nicht vor. Die Nächte begannen damit, daß man am hellen Abend die Kleider vor die Tür der Zelle legen mußte. Man lag dann auf der Pritsche in einem kurzen Hemd, das kaum zur Scham reichte. Zwölf Stunden dauerte eine solche Zuchthausnacht. Zwölf Stunden schlafen konnte man nicht, wenn man den Tag über wenig Bewegung hatte. Die Zeit vor Mitternacht war die bessere; denn da hörte man noch Geräusch von der Ortschaft Odelsberg her, Lärm von Menschen, das Bellen eines Hundes, das sehr ferne Schnarren eines Grammophons oder vielleicht des Rundfunks, das Rattern eines Autos. Hernach blieb nur das Geräusch des Wächters, ein monotones Hörspiel. Aus den Geräuschen rätselte man sich zurecht: jetzt setzt sich der Wärter auf die Bank, jetzt zündet er seine Pfeife an, jetzt streckt sich sein Hund. Gleich wird das Tier einschlafen. Es ist auf den Mann dressiert, ein gutes Tier, doch schon ein wenig alt. Aha, da schnarcht der Hund schon. Jetzt ist es ganz still. Im Winter sehnt man sich nach dem Sommer, daß es früher heller werde, daß einmal ein Insekt gegen das Fenster brumme. Im Sommer sehnt man sich nach dem Winter, daß man hören könne auf das Glucksen in den Heizröhren.

Wenn es ganz still ist, quält es einen, daß man von dem Werk, das man gemacht hat, von dem Erfolg, der einem zufiel, von den Frauen, die an einem hängen, nicht mehr hat als ein Stückchen bedruckten oder beschriebenen Papiers. Man hat so herrliche Dinge besessen. Die Reue kratzt einen, daß man sie, solange man sie besaß, so wenig gespürt hat. Wenn Martin Krüger frei sein wird, wird er Gelegenheit haben, sie besser zu genießen. Vor einem Bild stehen, seine Wirkung schmecken, wissen, daß man diesen Geschmack andern übertragen kann. In seinem schönen Arbeitszimmer auf und ab laufen, einer appetitlichen, verständigen Sekretärin diktieren, die sich freut an jedem Satz, der sich einem formt. Reisen machen, die Wirkung kosten, die sein Name tut; denn jetzt ist man nicht nur der große Kunsthistoriker, auch der Märtyrer, der für seine Kunstüberzeugung gelitten hat. In einem schönen Raum sitzen, gut essen, ausgewählte Weine trinken. In einem bequemen Bett schlafen, mit einer gutriechenden, gutgewachsenen Frau. Er verzehrte sich in der Begierde dieser Dinge, malte sie sich aus. Schwitzte stark, schnaufte.

In diesen Stunden nach Mitternacht, wenn es ganz still ist, quält die Bedrängnis des Geschlechts am meisten. Alle in diesem Haus leiden darunter. Man mischt, um die Begier zu mindern, der Nahrung Soda bei; das nimmt den Speisen den letzten Geschmack, aber es hilft nicht. In allen Zellen ringsum ist es das gleiche; jede zweite Klopfbotschaft, die Martin Krüger erhält, berichtet davon. Man verfällt, um seine Sinne abzureagieren, auf wunderliche Einfälle. Stellt aus Taschentüchern, Kleiderfetzen Puppen her, Weiberersatz. Jedes Ornament, die Buchstaben selbst werden zum geschlechtlichen Bild. In den stillen Nächten, schlaflos, phantasiert man sich Frauen vor. Aus den Briefen, die er erhält, reimt sich Martin Krüger die Leiber der Schreiberinnen zusammen. Grotesk vergrößern, verzerren Krampf und Begier alle Dinge des Geschlechts. In der Nacht seiner Zelle tanzen vor dem Manne Krüger die Genüsse seiner früheren Nächte. Aber das Wasser, vor Jahren getrunken, stillt nicht den Durst von heut.

Endlich wird es hell. Jetzt sind es noch vier, noch drei, noch zwei Stunden, bis der Zuchthaustag beginnt. Ah, jetzt die schrille Glocke, jetzt geht der Tag an, jetzt wird es gut. Mit donnerndem Krach, rasch, einer nach dem andern, fliegen die Stahlriegel aller Zellen zurück, widerhallend in den kahlen Steingängen, so daß das Getöse nicht abreißt. Ursprünglich hat der jähe, scheußliche Wechsel von der Totenstille der Nacht zu dem krachenden Tag ihm die Nerven zerrissen. Jetzt freut er sich, daß wieder der Tag beginnt. Ja, fast freut er sich, daß er gezwungen ist, seine früheren Freuden noch länger zu entbehren. So größere Lust dann wird er haben, wenn er draußen ist.

Er fühlte sich kräftig und glaubte nicht, daß seine Gesundheit leide unter seiner Haft. Zuerst hatte die scheußliche Luft der Zelle, der Gestank des Kübels ihn krank gemacht. Ein paarmal im Anfang, wenn er aus dem eklen Dunst des Hauses hinaustrat in die Frische des Spazierhofs, war er bewußtlos hingeschlagen. Jetzt hatten sich Haut und Lungen gewöhnt. Nur sein Herz spürte er ab und zu. Er schilderte dem Arzt anschaulich, wie er das Gefühl eines ungeheuren Drucks habe, ganz kurz nur, doch einer letzten Vernichtung. Der Dr. Ferdinand Gsell hörte sich diese Schilderung an. Er verarztete das Zuchthaus nebenamtlich, hatte seine Privatpraxis, einen Arbeitstag von vierzehn Stunden. Daß das Leben im Zuchthaus nicht gerade gesundheitsfördernd wirkte, war ihm bekannt. Daß die meisten »Pensionäre« des Oberregierungsrats Förtsch zunächst über Störungen klagten, war ihm auch nicht fremd. Das gewöhnte man. Er klopfte und horchte den Krüger ab, meinte wohlwollend, fachmännisch überlegen, er könne nichts am Herzen finden. Schaute auf die Uhr, er war pressiert. Falls es übrigens, erklärte er, schon unter der Tür, doch das Herz sein sollte, dann bekäme Odelsberg dem Patienten sicher mehr als sein aufregendes Leben außerhalb der Mauern. Über welchen Witz Krüger sowohl wie der Arzt gemütlich lachten.

War der Mann Krüger jetzt glänzend von Wesen, so blieben seine Briefe an Johanna blaß, ohne Schwung. Er trug großes Verlangen, ihr zu schreiben, wie es ihm zu Sinn war, aufgeräumt, voll Hoffnung. Allein es gelang nicht. Es mischten sich Sätze ein, die er nicht gut schreiben konnte und die der Direktor niemals hätte durchgehen lassen.

Martin Krüger war gepackt jetzt von einer fiebrigen Arbeitswut. Das Bild »Josef und seine Brüder« war ihm in die Tiefe gesunken, nicht mehr auch befaßte er sich mit dem eleganten Maler Alonso Cano. Hingegen nahm er jetzt vor die Aufzeichnungen, die er zu einer großen Studie über den Spanier Francisco José de Goya gemacht hatte. Es gelang ihm, sich Bücher zu beschaffen mit Reproduktionen von Bildern und Zeichnungen des Goya. In sich ein sog er die Geschichte des lebensgierigen, heftigen Mannes, der gut kannte die Schrecken der Kirche, des Krieges und der Justiz. Er sog ein, was der Spanier, als er alt und taub wurde, doch nicht minder lebensgierig, träumte und sich erspann, die Sueños und die Caprichos. Er sah die Blätter mit den an Händen und Füßen gefesselten Kerkersträflingen, die hirnlosen »Faultiere« mit den geschlossenen Augen und den zugesperrten Ohren, die dafür einen Säbel an der Seite und Wappenschilder auf der Brust haben. Die Bilder, die Zeichnungen, die Fresken, mit denen der wunderliche, wilde Greis sein Haus ausgemalt hat: den aus dem Nebel sich hebenden Riesen, der den lebendigen Mann zerkaut, die Bauern, die, schon bis an die Knie im Moor versunken, sich mit Knüppeln um ihren Grenzstein hauen, den vom Strom fortgeschwemmten Hund. Die Füsilierung der Madrider Straßenrevolutionäre, die Bilder vom Schlachtfeld, aus dem Zuchthaus, dem Irrenhaus. Keiner vor Martin Krüger hatte so wie er das ungeheuer Rebellische dieser Bilder gesehen. Die Reproduktionen halfen dem Mann im Zuchthaus, seinen ersten Eindruck zehnmal stärker wiederzuerzeugen. Er erinnerte sich an Dinge, die durch Jahre tot in ihm gelegen waren, erinnerte sich der Säle und Kabinette des Prado-Museums in Madrid. Der schadhaften Parkettfliese, die unter ihm geknarrt hatte, als er das Bild beschaute der königlichen Familie mit den toten, spukhaften Stecknadelkopfaugen. Er versuchte, mechanisch nachzuziehen die sonderbaren Inschriften, die der Spanier unter seine Zeichnungen gesetzt hatte. Er erschrak, als er bemerkte, daß er das tagelang, nächtelang tat. In der Nacht, in die Luft hinein, malte er diese Inschriften, schrieb immer wieder die Worte »Ich hab's gesehen«, die der Spanier unter seine Radierungen von den Schrecken des Krieges gesetzt hat. Wiederholte des Spaniers Unterschrift »Nichts«, auch die Inschrift auf dem wüsten Blatt mit den Leichen »Dazu seid ihr geboren«. Die Bedrängnisse des Geschlechts verschwanden vor der wilden Lust an der Rebellion. Er lebte sich so ein in die Buchstaben des Goya, daß sie langsam seine eigenen verdrängten, daß er auch seine deutschen Sätze in den Zügen des Goya schrieb. Damals entstand für sein Goya-Buch das Kapitel »Wie lange noch?«, die fünf Seiten Prosa, die seither in allen revolutionären Schulbüchern stehen und zum Titel haben eben jene Worte, die der taube Alte geschrieben hat unter das Blatt mit dem leidenden, riesigen Kopf, auf dem die Ameisen der Verwesung wimmeln.

Einmal bat ihn der Regierungsrat Förtsch, er möge ihm vorlesen aus dem, was er da schreibe. Der Kaninchenmäulige verstand nicht recht, aber er erschrak. Er wollte verbieten, sein Mund ging rasch auf und ab, aber er fürchtete, sich zu blamieren, und er entfernte sich achselzuckend.

Jetzt, da Johanna im Ausland reiste, war unter Martins Besuchern Kaspar Pröckl der vertrauteste. Der junge Ingenieur war seit seiner Entlassung noch schwieriger geworden. Die neuerliche Wandlung Krügers verdroß ihn. Eine Zeitlang hatte der Mann Krüger Grund gefunden; jetzt schwamm er wieder obenauf, plätscherte auf der Oberfläche, leicht, spielerisch, der alte Kunstgenüßling, seine offensichtliche Begabung nicht nutzend. Das Schicksal hatte ihn ins Gefängnis geworfen mit deutlicher Mahnung, endlich einmal in die Tiefe zu stoßen. Doch er, bequem, faul, schenkte es sich. Er wurde wahrhaftig dick und glänzend selbst im Zuchthaus. Kaspar Pröckl setzte ihm zu. Zerpflückte, was Martin Krüger gemacht hatte, stieß ihn auf das, was er die wirklichen Probleme nannte, bewies ihm seine Faulheit. Martin Krüger in seiner überheblichen, beschwingten Zufriedenheit wollte ihn erst nicht an sich heranlassen; aber schließlich regte sich der Kunstmensch in ihm. Er verteidigte sich, griff Pröckl an. Begann sich selber zu ärgern. »Daß Sie auf den Kommunismus hereingefallen sind«, sagte er einmal zu Pröckl, »liegt einfach daran, daß Sie von Geburt auffallend wenig sozialen Instinkt mitgekriegt haben. Was für andere Instinkt ist, selbstverständlich, Schnee vom vergangenen Jahr, überrumpelt Sie durch seine Neuheit, durch seine wissenschaftliche Fassade. Sie sind ein armer Mensch. Sie können sich nicht einfühlen in andere, Sie können nicht mitfühlen mit anderen; darum suchen Sie sich das künstlich zu verschaffen. Sie sitzen hinter zehnmal dickeren Mauern als ich, Sie sind anormal egozentrisch, Ihr Autismus ist ein viel schlimmeres Zuchthaus als Odelsberg. Dazu sind Sie Puritaner. Ihnen fehlen die wichtigsten menschlichen Organe: genußfähige Sinne und ein mitleidendes Herz.« Der Maler Francisco Goya, fuhr er fort, denn der liege ihm am nächsten, sei gewiß ein Revolutionär gewesen, aber gerade weil er, mehr als die anderen, Mitleid und Genuß gespürt habe. Nichts sei an ihm gewesen von dem Puritanismus der heutigen Kommunisten und von ihrer armseligen verlogenen Talmiwissenschaftlichkeit. Und er las ihm vor das Kapitel »Wie lange noch?«. Kaspar Pröckl erblaßte vor Grimm, denn er konnte nicht verhindern, daß diese Seiten über Goya ihn anrührten. »Was wollen Sie?« sagte er zuletzt, sehr mundartlich, ihn aus seinen tiefliegenden, brennenden Augen haßerfüllt anstarrend. »Von Revolution, von dem wirklichen Goya verstehen Sie einen Dreck. Ihnen wird sogar Goya zu einem Leckerbissen, den Sie höchstens schmecken können.«

Da lachte der Mann Krüger. Er lachte so vergnügt und herzlich, daß der Wärter erstaunt aufschaute. So wurde an diesem Ort selten gelacht. »Mein guter Junge«, sagte der Graubraune, »mein guter Junge.« Und er lachte schallend, fröhlich, klopfte ihm die Schultern. Kaspar Pröckl aber entfernte sich, ehe die Sprechzeit abgelaufen war, erbittert.

8

Von der Würde

Der ganze Kaspar Pröckl stak in keiner guten Haut. Der betriebsame Müßiggang seit seiner Entlassung aus den Bayrischen Kraftfahrzeugwerken bekam ihm nicht. Er mußte als Rückgrat seines Lebens seine richtige Arbeit haben, mußte an seinen Konstruktionen basteln, werkeln. Er vermißte die üppigen Hilfsmittel der Fabrik, konnte sich an die dürftige Apparatur seines Zeichentischs nicht gewöhnen. Er hatte sich erbittert in einen wilden, vielfältig zerspaltenen Betrieb gestürzt, in Parteidiskussionen, höhnische Debatten mit Tüverlin über dessen Revue, in erneute, heftige Nachforschungen nach dem Maler Landholzer. Auch mit einem Zyklus von Balladen beschäftigte er sich, die die Umwandlung eines einzelnen in einen Massenmenschen in eindeutig naiven Bildern schaubar machen sollten. All das blieb Ersatz wirklicher Arbeit.

Er wurde reizbarer, launischer. Hatte, ohne Verständnis für Anschauungen und Lebensweise seiner Zeitgenossen, unerquickliche Diskussionen mit Fremden, auf der Straßenbahn, im Café, Konflikte mit seinen Wirtsleuten, mit der Aufwartefrau. Bedürfnislos, durch Schmutz, schlechte Luft, schlechte Kost wenig gestört, mußte er trotzdem mehrmals das Logis wechseln und kam nirgends zur Ruhe. Seine finstere, despotische Art stieß viele ab. Dafür gab es einige, die der sonderbare Mensch mit den tief in die Stirn gewachsenen schwarzen Haaren, den starken Jochbogen, den schräg nach innen gekehrten, heftigen Augen vom ersten Augenblick an faszinierte. Die Anni Lechner zum Beispiel, obwohl viele lachten, wenn sie das saubere, handfeste Mädchen mit dem schlampigen, verwahrlosten Kerl zusammen sahen, ging jetzt schon zwei Jahre mit ihm. Frisch und eben von Aussehen, etwas füllig, proper von Gewand, war sie in der Gabelsbergerstraße, in der Atelierwohnung, die der Pröckl zur Zeit innehatte, mehr daheim als am Unteranger in ihrer und ihres Vaters Behausung. Renkte die Streitigkeiten ein mit seinem Wirt, mit den übrigen Mietern, mit Lieferanten. Bemühte sich, seine Räume halbwegs wohnlich zu machen, sie trotz seines Widerstands sauberzuhalten. Sorgte, wenn auch mit geringem Erfolg, um sein verwahrlostes Äußeres.

Kaspar Pröckl war heftig, verlangte viel und gab nichts. Konnte die Anni seine Tugend erfassen, die Besessenheit, mit der er an sich und seine Ideen glaubte? Das ingrimmige Drauflos seines Intellekts, die aus volkstümlich Primitivem und scharf Individuellem gemischte Besonderheit seiner Begabung? Jedenfalls hielt sie zu ihm. Der alte Lechner schimpfte, ihr Bruder Beni, sosehr er an Pröckl hing, machte ein unbehagliches Gesicht, ihre Kolleginnen frotzelten sie. Sie ließ nicht von ihrem unbequemen Freund. Sie war in einem großen Büro angestellt, sie führte den Haushalt ihres Vaters, ihr Tag war ausgefüllt: sie fand dennoch Zeit, die vielen Widerwärtigkeiten in Kaspars kleinem Leben zu erledigen.

Heute, an diesem Julitag, an dem das Thermometer auf dreiunddreißig Grad und der Berliner Dollarkurs auf 527 stieg, gegen Abend, fuhr sie mit Kaspar Pröckl an den Siemsee hinaus, um zu baden. Pröckl fuhr schnell, daß der heftige Windzug forthalf über die Hitze. Er war mürrisch, wortkarg gegen seine Begleiterin. Die letzten politischen Ereignisse fingen an, ihm den Aufenthalt in seiner Vaterstadt ernstlich zu verleiden. Der Reichsaußenminister war von Nationalisten hinterrücks erschossen worden; seine Ermordung hatte weite Schichten der Bevölkerung dermaßen empört, daß die Partei- und Gruppenführer, die zu der Beseitigung des Verhaßten aufgefordert hatten, sich zunächst duckten und das Maul hielten. Aber vielen, vor allem in Bayern, kam die Ausrottung des jüdischen Ministers sehr zupaß; sie forderten unzweideutig auf zur Beseitigung auch anderer Mißliebiger. Das offizielle Bayern, als das Reich dem Parlament Schutzmaßnahmen für die geltende Staatsform und die leitenden Männer der Republik vorschlug, wand sich, drückte sich herum. Wie das gemacht wurde, wie die Protestkundgebungen anläßlich der Ermordung sabotiert, die Gegenkundgebungen gefördert wurden, dazu die Schmutzbriefe derer, die den Mord priesen, alles das ekelte den jungen Ingenieur an. Er liebte die Stadt München, ihren Fluß, ihre Berge, ihre Luft, ihr Museum der Technik, ihre Galerien. Aber er beschloß, eine Übersiedlung nach Rußland jetzt ernsthaft vorzubereiten.

Ein großer Wagen kam seinem kleinen, allmählich recht schäbigen entgegen; man fuhr langsamer bei seinem Anblick. Die Anni machte ihn darauf aufmerksam, daß offenbar die Insassen des Wagens etwas von ihm wollten. Pröckl wurde noch finsterer, fuhr gleichmäßig schnell weiter, ohne aufzuschauen. Nach wenigen Minuten überholte ihn derselbe große Wagen, er hatte sichtlich sogleich kehrtgemacht. Querte ihn, so daß er halten mußte. Aus dem großen Wagen stieg ein stattlicher Mann in leichtem, weißem Leinenmantel, dicker, vorgewölbter, strahlend schwarzer Schnurrbart im fleischigen Gesicht, kam mit gezwungen lebhaftem Schritt auf Pröckl zu. Sagte mit heller, fetter Stimme, gewinnend mundartlich, man habe sich so lange nicht gesehen, da müsse man doch die Gelegenheit ergreifen. Bat, ihn vorzustellen, küßte der Anni die Hand.

Herr von Reindl sprach in deutlichen Worten ungefähr das aus, was der schweigsame Pröckl gedacht hatte. Menschenverächter, der er war, eingeborener Kenner Oberbayerns, wunderte er sich trotzdem über die verbockte Kleinlichkeit, mit der das offizielle München auf den Mord an dem Reichsaußenminister und seine Wirkung reagierte. Er sprach gemütlich zu seinem ehemaligen Ingenieur, vertraulich, legte ihm, die Anni schaute vergnügt zu, den Arm um die Schulter.

Sprach von Politik. Erörterte die schwierige Lage. Auf der einen Seite Frankreich, das mit der Konfiskation produktiver Pfänder droht, mit der Wegnahme von Bergwerken, Eisenbahnen, Forsten, Land, auf der andern Seite der Rapallo-Vertrag mit den Bolschewiken. Ein Wirtschaftsführer von einigem Verantwortungsgefühl hatte es da nicht leicht. Trotzdem er persönlich gerade in dieser Situation vielleicht nicht schlecht abschnitt. Er wird in nächster Zeit viel reisen müssen, nach New York, nach Paris. Bestimmt schon in der nächsten Woche nach Moskau. Er fragte den Pröckl, wie er sich die Auswirkung gewisser Details des Rapallo-Vertrags vorstelle. Pröckl lief rot an. Es zeigte sich, daß er von den Einzelheiten des russischen Vertrags keine Ahnung hatte. Reindl, konziliant, beharrte nicht, fragte, ob Herr Pröckl nicht mit nach Moskau wolle. Vielleicht könne man dort mit seinem Serienwagen etwas anfangen. Er erwäge ernstlich. Ohne die Antwort abzuwarten, wandte er sich an Anni, ob sie die Balladen Pröckls kenne. Ausgezeichnete Sachen. Pröckl habe sie ihm vorgetragen.

Pröckl, in seiner verschwitzten Lederjacke, stand auf der staubigen Straße, in der Abendsonne. Das Angebot Reindls, ihn mit nach Moskau zu nehmen, hatte ihm einen Ruck gegeben, war eine große Versuchung. Der Kapitalist hatte eine Schwäche für ihn. Er war närrisch, daß er die nicht schon lange ausnutzte. Sonst doch hatte er bürgerliche Vorurteile, *Würdegefühle* und solchen Schmarren, in sich ausgerottet: warum zeigte er gerade diesem Sauhund gegenüber gekränkte Würde wie ein idiotischer alter Römer? Solcher Mangel an Zynismus grenzte schon ans Pathologische. Die ganzen Wochen über hatte er daran gemurkst, wie er am bequemsten nach Moskau kommen könne. Wenn er jetzt das Angebot des Reindl nicht annähme, das wäre einfach verbrecherisch.

Der Reindl, mittlerweile, hatte die riesige Automobilbrille abgenommen, lächelte galant zu Anni hinüber. Es war erstaunlich, was er für ein großes, weißes Gesicht hatte. Auf den Bildern der Zeitungen sah dieses Gesicht protzig aus, unnahbar, ein richtiges Großkopfigengefrieß; aber in der Nähe war der Fünfte Evangelist ein ganz kommoder Herr. Er verstand es, auf sachte Art, fast ohne Worte, Komplimente zu machen. Sie wußte, daß sie hübsch und adrett aussah trotz des billigen Sommerkostüms. Er zeigte ihr, daß sie ihm gefiel. Sie dachte, der da sei also wirklich unbestritten, ohne viel Faxen ein *Wirt-*

schaftsführer. Sie dachte, er müsse große Stücke auf den Kaspar halten. Sie dachte, den sollte man wurzen. Er gefiel ihr, und sie war stolz auf Kaspar Pröckl.

Der Fünfte Evangelist, nachdem er noch einiges Abliegende gesagt hatte, fragte, wie es also sei, ob Herr Pröckl mit nach Rußland komme. Wenn Herr Pröckl mittue, werde er Moskau machen. Er sah dem Pröckl mit etwas ironischer Treuherzigkeit ins Gesicht. Der Pröckl dachte: Der gemeine provokatorische Hund, und sagte schroff: »Nein.« Der Reindl wandte ihm sein fleischiges Gesicht zu und sagte liebenswürdig: »Horror sanguinis?« Die Anni hastig, milderte, der Kaspar werde es sich überlegen. Auf der Landstraße nach Krottenmühl könne man nicht verlangen, daß einer pfeilgrad nach Moskau fahre. Sie lachte frisch, jung. Ihr volles Gesicht mit den munteren Augen unter der weißen Mütze stand warm und stark in der kräftigen Sonne. Der Reindl sagte, schön, man habe ja ein paar Tage Zeit; Herr Pröckl möge bis Samstag telefonieren.

Die Anni, nachdem der Fünfte Evangelist weggefahren war, machte dem Pröckl sacht Vorwürfe, daß er den mächtigen Mann so habe abfahren lassen; eine solche Gelegenheit komme nicht wieder. Dem Pröckl war das Herz warm, daß der Reindl in Gegenwart der Anni gezeigt hatte, wieviel er ihm wert war. Aber er gab sich finster, überheblich. Wenn er wolle, könne er auch ohne den Reindl nach Moskau; so viel lange es ihm immer noch. Die Anni, klug, beharrte nicht. Sie wußte, wenn der Kaspar sich auch großartig gab, man brauchte bloß die rechte Stunde abzuwarten. Im übrigen war es ihr lieber, wenn er nicht nach Moskau ging; aber so ein Rindvieh soll er nicht sein, es mit dem Reindl zu verderben. Es war verflucht schwer, in diesen notigen Zeiten das Essen und das Gewand zu beschaffen. Klassenbewußtsein allein und das bißchen Auto machte es auch nicht. Es war gut, so einen Großkopfigen im Hintergrund zu haben.

Sie badeten in dem stillen, waldbestandenen See unmittelbar vor den Bergen. Pröckl belebte sich knabenhaft, war lustig, schrie, es wurde ein gemütlicher Abend. Auf der Rückfahrt, behutsam, fing sie wieder an, was er nun mit Moskau vorhabe. Er antwortete barsch, das habe er doch schon gesagt. Sie meinte, sie verstehe gar nicht, was sie alle gegen den Reindl hätten. Wenn der Beni nur gewollt hätte, hätte er sicher nicht fort müssen aus den Bayrischen Kraftfahrzeugwerken. Bestimmt liege es an ihm.

Pröckl preßte die langen, schmalen Lippen zusammen. Ihm war nicht bekannt, daß der Benno von dem Reindl fort war. Ihm hatte er merkwürdigerweise kein Wort gesagt. Er ärgerte sich. So ein Heimlicher, der Beni. Die Anni fuhr fort, wenn der Beni schon so sei, so hätte doch der Kaspar mit dem Reindl sprechen können. Pröckl, großspurig, erwiderte, der Benno wisse schon, was er tue. Das verstehe sie nicht.

Als sie in der Gabelsbergerstraße ankamen, wartete überraschenderweise der Benno Lechner vor dem Haus. Der junge Elektromonteur, sosehr er an Kaspar Pröckl hing, kam nicht oft zu ihm, schon gar nicht, wenn er die Anni bei ihm zu treffen vermutete. Es war dann eine wunderliche Befangenheit zwischen den beiden. Allein heute hatte er eine wichtige Mitteilung. Er folgte der zögernden Einladung der Anni und kam mit hinauf in die Atelierwohnung.

Sie war erfreut, den Bruder zu sehen, fragte ihn, ob er Tee wolle oder Bier, redete behaglich auf ihn ein. Der Pröckl war schweigsam. Es stach ihn, daß der Benno so stolz war und ihm von seiner Entlassung aus den Bayrischen Kraftfahrzeugwerken nichts gesagt hatte. Im wesentlichen sprach die Anni. Fragte, wie ihm die neue Lampenabdeckung gefalle. Schimpfte auf die Zeiten. Stellte wieder einmal die Lage des Vaters dar. Es ist schwer, mit ihm auszukommen jetzt. Seitdem er den berühmten Reliquienschrein verkauft hat, hockt er den ganzen Tag herum mit verdächtigen Bankmenschen, Grundstücksmaklern, ähnlichen Haderlumpen, und arbeitet sich ab von wegen dem gelben Haus. Aber die Geschichte scheint nicht in Schwung zu kommen, das gelbe Haus schwimmt ihm doch davon. Dann sitzt er da mit seinem vielen Papiergeld.

Den Benno bedrückte es, daß Pröckl ihn für aufdringlich halten konnte; aber vor der Anni wollte er nicht sprechen. Und die Anni redete weiter, sie brachte den Mund nicht zu. Dem Kaspar Pröckl wurde es auf die Dauer zuviel. Immer sage sie das gleiche, erklärte er unwirsch. Der Benno machte eine vage

Bewegung, sagte dann, er habe dem Genossen Pröckl eine wichtige Mitteilung zu machen. Darum sei er gekommen. Er schwieg, und auch Kaspar Pröckl sagte nichts. Bis die Anni, leicht gekränkt, erklärte, sie könne ja ins Nebenzimmer gehen. Die beiden hielten sie nicht zurück.

Allein mit Kaspar Pröckl, teilte Benno Lechner ihm mit, Klenk habe, offenbar als Erwiderung auf das Schutzgesetz des Reiches, den Landesgerichtsdirektor Hartl zum Bevollmächtigten in Gnadensachen ernannt.

Er fügte dieser Mitteilung nichts hinzu, wartete ab, was Pröckl sagen werde. Pröckl rührte in seinem Tee; vor den Benno hatte Anni ein Glas Bier hingestellt, das kaum angetrunken war, doch schon seinen Schaum verloren hatte. Daß Klenk als Referenten über die Begnadigung zumeist politischer Sträflinge einen so konservativen Mann wie den Hartl bestellt hatte, war eine Herausforderung. Was die Ernennung für den weiteren Verlauf der Sache Krüger bedeutete, war so schnell nicht zu überblicken. Die Strafprozeßordnung schrieb wunderlicherweise vor, daß über die Wiederaufnahme das gleiche Gericht zu entscheiden habe, das das Urteil gesprochen hat. Daß jetzt der Hartl von dieser Stelle fort war, ging jedenfalls den Freund des Pröckl unmittelbar an, soviel war klar; darum hatte es der Benno Lechner mit der Mitteilung so eilig gehabt.

Doch Pröckl schwieg und bedankte sich nicht einmal. Die Nachricht verwirrte ihm das Gefühl. Er gönnte und wünschte dem Krüger, er möge endlich aus dem Zuchthaus heraus sein. Andernteils hat sich der Mann, wiewohl ihm seine jetzige Lage zu mancher Einsicht verholfen hat, noch nicht durchgebissen, und es ist vielleicht gut für ihn, wenn sich jetzt der Hartl in seinen Weg stellt.

Der Elektromonteur Benno Lechner, da er den Genossen Pröckl sehr mochte, nahm es ihm nicht übel, daß er schwieg, und störte ihn nicht. Als aber der Pröckl volle zehn Minuten hindurch nichts sagte, vielmehr aufstand, hin und her ging und sich schließlich an seine Zeichnungen setzte, meinte der Benno Lechner, soviel er wisse, sei der Hartl im Herrenklub und somit ein Spezi des Reindl. Vielleicht könne der Genosse Pröckl da ansetzen und veranlassen, daß der einmal mit dem

Hartl rede. Doch Pröckl nahm diesen Vorschlag mit Unmut auf. Mußte er immer wieder auf diesen verdammten Fünften Evangelisten stoßen? Er sagte verstimmt: nein, nochmals mit dem Reindl reden wolle er nicht; es sei zwecklos.

Als der Benno Lechner gegangen war, setzte sich Pröckl an den Zeichentisch über eine Konstruktion. Die Anni kam wieder ins Zimmer, brühte Tee auf. Nach einer Weile sagte Kaspar Pröckl unvermittelt, barsch, das könne man doch nicht so lassen, daß der Benno stellenlos bleibe. Er werde einmal mit Tüverlin sprechen. Der Benno befasse sich mit Theaterbeleuchtungsproblemen; Tüverlin könne ihn sicher bei Pfaundler in der Revue unterbringen. Die Anni sagte, das wäre ja fein. Im übrigen hielt sie sich klüglich zurück und zeigte keine Neugier, was der Beni ihm mitzuteilen gehabt habe. Später am Abend fragte sie, warum eigentlich der Reindl der Fünfte Evangelist genannt werde. Kaspar Pröckl, nicht ohne Bitterkeit, erklärte: die vier Evangelien seien dunkel und gewännen ihre starke Wirkung gerade daraus, daß eben ein fünftes Evangelium fehle, das alles verdeutlichen könne. Das Wirksame an den vier Evangelien sei somit das fehlende fünfte. So auch würde alles an der bayrischen Politik klar, wenn man es nicht aus denen heraus erkläre, die offiziell diese Politik machten. Darum vermutlich, schloß er haßerfüllt, werde der Reindl der Fünfte Evangelist genannt. Die Anni hörte aufmerksam zu; es war nicht ganz klar, ob sie verstanden hatte.

Noch später am Abend fragte sie, ob der Kaspar sich das überlegt habe wegen Moskau. Kaspar Pröckl mit starken Worten erklärte, jetzt habe er's aber satt; er wisse selbst, was er zu tun habe. Die Anni fand, auf diese Art erwirke sie am besten, daß er hierbleibe. Sie bestand nicht, gähnte, beschloß, am nächsten Tag darauf zurückzukommen.

9

Einhundertfünfzig Fleischpuppen und ein Mensch

Es kam ein farblos aussehender Mann mit einer Aktenmappe zu Jacques Tüverlin, drang sogleich in sein Zimmer, fragte still: »Sind Sie Herr Jacques Tüverlin?«, den schwierigen Namen mühsam und falsch aussprechend. Setzte sich an den Tisch, holte einen Füllfederhalter aus der Brusttasche, begann stumm, lange, umständlich zu schreiben. Herr Tüverlin schaute ihm zu. Dann sagte der Farblose: »Ich bin der Gerichtsvollzieher«, und präsentierte eine Legitimation. Herr Tüverlin nickte. Der Farblose sagte: »Hier ist eine Forderung an Sie im Betrage von 24312 Mark. Wollen Sie sie zahlen?« – »Warum nicht?« sagte Herr Tüverlin. »Also bitte«, sagte streng der Farblose. Herr Tüverlin suchte in verschiedenen Fächern, es war früh am Morgen, er war im Pyjama und seine Sekretärin noch nicht da. Er fand drei schwarzgrüne Dollarscheine. »Ich fürchte, das reicht nicht«, meinte er. Nein, es reichte nicht. Der Dollar stand heute auf 823 Mark. »Ich glaube, ich habe das Geld nicht«, sagte Tüverlin bedauernd. »Dann muß ich zur Pfändung schreiten«, sagte der Mann, trug einiges in sein Protokoll ein, sah sich forschend im Zimmer um, fragte Tüverlin, ob dies oder jenes ihm gehöre, klebte auf mehrere Möbelstücke ein kleines, papierenes Wappen. Herr Tüverlin sah ihm zu, sein nacktes, zerknittertes Gesicht arbeitete heftig, er begann plötzlich schallend zu lachen. »Ich ersuche Sie, sich gebührlich zu benehmen«, sagte streng der Farblose und entfernte sich.

Herr Tüverlin erzählte seiner Sekretärin von dem Besuch, besprach mit ihr seine finanzielle Lage. Sie war, da er den Prozeß gegen seinen Bruder verloren hatte, nicht gut. Er war nicht ängstlich; es lag ihm nicht viel an Sicherheit. Er besaß noch einige hübsche Sachen, auch sein kleines Auto. Vorläufig reichte das Geld, das er von Pfaundler erhielt.

Herr Pfaundler, sowie er von Tüverlins Lage Wind bekam, nutzte seine Überlegenheit. Er strich mit dicken Fingern im

Manuskript der Revue herum, und Aristophanes verflüchtigte sich. Kasperl, ein harmloser Hanswurst, mußte sich darauf beschränken, statt Klassenkampf gemütlichen Ulk zu machen.

Tüverlin hätte dem Pfaundler am liebsten die Arbeit hingeschmissen, sich dem Hörspiel »Weltgericht« zugewandt. Aber hatte er nicht die Form der Revue als ernsthafteste Kunstgattung der Zeit bezeichnet? Durfte er sich jetzt, wo man ihm Gelegenheit gab, diese seine Ansicht praktisch zu manifestieren, feig drücken? Mit der Vollendung des Textes war nichts getan. Es kam darauf an, die Worte in Erscheinung umzusetzen, in Szene, in Wirkung. Er war innerlich nicht abhängig von Erfolg oder Mißerfolg. Allein in Krieg, Politik, Wirtschaft, Theater entscheidet nichts als die Wirkung, nichts als der Erfolg. Sich in dieses Reich begeben, heißt die Spielregeln, heißt den Wertmesser *Erfolg* anerkennen. Eine szenische Aufführung, die nicht wirkt, ist ein Auto, das nicht funktioniert. Es war nicht angenehm, so viele Monate seiner besten Zeit an eine Sache gesetzt zu haben, die nicht funktioniert. Der Ingenieur Pröckl unterstrich diesen Standpunkt, schaute höhnisch zu. »Ich bin neugierig«, sagte er sachlich, bösartig, »ob Herr Pfaundler oder Aristophanes siegt.« Tüverlin selbst war schon nicht mehr neugierig.

Oft bei den Debatten mit Pfaundler war der Komiker Balthasar Hierl anwesend. Er stand da, den großen Birnenkopf gesenkt, durch die Nase schnuffelnd, mürrisch, traurig. Er äußerte wenig, Abliegendes, seufzte viel. Um seine Meinung befragt, machte er: »Hm, Na, Ja mein, Herr Nachbar, Es ist halt schwer« und ähnliches. Vor seiner Gefährtin schimpfte er heftig über die damischen Rindviecher, die nichts verstünden von einer richtigen Komödie; das Ganze werde ein Reinfall. Wenn sie ihn fragte, warum er dann nicht lieber hinschmeiße, brummte er Unverständliches. Es war dies, daß er auf alles, was Tüverlin machte, scharf aufpaßte; er hatte erkannt, der Tüverlin war ein ganz Schlauer, der die ganze Bande künstlerisch einsteckte. Viele Anmerkungen, Einfälle Tüverlins wirkten in ihm weiter, brachten ihn auf Ideen. Er plante, manches, was er jetzt nachdrücklich verwarf, später in den Minerva-Sälen zu verwerten. Anderntenteils fürchtete er, das Beiwerk der Revue werde ihn überwuchern. Tüverlin war ihm zu entschieden. Auch er, Hierl, hatte viel auszusetzen an seiner Vaterstadt München, er grantelte an ihr herum, seine Produktion war eine einzige Kritik. Das war *ihm* erlaubt, *er* durfte von seiner Mutter sagen, sie sei eine alte Sau: sagte es ein anderer, dann haute er ihm eine Watschen herunter. Der Tüverlin sagte es klar und deutlich, und er haute ihm doch keine herunter. Das ärgerte ihn.

Als man daranging, Tüverlins Buch in die Praxis zu projizieren, mehrten sich Widerstände und Lächerlichkeiten. Freundinnen von Geschäftsfreunden Pfaundlers sollten engagiert werden und verlangten Text. Leise deutete Frau von Radolny an, eigentlich habe sie darauf gerechnet, Tüverlin durch ihre Mitwirkung auf der Bühne zu unterstützen, und bat um Text. Pfaundler wollte sich den Klenk verbinden, dessen Interesse an der Russin nicht nachließ, und forderte für die Insarowa Text. Andern Text, neuen Text. Text, Text, Text wünschten Maler, Musiker, Schneider, Bühnenarchitekten. Eine Flut von Bitten, Beschwörungen, Drohungen schwoll heran. Herr Tüverlin faßte sie alle zusammen unter die gemeinsame Bezeichnung *Ansinnen.* Herausfordernd fragte er jeden, mit dem er zu tun hatte: »Welches Ansinnen haben Sie?« Mit Pfaundler gab es immer heftigere Auseinandersetzungen, die Pfaundler fett und sieghaft zu beenden pflegte: »Wer zahlt?«

Pfaundler brauchte für »Höher geht's nimmer« hundertfünfzig nackte Mädchen. Es wurden eine Woche lang täglich Scharen von Mädchen ins Theater bestellt, die an dem Hilfsregisseur, dem Assistenten des bildnerischen Beirats, der Kunstgewerblerin, die dem Kostümwesen vorstand, vorbeidefilierten. Mit leeren Puppengesichtern und ausdruckslosen Gliedern, in fader Geschäftsmäßigkeit, schwitzend, trostlos gelangweilt, warteten die Mädchen herum, dumm kichernd, derb zotend, von den vorbeigehenden Männern plump angefaßt. Ganz junge Mädchen waren darunter. Wurden sie hier angenommen, dann hatten sie ihr Zuhause los, einen kahlen Raum, gepfercht mit Menschen, übeln Gerüchen, wüstem Geschimpfe. Girl in der Revue sein, war Freiheit, die große Chance, Eintrittsbillett in eine menschenwürdige Existenz. Einige waren mit ihren Müttern da. Sie sollten nicht werden wie ihre Mütter, sie sollten es gut haben, Girls werden.

Aber auch diese Jungen, Erwartungsvollen waren ohne Reiz. Niemals hätte Tüverlin geglaubt, daß Frauenhaut so armselig, junge Glieder so trist und farblos löschpapieren wirken können. Geruch von Schminke, Schweiß, Fleisch war im Raum. Tüverlin dachte fernher an Musterung von Menschenmaterial, die er während des Krieges erlebt hatte.

Auch sonst wimmelten auf den Proben viele Menschen herum, die mit Tüverlin und seinem Werk nur losen Zusammenhang hatten: Artisten, eine Liliputanertruppe, einer mit einem klavierspielenden Pavian. Zwischen all diesem Volk stand mürrisch, mißtrauisch, kritisch der Komiker Hierl herum. Er musterte die nackten Mädchen, sagte zu ihnen: »Was kriegen nachher Sie zahlt, Herzerl?« Dies nämlich war der Ton, auf den der Komiker Hierl einer Anregung Tüverlins zufolge die ganze Figur des Kasperl stellen wollte. Kasperl interessiert sich für die wirtschaftlichen Verhältnisse seiner Umwelt. Er fragte jeden: »Was kriegen nachher Sie zahlt, Herr Nachbar?« Einmal läßt er sich die Prinzipien kommunistischer Weltanschauung auseinandersetzen. Der andere bemüht sich umständlich, Kasperl macht: »Aha!«, fragt: »Was kriegen Sie nachher zahlt?«, erklärt schließlich, er werde Kommunist werden. Aber wenn er sein Gerstel beisammen habe, nachher soll, erklärt er giftig, der andere den Kommunisten machen. Später einmal agiert er zusammen mit einem andern einen Stier im Kampf mit dem Torero, und mitten im Kampf stellt sich der Stier hin in der phlegmatischen, beharrlichen Stellung, die der Kasperl-Hierl den ganzen Abend über liebt, und fragt den Torero, der ihn töten soll: »Was kriegen nachher Sie zahlt, Herr Nachbar?« Wurden diese Szenen probiert, dann war Balthasar Hierl in seiner besten Form. In den meisten anderen Szenen stand er säuerlich verstockt herum, stumpf, bockbeinig, lähmte durch seine Passivität seine Partner.

Je mehr die Proben fortschritten, um so deutlicher zeigte sich, daß Pfaundler den Tüverlin nur einen winzigen Teil dessen ans Licht stellen ließ, was er gemacht hatte. Eigentlich gab von den zweiundvierzig Bildern Pfaundlers ein einziges das, was Tüverlin wollte: jene Szene, in der Kasperl-Hierl den Stier machte. Diese Szene freute Tüverlin im Manuskript und auf der Bühne.

Im übrigen glich, was da gemixt wurde, von Tag zu Tag mehr den üblichen Revuen der Zeit, sinnlosen Schaustellungen von Flitter, glänzenden Stoffen, nacktem Fleisch. Tüverlin hatte ein paar gute, saftreiche Monate gehabt. War er nicht ungewöhnlich dumm gewesen, seine Fruchtbarkeit in diese Revue zu verschütten? Er dachte an Johanna. Sie würde, wenn er ihr von der Sache erzählte, sicher ihre drei Furchen in der Stirn haben. Er hätte ihr eigentlich gern davon erzählt. Es war Blödsinn gewesen, daß sie damals nicht zusammenkamen. Er stellte sich das große Mädchen deutlich vor. Sie war nach den hundertfünfzig Fleischpuppen, die er heute gesehen hatte, ein Mensch. Das Gescheiteste wäre, er ließe die verkorkste Sache hier stehen. Soll er ihr schreiben?

Aber er schrieb nicht. Vielmehr setzte er sich hin und feilte an der Stierkampfszene.

10

Bayrische Lebensläufe

a) Ignaz Mooshuber

Ignaz Mooshuber, Ökonom in Rainmochingen, wurde geboren ebenda als Sohn der Ökonomenseheleute Michael und Maria Mooshuber. Er besuchte 7 Jahre die Schule in Rainmochingen, lernte lesen, auch einiges schreiben. Er diente beim Militär, übernahm dann den kleinen väterlichen Bauernhof. Er besaß in der Blütezeit seiner Jahre 4 Pferde, 2 Pflüge, 1 Frau, 4 eheliche, 3 uneheliche Kinder, 1 Bibel, 1 Katechismus, 1 Christkatholischen Bauernkalender, 3 Heiligenbilder, 1 Öldruck, darstellend den König Ludwig II., 1 Photographie, darstellend ihn selber beim Militär, 1 Zentrifuge zur Butterbereitung, 7 Schweine, einige Schlingen und Fallen fürs Wild, 1 Sparkassenbuch, 3 Truhen, gefüllt mit Inflationsbanknoten, 23 Nähmaschinen, die er erworben hatte, um einiges von diesem Inflationsgeld in Sachwerten anzulegen, 2 Fahrräder, 1 Grammophon. Er verfügte über ein Vokabular von 612 Worten. Er ließ sich durchschnittlich 23mal im Jahr in eine Rauferei ein. Insgesamt 204mal stieg er durch ein Fenster in eine Mädchenkammer. Es ließen sich im Zusammenhang mit ihm 14mal Mädchen beziehungsweise Frauen die keimende Frucht abtreiben. Er wurde 9mal verwundet, davon 3mal durch Messer in Privathäusern, 2mal durch Kugeln im Krieg, 4mal durch zerbrechende Bierkrüge im Wirtshaus. Er nahm 9mal im Jahr ein Fußbad, 2mal ein Vollbad. Er trank 2137 Liter Wasser und 47812 Liter Bier. Er schwor 17 Eide, darunter 9 bewußt falsche, wobei er 3 Finger der linken Hand einbog, was ihn der landläufigen Meinung zufolge der Verantwortung Gott und den Menschen gegenüber enthob. Er hatte 3 dunkle Stunden. Die erste, als er während des Krieges erfuhr, daß das Bier infolge Materialmangels verdünnt werden sollte, die zweite, als er verurteilt wurde, für den Unterhalt des unehelich erzeugten Kindes Balthasar Anzinger aufzukommen, die dritte, als er den Tod spürte. Sein Lieblingslied begann mit den Worten: »Droben auf der Höh / Steht die bayrische Armee.« An seinem Begräbnis nahmen 192 Personen teil; denn er war angesehen, Mitglied der Gemeindeverwaltung. An seinem Grabe spielte man das Lied: »Ich hatt' einen Kameraden.« Auch wurde mehrmals zum Zeichen der Trauer geschossen. Da einer der Böllerschüsse versagte, entstand während des Trauermahls eine Meinungsverschiedenheit, infolge deren einem der Trauergäste eine Hand ab- und eine Rippe herausgenommen werden mußte.

b) Anton von Casella

Anton von Casella, Generalmajor in München, wurde in der Pagerie erzogen, der Anstalt für königliche Edelknaben. Entlastungszeuge in einer übeln Sexualaffäre, in die auch ein Mitglied des königlichen Hauses verwickelt war und deren Untersuchung rasch niedergeschlagen wurde, machte er eine schnelle Karriere. Sein Wortschatz bestand aus 412 Worten, sein Lieblingslied begann mit den Versen: »Der Graf von Luxemburg / Hat all sein Geld verjuxt.« Er besaß 1 Ölgemälde, darstellend den bayrischen Kurfürsten Max Emanuel im Krieg mit den Türken, sodann 1 Kopie »Othello erzählt zu Füßen Desdemonas«, ferner 1 Ölgemälde, darstellend den bayrischen König Ludwig II. Er rühmte sich, seit seiner Schulzeit nie ein Buch gelesen zu haben, und gebrauchte gern 2 Zitate: »So schnell schießen die Preußen nicht« und »Nicht jedes Mädchen hält so rein«. Er war Leser der »Münchner Zeitung«, der »Militärischen Wochenschrift« und des »Miesbacher Anzeigers«. Er schwor 9 Eide, darunter 9 falsche. Er hatte eine Liaison mit einer Wiener Operettensoubrette. Er erzählte seiner Frau 2312-, seiner Freundin 3114mal immer mit den gleichen Worten insgesamt 12 scherzhafte Anekdoten über einen Prinzen des Münchner Hofes. Als seine Freundin im Alter von 52 Jahren starb, gewahrte er, daß sie falsche Zähne gehabt hatte. Durch diese Wahrnehmung aus dem Gleichgewicht gebracht, hielt er die Diät zuwenig ein, die ihm infolge seines Nierenleidens vorgeschrieben war, und starb so, denn es war während des Krieges, den Heldentod. An seiner Beerdigung nahmen 706 Personen teil. Gespielt wurde das Lied: »Ich hatt' einen Kameraden«.

c) Josef Kufmüller

Josef Kufmüller, Bierführer in Ingolstadt, besuchte eine Volksschule seiner Heimatstadt, lernte lesen, einiges schreiben, die Reihenfolge der bayrischen Könige, die genauen Daten der Schlachten des Deutsch-Französischen Krieges 1870/71. In seiner Wohnung hing ein Öldruck, darstellend die Krönung Napoleons durch den Papst Pius, ferner ein Bild des bayrischen Königs Ludwig II. und ein Prospekt, darstellend die Sternbrauerei A.-G. in Ingolstadt. Sein Wortschatz bestand aus 724 Vokabeln. Sein Lieblingslied begann mit den Worten: »Zu Mantua in Banden« und hatte zum Gegenstand den Tiroler Volkshelden Andreas Hofer, den die Bayern erschossen hatten. Er transportierte durchschnittlich im Jahre 6 012 000 Liter Bier, wobei er einen grünen Hut trug und eine vielknöpfige Samtweste. Während des Krieges gelang es ihm, mehrere der Heeresverwaltung gehörige Waggons mit Starkbier, für Lazarette bestimmt, auf eigene Rechnung zu verkaufen. Dadurch war er in der Lage, seiner Tochter Kathi die Heirat mit einem Reisenden für Artikel der Kautschuk- und Asbestindustrie zu ermöglichen und seinen Sohn Lateinisch lernen zu lassen, so daß dem die höhere Beamtenlaufbahn offenstand. Er liebte das Kartenspiel, vor allem ein Spiel, genannt *Haferltarock*. Hierbei pflegte er das Aufwerfen der Karten mit volkstümlich scherzhaften Wendungen zu kommentieren, häufig gereimten, wie: »Das möcht mancher wissen / Wie in Kalabrien die Hühner pissen«, oder mit allgemeinen Sentenzen, Resultaten der Volksweisheit, wie: »Wer hat, hat.« Er schwor 9 Eide, darunter 2 bewußt falsche, 3 Finger der linken Hand eingebogen. An seiner Beerdigung nahmen 84 Personen teil. Gespielt wurde an seinem Grabe das Lied: »Ich hatt' einen Kameraden«. Sein Schwiegersohn erkältete sich bei dieser Beerdigung dergestalt, daß er eine größere Quantität von Artikeln der Kautschuk- und Asbestindustrie nicht umsetzen konnte, wodurch die für seinen Haushalt geplante Beschaffung eines Pianos um beinahe 3 Jahre verschoben werden mußte.

d) Johann Maria Huber

Johann Maria Huber, Ministerialdirektor in München, besuchte 4 Jahre die Volksschule und 10 Jahre ein Gymnasium. 1 Jahr hatte er wiederholen müssen. Sein Wortschatz bestand aus 1453 deutschen Wörtern, 103 lateinischen, 22 französischen, 12 englischen, 1 russischen. Er besuchte 221 Konzerte, 17 Theatervorstellungen und 4118mal die Kirche. Er besaß einen alten Stich, darstellend den Einzug Tillys in das brennende Magdeburg, 1 Bild des bayrischen Königs Ludwig II., 1 grüne Totenmaske Beethovens, 1 Reproduktion, darstellend einen Tempel von Paestum. Sein Leibgericht war eine süße Speise aus Eiern, Butter und Mehl, genannt »Salzburger Nockerl«. Von seinen Lieblingsliedern behauptete das eine, *noch seien die Tage der Ro-*

sen, das andere, ein russisches Volkslied, beschäftigte sich mit einem *Mütterlein* und *rotem Sarafan.* Mit diesen Liedern pflegte er seine Tätigkeit im Staatsministerium für Unterricht und Kultus zu begleiten. Er interessierte sich für Bastelei am Rundfunkgerät, für Erzeugnisse der bayrischen Porzellanfabrikation, war Vorstandsmitglied des Vereins für bayrische Kaninchenzucht, auch der Bayrischen Volkspartei. Er gebrauchte mit Vorliebe zum Ausdruck der Verwunderung das einem alten, komischen Spiel entnommene Wort *Schlapperdibix.* Seinen schwersten Gewissenskonflikt hatte er zu durchleiden, als er, während der Inflation, an der Leiche seines Vaters wachte. Es erhob sich die Frage, ob er, um die Heirat seiner Tochter zu ermöglichen, seinem toten Vater die während der Geldaufblähung besonders wertvollen Goldplomben aus dem Mund ziehen sollte. Er schwor 7 Eide, darunter 3 substantiell falsche. Da aber auch sie formal einwandfrei waren, erachtete er es nicht für notwendig, die Finger der linken Hand einzubiegen. An seiner Beerdigung nahmen 514 Personen teil, gespielt wurde das Lied: »Ich hatt' einen Kameraden.«

II

Sieht so ein Mörder aus?

Dr. Geyer schrieb Johanna nach Paris genau, was sich in der Angelegenheit Krüger ereignete. Es ereignete sich nichts. Das Wiederaufnahmeverfahren kam nicht vorwärts. Dr. Geyer war der Ansicht, es sei sinnvoller, wenn Johanna von Paris aus schüre, die Zeitungen hetze, die öffentliche Meinung der zivilisierten Welt stachle, als wenn sie in München bei sabotierenden Ministerialräten und Landesgerichtsdirektoren antichambriere.

Johanna lebte ziemlich moros neben Herrn Hessreiter her. In fünf Tagen also wird man die kleine Wohnung beziehen, die er gemietet hat. Ob man in einer Wohnung lebte oder im Hotel, ob die Tante Ametsrieder kam oder nicht, war weiß Gott keine wichtige Sache: trotzdem war seit jenem Streit der letzte Kontakt zwischen ihr und Herrn Hessreiter gerissen.

Herr Hessreiter dachte: Sie ist so gelassen, da stimmt etwas nicht. Es kommt nicht mehr vor, daß sie hochgeht, und für eine Hetz ist sie auch nicht mehr zu haben. Höchstens noch beim Tennis ist sie aufgekratzt. Sie interessiert sich mehr für ihre Bälle als für mich.

Herr Hessreiter hatte viele Projekte in dieser Zeit. Er verhandelte mit französischen Unternehmern, mit amerikanischen Geldgebern. Er dachte an den Reindl, er wollte es ihm zeigen. Doch immer im letzten Augenblick zuckte er zurück. Die Süddeutschen Keramiken Ludwig Hessreiter & Sohn waren eine solide Sache, auf der der Kommerzienrat Paul Hessreiter und sein schönes Haus in der Seestraße fest und sicher standen. Maßvolle Auslandsgeschäfte machten einen, auch ohne daß man viel riskierte, fett zur Genüge. Ließ er sich in die neuen, großen Unternehmungen ein, dann schwamm er mit in einem wilden, riesigen Strom. Es lockte sehr, sich dahinein zu schmeißen, man war dann nicht mehr in Bayern zu Hause, sondern in der weiten Welt. Aber mit dem behaglichen Schlaf war es vorbei. Herr Hessreiter hatte es wichtig, überlegte, zog sich vor dem Abschluß wieder zurück, erwog von neuem. Vorläufig blieb das einzige Ergebnis, daß sein Schläfenbart immer kürzer wurde.

Einmal kam ein *Spezi* Herrn Hessreiters aus dem feudalen Münchner Herrenklub nach Paris, der Geheimrat Dingharder von der Kapuzinerbrauerei. Er erzählte von Münchner Ereignissen. Der Landesgerichtsdirektor Hartl hatte durch den Tod seiner Schwiegermutter viel ausländisches Geld geerbt und mandelte sich auf, im Herrenklub sowohl wie im Gerichtssaal. Der General Vesemann hatte sich in München ein Haus gekauft und ließ sich endgültig dort nieder, das machte die Stadt zum Zentrum der patriotischen Bewegung. Der Fünfte Evangelist breitete sich aus; man kriegte schon beinahe Angst, so groß wurde er. Der Magistrat hatte einen neuen Beitrag bewilligt zur Ausschmückung der Feldherrnhalle. Herr Pfaundler hatte mit den Proben zu seiner großen Revue begonnen.

Herrn Hessreiter überkam Sehnsucht. Er sehnte sich nach seinem Haus, nach dem Englischen Garten, der Tiroler Weinstube, den Bergen, den Proben der Pfaundlerschen Revue. In seinem Innern, das freilich gestand er sich nicht ein, war er längst entschlossen, seine sichere Münchner Existenz nicht an eine der lockenden, aber riskanten Chancen zu setzen, die die weite Welt bot. Wenn er dennoch in der Ferne aushielt, dann deshalb, weil er es für seine Pflicht hielt, an den vielen Möglichkeiten dieser tollen Inflationszeit nicht vorbeizusehen. Er spann Pläne, hielt Konferenzen ab, sprach wichtig und geheimnisvoll von bevorstehenden, weittragenden Veränderungen. Wenn man schon in dem großen Strom nicht mitschwamm, so war es anregend, wenigstens am Ufer die Schwimmbewegungen mitzumachen.

Zwei Tage, bevor die Tante Ametsrieder eintraf, machte Johanna mit Erich Bornhaak den vereinbarten Ausflug an die See. Es war ein frischer, strahlend heller Tag. Der Windige, am Steuer seines kleinen Wagens, war knabenhaft vergnügt. Sie saß nachdenklich, gutgelaunt neben ihm. Er war gar nicht so windig, wie er sich gab. Wie ungeheuer beteiligt war er beim Chauffieren, wie unverstellt jungenhaft spürte er einem Eichhorn nach. Es war klar: die Leerheit und Verruchtheit, die er ihr in Garmisch und bei ihren ersten Pariser Zusammenkünften vordemonstriert hatte, war nichts als Pose. Hatte es Sinn, hier einzugreifen, hier etwas zu tun? Gab es eine Möglichkeit, ihm einen neuen, guten Start zu schaffen?

Solange sie fuhren, machte er keine Anspielungen auf die wirre Vergangenheit, mit der er früher so gern geprahlt hatte. Als sie aber auf der schönen Strandpromenade des hellen, jetzt vor der Saison wenig belebten Badeorts spazierengingen, sagte er unversehens, mit einer Maske zwischen Spitzbüberei, Zynismus und Betrübnis: »Ich werde leider doch nicht mehr die zwei Wochen in Paris bleiben können, die ich mir vorgenommen habe.« Sie verspürte einen kleinen Ruck. »Warum?« fragte sie nach einer Weile. »Man kann eben keinen Menschen allein lassen«, sagte er weise, erwachsen. Er erzählte eine verwikkelte, widerwärtige Geschichte. Er betreibe, wie sie wisse, zusammen mit Herrn von Dellmaier eine Hundezüchterei.

Hauptgeschäft sei die Ausfuhr nach Amerika. Nun seien aber Hunde empfindliche Wesen, empfindlicher als viele Menschen, und mehrmals seien ihm wertvolle Tiere auf der Überfahrt eingegangen. Sie hätten also die Hunde vorher versichert. Das lag nahe, Herr von Dellmaier war Versicherungsagent. Aber die Konkurrenz, verärgert, weil ihre Züchterei floriere, scheue vor keinem Mittel zurück. Jetzt habe sie Herrn von Dellmaier angezeigt, er habe die Hunde überversichert und ihnen, um den Überpreis einzustreichen, vor der Einschiffung ein langsam wirkendes Gift gegeben.

Dies erzählte er vor sich hin, spöttisch, frech, beiläufig, wie das seine Art war. Johanna blieb stehen, hinhörend; auch er blieb stehen, sie schauten auf das Meer hinaus. Frischer, kleiner Wind ging, weiße, nette Wellen hüpften über die glasgrüne Fläche auf sie zu. Sie schauten einander nicht an. Johanna, aufgestört, erregt, klemmte die Oberlippe ein. Er sprach weiter. Es sei unangenehm, daß junge Menschen, hätten sie das Bedürfnis, manchmal abends unter gutangezogene Leute zu gehen, gezwungen seien, berufsmäßig Hunde zu vergiften. Er lasse dahingestellt, ob es in der Zeit oder im Charakter liege.

Johanna stand, die drei scharfen, senkrechten Falten über der stumpfen, lebendigen Nase. Der empörend überlegene, spöttisch sentimentale Ton des Jungen. Der leise Geruch von Leder und Heu. Die krankhafte Freude, mit der er beichtete. Fort von dem Lumpen. Ihn stehenlassen.

Aber sie ging nicht fort. Sie wandte ihm vielmehr die Augen zu, wobei sie den ganzen Kopf mitdrehte, tat den Mund auf und fragte, gespannt, ein wenig heiser: »Und wie ist das mit dem Mord an dem Abgeordneten G.? Hat sich da Neues gefunden?«

»Mit dem Abgeordneten G.?« fragte Erich Bornhaak zurück. »Mich beschäftigt das offen gestanden weniger als das mit den Hunden. So ein Abgeordneter hat Ansichten, redet. Er sagt: Gerechtigkeit, Humanität, Zivilisation, Pazifismus. Wahrscheinlich denkt er sich sogar etwas dabei. Warum soll er nicht reden? Aber wenn er zu laut schreit, dann stört er, dann wird er lästig. Wenn Sie stark in der Arbeit sind und nebenan spielt jemand Klavier, bekommen Sie vielleicht auch Lust, den Klaviermenschen zum Schweigen zu bringen.«

»Aber diejenigen, die sich dazu hergeben?« sagte Johanna, immer noch mit der gleichen, trockenen, tonlosen Stimme.

Erich Bornhaak lächelte wissend, fatal: »Diese sogenannten entmenschten Burschen sind manchmal sehr nett, Ehrenwort. Es gehört sicher mehr Entschluß dazu, einen gutrassigen Hund aus der Welt zu schaffen als einen dicken, wichtigmacherischen Quasselfritzen. Gesetzt den Fall, Herr von Dellmaier hätte den Abgeordneten G. beseitigt *und* die Dogge Thusnelda, ich glaube, die Dogge Thusnelda würde ihm eher eine schlaflose Stunde verursachen als der Abgeordnete. Am Flusse Ganges«, fügte er hinzu, als Johanna schwieg, »ist die Kultur älter als am Flusse Isar. Ich glaube, am Flusse Ganges hat mancher Mann mehr Hemmung, gewisse Tiere umzubringen als gewisse Menschen.«

Johanna ging neben dem locker Hinschreitenden, betäubt, fast gelähmt. Sein flotter Wortschwall drang in ihr Ohr, wirkte wie ein gefühltötendes Mittel. Leichter, frischer Wind war, das Meer sah fröhlich aus. Erich Bornhaak erzählte munter drauflos. Mit diesen politischen Morden sei das so eine Sache. Einmal war er eingeladen gewesen auf einem Besitz im Chiemgau. Kurz vorher sei wieder einmal ein Führer der Linksparteien beseitigt und der sogenannte Mörder nicht ermittelt worden. Auf jenem Gut, der Teufel wisse wieso, habe man *ihn* für den Mörder gehalten. Das habe dort viel Anziehungskraft gehabt, die jungen Damen seien auf ihn geflogen. Er erinnere sich deutlich einer gewissen Exkursion auf dem See. Er sei mit seiner Dame in das Schilf der Herreninsel gefahren. Wäre er nicht ein so abgesagter Feind jeder Bindung, dann hätte er eine gute Partie machen können; denn man habe sehr viel Moos gehabt. Sei übrigens jung und sehr nett gewesen.

Johanna war schweigsam, als sie zurückfuhren. Verabschiedete sich, als sie in Paris angelangt waren, kurz, schnell.

Am nächsten Morgen, solange sie Tennis spielte, verflüchtigten sich die Gedanken an die Hunde und den toten Mann. Sie fühlte sich frisch, lustig. Sehr bald darauf aber, gegen ihren

Willen, hackte sich das Bild des Jungen wieder in ihr Hirn. Seine saloppen Gesten, die gemachte Nebensächlichkeit seiner Worte. Es war, als sei die ganze Luft ringsum erfüllt von dem leisen Geruch von Heu und Leder. Was wollte der Junge? Was sollte sie mit seinen Bekenntnissen? Wollte er ihr einen Teil mit aufladen? Sie war zerstreut an diesem Abend, behandelte Hessreiter schlecht.

Andern Tages dann, mehrmals angekündigt, wieder abgesagt, traf mit resoluten Schritten Tante Ametsrieder ein. Fest trug sie den großen Mannskopf, die feiste Gestalt durch die kleine, stille Wohnung, sehr befriedigt, daß man sie herbeigerufen hatte. Es hatte sie gekränkt, als Johanna sich so gleichmütig von ihr trennte. Jetzt also zeigte sich, daß man doch nicht auskam ohne sie. Aber es zeigte sich nicht. Johanna, keineswegs reumütig, nahm die Gegenwart der Tante als etwas Selbstverständliches hin, ja als etwas zuweilen Lästiges. Wie in München gewährte sie ihr wenig Einblick, und die Tante hätte ihr doch auch in bezug auf ihr Innenleben gerne mit Rat, Tat, Erfahrung beigestanden. Es blieb Frau Franziska Ametsrieder nichts übrig, als sich auf die Regelung von Johannas Kost, auf Möbelumstellungen und derlei praktische Kleinarbeit zu beschränken.

Herr Hessreiter war erfahren genug, um zu wissen, daß keine menschliche Beziehung immer gleich heiß bleiben kann. Doch die laue Freundlichkeit Johannas kränkte ihn. Er hatte in einem Spielklub eine exotische kleine Dame kennengelernt aus dem französischen Hinterindien, ein angenehmes, nicht übermäßig anspruchsvolles Geschöpf, das ihm durch Sanftheit und beweglich freundliche Sitten gefiel. Er besuchte sie jeden zweiten Tag. Er war wohl nicht der einzige, der sie besuchte, doch das bekümmerte ihn nicht.

Es konnte nicht ausbleiben, daß man auch in seiner Wohnung von diesen Besuchen bei der Anamitin erfuhr. Johanna blieb unberührt. Doch die Tante Ametsrieder, durch die Schweigsamkeit und Gleichgültigkeit Johannas zu dicker Langeweile verurteilt, sah hier eine Gelegenheit, sich resolut zu betätigen. Sie beschloß, die Exotin zur Rede zu stellen. Das wäre ja das Höhere. Sie betrachtete Hessreiter als eine Art

Schwiegersohn. Sie wird diesem chinesischen Unfug ein Ende machen.

Eines Morgens also erschien sie in der kleinen, hellen Wohnung Madame Mitsous. Sie hatte im französischen Lexikon alle Worte nachgeschlagen, die in Frage kamen, um der Chinesin unzweideutig und saftig Bescheid zu sagen. Ein höfliches Dienstmädchen bat sie, zu warten, Madame sei noch im Bad, sie werde sie in fünf Minuten empfangen. Feist und entschlossen saß Frau Franziska Ametsrieder in dem hübschen Zimmerchen, stieß ihren großen, kurzgeschorenen Mannskopf vor, in alle Winkel äugend, wo sie etwas erspähen könnte, sie in die rechte Wut über das gelbe Laster zu versetzen. Aber sie fand nichts, es war eine honette, saubere Einrichtung. Madame Mitsou erschien, sanft, gefällig, etwas verwundert. Sie wollte der heftigen Dame gern dienlich sein; aber sie verstand sie nicht recht. Endlich begriff sie. Es handelte sich um den freundlichen, dicken Herrn. War ihm etwas zugestoßen? Wünschte er, daß sie zu ihm komme? Alle Worte, die die Tante Ametsrieder im Lexikon nachgeschlagen hatte, erwiesen sich als unbrauchbar vor der stillen, mondlichen Heiterkeit Madame Mitsous. Frau Ametsrieder sprach schließlich über Preise von Eßwaren und anderen Dingen des täglichen Bedarfs, wobei sich Madame Mitsou gut orientiert zeigte. Um nicht ganz unverrichteterdinge zurückzukehren, ließ sich die Tante die Adresse der Schneiderin geben, die Madame Mitsous wirklich scharmanten Kimono gemacht hatte. Sie wollte Johanna veranlassen, sich einen Kimono gleicher Art anfertigen zu lassen. Diese Adresse auf einem Zettel, in der großen, ungefügen Kinderschrift Madame Mitsous, kehrte Frau Ametsrieder zu Mittag in die Wohnung Hessreiters zurück.

12

Ein König im Herzen seines Volkes

Mit riesigen, goldenen Lettern verkündeten am Kirchenportal große, violette Plakate: nur eines sei not, die Seele zu retten. Viele Menschen folgten dem Ruf, junge und alte, Männer und Frauen, gutangezogene und zerlumpte. Denn das Elend war groß. Das Brot, das man zu erhöhtem Preis an die schimpfenden Käufer abgab, war noch fast warm, und schon kletterte der Preis noch höher. Es kostete die Semmel drei Mark, das Kilogramm Margarine vierhundertvierzig Mark, für Haarschneiden zahlte man achtzig Mark. Diese Zeit der Not und des Hungers nahm die Kirche wahr zu einer Generalattacke auf das Herz des Volkes, zu einer *Mission.* Einen Monat hindurch wurden alle Priester aufgeboten, die noch Stimme hatten, kundig für jede Kirche der rechte Mann.

Am beliebtesten in der Bevölkerung war ein Jesuitenprediger, ein jugendlicher, eleganter Herr. Schmeichelnd, donnernd, lieblich zuredend, schreckhaft drohend kam aus dem edlen Charakterkopf die geübte Stimme. Das fließende Predigerdeutsch wirkte doppelt dringlich durch einen leisen, anheimelnden, dialektischen Anklang. Viele hatten vor den Türen der Kirche umkehren müssen, Polizei hatte die Fluchenden beschwichtigt. Jetzt drang die geflügelte Stimme des Predigers in das Ohr der bekümmerten Hausfrauen, die nicht wußten, wie sie den Bedarf des nächsten Tages beschaffen sollten, der kleinen Rentner, der *Drei-Quartel-Privatiers,* die ihr Leben durch ihre Beziehungen zu den Bauern und durch ängstliche, kleine Schiebungen fristeten. Drang zu den gequälten Festbesoldeten, die sich von Gott einen Börsentip erhofften, ihnen über die nächsten vierzehn Tage fortzuhelfen. Zu den dicken Zwischenhändlern, die gern bereit waren, von ihren heute hochgeschwemmten, morgen zerfließenden Gewinnen der Kirche, falls sie sich nur konsolidierten, einen großen Teil abzugeben. Drang in das Ohr der alten, treuen, hungernden Beamten, sie bestärkend in ihrem Widerstand gegen die neue Zeit. Die ganze gedrängte, sommerlich schwitzende Menge hing hingegeben, andächtig stumpf an dem edlen, römischen Gesicht des Priesters mit der leicht gebogenen Nase und den gewölbten, braunen Augen. In Hitze, Schweiß, Weihrauch saßen sie, standen sie, füllten sie die helle, freundliche Kirche. Klebten die Augen an die schlichte, weiße Kanzel mit dem Jesuiten. Denn der war ein geübter Prediger, ausgezeichnet vorbereitet, mit geschickter Witterung für seine Hörerschaft, jede Augenblicksstimmung und jede Augenblickswirkung sorgfältig einkalkulierend. Er suchte sich einzelne Gesichter aus, von ihnen den Grad der Wirkung ablesend. Er hütete sich, dem einzelnen zu lang ins Auge zu schauen; denn er wußte, das verwirrt. Er zog es vor, sein gewölbtes Auge an die Stirn der Hörer zu heften oder an ihre Nasen.

Jetzt beschaute er wohlgefällig die Andacht auf dem breiten, hübschen Gesicht einer mittelgroßen, sauber angezogenen Frau. Es war aber diese Frau die Kassierin Zenzi aus der Tiroler Weinstube. Sie hatte Sinn fürs Ideale. Nach wie vor ließ sie gutgestellte Männer abfahren und bemühte sich um den Beni, den jungen Menschen im Hauptlokal. Der kam jetzt öfter in die Tiroler Weinstube statt in die »Hundskugel«; aber sie konnte es nicht fertigkriegen, daß er sich an einen der von ihr bedienten Tische in dem vornehmen Nebenzimmer setzte. Er hockte hartnäckig drüben im größeren Raum, beachtete sie überhaupt noch viel zuwenig. Wohl verbrachte er jetzt, wenn sie Ausgang hatte, öfter den Abend mit ihr, besuchte das Kino, die Volkssänger, andere Restaurants, wo sie Vergleiche mit ihrem Wirkungskreis anstellen konnte. Schlief auch mit ihr. Allein das rechte, gemütliche Verhältnis, bestimmt, mit Hochzeit und gesunden Kindern zu enden, war es noch lange nicht. Schuld daran waren die verdächtigen, aufrührerischen Anschauungen des Beni, seine Freundschaft mit dem Pröckl, dem Schlawiner, dem zuwideren. Zur Zeit freilich war ein Silberstreif da. Es ging ihnen schlecht, dem Beni und dem Pröckl, sie waren aus den Bayrischen Kraftfahrzeugwerken hinausgeflogen. Der Beni behauptete zwar, er habe selber gekündigt. Doch das glaubte sie ihm nicht. Jetzt war er beim Theater, bei dem Unternehmen des Pfaundler, einer zweifelhaften Geschichte. Ihr selber hingegen ging es gut. Sie hatte umfangreiche Engagements an der Börse durch Vermittlung eines kleinen Bankiers aus der Tiroler Weinstube, war auch finanziell beteiligt an den Sachwerten mancher ihrer Gäste, an ihren Häusern, Waren, Autos. Wenn ihre Geschäfte weiter blühen wie bisher, wird sie dem Beni anbieten, auf ihre Kosten sein Sach auf der Technischen Hochschule zu Ende zu studieren. Das war nichts Ungewöhnliches. Das taten viele. Grips hat er. Er wird schon hochkommen, wie er selber zuweilen sagt. Daß er ein Zuchthäusler ist, gibt ihr bloß einen besonderen Sporn; es ist ein gutes Werk, einen solchen auf die rechte Bahn zu führen. Gemüt hat er, trotz seines Kommunismus. Sie sah sich mit ihm in einer behaglichen Vierzimmerwohnung nach getaner einträglicher Tagesarbeit, abends, den »Generalanzeiger« lesend, ein gutes Essen verdauend, bei den Darbietungen des Rundfunks. Soweit wird sie es schon bringen. Sie war fromm, lauschte andächtig, Gott wird eine gute Katholikin nicht im Stich lassen. Und als jetzt der Prediger sie plötzlich mit einem scharfen, vollen Blick faßte, schaute sie unbefangen demütig zurück, ein unschuldiges Schulmädchen.

Der Priester sprach jetzt von der Genußsucht der Zeit und ihrer Raffgier. Viele hielten Lebensmittel zurück, hungerten ihre Mitmenschen aus, um die Preise zu treiben, sabotierten die gerechten und billigen Maßnahmen der Behörden, wucherten für ihren eigenen Bauch. Er brachte volkstümliche Beispiele, die bewiesen, daß er mit den Erwerbsmöglichkeiten dieser wilden Nachkriegsjahre, dem kleinbürgerlich raffgierigen, bäurisch harten Sinn seiner Hörer gut vertraut war. Seine gewölbten Augen hielt er jetzt auf einen alten, viereckigen Kopf gerichtet, der in gläubiger Zustimmung zu seinem eleganten, glatten Gesicht aufschaute. Ja, der Minister Franz Flaucher nahm die Worte des Priesters andächtig auf in seine großen, behaarten Ohren. Ihm war, als spräche er gerade zu ihm. Der Klenk hatte ihm gesagt, in einer Zeit, in der die Welt damit beschäftigt sei, die Gesellschaft umzuschichten, Kohle, Petroleum, Eisen neu zu verteilen, in einer solchen Zeit habe man auch in Bayern Besseres zu tun, als sich mit dem Reich um die Befugnis herumzustreiten, gegen die Verfassung Titel zu verleihen, oder um den Vorwand, unter dem man die staatsfeindlichen Kampftruppen der Wahrhaft Deutschen mit Landesgeldern unterstützte. Jetzt während der Predigt des Jesuiten schienen dem Flaucher diese Grundsätze des Klenk doppelt lästerlich. Alle Flüsse des Reichs flossen von Süden nach Norden: aber der Main von Ost nach West und die Donau von West nach Ost. Deutlich so hatte Gott die natürlichen Grenzen gezogen zwischen Bayern und dem Reich. Aber der Klenk wollte hinaus über diesen Kreis, hinaus über die Grenzen, die Gott ihm gesetzt hatte. Hierher war man gestellt, er, Flaucher, Klenk, die andern, die bayrischen Belange hatte man zu verteidigen. Was Eisen, Kohle, Petroleum: die bayrische Ehre galt es, die gottgewollte bayrische Souveränität. Erfreulicherweise war der Klenk auch nicht so ganz selbstherrlich, wie er sich eingebildet hatte. Er war nicht recht beisammen, mußte oft das Bett hüten; etwas zehrte an ihm, eine schleichende Krankheit. Er, der Flaucher, sah gut, er sah es dem Klenk an den Augen an, ihm konnte man nichts vormachen: er war leidend, der großkopfige Klenk, seine wütige, übermäßige Gschaftelhuberei, die verdammte, neumodische Rastlosigkeit rächte sich, oder vielleicht auch war es seine zügellose Lebensweise. Der Finger Gottes deutete auf ihn. Auf alle Fälle war er behindert, konnte nicht eingreifen, wie er wollte, man konnte wirtschaften ohne seine ständige Kontrolle. Der Minister Flaucher, andächtig dem Jesuiten auf den Mund schauend, bat Gott, den geschreimäuligen Klenk vollends unschädlich zu machen, und gelobte sich, nach alter, bodenständiger Vätersitte zu wirken innerhalb seiner Grenzen, ad majorem dei gloriam alles zu sabotieren, was vom Reich kam.

Der Prediger ging jetzt über zu der entzügelten Wollust, die die Epoche kennzeichne, und erwies sich in dieser Provinz des Lasters nicht weniger bewandert als in den andern. Unter lautloser Aufmerksamkeit seiner Gemeinde sprach er von der verderblichen Unsitte, die Empfängnis zu verhüten. Es sei Todsünde, Vorkehrungen zu diesem Zweck zu treffen, jede durch so satanische Mittel unterdrückte Seele schreie nach Höllenstrafe für die ruchlosen Eltern. Er sprach von den Frauen, die aus sündiger Eitelkeit, nur um ihre Figur zu schonen, das Verbrechen begingen, und von denen, die es begingen aus Faulheit, aus sündiger Wehleidigkeit. Er sprach von den Männern, die das Verbrechen begingen aus mangelndem Gottvertrauen, weil sie die Not fürchteten, und verwies sie auf den Gott, der die Vögel unter dem Himmel nähret und das Gras auf dem Felde kleidet. Er schilderte, wie die Erfüllung der ehelichen Pflichten, werde sie getan, um Nachkommenschaft zu erzeugen, wohlgefällig sei in den Augen des Herrn, und wie sie zur wüsten Sünde werde ohne diesen Zweck. Anschaulich, kundig, ergreifend malte er die gottgefällige Lust am ehelichen Weibe, die teuflische an der Buhldirne.

Von diesem Teil seiner Predigt hatte sich der Pater eine besondere Wirkung versprochen. Er war enttäuscht, als er auf dem Gesicht, das er jetzt ins Auge faßte, eine gewisse Gleichgültigkeit wahrnahm. Der Prediger hatte ein falsches Gesicht erwischt. Denn vielleicht, trotzdem er der frömmsten und demütigsten einer war, bewegten die Bilder des Priesters unter all seinen Zuhörern gerade den Boxer Alois Kutzner am wenigsten. Der suchte anderes. Er hatte erreicht, was im äußeren Leben er erreichen konnte: er war ein Boxer von Klasse. Doch das genügte nicht. Er wollte Erleuchtung, ein Leben im Geiste. Sein Bruder Rupert Kutzner, der Führer, der hat es gut. Der hat die Erleuchtung gehabt, hat seine Bestimmung gefunden, hat seinen deutschen Gott in sich. Der Alois saß gern in seinen Versammlungen, ließ sich hintragen, gläubig, mit den andern Tausenden auf des Bruders großen, sieghaft schmetternden Sätzen. Es war herzwärmend zu sehen, wie des Bruders Licht leuchtete in der Finsternis, wie allmählich ganz München an seinen Lippen hing. Der Alois Kutzner war nicht neidisch auf seinen Bruder. Hätte gern auch auf den eigenen Glanz im Boxring verzichtet. Wenn bloß auch er sein inneres Licht fände. Er suchte und suchte, allein er fand nicht. Was da der Prediger sagte, nützte ihm auch zu nichts. Die Weiber waren kein Problem für ihn. Die Entsagung, die sein Trainer ihm auf die Seele band, fiel ihm nicht schwer; in Zeiten der Ruhe dann stürzte er sich mit dumpfem Hunger auf ein beliebiges Weib, leicht befriedigt. Was er brauchte, war anderes.

Nun war ihm in der letzten Zeit eine kleine, ferne Helligkeit aufgegangen. Ein junger Mensch, den er in der Redaktion des

»Vaterländischen Anzeigers« getroffen hatte, war mit ihm ins Gespräch gekommen. Er war mit dem saubern Buben, einem wirklich feinen Hund, dann ins Restaurant gegangen, und da hatte ihm der Bub, ein gewisser Erich Bornhaak, eine Möglichkeit gezeigt. Er hatte sich nur auf Andeutungen beschränkt, war nicht recht aus sich herausgegangen. Er hatte wohl noch nicht das rechte Zutrauen zu Alois, das verstand sich. Später dann hatte er ihm einen andern geschickt, einen gewissen Ludwig Ratzenberger, ein ganz junges Bürscherl, verdächtig jung. Aber zu dem Unternehmen, um das die Buben herumwitterten, gehörte ungeheuer viel Courage und also auch Jugend. Soweit Alois begriffen hatte, handelte es sich darum, daß an einem gewissen Gerücht, das nun seit mehr als fünfunddreißig Jahren das bayrische Volk nicht schlafen ließ, etwas Wahres sei. Der vielgeliebte König Ludwig II., behauptete das Gerücht, sei noch am Leben. Dieser König Ludwig hatte, erfüllt von cäsarischem Souveränitätsgefühl, sich mit dem vierzehnten Ludwig von Frankreich identifiziert, in schwer zugänglichen Gegenden kostspielige, prunkvolle Schlösser aufführen lassen, hatte abseitige Kunstideale mäzenatisch gefördert, sich dem Volk pharaonenhaft ferngehalten und gerade dadurch dieses Volkes schwärmerische Liebe erregt. Als er schließlich starb, wollte das Volk nicht daran glauben. Die Zeitungen, die Schullesebücher erklärten, der König habe sich im Wahnsinn ertränkt, in einem See in der Nähe Münchens. Aber das, glaubte das Volk, war nur Gerede der Gegner, die sich des Throns bemächtigten. Immer dichterer Mythos spann sich um den Toten. Seine Feinde, hieß es, an ihrer Spitze der das Land verwesende Prinzregent, hielten ihn in einem Kerker verborgen. Hartnäckig behauptete sich das Gerücht. Überlebte den Tod des Prinzregenten, Krieg, Revolution, überlebte den Tod des abgesetzten Königs Ludwig III. Die Riesengestalt des zweiten Ludwig, rosiges Gesicht, schwarzer Knebelbart, Lokken, blaue Augen, lebte in der Phantasie des Volkes. Zahllose Bilder des Königs, in Purpur und Hermelin, in strotzender Uniform, silbern gerüstet in einem schwangezogenen Kahn, hingen herum in den Stuben der Bauern und der Kleinbürger, neben Öldrucken von Heiligen. Der stattliche König hatte es dem Alois Kutzner von Jugend auf angetan; oft, vor einem Bild des riesigen Königs stehend, hatte er überlegt, was für ein herrlicher Boxer dieser Wittelsbacher hätte werden können. Ein Monument hatte er ihm errichtet in seinem Herzen. Wie nun leuchtete er auf, als die Buben ihm Andeutungen machten, ja, dieser zweite Ludwig lebe noch, man habe Spuren und Indizien, in welchem Verlies er gefangengehalten werde. Nicht ab ließ er mit Bitten, Beschwörungen, bis er aus den zögernden Buben langsam mehr herausquetschte. Unter der Monarchie, erfuhr er, sei es ausgeschlossen gewesen, an die Befreiung des Königs zu denken. Jetzt, nachdem Gott die Regierung der Juden und der Bolschewiken zugelassen habe, schlage den Kerkerwächtern das Gewissen. Jetzt dürfe man an die Befreiung des echten Königs denken. Wenn der auftauche, dann werde das geknechtete Volk sich für ihn erheben, daß er es erlöse aus der Knechtschaft Judas. Der König sei alt, uralt, er habe einen mächtigen, weißen, wallenden Bart; seine Brauen seien so gewaltig, daß er sie mit Silberstäbchen festhalten müsse, damit sie ihm nicht über die Augen fielen. Zur Zeit, wie gesagt, sei der Versuch seiner Befreiung nicht aussichtslos. Er möge sich überlegen, ob er bei der Sache mittun wolle; sie erfordere Kühnheit, Manneskraft, sehr viel Geld.

Das also hatten die Buben dem Alois Kutzner auseinandergesetzt. Es hatte ihn tief aufgerührt, hier sah er das innere Licht, auf das er so lange gewartet hatte. Und während droben auf der Kanzel der Jesuit von der Sünde der Wollust predigte, richtete Alois Kutzner inbrünstig seine Gedanken auf Gott, ihn demütig bittend, er möge ihn würdigen, an der Befreiung des Königs teilzuhaben, und eventuell das Opfer seines Lebens für das Gelingen des Werkes annehmen.

In tiefem Sinnen dann verließ Alois Kutzner, als die Predigt zu Ende war, die Kirche. Kräftig, wenn auch verträumt, verteilte er Stöße nach rechts und links in die sich drängende Menge. Die Erregung der Leute, die ihre Meinung über die Predigt auf mannigfache Weise kundgaben, griff nicht auf ihn über. Einige nämlich waren nicht einverstanden mit dem Prediger, ja, sie erklärten seine Ausführungen schlechthin für Schweinerei, fanden, man solle lieber für billiges Brot sorgen statt für billige, fromme Sprüche. Dies veranlaßte die Frommen, den Gottlosen mit ihren Fäusten und ihren griffesten Messern zu zeigen, was Anstand ist. Polizei schlichtete endlich den Streit der Meinungen. Auch gegen die Insarowa richtete sich die fromme Erregung. Sie geriet, von einem Spaziergang im Englischen Garten kommend, in die Menge aus der Kirche. Sie drückte sich an die Mauer, glitt weiter mit ihren klebenden Schritten, ließ unter kurzem Rock dünne, hübsche Beine sehen. Eine alte, verhutzelte Frau stellte sich ihr in den Weg, bellte zahnlos auf sie ein, spuckte aus, fragte, ob sie dreckige Mistsau denn überhaupt keinen Rock zu Hause habe. Die Insarowa verstand nicht recht, wollte der Alten ein Almosen geben, das Volk, besonders die Frauen, nahm gegen sie Partei, mühsam rettete sie sich in einen Wagen.

Der Boxer Alois Kutzner indes, auf all dies nicht achtend, begab sich nach der Rumfordstraße, wo er zusammen mit seiner Mutter dürftig wohnte. Die Mutter, ausgedörrt, gelbhäutig, wie viele Bewohner der Hochebene mit tschechischem Einschlag, war geschwellt von stolzer Liebe für ihre beiden Söhne. Sie las beglückt von den Erfolgen ihres Sohnes Rupert in der großen Politik und von den Erfolgen ihres Sohnes Alois im Ring. Aber sie war mürb von Alter, Sorgen, unaufhörlicher Arbeit, ihr Gedächtnis versagte, sie warf die Erfolge ihrer beiden Söhne durcheinander, fand sich zwischen Kinnhaken, Poincaré, deutschblütiger Gesinnung, Punktsiegen, Juda und Rom, Knockouts nicht mehr zurecht. Alois, während die Mutter das Essen fertigmachte, half ihr den Tisch decken mit bunten Tellern und Schüsseln mit dem bekannten Enzian- und Edelweißmuster der Süddeutschen Keramiken. Es gab zu Kartoffelgemüse *Geselchtes*, stark geräuchertes Fleisch. Das war ein großer Leckerbissen in jenem dürftigen Jahr, und es hatte sich ein Verwandter eingefunden, der solche Leckerbissen kilometerweit zu riechen pflegte, der Onkel Xaver. Der Onkel Xaver war ein wohlgestellter Handelsmann gewesen. Hatte mit studentischen Utensilien gehandelt. Abzeichen, Mützen, Apparatur des Fechtbodens, mit Uhranhängseln und derb obszönen Ansichtskarten. Hatte sich mit einem guten Brocken Geld zur Ruhe gesetzt. Aber die Sintflut der Inflation hatte diesen

Brocken Geld ins Nichts geschwemmt. Onkel Xavers Hirn war dem nicht gewachsen. Jetzt häufte er wichtig die wertlosen Geldscheine, schichtete sie, bündelte sie. Lief beflissen in die Häuser der studentischen Verbindungen, wollte mit seinem hochbezifferten Papier große Geschäfte tätigen. Die Studenten, an den Alten gewöhnt, gingen spaßhaft auf ihn ein, machten auch sonst Jux mit ihm. Er war gefräßig geworden, fraß und schlang, was ihm unter die Hände geriet. Die Studenten, bemützt, mit zerhackten Gesichtern, hatten ihren Spaß an seiner Idiotie, warfen ihm Speisereste hin, ließen ihn apportieren, johlten und klatschten, wenn er sich mit ihren Hunden um Knochen herumbalgte.

Die drei Menschen, die Mutter Kutzner, der Onkel Xaver, der Boxer Alois, aßen friedlich zusammen das Geselchte und das Kartoffelgemüse. Sie sprachen zueinander, aber sie hörten kaum aufeinander hin und erwiderten sich nur halbe Sätze. Denn sie dunsteten ein jeder in seinen eigenen Gedanken. Der Onkel Xaver dachte an die riesigen Transaktionen, die er morgen zu Ende führen wird, die Mutter Kutzner an eine Mahlzeit vor langen Jahren, bei der es auch Geselchtes gegeben hatte. Damals war ihr Sohn Rupert noch klein gewesen, und bei jenem Geselchten hatte man ihn vergeblich erwartet. Er hatte nämlich einem Schulkameraden hinterrücks ein Bein gestellt, daß der hinschlug und sich schwer verletzte, und dann war der Rupert davongelaufen und hatte sich nicht nach Haus getraut. Schließlich aber, als ihn sehr hungerte, kam er doch nach Haus. Und jetzt also war er ein so großer Mann, daß er den Franzosen Poincaré knockout schlug. Der Boxer Alois aber dachte an die Befreiungsaktion für den König Ludwig II. So saßen sie zusammen, sprachen bedächtig, aßen, bis auf dem Grund der Schüsseln und Teller Enzian und Edelweiß sichtbar wurden.

13
Bayrische Patienten

Der Schriftsteller Dr. Lorenz Matthäi besuchte den Schriftsteller Dr. Josef Pfisterer. Der hatte einen Schlaganfall erlitten, siechte hin, es war unwahrscheinlich, daß er das Jahr überleben werde. Der Dr. Matthäi, auf dem Weg, grübelte darüber, wie wenig widerstandsfähig im Grund seine kräftigen Bayern waren. Der saftige Pfisterer war soweit, den riesigen Klenk hatte es auch, und er selber, Matthäi, stak nicht in der besten Haut.

Er fand den Pfisterer in einem alten, großen Ohrenstuhl, trotz der Hitze eine Kamelhaardecke um die Beine; der rötlich melierte Bart, die dicken Locken sahen grau und schmutzig aus. Der Dr. Matthäi bemühte sich, sein bissiges Mopsgesicht, seine grobe Stimme teilnahmsvoll zu sänftigen. Die runde, betuliche Frau Pfisterer ging auf und ab, schwatzte, heischte Stärkung ihrer Hoffnung, Mitleid. Dem Pfisterer paßte diese gedämpfte Krankenstubenstimmung nicht. Er glaubte nur halb an das, was die Ärzte sagten. Selbst der kluge, scharfe Dr. Moritz Bernays, der vertrauenswürdigste Internist der Stadt, konnte ihm mit all seiner klaren Analyse nichts weismachen. Es war nichts Physiologisches, was ihn umwarf. Der wirkliche Grund – der Pfisterer konnte ihn nicht in Worte fassen, aber er spürte ihn, er war da, besonders in der Nacht, wenn er allein mit sich selber spann und sinnierte –, der wirkliche Grund war die schlimme Erkenntnis, daß er sich bis zu seinem fünfundfünfzigsten Lebensjahr geirrt hatte, daß Ungerechtigkeit in seinem Land war und daß überhaupt die Welt nicht so gemütlich war, wie er sich und seinen Lesern vorredete.

Hielt sich Matthäi sanftmütig zurück, so wurde im Gegensatz zu seinen gesunden Tagen der Pfisterer aggressiv. Er verbitte sich die Kamillenteeatmosphäre, polterte er mit etwas brüchiger Stimme. Er lasse sich nicht in Watte legen. Er hatte den Vormittag über geschrieben, diktiert. Er arbeitete an seinen Erinnerungen, betitelt »Ein sonniger Lebenslauf«. War keineswegs geneigt, den Tod sentimental aufzufassen. Tod und Geburt lagen nebeneinander, der Tod war unter vielen Realitäten eine nicht übermäßig bemerkenswerte. Er erzählte Schnurren von sterbenden bayrischen Bauern, die er miterlebt oder von denen er gehört hatte. Da war zum Beispiel einer, der immerfort niesen mußte. Das war peinlich, doch seine Umgebung hatte sich daran gewöhnt. Seine acht Nachkömmlinge pflegten mitzuzählen, wie oft der Vater wieder niesen mußte, 42-, 44-, 45mal. Beim Sterben dieses Mannes war Pfisterer dabei. Auch auf dem Totenbette hatte den Bauern solch ein Niesanfall gepackt. Ringsum stand die Familie. Sie zählten wie gewohnt; diesmal konnte der Vater gar nicht aufhören, sie mußten schallend lachen. Es war auch wirklich sehr komisch gewesen, Pfisterer hatte mitlachen müssen. Erst, als er das zweiundachtzigstemal geniest hatte, unter großer Heiterkeit seiner Umgebung, starb der Bauer.

Der Dr. Matthäi, als er den andern so kräftig daherreden sah, tat sich keinen Zwang mehr an, legte die widerwärtige, feierliche Sanftmut ab. Bald wieder waren die Männer in dem gewohnten klobigen Geschimpfe. Der Dr. Matthäi meinte, der »Sonnige Lebenslauf« werde vermutlich ebensolcher Dreck werden wie Pfisterers übriger lackierter Mist. Oder ob es der Pfisterer vielleicht als besonders sonnig ansehe, daß er den Krüger nicht freigekriegt habe und somit abkratzen müsse, ohne die Johanna Krain gehabt zu haben? Der Kranke antwortete saftig, und die eben wieder eintretende, betuliche Frau Pfisterer war voll Hoffnung auf die völlige Wiederherstellung ihres Mannes. Der Dr. Matthäi kaum gegangen, sank aber Pfisterer wieder in sich zusammen, sah erschöpft aus und wenig nach »Sonnigem Lebenslauf«.

Dr. Mattäi hingegen, als er den Kollegen verlassen hatte, fühlte sich angenehm aufgefrischt. Es tat gut, sich einmal wieder auszuschleimen, sich das Herz freizuschimpfen. Zudem, wer ging da auf der anderen Straßenseite? Richtig, so schnell und schmal war bloß die Insarowa. Er überquerte die Straße, hastig, auffällig, strebte ihr unbeholfen nach. Sie sprach zu ihm spitz, hurtig wie stets, daß er ihr nicht beikommen konnte. Sie hatte Eile, sie war auf dem Weg zur Probe; vorher noch wollte sie bei dem Minister Klenk vorbeischauen, der, wie man hörte, ernstlich krank war. Dr. Matthäi überlegte, ob er sie begleiten solle; ehe er zum Entschluß kam, hatte sie sich verabschiedet. Eine Mordswut stieg in ihm hoch gegen den Hundsknochen, den Klenk. Es war ein Skandal, daß der bayrische Justizminister ein Verhältnis mit einer Tänzerin hatte, mit einer Bolschewikin vermutlich noch dazu, daß er seine Mätresse offenkundig am hellichten Tage in sein Haus kommen ließ. Man mußte den Klenk einmal beim Ohrwaschel nehmen. Überhaupt ist der Klenk nicht der rechte. Es weht unter ihm ein viel zu sanfter Wind. Er ist zu lax dem Reich gegenüber, seine Genußsucht macht ihn flau.

Der Klenk muß fort.

Er wird einmal mit dem Bichler darüber reden, auch mit seinen Freunden im Herrenklub. In der nächsten Nummer der Matthäischen Zeitschrift soll der Klenk ein Gedicht zu lesen kriegen, das sich gewaschen hat.

Die Insarowa mittlerweile ging zu Klenk. Sie hatte sich diesmal mit der Bemalung ihres Gesichts, wie die Sitte der Zeit sie forderte, besonders sorgfältig befaßt. Sie schminkte sich sonst dicker; aber sie wußte, Klenk liebte das nicht. Sie ging vor sich hin, lächelnd, fast tänzelnd, so in sich selber, daß die Leute sich nach ihr umdrehten, im Glauben, sie spinne. Sie war aber nur sehr beschwingt und mit sich zufrieden; denn wie sie den Klenk endgültig hinübergezogen hatte, das hatte sie verdammt gescheit gemacht.

Sie hatte ihn lange zappeln lassen. Hatte dann, als er ihr einen bestimmten Abend abschlug, an dem sie ihn endlich kommen lassen wollte, gerade auf diesem Abend bestanden. Eigentlich lag ihr nicht viel an Klenk; aber es war doch ein netter, vergnügter Abend geworden. Der Klenk, war er einmal in Fahrt, war schon wer. Jetzt wußte sie auch, warum er ihr jenen Abend abgeschlagen hatte. Er war leidend gewesen, erkältet mitten im Sommer, hatte einen seiner bösen Nierenanfälle herannahen spüren. Daß er bei ihr so unmäßig soff und sich ausgab, hatte ihn wohl endgültig aufs Bett geworfen. Es war eigentlich für sie, daß er krank war, weil sie auf jenem Abend bestanden hatte. Das schmeichelte ihr. Sie fand, jetzt war er auf lange mit ihr verbunden, und ihre kluge Methode machte ihr den Mann Klenk lieb und angenehm.

In der Wohnung des Klenk hieß man sie in einem großen Empfangszimmer warten. Schwere, schöne Möbel standen herum, in ihrer Wirkung beeinträchtigt durch Hirschgeweihe an den Wänden. Es dauerte eine Weile, dann kam ein Dienstmädchen und bestellte im Namen von Frau Klenk, der Herr Minister könne sie nicht empfangen. Man nannte nicht einmal einen Grund. Die Insarowa saß auf einmal klein und verfallen, das Mädchen wartete, daß sie gehe. Auf der Treppe begann sie still zu flennen. Im Wagen, der sie zur Probe führte, noch wie ein Schulmädchen aufschnupfend, nahm sie Puderdose, Lippenstift, schminkte sich stärker, mit schnellen, mechanischen Bewegungen.

Klenk unterdessen lag zu Bett. Es war Vormittag, um diese Zeit ging es ihm verhältnismäßig gut. Die damischen Nebel waren fort, diese vertrackte Schwäche und Flauheit, er konnte ohne viel Beschwer die Lider offenhalten. Er spürte, als die Insarowa gemeldet wurde, auch nicht für einen Augenblick Freude, daß jetzt sie zu ihm kam. Nur eine Stinkwut, daß er damals ihrer blöden Laune nachgegeben hatte. Er hatte es deutlich gespürt, daß er nicht auf dem Damm war. Aber als sie am Telefon katzelte mit ihrer kleinen, hilflosen, resignierten Stimme, hatte er einen Sentimentalischen gekriegt. Hatte ihr zeigen wollen, daß er ein Mann sei. Sich benommen wie ein Gymnasiast. Jetzt lag er auf der Nase, verdient hatte er es mit seiner Blödheit, und mußte zuschauen, wie die Scheißkerle ringsherum seine durch die Krankheit erzwungene Passivität benutzten, ihn zu unterminieren. Die Russin war an allem schuld, das Saumensch. Dabei hatte sie es anderen, dem Toni Riedler zum Beispiel, so leicht gemacht. Unverzüglich also und grob, als die Russin gemeldet wurde, schrie er, es sei ein Skandal, wie die Person ihm ins Haus nachlaufe, man solle sie hinausschmeißen. Er empfand Genugtuung, daß er sie verriet. Frau Klenk, die dürre, kümmerliche Geiß, im Zimmer ab und zu gehend, äußerte nichts zu dem Besuch der Russin und zu seinem Ausbruch. Klenk trieb es nicht heimlich, das war nicht seine Art, sie hatte natürlich gehört von dieser Bolschewikin, und sie war ihr ein arger Kummer. Aber sie blieb unbeteiligt jetzt, höchstens die graue Hand, mit der sie ihm die Limonade reichte, zuckte. Es war gute Zeit für sie.

Klenk, nachdem er die Russin hinausgeschmissen hatte, lag schwach und befriedigt in raschen, leicht wirren Gedanken. Er dachte an sein Arbeitszimmer im Ministerium, an eine geplante Unterredung mit seinem württembergischen Kollegen, an den Geheimrat Bichler, an seinen Sohn Simon, den Bams, der sich kräftig aufmandelte. Er hatte ihn lange nicht mehr gesehen. Er hätte ihn eigentlich gern dagehabt. Wahrscheinlich wäre er nicht so leis und sorglich gewesen wie seine Frau. Aber lieber wäre es ihm doch, er trampelte mit seinen festen Beinen um sein Bett herum als das behutsame, schleichende Weibsstück, und er sah auf sie mit unguten Augen.

Währenddes kam der Arzt, der stille, scharfe Dr. Bernays. Der kleine, schlecht angezogene Mann untersuchte ohne viel Worte. Wiederholte seine alten Weisungen: reizlose Kost, Ruhe, keine Aufregungen. Als der Klenk ergrimmt zurückfragte, wie er sich das vorstelle, meinte er kühl, das sei nicht seine Sache. Auch auf die Frage des Ministers, wie lange das noch dauern solle, hatte er nur ein Achselzucken. Der Arzt gegangen, ärgerte sich Klenk, daß er für den Vormittag noch zwei Leute herbestellt hatte, den schleimig eleganten Hartl und den frechen, aufsässigen Toni Riedler. Nicht weil er sich vor den Aufregungen fürchtete, ärgerte er sich, sondern weil er sich infolge seiner Krankheit diesen bösartigen Partnern nicht gewachsen fühlte. Ihnen absagen, zeigen, daß er Schwäche aufkommen spürte, wollte er auch nicht.

Dann sitzt der Hartl an seinem Bett, redet jovial optimistisch auf ihn ein. Wie er zur Sache kommt, zeigt sich, daß die Unverschämtheit dieses Reptils noch dicker ist, als der Minister sich vorgestellt hat. Der Hartl erachtet wie mit Absicht überall das genaue Gegenteil für gut wie er selber. Deutlich in jeder Maßnahme, die er vorschlägt, zeigt sich eine demonstrativ partikularistische, gegen die leise Klenksche Politik gerichtete Tendenz. Der Klenk hörte den vorsichtigen, umwegigen Worten seines Referenten nur mit halbem Ohr zu. Angestrengt überlegte er: Was will der Kerl eigentlich. Warum zum Beispiel ist er gegen die Begnadigung des Krüger? Das wäre doch die einfachste Art, um dieses Wiederaufnahmeverfahren herumzukommen. Der begnadigte Krüger ist auf alle Fälle erledigt. Der Hartl redet weiter. Der Kranke, heftig, mit aller Schärfe, denkt nach. Aha, hat ihm schon, jetzt riecht er den Fuchs. Der spitzt darauf, daß das Kabinett während seiner Krankheit den Kurs wieder herumschmeißt, wieder die frühere, schreimäulige Politik macht, daß der gesunde Flaucher den kranken Klenk ausbootet. Er sorgt vor, der Herr Hartl, empfiehlt sich beizeiten als Nachfolger, als auf den Tisch hauender, die bayrischen Belange wahrender Justizminister. Der Klenk wütet: Soweit sind wir noch lange nicht, mein Lieber. Aber jetzt nichts merken lassen, jetzt gescheit sein. Er hört sich den ganzen Schmarren des Hartl ruhig an, erwidert sachlich, bedachtsam. Nichts wird laut davon, daß er etwas gespannt hat. Es ist eine höfliche, fast herzliche Unterhaltung zwischen dem Minister und seinem Referenten.

Er ist recht mitgenommen, wie der Hartl ihn verläßt. Diese verfluchte Russin. Ach, jetzt seine Ruhe haben. Die Augen zumachen und an nichts denken als höchstens an einen Wald im Gebirg, wenn man auf Anstand hockt. Aber das kann er sich nicht leisten. Denn jetzt kommt der Baron Toni Riedler. Sie werden maßlos frech, die Burschen von der Patriotenpartei; er kann das nicht länger anstehen lassen. Seitdem er krank ist, scheißen sie ihm auf den Kopf. Die ganze bayrische Politik ist schon herumgeworfen durch diese damische Nierengeschichte. Der Flaucher und sein Protegé, der Rupert Kutzner, der Hohlkopf, regen sich, mandeln sich auf.

Wo soeben der Hartl gesessen war, saß also jetzt der Toni Riedler. Breit, in seiner ganzen, etwas rohen Eleganz, lächelte er unter seinem Schnurrbart, schaute den Kranken an, selbstbewußt, aus höhnischen Augen, deren Weiß ins Bräunliche spielte. Klenk spürte, daß sein Kopf wenig klar war, seine beste Zeit am Tag war vorbei. Bloß nicht durchgehen. Bloß keine Dummheiten reden.

Der Toni Riedler sprach von einer Jagdpartie am vergangenen Samstag; es sei schade, daß der Klenk nicht mitgewesen war. Klenk trank an seiner Limonade. Er wisse genau, sagte er, wie sehr seine Krankheit den Herren zupaß komme. Aber sie sollten sich nicht zu fest darauf verlassen, es nicht gar zu üppig treiben. Es sehe stark so aus, als werde er nächste Woche wieder im Amt in seinem Arbeitszimmer sitzen. Zur Not ließen sich auch hier vom Bett aus Weisungen geben. Er wollte noch mehr sagen, Stärkeres, aber es fiel ihm nichts ein. Das verdammte Weibsstück, die Insarowa. Es war eine Ungerechtigkeit, ihm hatte sie zu einer Nierenattacke verholfen, und der Riedler, dieser Bursche, den sie ohne weiteres ins Bett gelassen hatte, saß da und frotzelte ihn.

Er begreife nicht, sagte Toni Riedler, wohin Klenk steuere. Jedes Kind sehe, daß die Wahrhaft Deutschen Wind in den Segeln hätten. Ganz München, das ganze Land laufe dem Kutzner zu. Das sei doch auch gut so. Er verstehe die Taktik Klenks nicht, jetzt abzublasen. Wenn der Riedler diese Taktik nicht verstehe, erwiderte Klenk, liege das nicht an der Taktik. Er wiederhole ihm nochmals, man werde seine Sportverbände nur dann als Sportverbände anschauen, wenn sie nicht militärisch provokant aufträten. »Was heißt: nicht militärisch provokant auftreten?« fragte mit langsamer, ironischer Höflichkeit der Baron Riedler. »Das heißt zum Beispiel, daß sie keine Paraden in Kolberhof abhalten«, erwiderte höflich Klenk. »Und was den Major von Guenther anlangt, so muß der verschwinden.« – »Ich kenne keinen Major von Guenther«, sagte Toni Riedler und sah den Klenk haßerfüllt an. »In drei Tagen muß er über der Grenze sein«, befahl Klenk.»Sagen Sie ihm, ich habe seinen Fall jetzt studiert. Sagen Sie ihm, ich halte ihn für einen Schisser. Sagen Sie ihm, wenn es nicht wegen der guten Sache wäre, ließe ich ihn nicht über die Grenze. Bestellen Sie ihm das von mir und eine schöne Empfehlung.« – »Und wenn er nicht in drei Tagen über der Grenze ist«, sagte höhnisch Toni Riedler, »dann lassen Sie marschieren.« – »Ja«, sagte der Kranke und richtete sich halb hoch, »dann lasse ich marschieren.« – »Sie sind wirklich krank«, sagte Toni Riedler.

Der Minister, als er allein war, haßte die Insarowa. Er zweifelte nicht, daß der Riedler den Major über die Grenze schikken werde. Aber immerhin, er hätte ganz anders auftreten, hätte dem Kerl ganz anders auf die Nase hauen müssen. An allem war das Weibsbild schuld. Mit ihrem Geschleich und ihren damischen, schiefen Augen. Später, er lag wie in Watte und warmen Wolken vor Schwäche, dachte er wieder freundlich an seine Frau, die dürre, kümmerliche Geiß, an sein Gut und noch freundlicher an seinen Sohn Simon, den Bams. Auch daß es eigentlich besser wäre, er ginge nach diesem seinem Gut Berchtoldszell, er ginge auf die Jagd, läse in Büchern und ließe die Justiz und die Insarowa hier in München in ihrem eigenen Dreck verstinken und verrecken.

Toni Riedler indes fuhr in Pfaundlers Restaurant zum Mittagessen. Er sagte sich: Der Klenk muß weg. Er sagte es in München, und er sagte es in Kolberhof. Er sagte es dem Kutzner, er sagte es im Herrenklub. Er schrieb es dem Geheimrat Bichler nach Paris.

Auch der Hartl sagte: Der Klenk muß weg. Auch der Flaucher sagte es und viele andere.

14
Johanna Krain zieht sich für ein Fest an

In der Nacht, bevor sie sechsundzwanzig Jahre alt wurde, schlief Johanna Krain schlecht. Sie schloß die Jalousien des geöffneten Fensters, vielleicht war es der Mond, der sie störte. Aber es war nicht der Mond, auch jetzt konnte sie nicht schlafen. Sie dachte an Menschen, die sie kannte und was die wohl getrieben hätten, während sie in Paris Tennis spielte und an die See fuhr. Sie dachte an den trockenen, lustigen, scharfen Tüverlin, dessen Revue jetzt probiert wurde. Es wäre schön, wenn er hier wäre und ihr davon erzählte. Er ärgerte sie oft und bitter, aber er hatte in vielen Dingen recht. Sie dachte an ihre alberne Mutter, mit kleinem Widerwillen. Sie dachte an den Mann Krüger, von dem sie wenig wußte; denn seine blassen Briefe versteckten ihn mehr, als daß sie ihn enthüllten. An den fahrigen Rechtsanwalt Dr. Geyer dachte sie mit seinen scharfen, zupackenden Augen. Hier wollten ihre Gedanken zu einem andern abgleiten, aber sie riß sie zurück, kapselte sie ab. Zwang sich fort von dem Bild des Windigen, hackte sich, da ihr der Name Kaspar Pröckl ins Hirn traf, fest an sein Bild. Deutete an ihm herum. Er hatte ihr erzählt, wie er Marxist geworden war. Nicht Mitgefühl mit den Unterdrückten oder derlei Sentimentalitäten hatten ihn hingeführt, bewahre. Vielmehr war er, bevor er Marxist war, herumgetrieben, hin, her, hatte gearbeitet und gearbeitet und keinen Grund gefunden, auf dem er hätte fußen können. Hatte keinen Blick auf die Welt freibekommen. Geschichte, Gesellschaftsordnung, alle Dinge ringsum, suchte man sie nach den bisherigen Kategorien zu erklären, waren sinnlos geblieben. In dem Augenblick, als er die Prinzipien des wissenschaftlichen Marxismus daranwandte, ordneten sie sich wie von selbst; Ursachen zeigten sich, Wirkungen; Räder griffen ineinander. Es war, als habe er bisher ein Auto mit Zügel und Peitsche lenken wollen und es nicht von der Stelle bringen können, jetzt aber kenne er die Mechanik. Sie dachte an den besessenen Eifer, mit dem er ihr das auseinandersetzte, dazu an sein ruppiges, ungelenkes Gehabe, sie mußte lächeln. Sie schaltete, vorläufig konnte sie doch nicht schlafen, das Licht ein, holte sich ein Buch. In diesen letzten, mißmutigen Wochen hatte sie oft versucht, zu lesen. Aber die Romane der Epoche sagten ihr nichts. Sie hatten das Weltbild, die Konventionen der bürgerlichen Gesellschaft zur Voraussetzung und machten ungeheuer viel Gewese, bis einer mit seinen Geschäften Erfolg oder Mißerfolg hatte oder bis einer mit einer schlief. Jetzt hatte sie sich Bücher kommen lassen über sozialistische Fragen; Herr Hessreiter hatte freundlich dazu gelächelt. Man hatte ihr gesagt, begreife sie die Lehre vom Mehrwert, von der Akkumulation des Kapitals und die Grundsätze der materialistischen Geschichtsauffassung, dann werde sie die wahren Gesetze erkennen, nach denen die Menschen leben. Die Geschicke der Ruhrarbeiter und des Dalai Lama, der bretonischen Fischer, des letzten deutschen Kaisers und der Kulis in Kanton seien bestimmt durch die gleichen, deutlich erkennbaren ökonomischen Notwendigkeiten. »Begreifen Sie diese Gesetze«, hatte ihr Kaspar Pröckl erklärt, »dann haben Sie Sinn und Richtlinien Ihres eigenen Handelns, Einverständnis oder Kampf mit Ihrem Schicksal.«

Johanna las in einem klugen, lebendigen Buch über die Verteilung des Einkommens in der Welt, über Klassenkampf, über die Abhängigkeit aller menschlichen Dinge von der Wirtschaft. Aber das Buch half ihr nicht, machte ihr ihre Angelegenheiten, ihr Hassen und ihr Lieben, ihren Tag mit seinen Genüssen und seinen Anfechtungen nicht klarer. Ihre Augen gingen fort von den Zeilen, unvermittelt brachen ihre abgekapselten Vorstellungen durch. Erich war windig, ohne Verantwortung, sonderbar inhaltlos. War es möglich, diesen leeren Mann aufzufüllen? Hätte ihr Tag einen Sinn, wenn sie daranginge? Aber gleich sagte sie sich, das sei verlogenes Zeug, sie wolle sich nichts vormachen, eine solche *Aufgabe* sei Spielerei im Stil jener dummen Romane. Einfach zusammensein mit diesem Menschen wollte sie, das war es, mit ihm liegen, mit ihm schlafen. Tüverlin war fort, er schrieb nicht. Sie hatte sich schlecht und dumm zu ihm benommen; es war begreiflich, daß er nicht schrieb. Aber es war schade.

Morgen, als an ihrem Geburtstag, wollte Hessreiter mit ihr im Restaurant Orvillier zu Abend essen. Fancy De Lucca war in Paris, aber Hessreiter bestand darauf, daß sie an diesem Abend allein blieben. Warum war sie gerade mit ihm hier? Mit jedem andern wäre sie lieber zusammen gewesen. Wut überkam sie gegen Herrn Hessreiter. Sie spürte den säuerlichen Geruch seiner Fabrik so stark, daß sie aufstand, sich weit in die Nacht hinauslehnte. Hessreiter ekelte sie an, seine Lauheit, seine umständliche Höflichkeit, seine Serie »Stiergefecht« nicht weniger als seine langbärtigen Gnomen und gigantischen Fliegenpilze.

Am andern Morgen, sie waren nach Meudon hinausgefahren, sie gingen im Wald in der Nähe eines Teiches, genannt Étang de Trivaux, hatte sie ein Gespräch mit der De Lucca. Fancy hatte den Arm um sie gelegt, die schlanke, geiernäsige Frau sah kindlich aus neben der festen, breiten Johanna. »Einmal«, sagte sie, es war wie eine Antwort auf eine nichtgestellte Frage, »in diesem Jahr, vielleicht erst im nächsten, werde ich den Titel verlieren. Dann werde ich mich noch einmal melden und vielleicht noch einmal Glück haben oder vielleicht auch Unglück. Und einmal dann wird sich zeigen, daß es nicht mehr geht.« Sie sagte das ruhig. Sicher nicht, um sich zu beklagen.

Des Abends begann Johanna sehr früh Toilette zu machen

für das Diner mit Hessreiter. Sie besann sich umständlich, was sie anziehen solle, entschied sich, verwarf, entschied sich von neuem. Während sie im Bad war, fiel ihr aus einem ihrer sozialistischen Bücher eine Stelle ein, die sie geärgert hatte. Noch im Bademantel schlug sie die Stelle nach, konnte sie nicht finden, begann sich anzuziehen. Aber der Gedanke an die Stelle quälte sie, sie suchte von neuem. In der Hemdhose saß sie vor dem »Wegweiser für die intelligente Frau zum Sozialismus und Kapitalismus« von Bernard Shaw, einem großen Schriftsteller jener Epoche, die Oberlippe eingezogen, drei Furchen über der Nase. Sie fand die Stelle nicht, die sie suchte. Aber sie hackte sich an einer andern fest: »Ich habe Frauen von natürlicher Klugheit und Tatkraft gekannt, die fest glaubten, die Welt könne durch fallweise Betätigung zwingender persönlicher Rechtschaffenheit verbessert werden«, und sie bezog diese Worte auf sich. Sie zuckte die Achseln, zweifelte, ob sie recht habe oder der Schriftsteller Bernard Shaw. Hessreiter ließ herauftelefonieren, ob sie fertig sei. Sie zog sich an, ohne Eile.

Sie war sich auf einmal klar. Sie war in einer Zeit des Wartens und konnte nicht anders leben, als sie tat. So gewiß das Abendessen sein wird, für das sie sich anzieht, so gewiß wird ein Ereignis kommen, das rechte, sinnbringende, für das sie sich bereit hält.

Sie aßen in einem kleinen Seitenraum des berühmten Restaurants Orvillier. Herr Hessreiter hatte Geschenke für Johanna mit viel Geschmack ausgewählt, hatte auch das Diner mit besonderer Sorgfalt zusammengestellt. Sie aßen gewürzte und anregende Vorspeisen, Brühen, Fische, Muscheln, Fleisch von Haustieren, von Wild und Geflügel, Früchte des Bodens und der Bäume, Gerichte aus Ei, Milch und Zucker. Die Gerichte waren mit einer in Jahrhunderten erlernten Kunst zusammengestellt, mit vieler List verfeinert, die Bestandteile aus manchem Winkel der Welt mit großer Arbeit herbeigeschafft. Herr Hessreiter aß nicht viel, doch schmeckerisch, mit Genuß, und mit Genuß trank er von dem mit jedem Gericht gewechselten Wein. Er war lustig an diesem Abend, von behaglichem, gutmütigem Humor. Johanna versuchte, auf ihn einzugehen. Auch sie war aufgeräumt, liebenswürdig. Allein in ihrem Innern wurde sie immer stacheliger. Sie sagte sich, das sei unbillig: aber alles an ihm reizte sie. Sein gutgeschnittener Frack, sein fleischiges Gesicht mit dem kleinen Mund, seine Manschettenknöpfe, sein Appetit, seine umständliche Redeweise. Sie sprach von den Dingen, über die sie gelesen hatte. Er war tolerant, ließ viel davon gelten; sie, nach der scharfen Beweisführung ihrer Bücher, war über diese vage Konzilianz doppelt erbittert. Sie ließ sich nichts merken, blieb höflich, lachte über seine Späße. Doch Herr Hessreiter, empfindlich für Schwingungen, konnte sich nicht verhehlen, daß das Festdiner zu zweien nicht geglückt war. Als sie sich trennten, küßte er ihr noch höflicher als sonst die Hand, und beide wußten, daß es zu Ende war.

Am Sonntag darauf wurde in Deutschland abgestimmt über die Fürstenenteignung. Sollte ein Volksbegehren Gesetz werden, so mußte die Hälfte aller Wahlberechtigten ihre Stimmen abgeben. Es hatte sich nun bei jeder Wahl gezeigt, daß ein großer Teil der Stimmberechtigten unter allen Umständen zu Hause blieb. Die Gegner der Enteignung, mit primitiver Schlauheit, veranlaßten also ihre Anhänger, die Stimmen nicht abzugeben, und erreichten auf diese einfache Art, daß die Fürstenenteignung scheiterte, trotzdem die große Majorität der Deutschen sie wünschte.

Herr Hessreiter und Johanna lasen von dem Ergebnis am Montag morgen. Sie sprachen nicht darüber.

Am Montag mittag bekam Johanna von Dr. Geyer ein kurzes Schreiben. Durch die Berufung des Landesgerichtsdirektors Hartl zum Gnadenreferenten habe sich die Lage Martin Krügers geändert. Es sei freilich wenig gewonnen dadurch, daß an Stelle des Hartl ein anderer Richter des Dr. Klenk über das Wiederaufnahmegesuch zu befinden habe. Immerhin ermögliche die Berufung Dr. Hartls ins Ministerium eine neue, ihm nicht sympathische, doch nicht aussichtslose Taktik. Er schlage ihr vor, sich mit ihm über diese Möglichkeit mündlich zu unterhalten.

Während sie den Brief las, wußte sie, daß sie schon vorher entschlossen gewesen war, nach München zu fahren.

Herr Hessreiter, als sie ihm von ihrer Abreise sprach,

stimmte höflich zu. Auch er habe die Absicht zurückzukehren, in etwa acht Tagen. So lange könne sie nicht warten, erwiderte sie. Für welchen Tag also er ihr die Fahrkarte besorgen lassen dürfe, fragte er höflich. »Für übermorgen«, entschied sie.

Er brachte sie zur Bahn. Sie sah aus dem Fenster des Coupés und sah interessiert, daß jetzt sein Schläfenbart fast ganz abrasiert war. Als der Zug abfuhr, stand er noch eine kleine Weile auf dem Bahnsteig. Dann atmete er stark, befriedigt, lächelte, summte jene kleine Melodie vor sich hin, die Johanna zwischen Lippen und Zähnen fast unhörbar hervorzubringen pflegte, setzte seinen Elfenbeinstock kräftig auf, begab sich, einen erfreuten und erfreulichen Brief Frau von Radolnys in der Tasche, zu Madame Mitsou.

15

Das Apostelspiel in Oberfernbach

In der Amerikanischen Bar des Gebirgsdorfs Oberfernbach, zwischen Jazzmusik, einigen Einheimischen mit langen, salbungsvollen Bärten und vielen Münchnern saß mit dem Professor von Osternacher der Maler Greiderer. Jeder Stuhl des eleganten, modisch aufgemachten Lokals war besetzt. Denn trotzdem in diesem Jahr nicht das Passionsspiel selbst aufgeführt wurde, sondern nur ein Übungsspiel, zog der berühmte Name des Passionsdorfs zahllose Ausländer her. Zur Zeit der Urgroßväter hatten diese bayrischen Bauern ihr Spiel aufgeführt aus naiver Frommheit und aus herzhafter Freude am Komödienspiel: jetzt war die einfältige Weihe zur gut organisierten, rentablen Industrie geworden. Sie hatte dem Dorf eine Bahnlinie gebracht, Absatz für die Produkte seiner Holzschnitzereien, Kanalisation, Hotels. Heuer, während der Inflation, da man sich die einfältige Weihe in hochwertigem ausländischem Geld bezahlen ließ, war für die Oberfernbacher besonders gute Zeit.

Dem Maler Greiderer schmeckte die Luft des heiligen Dorfes ausgezeichnet. Die Berge, der sauber hergerichtete Ort, diese frommschlauen Bauern, wie sie auch im Alltag mit ihren biblisch langen Haaren und wallenden Bärten herumliefen, in Sandalen, bemüht um eine salbungsvoll papierene Redeweise, das alles war sehr nach seinem Gusto. Aber er wollte mehr davon, als ihm hier in der Amerikanischen Bar geboten wurde. Herrschaftseiten! Aufhören mit dieser damischen Jazzmusik. Das landesübliche Zithertrio muß her. Der Rochus Daisenberger muß tanzen. Das soll großartig sein. Komisch und doch zum Fürchten.

Der Rochus Daisenberger wartete still, schlau, vergnügt. Er war ein älterer Mensch schon, ein großer, hagerer, mit einem schwarzmelierten Bart, gescheiteltem, langwallendem Haar, Goldzähnen. Über einer höckerigen Nase saßen kleine, tiefliegende, sehr blaue Augen, merkwürdig zu den dunklen Brauen. Er trug Sandalen und einen feierlichen, schwarzen Rock; denn er hatte eine feierliche Rolle in den Spielen, er war der Apostel Petrus, der den Herrn verleugnet.

Jetzt also, auf Betreiben des Greiderer, tanzte der Rochus Daisenberger zur Zither. Vertauschte die Sandalen umständlich gegen feste, genagelte Schuhe. Tanzte den landesüblichen Stampftanz, *schuhplattelte.* Sprang, schlug sich das Gesäß, stampfte. Schlug sich die Schuhsohlen. Holte sich eines der Mädchen. Umkreiste sie, springend, stampfend, balzend, während sie den Arm überm Kopf hochhob. Seine blauen, listigen, tiefliegenden Augen strahlten ungeheure Lust, sein Apostelbart flog, grotesk umwallte ihn der würdig lange, schwarze Rock, während er sich Gesäß und Schuhsohlen schlug. Er tanzte mit wilder Hingabe, schamlos. Alle hörten auf zu sprechen, schauten dem Alten zu, wie er besessen, lustig, ungeheuer eindeutig herumstampfte. Er kehrte seiner Tänzerin den Rücken. Immer tanzend, während sie zurück auf ihren Platz ging, näherte er sich einer eleganten Fremden, verneigte sich. Die Dame lächelte geniert, zauderte. Dann stand sie auf, machte die leicht zu erfassenden Drehungen, sonderbar umtanzt von dem hagern Apostel. Er schien unermüdlich; immer neue Variationen fand er. Die blasierten Fremden schauten ihm zu.

Andern Tages dann saß man in der primitiven Holzhalle, in der das Spiel vor sich ging. Das Spiel war Gestümper, steif und trocken, endlos, geschraubt, bürokratisch. Herr Pfaundler fand sich bestätigt. Hier erzielte man zwar noch ausgezeichnete Preise, während man in den Kirchen bereits froh war, wenn die Leute sich herbeiließen, gratis zu kommen. Aber er hatte schon den Riecher gehabt, als er absah von dem Passionsfilm und sich zu der Revue »Höher geht's nimmer« entschloß. Immer lähmendere Langeweile verbreitete sich. Der Minister Flaucher, sehr gewillt, die fromme und volkstümliche Sache gut zu finden, rieb sich immer öfter zwischen Hals und Kragen, konnte, selbst er, eine wachsende Lust zu gähnen kaum bezwingen. Der Kronprinz Maximilian, gewohnt an Manöver und Disziplin, machte ungeheure Anstrengungen, die gebotene interessierte Miene festzuhalten. Er saß in guter Haltung inmitten seiner Herren; doch alle fünf Minuten mußte er die Lider hochreißen, daß sie nicht herabsanken, die Schultern hochdrücken, daß sie nicht erschlafften. Hier und dort, trotz der Heiligkeit, begann man verstohlen zu essen, versuchte sich durch heimliche Turnübungen den Schlaf fernzuhalten. Eine Erholung war es, flog einmal ein Vogel, ein Schmetterling über den offenen Bühnenraum.

Nur wenn der Fuhrmann Rochus Daisenberger vorkam, horchte man auf. Die andern hackten dressiert ihren armseligen Text herunter. Der Rochus Daisenberger blieb auch als Apostel Petrus er selber, eifernd, strahlend aus tiefliegenden, blauen Augen, häufig lachend mit seinen Goldzähnen, einen großen Teil Welt für sich beanspruchend. Jesus, von dem Schreinermeister Gregor Kipfelberger mühsam heruntergespielt, sagte zu ihm: »In dieser Nacht werdet ihr euch alle ärgern an mir.« Petrus Daisenberger aber erwiderte zuversichtlich: »Wenn sie auch alle sich an dir ärgerten, so werde ich es doch ganz bestimmt nicht tun.« Jesus aber sprach zu ihm: »Wahrlich, ich sage dir: in dieser Nacht, ehe der Hahn kräht, wirst du mich dreimal verleugnen.« Aber der Fuhrmann Daisenberger trat jetzt dem etwas kleineren Jesus Kipfelberger ganz nahe, legte ihm die Hand auf die Schulter, strahlte ihn an und sagte ungeheuer zutraulich und bieder: »Geh zu. Und wenn ich mit dir sterben müßte, so will ich dich doch nicht verleugnen.« Er schüttelte die langen, gescheitelten Haare, lachte ihn treuherzig an mit seinem goldenen Mund. Alle Zuhörer glaubten ihm, und bestimmt auch glaubte sich der Fuhrmann Daisenberger selber.

Aber Jesus Kipfelberger wurde unsanft ergriffen und in den Palast des Hohenpriesters geführt. Der Fuhrmann Daisenberger folgte ihm nach von fern bis in den Palast, ging hinein und setzte sich zu den Knechten, auf daß er sehe, wo es hinauswolle. Es wollte aber sehr übel hinaus und endete damit, daß alle sagten: »Er ist des Todes schuldig«, ihn sehr naturgetreu anspuckten, auf ihn losdroschen und ihn ins Gesicht hauten. Der Fuhrmann Rochus Daisenberger aber saß draußen im Hof, und es trat eine Magd zu ihm und sprach: »Und du warst auch mit dem Jesus aus Galiläa.« Da schaute der Fuhrmann Daisenberger die Magd an, und seine kleinen Augen strahlten gar nicht mehr. Er murkste herum, hob die Achseln, ließ sie wieder fallen, hob sie nochmals, sagte schließlich: »Ich begreife gar nicht, wie du das sagen kannst«, wollte sich drücken. Aber da sah ihn eine andere und sagte zu denen ringsum: »Dieser war auch mit dem Jesus von Nazareth.« Da hob der Fuhrmann Daisenberger abermals die Schultern, und er ärgerte sich und verschwor sich und schimpfte: »Ich weiß gar nicht, was ihr alle wollt, ihr Hundshäuter. Ich kenne den Menschen nicht.« Und über eine kleine Weile sagte wieder einer: »Wahrlich, du bist auch einer von denjenigen. Deine Sprache verrät dich.« Da mandelte er sich aber mächtig auf, fuchtelte groß und heftig mit den Armen und fluchte: »Himmelsakra, ich kenne den Kerl nicht.«

Und alsbald krähte der Hahn.

Da sahen alle, wie Petrus Daisenberger an die Worte Jesu dachte, da er zu ihm gesagt hatte: »Ehe der Hahn krähen wird, wirst du mich dreimal verleugnen.« Sie horchten auf, die Tausende in dem großen Holzbau. Es war ganz still, die Langeweile war fort. Sie sahen nur den Mann auf der Bühne, der seinen Meister verleugnete. Sie dachten nicht an Verrat, den sie gelitten, und nicht an Verrat, den sie geübt hatten. Nur der Boxer Alois Kutzner, er vielleicht am tiefsten ergriffen, dachte an den verratenen und gefangenen König Ludwig II.

Auf der Bühne aber der Apostel Petrus Daisenberger ging

hin und weinte bitterlich, hemmungslos, schamlos, echt, wie er den Abend vorher getanzt hatte.

Während die meisten noch am gleichen Tag zurückfuhren, blieben Osternacher, Greiderer und sein Haserl in Oberfernbach. Denn Greiderer wollte den Petrus Daisenberger malen. Der Apostel Petrus sollte dasitzen, den großen Schlüssel in der einen Hand, mit der andern sich den Bart strähnend, zufrieden, leuchtend aus seinen kleinen, listigen, tiefliegenden Augen. Der Fuhrmann Daisenberger war auch einverstanden. Aber er verlangte Geld, und zwar ausländisches. Erst verlangte er einen Dollar, und als der Greiderer wahnsinnig mit ihm herumschimpfte, verlangte er zwei Dollar. Bis der Osternacher eingriff und zahlte. »Sehen Sie, meine lieben Herren«, sagte der Apostel Petrus treuherzig strahlend, freundlich lächelnd mit seinem Goldmund, »wenn man das kriegt, was man verlangt, hat man also den richtigen Preis gefordert.« Und er setzte sich zurecht mit seinem großen Schlüssel in die gewünschte Pose. Er erzählte bieder aus seinem Leben. Er war im Stall aufgewachsen, liebte seine Pferde. Er hatte als Bub viel mit den Pferden geredet, er verstand ihre Sprache. Glaubte sich, da ja auch der Heiland als Kind mit Stall und Krippe zu tun hatte, von Gott besonders begnadet. Es war schade, daß die Pferdefuhrwerke abkamen. Er hatte zwar seiner Stallung einen Autofuhrpark angegliedert, konnte gut chauffieren und erwies sich als geschickter Mechaniker: aber an einer Garage war weniger Heiligkeit als an einer Krippe. Im übrigen wußte er Salben und Tränke nicht nur fürs Vieh, sondern auch für die Menschen. Wußte überhaupt viele Geheimnisse und war den andern im Dorf unheimlich mit seiner Tanzerei und seinem ganzen Krampf und Gewese. Aber da er fromm war und ein guter Kenner der Bibel, konnte man ihm nichts anhaben.

Mit dem Haserl fing er sogleich stark zu flirten an, und das Haserl flog auch auf ihn. Er saß, während der Greiderer seine Skizze machte, unbefangen da, durchaus nicht wie vor dem Photographen, naiv, schlau, dabei voll Würde. Er erzählte viel, versteckte nichts. Erzählte ohne weiteres, wie er während des Krieges für seine Söhne Druckposten ergattert hatte. Auch von seinen Weibern erzählte er. Er hatte offenbar eine verflixt geschickte Art, mit ihnen umzugehen. Auch daß er es auf dem Lande nicht mehr lange aushalten werde, erzählte er. Die Zeiten seien danach, daß es jetzt für einen Auserwählten in der Stadt München etwas zu holen gebe.

Der Greiderer indes arbeitete an der Skizze des »Dorfapostels Petrus«. Arbeitete ohne große Lust. Er hatte den Abend vorher stark getrunken. Er ärgerte sich über die zwei Dollar, die der hinterfotzige Bauer ergaunert hatte, auch über das Haserl, das so ausgeschämt mit dem Sauhammel herumflirtete. Herr von Osternacher suchte ihn immer wieder zu der Skizze zurückzuholen. Gab Ratschläge. Der Greiderer lehnte das meiste ab, bemühte sich, in seiner schwerfälligen, schwerverständlichen Manier auszudrücken, was eigentlich er machen möchte. Es gelang ihm schlecht. Aber der Osternacher hörte gut zu, schaute gierig zu.

Der Greiderer wurde immer fauler. Richtig angelegt war die Skizze schon, aber es war so verdammt schwer. Die schlechte Luft in dem überheizten Zimmer machte müde. Der Apostel Petrus lächelte verständnisvoll. Ja, der Herr Greiderer hatte schon recht. Nur nicht zu hastig. Wenn es etwas Gutes ist, wird es nächste Woche immer noch zur rechten Zeit fertig. Nur sich nicht anstecken lassen von diesem modernen Blitzzugtempo. Der Greiderer nickte, blies einiges auf der Mundharmonika, zog sich mit dem Haserl zurück.

Herr von Osternacher, allein, spazierte durch das Dorf, sich konzentrierend, scharf nachdenkend. Er ging auf die Hügel der Umgebung, kam nochmals an dem Haus des Rochus Daisenberger vorbei. Er notierte sich genau seine Adresse, forderte den Geschmeichelten auf, ihn in der Stadt zu besuchen.

16

Kasperl und der Torero

Jacques Tüverlin trat aus dem warmen Augustvormittag in die muffige Kühle des Theaters. Schnuffelte nervös die modrige Luft. Der Plüsch der Sitze, die bröckelnde Vergoldung der Logenbrüstungen, die Stukkatur der Bühnenrahmung, wie scheußlich das aussah in dem leeren, riesigen Raum. Wie übel das roch. Trostlos waren die Proben. Statt an seinem »Weltgericht« zu arbeiten, drückte er sich herum unter faden Schönlingen, platten, angestrengten Komikern, gelangweilten Mädchen, die, nackt unter ihren armseligen Mänteln, trist, dürftig dahockten. Es war Wahnwitz gewesen, daß er sich auf diese Sache einließ.

Man probierte an dem Bild »Tut en Kamen«. Das Grab dieses ägyptischen Königs war kurze Zeit vorher gefunden und eröffnet worden, der Stil jener Epoche, vor allem auf Gegenstände der Frauenkleidung angewandt, wurde rasch große Mode. In dem Bild »Tut en Kamen« gingen die Girls im Profil über die Bühne, in hieratischen Posen, und der Reliefstil der Ägypter, auf Auto, Tennis, Fußball, Negertanz übertragen, hätte, wären nicht die hoffnungslos leeren Gesichter der Girls gewesen, scharfe Wirkungen ergeben können. Kultisch Antikes und Aktuelles mischte sich frech, stimulierend, zusammengehalten durch eine nicht schlechte Musik. Aber Herr Pfaundler hatte die Verse Tüverlins als *zu hoch* getilgt, ein beliebter Operettenlibrettist hatte jetzt diese Verse geschrieben, neckisch, banal, gemein. Was ging das Tüverlin an?

Herr Pfaundler schrie etwas durchs Sprachrohr, ging auf die Bühne, stritt sich mit dem Regisseur, gab neue Anordnungen, warf sie um, kam wieder in den Zuschauerraum an sein erleuchtetes Regiepult, schimpfte mit seiner hellen, fetten Stimme, die wunderlich verzerrt aus dem Megaphon kam.

Er war schwer zu handhaben während dieser Proben. Er hatte vielen kleinen Ärger. Ein klavierspielender Pavian zum Beispiel hatte angeblich Kolik. Pfaundler vermutete, das sei Vorwand, der Affe solle andernorts zu höheren Preisen gezeigt werden; aber der gekränkte Theaterarzt erklärte sich für unzuständig, die von dem Pavianbesitzer beigebrachten tierärztlichen Gutachten zu widerlegen. Ähnlich war es mit der Truppe der Liliputaner. Die hatte er zu besonders günstigen Bedingungen bekommen. Aber es stellte sich heraus, daß sie nur deshalb so billig mit ihm abgeschlossen hatten, weil das englische Arbeitsministerium ihnen als unlauteren Wettbewerbern mit englischen Liliputanern die Einreise nicht gestattet hatte. Jetzt war dieses Verbot zurückgenommen, und die tückischen Zwerge versuchten, durch passive Resistenz von Pfaundler Lösung ihres Kontrakts oder bessere Bedingungen zu erzwingen. Dies alles aber kratzte Pfaundler nur die Haut: tiefer saß und stets nagend der Ärger, daß er sich mit diesem verflixten Tüverlin eingelassen hatte. Wie konnte, nach so langer Praxis, er alter Schafskopf pfeilgerade auf diesen Bruch, auf dieses *Künstlerische* hereinfallen? Daß das Projekt einer künstlerischen Revue gut, aber nur in Berlin durchzusetzen war, daß also, wenn es nichts wurde, bloß seine sakrische Vorliebe für München daran die Schuld trug, gestand er sich nicht ein. Er war von wüstestem Humor; kein Mensch konnte es ihm recht machen, jeder mußte einen unvermuteten und unverdienten Anpfiff gewärtigen. Vor allem den Tüverlin sah er mit Abneigung.

Der hörte sich das Geraunze Pfaundlers eine Weile mit an, ging dann in die Kantine. Setzte sich zu Bianchini I, dem Artisten. Mit dem hatte er sich auf stille, anspruchslose Art angefreundet. Der Artist war ein schweigsamer Mann mit einer sicheren Anschauung der Welt. Er arbeitete zusammen mit einem sehr jungen Menschen, und alle auf der Bühne wußten: der Junge hatte den Beifall, die Kunst hatte der andere. Die Arbeit von Bianchini I erforderte Jahre der Übung und eine seltene Begabung; der Junge war nur eine gut geschulte, lebendige Puppe, seine Arbeit in wenigen Jahren zu erlernen. Aber Bianchini I war nicht erregt darüber. War das nicht eigentlich immer so? Hatte nicht fast immer der Falsche den Erfolg? Verstand das Publikum, daß vier oder fünf Saltos vom Boden aus ungleich schwerer waren als fünfzig vom Trampolin? Nicht einmal den Unterschied kannte es zwischen einem Kautschukmann, einem Rückwärtskontorsionisten, und einem Vorwärtskontorsionisten, einem Klischniker. Die Feinheit erfreute nur den, der sie machte, und ein paar Fachleute. Das Publikum ging daran vorbei. Dies, an der Arbeit des Artisten präzis erwiesen, interessierte Jacques Tüverlin; denn war es nicht auf den meisten Gebieten ebenso, nur nicht so handgreiflich erweisbar? Mit Teilnahme schaute er zu, wie Bianchini I, wissend, daß das Publikum seine Feinheiten nicht verstand, sie gleichwohl immer weiter zu verfeinern suchte. Er war offenbar nicht eifersüchtig auf den Jungen, Beifallüberschütteten. Doch wunderlicherweise sprach er nicht mit ihm, teilte auch die Garderobe nicht mit ihm, sondern mit dem Instrumentenimitator Bob Richards. Die Beziehungen zwischen Bianchini I und Bianchini II waren schweigsam, schwer durchsichtig und schmeckten, fand Tüverlin, nach Schmerzen.

Bob Richards, der Garderobengenosse des Artisten, setzte sich zu ihnen. Er, im Gegensatz zu den Bianchinis, war ein wortreicher Mann, kannte Bücher Tüverlins und hatte sich schon einmal scharf und respektvoll mit ihm darüber gezankt. Zum Rabbiner bestimmt, hatte er in Czernowitz und auf einer galizischen Schule den Talmud studiert. Hatte sich dann einer Wandertruppe angeschlossen, als Schnellmaler im Zirkus Erfolge erzielt. Hatte dabei einmal Farbe in die Nase bekommen, bösartig, so daß eine schwere Blutvergiftung entstand. Die notwendige Operation hatte ihm das Gesicht, vornehmlich die Nase, verunstaltet, ihm aber auch die Fähigkeit verschafft, durch die abnorme Nase Instrumente aller Art zu imitieren. Er hatte diese Fähigkeit so vervollkommnet, daß er vierzehn Instrumente nachahmen konnte, vom Baßsaxophon aufwärts über alle Streichinstrumente bis zur Pikkoloflöte, alles nur mit seiner mächtigen, abnormen Nase. Seine Kunst war gesucht, hochbezahlt; er war im Hafen, es ging ihm gut. Er reiste stets mit der gleichen Nummer, brauchte wenig Training. Die viele freie Zeit benützte er zu liebevollem Studium kabbalistischer und sozialistischer Werke, die er in einen merkwürdigen Zusammenhang brachte. Er stritt sich freundschaftlich herum mit Benno Lechner, den, auf Wunsch Kaspar Pröckls, Tüverlin als Beleuchter in die Revue hineinbugsiert hatte und dessen schwere, bedachtsame Philosophiererei ihm zusagte.

Der Komiker Balthasar Hierl ging nicht in die Kantine, vermied die andern, saß vielmehr in der Garderobe mit seiner Gefährtin, grantig, knauzend. Es war Blödsinn gewesen, daß er sich von seinen Minerva-Sälen hatte fortlocken lassen in diese damische Geschichte, wo er nicht hineinpaßte. Zwar fand er im Lauf der Proben an der Figur des Kasperl noch einiges, was ihn reizte. Tüverlin hatte aus dem Kasperl nicht einfach eine giftiggrüne Karikatur gemacht, sondern hatte ihm Sympathie gegeben und viel Triumph. Der Kasperl wurde manchmal gehaut, aber viel öfter haute *er*. Alle haute er auf den Kopf, solang bis die Großkopfigen, Gescheiten tot dalagen. Übrig aber blieb dumpf, selbstverständlich, triumphierend der Kasperl und fragte schlicht: »Was kriegen nachher Sie zahlt, Herr Nachbar?« Die Leichten, Sieghaften vergingen; doch der Kasperl blieb stehen, einfältig, beharrlich, gerade durch seine Dummschlauheit und Schwerbeweglichkeit am Ende sieghaft. Der Komiker Hierl wußte nichts von dieser gleichnishaften Funktion der Figur, aber er spürte, daß sie genau das wiedergab, was er ausdrücken konnte: die Eigenschaften der Bewohner der Hochebene. Im Grund fühlte er sich wohl in der Rolle. Doch was er davon für sich verwerten konnte, hatte er jetzt ausgepreßt, so daß er es bequem in seinen eigenen Volkssängerszenen wird bringen können: *ohne* den Tüverlin. Dort, in den Minerva-Sälen, stand er allein, mußte sich nicht zudecken lassen von Gelump aus Schichtls Zaubertheater, Viechern aus dem zoologischen Garten, geschleckten Gigerln und nackten Huren. Der ganze Apparat verstimmte ihn, machte ihn mißtrauisch. Er witterte wie der Pfaundler, der den Riecher hatte, Durchfall und Bruch. War entschlossen, die Rolle hinzuschmeißen.

Die wahren Gründe gab er natürlich nicht zu, nicht seiner Gefährtin, kaum sich selber. Vielmehr schimpfte er, daß sein Bier schon wieder nicht richtig gewärmt sei, daß diese Direktion einen richtigen Künstler einfach verrecken lasse, sich nicht um seinen kranken Magen kümmernd, daß er narrisch wäre, wenn er da weiter mitmache. Das Bier ausgetrunken, stand er wieder im Korridor herum, in den Kulissen, sagte manchmal: »Ja mei, Fräulein, nachher halt nöt«, zeigte verbockte Traurigkeit so offensichtlich, daß die andern besorgt fragten, was ihn störe.

Als Tüverlin in den Zuschauerraum kam, probte man ein Bild »Nackte Wahrheit«. Ein junger, reicher Mensch hat in Tibet ein Götzenbild erstanden, eine Kwanon, die die Eigenschaft hat, sich, sooft jemand lügt, zu bewegen. Was er allein wahrnehmen kann. Je dicker die Lüge, so heftiger die Bewegung. Der junge Mensch gibt eine Gesellschaft, ziemlich viel Leute sind da, geredet wird, was überall in solchen Gesellschaften üblich ist. Das Götzenbild zuckt, bewegt sich, immer rascher, immer heftiger, tanzt. Dargestellt wurde die tibetanische Kwanon von Frau von Radolny. Die hatte in ihrer gelassenen Art durchgesetzt, daß sie spielte. Sie war nicht ohne eine gewisse schwere Anmut, dazu grotesk. Aber Pfaundler war nicht zufrieden, mäkelte herum. Katharina blieb gelassen. Tüverlin sah, mit wieviel Mühe. Er wußte, warum Pfaundler sich erlaubte, zu ihr frech zu sein. Es war, weil merkwürdigerweise sie als einzige durch die Geschichte mit dem Enteignungsgesetz ernstlich ramponiert schien. Wohl war das Volksbegehren gescheitert und Frau von Radolny im ungestörten Besitz ihres Gutes Luitpoldsbrunn, ihrer Rente: aber während von allen andern der Presseschmutz der Gegner wirkungslos abfiel, blieb er an ihr hängen. Ohne erkennbaren Grund. Allein sie blieb bemakelt. Die frühere Hofgesellschaft, ihr Kreis, Leute, denen sie Gefälligkeiten mancher Art erwiesen hatte, zeigten ihr die kalte Schulter. Sie hatte keinen Wind mehr in den Segeln, alle spürten das. Auch Pfaundler spürte es. Zeigte es. Sie war gut als tibetanische Kwanon. Ohne das blöde Geschwätz in der Presse, in der Gesellschaft hätte auch Herr Pfaundler sie gut gefunden. Sie wußte das, wußte auch, daß jetzt, wenn er sie schlecht fand, dies nicht nur böser Wille, sondern Überzeugung war. Sie hatte manches erlebt, kannte die Welt, sie war damit einverstanden, daß man an den Erfolglosen strengeres Maß legte. Herr Pfaundler schikanierte. Seine helle Stimme kam grell wie die eines Riesenbabys aus dem Sprechrohr. Frau von Radolny probierte die Szene gelassen immer von neuem, bis Herr Pfaundler das Regiepult verließ, auf die Bühne kam und mit bösem Gesicht, gefährlich leise, bemerkte, man werde das Bild wohl streichen müssen. Nun aber begehrte Tüverlin auf. Laut aus dem dunklen Raum quäkte er, es gebe manches andere, was zuvor gestrichen werden müßte. Pfaundler, auf der Bühne, im Licht des Scheinwerfers, kehrte das wulstige Gesicht dem Dunkel zu, im Begriff zu schreien, bezwang sich, sagte, man werde darüber später schlüssig werden. Der Artist

Bianchini I hatte sich neben Tüverlin gesetzt, sagte still: »Sie haben recht, Herr Tüverlin.«

Tüverlin sagte nichts mehr. Sagte auch zu den weiteren Bildern nichts. Herr Pfaundler hatte überall Wasser zugeschüttet. Alles klang, ins Szenische umgesetzt, lau, vorsichtig, ohne Kraft. Tüverlin sah, seine Arbeit war vertan. Nicht der Mißerfolg ärgerte ihn, er trauerte um das vergeudete Jahr. Vielleicht hatte wirklich der Ingenieur Pröckl recht, daß es für Kunst in dieser Zeit keine Möglichkeit gab. Tüverlin lärmte nicht, stritt nicht mit Pfaundler herum, der mit schlechtem Gewissen – denn er wußte genau, wie gut ursprünglich der Text war – bei jeder Szene auf einen Ausbruch des Dichters wartete. Aber es geschah nur, daß Tüverlins Schultern immer runder wurden. »Sind Sie müde?« fragte der Artist Bianchini I. »Haben Sie etwas zu bemerken, Herr Tüverlin?« fragte ab und zu, gewollt beiläufig, Herr Pfaundler. Nein, Herr Tüverlin hatte nichts zu bemerken. »Fahren Sie nur fort«, sagte er; vielleicht klang seine Stimme heute besonders gequetscht.

Bob Richards, der Instrumentenimitator, erzählte eine Anekdote von einer Revue, die fünfhundertmal gespielt worden war. Alle hätten die fünfhundert Aufführungen überstanden, nur nicht der Elefant, der sei nach der zweihundertsten Vorstellung krepiert.

Es kam die Stierkampfszene, der letzte Rest, der noch von Tüverlins Plan und Wesen in dem Spiel stak. Tüverlin hatte den Stier zu einem Geschöpf gemacht, gehetzt, dumpfig, zum Untergang bestimmt, zu einer Kreatur voll Kraft, nicht unsympathisch, der eben nur Gerissenheit fehlte, ohne die in jener Epoche schwer zu leben war. Die nackten Mädchen waren jetzt Stierfechterinnen. Sie trugen Lanzen, bewimpelte Speere, sie trugen die kurzen, bestickten Jäckchen; darunter kam aufreizend die nackte Brust hervor. Die Schauspielerin Kläre Holz war der Matador. Die Verse, die sie zu sprechen hatte, waren geglückt, dünn und böse, sie hatten selbst Kaspar Pröckl und Benno Lechner gefallen, und Kläre Holz sprach sie mit viel Verve. Umsonst. Pfaundlers Vorsicht hatte auch diese Szene verhunzt. Das Politische war entgiftet, alle Schärfe, aller Witz fort. Was blieb, war Ulk. Man mußte lachen, ja; Kasperl-Hierl, der unter Stoff und Papiermaché den Stier darstellte, war wirklich sehr komisch, in vielen kunstvollen und kostbaren Abwandlungen, täppisch, rührend, pfiffig, dummschlau, grotesk. Pfaundler auch hatte sich angestrengt, hatte eine bunte, bei aller gewollten Schwerfälligkeit lustige Sache zustande gebracht. Aber sie lief leer, ihr geheimer und doch so klarer Sinn fehlte. Nun war von Tüverlin in der ganzen Revue keine Spur mehr.

Als das Bild sich seinem Ende näherte und Tüverlin gehen wollte, nicht zornig, nur sehr müde, tauchte auf einmal eine Melodie auf, eine kleine, freche Marschmelodie, und Tüverlin ging nicht. Die Melodie, sonderbar gemischt aus spanischem und negerischem Temperament, mohrenhaft wild und spanisch elegant, wippend, einfangend den Reiz der Stierspiele, der sich zusammensetzte aus eleganter Pose und Lust am Töten, hatte durchaus nichts zu tun mit Tüverlins Text und seinen Absichten; aber sie sprang heraus aus der wackeren, lärmenden Durchschnittsmusik bisher. Die Bühne sah anders aus, der Stier sah anders aus, die schlanken Glieder der Mädchen wurden lebendig, bewegten sich menschlich. Die kleine Musik wurde größer, stärker. Die Stimmen der Mädchen, ihre gemeinen Straßenstimmen, wurden zu einem wilden, eleganten Gesang. Auf einmal wieder hatte die Revue Sinn. Der kecke Jubel der zwei herausgeschmetterten Takte bemächtigte sich der Ohren, des Blutes, machte schlaffe Rücken gerade, veränderte den Gang der Beine, der Herzen.

In der letzten Reihe des Zuschauerraums in der Tracht der Kunstzigeuner saß der Mann, der diese Musik gemacht hatte, jener weiland Revolutionär, der, jetzt musikalischer Clown, seinerzeit die Autonomie des reproduzierenden Künstlers in der Musik verkündet hatte. In St. Pauli, dem Hafenviertel der Stadt Hamburg, hatte er die Melodie empfangen; ein Matrosenmädchen, von einer südlichen Mutter geboren, hatte die Takte vor sich hin geplärrt. Durch eine elegante Änderung dann im Rhythmus schuf er sie um zu dem, was sie heute war. Die beiden anderen Komponisten der Revue, die offiziellen, deren Namen auf dem Programm stehen sollten, sahen scheel. Der ehemalige Revolutionär, abschätzig, glücklich, saß im Dunkel. Er wußte, daß nun diese Melodie ein Jahr lang über den Erdkreis gehen werde, verbreitet von fünftausend Jazzkapellen, von dreihunderttausend Schallplatten, vom Rundfunk, daß Millionen Menschen ihre Funktionen mit diesen Takten begleiten würden. Er war vor der Zeit alt und verkommen. Seine Beteiligung an der Revuemusik hatte er gegen ein niedriges Pauschalhonorar verkauft, sein äußeres Los wird sich durch den Erfolg seiner Melodie nicht verbessern. Er war nicht traurig darüber. Er lächelte. Auf alle Menschen in dem großen Raum wirkte seine Musik: auf ihn, und dies war sein Triumph, schon nicht mehr.

Das Bild schloß mit großer Munterkeit und allgemeiner Zuversicht. Als es sogleich wiederholt werden sollte, waren alle mit Freude dabei. Da aber trat still und traurig der Komiker Balthasar Hierl an die Rampe und erklärte, er gehe jetzt nach Haus. Er werde auch morgen nicht kommen und übermorgen nicht und zur Premiere nicht. Er sei krank. Er habe immer gesagt, man müsse ihm das Bier richtig wärmen, und jetzt sei er krank und, das spüre er deutlich, auf lange Zeit und gehe nach Haus. Die auf der Bühne, verblüfft, drängten näher, der Mann, der das aus Papiermaché hergestellte Hinterteil des Stiers bereithielt, stand mit offenem Mund. Alle schauten gespannt auf Pfaundler. Der kam langsam, überlegend, den Steg zur Bühne herauf, sprach lange, leise auf Balthasar Hierl ein. Man sah, daß Hierl wenig erwiderte. Er hörte das gewandte, vielwortige Gerede Pfaundlers an mit traurigem, verstocktem Gesicht, zuckte die Achseln. Sagte immer das gleiche: »Ja, sehen Sie, da habe ich eine andere Weltanschauung« oder »Also, ich geh jetzt.« Entfernte sich.

Tüverlin hatte sich mit keinem Wort eingemischt. Er hatte den Komiker Hierl längst erkannt, er überraschte ihn nicht. Eher war er froh, daß jetzt die Angelegenheit für ihn endgültig aus war. Herrn Pfaundler andernteils, wiewohl er mit dem Komiker Hierl den besten Pfeiler der ganzen Angelegenheit verlor, war diese Lösung fast willkommen. Jetzt war entschieden, daß der damische Titel »Kasperl im Klassenkampf« gestrichen werden mußte: jetzt blieb, schicksalsgewollt, »Höher geht's nimmer«. Noch während er auf den Komiker Hierl einsprach, hatte er bereits eine Notiz dieses Inhalts für die Zeitungen entworfen. Energisch, voll Tatkraft, wandte er sich an den noch immer ratlos dastehenden Inspizienten, was denn sei. Man probiere natürlich das nächste Bild. Er schimpfte, trieb zur Eile. Umgebaut wurde, ein wüstes Getümmel setzte ein von Arbeitern, Kulissen, Schauspielern, Versatzstücken, Musikern, Weißbemäntelten aller Art. In fünf Minuten entstand die Dekoration zur nächsten Szene, dem Bild »Stilleben«, in dem die nackten Mädchen Gerichte verkörperten. Schon warteten sie, bereit, mit gezierten Schritten über die Bühne zu gehen, zu einer albernen Musik. Eine trug Hummerscheren statt der Arme, eine andere gigantische Fasanenfedern über dem Gesäß, wieder eine klappte Austernschalen auf und zu; im übrigen waren sie nackt. Das Ganze steuerte darauf los, daß die Bühne am Schluß des Bildes einen riesigen, lockenden, gedeckten Tisch darstellte, bestehend aus nackten Frauen und ins Kolossalische vergrößerten, leckeren Speisen. Es war ein Bild, rein im Stil von »Höher geht's nimmer« und ganz nach dem Herzen Herrn Pfaundlers. Alles auf der Bühne stand bereit. »Aufgeht's«, sagte Herr Pfaundler, das Klingelzeichen des Inspizienten schrillte.

Tüverlin mittlerweile war weggegangen. Gähnend, faul, den Hut in der Hand, sommerlichen Wind um das nackte Gesicht, strich er durch die heißen Straßen, ziellos. Er war zufrieden, daß es so gekommen war, und schon wieder geneigt, die Welt gut zu finden. Er dachte viel an Johanna. Nicht gerade daß er mit ihr schlafen wollte, das heißt, das wollte er eigentlich auch: aber vor allem wollte er sie um sich haben. Mit ihr schimpfen, über sich und über die andern. Ihre Ansichten haben, ihren Rat. Das alte, einfältige Wort Herzlichkeit und Vertrauen wäre angebracht, dachte er. Es wäre angenehm, dachte er, wenn jetzt Johanna neben ihm ginge.

Johanna war den Tag vorher in München angekommen. Sie saß in der geschlossenen Autodroschke II A 8763, die eben vorbeifuhr. Aber das wußte Jacques Tüverlin nicht.

17
Konsultation in Gegenwart eines Unsichtbaren

Johanna, nach München zurückgekehrt, ging auf und ab in ihrem großen Zimmer zwischen hellen, hübschen Wänden, stattlichen Möbeln, geordneten Büchergestellen, zwischen der Apparatur ihres graphologischen Betriebs, dem umfangreichen Schreibtisch, der Schreibmaschine. Unter ihren Fenstern, jenseits des Kais, floß hellgrün, fröhlich die Isar.

Sie hielt sich fern von ihren Münchner Bekannten, arbeitete. Dr. Geyer war auf einige Tage nach Norddeutschland gefahren, nach Berlin, nach Leipzig; man erwartete ihn erst für den Anfang der nächsten Woche zurück. Gut tat das, jetzt allein zu sein. Sie fühlte sich in besonderem Maße zurückgekehrt. Das mit den gesellschaftlichen Beziehungen war eine faule Sache gewesen, sie hätte sich da nicht hineinbegeben sollen. Es begann mit Hessreiter und führte schließlich noch zu dem Windigen. Nein, dieser brackige, laue Betrieb paßte ihr nicht, sie konnte da nicht atmen. War sie nicht während der ganzen Zeit mit Hessreiter in einer Art Betäubung herumgegangen, in seltsamer Benommenheit? Jetzt war sie wieder in der reinen Tagesluft. Sie knackte mit den Fingern, vergnügt, lächelte, hatte eine Mordslust zu arbeiten. Aufträge waren in Menge da, für drei Monate, wenn sie wollte.

Noch waren ihre Nägel mondförmig; doch die Arbeit ließ ihr nicht die Zeit, sie wie in Frankreich zu pflegen. Die Schreibmaschine griff Nagel und Haut an; der mit so viel Mühe hergestellte blasse, milchige Glanz verlor sich, die feine Haut an der Nagelwurzel wurde rauh. Während ihres Lebens in der Gesellschaft hatte sie sich angewöhnt, Konversation zu machen, rasch, wenn auch nicht eben tief zu antworten. Jetzt fiel sie in ihre alte Gepflogenheit zurück, oft nach langer Pause erst zu erwidern, unvermittelt auf Altes zurückzukommen, da anzusetzen, wo man eine halbe Stunde früher aufgehört hatte, als hätte sie diese halbe Stunde nicht zugehört. Auch in ihrer Tracht wurde sie die frühere Johanna; denn die modischen Kleider, die sie aus Frankreich mitbrachte, fielen in der durch weite Schichten ländlich eingestellten Stadt unangenehm auf.

Sie arbeitete. Früher hatte sie auf Intuition gewartet. Der gefährliche, süße und schmerzhafte Moment blitzhaft gesicherter Erkenntnis war Lohn und Gipfel ihrer Arbeit gewesen. Jetzt war, was sie machte, mühsamer, weniger blendend, doch ehrlicher. Sie fand ihren Blick auf Menschen weiter geworden.

Sechs Tage lebte sie so in München, arbeitend, das Haus kaum verlassend, befriedigt. Schlief gut. In der siebenten Nacht erkannte sie, daß solches Leben nur ein aussichtsloser Umweg war, Flucht vor einem Gesicht, und sie hatte Furcht vor ihrem Schicksal.

Sie rief, es war wie eine Abschlagszahlung an einen unsichtbaren Mahner, wieder im Büro des Anwalts an. Ja, er war soeben zurückgekehrt. Ungewohnt beflissen, fast erfreut, sagte er ihr schon für die nächste Stunde eine Unterredung zu.

Dr. Geyer hatte jetzt seine Praxis im ganzen Umfang wieder aufgenommen. Er führte viele Prozesse, scharfe Prozesse, verdiente Geld, ausländisches, vollwertiges. War er von jeher ein unermüdlicher Arbeiter gewesen, so schüttelte man jetzt in seinem Büro die Köpfe über die zahllosen, großen Prozesse, die er übernahm. Die Haushälterin Agnes verzehrte sich, machtlos erbittert. Sie wußte auf die Stunde genau, wann dieser wüste Betrieb begonnen hatte. Es war gewesen, als der junge Mensch da war, der Floh, der Blutaussauger, der Geldquetscher. Solange es um ihn selber ging, hatte sich der Doktor nicht ums Geld geschert. Jetzt häufte er, raffte, lief auf die Banken. Lebte dabei sehr dürftig. Rechnete nach, was sie für seine Mahlzeiten ausgab, für seine Wäsche. Gelbgesichtig, mit irren Augen, lief die Haushälterin Agnes herum, verwildert. Kündigte dem Dr. Geyer. Er erwiderte nichts.

Der Junge war nicht wiedergekommen. Dr. Geyer hatte die Spur verloren. Kämpfte mit der Versuchung, ein Detektivbüro mit Nachforschungen zu betrauen, unterließ es. Die Manuskripte »Geschichte des Unrechts« und »Recht, Politik, Geschichte« lagen nebeneinander, geordnet, gebüdelt, geschnürt. Verstaubten. Der Anwalt wartete. Führte Prozesse, große Prozesse. Die Geldaufschwemmung, der tolle Wechsel von heutigem Wert zu morgiger Wertlosigkeit, züchtete ein wüstes Spekulantentum hoch, schuf auf allen Gebieten des Besitzrechts Wirrnis und Trübung, so daß ein befahrener Anwalt viel zu tun hatte. Im Lauf von nicht vielen Wochen war Dr. Geyer reich. Kam der Junge ein zweites Mal, dann brauchte er nicht zu knausern. Er hatte erfahren, daß da eine Hundevergiftungsgeschichte spielte, in die dieser von Dellmaier verwickelt war. Sein Herz engte sich, weitete sich. Vielleicht wird der Junge jetzt kommen, Hilfe von ihm verlangen, in seiner beiläufigen, schnodderigen, aufreizenden, geliebten Weise. Dr. Geyer wartete. Aber der Junge blieb fort, schien verschollen. Vielleicht, sicher, weil auch er mit dieser Vergiftungsaffäre zu tun hatte. Es war ein peinliches Zwielicht um die Angelegenheit. Er konnte nichts Genaues ermitteln. Die Behörde schien sich nicht im klaren, ob sie vertuschen sollte oder groß aufziehen. Politik spielte herein. Alles, was mit Politik zu tun hatte, war, seitdem dieser Klenk regierte, undurchsichtig geworden.

Dr. Geyer pflegte sich schlecht, rauchte viel, aß unregelmäßig, schlief wenig. Er hatte sich seit jenem Attentat einen rötlichen Vollbart stehenlassen, er zwinkerte nicht mehr so stark, sein Hinken war fast verschwunden. Wartend und gespannt verfolgte er alle Handlungen des Klenk. Vornächst zwar herrschte gesündere Wirtschaft und Ordnung im Lande Bayern, die Beziehungen zum Reich wurden vernünftiger, Eseleien der Patrioten wurden verhindert, bombastische Kundgebungen vermieden. Aber das konnte nicht dauern, ein böses Ende mußte folgen. Eine Welt der Diktatur, der Willkür, eine Welt ohne Gerechtigkeit war nicht denkbar, durfte nicht sein.

Seine Spannung straffte sich, als den Klenk Krankheit lahmlegte. Drei Tage erst, vier, dann so lange, daß sein Regiment ernstlich zu wackeln anfing. Der Anwalt zog sich zusammen, duckte sich, um hochzuschnellen, wartete. Mittels sophistischer Verknüpfungen stellte er Zusammenhänge her zwischen der Regierung des Klenk, der Hundevergiftung, seinem Jungen. Die Entwicklung des Klenk hing mit Erich zusammen. Alles, was rings geschah, bezog sich auf Erich.

In solchem Warten also traf ihn Johannas Anruf. Immer

hatte ihn diese bayrische Frau an Ellis Bornhaak erinnert: jetzt, mit einem Ruck, machte ihre Stimme Verkapseltes aufspringen. Daß er mit Erich nicht weiterkam, lag an seiner Lauheit. Er hatte sich verliebt in sein theoretisches Manuskript und war lau geworden in vielen Fällen praktischen Unrechts. Zum Beispiel im Fall Krüger. Abergläubische Vorstellungen von Schuld und Strafe nebelten hoch in ihm. Weil er die Sache dieses Mannes Krüger nicht genügend weitergestoßen hatte, darum, mit Recht, wurde er gestraft an dem Jungen.

So kam ihm der Anruf Johannas wie ein Zeichen. Er bat sie in seine Privatwohnung. Sie traf ihn über Zeitungen, Akten, einem halbgeleerten Teller, in seinem unbehaglichen Zimmer. Auf dem Stuhl, auf dem der Junge gesessen war, saß nun die Frau. Der Anwalt beschaute sie, sah, daß ihre Festigkeit weniger fest, ihre Sicherheit weniger sicher war. Er selbst war nicht so sachlich wie sonst, er bat sie, rauchen zu dürfen, Beklommenheit war zwischen ihnen.

Johanna sah seine blauen, scharfen Augen, ihre Gedanken wollten abgleiten zu einem andern, sie mußte sich zwingen, an das zu denken, dessentwillen sie gekommen war. Sie habe versucht, erklärte sie, durch jene gesellschaftlichen Beziehungen zu wirken, auf die er sie hingewiesen habe. Sie habe mit Gott und der Welt gesprochen. Ja, wiederholte sie nachdenklich, nicht ohne Bitterkeit, mit Gott und der Welt, und sie dachte an Tüverlin, Pfisterer, den Justizminister Heinrodt, Frau von Radolny, den Kronprinzen Maximilian, den Geheimrat Bichler, den Kunsthistoriker Leclerc, an Hessreiter, an den Windigen. Sie klemmte die Oberlippe ein, schwieg, versank. Des Anwalts Blick verließ sie, suchte den Boden. Er gewahrte ihre Beine, kräftige, hellbestrumpfte Beine, die in guten, festen Schuhen staken, nicht so elegant und zierlich wie die Schuhe des jungen Kaufmanns Erich Bornhaak. »Es hat aber wohl nichts genützt«, sagte er nach einer Weile. »Nein, es hat nichts genützt«, erwiderte Johanna.

»Lieben Sie Tiere?« fragte er später, unvermittelt. »Ich hasse Hunde und Katzen«, sagte er. »Ich begreife nicht, wie man sich mit solchen Wesen umgeben will. Es spielt da jetzt eine große Affäre«, er schaute sie nicht an, »eine Sache mit vergifteten

Hunden.« Johanna sah auf seinen Mund, der sich inmitten des rötlichen Bartes öffnete und schloß, wie selbständig, wie nicht zu dem sprechenden Mann gehörig. »Es spielen da auch politische Motive herein«, sagte der Anwalt Geyer. Johanna, atmend, schluckend, fragte: »Der Mord an dem Abgeordneten G.?« Der Anwalt, weiß im Gesicht, stieß den Kopf gegen sie. »Wie kommen Sie darauf?« Johanna, erschreckt, nach einer Pause, nachdenklich, sagte: »Es ist wohl nur, weil ich von der Vergiftung und von der Sache mit dem Abgeordneten G. in ein und dem gleichen Zeitungsblatt las.« – »So?« fragte der Anwalt. »Wo lasen Sie?« – »Ich weiß es nicht mehr genau«, sagte Johanna. »Ich glaube, es war in Paris.« – »Ja«, sagte der Anwalt, »Sie waren ja auch in Paris.«

Endlich kam er auf den Fall Krüger. Setzte, vielleicht geschah es zur eigenen Beruhigung, Johanna unerbittlich auseinander, was für ungeheure Schwierigkeiten einem Wiederaufnahmeverfahren entgegenstünden. Die schriftliche eidesstattliche Versicherung, die man nach langen Mühen der Witwe Ratzenberger ausgequetscht habe, sei so gut wie wertlos. Die furchtsame Frau habe ihre ersten klaren mündlichen Angaben, als sie schriftlich fixiert werden sollten, dermaßen verklausuliert, daß man das Geständnis des toten Chauffeurs als Traumvision einer nicht Zurechnungsfähigen ausdeuten könne. Er habe Johanna bereits auseinandergesetzt, wie geringe Chancen im allgemeinen ein Antrag auf Wiederaufnahme habe. Wie ungünstig die Gesetzgebung sei, wie formal erschwert jeder Schritt, wie erschwert der Nachweis der gesetzlichen Voraussetzungen, wie abgeneigt die Gerichte. Er stellte ihr anheim, sich darüber zu informieren aus der Schrift seines Kollegen Alsberg »Justizirrtum und Wiederaufnahme«, einem klassischen Buch, das leider bis jetzt auf die Gesetzgebung nicht eingewirkt habe. Dazu komme, daß Krüger, in einem Wiederaufnahmeverfahren freigesprochen, von der Regierung Wiedergutmachung seiner widerrechtlichen Entlassung aus dem Staatsdienst fordern könnte. Ob sie es für aussichtsreich halte, um eine solche Wiedergutmachung zu kämpfen gegen diesen verfluchten bayrischen Staat, der die Witwe seines ermordeten Ministerpräsidenten um eine bettelhafte Pension prozessieren lasse, während er zugebe, daß der Mörder Direktor einer staatlich subventionierten Gesellschaft sei?

Johanna hatte die drei Furchen in der Stirn, hielt das große Buch des Rechtsanwalts Alsberg in der Hand, das Dr. Geyer ihr gegeben hatte. Ob denn die Versetzung des Landesgerichtsdirektors Hartl nicht von Einfluß sei, fragte sie nach einer Weile. Wenn sie sich recht erinnere, habe Dr. Geyer sie seinerzeit darüber aufgeklärt, daß nach der merkwürdig verdrehten Bestimmung der Strafprozeßordnung das gleiche Gericht, das das Urteil gesprochen hatte, zu entscheiden habe über die Wiederaufnahme. Wenn also jetzt der Hartl weg sei . . .

»Glauben Sie«, unterbrach sie mit leidenschaftlichem Hohn der Anwalt, »der Nachfolger des Herrn Dr. Hartl wird seinem mächtigen Vorgänger ein Fehlurteil unterschieben?« Er verstummte, seine dünnhäutigen Hände zitterten, er schien sehr unter der Hitze zu leiden. Dennoch, setzte er dann von neuem an, und Johanna sah, daß dies zu sagen ihm hart fiel, dennoch öffne, wie er ihr geschrieben habe, gerade diese niederträchtige Versetzung des Hartl einen neuen Weg. Vielleicht, wenn man dem Hartl andeute, man werde den Wiederaufnahmeantrag zurückziehen, daß man ihn durch solche Schmeichelei einfangen könne. Er habe ja jetzt das Gnadenreferat. Verzichte man auf Wiederaufnahme, auf Rehabilitierung, anerkenne man gewissermaßen das Urteil des Hartl, vielleicht befürworte er dann die Begnadigung. Das sei ein entwürdigender Handel; doch wenn Johanna ernstlich wolle, werde er bei dem Hartl sondieren.

Johanna sah, daß der Anwalt sich diesen Vorschlag abringen mußte, daß er darunter litt. Sie überlegte. Ja, was wollte sie *ernstlich*? Zuerst hatte sie kämpfen wollen. Ebenso wie vermutlich der Anwalt wollte, daß das Unrecht besiegt am Boden liege, hatte sie gewollt, daß Martin aus Schlamm und Dreck strahlend heraustauche. Wollte sie jetzt schlicht, daß Martin möglichst bald frei werde? Sie mühte sich, sein Gesicht, seinen Gang, seine Hände aus ihrer Erinnerung herauszuholen. Doch ihre Erinnerung war widerspenstig, der frühere Martin und der graubraune flossen ineinander. Wahrhaftig, so lange hatte sie ihn nicht gesehen, daß sie sich sein Gesicht nicht mehr vorstellen konnte. Sie blickte betroffen vor sich nieder. Sah ihre Hände. Sie schämte sich plötzlich, daß ihre Hände in Paris so gepflegt gewesen waren. »Es war Ihnen doch sehr gut bekannt, daß ich auch in Paris war«, sagte sie auf einmal trotzig und wußte nicht, daß sie es sagte. Der Anwalt sah überrascht auf. Johanna errötete. »Entschuldigen Sie«, sagte sie. »Das mit der Begnadigung oder der Rehabilitierung brauche ich mir nicht lange zu überlegen. Wenn es auf mich ankommt, ich möchte natürlich nicht, daß Martin noch zwei Jahre zwischen den sechs Bäumen sitzt.« *Zwischen den sechs Bäumen,* sagte sie, und der Anwalt, trotzdem er auf die sechs Bäume von Odelsberg nie geachtet hatte, wußte deutlich, was sie meinte. »Ich möchte von Herzen, daß Martin so bald wie möglich frei ist«, sagte sie klar und eindringlich. Sie richtete ihre großen, grauen Augen auf ihn, den ganzen Kopf mitdrehend. Der Anwalt zwinkerte stark, sah fast ein wenig verstört aus. »Schön«, sagte er, »dann werde ich also mit dem Ministerialdirektor Hartl reden.« – »Ich danke Ihnen«, sagte Johanna. »Ich habe genau begriffen, was Sie sagten«, und sie gab ihm die Hand.

Sie standen eine Weile zusammen, ehe sie sich verabschiedeten, wortlos, die gleichen Gedanken spannen von einem zum andern. »War es schön in Paris?« fragte schließlich zögernd der Anwalt. »Ich glaube, nein«, erwiderte Johanna. Sie nahm das dicke juristische Buch, ging. Der Anwalt schaute ihr am Fenster nach, vorsichtig, damit sie, umschauend, ihn nicht sehen könne. Doch das war überflüssig, sie schaute nicht zurück.

Zwei Tage später ging der Anwalt mit einem Mandanten, einem tschechischen Geldmann, der die Inflation benützte, in Deutschland billig Häuser und Grundstücke zu erwerben, durch die Ludwigstraße. Da kam ihnen im Auto ein junger Mensch entgegen, elegant, windig, grüßte obenhin, vertraulich, mit sehr roten Lippen lächelnd. Der Anwalt brach mitten im Satz ab, schluckte, zwinkerte stark mit den Augen, drehte sich um, dem Wagen nachsehend. »Was haben Sie?« fragte verblüfft der tschechische Herr; man war mitten in der Erörterung komplizierter Rechtsfragen, es ging um große Werte. Aber es war mit dem Anwalt nichts mehr anzufangen. Rote Flecke auf den Backen, bat er den erstaunten, erbosten Fremden, die Erörterung auf den andern Tag zu verschieben.

18

Für einen jeden sein Spinnerts

Kaspar Pröckl saß an seinem viereckigen Tisch, auf dem eine kleine, ramponierte Schreibmaschine stand, und arbeitete an einem Artikel »Über die Funktion der Kunst im marxistischen Staat«. Die Arbeit ging nicht recht vorwärts. Nicht nur waren an der Maschine das E und das X nicht in Ordnung, sondern es war auch die Funktion der Kunst in diesem Bezirk sehr ungeklärt, und Kaspar Pröckl, so stichhaltige Ansichten er darüber zu haben glaubte, stieß bei ihrer Formulierung auf immer neue innere Widersprüche. Er wußte deutlich, was mit dieser Funktion der Kunst los war, oder richtiger, er *sah* es deutlich. Denn was er dachte, gerann ihm zu Bildern, und wenn er diese Bilder aus seinem Hirn herausstellte, in seinen Balladen zum Beispiel, dann stimmten sie. Faßte er aber, was er dachte, in dürre Worte, in Prosa, dann wurde es trüb und stimmte nicht. Dieser Aufsatz über die Funktion der Kunst jedenfalls geriet nicht.

Nichts geriet. Er erinnerte sich der neuerlichen Unterredung mit der Witwe Ratzenberger. Es drängte ihn, gerade weil er von dem Manne Krüger in Zorn gegangen war, seine Befreiung zu fördern. Er hatte sich angestrengt, er war mit den Genossen Sölchmaier und Lechner, die Gefahren von seiten des jungen Rohlings Ludwig Ratzenberger nicht scheuend, noch mehrere Male zu der Witwe des meineidigen Chauffeurs gegangen. Es waren unerquickliche Unterredungen gewesen. Das idiotische Kind Kathi hatte die Männer scheu und bös aus dem Winkel angestiert, und die Frau hatte immer den gleichen Unsinn wiederholt. Wie er dann heftig wurde und zu schreien anfing, hatte das die Frau noch bockiger gemacht. Mit dem Schriftlichen, das sie ihr schließlich hatten abkämpfen können, war nach dem Urteil des Dr. Geyer nicht viel anzufangen. Wenn er für Martin Krüger was tun wollte, wurde es nichts. Mit seinem *Jedermanns-Auto* wurde es nichts. Mit Moskau wurde es nichts. Aus nichts wurde nichts. Seitdem er dem Reindl sein Gelump vor die Füße geschmissen hatte, ging alles schief.

Er stand auf, warf sich auf den Diwan. Das Atelier war hochsommerlich heiß. Er schwitzte, ging in die Küche, bereitete sich eine Limonade, schüttete sie hinunter. Lag wieder auf dem Diwan, die verschränkten Hände hinter dem hagern, geröteten Kopf, den starken Adamsapfel hochgereckt, den schmalen, langen Mund verpreßt, die verengten Augen nach innen gestellt. Auch in der Ruhe stachelig, böse.

Sein Aufsatz damals über die Mängel der deutschen Autofabrikation war viel zu zahm gewesen. Jetzt, bedauerlich spät, fielen ihm ein paar schöne, viel saftigere Wendungen zu dem Thema ein. Immerhin, er hatte in einer gelesenen Berliner Zeitschrift seine Meinung unmißverständlich dargelegt. Hatte mit scharfen Argumenten gezeigt, wie erbärmlich weit die deutsche Autoindustrie zurückgeworfen war durch den Krieg. Es lag an den Konstrukteuren. Die waren, wenn sie nicht kuschten und eigene Einfälle klug ihren Chefs abtraten, auf Widersprüche, Gehaltsforderungen hin ihrer Unabkömmlichkeit verlustig gegangen, an die Front geschickt worden. Aus dem Krieg zurückkehrend, fanden sie die guten Posten mit schlechten Leuten besetzt. Kamen bestenfalls als Fahrmeister unter. Kastengeist überall, strenge gesellschaftliche Distanz zwischen Chefingenieur und Fahrmeister, zwischen dem und den Arbeitern. Ein rein dekorativer Typ regiert, schöpft Ruhm und Rahm ab: der *Fahringenieur*. Der fährt Schönheitskonkurrenzen, repräsentiert in der Gesellschaft. In der glänzend organisierten deutschen Automobilindustrie fehlte nichts als das Zentrum: der Konstrukteur. Man modernisierte überall, nur nicht am Hebel des Ganzen. Statt weniger schöpferischer Techniker hielt man sich zahllose kleine Talente, baute statt weniger Schlager einen Haufen mittelmäßiger Typen. Amerika fabrizierte nach 117 Modellen 2026000 Wagen. Deutschland verwendete für 27000 Wagen 152 Modelle.

Kaspar Pröckl, gewillt, die Bitterkeit seines Herzens nicht verrauchen zu lassen, suchte das Telegramm hervor, das er nach der Publikation dieses Aufsatzes von Reindl erhalten hatte: »Bravo. Nagel auf den Kopf getroffen. Ersehe mit Freuden, daß Sie wieder zu mir wollen. Kehre zurück, alles vergeben. Gruß Reindl.« Er überlas das Telegramm, dessen Text er auswendig kannte, den Klebestreifen mit den getippten Buchstaben, genau, gespannt, als läse er es zum erstenmal. Er hatte natürlich nicht darauf geantwortet, auch keinem Menschen davon erzählt. Die Anni zum Beispiel hätte ihm bestimmt geraten, anzunehmen. Hätte ihn bedrängt mit ihrem gesunden Menschenverstand. Gesunder Menschenverstand ist eine gute Sache: aber der Reindl ist ein ausgeschämter Bursche. »Horror sanguinis?« In das Weltbild Kaspar Pröckls gehörte gesunder Menschenverstand wie der Dotter ins Ei: aber wenn er sich das blasse, fleischige Gesicht des Fünften Evangelisten vorstellte, packte ihn Zorn und *Würde*, und der gesunde Menschenverstand rann ihm aus. Er schmiß das Telegramm in die Schublade zurück, sperrte sie sorgfältig ab.

Er mochte nicht arbeiten, mochte auch die Anni nicht sehen, die jetzt jeden Augenblick kommen konnte. Das einzige vielleicht, worauf er Appetit hatte, war ein einsilbiges, mürrisches Gespräch. Er machte sich auf den Weg in die »Hundskugel«, um dort den Benno Lechner zu treffen.

Der Benno Lechner aber kam an diesem Abend nicht in die »Hundskugel«. Er wartete, da die Revueprobe unvermutet früh zu Ende war, vor dem Büro der Anni, um mit der Schwester einen Abendspaziergang zu machen, vielleicht irgendwo im Freien mit ihr zu essen. Er wollte einmal allein mit ihr reden, ohne den Genossen Pröckl. Der Beni nahm es dem Genossen Pröckl nicht übel, daß der in letzter Zeit noch weniger handsam war als sonst: aber für die Anni, die quasi tagaus, tagein mit ihm hauste, war es manchmal schon recht bitter. Rettungslos bürgerlich, konnte sie, was wirklich an dem Pröckl war, was er für ein Mensch und Genosse war, unmöglich ganz begreifen. Daß sie ihn trotzdem liebte und so lang mit ihm auskam, war anständig von ihr. Sie verdiente einen Händedruck, ein aufmunterndes Wort.

Das Büro der Anni war in einer Fabrik weit draußen im Norden. Der Beni stand in der Abendsonne, wartend. In fünf Minuten muß die Anni kommen. Aus marxistischen Lehrbüchern, aus Unterredungen mit dem Genossen Pröckl hat der Benno Lechner gelernt, daß Sexualdinge peripher sind, nicht an das Zentrum des Menschen rühren. Liebe und all der Kram herum, das ist eine Erfindung der Bourgeoisie, um die Ausgebeuteten vom Wesentlichen, vom Ökonomischen abzulenken. Das war natürlich in der Theorie richtig, immerhin hatte er Verständnis auch für eine andre Auffassung. Ihm selber zum Beispiel wäre es schmerzhaft, wenn etwa die Kassierin Zenzi aus seinem Dasein verschwände. Sie war nicht übermäßig gescheit, die Zenzi; ihr eine richtige Weltanschauung beizubringen, war aussichtslos; aber ein Verlaß war auf sie, praktisch war sie auch. Geht es ihm dreckig, wird sie bestimmt zu ihm halten.

Endlich war das Büro aus. Die Anni war gleich dabei, als er sie aufforderte, mit ihm in den Englischen Garten zu gehen und dort irgendwo zu Abend zu essen. Nett anzuschauen, in hellem, leichtem Kleid, ging sie neben dem blonden, festen Bruder langsam durch den trägen Sommerabend.

Der Beni erzählte. Er fühlte sich wohl als Beleuchter bei der Revue. Man mußte da zwar heftig durcheinander arbeiten, ungleichmäßig, bald einen ganzen Tag überhaupt nichts, dann wieder eine ganze Nacht hindurch, und das war nicht sein Geschmack. Aber andernteils konnte er viel basteln und werkeln, die Beleuchtungstechnik war weit zurück, es gab da eine Masse Probleme. Es war ihm auch ein Dreh aufgegangen, etwas absolut Neues; vielleicht wird er bald ein Patent anmelden. Interessant war die Beschäftigung, da fehlte sich nichts. Es war anständig von dem Genossen Pröckl, daß er sie ihm verschafft hatte.

Ja, meinte die Anni leichthin, das schon. Im Innern war sie stolz auf den Kaspar. Bloß ein wenig grantig, fuhr sie fort, war der Kaspar in der letzten Zeit. Er hatte so viel Verdruß. Jetzt, wo es wieder im Gleis war, konnte sie ja ruhig darüber reden, und sie erzählte dem Bruder redselig und vergnügt von einer Menge Streitigkeiten mit den Wirtsleuten und besonders von einer gewissen Babette Fink, die ein Kind angeblich von Kaspar hatte und die unverschämte Ansprüche an ihn stellte. Er war mit dieser blöden Gans absolut nicht fertig geworden, er hatte bloß eine ausgezeichnete Ballade auf sie gemacht. Zuletzt hatte sie, die Anni, alles einrenken müssen. Ganz zuletzt hatte es noch eine saftige Auseinandersetzung gegeben zwischen dem Kaspar und ihr. Bei allem Respekt hatte sie sich nämlich ein bißchen höhnische Verwunderung nicht verkneifen können, daß einer, der nicht einmal mit der Lösung seiner eigenen Angelegenheiten zu Rand kam, mit solcher Sicherheit feststellen wollte, was für alle praktisch sei. Der Kaspar war empfindlich geworden, es kam zu einer kräftigen Debatte über ihr Weltbild. Sie hatte sich nicht unterkriegen lassen. Sie finde nun einmal, wenn einer behaupte, es gebe wissenschaftlichen Kommunismus, so sei das nicht weniger ein Gespinne, ein *Spinnerts*, als wenn einer behaupte, die Lehre von der unbefleckten Empfängnis oder der Unfehlbarkeit des Papstes sei Wissenschaft. So was glaube man, oder man glaube es nicht. Sie habe halt einfach nicht den Glauben.

Der Beni, langsam, bedächtig, suchte ihr auseinanderzusetzen, daß Kaspar Pröckl nicht aus Menschlichkeit Kommunist sei, sondern aus der nüchternen Erwägung, dieser Zustand sei für die Gesamtheit, mithin auch für ihn, praktisch, wünschenswert, nützlich. Die Anni erwiderte, Kaspar Pröckl sei zweifellos gescheit, der gescheiteste Mensch, den sie kenne, und wenn er seine Balladen singe, dann werde ihr ganz anders. Aber sein Glaube, darin sei sie obstinat, sei halt nichts für sie. Später, nachdenklich, meinte sie, sie sowohl wie der Bruder und alle Menschen, die mit dem Kaspar zusammenkämen, hielten ihn für ein Genie. Was aber nun an ihm genial sei, das wisse so recht keiner. Der Beni wußte es auch nicht.

Die Hauptsache bleibe, resümierte die Anni resolut, schon wieder vergnügt, daß dem Beni die Anstellung bei der Revue Spaß mache. Also auf ein Patent gehe er los, das war ja großartig. Er wird schon noch hochkommen. Sie lächelten beide, wie ihr dieser Lieblingssatz des Vaters entwischte, der ganzen Familie tief eingesenkt.

Die Geschwister saßen jetzt friedlich zusammen in einem

schattigen Biergarten, unter Kastanien, schauten vor sich hin, betrachtsam, dachten an den Alten. Das Essen war mäßig, irrsinnig teuer. Das kam, weil der Dollar schon wieder so hinaufgesprungen war. Das Wort Valuta, vor einem Jahr noch unbekannt, war heute rechts und links der Isar über die ganze Hochebene hin geläufig. Die Bauern gaben nichts mehr her außer gegen ausländisches Geld. Ließen die Stadt verhungern. Die Lebensmittelschieber schritten dick her in großartigen, krachenden, ihren plumpen Maßen angepaßten Anzügen, zündeten sich die Zigarren an mit glatten, braunen Tausendmarknoten, wie sie frisch, starkriechend aus der Reichsdruckerei kamen. Das Ganze trieb einer Katastrophe entgegen, sagte der Beni. Viele Genossen träumten von einer Aktion, ja, sie schwenkten hinüber zu den Wahrhaft Deutschen, weil die immer von Aktion schrien, und weil sie etwas Greifbares boten, den *Führer*, ihren Rupert Kutzner. Ein trauriger Hanswurst, behauptete der Beni, mit einer großen Lunge und einem leeren Kopf. Die Anni verstand nichts von Politik. Sie hatte miterlebt, wie die gleichen Fünfzigtausend, die flennend der Leiche des ermordeten Revolutionsführers Eisner zur Bestattung folgten, ebenso flennend mitzogen bei der Beerdigung des von ihm gestürzten Königs Ludwig III. Die Münchner, meinte sie, das seien gute Leute, aber von Politik verstünden sie alle nichts. Immer mußten sie einen haben, von dem sie sagten: der ist es. Es war Glückssache, wen sie grade derwischten. Heute war es der Eisner, der jüdische Sozialist, morgen der Kutzner, der Wahrhaft Deutsche, übermorgen vielleicht der Maximilian, der Kronprinz. Sie spannen ein bißchen, die Münchner. Warum sollte man ihnen das nicht gönnen? Hat doch auch ein jeder Privatmensch sein privates Spinnerts: sie den Kaspar, der Beni seinen Kommunismus, der Vater das gelbe Haus.

Der Beni, nachdem er die redselige Anni zur Gabelsbergerstraße gebracht hatte, vor das Atelier des Pröckl, ging nach Haus zum Unteranger. Der alte Cajetan Lechner freute sich, den Sohn dazuhaben, ließ es sich nicht merken, grantelte. Das sei ja etwas Extriges, daß man auch einmal wieder die Ehre habe.

Es ging dem Alten nicht gut. Wochenlang war er zusammengehockt mit dem Pernreuther, dem Besitzer des gelben Hauses, mit Unterhändlern, mit Maklern, mit richtigen und mit Winkeladvokaten, und zuletzt hatte ihm doch ein Ausländer das gelbe Haus vor der Nase weggekauft. Ein galizischer Jud. Wahrscheinlich hatte der Kutzner recht und seine Wahrhaft Deutschen. Jedenfalls war, was er sagte, einleuchtender als das Gered, das damische, das der Beni dahermachte. Aber ob nun das kapitalistische System daran schuld war oder die Juden: das *Kommoderl* des Cajetan Lechner jedenfalls war fort, das gelbe Haus hatte er nicht gekriegt, und mit seiner großen Sehnsucht, seinem *Spinnerts*, war es ein Dreck.

Nach langem Hin und Her dann hatte er das Haus am Unteranger erstanden, in dem er selber wohnte, mit seiner Altmöbelhandlung. Auf das Katasteramt zu gehen, gewichtig, den Handel schriftlich zu machen, war ein gewisser Ersatz. Gleich darauf aber, wie er den geänderten Stand der Dinge den Mietern verkündete, sich ihnen als der neue Hauswirt vorstellend, erlebte er eine zweite große Enttäuschung. Sie nahmen die Botschaft kühl auf, ohne Respekt. Er hatte seinen langen, schwarzen Rock angezogen, wie er den Rundgang bei den vier Parteien machte. Aber sie wollten nicht einsehen, daß der Cajetan Lechner jetzt was andres war als vorher. Der Hautseneder vom zweiten Stock hatte gesagt, wenn jetzt er Hausherr sei, dann könnte er endlich einmal den Abort richten lassen; Lechner hatte erwidert, der Hautseneder solle ihn nicht schwach anreden, und der Hautseneder, der ausgeschämte Hund, hatte den Lechner schließlich hinausgeschmissen. In seinem eigenen Haus. Der Advokat aber, wie er es advokatisch machen wollte, hatte den Lechner darüber aufgeklärt, daß das ein langwieriger, unsicherer Prozeß werde. Denn in diesen niederträchtigen Zeiten, wo die Ratten des Sozialismus die Heiligkeit des Eigentums von allen Seiten her anknabbern, hätten eben die Hausherren kein Recht mehr, und der Lechner solle nur schleunigst in den Hausbesitzerverein e. V. eintreten. Der Cajetan Lechner hatte wüst herumgeschimpft mit dem Beni. Der und seine saubern Genossen waren schuld daran, daß ein Hautseneder einem in seinem eigenen Haus auf den Kopf schiß.

Im Hausbesitzerverein, dem er beitrat, herrschte allgemeine

Verdrossenheit. Unterhalt und Reparaturen kosteten den Hausherren mehr, als der durch Reichsgesetz niedriggehaltene Mietzins ihm brachte. Es war eine dreckige Zeit, alles war narrisch. Es nützte nichts, wenn man sich auf sein Geld hockte: es schwamm einem unterm Arsch weg. Der Cajetan Lechner war gewitzt, machte es schlau, hielt nicht mehr das bare Geld, kaufte bei Winkelbankiers Aktien, spekulierte. Aber das Schrankerl war fort und, gemessen am Dollar, wurde sein Geld immer weniger. Trotzdem er Hausbesitzer war, schien es nicht, daß er hochkommen werde. Alles schmeckte verflucht nach Drei-Quartel-Privatier. Er hatte gehofft, aus der Neuwahl in seinem Kegelklub »Die Grüabigen« als erster Vorsitzender hervorzugehen. Doch da war er geschlenkt. Trotzdem er eine neue Vereinsfahne stiftete, machten sie den Hausbesitzer Lechner bloß zum Vize.

Gewaltig also, wie jetzt der Beni nach Hause kam, schimpfte der alte Cajetan mit ihm herum. Die waren an allem schuld, die Brüder, die roten Hunde, die roten. Er schimpfte auf die Anni und den Pröckl, den Schlawiner, sagte, er werde sich doch noch bei den Wahrhaft Deutschen als Parteimitglied einschreiben lassen. Der Beni antwortete bedächtige, kurz gefaßte Sätze, die Hand und Fuß hatten. Gerade solche gehaltenen Sätze brachten den Alten sonst auf. Heute indes wurde er nach einer Weile verhältnismäßig sanft. Er hatte ein Geheimnis, und das freute ihn. Sehend nämlich, daß sein Geld immer mehr hinschwand, hatte er sich eine Eisenbahnfahrkarte nach Holland gekauft, hin und zurück, mit sechzigtägiger Gültigkeit. Hatte dem Holländer geschrieben, er wolle für sich privat das Schrankerl noch einmal photographieren, und der Holländer hatte nichts dagegen gehabt, vorausgesetzt, daß Herr Lechner das Bild nicht veröffentliche. Diesen Brief in der Tasche, dazu das Fahrscheinheft, dazu den Katasterauszug, daß das Haus am Unteranger ihm gehöre, fühlte er eine gewisse Gehobenheit. Er war trotz allem ein gestellter Mann, der sich für eine bloße Gaudi eine Reise nach Holland leisten konnte. Als solcher begnügte er sich mit einem Geschimpfe von kurzer Dauer und wurde bald wieder umgänglich. Vater und Sohn verbrachten bei Brezeln, Bier und Rettich einen friedlichen Abend.

19
Der Mann am Schalthebel

Im Herrenklub erläuterte Dr. Hartl, jetzt Ministerialdirektor im Staatsministerium der Justiz, warum er, im Gegensatz zu dem Minister Klenk, einer Begnadigung des Dr. Krüger nicht das Wort rede, warum überhaupt er der Reichsregierung gegenüber einen schärferen Kurs befürworte, eine Politik mehr im Sinn der Wahrhaft Deutschen.

Elegant inmitten der plumperen Herren saß der ehrgeizige Mann, fuhr sich manchmal mit weißen, gepflegten Fingern über die Glatze, legte jovial seine bestechenden Gründe auf den Tisch.

Alle wußten, warum der stolze Hartl ihnen heute gar so beflissen seine Politik ausdeutschte. Er spitzte darauf, der Nachfolger des Klenk zu werden. Die meisten billigten das, schauten wohlwollend und interessiert auf seine Bemühungen. Es hörten ihm viele Leute zu, es war heute voll im Herrenklub. Nach einem schwülen Nachmittag hatte es endlich Regen gegeben; jetzt rann es gleichmäßig von dem dunkelgrauen Nachthimmel, kam kühl durch die geöffneten Fenster. Man saß angeregt nach dem schlaffen Tag, sagte seine Meinung, hörte auch die andern.

Unter den Herren, die dem Hartl zuhörten, waren der Fünfte Evangelist und Dr. Sonntag, der Chefredakteur des »Generalanzeigers«. Dr. Sonntag riß nervös an der Schnur seines Zwickers, setzte ihn auf, ab, suchte aus dem Gesicht des Reindl zu lesen. Doch der hielt die gewölbten Augen unangenehm beharrlich auf den Hartl, und seiner völlig stillen Miene konnte Dr. Sonntag weder Zustimmung noch Ablehnung abluchsen. Auch der leise, elegante Herr von Ditram war unter Hartls Zuhörern. Er machte sich nicht schlecht, der neue Ministerpräsident, schlug dünne, aber zähe Wurzeln. Man hörte wenig von ihm; seine Freunde pflegten zu sagen, der beste Regierungspräsident sei der, von dem man nicht spreche. Auch er, während der beredte Hartl seinen Standpunkt darlegte, spähte manchmal leise, unauffällig nach dem Gesicht des Fünften Evangelisten. Es war klar, der Klenk war nicht zu halten. Der Hartl, und der kannte sich aus, sprach bereits so, als säße er auf dem Ministersessel.

Der Fünfte Evangelist, als der Ministerialdirektor eine kleine Pause machte, stand auf, ging an einen andern Tisch. Auch hier beredete man die Krankheit des Klenk. Hat Pech, der Klenk. So ein baumstarker Kerl und liegt, kaum an der Macht, auf der Nase. Man erzählte Anekdoten, mokierte sich. Den Senatspräsidenten Messerschmidt, da er rechtlich war, ärgerte diese Schadenfreude. Er selber mochte den Klenk nicht leiden. Aber es war ekelhaft, mit wie billigem Vergnügen auf einmal alle, sowie er wackelte, über ihn loszogen; bloß weil er ihnen zu begabt war. Der stattliche Mann hörte sich das flaue, mäkelnde Gerede eine Weile mit an, sein rotes Gesicht mit dem gutgepflegten, altmodischen Vollbart und den vorquellenden Augen ging schwerfällig von einem zum andern. Dann tat er den Mund auf, redete von der großen Musikalität des Klenk. Das war befremdlich, doch klang es als Gegenargument nicht schlecht. Man hörte dem alten Messerschmidt ein bißchen spöttisch, im Innern angerührt zu. Auch Herr von Ditram kam herüber. Ihn zog der Reindl. Es wäre angenehm, wenn der sich äußerte über die Neubesetzung des Justizministeriums.

Der Reindl, als der Messerschmidt zu reden anfing, wandte seine gewölbten, braunen Augen dem Alten zu. Er dachte, daß, schau an!, der Messerschmidt ein anständiger Mensch sei. Er dachte, daß es schade war, daß der Pröckl nicht mit nach Rußland fuhr. Er dachte, daß er vielleicht jetzt dem Dr. Sonntag einen Wink geben könnte, für den Krüger zu schreiben. Er dachte, daß es eigentlich rätselhaft sei, warum so viele, zum Beispiel er selber, trotz der Münchner die Stadt München so mochten. Auch der Pröckl hatte sein Herz an München gehängt, und der Pfaundler, und der Matthäi, und die Kläre Holz, Menschen der verschiedensten Art, keine Blödiane.

Der Messerschmidt hatte aufgehört zu reden, auch die andern schwiegen. Es wurde allmählich unbehaglich, daß der Reindl so unter ihnen saß und konstant das Maul hielt. Sowieso schon war der Mann unbehaglich. Gewiß, er stammte aus einer Urmünchner Familie; tat er die Lippen auf, dann kam üppig die Mundart heraus, ein Münchnerisch, wie kein echteres gewachsen war rechts und links der Isar. Zweifelte jemand die wirtschaftliche Fähigkeit des bayrischen Südens an, dann sagte der Münchner voll Stolz: »Und unser Fünfter Evangelist?« Aber unheimlich blieb er doch, der Fünfte Evangelist. Wie er ausschaute, was er dachte, was er tat, war so unmünchnerisch wie möglich, man hätte ihn gern losgehabt.

Und der Fünfte Evangelist sprach noch immer nicht. Vielmehr hörte man jetzt aus dem Nebenzimmer die gemütlichen Stimmen der Herren, die dort ihr altfränkisches Spiel absolvierten, den *Haferltarock*, die Karten kräftig auf den Tisch schmeißend, die einzelnen Stiche mit kernhaften Sprüchen begleitend.

Am Tisch des Reindl jetzt sprach man von den Wahrhaft Deutschen. Ihre Bewegung, wie Gas, breitete sich aus, schon formierten sie reguläre Truppenkörper, hielten in aller Öffentlichkeit Übungen ab. Hatten Stab, ein richtiges Oberkommando. An der Spitze stand natürlich Rupert Kutzner. Er hieß allgemein *der Führer*. Gläubige drängten sich um ihn, Alte und Junge, Arme und Reiche, wollten den Retter sehen, brachten Geld, Verehrung. Der Geheimrat Dingharder von der Kapuzinerbrauerei erzählte, wie vor allem die Frauen an Kutzner hingen, wie sie sich begeisterten an seinem forschen Gesicht, seinem streng geführten Scheitel, seinem winzigen Schnurrbart. Besonderen Eindruck hatte dem Geheimrat die zittrige Stimme der alten Generalin Spörer gemacht, die versicherte, dieser Tag, da sie den Führer sehe, sei der beste ihres Lebens. Alle stimmten darin überein, daß in Bayern niemals jemand so populär gewesen war wie der Rupert Kutzner.

Herr von Reindl hörte dem Geschwätz zu, das träg, gleichmäßig hinrann wie der Regen. Der Dingharder hatte leicht reden. Infolge der Kutznerversammlungen waren die Säle des Kapuzinerbräukellers voll, und der gesamte Bierkonsum stieg. Der Reindl hatte ein fades Gefühl im Gaumen wie nach einer durchsoffenen Nacht. Er tat den Mund auf: er durfte es sich leisten, auch vor diesen Menschen gradheraus zu sagen, was er wirklich dachte. Vielleicht half ihm das über das öde Gefühl.

Warum die ganz Jungen dem Kutzner nachliefen, führte er aus, das sei klar. Sie wollten Abenteuer, sie wollten Räuber und Gendarm spielen. Sie freuten sich, wenn ihnen das Spielzeug geliefert werde, wenn sie eine Uniform kriegten und den Schießprügel und geheimnisvolle Postkarten, auf denen Gummiknüppel und Gewalt als »Radiergummi und Feuerzeug« bezeichnet würden. Mache man ihnen gar vor, ihre Spielerei sei eine vaterländische Tat und allen Gutgesinnten wohlgefällig, dann könne man sie hinkommandieren, wo man wolle.

Es seien aber nicht lauter Minderjährige unter den Anhängern des Kutzner, bemerkte nicht ohne Schärfe Geheimrat Dingharder. In München, gab der Reindl friedfertig zu, seien darunter auch viele Ausgewachsene. Ausgewachsene Kleinbürger nämlich. Im Grund habe sich der Kleinbürger immer nach einer Autorität gesehnt, nach jemandem, dem er andächtig gehorchen dürfe. Im Herzen sei er niemals Demokrat gewesen. Jetzt gehe mit dem Wert seines Geldes seine demokratische Tünche vollends dahin. In der steigenden Not repräsentiere der Kutzner den letzten Fels und Hort, des Kleinbürgers Idol: den Helden, den strahlenden Führer, dem man aufs großartige Wort wollüstig gehorcht.

In seiner stillen, behutsamen Art fragte Herr von Ditram: »Wenn also die Inflation aufhört, dann, glauben Sie, ist es mit den Wahrhaft Deutschen aus?« Der Fünfte Evangelist richtete seine gewölbten Augen aus dem blassen, fleischigen Gesicht auf den Ministerpräsidenten und sagte freundlich: »Gewiß. Aber keine Regierung kann, solange sich nicht die deutsche Schwerindustrie mit der internationalen verständigt, die Notenblähung aufhalten.« Alle hörten still und nachdenklich den verbindlich hochfahrenden Worten des Reindl zu. »Sie halten München für eine kleinbürgerliche Stadt, Herr Baron?« fragte Herr von Ditram. »München«, erwiderte der Reindl, »München mit seiner halbbäurischen Bevölkerung ist das gegebene Zentrum einer kleinbürgerlichen Diktatur.« – »Was verstehen Sie unter kleinbürgerlich?« fragte immer gleich höflich Herr von Ditram, während man den Regen rinnen und aus dem Nebenzimmer einen der Haferltarockspieler sagen hörte: *Was liegt,*

liegt. – »Kleinbürgerlich?« fragte Herr von Reindl nachdenklich zurück. Er wandte sich mit verbindlicher Arroganz an die um den Tisch. »Stellen Sie sich, bitte«, sagte er, »ein Weltbild vor, das bestimmt wird von einem ziemlich gesicherten Monatseinkommen zwischen zweihundert und tausend Goldmark. Die Menschen, die geboren sind für ein solches Weltbild, sind Kleinbürger.« Er musterte die Herren, einen nach dem andern, mit seinen gewölbten Augen.

Die hörten, das Trommelfell gespannt, dem Gespräch zu. Sie blieben ganz still, der Regen rann, im Nebenzimmer pfiff einer der Tarockspieler die Stadthymne, das Lied von der Gemütlichkeit, die in München niemals aufhört. Kaum einer von diesen Beamten, Ärzten, ehemaligen Offizieren hatte auch in normalen Zeiten ein Monatseinkommen über tausend Mark. Machte er sich lustig über sie, der Protz, der verdächtige? Er drückte sich so geschwollen aus, man konnte ihn nicht recht fassen. »Ich gebe übrigens selbst Geld für den Kutzner«, hörte man ihn sagen, und alle waren froh, daß sie jetzt nicht aufbegehren mußten. Er lächelte dem lächelnden Ditram zu.

Der und der Chefredakteur Sonntag atmeten im stillen auf, befreit. Wenigstens etwas Faßbares hatte der Reindl geäußert. Wenn er dem Kutzner Geld gab, so war er gegen Klenk, also einverstanden mit seinem Sturz. Geradezu fragte einer: nachdem der Klenk doch zweifellos ein begabter Hund sei, wie komme es, daß er sich in Bayern so gar nicht durchsetzen könne? Er sei doch in seinem ganzen Wesen ein Urbayer. »Das kommt, meine Herren«, sagte der Reindl, »weil er die Spielregeln nicht versteht.« – »Welche Spielregeln?« fragten sie. »Um in Bayern zu regieren«, sagte der Reindl, »muß man sich auf die Spielregeln verstehen. In Bayern muß man, damit die Volksseele kocht und wieder still wird, simplere Mittel anwenden als in der übrigen Welt. Anderswo muß man krumm regieren: in Bayern senkrecht.« – »Ich glaube«, sagte plötzlich ungewohnt entschieden Herr von Ditram, »daß der Minister Klenk diese Spielregeln sehr genau kennt.« – »Dann wird er eben dafür zahlen müssen«, sagte liebenswürdig der Reindl, »daß er sie nicht anwenden *mag*.«

Nachdenkliches Schweigen. Man hörte bloß die aufklatschenden Karten der Tarockpartie nebenan und vom andern Tisch her die joviale, siegessichere Stimme des Hartl.

Als bald darauf der Reindl aufbrach, fragte einer am Tisch seinen Nachbarn, warum eigentlich dieser Herr der Fünfte Evangelist genannt werde. »Weil er so überflüssig ist wie ein fünftes Evangelium«, erwiderte grimmig der Gefragte, und die andern stimmten lebhaft zu.

Unter der Tür mittlerweile, im Beisein des Ministerpräsidenten, glitt der Chefredakteur Sonntag um den Reindl herum, wollte aus ihm noch schnell ein paar Direktiven fischen. »Haben Sie meinen letzten Leitartikel über die Wahrhaft Deutschen gelesen, Herr Baron?« befliß er sich. »Lieber Sonntag«, sagte liebenswürdig lächelnd der Reindl, »machen Sie, was Sie wollen. Aber wenn Sie es falsch machen, fliegen Sie.« Der Redakteur entschloß sich, es für einen Scherz zu nehmen, lächelte, trat zurück. Herr von Ditram, jetzt allein mit dem Reindl, nah an ihm, fragte den schon unter der Tür Stehenden: »Und was halten Sie von dem Dr. Hartl, Baron? Ein scharmanter Herr, nicht?« – »Ja«, sagte kühl der Reindl, »zuweilen ganz unterhaltsam.« – »Falls die Krankheit des Dr. Klenk anhalten sollte, wen hielten Sie für einen geeigneten Nachfolger?« Der Reindl schaute bedächtig, fast gelangweilt durch den Raum. »Zum Beispiel den Senatspräsidenten Messerschmidt«, sagte er faul.

Dann mit stillem Gesicht entfernte er sich. In seinem Rükken hörte er die joviale, eingebildete Stimme des Hartl, der nicht wußte, daß seine Kandidatur erledigt war, noch bevor er sie anmeldete. Nachdenklich, immer noch höflich und beflissen, schaute der Ministerpräsident dem Manne am Schalthebel nach, der gestürzt hatte den Hartl, der begnadigen wollte den Krüger, der verurteilt war von eben diesem Hartl, weil er Ärgernis gegeben hatte.

20
Von der Demut

Die Tänzerin Olga Insarowa, schmächtig, überzart angezogen, etwas puppig, saß im Wartezimmer des Dr. Moritz Bernays. Sie blätterte durch abgegriffene Zeitschriften, grell bebilderte Magazine, Fachzeitschriften über Gesundheitswesen; einmal fesselte sie eine farbige schematische Darstellung der Lunge mit ihren Verzweigungen, einmal, in einem Magazin, das Porträt einer Frau im Badeanzug mit einem Hund. Sie war auf vier Uhr bestellt gewesen; jetzt wartete sie bereits eine Stunde, und es schien, als würden vor ihr noch zwei andere Patienten vorgenommen. Schon war sie im Begriff zu gehen, nervös durch die Nüchternheit des Raums, die gespannte Langeweile der andern Wartenden. Aber sie brachte den Entschluß nicht auf, durchblätterte zum viertenmal die gleichen Hefte.

Um die Gesundheit der Tänzerin Insarowa stand es seit etlicher Zeit nicht gut. Allein sie liebte es, sich treiben zu lassen, hatte Scheu vor einer ernstlichen Untersuchung. Ihre Freunde hatten lange drängen müssen, bis sie endlich im Wartezimmer des vertrauenswürdigen Dr. Bernays saß.

Dr. Bernays war leitender Arzt an einem staatlichen Krankenhaus gewesen, galt als erste Autorität in seinem Fach, war angesehen, gefürchtet, beliebt. Aber er hatte sich sonderbar benommen. Hatte etwa unterernährten Proletariern eine Diät verordnet, die Austern vorsah, Kaviar, geschabtes zartes Fleisch, Frühgemüse, hatte ihnen Margarine und jedes andere Ersatzmittel streng verboten. Das erstemal hatte man es für einen guten Witz gehalten, gelacht. Als er aber solche Verordnungen mit unbewegter Miene wiederholte, zehnmal, hundertmal, mußte man wohl einschreiten. Zur Rede gestellt, hatte Dr. Bernays auf die medizinischen Lehrbücher hingewiesen, die solche Kost in den fraglichen Fällen empfahlen, auch auf die Vorschriften, die Kollegen bemittelten Patienten zu geben pflegten. Vorsichtig auf die gottgewollten ökonomischen Unterschiede aufmerksam gemacht, hatte er unschuldig und ohne Schärfe erklärt, daß das Nationalökonomen angehe, Politiker, vielleicht auch Theologen, daß aber der Mediziner die Verpflichtung habe, den Patienten ohne Kleider und somit auch ohne Brieftasche zu untersuchen. Da er auf seinen Prinzipien beharrte, war er zum Verzicht auf seine Stellung veranlaßt worden. Durch diese Geschichte gesellschaftlich unmöglich, dazu unangenehm ruppig von Wesen, hatte er trotzdem guten Ruf in den Kreisen der Großkopfigen, viel Zulauf.

Nach kurzer Unterredung erklärte er der Tänzerin ohne Barschheit, doch sachlich höflich, ihr Leiden sei in vorgeschrittenem Stadium, er halte rascheste Übersiedlung in ein Tuberkulosensanatorium für angezeigt. Die Insarowa zog sich langsam an, ging langsam die besonnte Straße hinauf, hohlwangig, verträumt, mit klebenden Schritten. Sie war in einer süßen Benommenheit, fast befriedigt, daß sie jetzt wahrscheinlich sterben wird, sich jedenfalls gehenlassen durfte.

Im Theater, auf den Proben, gab sie sich sanft, schwermütig. Deutete an: *Wenn ihr wüßtet*! Verstummte dann, schwieg auf weitere Fragen. Pfaundler forderte sie auf, keinen Krampf zu machen, fragte sie, ob sie spinne. Er behandelte sie wieder schlechter in diesen letzten Tagen, da Klenk offenbar ausgespielt hatte. Die Insarowa blieb still, demütig, sprach niemandem von ihrer Krankheit.

Nur dem Klenk beschloß sie davon zu sprechen. Allein wiederum, als sie in das Haus des Ministers kam, wurde sie abgewiesen. Sie wütete nicht diesmal, nahm es still hin. Es war gut so, mochte das Schicksal auf sie einschlagen, je wütiger um so besser. Sie hatte für alles das gleiche, kleine, demütige Lächeln, das ihr gut zu Gesicht stand. Sie schrieb Klenk einen Brief, erzählte umständlich, der junge Orang-Utan des Tierparks sei von seiner Affenmutter in übergroßer Zärtlichkeit erdrückt worden. Sie sei die Tage her immer gegen Abend im Tierpark gewesen, habe an dem unheimlich liebenswerten kleinen Wesen sehr gehangen. Fünf Rippen seien ihm eingedrückt. In einer Nachschrift erzählte sie, Dr. Bernays habe fortgeschrittene Knochentuberkulose an ihr konstatiert.

Klenk lag jetzt schon die vierte Woche immer in der gleichen Schwäche, in leichter Benommenheit. Er hatte den vertrauenswürdigen Dr. Bernays hinausgeschmissen, da ihm seine einsilbige Sachlichkeit zuwider war. Doch Frau Klenk ruhte nicht, bis man den unangenehmen Arzt wieder zuzog. Der verordnete wortkarg die alte Diät. Er hielt dafür, aber das äußerte er nicht, daß Klenks Heilung vor allem durch seine wilde Seele erschwert werde. Klenk litt sehr. Sah deutlich, doch ohnmächtig, was sich gegen ihn spann. Verdammtes Pech, so liegen zu müssen, mit sehenden Augen und kraftlosen Händen, während die Lahmärsche alles kaputt schlugen, was er angefangen hatte, ihn grinsend und mühelos hinausdrängten. Alle wollten sie ihn forthaben. Der alte Bichler wußte genau, was mit ihm los war, daß er der beste Mann war für bayrische Politik, aber er wollte ihn weghaben, weil er nicht handsam genug war. Bei dem Matthäi war es Eifersucht wegen dieses Frauenzimmers, der Insarowa; er konnte sie übrigens geschenkt haben, der geile Bock. Und so hatte der Hartl seine Gründe, so der Toni Riedler, so andere. Der Kronprinz Maximilian zum Beispiel mochte ihn nicht, weil er nicht höfisch genug war. Er war Monarchist, natürlich, er hatte nichts gegen den Kronprinzen; aber er war Realpolitiker, vorläufig war an die Wiederherstellung der Wittelsbacher nicht zu denken. Auch konnte er, erfüllt von bayrisch-demokratischem Hochmut und geneigt, die andern zu frotzeln, sich's nicht verkneifen, den Kronprinzen, sooft er mit ihm zusammentraf, spüren zu lassen, daß jetzt er, der Klenk, daran war und nicht der Maximilian. Er hatte zu harte Knochen in der Faust und zuviel Saft im Hirn. Darum war er allen zuwider, und sie arbeiteten, ihn kleinzukriegen.

Vor einer Woche hatte er sich gesagt, wenn er nicht binnen acht Tagen wieder in seinem Amtszimmer sitze, dann hätten die andern zuviel Vorsprung, dann sei es aus mit ihm. Die Woche war vorbei. Sein Herz vielleicht, aber nicht mehr sein Hirn hatte Hoffnung.

Als auch sein Herz zu hoffen aufhörte, verging er in Raserei, hilflos, im Bett. Er ließ niemanden vor, sprach drei Tage hindurch kein Wort. Stöhnte, knurrte, stieß Laute so ungehemmter, gefährlicher Wut aus, daß seine Frau erblaßte.

Am vierten Tag kam der Minister Franz Flaucher, und Klenk, zum Erstaunen seiner Frau, empfing ihn. Der Kollege hatte seinen Dackel mitgebracht, war in ernster, frommer Stimmung. Klenk, nicht geneigt, darauf einzugehen, wurde sogleich sachlich, erklärte, er habe die Übersicht über die Geschäfte verloren, fragte den Kollegen vertraulich, welcher von den Herren jetzt im Justizministerium den Wind mache. Der Flaucher tat erstaunt, drückte sich herum. Der Hartl vermutlich, fragte der Klenk. Der Flaucher rieb sich zwischen Hals und Kragen. Nein, sagte er schließlich, er habe eigentlich nicht den Eindruck, daß es der Hartl sei. Seiner Meinung nach sei es der Messerschmidt.

Da lachte Klenk. Lachte, trotzdem Lachen ihm den ganzen Körper schütterte und seine Schmerzen vermehrte. Lachte lange, weil es dem Hartl nun doch nicht hinausgegangen war.

Der Flaucher aber, ihn mißverstehend, knurrte fromm, der Herr Kollege möge nicht so sträflich lachen. Solche Schickung komme wirklich, auf daß sich einer selbst prüfe und besinne. So wenigstens habe er es aufgefaßt, als er zweimal in seinem Leben länger und ernstlich krank gewesen sei. Klenk ließ ihn eine Weile reden. Als aber der Flaucher das drittemal das Wort Demut gebrauchte, sagte er leise, doch unmißverständlich: »Wissen Sie was, Flaucher, jetzt werden nachher Sie Ministerpräsident und lecken mich am Arsch.« Damit drehte er sich um, und es blieb dem Kultusminister nichts übrig, als sich mit seinem Dackel Waldmann zu entfernen, kopfschüttelnd über soviel Hoffart und Genußsucht.

21

Herr Hessreiter diniert in Berlin

Beglückt atmete Herr Hessreiter die Luft der Station *München Hauptbahnhof.* Schmeckte hier nicht selbst Rauch und Ruß besser als überall sonst auf der Welt? Er stellte sein Gepäck im Depot ein, trat hinaus auf den Platz. Setzte fröhlich, laut, seinen Elfenbeinstock auf das Pflaster. Er war im Überzieher, den zweiten Mantel, den er im Koffer nicht untergebracht hatte, trug er überm Arm. Er hatte weder den Chauffeur noch sonst wen an die Bahn bestellt. Er fand es originell, mit der Straßenbahn nach Haus zu fahren, stieg in einen der blitzblauen Wagen. Schnupperte mit Wohlbehagen die Luft der bayrischen Hochebene. Die rundschädeligen Menschen gefielen ihm, der Dialekt des Schaffners gefiel ihm. Er stieß den Passagier, der neben ihm saß, leicht an, nur um ihm sagen zu können: »Hoppla, Herr Nachbar.«

Er ging herum in seinem behaglichen, mit vielen Möbeln angefüllten Haus. Es waren Möbel, wie man sie hundert Jahre zuvor angefertigt hatte, in der sogenannten Biedermeierzeit. Vielfacher skurriler Zierat stand auf den Tischen, groteske Masken und Fratzen. Schmuck aller Art, ein Fötus in Spiritus, Schiffsmodelle, ein Krokodilschädel, Puppen eines frühen Marionettentheaters, seltsame Musikinstrumente, auch Folterwerkzeuge. Die Wände hinauf, hinunter hingen anspruchslose Bilder, Stiche in altväterischen, schwarz und braunen Rahmen; selbst der Abort war mit solchen Stichen geziert, auch mit einer Äolsharfe, die Eintritt und Ausgang des Benützers mit Sphärenklang verkündete. Zahllose Münchner *Antiquitäten* hingen herum, Riegelhauben, mit vielem Gold durchwirkte Kopfbedeckungen, wie sie die Münchner Frauen vor einem Jahrhundert getragen hatten, Modelle von Bauten, ein großes Modell des Doms im besondern, jener Kirche mit den unvollendeten, provisorisch mit einer Haube gekuppelten Türmen, die als das Wahrzeichen der Stadt galten. Feierlich, preziös gaben sich nur die Räume für Bücher und Bilder.

In diesem seinem lieben Haus also ging Herr Hessreiter herum, streichelte die Türen, die Gegenstände, belichtete mit wechselndem Licht seine Bilder, setzte sich in seine behaglichen Sessel, ihre Behaglichkeit kostend. Zog seinen bequemen, violetten Hausrock an, beschaute sich im Spiegel, sein fleischiges Gesicht, jetzt ohne Schläfenbart, seinen kleinen, genießerischen Kindermund. Er entspannte seine Glieder, gähnte laut, fröhlich, streckte seine Arme. Herrlich war das, in seinen eigenen Räumen zu sein, sein Haus wieder in Besitz zu nehmen, seine Möbel, seine Bilder, den Ort mit der Äolsharfe. Nichts Besseres gab es auf der Welt als heimkehren, sich wieder auffüllen mit seiner eigenen, guten, erfreulichen Vergangenheit.

Des Abends begab sich Herr Hessreiter in den Herrenklub. Er freute sich darauf, jetzt nach einer längeren Auslandsreise die Freunde und Spezis wiederzusehen, ihnen mit wichtigem Gehabe seine Reisebeobachtungen mitzuteilen, messend das Wesen der Stadt München am Wesen der Welt. Natürlich raunzte man bei diesem Anlaß kräftig über seine Heimatstadt; aber gerade nach längerer Abwesenheit war im Grunde dieses Raunzen nur kostümiertes, herzwärmendes Lob.

Die erste Viertelstunde auch fand sich Herr Hessreiter im Herrenklub besonders glücklich. Bis eine unerwartete Störung eintrat. Er war auf der Straße einem Trupp der Wahrhaft Deutschen begegnet mit Trommeln und einer blutroten Fahne. Herr Hessreiter, noch in den Anschauungen des Auslands, fand diese Verbände und ihre Aufmachung komisch, machte sich im Herrenklub darüber lustig. Zu seinem Erstaunen erwiderte ihm sein Gesprächspartner, der weltläufige, joviale Ministerialdirektor Hartl, zugesperrten Gesichts, nein, da könne er seinen Standpunkt nicht teilen. Herrn Hessreiters Verwunderung stieg, als auch der vornehme Herr von Ditram seine harmlosen Scherze still und entschieden ablehnte, als der Maler Balthasar von Osternacher den Rupert Kutzner und seine Bewegung alles eher als komisch fand. Der Baron Riedler erklärte geradezu, wem die Wahrhaft Deutschen nicht paßten, der passe nicht recht in dieses Land, und sein Gesicht war unangenehm hart. Betreten fragte Herr Hessreiter, wie denn der Minister Klenk sich zu den Patrioten stelle. Zu seiner Überraschung fand man die Meinung des Herrn Klenk recht gleichgültig, riß bösartige Witze über den Minister. Da war Herr Hessreiter ja schön angekommen. War Klenk nicht mehr der unbestrittene Diktator Süddeutschlands? War er in Ungnade? Armer, betretener Herr Hessreiter. Er fand sich in seiner Vaterstadt nicht mehr zurecht. Solang die grüne Isar durch die Stadt gehe, rühmte die alte städtische Weise, solang höre die Gemütlichkeit in der Münchner Stadt nicht auf. Heute, spürte er, war es nichts Rechtes mit dieser Gemütlichkeit. Er ging früh nach Haus.

Ein Stück des Wegs zu Fuß. Als er an der Feldherrnhalle vorbeikam, sah er, und es milderte nicht seinen Verdruß, daß man im Begriff war, diesmal nicht in der Halle selbst, sondern auf der Straße ein neues Greuel aufzurichten, einen klobigen Gedenkstein oder so was. Noch war weder das Ganze dieses Mahnmals noch seine künstlerischen Einzelheiten deutlich zu erkennen. Nur soviel stand fest, daß der Gedenkstein den Verkehr behinderte.

Eigentlich hatte er noch am gleichen Abend Frau von Radolny anläuten wollen. Jetzt hatte er keinen Gusto mehr darauf. Er machte viel Licht in seinen Räumen; doch das Wiedersehen mit den Schiffsmodellen, den Riegelhauben, der Äolsharfe, den Büchern war ihm verdorben.

Er legte sich verstimmt in sein Bett, ein breites, niedriges Biedermeierbett aus edlem Holz, mit einem Zierat vergoldeter Figuren, die Exoten darstellten. Er schlief nicht gut in dieser ersten Nacht nach seiner Rückkehr. Aus Verstimmung wurde Zorn, aus Zorn Tatendurst. Randvoll von Energie und Plänen wälzte sich der Kommerzienrat Hessreiter in seinem Biedermeierbett. Das blöde Geschwätz im Herrenklub. Seine französischen Projekte zur Vergrößerung der Süddeutschen Keramiken. Der neue Greuel an der Feldherrnhalle. Die Serie »Stiergefecht«, die Herstellung ernsthafter Kunstkeramik. Der Kutzner, seine Fahnen und das ganze Gelump. Er wird einmal wieder demonstrieren, daß es haut. Die Herren Münchner werden glotzen. Freilich, wenn er an das brutale Gesicht des Riedler dachte, begann er zu schwitzen.

Andern Morgens, schon im Begriff, Frau von Radolny anzuläuten, schob er es wieder auf. Der gestrige Abend, die unruhige Nacht hatten ihn unsicher gemacht. Es gab in der Luft dieser Stadt so merkwürdig schnelle Umschwünge; er wußte nicht mehr recht, wie er mit Frau von Radolny stand, zog es vor, sich vor einem Zusammentreffen zu informieren.

Aß zu diesem Behuf mit Herrn Pfaundler zu Mittag. Der hatte den Riecher, war der rechte Mann. Von ihm erfuhr er zunächst, daß der Klenk endgültig verspielt habe. Pfaundler bedauerte das. Für die Revue, für die andern Pfaundlerschen Unternehmungen wäre es gut gewesen, wenn weiter ein Mann mit starker Hand und etwas Hirn an der Spitze der bayrischen Dinge stünde, nicht einer der landesüblichen Trottel. Aber als vorsorglicher Geschäftsmann hatte sich Pfaundler auf den Wechsel in der Macht bereits eingestellt, hatte für Kutzners patriotische Bewegung Fahnen, Abzeichen, vaterländische Requisiten gestiftet. Im übrigen fand Pfaundler den Klenk nicht ganz ohne Schuld. Gewisse Faxen um ein Frauenzimmer, eine sichere Insarowa, wenn Herr Hessreiter sich erinnere, hätte sich der Minister in seiner Stellung nicht leisten dürfen.

Dann, auf eine behutsame Frage Herrn Hessreiters, setzte er ihm die Lage Frau von Radolnys auseinander. Ja, die war auch unten durch. Er erklärte das mit einer Bestimmtheit, die ohne weiteres überzeugte. Wieso war gerade an ihr, der am wenigsten Belasteten, das Geschwätz hängengeblieben, das man anläßlich des Fürstenenteignungsgesetzes um den Münchner Hof herum gemacht hatte? Herr Hessreiter, infolge seiner längeren Abwesenheit, begriff nicht seine Vaterstadt. Allein, wie immer, mit Katharinas gesellschaftlicher Position war es aus. Sie selber, anerkannte Herr Pfaundler, als kluge Frau, füge sich, gehe sogar mit dem Plan um, fortzuziehen, ihr Besitztum Luitpoldsbrunn zu verkaufen. Er könne da nur zuraten, besonders falls sie Erfolg mit ihrem Auftreten in der Revue habe. Vielleicht interessierte sich Herr Hessreiter dafür, dann zusammen mit ihm Luitpoldsbrunn zu erwerben, dort eine Hotelpension, ein Sanatorium oder dergleichen aufzumachen.

Herr Hessreiter war verwirrt. Der jähe Wechsel in den Glücksumständen seiner Freundin rührte an sein goldenes Münchner Herz. Es lockte ihn, schnurstracks zu Katharina zu gehen, sie verzeihend an die Brust zu drücken, zu zeigen, was für ein starker Schild und Hort der Kommerzienrat Paul Hessreiter war. Aber er war ein erfahrener Mann, hatte oft genug demonstriert, wollte sich diesmal nicht von seinen Gefühlen überrumpeln lassen. Als er sich von Herrn Pfaundler verabschiedete, erklärte er, sich selber unerwartet, geschäftliche Gründe nötigten ihn, morgen auf mindestens eine Woche nach Berlin zu fahren. In Berlin, doch das gestand er kaum sich selber ein, konnte er seine Stellungnahme zu den veränderten Münchner Verhältnissen in Ruhe überdenken, ein übereiltes Zusammentreffen mit Frau von Radolny vermeiden.

Die große Stadt Berlin, da er lange nicht dort gewesen war,

beeindruckte ihn ungeheuer. Er fuhr durch die Straßen, die aus dem Zentrum nach dem Westen führten. Lennéstraße, Tiergartenstraße, Hitzigstraße, Kurfürstendamm. Er sah die nie abreißende Reihe der Autos, mit der Selbstverständlichkeit eines Flusses daherrollend, sich stauend, weiterrollend. Er bemerkte das sichere Funktionieren der Einrichtungen, die zur Regelung dieses Verkehrs getroffen waren, automatische Haltezeichen, Schutzinseln, Schutzleute, Lichtzeichen, gelb, rot, gelb, grün. Er fuhr ohne Ziel mit der Schnellbahn, fuhr über jene Fläche, wo mitten in der Stadt zahllose Gleise sich treffen, Züge übereinander, untereinander sich schneiden, überholen. Er tauchte aus den Schächten der Untergrundbahn irgendwo zur Straße hinauf, sah Häuser, Häuser, Menschen, Menschen, endlos. Er durchschritt den langen Tunnel, der mitten in der Stadt unter der Erde hinführte, immer erfüllt von raschem, beschäftigtem Volk, das gespannt darauf lauerte, ob es am andern Ende seinen Anschlußzug finde. Er sah, wie die Millionen Einwohner dieser Stadt nicht gleich den Leuten seiner Heimatsiedlung schwatzend an den Ecken herumstanden, sondern wie sie selbstverständlich, eilig, doch nicht wichtig ihren Geschäften nachgingen. Er nahm wahr die menschenwimmelnden Arbeiterviertel, die schwankenden Autobusse, die Warenhäuser. Die riesigen, lichtprahlenden Paläste der Unterhaltung, Cafés, Kinos, Theater, zehn, dreißig, hundert, tausend, menschengefüllt. Demonstrationszüge der Rechtsradikalen, von Polizei geleitet, in Windjacken, mit Mützen, mit Fahnen, militärisch formiert, sehr zahlreich. Demonstrationszüge der Linksradikalen, von Polizei geleitet, mit dem Emblem der geeinigten proletarischen russischen Republiken, sechszackiger Stern, Sichel, Hammer, endlos. Er sah die Straßen, die aus der Stadt hinausführten, an die vielen Seen ringsum, in die dürftigen, mit Großstadthäusern durchsetzten Wälder, alle Wege erfüllt von Menschen, Wagen, Autobussen. Er schmeckte genießerisch, der leicht entzündliche Mann, das vielfältige Leben der wimmelnden, sich ihres Daseins sehr bewußten großen Stadt, ihre Ausdehnung, das präzise Funktionieren ihrer Organe.

Des Abends aß er in einem der prunkvollen, etwas geschmacklosen Speiseetablissements des Westens, zusammen mit tausend andern Menschen. Es gab eine ungeheure Auswahl von Speisen, zubereitet ohne Liebe, doch anständig, nicht billig, nicht teuer. Serviert mit viel Apparat und Aufmachung. Man hielt nicht lange Rat mit dem Kellner, man aß, trank, zahlte. Tausend Menschen saßen hier, nährten sich zweckvoll, ohne Genuß. Schwatzend, Geschäfte machend, Zeitungen lesend, mit Hast schlingend, ohne Freude am Essen. Herr Hessreiter saß an einem Tisch zusammen mit einem Fremden. Er versuchte ein Gespräch. Der Tischgenosse, erstaunt, antwortete kurz, nicht unhöflich; doch Herr Hessreiter sah, daß hier auf ein wirklich gemütliches Tischgespräch nicht zu rechnen war. Er aß träumerisch Austern, Suppe, gekochten Aal, der ihm als Berliner Spezialität gerühmt war. Eine Artischocke. Ein großes Stück saftigen, am Grill bereiteten Rindfleischs. Dann nahm er Käse, Früchte mit eisgekühlter Sahne, Mokka. Er sah Leute kommen, gehen. Er dachte an die vier Millionen Menschen dieser Stadt, die tagsüber zielbewußt und sachkundig ihre Geschäfte betrieben, sich des Abends ebenso zielbewußt, doch weniger kennerisch amüsierten. Seufzend mit diesem kräftig in der Gegenwart strömenden Berlin verglich er sein München. Ach, das Gerede von der Kulturstadt München und dem Wasserkopf Berlin war leider Mißgunst und Blödsinn. In seinem fleischigen, phantasievollen, oberbayrischen Kopf war ein vielfarbiges, romantisches Bild von diesem Stückchen des Globus, gelegen 13 Grad 23 Minuten östlicher Länge, 52 Grad 30 Minuten nördlicher Breite, 73 Meter über dem Meeresspiegel, ursprünglich von Slawen besiedelt und Berlin benannt, jetzt ausgestattet mit Millionen Schächten, Röhren, Leitungen, Kabeln unter der Erde, mit endlosen Häusern und wimmelnden Menschen auf der Erde, mit Antennen, Drähten, Lichtern, Funktürmen, Flugzeugen in der Luft. So imponiert war er von diesem Bild Berlin, daß er, trotzdem er stark gegessen hatte, während er träumerisch rauchend die Straße dahinging, nicht einmal die zahlreichen Huren beachtete, die den stattlichen, offenbar wohlhabenden Fremden umdrängten.

22
Johanna Krain lacht ohne Grund

In der Zeitung, auf der ersten Seite, in fetten Lettern, war berichtet, die Tennismeisterin Fancy De Lucca habe, da sie nach ärztlichem Gutachten die volle Gebrauchsfähigkeit ihres drei Tage zuvor gebrochenen Beines nicht mehr erlangen konnte, sich erschossen. Johanna, als sie diese Nachricht las, des Morgens, im Pyjama, beim Frühstück, furchte die Stirn, daß deutlich die drei Falten über der Nase erschienen. Las die Meldung kein zweites Mal. Ihr Wortlaut stand ein für allemal in ihrem Hirn, in den fetten Typen des Berichts, mit der schadhaften Wiedergabe des einen *e*. Sie faltete die Zeitung wieder zusammen, legte sie ordentlich auf den Tisch. Dann beengte sie die körperliche Nähe der gedruckten Todesnachricht. Sie wischte ungestüm das Blatt herunter.

Sie hatte Gefallen gefunden an Fancy De Lucca, diese an ihr, und sie hatten, die geiernäsige Frau und sie, Einblick ineinander getan. Andere, die den rastlosen Betrieb um die De Lucca gekannt hatten, die um ihre schwere Mühsal wußten, die nötige Vitalität für die Behauptung der Meisterschaft immer neu anzukurbeln, mochten sich sagen, sie sei zur rechten Zeit abgegangen, im Besitz des Titels noch, vor unvermeidlichen Enttäuschungen: Johanna wußte besser, daß Fancy De Lucca enttäuscht war schon mitten im Sieg. Sie erinnerte sich, wie Fancy ihr von ihrem Entschluß erzählt hatte, abzutreten; nüchtern hatte sie davon erzählt, ohne Gewese und Gezier, beiläufig, als handle es sich um einen nicht wichtigen Reiseplan. Damals hatte sie die Freundin sehr geliebt; aber verstanden hatte sie ihren Entschluß nicht.

In leerer, großer Müdigkeit sehnte sie sich nach einem Menschenwort, nach Rede und Gegenrede. Scheußlich, wie sehr man allein war. Wenn sie jetzt Martin Krüger dahätte. Auf einmal wieder wurde ihre Erinnerung klar und herzhaft. Aber ihm so unumwunden und vertraut schreiben, wie es ihr zu Sinn war, durfte sie nicht, und seine Antwort erhielt sie nach drei Wochen, wer weiß in welch eingetrocknetem Gefühl. Von

Jacques Tüverlin war sie zehn Minuten entfernt oder noch weniger. Es war Unsinn, Eigensinn, daß sie ihn nicht wissen ließ um ihre Gegenwart. Sie telefonierte. An den Apparat kam Tüverlins Sekretärin, erklärte, vor fünf Minuten sei Herr Tüverlin weggegangen, fragte, wer am Apparat sei, ob sie etwas bestellen solle. Aber Johanna nannte ihren Namen nicht.

Es wurde ein rettungslos öder Vormittag. Sie war zu träge, sich ordentlich anzuziehen, zu träge, geordnet zu denken. Sie versuchte zu arbeiten, es ging nicht.

Unerwarteter Besuch kam, eine fette, lebhafte Frau: ihre Mutter, Frau Elisabeth Krain-Lederer. Die alternde Dame schnupperte herum, lauersam, betrachtete mit abschätzigen, beredten Blicken das schlecht aufgeräumte Zimmer, den morgendlich verwahrlosten, schlawinerischen Aufzug der Tochter. Sie war seit Jahren das erstemal bei Johanna und kam in großherziger Absicht. Veranlaßt durch einen Film, hatte sie beschlossen, sich mit ihr zu versöhnen. Drei Tage lang, Nachmittag für Nachmittag hatte sie, viel Kaffee trinkend, ihren Freundinnen von diesem Entschluß erzählt. Nun also saß sie in der Steinsdorfstraße, in der Wohnung der Tochter, zielbewußt, imponierend mit ihrem entschiedenen Gewese, ihrer Überzeugtheit, ihrem gegen den Hals gedrückten Doppelkinn. Aus rundem, kleinzahnigem Mund schwatzte sie resolut auf die Tochter ein. Die, ab und zu den Schlafanzug fester um den Körper ziehend, nach dem Haar langend, damit es nicht falle, fragte sich, was wohl in Haltung und in Sprache sie von der Mutter habe. Sie wußte, daß die Energie der Mutter Maske war, daß eine kleinliche, lamentierende, ichbefangene Frau dahinterstak, ihr Leben lang gewohnt, andere für sich sorgen zu lassen. Ohne Antipathie, mit fast naturwissenschaftlichem Interesse ließ Johanna Krain ihre grauen Augen über Gesicht und Gestalt ihrer Mutter gehen. War ein Band, war Zusammenhang zwischen ihnen beiden? Mit kalter Neugier studierte sie die schwatzende, füllige Frau. Nahm, zum erstenmal mit Wissen, wahr, wie sie eine Hand leicht auf den Schenkel stützte, wie sie, wenn sie den andern ins Auge faßte, den ganzen Kopf mitdrehte. Ja, sie, Johanna, hat die gleichen Gesten. Sicherlich hat sie noch viel anderes mit ihr gemein, zu viel. Sicherlich wird sie mit zunehmendem Alter ihr immer ähnlicher. Einmal dann, in zwanzig oder dreißig Jahren, wird sie genauso dasitzen, lauersam, mit etwas falscher Resolutheit, imponierend, mit Doppelkinn.

Uferlos, während sie dies dachte, schwemmten die Sätze der Mutter über sie hin, lamentierend, aggressiv, bittend, plappernd von Familiensinn, Schande, Herzensbildung. Wie lebe sie eigentlich? Verwahrlost, ohne zureichende Bedienung. Scheiden lassen solle sie sich, einen anständigen Mann heiraten. Oder, wenn sie schon mit einem Mann wie Hessreiter zusammensei, dann müsse sie es wenigstens so weit bringen, daß er ordentlich für sie sorge. Und wie sie herumlaufe, immer noch mit langen Haaren. Zehn Jahre älter mache sie das. Es sei dringend nötig, daß ein ernsthafter Mensch sich um sie kümmere. Sie sei alt, erfahren, friedfertig. Wolle Johanna helfen.

Johannas Unbehagen, während die Frau endlos redete, stieg. Sie schämte sich für sie und für sich selbst. Es war unangenehm, immerzu in das selbstsichere, breite Gesicht der Frau zu schauen, sie wußte nicht recht, wohin sie mit den Augen sollte, senkte ein wenig die Lider. Sie hatte plötzlich ein starkes Bedürfnis nach Stille, spürte deutlich die gleiche Antipathie wie vor Wasserfällen. Unvermittelt, sachlich erklärte sie: schön, wenn ihre Mutter also wolle, dann werde sie gelegentlich zu Besuch kommen. Sie dachte nun, die Frau werde gehen. Aber Frau Lederer war gekränkt, daß ihre Gutheit so ungenügend gewertet wurde. Sie hatte als Bewohnerin der bayrischen Hochebene Neigung zu theatralischer Aufmachung; es wurmte sie, daß dieser Besuch so nüchtern verlief, ganz anders als die Filmszene, die sie auf die Idee der Aussöhnung gebracht hatte. Es dauerte noch eine gute Weile, ehe Johanna sie los war.

Die Frau gegangen, saß sie erschöpft, nicht einmal zornig. Kein menschliches Gesicht war, an das man menschliche Worte hinreden konnte. Nun ist also auch Fancy De Lucca fort. Jacques Tüverlin, wenn ihm an ihr lag, hätte spüren müssen, wie sehr sie ihn jetzt brauchte.

Es war ihr willkommen, daß das Telefon läutete, sie herausriß aus ihrem flauen Gegrübel. Erich Bornhaaks Stimme war im Apparat. Er erinnerte sie, daß sie ihm in Paris versprochen habe, er dürfe ihr eine Maske abnehmen. Er sei jetzt auf mehrere Wochen in der Stadt. Wenn sie kommen wolle? Johanna hatte seit langem damit gerechnet, ihn zu treffen, hatte sich vorgenommen, kalt zu bleiben, ihn ein für allemal abzulehnen. Nichts war an ihm, er war hohl, ein Niemand. Selbstbeschwindelt hatte sie sich, wenn sie sich einredete, bei ihm auf Grund zu stoßen. Allein jetzt, bei seinem ersten Wort im Apparat, wußte sie, daß sie sich auch ihre Entschlossenheit nur vorgespielt hatte. Sie ließ ihn weiterreden, genoß seine Stimme, trotzdem sie durch den Apparat verzerrt war. Ihre Augen, ohne zu sehen, waren auf dem Zeitungsblatt mit der Nachricht vom Tod Fancy De Luccas, ihr Herz und alle ihre Sinne bei der Stimme im Apparat.

Als Erich Bornhaak zu Ende war, erklärte sie ohne Ziererei und Widerstreben, sie werde am Nachmittag zu ihm kommen.

Jetzt war es also entschieden. Fast war sie froh. Sie summte zwischen Lippen und Zähnen, roch in der Erinnerung den leisen Geruch von Heu und Leder. Ging dann, ohne weiteres Überlegen, als hätte sie sich diese Stunde längst dazu vorbestimmt, zum Friseur. Daß es extravagant war, wenn sie gegen die Mode ihre langen Haare beibehielt, darin hatte ihre Mutter sicher recht. Auch Erich hatte sich über diesen altväterischen Eigensinn lustig gemacht. Sie saß in dem hellen Frisiersalon zwischen Nickelhähnen, Instrumenten, weißen Waschbecken, zwischen beweglich gleitenden Arbeitsmänteln mit höflichen Männern und Mädchen darin. Das kalte Eisen der Maschine, der Schere spielte um ihren Kopf, man brachte ihr Spiegel, damit sie sich von allen Seiten betrachten könne. Dunkelbraune Haare fielen auf das weiße Tuch, das man ihr umgelegt hatte. Sie fühlte den Kopf kühl und leichter werden.

Sie dachte an zahllose Gespräche über Sexualfragen, die vor ihr und mit ihr geführt worden waren; denn jene Zeit liebte es, solche Fragen vielwortig zu bereden. Sie dachte auch ganz flüchtig an ein Erlebnis, das sie vor vielen Jahren gehabt hatte, als Kind, und das selten nur, finster, schreckhaft, undeutlich in ihr heraufnebelte. Auch an einen Satz Jacques Tüverlins dachte sie: trinken ohne Durst, dichten ohne Stimmung, mit einer Frau schlafen ohne Herzlichkeit, das seien die drei häufigsten Untugenden des Jahrzehnts. So in ihren Gedanken saß sie, daß sie aufsah, als man sie fragte, ob sie auch manikürt sein wolle. Nein, das wollte sie nicht. Die Haut ihrer Hände war jetzt wieder großporig, etwas derb, die Fingernägel viereckig, so paßte es ihr.

Ohne Gefühlsverbrämung, gierig, ohne Geheimnis, ohne Glück ging Johanna zu Erich Bornhaak. Sie ging durch die Seestraße, vorbei an dem Hause Paul Hessreiters, ohne mit dem kleinsten Gedanken an den Mann Hessreiter zu denken.

Erich Bornhaak hatte eine hübsche Atelierwohnung in Schwabing. Es war unklar, wie er es zuwege gebracht hatte, in diesen Zeiten bitterer Wohnungsnot so behagliche Unterkunft zu finden. Die Hundemasken hingen herum, ein paar gute, lüsterne Bilder, eine signierte Photographie des Generals Vesemann, frech zwischen die Maske eines Windhunds und einer Bulldogge gehängt, ein Bild Rupert Kutzners mit einer Widmung.

Erich zeigte unverhohlen, jungenhaft seinen Triumph, daß Johanna gekommen war, bewunderte mit etwas lausbübischer Arroganz ihren Kopf, der im kurzen Haar noch kühner wirke. Er sah hübsch und schneidig aus in einem hellen Hausrock, der auf militärische Art, in Form einer Litewka, gefertigt war. Es gehe ihm gut, erzählte er. Seine Schwierigkeiten lichteten sich. Nach dem Abgeordneten G. krähe kein Hahn mehr, und die Hundevergiftungsgeschichte sei auch auf gutem Wege. Sein Freund von Dellmaier sei gestern aus der Haft entlassen worden, gegen Kaution; er werde übrigens herkommen, ihm beim Abnehmen ihrer Maske behilflich zu sein. Die vaterländische Bewegung, an der er in jeder Hinsicht interessiert sei, mache gute Fortschritte. Es sei eine frische, forsche, farbige Zeit, in der Leute wie er, anstellig und mit etwas Sinn für Humor, sich wohl fühlten. Er ging beflissen hin und her, es ihr angenehm zu machen, schaltete den elektrischen Teekocher ein, legte zwischen den roten Lippen seine sehr weißen Zähne bloß.

Herr von Dellmaier kam. Die beiden, noch unter dem Eindruck der Befreiung aus der Haft, gaben sich weniger blasiert als sonst, jungenhafter, man war lustig. Dann ging man daran, Johannas Maske zu formen. Es zeigte sich, daß sie die Utensilien ihres neuen Verfahrens nicht bereit hatten. Johanna hatte nichts dagegen, daß man sich der üblichen Methode bediente. Sie mußte sich das Gesicht mit Vaseline einfetten, sich auf eine Ottomane legen. Man steckte ihr Papierröhren in die Nase, bat sie, die Augen zu schließen. Strich ihr rasch, geübt die kalte, feuchte Masse ums Antlitz. Da lag sie unter dem Gips, das Gesicht unbewegt, die Augen geschlossen, die Zähne zusammengebissen, in dumpfer Benommenheit. Sie dachte vielerlei, rasch wechselnd. Man lag da wie im Grab, feuchte, erdene Masse über sich, nur durch zwei winzige Papierröhrchen vor dem Ersticken geschützt. Sie hörte die beiden hin und her gehen, halblaut sprechen, lachen. Sie kam sich preisgegeben vor, sicher machten sie unzüchtige Witze. Doch nein, deutlich jetzt und im Zusammenhang hörte sie, was sie sprachen. Dellmaier erzählte, wahrscheinlich war es als Neckerei für sie gedacht, eine grotesk grausliche Geschichte, wie er einmal einem toten Schauspieler die Maske abgenommen habe. Die Gipsform wollte nicht los vom Kopf des Toten, ums Verrecken nicht. Der Gips war geradezu verwachsen, festgeleimt. Es kam, weil Dellmaier den Hals hatte mithaben wollen, den Adamsapfel. Er zog und zog, die Unterschneidungen am Kiefer hielten wie Eisen. Mit einem besonders kräftigen Ruck bekam er endlich doch das Negativ in die Hand. Aber mit diesem Ruck hatte er dem Toten den Unterkiefer aufgerissen. Die Zunge quoll aus dem Hals. Aus dem weitaufgerissenen Rachen kam ein Seufzer. Herr von Dellmaier hatte viel erlebt in Krieg und Revolution, aber ein bißchen unheimlich war das doch. Es war übrigens ganz natürlich; die aufgestaute Luft der Luftröhre brach sich Bahn durch die Stimmritze.

Johanna, begraben unter dem Gips, hörte diese Geschichte, hörte das Lachen der Jungen, sagte sich trotzig: *Ruhig liegen. Kein Zeichen machen mit der freien Hand. Das wollen sie grade.* Sie zwang sich wegzuhören, war auf einmal weit fort, ihre Gedanken krausten sich. Der Gips über ihrem Gesicht wurde heiß, schwer, drückend. Die Stimmen der beiden Jungen waren sehr fern. Wenn sie stürbe, nähme sich wohl noch jemand des Mannes Krüger an? Jetzt neigte man sich über sie, prüfte, ob sich die Masse schon genügend erhärtet habe. Die Dunkelheit um sie nahm viele Farben an. Die Stimme des Windigen, nicht laut und dennoch dröhnend, sagte: »Nur noch zwei Minuten.« Auch das hohe, pfeifende Lachen von Dellmaiers hörte sie und wieder, jetzt sehr fern, die Stimme des Jungen. Sein Gesicht, plötzlich, durch die bunte Dunkelheit um sie herum, kam auf sie zu wie auf der Leinwand eines Kinos, sich rasch ins Gigantische vergrößernd. Stand vor ihren geschlossenen Augen, frech, sehr verderbt.

Nach zehn ewigen Minuten befreite man sie von der Masse. Sie atmete, setzte sich auf, atmete stark. Die beiden hantierten in Hemdärmeln. Sie stellte fest, auflebend, daß das wirkliche Gesicht Erichs anders war, als es ihr in der Nacht unter der Masse erschien. Ein frisches, hübsches Knabengesicht. Während sie sich wusch, überlegte sie, wie ein bißchen Schwere und Dunkelheit um den Kopf genügte, die Welt zu verändern. Was für Dummheiten hatte sie sich da zusammenphantasiert. Das Leben war einfach; es war ihre Schuld, wenn sie es komplizierte. Sie mochte diesen Knaben Erich Bornhaak, und er mochte sie. Er war ein hübscher Junge, von raschem, beweglichem Geist, die Erlebnisse des Krieges hatten ihn erfahren gemacht. Sie spürte jetzt große, hemmungslose Zärtlichkeit für ihn.

Von Dellmaier drängte, man solle noch in den »Gaisgarten« gehen; dort warte der junge Ludwig Ratzenberger. Es sei amüsant im »Gaisgarten« bei den Patrioten. Johanna müsse sich den Betrieb einmal aus der Nähe anschauen, der junge Ratzenberger sei verdammt schnieke. Aber Johanna sehnte sich, mit Erich allein zu sein. Erklärte, sie sei müde. Von Dellmaier war ihr tief zuwider. Wie sie sich als Kind gesehnt hatte nach gewissen ordinären Süßigkeiten, hergestellt aus Zucker und Gummi, die ihr als gesundheitsschädlich verboten waren, sogenannten *Gummischlangen*, so mit der gleichen Gier sehnte sie sich jetzt nach dem windigen Erich Bornhaak. Der erklärte schließlich: gut, er werde Johanna nach Hause bringen und dann zu Dellmaier und Ratzenberger in den »Gaisgarten« nachkommen.

Johanna und der Junge waren schweigsam auf dem Nachhauseweg, und es bedurfte nur weniger Worte Erich Bornhaaks, bis sie ihn mit hinaufnahm.

Sie stöhnte befreit, als er bei ihr lag; sie hatte lange gewußt, daß es so kommen mußte. Sie genoß ihn mit Gier und ohne Glück. Keinen Augenblick in seiner Umarmung vergaß sie, wie leer und windig ihr Liebhaber war.

Erlöst, ohne Scham lag sie neben ihm, während er eingeschlafen war. Das hübsche, verderbte Gesicht des Schlafenden sah kindlich aus; leise kam und wohlriechend der Atem aus seinen sehr roten Lippen. Sie dachte daran, mit welcher Überzeugung jetzt die meisten in dieser Stadt, in diesem Land, die meisten wohl überhaupt ihrer Zeitgenossen, sie beschimpfen würden, wüßten sie, daß sie hier lag mit diesem Burschen, während der Mann Martin Krüger in der Zelle saß. Sie dachte an das Ende ihrer Freundin Fancy De Lucca, gemeldet im Morgenblatt mit einem schadhaften *e*. Sie dachte, wie wunderlich das sei, daß sie gerade an diesem Tag sich mischte mit dem Windigen. Wie wunderlich, daß man sich wissend, mit Überlegung hineinwühlte in solchen Schlamm, wie wunderlich überhaupt dieses zweibeinige Wesen Mensch, stehend mit den Füßen im Dreck, rührend mit dem Scheitel den Himmel, ohne Speise im Bauch und mit ungesättigter Gier nur der gemeinsten Gedanken der Notdurft fähig, mit etwas Brot im Bauch und nach Stillung der Gier seine Gefühle und Gedanken sogleich fein und zierlich in die Wolken ästelnd. Sie strich mit ihrer großporigen Hand über die Haare des Schlafenden, zärtlich und angewidert, zwischen Lippen und Zähnen fast unhörbar vor sich hin summend. Er erwachte, lächelte sie an, vertraulich, ein bißchen lausbübisch.

Da er klug war und sich einfühlen konnte, merkte er bald, wie wenig seine Umarmung an ihr Wesen rührte. Das kränkte ihn. Er versuchte es mit Zärtlichkeit: sie blieb kalt. Mit Sentimentalität: sie lachte. Sein Ärger stieg, und, sie zu beleidigen, fragte er, ob sie viele Männer gehabt habe. Sie sah ihn an wie ein Erwachsener ein ungezogenes Kind, mit einer freundlichen, verstehenden Ironie, die ihn reizte. Er erzählte ihr von seinem Leben, von mancherlei kleinen, großen, schmutzigen, grausamen Schwindeleien. Sie erwiderte unberührt, so habe sie sich das vorgestellt. Er fiel von neuem über sie her. Sie genoß, erwiderte seine Liebkosungen. Kaum in der Hingabe versteckte sie ihre Verachtung.

Er, während sie auf dem Bett lag, stand schließlich auf, bat mit maniergewordener Höflichkeit, sich eine Zigarette anzünden zu dürfen, kleidete sich an. Erzählte ihr, wie er in Gemeinschaft mit von Dellmaier und dem Ludwig Ratzenberger, einem feinen Jungen, den er sehr liebe, an der Ausführung eines Projektes arbeite, den seligen König Ludwig II. betreffend. Mit dem man übrigens in Bayern ebensoviel erreichen könne wie mit dem Alten Fritz in Norddeutschland. Wie er für dieses Projekt ein gutmütiges Rindvieh bluten lasse. Er ging im Zimmer auf und ab, rauchend, sich anziehend. Die Mode jener Jahre war umständlich und töricht. Die Männer knöpften sich steifleinene Krägen um die Hälse, enge, überflüssige, unschöne Kleidungsstücke, und umwanden sie mit mühsam zu schlingenden, zwecklosen Binden, sogenannten *Krawatten*. Johanna, während Erich Bornhaak diese Attrappen gewandt knöpfte und schlang, von der Ausschlachtung des Projekts um den toten König erzählend, hörte ernsthaft zu, folgte mit dem Blick seinen Bewegungen. Unverständlich wie diese Sitte, Krägen um den Hals zu knöpfen, waren fast alle Konventionen der Zeit, die äußeren und die inneren. Jetzt zum Beispiel glaubte dieser Junge vermutlich, er habe großen Triumph über sie, weil er mit ihr geschlafen hatte. Er hatte sie *gehabt*. Jemanden *haben*: was für ein albernes Wort. Aber er schien doch nicht ganz überzeugt von seinem Triumph. Sonst würde er sie nicht zu reizen versuchen mit den blöden Geschichten von dem toten König. Die Welt ist voll von Unverstand und Unverständlichem. Der Mann Krüger in seiner Zelle. Der windige Erich Bornhaak, der den Abgeordneten G. erledigt, Hunde vergiftet und mit ihr geschlafen hat und der sich jetzt eine komplizierte Binde um einen steifleinenen Kragen schlang. Die Tennismeisterin Fancy De Lucca, die sich das Bein gebrochen und dann mit einem Revolver totgeschossen hat. Der Großbürger Hessreiter, der sie eine Nacht lang von Herzen und mit allen seinen Sinnen geliebt hat und der sich mit seiner Serie

»Stiergefecht« hinwegtröstet über Fliegenpilze, langbärtige Gnomen und allen Widersinn der Welt. Das alles gleichzeitig war in ihrem Zimmer in der Steinsdorfstraße.

Der Junge hörte auf einmal, erstaunt und mit Verdruß, Johanna Krain lachen. Sie lachte nicht laut und nicht leise, nicht böse, aber auch keineswegs gut. Er war zu selbstbewußt, dieses Lachen auf sich zu beziehen, aber einen leisen Verdacht hatte er doch, und er fragte, worüber sie lache. Er bekam keine Antwort. Sie sagte ihm nicht, daß es geschah ob der vielen sinnlosen und qualvollen Dinge, die Menschen unternehmen und die sie offenbar zweckvoll und lustvoll finden, ob ihrer geschlechtlichen Moral zum Beispiel, ob ihrer Kriege und ihrer Justiz, und daß sie lachte wohl auch über sich selbst und ihre jetzt gebüßte Lust an dem Windigen.

Der Junge, da Johanna beharrlich schwieg, war unbefriedigt. Er war hinterher Zärtlichkeiten gewöhnt oder auch Tränen, Beteuerungen, Beschwörungen. Diesen Ernst Johannas fand er stumpf, beleidigend. Er war enttäuscht. Er hatte Wärme erwartet, strömendes Gefühl. Nun erwies sich diese Frau als eine kalte Lüsterne, die mehr von ihm hatte als er von ihr. Er fühlte sich beschwindelt. Zündete sich eine neue Zigarette an, färbte sich die Lippen. Da es offenbar kein Mittel gab, die Frau aus ihrer Kälte und Stumpfheit herauszuholen, sagte er schließlich: ja, nun gehe er also in den »Gaisgarten«, es sei gerade noch Zeit, den Ludwig Ratzenberger zu treffen. Sie hielt ihn mit keinem Wort zurück. Er pfiff eine Melodie aus einem der Negertänze der Zeit, ging nach beiläufigem Abschied.

Da lachte Johanna ein zweites Mal. Diesmal klang es befreit und gut. Sie öffnete das Fenster, daß der Geruch der Zigarette und der leise Geruch von Heu und Leder sich entferne. Das lag nun hinter ihr, abgelebt, und war gut so. Sie stellte sich unter die Dusche, den Körper unter dem spritzenden, kalten Wasser zusammenziehend, streckend. Neugierig, mit zunehmender Erquickung, genoß sie, wie das Wasser über ihren Kopf rann, der nun des langen Haares ledig war. Dann ging sie zurück in ihr Schlafzimmer, vorbei an dem Zeitungsblatt mit dem schadhaften *e*, legte sich ins Bett, dehnte sich, legte sich auf die Seite, zog die Knie an, schlief gut, traumlos.

23
Vorkriegsvater und Nachkriegssohn

Dr. Geyers Bier war schal geworden, er hatte kaum davon getrunken. Aus Höflichkeit für den Wirt hatte er von dem bestellten Schweinebraten heruntergewürgt; weiter nun konnte er nicht mehr.

Der Anwalt, überschwemmt von Aufträgen, wieder hineingerissen in praktische Politik, verstrickt in zahllose Geschäfte, erdrückt von Akten, von vierundzwanzig Stunden knapp sechs schlafend, verhockte jetzt manchen seiner kostbaren Abende in der »Hundskugel«. Mager, in unschöner, gezwungener Haltung saß er, mit zappeligen, dünnen Händen, zwischen Arbeitern, Gewerkschaftsbeamten, fanatischen, unmanierlichen Literaten, in dem widerwärtigen Lokal, das erfüllt war von Rauch und lärmvollen, unlogischen Debatten. Man sah ihm die Bemühung an, sein offenkundiges Unbehagen nicht sichtbar werden zu lassen.

Sooft sich die Tür der Kneipe öffnete, schaute er auf. Es war eine leise, uneingestandene Hoffnung, die ihn in diese unsympathische Atmosphäre führte. Es gingen nämlich sonderbare Fäden von den Kommunisten der »Hundskugel« hinüber zu den Patrioten im »Gaisgarten«. Man beschimpfte sich wüst in den Zeitungen, spionierte sich gegenseitig aus, drohte sich Ausrottung an; aber im letzten Wesen war man sich freund, hier wie dort erhoffte man sich alles von Gewalt, war begierig auf Kampf, lauerte darauf, daß eine Aktion der Gegenpartei einem Gelegenheit zu diesem Kampf gebe. Die Bessern unter den Wahrhaft Deutschen waren kriegerisch im tiefsten Kern ihres Seins. Menschen der Faust, zu Landsknechten geboren. Die Kommunisten, soweit nicht auch ihnen Militarismus im Blut lag, waren gereizt durch die besonderen Verhältnisse der Stadt. Es war nämlich vor wenigen Jahren die kurze Kommunistenherrschaft in München blutig niedergeschlagen worden. Nur auf kurze Zeit in Uniform gesteckte Trupps, sogenannte *Zeitfreiwillige*, keinem verantwortlich, hatten damals wahllos Männer, Frauen, Kinder in großer Zahl niedergemacht. Die

Regierung tat, als sei dies nie gewesen; aber die Angehörigen der Erschlagenen vergaßen nicht. Auch von Natur Friedfertige brannten nach Kampf und Rache. Dieser Durst nach Kampf und Änderung, nach Revolution, nach Putsch einte Kommunisten und Patrioten. Gelegentlich sogar spielten Führer der Patrioten mit dem Gedanken eines Bündnisses mit Sowjetrußland. Da man sich also im Grund, ohne es sich einzugestehen, sympathisch war, suchte man sich gerade in den beiderseitigen Hauptquartieren die Partner aus für die landesüblichen Stechereien. Häufig erschienen Patrioten in der »Hundskugel«, Kommunisten im »Gaisgarten«, und man frotzelte und provozierte so lange, bis eine schöne, gesunde Rauferei im Gang war. Besonders tat sich bei solchen Anlässen der Ludwig Ratzenberger hervor, auch der beliebte Boxer Alois Kutzner raufte manchmal melancholisch mit, und in ihrem Gefolg zwei Burschen von norddeutschem Gehabe, ein gewisser Erich Bornhaak und ein sicherer von Dellmaier.

Eine ganz leise Hoffnung also, gründend auf diesen Tatsachen, war in dem Anwalt, wenn er hartnäckig und unbehaglich in der »Hundskugel« hockte vor Bier, das ihm nicht schmeckte, und Speisen, die ihm nicht mundeten. Dennoch war er überrascht, als er eines Tages wirklich den Jungen und Ludwig Ratzenberger entdeckte. Merkwürdigerweise fehlte der Versicherungsagent von Dellmaier. Aufreizend elegant saß Erich Bornhaak an dem rohen Holztisch, auf dem groben, schadhaften Stuhl in der rauchigen Kneipe. Man frotzelte ihn, bedrohte ihn, nicht ohne ein gewisses Wohlwollen übrigens. Er erwiderte, frech lächelnd mit seinen sehr roten Lippen, provokatorisch, war heute besonders streitbar. Eine Pechsträhne hatte sich gegen ihn gezettelt wie seit langem nicht. Hatte nicht diese Johanna Krain ihn weggewischt, wie man sich Dreck vom Kleid wegwischt? Nicht einmal den Himmel von Dellmaiers hatte er frei von Wolken halten können. Was alles hatte er in Rupert Kutzner hineingeredet, daß das Prestige der Partei nur gewahrt sei, wenn sie die Sache von Dellmaiers zu der ihren mache. Und jetzt war von Dellmaier, kaum freigelassen, von neuem bedroht. Der Hartl hatte, auf Betreiben Kutzners, die Freilassung von Dellmaiers bewirkt. Aber der Klenk war nicht einverstanden, er tobte, hatte die Akten ans Bett befohlen. Wahrscheinlich wollte er unmittelbar vor seinem Sturz grade an diesem Fall den Patrioten zeigen, daß er noch da war. Jede Stunde konnte von Dellmaier von neuem verhaftet werden. In wüster Laune saß Erich mit Ludwig Ratzenberger, seine Rauflust stachelnd. Der Anwalt starrte den Jungen trockenen Mundes an, unschlüssig, ob er hinüber an seinen Tisch gehen solle, sicher, daß dann der Junge ihn derb wird abfahren lassen.

Der, die Anwesenheit des Anwalts wohl bemerkend, änderte plötzlich sein Verhalten. Hatte er bisher den Ludwig Ratzenberger befeuert, so hielt er ihn jetzt, grade als es losgehen sollte, zurück. Es war erstaunlich, wie der junge Chauffeur, so streitbar er war, ihm folgte. Die erwartete Stecherei unterblieb. Die beiden entfernten sich bald, ihren ursprünglichen Plan unverrichtet, zur Enttäuschung der meisten. Dem Anwalt warf der Junge, absichtlich an seinem Tisch vorübergehend, leicht grüßend, beiläufig hin: »Morgen werde ich dich in einer geschäftlichen Angelegenheit aufsuchen.«

Den andern Tag ging Dr. Geyer nicht in sein Büro, ließ sich bei Gericht krank melden. War für niemand zu sprechen, auch am Telefon nicht; die Haushälterin teilte es hämisch den Anrufenden mit. Dr. Geyer wartete. Schlurfte auf und ab, stärker hinkend. Nahm zum erstenmal seit langer Zeit das gebündelte Manuskript »Recht, Politik, Geschichte« vor. Der Vormittag verging, der Mittag, der frühe Nachmittag. Der Anwalt nahm Bankabrechnungen vor, Bündel ausländischer Geldnoten, die er zu Hause verwahrte. Es waren beträchtliche Summen, für das Deutschland jener Tage sehr hohe Beträge. Der Anwalt zählte, rechnete, legte wieder weg. Wartete. Es läutete. Er setzte sich zurecht.

Hereindrang, nach Disput mit der Haushälterin, sein Bürovorsteher. Seine Meldung war wichtig, unaufschiebbar. Er entschuldigte kaum sein Eindringen. Georg Rutz, sozialdemokratischer Reichstagsabgeordneter für den Wahlkreis München II, war im Auto tödlich verunglückt, Dr. Geyer, erster Ersatzmann auf der Liste, Mitglied des Reichstags.

Der Bürovorsteher gegangen, atmete Dr. Geyer, zwinkerte

mit den Augen, schluckte trocken, spürte sein Herz. Da war es also entschieden. Er geht fort aus dem versumpften, trägen München in das lebendige Berlin. Da er es von selber nicht tat, stieß ihn das Schicksal. Warf ihn geradezu mit Gewalt dorthin, wohin er seiner ganzen Art nach gehörte. Er hatte sich Berlin gewünscht, den Sitz im Reichstag ersehnt durch lange Jahre, sich mit aller Kraft seines Verstandes gesagt, allein Berlin sei die rechte Stadt für ihn. Er ging auf, nieder, warf sich auf die Ottomane, schloß unter den dicken Brillengläsern die dünnen, entzündeten Lider, lag, die Hände hinterm Kopf verschränkt, in raschen Phantasien. Malte sich aus, wie er auf der sichtbarsten Kanzel des Reichs sein Wort über die bayrischen Dinge sagt, sein scharfes, brennendes Wort, daß es hinzünde überall. Doch die Vorstellung, oft und inbrünstig gehegt, wärmte ihm nicht das Herz.

Der Anwalt, auf dem Rücken liegend, mit geschlossenen, roten Lidern, die dünnen Finger unterm Kopf, dachte plötzlich weder den Reichstag noch den Jungen, noch den Klenk. Vielmehr dachte er an das Mädchen Ellis Bornhaak, an einen österreichischen See, an einen Waldweg, den er einmal mit ihr hinaufgegangen war. Deutlich sah er die Serpentinen dieses Weges, sah, wie der Blick sich weitete, wie jetzt noch eine Bucht des Sees erschien, jetzt ein neues Dorf. Der Name dieses Dorfes: wie war doch der Name dieses Dorfes? Während er noch in seinem Gedächtnis stöberte, kam der Junge.

Erich Bornhaak setzte sich, ging flott, ohne Umwege, in die Sache hinein. »Die Geschichte mit der Katzenfarm«, sagte er, »ist leider danebengegangen. Es lag an der Schäbigkeit des Betrags, den du mir zur Verfügung gestellt hast. Mit so lächerlichen Summen kann man keine Geschäfte machen«, sagte er mißbilligend. »Mit einer Kompanie kann auch ein Napoleon keinen Krieg führen.« Der Anwalt sagte still: »Ich hatte damals leider nicht mehr. Heute könnte ich dir mehr geben.« – »Danke«, sagte der Junge. »Ich brauche kein Geld heute. Ich habe jetzt sehr noble Geldgeber und andere, besser rentierende Geschäfte.« Er schwieg. Seine Forschheit, seine Schnoddrigkeit war diesmal etwas gemacht. Es bewegte den Anwalt, daß der bitter geliebte Mensch doch offenbar Scham hatte, mit seinem Anliegen zögerte. »Es handelt sich um Herrn von Dellmaier?« half er ihm.

Ja, es handelte sich um Herrn von Dellmaier. Der Fall drohte sich zu verschärfen. Ob der Anwalt ihn übernehmen wolle?

Dr. Geyer hatte ähnliches voraussehen müssen, war darauf vorbereitet. Der von Dellmaier war ein dummer, hohler, verbrecherischer Lump; ihn unschädlich machen war ein gutes Werk. Der Anwalt war nicht willens, den Fall zu übernehmen. Er hatte jetzt Geld, war bereit, es dem Jungen zu geben. Der konnte, anstellig wie er war, manches damit anfangen. Nur von diesem Dellmaier sollte er los. Es war Schicksal, daß der andere belastet war, nicht er. Das mußte dem Jungen eingehen. Er wollte zu dem Jungen reden, er hatte ihm soviel zu sagen, jetzt war die Gelegenheit.

Der Junge saß vor ihm mit einer krampfig gleichgültigen Miene. Dr. Geyer war kein großer Menschenkenner in der Praxis, aber so viel erkannte er, daß diese Miene Maske war, daß wahrscheinlich als einziges von allen Dingen auf der Welt das Schicksal dieses windigen, gemeinen von Dellmaier dem Jungen nicht gleichgültig war. Der Anwalt sah die Hosen des Jungen, seine Schuhe, seine Gamaschen. Ja, er trug heute Gamaschen, dies war seit zwei Monaten Mode, und merkwürdigerweise, trotzdem es ihm angeblich gut ging, fehlte an der rechten Gamasche ein Knopf. Das alles bemerkte der Anwalt, während er sich anschickte, dem Jungen seine Gründe klarzumachen, ihn von diesem von Dellmaier abzubringen. Allein er konnte es nicht, er konnte nicht reden. Vielmehr sagte er, er würde sehr gern die Vertretung dieses von Dellmaier übernehmen, gestern hätte er sie auch übernommen. Aber jetzt sei der Tod des Abgeordneten Rutz dazwischengekommen, und er müsse in den Reichstag, und jetzt gehe es nicht mehr. Es klang falsch, gepreßt, unglaubwürdig, er hörte selber, wie unglaubwürdig.

Der Anwalt konnte nicht wissen, daß den Jungen heute seine Antwort besonders hart traf. Da Erich glaubte, Unglück habe sich dichter gegen ihn verschworen als jemals früher, fiel die freche Überzeugung von ihm ab, er könne, wen er wolle, bezaubern, und er erkannte, daß er kahl und dürftig war. Die Niederlage bei Johanna Krain. Das Unvermögen, den Himmel von Dellmaiers zu entwölken. Jetzt vermochte er's nicht einmal über diesen armseligen Mann, daß er handle nach seinem Willen.

Der Anwalt sah die Miene des Jungen sich verziehen, kalt, verächtlich. Sah den Jungen aufstehen, zur Tür gehn. Jetzt wird er, jetzt gleich, und wohl für immer fort sein. Dr. Geyer wollte noch etwas sagen, irgend etwas, ihn zu halten, aber sein Hirn war ausgeleert. Er suchte, wie man wohl im Traum nach etwas sucht, das immer wieder entgleitet, nach einem Satz, einem Wort, das ihn halten könnte. Doch ehe er etwas gefunden hatte, verzerrte sich das Gesicht des Jungen in eine Verachtung ohne Maß, seine Augen wurden ganz hell vor Hohn, und er sagte mit einer haßerfüllten, gar nicht schnoddrigen Knabenstimme: »Ich hätte mir denken können, daß du nein sagst, wenn man einmal eine wirkliche Gefälligkeit von dir will.« Der Anwalt, der Junge hatte schon die Tür geöffnet, sagte heiser: »Ich sage nicht nein, laß es mich überlegen. Laß es mich drei Tage überlegen.« – »Drei Tage?« höhnte der Junge. »Warum nicht gleich ein Jahr?« – »Warte noch vierundzwanzig Stunden«, bat leise der Anwalt.

Andern Tages in aller Frühe teilte er dem Jungen in einem höflichen, fast demütigen Brief mit, es tue ihm leid, daß er gezögert habe; er übernehme die Vertretung des Herrn von Dellmaier. Aber am gleichen Tag noch erhielt er von Erich Bornhaak den Bescheid, es sei nicht mehr notwendig, Herr von Dellmaier verzichte auf seine Dienste. Es war dies, daß der Minister Otto Klenk nicht mehr dazu gekommen war, in den Fall Dellmaier einzugreifen. Er hatte sein Entlassungsgesuch einreichen müssen, und jetzt wird vermutlich der Hartl das Ministerium übernehmen, die Sache Dellmaier im Sinne der Patrioten liquidieren. Erichs schwarzer Tag war vorbei; er konnte, wieder obenauf, sich's leisten, den Alten abfahren zu lassen.

Der Rechtsanwalt Dr. Geyer ging auch an diesem Tage nicht in seine Kanzlei. Dringende Fälle blieben liegen, die Mandanten wüteten. Der Bürovorsteher fand sich ein, bat um Unterschriften, dies und jenes *mußte* erledigt werden. Er teilte mit, von der Partei habe man, da Dr. Geyer sich in der Wohnung nicht sprechen lasse, mehrmals angerufen, der Anwalt möge sich äußern, ob er das frei gewordene Mandat übernehme; er müsse auch binnen kurzer Frist die offizielle Erklärung darüber abgeben. »Geben Sie ab«, sagte der Anwalt, er schien nicht zuzuhören. »Das wird nicht gehen ohne Ihre Unterschrift«, sagte, Tadel in der Stimme, der Bürovorsteher. Der Anwalt nahm ein weißes Blatt, malte mechanisch, nicht schnell seine Unterschrift. »Ich darf wohl mitteilen, daß Sie Ende der Woche in Berlin sein werden«, sagte der Bürovorsteher. Der Anwalt antwortete nicht. Der Bürovorsteher, das weiße Blatt sorgfältig zusammenfaltend, entfernte sich mißbilligend.

24

Johanna Krain badet in dem Fluß Isar

Johanna fuhr nach der Strafanstalt Odelsberg. Sie schaute aus lebendigen, zufriedenen, grauen Augen in die flache, langweilige Landschaft, die umständliche Fahrerei verärgerte sie nicht. Paris, Herr Hessreiter, der Windige, so kurze Zeit seither verflossen war, lagen weit hinter ihr. Sie bereute nicht, hatte einfach vergessen. Erich Bornhaak, wer war das? Er hatte nach jener Nacht einmal angerufen, sie hatte sich nicht sprechen lassen, kaum an ihn gedacht, niemals auch nur leise gewünscht, ihn zu sehen. Als läge eine unangenehme, endlich erfüllte Pflicht hinter ihr.

Vor jener Nacht mit dem Windigen hatte sie, wenn sie an das Wiedersehen mit Martin Krüger dachte, Unbehagen gespürt, die Zusammenkunft hinausgeschoben. Sie hatte Martin Krüger lange nicht gesehen, seit der Reise nach Frankreich nicht. Spannung füllte sie, als sie nun zu ihm fuhr, Grimm auf seine Feinde, heiße Freundschaft für ihn.

Auf Martin Krügers lebendigem Gesicht hatte sich stets jede Empfindung unmittelbar wie bei einem Kind ausgedrückt. Heute, da er sie sah, leuchtete sein graues, etwas gedunsenes Antlitz so plötzlich und strahlend auf, daß sie ein schmerzhaftes Staunen packte, wie sie so lange von ihm hatte wegbleiben können. Nichts mehr war an ihm von Ziererei, von Sentimentalität. Der Martin der frühen Jahre war ganz verschwunden, ebenso wie der dumpfe, in sich eingesponnene. Ein neuer Mensch war da, offen, liebenswert, ohne Krampf, lebhaft.

Dabei hatte sich seine Lage im Zuchthaus von Odelsberg nicht verbessert. Der Kaninchenmäulige war recht nervös geworden, schnupperte nach dem Wind, fand ihn nicht. Es gab jetzt so viele Veränderungen in den leitenden Stellen im Ministerium, er hatte nicht mehr viel Zeit, wie leicht konnte man auf ihn vergessen. Es war übel, in Gehaltsklasse XII zu enden. Der Hartl war mächtig, allein Verweser der Geschäfte im Ministerium war der Messerschmidt. Unklar, unklar. Die Wahrhaft Deutschen hatten eine starke Nebenregierung etabliert. Doch wer konnte wissen, wie das ausgeht. Die politischen Symptome wechselten, der Kaninchenmäulige mit ihnen.

Jede kleinste Ausdeutung dieser Symptome, jeden winzigsten Wechsel in den Anschauungen des Zuchthausdirektors Förtsch über die Kräfteverteilung in der Regierung bekam Martin Krüger an seinem Leibe zu spüren. Doch dieser ständige Kampf, dieses Hin und Her lähmte ihn nicht, belebte ihn. Man konnte ihm Bücher entziehen, Arbeit, aber nicht Gedanken, Einfälle. Konnte ihm sein immer größeres, weiteres Bild von dem Rebellen Goya nicht nehmen. Er lebte. Lebte im Zuchthaus heftiger, vielfältiger als vorher außerhalb der Mauern.

Jetzt, Johanna sehend, strahlte er auf. Sah ihr Gesicht sonngebräunt, straff vor Leben, kühner durch das kurze Haar, ihre Gestalt federnd durch Sport aller Art. Martin Krüger sah, daß Johanna schön war, und sagte es ihr. Sie aber errötete.

Er erzählte von seinem Streit mit Kaspar Pröckl, lächelnd, freundschaftlich. Erzählte, sich selber ironisierend, von den Wochen, da seine Post ihm die Welt ersetzte. Sicher wollte er Johanna nicht kränken, doch sie schämte sich brennend, daß sie in ihre Briefe nicht mehr Leben gelegt hatte. Er erzählte von seinen Mitgefangenen, von Leonhard Renkmaier, gutmütig, anschaulich, amüsant. Er erzählte stark, unpathetisch von dem Maler Francisco Goya.

Gesundheitlich ging es ihm nicht schlecht. Er sah grau aus, doch nicht mehr schlaff. Das Herz freilich machte ihm Beschwerden. Er schilderte dieses gräßliche Vernichtungsgefühl. Es senkt sich grau um einen herum, zerdrückt einen, preßt, schnürt. Es ist, als drückten sich Maschinen ineinander und man ist in der Mitte, als versteinerte man von innen. Man kann ausatmen, aber nicht einatmen. Man taumelt herum, die Arme hochgeworfen, und japst nach Luft. Das dauert ewig. Kommt man dann wieder zu sich, und es ist jemand bei einem, dann greift man nach ihm, hält sich an ihm. Wundert sich, wenn man hört, der ganze Anfall habe nur Sekunden gedauert. Der andre hat nur gesehen, daß man grau im Gesicht wird, schwankt, vielleicht hinschlägt. Schlimmer noch ist es, wenn man sich, kommt man zu sich, allein findet. Wenn man Vernichtung geschmeckt hat und taucht wieder heraus, braucht man irgend etwas Lebendiges. Einmal hat es ihn in der Nacht gepackt: dann den Schritt des Wächters zu hören, war Erlösung. Er erzählte so, daß Johanna es selber spürte. Viermal insgesamt hat er solche Anfälle gehabt. Aber er jammerte nicht, bemitleidete sich nicht, war voll Zuversicht.

Später erzählte er, daß er jetzt die Vorstellung verloren habe von dem Bild »Josef und seine Brüder«. Das betrübte ihn. Photographien konnten ihm und das, was er früher darüber geschrieben hatte, das Bild nicht mehr vermitteln. Allein er hatte jetzt seinen Goya.

Zuletzt, kurz ehe die Sprechzeit ablief, sah Johanna, daß ihr Körper Martin sehr erregte. Seine Augen schleierten sich. Er setzte an zu sprechen; vermochte es nicht, schnaufte, schluckte, griff nach ihr. Sie wich nicht zurück, entzog sich ihm nicht. Doch sie bog krampfhaft den freien rechten Arm, die Finger, mußte sich zwingen, ihm nicht Widerwillen zu zeigen. Der Wärter saß stumpf dabei. Noch als sie ging, hatte sich Martin nicht beruhigt. Er stotterte mit Mühe belangloses Zeug.

Johanna, während der Rückfahrt, war tief verwirrt. Die letzten Minuten strich sie einfach durch. Sie wollte nicht den Mann Krüger im Gedächtnis behalten mit einem Gesicht, das kaum verschieden war von dem des Windigen. So tiefer erregte sie seine Veränderung, wie sie sich gezeigt hatte in der Stunde vorher.

Martin Krügers Befreiung war eine Angelegenheit gewesen, die zu Ende zu führen sie sich unumstößlich vorgenommen hatte. Doch niemals hatte sie sich vorgemacht, daß ihr dieser Vorsatz nicht manchmal, oft, lästig war. Der Mann Krüger hatte sein Gesicht verloren, war Sache geworden, Begriff. Jetzt auf einmal wieder stand er leibhaft in ihrer Welt, neu, unvergeßbar.

Unvergeßbar? Wo war der beschwingte einfallreiche Junge von früher? Wo der stille Mann, der graubraune? Sie spürte eine gute, kräftige Freundschaft für diesen neuen Martin, den starken Vorsatz, mit ihm eins zu sein.

Unvergeßbar? Plötzlich, wider ihren Willen, überfiel sie sein gieriges Gesicht der letzten Minuten, sie verwirrend, ihr selber Gier aufstachelnd. Wird es wohl nochmals kommen, daß sie mit ihm reist, mit ihm schläft? Sie vertrieb das Gesicht. Hörte durch das Rattern des Zuges die ruhigen, festen Worte, in denen seine Sicherheit war, in kurzer Zeit wieder unter freiem Himmel zu sein. Wie immer, sie hätte viel wärmer, kräftiger mit ihm reden sollen. Sie ärgerte sich über ihre Lauheit, ihre Schwerfälligkeit. Viel zuwenig hatte sie ihm sagen können, die Zeit war kurz, sie war langsam von Wort, hatte die rechten Sätze nicht zur Hand. Sie nahm sich vor, Martin ausführlich zu schreiben, so, daß ihre Worte nicht eintrocknen konnten, ehe sie ihn erreichten. Sie formte, während der Fahrt, an diesem Brief, so eingesponnen in sich, daß ihre Coupégenossen sie interessiert betrachteten.

In dieser Nacht, kurz vor dem Morgen, schreckte Johanna aus einem traumlosen Schlaf, als hätte sie jemand angerührt. Es war vollkommen dunkel im Zimmer, Johanna wußte nicht, wo sie war. Sie lag in absoluter Leere, im leeren Weltraum. Sie war auf einmal da, in einem Großen, Dunklen, Leeren, allein, ohne Namen, ohne Zusammenhang mit sich, ohne Voraussetzungen, ohne Vergangenheit, ohne Verantwortung. Hinausgeschleudert, neu, in eine unbekannte Welt. Sie wußte, daß es weitläufige Philosophien gab über Raum und Zeit. Aber die nützten ihr jetzt nichts. Sie war ganz auf sich selber gestellt, ganz frei. Sie fröstelte in ihrer Freiheit. Sie spürte mit Grauen den Ablauf ihres Lebens unterbrochen, wie wenn auf einmal ein Fluß in seiner Strömung stillsteht und auseinanderreißt. Sie fiel aus einer großen Verwunderung in eine ungeheure Angst. Auf einmal sollte sie, sie allein, ihr Dasein auf sich nehmen. Selber entscheiden, alles, allein.

Sie riß das Fenster auf. Unten lag, leer im künstlichen Licht, der Kai, rauschte der Fluß. Gierig in die Lungen pumpte sie sich die kühle Luft, die schon nach Morgen roch.

Die Larvenzeit war aus, ihr Leben neu in ihre Hand gegeben. Das Vergangene war nicht. Verpflichtete sie zu nichts, gab ihr kein Recht, keinem ein Recht gegen sie. Es stand bei ihr, ob sie für Martin kämpfen wollte. Sie hatte die Wahl. Wählte. Wird kämpfen.

Sehr früh am Morgen zog sie sich an, ging durch die leeren, morgendlich seltsamen Straßen, weit hinaus vor die Stadt. Stieß auf eine dürftige Badeanstalt. Ein alter Mann kam, sperrte auf. Sie, als wäre sie zu diesem Zweck den weiten Weg gegangen, betrat die Badeanstalt, zog ernsthaft das abgeschabte, entliehene Kostüm an, schwamm hinaus in den schnellen, kühlen Fluß. Sie hatte nie in ihrem Leben etwas getan, auf daß es ein Symbol sei. Ohne sich einen Gedanken zu machen, warum, wozu, spülte sie jetzt die alte Johanna vollends in den Fluß Isar. Es war ein kühler, regnerischer Morgen, und sie blieb allein. Der alte Bademeister wunderte sich über nichts. Sie fuhr zurück in die Stadt, klar, frisch, mit untrüglich sicherem Wissen, was sie zu tun hat und daß jetzt alles selbstverständlich und gut werden wird. Sie wird jetzt zu dem Manne Tüverlin gehen und dann ein gutes Stück Weg mit ihm zusammen. Sie kam in ihrer Wohnung an, eine erwachsene, wissende Frau ihrer Zeit, nicht mehr wollend, als sie kann, nicht mehr verlangend, als ihr zukommt, heiter und ernsthaft.

25

Die Bilder des Erfinders Brendel-Landholzer

Kaspar Pröckl fuhr nach Niedertannhausen, erregt und gespannt wie selten in seinem Leben. Er hatte sich für die bevorstehende Begegnung mit dem Maler Franz Landholzer sorgfältig angezogen, auch rasiert. Seitdem er erfahren hatte, daß dieser Maler Landholzer, der Maler des Bildes »Josef und seine Brüder«, identisch war mit dem wegen Geisteskrankheit internierten Eisenbahningenieur Fritz Eugen Brendel, brannte er auf diesen Besuch.

Wenn er an seinen Balladen schrieb, an dem Zyklus, in dem sein *Einzelner* zur Zelle eines großen Zellgebildes wurde, dann war alles klar, Bild und Wissen war eines. Aber rechtes Wissen mußte sich in dürren Sätzen sagen lassen. Man mußte darüber diskutieren können. Seine Balladen, solang er sie sang, rissen den Hörer hin: aber hatte er ausgesungen, dann war auch die Wirkung vorbei. Man konnte nicht mit Gründen darüber debattieren, keiner verwandelte sich durch sie. Seine Zweifel, ob Kunst in dieser Zeit eine sinnvolle, eines ernsthaften Menschen würdige Tätigkeit sei, wuchsen.

In diesen Zweifeln blieb einziger fester Punkt das Bild »Josef und seine Brüder«. Der Zorn des Bildes und sein Humor, sein inneres Format, die Großheit seiner Auffassung bei der unpathetischen Werktätigkeit seiner Haltung hatte tief an den Wurzeln seines Wesens gerissen. Es konnte nicht sein, daß solche Malerei nicht mehr war als Leinwand und Farbe. Wie er erfuhr, der Schöpfer des Werkes, das nun irgendwo im östlichen Rußland hing, sitze in der Heil- und Pflegeanstalt Niedertannhausen, war ihm das Hoffnung und Drohung in einem gewesen. Er mußte den Mann sehen. Ihn sehen war wichtig. Ihn sprechen war wichtig. Wohin man trat, war Kies und Geriesel. Hier war ein deutlicher, fester Weg.

Die Landschaft, durch die Kaspar Pröckl fuhr, war monoton. Die Straßen schlecht, verwahrlost. Es hatte wochenlanger Schreiberei bedurft, bis Kaspar Pröckl die Erlaubnis eines Besuchs in Niedertannhausen erhalten hatte. Er kam viel zu langsam vorwärts für seine Ungeduld.

Als er endlich in der Anstalt angelangt war, mußte der heftige Mensch lange warten. Statt daß man ihn mit dem Maler Landholzer zusammenbrachte, bemächtigte sich seiner ein Dr. Dietzenbrunn, der erste Assistenzarzt, ein langer, schlenkeriger Herr von etwa vierzig Jahren, blond, mit gegerbter Haut, krauser Nase, kleinem Kinn, kleinen, wasserblauen Augen unter zerbeulter Stirn. Sprach auf ihn ein, erzählte. Schwatzte von psychiatrischen Theorien, von den Grenzgebieten zwischen Genie und Irrsinn, von dem Dr. Hans Prinzhorn, der jener Epoche als ein erster Fachmann auf diesem Felde galt. Zu anderer Zeit hätten den Kaspar Pröckl solche Fragen interessiert; heute war er hergekommen, um den Maler Landholzer zu sehen, einen großen Mann, einen der ganz wenigen, an die er glaubte. Der Psychiater schwatzte vielwortig, billig, sarkastisch. Kramte herum mit seiner langen, rötlichen, blondbehaarten Hand in einem dicken Aktenbündel, das Aufzeichnungen über den Internierten enthielt, gutachtliche Äußerungen von Ärzten, Berichte von Behörden, Schreibereien, einzelne Zeichnungen des Patienten.

Von der Malerei, die der internierte Fritz Eugen Brendel unter dem Namen Landholzer ausgeübt hatte, schien Dr. Dietzenbrunn nicht viel zu halten. Das Bild »Josef und seine Brüder« erwähnte der beredte Mann nicht.

Wenigstens erfuhr Kaspar Pröckl aus dem Bericht des Arztes einiges über die undeutliche Lebensgeschichte des Landholzer. Der jetzt Siebenundvierzigjährige entstammte einer ziemlich wohlhabenden badischen Familie. War Privatdozent an einer technischen Hochschule gewesen, hatte sich vor allem mit dem Problem befaßt, aus photographischen Luftaufnahmen richtige Karten herzustellen. Er steckte Geld in diese Versuche, allmählich sein ganzes Vermögen, gab seine Dozentur auf, begnügte sich, um sein Leben zu fristen, mit einer subalternen Stellung als Zeichner bei der staatlichen Bahnverwaltung. Während des Krieges konnte er eine Erfindung, seiner Meinung nach geeignet, die Erdvermessung umzuwälzen, zu einer Reihe von Patenten anmelden. Doch die Patente wurden von der Militärbehörde im Heeresinteresse gesperrt, Brendel-Landholzers Instrumente beschlagnahmt. Nach Friedensschluß lebte er auf, hoffte, seine Erfindung praktisch verwerten zu können. Aber noch ehe seine Patente freigegeben waren, wurden von anderen Technikern Instrumente herausgebracht, die auf den Prinzipien seiner Erfindung beruhten. Viele Leute hatten, Offiziere, Heeresbeamte, in seine gesperrten Patente Einblick gehabt. Er prozessierte. Prozessierte Jahre hindurch. Geriet in die Hände von nicht einwandfreien Finanzleuten, verstrickte sich in dunkle Geschäfte. Fiel Kollegen, Bekannten, Vorgesetzten auf durch befremdliche Äußerungen, wunderliche, kleine Angewohnheiten. Erschreckte sie durch unvermittelte Ausbrüche heftiger, anscheinend grundloser Erregung. Erhielt einen Urlaub von einem Jahr, den er in strenger Einsamkeit verbrachte, in einer abgelegenen Hütte, in äußerster Primitivität. Damals wohl, aber dies erwähnte der Arzt nicht, war »Josef und seine Brüder« entstanden. Zurückgekehrt, ließ Brendel-Landholzer eine merkwürdige, karikaturistische Zeichnung kursieren, eine Art »Jüngstes Gericht«. Der Direktor seiner Abteilung, Kollegen waren auf dem Blatt deutlich erkennbar obszöne und unflätige Funktionen ausübend. Die Betroffenen, um ihn zu schonen, reagierten nicht. Er schickte ihnen Briefe, in denen er sie in einem sonderbaren Gemisch aus amtlichen Floskeln und volksmäßigen, höhnischen Versen vor Gericht lud. Als er schließlich am Schwarzen Brett seines Amtsgebäudes ein Manifest anschlug, in dem er den Verkehrsminister und den Justizminister aufforderte, sich mit ihm im Rahmen eines öffentlichen Diskussionsabends über die Erbsünde, das Patentwesen und den Fahrplan auseinanderzusetzen, konnte an seiner Gestörtheit kein Zweifel mehr sein.

Kaspar Pröckl hatte, seitdem er um die Internierung des Malers Landholzer wußte, ab und zu an weit verbreitete Schauergeschichten denken müssen, die davon erzählten, wie Leute aller Art bei völliger Gesundheit von Interessierten in Irrenhäusern festgehalten würden. Insbesondere war er nicht losgekommen von einem in München hartnäckig kolportierten Gerücht, daß der antiklerikale, im Irrenhaus verstorbene Schriftsteller Panizza, ein sehr begabter, dem offiziellen Bayern mißliebiger

Dichter, zu Unrecht interniert gewesen sei. Jetzt, als Dr. Dietzenbrunn Kaspar Pröckl das Manifest des Malers Landholzer überreichte, das die Unterschrift trug »Fritz Eugen Brendel, Statthalter Gottes und der Eisenbahn zu Wasser und zu Lande«, konnte Pröckl nicht mehr zweifeln, daß die Internierung des Mannes mit gutem Grund erfolgt war.

Der Arzt erzählte, wie sich seither die Symptome von Verfolgungswahn an Fritz Eugen Brendel mehrten. Er habe etwa geglaubt, man schieße ihm ins Fenster, wolle ihn vergiften, ihm mittels Elektrizität die Magensäure, das Rückgrat auswechseln. Heute stelle sich das Krankenbild als stille Schizophrenie dar, in einem frühen Stadium, das sich erfreulich langsam weiterentwickle. Dr. Dietzenbrunn war aufgestanden, storchte in der weißen Stube auf und nieder, sprach ausführlich mit vielen psychiatrischen Fachworten.

Endlich führte er Kaspar Pröckl zu dem Kranken. Des Ingenieurs Mund war trocken, seine Knie schwach, er war gereizt in allen Poren vor Spannung, wie er nun den Mann sehen sollte.

Der Mann saß in einer Ecke und starrte die Kömmlinge aus gesenktem Kopf mißtrauisch und finster an. Als sie sich näherten, drückte er sich noch mehr in die Wand hinein, senkte noch tiefer den wirrhaarigen Schädel. Der Arzt schwatzte schnell und in zuversichtlichem Ton auf ihn ein; aber der Mann gab nur kurze, ablehnende Erwiderungen mit einer harten, ziemlich hellen Stimme. Unerwartet, auf die Frage, ob er heute morgen schon Schmerzen gehabt habe, brach er los. Dr. Dietzenbrunn wisse doch, daß man sich alle möglichen Experimente mit ihm erlaube, daß man ihn durch elektrische Strömung an den Füßen kitzle, ihm die Zähne prickle, ihm durch Fernübertragung Geruch von Leichen, von Gespienem, von Schnaps in die Nase führe, Haut und Fleisch habe man ihm künstlich abgetötet, so gut wie abgeschält. Lege er die Hand auf den Tisch, so sei es, als ob er mit den bloßen Knochen das Holz berühre. Kaspar Pröckl konnte den Inhalt seiner Worte kaum aufnehmen; er starrte ihn nur immer an, das Bild des Mannes eintrinkend, das hagere Gesicht mit dem schwarzen, verwahrlosten Bart, der fleischigen Nase, den tiefliegenden, brennenden, sonderbar zerstörten Augen.

Ebenso plötzlich, wie er begonnen hatte, hörte der Maler Landholzer auf zu sprechen, musterte nun seinerseits sorgfältig Kaspar Pröckl. Schaute ihn an, eifrig, unablässig, von unten her, mit seinen wilden, tiefliegenden, verlorenen Augen, überaus mißtrauisch. Plötzlich stand er auf, ging auf Kaspar Pröckl zu, ganz nahe an ihn heran. Kaspar Pröckl war kein feiger Mensch, dennoch spürte er großes Verlangen, zurückzuweichen. Aber er bezwang sich und blieb stehen. »Sie hätten sich auch vorstellen können, junger Mann«, sagte der Maler Landholzer zu Kaspar Pröckl mit scharfer Stimme. Es zeigte sich jetzt, daß er erheblich größer war als Kaspar Pröckl, ein langer, schlotteriger Mann. »Das hätte Ihnen gar nichts geschadet«, sagte er, und Kaspar Pröckl konstatierte, daß er badischen Dialekt sprach. »Ich heiße Kaspar Pröckl«, sagte der junge Mensch. »Ich bin Ingenieur.« Der Kranke blieb noch eine Weile stehen, in unmittelbarer Nähe Pröckls, so daß er seinen starken Geruch roch und bedrängt wurde von seinem sehr hörbaren Atem. Dann plötzlich ließ der Maler Landholzer ab von ihm, sagte, fast gemütlich: »Soso, Sie sind auch Ingenieur«, ging auf und nieder.

Der Arzt meinte, besondere Erregungszustände scheine die Anwesenheit Kaspar Pröckls nicht hervorzurufen. Er denke, er könne ihn mit dem Kranken allein lassen. In etwa einer Stunde werde der Wärter den Brendel zum Spaziergang abholen. Pröckl, wenn er wolle, könne ihn begleiten. Damit ging er.

Der Maler Landholzer lief zur Tür, schaute dem Doktor durchs Schlüsselloch nach, lief zum Fenster, verfolgte den sich Entfernenden mit magisch beschwörenden, fortscheuchenden Handbewegungen. Dann, nachdem er festgestellt hatte, daß der Arzt endgültig fort war, lächelte er Pröckl an, befriedigt, verschmitzt, lud ihn zum Sitzen. Sagte unvermittelt mit seiner hellen, harten Stimme, sachlich: »Sie wundern sich wohl, junger Mann, daß ich im Narrenhaus bin?« Hinterhältigkeit eines Geduckten hätte Pröckl mitleiden machen, anklägerische Bitterkeit ihn empört mitgerissen: diese Sachlichkeit bewirkte, daß ihm kalt wurde vor Schrecken: »Bitte sprechen Sie, Herr Landholzer«, sagte er. »Ich heiße nicht Landholzer«, verbesserte der Mann scharf. »Ich heiße Fritz Eugen Brendel, Ingenieur bei der Reichsbahn, Erfinder der Luftvermessungsapparate, Schöpfer des ›Bescheidenen Tiers‹, Lazarus von Nazareth, Statthalter Gottes und der Eisenbahn zu Wasser und zu Lande und sämtlicher Luftstreitkräfte. Vom Gericht der Menschen in sieben Instanzen übel um seine Erfindung betrogen.« Er stand auf, wippte, sich mit einem Fuß vorschnellend, durchs Zimmer, lächelte schlau: »Aber jetzt habe ich mich ins Narrenhaus gerettet. Es war nicht leicht, es war viel Beschiß notwendig. Es ist natürlich auch unangenehm, wenn man Leichengeruch, Krankengeruch, Aftergase, Katzenjammer auf elektrischem Weg in den Körper getrieben kriegt. Aber jetzt kann ich in Ruhe die Urteilsverkündung des Jüngsten Gerichts abwarten. Dann wird die Vermessung mit meinen Instrumenten gemacht werden, und das Lamm wird neben dem Luftbildkommando weiden.« Er trat ein paar Schritte hinter sich, betrachtete Kaspar Pröckl von rechts, von links, den Kopf in verschiedener Schräge geneigt, wie man ein Bild anschaut. Sagte: »Sie scheinen nicht unsympathisch, Sie verdienen, normal zu werden. Wollen Sie nicht nach Niedertannhausen? Hier ist man im Hangar. Sie sollten es versuchen. Es ist natürlich nicht leicht, zu simulieren. Die Ärzte sind mißtrauisch. Es gehört Entschluß dazu, mehrere Jahre hindurch stille Schizophrenie zu machen. Hirnspaltung, affektive Ambivalenz. Aber man gewöhnt sich. Man muß sich bloß vor Minderwertigkeitsgefühlen in acht nehmen. Sagen Sie, halten Sie vielleicht mich nicht für irrsinnig? Sehen Sie. Und sich selber?«

Kaspar Pröckl war erschöpft, seine Gedanken drehten sich. Manchmal hatte er das Gefühl, er werde von einem makabren Witzbold zum Narren gehalten. War es denkbar, daß sich jemand viele Jahre in ein Irrenhaus sperren ließ, um einen Witz zu machen?

Er holte eine Reproduktion von »Josef und seine Brüder« hervor. »Ich bitte Sie, mir einiges darüber zu sagen«, brachte er etwas heiser heraus. Der Mann schaute ihn an, kurz, scharf, mißtrauisch. »Das ist kein gutes Bild«, sagte er dann ablehnend. »Es ist aus der anormalen Zeit. Tun Sie gefälligst das Bild weg!« schrie er auf einmal.

»Würden Sie mir einiges zeigen von dem, was Sie seither gemacht haben?« bat Kaspar Pröckl mit ungewohnter Unterwürfigkeit. Er saß wie abgesperrt von der Luft, jenseits von Raum und Zeit. Er war noch nie einem Menschen begegnet, dem er sich nicht heimlich überlegen gefühlt hätte. Es drückte ihn, daß er diesen Mann, mochte er nun verrückt sein oder nicht, für größer halten mußte als sich selber.

Der Mann stand auf, stellte sich wieder dringlich nahe vor den jetzt sitzenden Kaspar Pröckl. »Sie wollen also meine Bilder sehen«, sagte er. »Ich mache Sie darauf aufmerksam, daß das nicht ganz ungefährlich ist. Ich kann den Menschen die Herzkammer aufmachen auf siebentausend Jahre. Ich weise darauf hin, daß ich schon Menschen ins Klosett versenkt habe. Es ist durchaus möglich, daß ich Sie, wenn Sie aus kalter Neugier kommen, ins W. C. verfahre. Dann haben Sie wenig Aussicht mehr beim Jüngsten Gericht.« Kaspar Pröckl sagte: »Ich möchte mir meine Pfeife anstecken, bevor ich Ihre Bilder anschaue.« Diese Erwiderung gefiel offenbar dem Maler Landholzer. Er werkte, während Kaspar Pröckl die Pfeife anzündete, an den Bildern herum, die, den Rücken zum Beschauer, an den Wänden standen. Aus Schränken, Truhen holte er große, verschnürte Packen heraus. Holte auch mittels eines umständlichen Mechanismus Packen herunter, die von der Decke hingen. Zuletzt, listig die Finger hebend, kniete er nieder, und es zeigte sich, daß er auch unter einem Brett des Fußbodens einen Ballen mit Zeichnungen verwahrt hielt. Es war, als quölle das ganze Zimmer von den Visionen des Malers Landholzer. Nachdem er die Packen alle nebeneinandergeschichtet hatte, setzte er sich nieder. Machte keinerlei Miene, sie aufzuschnüren. »Wollten Sie mir nicht die Bilder zeigen?« sagte Kaspar Pröckl nach einer Weile. Der Maler Landholzer bedeutete ihm verschmitzt Ruhe, untersuchte die Türen, ob sie geschlossen seien, die Fenster, drehte die Packen hin und her. Löste endlich die Schnur des ersten Ballens.

Was der Ingenieur Kaspar Pröckl nun zu sehen bekam, behielt er sein ganzes Leben im Gedächtnis. Es waren unter einem Wust von technischen und geometrischen Zeichnungen und kleinen Modellen Bildwerke aller Art, gefertigt mit Bleistift, Tusche, Feder, Kohle, Ölbilder, Aquarelle. Auch Skulpturen waren dabei, aus beliebigem Holz, aus Möbelstücken, aus gekautem Brot. Es waren Bilder darunter, die der Mißtrauischste als Schöpfungen eines Gesunden angesprochen hätte, und Bilder von wilder Verschrobenheit. Winzige Skizzen und große, ausgeführte Gemälde.

»Das Jüngste Gericht«

Da war etwa eine Mappe, bezeichnet »Das Jüngste Gericht«. Richter und Gerichtete flossen ineinander. Folterwerkzeuge waren da; der gleiche Mensch war bald Folterknecht, bald Gefolterter; Ankläger standen herum, die Gesichter offenbar Porträts, viele maskenhaft starr. Mit ungeheurer Präzision waren sadistische Instrumente wiedergegeben; ihre Formeln, errechnet, standen säuberlich aufgezeichnet am Rand oder in einer Ecke, dazu Gebrauchsanweisungen. Richter thronten, in Talaren. Einigen waren die Herzkammern geöffnet; sie enthielten verbogene Paragraphen, Folterinstrumente, Gesetzesvorschriften, geometrische Formeln. »Man wird älter«, sagte der Maler Landholzer still, traurig, während Kaspar Pröckl die Zeichnungen betrachtete. »Ich strafe nicht mehr gern. Aber sonst zerfällt alles.«

»Die Schöpfung«

Mit Behagen dann öffnete der Mann eine Mappe, betitelt »Die Schöpfung«. Dargestellt auf einem jeden Blatt war ein Mensch, der sich entleert. Aus seinen Exkrementen bilden sich mannigfache Dinge, Städte und Wolken, Männer und Maschinen, Flugzeuge, der Kaiser Napoleon, die Pyramiden, eine Fabrik, Tiere und Pflanzen, ein Thron mit einer Krone, Buddha auf dem Lotus. Interessiert und ernst betrachtet der sich Entleerende, was aus seinen Exkrementen sich bildet. Als der beklommene Kaspar Pröckl zu dem Maler Landholzer aufschaute, sagte der, etwas läppisch technische Ausdrücke der Malerei gebrauchend: »Ja, das ist ganz gut. Es sollte vielleicht etwas mehr Blau hinein. Aber es steht gut im Raum.«

»Militarismus«

Dann war da eine Holzskulptur, waffenstarrend, mit Uniformbestandteilen der verschiedensten Heere, auch dem simpelsten Zuschauer ohne weiteres als »Militarismus« verständlich. Sie trug vier Gesichter, zwei davon gehörten Feldherren des großen Kriegs, mit Namen Ludendorff und Hindenburg, damals allgemein bekannt. Die vier Gesichter rissen die Mäuler auf, sträubten die Barthaare, ließen die Augen vorquellen, streckten die Zungen heraus. Haß hatte dem Mann das Schnitzmesser geführt.

»Abendmahl«

Lächelnd dann wies er eines von den großen Gemälden vor, die, den Rücken gegen den Beschauer, an der Wand lehnten. Es war eine Art »Abendmahl«, und es war auf den ersten Blick zu erkennen, daß es von dem Maler von »Josef und seine Brüder« gemacht war. Aber es war manches Abstruse auf dem Bild; die Tiere der Apostel, der Löwe des Markus, der Ochs des Lukas, der Adler des Johannes nahmen an dem Mahle teil. Auch war Judas zweimal auf dem Bild, rechts und links, einmal mit geöffneter Herzkammer und geöffnetem Schädel, so daß die Windungen und Furchen des Gehirns bloßlagen. »Sehen Sie«, sagte der Maler, »das ist das normale Bild. Nicht das, was Sie bei sich haben. Aber wenn Sie sagen, was ist, kommen Sie ins Narrenhaus. Nur im Narrenhaus dürfen Sie sagen, was ist. Folglich will jeder Vernünftige ins Narrenhaus.«

Kaspar Pröckl erwiderte nichts. Er saß in starker Benommenheit, die Pfeife war ihm ausgegangen. Der Maler Landholzer drehte plötzlich das Bild wieder um, begann rasch und geübt die Packen wieder zuzuschnüren. Sagte: »So, jetzt ist es genug. Da könnte jeder kommen. Jetzt will ich mich rasieren lassen.« Kaspar Pröckl bat nicht, sagte nichts, machte keine Bewegung. Es erwies sich, daß dies das Richtige war. Denn der Mann sagte nach einer Weile: »Eines will ich Ihnen noch zeigen.« Er förderte ein kleines Holzstück zutage, ein flaches Stück helles Mahagoni. Darauf war eine sehr einfache Reliefschnitzerei, ein Tier von nicht näher bestimmbaren Formen, den großen, riesigäugigen, flachen und breiten Kopf dem Beschauer zugewandt, sonderbar blattartige Ohren, kurze Hörnerstummel. Die Vorderbeine waren eingeknickt, so daß das Tier zu knien schien. »Das ist das ›Bescheidene Tier‹«, sagte der Mann, »das Reh, das auf katholisch geht.« Kaspar Pröckl hielt das kleine Holzstück in der Hand. Er bohrte seine tiefliegenden Augen in das Relief, während er den schmalen Mund leicht offenhielt. So also schaute er das kniende Tier im Holze an, und aus dem Holz das kniende Tier schaute ihn an mit seinen riesigen Augen, wehmütig, grauenvoll, rätselhaft rührend, heraustauchend aus dem Nichts, bescheiden, ungeheuer daseiend. »Damals wurde ich zum Künstler geschlagen«, sagte der Mann.

Listig lächelnd, durch Minuten, schaute er auf Kaspar Pröckl. »Sie sollten es nicht so lange anschauen«, sagte er schließlich. Da Kaspar Pröckl, sehr zögernd, ihm das Holz zurückgeben wollte, sagte er beiläufig: »Sie können es behalten.« Und, da Kaspar Pröckl aufleuchtete: »Sie wollen es mir schenken? Das wollen Sie mir schenken?« – »Ja«, wiederholte er mit großspuriger Beiläufigkeit, »behalten Sie es ruhig.«

Das Holzstück mit dem »Bescheidenen Tier« lag nun auf dem Tisch zwischen Kaspar Pröckl und dem Maler Landholzer. Daneben lag Pröckls Pfeife. »Sie verstehen«, sagte der Maler Landholzer, »ich bin der Amboß meines Schicksals. Sie können das ›Bescheidene Tier‹ auch so betiteln: ›Der Amboß seines Schicksals‹ oder ›Der Beschiß‹. Es ist aus einer Sofakante gemacht.« Er sagte das mit seiner hellen, harten Stimme, keineswegs anklägerisch oder gar lamentierend. Der junge Kaspar Pröckl hatte Menschen auf üble Art verrecken sehen, im Krieg und während der Revolution, er hielt diese Welt durchaus nicht für die beste unter allen möglichen und glaubte keineswegs, daß der Mensch gut sei, er hatte sich abgefunden, er hatte seine Erfahrungen und war für Sentimentalität nicht zu haben: aber die sachliche Art, auf die der schizophrene Eisenbahningenieur Fritz Eugen Brendel ihm das »Bescheidene Tier« erklärte, machte, daß ihm auf eine ungewöhnliche Art unbehaglich wurde. Er wollte das Holzstück in die Tasche stecken. Allein er ergriff statt dessen seine längst ausgegangene Pfeife, gab einen merkwürdigen Laut von sich, eine Art unmutigen Schluckens, zündete umständlich und ungeschickt die Pfeife wieder an. Dann erst steckte er das Holzstück in die Tasche.

»Selbstbildnis«

Der Maler Landholzer beobachtete aufmerksam alle seine Bewegungen. Als das »Bescheidene Tier« in der Tasche Kaspar Pröckls verschwunden war, lächelte er verschmitzt, zufrieden, holte eine mittelgroße Buntstiftzeichnung hervor. »Jetzt sehe ich so aus«, sagte er, das Blatt dem Kaspar Pröckl vorhaltend, etwas kokett, fast wie ein Verkäufer, der seine Ware möglichst verlockend drapiert. Es war aber ein »Selbstbildnis«, heftig in der Farbe, ein herrschendes Blau, das Gesicht stumpf hellbraun. Über dem struppigen Bart, der fleischigen Nase schielten den Beschauer die tiefliegenden Augen an, heftig, wüst, brennend, sonderbar verdreht, listig. Kaspar Pröckl war sich bewußt, den Mann genau angeschaut zu haben; er erkannte jetzt betreten, daß er von ihm nur wenig gesehen hatte.

Während der Maler Landholzer ihm das Bild vorhielt, kam der Wärter, sie zum Spaziergang abzuholen. Eilig steckte der Mann das Bild weg, schnürte das Bündel zu, brachte die Pakken wieder an ihren rechten Ort. Der Wärter, mit etwas derber, berufsmäßiger Freundlichkeit, forderte ihn auf, er möge also jetzt aufbrechen. Aber der Mann weigerte sich, war verändert, erregt, schimpfte. Er denke nicht daran, in solcher Verfassung spazierenzugehen. Sich in Begleitung des Herrn Kollegen, seines Freundes, in solchem Zustand zu zeigen, das sei nicht anständig. Er verlange, anständig rasiert zu werden. Man tat ihm den Willen.

Kaspar Pröckl war sehr stolz, daß der Maler Landholzer ihn seinen Freund und Kollegen genannt hatte. Er konnte mit dem Wärter dableiben, als der Friseur kam. Der Maler Landholzer, während der Friseur an ihm herumarbeitete, saß aufgeräumt, listig lächelnd, voll Freude an der Prozedur. Hielt großartige Reden. Ja, er habe beschlossen, sich den Bart abnehmen zu lassen. Wechsel war notwendig, tat gut. Wechsel erhielt jung. Alle sieben Jahre erneuere sich der Leib in seinen sämtlichen Zellen.

Das struppige Haar fiel zur Erde, aus dem Gewirr schälte sich das nackte Gesicht des Mannes. Friseur und Wärter blickten mit zunehmendem Erstaunen von dem Kranken zu dem etwas gezwungen dasitzenden Besucher, tauschten Blicke untereinander. Der Maler Landholzer verlangte einen Spiegel, beschaute sich, beschaute Kaspar Pröckl, nickte, lächelte schlau, befriedigt. Kaspar Pröckl saß dumm und verständnislos daneben. Es war ein Einverständnis zwischen dem Wärter, dem Friseur und dem Kranken, und er kam nicht darauf. Erst spät, als sich unter dem Rasiermesser das ganze Gesicht des Mannes nackt und neu herausgelichtet hatte, erkannte er, daß es sein eigenes Gesicht war. Er erschrak ins Mark. Ja, der Kranke und er, selbst die stumpfen Augen des Wärters und des Friseurs sahen es, schauten aus wie Zwillinge.

Der Maler Landholzer und Kaspar Pröckl gingen in dem Wald von Niedertannhausen spazieren. Es war schöner, weiter Wald mit dickbemoostem Boden, man ging pfadlos zwischen alten Bäumen. »Kommen Sie, Genosse Ingenieur«, sagte der schizophrene Erfinder Fritz Eugen Brendel, als Kaspar Pröckl über eine Wurzel stolperte, und faßte ihn unter.

Schließlich setzte man sich auf Baumstümpfe, und der Maler Landholzer zeichnete. Er zeichnete zwei genau gleiche Männer, auf ganz gleichen Baumstümpfen hockend, sich einander mit den gleichen heftigen, wüsten, sonderbar verdrehten

Augen listig anschielend. Es waren aber diese Männer der Ingenieur Kaspar Pröckl und der Ingenieur Franz Landholzer. Er schwieg, während er zeichnete; auch Kaspar Pröckl schwieg. Der Wärter lag irgendwo in der Nähe auf dem Boden, las die Zeitung, schlief. Als der Maler Landholzer zu Ende war, sagte er verschmitzt: »Wer einmal die Wahrheit spricht, dem glaubt man nicht, und wenn er noch so oft lügt.«

Die Rückfahrt Kaspar Pröckls nach München geschah in tiefer Verwirrung wie in Fieber und Flucht. Er lenkte mechanisch den Wagen, sah mechanisch die Wegtafeln, bemerkte nicht, ob die Straße schmal war oder breit. Er wußte nicht, ob die Kunst des Malers Landholzer gut oder böse war. Er wußte auch nicht, ob sie Rache war. Aber er wußte dies, daß alle diese Menschen und Dinge, die der Maler Landholzer gemacht hatte, so weiterleben mußten, genau so, wie er sie gemacht hatte. Es war ganz gleichgültig, ob etwa diese Richter in der Wirklichkeit brave Männer waren oder nicht, ob sie als Minister endeten, hochgeehrt, oder als Lumpen und Bettler: ihr wirkliches Leben lag aufgezeichnet und besiegelt ein für allemal auf den Blättern der verschnürten Packen in der Heil- und Pflegeanstalt Niedertannhausen.

»Der Westöstliche Gleiche«

Der Maler Landholzer am andern Tage bestand zur Verwunderung aller darauf, daß er nochmals rasiert werde. Beschaute sich dann lange, lächelnd, im Spiegel. Schrieb unter die Zeichnung aus dem Walde: »Der Westöstliche Gleiche«. Verschaffte sich, nicht ohne Schwierigkeit, einen festen Karton und ein Kuvert, bat Dr. Dietzenbrunn um die Adresse Kaspar Pröckls, verpackte umständlich und gewissenhaft den »Westöstlichen Gleichen«, schickte ihn seinem Besucher. Dann, den Nachmittag über, schrieb er sehr sorgsam folgendes:

»1. Preisausschreiben. Das Reich ist das Fundament der Gerechtigkeit. Es wird eine Lösung ausgeschrieben von 333 333 Reichsmark, beziehungsweise 33 Papiermark, wie dieses Reich durchsichtig und relativ gemacht werden kann. Zuwiderhandelnde werden mit Zuchthaus von 27 bis 9 Jahren bestraft, im Nichteinbringungsfall mit 33 Tagen Freiheit.

2. Ministerialverordnung. In Zukunft müssen alle nachweislich wahren Sachen auf gelbem Papier geschrieben sein, alle falschen auf weißem.

Gegeben in Niedertannhausen.

Der Statthalter Gottes und der Eisenbahn
zu Wasser und zu Lande.
Fritz Eugen Brendel.«

Dieses Manifest schlug er feierlich im Krankensaal an. Es war auf weißem Papier geschrieben.

26

Vom Glück der Unpersönlichkeit

Herr Pfaundler, eine halbe Stunde vor Beginn der Premiere, während im Büro und auf der Bühne Nervosität herrschte, Verzweiflung, Spannung, gaumentrocknende Angst, krampfig unechter Humor, während überflüssige Weisungen zum hundertstenmal wiederholt wurden und aus irgendeinem läppischen Grunde abergläubische Panik ausbrach, stand unbewegt, jovial. Noch während der Generalprobe, die die Nacht durch bis in den Morgen gedauert hatte, war er von wütiger Reizbarkeit gewesen, hatte roh geschimpft, Ungeschickte brutal weggejagt. Jetzt nachdem solche Nervosität nur schädlich wirken konnte, füllte er sich instinktiv mit fatalistischem Optimismus, verbreitete um sich stiernackige Zuversicht. Ein guter Onkel, Trost und Kraft spendend, ging er herum, vom Büro zur Bühne, schlichtend, beruhigend, machte sich wohlwollend lustig über die Kleinmütigen, spielte der alternden Hauptdarstellerin Kläre Holz ehrlichste Bewunderung über ihr Aussehen vor, klopfte dem blassen, schwitzenden Komponisten die Schulter, einigen Girls die Schenkel, war voll Lob für gewisse Änderungsvorschläge des ihm nicht sympathischen Beleuchters Benno Lechner, überprüfte zum hundertstenmal mit den Artisten die Sicherheit ihrer Apparatur. Alle diese seine Betätigung wirkte ungeheuer ehrlich und überzeugend. War ehrlich. Denn Herr Pfaundler schob seine Bedenken fort, vergaß, daß er nach Kräften Kunst zurückgedrängt und Fleisch und Flitter vorgerückt hatte. Fühlte sich nicht als Geschäftsmann, sondern als Mäzen. Tat er nicht Dienst an der Kunst und am Volk? Das Bedürfnis nach Lustbarkeit, trotz Inflation und fortgesetzter politischer Krisen, war nicht geringer als das Bedürfnis nach Brot. Herr Pfaundler war überzeugt, der Allgemeinheit nicht weniger notwendig zu sein als der Bäcker oder der Fleischer.

Doch während er nach allen Seiten Glauben und Hoffnung ausstrahlte, wußte er tief im Innern, daß er sich und die andern beschwindelte. Er sah, daß mit dem Komiker Balthasar Hierl der Revue »Höher geht's nimmer« der Saft ausgeronnen war. Er hätte ebensogut, wahrscheinlich sogar mit mehr Chance und sicher mit mehr persönlicher Befriedigung, an Stelle von Kitsch Kunst verzapfen können. Er sah klar, denn er hatte den Riecher: das Spiel war verloren, ehe es begann.

Unterdes füllte sich das Theater. Es kamen die rundschädeligen Männer von München und ihre sauberen, etwas fleischigen Frauen; der Raum hallte von gemächlichen, groben Stimmen. Es kamen der Maler Greiderer mit einem Haserl und der elegante Herr von Osternacher. Der mopsgesichtige, bezwikkerte Dr. Matthäi kam, ein paar stattliche Schauspieler vom Nationaltheater, manche Großkopfige aus dem Herrenklub. Selbst der uralte Professor von Kahlenegger war da, reckend den Vogelkopf über dem riesigen Hals; denn die Revue war angekündigt als Vorstoß der Kunststadt München gegen die materialistische Unkultur Berlins. Viel Aufsehen auch erregte es, daß der Minister Otto Klenk da war, der vor kurzem aus Gesundheitsrücksichten demissioniert hatte. Er saß in einer Loge des erstes Ranges, sehr sichtbar, blaß, mit deutlichen Spuren kaum überstandener Krankheit. Erich Bornhaak hingegen saß auf einem Eckplatz im Parkett, nicht sehr auffällig. Er fühlte sich in einer Glückssträhne jetzt; was er anpackte, geriet. Ein bißchen neugierig wartete er, wer den leeren Platz neben ihm einnehmen werde; er wird bestimmt selbst hier mit seiner Nachbarschaft Glück haben. Aber der Sitz neben ihm blieb bis zum Beginn der Vorstellung leer. Den schlecht rasierten Kaspar Pröckl sah man, die Anni Lechner, hübsch angezogen, vergnügt neben ihm. Viele Kleinbürger waren da, sonntäglich herausgeputzt, erwartungsvoll, die Mütter, Onkel, Tanten, Vettern, Bräutigame der nackten Mädchen.

Vor diesen Leuten also begann nun die Revue »Höher geht's nimmer«, früher »Kasperl im Klassenkampf«, jenes Spiel, an das der Schriftsteller Jacques Tüverlin einen guten Teil bester Zeit und nicht geringer Begabung gesetzt hatte.

Dieser Schriftsteller Jacques Tüverlin selbst kam erst nach Beginn des Spiels ins Theater. Eigentlich nur deshalb, weil es, wäre er ferngeblieben, wie Desertion aussah. Er kam in einer flauen, lahmen Stimmung, überzeugt vom Mißerfolg. Er hatte längst Bilanz gemacht, klar, unnachsichtlich, der Ingenieur Pröckl hätte es ihm nicht schärfer besorgen können. Was war Kunst? Was war ein Kunstwerk? Alles Kunstschaffen entsprang aus dem Ausdrucksbedürfnis, das dem Menschen eingeboren war wie der Trieb zur Nahrung und Fortpflanzung. Wahrscheinlich hatte das die Natur so eingerichtet, damit der Mensch seine individuellen Erfahrungen und Erkenntnisse möglichst rein und unmittelbar für die Art konserviere. Er, Jacques Tüverlin, hatte sein Ausdrucksvermögen schlecht und dumm verwertet. Hatte sich überrumpeln lassen von der Verlockung, daß er jetzt nicht nur Papier und eine Schreibmaschine, sondern ein großes Haus und einige hundert Menschen zur Gestaltung dessen zur Verfügung hatte, was er ausdrücken wollte. Hatte die herrliche Souveränität seines Schreibtisches preisgegeben, hatte sich, nicht klüger als ein Rupert Kutzner, hinreißen lassen von der idiotischen Lust, für seinen Spaß diese paar hundert Menschen gebrauchen zu dürfen.

Er ging nicht unters Publikum, sondern drückte sich hinter den Kulissen herum. Man war nervös, er stand allen im Weg. Schließlich forderte der Artist Bianchini I ihn auf, er solle mit in seine Garderobe kommen. Tüverlin blieb lange in dieser Garderobe mit Bianchini I und dem Instrumentenimitator Bob Richards, in angenehmer Ruhe und gelassenem Gespräch, vergessend, daß man wenige Meter entfernt eine dumme, verhunzte Sache produzierte, an der, als sie entstand, sein Herz hing.

Diese Revue »Höher geht's nimmer« schritt unterdessen zäh, doch äußerlich glänzend und gut klappend voran. Die Bilder »Stilleben« und »Tut en Kamen« waren vorbei ohne stärkere Wirkung, und die Kenner flüsterten bereits, die Revue versage. Aber das Publikum war gutmütig, wartete freundlich ab. Kam von der Bühne auch nur die leiseste Anregung, so war es, die Leere und Langeweile vorher vergessend, sogleich bereit, zu jubeln. So hatte das Bild »Nackte Wahrheit« ersichtlichen Erfolg. Die Zuschauer empfingen Frau von Radolny mit stürmischer Freude; die große, fleischige Frau war offenkundig nach ihrem Geschmack. Gerade daß sie so unbekümmert ihre Üppigkeit zur Schau stellte, gefiel, imponierte.

Dennoch wäre schon die erste Stunde der Revue ein allen erkennbares Fiasko geworden ohne die Lärminstrumente des Erfinders Druckseis. Doch als diese Instrumente losgingen, als sie eine Herde muhender Kühe und quiekender Schweine wiedergaben, als sie Hundegekläff produzierten, Autogehupe, Lokomotivenpfeifen, Gewitterdonner, marschierende Truppen, als der Imitator Bob Richards aus Czernowitz das nachahmte und die Nachahmung einiger Geräusche gewollt kläglich ausfiel, als weiter der ganze höllische Lärm sich symphonisch einte, und als schließlich die Münchner Stadtweise von der grünen Isar und der nicht aufhörenden Gemütlichkeit daraus entstand, als diese Stadtweise gekrönt wurde von der ehemaligen bayrischen Königshymne, wiedergegeben von der ganzen wüsten Vereinigung der großartig scheußlichen Apparate, als nackte Girls vorschwirrten, weiß und blaues Tuch um Brust und Schoß, weißblaue bayrische Fahnen schwingend, als gar noch mächtig projiziert, umgeben von den Türmen mit den nicht vollendeten Kuppeln, von Weißwürsten, Bierkrügen und der in Mönchstracht gekleideten Symbolfigur des Münchner Kindls, der *Bayrische Löwe* auf dem Prospekt erschien, da war die Enttäuschung der ersten Stunde weggefegt. Große, ehrliche Begeisterung brach los. Auf stand das Publikum, stürmisch in die mächtigen Hände patschte es, einstimmend in die Hymne.

Es feixte Kaspar Pröckl, es lächelte oben auf seiner Beleuchterbrücke Benno Lechner. Niemand wußte, ob der bösartige Witz von Tüverlin stammte oder von Pfaundler, oder ob er überhaupt gewollt war. Tüverlin selber lächelte. Da hatte er nun doch etwas von der Revue, wie er sie ursprünglich geplant hatte. Dieses Publikum, begeistert die von Schweinsgequiek und Ochsengebrüll und dem Imitator mit der unförmigen Nase hervorgebrachte Hymne mitsingend, diese Leute, in deren Herzen und Stimmbändern der possenhaft gemeinte Schall sogleich den eingedrillten Enthusiasmus tropisch hochblühen ließ, waren in Wahrheit von Aristophanes.

Otto Klenk, als die Apparate des Erfinders Druckseis in Tätigkeit traten, begann finster zu strahlen. Er war bis jetzt etwas enttäuscht dagesessen, noch recht blaß neben den vollblütigen, gesunden Männern ringsum, und der Smoking schlotterte ein bißchen um den riesigen Mann. Aber als der Lärm auf der Bühne losging, als der umjubelte Bayrische Löwe erschien, da lebte der ehemalige Minister auf. Ja, so hatte er sich das seelische Terrain seines Volkes vorgestellt, und auf diesem Terrain wollte er jetzt seinen Spaß, seine Gaudi anbauen. Daß man sich nicht mehr zurechtfand zwischen dem Gebrüll auf der Bühne und dem im Publikum, daß man nicht mehr wußte, war der Löwe Ernst oder Parodie, diese ganze großartige Kasperliade und die Hingabe, mit der sie betrieben wurde, das war richtig, das stimmte. Solange er im Amt war, hätte er mit einer gewissen Besorgnis, vielleicht sogar mit kleinem Kummer zugeschaut, wie seine Münchner so gottverlassen in diesem hundsordinären Stumpfsinn versanken. Jetzt paßte es ihm. Gut, weiter. Soll es so weitergehen. Er wird mittun. Zeigen wird er es einigen Leuten. »Das Fallende soll man stoßen« oder so ähnlich hieß es bei einem Klassiker.

Unterdessen wurde auch der freie Platz neben Erich Bornhaak besetzt. Eine Dame nahm ihn ein. Die Dame war Johanna.

Der Windige hatte sie seit jener Nacht nicht mehr gesehen. Hatte einmal vergeblich angerufen. Wie nun der Theaterkassier sie ihm zur Nachbarin gab, begrüßte er sie beiläufig, fand nicht seine gewohnte Keckheit, wußte nicht recht, was tun, machte ab und zu kleine ironische Anmerkungen zu ihr über das, was auf der Bühne geschah. Da Johanna wenig und kühl erwiderte, wurde er stiller, verstummte endlich vollends. Was bildete sie sich ein? Schließlich hatte er sie doch gehabt: was wollte sie? Es gibt Bessergewachsene als sie. Intelligentere, Spritzigere, Feschere. Man macht es ihm nicht schwer, er hat die Wahl. Überhaupt jetzt, wo er in der Glückssträhne ist. Sein Ansehen bei den Wahrhaft Deutschen wächst von Tag zu Tag. Dazu hat ihm der Alte einen ansehnlichen ausländischen Scheck geschickt. Offenbar als eine Art Versöhnungsgeschenk, weil er sich bei der Verteidigung des von Dellmaier hatte drükken wollen. Eine dolle Artischocke, der Alte. Diese faulige Demut, mit der er jeden Fußtritt hinnimmt. Überhaupt eine spaßhafte Sache, das Leben. Auch die Chose mit dem Boxer Alois ist spaßhaft, abgesehen davon, daß sie Zaster bringt. Ein bißchen gefährlich vielleicht, weil es sich um den Bruder des Rupert Kutzner handelt. Aber amüsant. Dazu so ungeheuer einfach. Er versucht wieder, etwas zu Johanna zu sagen. Aber die hört nicht hin; es ist gerade sehr lärmend auf der Bühne. Er beschaut sie von der Seite. Eine Zeitlang hat er sie wirklich gemocht. Warum eigentlich? Es ist wahrhaftig nicht viel los mit ihr. Das breite Gesicht. Die stumpfe Nase. Wenn sie noch so krampfhaft den unbegossenen Blumentopf markiert, die Haare hat sie sich doch nur seinethalb schneiden lassen. Und wie sie sich im Bett hat, weiß er auch. Daß es da nicht eben weit her ist mit ihr. Was will sie also? Andere schimpfen, begehren auf. Sie macht es mit ihrer scheißfeinen, verwunderten Wurstigkeit. Na wenn schon. Er wird sich nicht ärgern.

Er ärgerte sich sehr.

Johanna ihrerseits vergaß ihren Nachbarn tatsächlich, sowie er sich nicht bemerkbar machte. All ihr Wesen streckte sich aus nach Jacques Tüverlin. Sie sah, was da auf der Bühne geschah, und eine Wut stieg ihr hoch, wie sie sie einmal nur gespürt hatte, als sie während des Prozesses Krüger den Zeitungsbericht las über die Verlesung der Briefe des toten Mädchens Anna Elisabeth Haider. Jacques Tüverlin hatte ihr seinerzeit begeistert erzählt von Aristophanes; genau begriffen, was eigentlich ihm vorschwebte, hatte sie nicht. Aber daß es dies nicht sein konnte, daß es sauber war, künstlerisch anständig, wußte sie. Jacques Tüverlin liebte es, sich zynisch zu geben; doch in seiner Profession hielt er auf äußerste Reinlichkeit, sein schriftstellerisches Gewissen war der Kern seines Wesens. Was mußte er hinuntergewürgt haben, bis sich seine gute Sache in dieses absurde, läppische Gelump verwandelte. Er hatte keine gute Zeit gehabt, während sie fort war. Es war eine Mordsdummheit gewesen, daß sie sich mit Hessreiter und dem da neben ihr herumgetrieben hatte, während er dasaß und sich abquälte. Ein gutes, sicheres Gefühl kam hoch in ihr für diesen Mann mit dem zerknitterten Gesicht und der gequetschten Stimme, der jetzt wahrscheinlich irgendwo im Hintergrund einer Loge oder in einer Kulisse stand und Witze riß, dem es aber sicher nicht nach Witzen zumute war. Und Johanna, während der widerwärtige Unsinn auf der Bühne abrollte, während Katharina ihre lässigen, albernen Triumphe feierte, während die Instrumente des Erfinders Druckseis stürmisch bejubelt wurden, sah plötzlich ihren Weg vorgezeichnet, gut und deutlich. Sie wird jetzt mit Tüverlin zusammensein, wird verhüten, daß er sich ein zweites Mal in etwas einläßt wie diese Revue.

Die rollte unterdes zäh und gut klappend weiter. Die unverkennbare Herzlichkeit, mit der das Publikum den lärmenden Bayrischen Löwen empfing, hatte die Menschen auf der Bühne neu stimuliert. Sie holten alle Reserven ihrer Kunst aus den verstecktesten Schlupfwinkeln, hielten mit äußerster Anstrengung das Publikum, bis das letzte, sichere Bild vor der Pause kam, bis jene kleine, freche Marschmelodie aufklang, die den Reiz der Stierkämpfe einfing, verrucht zusammengesetzt aus eleganter Pose und der Lust am Töten. Von der Bühne her zuckte die Freude an dieser Melodie hinunter in das erschlaffende Publikum, spritzte ihm ins Blut, zuckte zurück zur Bühne. Die Schauspielerin Kläre Holz sogleich spürte die neue Kraft, die Tänzerin Insarowa lebte auf. Selbst der Beleuchter Benno Lechner oben auf seiner Brücke, schmutzig, mit dunkler Brille sich vor den Scheinwerfern sichernd, hingegeben an seine Arbeit, die äußerste Umsicht und Präzision verlangte, selbst er summte die Melodie mit. Was dem Zuschauerraum als Glanz und Pracht erschien, war hier oben von seiner Brücke aus eine mühsame Konstruktion aus Holz, Draht, Pappe, die nackten Mädchen waren bekleidet mit einer unappetitlichen Schicht von Puder und Schminke, das ganze süße Gehüpfe war für ihn hier oben eine Wolke von Staub, Fett, Schweiß, üblem Geruch. Aber auch er jetzt genoß die freche, schmissige Melodie. Solange die kleine Melodie da war, gingen seine Gedanken ab von seiner schwierigen, im Grunde unnützen Arbeit. Er dachte an die Revolution, die auch hier einmal losbrechen muß, und wie er Scheinwerfer hinleuchten lassen wird über die großen Plätze, während hunderttausend Menschen die Internationale singen.

Das Publikum wurde mitgerissen von dem Stierkampfbild fast ebenso wie von den Lärminstrumenten. Die offiziellen Komponisten, umbraust von dem Geschrei der Menge, standen auf der großen Bühne, um sie herum, vor und zurück gingen die Stierkämpferinnen, sich an den Händen haltend, die Brüste nackt unter den kurzen, bestickten, offenen Jäckchen, vor und zurück, wellenmäßig, in drei Ketten. Der Vorhang stieg, fiel, zehnmal, zwanzigmal, dreißigmal, die beiden Herren standen inmitten der Mädchen, dick, schwitzend, beglückt, nur sehr flüchtig denkend an einen unangenehmen Dritten.

Die Szene vor der Pause rettete dem ersten Teil den Anschein eines Erfolges. Die Leute standen herum, brummten, ein bißchen zögernd, Anerkennendes. Ungeheuer unter den Herumstehenden fiel ein riesiger Mann auf in einem altväterisch feierlichen Bratenrock mit einem mächtigen, gesträhnten Vollbart und kleinen, tiefliegenden, strahlend blauen Augen. Er machte sich sogleich treuherzig an Osternacher und Greiderer heran. München war eine feine Sache, die Revue war großartig, da fehlte sich nichts, er war begeistert. Ja, der Apostel Petrus war von Oberfernbach nach München gekommen und wollte vorläufig längere Zeit hierbleiben. Herr von Osternacher wußte das; denn der Apostel Petrus war schon bei ihm gewesen. Aber Rochus Daisenberger war ein schlauer Hund. Er merkte, daß Osternacher den Greiderer von diesem Besuch nichts wissen lassen wollte. Er hielt klüglich das Maul, begnügte sich, vom Publikum angestaunt, seine Begeisterung über das Schauspiel vielwortig kundzutun.

Klenk, zwischen Schadenfrohen und etwas Furchtsamen, unbefangene Händedrücke austauschend, ging zur Bühne. Der Stierkämpfermarsch hatte ihn warm gemacht. Er sah Bilder, wüst und großartig, wie er es seiner stupiden, undankbaren Vaterstadt zeigen wird. Er hat die patriotische Bewegung seinen Landsleuten zum Vorteil drehen wollen; darauf haben sie ihn auf kleine, gemeine, niederträchtige Art davongejagt. Nun wird er sie halt gegen sie drehen. Jetzt ist er frei, keiner kann ihn mehr schwach anreden. Er kann den Wind machen, wie es ihm beliebt. Es wird ein gewaltiger Wind sein, ein Mordswind, ein Riesenfurz, an dem mancher erstickt und verreckt. Hin müssen sie sein, dachte er an das alte Zornwort seines Landes, und er dachte an den Flaucher und den Hartl und den Toni Riedler und an manchen von den vielen, denen er im Vorübergehen jovial die Hand drückte.

Er kam auf die Bühne, suchte die Garderobe der Insarowa. Die Tänzerin, nackt unter einem Kimono, sah zart aus, von einem Kind umzublasen, süß und verderbt. Heiß von den Erregungen der Premiere, schaute sie aus schiefen Augen auf den riesigen Mann, traurig, spöttisch, wartend, was er zu sagen habe. Ein Duft von Schminke, Parfüm, Frauenhaut war im Raum. Sie saß zusammengekauert, winzig, er füllte die kleine Koje fast aus. Mit seiner tiefen Stimme sprach er herunter zu ihr, schaute sie an aus seinen braunen, ungebändigten Augen. Bemühte sich, liebenswürdig zu sein. Sprach davon, wie delikat sie auf der Bühne gewirkt habe, viel zu schade für diese gescherten Hammel, vor denen nur das Grobe zur Geltung komme. Da sie andauernd schwieg, setzte er von neuem an. Wie er sich freue, jetzt endlich Zeit zu haben für die Dinge, die ihm wirklich am Herzen lägen. Ob sie mit ihm auf seine Besitzung Berchtoldszell kommen wolle. Man werde bergkraxeln, auf die Jagd gehen, spazierenfahren, rudern. Er stelle sich das sehr angenehm vor, ihr werde etwas Landleben sicher guttun. Er sprach ziemlich lange.

Die Insarowa ließ ihn reden, schminkte an sich herum, ihn

aus dem Spiegel beobachtend. Er wollte schon ungeduldig werden. Bezwang sich. Sie, aus dem Spiegel, kokett, mit gemachter Schwermut, leckte sich mit der Zunge die Mundwinkel, schaute ihn schief an, schüttelte den Kopf. Nein. Sie sei, wie sie ihm ja schon geschrieben habe, krank. Auch habe sie Pech, niemals stimmten ihre Passionen zu denen der anderen. Wenn sie jemanden wolle, dann wolle der nicht. Man behandle sie wie ein kleines, albernes Kind. Das sei sie nicht. Der Doktor Bernays habe ihr ein englisches Sanatorium genannt, wo sie nach menschlichem Ermessen gerettet werden könne. In einem Krankenraum, der nach der vierten Seite hin offen sei, auf Rasen, Bäume, Licht, Sonne hinaus, liege man da so gut wie regungslos, eingeschient. Nicht Wochen oder Monate, sondern Jahre. Das koste Entschluß. Sie habe sich entschlossen. In Leder und Eisen werde sie liegen, nur die Arme seien frei, und der Kopf auf dem Kissen habe ein wenig Bewegung. Man habe ihr geschildert, und sie könne es sich gut vorstellen, wie Patienten mit diesen Armen verzweifelt in die Luft langten, Ärzte und Pfleger beschwörend um Erlösung oder ein Ende. Dies genau wissend, habe sie sich entschlossen, nach England zu gehen.

Sie erzählte das fast boshaft, wie ihm zum Trotz. Er hörte sie schweigend an. Sie saß mit dem Rücken zu ihm, immer mit der Schmückung ihres Gesichtes befaßt, sah ihn im Spiegel. Sah, daß er von der Krankheit sehr mitgenommen war, blaß, jetzt noch tiefer erblaßt vor Wut.

Er dachte, es sei eine Gemeinheit. Erst mache sie ihn krank, dieses Sauluder, und dann, wenn er gesund sei, habe er nichts von ihr. Er glaubte ihr kein Wort; aber er wußte, es war aus. Er dachte: gut, um so besser. Habe er um so mehr Zeit, seine Pläne gegen gewisse Leute fertig zu machen. Es muß ja nicht gerade dieses Frauenzimmer sein. Hat er nicht längst vorgehabt, sich seinen Sohn einmal anzuschauen, den Simon, den Bams, was aus ihm geworden ist?

Er kaute an seiner Pfeife herum, die sie sichtlich störte. Er wünsche nur, sagte er nach einer Weile, daß diese Kur ihr wirklich helfe. Anständigerweise müsse er sie darauf aufmerksam machen, daß er auf so lange Zeit für seine Gefühle nicht einstehen könne. Sie lächelte nur. Er fühlte sich hereingelegt, *geschlenkt,* war sehr erbost, als es zum Wiederbeginn der Vorstellung klingelte und er gehen mußte. Sie freute sich. Später dachte sie, wie blaß und heruntergekommen er aussah, und bereute, daß sie ihn nicht mehr geärgert hatte. Sie erinnerte sich an einen alten Fluch, den sie vor langer Zeit, als Kind, gehört hatte: »Möge die Erde dir leicht sein, daß die Hunde dich besser auskratzen können.«

Nach der Pause sodann, sogleich und überraschend schnell, entschied sich endgültig das Schicksal der Revue. Da der Kasperl Balthasar Hierl herausgestrichen war, fehlte Sinn und Rückgrat des Ganzen; alles fiel in sich zusammen. Das Publikum saß gelangweilt, verdrießlich; viele entfernten sich. Auf der Bühne, in zunehmendem Lärm und Glanz und Wirrsal, spürte man sogleich die hoffnungslose Lähmung. Selbst Benno Lechner, vereinsamt oben auf seiner Brücke, ohne jede Fühlung mit dem Publikum, spürte sie. Er hatte gerechnet, zumindest für ein halbes Jahr ein sicheres Dach zu haben. Daß das da unten mißglückte, bedeutete für ihn, daß seine nächsten Monate unsicher werden und daß er wahrscheinlich genötigt ist, die Hilfe der Kassierin Zenzi zu beanspruchen. Nein, sie war nicht gut eingerichtet, die kapitalistische Welt, saublöd war sie. Ich nehme sie unter den Scheinwerfer, die bürgerliche Welt, dachte er oben auf seiner Brücke, inmitten der stinkenden Wolke von Schmutz, Staub, Schweiß, und er warf sein vieltausendkerziges Licht auf die Menschen, die sich unten zum Finale ordneten: die Mädchen, die nur mit kleinen, künstlerisch entworfenen Trommeln bekleidet waren, die Liliputaner, phantastisch geschmückt, die Akrobaten, die Schauspielerin Kläre Holz, den von seiner Kolik genesenen Pavian. Und während diese alle, eine schillernde Schlußgruppe bildend, vorrückten, pfiff der Beleuchter Benno Lechner in den ungeheuren Lärm des Orchesters hinein verbissen, verächtlich die Internationale. Die Völker sollten die Signale hören, pfiff er vor sich hin, antreten zum letzten Gefecht.

Finster und allein stand Herr Alois Pfaundler. So klar er erkannt hatte, daß ein wirklicher Sieg unmöglich war, hatte er dennoch mit zähem Optimismus damit gerechnet. Jetzt, in nicht vielen Minuten, sah er viele Projekte versinken: Prunkhotels an den Seen, Verpflanzung des Münchner Faschings nach Berlin. Auch seinen kühnsten, liebsten Plan, von dem er selbst seinen Vertrautesten nicht sprach, den er aber bis heute immer festgehalten hat, den Plan einer Autostraße ins Gebirg. All das hatte zur Voraussetzung den Erfolg der Revue, all das schwamm jetzt hinunter. Finster stand er da; man ging in weitem Bogen um seine böse glitzernden Mausaugen. Er wußte natürlich, daß er allein die Schuld trug; aber er füllte sich mit der Überzeugung, jeder einzelne hier auf der Bühne sei mehr schuld als er. Er machte seinen Schritt so mannhaft wie möglich, ging zu Tüverlin, der allein stand, und sagte mit seiner hellen, fetten Stimme, haßerfüllt: »Da haben Sie es mit Ihrer *Literatur*. Ich hätte mich auf meinen Riecher verlassen sollen.« Er funkelte ihn an, von unten nach oben, voll äußerster Geringschätzung, ließ ihn stehen.

Seltsam überhaupt, wie jetzt alle, selbst die, die an ihn glaubten, auf Tüverlin mit Widerwillen schauten. Er war die Ursache ihres Unglücks, und rings um ihn war Haß, Zorn, Verachtung. Nur Bob Richards, der Instrumentenimitator, unmittelbar bevor er zum Finale antrat, stellte sich neben ihn, betrachtete ihn, das Gesicht kraus von Skepsis, Überlegenheit, Mitgefühl, und flötete ihm aus seiner gigantischen, mißgeformten Nase süß und weise zu: »Eigentlich ist das ja auch nicht Ihr Genre.«

Jacques Tüverlin begriff ihn nicht recht. Er stand da, abwesend. Er horchte tief in sich hinein und siehe, er ärgerte sich wirklich nicht. Dies war eigentlich schon vor zwei Monaten für ihn erledigt gewesen; verdrießlich war nur, daß es so lang gedauert hatte, bis es auch äußerlich und für alle Welt abgetan war. Er ärgerte sich nicht, und er freute sich nicht; auch die Entladung Pfaundlers verdroß ihn nicht und amüsierte ihn nicht. Wenn er sich genau erforschte, dann erkannte er, daß er wartete.

Auf einmal stand Johanna neben ihm, und es war keine Überraschung für ihn. Erstaunt war er nur, daß sie das Haar kurz trug. Sie sah ihn an. Er war dünner geworden, zerknitterter. Es war deutlich, daß es ihm mittlerweile nicht sehr gut gegangen war. Und Jacques Tüverlin sah sie an, und sie gefiel ihm ausnehmend, und er wußte, es war töricht gewesen, daß er ihr so lange nicht geschrieben hatte. Ein jeder von ihnen erkannte, daß der andere ein Stück Leben abgelebt hatte, nicht sein bestes, und froh war, ein besseres anzufangen.

Die Revue war noch nicht zu Ende. Eigentlich war es auffallend, daß Johanna so schlankweg vor Ende der Aufführung auf die Bühne gekommen war. Aber er fragte sie nicht danach. Vielmehr verfältelte er sein zerknittertes Gesicht stärker und sagte halb verdrießlich, halb spaßhaft: »Da sind Sie endlich. Sie hätten auch früher kommen können.« Und Johanna sagte reumütig: »Sie haben recht, Tüverlin.« Damit, noch ehe die Revue zu Ende ging, entfernten sie sich, unter der Mißbilligung aller, von allen verachtet, selbst vom Feuerwehrmann und vom Bühnenportier, sehr vergnügt.

Es war frisch und angenehm auf der Straße, sie gingen bequem nebeneinander her. »Sie sehen nicht gerade gesund und vorteilhaft aus, Tüverlin«, sagte Johanna. »Sie sollten einige Zeit in Ruhe aufs Land gehen.« – »Natürlich«, sagte Tüverlin mit seiner gequetschten Stimme. »Oder haben Sie vielleicht gedacht, ich schaue mir jede Aufführung dieses Meisterwerks an?« – »Wohin gehen wir eigentlich?« fragte Johanna. »Zu mir natürlich«, erwiderte Tüverlin. »Ich habe aber einen Mordshunger«, sagte Johanna. »Einiges Eßbare wird sich vielleicht auch bei einem durchgefallenen Schriftsteller noch vorfinden«, sagte Tüverlin. »Nach allem Vorangegangenen müssen übrigens Sie das Abendessen zurechtmachen«, fügte er hinzu. »Mit Ihrer Analyse, Tüverlin, braucht man sich nicht lange herumzuquälen«, sagte Johanna. »Was Sie sind, erkennt auch ein blindes Huhn mit bloßem Auge.« – »Was bin ich denn?« fragte Tüverlin. »Ein Lausbub natürlich«, erwiderte Johanna.

Während sie unter solchen Gesprächen seiner Wohnung zuschritten, ging die Revue »Höher geht's nimmer« zu Ende. Lärmender Beifall stieg hoch. Aber alle wußten, daß dieses Schreien und Händeklatschen nicht von Herzen kam und nichts bedeutete. Nur einer wußte es nicht, er stand, schrie, fand alles großartig, stampfte, war innig erfreut. Ein auffallender Mann mit einem langen, zweigeteilten Bart und tiefliegenden, strahlenden, kleinen, listigen, blauen Augen: Rochus Daisenberger, der Apostel Petrus von Oberfernbach.

Viertes Buch

Politik und Wirtschaft

1. Panzerkreuzer Orlow
2. Der Steinbock
3. Leben auf dem Lande
4. Das Land Altbayern
5. Von den sieben Stufen menschlicher Freude
6. Der Dollar schaut ins Land
7. Guten Abend, Ratte
8. Noch vor der Baumblüte
9. Aus der Geschichte der Stadt München
10. Die Tarnkappe
11. Der nordische Gedanke
12. Gescheit oder dumm: meine Heimatstadt
13. Der Handschuh
14. Bevölkerungspolitik
15. Gedenket des Bäckergesellen
16. Von der Fairneß
17. Kaspar Pröckl verbrennt Das Bescheidene Tier
18. Einer klettert am Gitter seines Käfigs
19. Der unsichtbare Käfig
20. Der Fluß Ruhr
21. Herr Hessreiter diniert zwischen Vlissingen und Harwich
22. Charakterköpfe
23. Caliban
24. Ein Brief in der Nacht
25. C + M + B
26. Johanna Krain und ihre Maske
27. Rechtsanwalt Geyer schreit
28. Zeichen am Himmel
29. Die Baumblüte
30. Franz Flauchers gewünschte Stunde
31. Ein Silberstreif
32. De profundis

I

Panzerkreuzer Orlow

Während die andern Berliner Kinos zu dieser frühen Stunde geschlossen sind oder vor sehr wenigen Zuschauern spielen, stauen sich hier die Autos. Schutzleute, Gaffer. Der Film »Panzerkreuzer Orlow« ist schon sechsunddreißigmal gezeigt worden, viermal jeden Tag, sechsunddreißigtausend Berliner haben ihn gesehen. Dennoch sind die Leute erregt, als führte man ihnen heute zum erstenmal etwas vor, worauf die Welt wartet.

Der Minister Klenk, die um ihn Sitzenden groß überragend, denkt nicht daran, sich von dieser Unruhe anstecken zu lassen. Er hat gelesen: ein Film ohne Aufbau, ohne Weiber, ohne Handlung; Spannung ersetzt durch Tendenz. Anschauen muß man sich so was, wenn man schon in Berlin ist. Er wird den Filmjuden nicht hereinfallen auf ihre künstlich gemanagte Sensation.

Ein paar Takte greller Musik, wüst, fortissimo. Geheimakten aus dem Marinearchiv: dann und dann meuterte die Besatzung des Panzerkreuzers »Orlow« vor der Stadt Odessa wegen ungenügender Ernährung. Na schön, sie meuterten also. So was soll schon vorgekommen sein. Als Bub hat er solche Dinge mit Leidenschaft gelesen. Interessant für die reifere Jugend. Der Minister Klenk grinst.

Der Schlafraum der Mannschaft. Hängematten, dicht aneinander. Ein Vorgesetzter, herumschnüffelnd zwischen unruhig schlafenden Matrosen. Das Ganze nicht unbegabt gemacht. Man spürt richtig die schlechte Luft des Raums. Dazu die dumpfe, beklemmende Musik.

Jetzt der Morgen. Matrosen, herumstehend um ein aufgehängtes Stück Fleisch. Sie betrachten es mißbilligend. Immer mehr kommen heran, immer andere. Man braucht nicht lange zu riechen, um herauszukriegen, daß es nicht gut riecht. Das Stück Fleisch in Großaufnahme: es wimmelt von Maden. Die Leute scheinen schon öfters derartiges Fleisch gekriegt zu haben. Schimpfen. Das ist begreiflich. Der Schiffsarzt wird herbeigeholt, ein etwas mickeriger Herr. Er setzt seinen Kneifer auf, tut seine Pflicht, untersucht das Fleisch, kann es nicht ungeeignet zum Genuß finden. Das Fleisch wird zubereitet. Die Mannschaft weist die Brühe zurück. Schimpft. Triviale Vorgänge, vorgeführt auf einfache Art, ohne Pointierung. Ein Stück faules Fleisch, Matrosen, Offiziere. Keine besonders begabten Offiziere, wie es scheint, doch auch keine besonders schlechten. Durchschnittsmaterial. Wir haben in Bayern kaum besseres. Merkwürdig, daß der Klenk von diesen simpeln Menschen und Begebnissen angerührt wird.

Die Erbitterung auf dem Schiff steigt, man weiß nicht recht wieso. Allein man spürt, es kann nicht gut ausgehen, jeder im Publikum spürt es. Die Herren auf der Leinwand nehmen es nicht ernst genug. Sie müßten eingreifen, endlich, durchgreifen. Sind sie blind? Aber wir haben es auch heranziehen spüren im letzten Kriegsjahr und haben auch zu spät eingegriffen. Freilich haben wir auch nicht diese hämmernde Musik gehabt. Es ist eine scheußliche Musik, aber sie läßt einen nicht los. Natürlich muß man diesen Saufilm verbieten. Es ist ganz raffinierte Stimmungsmache, eine Schweinerei. Es ist wirklich keine genügende Ursache, die Disziplin aufzusagen, weil ein Stück Fleisch madig ist. Da haben wir im Krieg ganz anderes herunterfressen müssen, mein Lieber. Dennoch ist der Klenk nicht recht für die Offiziere; er ist für die Matrosen.

Die hämmernde, bedrohliche Musik geht weiter, die Gärung wächst. Der Kapitän läßt die Mannschaft auf Deck antreten. Fragt, wer etwas gegen die Verköstigung vorzubringen hat. Zögern. Einige treten vor. Auf einmal, man weiß kaum wie, sind die Besten der Mannschaft, die Mißvergnügten, die Rädelsführer, abgetrennt. Ein großer, weiter, gefährlicher Zwischenraum ist zwischen ihnen und den andern. Verteufelt geschickte Burschen diese Offiziere, da haben sie die Anstifter, die Meuterer, im Handumdrehen unter der Faust. Das Gros der Mannschaft steht ängstlich beisammen. Die kleine Schar der Führer ist durch ein Seil abgesperrt, in einen Winkel geschnürt. Da stehen sie, die vorhin das Maul so weit aufreißen konnten, in einem armen, zitternden Haufen. Schon ist ein Segeltuch über sie gebreitet. Ein paar elende, groteske Bewegungen gehen durch dieses Segeltuch. Gewehrläufe sind darauf gerichtet. Kommandos, gleichmütig, trocken. Da reißt es einem aus dem Gros die Zähne auf. Sein Schrei kommt. Das Kommando *Feuer* kommt. Aber das Feuer kommt nicht. Die Gewehre gehen nicht los.

Ein Taumel packt die Menschen, die auf der Leinwand und die vor ihr. Warum hat man so lang gewartet. Aber jetzt ist es ja da, jetzt begehren sie auf, jetzt endlich geht es los. Und die Leute vor der Leinwand jubeln, sie klatschen denen auf der Leinwand zu. In die grausame, triumphierende, hämmernde, scheußliche Musik hinein klatschen sie, wie jetzt die auf der Leinwand auf die Offiziere eine tolle, groteske Jagd anfangen, sie hervorholen aus albernen Verstecken, sie über Bord schmeißen in die fröhlich hochspritzende See, einen nach dem andern, den mickerigen Schiffsarzt darunter, seinen Kneifer ihm nach.

Klenk sitzt still, es hat ihm den Atem verschlagen, er sitzt, der riesige Mann, mäuschenstill. Es hat keinen Sinn, das zu verbieten. Es ist da, man atmet es ein mit jedem Atemzug, es ist in der Welt, es ist eine andere Welt, es ist Blödsinn, sie zu leugnen. Man muß das anschauen, man muß diese Musik hören, man kann sie nicht verbieten.

Die Fahne wird heruntergeholt. Eine neue Fahne klettert den Mast hoch, unter ungeheurem Jubel, eine rote Fahne. Matrosen übernehmen den Dienst der Offiziere; die Maschine funktioniert nicht schlechter dadurch. Unter der roten Fahne fährt das Schiff ein in den Hafen der Stadt Odessa.

Schüchtern gewahrt die Stadt die rote Fahne, sperrt den Mund auf, frohlockt. Atmet schneller, jauchzt auf, groß, befreit. Man zieht heran, dem Schiff mit der roten Fahne zu, einzelne zuerst, immer mehr, die ganze Stadt wallfahret zu dem einen erschossenen Matrosen, dessen Leiche man an Land gebracht hat, sie wimmelt in Booten um das Schiff mit der roten

Fahne, sie bringt den Matrosen von ihren nicht reichlichen Lebensmitteln.

Klenk wird kribbelig. Halten die andern still? Lassen sich die andern das einfach gefallen? Er ist gar nicht für die andern, er ist viel zu lebendig, als daß er sich von dem Elan dieser ganzen Angelegenheit nicht mitreißen ließe. Allein es stört ihn, daß der sonst so wahre Vorgang unwahr zu werden beginnt durch dieses Versäumnis. Es stört ihn, daß es nicht stimmt.

Aber siehe!, es stimmt doch. Da sind sie, die andern. Sie sind nicht faul gewesen, und jetzt sind sie da.

Eine Treppe ist da. Eine riesige, breite Treppe, sie hört nicht auf. Auf ihr, in unendlichem Zuge, trägt das Volk seine Sympathien zu den Meuterern. Aber es trägt nicht lange; denn auf dieser Treppe sind sie, die andern. Eine Schwarmlinie Kosaken, die Treppe hinunter, Gewehr unterm Arm, langsam, bedrohlich, unausweichlich, sperrend die ganze Breite der Treppe. Es kommt Bewegung ins Volk. Sie gehen schneller, sie laufen, sie rennen, sie laufen davon, sie fliehen. Einige merken nichts, verstehen nichts, die bleiben langsam, verwundert. Man sieht die Soldatenstiefel die Treppe hinuntersteigen, sehr groß, sehr langsam, eine Stufe, noch eine Stufe, und man sieht ein wenig Rauch aus den Gewehrläufen. Und jetzt laufen sie nicht mehr auf der Treppe, jetzt stürzen sie, was ihre Beine und Lungen hergeben. Einige aber rollen hinunter, kollern hinunter, es ist nicht mehr ihr Wille, der sie hinunterkollern läßt, nicht ihre Beine und ihre Lungen, sondern nur das Gesetz der Schwerkraft, der Trägheit; denn sie sind tot. Und immer gleichmäßig schreitet der Stiefel der Kosaken, und immer mehr kollern, rollen hinunter. Eine Frau, die einen Kinderwagen geschoben hat, schiebt ihn nicht mehr, wer weiß, wo sie ist, sie ist nicht mehr da; aber der Wagen setzt seinen Weg von allein fort, eine Stufe, und noch eine und eine sechste und eine zehnte, bis er endlich stehenbleibt. Und dahinter, sehr groß und sehr langsam, der Stiefel der Kosaken.

Auch auf dem Meer ist man derweilen nicht faul geblieben. Man hat andere Schiffe herangezogen, große, mächtige. Sie umzingeln die »Orlow«. Auf dem Schiff mit der roten Fahne ist alles klar zum Gefecht. Seine Rohre, spiegelglatt, gigantisch, werden gerichtet, gehen auf und nieder, bedrohliche Fabeltiere; die Zeiger der Meßinstrumente sind in rasender Geschäftigkeit. Ringsum schwimmt es heran, eiserne Wesen der Vernichtung, gewaltige, ins kleinste ausgetiftelte Organismen. Die »Orlow« steuert auf sie zu. Es sind Schiffe ihrer Klasse, die sie jagen, einkreisen, sechs, acht, zehn Wesen wie sie. Es ist keine Aussicht, durchzubrechen, ihre Geschütze tragen nicht weiter als die der Gegner. Sie kann nicht siegen, sie kann nur, sterbend, die andern mit in ihren Tod reißen. Es ist eine wilde, dumpfe Spannung auf der Leinwand und vor ihr, wie langsam die riesigen Schiffe den Kreis schließen um die »Orlow«.

Da beginnt das verurteilte Schiff, Zeichen zu geben. Kleine, bunte Flaggen steigen auf, nieder. Winken. Die »Orlow« signalisiert: »Schießt nicht, Brüder.« Sie schwimmt langsam auf ihre Verfolger zu, signalisierend: »Schießt nicht.« Man hört die Menschen vor der Leinwand atmen, die Erwartung ist beinahe unerträglich. »Schießt nicht!« hoffen, bitten, wünschen mit aller Kraft ihrer Herzen die achthundert Menschen in dem Berliner Kino. Ist der Minister Klenk ein sanfter, friedlicher Mann? Schwerlich ist er das, er würde riesig lachen, hielte ihn einer dafür, er ist ein derber, wilder, kriegerischer Mensch, für zärtliche Gefühle nicht zu haben. Allein während das Schiff der Meuterer den geladenen Rohren entgegenschwimmt, was denkt er? Auch er, mit der wilden Kraft seines Herzens wünscht: »Schießt nicht.«

Eine ungeheure Freude hebt die Herzen, als der Kreis der Verfolger die »Orlow« passieren läßt, als sie ungefährdet einläuft in den neutralen Hafen.

Der Minister Klenk, wie er, den Lodenmantel um die Schultern, den Filzhut auf dem riesigen Schädel, aus der engen Dunkelheit des Kinos in die helle, freie Straße hinaustritt, ist voll von einer unbekannten Benommenheit. Was war denn das? Würde er vielleicht nicht schießen lassen auf die Meuterer? Wie ist das möglich, daß ein Mann wie er wünschen kann: »Schießt nicht«? Das ist nun also da, man kann es verbieten, aber es bleibt in der Welt, es hat keinen Sinn, den Kopf davor zu verstecken.

In einem Schaufenster sieht er sein Gesicht, sieht darin

einen nie gesehenen Zug von Hilflosigkeit. Er schaut ja aus wie ein Tier in der Falle. Was wäre denn das? Sein Gesicht ist ja ganz aus der Form. Er lacht, ein bißchen verlegen. Winkt einem Wagen, beklopft seine Pfeife, steckt sie an. Und schon hat er sein Gesicht wieder eingerenkt in das alte, wilde, vergnügte, mit sich einverstandene.

2

Der Steinbock

Der ehemalige bayrische Justizminister Klenk, am Büfett lehnend, allein, schaute in das Getriebe der vielen, die an dem Bierabend des Reichstagspräsidenten teilnahmen. Seitdem er nicht mehr im Amt war, bekamen Menschen und Dinge, die Stadt Berlin und die Stadt München ein deutlicheres Gesicht. Wenn Berlin erklärt hatte, das übrige Deutschland empfinde Bayern als Belastung, der Geltung und dem Fortkommen des Reichs abträglich, dann hatte er das für blödes Gerede gehalten, bestimmt, den Kredit des südlichen Rivalen zu schädigen. Jetzt, erschüttert, mit großer Klarheit, erkannte er: für Berlin war in Wahrheit das Land Bayern ein zurückgebliebenes, störrisches Kind, das man auf einer schwierigen, gefahrvollen Reise mitzerren muß.

Er lehnte am Büfett, schob mechanisch ein Brötchen um das andre in den Mund. War es gut, daß er, kaum aus dem Amt, mit den Wahrhaft Deutschen zu paktieren angefangen hatte? Überall war man verblüfft, daß ein Mann wie er sich zum Agenten der Patrioten degradierte. Was mit denen los war, wußte er natürlich so gut wie die geschwollenen Berliner. Der begeisterte Rupert Kutzner war keine Jungfrau von Orleans. Ein talentierter Organisator war er, ein großartiger Trommler, aber von Geburt ein blühendes Rindvieh. Der andere Pfeiler der Patrioten, der General Vesemann, war durch seine Niederlage im Krieg spinnert geworden. Vorläufig waren in dem großen europäischen Trauerspiel, das vor nunmehr acht Jahren mit dem Ausbruch des Krieges begonnen hatte, die Wahrhaft

Deutschen die komische Figur. Das alles sah er klar wie Kletzenbrühe. Dennoch hatte ihn die patriotische Bewegung, auch wenn er sie bekämpfte, angezogen, und er hatte mehrmals erlebt, daß es politisch besser ging, wenn man seinem Instinkt, als wenn man dem Verstand folgte.

Jedenfalls war es großartig, keine Verantwortung zu haben. So absolut wie jetzt war er noch nie Diktator gewesen. Der Kutzner, wenn er sich mit ihm zeigen durfte, fühlte sich geschmeichelt. Der General Vesemann, so herrschsüchtig er war, unterwarf sich nach kurzem, formellem Knurren jedem seiner Vorschläge. Der ekelhafte Toni Riedler war an die Wand gequetscht, unscheinbar, armselig. So was wärmte das Herz. Vor allem aber schmeckte gut die Mordsangst seiner früheren Kollegen, wie sie ihn auf einmal unter den Patrioten sahen. Die Scheißkerle, die hinterfotzigen, die ihn hinausgebissen hatten. Hin müssen sie sein, dachte er das alte Zornwort seines Landes, und er hörte im Innern einige Takte aus einer Ouvertüre, die vor langer Zeit zu einem großen englischen Schauspiel ein großer deutscher Musiker geschrieben hatte, seltsam aufrührende, leise Paukenschläge, in Pausen. Er hatte diese Musik lange nicht gehört und nicht gedacht. Aber in den letzten Wochen hörte er sie immer wieder. Schicksalvolle Paukenschläge, würdig des englischen Schauspiels, das sie einleiteten, und das zum Gegenstand hatte einen großen Herrn des alten Rom, der, hochbegabt, doch noch hochfahrender, vom Volk gestürzt, sich grollend zurückzieht, Unheil heranführend gegen das Vaterland.

Er schob das fünfte Brötchen in den Mund, starrte in den belebten Saal. Alle diese hielten ihn für eine gekränkte Leberwurst, für so was wie einen bayrischen Catilina, der zum *Geschwerl* läuft, zu den Narren und Brandstiftern, weil er bei den andern nicht mehr ankommt. Vielleicht wird es für sein Land Bayern, das er liebt, wirklich nicht gut ausgehen, daß man ihn zum Geschwerl getrieben hat. Vielleicht aber auch, wenn er seine ganze Kraft hineinschmeißt, geht es dennoch hinaus, und er macht die Narrheit zum Segen.

Und trotzdem war es ein Blödsinn, daß er sich auf die Geschichte eingelassen hat. Da schnorrt er herum bei der norddeutschen Industrie für den Kutzner. Ist das eine Aufgabe für einen Mann wie ihn, dieser Bagage in den Arsch zu kriechen? Es wäre gescheiter, er setzte sich für ein Vierteljahr nach Berchtoldszell, kümmerte sich um seine Jagd, nähme sich ein paar richtige Bücher vor. Es könnte auch nicht schaden, wenn er sich einmal seinen Herrn Filius genauer belinste, den Simon, den Bams.

Otto Klenk belebte sich plötzlich, durchquerte mit zielbewußtem Schritt den Saal, als habe er jemandem etwas ungeheuer Wichtiges mitzuteilen. Ja, drüben in der Ecke, zerstreut und unbehaglich, saß ein einsamer Herr, verwahrlost angezogen. Er schrak auf, als jetzt der riesige Klenk auf ihn zukam, belebte sich, auch er, schaute aus scharfen, sehr wachen, dickbebrillten, zupackenden Augen dem Kömmling entgegen.

Der mächtige Klenk setzte sich zu dem zarten Dr. Geyer, der sich kaum mühte, seine nervöse Erregung zu verstecken, sondern seine Hände flattern, seine Augen zwinkern ließ. Der Klenk begann gemütlich. Wie dem Herrn Abgeordneten die Stadt Berlin gefalle? Ob er hier auf seine Rechnung komme? Er, Klenk, habe erwartet, der Herr Dr. Geyer werde hier ganz anders gegen die bayrische Justiz loslegen.

Klenk stieß da auf eine faule Stelle. Dr. Geyer war wirklich in Berlin auffallend zahm. Seine Ausführungen im Plenum und in den Ausschüssen waren matt. Der berühmte Anwalt schien eine Niete. Es war, seitdem er München verlassen hatte, eine Art Lähmung über ihm; seine Reden klangen eingelernt, abgeleiert, blieben ohne Suggestion.

Der Anwalt beschaute den Feind. Der sah trotz seiner künstlichen Forschheit nicht gut aus. Die Joppe schlotterte um ihn, der große, hagere Schädel war knochig. Der Anwalt sah gut jedes kleinste Zeichen von Schwäche. Mit gespaltenem Gefühl. Es hatte ihn gepackt, als er erfuhr, Klenk sei zu den Patrioten übergegangen. Klenk war nicht dumm, Klenk liebte sein Land Bayern. Die Krankheit, der Verlust des Amtes mußte den Mann sehr aus dem Gleis geworfen haben, wenn er jetzt die Interessen dieses Landes preisgab, um König einer lächerlichen Partei zu sein. Dr. Geyer litt darunter, daß der Feind, dem er gegenübersaß, so geschwächt war.

Sehr anders Klenk. Den ganzen Tag hatte er seine zuwidere Benommenheit nicht loswerden können. Sein Herz war Sicherheit gewohnt, und dieses verflucht vernünftige Berlin hatte ihm die elende Fragwürdigkeit seiner verworrenen Politik bis ins Innere bitter zu schmecken gegeben. Es war unangenehm, zwischen den siebengescheiten Berlinern als der Dorftrottel aus Bayern herumzulaufen. Da den überlegen Jovialen zu spielen, kostete schmerzhafte Anstrengung. Hier aber vor diesem bestimmten Einzelnen fand er sich schnell zurecht. Da saß er, der Feind. Zur Zeit war er stark, aber gemeinhin erbärmlich schwach, und natürlich ist man im Recht, wenn man von dem Standpunkt von dem da das Gegenteil vertritt.

«Wissen Sie, Dr. Geyer«, fing er an, »daß man allgemein bedauert, daß Sie von München fort sind? Es ist kein Spaß, gegen so kleine Leute anzutreten, wie Ihre Herren Gruner und Wieninger. Die sind kaputt, bevor man recht hinblasen kann. Es ist schade, daß wir Sie nicht mehr haben.«

Der Anwalt selber fand es schade. Er entbehrte die verfluchte Stadt. Nicht nur weil er dort den Jungen hatte zurücklassen müssen und Klenk, den Feind: auch vieles andere ging ihm ab, seit er in Berlin war. Oft am Sonntagvormittag, so rasch akklimatisiert sich der Mensch auch an das Widerwärtige, wäre er gern in die Tiroler Weinstube gegangen, um voll Widerwillen mit Freunden und Feinden zusammenzuhocken.

Er hatte sich eine Begegnung mit Klenk sehr herbeigewünscht, sich gute Sätze zurechtgelegt, die den andern treffen mußten. Doch im Angesicht des geschlagenen Mannes fand er sie nicht. Er antwortete schwach. Es sei ja genug Ersatz für ihn da. Seitdem sich Herr Kutzner in München auftue, habe doch die Stadt starken Zustrom. Alles Faule seither, das im übrigen Reich sich nicht mehr halten könne, flüchte nach München, vertrauend auf den bayrischen Mangel an Urteilskraft. Aller Mißwachs, der sonst nirgends mehr fortkomme, baue sich an der Isar an. Mit Grund. Der bayrische Boden sei gut gedüngt für solchen Pflanz.

Klenk dachte an den General Vesemann und fand, der andere habe nicht so unrecht. Aber er fand auch, daß er sich flau ausdrückte und nicht auf der Höhe war. Er ging nicht weiter darauf ein. Vielmehr erriet er, der Gestürzte, an dem Gegner mit sicherem Trieb die einzige schwache Stelle. Er hub an und sagte, da sitze man also gemütlich zusammen. Es sei erfreulich, daß man scharfe, politische Gegensätze vertreten und doch so gut miteinander auskommen könne. Er treffe jetzt, wo er sich die Politik behaglich als Privatmann anschaue, zuweilen unter den Patrioten einen jungen Herrn, der dem Abgeordneten Geyer, soviel er wisse, nahestehe. So schließe sich immer wieder der Kreis.

Dem Dr. Geyer, als Klenk dies sagte, setzte das Herz aus, es war ihm, als dränge es hoch bis in den Mund. Nun also kam es von dieser Seite. Nun also werden sie sich verbünden, der Feind und der Junge, gegen ihn. Dabei spürte er ein närrisches Verlangen, den Klenk zu fragen, wie es dem Jungen gehe. Aber er bezwang dieses Verlangen, und auch das Verlangen, den Gegner seinen Sturz schmecken zu lassen, bezwang er. Er fragte nicht, und er beschimpfte nicht. Er sah nur immer Klenk an und sah, daß dieser sprach. Und als er wieder hinhörte, hörte er, daß er gar nicht zu ihm, sondern für sich selber sprach. Es sprach aber Klenk von Kindern, von Söhnen. Wie man in den Fragen der Vererbung im ungewissen tappe, und wie wenig Festes einem die Wissenschaft gebe. Dabei sei es gefühlsmäßig ganz einfach. Man wolle sich halt fortsetzen, man könne es nicht ausdenken, daß man einmal nicht mehr da sei. Darum suche man in seinen Kindern sich selber, darum wünsche man seine Kinder so, wie man selber sei. Und er rückte den großen, harten Schädel näher an den dünnen, nervösen des Anwalts, dämpfte die tiefe Stimme und sagte vertraulich, es sei seltsam, ausgerechnet dieser junge Erich Bornhaak sei der beste Mann unter den Patrioten. Er sagte das aber nicht feindselig, und sprach gleich darauf von seinem eigenen Sohn, dem Simon, dem Bams, der auch nichts tauge. Aber gut sei es doch, daß er da sei.

Dann, sehr bald, stand Klenk auf und schickte sich an, zu gehen. Er sagte noch gemütlich: »A propos, Dr. Geyer, wissen Sie, daß ich, wenn ich bloß acht Tage länger im Amt geblieben wäre, Ihren famosen Dr. Krüger amnestiert hätte?« Der Anwalt, noch sitzend, sah den Mann an, der riesig vor ihm stand.

Er sah ihm an, daß er nicht log. Er hatte auch keinen Grund zu lügen. Schade, daß der Feind nicht länger an seinem Tisch saß. Schade, daß er ihm nichts von dem vielen gesagt hatte, was er hätte sagen müssen. Schade, daß er ihm nichts versetzen konnte von der Durchschlagskraft dieser letzten Mitteilung. Aber Klenk sagte guten Abend, Klenk entfernte sich, das unverhoffte Zusammensein war aus.

In den Tagen darauf hatte Klenk Konferenzen mit Geldleuten und Industriellen, von denen sich die Wahrhaft Deutschen Unterstützung erhofften. Es waren keine angenehmen Stunden. Die Herren sprachen von Vaterland, Deutschtum, sittlicher Erneuerung. Allein Klenk wußte gut, sie gaben den Patrioten Geld, weil sie den Roten Leute wegfangen, weiße Organisationen gegen sie aufziehen wollten. Ging es ans Zahlen, dann verließen sie sich nicht auf Gesinnung, dann verlangten sie Garantien, daß ihnen die Wahrhaft Deutschen für ihr Geld auch eine wirklich zuverlässige Rückendeckung gegen die Forderungen der Arbeiter schüfen. Dem Klenk lagen weder die moralischen Sprüche noch das Gefeilsch um die Kosten der einzelnen Organisationsbüros und militärischen Verbände. Auch bemerkte er mit Verdruß, wie beflissen sich alle diese Herren nach der Stellung gerade des Reindl zur patriotischen Bewegung erkundigten. Klenk mochte den Fünften Evangelisten nicht. Er hatte manchmal den Eindruck, als werde er, als werde die ganze Partei von dem Reindl gefrotzelt. Er sah mit Unbehagen, wie weit der Einfluß des Mannes ging.

Dabei konnte Klenk nicht über mangelnde Erfolge klagen. Seine kräftige, joviale Art machte Eindruck auf die Herren von der Industrie. Allein manchmal, wenn er sah, wie ihnen Vaterland und Profit zu einer unlöslichen moralischen Idee verfilzt waren, an die sie ehrlich glaubten, überkam ihn erschreckend ein ödes Gefühl des Alleinseins. Er dachte daran, wie er einmal vor einem erlegten Steinbock gestanden war, einem seltenen Wild, das ein splendider Gastfreund ihn hatte schießen lassen. Diese Steinböcke waren wunderliche, altmodische Tiere, nicht gewillt, sich zu fügen, verurteilt zum Aussterben, zu einer Existenz in zoologischen Gärten. Sie führten ein hochfahrendes, einsiedlerisches Leben. Kletterten schroffe

Felswände hinauf, rätselhaft sicher, unempfindlich gegen die strengste Kälte. Die höchste Spitze suchten sie, stellten sich dort auf wie Statuen, allein, unbeweglich. Achteten es nicht, wenn sie sich die Ohren erfroren. Sie waren von ungeheurer Rauflust. Zähmen ließen sie sich nur, solange sie ganz jung waren; erwachsen, bekamen sie einen finstern, bösartigen Humor, wurden so starrsinnig, daß kein Wärter mit ihnen auskam. An solch einen Steinbock, den er geschossen hatte in den italienischen Alpen, dachte der ehemalige Minister Klenk, während er mit den Herren der Industrie verhandelte, die *eines* Herzens waren, klarzielig, umgänglich, schlicht rechenhaft, schlicht patriotisch.

Die Rückreise nach München machte Klenk im Flugzeug. Sah man die Landschaft von oben, dann nahmen die Siedlungen der Menschen einen winzigen Raum ein im Verhältnis zum Ganzen. Was man sah, war Feld, Wald, Fluß, wie es seit tausend Jahren gewesen war. Die Städte, von denen sie soviel hermachten, waren ein Dreck, maß man sie am Ganzen. Wäre jemand vor tausend Jahren hier oben in der Luft gewesen, er hätte trotz all dem Geschrei von Großstadt, Industrie, Fortschritt, sozialen Änderungen das Land unten kaum viel anders gesehen als jetzt er.

Als er die Donau überflog, dachte er, wahrscheinlich seien wirklich gewisse Arten von Lebewesen dazu verurteilt, im Lauf der Zeit zahm und zivilisiert zu werden. Kann man behaupten, ein Wolf sei *rückständiger* als ein Hund? Er jedenfalls, nun einmal als Steinbock geboren, denkt nicht daran, ein braver, possierlicher Hausziegenbock zu werden. Er wird auf die Gefahr hin, sich die Ohren zu erfrieren, Steinbock bleiben. Auch den Simon, den Bams, wird er als Steinbock aufziehen.

3
Leben auf dem Lande

Man lag im Walde, der sich den Hang hinaufzog, auf braun und rotem Laub, schräg unter sich den See, über sich durch das Geäst den blanken Himmel. Dieser Herbst der bayrischen Hochebene war von einer stetigen Heiterkeit, die Tage folgten einander klar und hell. Man schwamm herum in dem blassen Wasser des großen Sees, warf dann nach dem ziemlich kühlen Bad Arme und Beine, um sich zu erwärmen, ließ die helle Sonne über sich rinnen. Man saß in dem weiträumigen Obstgarten vor dem freundlich gedeckten Tisch, am andern Ufer das beschauliche, große Dorf, im Süden dünn und scharf die zackige Linie der Berge. Kaum eine Stunde Wagenfahrt nordöstlich lag die Stadt mit ihren siebenhunderttausend Menschen, die sich schweißig abzappelten, um für das Geld, das ihnen jetzt vom Vormittag zum Nachmittag schneller unter den Händen fortlief, rasch noch ein bißchen Nahrung und Kleidung zu errennen. Denn schon kostete der Dollar 1665 Mark, für einen Zentner Kartoffeln mußte man 1100 Mark anlegen, der schofelste Wintermantel war nicht unter 1270 Mark zu kriegen. Dabei purzelten die Preise so wirr durcheinander, daß es einem das Hirn verdrehte. Man konnte für sehr billiges Geld wohnen, für ungeheuer billiges Geld die 653 Kilometer Eisenbahn von München nach Berlin fahren: doch für acht Pfund Äpfel mußte man ebensoviel zahlen wie für diese Fahrt und für fünfzehn Pfund Äpfel soviel wie für die Monatsmiete einer Dreizimmerwohnung. War es, wenn man träg an dem stillen See lag, vorstellbar, daß kaum eine Stunde weiter Menschen sich einander die Zeitung wegrissen, hastigen Auges, wieviel höhere Ziffern sie heute für ihre Habe anschreiben durften als gestern?

Johanna und Jacques Tüverlin stellten es sich selten vor. Gleich nach der Premiere der Revue hatte Tüverlin Johanna vorgeschlagen, den Herbst mit ihm irgendwo auf dem Lande zu verbringen, Johanna hatte ohne weiteres ja gesagt. Ohne zu fragen wohin, war sie neben Tüverlin in den Wagen gestiegen, und sie waren hinausgefahren an den blassen, stillen Ammersee. Es schien, als sei mit der unseligen Revue die Pechsträhne für Jacques Tüverlin vorbei. Eines seiner Bücher hatte jenseits der Grenzen unerwarteten Erfolg und brachte ihm ausländisches Geld, hinreichend, im Deutschland der Geldaufblähung viele Monate behaglich zu leben.

Während die Städte fieberten, lebten sie, sich abkapselnd, friedliche Tage. Sie mieteten die *Villa Seewinkel,* Tüverlin feixte vergnügt über den traulichen Namen, ein einfaches, geräumiges Haus. Sie hatten ihr Stück Strand, Badehütte, Ruderboot, den großen Obstgarten. Tüverlin, nach der widerwärtigen Tätigkeit in Pfaundlers Theater, ging mit Spaß und Eifer an jenes Hörspiel »Weltgericht«. Er brauchte Material, raffte es, häufte es. Spannte Johanna für seine Arbeit ein, machte es sich und ihr nicht leicht. Mit pedantischem Eifer sichtete er Briefsammlungen, Zeitungen, biographische, kulturgeschichtliche Dokumente. Er mußte die sogenannte *Wirklichkeit* gut kennen, die Berichte der Augenzeugen, alles, was sich von jener *Wirklichkeit* greifen ließ. Brauchte man nicht, um ein winziges Quentchen Radium zu gewinnen, unendlich große Mengen roherer Stoffe? Er, um ein bißchen höhere Realität zu destillieren, brauchte unendliche Quanten roher, ungesiebter Wirklichkeit.

Staunend sah Johanna, daß er das Ermittelte kaum verwandte, ja manchmal ins Gegenteil verkehrte. Das verdroß sie. Warum denn, fragte sie, ändere er Details, über die jeder Bescheid wisse, so daß seine Änderungen aussähen wie ärgerliche Willkür? Warum lasse er seine Menschen Rundfunk hören zu einer Zeit, da der Rundfunk noch nicht eingeführt war? Warum, da er genau wisse, wie der Justizminister Klenk aussehe, setzte er den erfundenen Minister Prenninger an seine Stelle? Tüverlin blinzelte vergnügt hinüber zu der fernen Linie der Berge. »Siehst du die *Braune Wand*?« fragte er. »Natürlich«, erwiderte Johanna. »Siehst du die *Neun Zacken* davor?« – »Die kann man doch nicht sehen von hier aus«, erwiderte sie verwundert. »Aber wenn du vierzig Kilometer weiter fährst«, sagte er, »kannst du sie photographieren. Die *Braune Wand* kannst du dann freilich nicht photographieren, die ist dann verdeckt. Ich möchte nicht Einzelheiten des Jahres 2 oder 3 photographieren, sondern ein Bild malen von dem ganzen Jahrzehnt. Ich ändere Einzelheiten, die heute aktenmäßig wirklich sind, weil sie in der Distanz von fünfzig oder vielleicht schon von zwanzig Jahren unwahr werden. Es ist ein Unterschied zwischen gerichtsnotorischer Wirklichkeit und historischer Wahrheit. Schon in zwanzig Jahren vielleicht wird für eine Historie aus unserem Jahrzehnt der Rundfunk stimmen und notwendig sein, trotzdem er im Jahre 3 noch nicht eingeführt war. Begreifst du, warum ich statt des wirklichen Ministers Klenk meinen *erfundenen* Minister Prenninger hinsetze?« – »Nein«, sagte Johanna.

Im übrigen war gute Zeit für Johanna. Niemals kam einem vor der beharrlichen, ernst und heitern Arbeit dieses Mannes die Frage: hat das, was da gemacht wird, Sinn? Nützt es? Wem nützt es? Hier wurde geschafft mit der Sicherheit, mit der ein Tier seinen Bau zusammenträgt. Einmal fragte sie, was für höhere Realität er wohl aus ihrer, Johannas, *Wirklichkeit* herauspressen könnte. Sie lagen nebeneinander auf dem Steg, der sich in den See hinausschob, in der blanken Sonne. Er blinzelte sie an aus seinem nackten Gesicht, das jetzt, rotbraun, die Härchen doppelt hell erscheinen ließ. Er sei zu faul zu antworten, quäkte er. Da sie bestand, sagte er: doch, er wisse schon, wie er ihr und ihrem Schicksal *höhere Realität* geben könnte. Er würde da zum Beispiel zeigen, wie Kampf, für eine vielleicht sogar gute Sache, einen Menschen schlecht machen kann. Er blinzelte sie wieder an, von der Seite her. Sie erwiderte nicht, beschaute ihre Nägel, die längst nicht mehr schimmernd und mondförmig waren, sondern viereckig, derb.

Das kam wohl auch daher, daß Tüverlin Johanna das Chauffieren beibrachte. Sie trieb diesen neuen Sport energisch, zielbewußt, unter viel Gelächter. In der übrigen arbeitsfreien Zeit ruderte man, stieg die Wälder hinauf, fuhr tiefer hinein ins Gebirg. Beim Schwimmen in dem schon recht kalten See gab Johanna Tüverlin wenig nach. Zwei-, dreimal übertraf sie ihn an Ausdauer.

Eines Tages, unvermittelt, unterbrach Tüverlin plötzlich seine Arbeit an dem Hörspiel »Weltgericht« und begann etwas Neues. Fast eine Woche lang arbeitete er an diesem Neuen, verbissen, konzentriert. Sie fragte ihn nicht, was es sei, und er, so mitteilsam sonst, sprach nicht. Manchmal, selbst während der Mahlzeiten, schaute er erschreckend finster und geheimnisvoll aus. Johanna hatte fast Angst vor seiner Arbeit, und sie liebte ihn sehr.

Dann, am sechsten Tag, im Boot, auf dem See, genau wie bei ihrem ersten Ausflug vor nunmehr sechzehn Monaten, las er ihr vor, was er gemacht hatte. Es war aber dies sein Aufsatz zum Fall Krüger, heute noch beispielhaft durch die klare Darstellung jenes Prozesses und seiner Vorgeschichte, die kühlste, schärfste Beschreibung der erschütternd unentwickelten Justiz jener Zeit. Im Anschluß an diesen Essay, dem er das Motto des Philosophen Kant mitgab, *Recht und Ethik stünden außerhalb jeden Verhältnisses,* sprachen Johanna und Tüverlin über den Mann Krüger und sein Schicksal. Tüverlin beurteilte Martin Krüger nicht weniger unfreundlich als früher. Seine Bücher mißfielen ihm, der Mann mißfiel ihm. Es gab viel bedeutsameres Elend ringsum. Aber er hielt es für selbstverständlich, gerade dem Krüger zu helfen. Er liebe nicht große Worte, quetschte er; er spreche nicht gern von Ethos und Sozialgefühl. Er persönlich brauche, um in Frieden mit sich selber zu leben, eine gewisse Sauberkeit. Sein Sozialismus beginne zu Hause. Johanna fing wieder an zu rudern; sie war verwirrt und wußte nichts zu erwidern. Sie verstand diesen Mann nicht, den sie liebte. Warum, unaufgefordert, versicherte er, daß er helfen werde, den Mann aus dem Kerker zu holen, seinen natürlichen Rivalen? »Sich ethisch hinstellen«, sagte er noch, »kann nach einem bißchen Übung jeder Lump. Vor sich und vor der Welt. Ich für meine Praxis bin lieber fair als ethisch.«

Wann eigentlich hatte Johanna zum letztenmal an Martin Krüger gedacht? Gestern? Vorgestern? Nach der Unterredung mit Tüverlin jedenfalls schrieb sie eine Reihe von Briefen. An den Rechtsanwalt Löwenmaul, der seit Geyers Abreise nach Berlin den Fall Krüger führte, an Geyer selbst, an Pfisterer, auch an den Kronprinzen Maximilian. Der Anwalt Löwenmaul, in seiner Antwort, zählte umständlich auf, was alles für Krüger geschehen war, was für und was gegen die Wiederaufnahme sprach. Es waren elf Schreibmaschinenseiten, aus denen sie nur ersah, daß die Geschichte nicht voranging. Der Rechtsanwalt Geyer setzte auseinander, wie eingebettet in allgemeine Fragen der Politik der Fall Krüger liege. Sein Brief war brillant, geschliffen höhnisch, optimistisch, scharf logisch. Doch aus den handschriftlichen Zusätzen sah Johanna, ohne lang in ihren Kenntnissen graben zu müssen, daß es der Brief eines zerfahrenen Mannes war. Aus der Kanzlei des Kronprätendenten kam ein höfliches, nichtssagendes, dilatorisches Schreiben. Dr. Pfisterer aber, sosehr es den Kranken offenbar anstrengte, schrieb ihr mit der Hand, ausführlich, tröstlich, immer schweifend ins Allgemeine, sich klammernd an die Hoffnung, daß der Mensch vielleicht doch edel, hilfreich und gut sei.

Der Erfolg Tüverlins im Ausland stieg. Sein Ruhm mehrte sich, sein Geld mehrte sich. Er schenkte Johanna ihr eigenes Auto.

Manchmal dachte Johanna, es müßte schön sein, ein Kind von Tüverlin zu haben. Sie wollte mit ihm darüber sprechen, setzte an. Er merkte nichts. Sie ließ es.

Sie lebten ziemlich primitiv. Tüverlin hatte seine Haushälterin auf Urlaub geschickt, ein schläfriges, mundfaules Bauernmädchen aus der Gegend besorgte ihnen das Haus. Eines Tages aber tat das Mädchen den Mund auf und sagte, sie kriege ein Kind. Der Kerl, der dazu der Vater sei, wolle sich drücken, er werde bestimmt alles abschwören. Nun gebe es in der Stadt einen Arzt, zu dem alle Mädchen der Gegend in solchen Fällen gingen und der einem den Bankert billig und ohne Umstände wegnehme. Es waren nämlich damals strenge Strafen gesetzt auf Abtreibung der Frucht. Den Herren der Industrie, den Anhängern der Idee vom größeren Reich schien es nützlich, die Geburtenzahl nach Möglichkeit zu steigern, und ohne Rücksicht auf die Warnungen Helldenkender unterband man mit allen Mitteln die Geburteneinschränkung. Die Frauen, die, um ihre Gesundheit zu schonen oder um der Armut zu entgehen, Kinder nicht zur Welt bringen wollten, brauchten Heimlichkeit und vor allem Geld, um das Gesetz zu umgehen. Das Aufwartemädchen fragte Johanna, ob sie ihr nichts leihen könne.

Johanna sprach Tüverlin davon, in einer Arbeitspause, mit

Dringlichkeit und Anteilnahme. Er mußte merken, daß sie ihm von anderem, von ihren eigenen Dingen reden wollte. Allein er merkte es nicht. Er meinte nur, es sei ärgerlich, daß man sich, kaum habe man sich an das dumme Gesicht des Aufwartemädchens gewöhnt, an ein neues gewöhnen solle. Er hoffe, die Geschichte werde sich in München in wenigen Tagen erledigen lassen. Damit gab er Johanna einige schwarzgrüne Dollarscheine für das Mädchen. Dann arbeiteten sie weiter an dem Hörspiel »Weltgericht«.

4
Das Land Altbayern

Das Land Altbayern war kein reiches Land. Vier Gebirgsruinen lagen in ihm. Sie waren Ur-Sache vieler Störungen gewesen; jetzt hatte sich der Boden beruhigt, es gab keine Beben mehr. Aber seine Schätze, Steinkohle, Zementmergel, waren in Tiefen gesunken, die nicht mehr genutzt werden konnten.

Das Gebiet des Landes Altbayern war ein harter, eckiger Strich des Planeten. Lag, schon vor der geologischen Neuzeit, an der Grenze zweier Welten, ein Einschiebsel, getrennt von der nördlicheren Welt, der südlicheren nicht ganz angeschlossen.

Das Land hatte Höhe und Weite, Berge, Seen, Flüsse. Seine Himmel waren bunt, seine Luft machte alle Farben frisch. Es war ein schön anzuschauendes Stück Welt, wie es sich herunterzog von den Alpen nach dem Strome Donau.

Die Bewohner des Landes waren seit alten Zeiten Ackerbauern, städtefeindlich. Sie liebten ihren Boden. Sie waren zäh und kräftig, scharf im Schauen, schwach im Urteil. Sie brauchten nicht viel; was sie hatten, hielten sie mit Händen, Zähnen, Füßen fest. Langsam, träg vom Denken, nicht willens, für die Zukunft zu schuften, hingen sie an behaglich derbem Genuß. Sie liebten das Gestern, waren zufrieden mit dem Heute, haßten das Morgen. Ihren Siedlungen gaben sie gute, anschauliche Namen, sie bauten Häuser, an denen das Aug sich weiden konnte, schmückten sie mit handfester Bildnerei. Sie liebten

Gebrauchskunst jeder Art, hatten Sinn für bunte Trachten, für Feste, Komödienspiel, Prunk von Kirchen, Prozessionen, für reichliches Essen und Trinken, für ausgedehnte Raufereien. Auch auf die Berge zu steigen liebten sie und zu jagen. Im übrigen wollten sie in Ruhe gelassen sein, ihr Leben paßte ihnen, wie es war, sie waren mißtrauisch gegen alles Neue.

Das Zentrum dieses Bauernlandes, die Stadt München, war eine dörfliche Stadt mit wenig Industrie. Eine dünne, liberale Schicht von Feudalherren und Großbürgern war da, nicht viel Proletariat, viele Kleinbürger, noch sehr verwachsen mit dem Landvolk. Die Stadt war schön; ihre Fürsten hatten sie mit reichen Sammlungen geschmückt und gutem Bauwerk; sie hatte Paläste von Fülle und Anmut, Kirchen von Innigkeit und Kraft. Viel Grün war da, große Biergärten mit behaglicher Sicht auf Fluß und Berge. In schönen Läden wurden die Erzeugnisse der Früheren feilgehalten, altväterisch nette Möbel, gemütvoller Kleinkram aller Art. Die Stadt basierte ökonomisch auf Brauerei, Veredlungsindustrie, Kunstgewerbe, Bankgewerbe, Holz-, Getreide- und Südfruchthandel. Sie produzierte gute Gebrauchskunst und das beste Bier der Welt. Sonst bot sie wenig Material für industrielle Betätigung. Die geistig Regeren wanderten ab; sie ergänzte sich aus spätgeborenen Bauernsöhnen, die, altem Brauch zufolge, nicht erbberechtigt waren. Seit dem Sturz der Dynastie zog sich auch der Feudaladel mehr und mehr zurück, die Arco-Valley, die Öttingen-Wallerstein, Castell-Castell, die Poschinger und Törring. Reiche Leute blieben wenige. Nur einer unter je zehntausend Einwohnern versteuerte ein Vermögen von einer Million und darüber. Im übrigen lebte die Stadt sich selber, ein lautes, ungeniertes Leben im Fleisch und im Gemüt. Sie war zufrieden mit sich. Ihr Wahlspruch war: Bauen, brauen, sauen.

Drei Jahrhunderte zuvor hatte der Geschichtsschreiber Johann Turmair, genannt Aventinus, von seinen altbayrischen Landsleuten gesagt, das Volk sei schlecht und recht, höre auf die Geistlichkeit, bleibe gern zu Haus, reise wenig. Es trinke stark, habe viel Kinder. Lege sich mehr auf Acker und Vieh als auf den Krieg. Sei unfreundlich, eigensinnig, querköpfig. Achte nicht der Kaufmannschaft, es komme auch wenig Handel. Der Durchschnittsbayer tue, was er wolle, sitze Tag und Nacht beim Bier, schreie, singe, tanze, spiele Karten. Liebe lange Messer und Raufwerkzeuge. Große, prasserische Hochzeit halten, Totenmahl und Kirchweih feiern gelte als anständig, werde keinem verübelt. Im zwanzigsten Jahrhundert konstatierte der einheimische Geschichtsschreiber Doeberl: man finde an den Bayern kein feines, zierliches, Liebe erzeugendes Wesen. Vielmehr ruhige Sprache, ruhige Außenseite, dabei Neigung zu Roheit und Gewalttätigkeit wie zum grobsinnlichen Genuß, Verschlossenheit und Argwohn gegen Fremde.

Was die Bayern von alters her vor allem haben wollten, war ihre Ruhe. Im zwanzigsten Jahrhundert ließ man sie nicht mehr in Ruhe. Bisher hatten sie aus dem Überschuß ihrer Landwirtschaft reichlich kaufen können, was sie für ihr behaglich anspruchsloses Leben brauchten. Auf einmal hieß es, sie produzierten unrationell. Mit Maschinen und kluger Methode könne man ihre Äcker besser bestellen. Wo ihrer zwei arbeiteten, genüge ein einziger. Der Verkehr steigerte sich, die Fracht wurde billig. Man bewies ihnen, daß man aus fruchtbaren Ländern mit klüger bearbeitetem Boden bessere und billigere Lebensmittel einführen könnte. Die andern waren auf einmal nicht mehr auf sie angewiesen, wohl aber sie auf die andern.

Die Bayern schimpften, ja, was wäre denn das? So lange war es gegangen: warum sollte es denn auf einmal nicht mehr gehen? Sie wollten es nicht wahrhaben: aber es war etwas anders geworden. Der Acker trug wie bisher und war dennoch unzuverlässig geworden. Es reichte nicht mehr, unbegreiflicherweise, man mußte sich immer öfter etwas abknapsen, was die andern hatten, und was man selber haben wollte, und was man bisher gegen den Überschuß seines Bodens hatte eintauschen können. Man mußte die andern haben, man brauchte sie, man mußte sich knurrend in das Ganze des Reiches schicken. Es ging nicht mehr an, daß alle sitzenblieben auf dem Hof, im Dorf, in der kleinen Stadt. Viele, wollten sie nicht hungern, mußten in die Stadt abwandern, in die Industrie. Die ganz Gescheiten behaupteten, auch dieser beschränkte Zustand lasse sich nicht halten. In dem industrialisierten Mitteleuropa sei das agrarisch-starrsinnige Bayern ein recht wenig wichtiges

Ding. Wie das Auto die Pferdedroschke, so mache eine rationelle Weltgetreidewirtschaft die bayrische Landwirtschaft überflüssig. Nur aus Rücksicht auf die Selbstversorgung im Kriegsfall halte das Reich den unrentablen, viel zu teuren Akkerbau durch hohe Getreidezölle und andre Liebesgaben aufrecht. Aber der Krieg sei eine veraltete Methode, im Absterben. Schon arbeite man, aus diesen Erwägungen heraus, überall daran, die Zölle abzuschaffen, zweckmäßiger zu wirtschaften, ein sinnvolleres Gebilde Europa aufzurichten. Werde das erreicht, öffne Deutschland seine Zollgrenzen, dann sei es aus mit der bayrischen Landwirtschaft. Der Bayer werde dann seine Bauernzüge, sein Sondergesicht ablegen, werde sich in einen Normalmenschen verwandeln müssen.

Die Bayern knurrten, sie wollten nicht in die Ferne schauen, und was lag ihnen an einem sinnvolleren Europa. Sie wollten leben wie bisher, breit, laut, in ihrem schönen Land, mit einem bißchen Kunst, einem bißchen Musik, mit Fleisch und Bier und Weibern und oft ein Fest und am Sonntag eine Rauferei. Sie waren zufrieden, wie es war. Die Zugereisten sollten sie in Ruhe lassen, die Schlawiner, die Saupreußen, die Affen, die geselchten.

Sie ließen sie aber nicht in Ruhe. Von der fernen See her führte man in großen Massen Fische ein und von jenseits der See gefrorenes Fleisch, als ob ihre Lebensmittel nicht genügten. Autos kamen, Fabriken kamen, Flugzeuge schwirrten durch ihre bunten Himmel. Schon kletterte die erste Bahn einen ihrer höchsten Berge hinauf, und da sie selber zögerten, erkroch von der österreichischen Seite her eine Bahn gar ihren höchsten Gipfel, die Zugspitze. Das Wasser ihrer Flüsse verwandelte sich in Elektrizität, schlanke Masten der Überlandleitungen schwangen sich, grauglänzend, filigranhaft klar, in die leichte Luft. Ihr schöner, finsterer Walchensee mußte sich verschandeln lassen durch ein großes Werk, das Bogenlampen leuchten machen sollte und Wagen antreiben. Das Gesicht des Landes änderte sich.

Es kam ein großes Aufatmen: die Inflation. Den Bauern schwand ihr Besitz nicht wie den Städtern unterm Arsch weg, sie konnten die Schulden, die auf ihrem Boden lagen, mit entwertetem Geld abdecken. Die Lebensmittel zogen an wie in den Jahren des stärksten Kriegshungers, und die Bauern nützten die spinnerte Zeit aus. Sie hatten Geld wie Heu und schmissen damit um sich. Manche von ihnen gaben es nobler, als es Bauern jemals hatten geben können. Der Landwirt Greindlberger fuhr aus der schmutzigen Dorfstraße von Englschalking nach München in einer eleganten Limousine mit livriertem Chauffeur. Er selber saß darin in brauner Samtweste, mit grünem Hut und Gamsbart. Der Käsereibesitzer Irlbeck in Weilheim hielt sich einen Rennstall. Er besaß die Rennpferde *Lyra, Da fehlt sich nichts, Dorflump, Banco,* die Vollblutstute *Quelques fleurs* und die Fohlen *Titania* und *Happy-End.* Viele Bauern, hatten sie nicht Automobil und Rennrösser im Stall stehen, hielten sich nicht für voll.

Aber in allem Fett der Inflation merkten die Altbayern, daß es nicht mehr stimmte. Viele freilich wollten es durchaus nicht wahrhaben, sie machten die Augen zu und preßten die Fäuste davor, als ob es dann nicht Tag würde. Aber viele spürten, daß es mit ihrer bisherigen Wirtschaft zu Ende ging. Ihr Privatstaat war zu teuer, sie mußten sich in das Ganze des Reichs schikken, konnten sich ihre politischen und kulturellen Extrawürste nicht mehr leisten. Aus Instinkt wurden sie Nationalisten, denn sie ahnten, daß nur die Rücksicht auf die Versorgung im Kriegsfall den deutschen Bauern hielt. Aus Instinkt wurden sie, Mischlinge aus slawischem und romanischem Blut, germanische Rassenschützler, weil sie so am besten das bodenständige Bauerntum zu verteidigen glaubten gegen den zukunftsträchtigeren landfremden Nomadentyp.

Sie hatten nicht viel Metaphysik; aber sie spannten, daß sie trotz alldem das letzte Geschlecht waren, dem es vergönnt blieb, auf diesem Stück Erde so zu leben, wie man seit mehr als einem Jahrtausend dort gelebt hatte. Dieses dumpfe Wissen machte, daß sie nicht einmal an der Inflation die rechte Freude hatten. Manchmal, rülpsend nach einem guten Essen, steigend aus dem Bett eines gestellten Weibsbilds, knackend mit den Gelenken nach einer saftigen Rauferei, sagte einer, nachdenklich ohne ersichtlichen Grund: »Die gscherten Hammel, die damischen.«

5

Von den sieben Stufen menschlicher Freude

Johanna, da Jacques Tüverlin sich in eine böse Stelle seiner Arbeit verbiß, die nicht nachgeben wollte, fuhr allein über Land. Sie fuhr kreuz und quer, Wald war da, Seen, Flüsse, dazu im Hintergrund immer die Berge. Häuser, Höfe, Ortschaften lagen bunt, sauber, gemächlich verstreut. Das Land war schön.

Johanna war eins geworden mit dem kleinen, wendigen Wagen, den Tüverlin ihr geschenkt hatte. Sie bewegte seine Hebel mit gedankenloser Sicherheit wie ihre Glieder. Das Land war schön, aber es war ein ziemlich hartes Land mit einem Boden, der nie eben fortging, immer auf und ab, mit viel Winter und wenig Sommer, mit rauher, kräftiger Luft. Die Lungen, die Muskeln dieser jungen Frau Johanna Krain waren geboren für dieses Land; seine frischen Winde mit dem Schneehauch der Berge, sein Auf und Ab bekamen ihr gut.

Auch Tüverlin bekam ihr. Es war nicht einfach mit ihm. Er war kein Menschenkenner, er war sogar scheußlich unpraktisch, er sah einem nichts an und machte viel falsch. Aber er verteidigte sich nicht lang, wenn er was falsch machte. Er sagte: »Fünfunddreißig Jahre ist man und noch so ein Esel.« Andere waren anders. Andere wollten manchmal im Unrecht recht behalten. Das begriff er nicht. Er hatte dann eine aufreizende Art, einen gutmütig, aber unerbittlich zu frotzeln. Man war nicht immer in der Stimmung für seine sicher nicht bös gemeinten, scharfen, frischen Worte. Man stieß sich manchmal an seiner kantigen Art.

Wenn sie ihm reden würde von dem Kind, das sie haben wollte, er würde sein Gesicht noch mehr verfälteln, eine krause, komische Nase machen. Sicher wäre es sehr schwer, aus ihm herauszukriegen, ob er ein Kind wollte oder nicht. Wahrscheinlich, selbst wenn sie den Mut hat, mit ihm darüber zu reden, wird sich das Gespräch verflüchtigen in eine theoretische Diskussion über Bevölkerungspolitik oder dergleichen.

Mit Martin Krüger wäre ein solches Gespräch leichter. Der konnte sehr gut eingehen auf Stimmungen. Bei dem hatte man nicht das Gefühl, man sei sentimental, wenn man ein klares Ja oder Nein hören wollte oder ein sicheres Tu das und jenes.

Mit Martin Krüger war sie zusammengekommen, war mit ihm gereist, hatte Gutes mit ihm geteilt, auch Schlechtes. Auch mit Paul Hessreiter war sie gereist. Aber mit einem Manne zusammen gelebt, Arbeit, Bett, Tisch, Dach mit ihm geteilt wie jetzt mit diesem Jacques Tüverlin, hatte sie niemals. Dieser Jacques, von dem man nie wußte, wie man mit ihm daran war. Von seinem Bruder hatte er sich plump und einfach übers Ohr hauen lassen. Jetzt merkte er nicht, tagelang, daß sie mit ihm sprechen mußte. So blöd war er. Dennoch lag ihr an der Meinung dieses Mannes mehr als an der irgendeines Menschen.

Sie war in Kehren einen kleinen Berg hinaufgefahren. Überraschend öffnete sich die Sicht. Sie kannte diesen Blick, sie war oft hier oben; doch immer wieder war sie erstaunt, wie nah auf einmal die Berge waren. Dunkelblau, weiter oben strahlend weiß, lagen sie, scharfe Schatten, starkes Licht auf ihnen. Es waren viele Gipfel, sie schauten einer neben dem andern, hinter dem andern, schichteten sich, tief ins Tirolische hinein, über die italienische Grenze hinüber.

Johanna hielt auf der kleinen Höhe, lehnte am Wagen, schaute auf die Gipfelkette, die großartig vor ihr lag. Nein, es war nicht ausdenkbar, daß sie wieder allein leben sollte, ohne Jacques Tüverlin. Es war unmöglich, daß das einmal aus sein sollte. *Lieben* war ein dummes Wort. Das Gesicht Jacques Tüverlins würde sich bestimmt auf eine unangenehme Art verfälteln, wenn sie ihm sagte, sie *liebe* ihn. Aber es war halt so, sie konnte es nur schlecht und einfach sagen: sie liebte ihn.

Sie dachte, wie komisch er ausschaute, wenn er im Bett lag, das eine Bein hochgezogen wie ein Storch, mit einem Gesicht wie ein Bub, einem Gesicht, dem man weiß Gott nicht ansah, was es schon alles erlebt und erdacht hat. Sie verglich ihn mit den übrigen Männern, mit denen sie geschlafen hatte. Seine kräftige, behaarte Brust, seine schmalen Lenden, sein nacktes, häßliches, komisches Gesicht, das sich zuweilen sogar im Schlaf zerfältelte. Ein komischer Mann, ein dummer Mann, ein häßlicher Mann: der schönste, gescheiteste, geliebteste Mann, den es auf der Welt gab. Er hätte, Herrgottsakra, von selber daraufkommen müssen, was sie wollte.

Es war großartig einsam hier oben. Die Zeit zu Autotouren ins Gebirge war vorbei; es fing an, kalt zu werden. Auch war die Straße ein Umweg, nicht besonders gut gehalten, befahren nur von denen, die das Land liebten.

Johanna stieg aus, stapfte ein bißchen herum, sich die Füße zu wärmen. Einmal war alles einfach gewesen, das war, als sie in der Badeanstalt schwamm vor München, in der grünen Isar. Jetzt ging es ihr so gut, und es war gar nicht mehr einfach. Wie wird das, wenn Krüger aus Odelsberg herauskommt? Sie hatte plötzlich die drei Furchen über der stumpfen Nase. Es wäre schön, wenn ihr niemals der Windige über den Weg gelaufen wäre, es wäre schön, wenn sie niemals Martin Krüger ...

Ist es schlecht, daß sie so was denkt? Man kann nicht herumgehen in dieser klaren Luft mit einem so dumpfigen Innern. Gewissen ist etwas Relatives. Man desinfiziert seine Triebe am besten, wenn man sie aus dem Dunkel ins Licht holt und sie beim Namen nennt. Hat sie Vorurteile? Es ist herrlich, mit dem Mann zusammen zu leben, den sie liebt. Daß einmal ein anderer da war, hat damit gar nichts zu tun. Daß Martin in Odelsberg sitzt, hat damit gar nichts zu tun. Jede Stunde hat ihr eigenes Gesetz. Was früher schlecht war, ist gut, wenn sie es jetzt tut. Sie hat immer schwer gelernt, aber dann saß es. Es gibt Menschen, die haben ihre Nachreife. Der Kampf auch für eine gute Sache, meint Jacques, kann einen Menschen schlecht machen. Ist es eigentlich ein Kampf um Krüger? Oder um Tüverlin? Niemals wird sie weggehen von diesem Mann Tüverlin und seiner verrückt gewissenhaften Arbeit.

Von den sieben Stufen menschlicher Freude erzählte ihr einmal der andere. Er war auf einem hölzernen Tier gesessen in einem verregneten Park und hatte es ihr erklärt. Auf der dritten Stufe standen Frauen, für sie also Männer. Wieder eine Stufe höher Erfolg. Darüber der Freund, Kaspar Pröckl, und sie. Für sie also er? Nein, nicht er: Tüverlin selbstverständlich. Aber ganz oben stand seine Arbeit. Für Tüverlin sicher auch, viel sicherer als für Martin. Sie hatte keine Arbeit. Es gab keine

Arbeit, für die sie geboren war. Für sie gab es Tüverlin und keine Stufe höher.

Erinnerungen sind etwas Zuwideres. Was aus ist, ist aus. Sie will sich nicht damit herumschlagen. Sie wird für Martin alles tun, was geschehen kann. Mehr wird sie tun. Sie wird fair sein. Es war schauerlich, an die sechs Bäume zu denken. Und wenn Martin aus Odelsberg herauskommt, wie soll er dann leben? Es hat keinen Zweck, zu grübeln. Sie kann sich nur auf ihre Eingebung verlassen; auch aus ihrer Arbeit ist nie auf andere Art etwas geworden. Schön wäre es, wenn das vorher nicht da wäre und man könnte neu anfangen.

Tüverlin würde ihre Skrupel nicht verstehen. Was er macht, ist alles so selbstverständlich. Sie, bisher, hat, wenn es ihr drekkig ging, niemals was bereut: soll sie jetzt bereuen, wo es ihr gut geht?

Da stand diese junge bayrische Frau inmitten ihres Landes. Sie hat die Mütze abgerissen, leichter Wind fährt ihr angenehm über den Kopf. Sie hat einen Mann im Zuchthaus, lebt zusammen mit einem andern Mann, den sie liebt, will ein Kind von ihm und traut sich's nicht zu sagen. Sie findet ihre Situation nicht einfach.

Auf einmal spürt sie, daß sie einen Mordshunger hat. Zwanzig Minuten weiter mit dem Wagen weiß sie ein Wirtshaus mit einer netten Aussichtsterrasse. Sie steigt in den Wagen, fährt los.

In dem Wirtshaus Zur alten Post sitzen Fuhrleute, Bauern. Sie spielen Tarock, unterhalten sich langsam, ruhevoll lärmend. Johanna bestellt sich eine kräftige Milzsuppe, Kalbsbraten, Kartoffelsalat, ein großes Glas Bier. Ißt und trinkt.

6

Der Dollar schaut ins Land

Es gab Silberdollars und es gab Papierdollars. Auf den silbernen Dollars war geprägt der Kopf der Freiheit. Darüber stand lateinisch: »Aus Mehreren Eines.« Auf der andern Seite war ein

Adler. Darüber stand englisch: »Auf Gott vertrauen wir.« Darunter stand: »1 Dollar.« Manchmal auch stand unter der Freiheit: »Auf Gott vertrauen wir« und über dem Adler: »Aus Mehreren Eines«. Die Papierdollars waren länglich, auf einer Seite grün, auf der andern schwarz. Dargestellt auf ihnen war der Präsident Washington oder auch die Präsidenten Lincoln und Grant. Auch auf den Papierdollars war bisweilen das Bild des Adlers, dann wieder das Bild eines in alte Tracht gekleideten Mannes auf einem Schiff, der mit seinen Genossen ergriffen zum Himmel blickt: des Kolumbus offenbar, der soeben Amerika entdeckt hat. Dieser Dollar war das kaufkräftigste Geld der Epoche. Sein Wert stand fest wie für die Ewigkeit gefügt.

Herr Daniel Washington Potter besaß eine große Anzahl solcher Dollars. In den Vereinigten Staaten nannte man ihn den *Dreißigjahrdanny*, weil er Geschäfte auf lange Sicht machte. In Europa hieß er *Das Kalifornische Mammut*. Er gab sich aber keineswegs als Mammut, er war ein Mann, der nicht viel Wesen und Geheimnis aus sich machte. Er tat überall gerne mit, war kein Spaßverderber; nur Reporter vermied er. Er war ein neugieriger Mann, interessiert an Menschen und Ländern, am Spiel der Kunst und Politik. Vor allem aber an den Veränderungen des Bodens durch die Industrie.

Denn um jene Zeit begann die Scholle an vielen Stellen des Planeten unzuverlässig zu werden. Sie brachte Korn wie bisher, aber sie machte ihren Bebauer nicht mehr satt und zufrieden. Viel weniger Menschen genügten für den Boden, Maschinen ersetzten die Kraft der Männer und der Pferde. Man konnte, versagte der Bauer in der Nähe oder produzierte er zu teuer, Lebensmittel von auswärts heranschaffen, auf vielen Wegen, mit leichter Mühe. Der Kreis jedes einzelnen wurde größer, die Menschen fuhren immer rascher über die Erde, sahen deutlicher die Fehler des Nächsten, deutlicher die Vorzüge des Entfernten, suchten sich anzueignen, was an fremden Institutionen und Lebensgewohnheiten zweckmäßig schien. Eine Völkerwanderung setzte ein, weniger stoßhaft, weniger brutal, doch anhaltender und gewaltiger als die Völkerwanderung fünfzehnhundert Jahre zuvor. Hatte früher der seßhafte Bauer mit Verachtung auf den Nomaden geschaut, den

Schweifenden, den Vagabunden, so wurde jetzt das Geschick des Planeten bestimmt von diesem wendigeren, der rascheren Zeit angepaßten Typ. Der seßhafte Typ aber, der Bauer, verlor an Geltung; seine Arbeit, seine Bedeutung, seine Art wurde geringer gewertet.

Den Dreißigjahrdanny interessierte das. Er schnupperte, wo solche Veränderungen besonders sichtbar wurden. Sein erstes, großes Geschäft war ein Geschäft mit Weizen gewesen, und nicht nur das Geschäft, auch der Weizen hatte ihn gepackt. Er reiste herum, sprach mit vielen Leuten, in Büros, Fabriksälen, auf dem Acker. Manchmal zog er ein Buch heraus und notierte sich was. Manchmal auch zog er das Buch heraus, rechnete eine Zeit stillschweigend, eifrig, machte dann ein Angebot, brachte einen Teil seiner Dollars ins Spiel. Er war ein langer Herr, kurzsichtig, dickbebrillt; unter der starken, fleischigen Nase kamen aus dünnen Lippen große Zähne. Er saß salopp herum, schlotterig gekleidet, Pfeife im Mund, aufmerksam nach allen Winkeln äugend, horchend. Empfänglich für Spaß, selber gern einen Spaß machend. Auch äußerte er unverhohlen, ohne Ziererei seine gewöhnlich mit guten Gründen zementierte Ansicht.

Jetzt kam der Dreißigjahrdanny aus dem Osten. Er hatte Rußland beäugt, das letzte große Bauernreservoir der weißen Welt. Das Experiment, das dort einige Männer auf Grundlage der soziologischen Theorien des K. Marx und des W.I. Lenin versuchten, interessierte ihn. Er sah, daß es dort Öl unter der Erde gab, Brot, Frucht, Wein, Vieh auf der Erde, Metall in den Bergen, Menschen in Hütten und Häusern, Fische in Flüssen und Meeren, alles kaum ausgenützt. Das Kalifornische Mammut erschien im Kreml, teilte den Männern im Kreml seine Ansichten mit. Er war bereit, Dollars in ihr Unternehmen zu stecken. Die Männer im Kreml hörten ihn an, sie mochten ihn nicht, er mochte sie nicht. Sie stellten Bedingungen, er stellte Bedingungen, er zog sein Notizbuch heraus, rechnete. Die Männer im Kreml waren vorsichtige Leute, Herr Daniel Washington Potter war auch vorsichtig: es kam wenig Geschäft zustande.

Jetzt, auf der Rückreise, er war ein Mann, der Zeit hatte, beschaute sich das Kalifornische Mammut das Land Bayern. Er hatte dort einen Bekannten aus der Jugend, einen Herrn von Reindl. Den verständigte er, und Mister Reindl war bereit, ihm das Land vorzuführen.

Herr von Reindl, als er das Telegramm des Amerikaners bekam, wurde nachdenklich. Daniel W. Potter war unscheinbar, man las nicht viel von ihm, sah selten sein Bild in den Zeitungen; dennoch war Herr von Reindl überzeugt, der unrepräsentative Mann sei einer von jenen dreihundert, die mitzuentscheiden hatten, ob Krieg oder Friede sein soll, und wie weit man das russische, das indische, das chinesische Experiment ungestört ließ.

Herr von Reindl also, nach dem Telegramm, telefonierte mit Herrn von Grueber. Dieser Geheimrat Sebastian von Grueber war der Mann, der die Wasserkraft der bayrischen Berge in elektrischen Strom verwandelte. Zäh, still, mit Erfolg. In ebenso zäher Arbeit baute er an seinem Münchner Museum der Technik. Herr von Reindl produzierte Autos, Zeitungen, Schiffe, Hotels, förderte Eisen und Kohle, kaufte sich Bilder und Frauen, schmeckte Menschen, seltene Speisen, Kunst; man sprach viel von ihm in der Öffentlichkeit. Herr von Grueber befaßte sich ausschließlich mit seinem Museum und seiner Elektrizität, und man hörte nichts von ihm. Die beiden Männer hatten wenig gemein. Aber dies hatten sie gemein: beide hatten sie Macht in den Händen, beide liebten sie ihr Land Bayern, und beide wußten sie, daß diese deutsche Provinz Bayern mit ihren Menschen und ihrem Vieh, mit ihren Dörfern und ihrer Stadt, mit Wald und Feld und allem darin und darauf bestimmt war, sich von Grund auf zu verwandeln, und das in kurzer Frist. Die Ökonomie des Reichs, die Ökonomie des Erdteils verlangte es. Der Reindl wie der Grueber liebten an ihrem Land das Bäurische; aber sollten sie zusehen, wie Männer von außen kamen, der Provinz die notwendige Industrie aufzudrängen? Ehe sie einen Zugereisten heranließen, förderten sie selber die unaufhaltbare Entwicklung. So werkten sie beide, Bayern von innen her zu industrialisieren, der Reindl mit seinen Autos, der Grueber mit seiner Elektrizität.

Der Reindl also, wie er das Telegramm des Amerikaners erhielt, telefonierte mit Herrn von Grueber. Er war zu klug, sich nicht einzugestehen, daß der Grueber zumindest nicht weniger zuweg gebracht hatte als er. Denn wichtiger als die Motorisierung des Landes war seine Elektrifizierung; sie machte Bayern unabhängig von der Kohle des übrigen Deutschlands, hob es hinauf in die Reihe der wirtschaftlich viel weiter entwickelten Provinzen. Herr von Grueber hatte da sehr viel erreicht. Dem oberflächlichen Blick schien Bayern steckengeblieben in einer zweitrangigen Landwirtschaft. Doch der experimentierlustige Amerikaner war der Mann, zu erkennen, wieviel Möglichkeiten noch in diesem Stück Mitteleuropa lagen. Halbwegs Geglücktes freilich mußte man ihm zeigen; das konnte ihn reizen. Der Reindl war ein zu guter Bayer, um die große Chance, die der Besuch des Mammuts bot, durch Umgehung des Grueber zu gefährden.

Der Reindl aß mit dem Dreißigjahrdanny zu Mittag. Sie saßen in Pfaundlers Restaurant, der schlotterig angezogene, großzahnige Herr und der fleischige, blasse. Sie waren vergnügt, aßen reichlich, tranken, lachten. Man wußte in der Stadt München nicht viel von wirtschaftlichen Dingen. Der eine oder andere erkannte vielleicht in dem großzahnigen Mann einen Amerikaner. Aber hätte jemand behauptet, der unscheinbare Herr in der Gesellschaft des Fünften Evangelisten habe in das Schicksal der Stadt München mehr dreinzureden als etwa Rupert Kutzner, so hätte die ganze Stadt über einen solchen spinnerten Tropf schallend gelacht.

Die beiden Männer frischten Erinnerungen auf. Sie waren, das war lange her, viel zusammen gereist. Einmal hatten sie einen guten Monat verbracht auf dem Meer, eine Woche hindurch hatten sie bei einer Fiesta in Sevilla ein gemeinsames Zelt gehabt. Jetzt hatten sie sich lange nicht gesehen. Der Dreißgjahrdanny dachte, daß der Reindl verdammt fett sei und keineswegs die Augenweide mehr, die er früher war. Der Reindl dachte, seinerzeit sei dieser Potter ein Mensch gewesen mit Sonderzügen und ein guter Spezi. Jetzt sei er der typische *Dollarscheißer* geworden.

Als aber dann der Reindl mit dem Grueber und dem Mammut durch das Land fuhr, als sie ihm die Äcker zeigten und die netten Häuser und die langsamen Menschen und die Schönheit der Berge und die Kraft der Gewässer, da ergab sich, daß der Dreißigjahrdanny doch seine Sonderzüge hatte. Er machte sich ruhig seine Notizen. Er ließ oft das Auto halten, wo die beiden bayrischen Herren durchaus nichts Bemerkenswertes entdeckten. Er schwatzte ziemlich viel und hielt nicht zurück mit seiner Meinung. Er sah gut, was sie ihm zeigten, und noch besser, was sie ihm verstecken wollten. Er sprach auch mit den Menschen des Landes, und wenn er nicht verstand, dann fragte er ein zweites und ein drittes Mal. Er war ein kluger Mann; der Reindl und der Grueber hätten gerne seine Notizen gesehen und noch lieber seine Gedanken dazu. Das Üble war, man konnte gegen seine Ehrlichkeit nicht aufkommen. Wenn man ihn fragte, dann gab er bereitwillige, aufrichtige Auskunft. Was er sagte, war sicher das, was er wirklich dachte; aber sicher auch verschwieg er vieles, was er dachte. Zuletzt gab es der Reindl auf, irgendwelche Politik zu treiben, und beschränkte sich, das Land zu genießen. Es war gegen Mittag, und er bekam Hunger. Er ließ den Wagen halten vor einem dürftigen Dorfwirtshaus. Herr von Grueber wunderte sich. Der Fünfte Evangelist bestand darauf, daß man hier essen solle. Er hatte nämlich gesehen, daß darin ein Fuhrknecht saß und ein Gericht vor sich hatte, gemischt aus Mehl und Leberfleisch, sogenannte *Leberknödel.* Im Flug bekam er Appetit darauf. Da saßen also die vier Männer, die drei und der Fuhrknecht, und verzehrten Leberknödel.

Zwei Abende später gab der Fünfte Evangelist eine kleine Gesellschaft für Mr. Potter. Er hatte lange nachgedacht, wen er dem neugierigen Amerikaner vorsetzen könne, der so viele Menschen und Länder gesehen hatte. Schließlich versammelte er die Herren von Grueber, Pfaundler und Kaspar Pröckl. Den zu gewinnen, war nicht leicht. Der Reindl spielte in letzter Zeit mit dem Plan, eine Autofabrik in Nishnij Nowgorod zu gründen, die Verhandlungen hatten sich nicht schlecht angelassen. Allein er hatte sich an Kaspar Pröckl zuletzt doch nicht unter dem Vorwand dieses Planes herangemacht, sondern auf dem Umweg über seine Freundin Kläre Holz, die Schauspielerin. Auf ihre Schilderung hin hatte sich's Pröckl nicht versagen können, das Mammut aus Kalifornien aus der Nähe zu betrachten.

Der Abend verlief zunächst wenig gemütlich. Pröckl, um seine Unsicherheit zu verbergen, setzte seine gröbste Miene auf. Pfaundler, dem es geschmeichelt hatte, von Reindl eingeladen zu sein, merkte bald, denn er hatte den Riecher, daß er dem Dollarscheißer nur als eine Art Menagerieobjekt vorgeführt werden sollte. Der Fünfte Evangelist selber war nicht so gelassen wie sonst. Mit *einem* unsicheren Faktor zurechtzukommen, wäre nicht schwer gewesen; doch hier waren zwei: der unsichere Pröckl und der unsichere Danny.

Vergnügt war nur der Geheimrat von Grueber. Der Dollarscheißer war ein vernünftiger Mann; es bestand begründete Hoffnung, daß er in das aussichtsreiche Land Bayern Geld steckte. Er hatte Gruebers Museum der Technik gesehen, verstand die Anlage, hatte die Schwierigkeiten erkannt, und wie sie überwunden waren.

Dem Amerikaner gefiel dieser Sebastian von Grueber nicht übel. Er war Bayer und Weltbürger zugleich, ein Typ, zu dem man gewiß den ganzen Schlag des Landes erziehen konnte, wenn man ihn nur von der schwerfälligen Überschätzung seiner blöden Landhockerei abbrachte. Es waren schlaue, kräftige Menschen; ihre Beharrlichkeit, heute nur alberne Querköpfigkeit, mußte sich, auf ein vernünftiges Ziel gerichtet, rentabel machen lassen. Ihr gesunder Egoismus, ihre Langsamkeit, ihre Ruhe, aus alldem konnte man Gewinn ziehen, verwertete man es nicht ausschließlich für Ackerbau und Viehzucht. Man hatte die Zulus unterschätzt und andere afrikanische Stämme; heute zeigte sich, daß es sehr verwertbare Leute waren. Das Beispiel dieses Mannes Grueber bewies, wie weit man einen Bayern bringen konnte, brachte man ihn nur zur Vernunft.

Der Raum, in dem man saß, war üppig eingerichtet, das ganze Haus am Karolinenplatz war üppig, dekorativ. Ein Porträt des Vaters Reindl hing im Zimmer, gemalt in der aufs Repräsentative bedachten Manier der Münchner Maler von gestern. Der Amerikaner meinte, vielen seiner Landsleute würde das sehr gefallen, er selber aber möchte seinen Vater nicht so aufgemacht im Zimmer hängen haben. Was er wollte, war schärfere Kunst, handlich faßbarere, realere. Es erwies sich, daß er von Martin Krüger gehört hatte; sogar ein Buch des Schriftstellers Tüverlin hatte er gelesen.

Herr Potter stak bequem in seinen schlotterigen Kleidern, lachte viel, ließ sich, wenn er einen bayrischen Ausdruck nicht verstand, ihn genau erklären, fühlte sich behaglich. Einmal fragte er den Kaspar Pröckl, warum eigentlich sein lieber Freund Reindl in diesem Land der Fünfte Evangelist genannt werde. Pröckl erwiderte bissig: vermutlich deshalb, weil er das fünfte Evangelium habe, in dem die Lehre aufgezeichnet sei, wie man sich seines Nachbarn Weib, Esel, Auto aneigne. Herr Potter sagte: »Danke, jetzt bin ich informiert.« Herr von Grueber lachte schallend.

Herr Pfaundler erzählte, er habe mit großen Opfern den Versuch gemacht, eine Revue dieses Tüverlin zu starten, auf den er ebenso wie Mr. Potter hoch wette. Er sei ebenso wie Herr Potter der Meinung, eine Zukunft habe München nur als Fremdenstadt, als Kunststadt. Er habe den Riecher. Seit Jahren suche er Unterhaltung zu geben, die gleichzeitig große Kunst sei. Darum habe er auch zusammen mit Tüverlin diese Revue gemacht. Leider gehe sie nicht recht, München sei halt doch noch nicht fortgeschritten genug. Heute abend, um die Landbevölkerung der Umgegend zum Besuch anzuregen, lasse er die Revue durch den Rundfunk übertragen. Mr. Potter war interessiert. Man stellte den Lautsprecher ein.

Aus dem Lautsprecher kamen der Dialog und die Songs der Revue »Höher geht's nimmer«. Man war im zweiten Akt; Text und Musik, ohne die Schau, kamen allen reichlich albern vor. Fast schämten sie sich vor dem Amerikaner. Allein der schien interessiert, hörte genau zu, ließ sich einige Worte erklären, kombinierte Zusammenhänge. Es ergab sich, daß er, von jenseits des Meeres in dieses Land von Alpenbauern verschlagen, lediglich durch Anwendung unvoreingenommenen, gemeinen Menschenverstandes, aus dem entstellten, entgeisteten, verhunzten Text des Jacques Tüverlin nahe heranfand an das, was Tüverlin ursprünglich gewollt hatte. Für ihn stellte ein Hauch Aristophanes sich wieder ein. Es rückverwandelte sich ihm »Höher geht's nimmer« in »Kasperl im Klassenkampf«.

Pfaundler wußte nicht recht, ob er sich freuen, ob er sich ärgern sollte. Es nagte ihn, daß er, wäre er den Absichten Tüverlins gefolgt, die Revue vielleicht doch hätte durchsetzen können. Pröckl, mit finsterer Gespanntheit, hörte auf die Deutungsversuche des Amerikaners, und trotz aller verbissenen Ablehnung erkannte er auf Augenblicke klar und faßlich nah die leidenschaftliche, humanisierte Vernunftgläubigkeit Jacques Tüverlins.

Nun aber kam die Stierkampfszene; es kam jener Marsch, jene kleine, freche Melodie. Wie in zehntausend Häusern der oberbayrischen Hochebene, so auch in diesem üppigen Raum der Villa Reindl riß sie die Hörer hin, fuhr ihnen in die Glieder. Wie sie den Kommunisten kommunistischer, die Wahrhaft Deutschen patriotischer, den Verbrecher verbrecherischer, den Frommen frömmer, den Geilen geiler machte: so auch bewirkte sie, daß Pröckl sich noch fanatischer an Moskau klammerte, daß Herr Pfaundler ein stilles, heiliges Gelübde tat, er werde Münche wieder zu der internationalen Kunststadt machen, die es früher war. Der Dreißigjahrdanny aber, zum erstenmal seit dem Essen, nahm die Pfeife aus dem Mund, stand auf und ging näher an den Lautsprecher heran; das sah töricht aus, es erinnerte an ein bekanntes Plakatbild, das einen Hund darstellte, wie er aus dem Schalltrichter die Stimme seines Herrn vernimmt. Der Amerikaner aber lachte über das ganze Gesicht und sagte: »Das habe ich während meiner wichtigsten Unterhandlung im Kreml gehört. Das ist also von Jacques Tüverlin?«

Dem Kaspar Pröckl gab es einen Riß. Er wußte natürlich, daß man sich in Moskau nicht ausschließlich mit der reinen Lehre und ihrer Verbreitung befaßte, sondern daß man gelegentlich auch aß, trank, hurte, gemeine Musik hörte wie eben den Stierkämpfermarsch. Immerhin schien es ihm verbrecherisch, daß Besprechungen zwischen einem russischen Führer und einem amerikanischen Großfinanzier, die für das Land des Marxismus lebenswichtig waren, diese kleine und freche Melodie zur Begleitung hatten. Er fragte scharf: »Wer im Kreml hat mit Ihnen unterhandelt?« Das Mammut nahm seine Pfeife wieder zwischen die Zähne und beschaute gelassen und neugierig das hagere Gesicht des jungen Ingenieurs, die starken Jochbogen, die tiefliegenden, heftigen Augen. »Ich habe nicht verstanden«, sagte er dann. »Wer mit Ihnen unterhandelt hat«, wiederholte grob, jedes Wort unterstreichend, Kaspar Pröckl. Der Amerikaner kaute fünf oder sechs Namen hervor, die erlauchtesten, von Kaspar Pröckl am meisten verehrten. Dann, anscheinend ohne Hinterhalt, erzählte er von Rußland. Der junge Ingenieur, zu seinem Staunen, sah, daß der Amerikaner nicht nur die wirtschaftlichen Verhältnisse und Land und Leute der Sowjetrepublik genau kannte, sondern daß er auch vertraut war mit der Lehre. Das erschreckte Kaspar Pröckl. Gab es das, daß jemand die Lehre verstand und ihr nicht anhing? Der Dollarscheißer war offenbar souverän genug, sich selber auszuschalten aus dem Für und Wider, und er lehnte trotzdem, und trotzdem er sie begriff, einfach aus dem Verstand heraus die Lehre ab. Kaspar Pröckl disputierte leidenschaftlich mit ihm, er sagte unzählige Male grob: »Verstehen Sie?« Es kam vor, daß das Mammut nicht verstand; aber dann nur infolge der Mundart. Die andern hörten zu, und so bezaubernd manchmal der Fanatismus Kaspar Pröckls wirken konnte, die trocken hervorgekauten Sätze des Amerikaners schlugen ihn.

Später, nach der Vorstellung, kam die Schauspielerin Kläre Holz. Pfaundler schlug vor, sie solle das Stierkämpferlied singen, doch sie lehnte ab, das sei nichts ohne Musik und Chor. Sie hörte von dem Disput Kaspar Pröckls mit dem Amerikaner. Sachte bemächtigte sie sich des jungen Ingenieurs. Sie wollte, daß er seine Balladen singe. Das hatte er nicht mehr getan, seitdem er den Maler Landholzer gesehen. Er zögerte. Er hatte ein brennendes Verlangen zu singen und einen heftigen Widerwillen. Zuletzt brachte sie ihn soweit. Es lag ihm leidenschaftlich daran, den Amerikaner zu überzeugen; vielleicht wird, was der Anblick des wirklichen Rußlands nicht zustande gebracht hat, seine Dichtung vermögen, nämlich, daß der Dollarscheißer, und sei es auch nur auf Minuten, an Marx und Lenin glaubt. Der Fünfte Evangelist hatte seit damals in Garmisch die Balladen nicht mehr gehört; er sehnte sich jetzt sehr danach. Kaspar Pröckl sagte seine Gedichte auf wie damals, hell, aufrührerisch, gläubig, diese erstmaligen Verse vom Alltag und vom kleinen

Mann, dünn und böse, geschöpft aus der Volkstümlichkeit der großen Stadt, frech duftend, unbekümmert stimmungsvoll. Es waren zum Teil neue Verse, sie waren besser und schärfer noch als die früheren, und Kaspar Pröckl sang sie nicht schlechter als damals, im Gegenteil, er war ganz hingegeben. Aber wunderlicherweise drangen sie nicht ein in die Hörer diesmal, wahrscheinlich machte es die Gegenwart des Dreißigjahrdanny, der, seine Pfeife im Mund, neugierig, verständnisvoll und unbewegt zuhörte. Als Kaspar Pröckl das Banjo wegstellte, war ein kleines, peinvolles Schweigen. Dann klatschte der Amerikaner dünn in seine Hände und sagte: »Sehr nett. Ich danke Ihnen.«

Später meinte er, es sei vielleicht, nachdem Frau Holz nicht singen wolle, eine Grammophonplatte aufzutreiben mit dem Stierkämpfermarsch. Und siehe, es fand sich die Platte. Mr. Daniel W. Potter, einer von den Dreihundert, die auf dem Planeten zu bestimmen hatten über Krieg und Frieden, über Seuche und Gesundheit, über Sattheit und Hunger, tanzte mit der Schauspielerin Kläre Holz zu den Klängen dieser Melodie.

Die vier andern schauten schweigend zu, Herr von Grueber überlegte, ob der Amerikaner wohl einige seiner Dollars in diesem schönen Land und seinen Kraftwerken investieren werde. Er hoffte, er werde weitere Fragen an ihn stellen. Allein Mr. Potter fragte nur, ob der Schriftsteller Jacques Tüverlin noch in München wohne. Er wünsche ihn kennenzulernen, er wünsche mit ihm zu sprechen. »Wie mit Ihnen, alter Junge«, sagte er zu Reindl, »von Herz zu Herz.« Und der Fünfte Evangelist wußte nicht, ob er sich über ihn lustig mache.

7
Guten Abend, Ratte

Die neun dunkelsten Monate Martin Krügers begannen, als der enttäuschte Zuchthausdirektor Förtsch erfuhr, wer Klenks Nachfolger wurde. Unter dem Hartl wäre der Kaninchenmäulige bestimmt avanciert; da der Messerschmidt das Amt bekam, war sein langes, mühseliges Rechnen und Streben wieder einmal vertan. Zum erstenmal nach soviel Jahren untertäniger, nach dem Rüchlein des Vorgesetzten witternder Geduld verlor Förtsch die Ruhe. Er begehrte auf, ging zur Nebenregierung über, zur wirklichen Regierung, zu den Wahrhaft Deutschen.

Der Mann Krüger merkte die neue politische Einstellung des Kaninchenmäuligen daran, daß ihm ohne Angabe von Gründen das Schreiben wieder verboten wurde. Es hob ein harter Kampf an zwischen dem Strafgefangenen Nummer 2478 und dem Zuchthausdirektor, und Martin wußte, daß dieser Kampf nicht enden wird, ehe Förtsch die Gehaltsklasse XIII erreicht hat. Früher wäre Krüger rasch unterlegen. Er hätte sich nicht zähmen können, Herz und Mund wären ihm durchgegangen. Jetzt, eindringend in die Bilder des Rebellen Goya, hatte er sich auf reinere Art entladen, war klüger geworden. Oh, er war ein kluger Rebell, fest gewillt, sich nicht hinreißen zu lassen. Sechzehn Monate Zuchthaus hinter sich, hatte er gelernt, sich ducken, schmiegsam sein, zäh sein.

Es war, während Martin Krüger in der Zelle saß, ein neuer Sommer gekommen und ein neuer Herbst, und es begann ein neuer Winter. Der deutsche Außenminister war ermordet worden in dieser Zeit, Benito Mussolini hatte sich zum Herrn Italiens gemacht, die Türken hatten Griechenland entscheidend geschlagen, der irische Freistaat eine anerkannte Verfassung erlangt. Frankreich, da seine Wirtschaft sich mit der deutschen nicht einigen konnte, drohte die Ruhrprovinz als Pfand zu besetzen. Sehr viele Deutsche waren Millionäre geworden seither, aber keine reichen Millionäre: denn hattest du eine Markmillion, dann besaßest du hundertfünfundzwanzig Dollar.

Das kahle Geviert Martin Krügers war das gleiche geblieben durch all diese Ereignisse; doch er selber war verändert. Er hatte getobt zu Beginn, dann war er still geworden, in sich versponnen, schlaff, dann glänzend, strahlend in Arbeit: jetzt war er hart, zäh. Er hatte noch Herzanfälle, sonst war seine Gesundheit nicht schlecht. Er hatte sich gewöhnt an den ewig gleichen Geschmack der Speisen, Dörrgemüse zumeist, Erbsen, Bohnen, Linsen, Graupen, Salzkartoffeln, immer dasselbe, fad gekocht, der ekle Sodageschmack in allem. Vertraut war ihm, dem peinlich Sauberen, der Schmutz der Umwelt und sein eigener, der Gestank des weißen Kübels, die elende, verdorbene Luft der Anstalt. Damit konnte man ihn nicht zermürben, er hatte sich angepaßt. Hatte, sich aufrecht zu halten, ein listiges, gymnastisches System erdacht. Er erlag nicht.

Rasch, eine nach der andern, entzog ihm Förtsch die früheren Vergünstigungen. Wieder durfte er Briefe nur alle drei Monate erhalten. Besuche wurden verboten. In der Freistunde zwischen den sechs Bäumen hatte er keinen mehr, mit dem er sprechen konnte; Leonhard Renkmaier entschwand aus seinen Blicken, niemand mehr redete ihn mit *Doktor* an. Statt sich mit dem Rebellen Goya zu befassen, klebte er jetzt Tüten, später zupfte er Hanf, flickte Säcke, die widerwärtigen, atemklemmenden Geruch ausströmten. Seine Isolierung war besonders streng; selbst wenn ihn der Anstaltsfriseur, ein Gefangener, rasierte, standen zwei Beamte daneben, um zu verhindern, daß er mit ihm spreche. Aber er war listig geworden und wußte Kontakt mit den andern Gefangenen zu halten durch Klopfzeichen und Botschaften jeder Art.

Dem Förtsch gegenüber, sosehr der es darauf anlegte, ließ er sich nicht hinreißen. Trotz aller Drangsal gab er sich keine Blöße, die zu einer Bestrafung hätte führen können. Er würgte seine Ausbrüche hinunter, behielt sie sich vor für die Einsamkeit der Zelle.

Ab und zu, wenn Martin seinen Spaziergang machte, schauten vom Fenster des Korridors Neugierige herab. Der Kaninchenmäulige trug jetzt kein Bedenken mehr, den Damen der Stammtischrunde seinen berühmten Sträfling vorzuführen. Wie ein Wärter des zoologischen Gartens ein seltenes Exemplar, so erklärte er die Merkwürdigkeiten seines Gefangenen. Martin Krüger begehrte nicht auf. Über Würdegefühle war er längst hinaus. Er schielte nach den Wesen am Fenster. Sie hatten Brüste, Schenkel, sie waren Weiber. Er hatte Weiber monatelang nicht gesehen.

Am schwersten fiel ihm die Entbehrung des Geschlechts. Aus allen Zellen hörte er die gleiche Gier, die das Soda, den Speisen beigemischt, nicht minderte. Jede zweite Klopfbotschaft sprach von Dingen des Geschlechts. Man machte, um die Geilheit loszuwerden, schlaue Erfindungen. Stellte aus Taschentüchern, Tuchfetzen Weiberersatz her. Kunstfertige fabrizierten aus Teig, Speck, Haaren obszöne Artikel, trieben auch Handel damit. Martin Krüger, in den endlosen Nächten, sah zum tausendstenmal dieselben geilen Gesichte. Er stellte sich das tote Mädchen Anna Elisabeth Haider vor, nach ihrem Aktbild. Welch ein Esel war er, daß er sie nicht genommen hatte. Er dachte an Goya, an die nackte Maja und an die bekleidete. Einmal, als aus der Ortschaft Odelsberg undeutliche Musik kam, sehr von fern, von einem Grammophon vielleicht oder Rundfunkmusik, glaubte er, einen Fetzen jener altmodischen Melodie zu erkennen, die Johanna vor sich hin zu summen pflegte zwischen Lippen und Zähnen. Da überkam ihn unerträglich wild die Gier nach Johanna. Er verglich den Leib Johannas mit dem Akt der Haider. Die Majas des Spaniers mischten sich ihm mit dem Bild Johannas. Er biß sich in die Arme, in die Schenkel. Sehnte sich wild, sie im Fleisch da zu haben.

Er sah, wenn er nachts auf seiner Pritsche lag, auf der Decke seiner Zelle den scharfen Schatten des vergitterten Fensters, geworfen von der elektrischen Lampe draußen. Er hatte die Gewohnheit beibehalten, mit den Schriftzügen des Francisco Goya Worte, kleine Sätze in die Luft zu zeichnen. Aufzuckend und verlöschend, ähnlich wie im Film, schrieb er Schattenzeichen in den Schatten des Gitters, den Namen Johanna, seinen eigenen, den Namen des Förtsch; auch kleine, unzüchtige Zeichnungen schattete er an die Decke seiner Zelle. Er schrieb mit Schattenzeichen Mildes und Weises, doch das meiste, was er schrieb, waren Flüche, Zoten, Bosheit.

Sorgsam verfolgte er die Phasen des Wiederaufnahmeverfahrens. Als er von der Berufung des Messerschmidt erfuhr, rankte er an den unbekannten, nie gehörten Namen neue Hoffnung hinauf. Messerschmidt, ein seltsamer Name. Für wen schmiedet er Messer? Für ihn, Krüger? Für die, die ihn bedrängen? Er wog, rechnete, sinnierte. Um jede kleinste Schwankung in seinen Aussichten mußte er wissen. Immer bangte er, man könnte etwas vergessen. Er glaubte an Kaspar

Pröckl, er vertraute Johanna. Trotzdem fürchtete er, sie könnte eine Chance übersehen. Er selber übersah keine. Wer hier in Odelsberg saß, im Zuchthaus, das war nur er. Mag einer noch so befreundet sein oder noch so lieben: miterlittenes Zuchthaus, miterlittener Schmerz spornt nicht wie eigene Qual.

Mit Spannung erwartete er Johannas Besuch. Man wird diesen Besuch aufs äußerste einschränken, im günstigsten Fall auf die vorgeschriebene halbe Stunde, vielleicht auch, unter dem Vorwand, es sei zu wenig Aufsichtspersonal da, auf zwanzig Minuten, oder gar auf zehn. Er zählte die Stunden bis zu diesem Besuch. Er stellte sich vor, wie Johanna das letztemal da war, legte sich die Fragen zurecht, die er an sie richten wollte, feilte sie aus, damit ja nicht die Aufsichtsbeamten daran zu mäkeln hätten. Drei Monate sind zweitausendzweihundertundacht Stunden, nur eine halbe Stunde davon, vielleicht noch weniger, ist Besuchszeit. Das ist kostbare Zeit, sie muß auslangen für weitere zweitausendzweihundertundacht Stunden. Jede Sekunde muß ausgefüllt sein, man muß sie auskosten, muß gut überlegen, was man mit ihr anfängt, darf sie nicht durch Aufregung verpatzen.

Dann kam Johanna wirklich, sie saß blühend da, leibhaft, im Fleisch, redete mit ihrer wirklichen, kräftigen Stimme. Er hatte sorgfältig bedacht, was er ihr sagen wollte, sich ihre Antworten ausgemalt. Ihre Antworten kamen. Gute, herzhafte Antworten. Ihre Stimme war im Raum, ihre Hilfsbereitschaft, ihr starkes, breites Gesicht. Aber es blieb alles blaß, es wurde unwirklicher, je länger sie da war. Am wirklichsten war es, bevor sie kam. Sein Herz war angefüllt gewesen mit gespannter Freude: jetzt fiel es zusammen wie ein leerer Sack.

Johanna fand nicht zu ihm herüber. Nein, sie wollte Martins Elend nicht anschauen mit der wässernen Nüchternheit Tüverlins. Tüverlin hatte sicher recht: es geschah für Martin, was getan werden konnte. Aber sie wollte Martin mehr geben als seinen Anspruch. Sie war gekommen heißen Herzens. Aber nun sie ihm gegenübersaß, sprach sie ohne Schwung, voll lauer Freundschaft. Sie fand sich schlecht, daß sie in diesen spärlichen Minuten nicht ganz und ausschließlich Martin dachte. Allein sie erinnerte sich, wie Tüverlin ihr gesagt hatte, er würde an ihr zeigen, wie Kampf auch um ein Gutes den Menschen schlechter machen könne. Sie mußte an sich halten, um nicht läppischerweise Martin zu fragen, ob der Mensch besser werde durch Leiden.

Auf einmal, sie hatte seine letzten Sätze nur mit dem Ohr gehört, sagte Krüger, und es traf sie wie ein Stein: »Da reden sie, daß Kämpfen und Leiden den Menschen besser mache. Vielleicht unter freiem Himmel.« Die Ruhe, wie er das sagte, die farblose Stimme, wie er sagte: *unter freiem Himmel,* fiel ihr ins Herz. Auf einmal war Tüverlin fort, war alles andre fort, war sie ganz bei Martin. Auf einmal hatte sie ihm unendlich vieles und Wichtiges zu sagen. Aber jetzt war ihre Zeit aus, sie war verzweifelt, daß die Zeit um war, sie hatte sie vertan mit ihren eigenen, läppischen Gedanken. Martin Krüger saß da, leer, enttäuscht. Er hatte sich sorgfältig vorbereitet: jetzt war er am Ende, schon ehe die Besuchszeit um war.

Die Nacht darauf wütete er, daß er Johannas Besuch nicht besser genützt hatte. Oh, diese elende Nacht, ihr Zorn, ihre Ohnmacht, ihre Geilheit, ihre Reue.

Es kamen mehr solche Nächte. Martin Krüger begann, sich vor ihnen zu fürchten. Wie lange noch? fragte er mit wunderlich lauter Stimme in der Einsamkeit seiner Zelle. Wie lange noch? übersetzte er sich in alle Sprachen, die er kannte. Wie lange noch? schrieb er mit den Zeichen des Goya in die Stäbe seines nächtlichen Schattengitters.

Einmal in einer solchen Nacht besuchte ihn eine Ratte. Er erinnerte sich an alte Geschichten, Erzählungen eines Narren, den die Pompadour hatte einkerkern lassen, weil sie sich von ihm beleidigt glaubte. Der hatte berichtet, wie er sich in seinem Loche, das sicher schlimmer war als jetzt Martins Zelle, die Ratten gezähmt hatte. Krüger wartete in der nächsten Nacht auf den Besuch der Ratte, ängstlich, mit Spannung. Er hatte Reste seines Mahles hingestreut. Und siehe, sie kam. Er sagte: »Guten Abend, Ratte«, und siehe, sie lief nicht davon. Von da an kam sie mehrere Male, und der Mann Krüger hielt Zwiesprache mit ihr. Er erzählte ihr von seinem Glanz in früherer Zeit und von seinem Kampf mit dem Direktor Förtsch, von seiner Verzweiflung und von seiner Hoffnung, und er fragte sie: wie lange noch? Sie war ihm Trost und große Erleichterung. Dann aber wurde das Loch entdeckt, vergipst, und der Mann Krüger war wieder allein.

8

Noch vor der Baumblüte

Ein kleines Jahrhundert vorher hatte der deutsche Archäolog Schliemann auf dem Gebiete der alten Stadt Troja Ausgrabungen gemacht, die viel Verschollenes zutage förderten. Unter anderm Hunderte von Spinnwirteln. Auf diesen fiel dem deutschen Forscher immer das gleiche Zeichen auf: ein mit Haken versehenes Kreuz. Es war ein Zeichen, das über die ganze Erde verbreitet war; den gelben Völkern diente es als Glückssymbol, den Indern als Sexualemblem. Allein das wußte Heinrich Schliemann nicht. Er befragte einen französischen Archäologen, einen gewissen Emile Burnouf, um die Bedeutung des wunderlichen Kreuzes. Herr Burnouf, ein Spaßvogel von Phantasie, redete dem leichtgläubigen Deutschen ein, die alten Arier, um ihr heiliges Feuer zu entfachen, hätten Gestelle in solcher Hakenkreuzform als weibliche Bestandteile ihrer Bohrer verwandt. Der vertrauensselige Herr Schliemann glaubte dem spaßhaften Herrn Burnouf. Kommentierte das Hakenkreuz als typisch arabisches Phänomen. Die deutschen Patrioten machten diese Erklärung zu einem Eckstein ihrer Rassentheorie, erkoren das indische Fruchtbarkeitsemblem zu ihrem Heilszeichen. Ein Leipziger Geschäftsmann stellte Klebemarken her, auf denen das Hakenkreuz prangte, umkränzt von dem Spruch: »Arierblut/Höchstes Gut.«

Er hatte Erfolg. Die Schuljungen klebten die Marken in ihre Sammelalbums, kleine Geschäftsleute schlossen ihre Briefumschläge damit. Patriotische Galanteriewarenhändler, dadurch angeregt, brachten das Hakenkreuz als Krawattennadeln in Umlauf. Patriotische Ethnologen hängten Theorien daran, ethische, ästhetische Deutungen. Mit dem Wachstum der Wahrhaft Deutschen wurde das Zeichen, das bisher vornehmlich in japanischen und chinesischen Spielklubs und an den Tempeln vielgliedriger indischer Gottheiten zu sehen war, neben den haubenförmigen Kuppen des unvollendeten Doms und dem als Mönch maskierten Kind das populärste Wahrzeichen Münchens.

Dieses Zeichen trugen die großen, blutroten Fahnen der Wahrhaft Deutschen. Dieses Zeichen malten die Bewohner der bayrischen Hochebene an die Wände, vor allem der Bedürfnisanstalten. Trugen es als Busennadel, als Ring, manche ließen es sich eintätowieren. Unter diesem Zeichen zogen die Münchner zu den Versammlungen Rupert Kutzners. Denn allmontäglich, zuerst im Kapuzinerbräu, dann in den riesigen Biersälen von drei oder vier andern Brauereien, sprach der Führer zum Volk.

Immer bestimmter verlautete, die Patrioten würden bald losschlagen. Von einem Montag zum andern wartete man, Kutzner werde jetzt den genauen Tag ansagen. Immer dichtere Massen strömten zu seinen Versammlungen, Beamte und Angestellte erzwangen sich früheren Büroschluß, um sich einen Platz zu erstehen. Keiner wollte die Verkündigung des Freiheitstages versäumen.

In einem der blauen Straßenbahnwagen, die zum Kapuzinerbräukeller fuhren, stand, gepreßt zwischen andern, die zum Kutzner wollten, der Altmöbelhändler Cajetan Lechner. Er war in Holland gewesen, er hatte das Schrankerl wiedergesehen. Der Holländer hatte ihn zum Essen eingeladen. Es war gut und reichlich gewesen; allein der Lechner, befangen durch die Dienerschaft und das ungewohnte Besteck, hatte nicht recht zugegriffen. Hinterher hatte er geschimpft auf den Holländer, den Geizhammel, den notigen, der einen hungern läßt. Aber Aufnahmen jedenfalls von dem Schrankerl hatte er gemacht, gute Aufnahmen, er stand oft davor, das Herz voll Zärtlichkeit, empört über die Regierung, die ihn erst gezwungen hatte, sich von dem Schrankerl zu trennen, und dann duldete, daß ihm ein galizischer Jud das gelbe Haus vor der Nase wegkaufte. Er ging zum Kutzner, überzeugt, der Führer werde ihn rächen und bewirken, daß er doch noch hochkommt.

Als er aus der Straßenbahn stieg, rempelte ihn einer derb an, entschuldigte sich: »Hoppla, Herr Nachbar.« Es war der Hautseneder. Der Lechner haßte diesen seinen Mieter vom Unteranger; noch schwebte der Prozeß, weil damals der Hautseneder seinen Hausherrn aus dem zweiten Stock hinausgeschmissen hatte. Jetzt stand man nebeneinander, dicht gedrängt, schob sich gemeinsam vor. Man grollte noch ein bißchen, grantelte einander an, aber schließlich wurde man zusammen in den Saal gespült, an *einen* Tisch. Man konnte nicht umhin, brummig Rede und Gegenrede zu tauschen.

Es war gut eine halbe Stunde vor Beginn, aber schon war der Saal dick voll. In den tiefhängenden Wolken des Tabakrauchs schwammen tomatenrote Rundschädel mit Schnauzbärten, graue Tonkrüge. Verkäufer riefen aus: »Die verbotene Nummer des ›Vaterländischen Anzeigers‹«; denn die Behörden verboten zuweilen, aber sie achteten nicht auf die Durchführung ihres Verbots. Man wartete geruhsam, schimpfte derweilen über die Ungerechtigkeit der Regierung. Frau Therese Hautseneder zum Beispiel hatte die Unbill der neuen Ordnung am eigenen Leib zu spüren bekommen. Ein Reisender hatte ihr einen Staubsauger *Apollo* verkauft, auf Abzahlung. Dann war ein anderer Reisender gekommen, der bot ihr einen Staubsauger *Triumph* an, auch auf Abzahlung, etwas billiger. Das mit dem andern Vertreter, erklärte er, werde er ordnen. Er ordnete aber nicht, und nun sollte sie beide zahlen. Herr Hautseneder, tagsüber in der Sendlinger Linoleumfabrik beschäftigt, erklärte, er denke nicht daran, den Lohn von vier Monaten für ihre damischen Faxen zu opfern; sie sei überhaupt narrisch, und er lasse sich scheiden. Frau Hautseneder ihrerseits beschloß, in die Isar zu gehen. Es kam zu einem umständlichen Prozeß. Die Rechtsanwälte sprachen von Vorspiegelung falscher Tatsachen, von Schlüsselgewalt und ähnlichem. Das Ganze endete mit einem flauen Vergleich, der niemanden befriedigte, und damit, daß Herr und Frau Hautseneder, sowie die Vertreter von *Apollo* und *Triumph*, mißvergnügt über die bestehende Gesellschaftsordnung, zu den Wahrhaft Deutschen übergingen.

Viele, während sie auf den Einmarsch des Führers warteten, erzählten von ähnlicher Unbill. Alle schimpften sie, daß der

Wert der Mark von Tag zu Tag so närrisch sank, alle machten sie die Juden und die Regierung dafür verantwortlich, alle erhofften sie sich Befreiung durch den Kutzner. Der Regierungsinspektor a. D. Ersinger war ein Herr, der sehr auf Sauberkeit hielt. Leib und Seele, Wohnung und Kleidung sauberzuhalten, war nicht leicht in diesen miserablen Zeiten. Er war ein friedfertiger Mann, geneigt, der Obrigkeit zu gehorchen, auch wenn die Herkunft ihrer Macht zweifelhaft war. Als ihm aber seine Frau, statt der gewohnten hygienischen Rolle, Zeitungspapier ins Klosett hing, da riß ihm die Geduld, und er ging zum Kutzner. Dem Maurerpolier Bruckner waren im Krieg drei Söhne erschossen worden, einer an der Somme, einer an der Aisne, einer am Isonzo, der vierte war in den Karpaten verschollen. Die Kirche hatte für den schimpfenden Alten keinen Trost, als daß Gott, wen er liebe, züchtige. Der Maurerpolier Bruckner fand besseren Trost bei Kutzner. Die Hofrätin Beradt war zwar ihre unwillkommene Mieterin Anna Elisabeth Haider durch deren Ableben losgeworden. Doch auch ihre späteren Mieter trieben Ungebühr aller Art, lärmten, empfingen zweideutige Besuche, kochten verbotenerweise im Zimmer auf elektrischen Apparaten. Mußte sich eine anständige Witfrau das bieten lassen? Sie mußte es. Sie konnte sich des Gesindels nicht entledigen: infolge der gottlosen Mieterschutzgesetze. Der Führer, hoffte sie, wird Ordnung schaffen. Herr Josef Feichtinger, Gymnasiallehrer am Luitpoldgymnasium, war erst am Isartorplatz umgestiegen, wo er noch einen Einkauf zu tätigen hatte, statt am Stachus. Er hatte nicht den für die Benutzung von Umsteigescheinen vorgeschriebenen kürzesten Weg genommen und wurde bestraft. Er war in Ehren zweiundvierzig Jahre alt geworden: unter dieser Regierung wurde man bestraft, weil man am Isartorplatz zwei blaue Hefte kaufte. Er ging zum Kutzner. In Berlin gingen die Mißvergnügten zu den Kommunisten; in München flüchteten sie zum Hakenkreuz.

Der Rauch wurde dicker, Schweiß und Hitze stärker, die grauen Tonkrüge undeutlicher, die runden Schädel röter. Der Altmöbelhändler Lechner zog immer heftiger sein gewürfeltes Taschentuch. Endlich hielt, begleitet von den Fahnen, unter ungeheurem Jubel, Rupert Kutzner seinen Einzug, den sorglich gescheitelten Kopf gereckt, marschierend zu der dröhnenden Blechmusik.

Er sprach von dem Schmachfrieden von Versailles, von den frechen Advokatentricks des Franzosen Poincaré, von internationaler Verschwörung, von Freimaurern und Talmud. Was er sagte, war nicht unbekannt, aber es wirkte neu durch die Urwüchsigkeit des Dialekts, durch die Kraft des Vortrags. Voll Bewunderung dann und Ehrfurcht in der Stimme sprach er von dem italienischen Führer Mussolini, wie der sich kühn der Stadt Rom und der Apenninenhalbinsel bemächtigt hatte. Seine Tatkraft, rief er, solle auch den Bayern leuchtendes Vorbild sein, und er verhöhnte die Reichsregierung und prophezeite den Marsch auf Berlin. Malte aus, wie die verrottete Stadt den Wahrhaft Deutschen in die Hände fallen werde, ohne Schwertstreich, sich schon beim Anblick der heranziehenden echten Söhne des Volkes die Hosen bekleckernd. Es war lautlos still, während er von dem Marsch auf Berlin sprach. Alle warteten, daß er einen bestimmten Tag verkünden werde. Cajetan Lechner hielt mitten im Schneuzen inne, um nicht zu stören. Allein der Führer drückte sich nicht grob und klar aus wie die Kursnotiz des Dollars, er sagte es poetisch. »Noch vor der Baumblüte«, rief er, auf die Fahnen mit dem exotischen Emblem weisend, »werden diese Fahnen sich bewähren.«

Noch vor der Baumblüte. Das war eine Verheißung, die sich den Menschen ins Herz grub. Die Leute lauschten benommen, glücklich. Der prächtige Schall Rupert Kutzners, seine bewegte Mimik riß sie mit. Sie vergaßen, daß ihre paar Wertpapiere wertlos waren, die Versorgung ihres Alters gefährdet. Wie dieser Mann es verstand, ihren Träumen Worte zu geben. Wie seine Hände groß durch die Luft fegten, gewaltig aufs Pult schlugen, sich markig reckten, wohl auch ironisch Bewegungen imitierten, mit denen die schlichteren Witzblätter jener Zeit Juden charakterisierten. Glückselig hingen sie an seinen Gesten, zwangen, wenn sie die Maßkrüge auf den Tisch setzten, die schweren Finger zu besonderer Behutsamkeit, damit nicht das Geräusch eines der köstlichen Worte übertöne. Manchmal hob der Führer die Stimme, auf daß die Zuhörer merkten, jetzt sei es an der Zeit, zu klatschen. Die Pause des trommelnden

Applauses dann benutzte er, den Schweiß von der Stirn zu wischen, den Bierkrug, auch das mit großer Geste, zu ergreifen, tief zu trinken.

Einmal sprach er von dieser traurigen Berliner Regierung, die gegen die berechtigte Empörung des Volkes keine andere Waffe habe als ein Ausnahmegesetz. »Wir Wahrhaft Deutschen«, rief er, »wenn wir an der Macht wären, wir brauchten kein Ausnahmegesetz.« – »Was würdet denn ihr tun?« rief eine wohlklingende, sonore Stimme dazwischen. Rupert Kutzner schwieg einen Augenblick. Dann in den lautlos gespannten Saal hinein, leise, mit einem träumerischen Lächeln, sagte er: »Wir würden unsre Gegner legal hängen lassen.«

Es machten aber die Wahrhaft Deutschen vier Prozent der Bevölkerung aus, vierunddreißig Prozent waren neutral: die Gegner waren zweiundsechzig Prozent.

Alle im Saal lächelten jetzt, das gleiche, nachdenkliche Lächeln wie der Führer. Sie sahen ihre Gegner am Galgen hängen oder an Bäumen, mit blauen, vorquellenden Zungen, der Lechner sah den Galizier hängen, den Käufer des gelben Hauses, die Frau Hautseneder die beiden Reisenden mit dem Staubsauger, die beiden Reisenden die Frau Hautseneder, und alle tranken tief und befriedigt aus den großen, grauen Krügen.

Auch der Rochus Daisenberger sah gewisse Leute an Bäumen hängen, Mitglieder der Gemeinde Oberfernbach, die ihm eine Rolle in den heiligen Spielen vor der Nase weggestohlen hatten, die Gauner, die miserablen. Er sah sie hängen, und er sah sich helfen bei dieser Prozedur. Er hatte auch in Oberfernbach dem Judas immer sachkundige Ratschläge gegeben. Ja, der Apostel Petrus war nach München übersiedelt. Seine innere Stimme hatte schon recht gehabt; es war in diesen Zeiten für einen Propheten, der in seinem Dorf nicht gebührend geachtet wurde, in der Stadt etwas zu machen. Er hatte seine lieben Pferde aufgegeben und in München eine Garage errichtet. Wenn nichts andres da war, konnte man auch mit dem Motor Zwiesprach halten; auch der Motor war eine Kreatur Gottes. Die Garage ging nicht schlecht, trotz der notigen Zeiten, denn der Rochus Daisenberger war beliebt bei den Patrioten, sozusagen ein Pfeiler der Partei, ein guter Verbindungsoffizier mit dem flachen Land.

Und Rupert Kutzner schmetterte seine Rede weiter. Rauch und Hitze fochten ihn nicht an. Seine Lunge hielt durch. Sie war zuverlässig wie eine Maschine, das kostbarste Gut der Partei, der Führer betreute sie sehr. Bei jeder seiner Reden mußte Konrad Stolzing zugegen sein, der Hofschauspieler. Vor dreißig Jahren hatte der als Romeo, eine Figur des Bühnendichters Shakespeare, als Ferdinand von Walter, eine Figur des Bühnendichters Schiller, die Münchner begeistert. Vor fünfzehn Jahren war er ins Charakterfach übergegangen, jetzt widmete er sich nur mehr der künstlerischen Ausbildung des Nachwuchses. Ein glücklicher Stern hatte den Staatsmann Kutzner und den Künstler Stolzing zusammengeführt. Hatte nicht auch hundertzwanzig Jahre vorher ein berühmter französischer Führer mit einem Bühnenkünstler zusammengearbeitet, mit einem gewissen Talma? Konrad Stolzing widmete sich seinem großen Schüler mit Hingebung. Lehrte ihn, wie man durch ein menschenvolles Lokal geht, unbewegten Gesichts, unbefangen, unberührt von den tausend Blicken, wie man würdig schreitet, mit den Zehen zuerst, nicht mit der Ferse auftretend. Brachte ihm bei, wie man mit dem Atem haushält, wie man durch das Rollen des Buchstaben *R* die Aussprache deutlich macht. Unterwies ihn in der Kunst, Schönheit und Würde des Auftretens zu erzielen. Aufblühte der alte Mann an der Begabung und dem treuen Fleiß des Schülers. Täglich, trotz aller Überlastung, übte der mit dem Schauspieler. Schon konnte der Führer acht Stunden hintereinander sprechen, ohne zu erlahmen, ohne Verstoß gegen die Grundrezepte. Der Alte mit dem eindrucksvollen Römerkopf saß in jedem Vortrag des Führers, kontrollierte Atemführung, Aussprache des *R,* kontrollierte Schreiten, Trinken, Sprechen des Führers, ob es Schönheit und Würde habe.

Er fand an seinem Schüler nichts auszusetzen. Klar trotz des Rauchs schmetterte Kutzners Stimme. Alles klappte, alles *kam.* Der Schauspieler war der Mann gewesen, der zwischengerufen hatte, wie denn die Wahrhaft Deutschen ihre Gegner erledigen würden. Er hatte die Antwort mit Kutzner studiert, die wirkungsvolle Pause, das nachdenkliche Lächeln. So hatte er gelächelt, vor fünfundzwanzig Jahren, in der Rolle des Prinzen Hamlet von Dänemark, einer Figur des Bühnendichters Shakespeare. Das Lächeln *kam,* es wirkte, ganz wie vor fünfundzwanzig Jahren.

Der Führer hielt seine Rede noch in drei andern großen Biersälen: im Spatenbräukeller, im Münchner Kindlkeller, im Arzbergerkeller. Dreimal noch marschierte er, prunkvoll geleitet von seinem Stoßtrupp, durch Bierdunst und Geschrei. Dreimal noch tat der Schauspieler seinen Zwischenruf und lächelte Rupert Kutzner, wie Hamlet-Stolzing gelächelt hatte auf der Bühne des Münchner Hoftheaters. Dreimal noch, während er auf die Fahnen mit dem Hakenkreuz wies, prophezeite er, man werde nach Berlin marschieren »noch vor der Baumblüte«. – »Noch vor der Baumblüte«, scholl es zwölftausend Münchnern dräuend, lieblich, verlockend in die Ohren. »Noch vor der Baumblüte«, grub es sich zwölftausend Münchnern ins Herz.

9
Aus der Geschichte der Stadt München

In jenen Jahren war eines der beliebtesten Mittel, den politischen Gegner zu widerlegen, seine Ermordung. Die Sitte, den politischen Gegner umzubringen, hatte sich vor allem in Deutschland, Italien, Rußland und auf dem Balkan eingebürgert. In Deutschland waren es vornehmlich Anhänger der Rechtsparteien, die, den Führern der Linken in der Handhabung geistiger Waffen nicht gewachsen, sich dieses Mittels bedienten.

In München war die Widerlegung der Argumente der Linksparteien durch Tötung derer, die sie propagierten, besonders beliebt. Führer der Münchner Revolution am 7. November des letzten Kriegsjahrs war ein gewisser Kurt Eisner, ein in Berlin geborener jüdischer Schriftsteller. Am 21. Februar des nächsten Jahres, nachdem dieser Eisner als Ministerpräsident in Bayern Ordnung geschafft hatte, schoß nach der Lektüre klerikaler Zeitungen ein junger Leutnant, ein gewisser Graf Arco, ihn nieder.

Das geschah auf dem Weg zum Parlament, in dessen Hände Eisner sein Amt zurückgeben wollte. Soldaten umzäunten die Pflastersteine, die rot waren von dem vergossenen Blut des Mannes Eisner, mit einer Pyramide von Gewehren, die sie mit Blumen schmückten. Viele weinten. Fünfzigtausend Münchner brachten den Ermordeten zu Grabe. Acht Monate später war der Mörder sehr populär. Er wurde zum Tode verurteilt, zu Festungshaft begnadigt, während der Haft tagsüber als Praktikant auf einem Gut in der Nähe Landsbergs beschäftigt. Auch ein Flugzeug wurde ihm zur Verfügung gestellt. Kurze Zeit später wurde er von einer vom Staate subventionierten Gesellschaft in eine führende Stellung berufen.

Im Gefolge der Ermordung jenes Mannes Eisner übernahm in München eine linksgerichtete Regierung die Macht. Sie wurde von den Konservativen mit Waffengewalt niedergeworfen. Als die Nachrichten sich mehrten, daß die anrückenden konservativen Soldaten alle Gefangenen der roten Armee an die Wand stellten, erschossen als Repressalie die roten Truppen in München ohne Urteil sechs Angehörige der nationalistischen Thule-Gesellschaft, verhaftet, weil sie Stempel der roten Regierung gefälscht hatten, sowie vier andere Gefangene. Die einrückenden konservativen Regierungstruppen ihrerseits töteten in München anläßlich der sogenannten Befreiung der Stadt nach den amtlichen Angaben fünfhundertsiebenundvierzig Menschen. Die Sozialisten erklärten diese Zahl für zu niedrig und errechneten aus ihren Akten eine Zahl zwischen achthundertzwölf und tausendsiebenhundertachtundvierzig. Von den Soldaten der Regierung fielen achtunddreißig. Nach den amtlichen Angaben sind bei den Kämpfen in München hundertvierundachtzig Zivilpersonen *tödlich verunglückt*. Eine große Zahl der Erschossenen, Erschlagenen, tödlich Verunglückten wurde ihrer Habe und ihrer Kleider beraubt.

Das Jahr darauf übernahm in Berlin eine Rechtsregierung unter der Führung eines gewissen Kapp die Macht. Dieser Rechtsputsch mißglückte ebenso wie der bayrische Linksputsch ein Jahr vorher. Gegen siebenhundertfünf amtlich bekanntgewordene Hochverräter des Rechtsputsches wurde eine Gesamtstrafe von fünf Jahren Haft ausgesprochen. Gegen die hundertzwölf amtlich bekanntgewordenen Hochverräter des bayrischen Linksputsches wurde eine Gesamtstrafe von vierhundertachtzig Jahren und acht Monaten Einsperrung sowie von zwei Erschießungen verhängt. Daß die Zahl der prozessierten Hochverräter des bayrischen Linksputsches so verhältnismäßig niedrig ist, rührt daher, daß die meisten während der Kämpfe erschossen, erschlagen oder tödlich verunglückt waren. Von den Teilnehmern des Rechtsputsches war bei Übernahme der Macht keiner umgekommen.

Unter den tödlich Verunglückten anläßlich der Befreiung Münchens durch die Konservativen befand sich auch der Sozialist Gustav Landauer, einer der ersten Schriftsteller seiner Zeit. Über die Art, wie er zu Tode kam, liegen mehrere Berichte von Augenzeugen vor. Der pazifistische Schriftsteller Landauer wurde außerhalb Münchens verhaftet, zunächst in das Amtsgericht Starnberg gebracht, dann auf einem Lastauto durch den Forstenrieder Park nach dem bei München gelegenen Gefängnis Stadelheim. In Stadelheim wurden Landauer und seine Mitgefangenen von einem Trupp Soldaten in die Mitte genommen. Der Schriftsteller äußerte einiges über Militarismus, den Militarismus von links wie von rechts verurteilend. Daraufhin wurde Landauer von den Soldaten geschlagen, ein Major, ein gewisser von Gagern, schlug ihm mit umgekehrter Reitpeitsche ins Gesicht. Ein Soldat, dessen Name unbekannt ist, sowie ein gewisser Soldat Digele schossen daraufhin Landauer mit einer Pistole in den Rücken, so daß er vom Boden wegschnellte. Da er noch zuckte, wurde er zu Tode getreten. Als sein Freund den Leichnam ermittelte, fehlten Rock, Hose, Stiefel, Mantel, Uhr. Dem Major von Gagern wurde vom Amtsgericht München ein Strafbefehl über dreihundert Mark gleich achtundvierzig Goldmark zugestellt. Der Soldat Digele, der geschossen und sich die Uhr angeeignet hatte, wurde von dem Kriegsgericht in Freiburg, da er nur einen Befehl seines Vorgesetzten ausgeführt habe, von der Anklage des Totschlags freigesprochen, wegen der Sache mit der Uhr zu fünf Wochen Gefängnis verurteilt, verbüßt durch die Untersuchungshaft; er war nach der Tötung Landauers zum Unteroffizier befördert worden.

Ein gewisser Dr. Karl Horn, Professor für Mathematik und Physik, wurde von zwei Soldaten der Konservativen verhaftet, erhielt dann einen Passierschein, diese Verhaftung sei irrtümlich erfolgt. Andern Tages wurde er abermals von zwei Bewaffneten verhaftet, zu einer Befehlsstelle des Stabs gebracht, von dem diensttuenden Leutnant Dingelreiter ohne Verhör mit den Worten »Ab nach Stadelheim« drei Soldaten zum Transport übergeben. Er versuchte umsonst, seinen Passierschein vorzuzeigen. Auf dem Weg nach Stadelheim, auf einer Wiese, wurde er von der Begleitmannschaft durch einen Schuß von rückwärts getötet. Einige Stunden später wurde die Leiche, quer über den Fußweg liegend, von der Gattin und dem neunjährigen Sohn gefunden. Schuhe, Uhr mit Kette und Anhänger, Tascheninhalt fehlten. Ein Verfahren gegen den Leutnant und die Soldaten fand nicht statt. Die Ansprüche der Witwe an den Staat wurden vom Landgericht und Oberlandesgericht München abgewiesen mit der Begründung, der tödlich Verunglückte habe zu einem sozialistischen, aufrührerischen Kreis von Leuten gehört und dadurch mittelbar die Ausschreitungen der Soldaten selber erzeugt.

Georg Kling und seine Tochter Marie Kling taten freiwillig Sanitätsdienste für die Linkstruppen. Marie Kling wurde vor ein Standgericht gestellt, freigesprochen, sollte den Tag darauf entlassen werden. Als der Vater sie am Entlassungstag abholen wollte, war sie in das Gefängnis Stadelheim überführt und dort als Zielscheibe verwendet worden. Man hatte sie zuerst ins Fußgelenk, dann in die Wade, dann in den Oberschenkel, dann in den Kopf geschossen. Da die Akten über den Fall der Militärgerichtsbarkeit verlorengingen, fand eine Verhandlung nicht statt.

Als die Truppen des konservativen Freikorps Lützow in den kleinen Ort Perlach bei München einrückten, verhafteten sie zwölf Arbeiter aus den Betten heraus, teils Parteilose, teils Rechtssozialisten. Keiner hatte sich an den Kämpfen beteiligt, bei keinem wurden Waffen gefunden. Der Perlacher Wirt wollte den Verhafteten Kaffee geben lassen; es wurde ihm erwidert, die brauchten nichts mehr. Die Gefangenen, nachdem sie sehr um ihr Leben gebeten hatten, wurden auf einem Kohlenhaufen des Hofbräukellers zu zweien und dreien in Abständen erschossen und ihrer Wertgegenstände und Papiere beraubt. Verhandelt gegen die Täter wurde nicht. Die Ansprüche der zwölf Frauen und fünfunddreißig Kinder, die sie hinterließen, wurden vom Reichswirtschaftsgericht abgewiesen.

Über die geplante, doch nicht vollzogene Exekution eines gewissen Schleusinger aus Starnberg bei München liegen Berichte aller Beteiligten vor. Dieser Schleusinger wurde zusammen mit einigen zwanzig andern jungen Menschen der Exekutionsstätte zugeführt. Ihnen voraus fuhr ein großer, grauer Wagen mit Chlorkalk und Karbol. Sie gelangten auf eine Wiese, die durch einen Bahndamm abgeschlossen war. Hundert Meter entfernt standen dicht Neugierige. Die zur Tötung Bestimmten wurden mit dem Rücken an den Bahndamm gestellt, die Soldaten standen etwa acht Meter entfernt. Einer von den Gefangenen brach im letzten Augenblick durch die Kette der Soldaten. Schüsse ihm nach. Soldaten ihm nach. Der Flüchtige, in Todesangst, windschnell, läuft den Sümpfen zu, schlägt einen sich Entgegenstellenden nieder, erreicht das deckende hohe Schilf. Der kommandierende Offizier, dadurch gereizt, bestimmt, daß der *Rädelsführer* Schleusinger vor seiner Erledigung zusehen müsse, wie eine solche Erledigung vor sich gehe. Da er den Kopf halb wegwenden will, wird ihm links und rechts ein Revolver an die Schläfen gesetzt: er muß zuschauen, wie seine Genossen wie Säcke hintenüberfallen. Allein wie jetzt er erledigt werden soll, keucht einer heran, winkt von weitem schon aus Leibeskräften mit einem weißen Zettel: der Ortsvorsteher. Der Offizier liest, befiehlt enttäuscht, den Schleusinger ins Gefängnis zurückzuführen. Der ist grauhaarig und nervenkrank seit jenem Tag; aber die andern sind tot.

Auch einundzwanzig Angehörige der konservativen Parteien kamen zu Tode. Ein Verein *Katholischer Gesellen* hielt einige Tage nach der Befreiung Münchens eine Versammlung ab, um die Vereinsaufführung eines frommen Stückes zu besprechen. Irgendwer, ein Spaßvogel wahrscheinlich, denunzierte die Versammlung als bolschewistisch. Daraufhin ließ ein gewisser Hauptmann von Alt-Sutterheim die Katholischen Gesellen verhaften. Sie wurden nach dem Karolinenplatz geführt, einem schönen, vornehmen und stillen Platz, wo ein Obelisk zweiunddreißig Meter hoch das Gedächtnis der dreißigtausend Bayern feiert, die, Napoleon als Preis für die Erhebung Bayerns zum Königreich zur Verfügung gestellt, in seinem russischen Feldzug umkamen. Fünf von den einundzwanzig Katholischen Gesellen wurden im Angesicht des Obelisken erschossen, die übrigen wurden in einen Keller gebracht. Dort machten sich die Soldaten an die Erledigung der Gefangenen, wobei ein Seitengewehr sich verbog. Einem von den Erledigten fehlte der halbe Hinterkopf, allen die Wertgegenstände, einem war die Nase ins Gesicht hineingetreten. Die Soldaten, auf den Leichen, tanzten einen der damals in Mode kommenden Negertänze. Dann meldeten sie sich dienstlich von der *Erschießung der einundzwanzig Bolschewisten* zurück. Die Namen der Ermordeten waren: J. Lachenmaier, J. Stadler, F. Adler, J. Bachhuber, S. Ballat, A. Businger, J. Fischer, M. Fischer, F. Grammann, M. Grünbauer, J. Hamberger, J. Kräpf, J. Lang, B. Pichler, P. Prachtl, L. Ruth, K. Samberger, F. Schönberger, A. Stadler, F. Stöger, K. Wimmer. Da diesmal die tödlich Verunglückten der regierenden katholischen Partei angehörten, wurden von den Soldaten, die den Unglücksfall verursacht hatten, einige zu hohen Zuchthausstrafen verurteilt. Gegen die verantwortlichen Offiziere der Gardedivision wurde nicht verfahren.

Die Hymne der Stadt München besagte nach diesen Unglücksfällen wie vorher: solange die grüne Isar noch durch die Stadt gehe, so lange höre dort die Gemütlichkeit nicht auf.

10

Die Tarnkappe

Herr von Reindl, am Telefon, als der ehemalige Minister Klenk ihn um eine Unterredung bat, erwiderte aufreizend gleichmütig, Klenk werde es hoffentlich nicht für unhöflich halten, wenn er ihn in Gegenwart des Masseurs empfange; er habe so vertrackt wenig Zeit. Klenk ärgerte sich über die Ausgeschämtheit dieses Mannes, die ihm imponierte. Er antwortete: »Aber tun Sie sich keinen Zwang an, Herr Nachbar.«

Andern Morgens, während er zu Fuß den kurzen Weg zum Haus des Reindl am Karolinenplatz ging, lobte er sich, daß er es dem Reindl wegen seiner Frechheit nicht herausgegeben habe. Die Wahrhaft Deutschen brauchten Geld. Geld entsteißen wird er dem Bazi, das ist das Wichtigste. Auf den Erfolg kommt es an, auf sonst nichts. Aber ein zuwiderer Kerl bleibt er, der Fünfte Evangelist. Diese schillernde Gescheitheit, dieses ganze, flohhupfende Espritgigerltum. Dazu ein Sybarit. Ein recht verdächtiger Kunde alles in allem, so waschecht weißblau ihm das Maul gewachsen ist. Aber er kriegt ihn doch unter.

Ja, der Klenk war jetzt durchaus einverstanden mit sich; die Skrupel seines Berliner Aufenthalts waren rasch verflogen. Hemmungslos, sowie er in München zurück war, kurbelte er seine ganze Schlauheit und Politik an für die Wahrhaft Deutschen. Das war schon das richtige, auf diese Art kam er schon dahin, wo er wollte. Offiziell mochte der Kutzner ruhig vornean stehen; der, seine großartige Lunge, sein unermüdliches Maul waren das beste Aktivum der Partei, und sein Organisationstalent hatte er, das mußte man ihm lassen. Auch den General Vesemann, den Landsknechtführer Toni Riedler ließ Klenk ruhig in allen militärischen Dingen weiterwirtschaften. Repräsentation hatte er genügend gekostet, es lag ihm nichts am Schein der Macht: die wirkliche Macht wollte er. Er hatte sie. Er gab die Richtlinien, die Ideen.

Daß man ihn als den wahren Führer ansah, zeigte sich, wenn er etwa im Herrenklub mit seinen alten Feinden und Kollegen zusammentraf. Großartig war das, wie sie da unsicher wurden, der Ditram, der Flaucher, der Hartl, wie sie beflissen waren, mit schweißig ängstlichem Lächeln um ihn herumzappelten. Schon deutete der Ditram behutsam an: nachdem doch die Gesundheit des Klenk so erfreulich wiederhergestellt sei, wie es denn wäre, falls etwa der Messerschmidt es nicht mehr machen könne. Ob man da eventuell auf die Mitarbeit des verehrten Herrn Kollegen wieder werde rechnen dürfen.

Einen Schmarren wird man. Der Klenk, dachte er an die

Herren vom Kabinett, lächelte tief, befriedigt. Es war schon ein gutes Prinzip, aus dem Schatten heraus zu regieren, im Hintergrund zu bleiben. Die klugen Männer der Klerikalen, die es auch so machten, die wußten warum. Der Otto Klenk ist kein Blödian: auch er pfeift auf Repräsentation. Es macht ihm gar nichts, und wenn der Reindl ihn auf dem Lokus empfängt. Die Gelegenheit wird kommen, wo man's ihm heimzahlt.

Der Reindl, während der Masseur an ihm herumknetete, setzte dem Klenk, übrigens nicht ohne Wohlwollen, auseinander, daß die Patrioten nicht geschickt genug geleitet seien in Ansehung des vielen Geldes, das die Industrie in sie stecke. Wenn man bedenke, was Italien leiste für das Geld der Industrie, dann stinke Herr Kutzner beträchtlich ab. »Aber sehr beträchtlich«, sagte er, wohlig stöhnend unter den festen Griffen des Masseurs.

Das liege daran, meinte Klenk, daß die Partei zwar ungeheuren Anhang im Volke habe, daß aber von den Männern von Einfluß, so viele ihrer mit den Wahrhaft Deutschen sympathisierten, nur wenige den Schneid aufbrächten, sich offen zu ihnen zu bekennen. Sehr rühmenswert zum Beispiel der Schmiß, mit dem Herrn Reindls Münchner Zutreiber, der Chefredakteur Sonntag, für die Patrioten warb: aber blieb es nicht verwunderlich, daß Herrn von Reindls norddeutsche Zeitungen ausgesprochen schwarzrothühnerdreckig schrieben, keineswegs patriotisch? *Schwarzrothühnerdreckig* war die in Bayern übliche Bezeichnung für Schwarzrotgold, die Farben des Reichs. Herr von Reindl zuckte die Achseln; sehr ausdrucksvoll, da er auf dem Bauch lag. Wer klug sei, meinte er, richte sich nach dem Klima. Was in München fortkomme, brauche lange noch nicht in Berlin zu gedeihen. Man müsse gut hinriechen, wo man besser eine Stickstoffabrik gründet oder einen Luftkurort.

Die Herren lachten, selbst der Masseur lachte bescheiden mit, aber im Innern wurmte den Klenk die Ungeniertheit, wie der Reindl seine Grundsätze dartat. Mächtig, zu Füßen des Lagers, in seiner Lodenjoppe, saß der gewalttätige Mann, auf einem zierlichen Plüschhocker; von der Wand herunter schaute leerwollüstigen Blickes »Leda mit dem Schwan«, eine

Kopie des Malers Lenbach nach einem italienischen Meister. Der patriotischen Bewegung jedenfalls, erwiderte er, den zweideutigen Vergleich des Fünften Evangelisten absichtlich mißverstehend, bekomme die bayrische Luft überraschend gut. »Das ist wohl überraschend«, meinte der Reindl, während sein fettbeschmierter Rücken unter den Knetfingern Herrn Zwelfingers sich rötete, »wenn man bedenkt, wie sehr euer preußischer Militarismus uns gegen die Natur geht.« Klenk mußte es schlucken, daß der Reindl sich als den Musterbayern aufspielte.

«Wir Bayern«, sagte er langsam mit seiner riesigen Baßstimme, »unterstützen den Nationalismus, weil er das beste Mittel ist, den Roten das Wasser abzugraben. Wir zersplittern die revolutionären Schichten, wenn wir den Teil stärken, der zu den Patrioten abwandert.« Der Masseur Zwelfinger lächelte inwendig über die Gewichtigkeit, mit der hier einer verkündete, daß der Schnee weiß sei; denn daß die Großkopfigen bloß aus Gift gegen die Sozis den Wahrhaft Deutschen halfen, war sogar ihm geläufig. »Richtig«, sagte gönnerhaft der Reindl und drehte den Kopf zur Seite, so daß er den Klenk aus seinen gewölbten Augen von unten her anschaute. »Richtig«, wiederholte er mit unverschämter Selbstverständlichkeit. »Damit den Sozialisten Leute weggenommen werden, darum unterstützen wir den Kutzner.«

Zur Sache selber bemerkte er, daß er den Herren gern Geld verschaffen wolle. Er hoffte, es werde ihm gelingen, gewisse Organisationen zu finanziellen Beiträgen für die Wahrhaft Deutschen zu veranlassen. Klenk wurde dringlich: ob er nicht selber . . .

Nein, der Fünfte Evangelist selber wollte kein Geld geben für Herrn Klenk und seine Partei. Er richtete sich halb hoch, der Masseur wich erschrocken zurück. Der blasse, breitmassige, cremeglänzende Mann und der braunrote, riesige schauten einander ins Auge. Denn das war der Punkt, darauf kam es an: nicht daß der Reindl Geld, sondern daß er endlich seinen Namen hergebe für die Sache des Klenk. »Sehen Sie, Klenk«, sagte er, und der ganze, fleischige Herr war ein Haufen sachten, wohlwollenden Hohnes, »sehen Sie, Sie als guter Wahrhaft

Deutscher haben sich bestimmt mit den alten deutschen Sagen beschäftigt. Da ist Ihnen sicher aufgefallen, daß die Helden dieser schönen Geschichten ihre Erfolge sehr oft einem gewissen Zauberapparat verdanken, der unsichtbar macht, der Tarnkappe. Die Ideologen Ihrer Partei nennen das, wenn ich nicht irre, dir nordische List. Ich als moderner Wirtschaftler muß sagen, da haben Ihre alten deutschen Schriftsteller ein vernünftiges Prinzip aufgestellt, das noch heut seinen Wert hat. Der Gunther hätte die Brunhilde nie gekriegt ohne die Tarnkappe, und ich, wenn ich Kleines mit Großem vergleichen darf, ich hätte auch manches nicht gekriegt ohne die Tarnkappe. Alles hübsch ohne Aufsehen, nicht viel reden, sich nicht vordrängen: das bleibt eine gute Lebensregel. Sie selber, wenn ich recht im Bilde bin, halten es seit neuestem doch auch so. Warum wollen Sie, daß ich es anders mache?«

Da hatte ja nun der Fünfte Evangelist recht. Er blieb im Hintergrund, der Klenk; er schob den Kutzner vor und den Vesemann, wie wohl ein modernes Hotel das alte Blechschild mit dem weißen Ochsen als Wappen beibehält. Nicht einmal als Mitglied der Partei hatte er sich einschreiben lassen. Zum Kotzen, wie oft der Reindl recht hatte. Man mußte es aufgeben. Ein eindeutiges Rot oder Weiß war aus dem Kerl nicht herauszukriegen. Er *sympathisierte,* aber sein Name durfte nicht genannt werden.

Dieser Herr, der nicht genannt werden wollte, lag immer noch auf dem Bauch, mit sichtlichem Behagen, und kehrte dem Klenk seinen Rücken zu, an dem Herr Zwelfinger herumknetete. Den Mann dahin zu bringen, daß er sein Gesicht zeigte, war aussichtslos.

Klenk, als er den Fünften Evangelisten verließ, nahm mit sich das Versprechen, daß noch am gleichen Tag eine Organisation mit einem allgemein klingenden, unverbindlichen Namen ihm für die Zwecke der Wahrhaft Deutschen einen großen Scheck schicken werde. War Klenk verschnupft, daß es wiederum bloß eine anonyme Organisation war und nicht der Reindl? Natürlich schimpfte er in seinem Innern, als er die große Treppenhalle herunterging, vorbei an dem »Sterbenden Aretino«, einem riesigen Bild, das einen bekränzten, dekorativen Greis darstellte, der inmitten üppiger Huren an glanzvoller Tafel hintenübersinkt. Der Knallprotz, der geschwollene, dachte er. Wie er es einem immer wieder hinrieb, daß er die Wahrhaft Deutschen allesamt für einen Ausbund von Dummheit und Blumenkohl hielt. Er hatte natürlich recht. Es war ein Saustall, daß es ausgerechnet eine so dumme Partei sein mußte, mit der der Klenk arbeitete. Jünger müßte man sein. Dann könnte man sich bedenkenfreier in den schmutzigen Strom schmeißen, bloß weil er so stark ist. Er dachte daran, seinen Buben, den Simon, den Bams, nach München zu holen. Der riß in Allertshausen gewaltig das Maul auf, war begeistert von seinem Vater, vom Kutzner. Der durfte es, sollte es. Der war jung, hatte das Privileg, dumm zu sein.

Trotz dieser Erwägungen fiel es dem Klenk nicht ein, dem Reindl seinen Scheck vor die Füße zu schmeißen. Im Grund nahm er es ihm nicht einmal übel, daß er recht hatte. Von dem kannst du was lernen, Otto Klenk, dachte er. Die Tarnkappe, dachte er. Er wurde zunehmend vergnügter. Einst wird kommen der Tag, dachte er, und er hörte im Innern die leisen Paukenschläge jener Ouvertüre.

II

Der nordische Gedanke

Erich Bornhaak arbeitete mit wildem Eifer im Sekretariat der Wahrhaft Deutschen. Die außenpolitische Lage wurde gespannter von Tag zu Tag, die legalen Behörden schwächer, die Patrioten mächtiger. Noch vor der Baumblüte, hatte Kutzner verheißen, werde er die Macht übernehmen. Bis dahin war viel zu tun. Weder Klenk noch Kutzner gaben sich mit Kleinarbeit ab; alles hing an Erich.

Sehr verschiedene Leute gingen ein und aus im Hauptquartier der Patrioten. Es kam zum Beispiel Rochus Daisenberger, er präsentierte Rechnungen. Er trug noch immer seinen gesträhnten melierten Bart, das gescheitelte, langwallende Haar, auch den feierlichen schwarzen Rock. Mit Begeisterung hatte er eine Apostelrolle in dem großartigen Spiel der Wahrhaft

Deutschen übernommen. Er leistete gute Arbeit. Vor allem auf dem Land. Den Bauern ging es gut, sie deckten mit dem entwerteten Geld der Inflation ihre Schulden ab, lebten üppiger als je. Der hagere Mann mit den kleinen, listigen Augen setzte ihnen auseinander, die Wahrhaft Deutschen würden durch Abschaffung des jüdischen Zinskapitals den jetzigen seligen Zustand verewigen. Er predigte weltschlau und pathetisch. Sein Auftreten machte Eindruck; wo er arbeitete, stieg die Zahl der eingeschriebenen Parteimitglieder. Aber der heilige Agitator war nicht billig. Er rechnete hohe Spesen für seine Fahrten aufs Land; die Wagen, die er der Partei vermietete und verkaufte, waren teurer als die jedes andern Fuhrparks. Erich Bornhaak begnügte sich, ihm der Form halber ein paar Posten abzustreichen. Die Kassen der Partei flossen über. Die deutsche Industrie, auch gewisse Kreise im Ausland, waren nicht geizig. Erich hatte nichts dagegen, daß der schlaue Heilige Fettlebe mache.

Es kam auch der Professor Balthasar von Osternacher. Das Repräsentative der patriotischen Bewegung hatte es ihm angetan: die Fahnen, die Uniformen, der militärische Prunk, das exotische Fruchtbarkeitsemblem, der große Gestus des Kutzner, der Schall seiner Worte. Er malte, ihn ins Renaissancehafte hinaufstilisierend, an einem Bild des Führers, das den Versammlungssaal des Edda-Bundes schmücken sollte.

Oft auch im Sekretariat der Patrioten erschien Herr Pfaundler. Ursprünglich zweiflerisch, hatte er sich gewandelt, seitdem die Wahrhaft Deutschen Festaufzüge veranstalteten. Kein Patriotismus ohne Vergnügen, kein Vergnügen ohne Patriotismus war jetzt seine Devise. Er träumte von einer großen Fahnenweihe, bei der er die Dekoration der Feststraßen und die Regie des Festzuges übernehmen wollte.

Die Tätigkeit im Hauptquartier beendet, fuhr Erich in die Privatwohnung Kutzners. Sowie er nicht mehr mit andern zu verhandeln hatte, bröckelte seine Frische ab wie schlechte Schminke. Er hockte da, ungewohnt bedrückt. Verflucht, alles, was mit seinem Freunde Dellmaier zusammenhing, ging schief. Die Hundevergiftungsgeschichte hatte sich ein zweites Mal verknäuelt, kam nicht zur Ruhe. Der verfluchte Messerschmidt mit seiner gußeisernen Rechtlichkeit. Ausgerechnet auf diesen Fall mußte er hinstarren mit seinen großen Ochsenaugen. Er hatte von Dellmaier von neuem eingesperrt, er ließ von Dellmaier nicht los. Wenn Erich sich mit so wilder Betriebsamkeit in der Partei betätigte, dann vor allem, weil Kutzner und Vesemann ihm den Freund aus dem Gefängnis herausholen sollten. Schon hatte er viel erreicht; schon begann der Fall zu einer Prestigefrage zu werden, zu einer Machtprobe zwischen den Wahrhaft Deutschen und ihrem letzten Gegner im Ministerium.

Im Vorzimmer Kutzners, als Sekretärin, saß die Insarowa. Die schmächtige Russin hatte den Rat des vertrauenswürdigen Dr. Bernays nicht befolgt, war nicht in das englische Sanatorium gegangen, sich der heldischen Liegekur zu unterziehen. Vielmehr hatte sie nach einer seiner Versammlungen den Kutzner so hemmungslos angehimmelt, daß der geschmeichelte Führer ihrer Bitte um eine Funktion in der Partei entsprach und sie als Privatsekretärin zu sich berief. Bei ihm jetzt saß sie, dünner, kränker, zierlicher mit jedem Tag, spann kleine Intrigen, fühlte sich wohl.

Erich verlangte, daß sie ihm, und zwar sogleich, eine halbe Stunde mit Kutzner verschaffe, in der er den aufgeregten, mit zehn Angelegenheiten gleichzeitig beschäftigten Mann allein sprechen könne, ohne Störung, ohne Telefon, ohne Telegramme. Erich war entschlossen, einen letzten großen Vorstoß für von Dellmaier zu wagen. Er mußte den Kutzner dahin kriegen, daß der in seiner nächsten Montagsversammlung den Fall aufgriff, daß er die Freilassung von Dellmaiers zu seiner eigenen Sache machte.

Die Insarowa zog nicht recht. Erich Bornhaak gefiel ihr, sie flirtete gern mit ihm herum, tat ihm gern einen Gefallen. Allein der Führer war überlastet, eine Persönlichkeit von Belang hatte sich angesagt, ein wichtiges Telefongespräch mit Berlin mußte jeden Augenblick kommen. Sie machte Schwierigkeiten. Erich drängte, bestand. Sie ließ ihn zu Kutzner.

Erich wußte den Mann zu nehmen, kraulte ihn, wo es ihm wohltat, steckte ihn in die Tasche. Suggerierte ihm geschickt ein paar Ideen, so daß sie der Führer für seine eigenen hielt.

Einziger Grund der Regierung für die neue Verhaftung von Dellmaiers war, daß man der vaterländischen Bewegung eine so wertvolle Stütze entziehen wollte. Ein Verbrechen dieses verdienten Mannes konnte man nur zusammenkonstruieren mit Hilfe des verfluchten formalistischen römischen Rechts, das Pfaffen und Juden dem deutschen Volk aufgezwungen hatten. Jeder Unvoreingenommene mußte von Dellmaier seine Unschuld am Gesicht ablesen. Einzige Schuld blieb seine patriotische Gesinnung. Hunde vergiften! Dieser Mann! Es war die dickste Unverschämtheit, die die pfäffische Regierung sich leistete. Die Befreiung von Dellmaiers war Ehrensache der Partei. Er sah, wie der Führer die Wirksamkeit seiner Argumente begriff. Kutzners maskenhaft leeres Gesicht beseelte sich, begann zu arbeiten, als ob er bereits redete. Als Erich ging, nahm er mit sich das bestimmte Versprechen des Führers, am Montag über den Fall von Dellmaier zu reden, und die Zuversicht, daß Kutzner aus seinen, Erichs, Argumenten einen effektvollen Salat zurechtmachen werde.

Hatte es dieser junge Mann Erich Bornhaak nicht gut? In einer Zeit, in der es den meisten Menschen seines Landes dreckig ging, hatte er Geld, Ansehen, die Mädchen liefen ihm nach. Er war erfreulich anzuschauen, nicht mehr gar so jung und keineswegs windig. Er stand da, den Krieg und sonst viel Widerwärtiges hinter sich, ein ausprobierter Mann. Er hatte mit dem Tod geschlafen, war mit dem Tod aufgestanden, hatte jeden Gestank der Welt gekostet: was konnte ihm noch passieren? Jetzt wird er wohl auch seinen Freund Georg aus dem Gefängnis herausholen, es ist nur eine Frage von Wochen. Wenn irgendeiner, dann hat, verflucht noch mal, er Anlaß, sich sauwohl zu fühlen.

Er fühlte sich nicht sauwohl. Die Tage vergingen ihm flau, fad. War er allein, sehnte er sich nach Gesellschaft; war er in Gesellschaft, ödete sie ihn an. Reiten freute ihn nicht. Geld, Geschäfte, der Spaß mit dem Boxer Alois freute ihn nicht. Selbst ob es ihm Zufriedenheit bringen wird, wenn er Georg aus dem Gefängnis herausgebissen hat, war ihm zweifelhaft. Jeden Morgen wachte er auf wie nach einer Nacht mit scheußlichem Fusel und mit Weibern, um die es sich nicht lohnt. Was nützte es ihm, wenn er den Kutzner kneten konnte, wie er wollte? Was nützte es ihm, daß die Insarowa mit ihm äugelte? Es war ihm wahrhaftig Neese, was die dummen Jungen von der Partei, was die Weiber über ihn dachten.

Blödsinnig solche Stimmungen. Er hat sich wie eine Filmdiva.

Angegangen ist es mit dem Lachen dieser verdammten Hure, der Johanna Krain. Schon falsch. Angegangen ist es, wie er gelesen hat, der Sohn des Professors Jäger habe sich erschossen, weil er sich seines skrupellos deutschvölkischen Vaters schämte.

Vaterschaft, Blutzusammengehörigkeit. Was denn hat *die Wissenschaft* herausgekriegt über Blutzusammengehörigkeit? Nichts. Nicht einmal, ob erworbene Eigenschaften vererbt werden könnten, wußte man. Die ganze Wissenschaft vom Blut stak in den Anfängen. Man konnte vier Blutgruppen unterscheiden und wußte, daß Europa einen besonders hohen Prozentsatz von Angehörigen der Blutgruppe A, Asien einen hohen Satz von Angehörigen der Gruppe ♂ aufwies. Mehr über die Beziehungen zwischen Blut und Rasse wußte man nicht. Nichts wußte man über die Verteilung der beiden andern Blutgruppen, nichts über den Einfluß der Umwelt, nichts über die Auslesevorgänge, die zur Herausbildung einer bestimmten Blutzusammensetzung unter einem bestimmten Himmel führten. Erich Bornhaak grübelte herum über den rassenkundlichen Wert der Blutgruppeneinteilung. Studierte die Bücher der Dungern, Walter Scheidt, Hirschfeld, fraß sich durch die ganze reichhaltige Literatur. Ergebnis: die vier Blutgruppen, Schluß.

Die Patrioten machten sich's leicht. Wo in der Erkenntnis eine Lücke war, sprangen sie einfach mit dem Gefühl hinein. Franzosen und Angelsachsen hatten die Lehre begründet, die den nordischen, germanischen Menschen als den geborenen Herrn der Welt verehrte. Mit was für Begriffen sie herumwarfen: *Hochkultur, Herrenvolk, südische, ostische Rasse.* Überall gefühlsmäßige Wertungen. Eine weitläufige Mythologie, zusammengebaut, wie Kinder am Meer ihre Sandburgen bauen. Nirgends solider wissenschaftlicher Boden. Wenn man ihn näher belinste, den nordischen Gedanken, dann war er Bluff. Es gab kein wissenschaftliches Kriterium, das eine Rasseneinteilung der Menschen nach der Beschaffenheit ihres Blutes, ihres Gehirns, ihrer Begabung ermöglichte.

Und dennoch: es gab Juden, die daran starben, daß sie keine *Arier* waren, und der junge Student Jäger hatte sich erschossen, weil er der Sohn dieses deutschvölkischen Vaters war.

Er, Erich, war blonder von Haar, blauer von Aug als die meisten der Wahrhaft Deutschen; unter denen waren viele, die in Dollars dafür bezahlt hätten, wenn ihre Augen so blau, ihre Haare so blond gewesen wären wie die seinen. Wenn es auf die Körpermale ankam, da langte es bei ihm zweimal zum nordischen Menschen. Was für Albernheit, daß solche Körpermerkmale Vorbedingungen sein sollten des Schöpferischen. Klar, daß gerade solche, die nichts aufweisen konnten als eben diese Leibesmale, eine so vernunftbare Theorie aufstellten. Schöpfergeist, heldischer Haß und heldische Liebe, und was sonst alles als Merkmal des nordischen Gedankens zusammengefaßt wurde, gab es das nicht genauso bei den Braunen und Gelben, wuchs das am Stillen Ozean und am Indischen nicht genauso wie am Atlantischen?

Verflucht. Gerade daß die Theorie Logik ablehnte und Glauben verlangte, zog ihn an. Es war verlockend, das Herz mit dem nordischen Gedanken zu füllen, mit dem heldischen Glauben. Was an Mystik in einem stak, konnte man da hineinschmeißen. Es löste sich alles so einfach, wenn man die Menschen teilte in Helden, in Herrenrassen, von der Natur bestimmt, auszubeuten, und in Feiglinge, in Sklaven, bestimmt, ausgebeutet zu werden.

Er war frisch, frech, eine Augenweide für Männer und Frauen. Sicher gehörte er dem Herrenvolk an, das die Hochkultur der Welt errichtet hat. Nie und nimmer war der zappelige, hysterische Geyer sein Vater. Mit Inbrunst verachtete er den Alten, den seine Mutter mit guter, nordischer List hereingelegt hat.

Immerhin wäre es wünschenswert, absolute Klarheit zu schaffen. Manchmal nimmt er eine Geste an sich wahr, eine kleine Bewegung, die er an dem Alten ebenso gesehen hat.

Das kann Angewöhnung sein, Nachahmung. Man müßte das richtig analysieren, das zwischen ihm und dem Alten. Der Professor Zangemeister in Königsberg hat ein Stufenphotometer erfunden, durch das man auch die feinsten Blutreaktionen wahrnehmen kann. Mischt man die Blutsera zweier Personen, so treten Trübungen auf oder Aufhellungen. An dem Stufenphotometer kann man den Grad der Trübungen ablesen, die Kurve der Trübungen oder der Aufhellungen ermitteln. In der Zeiteinheit nimmt in einem Gemisch von Seren blutsverwandter Personen die Helligkeit ab, in einem Gemisch blutsfremder schlägt sie ins Gegenteil um. Damit ist manches zu beweisen. Nur: wie kriegt er den Alten so weit, daß der sich der Königsberger Blutprobe unterzieht?

Weiber wie die Insarowa fliegen auf ihn; aber diese Johanna Krain hat gelacht. Es wäre scheußlich, der Sohn des widerwärtigen Geyer zu sein. Sie war eine Frau von typisch bayrischem Schlag. Die Orthodoxen der Rassenlehre nehmen die Bayern nicht für voll. Die seien Rundköpfe, sagen sie, Homines alpini, dinarisch im wesentlichen, verseucht durch römisches und wendisches Mischlingsblut.

Der Student Jäger hatte sich erschossen, weil er der Sohn seines Vaters war.

Er selber, wenn er in der Partei davon spricht, man munkle, Dr. Geyer sei sein Vater, bekommt zur Antwort schallendes Gelächter. Niemand, der den militärisch straffen Jungen sieht, glaubt an diese Vaterschaft. Man frotzelt ihn, gutmütig, derb.

Einmal in diesen Tagen, in seiner Wohnung, zwischen den Hundemasken, als man trank und lustig war, spielte Erich Bornhaak der Gesellschaft spaßhafterweise auf Grammophonplatten jiddische Lieder vor. Man lachte stürmisch, doch bald wurde es langweilig. Schließlich hörte Erich allein den Platten zu, während die andern längst woanders waren. Es waren gefühlsselige Lieder, überschwenglich, ekstatisch. Sie sehnten sich nach der Mutter, jubelten über kleine Freuden, klagten über die in Pogromen Erschlagenen.

Ganz spät, das war eine große Ehre, kam Klenk. Als er hörte, Erich habe ein jiddisches Konzert gegeben, lachte er schallend, forderte ihn auf, auch ihm die Platten vorzuspielen.

Allein Erich machte Ausflüchte, sagte, als Klenk weiter drängte, geradezu nein.

Den Montag darauf sprach Rupert Kutzner in seinen Versammlungen über den Fall Dellmaier. Er hatte einen sehr guten Tag. Er schilderte anschaulich die niederträchtigen Methoden, mit denen man der Wahrhaft-Deutschen-Bewegung einen ihrer wichtigsten Männer entziehen wollte. Es saßen viele Unschuldige in den deutschen Gefängnissen, Martin Krüger war nicht allein; täglich berichteten die Zeitungen von Fehlurteilen, die die Mehrheit der Bevölkerung empörten. Doch keiner von den Tausenden seiner Zuhörer, während Kutzner Zorn glühte ob des zum Himmel stinkenden Unrechts, dachte der Verurteilten aus den Zeitungsberichten. Nicht dachte, während Kutzner heilige Wut klirrte ob der niederträchtig verfolgten Unschuld, der Altmöbelhändler Lechner an den Mann Krüger, von dessen Schuld er, damals im Zimmer der Geschworenen, keineswegs überzeugt war. Ihnen allen vielmehr erschien verfolgte Unschuld allein in der Gestalt des Patrioten Georg von Dellmaier. Der riesige Saal, aufgepeitscht von den Worten des Führers, ging hoch in stürmischer Empörung, in Pfuirufen, in Drohungen gegen den Minister Messerschmidt. Als gar ein Bild des Versicherungsagenten von Dellmaier auf die Leinwand projiziert wurde und Rupert Kutzner mit großer Gebärde rief: »Sieht so ein Mann aus, der Hunde vergiftet?«, da sprangen die Menschen auf, mit Wucht schlugen sie die grauen Krüge auf die Holztische, tausendstimmig riefen sie: »Nein!«, und die Fahnen mit dem Hakenkreuz senkten sich vor dem Lichtbild von Dellmaiers. So hatte vor fünfundzwanzig Jahren der Hofschauspieler Konrad Stolzing den Römern die Leiche des Cajus Julius Cäsar gezeigt in der Rolle des Marc Anton, einer Figur des englischen Bühnendichters Shakespeare.

In drei weiteren Versammlungen dieses Abends sprach Rupert Kutzner von Dellmaier. Er sprach von deutscher Treue, deutschem Recht, deutscher Kameradschaft, geißelte mit markigen Worten den frechen Hohn der Gegner, die einen deutschblütigen Mann zu Fall bringen wollten, ihm unterstellend, er vermöge es über sich, ein so treues Tier wie den Hund zu beseitigen. Dreimal noch wogte Empörung, dreimal noch senkten sich die Fahnen mit dem exotischen Fruchtbarkeitsemblem vor dem Lichtbild von Dellmaiers.

Erich war in allen Versammlungen, sein Herz hob sich. Beinahe liebte er den Kutzner.

12

Gescheit oder dumm: meine Heimatstadt

Der empfängliche Herr Hessreiter, angetan von der Vielfalt und Beweglichkeit der großen Stadt, blieb lange in Berlin. Allmählich aber begann dieses scharfe, rasche Leben sein Gemüt zu heftig zu ätzen. Den ganzen Tag mit phantasielosen Menschen verhandeln, rechnen, bei der Sache bleiben, das war nichts für einen Mann mit Kultur und einer Villa am Englischen Garten. Immer mehr nach seinem München sehnte er sich, nach der Ludwigstraße, der Tiroler Weinstube, seinem Haus in Schwabing, nach der Isar, den Bergen, dem Herrenklub. Hatte er, durch die menschenwimmelnden Straßen gehend, zuerst seine Landsleute phlegmatisch gefunden, so fand er sie jetzt philosophisch gelassen. Ihre Grobheit wurde ihm Naturhaftigkeit, ihr Mangel an Urteil Romantik, Poesie.

Er hatte ein Verhältnis angeknüpft mit einer kleinen Berliner Schauspielerin. Doch auch die war angesteckt vom Betrieb der Stadt, ihre Tage waren ausgefüllt von der Jagd nach Geld, Beziehungen, Karriere, Rollen, der Rolle. Sie hatte wenig Zeit für ihn, er vermißte an ihr Verständnis und Liebe für die kleinen Dinge seines Lebens.

Eines Abends, als sie ihn wieder wegen irgendeiner beruflichen Nichtigkeit versetzt hatte, überkam ihn die ganze Ödnis dieser seiner Berliner Tage. Er ging, um wenigstens Münchner Laute zu hören, auf den Anhalter Bahnhof zur Abfahrt des Münchner Zuges. Dort, als der Zug aus der Halle fuhr, mit einemmal erkannte er, was als nächste, dringlichste Aufgabe vor ihm lag. Groß stieg ihm, gelassen, immer mächtiger anziehend, das Bild Frau von Radolnys auf.

Daß ihm das erst so spät kam. An ihm lag es, die Geschichte zwischen der Stadt München und dieser Urmünchnerin wieder einzurenken, diesen dummen Boykott abzustellen. Stracks in das Büro lief er, einen Schlafwagenplatz für den nächsten Abend besorgte er. Er wird das ins Gleis bringen, wird Katharina männlich gegen die blöde Stadt in Schutz nehmen.

Seit seiner Rückkehr nach Deutschland war er für Katharina unsichtbar geworden. Er wird ihr auch jetzt nichts mitteilen, wird sie überraschen. Er strich den kleinen Schläfenbart, den er, seit vierzehn Tagen etwa, wieder angesetzt hatte. Mit ganzer Kraft hineingehen wird er in den Kampf für Katharina. Das Schlafwagenabteil, als er am nächsten Abend fuhr, war zu klein für seinen Tatendrang. »Wenn der Mut in der Brust seine Spannkraft übt», dachte er zum Rhythmus der Räder. Er mußte ein Mittel einnehmen, um Schlaf zu finden.

Den Abend darauf ging er in Pfaundlers Theater, schaute sich die Revue »Höher geht's nimmer« an. Nach den üblen Berichten über das Spiel fand er, was er sah, erstaunlich gut. Er lachte schallend über den Instrumentenimitator Bob Richards, die Lärminstrumente des Herrn Druckseis. Mit dem Elfenbeinstock, den er seit seiner französischen Reise ins Theater mitzubringen pflegte, stieß er angeregt den Boden, der Stierkampf riß ihn zu lautem Jubel hin. Von innen her aber wärmte ihm das Herz das Bild »Nackte Wahrheit«. Jünglinghaft bewegt genoß er die gelassen anmutige Fleischlichkeit seiner Freundin Katharina, denkend an gewisse Gemälde des flämischen Meisters P. P. Rubens.

In der Pause suchte er Frau von Radolny in ihrer Garderobe auf. Er fand sie im Kostüm der tibetanischen Göttin, mit herzhaftem Hunger von einer Weißwurst herunterbeißend. Er hatte sich eine dekorative Begrüßung zurechtgelegt, die ihm jetzt verdorben war: aber auch so war es gut. Behaglich genoß er die Atemnähe der üppigen, rosigen, erfreulich anzuschauenden Frau. Katharina war klug, versteckte ihre glückhafte Überraschung, begrüßte ihn ohne Vorwurf und ohne Jubel, als wäre er gestern abend im besten Einvernehmen von ihr fortgegangen. Ein warmes, heimatliches Gefühl überkam ihn. Er begriff nicht, warum er den langen Umweg über Berlin gemacht hatte.

Vergaß Johanna, Restaurant Orvillier in Paris, keramische Fabriken in Südfrankreich, Madame Mitsou, Unterhandlungen in Berliner Büros, Betrieb am Kurfürstendamm. Fort alles, weggeblasen vom Atem der Frau, die, während sie ihre Weißwürste aß, in ihrer alten, ruhevollen, freundschaftlichen Weise mit ihm redete.

Herr Pfaundler hatte von Hessreiters Rückkehr gehört; man aß nach der Vorstellung zu dreien. Es wurde ein behagliches Mahl. Herr Hessreiter verglich Herrn Pfaundlers geschmackvolles Restaurant mit den Berliner Großgaststätten, in denen man sich an lieblos zubereitetem Essen bestenfalls zweckmäßig, doch ohne Genuß nährte. Während Katharina zuweilen gelassen beipflichtete, schimpften die beiden Männer auf Berlin. Schon war in Hessreiters fleischigem, jedem Eindruck hingegebenem oberbayrischen Kopf das romantische Bild der großen Stadt verblaßt, die ihn mit ihren Millionen Leitungen, Schächten, Röhren unter der Erde, ihren endlosen Häusern, wimmelnden Menschen auf der Erde, ihren Antennen, Lichtern, Flugzeugen in der Luft so imponiert hatte. Jetzt raunzte er über diese Menschen im Norden, über ihre Kälte, ihre Beziehungslosigkeit, ihren hastig nüchternen Betrieb, über ihre Landschaft: Sand, Kiefern, traurige, gelumpige, schmutzige Tümpel, überheblich Seen genannt. Herr Pfaundler stimmte lebhaft zu. Wie herrlich dagegen die Umgebung Münchens, wirkliche Berge, wirkliche Seen, und Herr Pfaundler lenkte über zu dem Besitztum Luitpoldsbrunn. Allein wie er leise an jene Absicht Katharinas rührte, Luitpoldsbrunn zu verkaufen, und von seinem Plan sprach, den Besitz zu pachten, stieß er bei Frau von Radolny auf eisige Gedächtnislosigkeit. So, hatte sie dergleichen geäußert? Sie konnte sich nicht erinnern. Auch Herr Hessreiter konnte nur den Kopf schütteln über ein solches Projekt, und Herr Pfaundler beeilte sich, auf die Revue zurückzulenken, die Leistung von Frau von Radolnys schrankenlos bewundernd. Katharina nahm, durch die reuige, vorbehaltlose Rückkehr des Kommerzienrats Hessreiter rehabilitiert, behutsam wieder Besitz von ihrer früheren Stellung.

Nach dem Abendessen fuhr Herr Hessreiter mit Katharina in seine Villa an der Seestraße. Dort, ohne die Vergangenheit mit einer Silbe zu erwähnen, versöhnte man sich. Jetzt erst fühlte sich Herr Hessreiter in Wahrheit heimgekehrt. Wie zehnfach gesteigert war die Behaglichkeit seines schönen Hauses jetzt, da er sie zusammen mit der verständnisvollen Freundin genoß. Die Schiffsmodelle, die Marionetten, der Krokodilschädel, die Folterwerkzeuge, die Nippessachen, wieviel inniger in dieser glücklichen Versöhnungsnacht nahm er sie in sein Gemüt auf. Wie anders jetzt klang selbst die Äolsharfe, da sie in die Ohren einer Vertrauten klang.

Ohne Reue dachte Herr Hessreiter an Johanna; er hatte lange nicht mehr an sie gedacht. Paris, Johanna, das war eine gute Zeit gewesen, aber eine Episode, ein Intermezzo. Seine Verbindung mit Katharina war eine viel engere, bluthaftere. So unberechenbare Lücken, wie sie plötzlich in den Beziehungen zwischen ihm und Johanna waren, gab es da nicht. Aber Herr Hessreiter hatte Anstand, wußte, was fair ist. Er wird selbstverständlich auch in Zukunft für Martin Krüger eintreten. Er war nicht der Mann, eine Sache im Stich zu lassen, zu der er einmal ja gesagt hat.

In dem behaglich breiten Ebenholzbett mit den exotischen Figuren, an Seite der schlafenden Katharina, überdachte er das, zufrieden. Er erkannte klar: seine Bestimmung war, Münchner zu sein und Weltbürger zugleich. Er wird die Süddeutschen Keramiken ausbauen zu einem Institut von Weltruf. Alle Vorbereitungen hat er getroffen, er wartet nur noch den rechten Moment ab. Er wird hinüberlangen übers Meer. Vielleicht auch wird er für Rußland Gebrauchskeramik herstellen. Warum sollte man in Rußland nicht Sinn haben für das Enzian- und Edelweißmuster? Aber Zentrum seines Lebens blieb die Stadt München. Sie war, seine liebe Vaterstadt, in vielen Fragen saudumm: trotzdem ertappte sie zuletzt immer das Richtige. Lebenswert jedenfalls war das Leben bloß in München. Herr Hessreiter dehnte sich, schnaufte vergnügt. *Gscheit oder dumm: meine Vaterstadt,* dachte er.

Andern Tages dann ging er durch die Straßen, sie genießend, sie neu erkundend. Er sah, daß die Stadt noch schöner war, als er sie im Gedächtnis trug: blank, sauber alles wie frisch gewaschen. Allein er war auch ein welterfahrener Mann und übersah nicht die Flecken. Er stand an der Feldherrnhalle und beschaute die Feldherrn Tilly und Wrede, die beiden schreitenden Löwen, die große, muskulöse Aktgruppe, die riesige Inschrift: »Herr, mach uns frei«, die Kränze und die Blechschilder mit den Namen der im Krieg verlorenen Gebiete. Der plumpe, den Verkehr behindernde Gedenkblock auf der Straße, das *Mahnmal,* war inzwischen enthüllt worden. Herr Hessreiter umwandelte es, überlegend, wie er die skandalöse Dummheit seiner Landsleute am besten formulieren könnte. »Sie verschandeln den schönen Bau zu einem Warenhaus militärischer Wunschträume«, fand er schließlich, und sein Herz ergrimmte wollüstig an diesem Satz.

Bald erkannte er: seine Stadt war durchaus die alte geblieben. Er sah mit Erbitterung, wie schwer es war, seine Freundin Katharina in ihrer früheren Geltung wiederherzustellen. Justament, dachte er; jetzt gerade, dachte er und erwog fernher sogar den Gedanken, sie zu heiraten. Sie war klug, rührte sich nicht, bestärkte ihn nicht, wartete ab.

Leider auch war die komische, chauvinistisch militärische Stimmung seiner Landsleute keine vorübergehende Laune gewesen: sie hatte sich vertieft. Auf der Straße, im Herrenklub, wohin man kam, blühte dieser Blödsinn. Geheimnisvoll raunte man einander zu: noch vor der Baumblüte. Verschwörerisch gab man Informationen aus dem Edda-Bund weiter, wie großartig die Rüstungen vorwärtsgingen. Herr Hessreiter, liberaler Patrizier, der er war, wenig verknüpft mit dem Bauernland ringsum, begriff durchaus nicht, wieso seine Landsleute, über Nacht militaristisch, auf das Hakenkreuz hereinfielen.

Sein Plan, die Münchner münchnerisch zu machen und weltbürgerlich zugleich, stieß offenbar momentan auf Schwierigkeiten. Aufgab er ihn deshalb nicht. Aber er war gewitzt, er wird nicht wieder so blöd sein, sich zu früh das Maul zu verbrennen. Wird sich nicht vorzeitig verausgaben, nicht mit dem Kopf durch die Wand wollen. Den rechten Moment abwarten, darauf kam es an. So wie er die rechte Zeit abpaßt für die Erweiterung der Süddeutschen Keramiken, so auch wird er da sein, wenn es gilt, dieser damischen Hakenkreuzlerei den entscheidenden Tritt in den Hintern zu geben. Bis zur Baumblüte ist es noch lang hin. Er wird demonstrieren: aber erst im rechten Moment.

Vorläufig genoß er die Annehmlichkeiten der Heimat. *Gscheit oder dumm: meine Vaterstadt.*

13
Der Handschuh

Herr Hessreiter war nicht der einzige, der die Gaudi um Kutzner nicht mitmachte. Nicht eigentlich die Linksradikalen waren die erbittertsten Gegner des Führers. Unter denen waren viele junge Menschen, die nach Taten dürsteten. Bei den Kommunisten gab es zu Taten in diesen Monaten wenig Gelegenheit: in den Reihen der Patrioten konnten sie ihre eingeborene Rauflust austoben. Sie hieß dort *Wehrhaftigkeit,* galt als Tugend, war von den Behörden sanktioniert. Sogar bezahlt wurde man dafür. Viele Kommunisten wechselten hinüber in das Lager der Wahrhaft Deutschen.

Die fanden ihre beharrlichsten Gegner in den Sozialdemokraten. Mit bayrischer Querschädeligkeit, mit weißblauer Verbissenheit stemmten sich die gegen den immer stärkeren Druck. Die bedenksamen Ambros Gruner und Josef Wieninger wurden hart, resolut. Schrieben mutige, klare Aufsätze in ihrer Zeitung, nannten die Dinge beim Namen, belegten aktenmäßig die sich ausbreitende Gesetzlosigkeit, stritten im Landtag gegen die höhnische Gleichgültigkeit der Regierung, ließen sich auf Straßenschlachten mit den Patrioten ein. Dazu gehörte Mut. Denn die Behörden schauten mit unverschämter Blindheit zu, wenn die Patrioten Gegner überfielen, nahmen offen Partei. Anläßlich einer sozialdemokratischen Demonstration entrissen grüne Polizisten den Bannerträgern die Fahnen mit den Farben der Republik, zertraten die Stöcke, zerfetzten das Tuch. In der Gegend des Hauptbahnhofs, vor der Feldherrnhalle, veranstalteten Kompanien der Wahrhaft Deutschen organisierte Jagden auf alle, die nicht patriotisch ausschauten. Die Krankenhäuser füllten sich mit Verwundeten. Die Sozialdemokraten stellten sich immer von neuem. Es war ein ungleicher Kampf. Ihnen nahm die Polizei die Waffen ab, den Patrioten beließ sie Stöcke, Gummiknüppel, Revolver, *Radiergummi und Feuerzeug.*

Den alten, schlauen Grueber, der ein ganzes Leben voll bayrischer Zähigkeit darauf verwandt hatte, sein München an den Strom der Gesamtentwicklung anzuschließen, wurmte es, wie die Stadt jetzt verkam. Dem blinden Dr. Bichler, der unverrichteterdinge aus Paris zurückgekehrt war, schien die patriotische Gschaftlhuberei eine saublöde, preußische Sache, sie ekelte ihn an. Er überlegte ernstlich, ob er nicht selber ins Kabinett solle, um den Faxen ein Ende zu machen. Auch den Dr. Matthäi giftete es, daß seine Landsleute so hundsdumm waren. Kam hinzu, daß die Russin, das Mensch, zu den Laffen hinübergelaufen war. Er schrieb in seiner Zeitschrift erbitterte Gedichte.

Der Maler des »Crucifixus« bekannte sich bei jeder Gelegenheit als Gegner des Kutzner. Er verkam jetzt mehr und mehr, der Greiderer. Suchte sich seine Haserln aus immer billigerem Stoff. Seine Mutter war längst aufs Land zurückgekehrt. Er selber hatte manchmal die Idee, wieder unter die Bauern zu gehen: aber er blieb in der Stadt. Das einzige, was er aus dem kurzen Glanz zurückbehielt, war sein dunkelgrünes Auto. Es war ein ramponiertes Vehikel jetzt, schäbig, die Lackierung zerkratzt, verschmutzt. Der Maler Greiderer, wollte sein Freund Osternacher mit ihm zusammensein, zwang ihn, sich mit ihm in dem lächerlichen Gefährt zu zeigen. Er war mächtig im Aufstieg, der Professor Balthasar von Osternacher, seit seinem »Dorfapostel Petrus«, er hatte zweifellos eine Periode neuer Kraft, und es war dem repräsentativen Herrn peinlich, in der schundigen Konservenbüchse des Greiderer durch die Stadt zu kutschieren. Er wollte ihm Geld zur Neulackierung leihen. Aber da kam er schön an. Der Greiderer hatte giftig zugeschaut, wie der »Dorfapostel Petrus« entstand, dessen Skizzen er faul beiseite gelegt hatte. Sein Humor war giftiggrün jetzt, viel grüner als sein Auto. Niemals sagte er ein deutliches Wort über den »Dorfapostel«; er beschränkte sich auf bösartige Anspielungen, die er unter Frotzeleien über des Osternacher

Patriotismus versteckte. Offene Grobheit wäre dem Professor lieber gewesen; die leisen, tückischen Anspielungen vornehm zu überhören war nicht leicht. Aber Osternacher kam nicht los von Greiderer. Mehr noch als seine giftigen Anspielungen kratzte ihn, daß Greiderer ständig von einer geheimnisvollen Arbeit sprach, an der er schaffte. Er war wirklich nicht faul, das sah man. Der Osternacher hätte ums Leben gern herausgebracht, was das für ein großes Werk war, das Greiderer immer neu anfing. Allein der war ein Heimlicher geworden. Weigerte sich, das Entstehende zu zeigen, schaute manchmal den Osternacher von der Seite an, bedeutungsvoll, von vorn, von hinten, lachte voll böser Befriedigung.

Derjenige, welcher seine Gegnerschaft gegen die Patrioten am klarsten und kräftigsten äußerte, war Anton von Messerschmidt, der neue Justizminister. Unmutig, in öffentlicher Rede, erklärte er, es sei in diesem Land kein anständiger Mensch mehr seines Lebens sicher. Das alte, demokratische München setzte seine ganze Hoffnung auf den einfachen, redlichen Mann, der seine Worte abwog. Wenn ihm nicht, wem dann soll es gelingen, den dummen Spuk zu zerstreuen? Viele, die er nicht kannte, zogen tief den Hut, wenn er vorbeiging. Nicht wie die Kutznerleute, wenn sie das graue Auto des Führers erblickten, schrien sie *Heil*; doch sie drehten sich nach ihm um und schauten ihm nach, gehobenen Herzens. Denn es waren nicht wenige, die mit Schmerz sahen, wie die Stadt barbarisiert wurde, böotisiert, verhunzt; noch saßen in ihr aus früheren Zeiten stille, menschliche Leute, malten, schrieben, sammelten, freuten sich der Landschaft, der Häuser, der staatlichen Sammlungen. Sie litten an der Verwesung der Stadt wie am Untergang eines Lebendigen.

Der Komiker Balthasar Hierl hielt die Stunde für gekommen, die Stimme des Volkes, seine Stimme, zu erheben. Was diese Stimme sagte, war nicht sehr deutlich; aber eindrucksvoll war es und jedenfalls nicht für den Kutzner. Vielleicht vor den Proben zu »Höher geht's nimmer« wäre der Balthasar Hierl für den Kutzner gewesen. Er hatte sich nicht verändert, aber er hatte sich angefüllt mit den Ideen Tüverlins. Er war der gleiche und doch ein anderer, schärfer, mehr überhöht. Er spielte nicht nur sich selber, sondern er spielte mit die ganze Stadt, und was noch Gutes in ihr steckte.

Balthasar Hierl also, zusammen mit seiner Partnerin, gab eine Szene: »Der Handschuh. Nicht von Schiller.« Er stellte dar, wie er zu seiner Freundin Resi kommt, schmunzelnd, vergnügt; denn er hat etwas sehr Kostbares gefunden, und das bringt er ihr jetzt: zwei Eintrittskarten zu einem Abend des Edda-Bundes. Jeder im Saal wußte, was das bedeutete. Der Edda-Bund war ein aristokratischer Klub, hatte zu Mitgliedern die Creme der Wahrhaft Deutschen. In diesem Klub hielt Rupert Kutzner seine besten Reden. Hier wurden die Details des geplanten Marsches nach Berlin vertraulich mitgeteilt; man genoß in aufgeregten Bildern vorher, was noch vor der Baumblüte sich ereignen sollte. Um die Zusammenkünfte des Edda-Bundes, so öffentlich bekannt sie waren, wurde viel Geheimnis gemacht, Gewese, Wichtigtuerei. Viele trugen heftiges Verlangen, an den Abenden des Edda-Bundes teilzunehmen; doch dies war sehr erschwert. Der Komiker Balthasar Hierl also machte einen Drei-Quartel-Privatier, der auf der Straße zwei Zulassungskarten zu einem Abend des Edda-Bundes gefunden hat und nun mit seiner Freundin Resi hingehen will. Der Führer Rupert Kutzner wird dort persönlich und vertraulich eine Ansprache halten; es ist eine große Sache. Balthasar Hierl und seine Freundin Resi, während sie sich umständlich zu dem Besuch des Abends rüsten, malen sich die bevorstehenden Genüsse aus. Der Komiker Hierl hat den Kutzner erst vorgestern gesehen in seinem grauen Auto; er trug einen steifen, runden Filzhut, rehbraune Handschuhe hielt er auf vornehme Art in der Hand. Die Resi meinte träumerisch, der Herr Kutzner werde heute abend, weil es eine so feine Versammlung sei, wahrscheinlich in Handschuhen sprechen. Diese Meinung teilt der Komiker Hierl nicht; es sei kommoder ohne Handschuhe. Die Resi blieb bei ihrer Meinung, der Komiker Hierl bei der seinen. Heftiger Disput erhob sich, spielte bald ins Weltanschauliche hinüber. Man sprach von Hochkultur, vom nordischen Gedanken, von Juda und Rom. Balthasar Hierl brütete tiefsinnig, ob einer schon ein Antisemit sei, wenn ihm ein sauberes Christenmädel wie die Resi lieber sei als ein alter

Galizier. Infolge dieser feinen Schmeichelei sänftigt sich die Resi, läßt ab von den rehbraunen Handschuhen des Führers, macht sich an ihre Toilette. Sehr bald aber, bei Besprechung dessen, was sie für diesen Abend anziehen soll, ist man wieder bei den Handschuhen. Wieder entbrennt der Kampf, ob wohl und welche Handschuhe Herr Kutzner tragen wird. Der Abend rückt vor, die Zusammenkunft des Edda-Bundes hat schon vor einer halben Stunde begonnen. Doch der Komiker Hierl und die Resi, halb angezogen, stecken tief in ihrem immer heftigeren Disput. Längst haben sie sich, ohne doch der Entscheidung näher zu kommen, die Flecken ihres Charakters und ihres Privatlebens vorgeworfen. Traurig über ihre Verstocktheit beginnt Hierl die Resi zu prügeln, sie zerreißt ihm Rock und Krawatte. Ihre Bluse ist zerfetzt, aufschnupfend macht sie sich ans Flicken. Der Abend ist vorgerückt. Will man noch vor der Baumblüte hinkommen, muß man sich schicken. Auf alle Fälle muß man einen Wagen nehmen. Im Wagen entbrennt der Streit von neuem. Der Chauffeur, irritiert vom Geschrei seiner Fahrgäste, hat einen Zusammenstoß; die Resi wird durch Glassplitter verletzt. Endlich gelangt man, blutend und zerdreckt, zum Haus, wo der Edda-Bund tagt. Allein die Sitzung ist soeben zu Ende, der Komiker Hierl und die Resi können sich gerade noch unter die Begeisterten mischen, die dem grauen Auto des Führers *Heil* zurufen. Sie forschen Teilnehmer der Zusammenkunft aus, ob Kutzner während seiner Rede rehbraune Handschuhe getragen hat. Die Gefragten grübeln nach. Der eine meint: ja, der andre: nein. Sie bleiben bei ihrer Meinung. Ein dritter, vierter, zehnter mischt sich ein. Es entsteht eine große, allgemeine Rauferei. Sie endet erst, als ein Jude vorbeigeht und alle in der Ansicht vereint, daß er, als der Schuldige an der Rauferei, verhaut werden müsse.

Die Zuschauer jubelten. Die meisten von ihnen hatten schwere, unmittelbare Sorgen; sie konnten ihr Bier nur in kleinen Schlucken trinken und nur, wenn sie sich Brot und Wurst versagten, und sie mußten diese Schlucke von Tag zu Tag verkleinern. Aber der Mann auf der Bühne gehörte zu ihnen, fühlte ihre Gefühle, sprach ihre Sprache. Wie er faßten sie ihre Meinungen langsam, und es war ihnen nicht wichtig, welche:

aber hatten sie sie einmal gefaßt, dann stellten sie sich hartnäkkig darauf, waren nicht mehr wegzukriegen. Das Herz ging ihnen auf, wenn sie ihn anschauten, den Mageren mit seinem Birnenschädel, seinen gleichmütig langsamen Bewegungen, seinen traurigen Augen. »Ich mein halt alleweil, er hat doch Handschuh gehabt«, sagte der Mann auf der Bühne, und so sagten sie alle.

Der Erfinder Druckseis war unter den Zuschauern, der listenreiche Fabrikant von Lärminstrumenten. Er war in mancherlei Bedrängnis. Er hatte zwar einen großen Erfolg gehabt in der Pfaundlerschen Revue; auch die patriotische Bewegung benötigte seine Lärminstrumente, um in Versammlungen und Demonstrationen ihre Ziele zu manifestieren. Trotzdem war er nicht für die Wahrhaft Deutschen; er fürchtete, sie würden den Fasching sabotieren, die beste Gelegenheit für die Popularisierung seiner Artikel. Er überlegte nicht lange, war »Der Handschuh« für die Patrioten, war er gegen sie. Primitiven Eindrücken sich schnell und rasch hingebend, wie alle ringsum, ließ er sich ungehemmt begeistern von dem Komiker Hierl.

Es schütterten vor Lachen die tausend Kleinbürger, Handwerker, Maler, Studenten. Der alte Geheimrat Kahlenegger war unter ihnen. Er war ein erbitterter Widersacher der Patrioten. Bei Gelegenheit hatte er nämlich erklärt, der von den Römern gepriesene und gefürchtete *Furor teutonicus* bezeichne, genau besehen, nicht eigentlich deutschen Kriegsgeist, sondern, da ja die Teutonen die Urfranzosen waren, französischen Elan. Seither hatten die Wahrhaft Deutschen ihn wild befehdet, ja sie hatten mit den Verkleinerern seiner Elefantenbücher gemeinsame Front gemacht. *Propter invidiam,* zitierte grollend der Alte, *aus Neid,* aus jenem Neid, den schon Tacitus an den Germanen konstatiert hatte. Von ganzer Seele seither haßte der Geheimrat Kahlenegger die Patrioten. Tief aus der Kehle jetzt holte er sein modriges Lachen über die Späße des *Lehmmenschen.*

Eine Reihe vaterländischer Totschläger war unter den Zuschauern, alle selbst Mitglieder des Edda-Bundes, Erich Bornhaak, auch der Erlediger des ersten revolutionären bayrischen Ministerpräsidenten. Da Erich Bornhaak dem Komiker Hierl mit jungenhafter Freude applaudierte, ließen die Kutznerfreunde alle ihrer Gaudi freien Lauf und ergötzten sich hemmungslos mit den andern.

Herr Hessreiter war begeistert von dem »Handschuh«. Das war bestes München. Kein hysterisches Geschrei: gelassene Anschauung, gelassene Ablehnung. Das war etwas spezifisch Münchnerisches, etwas Positives, zu dem die ganze Welt ja sagen konnte. Er schilderte Frau von Radolny, die durch ihre Tätigkeit in der Revue verhindert war, sich die Aufführung anzuschauen, das Genie des Komikers Hierl, spielte ihn ihr vor. Frau von Radolny hörte ihm zu. Sie dachte an die Proben von »Kasperl im Klassenkampf« und daß dieses spezifisch Münchnerische eigentlich auf des Westschweizers Tüverlin Boden gewachsen war. Allein sie war klug; sie wird diesem Mann Hessreiter jetzt nicht seine Freude verderben. Behutsam, mit ihrer sonoren Stimme, riet sie ihm, sich nicht durch seine Gegnerschaft zu den Patrioten zu exponieren. Wenn er ihren Rat befolgte, gut. Wenn nicht, wenn er zu Schaden kam durch Prinzipientreue, war das vielleicht auch nicht schlecht. Ein zusammengebrochener Hessreiter wird Wachs sein in ihrer Hand.

Ganz München schaute sich den »Handschuh« an. Dem verlöschenden Pfisterer erzählte Dr. Matthäi von dem neuen Stück des Balthasar Hierl. Er kam jetzt täglich zu Pfisterer. Die betuliche Frau des Pfisterer hatte ihn darum gebeten; denn der Zank mit dem Matthäi war das einzige, was den Kranken noch belebte. Als der Matthäi sah, wie ungeheuer sein Freundfeind sich für das Spiel des Hierl interessierte, bewog er unter vielen Schwierigkeiten den Komiker, in die Wohnung des Pfisterer zu gehen und dem in seinem Krankenzimmer den Sketch vorzuspielen. Nur drei Menschen waren da: der verdämmernde Pfisterer, seine Frau, der hundsgesichtige Matthäi. Vor denen also spielte der Komiker Balthasar Hierl und seine Partnerin die Szene »Der Handschuh. Nicht von Schiller«. Und Balthasar Hierl, der sich sonst außerhalb seiner gewohnten Umgebung überaus unbehaglich fühlte, spielte hier besser als am Abend.

Pfisterer leuchtete. Der Komiker Hierl war ihm recht eigentlich ein Bild der Stadt München, und er sah, daß seine gute Stadt doch nicht so dumm war, daß sie sich nicht, wie die Gegner behaupteten, von jedem Blödian hereinlegen ließ. Sich bewegen fiel ihm schwer, sprechen fiel ihm schwer, sich auf etwas konzentrieren fiel ihm schwer; aber man sah, mit welch inniger Freude der Halbgelähmte jeden kleinsten Ton, jeden winzigsten Gestus des Schauspielers aufnahm. Der Schauspieler gegangen, stritt er sich heftig mit dem Matthäi.

Den andern Morgen diktierte er zwei Stunden an seinem »Sonnigen Lebenslauf«; dann nahm ein letzter Schlaganfall ihn hin. Alle wußten, daß er gestorben war an der Verlumpung seines Landes Bayern durch die Wahrhaft Deutschen. Rupert Kutzner, am Tage, da Pfisterer beerdigt wurde, verkündete: der große Schriftsteller sei gestorben, weil er die Versauung des Vaterlandes durch die Juden nicht habe verwinden können.

14
Bevölkerungspolitik

Johanna hing an Tüverlin. Sie hatte ihn spät gefunden, nie hatte sie an einem Menschen eine solche Freude gespürt. Sie arbeitete mit Tüverlin, es war gute Arbeit. Es war zwischen ihnen eine gelassene, glückliche Verbundenheit.

Da hinein, ein scharfer Schatten, fiel die Erinnerung an Odelsberg. Tüverlin sprach ab und zu von Krüger. Mit Ruhe, das Schicksal des Mannes einordnend in größere Zusammenhänge. Sie kratzte es, wenn er Krüger so aus der Ferne, aus den Wolken sah. So wie sie gewohnt war, manchmal nach langen Pausen erst zu antworten, so auch schnitt ihr seine Qual erst lange Zeit nach ihrem Besuch ganz ins Bewußtsein. Immer deutlicher jetzt erlebte sie jene letzten zwanzig Minuten im Zuchthaus, sah Martin Krügers gehetzte, stumpfe Augen, sein flackerndes, angestrengtes Bemühen, ihr mehr zu sagen, als er sagen durfte, die Hilflosigkeit dieser Bemühung. Sie hörte ihn sagen: »Da reden sie davon, daß Leiden den Menschen besser mache. Vielleicht unter freiem Himmel.« Sie hörte genau, wie er das sagte: *unter freiem Himmel,* die Hoffnungslosigkeit darin. So spricht ein Blinder von dem Licht, das jetzt nur mehr in seiner Erinnerung ist und niemals mehr Wirklichkeit werden kann. Sie befahl sich ins Gedächtnis zurück alle Worte, die er gesprochen hatte, rätselte an ihnen herum, hörte ihren wirklichen Sinn. Erkannte, daß er an diesen Worten sicher lange herumgebosselt hatte, auf daß sie ihn verstehe. Erkannte, wie es ihn hatte aushöhlen müssen, als sich zeigte, wie sie stumpf war. Sie haderte mit sich, schämte sich, daß sie glücklich war, bereute.

Unsinn. Sie schämte sich nicht, bereute nicht. Sie hat ehrlich getan, was ein Mensch für einen andern tun kann. War Glück ihr verboten, weil der andere im Unglück saß? Es war finsterer Atavismus, wenn der Gedanke an Martin sie störte. Er selber wäre erstaunt gewesen, wenn er von dieser Hemmung gewußt hätte. Man mußte nur genau hinschauen, dann zerfloß das alberne Schuldgefühl.

Tüverlin ging neben ihr her, vergnügt, frisch, gescheit. Er ahnte nichts von dem dummen Druck, der auf ihr lag. Sie, um diesen Druck loszuwerden, wünschte sich doppelt ein Kind von ihm. Er ahnte nichts von diesem Wunsch.

Bei Gelegenheit setzte er ihr seine bevölkerungspolitischen Anschauungen auseinander. Man hatte sich daran gewöhnt, die Lehre des Pfarrers Thomas Robert Malthus ironisch abzutun; der deutsche Nationalökonom Franz Oppenheimer hatte erklärt, es sei unlogisch bis zur physischen Übelkeit, Bevölkerungszunahme und Nahrungsmittelabnahme in Beziehung zu bringen. Allein er, Jacques Tüverlin, hielt dafür, daß man werde darangehen müssen, diese höhnische Abfertigung zu revidieren. Schon war infolge besserer Hygiene und geringerer Sterblichkeit ein großer Teil des Planeten übervölkert. In zwei Dritteilen von China, in weiten Gebieten Indiens gab es kein Land mehr zur Bebauung. Schon hatten die Straßen durch die Reisfelder eine Breite von kaum noch neunzig Zentimetern, und auch an diesen schmalen Pfaden nagten die Bauern, bis die unterhöhlten Pflastersteine absanken. Sogar in dem weiträumigen Rußland, da die sowjetische Sexualmoral Geburten nicht beschränkte, befürchtete man Mangel an Land schon für die übernächste Generation. Dennoch drängten überall Industrieführer, imperialistische Politiker auf Bevölkerungszuwachs. Leben mußte für ihre Zwecke im Überfluß vorhanden, mußte billig sein. War billig. Finanzierte zum Beispiel einer einen Ozeanflug, ein Freikorps oder sonst dergleichen, so konnte er sich kaum retten vor dem Gedräng derer, die bei schlechter Chance bereit waren, ihr Leben zu wagen für ein bißchen Geld oder Tagesruhm. Tüverlin selber hatte mitangesehen, wie vor drei Jahren während der Berliner Straßenkämpfe hungrige Frauen ihr Leben einsetzten für Koteletts im Wert von zwei bis drei Mark, sich mitten unter den Kugeln sofort auf die gefallenen Pferde stürzend. Der Staat selber tat alles, um den Kurswert des Lebens zu drücken. Seine Justiz, die Tötungen vornahm und den politischen Mord kaum bestrafte, die Art, wie er einen falsch verstandenen Patriotismus, wie er den *Wehrgedanken* hätschelte, das alles untergrub die Idee vom Wert des Lebens. Schätzte der Staat das entstandene Leben sehr gering ein, so verteidigte er mit um so größerem Nachdruck das entstehende, das keimende Leben. Eine solche Gesetzgebung schien unlogisch, war es aber nicht. Gerade um den Kaufpreis der Ware Leben niedrig zu halten, bestand der Staat auf Gebärzwang statt auf Gebärverhinderung.

Johanna hörte solche Theorien nicht gern. Einmal fragte sie Tüverlin geradezu, ob denn er persönlich kein Bedürfnis nach Kindern habe. Er zerfältelte sein krauses, nacktes Gesicht noch mehr, blinzelte sie an. Packte sie mit den kräftigen, sommersprossigen Händen an den Schultern, drehte sie so, daß er ihr gerade ins Gesicht sah. Dann lachte er, laut, vergnügt, ließ sie los, sagte trocken: »Nein, ich persönlich habe durchaus kein Bedürfnis nach Kindern.«

Tags darauf, am Morgen, beim Frühstück, suchte er ihr ernsthaft klarzumachen, warum er kein Kind wollte. Alle Kunst, erklärte er ihr, wurzle in dem Bedürfnis, sich auszudrücken. Dieses Ausdrucksbedürfnis sei vermutlich ein Ur-Instinkt des Menschen, ihm mitgegeben, auf daß der Gattung die Erfahrungen und das Lebensgefühl des einzelnen erhalten blieben. Im Grunde sei dieses Ausdrucksbedürfnis das gleiche wie das Fortpflanzungsbedürfnis. Johanna hätte gern etwas weniger Allgemeines, Persönlicheres gehört.

Wenige Tage später teilte Tüverlin Johanna vergnügt mit, am Donnerstag werde Mr. Daniel W. Potter sie in Villa Seewinkel besuchen. Die Schauspielerin Kläre Holz hatte eine Zusammenkunft vermittelt. Tüverlin hatte in dem Mammut aus Kalifornien einen Mann gefunden von umfassender Kenntnis der Welt, dazu begabt, methodisch und auf Grund des Objekts zu denken. Er hatte Johanna angeregt von dem Amerikaner erzählt, er freute sich auf den Besuch.

Johanna war eifersüchtig auf jede Minute, in der sie Tüverlin mit andern teilen mußte. Immer noch hoffte sie, gelegentlich doch werde sie den rechten Mut und das rechte Wort finden, um diese letzte gläserne Wand zu durchbrechen zwischen Tüverlin und ihr. Er hatte jenen Essay zum Fall Krüger geschrieben, er hatte ihr seine Anschauungen mitgeteilt über Gott und die Welt, über sie und sich selber, überaus klare Anschauungen, faßbare Sätze, Gedanken, einer gefügt in den andern. Was sie meinte, war etwas durchaus anderes, es war weniger klar, es ließ sich schrecklich schwer in Worte pressen, es hatte keinen Platz zwischen den festgefügten Gedanken Jacques'. Dennoch mußte es, es *mußte* möglich sein, daß dieses nicht Ausdrückbare übersprang von ihr zu Tüverlin.

Es verdroß sie, daß der Amerikaner kam. Ein Tag rollte hinunter und noch einer, und sie sprach nicht mit Tüverlin über das, was doch das Wichtigste war, und nun kommt auch noch dieser Amerikaner und stiehlt ihr einen Tag.

Wenn man es andersherum bedenkt, dann ist Mr. Potter ein großer und mächtiger Herr. Er hat auch, sagt Jacques, Geschäfte mit der bayrischen Regierung. Vielleicht kann er etwas unternehmen für Martin.

Sie hat wenig Vertrauen zu solchen Unterredungen. Sie hat so viele gehabt. Immer wieder hat sie geglaubt, ihr Zorn, ihre Empörung müsse etwas erwirken: jetzt strebt sie solche Unterredungen nur mehr aus Pflicht an, ohne Hoffnung; sie weiß im voraus, wie sie ausgehen. Sie wird mit diesem Herrn Potter reden. Herr Potter, der ein kluger Mann ist, wird sie klug anhören, und dann wird er sagen, er werde sehen, was sich tun lasse, er werde die Sache im Auge behalten, er werde sich herzlich freuen, einem Unschuldigen zu helfen, er werde mit den maßgebenden Stellen darüber reden. Und dann wird es aus sein, und am nächsten Tag wird er die ganze Sache vergessen haben. Das war das Scheußliche: man schrie, man schlug um sich. Aber man kam nicht an gegen die große, unendliche Gleichgültigkeit der Menschen. Heute schreist du, und vielleicht auch horchen die Menschen auf, aber morgen wissen sie nichts mehr davon. Sie haben alle soviel zu tun heutzutage. Wenn du mit ihnen sprichst, denken sie an den nächsten, mit dem sie sprechen werden, und wenn du ihnen aus dem Gesicht bist, dann haben sie deine Stimme und deine Sache aus dem Gedächtnis gestrichen.

Einmal muß sie, endlich einmal, einen Menschen finden, an den sie sich nicht vorsichtig heranzuschleichen braucht, ihn mit vielen raffinierten Mitteln zu gewinnen. Einmal muß einer da sein, den sie anschreien kann, wie das denn möglich ist, den sie anklagen kann, daß das sein darf. Einem muß sie in ein schuldbewußtes, angewidertes Gesicht hineinschreien, daß diejenigen, die daran schuld sind, Schweine sind, und daß diejenigen Schweine sind, die helfen könnten und es geschehen lassen.

Den Amerikaner so anzuschreien, dürfte freilich nicht viel Sinn haben. Sie muß sich zusammennehmen. Sie muß mit Tüverlin ernsthaft beraten, was sie am besten und wie sie es dem Amerikaner sagt. Das wird eine Qual sein; denn lang hält sie es nicht mehr aus, logisch und in geordneten Gedanken über den Fall Krüger zu diskutieren.

Es war am Montag, daß Tüverlin ihr mitteilte, der Amerikaner werde am Donnerstag kommen, und am Dienstag rief Rechtsanwalt Löwenmaul aus München sie an, der Justizminister Messerschmidt sei bereit, sie am Donnerstag zu empfangen. Es war übel, daß sie auf diese Art den Amerikaner versäumte. Aber sicher war es richtiger, sich bei dem bayrischen Justizminister über ein bayrisches Unrecht zu beschweren, als bei einem Amerikaner.

Wenigstens bleibt es ihr jetzt erspart, daß sie nochmals mit Jacques Tüverlin über Martin Krüger reden muß. Schon wie er ihr seine bevölkerungspolitischen Theorien auseinandersetzte, hat sie Fäuste gemacht. Sie hängt an diesem Manne Jacques, sie liebt ihn, sie bewundert ihn: aber wenn er vernünftig über Martin Krüger redet, das erträgt sie nicht.

Der Minister Anton von Messerschmidt ist der Mann, der heute unmittelbar verantwortlich ist für Martin Krügers Schicksal. Sie wird diesen Mann stellen. Vielleicht wird sie ihre ganze Wut diesem Mann ins Gesicht schmeißen; vielleicht wird, wenn er ein Mensch ist, einfach der Anblick ihres Zornes genügen, den Mann klein und gefügig zu machen.

Am Mittwochabend, beiläufig, erklärte sie, morgen werde sie nach München fahren. Das tat Tüverlin leid. Er bedauerte, daß sie auf diese Art den Amerikaner nicht kennenlernen werde. Er fragte, ob sie den Wagen nehmen wolle oder die Bahn. Sie erwartete, er werde fragen, zu welchem Zweck sie in die Stadt fahre. Aber das fragte er nicht, und sie sagte es ihm auch nicht. Er war neugierig, aber nicht der Mann, einem etwas abzufragen, was man ihm nicht sagen wollte.

Der Donnerstag war trüb und neblig. Sie fuhr mit der Bahn nach München, erregt, geladen mit Zorn und Tatkraft.

15
Gedenket des Bäckergesellen

In dem Sessel also, in dem früher Klenk gesessen war, saß an diesem Donnerstag zwischen Telefon und Akten der Justizminister Anton von Messerschmidt. Während Johanna nach München fuhr, stand vor ihm der Dritte Staatsanwalt Johann Strasser und erstattete Bericht über den Fall des Gendarmeriewachtmeisters Banzer. Angehörige der Riedlerschen illegalen Verbände hatten, von einer Übung heimkehrend, nach dem Genuß von Riedlerschem Freibier einen Trupp der verfassungstreuen Organisation *Reichsfront* überfallen und dabei einen Mann getötet und neun verwundet. Von ihren eigenen Leuten, die, im Gegensatz zu den andern, bewaffnet gewesen waren, blieben zwei verletzt am Platze. Landfriedensbruch lag vor. Es war ein Verfahren eingeleitet worden, in dem es galt, festzustellen, wer Angreifer und wer angegriffen war. Natürlich hatte die Untersuchung ein Ergebnis zutage gefördert, an dem von Anfang an niemand gezweifelt hatte: daß nämlich die verfassungstreuen, der bayrischen Regierung nicht genehmen Reichsfrontleute die Schuld trugen. Unbegreiflicherweise hatte im Lauf des Verfahrens der genannte Gendarmeriewachtmeister Banzer eidlich bekundet, die Riedlerleute seien die Angreifer gewesen. Wie er dazu kam, seinem subjektiven Wahrnehmungsvermögen mehr zu trauen als der Menschenkenntnis der Behörden, war allen, seinen Kollegen, seiner Frau und später wahrscheinlich auch ihm selber, unerklärlich. Natürlich war man über sein Zeugnis hinweggegangen. Aber ungestraft konnte man ihn nicht lassen: der Gendarmeriewachtmeister Banzer war seit seiner Aussage in dem den Riedlerschen Besitzungen nahe gelegenen Städtchen Kolberhof diffamiert. Eines Abends nun versagte die Birne der elektrischen Lampe in seiner Wohnung. Er holte sich die Birne aus seiner Wachtstube, schraubte sie ein. Damit hatte ihn sein Schicksal endgültig erreicht. Er hatte einen dem Amt gehörigen Gegenstand zu privaten Zwecken benutzt: der Dritte Staatsanwalt Johann Strasser erhob Anklage gegen ihn wegen Diebstahls. Der Behauptung des Wachtmeisters, er habe die Birne andern Tages ersetzen wollen, wurde so wenig geglaubt wie seiner Aussage von der Notwehr der Reichsfrontleute. Der widerspenstige Beamte war erledigt. Da aber geschah etwas Unerwartetes. Der Gendarmeriewachtmeister nämlich, sichere Verurteilung, Gefängnis, Dienstentlassung vor sich, hatte sich eine Kugel durch den Kopf geschossen, vermutlich, um Weib und Kind wenigstens die Pension zu retten. Die Linkspresse griff den Fall auf, und jetzt also erstattete der Staatsanwalt Strasser seinem obersten Vorgesetzten Bericht.

Der Staatsanwalt war ein jüngerer querköpfiger Herr mit zwei tiefen Narben, sogenannten *Schmissen,* wie sie sich die deutschen Studenten jener Epoche beizubringen pflegten in Waffengängen, die nur zum Zweck gegenseitiger Verwundung veranstaltet wurden. Der Minister Messerschmidt war ein alter querköpfiger Herr, ebenfalls mit solchen *Schmissen.* Der Staatsanwalt war der Meinung, er sei berufen, über das Gesetz hinaus den alten Staat zu schützen; der Minister hielt fest an dem überlebten Prinzip, eine Rechtssache dürfe ausschließlich nach den geschriebenen Gesetzen gerichtet werden.

Der Minister regte sich auf. Er war überzeugt, wäre die Vorgeschichte des Gendarmeriewachtmeisters anders gewesen, dann hätte Herr Strasser nicht Anklage erhoben. Die Augen des Alten quollen bedenklich vor; sein Gesicht brannte hochrot aus dem weißlichen Bart. Auch der Staatsanwalt lief an, auch seine Schmisse färbten sich dunkler, doch er bezähmte sich, er dachte nicht daran, sich zu einer Torheit hinreißen zu lassen. Unterwürfig freilich war er auch nicht. Er wußte, mag der alte Trottel ihn rüffeln: dem Fall Dellmaier auch noch einen Fall Strasser zuzugesellen, kann er sich nicht leisten. Er sitzt sowieso recht wackelig, der Messerschmidt. *Noch vor der Baumblüte* kann er einpacken; noch vor der Baumblüte kann er an seiner Wohnungstür ein Schild anbringen: Minister a. D.

Der Staatsanwalt Strasser, während der Minister heftig redete, wurde immer einsilbiger. Fast schon hatte er Langeweile, so sicher fühlte er sich. Er beschaute, bemüht, nicht laut herauszuplatzen, die Inschrift, die der Messerschmidt in großen Buchstaben über seinem Schreibtisch hatte anbringen lassen. Da war sie also, diese komische Inschrift, über die das ganze Land lachte. Sie war italienisch und sie besagte: »Gedenket des Bäckergesellen«. Es war aber dieser Bäckergesell ein Mensch, den die Richter der Republik Venedig zu Unrecht hatten hinrichten lassen, und seither, solang die Republik Venedig bestand, war ein Mann bestellt gewesen, vor jeder Sitzung den Richtern zuzurufen: »Gedenket des Bäckergesellen«.

Herr von Messerschmidt sah gut den Blick des Mannes. Er wußte aufs Haar genau, was der Kerl dachte, und schon als er ihn entließ, war es ihm leid, daß er sich aufgeregt hatte. Was schon ist gewonnen, wenn er den traurigen Tropf unschädlich macht? Nichts ist gewonnen. Überall herrscht Anarchie. Überall herrscht Willkür. Man kommt nicht auf gegen den Wust und die Unordnung; denn sie ist nicht eines einzelnen, sie ist allgemein.

Er verabschiedete den Staatsanwalt ohne Zorn. Allein, wischte er über den Tisch, als fege er Dreck fort. Machte sich mit beiden Armen Platz zwischen den Akten des Schreibtischs, stützte den schweren Kopf zwischen die roten, behaarten Hände, stierte hilflos vor sich hin. Er hat als Senatspräsident manches gesehen, was ihm nicht gefiel. Aber das ständige Geschrei der oppositionellen Presse von Vertrauenskrise, von verrotteter, politisierter Justiz, das hatte er für Blumenkohl gehalten, für hysterisch übertriebenen Schmarren. Jetzt, vom Kabinett des Justizministers aus, sah er: es blieb weit zurück hinter der Wirklichkeit. Die Organe der Polizei standen im Dienst der Wahrhaft Deutschen; der Polizeipräsident selber hatte einem vom Reich steckbrieflich wegen eines gemeinen Verbrechens verfolgten Landsknechtführer einen gefälschten Paß ausgestellt. Wild tobte die alte bayrische Rauflust. Täglich Überfälle auf Friedfertige. In Ingolstadt, in Passau verprügelte patriotischer Mob ausländische Diplomaten, die sich amtlich betätigten. Wer den Burschen um Kutzner nicht genehm war, wurde mißhandelt. Und überall Freisprüche oder Verurteilungen, die Anerkennung mehr als Verdammung waren. Mord, Aufruhr, jede Gewalttat und Willkür, wurde sie von Patrioten ausgeführt, blieb ungesühnt.

Der redliche Messerschmidt machte es sich nicht leicht. Er suchte zu ordnen, wo es ging. Gönnte sich nur wenig Schlaf. Auch seiner geliebten Sammlung bayrischer Kuriositäten gönnte er kaum einen Blick; er überließ es seiner Frau, auszuwählen, welches Stück jetzt, damit man den Anschein standesgemäßen Lebens aufrechterhalten könne, verkauft werden sollte.

Er hat wüstere Sorgen. Er weiß, warum es so schwer ist, warum er nicht aufkommt gegen seine Beamten. Seine Richter, seine Staatsanwälte sind im Unrecht: aber sie fühlen sich im Recht. Er selber, wie oft hat er gegen solche Verlockung ankämpfen müssen. Die Militärs haben nicht standgehalten, die Militärs haben die Ordnung nicht geschützt. Sie, die Richter, sind die letzten Verteidiger des guten, alten Staates. Anton von Messerschmidt ist allmählich sehend geworden; seine Richter bleiben blind. Verteidigen die tote, alte Haut gegen das neue Leben, das längst in ihr hochwächst.

Nein, sie lassen ihn nicht aufkommen. Er ist sich bewußt, daß er sich auf seinem Posten nicht bis zum Niederbruch des

Unsinns wird halten können, er ist zerknabbert von dem unaufhörlichen Kleinkrieg gegen seine Kollegen und seine Beamten. Da ist dieser Hartl, der mit bestechenden Gründen augenscheinliche Lumpen und Übeltäter zur Begnadigung vorschlägt. Des Messerschmidt primitive Rechtlichkeit zerreibt sich an der schmiegsamen Dialektik des feinen, höhnischen Herrn. Es hatte sich die Kunde verbreitet, Anton Messerschmidt sei ein gerechter Mann. Da war eine große Verwunderung entstanden im Land, und nun kamen unzählige mit Bitten und Beschwerden. Der Minister wußte, daß diese Eingaben parteiisch geprüft wurden; doch wie soll ein einzelner sich zurechtfinden? Er leidet in seinem schlichten Herzen an dem, was jetzt im Reich und vor allem in Bayern vorgeht. Er hält es für ein Unglück, tief und verderblich wie Krieg und Niederlage.

Es sind noch zwanzig Minuten, bis diese Frau Krüger kommen wird. Er machte sich an Akten, erledigte sie in umständlichen Verfügungen, sehr deutlichen, auf daß sie nicht von den untern Instanzen verdreht und sabotiert würden. Was man tun kann, sind winzige Dinge, Tropfen im Meer. Aber hierher ist man gestellt, hier tut man seine Arbeit. Es ist ein verlorener Posten, wir Messerschmidts haben verlorene Posten in diesem Jahrhundert. Auch sein Bruder damals auf der »Queen Elizabeth« hatte einen verlorenen Posten, als er das Schiff auf die von ihm selber gelegten Minen auflaufen ließ.

Da ist diese läppische Geschichte mit dem General Vesemann. Der hatte provokatorisch, gegen das Gesetz, Uniform getragen. Die Patrioten warten höhnisch darauf, ob man es wagen wird, den General zu bestrafen.

Bestrafen. Anderes wäre not. Unlängst, bei einem Diner, der Messerschmidt war dem General Vesemann gegenüber gesessen, hatte ein Kellner dem General etwas nicht recht gemacht. Der General hatte ihn hart angefahren und saß nun da und schaute dem scheu und beflissen Enteilenden voll Wut nach. Da, gewissermaßen zum erstenmal, sah der Messerschmidt die Augen des Generals. Sah in ihnen einen bestimmten, unverkennbaren Ausdruck. Sah: dieser Mann, Jahre hindurch der Diktator Deutschlands, dieser Mensch, der über Leben und

Tod von Millionen bestimmt und der bewirkt hat, daß die ganze Welt einen längst entschiedenen Krieg noch weiter kämpfte, dieser General Vesemann war verrückt. Augen wie er hat der Büffel gehabt im zoologischen Garten, der, toll durch die Gefangenschaft, dann erschossen werden mußte. Kein Zweifel: jetzt, wie der Mann dasaß und dem Kellner nachstierte, müd, gehetzt und fanatisch, hatte er genau die Augen jenes Tieres. Der Justizminister Messerschmidt, als er dies untrüglich wahrnahm, erschrak, daß ihm die Knie zitterten und daß sein blaurotes Gesicht in dem weißlichgrauen Vollbart fahl wurde. Der Mann war ein Heros gewesen; aber dann, wahrscheinlich noch vor dem Ende des Krieges, war er ein Narr geworden. Deutschland, in seinen entscheidenden Stunden, hatte einen Narren zum Führer gehabt. Und hat den Narren auch nach dem Zusammenbruch nicht davongejagt oder eingesperrt. Der Narr saß da, saß in seinem München, zettelte mit einem andern, um dessen Gehirn es auch nicht zum besten stand. Und diese beiden Männer, dem übrigen Deutschland zum Gespött, waren die Führer seines Landes Bayern.

Der Alte, an seine Erkenntnis denkend, stöhnt. Fernher steigen ihm Erinnerungen auf aus seiner Gymnasialzeit: Caligula, Nero. Seine Herren würden lächeln über solche Vergleiche. Den alten Staat halten sie hoch; aber von alten Dingen wissen sie nicht viel. Bildung ist nicht mehr angesehen. Er, Messerschmidt, denkt oft an seine Gymnasialzeit. Er hat viel Arbeit gehabt damals; denn er brachte die Dinge nur langsam in seinen schweren Kopf. Aber dann hafteten sie auch. Manchmal jetzt noch braucht er lateinische Zitate. Seine Herren hören sie an; aber viel machen sie sich nicht aus seinem Latein.

Anton von Messerschmidt stiert auf die Inschrift über dem Schreibtisch. Schön, sie lachen also über die Inschrift. Der Narr lacht, weil der Messerschmidt sich den vermoderten Bäkkergesellen vors Aug hinhängt. Vielleicht ist es wirklich komisch. Vielleicht ist er selber der größte Narr.

Er verbeißt sich in seine Akten. Man hat ihm Zeitungsausschnitte hergerichtet über die Versammlungen der Wahrhaft Deutschen wegen des Falles von Dellmaier. Da wenigstens hat er zugepackt. Die Freilassung dieses niederträchtigen von Dellmaier hat er rückgängig gemacht. Jetzt aber wird das Gesindel frech, ungeheuer frech wird es, es macht aus dem gemeinen Versicherungsschwindel dieses Lumpen eine Staatsaktion. Man bestürmt ihn, den Untersuchungsrichter, den Staatsanwalt mit Forderungen. Sie schicken ihm läppische, anonyme Briefe, sein Testament solle er machen, es sei höchste Zeit. Es ist nicht ausgeschlossen, daß sie es ernst meinen. Die Räude ist über das Land gekommen, das schöne Land Bayern ist räudig geworden, und seitdem die Räude im Land ist, ist nichts mehr ausgeschlossen. Schon sind seine Kollegen im Kabinett butterweich vor Angst. Der behutsame Ditram fragt dringend, ob es denn wirklich nicht angängig ist, den Dellmaier, bis die Atmosphäre ruhiger wird, aus der Untersuchungshaft zu entlassen. Der Flaucher macht es direkter, schimpft, flucht: soll vielleicht wegen ein paar verreckter Köter der ganze bayrische Staat kaputtgehn? Aber der Messerschmidt denkt nicht daran, ihnen den Gefallen zu tun. Da sind sie alle geschlenkt. Nicht laufen lassen wird er den Lumpen.

Das Telefon schnarrt. Man meldet ihm Frau Krüger. Ja, jetzt wird er also diese Frau Krüger empfangen. Es hat nicht viel Sinn. Der Fall ist zur Genüge wiedergekäut, zehnmal im Parlament, hundertmal in den Zeitungen. Soll er Zeit, Kraft, Nerven wenden an eine aussichtslose Sache? Es gibt so vieles, was schwebt, sofortiges Zugreifen verlangt. Der Fall Krüger ist abgetan, erledigt. Nur diese Frau rennt noch herum und schreit, der Mann im Zuchthaus sei unschuldig.

Solches denkend also saß der Justizminister Messerschmidt in seinem Sessel, als Johanna eintrat, um ihn zu stellen, ihn zur Rechenschaft zu ziehen.

Sie sah den Mann, der riesig dahockte. Sie sah den merkwürdigen Spruch über seinem Schreibtisch. Sie hatte davon gehört; aber sie wußte nicht mehr, was er bedeute.

Sie hub zu sprechen an, und da sie zu sprechen anhub, erlebte sie deutlicher als diesen ihren Besuch hier im Justizministerium ihren letzten Besuch in Odelsberg. Leibhafter als damals Martin Krüger vor ihr gesessen war, leibhafter als je in der Villa Seewinkel, saß er jetzt vor ihr im Arbeitszimmer des Ministers. Wieder hörte sie genau, wie er sagte: *unter freiem Himmel.*

Sie sprach. Sie schrie nicht; es war nicht jene bittere Erleichterung, die sie sich erhofft hatte. Aber sie spürte sogleich, daß hier endlich ein Mann war, der ihrem Zorn nicht zuhörte wie den Ausbrüchen einer armen Irrsinnigen, freundlich und ein wenig ungeduldig. Sie sprach lange, und er hörte ihr zu, und sicher nicht dachte er, wie es seinerzeit der Reichsjustizminister Heinrodt getan hatte, an die Antwort, die er ihr geben könnte. An diesen Mann konnte man hinsprechen und wußte, es ging in ein Ohr und in ein Herz.

Herr von Messerschmidt seinesteils war darauf vorbereitet, maßlose Klagen, provokatorische Zornausbrüche anzuhören. Daß der Krüger ein Schlawiner war, stand fest, die Wahrscheinlichkeit seiner Unschuld war gering, und der Zuchthausdirektor Förtsch, über den Johanna so erbittert klagte, galt als zuverlässiger Beamter. Was diese Frau sagte, war bestimmt übertrieben, und wenn sie juristische Dinge vorbrachte, klangen sie, als wären sie ihr vom Advokaten eingelernt. Dennoch, wie sie dasaß, wie sie drauflossprach mit ihrem starken Mund, tat ihm wohl. Es ging von dieser Frau ein fester Glaube aus und eine gesunde Wildheit. Wer hatte recht? Der Hartl, der damals den Krüger verurteilt hatte, ein ausgezeichneter Jurist, oder diese Frau Johanna Krüger, die nicht sehr logisch daherredete? Die vorquellenden, müden Augen des Alten tauchten in die kühnen, grauen der Frau. Er sah dieses bayrische Mädchen. Es war geboren, sinnvoll beschäftigt zu sein, dabei für Mann und Kinder zu sorgen. Mit dieser bayrischen Justiz herumzuraufen, deren Maschinerie niemand besser kannte als er, dafür war sie nicht geboren. Da hockte sie vor ihm und sprach Eingelerntes und kämpfte um den Galeriedirektor Krüger, einen Schlawiner, der fragwürdige Bilder in die Staatssammlung gehängt hat und verurteilt war wegen Meineids. Sie hatte es nicht leicht.

Herr von Messerschmidt ließ sie reden, unterbrach sie kaum, ließ sich einiges wiederholen, notierte einiges. Als sie zu Ende war, sagte er nicht Allgemeines, wie sie befürchtet hatte, vielmehr erklärte er, sie werde binnen zwei Monaten über das Wiederaufnahmeverfahren endgültigen Bescheid haben. Johanna schaute ihm gradaus in die Augen, wobei sie den ganzen Kopf mitdrehte. Der Landesgerichtsdirektor, erwiderte sie zweifelnd, dem die Entscheidung über den Wiederaufnahmeantrag zustehe, habe es abgelehnt, ihr einen absehbaren Termin zu nennen. Habe erklärt, er könne sich an keine Zeit binden. »In zwei Monaten werden Sie Bescheid haben«, sagte heftig Herr von Messerschmidt. »Noch vor der Baumblüte«, sagte er grimmig, und er nickte. Johanna hatte angesetzt, noch etwas zu fragen; aber der Grimm in seinen Worten und vor allem sein Nikken war ihr Beruhigung, eine große Bestätigung, und sie sagte nichts mehr.

Einige Zeit saßen der alte Mann und Johanna wortlos beisammen. Diese wortlose Zeit war beredter als die wortreiche vorher. Johanna wünschte, einmal, ein einziges Mal, so stumm und beredt mit Jacques Tüverlin zusammenzusein. Als sie ging, war ihr beinahe, als müßte sie den Alten trösten.

Herr von Messerschmidt ließ den Oberregierungsrat Förtsch kommen. Der Kaninchenmäulige hatte viele Akten bei sich, war unterwürfig, gerüstet, auf jede Frage eine befriedigende Antwort zu geben. Der Minister sprach wenig, schwerfällig; der Oberregierungsrat antwortete viel, schnell. Herr von Messerschmidt, wie er die Stichelhaare des Förtsch eifrig auf und ab gehen sah, dachte, es sei komisch, daß gerade dieser Mensch berufen sei, den Krüger zu einem ordentlichen Mitglied der Gesellschaft zu machen. Da er den Ausführungen des Förtsch wenig entgegenzuhalten hatte, erklärte er schließlich, er lege Gewicht auf ein besonders humanes Regiment im Zuchthaus Odelsberg. Er erklärte das schroff, und er erklärte es noch einmal, fast bittend. Der Kaninchenmäulige blieb bescheiden, devot. Er sah, was er vorher schon gewußt hatte, daß die Tage des alten Trottels, der so unverdient auf diesem Stuhle saß, gezählt waren. Er, der Kaninchenmäulige, hatte seine Hoffnung einzig und allein auf die Patrioten gesetzt und auf ihren Mann, den Hartl. Er verabschiedete sich untertänig, mit gewohnter Beflissenheit, dachte geruhsam, der Messerschmidt möge ihn am Arsch lecken, ging hin und berichtete die Unterredung mit einigen scherzhaften Anmerkungen dem Ministerialdirektor Hartl.

16

Von der Fairneß

Mittlerweile lag in Landhaus Seewinkel Mr. Daniel W. Potter herum in einem gebrechlichen Schaukelstuhl. Jacques Tüverlin, der sich einen guten Tag amüsanter Debatte machen wollte, hatte auch den Ingenieur Kaspar Pröckl herausgebeten. Der strich durch das große Zimmer, immer rastlos, in unbehaglicher Haltung, drückte sich an die Wand.

Mr. Potter hatte den Tag vorher einen Zusammenstoß mit Wahrhaft Deutschen gehabt. Er erzählte davon, vergnügt. Der Münchner Ku-Klux-Klan, meinte er, bestehe offenbar aus jungen Männern, die nicht begriffen, daß ein Match, wenn es entschieden ist, nicht wieder von vorn begonnen werden kann. Sie haben eine Reihe von Schlachten gewonnen und sehen es nicht ein, daß sie den Krieg als Ganzes verloren haben. Längst einwandfrei ausgezählt, wollten sie immer wieder von neuem zu boxen anfangen. Es lag vor eine sonderbare Unfähigkeit, runde Tatbestände aufzunehmen. Dieser Mangel an Urteilskraft dürfte, soweit er über die Struktur des menschlichen Gehirns unterrichtet sei, zurückzuführen sein auf eine Verkümmerung des zweiten Wernickeschen Sprachzentrums.

Die Zivilisation der Weißhäutigen, meinte Tüverlin, sei durch den Einbruch der germanischen Barbaren in die griechisch-römische Gesittung um tausend Jahre zurückgeworfen worden. Jetzt, nachdem man notdürftige vierhundert Jahre an jene Zivilisation angeflickt habe, drohe ein neuer Einbruch der Minderentwickelten in die Schöpfungen der Zivilisierten. Eine Phase dieses Barbarentums sei die patriotische Bewegung. Überall auf dem Planeten gebe es Individuen, in denen der Tötungsinstinkt nicht durch Sport abreagiert werden könne. Die Forderung, solche Individuen unter ständiger ärztlicher Überwachung zu halten, finde nicht die gebührende Beachtung. Wo zum Beispiel in den Kutznerversammlungen bleibe der psychiatrische Überwachungsdienst?

Kaspar Pröckl erwiderte lebhaft, die Empörung jener Menschen sei genügend motiviert durch die Fäulnis der gesellschaftlichen Institutionen. Natürlich gehe diese Empörung in die falsche Richtung. Leute aber, die sich auflehnten gegen die allgemeine Fäulnis, förderten die Entwicklung der Art mehr als solche, die sich flau damit abfänden, ja sie wegzudisputieren suchten.

Das Mammut saß behaglich in dem großen Schaukelstuhl, seine Augen unter der dicken Brille schauten listig und vergnügt, seine fleischige Nase schnupperte, die Pfeife hielt er zwischen den großen Zähnen. Ab und zu notierte er sich etwas in sein Notizbuch. Auflehnung, revolutionäre Gesinnung, wandte er sich an Kaspar Pröckl, komme aus dem Magen. Das hungernde Deutschland der Inflation sei nicht die Welt. Vielmehr bestehe die Welt der Weißhäutigen, alle Statistiken bewiesen das, zum größten Teil aus Satten. Und selbst die Hungrigen, der junge Herr möge das bedenken, seien nicht immerfort hungrig, sondern nur zeitweise. Drei Klassen von Menschen gebe es: die Satten, die Hungrigen, die Unersättlichen. Er könne nicht begreifen, inwiefern es förderlich für die Entwicklung der Art sein sollte, Politik ausschließlich für die Hungrigen zu machen.

Solche und ähnliche Halbwahrheiten äußerte der Amerikaner, lebhaft unterstützt von Tüverlin. Allein der finster dasitzende Pröckl, den sie gern aufgezogen hätten, dachte an den Maler Landholzer und fand es nicht der Mühe wert, auf ihre armseligen Plattheiten einzugehen.

Während des Mittagessens sprach man über das Volk der bayrischen Hochebene, über seine biologischen und soziologischen Bedingtheiten. Da hockten diese bayrischen Menschen vor ihren Bergen, zurückgeblieben hinter der Entwicklung der Nachbarn, verbockt, wider Willen Unheil stiftend, ein Spielball muskelkräftiger, lungenstarker, schwachhirniger Abenteurer. Sowohl Tüverlin wie Potter hatten, dies klar erkennend, viel übrig für diese besondere Spezies des Homo alpinus. Tüverlin liebte das Volk, unter dem er lebte. Ja, mit der Intensität des wahren Schriftstellers, der, bei aller Kälte der Erkenntnis, nicht leben kann, ohne an seinen Gegenstand Haß und Liebe zu wenden, liebte dieser Hochentwickelte seine ungelenken, urteilskargen, dumpf musischen Bayern. Der Amerikaner seinesteils schätzte mit der Sammlerliebe für das Seltsame das Einmalige dieser klobigen Leute, ihre grobe Zutraulichkeit, die so leicht ins Bösartige umschlug, ihre sinnige, gemütvolle Barbarei. Er dachte sogar daran, Geld in ihren Staat zu stecken, das Land durch eine Anleihe vorwärtszustoßen. In der Industrialisierung der Hochebene freilich sah er nicht viel Chancen. Für ihn lag die Zukunft Münchens und seiner Umgebung darin, inmitten eines großen industriellen Bezirks, des Gebietes Mitteleuropa, eine angenehme Stätte der Erholung zu werden, eine Stadt auch für behaglich Alternde, der Kurort Mitteleuropas gewissermaßen.

Tüverlin, im Laufe des Gesprächs, fragte Herrn Potter, wie er sich die geringe Beliebtheit der Deutschen im Ausland erkläre. Der Amerikaner meinte, er persönlich habe die Deutschen gern. Im deutschen Geschäft allerdings habe er keine guten Erfahrungen gemacht. Wieso? fragte Tüverlin. Der Amerikaner wollte nicht recht antworten, meinte, jede Generalisierung werde schief. Da Tüverlin drängte, unterschied schließlich, mit vielen Vorbehalten, Mr. Potter das Geschäftsgebaren seiner englischen, seiner französischen, seiner deutschen Partner. Auf eine mündliche Zusicherung seiner Engländer könne er bauen. Von den Franzosen kriege er schwer eine Unterschrift: habe er sie aber, sei Verlaß darauf. Unter seinen deutschen Geschäftsfreunden könne er von der Mehrzahl eine Unterschrift besonders leicht kriegen: erweise sich aber das Geschäft hinterher als schlecht, dann deutelten sie an der Unterschrift herum und suchten sich mit metaphysischen Argumenten um den klaren Wortlaut des Vertrages zu drücken. Da Kaspar Pröckl ein finsteres Gesicht machte, wiederholte er, es liege ihm fern, zu generalisieren.

Tüverlin lächelte in seinem Herzen, daß es gerade den Internationalisten Kaspar Pröckl verdroß, wenn man den Geschäftsleuten seines Volkes eine zweideutige Eigenschaft unterschob. Daß viele Deutsche die Verbindlichkeit einer einmal vollzogenen Unterschrift nicht einsehen wollten, meinte er, liege an ihrer Überschätzung des Kriegerischen. Kriegerischer Sinn vertrüge sich schlecht mit Rechtlichkeit und Logik. Da gebe es zum Beispiel eine gepriesene deutsche Dichtung aus dem Mittelalter »Hildebrand und Hadubrand«. Ein Vater trifft seinen Sohn, sagt ihm aber nicht, wer er ist, sondern sie fangen aus schierer Wehrhaftigkeit zu raufen an, schlagen und erschlagen einander. Manche unter den Deutschen, ein Teil der Studenten beispielsweise, hielten sich heute noch an das Vorbild Hildebrands und Hadubrands, brächten einander Hieb- und Stichwunden bei aus purem Kriegergeist. Leute mit solchen Lebensformen sträubten sich aus Natur dagegen, daß auf einmal ein Stück Papier stärker sein solle als eine Kanone. Sie schrien immerzu nach Entscheidung durch Krieg. Habe der Krieg gegen sie entschieden, dann verlangten sie neue Entscheidung, bis eben für sie entschieden sei. Dieser Menschenschlag sei weitverbreitet, sein Einfluß in Deutschland aber im Schwinden. Herr Potter möge sich durch das Geschrei dieser Leute nicht täuschen lassen.

Nun aber konnte Kaspar Pröckl nicht mehr an sich halten. So harte Worte er sonst für seine Landsleute fand: was dieser Westschweizer und dieser Dollarscheißer sich erdreisteten, ging ihm zu weit. Zornig erklärte er, was da Herr Potter sage über den Mangel an Ethos unter den Deutschen, das stelle die Dinge auf den Kopf. Zuviel Ethos hätten sie, das sei ja gerade das Saudumme. Immer bei ihrem Ethos packe die herrschende Schicht die Beherrschten, immer mit ethischen Argumenten kriege sie sie klein. Kein Volk auf der Erde schlage sich soviel mit ethischen Skrupeln herum wie das deutsche. Wo andere den geraden Weg vor sich sähen, mache es sich den Weg krumm vor lauter Skrupeln. Kaum hätten die Deutschen eine Revolution angefangen, so stoppen sie die Revolution auch schon ab, weil sie sich erst überlegen müssen, ob sie denn auch fair sei.

Das also brachte Herr Pröckl vor, sehr heftig. Herr Tüverlin und Herr Potter schauten einander an. Sie lächelten nicht, da sie höflich waren. Er wolle, sagte schließlich Herr Tüverlin mit behutsamer, hinterhältiger Gemütlichkeit, Herrn Pröckl und seinem Vaterland nicht zu nahe treten, aber er könne mit bestem Willen nicht finden, daß zum Beispiel dieses Manöver, dem sie jetzt beiwohnten, daß die Manier, wie Staat und Industrie jetzt das Geld der Gesamtheit durch die Inflation in ihre

Kassen leiteten, daß dieses Manöver besonders ethisch sei. Herr Tüverlin selber fand sein Argument nicht gerade schlagend; schon während er sprach, überlegte er, daß Kaspar Pröckl mit Fug erwidern könne, dieses Manöver werde ja nicht vom Volke gemacht, sondern eben von einer kleinen herrschenden Schicht. Aber es ereignete sich das Seltsame, daß der Ingenieur Kaspar Pröckl, der so oft starke Worte giftigen Hohnes gefunden hatte über diese freche List des Kapitals, daß dieser gleiche Ingenieur Pröckl zur Verteidigung eben dieser List plötzlich erwiderte: es habe wenig Zweck, zu untersuchen, ob die Gletscher, die nach der Eiszeit schmolzen, fair gehandelt hätten oder nicht. Die beiden anderen schwiegen überrascht. »Die Inflation ist kein ganz faires Geschäft«, sagte nach einer Weile das Mammut sanft, träumerisch; »aber es ist ein sehr dikkes Geschäft. Ich an Stelle Ihres Finanzministers würde es auch machen.«

Da mußten alle drei lachen. Der Ingenieur Pröckl schämte sich in seinem Herzen, und er beschloß, eine Ballade über die Fairneß zu schreiben.

Kaspar Pröckl fuhr schon am frühen Nachmittag zurück. Die beiden andern suchten ihn nicht zu halten. Er hatte nicht viel gesprochen; er war ein schmaler Mensch, der wenig Raum einnahm, Tüverlin und der Amerikaner waren beide geräumiger: dennoch war die große Stube wunderlich leer, als der wilde Mensch fort war. Das Gespräch der Zurückgebliebenen floß zäh. »Kaspar Pröckl ist anstrengend«, sagte nach einer Weile Tüverlin. »Um diesen Menschen ist es schade«, sagte, wieder nach einer Weile, faul der Amerikaner.

Später gingen Herr Potter und Herr Tüverlin in der Sonne des frühen Winternachmittags an dem blassen See spazieren. Der Dreißigjahrdanny sprach von der Revue. Tüverlin legte ihm dar, was er gewollt habe; der Amerikaner verstand es, sah es, ging darauf ein. Er meinte, die patriotische Bewegung, der ganze *Wehrgedanke* erscheine ihm als das letzte Zucken des Urwaldmenschen. Immer schwebe ihm vor eine Szene fürs Theater oder für den Film: die letzten Menschen der Steinzeit zerbrechen ihre Werkzeuge und gehen über zur Anwendung von Bronzegerät. Tüverlin fand die Idee nicht übel; aber, meinte er lächelnd, in der Revue »Kasperl im Klassenkampf« könne sie schwerlich untergebracht werden. Herr Potter, Pfeife im Mund, ohne ihn anzusehen, schlug vor, dann solle er eben eine neue Revue, eine aristophanische Revue, schreiben für New York. Er selber würde da gern mittun. Tüverlin kenne besser die Bücher, er, vielleicht, kenne besser die Menschen. Er wolle das gern starten, sagte er beiläufig.

Der überraschte Tüverlin fragte, was er sich von einer solchen Revue verspreche. So was könne, auch geglückt, kaum verstanden werden. Der Dreißigjahrdanny zog sein Notizbuch heraus, rechnete eine Weile, schweigend. Dann erwiderte er, er spreche nie ernster, als wenn es sich um einen Spaß handle. Er lud Tüverlin ein, nach Amerika zu kommen. Tüverlin erwiderte nachdenklich, er wolle es sich überlegen.

Wieder in der Villa Seewinkel erzählte das Mammut, er habe mit Herrn von Grueber verhandelt wegen einer Anleihe zur raschen Elektrifizierung Bayerns. In diesen Zeiten sei schon eine relativ geringe Summe bedeutsam für ein kleines Land. »Sie können für eine relativ geringe Summe Zugeständnisse aller Art haben«, sagte er. Tüverlin blinzelte, wurde schweigsam. »Verlangen Sie Zugeständnisse von meinen Bayern?« fragte er, als Herr Potter längst von anderm sprach. »Ich wüßte nicht welche«, meinte Herr Potter.

»Ich hätte allenfalls ein Ansinnen an die bayrische Regierung«, tastete behutsam Herr Tüverlin. Er dachte daran, daß an Gruebers Unternehmungen der bayrische Staat stark beteiligt war. »Eine große Sache?« fragte Herr Potter. »Keine große Sache«, erwiderte Tüverlin. »Nur die Amnestierung eines Mannes, den ich für unschuldig halte.« – »Darüber wird sich reden lassen«, meinte Herr Potter. »Kommen Sie nach den Staaten, Herr Tüverlin«, forderte er ein zweites Mal. »Ich glaube, ich werde kommen«, sagte Tüverlin.

Bald nachdem der Amerikaner sich verabschiedete, kehrte Johanna zurück von der Unterredung mit Messerschmidt. Sie fand Tüverlin aufgeräumt. Das Mammut hatte ihm gefallen; er freute sich auf Amerika, freute sich über die Möglichkeit, Martin Krüger zu amnestieren.

Er überlegte, ob er Johanna von den Aussichten sprechen

solle, die sich Martin Krüger geöffnet hatten. Nein, Enttäuschungen hat sie genug erlebt. Er wird erst dann sprechen, wenn seine Aussichten greifbarer sind. Er ging neben der schweigsamen Johanna her, blinzelte sie von der Seite an, spitzbübisch, jungenhaft, schwatzte munter mit seiner gequetschten Stimme.

Sie zürnte ihm, weil er offenbar nicht den Versuch gemacht hatte, das Mammut für Martin Krüger einzuspannen. Er hätte spüren müssen, wie sehr sie das wünschte. Sie liebte ihn; aber es war bitter, daß er neben ihr herging und nichts spürte, was sie wünschte.

17
Kaspar Pröckl verbrennt Das Bescheidene Tier

Benno Lechner stand vor einer unangenehmen Entscheidung. Die Kassierin Zenzi nämlich hatte Gelegenheit, eine gutgehende elektrotechnische Werkstätte in die Hand zu kriegen. Sie wollte sie kaufen, und der Beni sollte sie leiten. Sie verdiente gut, sie hatte ihr Gerstel beisammen, sie war, in Anbetracht der schlechten Zeiten, geradezu reich. Sie hat jetzt genug von der Tiroler Weinstube, sie will nicht länger die Kassierin machen. Ihre Gesundheit hat sie sich eh schon ruiniert; die Plattfüße, an denen sie wie alle ihre Kolleginnen infolge ihres Berufs leidet, bereiten ihr wachsende Schmerzen. Jetzt will sie heiraten, Sicherheiten haben, ein eheliches Kind zur Welt bringen. Eine Gelegenheit wie der Kauf dieser Werkstatt kommt kein zweites Mal. Sie hat Geld in den Beni gesteckt, hat ihn auf der Technischen Hochschule etwas Richtiges lernen lassen. Jetzt will sie das fertigmachen. Jetzt will sie dem Beni die Werkstatt kaufen und ihn heiraten.

Der Beni wußte: was die Zenzi gesagt hat, das ist ein Wort. Es war zuwider, daß sie auf Heirat bestand. Er fügte sich ungern diesem bourgeoisen Formelkram, und die ganze Ehegesetzgebung der Zeit war ja heller Blödsinn. Anderseits war es nach seinem Gusto, mit einem Menschen zusammen zu hausen, auf den ein Verlaß war. Es war nicht angenehm, das ständige Geraunz des Alten anzuhören; er war froh um einen guten Grund, von ihm wegzuziehen. Auch ein Kind von der Zenzi war nicht das Schlechteste. Sich fortsetzen in der Welt, einen Sohn haben, der eine glücklichere Zeit, einen klassenlosen, proletarischen Staat erleben wird, das war wohl wert, die blöde Lüge einer bürgerlichen Eheschließung mit in Kauf zu nehmen.

Recht ekelhaft freilich wird es sein, auf dem Petersberg zu stehen, im schwarzen Anzug und mit einer weißverschleierten Zenzi an der Seite. Der Genosse Pröckl und die andern werden ihn frotzeln, und sie werden recht haben.

Aber selbst wenn er Hochzeit und Ehe auf sich nimmt, die zweite Forderung der Zenzi, sich die Werkstätte von ihr kaufen zu lassen, sich als Unternehmer aufzutun, die kratzt ihn noch viel mehr als der Petersberg.

Wenn er nur sonst etwas fände, etwas Festes, Solides. Dann würde die Zenzi auch stad sein und eine Ruh geben. Wenn zum Beispiel seine provisorische Anstellung am Staatstheater festgemacht würde. Am Staatstheater schätzten sie ihn. Dort war seine Leistung in »Höher geht's nimmer« aufgefallen, und gleich hatten sie ihn hinübergenommen. Die Staatsbühnen pflegten vor allem die Oper Wagners; denn die schmeichelte auf kompakte Art der nationalistischen Romantik, wie sie damals Mode war. Seinerzeit hatte die Stadt den Musiker Richard Wagner, als der romantische König Ludwig der Zweite ihm in München ein Festspielhaus bauen wollte, als *spinnert* hinausgejagt. Fünfzig Jahre später dann, als der Ruhm dieses Richard Wagner im Scheitel stand, tat sie, als habe sie den Mann entdeckt, reklamierte seine Kunst für ihre lokalpatriotischen Belange, baute ihm in Ausführung der Terrainspekulationen eines gewiegten Theatermannes ein Festspielhaus. Die Oper Wagners erforderte einen umständlichen szenischen Apparat, der Münchner wünschte sein Theater dick und fett, die Lichteffekte der Revue »Höher geht's nimmer« waren für das Wagnersche Festspielhaus gut zu brauchen. Der Beleuchtungschef der Staatsbühnen, entzückt von dem, was er in Pfaundlers Theater gesehen hatte, zog den findigen Benno Lechner zur Assistenz heran. Allein sosehr dieser Mann ihn schätzte, es bestand wenig Aussicht, daß er die von der Zenzi geforderte feste Anstellung an den bayrischen Landestheatern erhalten werde. Man war dort konservativ. Ausschlaggebend dort waren ältere Kammersänger und Hofschauspieler, die sich von einem Kommunisten vielleicht einmal aushilfsweise, aber sicher nicht auf die Dauer beleuchten ließen. Nein, dort wird er den festen Vertrag, den er für die Zenzi braucht, nicht erreichen.

Was sollte Benno Lechner tun? Die Zenzi drängte, binnen drei Wochen müsse das standesamtliche Aufgebot bestellt sein. Länger als bis dahin könne sie den Ankauf der Werkstatt nicht hinausziehen. Bis dahin also müsse der Beni sich entscheiden. Wenn nicht, dann, Sie entschuldigen schon, Herr Nachbar, mache sie Schluß. Sie habe noch drei Männer zur engeren Wahl. Länger als bis ins Frühjahr bleibe sie nicht in der Tiroler Weinstube. Noch vor der Baumblüte stehe sie im Brautschleier am Standesamt auf dem Petersberg; aber nicht mit einem Schlawiner.

Das waren schwierige Dinge. Benno Lechner wollte sie durchsprechen mit einem Menschen, auf dessen Urteil er etwas gab. Er ging in die Gabelsbergerstraße, zu Kaspar Pröckl.

Er traf den Pröckl nicht in einer Stimmung, in der gut mit ihm zu diskutieren war. Es war im Grund eine läppische Sache, und es war schon mehrere Tage her; dennoch kam Kaspar Pröckl nicht davon weg.

Es war dies. Die Anni war vor einem Schaufenster gestanden, einen Wintermantel betrachtend. Der Mantel war teuer und sicher schlechter, als er von außen herschaute. Aber es war kalt, und einen Wintermantel mußte sie haben. Sie stand wohl etwas lange vor dem Schaufenster; denn auf einmal fragte sie ein Unbekannter, was sie denn da so interessiere. Der Unbekannte war höflich, lustig, er gefiel ihr nicht schlecht, und sie schien ihm sehr zu gefallen. Man sprach über Preise. Es stellte sich heraus, daß der Herr ein Ausländer war, im Besitz von Schweizer Franken. Fünfzehn Schweizer Franken genügten für den Mantel, und der Herr war bereit, ihr die fünfzehn Franken zu einem Kurs zu überlassen, den man wahrhaftig nur einem so hübschen Mädel einräumte. Allein wie die Anni Lechner den nett ausschauenden Mantel kaufen wollte, erwiesen sich die Schweizer Franken des galanten Herrn als falsch. Der ungemütliche Ladeninhaber holte die Polizei. Erst nach einigen unangenehmen Stunden auf dem Polizeirevier wurde die Anni von ihrem schimpfenden Vater befreit.

Kaspar Pröckl, wie er die Geschichte erfuhr, schimpfte noch heftiger als der alte Lechner. Da wurde es der Anni aber zu dumm. Der Kaspar machte sich's leicht. Der Kaspar machte den feinen Herrn. Der Kaspar verzichtete großartig auf den Fünften Evangelisten. Eines aber mußte doch für Miete und Essen sorgen. Fünfzehn Franken für zwölftausend Mark zu kriegen, war für den Reindl vielleicht kein Geschäft; aber für die Anni Lechner war es ein Wintermantel und zweihundert Stunden Freiheit von Kälte, Regen, Schnupfen. Wenn sie schließlich hereingefallen war, der Kaspar hatte ihr nicht viel Gelegenheit gegeben, Banknoten zu studieren.

Der Kaspar hatte großartig geantwortet. Doch was die Anni sagte, war nichts anderes, als was ihn schon lange verfinsterte, wenn er es auch nicht wahrhaben wollte. Es kratzte ihn, daß die Anni ihre resche Art nicht mehr beibehalten konnte, daß sie manchmal verfallen aussah, daß sie offenbar zu wenig zu essen hatte und kein Geld für Kleider. Sie lamentierte nicht; aber sogar ein so schlechter Beobachter wie er mußte bemerken, daß sie sehr abgerissen war. Nein, er konnte sich seine Haltung nicht länger leisten. Seine *Würde* war ein Privatspaß, der Balladenzyklus, an dem er herummurkste, von dem Einzigen und der Masse, war ein Privatspaß. Er wurde in zwei Monaten dreißig; es war Zeit, diese Späße aufzugeben. Er hat das Angebot des Reindl, nach Moskau zu reisen, großartig abgelehnt. Wenn er jetzt etwas haben will, muß er schon zu dem Reindl gehen. Das ist verflucht unangenehm.

In diese grantige Stimmung hinein platzte der Benno Lechner mit seinen Sorgen. Er sah bald, daß heute mit dem Kaspar nicht gut reden war, saß da, druckste herum, sprach von Allgemeinem. Auch da war der Kaspar heute so scharf, daß man ihn am besten allein reden ließ. Er schimpfte auf alles, verstieg sich in Theorien, die mehr heftig als richtig waren. Sowjet-Rußland, erklärte er, werde infolge der Überspannung der Parteidiktatur und infolge der bornierten Säuberung der Partei durch die Machthaber mehr und mehr zum Klassenstaat, während die westlichen Demokratien behutsam, doch stetig auf den klassenlosen Staat hinarbeiteten. Er wurde in der Auslegung von Vorgängen und von Dogmen immer kühner. Schließlich prägte er den mehr für einen Refrain seiner Balladen als für die Propaganda geeigneten Satz: der Marxismus bezwecke nicht die Verteilung des Reichtums, sondern der Armut, nicht die Verbreitung der Freiheit, sondern der produktiven Unfreiheit.

Der Beni, erschreckt, ließ ab vom Theoretischen. Als er aber auf seine eigene Angelegenheit überleiten wollte, schnitt der Genosse Pröckl, ergrimmt mehr über sich selbst als über den Beni, scharf ab: er wolle nichts von Einzelschicksalen hören, die Zeit der Einzelkonflikte sei vorbei; er selber wolle kein Einzelschicksal, er wolle aufgehen in der Masse. Diese Worte klangen wunderlich im Mund eines so schroffen, kantigen Menschen. Der Benno Lechner nahm sie für puren Hochmut, wurde, sonst unbedingter Anhänger Pröckls, seinesteils schwierig und schwieg, als der Pröckl leise Einrenkungsversuche machte, störrisch und verstimmt.

Die beiden schweigsamen Männer atmeten auf, als die beredte Anni kam. Menschenkundiger als Kaspar hatte sie bald heraus, daß den Bruder was drückte. Sie schlug vor, sie wolle einmal wieder mit ihm den Vater besuchen, und die Geschwister machten sich auf den Weg zum Unteranger. Der Anni jetzt statt dem Pröckl sprach Benno Lechner von seinen Sorgen. Sie hörte interessiert zu; sie billigte es herzhaft, daß die Kassierin Zenzi den Bruder so resolut vor die Wahl stellte. Es war gut für den Beni, wenn er gezwungen war, sich in diesen ungewissen Zeiten auf etwas Sicheres zu legen. Sie riet ihm dringend und vielwortig zu; sie freute sich schon darauf, seinem Kind die Taufpatin zu machen.

Bei dieser Gelegenheit vertraute sie ihm etwas an. Sie sei daran gewesen, von dem Kaspar ein Kind zu kriegen. Aber sie habe dem Kaspar nichts davon gesagt, denn der, bei aller Gescheitheit, wäre mit so was nicht fertig geworden. Vielmehr sei sie still zu einem Arzt gegangen und habe sich das Kind schön stad wegnehmen lassen. Sie hätte es lieber ausgetragen. Aber wer sollte es ernähren und fortbringen in einer solchen Sauzeit? Es war keine schöne Welt mit Inflation und lauter so damischen Geschichten, wo jeder dran glauben mußte, wenn er nicht ganz gerissen war. Es hatte noch eine Schwierigkeit dabei gegeben. Der Arzt, an den sie empfohlen war, ein Mann mit einem goldenen Herzen, der es einem armen Hascherl schließlich sogar umsonst machte, der war, eben deshalb, von schuftigen Konkurrenten angezeigt worden. Und weil er ein Roter war, ein Sozialist, hatte man ihn auch eingesperrt. Sie mußte also zu einem Arzt der Großkopfigen gehen. Der war nett und wohlwollend; aber er verlangte ausländisches Geld. Bloß weil es ihr dadurch so knapp hinausging, war sie auch in die Geschichte mit dem Mantel hineingerutscht.

Der Beni hörte sich das an. Er sagte wenig. Im stillen fand er es anerkennenswert, wie couragiert so ein Frauenzimmer mit ihren Sachen fertig wurde. Die Anni ihresteils betrachtete den Bruder vergnügt von der Seite. Er hatte sich das Haar lange nicht schneiden lassen. Sie nahm mit stillem Spaß wahr, daß er jetzt einen Ansatz von Schläfenbart hatte, der ihn dem alten Lechner ähnlicher machte.

Sie kamen zum Unteranger. Cajetan Lechner hatte das Haus renovieren lassen; aber er hatte da keine so glückliche Hand wie mit seinen alten Möbeln. Der neue Aufputz wirkte gezwungen, das Haus hatte vorher, ein wenig verfallen, schöner hergeschaut. Der Alte war froh, daß er die beiden einmal dahatte; er schimpfte, daß man die Ehre so selten habe. Er war verändert, seitdem er bei den Wahrhaft Deutschen war, großspuriger. Früher, wenn er sagte, er werde schon noch hochkommen, klang das wie eine Entschuldigung, daß er es bis jetzt zu nichts gebracht hatte. Neuerdings aber trumpfte er geradezu auf mit diesem Satz. In seinem Herzen hoffte er, die patriotische Bewegung werde ihm das gelbe Haus doch noch verschaffen; ja, wenn wir nach der völkischen Erneuerung zur Erzwingung eines größeren Deutschlands mit Holland Krieg führen, dann kann er vielleicht sogar den Holländer, den notigen, zwingen, das Schrankerl wieder herauszugeben Cajetan Lechner war, seitdem er bei dem Kutznerrummel mitmachte, richtig spinnert geworden, man konnte nicht mehr mit ihm reden. Er verlangte aber, daß man mit ihm rede; er konnte nicht schlafen, wenn er nicht vorher dem Beni, dem roten Hund, dem roten, heimgeleuchtet hatte. Der Alte mit dem Kropf und dem großen Schläfenbart und der Junge mit dem kleineren Schläfenbart saßen zusammen, und der Junge ließ sich geduldig ausschimpfen. Er wird den Petersberg schlucken mit dem giebeligen Standesamt, und dann wird er seine Ruhe haben.

Der Pröckl mittlerweile bereute seine kindische Hoffart dem Benno Lechner gegenüber. Was er gesagt hatte, war richtig; er hatte es bloß schief und geschwollen herausgebracht. Der Ingenieur Kaspar Pröckl litt in Wahrheit an seiner Persönlichkeit. Er wollte heraus aus ihr, wollte ein Atom unter vielen werden. Immer ragte ein Stück von ihm heraus über die andern. Das wollte er los sein, das mußte fort.

Es verdroß ihn, daß der Beni in berechtigtem Ärger gegangen war. Er nahm den Zyklus Balladen vor und versuchte sich an einer neuen: »Von der Armut«. In Versen klangen seine Ideen viel vernünftiger als in Prosa, wo man sie umständlich argumentieren mußte. In der Villa Seewinkel hatte er geradezu den Kasperl gemacht für dieses Mammut aus Kalifornien. Das Mammut hatte ihn behandelt wie einen Säugling, und mit Recht, das Mammut war nicht dumm. Dumm war, was *er* gesagt hatte. Aber die Ballade »Von der Fairneß« war geraten. Kaspar Pröckl nahm sein Banjo, klimperte leise. Verse kamen ihm nur mit der Melodie. Auch die Ballade »Von der Armut« geriet.

Er sang sich die Ballade vor, sie gefiel ihm. Allein in dem großen Atelier, mit seiner gellenden Stimme, schrie er die Ballade »Von der Armut«. Er war ein Stolzer. Seitdem er die Niederlage vor dem Dollarscheißer erlitten hatte, sang er keinem mehr seine Balladen, nicht einmal der Anni. Überhaupt hatte er Geheimnisse jetzt vor der Anni.

Heimlich, spitzbübisch, ging er an eine gutverschlossene Schublade, sperrte sie auf. Sah sich nach der Tür um, beinahe wie der Maler Landholzer, riegelte sie zu. Holte aus der Schublade heraus die Zeichnung »Der Westöstliche Gleiche«, das Manifest »Über die Wahrheit«, das Holzstück mit dem »Bescheidenen Tier«.

Betrachtete diese Dinge: die Zeichnung, die Skulptur, das Schriftstück, betrachtete sie zärtlich, mit Inbrunst, mit Lust.

Schaute hinüber zu dem Zeichentisch, auf dem Entwürfe lagen, Konstruktionen seiner technischen Arbeit. Lachte laut, verächtlich. Sang mit schriller Stimme abermals, allein, sehr laut, herausfordernd die eben gewordene Ballade »Von der Armut«. Und abermals gefiel sie ihm.

Er war vergnügt. Wieso eigentlich? Die Definition dieses alten Bürgers Aristoteles ist doch immer noch die beste: Sinn der Kunst ist die Reinigung von Furcht und Mitleid. Psychoanalyse ist eine der Ausfluchten des untergehenden Bürgertums. Dieser alte Aristoteles verstand verdammt viel von Psychoalanyse. Kunst ist das bequemste Mittel, gewisse gefährliche Triebe, als da sind Furcht, Mitleid, Gewissen, zu reinigen, sie loszuwerden. Eine schlaue, bequeme, listige Art. Ist sie nicht zu schlau, zu listig, zu bürgerlich?

Eigentlich ist man ein Schwein. Es stimmt: es ist nicht die Zeit, sich ein kompliziertes Privatleben zu leisten. Charakterköpfe sind außer Mode. Aber da schreit er diesen armen Benno Lechner an, Privatkonflikte seien uninteressant, und er selber sitzt da mit seinem Charakterkopf. Und er betrachtete aus finstern, tiefliegenden Augen die finstern, tiefliegenden Augen des westöstlichen Gleichen, die scharfe Nase, den mächtigen Adamsapfel, die starken Jochbogen.

Ja, Kunst ist eine verdammt billige Methode, sich seiner Leidenschaften zu entledigen. Der alte Plato, freilich ein Großkopfiger, ein Oberaristokrat, aber ein schlauer Hund, wußte schon, warum er die Dichter aus seinem Staat verbannte. Billiger als durch Ästhetik kann man seine Verpflichtungen gegen die Gesellschaft wirklich nicht loswerden. Es ist eine zu billige Art, mein Lieber. Die guten Triebe, Kampflust, Empörung, Mordlust, Ekel, Gewissen, sind unbequem. Aber gerade dazu sind sie da, daß sie einen nicht in Ruhe lassen. Sie durch Kunst abreagieren, das könnte manchem passen. So einfach geht es nicht. Diese Triebe wollen praktisch verwendet sein: für den Klassenkampf.

Nein, Herr Ingenieur Kaspar Pröckl, Sie machen's sich zu leicht. Von den andern verlangen Sie, daß sie auf Privatleben verzichten. Verzichten Sie auf *Würde*? Bequemen Sie sich zu dem Herrn Reindl? Gehen Sie nach Rußland? Da sitzen Sie, allein, bei verschlossener Tür, höchst privat. Schreiben Balladen, machen Kunst. Schlemmen Kunst. Wer hat Ihnen das erlaubt?

Das darf sich vielleicht der Dr. Martin Krüger leisten, weil er im Zuchthaus sitzt, in einer unbehaglichen Situation. Oder wenn man sich in den Hafen der Irrenanstalt zurückgezogen hat. Der Maler Landholzer darf sich das vielleicht leisten. Aber der Schriftsteller Jacques Tüverlin, der in der Villa Seewinkel sitzt, mit der Frau des Martin Krüger, und ein Hörspiel »Weltgericht« schreibt, mit dem er obendrein noch dicke Dollars verdient: pfui Teufel über so ein bequemes Schwein.

Er will nicht sein wie der Schriftsteller Jacques Tüverlin.

Er setzte sich an seine Schreibmaschine, deren E und X immer noch nicht funktionierten, und schrieb folgendes:

»Marschorder für Kaspar Pröckl, einen Bolschewiken, ausgestellt am 19. Dezember.

1. Sie haben sich zu dem Kapitalisten Andreas Reindl zu begeben und mit allen Mitteln zu trachten, von ihm als Chefkonstrukteur nach Nishnij Nowgorod geschickt zu werden.
2. Sie haben mit allen Mitteln, vor allem durch die Hilfe des genannten Kapitalisten Reindl, dahin zu wirken, daß der Strafgefangene Martin Krüger aus dem Zuchthaus entlassen wird.
3. Sie haben an das Mädchen Anna Lechner die Frage zu stellen, ob sie in die Partei eintreten und mit Ihnen nach Rußland gehen will.«

Der Ingenieur Kaspar Pröckl, als er dieses schrieb, erinnerte sich nicht, daß einmal in seiner Gegenwart der ihm verhaßte Schriftsteller Jacques Tüverlin sich selber gewisse ästhetische Richtlinien mittels einer Postkarte mitgeteilt hatte.

Er öffnete den eisernen Ofen, den die Anni vorsorglich, bevor sie gegangen war, nachgefüllt hatte. Hinein warf er die Blätter mit den Balladen. Ihnen nach das *Manifest* des Malers Landholzer, die Zeichnung »Der Westöstliche Gleiche«, zuletzt die Holzskulptur »Das Bescheidene Tier«. Dann, ohne zuzuschauen, wie es verbrannte, setzte er sich an den großen Zeichentisch, an seine Konstruktionen.

18
Einer klettert am Gitter seines Käfigs

Die Strafanstalt Odelsberg war früher ein Kloster gewesen; das Refektorium war jetzt Kirche. Am Weihnachtsabend saßen die Gefangenen in den Bänken, es wurde gesungen, der Direktor hielt eine Rede. Kerzen brannten auf einer Tanne. Hinten standen Einwohner der Ortschaft Odelsberg, zumeist Frauen und Mädchen. Die Braunberockten schielten nach ihnen, froh der seltenen Gelegenheit, Weiber zu sehen. Die Rede des Direktors klang schal, der Gesang war schlecht, die Tanne und ihre Lichter dürftig. Aber die Gefangenen waren gerührt, viele weinten. Auch Martin Krüger war gerührt. Später erschrak er vor Scham, daß er gerührt war. Am Abend gab es ein Stück Käse mehr. Es war Schweizer Käse, hart, kräftig. Martin Krüger schmeckte ihn aus, Krume für Krume.

Es ging ihm nicht gut. Er hatte seine starken Tage gehabt, als er von dem Revolutionär Goya schrieb. Seine eigene Revolution war ein läppischer Kampf mit einem subalternen Kerkermeister, zermürbend, aussichtslos.

Auf die Dauer hielt seine Klugheit nicht vor. Einmal gelang es dem Kaninchenmäuligen, einen Vorwand für eine Bestrafung zu erlisten. Er diktierte ihm die Strafe geschäftsmäßig, knapp, fast militärisch. Die Härchen seiner Nase zitterten, als schnuppere er wollüstig. Da hob Martin Krüger die Hand und schlug ihm ins Gesicht. Es war eine große Genugtuung. Aber sie wollte bezahlt sein. Der Direktor nämlich, klüger als sein Gefangener, beherrschte sich, beschloß, den Schlag Krügers als einen Wahnsinnsanfall zu nehmen, schickte ihn in die Tobzelle.

Die Tobzelle war im Keller des Zuchthauses, ein sehr enger Käfig. Martin Krüger mußte sich entkleiden, man ließ ihm nur das Hemd. Man stieß ihn ein paar glitschige Steinstufen hinunter. Scharfer Gestank schlug ihm entgegen, herrührend von der Notdurft derer, die vor ihm dagesessen waren. Es war Nachmittag, doch hier unten war es vollständig dunkel. Er tastete, wo er sei, stieß sich an Stäben, an Wänden. Spürte, daß der Boden nackt war, uneben, voll von Löchern. Sein Hemd war kurz, die scharfe Kälte lähmte; stand er auf, um sich zu bewegen, so schnitt sie wie Messer. Als man ihn in diese *Tobzelle* sperrte, mochte es vier Uhr nachmittags gewesen sein. Wenige Stunden später wußte er nicht mehr, ob es Nacht war oder schon Tag. Auch von dem Gestank spürte er nichts mehr. Ratten gab es viele in seinem Käfig; aber der Mann Krüger hatte kein Bedürfnis, mit ihnen zu sprechen. Er legte sich hin, er hoffte, zu erfrieren; erfrieren, hatte er gehört, sei ein guter Tod. Aber er konnte nicht liegenbleiben; die Ratten störten ihn. Vielleicht auch war es vor Hunger, daß er nicht einschlief. Er schrie, aber man hörte ihn nicht oder wollte ihn nicht hören. Später winselte er nur noch. Nach etlicher Zeit warf man ihm eine Matratze herein, auch etwas Brot.

Manchmal wußte er nicht genau, wo er war, nur daß er in Nacht, Hunger, Kälte, Gestank und inmitten von Ratten war. Er sehnte sich nach seiner Zelle. Einmal fiel ihm ein, daß er in Mitteleuropa war und im zwanzigsten Jahrhundert, und daß dieses Jahrhundert und dieses Stück Erde überzeugt waren, besser zu sein als frühere Zeiten und als Völker des Urwalds. Er erinnerte sich an Menschen, die er im Drahtverhau hatte hängen sehen, an Menschen, erstickend in Gas, an Menschen, verreckend unter den Kolbenschlägen der *Befreier Münchens.* Er suchte sich Erleichterung zu schaffen an der Vorstellung, daß diese Menschen noch elender waren als er; allein das war nicht wahr: sie waren nicht elender. Er dachte an Verse eines mittelalterlichen Dichters, Dante Alighieri mit Namen, Verse, die von der Hölle handeln, von Verhungernden, Verbrennenden, und er lachte über die primitive Phantasie dieses Dichters. Dann stand er auf, schwankend, die Glieder zerschnitten vor Frost, überaus schwach, und versuchte, in dem dunkeln Käfig die gewohnten Turnübungen zu machen. Es tat sehr weh, er mußte jeden Knochen einzeln heben und stoßen; schließlich fiel er erschöpft hin. Dann schlief er wohl auch.

Als er erwachte, fühlte er sich nicht schlecht; er war zufrieden, daß er so schwach war, er hörte vergnügt auf das Getrippel der Ratten. Nur eines quälte ihn: daß ein bestimmter Vers jenes Dante ihm nicht einfallen wollte. Er sagte: »Dante era un trecentista.« Er sagte: »Nicht geboren sein ist das beste.« Er sagte: »Wie lange noch?« Er glaubte, es sehr laut zu sagen, aber er sprach so leise, daß nicht einmal die Ratten ihn hörten. Er vesuchte, sich sämtlicher Gesichter zu erinnern, die er kannte. Er numerierte sie; aber er wußte, daß bestimmte Gesichter ihm fehlten, auch waren die Nummern immer andere. Er suchte sich Einzelheiten seines Arbeitszimmers ins Gedächtnis zu rufen. Das Ganze sah er sehr deutlich; aber gewisse Einzelheiten, immer wieder, fehlten ihm. Das ärgerte ihn. Es war wunderlich, was alles nebeneinander in der Welt ist. Sie ist so klein, was sind schon vierzigtausend Kilometer? Dennoch blieb es wunderlich, daß jetzt gleichzeitig irgendwer in der Welt irgendeine frühe Äußerung von ihm las über irgendeine Farbnuance und daß gleichzeitig er hier lag und Ratten über ihn wegliefen.

Daß er hier lag, war nicht schlimm. Daß ein Richter ihn verurteilt hatte, war nicht schlimm. Daß ein Mann ihn hier hineinstieß in die zehn ägyptischen Plagen, in Hunger, Geziefer und Finsternis, war nicht schlimm. Aber schlimm war, daß draußen andere herumgingen und davon wußten und es duldeten. Daß Menschen nachdachten über Millionen Dinge und nicht hier über ihn, daß Zeitungen schrieben über Reden von Politikern, Farbgebung von Bildern, Schnelligkeit von Schiffen, Flugbahnen von Tennisbällen und nicht hier über ihn. Er lag in großer Schwäche, sog den scharfen Gestank des Käfigs ein und haßte Johanna.

Er wußte nicht, wie lange es her war, daß man ihm die Matratze hereingeworfen hatte und das Brot. Auf einmal fürchtete er, und er starb fast vor Schreck, man habe ihn vergessen. Er war einmal in einer unterirdischen Höhle gewesen, im Untersberg, sie war weit, verzweigt, mit sehr steilen Wänden, zunehmend kalt, totenstill. Er war mit einem Bekannten hineingegangen, ohne Führer, das war leichtsinnig. Wenn die Batterie der Taschenlampe versagte, war es aus. Sie versagte. Er hatte plötzlich keinen Boden unter den Füßen und Angst wie nie zuvor. Es dauerte wohl nicht sehr lange, bis sein Bekannter wieder zu ihm stieß, kaum eine Minute: doch ihm schien es ewig. Es war das Schrecklichste, was er erlebt hatte; manchmal, selten, überfiel ihn die Erinnerung. Dann begann er zu zittern.

Die gleiche, würgende Furcht fiel ihn jetzt an. Man hat ihn vergessen, er wird hier verrecken, unter den Ratten, im Kot seiner Vorinsassen, in seinem kurzen Hemd.

Es waren aber sechsunddreißig Stunden, die man ihn in diesem Käfig ließ.

Als dann Dr. Gsell ihn untersuchte, fand er ihn erfreulich ruhig. Er beklagte sich über nichts, gab höfliche, vernünftige Antworten, ging ein auf den jovialen Ton des Arztes. »Mehr weiße Haare haben wir bekommen«, scherzte der Doktor, »aber das steht uns ganz gut. Und die kleine Schwäche kriegen wir schon.« Krüger schaute ihn an aus stumpfen Augen. »Ja, Herr Doktor«, sagte er still, »das kriegen wir schon. *Ich* komme hier einmal heraus: aber Sie müssen immer hierbleiben.«

Diese sanfte und sicher nicht bös gemeinte Konstatierung traf den Dr. Gsell. Denn er saß nicht gern in Odelsberg. Er hatte ursprünglich die Universitätskarriere einschlagen wollen. Seit seiner Studentenzeit hatte er eingehende, passionierte Untersuchungen angestellt über die Rassenunterschiede des Blutes, und seine beiden Veröffentlichungen wurden unter den Büchern dieser Wissenschaft, unter den Schriften der Dungern, von Scheidt, Hirschfeld, an erster Stelle genannt. Einmal hatte er geglaubt, jetzt sei es an dem, jetzt habe er den Schlüssel, gewisse Blutmerkmale als auslesewertig nachzuweisen. Allein es war wieder nichts: seine Erkenntnis blieb Irrtum. Ihm wie allen Zeitgenossen blieb es versagt, aus dem Blut des Individuums seine Rassenzugehörigkeit zu diagnostizieren. Wie immer, er war näher am Ziel als die andern; wenn einem, dann ihm mußte es glücken. Später aber hatte eine Reihe widriger Umstände, Vermögensverfall seiner Mutter, Rückgang seiner Verlobung mit einer einflußreichen Professorentochter ihm das Projekt der Dozentur verhunzt, ihn gezwungen, seine Untersuchungen aufzugeben. Jetzt, ein alternder Junggeselle, saß er in Odelsberg, hatte eine Privatpraxis, die ihn nicht anregte, sein ärztliches Amt in der Strafanstalt, das ihm Erfüllung unwillkommener Pflicht war. Ein Arbeitstag von vierzehn Stunden, eine läppische Tätigkeit, die jeder andere auch hätte verrichten können, hinderte ihn an der Sendung, für die allein er auserwählt war.

Dr. Gsell ließ seine Bitterkeit nicht an seinen Patienten aus. Er liebte nicht die medizinische Praxis, aber er war kein schlechter Arzt. Er hatte raschen Blick, eine geschickte Hand. Versah sein Amt human. Allein der Dienst im Zuchthaus stumpfte ab. Dr. Gsell gewöhnte sich, von dem, was ihm die Gefangenen erzählten, wenig zu glauben. Es gab so viele Störrische, Verbissene. Er blieb auch vor ihnen jovial, sprach ihnen zu. Wurde aber, wenn sie beharrten, unangenehm.

Er hatte, als Krüger eingeliefert wurde, an ihm wie an allen Zuchthausinsassen zunächst eine Blutuntersuchung vorgenommen. Dem Aussehen nach keltischer Typ mit leicht semitischem Einschlag, hätte der Mann von Rechts wegen der Blutgruppe A angehören müssen. Der friedfertige Dr. Gsell, als er feststellen mußte, daß er ärgerlicherweise der Gruppe A B angehörte, nahm es ihm nicht übel. Auch als Krüger über Herzschmerzen klagte, verargte er ihm das nicht, beklopfte ihn, fand nichts, sagte ihm etwas Joviales. Zu Besorgnissen war kein Anlaß. Dieser Typ war nach seinen Erfahrungen ziemlich zäh. Als Krüger sich ein zweites Mal meldete, behorchte er ihn ein zweites Mal, geduldig, fand wieder nichts. Als Krüger ein drittes Mal kam, wurde er ungemütlich. Es war verständlich, daß der Strafgefangene Nummer 2478 sich mit seiner Hilfe gute Tage machen wollte, aber dann soll er sich gefälligst einen bessern Vorwand aussuchen. Herzschwäche. Das abgebrauchteste, beliebteste Mittel. Die Anfälle finden nachts statt, in Einzelhaft, ohne Zeugen? Natürlich. In Gegenwart anderer hat der Herr Patient niemals Anfälle. Kennen wir. Der Herr Dr. Krüger spitzen wohl darauf, daß wir ihn ins Lazarett schicken zur Beobachtung auf *Angina pectoris.* Aber da ist er geschlenkt. Wir denken nicht daran, ihm auf seine Herzgeschichten hereinzufallen. Man ist etwas down nach sechzehn Monaten Zuchthaus. Wenn man aus einer üppigen Vergangenheit zu uns kommt, dann empfindet man uns als etwas spartanisch, es treten gewisse Veränderungen ein, nervöse Magenbeschwerden, Verdauungsstörungen, Aufschwemmung, dann Abmagerung, graue Hautfarbe. Das ist nicht weiter erstaunlich. Das ist üblich. Das gibt sich. *Angina pectoris.* Das könnte ihm so passen. Da könnte jeder kommen.

So also stand der Arzt zu dem Gefangenen, ein wenig mißtrauisch, doch nicht ohne Hilfsbereitschaft. Wie nun jetzt, nach den sechsunddreißig Stunden Tobzelle, Krüger zu ihm sagte, daß wohl er einmal, nicht aber Dr. Gsell hier herauskomme, traf diese Antwort den Arzt, wo er am empfindlichsten war. Doch er vergalt es dem geschwächten Mann nicht; vielmehr verordnete er ihm Zusatzkost, Arbeitsruhe.

Allein bald darauf klagte Krüger von neuem über einen Herzanfall, über das schauerliche Gefühl absoluter Vernichtung, über das schreckliche Auftauchen aus diesem Zustand, die Hilflosigkeit des Alleinseins. Die Anfälle kämen jetzt in immer kürzeren Abständen. Er bat dringend, der Arzt möge doch eine Glocke anbringen lassen oder irgendein Mittel, daß er jemanden herbeirufen könne; er fürchte, einmal werde er einen solchen Anfall nicht überstehen. Da konnte trotz sichtlicher Bemühung Dr. Ferdinand Gsell seine Jovialität nicht festhalten. Er nannte Martin Krüger kurzerhand einen wichtigmacherischen Simulanten.

Allein Martin Krüger simulierte nicht.

Im übrigen kam es nach jenem Aufenthalt in der Tobzelle zu einer Art Waffenstillstand zwischen ihm und dem Direktor. Es wird Martin, was immer Förtsch unternehmen wird, nicht mehr passieren, daß er sich hinreißen läßt.

Er sprach, um seine Stimme zu hören, viel mit sich selber, nicht zu laut, damit die Wächter auf dem Korridor ihn nicht anzeigten. Nur wenn er wohlgesinnte Beamte auf dem Gang wußte, rezitierte er mit ganzer Stimme. Kapitel aus dem Buch über Goya am liebsten. Sonst vertrieb er sich viele Stunden der Nacht mit ausschweifenden Rachephantasien. Träumte davon, die ganze Stadt München zu vergiften, mit allem Gemensch und Getier. Malte sich die Einzelheiten aus, Knäuel Sterbender, Vergifteter. Alte Legenden, Historien nebelten hoch in ihm. Wenn es fünf Gerechte in der Stadt München gibt, dann wird Gott seine Rache scheitern lassen. Es gibt aber nicht fünf Gerechte. Er hat solange in dieser Stadt gelebt; einmal doch müßte ihm einer von den fünfen begegnet sein. Vorsichtshalber feilschte er mit Gott um die Zahl. Gott soll, will er die Stadt schonen, die Minimalgrenze erhöhen, auf zehn, wie er es schon einmal gemacht hat. Gott war gnädig. Gott hatte ein Einsehen, Gott stimmte zu. Da lachte Martin Krüger voll Hohn und Triumph. Jetzt war es aus mit der Scheißstadt. Daß sich nicht *zehn* Gerechte in ihr fänden, darüber war er beruhigt.

Diesmal als Johanna ihn besuchte, war ihre Spannung größer als die seine. Er hatte sich nichts zurechtgelegt, was er ihr sagen wollte. Wiederaufnahme, Strafunterbrechung, Amnestie beschäftigten ihn Tag und Nacht. Denn wenn er auch schwach war, er blieb zäh; aber Erwartung hatte er keine. Gewiß, es gab das, Wiederaufnahme, Amnestie. Es gab auch das Meer, das man überqueren konnte mit einem Schiff und mit einem Flugzeug. Es gab auch den Planeten Mars, und vielleicht wird man auch da einmal hingelangen. Aber er? Er hatte seine Zelle, zwei Meter breit, vier Meter lang, und der Planet Mars und Straßen, Frauen, Meer, Wiederaufnahme waren jenseits dieser Zelle. Er sprach mit Johanna klar und ruhig. Niemals fehlte ihm das richtige Wort. Auf ihre gespannten, ängstlichen Fragen gab er sofort deutliche, anschauliche Antwort. Er sprach von seiner Krankheit, von jenem Vernichtungsgefühl, von dem würgenden, pressenden Schmerz, und daß der Arzt nichts finden könne. Vielleicht auch war es wirklich Einbildung. Er hatte ja auch getobt, hatte den Direktor ins Gesicht geschlagen, was schwerlich ein Vernünftiger tut, da er weiß, daß die kurze Freude nicht im Verhältnis steht zu der Dauer und der Schwere des Entgelts. Aber Johanna glaubte nicht, daß jenes Vernichtungsgefühl nur Einbildung sei; sie sah den Graubraunberockten, diesmal sah sie ihn licht und sogleich, so daß sie das Bild nicht erst später aus der Erinnerung herausgraben mußte, und sie wußte genau, daß nicht Martin Krüger, daß der Arzt sich täuschte. Sie hatte nicht einmal das Gefühl, daß hier Bosheit am Werk war, sie glaubte, es sei ein schwerer, verhängnisvoller Irrtum, und ihre Gedanken jagten, wie sie diesen Irrtum gutmachen könnte. War das denkbar, daß sie glücklich gewesen war, während Martin einen solchen Anfall hatte? Daß sie neben Tüverlin lag, während Martin rang mit der Vernichtung?

Sie muß den Kaninchenmäuligen stellen, muß zu dem Arzt gehen. Ein Spezialarzt muß zugezogen werden. Sie muß dem

Dr. Geyer schreiben, muß sogleich, sogleich muß sie noch einmal mit dem Minister Messerschmidt reden. Hier wird ein Mensch zerrieben, der keine Obhut hat außer der ihren. Es liegt am Tag, sie sieht es deutlich, wie er weniger wurde von Mal zu Mal, einschmolz, einging. Dies alles dachte sie schnell, gejagt, tausend andere Möglichkeiten erwog sie, Besuche bei Ärzten, Briefe an die fünf heimlichen Regenten. Sie konnte sich nicht vorstellen, daß jemand nein sagen sollte, wenn es sich um ein so Einfaches handelt wie Krankheit, so fern aller Politik.

Martin Krüger indes erzählte weiter; er erzählte minutiös genau von seinen Anfällen, so deutlich, wie er früher Bilder geschildert hatte. Johanna schaute auf seinen Mund, einen sehr üppigen Mund einst, sie sah seine Zunge, die weißlich war, seine Zähne, die gelb aus dem blassen Zahnfleisch hervorkamen, seine dichten Brauen, die jetzt verfärbt hingen über matten Augen. Er sagte: »Weißt du, das ist so«, und es waren insgesamt vielleicht zwei Minuten, die er über seine Anfälle sprach. Johanna erschien es eine Ewigkeit.

Sie bekam nicht den Arzt zu sprechen, nur den Oberregierungsrat. Der blieb gelassen vor ihren Beschimpfungen, bat höflich, sich zu mäßigen, blieb gelassen vor dem Hinweis auf den Minister Messerschmidt.

Vor Tüverlin brach Johanna in wüsten Zorn aus, beschimpfte auch ihn, und in gemeinen Worten, daß er, ein Mann, dieser langsamen Ermordung eines Unschuldigen ruhig zusehe. Tüverlin hörte sie sehr aufmerksam an, ließ sich einiges, was sie berichtete, wiederholen, nickte. Dann notierte er. Ganz wie der Amerikaner. Diese Gewohnheit hatte er von ihm angenommen.

Johanna haßte ihn.

19
Der unsichtbare Käfig

Seit dieser Unterredung, in der Johanna Tüverlin von der Krankheit Martin Krügers berichtete, war die beglückende Sicherheit fort, auf der die Monate in der Villa Seewinkel wie für die Ewigkeit gestanden waren. Tüverlin hatte sich Notizen gemacht wie ein Börsenmakler, wie jener Amerikaner, von dem er soviel sprach und der ihr zuwider war. Hatte Jacques nicht sogar gelächelt? Ja, er hatte gelächelt. Bei einiger Überlegung hätte sie sich sagen müssen, daß es kaum die Pein Martin Krügers sein konnte, über die eben der Mann sollte gelächelt haben, der jenen kalt und scharf brennenden Essay zum Fall Krüger geschrieben hatte. Allein Johanna überlegte nicht. Sie sah nur das Bild dieses nackt lächelnden Mundes.

Sie sprach kein Wort mehr über Martin zu Tüverlin. Begann auf eigene Faust eine emsige Agitation, betriebsam, fahrig, ziellos. Sandte Briefe in die Welt hinaus. Schrieb mehrmals heftig nach Berlin an den Anwalt Geyer, schickte ihm ungeduldige Telegramme.

Sie hatte eine zweite Unterredung mit Herrn von Messerschmidt. Wieder, wie sie den Alten sah, kam Ruhe über sie, ein Gefühl der Sicherheit. Herr von Messerschmidt, in seiner langsamen Art, sagte ihr zu, er werde sogleich nachprüfen lassen, was es mit dem Arzt des Zuchthauses und Krügers Herzbeschwerden für eine Bewandtnis habe. »Ich habe Ihnen erklärt«, fügte er hinzu, »noch vor der Baumblüte werden Sie Bescheid haben über das Wiederaufnahmeverfahren. Wiederaufnahme oder Strafunterbrechung. Ich habe gesagt: in zwei Monaten. Es sind noch achtundvierzig Tage. Der Messerschmidt hat es nicht vergessen.«

Von alledem erzählte Johanna Tüverlin nichts. Sie lebten zusammen. Sie teilten Tisch und Bett, Arbeit, Sport und Erholung. Er selber war strahlender Laune. Das Hörspiel »Weltgericht» war so gut wie vollendet. Es sollte zuerst von New York aus gesendet werden. Es war geraten. Johanna spürte das; sie spürte die Kraft, die von dem Werk ausging. Doch sie hatte keine Freude daran.

Keine Logik nützte: jenes blöde Schuldgefühl war da wie eine Krankheit, die man nicht los wird. Kratzte, lastete. Wurde schwerer, leichter, aber ganz los wurde sie es nicht. Immer da blieb diese alberne Bedrückung. Was sie tat und dachte, sie stieß daran. Sie saß darin wie in einem Käfig. Nur weil sie sich so ganz in dieses Glück Tüverlin hineingeworfen hatte, war jener krank und im Elend. Sie hatte sich gut sagen: das Herz in der Brust des Mannes von Odelsberg war ein Stück Fleisch, bestand aus Blut, Muskeln, Gewebe, Gefäßen. Es funktionierte nicht besser, nicht schlechter, ob sie den Mann Tüverlin liebte oder nicht. Das war wahr, das war nicht wahr. Wie immer: sie konnte Tüverlins nicht froh werden, solange die Sache mit dem andern nicht erledigt ist. Nie mehr wird sie Tüverlins froh werden können. Ihr Leben mit ihm war ein für allemal zerrissen, seitdem Tüverlin gelächelt hat über das Elend des Mannes Krüger.

In dieses Elend konnte sie sich jetzt auf Augenblicke so hineinfühlen, daß Johanna Krain vertauscht war in den Mann Krüger. Sie saß da, das breite Gesicht mit der stumpfen, etwas fleischigen Nase in die Hände gestützt, die langen, grauen Augen geradeaus, die glatte Stirn gefurcht. Sie saß da in der Villa Seewinkel und saß doch in der Zelle von Odelsberg, die sie nie gesehen hatte. Sie war der Mann Martin Krüger, sie spürte seinen Haß gegen den Kaninchenmäuligen, gegen die Stadt München, das Land Bayern; sie spürte ihr Herz zerdrückt zwischen Steinen, die klammernde, würgende Vernichtung. Sie war ganz er. Solches Licht des Gefühls bei Dumpfheit des Verstandes, solche Augenblicke der Verwandlung in einen andern hatten viele Bewohner der Hochebene.

Tüverlin ging neben Johanna her, schwatzte munter mit seiner gequetschten Stimme auf sie ein. War das Hörspiel »Weltgericht« nicht großartig geworden? Er strahlte. Sein Erfolg im Ausland hielt an. Geld kam, für das Deutschland jenes Jahres ungeheuer viel Geld. Hatte sie einen Wunsch? Soll er ihr das Haus kaufen, den Wald, den See? Er tauschte Kabel und Briefe mit dem Mammut; es stand fest, daß er in wenigen Tagen mit der »California« fahren wird. Er sagte Johanna das Datum der Abreise und daß er ein Dollarkonto zu ihrer Verfügung auf der *Dresdner Bank* hinterlegt habe. Er sagte ihr, er freue sich riesig auf die Revue für das Mammut, auf Amerika, auf das Mammut selber. Er schaute sie von der Seite an, oft, spitzbübisch; immer öfter lächelte er. »Der Aufsatz über Krüger«, sagte er, »wird jetzt auch bald erscheinen«, und er lächelte.

Er war sehr gesprächig in diesen letzten Tagen vor seiner Abfahrt, er sagte muntere, scharfe Dinge über Gott und die Welt. Allein über das, was sie anging, was sie fürs Leben gern gehört hätte, über Martin Krüger, über seine Rückkehr, sagte er ihr kein Wort. Nicht sagte er ihr, daß die Amnestierung des Mannes auf gutem Wege war. Als nämlich der Geheimrat von Grueber die Andeutung, die Mr. Potter in dieser Richtung gemacht hatte, an das Finanzministerium und an das Direktionsbüro der Bayrischen Staatsbank weitergab, war man dort zwar sehr erstaunt: aber nach einigen großen Sätzen über die Unabhängigkeit der Justiz in diesem Land erklärte man, man werde die Anregung an die zuständige Stelle weiterleiten. Jacques Tüverlin hatte die Absicht, während seines Aufenthalts in Amerika das Mammut zu stimulieren. Er freute sich, daß die Sache gut voranging. Er lächelte, wenn er daran dachte, wie Johanna aufatmen werde. Sprechen wollte er erst, wenn eine unmißverständliche Äußerung der bayrischen Regierung vorlag.

Johanna, in diesen letzten Tagen, schien gelassen, heiter. Einmal bekam sie einen langen Brief von ihrer Mutter. Die Geschäfte des Charcutiers Lederer gingen mit der steigenden Inflation immer besser; er hatte vier neue Läden angekauft. Frau Krain-Lederer war gekränkt über ihre ungeratene Tochter. Herr Lederer präsidierte in seinem Stadtteil dem Bezirksausschuß der Wahrhaft Deutschen. Seine Stieftochter bemakelte ihn. Frau Krain-Lederer bot noch einmal die Hand zur Versöhnung. Die Tochter möge sich scheiden lassen von dem Zuchthäusler, möge das Konkubinat mit ihrem Schlawiner aufgeben. Zum letztenmal biete die Mutter ihr Heim und Herd an.

Einmal tauchte überraschend in der Villa Seewinkel die Tante Ametsrieder auf. Johanna hatte Freude an der Frau, wie sie feist und stramm daherging, ihren kräftigen Mannskopf durchs Haus trug, handfeste Maximen allgemeiner Art äußernd. Tüverlin grinste vergnügt. Die Tante drängte auf eine Aussprache mit Johanna. Johanna, müde, froh an einem Menschen, der um ihre Dinge Bescheid wußte, hörte sie an. Die Tante meinte, Johanna habe für Martin Krüger getan, was ein Mensch für einen andern tun könne; es sei jetzt genügend. Sie solle sich scheiden lassen und diesen Tüverlin heiraten. Der sei zwar ein bißchen ein Floh, aber Johanna werde mit ihrer, der Tante Ametsrieder, Hilfe sein Gerstel schon zusammenhalten. Wenn es Johanna recht sei, wolle sie, die Tante, mit Tüverlin reden, damit der ja nicht etwa sich in Amerika verflüchtige.

Zwei Tage, bevor Jacques Tüverlin nach Hamburg fuhr, um sich auf der »California« einzuschiffen, stellte sich Johanna beängstigend deutlich vor, wie das sein wird, wenn Jacques fort ist. Die geräumige Villa Seewinkel wird dann sehr leer sein und sehr still. Ob sie dann nicht nach München zieht in die Steinsdorfstraße zu Tante Ametsrieder? Bestimmt wieder wird sie ihre Graphologie aufnehmen. Ob sie dann endlich die Schrift Martin Krügers analysieren wird?

Der Messerschmidt hat es nicht vergessen, hat jener Mann in München gesagt. Achtundvierzig Tage hat er gesagt, und schon sind wieder fünf Tage vergangen. Wenn Tüverlin abreist, werden es noch einundvierzig Tage sein. Wie wird das, wenn zum Beispiel Krüger aus Odelsberg freikommt, ehe Tüverlin zurück ist? Jacques sollte jetzt nicht fortreisen. Merkte er das nicht?

Er merkte es nicht.

Das Leben auf dem Lande war ihm besser angeschlagen als ihr. Er ging kräftig her, mit mächtigen Schultern und schmalen Hüften, sein scharfes, zerknittertes Gesicht war braun, gegerbt von Wind und Sonne. Er schaute sie an von der Seite, lächelnd; er grinste, fand sie. Er schwatzte drauflos mit seiner gequetschten Stimme. Strahlte. Strahlend reiste er und ließ sie zurück in ihrem Käfig.

20

Der Fluß Ruhr

Am 9. Januar stellte die Reparationskommission fest, Deutschland sei seinen Verpflichtungen aus dem Vertrag von Versailles nicht nachgekommen. Es habe sich eine vorsätzliche Verfehlung in der Lieferung von Holz und Kohlen zuschulden kommen lassen. Die Verfehlung betrug eineinhalb Prozent. Daraufhin entsandte der französische Ministerpräsident Poincaré ins Ruhrgebiet eine Ingenieurkommission unter Führung des Chefingenieurs Coste, um diese Verfehlungen in geeigneter Weise wiedergutzumachen. Zum Schutz der Ingenieure wurden Truppen mitgesandt, in Kriegsausrüstung, zunächst 61389 Mann, sieben französische, zwei belgische Divisionen, unter dem Oberkommando des Generals Degoutte. Am 11. Januar um neuneinhalb Uhr morgens rückte die Spitze der französischen Truppen in der Stadt Essen ein. Am 15. Januar wurden Gelsenkirchen und Bochum, am 16. Januar Dortmund und Hörde besetzt. Französische Soldaten okkupierten die preußischen Staatsbergwerke, die Reichsbankstellen. Die Besitzer und Generaldirektoren der großen Unternehmungen, die Thyssen, Spindler, Tengelmann, Wüstenhofer, Kesten, da sie sich weigerten, Reparationskohle zu liefern, wurden verhaftet.

Das Ruhrgebiet war der reichste Teil Deutschlands. Unter dem Boden war Kohle und Eisen in ungeheuren Massen, auf dem Boden waren geschickt ausgedachte Betriebe, glänzend organisiert, um Kohle und Eisen zu verwerten, ein dichtes, listiges Netz von Bahnen, sie abzutransportieren. Deutschland war ein Industrieland, das Ruhrgebiet das Herz dieser Industrie. Wer das Ruhrgebiet in der Hand hielt, hielt das Herz Deutschlands in der Hand.

Dieses Herz in der Hand zu halten hatte aber nur Wert, solang es schlug. Die deutsche Regierung, infolge der Niederlage im Weltkrieg ohne militärische Macht, ordnete an, die Bevölkerung solle passiven Widerstand leisten. Die Behörden des dicht besiedelten Gebiets, die Verkehrsbeamten versagten den Besatzungstruppen den Gehorsam. Die Regierungsvertreter,

Bürgermeister, Leiter der Banken, Bahnen, Großunternehmungen wurden verhaftet, ausgewiesen. Die Besatzungstruppen suchten die Eisenbahnlinien selber in Betrieb zu nehmen. Mit schlechtem Erfolg. Militärzüge stießen zusammen; nicht wenige Soldaten kamen um. Die gereizten Truppen gingen gegen Demonstranten und Verdächtige scharf vor. Es gab Schießereien, viele Verwundete, manche Tote. Kriegsgerichte wurden eingesetzt, den Städten, in denen Franzosen gemeuchelt worden waren, hohe Geldbußen auferlegt. Zu Anfang Februar waren achthundert Kilometer des Eisenbahnnetzes verstopft. Lokomotiven, Schienen setzten Rost an, die Kohlenhaufen, die man nicht abtransportieren konnte, türmten sich, wurden Berge, fraßen weit ins Land hinein, da man sie, wollte man Selbstentzündung vermeiden, nicht höher schichten konnte.

In Altbayern wußten nicht viele, was die Ruhr war. Die meisten hielten sie für eine unangenehme Krankheit. Die Zeitungen hatten es nicht leicht, ihnen auseinanderzusetzen, daß es ein Fluß war, der durch ein reiches Industriegebiet lief, und daß sie Ursache hätten, sich zu empören. Dann aber empörten sie sich mächtig.

Den Wahrhaft Deutschen schuf die Besetzung des Ruhrgebietes ungeheuern Zuzug. Die vielen Landsknechte und Abenteurer, die sich noch infolge des Krieges im Reich herumtrieben und denen in den letzten Monaten die Luft ausging, atmeten auf. Überall sprach man vom Losschlagen gegen Frankreich, vom Befreiungskrieg. Die alten militärischen Verbände und Freikorps, Einwohnerwehren, Ordnungsbünde, Werwolf, Orka, Orgesch und wie sie hießen, schlossen sich zusammen. Werber zogen durchs Land, trommelten Arbeitslose und Arbeitsscheue zusammen, reihten sie in die Freikorps. Den Behörden gegenüber figurierten diese Abteilungen, die in größeren Trupps durchs Land befördert wurden, als *Ruhrflüchtlinge.* Sie machten sich Witze mit den Aufsichtsbeamten. Eine Abteilung Bewaffneter zum Beispiel, die in einem Sonderzug durchs Land fuhr, hatte als Ausweis einen Schein: »Vierhundertdreißig Kinder über zehn Jahre.«

Die Wahrhaft Deutschen schwammen im Geld. Die Industrie, der die vaterländische Bewegung nicht nur als Rückendeckung gegen die Forderung der Arbeiter, sondern auch als Druckmittel auf die Feinde willkommen war, sparte nicht. Auch sonst viele Begeisterte, patriotisch Entrüstete, gaben Geld. Der Diener eines Wittelsbacher Prinzen zum Beispiel, der eine größere Summe gestohlen hatte, konnte im Prozeß darauf hinweisen, daß er aus der Beute einen ansehnlichen Betrag für die Parteikasse der Patrioten gestiftet habe. Auch das Ausland spendete. Man sah in Frankreich nicht ungern den wilden Revanchegeist der Patrioten. Bewies er nicht die Notwendigkeit, sich Garantien zu schaffen, Pfänder besetzt zu halten?

Rupert Kutzner erklärte in seinen Reden die von der Reichsregierung proklamierte Einheitsfront des ganzen Volkes als stinkende Jauche und groben Schwindel. Nur Taten könnten zum Sieg führen. Die Zeit, bis man gegen die Franzosen gehe, müsse man ausnützen gegen den inneren Feind. Sei der erst ausgerottet, werde Deutschland automatisch wieder Weltmacht. Vordringlichste Aufgabe sei die Abrechnung mit den Novemberlumpen. Die müsse vorgenommen werden ohne Sentimentalität, mit unbedingter Wut. Die halben Maßnahmen müßten aufhören. Passiver Widerstand sei Blödsinn. Eine sizilianische Vesper müsse her. In Trümmer mit den Schwatzbuden der Revolution. Volkstribunale müßten eingesetzt werden, die nur zwei Urteile zu fällen hätten: Freispruch oder Tod. Allgemeine Wehrpflicht sei einzuführen, die Kontrollstäbe der Feinde als Geiseln festzunehmen. Kommunisten und Wahrhaft Deutsche müßten sich vereinigen, sie gehörten zusammen. Denn bloß Kommunisten und Wahrhaft Deutsche seien Tatmenschen; was in der Mitte stehe, seien Schleimsieder. Die große vaterländische Erneuerung stehe vor der Tür. Noch vor der Baumblüte werde sie sich entfalten. Das Volk stehe auf, der Sturm breche los.

Die Unterführer wandelten seine Worte noch kräftiger ab. Ministerköpfe würden in den Sand rollen. Man werde nicht ruhen, bis nicht an jedem Laternenpfahl eines von den roten Novemberschweinen hänge. Auf Kraut fressen werde man die Köpfe der Berliner Judenregierung.

Großartig, mit Sang und Klang, in aller Öffentlichkeit, betrieben die Wahrhaft Deutschen ihren Aufmarsch. Freilich waren es sehr viele junge Leute, selbst zwölfjährige Schüler wurden von den Stoßtrupps nicht zurückgewiesen. Freilich war auch viel *Geschwerl* darunter, Gesindel, und die Behörden, bei aller Milde, konnten unter dem Druck des Ministers Messerschmidt nicht umhin, den einen oder andern herauszugreifen und wegen schwerer Eigentumsdelikte abzuurteilen. Doch der Zahl und der Ausrüstung nach waren die Truppen Kutzners nicht unansehnlich. Der Führer nahm Parade ab. Gelehnt an sein Auto, mit unbeteiligten Augen, ließ er die Leute vorbeimarschieren. Mit verschränkten Armen, in der Haltung, in der Konrad Stolzing in dem Lustspiel »Des Kaisers Befehl« den Napoleon dargestellt hatte, eine Figur des französischen Bühnendichters Scribe.

Gewaltig durch das Land scholl es: noch vor der Baumblüte. In der Stadt München zeigten sich immer mehr Leute mit grünen Säcken auf dem Rücken, sogenannten Rucksäcken, und Hüten auf dem Kopf, die mit Bocksbärten in der Form von Rasierpinseln, sogenannten Gamsbärten, geschmückt waren: Bauern aus dem Umkreis, die eine zweite *Befreiung Münchens* veranstalten wollten. Am Stachus bildeten sich erregt debattierende Gruppen. »Noch vor der Baumblüte«, riefen die Patrioten und verprügelten, wer irgend als Gegner angesehen wurde. Auf der Landstraße von Schliersee nach Miesbach zogen zwei Handwerksburschen, singend: »Zwei rote Rosen, ein zarter Kuß.« – »Noch vor der Baumblüte«, riefen entgegenkommende Patrioten und fielen über sie her. Sie hatten verstanden: »Zwei rote Hosen und Spartakus.«

Die Gegner hielten nicht immer still. Manchmal, trotz besserer Bewaffnung, wurden Patrioten verhauen. In Österreich durchsuchten Arbeiter einen Zug, in dem Vesemann zu Wiener Parteifreunden fuhr, und der General mußte einige unangenehme Stunden im Abort seines Abteils verbringen. Im Reichstag, im bayrischen Landtag, in ihren Parteiorganen empörten sich die Sozialdemokraten gegen die gesetzlosen Zustände. Mit geringem Erfolg. Der einzige Messerschmidt setzte manchmal eine schärfere Maßnahme gegen die rebellischen Patrioten durch. Das Kabinett als Ganzes zögerte. Kutzner hatte so oft einen Putsch angesagt; bis zur Baumblüte war noch lange Zeit; bis dahin war er die beste Waffe gegen die Roten.

Währenddessen nahm das Elend der Bevölkerung zu. Das Nichtfunktionieren des Ruhrgebiets war ein Defekt, der die ganze Maschinerie des Reichs störte. Auf dem Lande zwar saß man schuldenfrei, lebte mit der zunehmenden Inflation immer üppiger; immer mehr Bauern hielten sich Automobile und Rennrösser. In den Städten aber stieg der Hunger. Das Brot wurde gesundheitsschädlich wie im Krieg. Die Magenkrankheiten nahmen zu. In den Schulen saßen die Kinder ohne Frühstück, wurden ohnmächtig während des Unterrichts. Tuberkulose griff um sich; der Betrag, den der Landtag für ihre Bekämpfung bewilligte, war hundertzwanzigmal kleiner als der Betrag für die Bekämpfung der Maul- und Klauenseuche. Die Säuglingssterblichkeit stieg. Die jungen Mütter, gezwungen zur Berufsarbeit, mußten darauf verzichten, ihre Kinder zu stillen. Wieder dienten muffige Höhlen als Wohnungen, Zeitungspapier als Wäscheersatz, Pappschachteln als Kinderbetten. Es war ein kalter Winter. An der Ruhr bedeckte sich immer weiter das Land mit hochgeschichteter Kohle; doch auf diese Kohle fiel Schnee, und ein großer Teil Deutschlands fror in ungeheizten Räumen. Der Dollar kostete 20815 Mark, die Semmel 75, das Pfund Brot 700 Mark. Ein Pfund Zucker 1300 Mark. Die Löhne blieben zurück. Der Kardinalerzbischof von München erklärte, Teuerung, Lebensmittelwucher wüte heute ärger als der bethlehemitische Kindermord und die schlimmsten Hungersnöte der Bibel.

Die Wahrhaft Deutschen aber kleideten ihre Beamten und ihre Landsknechte in warmes, dauerhaftes Tuch und nährten sie gut und reichlich. Sie sangen: »Nachts lieg ich beim Schatz im Bett / Tags schlag ich den Juden tot / Dabei werd ich dick und fett / Meine Fahn ist schwarzweißrot.« Sie sangen: »Und wenn sie uns die Stiefelsohln mit Kaviar beschmiern / Wir lassen und wir lassen uns von Juden nicht regiern / Pfui Judenrepublik.« Sie sangen: »Heute für dies / Morgen für das / Suff und Fraß / Muß ein Landsknecht haben.«

21

Herr Hessreiter diniert zwischen Vlissingen und Harwich

Andreas von Reindl verjüngte sich. Seine braunen, gewölbten Augen hatten nicht mehr ihre überhebliche Stille, sein frischer, lebhafter Schritt schien weniger gewollt. Seit der Ruhrbesetzung wuchsen die Geschäfte ins Märchenhafte, füllten sich mit farbiger Spannung, glichen den großen bewegten Bildern, die er liebte. Was war das: Kapitalismus? Ein Wort, ein leerer Begriff, eine Ziffer, hinter der kein Ding steht. Jetzt plötzlich wuchsen diesem Begriff Fleisch und Blut, jetzt plötzlich sah man, hörte man, schmeckte man, was das war: Kapitalismus. Jetzt plötzlich erwies sich der Sturz der Mark, trotzdem er nicht etwa von Profitmachern erdacht war, als genialer Trick, durch den Industrie und Landwirtschaft, durch den der Staat, der sie repräsentierte, mit einem ihre Schulden los wurden. Es war der Kapitalismus selber, der sich überschlug. Sonst eine bloße Idee, dem geschulten Nationalökonomen nur mittels Hilfsvorstellungen erfaßbar, erschien er jetzt in praller Sichtbarkeit: auch der Mann auf der Straße sah ihn mit bloßem Auge.

Was der Fünfte Evangelist sich unter *Kapitalistischem System* vorstellte, war, gemessen an der Vorstellung etwa seines Freundes Mr. Potter, ein Gemälde des Malers Peter Paul Rubens neben einer Zeichnung aus einem geometrischen Lehrbuch. Herr von Reindl, in seinem bildervernarrten Kopf, sah ein großes, zappelndes Ding, einen lebendigen Berg, dem immer neue Krater, Warzen, Nasen wuchsen und der Purzelbäume schlug über den Planeten hin.

Großartig war das, wie dieses wilde, kobolzende Gewese wuchs, tropisch, urwaldhaft. Das weiße Gesicht des Fünften Evangelisten mit dem strahlend schwarzen Schnurrbart verzog sich schmeckerisch. Begraben von dem Berg wurden die Kleinbürger, das Proletariat: die Geschäfte der Großen, seine Geschäfte, schossen ins Fleisch wie nie zuvor.

Dabei ging das Ganze automatisch. Man mußte nur die

Hand ausstrecken, schon füllte sie sich mit Gold. Gewiß, im Westen die Werke, die Fabriken lagen still; doch den Ausfall bezahlte das Reich. Das Reich, damit die Ruhrindustrie durchhalten könne, gab Kredite. Riesige Kredite, zurückzuzahlen in wertlosen Banknoten: Geschenke. Ein Strom von Geld überschwemmte die nicht vielen Besitzer der Gruben, Zechen, Hochöfen, Bergwerke. Gesegneter Reindl, der du beizeiten dein Teil gesichert hast. Man mußte klaren Kopf behalten, das Geld unterzubringen, das Fließende zu verwandeln in neuen Besitz, neue Werke, neues Land. Wohin mit all dem Geld? Man konnte eines der deutschen Länder kaufen, und es wurde nicht weniger. Wenn die Kollegen an der Ruhr ein bißchen ins Gefängnis gingen, sie konnten's mit geschwellter Brust: das Vaterland bezahlte den Märtyrern gute Zinsen.

Der Fünfte Evangelist war für eine solche Zeit der gegebene Mann. Er war immer unterwegs, in Paris, in London, in Berlin, in Prag. Es galt, die europäischen Wirtschaftsprovinzen neu zu teilen. Die Politiker hielten Reden: gelenkt wurden sie aus den Arbeitszimmern der Geschäftsmänner. Und dort, am Konferenztisch, saß Herr von Reindl.

Verschwenderisch streute er, wenn er in München war, Geld um sich. Nährte, kleidete, rüstete, mit seinem Namen im Dunkeln bleibend, die Wahrhaft Deutschen. Rupert Kutzner, wenn sein Wagen den des Fünften Evangelisten kreuzte, ließ langsamer fahren, grüßte abgehackt, mit militärisch studentischem Zeremoniell, ein großer Mann einen andern.

Auch Herrn Hessreiter, durch mancherlei Kanäle, erreichte der Strom der Kredite, die die Regierung der Ruhrindustrie schenkte. Ein Wirbel von Besitz platschte unvermutet in dikkem Schwall über ihn herein. In Luitpoldsbrunn, in seiner Villa in der Seestraße ging er auf und ab mit weiten Armbewegungen, erzählte Frau von Radolny von der unverhofften, unfaßbaren Fülle. Dunkel deutete er an, wie er den Strom mitgelenkt habe. Katharina blieb gelassen, äußerte wenig. Man tue wohl am besten, meinte sie, den unverhofften Segen zu sichern, daß er nicht ebenso unversehens verrinne.

Paul Hessreiter lachte. Das war ein Rat für seine Spezln im Herrenklub. Die mochten, soweit sie von dem Segen abbekommen hatten, ihn festlegen in gutem, auswärtigem Geld. Ein Paul Hessreiter gab es nicht so simpel. »Wenn der Mut in der Brust seine Spannkraft übt«, sang in ihm jener Vers des Königs Ludwig des Ersten. »Ein königlicher Kaufmann«, sang es in seinem Hirn. Große Bilder, phantastische Vorstellungen überwältigten ihn. Ein Gemälde vor allem, das er schon als Knabe bewundert hatte, wollte nicht aus seinem fleischigen Kopf, das Bild eines mächtigen Kaufmanns der Renaissance, eines Fugger oder Welser, eines in Samt gekleideten Herrn, der mit lässiger Geste, während ein Kaiser vor ihm steht, die zerrissenen Wechsel dieses Kaisers in den Kamin flattern läßt.

Das Bild war verlockend, doch auch gefährlich. Herr Hessreiter spürte die Gefahr; er entstammte einem Geschlecht, das seit jeher auf Sicherung bedacht war. Manchmal hätte er gern sein Glück und seine Pläne vor Johanna ausgebreitet. Trotz ihres romantischen Unternehmens, gerade dem Unglücksvogel Krüger herauszuhelfen, hatte diese Johanna Krain so etwas angenehm Klares, Kräftiges. War sie da, dann sah man besser, wie nah oder wie weit das andere Ufer war.

Herr Hessreiter stand vor dem Selbstporträt der Anna Elisabeth Haider. Die Frau blickte mit einem verlorenen und gleichwohl gespannten Ausdruck vor sich hin, den Hals auf hilflose und rührende Art gereckt. Er hat es sich damals nicht nehmen lassen, seinen Landsleuten zu zeigen, was er für ein Kerl ist. Er wird's auch jetzt. Hatte er bisher die Schwimmbewegungen am Ufer mitgemacht: jetzt stürzte er sich mit großer Bewegung in die Flut.

Umständlich, mit vielen bildhaften Wendungen, berief er die Direktoren der Süddeutschen Keramiken Ludwig Hessreiter & Sohn, den Schriftsteller Matthäi, den Künstler der Serie »Stiergefecht«, Herrn Pfaundler, Frau von Radolny, eine Reihe ihm Nahestehender zu einem Abendessen in die Seestraße. Lange dachte er darüber nach, ob er auch Johanna einladen solle. Es war wichtig, daß sie zugegen war, nun er den großen Schritt tat. Er schrieb ihr, nett, liebenswürdig, in seiner besten Form, lud sie ein.

Alle kamen. Johanna nicht.

Herr Hessreiter versenkte das schlechte Vorzeichen in die

unterste Schicht seiner Seele. Seine andern Freunde alle um sich, hielt er eine undeutliche, hochtönende Ansprache, trat dann mit weiten, rudernden Armbewegungen an den schönen Biedermeiersekretär seines Arbeitszimmers. Dort lag die Urkunde eines Vertrags, angebahnt seinerzeit auf der Reise mit Johanna und betreffend einen Zusammenschluß mit gewissen südfranzösischen Fabriken. Herr Hessreiter, mit einem Gänsekiel, mit dem vor Jahrhunderten der mächtige Handelsherr Jakob Fugger gearbeitet hatte, vollzog die Unterschrift.

Nach dem Abendessen, allein mit Frau von Radolny, ging er auf und ab zwischen Schiffsmodellen, Riegelhauben, dem ganzen geliebten Kram seines Hauses, machte vor ihr den großen Wirtschaftsführer. Seine Geschäfte beschränkten sich jetzt nicht mehr auf Bayern, sie hatten internationales Ausmaß. Da kamen sie nicht mit, die Münchner Lahmärsche, da fehlte es ihnen an Phantasie. Vor Katharina hin, da eine andere nicht da war, breitete er den bunten Durcheinander seines romantischen oberbayrischen Kopfes. Sie hörte still zu. Sie brauchte Kapital für ihr Gut Luitpoldsbrunn, es zu erweitern, zu modernisieren. Herr Hessreiter stellte ihr den Betrag auf die erste Andeutung zur Verfügung. Sie ließ sich nichts schenken; sie nahm das Geld nur zu Bedingungen, wie sie das Reich der Ruhrindustrie stellte.

Herr Hessreiter hatte nun wirklich Geschäfte, die die ungeteilte Aufmerksamkeit eines Mannes erforderten. Gleichwohl versäumte er nicht seine Pflichten als guter Münchner. Da planten zum Beispiel die Wahrhaft Deutschen, auf dem Odeonsplatz anläßlich ihrer Fahnenweihe ein gigantisches, hölzernes Standbild zu errichten, darstellend den Führer Rupert Kutzner, dazu bestimmt, von oben bis unten eisern vernagelt zu werden. Wer sollte das verhindern, wenn nicht Paul Hessreiter? Dann war da das große nationale Festspiel »Die Sendlinger Mordweihnacht«, das Herr Pfaundler als Ersatz für den infolge der ernsten Zeit nicht angebrachten Fasching projektierte. Wer, wenn nicht Herr Hessreiter, war der Mann, Herrn Pfaundlers Projekt in die Tat umzusetzen? Schon sah er am Schluß des Abends Frau von Radolny hervortreten, weißgekleidet, mit mächtigen, nackten Armen, auf löwengezogenem Wagen, als Bavaria.

Hin und her geworfen wurde Herr Hessreiter zwischen seinen Münchner Sorgen und seinen internationalen Geschäften. Da war zum Beispiel die *Hetag*, die Hessischen Tonwerke AG. Ihre Aktienmajorität war zu haben. Billig war sie nicht; die Hetag war eine alte Fabrik von solidem Ruf. Herr Hessreiter schwankte, ob er sich so stark engagieren solle. Seine Herren von den Süddeutschen Keramiken rieten dringend ab. Die Kunst der Hetag war für das Ausland zu solid, und Deutschland, das für ihre Produkte Sinn hatte, konnte nicht zahlen. Da erschien ein Londoner Interessent auf dem Plan, ein gewisser Herr Curtis Lang. Mr. Lang war nicht abgeneigt, das Geschäft zusammen mit Herrn Hessreiter zu machen.

Nach einigem Telegrammwechsel entschloß sich Herr Hessreiter, nach London zu fahren. Den Schläfenbart nicht allzu kurz, einen weiten, hellgrauen Flauschmantel um sich, eine große Reisemütze auf dem Kopf, saß er im Zug, erfüllt von seiner Wichtigkeit, bedauernd, daß keine Bekannten da waren, denen er von seinen Projekten hätte sprechen können.

Doch auf dem Dampfer von Vlissingen nach Harwich, wen traf er? Ja, der Mann mit dem weißen, fleischigen Gesicht und dem dicken, strahlend schwarzen Schnurrbart war wirklich der Fünfte Evangelist. Herr Hessreiter war geschwellt von Genugtuung, daß nun gerade dieser Protz sah: auch andere Leute waren ins internationale Geschäft gekommen. Soll er den Reindl ansprechen? Es war eigentlich das Gegebene, daß unter solchen Umständen Landsleute, gute Bekannte, sich zusammensetzten. Aber Herr Hessreiter zögerte, er hatte seinen Stolz.

Doch sieh an, Herr von Reindl kam zu ihm. Er schaute keineswegs über ihn hin wie manchmal im Herrenklub oder im Theater. Er schüttelte ihm die Hand, offenbar erfreut, ihn zu sehen. Er war gar kein so Eingebildeter, Hochmütiger, wie alle behaupteten.

Man frühstückte zusammen. Gemütlich zwischen den französischen und englischen klangen die bayrischen Laute; es war eine angenehme Überfahrt. In guten, charmanten Wendungen sprach Herr Hessreiter über Politik, Kunst, Industrie, über

München und die Welt. Der Fünfte Evangelist hatte sichtlich Gefallen an ihm. Wie er beispielsweise den Saustall, den unsere Münchner mit der Feldherrnhalle trieben, als das Bestreben bezeichnete, aus diesem schönen Bauwerk ein Warenhaus militärischer Wunschträume zu machen, da hob der Reindl das Glas, trank ihm zu, lächelte angetan. Dann wieder freilich fand Herr Hessreiter, daß der Mann ein damisches Geschau habe; sonderbar werden konnte einem dabei. Aber mein Gott, unsere Eigentümlichkeiten haben wir alle. Die Hauptsache war: reden konnte man mit dem Reindl. Und Herr Hessreiter redete. Es bestand sichtlich gutes Einvernehmen zwischen den beiden Wirtschaftsführern.

»Sie fahren in Geschäften nach London?« fragte nach einer Weile Herr von Reindl höflich. Gelt, da schauen Sie, Herr Nachbar, dachte Hessreiter. Nicht nur die Großkopfigen, deren Name täglich im Handelsteil der Zeitungen genannt wird, es gibt noch andere, die sich ausdehnen, um sich greifen; auch unsereins bleibt nicht faul hocken in einer solchen Zeit. Aber das äußerte er nicht. Vielmehr erwiderte er leichthin, beiläufig, ja, er fahre in Geschäften. Er denke daran, fügte er, da der Reindl schwieg, vertraulich hinzu, allenfalls gemeinsam mit Mr. Curtis Lang die Aktienmajorität der Hetag zu erwerben.

Herr von Reindl kennt Mr. Curtis Lang. Ein guter Mann, ein verläßlicher Mann, etwas umständlich, vorsichtig. Die Hetag, ja. Feines Porzellan, teures Porzellan. Man muß gut gepolstert sein, meinte Herr von Reindl lächelnd, träumerisch, um von soviel Porzellan nichts zu zerbrechen.

Eine eigentümliche Ausdrucksweise hat der Kerl. Schon ein wenig frech. Glaubt er vielleicht, ich bin nicht gut gepolstert? Grad zeigen werd ich's ihm. Grad erst recht kaufen werd ich die Hetag, auch wenn der damische Engländer nicht mitmacht.

Der Engländer machte nicht mit. Aus Darmstadt kamen Telegramme, die Besitzer des Aktienpakets drängten. »Wenn der Mut in der Brust seine Spannkraft übt«, sang es in Herrn Hessreiter. »Ein königlicher Kaufmann«, sang es in seinem Hirn. Er gab Weisung zu kaufen.

Befriedigt kehrte er nach München zurück. Beiläufig erzählte er Frau von Radolny, Herrn Pfaundler, seinen Spezln im

Herrenklub, er habe den Fünften Evangelisten auf der Überfahrt getroffen. Ein netter Mensch, gar nicht so geschwollen, wie man immer sagt. Den größeren Schneid allerdings habe er, Hessreiter. Frau von Radolny war bedenklich, als sie erfuhr, Herr Hessreiter kontrolliere jetzt die Hetag. Auch Pfaundler, als er davon erfuhr, schaute Herrn Hessreiter geschwind ein wenig auf und ab mit seinen flinken Mausaugen. Herr Hessreiter, unter diesem Blick, dachte unvermittelt an Johanna Krain. Herr Pfaundler aber sagte nichts, er beschränkte sich darauf, Herrn Hessreiter Glück zu wünschen.

Die Mark stürzte weiter, der Dollar kletterte in den Himmel. Die großen Unternehmungen schlangen, schmatzten, arbeiteten sich ab, sie konnten kaum nachkommen mit dem Verdauen. Die Hetag gedieh, die Süddeutschen Keramiken blühten. Immer toller kobolzte der Berg, immer mächtiger schwoll die Flut. Herr Hessreiter hatte sich hineingestürzt, er machte seine Schwimmbewegungen. Und siehe, die Flut trug ihn, er schwamm.

22
Charakterköpfe

Dem Klenk war die Besetzung des Ruhrgebiets eine gewaltige innere Rechtfertigung. Zeigte sich jetzt nicht deutlich, daß alle die schönen Reden von Versöhnung und Verhandlung Schmarren und Schwindel waren? Wegen einer *Verfehlung* von knapp eineinhalb Prozent verübten die Feinde einen solchen nie erhörten Akt der Gewalt. Mit sich herum trug Klenk ein Photo: französische Soldaten, in die Stadt Essen einrückend, lümmeln arrogant vor ihren Panzerautos, Hände in den Taschen, vergnügt, Sieger, Herren über Leben und Tod der Unterworfenen. Es war ein empörendes Bild, er empörte daran sein Herz und das der andern.

Unverhohlen jetzt stellte er seine ganze, wilde Kraft in den Dienst der Partei. Passiver Widerstand: eine dumme Verlegenheitsphrase, ausgeschwitzt von einem Kabinett, das nicht mehr weiter weiß. Zusammenkrachen wird diese Berliner Regierung über ihrer erbärmlichen Schisserei. Er glaubte jetzt an die Erneuerung des Reichs von München aus. Belebte sich, verdreifachte sich. Verlor bei alledem nicht den Sinn für Tatsachen. Bis zur Baumblüte, das ist ein poetisches Wort für die kochende Volksseele. Losschlagen muß man genau dann, wenn die wirtschaftlichen und politischen Verhältnisse die einundfünfzigprozentige Sicherheit des Gelingens bieten. Auf diesen Augenblick zu luchsen, das ist seine Aufgabe.

Klenk blühte. Es ging von dem riesenhaften bayrischen Mann eine kraftvolle Anmut aus, die auch seine Feinde spürten. Selbst zu seiner Frau, der dürren, kümmerlichen Geiß, war er von derber Freundlichkeit. Beiläufig auch hatte er sich wieder der Insarowa bemächtigt, in der er ein weiteres Mittel sah, den Führer nach seinem Willen zu lenken. Diesmal soll ihm keine Nierengeschichte dazwischenspucken. Auch seinen Sohn Simon, den Bams, berief er jetzt nach München, beschäftigte ihn im Oberkommando der Wahrhaft Deutschen. Simon Staudacher schaute bewundernd auf zu seinem Vater. In seiner neuen Stellung traf er oft die Kameraden Erich Bornhaak und Ludwig Ratzenberger. Die drei freundeten sich an, staken viel zusammen.

Dann kam die Episode mit dem Genossen Sölchmaier und machte den Simon Staudacher mit einem Schlage zu einem besonders populären Führer der Jungpatrioten. Im Schwimmbad Haidhausen nämlich entdeckte eines Abends Simon Staudacher einen jungen Menschen, der am linken Arm das indische Fruchtbarkeitsemblem der Patrioten eintätowiert trug, am rechten das Zeichen der Kommunisten, Hammer und Sichel. Viele unter den Patrioten waren früher Kommunisten gewesen. Dieser hatte etwas zu voreilig auf die Haltbarkeit seiner Überzeugung vertraut und mußte jetzt, da man zwar aus seiner Weltanschauung, aber nicht aus seiner Haut heraus kann, gesprenkelt herumlaufen. Der Simon riß darüber ein paar saftige Mutterwitze. Da aber stellte sich heraus, daß der Gesprenkelte gar nicht von links nach rechts gerutscht war, sondern umgekehrt. Da stank er dem Simon, da rauchte er ihm. Er zapfte den Kerl an, und als der verstockt blieb, tauchte er ihn mehrmals unter. Was der Simon Staudacher tat, tat er ausgiebig. Der Genosse Sölchmaier, trotzdem er Angehöriger des kommunistischen Schwimmvereins Roter Seeteufel war, vertrug die Bekanntschaft mit Simon Staudacher auffallend schlecht. Er mußte ins Krankenhaus links der Isar geschafft werden, wo er schon einmal für seine Weltanschauung gelitten hatte, damals als ihm der Ludwig Ratzenberger das Ohrwaschel abbiß. Als sich ergab, daß es der gleiche Haufen Unglück war, den der Kamerad Staudacher und der Kamerad Ratzenberger angezapft hatten, erhob sich ein ungeheures Gelächter unter den Patrioten. Es war eine heitere Episode in ernster Zeit. Selbst der Führer – denn das deutsche Gemüt verlor auch in der trübsten Stunde nicht den gesunden Sinn für Humor – spielte in seiner nächsten Montagversammlung im Kapuzinerbräu auf die Tauchepisode an. Wie dieser, rief er mit schallender Stimme, so würden alle Verräter und Lahmärsche getaucht werden. Auch die Behörden schmunzelten. Die Staatsanwaltschaft, als Dr. Löwenmaul gegen den Staudacher Anzeige erstattete, schloß aus der Tatsache, daß der Buchdruckereigehilfe Sölchmaier schon einmal in eine üble Rauferei verwickelt war, daß dieser der Schuldige sei, und leitete gegen den Kranken ein Ermittlungsverfahren ein.

Klenk lachte schallend über seinen Bams, das Früchterl. Das war ein Bub, mit dem Staat zu machen war: er lud ihn in sein Haus. Da saß der Simon zwischen den großen, prunkvollen Möbeln und den Hirschgeweihen. Er war frisch, lebendig, ungeschlacht, dem Alten sehr ähnlich. Die Frau des Klenk wollte sich drücken. Aber da kam sie schön an, da kannte der Herr Minister keinen Genierer. Mit Stolz führte er ihr sein wohlgeratenes Junges vor. Ängstlich saß die kümmerliche Frau zwischen den beiden riesigen Männern.

Wohin er kam, strahlte Klenk Wohlwollen aus und Heiterkeit. Erich Bornhaak dauerte ihn, wie er so gedrückt herumlief. Die Reden Kutzners über den Fall Dellmaier waren großartig gewesen, aber sie hatten die Luft erschüttert, nicht den starrsinnigen Messerschmidt. Der verbiß sich. Die Abordnung, die ihm die Patrioten in Sachen Dellmaier schickten, empfing er nicht einmal. Und dennoch, wußte Erich, war Kutzner der einzige, der die Befreiung seines Freundes durchsetzen konnte.

Wie aber den Führer dahin bringen, daß er in der Sache weiterging? Im Angriff war der eitle Mann von ungeheurem Elan: einmal ausgerutscht aber, langte er schwerlich zum zweitenmal an die gleiche Sache. Wenn Erich nicht ganz schweres Geschütz auffahren kann, wird sich der Führer trotz seiner kräftigen Diktion hüten, mit einem so unbehaglichen Gegner wie Messerschmidt nochmals anzubinden. Was er tun könne, fragte Erich den Klenk, um den Führer soweit zu kriegen.

Klenk überlegte. Eindruck auf den Führer mache, sagte er dann, nicht Verdienst, sondern Ruhm. Ruhm erwerben müsse sich Erich unter den Patrioten. »Wie erwirbt man sich bei den Patrioten Ruhm?« fragte Erich. »Durch eine strahlende Tat«, erwiderte Klenk. Da Erich nicht recht zu begreifen schien, erklärte er. Es komme bei einer solchen Tat nicht auf ihre Nützlichkeit an, auch nicht auf ihre Gescheitheit, sondern eben nur auf das gewisse Strahlende. Es könne etwas ganz Blödes sein; aber eben strahlen müsse es. Am besten finster strahlen. Abenteuerlich müsse eine solche Tat sein, gefährlich, nordisch, heldisch: halt finster strahlend.

Erich Bornhaak dankte. Sann über eine finster strahlende Tat.

23
Caliban

Das Dienstmädchen Amalia Sandhuber war auf dem Lande geboren, unweit von München, Tochter eines kleinen Häuslers. Halbwüchsig floh sie aus ihrem tristen Daheim in die Stadt, verdingte sich als Dienstmädchen. Hatte es früh mit den Männern. War neugierig, gutmütig, leichtgläubig, sentimental. Einmal brachte sie ein totes Kind zur Welt, ein zweites Kind starb bald nach der Geburt. Gewitzt durch ihre Erfahrungen, führte sie Buch über die Männer, mit denen sie zusammen war. Notierte sich etwa: »Alfons Gstettner, Buttermelcherstraße 141, zusammen gewesen am zweiten Sonntag im Juli im Englischen Garten hinter dem Milchhäusl.« Auf diese Schlauheit war sie sehr stolz. Als Hausgehilfin eines Künstlerehepaares wurde sie nach Norddeutschland verschlagen. Nachdem sie dort mehrere Male Stellungen gewechselt hatte, trat sie in den Dienst des Ehepaares Klöckner. Herr Klöckner war Oberst, als sie in sein Haus kam; er wurde bald darauf befördert. Der Dienst bei dem feinen Offizier behagte ihr, sein scharfer, knarrender Befehlston tat ihrer Seele wohl. Sie war von hemmungsloser Ergebenheit und benahm sich in Gegenwart des Herrn wie in der Kirche.

Den Krieg über blieb sie im Dienst der Generalin. General Klöckner war wie General Vesemann nach dem verlorenen Krieg einige Wochen unsichtbar. Als Vesemann nach München übersiedelte, folgte Klöckner seinem Freund, den er hoch verehrte. So kam auch die Hausgehilfin Amalia Sandhuber zurück nach München. Sie war jetzt keine ganz junge Person mehr, an sechsunddreißig. Sie freute sich, nach langer Zeit wieder die vertrauten heimatlichen Laute zu hören; sie verstand, was gesprochen wurde, und man verstand sie. Auch die Männer verstanden sie; sie war drall, resch, sehr willig.

Viele Führer der Wahrhaft Deutschen gingen bei dem General Klöckner ein und aus. Man verhandelte mit naiver Unbekümmertheit; vor den Dienstboten hatte man kein Geheimnis, vor der treu ergebenen Amalia Sandhuber schon gar nicht. Es war die Rede von Organisationen, Erhebungen, Tagesbefehlen, Aufmarschplänen, Waffendepots. Die Hausgehilfin Amalia Sandhuber hörte nicht hin und verstand, wenn sie hörte, kein Wort.

Um diese Zeit machte sich ein etwa dreißigjähriger Metzgergehilfe an sie heran. Er war ein derber Bursche. Sie gefiel ihm anscheinend, er führte sie sonntags aus, das Verhältnis mit ihm dauerte länger als mit ihren andern Liebhabern. Sie war glücklich. Nur schade, daß man sich so selten traf. Alle zwei Wochen den Sonntag hatte sie Ausgang; sonst war es nicht leicht, auf mehr als ein paar Minuten und ungestört zusammenzukommen. Jetzt freilich herrschte geschäftige Bewegung im Haus des Generals. Die Generalin war verreist; wenn man genau wußte, daß gewisse Besuche kamen, dann konnte man sich vielleicht auf ein oder zwei Stunden in der Nacht frei machen. Der Metzgergehilfe also, um das nächste Rendezvous mit

Amalia vereinbaren zu können, mußte vorher wissen, wann wieder diese gewissen Besucher kämen. Amalia war gut informiert. Man konnte disponieren.

Den Wahrhaft Deutschen fiel auf, daß man in Linkskreisen genau wußte, wer bei dem General Klöckner verkehrte, wann Zusammenkünfte stattfanden. Das war nicht weiter schlimm; der General konnte empfangen, wen er wollte. Immerhin, ein Verräter mußte im Haus des Generals sein. Das Wort Verräter war beliebt in den Kreisen der Wahrhaft Deutschen. Einer ihrer romantischen Vereinsartikel lautete: Verräter verfallen der Feme. Die Feme war eine Einrichtung des deutschen Mittelalters gewesen, eine Vereinigung, die, ohne viel Wirkung übrigens, die umständliche offizielle Gerichtsbarkeit ersetzen wollte durch eine raschere, volkstümlichere. Die patriotische Strömung ließ diese Einrichtung neu aufleben: aber umgedeutet nach dem Vorbild gewisser Indianer- und Knabenbücher, verwandelt in eine romantisch unheimliche Institution, die alle diejenigen, die ihr nicht genehm waren, auf den Befehl undeutlicher Vorgesetzter erledigte. Durch diese finstere Gerichtsbarkeit der Wahrhaft Deutschen fanden mehrere hundert Menschen ihr Ende. Irgendwelche nun unter den Patrioten warfen Verdacht auf das Dienstmädchen Amalia Sandhuber, sie sei schuld an den Verrätereien im Hause des Generals. Als gar nach einer Zusammenkunft bei dem General ein heimliches Waffendepot den Behörden denunziert wurde, so daß die Vertrauensleute der Patrioten bei der Polizei die Waffen kaum mehr rechtzeitig für die Partei retten konnten, verurteilte die Feme die Hausgehilfin Amalia Sandhuber kurzerhand zum Tode. Den General behelligte man nicht erst; es genügte, daß jemand das Mädchen zusammen mit einem Metzgergesellen gesehen hatte, der der Kommunistischen Partei angehörte.

Nun hatte das Verschwinden mehrerer von der Feme Verurteilter Aufsehen gemacht. Die Linkszeitungen brachten empörte Artikel, die Behörden machten die Wahrhaft Deutschen darauf aufmerksam, daß sie nicht länger untätig zusehen könnten. Es war also die Vollstreckung des Urteils an der Hausgehilfin nicht ohne Gefahr. Erich Bornhaak sah hier die Möglichkeit einer finster strahlenden Tat. Er übernahm den Auftrag, das Fräulein heimlich und doch so, daß es eine Drohung für alle Verräter war, zu erledigen.

General Klöckner hielt mehrere Hunde, die das Dienstmädchen Amalia Sandhuber ab und zu hinausführen mußte. Auch sonst ergab sich oft Gelegenheit für das neugierige, geschwätzige Geschöpf, zur Besorgung einer beruflichen Aufgabe auf die Straße hinauszuwischen. Der General wohnte in einem Villenviertel, einem stillen, vornehmen Stadtteil. Die Häuser standen, jedes für sich, in ihren Gärten; die Straße war wenig belebt, so daß der einzelne einem auffiel. In den letzten Tagen fiel der Amalia ein hübscher Bursch in der Lederjacke eines Chauffeurs auf. Kaum trat sie auf die Straße, war gleich auch er da, strich um sie herum, hatte offenbar Scheu, sie anzusprechen. Wie sie ihn ermunternd anlachte, tat er schließlich doch den Mund auf, derbgalant, etwas unbeholfen. Im Gegensatz zu den landesüblichen Sitten ging er nicht gleich aufs Ganze, sondern ließ mehrere Tage verstreichen, und es war immer noch nichts geschehen. Das schien der Hausgehilfin kavaliermäßig; auch hatte sie eine fast mütterliche Neigung für den in Liebesdingen offenbar unerfahrenen Jungen. Zwar der Metzgergeselle warnte sie: der Kerl habe ein verdrucktes, hakenkreuzlerisches Geschau, und sie solle sich in acht nehmen, von dort komme nichts Gutes. Er glaube nicht, daß der Hundshäuter sich ohne bestimmte Absicht an sie heranmache, und diese Absicht liege wahrscheinlich weitab von den Träumen der Hausgehilfin. Allein Amalia Sandhuber hielt das Gerede des Metzgergesellen für Eifersucht, sie freute sich, daß sie immer noch Kavaliere anzog, und als der junge Mensch in der Lederjacke sie aufforderte, an einem der nächsten Abende mit ihm im Auto nach Starnberg zu fahren, nahm sie strahlend an.

Leider war man im Auto nicht allein. Der Lederbejoppte, er hieß Ludwig und sah auch so aus, hatte zu seinem Bedauern zwei Freunde, die ihm die Benutzung des Autos verschafft hatten, nicht wohl von der Lustfahrt ausschließen können. Der eine Freund war ein besonders Feiner, fast gigerlhaft, ein Kavalier. Der andere gefiel der Amalia weniger; er war ungeschlacht, traumhappig, und während der Feine bei der Vorstellung der errötenden Amalia die Hand küßte, schaute dieser sie nur schwer an und nickte kaum mit dem Schädel.

Es war spät am Abend, als man losfuhr. Ein Südwind hatte sich aufgemacht; man merkte nicht, daß es Dezember war. Der meiste Schnee war weggeschmolzen. Die Freunde saßen vorn. Die Amalia und der Ludwig saßen im Fond, es war eine hübsche Limousine, und die Amalia war stolz auf den Ludwig und auf die Fahrt; doch nicht ganz so froh, wie sie erwartet hatte, weil nun die andern dabei waren. Es war gut, daß der Ludwig kein so Frecher und Zudringlicher war, aber etwas mehr das Maul auftun hätte er schon können. Die vorne freilich schienen noch schweigsamer. Sie fuhren langsam, dem Süden zu, über die Vorstadt Sendling gegen den dünnen, weiten, menschenleeren Forstenrieder Park.

Ja, die vorne, Erich Bornhaak, der am Steuer saß, und der Boxer Alois Kutzner, hatten einander wenig zu sagen. Denn alles war gesagt. Der Boxer schaute stumpf auf den Weg, den der Lichtkegel des Autos heraushob. Er schwitzte in der Dezembernacht; der Föhn war beklemmend. Er war froh, daß man nun endlich eine klare Tat vor sich sah, etwas, das Hand und Fuß hatte. Es dauerte auch schon gar lang mit der Angelegenheit des Königs Ludwig II. Die Jungen redeten und versprachen; aber der alte Herrscher saß noch immer in gemeiner, niedriger Haft. Der Boxer Alois, wie der Erich ihn aufforderte, bei der Erledigung eines Verräters mitzumachen, war gleich dabei. Wenn man auch nicht genau sah, wie: schuld waren sie alle, daß der König eingesperrt war, die ganze Verräterbagage war schuld. Es war gut, daß nun endlich etwas geschehen sollte, daß man den Kutzner Alois brauchen konnte, seine Kraft, seine Hände. Einem an die Gurgel können, einem den roten Saft auspressen können, das tat wohl, das erleichterte.

Das Fräulein Amalia Sandhuber mittlerweile saß neben ihrem Ludwig, schob ihre Hand in die seine, aber er reagierte nicht recht. Er war immer so genant. Heute war er ein besonders Schweigsamer. Das war wohl auch, weil er an seinen Vater dachte, und wie er als Knabe mit ihm durch eben diesen Wald schwarz gefahren war, die Wildsäue der Königlichen Jagd aufstöbernd. Aber das wußte die Amalia nicht. »Schad ist«, sagte sie, »daß die andern dabei sind.« – »Eine größere Gesellschaft ist alleweil fideler«, wich er aus. »Ja schon«, sagte sie, »aber schad ist es doch.«

Die gute, gepflegte Straße war leer an diesem unangenehm föhnigen Winterabend, der einen in allen Gliedern kitzelte. Kaum daß man einmal einem andern Wagen oder einem Radfahrer begegnete. Jetzt, kurz hinter einem Forsthaus, bog der Wagen gar noch von der Straße ab in einen Seitenweg, der aufgeweicht war von dem schmelzenden Schnee. Der Wagen schaukelte, umspritzt von Kot. »Wohin fährt er denn?« fragte das Mädchen. »Ich dachte, wir wollen nach Starnberg.« – »Hier ist ein näherer Weg«, sagte der Ludwig. »Aber kommt er denn da durch?« fragte das Mädchen. Er kam offenbar nicht durch, denn jetzt hielt der Wagen. Die vorne stiegen aus. »Was ist denn?« fragte das Mädchen. »Das hätte ich den Herren gleich sagen können, daß wir hier nicht weiterkommen.« – »Wir kommen schon weiter, wenn wir wollen«, sagte der Ungeschlachte, Traumhappige; er gefiel der Amalia immer weniger. Der andere sagte gar nichts. »Ja, was ist also?« fragte das Mädchen. »Müssen wir nicht zurück, wenn wir nach Starnberg wollen?« – »Ach was, Starnberg!« sagte der Boxer und dachte finster an den See, in den sich sein König angeblich hineingestürzt hatte. »Alles aussteigen, Herrschaften!« rief jetzt fröhlich der Feine. »Sie werden sehen, Fräulein, hier ist es viel heimlicher.« – »Ja«, mischte sich jetzt auch ihr Ludwig ein, »hier wird's zünftig.« Das Mädchen schaute etwas ratlos um sich. »Wieso heimlich?« sagte sie. »Ich finde es schrecklich ungemütlich. Da ist doch alles schmutzig, wohin soll man sich denn da setzen? Und wenn man nur einen Schritt macht, hat man die Schuhe voll Dreck und Wasser.« – »Ich habe nämlich ein Blockhaus fünf Minuten von hier«, sagte der Feine und lächelte mit weißen Zähnen und roten Lippen. »Für ein kleines Souper ist vorgesorgt. Es wäre mir eine besondere Freude, wenn das Fräulein mir die Ehre geben wollte.« Und er sah sie frech und dringlich an mit seinen blauen, zupackenden Augen. Die Amalia, halb schon gewonnen durch seine kavaliermäßige Art, schaute noch zögernd auf den Ludwig; aber es war mehr Ziererei als Bedenken. »Also aufgeht's«, sagte der Ludwig, »machen wir keine Faxen«, und stieg schon aus dem Wagen. Sie folgte ihm, trat in glitschigen Schnee, schrie geziert auf, sagte unmutig, das sei ja eine Sauerei in diesem Wetter.

Der Feine und der Ludwig nahmen sie in die Mitte, boten ihr den Arm; der Ungeschlachte stampfte hinterdrein. So zog man los, einen dünnen Pfad in den Wald hinein. Starkfarbige Wolken folgten einander rasch; weiche, warme Stöße Windes kamen einem entgegen von rechts und von links. Ein ganz schmaler, krummer Mond stand halbschräg über den Bäumen. Überall tropfte und rann es und glitschte unter den Füßen; weißlich schmutzig schimmerten Pfützen zerrinnenden Schnees. Kam eine größere Pfütze, dann faßten der Ludwig und der Feine das Mädchen kräftiger unter, brachten sie mit einem Schwung über die unangenehme Stelle, und es war eigentlich ganz lustig. »Die Herren haben einen Schmalz in den Muskeln«, sagte anerkennend die Amalia. »Aber jetzt sind es schon fünf Minuten«, sagte sie. »Ist es noch weit bis zu dem Herrn seiner Villa?« – »Nein, es ist nicht mehr weit«, sagte der Feine.

Der Pfad hörte vollends auf, man mußte quer durch Unterholz. »Aber das ist ja kein Weg«, sagte die Amalia. Man hob sie hoch, trug sie, ab und zu schrammten sie Äste, eigentlich war es eine Gaudi, so auf kräftigen Männerarmen im warmen Wind durch den Wald getragen zu werden. »Das ist ja überhaupt kein Weg«, wiederholte sie. »Wie kommen Sie denn nachher zu Ihrer Villa?« – »Wo eine Villa ist, ist auch ein Weg«, sagte der Feine und lächelte zu ihr hinauf. Mit was für gebildeten Leuten ihr Ludwig verkehrte.

Seitdem es durch das Unterholz ging, stapfte der Ungeschlachte nicht mehr hinterdrein, sondern voraus, Zweige zurückbiegend, niederhaltend, als Schrittmacher. Erich Bornhaak begann das Ganze langweilig zu finden. Der warme Wind irritierte ihn fast so wie das Geschnatter der Gans auf seinem Arm. Der Boxer Alois hingegen war nicht angefochten von dem Wind. Er war voll von dumpfer Tatlust.

Man kam an eine Lichtung. Die Männer setzten das Mädchen ab. »Ist hier Ihre Villa?« fragte sie albern. Die Männer sagten nichts. »Ah«, sagte sie, »bin ich Ihnen doch zu schwer geworden? Müssen Sie verschnaufen?« – »Wird bald ein anderer verschnaufen«, brummte der Boxer. »Was haben Sie eigentlich?« fragte das Mädchen, als dann keiner mehr was sagte, sondern alle ungemütlich herumstanden. Der Ludwig zog jetzt ein Papier aus der Tasche seiner Lederjacke und verlas: »Die Hausgehilfin Amalia Sandhuber hat vaterländische Geheimnisse verraten. Verräter verfallen der Feme.« Die Amalia schaute ihn an, begriff nicht. Sie hielt es für einen Spaß, aber sie fand es keinen gescheiten Spaß; außerdem war es hier so naß und schmutzig, und wenn man nicht bald ins Trockene kommt, wird man morgen einen zünftigen Katarrh haben. »Ich mein, jetzt sollte man schon endlich in Ihre Villa gehen oder nach Starnberg; die Luft macht einen hungrig.« Der Boxer Alois ergrimmte sehr ob solchen Zynismus. »Ich meine«, sagte er, und er sprach fast wie gedruckt, »es sollte eines nicht so verstockt sein in der Stunde seines Absterbens.« – »Das ist ein Gspaßiger, Ihr Herr Freund«, sagte die Amalia und schaute sich etwas ratlos nach den andern um, die aber nicht recht herschauten. Infolgedessen bekam sie keinen Blick mehr von einem andern Menschen, sondern das letzte Menschenantlitz, das sie sah, war das des Alois Kutzner, der jetzt auf sie zukam und ihr, bevor sie schreien konnte, ja eigentlich bevor sie erschrecken konnte, einen Schlag versetzte mit einem großen Hufeisen, das er neuerdings als Glückszeichen bei sich trug. Dann kniete er neben sie, betete ein rasches Vaterunser, daß Gott ihm die Kraft verleihe, sie vollends zu erledigen, und erwürgte sie.

Da lag sie in Schmutz und schmelzendem Schnee. Sie hatte sich für die Autofahrt sonntäglich angezogen, einen sehr kurzen Rock, wie er damals in Mode kam. Der Rock hatte sich hinaufgeschoben; über dem Knie war ein kleiner Streifen Fleisches sichtbar und eine weiße, derbe Hose. Die drallen Beine staken in zu zierlichen Schuhen. Der Hut war verrutscht; aus dem schwärzlichblauen Gesicht mit den kurzgeschnittenen, harten Haaren hing die Zunge.

Erich rauchte eine Zigarette, trat von einem Fuß auf den andern. Längstens vierzehn Tage gab er sich, längstens vierzehn Tage durfte es dauern, bis dahin mußte es sich auswirken, bis dahin mußte er den Georg frei haben, und unvermittelt packte er die Tote mit einem harten, zufahrenden Blick. Ludwig Ratzenberger überlegte befriedigt, daß es schnell gegangen sei, und daß er bequem um zehn Uhr dreißig zurück sein könne an Pfaundlers Restaurant, um seinen Herrn, den Rupert Kutzner, abzuholen. Der Boxer Alois streifte sich Schnee und Schmutz von den Knien. »So müssen sie alle hin werden, die Bagage», brummte er, und er grub durch den Schnee einen dürren Ast in den Boden neben dem Leichnam. Daran steckte er einen großen Zettel mit einer primitiv gezeichneten schwarzen Hand und der Inschrift: »Verräter, hütet euch!« Er tat das, weil die Vorschrift lautete: »Die Verräter sind umzubringen, und zwar unter Hinterlassung eines Merkmals, das die Motive der Tat zweifelsfrei erscheinen läßt.«

»So einfach geht's doch nicht«, sagte tadelnd Ludwig Ratzenberger. Er zog das Urteil heraus, das in Maschinenschrift geschrieben war, und vertauschte es gegen das Plakat, das der Boxer auf dem dürren Ast angebracht hatte. Aber das war dem Boxer nicht recht; die kahle Maschinenschrift gab ihm kein Bild seiner Tat und ihrer Bedeutung, und er bestand darauf, daß der Zettel mit der schwarzen Hand bleibe. Erich Bornhaak schlug vor, daß man beides dalassen solle. Darauf einigte man sich, und so geschah es.

24
Ein Brief in der Nacht

Die Beseitigung der Hausgehilfin Amalia Sandhuber, trotz der wilden Wechselfälle in Politik und Wirtschaft, erregte ungeheures Aufsehen. Der Polizeibericht zwar beschränkte sich auf eine kurze Meldung vom Fund der Leiche, und die Mehrzahl der Münchner Zeitungen brachte die Meldung ohne Kommentar. Auf Anfrage erklärten die offiziellen Polizeistellen, die Täter hätten die Inschrift bei der Leiche angebracht, nur um von den wirklichen Motiven abzulenken, die wahrscheinlich privater Natur seien. Die Tote sei Männern sehr zugänglich gewesen, die Vermutung liege nahe, es habe sie einer hinausgelockt, um sie zu berauben. Der Metzgergeselle, mit dem sie sich in der letzten Zeit öfters hatte sehen lassen, wurde denn auch auf einige Tage verhaftet. Die Münchner Linksblätter aber blieben hartnäckig dabei, die Tat sei lediglich aus politischen Gründen verübt worden. Auch die Berliner Presse griff den Fall auf, brachte heftige Artikel. Erklärte, schon die indianerhaft läppische Kostümierung der Tat sei Beweis genug, daß Patrioten die Urheber seien. Forderte erregt, das Reich müsse, wenn Bayern dazu außerstande sei, dem blutigen Unfug steuern. Eine Interpellation über die bayrischen Dinge wurde angekündigt, als Redner wurde Dr. Geyer genannt.

Unter den Patrioten wußte man allgemein, daß Erich Bornhaak der Täter war. Man fand, er habe seine Aufgabe elegant gelöst, mit Schmiß. Die Gans zu erledigen, dazu gehörte nicht viel; wohl aber gehörte Schneid dazu, die Öffentlichkeit zu warnen, ihr deutlich zu machen: wir sind die Täter. Denn daß die Polizei auch das schlucken werde, war keineswegs von Anfang an ausgemacht.

Erich wärmte seine Erwartung an dem respektvollen Geraun ringsum. Ritt spazieren im Englischen Garten mit Simon Staudacher. Trat forsch auf im Parteisekretariat. Die Insarowa, mit halboffenem Mund, tastete ihn mit den Augen ab, demütig, begehrlich.

Als er erfuhr, Dr. Geyer werde interpellieren, lächelte er tief, befriedigt. Seine Tat hatte den Alten getroffen, sie war gut. Er blieb den Abend zu Hause, schon angeödet von der Bewunderung der Kameraden. Er ging herum zwischen den Photographien von Dellmaiers, Vesemanns, Kutzners, zwischen den Hundemasken. Bei Gelegenheit könnte er der Insarowa eine Maske abnehmen. Warum eigentlich hat er die Maske jener Johanna Krain nicht aufgehängt? *Diskretion?* Alberne Sentimentalität.

Er kramte die Maske hervor, studierte die weiße Form. Das breite, stumpfe Gesicht ist auffallend streng: sie hat eine vestalische Stimmung gehabt, als er ihr die Maske abnahm. Später aber war sie nicht mehr vestalisch. Wenn sie noch so albern lacht, wenn sie die Augenbrauen bis zu den Haaren hochzieht: gehabt hat er sie doch.

Wenn sie erführe, daß er es war, der die Amalia Sandhuber erledigt hat, was sie dazu wohl sagen würde? Das mit dem Abgeordneten G. scheint sie gekitzelt zu haben, damals. So was geilt die meisten auf. Andernteils, wenn man die Maske anschaut, bleibt einem die Spucke weg, daß dieses Mädchen einen ohne weiteres ins Bett gelassen hat.

Masken mit geschlossenen Augen verleiten einen immer zu falschen Schlüssen. Vor dieser weißen Form begreift man schwer, wie eine gewisse Johanna Krain mit einem Herrn Hessreiter in Paris herumziehen konnte und was sie mit ihm selber angestellt hat. Vermutlich war es dieser Stuß mit dem Manne Krüger, der sie aus dem Gleis warf. Wenn sie jetzt ihre Guckäuglein aufmacht, dann könnte ihr vielleicht eine Bogenlampe aufgehen, wie die Welt läuft. *Er* kriegt seinen Georg heraus: kriegt sie ihren Krüger? Wer hat Ursache zu lachen, sie oder er? Hätte sie es länger mit ihm gehalten, dann hätte er ihr vielleicht den Krüger auch noch herausgeholt. Man muß die Technik haben.

Es ist ein bayrisches Gesicht, mit dem üblichen slawischen Einschlag. Auf die Idee, daß etwa der Vater dieser Johanna Krain ein Jud sein könnte, würde keiner kommen.

Wollte er nicht einem gewissen Dr. Geyer schreiben, Reichstagsabgeordneten in Berlin, der eine Interpellation angekündigt hat über ein Vorkommnis im Wald von Forstenried?

Machen wir.

Er setzte sich hin, schrieb mit der Hand. Schrieb lange. Sah er auf, dann sah er die weiße Maske. Zuweilen strich er ein Wort, lächelte, freute sich. Er änderte den Brief mehrere Male, kostete jeden Satz. Es war ein guter Brief; es tat wohl, ihn zu schreiben. Zwei Stunden saß er so, allein, in der Nacht. Bevor er den Brief faltete, las er ihn laut. Noch als er ihn adressierte, als er die Marke leckte, aufklebte, ihn in den Kasten warf, kostete er den Brief ganz aus.

Andern Tages verpackte er die Maske, schickte sie Johanna Krain. Ihm war, als habe die weiße Form die Worte seines Briefes aufgenommen, in sich gesogen und werde sie jetzt dieser Johanna mitteilen. Er lächelte, wenn er dachte, wie Johanna die Sendung empfangen wird.

25

C + M + B

Anton von Messerschmidt mandelte sich auch jetzt wieder auf. Reckte sich, verlangte drohend von seinen Beamten die Verfolgung des Verbrechens in dem Wald bei München. Seit Jahren schien dieser säuische Femeunfug erstickt im eigenen Schmutz: jetzt haben die Hunde von neuem angefangen. Haben den Wald damit verschweint, und keiner findet was dabei. Ganze sieben Zeilen im lokalen Teil. Sie finden es selbstverständlich, daß vier oder fünf finstere Jünglinge einen Menschen aburteilen, eine gutmütige, verhurte Gans, wie es scheint, die mit Vaterlandsverrat nicht mehr zu tun hat als ein Schürhaken mit einer Eisbahn. Der Messerschmidt knurrt bösartig; er will nicht, daß man diesen Mord vertuscht, er duldet es nicht.

In der nächsten Kabinettssitzung brachte er die Angelegenheit vor. Verlangte Unterstützung der anderen Ressorts, insbesondere bessere Zusammenarbeit zwischen Justiz und Polizei. Eingreifen also des Innenministeriums. Er für sein Teil beabsichtige eine hohe Belohnung auszusetzen für die Auffindung des Täters. Es hätte sich wohl in allen jenen Jahren im Lande Bayern kaum ein glücklicher Moment gefunden für die Aufstellung einer solchen Forderung: dieser Moment war der denkbar unglücklichste. Die Besetzung des Ruhrgebiets hatte auch bei dem ruhigeren Teil der Bevölkerung einen ungeheuren Sturm ausgelöst. In solcher Zeit die nationale Einheit zu gefährden um eine so läppische Sache wie die Ermordung des Dienstmädchens, grenzte an Verbrechen. Die Wahrhaft Deutschen hatten alle Trümpfe in der Hand; es in diesem Augenblick auf eine Machtprobe ankommen zu lassen zwischen ihnen und der legalen Gewalt, war schierer Wahnsinn.

Alle Herren des Kabinetts waren dieser Meinung. Sie sagten sie teils umständlich, saucig, teils kurz und kernig; selbst der stille Herr von Ditram riskierte eine kräftigere Sprache. Sie redeten mehrere zugleich auf den Messerschmidt ein. Nur einer sprach nicht, der Flaucher.

Der Messerschmidt hörte sich alles an. Es war ihm von vornherein klar gewesen, daß seine Kollegen im Augenblick der französische Ministerpräsident Poincaré mehr interessierte als die tote Hausgehilfin Amalia Sandhuber, und es war natürlich unklug, gerade jetzt von ihnen Unterstützung zu verlangen. Aber der Messerschmidt hatte doch das Maul nicht halten können, darin war er komisch. Jetzt saß er da in seinem schwarzen, langen Rock. Die blauroten Wangen unter dem dichten, weißlich-schmutzigen Bart zitterten. Die Augen in ihren großen Säcken gingen leicht töricht von einem Gesicht zum andern, am längsten blieben sie auf dem schweren Schädel des Flaucher, der sich nicht rührte und kein Wort sprach. Dann sagte der Messerschmidt, und seine Stimme klang heiser: »Ich hätte mir das nicht gedacht, meine Herren, aber ich hätte es mir denken können. Sie haben ganz recht, es ist ein kleiner Mord, und der ›Generalanzeiger‹ hat recht, wenn er sieben Zeilen darüber bringt und über die Kundgebung der Wahrhaft Deutschen vierhundert Zeilen, und am Morgen nochmals vierhundert, und am nächsten Abend nochmals vierhundert. Wir haben auch einige große Morde gehabt, über die hat man mehr gebracht. Aber anders geworden ist dadurch nichts. Sie haben recht: es ist ein kleiner Mord, und es ist kindisch, daß wir uns in dieser schweren Stunde des Vaterlandes damit beschäftigen. Aber sehen Sie, meine Herren, diesen kleinen Mord, den decke ich jetzt nicht mehr. Ich habe eine Aufstellung machen lassen, seien Sie ruhig, ich werde sie nicht veröffentlichen, sie ist nur zu unserer privaten Information. Es sind 3208 Straftaten, die die Wahrhaft Deutschen begangen haben in den letzten zwei Jahren, und man müßte 849 Prozesse anhängig machen, wenn man nach dem Gesetz vorgehen wollte.« Er hatte im Sitzen gesprochen; jetzt auf einmal stand er auf, schaute von einem zum andern und sagte ganz leise: »849 Prozesse. Davon sind aber nur 92 geführt worden, und wenn es hoch kommt, werden noch 60 bis 70 geführt, und herauskommen wird nichts dabei. Sie haben gemordet und gestohlen und oben zu unten gemacht, daß keiner mehr weiß, was Recht ist und was Unrecht ist. Sie haben die Denkmäler beschmiert, und wenn sie besoffen waren, sind sie auf die Judenfriedhöfe gegangen und haben auf die Grabsteine gekotzt. Sie halten mich vielleicht für sentimental; aber ich kann nicht schlafen, wenn ich an diese Grabsteine denke. Sie haben sie mit ihrem Kot besudelt, sie haben wie alle Verbrecher ihre Visitenkarte dagelassen. Und, sehen Sie, darum decke ich diesen kleinen Mord nicht mehr. Ich decke ihn nicht!« schrie er auf einmal und haute mit der Hand auf den Tisch.

Es war unangenehm still in dem schönen Raum am Promenadeplatz mit den hübschen, altväterischen Möbeln. Herr von Ditram war auf einer Konferenz der Ministerpräsidenten der Länder in Berlin gewesen, man war eigentlich zusammengekommen, nur um den Bericht über seine Berliner Eindrücke entgegenzunehmen und ein paar Beschlüsse allgemein nationaler Natur zu fassen. Nun hatte der ungemütliche Messerschmidt diese Geschichte vom Zaum gebrochen. Man schaute einander an, Herr von Ditram räusperte sich, alle machten betretene Gesichter. Nur der Flaucher, sich zwischen Hals und Kragen reibend, lächelte.

Der Messerschmidt aber sah dieses Lächeln, und er begehrte nicht mehr auf, sondern seine Schultern wurden schlaff.

Es wurden dann die Beschlüsse allgemein nationaler Natur gefaßt, die vorgesehen waren, und drei Tage später fand eine Umbildung des Kabinetts statt. Automatisch geradezu verschwand Herr von Messerschmidt. Automatisch auch mit ihm, seltsamerweise, verschwand der stille Herr von Ditram. Mit der Umbildung des Kabinetts wurde Dr. Franz Flaucher betraut.

Herr von Messerschmidt, am Abend des Tages, an dem sein Rücktritt Gewißheit war, ging in den Herrenklub. Man verstummte bei seinem Anblick, kein rechtes Gespräch mehr kam auf. Man schmunzelte, flüsterte, er hörte deutlich: »Gedenket des Bäckergesellen.« Er wußte, daß er sehr isoliert war, daß man ihn für einen Burschen hielt, der voll senilen Starrsinns, trotzdem er dadurch den Staat gefährdete, klebrig hockengeblieben war. Dennoch traf es ihn, als er jetzt sah, wie man ihn ächtete.

Er setzte sich in einen der riesigen Ledersessel. Er füllte ihn weniger aus als früher. Sein Gesicht kam hager aus dem weniger gepflegten Vollbart, die Augen quollen trüb, stumpf aus dem ungesund roten Gesicht. Er nahm eine Zeitung vor; allein er las nicht. Er war gefüllt mit Bitterkeit. Abgelegt wie ein ausgetretener Pantoffel, dachte er. Er schielte nach den andern. Der Hartl lächelte impertinent, ja, der sah seinen Weizen blühen. Der Flaucher saß da, mächtig, viereckig; die kleinen Augen strahlten sieghaft. Es war eigentlich verboten, Hunde in den Herrenklub mitzubringen; dennoch rekelte sich zu seinen Füßen der Dackel Waldmann. Der Flaucher konnte sich das jetzt leisten. Er hatte es mächtig weit gebracht für den vierten Sohn des Konzipienten des Königlichen Notars in Landshut. Neben ihm saß Sebastian Kastner, sein Getreuer, der Abgeordnete von Oberlanzing, sprach plump auf ihn ein. Der Messerschmidt hockte da, allein, bot seinen großen Kopf dar dem Gespött ringsum, pumpte sein Herz voll mit Genugtuung und Bitterkeit. Er hat seine Pflicht getan. Es wird großartig sein, wenn er jetzt mit dem ganzen Saustall nichts mehr zu schaffen hat, sondern herumgehen kann zwischen seinen bayrischen Kuriositäten. Seit dem letzten Frühjahr war er nicht mehr im Nationalmuseum gewesen, der staatlichen Sammlung solcher Dinge, wie er sie liebte. Otium cum dignitate, dachte er, procul negotiis, dachte er. Allein die Abgeklärtheit verflog rasch, die frechen, hohnvollen Gesichter blieben.

Zur Tür herein kam einer, schwer von Gestalt, doch krampfig leicht von Schritt. Bis jetzt hat der immer gezeigt, daß er ihn mochte. Wird er heut ...?

Siehe, er kam zu ihm. Er setzte sich zu ihm. Aller Augen folgten ihm, wie er herankam. Der Abgeordnete Kastner brach ab mitten im Satz. Selbst der Dackel Waldmann wurde unruhig.

Der Reindl betrachtete den verfallenen Messerschmidt. Vor kurzer Zeit, ungeheuer kurz war das, hatten sie hier alle auf den Klenk geschimpft. Nein, dem Alten war es nicht gut bekommen, daß er damals die Musikalität dieses Klenk gerühmt hatte. Sonst wohl kaum hätte er ihn zum Justizminister gemacht. Heute krochen sie alle dem Klenk in den Arsch: wo war einer, der sagte, der Messerschmidt habe Sinn für bayrische Kleinkunst?

Der Reindl wußte genau, wie sie den Alten umgelegt hatten. Wie der sich die Arbeit bitter und aussichtslos gemacht, wie er mit beiden Armen Mist weggefegt hatte, wie auf jede hinausgeschaffte Fuhre zehn neue hereingekommen waren. Der Reindl kannte das: wie Anordnungen bürokratisch gewissenhaft entgegengenommen und dann sabotiert wurden. Nun ja, jetzt hat der Alte ja Ruhe. Er, Reindl, wird sich in die neue Kabinettsbildung nicht hineinmischen. Wer immer die neuen Minister sein werden, sie werden Strohpuppen im Winde sein.

Er saß da, wo der Wind gemacht wurde. Seine Geschäfte rissen ihn in großartigem, triumphalem Wirbel hoch. Wohlwollend schaute er, voll üppiger Gebelaune, auf den Messerschmidt, sprach angeregt mit ihm über bayrischen Kleinkram, schlug ihm gewisse Tauschgeschäfte vor aus ihren Sammlungen, bei denen der Alte glänzend abschnitt. Er blühte sichtlich auf unter den Worten des Fünften Evangelisten, die andern schauten neidisch her, und als er nach Hause ging, drückte ihn eigentlich nur mehr der Gedanke, daß er nicht mehr die Sache Krüger zu Ende geführt hatte.

Dr. Franz Flaucher, den Tag darauf, telefonierte mit Dr. Klenk, bot ihm das Justizministerium an. Er hielt es für eine fromme, selbstüberwinderische, wahrhaft christliche Tat, daß er dem Gegner auf so noble Art vergalt. Allein was erwiderte der unernste Mensch? Er sagte: »Ich sitze in einem ausgezeichneten Klubsessel, Flaucher. Den soll ich vertauschen mit eurem Nachtstuhl im Justizministerium? Ich denke nicht daran.« Und er lachte. Es war sein riesiges, gemütliches Lachen, aber dem Flaucher dröhnte es so schauerlich sündhaft in das behaarte Ohr, daß er das Hörrohr wie etwas Brennendes in die Gabel zurückwarf.

Das Justizministerium erhielt dann, wie allgemein erwartet, Dr. Hartl. Sein früheres eigenes Ministerium besetzte Flaucher mit Sebastian Kastner, dem Abgeordneten des Stimmkreises Oberlanzing, seinem devoten Anhänger.

Es war nicht zu leugnen, daß dadurch das Gesamtministerium ein einheitlicheres Gesicht bekam und reibungsloser arbeiten konnte. Viele atmeten auf, daß an Stelle des behutsamen Ditram der feste, urbayrische Flaucher und an Stelle des bockigen, störenden Messerschmidt der fischglatte, geschmeidige Hartl trat.

Dr. Flaucher, als die Ernennung seines Kabinetts vollzogen

war, ging in das kleine, gelbe Biedermeierpalais, in dem er in Zukunft residieren wird. Es war Abend, nur mehr der Pförtner war im Haus. Dr. Flaucher, eine große Weile, saß allein in seinem zukünftigen Arbeitszimmer, zusammen mit dem Dackel Waldmann, demütig und stolz, im Gefühl seiner Berufung. Er nahm ein großes Stück Kreide. Der Tag der Heiligen Drei Könige war zwar vorbei; aber schaden konnte die Ausübung eines frommen Brauches niemals. Sorgfältig mit der Kreide malte er über die Tür seines Arbeitszimmers: C + M + B, die Initialen der Heiligen Drei Könige Caspar, Melchior und Balthasar, umkränzt von der Jahresziffer. Auch gelobte der neue Ministerpräsident in dieser schweren Stunde der Berufung, zur Gnadenmutter von Altötting zu wallfahrten, in deren Altar die Herzen der bayrischen Könige aufbewahrt wurden. Fromm und deutlich im Geist sah er den heiligen Ort: seine Kirche, wo Gnaden und Wunder geschahen zur Düngung der Seelen, seine Fabriken, wo Kali erzeugt wurde zur Düngung des vaterländischen Bodens.

Er war in gelockerter Stimmung, er hatte Bedürfnis nach Musik. Um diese Stunde pflegte der Rundfunk Musik zu senden. Der Flaucher war nicht abergläubisch; immerhin war er begierig, was er nun hören werde, und bereit, es als Zeichen anzunehmen, falls es günstig war. Er schaltete den Lautsprecher des Rundfunks ein, und in seine behaarten Ohren klang eine tiefe, schöne Frauenstimme, selig umspült von Glocken und Geigen. Sie sang eine Weise, ihm nicht unbekannt, gesetzt von einem alten deutschen Meister: »Schlage doch, gewünschte Stunde / Brich doch an, gewünschter Tag.« Flaucher lauschte in großer Bewegung, sog das Lied in sich, andächtig, füllte sein Herz mit Vertrauen auf Gott und auf sich selbst.

Unten zogen demonstrierende Wahrhaft Deutsche vorbei. Man hatte, die Konsulate durch starkes Polizeiaufgebot schützend, zuwege gebracht, daß sie die fremden Diplomaten nicht verhauten. Jetzt zogen sie, friedlich demonstrierend, über den Promenadeplatz zum »Gaisgarten« und sangen ihr Lied: »Arbeiter, ihr Lumpen, wie wird's euch ergehn / Wenn ihr die Brigade Riedler werdet sehn. / Die Brigade Riedler schießt alles kurz und klein. / Wehe dir, du Arbeiterschwein.«

26

Johanna Krain und ihre Maske

Johanna, als sie von der Umbildung des Kabinetts in der Zeitung las, begriff zuerst nicht, worum es sich handelte. Sie spürte dumpf, etwas schlug sie auf den Kopf. Sie las ein zweites, drittes Mal; dann erkannte sie, daß also auch dieser alte Messerschmidt, der ausschaute wie ein Monument der Biederkeit, sie im Stich gelassen hatte. Auch er hatte sie angeschmiert mit schönen Reden.

Es ist gut, daß sie Martin nichts gesagt hat von dem Versprechen des Messerschmidt, der sicheren Aussicht auf Strafunterbrechung oder Wiederaufnahme. Er hätte den Rückschlag nicht ausgehalten.

Es ist ihm also zuviel geworden, dem Alten, er hat hingeschmissen. Wenn man ihn im Amt gelassen hätte, wäre er sicher zu seinem Wort gestanden. Sechsundzwanzig Tage fehlten noch. Die hätte er noch aushalten können, bevor er hinschmiß. Sie kann nicht hinschmeißen, ihr ist das nicht erlaubt.

Sie ging auf und ab in dem großen Zimmer in der Steinsdorfstraße. Immer liegt auf dem Tisch ein blödes Zeitungsblatt und will ihr was an. Sie sollte keine Zeitungen mehr halten. Was ihr Übles zustieß, wurde ihr durch die Zeitung gebracht. Die schlechten Wendungen des Prozesses Krüger, der Schmutz, den man auf sie warf, der Mord an dem Abgeordneten G., der Tod Fancy De Luccas, alles roch den Gestank der Zeitung. *Umbildung des Kabinetts.* Wenn sie es zu tun hätte mit einem einzelnen Menschen, mit einem Messerschmidt, einem Klenk oder sogar einem Heinrodt, damit würde sie fertig werden. Aber immer steht da ein Undeutliches: Umbildung des Kabinetts, politische Verhältnisse, Justiz, Staat, lauter so gesichtsloses Zeug. Wie soll eine Frau damit fertig werden?

Auf einmal ist sie bis in die Poren voll von einer brühheißen Wut gegen Tüverlin. Er hätte sie nicht dürfen allein lassen. Er hätte ihr nicht zumuten dürfen, damit allein fertig zu werden.

Mit ihren eigenen Dingen wird sie fertig. Die Dollars, die

Tüverlin für sie hinterlegte, hat sie nicht angegriffen. Es geht ihr beruflich gut, sie hat viele Ausländer, es ist fast ein Hohn, wie gut es ihr geht.

Da hockt sie in ihrem geräumigen Zimmer, ein großes, kräftiges Mädchen. Ihre Bücher sind da, ihre Apparatur. Die Tante Ametsrieder geht stattlich umher; das ist wohltuend, wenn jemand so fest auf seinen Beinen steht. Auch Jacques Tüverlin steht fest auf den Beinen, die Zeitungen sind voll von seinen Erfolgen. Die Tante drängt, Johanna soll ihn doch heiraten; sie, die Tante, werde das schon deichseln. Es könnte nichts schaden, wenn die Tante weniger daherredete. Tüverlin selber schreibt kurz, vergnügt, nett. Immer mit der Adresse: *Villa Seewinkel, Ammersee.* Daß ihre Antworten trocken sind, spärlich, und daß sie aus München kommen, darüber scheint er sich keine Gedanken zu machen. Er hat Villa Seewinkel jetzt gekauft. »Es ist ein gutes Gehäuse für dich«, schreibt er. Es ist eine Gemeinheit, daß er sie allein läßt.

In diesen Tagen kam für Johanna das schwere Paket, aus dem sich ihre Maske herausschälte. Der Absender war nicht genannt. Sie hatte seit langem mit keinem leisesten Gedanken an den Windigen gedacht. Sie stellte die Maske auf den Tisch; es war eine einfache Gipsform, nicht verfälscht durch Anstrich oder Färbung, mit allen Poren und Feinheiten. Johanna saß davor, gradäugig, und schaute ihrer Maske ins Gesicht. Es war breit, kräftig, durch die stumpfe Nase und die geschlossenen Augen ruhig wie ein Stück Erde. Nein, das war nicht ihr Gesicht. Vielleicht wenn sie einmal tot ist, schaut sie so aus. Wenn sie so, sie suchte das Wort, so *abgeklärt* ausschaute, warum dann liefen ihr die Männer nach?

Wenn in einigen hundert Jahren ein Forscher diese Maske ausdeutet, er wird sie vielleicht nennen: Junge Bäuerin aus Altbayern, Anfang des zwanzigsten Jahrhunderts. War sie von andern unterschieden? War sie mehr als die andern? Wie kam sie mit ihrem Alltagsgesicht dazu, von den andern zu verlangen, daß sie aufhorchen und mitgehen sollten, wenn sie den Mund aufreißt?

Wie soll dieses einzelne Mädchen Johanna Krain mit ihrem Alltagsgesicht aufkommen gegen den ganzen Staat Bayern?

Das kann einer machen nur mit sehr viel Schlauheit und mit einem Haufen List. Niemals hätte sie sich mit dem offiziellen Bayern in einen Kampf einlassen dürfen, immer im dunkeln hätte sie bleiben müssen. Recht behalten oder nicht, das war gleichgültig. Strafunterbrechung erwirken, Amnestie, darauf kam es an. Schon ihre erste Aussage war Blödsinn gewesen. Dr. Geyer war sehr klug, damals, als er ihr *anheimstellte*.

Es ist eine unsichtbare Maschine, gegen die man kämpft, es ist ein verfluchter, tückischer Mechanismus, der immer zurückweicht, den man niemals packen kann. Man selber wird müde, man wird lahm: aber die Maschine wird nicht lahm. Auf der einen Seite allein sie, auf der andern dieser ganze, große, verdruckte Beamtenapparat. Keiner sagt ihr jemals nein; man bleibt höflich, auch wenn sie grob wird. Man schlägt nicht ab, bloß: man braucht Bedenkzeit, man erwägt, man *untersucht*.

Die Leute glauben ihr nicht mehr. Da steht sichtbar eine zornige Frau und schlägt wild los gegen etwas, das niemand sieht.

Sechsundzwanzig Tage hätte der Messerschmidt noch aushalten müssen. Dann stünde sie in Odelsberg mit einem Wagen. Wahrscheinlich wäre es der Wagen Pröckls, Pröckl müßte sie hinbringen. Sie stellt sich das sehr deutlich vor, wie sie auf der kahlen Straße steht vor dem Tor von Odelsberg und auf Martin wartet.

Nein, sie schaut nicht so, so *stumpf* aus wie auf dieser Maske. Kampf, selbst für eine gute Sache, hat einmal einer gesagt, macht schlecht. Aber so stumpf und ledern ist sie nicht geworden. Ausgeschlossen. Sie kramt aus alten Zeitungen ein Bild hervor von damals, als sie vor den Geschworenen stand, der Zeichner der Berliner Illustrierten hat es gemacht. Wie sie dasteht, wie sie den Kopf herumreißt gegen den Staatsanwalt, wie sie wild schaut, das ist Pose und arg übertrieben; aber doch ist es noch richtiger als dieses totenhafte, weiße Ding da.

Das war ein guter Zorn damals. Nur leider, so ein Zorn hält keine zwei Jahre vor. Sie kann ihren Zorn nicht in die Ecke stellen und bei Bedarf vorholen. Sie muß immer neu ankurbeln, das wird jedesmal schwerer.

Sie braucht einen, der ihr hilft: aber keinen Rechtsanwalt Löwenmaul, keinen Listigen, Vernünftigen. Sie geht zu Kaspar Pröckl.

Kaspar Pröckl kommt ihr noch zugesperrter vor als sonst. Allein wie er sieht, daß jetzt durch die Umbildung des Kabinetts für Martin Krüger von neuem alles verbaut ist, wird er sofort hitzig. Erwidert, wie der Knall auf den Schuß: ja, man müsse etwas tun. Es ist, als habe er geradezu auf ihre Aufforderung gewartet. Er geht an den Apparat, ruft die Bayrischen Kraftfahrzeugwerke an, verlangt den Fünften Evangelisten. Wird ungestüm, dringlich. Beruhigt sich erst, wie Direktor Otto ihm versichert, daß Herr von Reindl wirklich verreist ist. Johanna sieht nicht, wie er aufatmet.

Dabei läßt es Kaspar Pröckl nicht bewenden. Er macht sich auf zur Witwe Ratzenberger. Viele seither haben versucht, die unklare eidesstattliche Versicherung der Frau Crescentia Ratzenberger mehr in Form und Schick zu bringen, auf daß auch ein widerstrebender Richter nicht mehr auskönne. Aber die Witwe Ratzenberger zog nicht recht. Ihr Franz Xaver war freilich immer noch nicht ganz heraus aus den Flammen; doch ihre Angst vor dem Ludwig war größer als die vor dem Toten, der infolge ihrer Hilfe der Seligkeit immerhin bereits viel näher war. Auch diesmal wand sich die Frau und suchte Ausflüchte. Allein Kaspar Pröckl gab keine Ruhe. Was gutmütiges und drohendes Zureden, was Gewissensnöte nicht erreicht hatten, brachte seine Finsternis zuwege, die noch finsterer war als die des unwirschen Ludwig. Das weichmütige, spinnerte Kind Kathi fing laut zu flennen an, so ängstigte sie sich vor dem hagern, wild und scharf redenden Mann. Die Witwe Ratzenberger mußte den Wasserhahn aufdrehen, um das Mädchen zu beruhigen. Kaspar Pröckl ließ nicht aus. Während die Kathi plärrend vor sich hin sang, während das Wasser aus dem Hahn plätscherte, zwang er die Witwe Ratzenberger, eine Erklärung zu unterschreiben, runder, klarer als ihre bisherigen Bekundungen.

27
Rechtsanwalt Geyer schreit

Die Haushälterin Agnes, in langem, schleifendem Kleid, schlurfte ruhelos durch die Wohnung, die sie für Dr. Geyer in Berlin gemietet hatte. Es waren große, kahle, dunkle Räume in einem Haus am Rande der Innenstadt, dem proletarischen Norden zu; die Möbel Geyers nahmen sich hier noch unbehaglicher, verwahrloster aus als in München. Die gelbgesichtige Person war zufrieden in Berlin. Die kahle, düstere Wohnung paßte ihr, weil sie so groß war. Auch daß sie unter den zahlreichen Bewohnern des Hauses unterging, behagte ihr. Zudem war zwei Häuser weiter eine Bankstelle, wo sie sich betätigen konnte.

Erst hatte sie gefürchtet, der Anwalt werde sich in Berlin groß und glänzend entfalten; sie war überzeugt, er konnte das, wenn er nur wollte. Zunächst hatte es auch den Anschein, als wolle er. Man hatte ihn mit großen Erwartungen empfangen; sein erstes Auftreten im Reichstag war wirkungsvoll und wurde sehr günstig kommentiert. Dann aber war er wieder in seine frühere wunderliche Erstarrung gefallen, und jetzt hielt er sich fern vom Parlament und von den Zeitungen. Hockte lange Tage zu Hause, kramte wohl auch herum in den beiden Manuskriptbündeln »Geschichte des Unrechts« und »Politik, Recht, Geschichte«; aber er arbeitete nicht. Dann wieder strich er durch die Straßen des proletarischen Nordens, stundenlang, ohne Blick für die Leute, zwischen denen er herumgeschoben wurde. Verschwand wohl auch in einer Destille, schlang hungrig und doch ohne Lust eine Bockwurst hinunter und Kartoffelsalat. Die Haushälterin Agnes wußte genau, seit wann er zu arbeiten aufgehört hatte. Das war nach einem Bierabend beim Reichstagspräsidenten.

Dann war jene üble Affäre gekommen, die bewirkte, daß der Name des Abgeordneten Geyer wieder in allen Zeitungen genannt wurde. Aber mit wenig angenehmen Kommentaren. Dr. Geyer war in einer Bierquelle gesessen, allein, an einem Holztisch, und hatte auf die Platte Ziffern und Zeichnungen gestrichelt. Am Nebentisch führten zwei ein lautes, politisches Gespräch allgemein patriotischen Inhalts. Dr. Geyer hatte mechanisch zugehört, wahrscheinlich auch hatte er mehrmals hinübergesehen. Jedenfalls war plötzlich einer der beiden Herren an seinen Tisch gekommen und hatte mit lauter, schneidiger Stimme, so daß das ganze Lokal es hören mußte, sich's verbeten, daß man ihn so arrogant anzwinkere. Dr. Geyer hatte ziemlich undeutlich erwidert; er war sich nicht bewußt, den Mann gekränkt zu haben. Da der auf einer Abbitte bestand, wurde auch Dr. Geyer scharf. Heftiger Wortwechsel. Der Herr erwies sich als Beamter der Reichsversicherungsanstalt, der nichts auf sich sitzenließ. Dr. Geyer verschmähte es, sich hinter seine Immunität zu retten. Beleidigungsprozeß. Der Herr von der Reichsversicherungsanstalt hatte ein harmloses Tischgespräch geführt, der Abgeordnete Geyer hatte ihn durch aufreizendes, ironisches Augenzwinkern verhöhnt. Dr. Geyer wies durch ärztliches Gutachten nach, daß sein Augenzwinkern nicht beleidigender Absicht, sondern krankhaften Veränderungen gewisser Nerven entsprang. Er wurde freigesprochen. Die Rechtspresse ließ es sich nicht nehmen, über den Fall ausführlich zu berichten. Seither lächelte man, wenn der Abgeordnete Geyer erwähnt wurde.

Der Haushälterin Agnes waren diese Berliner Geschehnisse nicht unangenehm. Ein gedemütigter, sich verwahrlosender, verfallender Dr. Geyer kam ihr gelegen. Wie er es aber in den letzten Tagen trieb, und zwar seit dem Eintreffen eines bestimmten Briefes, das wurde zuviel und erfüllte selbst sie mit Sorge.

Dieser Brief kam zusammen mit anderer Post. Die Haushälterin Agnes, nachdem sie Dr. Geyer den Pack überreicht hatte, war hinausgegangen in ihre Küche und hatte sich an die Bereitung des Abendessens gemacht. Da plötzlich hörte sie aus dem Zimmer ihres Herrn einen hellen Schrei. Der Schrei hörte nicht auf, er gellte fort, nicht abreißend, und als sie ins Zimmer lief, sah sie den Mann, wie er am Pfosten der Tür stand und, immer gleich schrill hinausheulend wie ein Tier oder wie ein geprügeltes Kind, den Kopf mechanisch gegen den Türpfosten schlug.

Es gelang der Luchsäugigen, den Brief zu erspähen, der das bewirkt hatte. Er kam aus München, sein Inhalt war dunkel, und unterzeichnet war er nur mit einem *E.* Dennoch wußte die Gelbgesichtige, von wem er war, nämlich von dem ausgehausten Lumpen, dem Blutaussauger, und wenn sie auch nicht mit dürren Worten angeben konnte, was er wollte, so spürte sie doch ziemlich deutlich, worum es ging, und sie begriff auch, warum der Abgeordnete Geyer geschrien hatte. Es schrieb nämlich dieser Herr E., er habe gelesen, Dr. Geyer werde die sozialdemokratische Interpellation über die Erledigung des Dienstmädchens Amalia Sandhuber begründen. An sich sei es ihm Jacke wie Hose, was die Berliner Regierung tue; er fühle sich in München sehr sicher. Da er aber ein Freund der Klarheit sei, möchte er dem Herrn Abgeordneten zur besseren Information mitteilen, daß gewisse Gelder, die Dr. Geyer ihm, dem Schreiber, zur Verfügung gestellt habe, zur Ausführung dieser Tat verwendet worden seien. Er, E., finde sie gut verwendet. Er schrieb weiter, und zwar begann er einen neuen Absatz, er nehme an, daß Dr. Geyer dieses gut verwendete Geld schlecht verwertet finden werde. Er, E., könne sich nicht vorstellen, daß Leute mit so verschiedenen Ansichten *eines* Blutes sein sollten. Es gebe leider verflucht wenig Mittel, um solche Fragen endgültig zu klären. *Ein* Mittel aber gebe es, das bei bestimmt gelagerten Fällen eine sichere Klärung herbeiführen könne. Und er legte dem Dr. Geyer dar das Verfahren des Professors Zangemeister aus Königsberg und forderte ihn auf, sich dieser Königsberger Blutprobe zu unterziehen.

Das war es also, was die Haushälterin Agnes geschrieben fand. Nicht so deutlich und nicht so kurz wie hier; aber immerhin begriff sie, worum es ging. Und das war es wohl auch, warum Dr. Geyer geschrien hatte.

Seit dem Tage also, an dem er diesen Brief empfing, bemerkte die Haushälterin Agnes an ihrem Herrn eine entschiedene Veränderung. Dr. Geyer nämlich hatte sich bisher als mutiger Mann gezeigt; jedenfalls war er nie feige gewesen. Auch das Attentat damals in München anläßlich des Prozesses Krüger hatte er ohne Nervosität und ohne weitere üble Folgen überstanden, abgesehen von der kleinen Verletzung, die ihn zum Hinken zwang. Jetzt auf einmal nach so vielen Monaten bekam er Angst vor dem Attentat, das längst vorbei war. Einmal fand ihn Agnes vor der Flurtür, er stand davor, aschfahl, mit zitternden Knien, konnte das Schloß nicht finden. Er glaubte, es gehe einer hinter ihm, er erhalte den Schlag erst jetzt. Einmal klingelte er Agnes mitten in der Nacht in sein Schlafzimmer. Lag schweißübergossen. Sie mußte mit ihm die Wohnung absuchen. Er wußte: der Minister Klenk hatte sich eingeschlichen.

Dr. Geyer erwiderte jenen Brief aus München nicht. Auch die Interpellation fand vorläufig nicht statt. Er beruhigte sich, die Angstzustände ließen nach. Seine Erregung legte sich.

Er begann, stark zu arbeiten. Hatte Konferenzen mit Parteigenossen, stapelte Zeitungen, häufte Material, sichtete. Telefonierte, depeschierte mit seinen Münchner politischen Freunden. Eine Woche verging und noch eine Woche; dann endlich brachten die Sozialdemokraten die angekündigte Interpellation über die bayrischen Dinge ein. Die Interpellation ging aber nicht aus von der Ermordung des Dienstmädchens Amalia Sandhuber, sondern von der sogenannten *Sendlinger Schlacht.*

Es zogen nämlich damals in Bayern bewaffnete Abteilungen der Wahrhaft Deutschen umher, um *Ordnung zu schaffen* und Justizexekutionen an Mißliebigen vorzunehmen, als Kostproben gewissermaßen der großen Abrechnung mit dem innern Feind. Eine solche bewaffnete Abteilung, unter Führung des Oberleutnants Weber und der Hauptleute Müller und Östreicher war zu einer Strafexpedition gegen die Walchenseekraftwerke aufgeboten worden, wo die Arbeiter gegen die Überfälle der Wahrhaft Deutschen *proletarische Hundertschaften* gebildet hatten. Radfahrabteilungen, Sanitätsabteilungen waren schon vorher in die Gegend des Walchensees abgegangen. Als aber das Gros der Strafexpedition die am Münchner Isartalbahnhof bereitgestellten Extrazüge besteigen wollte, weigerte sich das Bahnpersonal, die schwerbewaffneten Haufen zu transportieren. Die aufgebotenen Wahrhaft Deutschen, enttäuscht, begierig, ihre Tatenlust auszutoben, bekriegten nun die südlichen Münchner Arbeiterviertel Sendling, Thalkirchen, Brudermühlviertel, Neuhofen, Oberfeld. Sie sperrten Straßenzüge ab, forderten die Bewohner auf, die Fenster zu schließen, besetzten Hausgänge, Dächer, richteten Stützpunkte ein, zwangen die Straßenbahn, den Verkehr einzustellen, beschossen, was in Sichtweite kam. Insbesondere der eiserne Steg, der in diesem Stadtteil über die Isar führte, wurde unter Feuer genommen. Die Polizei, zu schwach zum Eingreifen, schloß sich in ihre Stationen ein. Als schließlich polizeiliche Verstärkungen eintrafen, erklärten die Führer dieser Abteilungen, die bewaffneten Wahrhaft Deutschen seien *Notpolizei.* Die Patrioten konnten ungehindert abziehen. Die Behörden beschränkten sich darauf, einige Proletarier jener Gegend festzunehmen und wegen Landfriedensbruch zu prozessieren.

Das Reich war damals überlastet mit Sorgen. Die Entwicklung der Dinge an der Ruhr, die Geldaufblähung, die Diktatur der Schwerindustrie, ihr Wunsch, die ihr mißliebigen roten Regierungen in Sachsen und Thüringen durch Reichsexekution mit Waffengewalt zu vertreiben, das alles waren dringliche Gefahren. Was bedeutete dagegen jene läppische Sendlinger Schlacht? Gut, die Bewaffnung der Wahrhaft Deutschen stammte zum Teil aus Beständen der Reichswehr. Das Reich hätte gesetzliche Handhaben gehabt einzuschreiten. Aber hatten sich nicht viel schlimmere Akte der Anarchie im Bayern jener Monate ereignet? War man die passive, insolente Art nicht gewohnt, mit der das Land Bayern auch in dieser Angelegenheit das Reich behandelte? Daß diese Provinz störrisch war, daß dort die Kette der Verfassungsbrüche und Gesetzlosigkeiten nicht abriß, das war bekannt, darüber debattierte man im Reichstag jeden zweiten Monat, darüber regte sich kein Mensch mehr auf. Man sah also der Interpellation ohne Interesse entgegen. Die Sozialdemokraten versprachen sich nicht viel; sonst hätten sie kaum den Dr. Geyer, um den jetzt ein so fataler Geruch von Komik war, als Redner vorgeschickt.

Dr. Geyer, als er auf die Tribüne trat, hinkte nicht. Seine Augen zwinkerten nicht, seine Hände flatterten nicht, er hatte seine Stimme in der Gewalt. Da stand er also auf der Tribüne des Reichstags, wie er sich's oft gewünscht hatte, er stand in dem großen, mit altmodischem Ungeschmack überladenen Saal und sprach in die Ohren Deutschlands.

Er schilderte die Sendlinger Schlacht, machte ziffernmäßige Angaben über die Stärke der militärischen Organisationen der Patrioten, über ihre Bewaffnung. Im Anschluß daran zählte er auf, aktenmäßig, in der Art seiner »Geschichte des Unrechts«, die wichtigsten unter den Gewalttaten, die die Wahrhaft Deutschen verübt hatten, ungesühnt. Die überfallenen Straßenpassanten, die gesprengten Versammlungen, die verwundeten und ermordeten gegnerischen Abgeordneten, das beleidigte Reich, den wüst geschmähten Reichspräsidenten, die verbrannte Reichsflagge. Er reihte Datum an Datum, Ziffer an Ziffer. Sprach scharf und beherrscht, ließ sich nicht hinreißen zu rednerischen Floskeln.

Der Saal war, als er zu sprechen begann, ziemlich leer gewesen. Die wenigen, die da waren, führten Privatgespräche, die Presseberichterstatter gähnten, Kommunisten und Vaterländische verulkten den Redner durch spaßhafte Zwischenrufe. Jetzt füllte sich der große Raum, die Privatgespräche hörten auf, die Journalisten verloren ihre Schläfrigkeit; wenn ein Wort dazwischengerufen wurde, war es nicht mehr spaßhaft. Von den Abgeordneten drängten viele, um besser zu hören, nach vorn. Auf den Bänken der Rechten erhob sich ein Kleiner, Alter, stützte sich mit beiden Händen auf sein Pult, verblieb so, angestrengt lauschend, viele Minuten.

Dr. Geyer erwähnte in seiner Aufzählung nicht die Ermordung des Dienstmädchens Sandhuber. Auch nicht den Minister Klenk nannte er, unter dessen Verantwortung viele Geschehnisse seines Berichts sich ereignet hatten. Wenn aber seine nackte Darstellung durch ihre brennende Schärfe die Hörer mitriß, dann war es, weil er, während er sprach, nicht die Gesichter der Abgeordneten vor sich sah und nicht den leeren Prunk des Plenarsaals, sondern weil er vor sich sah ein Stück dünnen Waldes und zwei Gesichter darin, eines mit sehr weißen Zähnen unter roten Lippen und ein großes, braunrotes, grinsendes, eine Pfeife im Mundwinkel.

Diese Rede im Reichstag blieb die einzige Antwort Dr. Geyers an Erich Bornhaak. Abgesehen von einer Geldsendung. Denn Geyer nahm an, über kurz oder lang werde der Tag kommen, wo man selbst in Bayern Dinge wie die Ermordung der Amalia Sandhuber nicht ungesühnt werde lassen können, und dann werde Erich Bornhaak Geld brauchen, um sich außer Landes zu begeben.

28

Zeichen am Himmel

Die Stadt München indes füllte sich immer mehr mit kribbeliger Erregung. Schon kostete der Dollar 24613 Mark. Ein Pfund Fleisch kostete 3500, die Maß Bier 1020 Mark. Während unter den Bauern immer zahlreichere sich Automobile und Rennrösser leisteten, verfielen in den Städten die Wohnhöhlen mehr und mehr. Tuberkulose, Kindersterblichkeit nahmen zu. Viele von den Dreiviertelliter-Rentnern konnten sich jetzt auch nicht mehr einen Viertelliter leisten. Ausgehungert schlichen sie herum in den großen Biersälen, in denen sie früher mit Behagen ihre Abende verhockt hatten, suchten sich Brotrinden zusammen, Käserinden, Bierneigen. Die ausgedörrten Gemüter wurden gespeist mit Hoffnungen, wilden Gerüchten. Jeden neuen Tag berichtete man von einer bevorstehenden Exekution der Reichsregierung gegen Bayern, von Kriegsrüstungen Sachsens und Thüringens. Vor allem aber von Gewalttaten aus dem Ruhrgebiet. Gepriesen wurde der Terror, durch den dort deutsche Aktivisten die fremde Besatzung bekämpften. Verherrlicht insbesondere in riesigen Totenfeiern wurde ein Mann, der einen Zug zur Entgleisung gebracht hatte und dafür von den Franzosen erschossen worden war. Straßen wurden nach ihm benannt, Wehrverbände trugen seinen Namen. Seinen Namen auf den Lippen, überfielen Wahrhaft Deutsche, sogenannte *Ruhrflüchtlinge,* in München das Gebäude einer Linkszeitung, verwüsteten es. In zündenden Reden forderte Kutzner, die Regierung müsse diesem Manne von der Ruhr nacheifern, die Nation in einen Taumel von Raserei versetzen; an jedem Laternenpfahl müsse ein gehenkter Novemberverbrecher baumeln. Die Seelen in den ausgefrorenen und ausgehungerten Leibern entzündeten sich, kochten.

Am Stachus, einem belebten Platz, der schon während der früheren Revolution das Zentrum der Straßenpolitik gebildet hatte, liefen die Leute Abend für Abend zusammen. Redner erläuterten beflissen und gratis die politische Lage. Gegen Ende des Winters gab es eine besondere Sensation. Es erschien über dem erregten und verdrossenen Volk an dem rötlichgrauen Abendhimmel ein Flieger. Nachdem er Kreise über dem belebten Platz gezogen hatte, schrieb er ein Zeichen an den abendlichen Himmel, ein mächtiges Zeichen aus Rauch, mehrere Male: das Zeichen der Wahrhaft Deutschen, das indische Fruchtbarkeitsemblem. Weit auf rissen, starr vor Verwunderung, die Tausende die gläubigen Augen. Gesichter, blaß vor Staunen, legten sich zurück, stierten hoch. Einer mit einem Rucksack und einem grünen Hut brauchte eine halbe Minute, bis er den Mund wieder zuklappte. Erst dann zu seinem Nachbarn sagte er: »Sakra.«

Die Redner bemühten sich mit doppeltem Eifer, einzudringen in die durch das Zeichen am Himmel bereiteten Gemüter. Den größten Zulauf hatte ein Hagerer, der hoch vom Verdeck eines Autos herunter auf die Menge einsprach. Gescheitelt fiel ihm das Haar über den feierlichen, schwarzen Rock, ab und zu den melierten Bart strähnte er sich, listig strahlten, treuherzig, sehr blau die kleinen Augen über der höckerigen Nase, der goldgezahnte Mund klappte auf und zu. Volkstümlich erzählte er vor interessierten Hörern. Wie er einmal scheintot gewesen sei, wie schon die Doktoren des Krankenhauses ihn totgeschrieben hätten, wie aber dann akkurat wie ein Wunder der Professor Nußbaum noch dazu gekommen sei und an ihm herumgedrückt, gerüttelt und geschüttelt habe. Da habe sich dann erwiesen, daß er eben noch ein Lebendiger war. Und genau wie dieser Professor Nußbaum mache es der Führer, der Kutzner. Wie der Professor Nußbaum an ihm, so rüttle der Kutzner an dem deutschen Volk. Das sei bloß scheintot, aber noch vor der Baumblüte werde es wieder lebendig werden.

Die meisten, gelockert und aufgekratzt durch das Zeichen am Himmel, hörten gläubig zu. Auch der Boxer Alois Kutzner war unter ihnen. Der Daisenberger gefiel ihm, er machte Eindruck auf ihn, aber die wahre Erleichterung brachte auch er ihm nicht.

Der Boxer Alois war in steigender Bedrängnis des Gemüts. Er ging nicht mehr in den »Gaisgarten«; die gottlosen Reden, die neuerdings dort geführt wurden, stießen ihn ab. Er erinnerte sich einer wüsten Szene aus seiner Knabenzeit: wie sein Bruder Rupert bei der Kommunion die Hostie ausgespuckt und in die Tasche gesteckt hatte. Er hatte das bezahlen müssen, war deshalb von der Realschule geschaßt worden. Seit dem Kriege war er anders, der Rupert. Auch aus seinen Reden sprach der Geist des Herrn, in einer besondern Art freilich, und von dem Geschimpf seiner frühen Jahre hielt er sich fern. In der letzten Zeit aber redete er wieder wüst daher wie als Bub, und seine Anhänger redeten ihm nach. Der Alois fand keine Gemütlichkeit mehr im »Gaisgarten«. Er ging jetzt lieber ins Metzgerbräu. In diesem Wirtshaus in der Straße *Im Tal* fanden sich zusammen die Münchner Athleten. Zu den Melodien einer schmetternden Blechmusik übten sich junge Burschen im Ringen und im Stemmen schwerer Gegenstände. Die Arme auf die Stuhllehnen gestützt, saß der Alois, schaute durch den Tabaksqualm auf den trainierenden Nachwuchs, brummte zuweilen düster etwas Zustimmendes oder Ablehnendes. An den Wänden, in den Ecken hingen und standen herum Reliquien des Steyrer-Hans, seines großen Vorgängers, eines ungeheuer muskulösen Mannes mit einem gewaltigen Schnurrbart und vielen Orden auf der nackten, mächtigen Brust. Alois Kutzner begeisterte sich an den Bildern, wie der Steyrer-Hans einen Mann am Reck hochstemmt oder ein Fahrrad mit drei Radlern. Das Herz ging ihm auf vor den eisernen Spazierstöcken, vor der achtundvierzig Pfund schweren Tabaksdose, die dieser ehemalige *Bayrische Herkules* gebraucht hatte. Der wäre der rechte Mann gewesen für die Befreiung des Königs.

Aber der lag ja nun auf dem Südlichen Friedhof. Und er allein wurde nicht fertig mit seiner großen Aufgabe. Man schaut das Geld nicht an in einer solchen Sache; aber wenn es so weitergeht, wird er bald ganz ausgesackt sein, und es ist nichts vom Fleck gekommen. An seinem Ersparten riß die Inflation nicht weniger als an dem der andern. Mit seiner Kunst war es auch nichts Rechtes mehr. Jüngere, Wendigere traten an seine Stelle; auf rasche Arbeit des Gehirns kam es an. Manchmal in seiner Kümmernis ging der Boxer in den Hof der Residenz, stellte sich hin vor den riesigen, schwarzen Stein, der dort angekettet lag als Zeichen dafür, ein wie schweres Trumm wie weit und wie hoch der bayrische Herzog Christoph hatte schmeißen können. Träumerisch verharrte er vor solchem Beweis sportlicher Tüchtigkeit; so gute Fürsten waren die Wittelsbacher. Manchmal überfiel es ihn: wer weiß, vielleicht hat man den König in der Residenz selber verwahrt. Vielleicht ahnt der alte, unglückliche Herrscher, daß einer seiner Untertanen ganz in der Nähe ist, voll frommen Willens, ihm zu dienen.

Auch heute abend ging der Alois ins Metzgerbräu. Der Wind war umgeschlagen, er kam aus dem Süden, er brachte mit sich so was wie ersten Frühling, aber er legte sich schwer in die Glieder; auch weichte er den Schnee auf, so daß alles überrieselt war von schmutzigem Matsch, der in das Schuhwerk eindrang. Der Alois schimpfte, schleppte sein Kreuz durch die föhnigen Straßen. Als er schließlich im Metzgerbräu ankam, fand er dort große Gaudi. Einige aus dem Nachwuchs hatten ergiebige Resultate im Stemmen erzielt; man war fidel. In dem dicken Tabaksqualm tanzte zur Blechmusik unter außerordentlichem Beifall einer mit einer Prothese einen Schuhplattler. Das war originell. Aber der Alois Kutzner fand und fand nicht seine richtige Ruhe. Seine Spezln konnten ihn nicht halten; er ging früh fort.

Er ging nicht nach Haus, sondern zur nächsten Polizeistation. Dort verlangte er den Kommissar, und dem erklärte er, er sei der Mann, der die Hausgehilfin Amalia Sandhuber umgebracht habe. Der Polizeikommissar sah ihn an, das Gesicht kam ihm bekannt vor. Er ahnte dunkel einen Zusammenhang mit dem Rupert Kutzner, spannte gleich, daß das eine brenzlige Sache war, und strengte sein Gehirn an, wie er da am besten herauskommen könne. Überlegte, ob er mit seinem Vorgesetzten telefonieren solle oder direkt mit dem Ministerium des Innern oder mit dem Oberkommando der Wahrhaft Deutschen oder mit der Heil- und Pflegeanstalt Eglfing. In dieser Wirrnis blitzte ihm ein ausgezeichneter Einfall auf. Er richtete sich halbhoch und schaute den Alois Kutzner scharf an: »Haben Sie denn überhaupt eine Legitimation?« Der Alois Kutzner, eingeschüchtert, suchte, stammelte herum. Nein, er hatte keine Legitimation. »Was?« rief der Polizeikommissar. »Nicht einmal eine Legitimation? Da könnte jeder kommen.« Und Alois Kutzner zog ab, beschämt, erkennend, daß es auf so billige Art nicht gehe.

29
Die Baumblüte

Otto Klenk prüfte, ein guter Koch, die kochende Volksseele, ob das Gericht gar sei. Es war gar. Die Zeit war erfüllt. Die einundfünfzig Prozent Sicherheit, die er brauchte, um loszuschlagen, waren da.

Im Herrenklub, in einem größeren Kreise, traf er den Fünften Evangelisten. Man sprach davon, daß diese Siedehitze im Volk zur Explosion führen müsse; die Geduld der Wahrhaft Deutschen sei am Ende. Der Reindl, wie so häufig, sagte nichts. Er wandte seine gewölbten Augen nachdenklich, träumerisch, ganz leicht lächelnd, von einem zum andern. Der Klenk, kein furchtsamer Mann, erschrak vor diesem Lächeln. Er erkannte nicht klar, wie weit die Wirtschaft die Ereignisse an der Ruhr bestimmte. Aber er spürte mit gutem Instinkt: die deutsche Schwerindustrie war auf dem Weg, sich mit der französischen zu einigen. Haben sie sich einmal geeinigt, dann wird die Ruhrsache im Nu liquidiert sein. Dann ist die Gelegenheit für die Wahrhaft Deutschen verpaßt, futsch sind dann die einundfünfzig Prozent, und kein Reindl stellt mehr die Musik zu dem Marsch nach Berlin.

Am andern Tag hatte Klenk eine Unterredung mit Kutzner. Er wurde dringlich. Man habe den Tag der Befreiung so oft und so laut angesagt. Binnen kurzem werde die Blockade der Städte effektiv sein; die Bauern lieferten keine Lebensmittel mehr für das entwertete Geld. Worauf wolle man denn noch warten? Der Parteitag der Wahrhaft Deutschen mit der großen Fahnenweihe, die Kutzner so gewaltig angekündigt habe, sei die rechte Zeit zum Losschlagen. Geschehe wieder nichts, dann würden die Massen die Enttäuschung nicht ertragen. Die Zeit sei erfüllt. Die Baumblüte stehe bevor. Man dürfe nicht kneifen, müsse den Absprung wagen.

Kutzner hörte ihn aufmerksam an; oft, während Klenk sprach, nickte er bestätigend. Aber als Klenk drängte, zeigte er sich merkwürdig flau, geradezu schlapp. Ursprünglich hatte er selber an diesem Parteitag losschlagen wollen; darum hatte er soviel davon hergemacht. Jetzt wollte er's nicht mehr. War dafür, die angekündigte Fahnenweihe lediglich als eine Art Generalprobe zu halten. Er suchte für seinen Umschwung politische Argumente. Die wahre Ursache, trotzdem er sich's nicht eingestand, war eine andere.

Die wahre Ursache war ein Abend in der Rumfordstraße bei der Mutter Kutzner. Der Führer nämlich kannte keinen Standesdünkel. Er hielt seine greise Mutter in Ehren. Er fuhr großartig vor in seinem grauen Auto; aber dann hockte er wie ein ganz einfacher Mensch bei ihr am Tisch, mit dem Alois und wohl auch mit dem spinnerten Onkel Xaver, der sein narrisches Zeug herunterbrabbelte. Die Alte pflegte die großen Reden des Sohnes über seine Sendung, über die Verantwortung der Führerpersönlichkeit fromm anzuhören, mit einem Gesicht wie in der Kirche. Daß sie manchmal seine Erfolge und die Erfolge des Alois im Ring durcheinanderbrachte, nahm ihr der Rupert Kutzner nicht übel; sie war eben ein sehr altes Leut. An jenem Abend aber, kurz bevor der Rupert gehen wollte, hatte sie, als er gerade einmal eine Pause im Sprechen machte, unversehens herzzerbrechend zu flennen angefangen. Ausgedörrt, gelbhäutig, zerstoßen vom Flennen hockte sie, der Rotz rann ihr nur so aus der eingetetschten Slawennase. Fragte man, was denn los sei, gab sie keine Antwort. Wie der Rupert schließlich gehen wollte, ein Führer ist ein beschäftigter Mann, hatte sie sich an ihn gehängt und hatte zu reden angefangen, getragen wie ein Pfaff: das könne nicht gut ausgehn, wenn eins sich so überhebe. Sie sehe ihn schon in Stadelheim, wie alle ihren Mist abladen auf ihrem Sohne Rupert. Der Franzose Poincaré sei ein rechter Teufel und Hundling; er habe schon so viele hingemacht, er werde keine Ruhe geben, bis er auch ihren Sohn Rupert hingemacht habe. Wie die Alte mit ihrem damischen Gered gar nicht aufhörte, war es dem Rupert schließlich zu dumm geworden. Er packte einen Teller, einen aus dem schönen Geschirr mit dem blauen Enzian- und Edelweißmuster, und er schmiß ihn auf den Boden und rief: »So wie diesen Teller, so werde ich auch Juda und Rom zerschmettern.« Damit entfernte er sich und fuhr ab mit seinem grauen Auto. Der Alois übrigens, der nicht sehen konnte, daß was kaputtging, hatte die Scherben hernach aufgelesen und mit Mühe wieder zusammengekittet.

So großartig der Führer abgefahren war, an seinen Nerven hatte das Geflenn der Alten arg gerissen. Waren nicht auch andere Führer feinnervig gewesen? Napoleon zum Beispiel, oder war es Cäsar?, konnte das Krähen des Hahnes nicht vertragen. Jedenfalls setzten sich die Warnungen der Alten und ihre Gesichte in der Seele des Führers fest. Er brauchte Begeisterung um sich, Bestätigung; der leiseste Zweifel in seiner Umgebung machte ihn kribbelig.

Wie Klenk jetzt drängte auf Festlegung eines bestimmten Tages, spürte also der Führer ein starkes Bedürfnis, die Stunde des Absprungs hinauszuschieben. Er redete großartig daher, wie der innere Feind von Stunde zu Stunde mehr zerfalle; man brauche nur noch Wochen abzuwarten, bis ein Kind ihn umblasen könne. Er bot für den einzigen Klenk Mittel auf wie für eine große Volksversammlung. Klenk aber wollte nicht Allgemeines. Daß der Feind zermorscht sei und es nur eines einzigen Sieges bedürfe zu seiner völligen Zerschmetterung, wußte er eh schon. Er wollte Details. Er wollte festgelegt wissen, zu welcher Stunde welches Korps welches Gebäude besetzen solle, wer verhaftet, wer an die Wand gestellt werden, welche Männer das Direktorium des erneuerten Reiches bilden sollten. Kutzner wich aus. Klenk drängte. Klenk redete einen Sturzbach, Kutzner einen Wasserfall. Der Raum war zu klein für die Stimmen der Männer, die dröhnende des Klenk und die nasal schmetternde des Kutzner, und für ihre großen Gesten. Wie Klenk gar nicht aufhörte, präzise Einzelpunkte zu verlangen, wies Kutzner mit großem Ernst und Geheimnis auf die Schublade seines Schreibtischs. Hier, sprach er, in dieser

Schublade liege ausgearbeitet bis in die feinsten Details der Plan des neuen Reichs. Wenn es an der Zeit sei, werde er damit herausrücken. Klenk war ungläubig; aber die Geste des Mannes war so groß, daß er seinem Unglauben nicht Wort zu geben wagte. Alles, was er schließlich erreichte, war, daß für den Tag der Fahnenweihe die Dinge so vorbereitet werden sollten, als schlüge man wirklich los.

Klenk legte sich in die Riemen. Er hoffte: ist nur der Start richtig vorbereitet, dann wird er den Schisser, den Kutzner, schon dahin kriegen, auch den Startschuß abzugeben. Was man an Bewaffneten nicht fürs offene Land brauchte, wurde für den Tag der großen Fahnenweihe in die Stadt beordert. Die Reichswehr sympathisierte mit den Wahrhaft Deutschen, versprach Unterkunft für ihre Militärverbände, auch Artillerieverstärkung. Die kleine Stadt Rosenheim wurde zur Etappe und Rückendeckung ausgebaut. Für den Vorabend der Fahnenweihe wurden in München vierzehn große Volksversammlungen angekündigt. Überall prangten riesige, blutrote Plakate; Pfaundler und Druckseis strengten sich an, dem Tag der Befreiung den würdigen Rahmen zu geben.

In seinem hübschen, gelben Biedermeierpalais saß der neue Ministerpräsident Dr. Franz Flaucher, igelte sich ein, witterte. Er war seinerzeit der erste im Kabinett gewesen, der den Wahrhaft Deutschen das Wort redete. Er sah gleich: sie waren ausgezeichnet zu brauchen. Sie schnappten den Roten Leute weg, sie dienten als großartiges Droh- und Druckmittel gegen Berlin, ihr Kutzner war ein hervorragender Trommler. Mit der gleichen Deutlichkeit aber sah der Flaucher, wie der Kutzner anfing, seine Stellung zu verkennen, sich aufzumandeln, üppig zu werden. Den Flaucher schreckte das nicht. Er hatte keine Angst vor den Wahrhaft Deutschen; je üppiger sie wurden, so sicherer fühlte er sich. Er dachte an den hochfahrenden, pomadig gescheitelten Kopf des Kutzner; Gott verstockte das Herz des Pharao, dachte er, und verblendete ihn.

Wie nun Kutzner seinen Parteitag ankündigte und die große Fahnenweihe, wie die blutroten Plakate zu den vierzehn Versammlungen luden, wie der Zuzug aus dem Land, selbst aus Norddeutschland, sich verstärkte, da spürte Flaucher seinen

Tag gekommen. Jetzt hat es geschnackelt, Herr Nachbar. Fangen Sie nur an mit Ihrer Baumblüte. Ihre Bäume werden schon blühen, mein Lieber: aber das wird ein wenig anders herschauen, als Sie sich das in Ihrem geschwollenen Schädel vorstellen. Der Minister Flaucher nahm den Kampf an, seine Regierung stellte sich den Wahrhaft Deutschen: er verbot Versammlungen unter freiem Himmel.

Das war ein kühnes Unterfangen. Die Wahrhaft Deutschen, in aller Öffentlichkeit, erklärten, die Fahnenweihe finde trotzdem statt, sie schissen auf das Verbot. Es sah aus, als sei diesmal Gemetzel und Bürgerkrieg unvermeidlich.

Aber es zeigte sich, daß Gott mit Flaucher war. Gott ließ leuchten sein Angesicht über ihm und gab ihm einen großen Trumpf in die Hand. Er ließ flattern auf seinen Tisch ein inhaltsschweres Telegramm aus San Franzisko. Bestätigt wurden in diesem Telegramm Verhandlungen, die Herr von Grueber mit einem Vertreter der Kalifornischen Landwirtschaftsbank führte. Die Bank war bereit, für Herrn von Gruebers Kraftwerke, an denen der bayrische Staat sehr beteiligt war, eine dicke Anleihe in Amerika aufzulegen. Das war in diesen schwersten Zeiten der deutschen Wirtschaft ein weithin strahlender Erfolg des Landes Bayern. Einen solchen Erfolg im Rükken, konnte man weit vorstoßen.

Er berief einen Ministerrat. Seinen Herren von dem amerikanischen Vertrag Mitteilung zu machen, war er nicht gewillt. Außer dem Finanzminister wußte keiner von seiner Sicherung. Er saß da mit einem Rätselgesicht, ließ die Herren reden. Die Mehrzahl verkroch sich vor Entschließungen. Da erhob sich der Minister Sebastian Kastner. Er erklärte, in dieser gefährlichen Lage sei das Wichtigste einheitliche Führung. Einer allein müsse die Verantwortung haben, ein starker, bewährter Mann, und er blickte mit hündischen Augen auf Flaucher.

Flaucher war überrascht. Er hatte auch dem getreuen Sebastian Kastner nichts gesagt von seinem Trumpf. Es war gut, einen Handlanger zu haben, der sich so in einen hineinfühlen konnte. Der Kastner schaute ihm auf den Mund. Auch die sechs andern saßen voll Erwartung. Er stand auf, langsam, breitmassig, den viereckigen Kopf reihum schiebend.

Erklärte: die Regierung habe Herrn Kutzner und seiner Gefolgschaft gegenüber eine außerordentliche Langmut an den Tag gelegt. Nun aber hätten die Wahrhaft Deutschen ihr in aller Öffentlichkeit Gewalt angedroht. Hätten erklärt: die verbotene Fahnenweihe finde statt, man könne dagegen Militär und Polizei aufbieten, soviel man wolle. Die Regierung könne schießen; der Führer werde sich an die Spitze stellen, und man könne auch ihn erschießen. Aber der erste Schuß werde eine rote Flut auslösen, und was dann komme, das werde man sehen. Er, Flaucher, sei der Meinung, das sei genügend. Er sei der Meinung, die Regierung *solle* schießen, sie solle es auf den Versuch ankommen lassen, was nach dem ersten Schuß geschehe. Er beantrage, die Regierung möge den Ausnahmezustand über Bayern verhängen.

Das Gesicht des Sebastian Kastner leuchtete auf. Da war sie, die Tat, die er sich vom Flaucher immer erhofft hatte. Das Gesicht des Hartl verzog sich in Mißbilligung. Der Finanzminister schaute pfiffig. Die Herren für Landwirtschaft, für das Innere, für Wohlfahrt, für Handel hockten betreten, peinlich berührt von der krassen Forderung, eine Entscheidung zu treffen. Vorsichtige Stimmen erhoben sich. Einwände hin, Bedenken her.

Flaucher hörte sich alles an. Dann teilte er mit, er habe Fühlung genommen mit dem Geheimrat Bichler, mit dem Kardinalerzbischof, mit Berchtesgaden. Die heimlichen Regenten nämlich hatte er benachrichtigt von dem Telegramm aus Amerika. Diese hohen Stellen, erklärte er wahrheitsgemäß seinen Kollegen, billigten seinen Vorschlag. Alle wurden nachdenklich.

Als schließlich Flaucher abstimmen ließ, wurden bei zwei Stimmenthaltungen die von ihm beantragten Maßnahmen mit fünf Stimmen gegen die einzige des Hartl angenommen. Auf Grund des Artikels 48 Absatz 4 der Reichsverfassung und des § 64 der Bayrischen Verfassungsurkunde verhängte die Regierung den Ausnahmezustand über das rechtsrheinische Bayern. Zum Generalstaatskommissar ernannt wurde Dr. Franz Flaucher.

30
Franz Flauchers gewünschte Stunde

Den Tag darauf fuhr Rupert Kutzner an dem gelben Biedermeierpalais vor. Den Kutzner hatte es im Innersten erschüttert, daß die Regierung eine so ruhige und kraftvolle Sprache führte. Seine greise Mutter hatte recht gehabt, er hätte seiner inneren Stimme folgen, sich dem gewalttätigen Klenk nicht fügen sollen. Jetzt hieß es diplomatisch sein. Man mußte einen strategischen Rückzug antreten, auf daß wenigstens seine stolze Fahne mit dem Hakenkreuz nicht als Fetzen und läppisches Kinderspielzeug erscheine.

Der Generalstaatskommissar Flaucher empfing ihn. Es fand zwischen den beiden Politikern eine ruhige, geradezu höfliche Unterredung statt. Kutzner war handsam, demütig, gab zu, seine Unterführer seien zu weit gegangen, mißbilligte insbesondere den Dr. Klenk, erklärte feierlich, er habe nie an einen Gewaltakt gedacht. Flaucher, geschwellt von Triumph, großmütig, gab Erlaubnis, von den vierzehn angekündigten Versammlungen sieben abzuhalten. Die große, öffentliche Fahnenweihe unter freiem Himmel aber erlaubte er nicht. Kutzner erklärte nachdrücklich, feierlich, er verbürge sich mit seiner ganzen Person und seiner Ehre für den vollständig einwandfreien Verlauf. Allein Autorität muß sein: Flaucher blieb fest. Ernsthaft wie ein Lehrer setzte er das dem Führer auseinander. Doch der wollte nicht hören. Redete immer das gleiche, bat, drohte, beschwor. Ging zuletzt nach einem besonders geglückten Satz unvermutet aufs Knie nieder, die Arme leicht erhoben. Kniefällig bat er den Flaucher, ihm seine Fahnenweihe nicht zu verhunzen. So war Konrad Stolzing gekniet auf der Bühne des Hoftheaters vor dem König Philipp II. und hatte Gedankenfreiheit von ihm verlangt, in der Rolle des Marquis Posa, einer Bühnenfigur des deutschen Bühnendichters Schiller.

Dr. Flaucher war befremdet, als der hagere Herr Kutzner so plötzlich vor ihm das Knie beugte. Er hatte kniende Menschen bisher nur in der Kirche gesehen. Es war eigentümlich, wie er so dasaß und der lange Herr in dem eleganten, uniformartig zugeschnittenen Sportsrock vor ihm kniete und ihm mit demütiger Gebärde die weiten Nasenlöcher zukehrte. »Bist stad, Waldmann!« sagte Flaucher, da der Dackel beunruhigt unter dem Schreibtisch hervorgekrochen war. Ein ungeheurer Triumph füllte das Herz des Generalstaatskommissars. In die Knie gezwungen hat er den Mann, der sich der gottgewollten Ordnung nicht fügte. Da lag er vor ihm, im Staub. Eines nur bedauerte er, daß Klenk nicht da war und diesen Augenblick miterlebte. Aber wenigstens klopfte es, und herein kam der Minister Kastner. Kutzner erhob sich rasch, wischte sich den Staub von den Hosen. Zu spät. Jetzt war ein Zeuge da, der den Sieg Flauchers mitangesehen hatte.

»Ja mein, Herr Kutzner«, äußerte Flaucher steif, hölzern, wieder ganz Beamter, »ich bedaure sehr, Ihrer Bitte in diesem Punkt nicht stattgeben zu können. Der Herr Kollege«, fügte er hinzu, auf Kastner weisend, »ist durchaus meiner Meinung.« Sebastian Kastner nickte hastig. Kutzner suchte die Tür; es war nichts mehr zu sagen. Aber wortlos fortgehn, nein. »Ich fürchte«, sagte er, »aus dieser Stunde wird für Deutschland eine schlechte Saat aufgehen.« Er machte eine ruckartige, militärische Verbeugung, schritt hinaus. Er hatte in seine letzten Worte Trauer, Drohung, Würde gelegt; aber selbst der Schauspieler Stolzing hätte zugeben müssen, daß sein Abgang nicht glänzend war.

Flaucher, nach seinem Siege, zeigte sich mild. Er verbot sogar dem Freidenkerverein den Vortrag eines bekannten Forschers über »Animismus bei den Papuas«, damit nicht die Wahrhaft Deutschen sich getroffen fühlten.

Am Nachmittag erschien in dem gelben Biedermeierpalais Otto Klenk. Er war nicht angemeldet, aber Flaucher empfing ihn sofort. »Womit kann ich Ihnen dienen, Herr Kollege?« fragte er. »Ich nehme an, Flaucher«, sagte Klenk, »oder muß ich Herr Staatskommissar sagen, ich nehme an, daß Ihr großartiger Erlaß eine Geste ist. Wir lassen Ihnen gern Ihre Titel, Herr Generalstaatskommissar: aber in der Sache bedauern wir, Ihnen keine Konzessionen machen zu können. Der Parteitag findet statt, die Fahnenweihe findet statt.« Klenk saß riesig da mit seiner Lodenjoppe und den braunen, gewalttätigen Augen; der

Flaucher mit seinem viereckigen Schädel, so massig er war, hockte klein vor ihm. Klenk war darauf gerüstet, daß Flaucher jetzt aufbegehren werde, er freute sich darauf. Aber Flaucher rieb sich nur zwischen Hals und Kragen, das war alles. Im übrigen schauten seine stumpfen, mit vielen blutigen Äderchen durchzogenen Augen still auf den vehementen Gegner. Er hatte ihm das Justizministerium angetragen, aber der unernste Mensch hatte nicht hingehaut auf die dargebotene linke Wange. »Heute früh war Ihr Herr Kutzner bei mir«, sagte er, und seine knorrige Stimme war ganz leise vor Triumph. »Er hat mich um das gleiche ersucht wie Sie, Klenk. Aber es gibt Grenzen, über die ich nicht hinauskann, und wenn mich einer kniefällig darum bittet.«

»Wer bittet kniefällig?« Auch Klenk dämpfte seine Riesenstimme; sie klang dadurch doppelt gefährlich, so daß dem siegreichen Flaucher trotz allem ein bißchen unheimlich wurde. Allein er dachte an die Buchstaben C + M + B, die er auf die Tür gemalt hatte, er dachte an seine Sendung. »Es gab eine Zeit, Klenk«, sagte er mannhaft, »wo Sie zur Mäßigung rieten.« – »Bleiben wir bei der Sache, Flaucher«, knurrte Klenk. »Hat Sie einer kniefällig gebeten?«

»Jawohl hat mich einer kniefällig gebeten«, sagte der Flaucher. »Gott hat den Hochfahrenden vor mir in den Staub geschmissen. Ich war väterlich. Aber ich habe ihm seine Fahnenweihe doch nicht genehmigen können.«

Klenk in seinem Innern fluchte. Dieser Kutzner, dieser Narr, dieser Schisser. Alles machte er einem kaputt. »Aber zu mir werden Sie brüderlich sein«, sagte er und hatte wieder seine gewohnte herrische Jovialität, »und mir werden Sie sie nicht abschlagen.« Der Flaucher fand, die Gefahr sei vorbei. »Ich war brüderlich zu Ihnen«, sagte er sanft. »Vielleicht erinnern Sie sich, daß ich Ihnen einen Sitz neben mir angeboten habe. Ich war Ihnen ein guter Nachbar.«

»Die Fahnenweihe kann also stattfinden?« fragte kurz, abschließend Klenk.

»Nein«, sagte noch kürzer Flaucher. Und jetzt, trotzdem er gelassen sitzenbleiben wollte, hielt es ihn nicht mehr. Er stand auf, triumphierend, massig.

Klenk blieb sitzen. »Und sie wird doch stattfinden«, sagte er. »Ich glaube schwerlich«, sagte Flaucher. »Ich glaube, man wird sich das überlegen. Mit Ihrem Kutzner werden Sie sie nicht steigen lassen können«, sagte er, ruhig wägend, mit einem kleinen Lächeln.

»Sie müssen einen Trumpf in der Hand haben, Flaucher, daß Sie so frech daherreden«, sagte Klenk. Er wartete gespannt, was der andere antworten wird. Er war entschlossen: wenn der andere ihm jetzt hinausgab, wenn der andere heftig wurde, dann wird er's darauf ankommen lassen, dann wird er den Absprung wagen, trotz dem Schisser von einem Kutzner.

Aber Flaucher gab nicht an. Flaucher blieb sanft, so sanft, daß es dem Klenk alles Blut in den Kopf trieb. Flaucher sagte nämlich bloß: »Vielleicht habe ich einen Trumpf in der Hand.«

Er schaute den Feind an, und der Feind schaute ihn an, und trotz all seiner Wut erkannte Klenk, daß der Flaucher nicht leer daherredete. Auch er stand jetzt auf. Von seiner Riesenhöhe schaute er hinunter auf den Flaucher und sagte gefährlich leise: »Sie sind größenwahnsinnig. Daß ich Sie im Amt gelassen habe, hat Sie größenwahnsinnig gemacht.«

Flaucher erwiderte nichts mehr. Dies war sein bester Tag; nichts sollte ihn aus seiner stolzen, frommen Ruhe bringen. Während Klenk ging, durch die verklingenden Schritte des Feindes, hörte Franz Flaucher in seiner Seele die dunkle Frauenstimme, umspült von Glocken und Geigen: »Schlage doch, gewünschte Stunde / Brich doch an, gewünschter Tag.«

Der Klenk, blaß vor Wut, fuhr zu Kutzner. Er wußte genau, es war die letzte Gelegenheit. Wenn man jetzt nicht losschlug, wenn man sich die Fahnenweihe verpatzen ließ, dann war es ein für allemal aus mit den Wahrhaft Deutschen. Wahrscheinlich hing die Frechheit des Flaucher zusammen mit irgendeiner dunkeln Machenschaft an der Ruhr. Wenn er an das käsblasse Gefrieß des Fünften Evangelisten dachte, überkam ihn neu die Wut. Er roch es dem Reindl am Gesicht an, daß die Burschen einen bloß anschmieren wollten. Der feine Herr von der Industrie wollte die Patrioten benützen wie seinerzeit der römische Feldherr, der seinen Ochsen Feuer hinterm Arsch anzünden ließ, sie so vorzutreiben und den Feind zu erschrekken. Aber die Patrioten, wenn man sie jetzt losließ, würden vielleicht nicht gerade in der Richtung bleiben, die die Herren von der Ruhr wünschten. Da würde vielleicht mancher Mann manches blaue Wunder erleben. Wer weiß, Herr Nachbar, wer da der Geschlenkte wäre.

Nur: Voraussetzung blieb, daß man jetzt losschlug. Dieser verfluchte Kutzner. Immer riß der das Maul auf, Tag und Nacht. Doch nun, wo es darauf ankam, machte er das Maul zu und die Hosen voll. Jetzt, jetzt hatte er das Maul aufzureißen. Wofür wurde er denn bezahlt, wofür war er der Führer? Geladen mit Zorn trat er vor den Kutzner.

Doch der verbiß sich. Die ganze Schmach und Erbitterung wegen seiner Demütigung vor dem Flaucher verwandelte er jetzt in eine hysterische Wut gegen den Klenk. So knieweich er am Promenadeplatz vor dem Feind gewesen war, so hart war er in der Schellingstraße in seinem Hauptquartier. Klenk drohte, er werde auf eigene Faust losschlagen. Kutzner lachte; er wußte, daß die Partei ohne ihn zusammensackte. Klenk erklärte, er werde noch heute seine Tätigkeit für die Partei hinschmeißen. Kutzner zuckte die Achseln. Aber dann redete er auf Klenk ein. Diese Drohung nahm er ernster. Er hatte Respekt vor Klenk, hätte ihn ungern verloren. Er bat, schmeichelte, beschwor. Alle Führer der Partei hatten es kapiert, daß jetzt nicht der rechte Augenblick zum Losschlagen sei; selbst der General Vesemann war einverstanden mit der Verschiebung. Klenk war nicht einverstanden.

Es war nicht leere Drohung, wenn er dem Kutzner von seinem Ausscheiden aus der Partei sprach. Er gab es auf. Mit diesem traurigen Hysteriker war nichts zu machen. Er war entschlossen, sich nach Berchtoldszell zu verziehen. Alle waren also einverstanden mit der Verschiebung. Schön, dann verschiebt, aber ohne Klenk. »Quod Siculis placuit, sola Sperlinga negavit«, sagte er grimmig mit seiner tiefen Stimme. Und da Kutzner von Latein und Geschichte wenig wußte, deutschte er ihm aus, wie bei der Sizilianischen Vesper allein die kleine Ortschaft Sperlinga sich ausschloß; seither auf ihrem Stadttor trug sie im Wappen die besagte lateinische Inschrift.

Klenk fuhr noch am gleichen Tag nach Berchtoldszell. Kutzner, wiewohl entschlossen, den Tag der Befreiung hinauszuschieben, blies die Vorbereitungen zum Losschlagen nicht ab. Er war gewillt, am Tag der Fahnenweihe Generalprobe abzuhalten.

An diesem Tag war dann die Stadt in großer Bewegung. Das erste Regiment der Partei in Stärke von etwa zehntausend Mann war alarmiert. Handgranaten-, Maschinengewehrabteilungen der Wahrhaft Deutschen durchzogen die Stadt, Funkentelegrafie war eingerichtet, Flugzeuge standen bereit. Eine Batterie leichter Zwölfzentimeterfeldhaubitzen war aufgestellt mit Zielrichtung auf die Versammlungsplätze der Arbeiter. Überall in den Straßen marschierten Züge der Patrioten. Eine Abteilung von etwa dreitausend Mann stand in Aufnahmestellung im Englischen Garten in der Nähe des Vergnügungsetablissements Tivoli. Das Hauptkontingent der Patrioten marschierte auf Oberwiesenfeld auf. Bis acht Uhr früh waren sie im Besitz der Batterien und Maschinengewehre der Reichswehr, die dort anstandslos an sie abgegeben wurden.

Allein so gut wie die Führer der Partei wußte die bayrische Regierung, daß das alles leeres Schaugepräng war und eitel Wind. Das Kabinett hatte auswärtige Reichswehr anrücken lassen. Diese Truppen sicherten die öffentlichen Gebäude, sperrten Oberwiesenfeld gegen die Stadt zu ab, so daß nur *ein* Ausweg frei blieb, nach dem Würmkanal. Um acht Uhr früh stellte auch die Münchner Reichswehr die Waffenabgabe an die Patrioten ein. Die Polizei beschlagnahmte ein Artilleriegeschütz, das vom Freikorps Oberland aus Tölz nach München entsandt war. Ziemlich lächerlich stand die kriegerische Maschine im roten Hof des Polizeigebäudes an der Ettstraße, von der Bevölkerung verständnislos bestaunt.

Im Innern der Stadt verübten die Truppen der Wahrhaft Deutschen allerlei Unfug. Eine Abteilung der Freikorps Blücher und Roßbach entriß Arbeitern ihre rote Fahne, zündete sie an, zog unter klingendem Spiel, die brennende Fahne voran, durch mehrere Straßen. Ein anderer Trupp nahm zwei Arbeiter gefangen und führte sie, die Hände auf dem Rücken gefesselt, an der Spitze des Zuges durch die Ludwigstraße. Auch die Trommel eines Arbeitervereins wurde erbeutet und zerschlagen. Weitere Siege erfochten die Patrioten nicht. Beschäftigungslos standen ihre Hauptkontingente herum, bei Tivoli und auf Oberwiesenfeld. Warteten. Riefen zuweilen Heil. Es wurde Mittag, sie kochten ab. Die Sonne sank, sie standen immer noch herum, riefen Heil und warteten. Die Stimmung wurde flau. Nachmittags vier Uhr rückten sie dann ab durch die Straßen, die die Reichswehr ihnen freigab. Es war kein Erfolg. Die Baumblüte war da, aber der Tag der Befreiung war nicht da.

Die Regierung, voll höhnischer Großmut, erklärte sich bereit, da das Verbot sehr spät erfolgt sei, den Patrioten die Kosten der Vorbereitungen zu ihrer Fahnenweihe zum Teil zu ersetzen; diese Kosten waren, da die Aufmachung in Herrn Pfaundlers bewährten Händen lag, nicht gering.

In einer Versammlung der Führer sprach Rupert Kutzner zur Lage. Er erklärte, die Generalprobe sei glänzend verlaufen. Der Parteitag sei ein ungeheurer Erfolg, er habe Lärm gemacht weit übers Land hinaus. Klenk, nach dieser Rede, schickte dem Kutzner eine starkfarbige französische Ansichtskarte. Es war darauf zu sehen ein sehr kleiner Hund, an einem Laternenpfahl das Bein hebend, vor einer riesigen Lache. Darunter stand französisch: »Zu denken, daß ich es war, der alles das gemacht hat.« Vorsorglich hatte Klenk dem Führer die Inschrift verdeutscht.

31
Ein Silberstreif

Dr. Geyer erklärte Johanna in einem Brief, warum er in seiner Reichstagsrede über die bayrischen Dinge den Fall Krüger nicht berührt habe. Jener Essay Tüverlins war unlängst erschienen, und nach diesem scharfen, kaltbrennenden Aufsatz, schrieb Geyer, sei unter den Zeitgenossen keinem zweiten mehr erlaubt, zum Fall Krüger das Wort zu nehmen. In einer Nachschrift teilte Geyer Johanna mit, er habe unlängst den früheren Justizminister Klenk getroffen. Der habe ihm gesagt, er hätte, wäre er länger im Amte geblieben, den Krüger bestimmt aus Odelsberg herausgelassen. »Um der Gerechtigkeit willen«, schloß der mit der Hand geschriebene Zusatz, »muß ich Ihnen mitteilen, daß ich diese Angabe Dr. Klenks für glaubhaft halte. Der Klenk ist zu früh gegangen, der Messerschmidt ist zu früh gegangen. Sie haben auch kein Glück, Johanna Krain.«

Johanna saß lange vor diesem Brief, angestrengt nachdenkend, die drei Furchen über der Nase. Sie las die Rede Geyers. Sie las den Essay Tüverlins, las ihn sich vor mit lauter Stimme. Die Rede Geyers war eine gute Rede. Was über den Fall Krüger zu sagen war, konnte unmöglich schärfer, kälter, erregender gesagt werden als in dem Essay Tüverlins. Wenn diese beiden Männer damit nichts ausrichten konnten, womit sollte sie die Welt überzeugen.

Durch den Fußboden herauf aus dem tiefer gelegenen Stockwerk kam Grammophonmusik: das Stierkämpferlied aus der Revue »Höher geht's nimmer«. Nein, sie hatte kein Glück. Das war keine Ausflucht ihrer Untauglichkeit; denn auch Jacques mit seinem tauglichen Aufsatz hatte nichts ausgerichtet. Manche sagten, Glück sei eine Eigenschaft. Warum dann wirkte Jacques mit diesem verdammten Stierkämpferlied, aber nicht mit dem Essay?

Der Essay war eine einzige große Herrlichkeit. Wenn sie einen Ansporn brauchte, wenn sie sich neu ankurbeln mußte, nichts war nötig, als diese kalten, peitschenden Worte zu hören. Sie rief sich zurück, wie er damals am See das »Weltgericht« unterbrochen hatte, wie er geheimnisvoll arbeitete, hingenommen, wie er ihr den Essay vorlas, im Boot. Sie war ja eine Kuh, daß sie nicht gesehen hatte, wieviel mehr er gab als alle andern zusammen.

Sie hatte sich vorgemacht, er habe gegrinst, wie sie ihm von Martins Krankheit erzählte. War sie denn ganz vernagelt? Aber jetzt hatte sie ja erkannt, endlich. Es war Zeit. Sie ging herum, befreit geradezu, da sie erkannt hatte. Sie sehnte sich nach Tüverlin, nach seinen kräftigen, rot überflaumten Händen, seinem nackten, zerfältelten Clownsgesicht. Sie summte vor sich hin, zwischen Lippen und Zähnen, unhörbar fast. Sie war so verändert, daß die Tante Ametsrieder fragte, was denn los sei. Sie sprach eifrig mit ihr über Jacques Tüverlin und seine Erfolge.

Am nächsten Tage bekam sie ein Telegramm von Tüverlin. Er teilte ihr mit, daß infolge des freundlichen Interesses, das Mr. Potter für die Elektrifizierung Bayerns in Form einer Anleihe bekunde, die bayrische Regierung bereit sei, Krüger zu amnestieren. Er werde binnen längstens drei Monaten frei sein.

Johanna jubelte. Tanzte. Beschimpfte die Tante, die sei nicht erfreut genug. Spielte auf dem Grammophon das Stierkämpferlied.

Wie nobel Jacques Tüverlins Telegramm war. Kein Wort über seine Mitwirkung, nur die erfreuliche Tatsache. Es war Glück, was? Es war ein Zufall, was? Jacques hatte nicht das mindeste dazu getan, nicht? Die ganze Johanna war *ein* Stolz auf den Mann Tüverlin.

Sie telefonierte mit Kaspar Pröckl. Wartete seine Antwort nicht ab. Sie depeschierte an Martin; trotzdem sie wußte, das Telegramm wird ihm sicher nicht ausgehändigt, bevor nicht eine offizielle Bestätigung des Ministers vorliegt. Sie telefonierte mit dem Rechtsanwalt Löwenmaul, daß der ihr sogleich eine Unterredung mit Krüger beschaffe. Anwalt Löwenmaul wußte noch nichts. Er zeigte eine Riesenfreude, gemischt mit einem bißchen Sauerkeit, weil die Lösung nicht von ihm kam.

In der Nacht suchte Johanna nach Zusammenhängen. Alles, was sie getan hatte, war umsonst und sinnlos gewesen. Es wäre genau ebenso gekommen, wenn sie nichts getan hätte. Warum wird Martin frei? Weil Jacques einem Amerikaner gefallen hat. Das heißt: nicht einmal darum. Er wird frei, weil das Stierkämpferlied dem Amerikaner gefallen hat. Tüverlin hat ihr sehr licht auseinandergesetzt, daß er ohne das Stierkämpferlied kaum je mit Mr. Potter zusammengekommen wäre. Also: Hessreiter, Geyer, Heinrodt, Messerschmidt, Klenk, Pfisterer, Katharina, der Windige, der Kronprätendent Maximilian, Herr Leclerc, alles, was diese getan und nicht getan haben, war vollkommen gleichgültig, war Wurst bis dort hinaus. Auch nicht der brennende Aufsatz Jacques Tüverlins war entscheidend für ihre gute Sache. Entscheidend waren ein paar Takte Musik eines Irgendwer, sie wußte nicht einmal den Namen.

Nein, entscheidend war, daß ein Dollarscheißer der bayrischen Regierung Geld gab.

Aber ohne die paar Takte Musik hätte er wahrscheinlich kein Geld gegeben.

Die Gedanken rannen ihr davon, überpurzelten sich. Das war ihr zu kompliziert; sie muß darüber mit Tüverlin reden.

Daß Jacques kein Glück habe, konnte man jetzt, weiß Gott, nicht mehr behaupten. Es ist auch gerechter, daß ein Mann wie er einen solchen Kampf gegen den Staat durchsetzt und nicht zum Beispiel eine Frau mit einem Alltagsgesicht wie sie. Wenn man es so herum denkt, dann hat es doch wieder Sinn, daß Tüverlin diese dumme Revue geschrieben hat, und auch dieses blöde Stierkämpferlied hat seinen Sinn. Und Glück ist also doch eine Eigenschaft.

Das Gesicht damals, das sie in der Nacht gesehen hat: sich selber wartend auf der kahlen Zufahrtsstraße nach Odelsberg, ist also Wahrheit geworden. Ob sie einen Anzug für Martin mitbringen soll? In drei Monaten wird es Sommer sein, und er kann auch den grauen Anzug tragen, in dem er nach Odelsberg fuhr. Was soll werden, wenn er heraus ist? In München schimpfen sie sicher alle furchtbar auf ihn. Solange es hier so zugeht mit Kutzner und Hakenkreuz und täglichen Überfällen, kann er unmöglich hierbleiben. Sie wird mit ihm verreisen müssen.

Wie weit ist das mit Jacques? Er depeschiert kein Wort von seiner Rückkehr. Es wird nicht gut sein, wenn Martin freikommt und Jacques ist nicht da. Und wie wird das, wenn Jacques zurückkommt, während sie mit Martin verreist ist?

Was hat sie eigentlich davon, wenn Martin jetzt frei wird? Er ist ihr im Weg.

Sie erschrak, wie sie merkte, daß sie diesen Gedanken dachte. Sie erstickte ihn auch gleich wieder. Sie freute sich auf Martin. Sie überlegte eifrig, ein bißchen krampfig, wie sie ihm den Übergang in die Freiheit leicht und gut machen könne.

Allein so schnell er wieder hinunter war, gedacht hatte sie jenen andern Gedanken, ins Bewußtsein gestiegen war er ihr. Auch später leugnete sie sich nicht ab, daß sie ihn gedacht hatte.

32

De profundis

Johanna hätte sich nicht mit der Angst abplagen müssen, wie das sein wird, wenn der Mann Krüger freikommt. Denn der Mann Krüger kam nicht frei.

In der Nacht nach dem Tag, an dem Johanna die Nachricht von Tüverlin erhielt, fand auch er keinen Schlaf. Er lag auf seiner Pritsche, hörte den Föhn um das große Haus, in seinen Schächten, Röhren, Kaminen.

Martin Krügers schlimmste Tage waren vorbei. Dem Kaninchenmäuligen war, kaum hatte Dr. Hartl das Ministerium übernommen, die Beförderung zugesichert worden, auf die er so lange hatte warten müssen. Strahlen der eigenen Zufriedenheit ließ er auch auf seine »Pensionäre« fallen. Martin Krüger wurden einige der früheren Vergünstigungen wieder zugebilligt.

Für die Spaziergänge zwischen den sechs Bäumen hatte er jetzt einen neuen Kameraden: den Uhrmacher Triebschener. Den Uhrmacher Triebschener hatte es nicht sehr getroffen, daß Klenk seinerzeit seine Begnadigung abgeschlagen hatte. Unter dem dichten, fahlen Haar saß ernstvergnügt der kindlich rosige Kopf, einverstanden mit seinem Schicksal. Hugo Triebschener hatte genug erlebt; man konnte ihm nichts mehr anhaben, er begehrte nicht mehr auf. Der Ausbrecherkönig dachte nicht mehr daran, die Zeitungsleser durch eine neue Flucht schmunzeln zu machen. Vielmehr richtete er seine ganze, zähe Lebenskraft auf seine Uhrmacherei, zufrieden, daß man ihn da nach Belieben werkeln ließ. Wenn er im Hof hertrottete, der rosige Mann neben dem grauen Krüger, suchte er dem begreiflich zu machen, was das für eine Lust sei, Rädchen, Federchen, Zähnchen so zu fügen, daß sie richtig ineinandergreifen, eins ins andere. Wenn so ein altes, rostiges, kaputtes Gewerk wieder angeht, Mensch, dann spürst du doch, daß du lebst. Wenn das anhebt, rasselt, schlägt, wenn da einem nicht die Hand zuckt, wenn da einer nicht das Ohr dafür hat, das Herz: dann ist er weniger als ein Tier. Wie er damals in Münster die Turmuhr wieder in Gang gebracht hat, wie sie nach vierhundert Jahren Rost wieder anging, Mensch, da sieht eines doch einen Sinn. Der alte Kaiser Karl hielt eine Welt in Ordnung; aber seine Uhren in Ordnung halten hat er nicht können, sosehr er darum geschuftet hat. Der Triebschener hätte ihm können helfen. Wenn die von der Regierung dem Hugo Triebschener ein bißchen zuschauen wollten bei seiner Arbeit, dann sähe manches anders aus im Reich. Ordnung muß sein in der Welt, und Ordnung ist nicht, wenn deine Uhr nicht stimmt. Zuletzt gehen wir alle vor die Hunde, das ist so eingerichtet: aber wenn was dableibt, was von alleine weiterläuft, Mensch, dann siehst du doch, daß die Hauptsache bei dir gestimmt hat. Martin Krüger trottete neben dem Uhrmacher her, hörte ihm zu, nickte.

Es war Frühling. Bis nach Odelsberg kam mit dem Südwind ein dünner Geruch Italien. Dem Triebschener war im Volkskundemuseum noch im Winter eine alte, große, merkwürdige Taschenuhr übergeben worden, mit der er sich abplagte. Er pflegte seinen Uhren Namen zu geben, diese hieß Klara. Klara wehrte sich verdammt hartnäckig, aber er wird sie kleinkriegen. »Noch vor der Baumblüte«, und er lachte. Krüger schaute den Kameraden von der Seite an; war das denkbar, daß der zwanzig Jahre älter war als er?

Der Mann Krüger also lag schlaflos. Die Zelle war überheizt. Nach Mitternacht wurde das besser; aber um diese Stunde ist es fast unerträglich. Von der Ortschaft Odelsberg her kam leises, undeutliches Geräusch. Um diese Jahreszeit pflegte man dort lange aufzubleiben.

Der Triebschener wird also die Uhr Klara kleinkriegen. »Es hat Sinn, Mensch.« Es hat keinen Sinn, Mensch. Wenn du eine Million kaputte Uhren reparierst, was hast du dann? Wenn du auf deiner Uhr abzählst: jetzt ist es eine Minute, was weißt du dann? Weißt du dann, wie lang eine Minute ist? Niemand weiß das. Es liegt an der gewiß auch Ihnen bekannten Relativität der Zeit, Herr Triebschener.

Ich zum Beispiel mache Bücher. Auf die schauen soundso viele Leute, und dann stellen sie fest, wieviel es bei dem und jenem Maler geschlagen hat. Wahrscheinlich stellen sie dann was Falsches fest. Wenn Sie wüßten, Herr Triebschener, wie Wurst es ist, ob Ihre Uhren richtig gehen.

Was wird sein, wenn er freikommt? Wird er dann weiter Bücher schreiben? Es ekelt ihn, wenn er daran denkt. Wenn es nicht so verdammt heiß wäre, wäre es am besten, für immer hier hockenzubleiben. Was soll schon kommen? Man könnte nach Rußland gehn. Aber wenn jetzt einer sagte: Fahr nach Moskau, fahr eine Nacht, noch eine Nacht, und dann wirst du »Josef und seine Brüder« sehen: es kotzte ihn einfach an. Man konnte auch nach Madrid fahren, in den Prado. Aber was werden die Bilder von Goya schon sein? Farbe auf Leinwand werden sie sein. Ein Dreck werden sie sein. Es gibt nichts in seinem Früher, an das er anknüpfen könnte. Was wird er, wenn er herauskommt? *In der Luft schweben* wird er. Das ist auch eins von den schönen Worten, die sie jetzt aufgebracht haben. Er stellt sich deutlich vor, wie er in der Luft schwebt: er lacht.

Da ist dieser Kaspar Pröckl. Der redet sehr überzeugt. Vielleicht sogar hat er recht. Aber was geht ihn das an? Er schwebt in der Luft. Da ist dann ein Mädchen, heißt Johanna Krain. Sehr füllig, viel zuviel Fleisch. Ein breites Gesicht, große Füße, große Poren an den Händen. Auch sie redet so entschieden daher. Aber sie ist damit nicht weitergekommen; er hockt noch immer hier, trotz ihres entschiedenen Daherredens. Er hätte sich nicht soviel von ihr einreden lassen sollen. Er hätte nicht soviel Zeit mit ihr vertun sollen. Wenn er denkt, wieviel Weiber er ausgelassen hat für diese Johanna Krain. Ein Idiot war er. Was war schon an ihr?

Es ist die Hitze, daß er sein Herz spürt und daß sein Atem ausläßt. Er müht sich krampfig, an tausend Dinge zu denken. Das ist, auch wenn sie ihn nicht freilassen, das vorletzte Frühjahr, daß er in Odelsberg sitzt. Die längere Zeit ist vorbei. Jetzt kann man schon gut die Tage zählen. Seitdem weniger als fünfhundert Tage bleiben, kann man gut zählen.

Er ist stolz, es fallen ihm auf einmal gewisse Namen ein, auf die er sich damals in der Tobzelle vergebens besonnen hat. Die Nummern, in die er damals keine Ordnung hat bringen können, kommen in Reih und Glied. Er ordnet: die Frauen, mit denen er geschlafen hat, und die, mit denen er hätte schlafen können. Er teilt Zensuren aus, was schön war und was weniger schön war; denn schön war alles. Und für die letzte noch, hätte er sie jetzt da gehabt, hätte er Jahre seines Lebens gegeben.

Nur um eine nicht. Daß er mit der geschlafen hat, bereut er. Zuwider ist sie ihm. Wenn er einmal herauskommt, nicht anrühren wird er sie. Nicht anschauen wird er sie.

Ein leises, hohles Klopfen kommt herauf auf dem Weg über die Heizröhren. Triebschener meldet sich. Er ist glücklich. Sie tickt: die Uhr aus dem Volkskundemuseum, die Uhr Klara tickt.

Na schön. Gratuliere. Aber wozu tickt sie eigentlich?

Er erinnert sich, wie er zum erstenmal ganz heiß und mit Bewußtsein eine Frau begehrt hat. Das war ein Dienstmädchen, eine Dicke, Blonde. Er sieht sie deutlich, jede Bewegung. Wie sie vor dem Ofen hockt, wie sich prall der Rock um den Hintern spannt. Es ist unbegreiflich, daß er so viele versäumt hat um diese Johanna Krain.

Wenn er sich jetzt so verflucht unbehaglich fühlt, dann ist das durch die Hitze. Es grimmt ihn im Bauch. Was hat es heute gegeben? Die Suppe war nicht übler als sonst: das Dörrgemüse war das gleiche wie sonst. Es wäre Zeit, daß er sich daran gewöhnte. Er sollte sein Gedärm besser erziehen. Es wird mit der Hitze bald besser werden. Er hat lange keinen Anfall mehr gehabt. Er will nicht, daß es das Herz ist. Er erlaubt es nicht. So nach zwölf wird die Temperatur ganz passabel. Er steht auf. Atmet. Zwerchfell, Brust.

Ein Stück Musik ist ihm im Ohr. Wahrscheinlich haben sie's unten in Odelsberg gespielt, aber es war so undeutlich. Immerhin schade, daß man jetzt gar nichts mehr hört. Er summt die Melodie, wie er sie im Ohr hat, vor sich hin, zwischen Lippen und Zähnen, eine Angewöhnung, die er von Johanna übernommen hat. Die Takte verwandeln sich ihm in einen alten, albernen Schlager. Was sie in Odelsberg gespielt hatten, war das Stierkämpferlied gewesen; aber in seine Zelle kam es sehr undeutlich, und die wirkliche Melodie kannte er nicht.

Er ging hin und her, machte Atemübungen, leichte Turnbewegungen. Es wurde schon besser jetzt. Noch 427 Tage. Natürlich wird er diese 427 Tage durchhalten. Wenn einer 669 Tage durchgehalten hat, dann macht er auch für diese kleinere Zeit nicht schlapp. Das erste Jahr ist bekanntlich zehnmal so schlimm. Jetzt ist er trainiert. In die Tobzelle kriegen sie ihn kein zweites Mal. So was wird ihm nicht mehr passieren. Alles in allem hat er Schwein gehabt. Es hätte ein Schlimmerer dahocken können als der Kaninchenmäulige.

Nicht nach Spanien? Was hat er sich da für Unsinn zusammengefaselt. Das erste Flugzeug, sowie er heraus ist, wird er nehmen. Er kennt sich nicht aus in seinen Gelddingen, aber soviel wird man aufbringen. Johanna wird das aufbringen. Er wird sich hinstellen vor die Goyas. Die Parkettfliese wird knakken, aber er wird es nicht hören. Besaufen wird er sich an den Goyas. Das ist sehr gut, was er gemacht hat, er muß es nur noch in Ruhe fertig feilen. Noch 427 Tage, und 669 Tage sind schon vorbei. 427:669, wie verhält sich das? Er stellt umständliche Berechnungen an. Es stimmt nicht, es geht nicht auf. Er schreibt die Ziffern an die Decke, in Schattenschrift. Das hilft einiges, wenn man es gewöhnt ist.

Gottverflucht heiß bleibt es heute. Sonst um diese Zeit war die Temperatur schon lange passabel. Eine prachtvolle Frau ist diese Johanna. Was sie für einen großartigen, unverstellten Zorn hat, wenn etwas nicht stimmt. Ehrlich: er hätte den Goya nie geschrieben ohne Johanna. Es werden keine 427 Tage sein. Johanna wird dafür sorgen, daß es keine 427 Tage sind. Wenn er zum Beispiel am 31. August entlassen wird, dann ist das Verhältnis ganz anders. Einen wie großen Teil seiner Zeit hat er dann abgesessen? Er fängt wieder zu rechnen an.

Auf dem Korridor der Wärter setzt sich. Er tritt mit dem linken Fuß stärker auf als mit dem rechten: es ist Pockorny. Heute hat Pockorny den Nachtdienst. Martin Krüger hört, wie er gähnt, wie er die Zeitung zusammenfalzt. Pockorny ist alt, sie werden ihn wohl bald pensionieren. Pockorny ist ein alter, stumpfer Mensch, er wundert sich über nichts mehr.

Wie damals das blonde Dienstmädchen vor dem Ofen hockte, war er knapp vierzehn. Am schwächsten in dem Goya-Buch ist der Abschnitt über die Tauromachie. Das muß er ganz ändern. Nein, er war noch nicht vierzehn damals.

Es ist nicht das Herz, aber es ist ihm verdammt schlecht. Es wird sicher besser, wenn er sich erbrechen kann. Er wirft die Arme hoch. Mit erhobenen Armen, die Handflächen zur Decke gekehrt, taumelt er zum Kübel, hin und her wackelnd wie ein Besoffener. Herrgott, ist das ein langer Weg zum Kübel. Das hört ja nicht auf. Sind es drei Sekunden oder 427 Tage? Jetzt könnte man die Uhr des Triebschener brauchen. Zeit, wo ist dein Stachel? Triebschener, wo ist deine Uhr? Wenn ich vorher kotze, macht es auch nichts. Aber es ist besser, ich erreiche den Kübel. Dann habe ich nicht die ganze Nacht den Gestank.

Es ist nicht das Herz, es ist nicht das Herz, es ist nicht das Herz. Ich will nicht, daß es das Herz ist. Es sind nur 427 Tage, und wenn es gut geht, sind es nur mehr 27 Tage, und wenn es hoch kommt, ist es Mühe und Arbeit gewesen. Die Zähne sitzen mir so locker; geradezu auffallend ist das. Aber die Nummern habe ich doch alle gefunden. Es ist schwer, aus dem Gedächtnis einen Katalog zu machen; aber ich hab ihn doch kleingekriegt.

Sehen Sie, Herr Triebschener, jetzt habe ich auch den Kübel erreicht. Ich werde sicher durchkommen. Nur schade, daß ich jetzt gar nicht mehr kotzen muß. Ich werde mich etwas auf den Kübel setzen und ausruhen. Wenn es hoch kommt, ist es Mühe und Arbeit gewesen. Atmen, ruhig atmen, gleichmäßig atmen. Zwerchfell, Brust. Es ist nicht das Herz. Einatmen, Mund zu. Ausatmen, Mund auf. Es ist nicht das Herz. Gleichmäßig. Ich will nicht, daß es das Herz ist. Ich will durchkommen. Zwerchfell, Brust. Einatmen, ausatmen. Ein, aus. Gleichmäßig.

Er wackelt hin und her mit dem Oberkörper, mit dem Kopf. Das ist lustig, wie der Schatten des Kopfes das Schattengitter oben zudeckt, wieder freigibt. 669:427, es stimmt immer noch nicht. Er muß noch einmal anfangen. Er will das ganz genau wissen. Wie kann ein Mann in seiner Lage etwas erreichen, wenn er nicht ganz klar sieht? Er rechnet. Er schreibt Ziffern in das Schattenfenster. Und schreibt und schreibt mit weißer Hand. Wieso: weißer Hand? Es heißt ganz anders. Etsch, und der Arzt hat doch recht: es fehlt ihm nichts am Herzen. Es ist nicht das Herz.

Anna Elisabeth Haider. Er schreibt: Anna Elisabeth Haider. Und noch einmal: Anna Elisabeth Haider. Die war an allem schuld. In jeder Hinsicht und an allem. Hätte er ihr Bild nicht in die Galerie gehängt, alles wäre gut gewesen. Hätte er nicht in ihrem blöden Prozeß ausgesagt, alles wäre gut gewesen. Die ist an allem schuld. Und dabei hat er sie nicht einmal gehabt. Das ist ja ganz blöd, daß er sie nicht einmal gehabt hat. Warum hockt er denn hier auf diesem stinkigen Kübel, wo er sie nicht einmal gehabt hat? Eine rasende Wut packt ihn. Er ist ja ein solcher Idiot, ein solches achteckiges, gußeisernes Rindvieh ist er, daß er sie nicht gehabt hat. Blöd, blöd, zehnmal blöd.

Dies war der letzte Gedanke des Mannes Martin Krüger, der in Worten wiedergegeben werden kann. Dann nämlich erhob er sich vom Kübel. Japste. Vielleicht auch wollte er rufen; dem Wärter Pockorny, irgendwem. Aber er rief nicht. Er hob nur die Arme zur Decke, die Handflächen nach oben. Dann stürzte er nieder, nach vorne, halbschräg, den Kübel umreißend.

Der fallende Kübel machte Geräusch. Der Wärter Pockorny horchte hoch. Doch da er ein stumpfer Mann war, und da kein weiteres Geräusch folgte, gähnte er noch einmal und blieb sitzen.

Da lag der Mann Krüger, die Arme nach vorne, im Hemd. Der Kot des Kübels rann um ihn, langsam, dann hielt er an.

Es war ein Gerücht durchgesickert, vielleicht ging es von Amerika aus, die Befreiung des Mannes Krüger stehe bevor. Dies bewirkte, daß viele sich von neuem mit ihm beschäftigten. Kunsthistoriker schrieben über ihn und über seine Meinungen. Frauen holten alte Briefe von ihm vor. Leute, die gern Bilder sahen, lasen seine Bücher. Ein Ministerialreferent zerbrach sich den Kopf, in welcher Form am besten man die Amnestierung kundgeben könne. Viele Leute dachten nach über Martin Krügers Schicksal, seine Geschichte und seine Meinungen, viel Papier und viele Drähte, die um den Erdball gingen, füllten sich mit Berichten, Vermutungen, Ansichten über ihn und sein weiteres Leben, während er erkaltend lag in der dunkeln Zelle von Odelsberg, die Arme hilflos und ein wenig lächerlich nach vorn geschleudert, im Kot des umgestürzten Kübels.

Fünftes Buch

Erfolg

I

Polfahrt

Der Nordländer las, vierzehnjährig, von den Entbehrungen des Polforschers Sir John Franklin und seiner Gefährten, wie Wochen hindurch ihre einzige Nahrung Knochen waren, gefunden in einem verlassenen Indianerlager, bis sie zuletzt ihre eigenen Lederschuhe verzehrten. Ehrgeiz flackerte hoch in dem Lesenden, Leiden gleicher Art erfolgreich zu überwinden. Er war ein verschlossener Knabe. Ohne irgendwem von seinem Vorhaben zu erzählen, begann er ein fanatisches Training, zwang seinen Muskeln, seinen Nerven ihr Äußerstes ab. Es gab in der Nähe seiner Stadt eine Hochebene, noch von keinem Lebenden während des Winters durchwandert. Er, einundzwanzigjährig, überquerte sie im Januar, durch letzte Zähigkeit sich rettend vor dem Verhungern, festfrierend eines Nachts in einem Schneeloch, das um den erschöpft Schlafenden sich in einen Eisblock verwandelte.

Zäh, methodisch, erwirbt er alle Kenntnisse, die einem Polforscher nötig werden können, die Wissenschaft des Meeres und der Luft. Die staatlichen Prüfungen überstanden, wählt er sich die schwierigsten Meere, um die großen und kleinen Künste der Navigation und des Eiswanderns praktisch zu erlernen. In Monaten des Hungers, des Frostes, des Skorbuts wird er ein harter, schweigsamer Mann, der Kenntnisse und Erfahrungen mißtrauisch in sein Hirn verschließt wie in ein Banktresor, ohne Freude an den Menschen, keinem glaubend, nur sich selbst.

Skrupellos in Gelddingen, errafft er sich die Mittel für eine erste selbständige Expedition. Quert das Nordmeer auf bisher nie vollendeter Strecke. Erzwingt mit den Mühen dreier Jahre die nordwestliche Durchfahrt, ein Unternehmen, an dem vor ihm jeder gescheitert ist. Alle Welt rühmt das Vollbrachte. Er selber am meisten. Ein unermüdlicher Verkünder seiner Taten, wägt und rechnet er genau, um wieviel seine Erfolge größer sind als die der Männer vor ihm, um ihn.

Gestützt auf seinen Erfolg, bricht er auf zum Nordpol. Ein anderer kommt ihm zuvor. Er, kurz entschlossen, dreht um. Sucht den Südpol. Auch auf diesem Weg ist schon ein anderer. Es beginnt ein schauerlicher Wettlauf. Kalt rechnend, setzt der Nordländer seine gesammelten, gut katalogisierten Erfahrungen ein. Wo in den Vorbereitungen des Konkurrenten steckt ein Fehler, den er vermeiden kann? Er findet einen Fehler, *den* Fehler. Der andere hat Pferde mitgenommen: er baut auf die Zähigkeit und das Fleisch seiner Hunde, die Transportmittel und Nahrung zugleich sind. Der andere, mit seinen Ponys, kommt um: er kehrt siegreich zurück. Zollt dem Nebenbuhler, nun der gescheitert und tot ist, große Bewunderung. Vergißt aber nicht, der Welt genau zu erklären, daß es der Fehler mit den Ponys war, durch den der Tote umkam. Wenn er selber siegte, lag das an dem Einfall mit den Hunden. Es war Verdienst, nicht Glück.

Bald darauf hat er die große Idee seines Lebens, die Bezwingung des Pols durch ein neues, besseres Mittel: das Flugzeug. Die Ausführung dieser Idee, das Bestreben, sich für seine nächste Polfahrt ein Luftschiff zu sichern, bringt ihn mit einem Südländer zusammen. Der Nordländer ist durch seinen Erfolg noch härter, hochfahrender geworden, mürrisch, wüst launisch. Sein Gesicht ist zerrissen wie ein uralter Ölbaum, sein Mund krümmt sich. Liebenswert ist er nicht, der Mann, das kann die eigene Mutter nicht behaupten. Wenige sind, die er nicht für verächtlich hält, manche haßt er mit eisiger Wildheit, es gibt keinen, den er liebt, von allen verlangt er bedingungslosen Glauben an seine Autorität. Der Südländer, mit dem er jetzt zusammenarbeitet, ist sein genaues Widerspiel: liebenswert, geschmeidig, leichtfertig, knabenhaft optimistisch, unsinnig stolz im Erfolg, schwer verzweifelt im Unglück.

Der bewegliche, scharmante Südländer und der starre, mürrische Nordländer beriechen einander. Beide finden sie, der andere rieche nicht gut. Beide sind sie randvoll von rasendem Ehrgeiz, herrisch, skrupellos. Schon während der Verhandlungen gibt es Zusammenstöße; aber es ist nur *ein* Weg zum Pol, zum Ruhm, der führt über den Nordländer. Und es ist nur *ein* Luftschiff zum Pol, auf dem herrscht sein Erbauer, der Südländer. Der Südländer hat das Luftschiff konstruiert, er ist ein guter Pilot. Der Nordländer hat die nordwestliche Durchfahrt bezwungen, kennt Arktis und Antarktis. Es ist ein Wagnis, wenn ein Mann, der niemals auf Schneeschuhen stand, sich einem andern anvertraut für eine Fahrt ins endlose Eis. Es ist ein Wagnis, wenn ein Mann, der nie geflogen hat, sich der Führung eines Mannes anvertraut für den Flug in eine unbekannte Wüstenei, wo der kleinste Fehler den Tod bedeutet. Die gleiche Notwendigkeit, das gleiche Ziel knüpft die Ungleichen zusammen. Keiner ist gewillt, den Erfolg zu teilen. Jeder hofft, auf dem Weg zum Erfolg das Teil des andern wegzuschnappen.

Und siehe, das Luftschiff erreicht sein Ziel. Es überquert den Pol.

Wes ist der Erfolg?

Der Nordländer hat die Idee der Expedition gehabt, hat ihren Weg bestimmt, sie vorbereitet. Er hat hinter sich dreißig Jahre härtester, methodischer Polforschung. Der andere hat vor einem halben Jahr vom Pol nichts gewußt, als daß es dort kalt ist. Was, und jetzt will dieser subalterne Handlanger einen Teil haben der Ehre, gar noch den größern Teil? Der Nordländer knurrt, nennt den andern einen unzuverlässigen, weibisch nervösen Gecken voll kindischer Großmannssucht. Die Welt hört die Argumente des Nordländers, läßt sie gelten, zollt ihm widerwillige Bewunderung. Aber dabei läßt sie es bewenden. Sie fördert ihn nicht, gibt ihm nicht die Möglichkeit zu neuen Taten. Freilich erschwert er selber diese Möglichkeit. Er ist pedantisch gewissenhaft. Prinzip ist ihm, jede Situation vorzubedenken, die irgend kommen kann, den Zufall auszuschalten. Das ist nicht billig, das ist sehr teuer. Wie immer, man gibt dem hochfahrenden, morosen Mann scheuen Ruhm, aber nicht die Mittel, eine neue Expedition auf die Beine zu stellen.

Der Südländer hat mehr Glück. Er lächelt über den Nordländer, den finstern, unverträglichen, pathologisch selbstsüchtigen Narren. Der will den Ruhm des Unternehmens für sich buchen? Mein Gott, da bleibt nur ein Lächeln. Den Pol zu überfliegen, das sieht jedes Kind, ist fraglos die Leistung des Piloten, und der Nordländer weiß von einem Flugmotor nichts, als daß er surrt. Man erlaubt dem Südländer zu lächeln. Er hat die Sympathie der ganzen Welt, er hat so etwas Strahlendes.

Er versteht es, in jeder Situation zu strahlen. Er hat die Pelze der Nordländer wegen ihres Übergewichts von der Fahrt ausgeschlossen. Die eigene Uniform aber, er ist Offizier seines Landes, hat er heimlich mitgeführt. Am Rande der Arktis, wie die Expedition nüchtern zweckmäßig gekleidet vom Schiffe steigt, das sie in die Zivilisation zurückbringt, erscheint er plötzlich in seiner glänzenden Uniform. Das kleine Mädchen, inmitten der wartenden Menge, überreicht seinen Blumenstrauß nicht dem verdrießlichen, proletisch kahl gekleideten Nordländer, sondern dem schimmernden Offizier.

Nicht nur das Herz des Kindes, die Herzen seines ganzen leicht entflammten Landes fliegen ihm zu. Er macht rasche Karriere, wird in jungen Jahren General. Ihm, da er einen neuen Flug über den Pol plant, baut sein Land sogleich ein Luftschiff nach seinen Wünschen. 25 Meter Höhe, 115 Meter Länge, 19000 Kubikmeter Gasraum, 4 Gondeln. Die Tanks fassen Betriebsstoff für 75 Stunden. 720 Pferdekräfte stark sind die Motoren. Im übrigen nimmt es der Südländer nicht sehr genau mit seinen Vorbereitungen. Er studiert nicht lange die Wissenschaft von Schnee, Eis und Winter. Hat er nicht das vollkommenste Vehikel, mit dem jemals einer nach dem Pol startete? Erlesene Mannschaft, die besten Apparate? Er verläßt sich auf sein Glück.

Ehrenkompanien, Glocken, Musik. Sein Schiff fliegt. Erreicht in drei Etappen den Norden. Startet zur letzten, entscheidenden Strecke. Durch Funkspruch erzählt er der aufhorchenden Welt, jetzt sei er auf dem Weg zum Pol. Jetzt über Grönland, jenseits Grönlands. In zwanzig Minuten, verkündet sein Funkspruch, wird er am Pol sein.

Er ist am Pol. Zwei Stunden, triumphgeschwellt, kreist er

um die weiße, vielbegehrte Ödnis. Das Grammophon spielt die Hymne seines Landes. Eine Fahne seines Landes wird, ein großes, vom Papst geweihtes Kreuz herabgelassen. Seinem König, dem Papst, dem Diktator seines Landes durch Funkspruch meldet er, er habe mit Gottes Hilfe den Pol erreicht. Es lebe sein Land.

An einer gut bestellten Empfangsstation seiner Stadt sitzt der Nordländer, die Augen noch starrer als sonst, den krummen Mund noch mehr verpreßt. Am Radio mitanhört er, erlebt es mit, wie der Nebenbuhler, der verachtete Nichtskönner, den Pol erreicht, ihn umkreist, angestaunt, der Liebling der Welt. Er selber hat endlose Jahre härtester Mühe darangesetzt, endlose Nächte der Todesgefahr. Jetzt sind seine Taten wertlos, weggewischt sein Ruhm. Leicht, nach kurzer Vorbereitung, mit dem Lächeln eines Artisten und einer Verbeugung, vollbringt der andre das, worum er ein Leben kämpfte.

Oh, ihm wenn das Schiff gehörte. Mit welcher Sorgfalt hätte er, mit wieviel Scharfsinn und Methode die Expedition ausgerüstet. Der andere, der Konkurrent, ist fahrlässig, auch als Pilot. Er hat das gesehen, er weiß es mit dem guten, scharfen Wissen des Hasses. Leichtfertig war sein Abflug, verbrecherisch leichtfertig ist es, über jenem Eise zu sein ohne genaue Kenntnis jenes Eises. Aber er hat Glück, der andere. Er hat sein Gesicht, das der Welt gefällt, das herrliche Schiff, die herrlichen Maschinen, die herrlichen Apparate. *Er* hat die Eignung: der andere hat das Schiff, der andere hat das Glück.

An der Empfangsstation sitzt er, hört gut zu. Er ist Manns genug, das Glück des Verachteten bis ins letzte mitanzuhören. Der Funker des andern berichtet von dem Rückflug. Glatt geht alles, natürlich. Alles an Bord ist wohl. Nebel ist da, nun ja. Mehr Nebel, reichlich viel Nebel. Ein bißchen übertreibt er wohl auch, der Funker des andern. Gegenwind, schlechte Sicht. Ganz von selber, mein Junge, geht's auch nicht. Aber du hast deinen Leichtsinn, deine fröhliche Blindheit, dein Glück. Du kommst schon heil an Land. Ich hör's mir mit an, ich warte hier, bis du zurück bist. Er sitzt, er wartet, er will die Bitterkeit ganz auskosten.

Aber sieh an! Die Schwierigkeiten häufen sich. Das Höhensteuer arbeitet nicht, wie es soll. Das Schiff treibt im Nebel. Der eine Motor setzt aus. Der Funker meldet noch: An Bord alles wohl. Dann meldet er nichts mehr.

Der Nordländer hockt seit dem frühen Abend in der Empfangsstation. Jetzt geht es gegen Morgen, die Männer der Empfangsstation lösen sich schon das drittemal ab. Er ist ganz steif vom Warten, er spürt keinen Hunger, er hockt und wartet auf die Meldung: der andere ist zurück und heil.

Es wird Mittag. Keine Nachricht. Vielleicht treibt er im Nebel, vielleicht hat er notgelandet, vielleicht hat sein Radioapparat versagt. Wie immer, heute scheint der andere nicht zurückzukommen. Der Nordländer steht auf, krumm und steif vom langen Hocken, geht nach Hause.

Die Luft bleibt auch den andern Tag über stumm. Für fünfundsiebzig Stunden Betriebsstoff hat der Südländer. Fünfzig Stunden sind vorbei, sechzig, die fünfundsiebzigste. Das Schiff ist überfällig.

Tage vergehen, Nächte vergehen. Der Südländer bleibt verschollen. Jetzt ist unter den Lebenden der Nordländer der einzige, der eine Expedition mit dem Luftschiff übers Eismeer geführt hat.

Tage vergehen, Nächte vergehen. Da, aus der Luft, eine Botschaft des Südländers. Sein Schiff ist explodiert, er selber, mit einigen seiner Mannschaft, treibt auf einer Eisscholle, hundertachtzig Kilometer entfernt vom Kap Nord.

Die ganze Welt packt ein Fieber: ist es möglich, den Mann zu retten? Wie lang kann er sich halten? Bricht das Eis? Hat er Nahrung? Treibt er ab? Schiffe werden ausgesandt, Flieger.

Des Nordländers Land schaut auf ihn, die Welt schaut auf ihn. Die Regierung seines Landes fordert ihn auf, dem Schiffbrüchigen zu helfen. Wer, wenn nicht er, soll die Verlorenen retten?

Er ist gewohnt an minutiöse Vorbereitungen, gewohnt, erst nach langen Berechnungen den glücklichen Augenblick abzupassen. Was er bis jetzt erreicht hat, verdankt er seiner Umsicht, nicht dem Glück. Jetzt soll er starten von heut auf morgen, mit einem rasch beigeschafften, für seine Zwecke notdürftig ummontierten Flugzeug. Allein er ist der Erste, sein Ruhm verpflichtet. Auch wird es ein grimmiger Triumph sein, den Gescheiterten, der sich ebenbürtig, der sich überlegen wähnte, in sein Flugzeug zu retten. Er erklärt sich bereit. Die Photographen nehmen ihn auf, wie er ins Flugzeug steigt, den Mund krumm, die Augen hart wie immer.

Es ist die letzte Aufnahme von ihm. Er rettet den andern nicht in sein Flugzeug. Er kehrt nicht zurück.

Wer zurückkehrt, ist der andere.

Der hat harte Tage gesehen. War auf seiner treibenden Eisscholle gesessen, das Bein gebrochen, einen wahrscheinlichen Tod in der Nähe, umgeben von Gefährten, die in ihm die Ursache ihres Unglücks sahen. Der einzige unter ihnen, der Polarerfahrung hatte, war tot. War aufgebrochen mit noch zweien, um übers Eis das Festland zu erreichen. War erfroren unterwegs, vielleicht verhungert, vielleicht aufgefressen von seinen Gefährten, das wußte man nicht. Aber das wußte man, daß der Südländer sich vor seinen Gefährten hatte retten lassen, er, der Kapitän, vor den andern, und daß er schuld war am Tod des Nordländers und am Tod von acht andern, und daß die Davongekommenen ihre Rettung verdankten dem Eisbrecher eines Landes, das in Kultur und Politik der schärfste Gegner seines eigenen Landes war.

Er war als erster in der Luft über der Arktis erschienen, mit Fahrzeugen, die er selbst erdacht, gebaut, geführt hatte. Vor wenigen Wochen noch hatte die Welt ihn ungeheuer gefeiert, weit über Gebühr, weit mehr als je den Nordländer. Jetzt bespuckte sie ihn. Jetzt war er ein Feigling, eine Schmach seines Landes, komisch und erbitternd.

Der andere war tot, tot durch ihn, für ihn. Er lebte, er war der einzige Lebende, der ein Luftschiff über die Arktis geführt hatte. Aber der andere war der große Mann: *er* war lächerlich, selbst sein Land verleugnete ihn.

2

Die Toten sollen das Maul halten

Morgens um sieben Uhr wurden die Strafgefangenen Triebschener und Renkmaier von einem sichtlich bestürzten Wärter zu Ministerialrat Förtsch gerufen. Der Kaninchenmäulige biß sich mit seinen kleinen, schadhaften Zähnen auf der Lippe herum, die Härchen aus der Nase zuckten. »Ich muß Ihnen die traurige Mitteilung machen«, sagte er, »daß Ihr Mitgefangener Martin Krüger heute nacht sanft entschlafen ist.« Leonhard Renkmaier riß töricht die wasserhellen Augen auf. Hugo Triebschener sagte: »Der ist verdammt schnell vor die Hunde gegangen. Gerade noch hat er mir gratuliert, daß ich die Klara kleingekriegt habe.« Leonhard Renkmaier sagte: »Er hat schon immer geklagt.« Hugo Triebschener bestätigte: »Ja, recht beisammen war der Krüger nicht.«

Diese Äußerungen bewirkten, daß ein Mann in der Ecke eine kleine Bewegung machte. Sie hatten den Mann nicht gesehen. Es war Dr. Gsell. Man hatte ihn aus dem Bett geholt; es war ihm nur übriggeblieben, den Tod des Strafgefangenen 2478 festzustellen. Jetzt hockte er im Büro des Förtsch, unrasiert, das Haar wirr, die Weste nicht zugeknöpft, die Krawatte schlecht gebunden.

Dem Förtsch war es eine Genugtuung, daß die Kameraden des Krüger so daherredeten, den Arzt ohne böse Absicht belastend. Das war aber der einzige süße Tropfen in einem großen Becher Bitterkeit. Er hatte die Klasse XIII erreicht. Es war nur mehr eine Frage von Wochen gewesen, bis er die Leitung dieser verfluchten Anstalt abgeben und nach München übersiedeln konnte. Er hatte vor sich gesehen ein oder zwei Jahre Amtierens in der Stadt, in gehobener Stellung, dann einen behaglichen Lebensabend, verschönt durch die Würde und die Ruhestandsbezüge eines Beamten der Sonderklasse. Jetzt war, zum wievielten Mal, wieder alles in Frage gestellt. Es hatte verlautet, daß die Amnestierung des Krüger beschlossene Sache sei, in den allernächsten Tagen erfolgen werde. Verfluchtes Pech, daß dieser Bursche gerade noch bei ihm abkratzen mußte. Aus allen Winkeln des weitläufigen Gebäudes spürte er auf sich zukriechen Bestürzung, Vorwurf, Empörung, Schadenfreude, haßvolle Genugtuung. Da hockte mürrisch und verwirrt dieser Haufen Unglück, dieser Ignorant von einem Gsell. Böse hin auf den Arzt schielte er, sprach nur spärliche Brocken zu ihm, verhalten wütende, ironische. »Dieser Krüger scheint also doch kein Simulant gewesen zu sein«, konstatierte er vier-, fünfmal.

Der Tote lag auf seiner Pritsche, unrasiert, eine Hand hing herunter. Dem Förtsch, der Besichtigungen voraussah, mißfiel dieses Arrangement. In der Zelle lassen konnte man die Leiche; da war sie für sich, und die kahle Stille ringsum gab eine gewisse Würde. Aber eine anständige Decke muß her, besser aufgebahrt werden soll der Tote, auch rasieren soll man ihn. Der Friseur der Anstalt, ein Gefangener, machte sich ans Werk. Er war ein Hasenfuß, grauste sich vor Leichen. Man mußte ihm für den ganzen Rest der Woche ein tägliches Glas Bier versprechen. Als er, um an die andere Wange heranzukommen, den Kopf des Toten ein wenig drehte, fing der an zu gurgeln. Der Friseur, gräßlich erschrocken, ließ das Messer fallen, lief davon. Es bedurfte langen Zuredens, bis er sein Werk wieder aufnahm; einer mußte dableiben, bis er zu Ende war.

Johanna war telegrafisch benachrichtigt. Sie kam gegen Mittag. Sie stand in der Zelle, allein mit dem toten Mann. Ruckte den breiten Kopf heftig gegen ihn, schaute streng auf ihn hin. Es gab einiges zu klären zwischen ihm und ihr. Sie wußte: wenn sie das jetzt nicht kann, dann wird es nie mehr zu klären sein, dann wird sie zeitlebens in dem unsichtbaren Käfig hokken müssen. Sie trat ganz nahe heran an die Pritsche. Beschaute aufmerksam das Gesicht, das graugelblich aus der roten Decke hervorkam. Es war sehr glatt, man hatte das gut gemacht. Aber gewonnen war nicht viel dadurch, das Gesicht war nicht milder geworden. Es war, Teufel noch eins, kein friedliches Gesicht. Sie sah gleich, schwerlich wird sie mit diesem Mann ihre Sache ins reine bringen können.

Wenn sie sich bisher seine Zelle vorstellte, die sie nie sehen durfte, hat sie immer das Gefühl gehabt, es müsse dort kalt sein. Sie war überrascht, daß es sehr heiß war. Ja, es war geheizt, es knackte in den Heizrohren. Sie schaute sich den Raum an, sehr genau, das kleine Fenster, dahinter die Stäbe, fünf senkrechte, zwei waagrechte. Die mattgrünen Wände, oben geweißt, die Stellen, an denen Nägel wieder ausgezogen waren. Das Thermometer, den oft beredeten weißen Kübel. Die vier Broschüren in der Ecke. Sie nahm die *Sparmerkblätter* herunter, blätterte darin, mechanisch. Auf dem Tisch lag ein kleiner Brotlaib, den der aufräumende Gefangene nicht zu entfernen gewagt hatte. Johanna nahm ihn in die Hand; er war sehr trocken.

Zweiundzwanzig Monate sind es, sechshundertsiebzig Tage, sie hat es im Auto genau berechnet, die dieser Mann hier gelebt hat. Er muß den Raum hier ganz ausgelebt haben in seinen sechshundertsiebzig Tagen, jeden Kubikzentimeter der winzigen Zelle, die sie nach einer Minute schon zu bedrücken beginnt. Martin war sehr hungrig, Neues zu sehen. Hier gab es nicht viel zu sehen. Kann man leben, wenn man nicht jeden Tag ein Neues sieht?

Man wird ihm, einem Kunsthistoriker ersten Ranges, eine Maske abnehmen. Sie weiß auch ohne Maske, wie es um dieses Gesicht bestellt ist. Sie wird nicht eine Pore davon vergessen, bis zu ihrem letzten Tage nicht. Das Haar ist kurzgeschoren; aber man sieht doch, wie stumpf es ist und übel verfärbt, nicht mehr strahlend schwarz. Die fleischige Nase steigt gelb, lächerlich groß, aus zwei tiefen Falten. Der Mund ist strichschmal. Das massige Gesicht ist auch jetzt noch schlaff. Aber das täuscht. Mit sich reden läßt der Mann trotzdem nicht. Vor allem die breite Stirn ist bösartig, in die die Haare tief hineingewachsen sind. Es ist ein hartes Gesicht. Der Tote läßt sich nichts abhandeln.

Die Augen müßten da sein. Wenn das Gesicht seine grauen, lebendigen Augen aufschlüge, dann wäre gleich alles anders. Sie müht sich heftig, den früheren Martin ins Gedächtnis zurückzukriegen. Der liebte Rede und Widerrede, Auseinandersetzung, pathetische Szenen. Aber der laute, einfühlsame Mensch ist ganz und gar fort, geblieben ist nichts als die harte, gelblichgraue, bösartige Maske. Sie muß hinstarren, sie muß näher hin, die Maske kommt auf sie zu, schwer, heiß, atemklemmend, wie damals der nasse Gips, der sich um ihr Gesicht legte. Lähmung überkommt sie, Erstarrung, das Gefühl einer riesigen Rechnung, die ihr vorgehalten wird und die sie niemals zahlen kann. Eine kalte Wut steigt in ihr hoch. Sie wird nicht zugeben, daß man dem da eine Maske abnimmt. Das graugelbe Gesicht muß aus der Welt. Verbrennen lassen wird sie den Mann und sein Gesicht. Aber sie weiß genau, das nutzt nichts. Immer wieder spüren wird sie, wie die graugelbe, harte Form auf sie zukommt, sich ihr über die Augen senkt, ihr Nase und Mund verstopft.

In jagender Hast überlegt sie, ob sie eine Möglichkeit hatte, irgendeine, Martin früher zu sagen, daß er nicht mehr vierhundertsechsundzwanzig Tage in dieser grünlichen, sarghaften Zelle wird aushalten müssen, daß er nur noch einen winzigen Teil Geduld haben muß. Ja, es gab eine Möglichkeit, sie hatte sie: sie hätte nur besseren Willens sein müssen, nicht so voll Stolz und Verstocktheit. Sie hätte nur rechtzeitig mit Tüverlin zu reden brauchen, bevor er wegfuhr. Sie hat dieses Vernichtungsgefühl gespürt damals, als Martin es ihr schilderte. Die andern nicht, aber sie hat es gespürt. Sie hätte reden müssen. Nicht Tüverlin ist schuld: nur sie, sie, sie.

Tot ist tot. Und der Prozeß Krüger ist aus. Und ein Wiederaufnahmeverfahren ist ausgeschlossen. Und verurteilt ist Johanna Krain.

Dann, im Büro, redeten Förtsch und Gsell auf sie ein. Der Arzt legte dar, nur in den seltensten Fällen könne Angina pectoris frühzeitig diagnostiziert werden, und selbst dann gebe es kaum Heilmittel. Johanna stand vor den Männern, eisig stumm, die ganze Frau *eine* kalte Wut, die grauen Augen verdunkelt, die Oberlippe eingeklemmt. Den langen Weg hierher in dem ratternden Auto hatte sie sich eingehämmert: nicht durchgehen, seine fünf Sinne zusammenhalten. Förtsch, um über die Peinlichkeit wegzukommen, redete vielwortig. Brachte einige angemessene, getragene Sätze vor, die er sich zurechtgelegt hatte. Wiederholte sie in andern Wendungen. Erzählte, es sei ein reichlicher Nachlaß von Geschriebenem vorhanden; eine ausgedehnte literarische Hinterlassenschaft, sagte er. Dr. Gsell äußerte wieder einiges Theoretische über Angina pectoris. Johanna schwieg beharrlich, schaute dem, der jeweils sprach, gradaus in die Augen. Schließlich, ohne die geringste Antwort, als wäre von den vielen Worten, die die beiden Herren geredet hatten, keines gewesen, erklärte sie, es sei ihr Wunsch, daß die Leiche so bald wie möglich aus der Anstalt herausgebracht werde. Auch bat sie, den Brotlaib aus der Zelle mitnehmen zu dürfen. Die beiden Herren atmeten auf, als sie fort war.

Der Tod des Kunsthistorikers Krüger machte über die Grenzen hinaus peinliches Aufsehen. Es war nicht das erstemal, daß ein Mann von Namen in einem deutschen Gefängnis gestorben war unter Umständen, die den Arzt der Anstalt in der öffentlichen Meinung belasteten. Die Liga für Menschenrechte erstattete Anzeige gegen Dr. Gsell wegen fahrlässiger Tötung, andere Vereinigungen der Linksparteien schlossen sich an. Die Insassen von Odelsberg lehnten es ab, sich von diesem Arzt weiter behandeln zu lassen. Er selber beantragte ein Verfahren gegen sich. Die Staatsanwaltschaft, um das Gerede rasch zu kappen, ordnete sogleich die Öffnung der Leiche an. Sie wurde vorgenommen von dem zuständigen Amtsarzt. Ihr Ergebnis war, daß der Tod des Strafgefangenen Krüger auch von dem erfahrensten Arzt nicht hatte vorausgesehen und nicht hatte verhütet werden können. Der Staatsanwalt stellte das Verfahren ein.

Die bayrische Regierung ließ sich das Geschrei wenig kümmern. Sie war Anwürfe wegen der Unvollkommenheit ihres Justizapparats gewöhnt. Das Abkommen mit der Kalifornischen Landwirtschaftsbank war paraphiert. Aktenmäßig war alles in Ordnung. Der Justizminister Hartl strahlte. Beinahe wäre er, infolge dieser amerikanischen Anleihe, gezwungen gewesen, den von ihm selbst Verurteilten zu amnestieren. Jetzt wurde dieses Urteil vom Himmel, von der Vorsehung selber gewissermaßen, bestätigt.

Der Finger Gottes, dachten auch die Geschworenen des Volksgerichts, das damals den Spruch gefällt hatte, der Gymnasiallehrer Feichtinger, der Handschuhhändler Dirmoser. Sie erinnerten sich, wie frech und ungebärdig der Angeklagte Krüger vor seinen Richtern gewesen war. Ein Herzleiden, überlegte der Briefträger Cortesi und stellte Erwägungen an, wie viele

Briefträger infolge des Treppensteigens ihr Herzleiden weghatten.

Johannas Absicht, den Toten verbrennen zu lassen, stieß auf Schwierigkeiten. Die kirchlichen Behörden, sich berufend auf Bibelstellen, unterstützt vom Staat, verlangten, daß man die Toten beerdige, nicht verbrenne. Man forderte von Johanna eine schriftliche Verfügung des Toten oder zumindest eine eidesstattliche Versicherung zweier Ohrenzeugen, daß Martin Krüger die Verbrennung seiner Leiche ausdrücklich gewünscht habe. Kaspar Pröckl hatte von dem Toten nie ein Wort darüber gehört, aber er stellte Johanna sogleich die gewünschte Erklärung aus. Wen noch konnte Johanna bitten? Sie rief kurzerhand Paul Hessreiter an. Herrn Hessreiter hatte die Unglücksnachricht in Bedrängnis gestürzt. Er war an der Sache Martin Krüger beteiligt gewesen: daß sie so jäh und übel ausging, war ein Fehlschlag für ihn persönlich. Wie jetzt Johanna sich an ihn wandte, hob ihn das. Er hatte den Mann nicht näher gekannt, geschweige denn ein Wort von ihm gehört, wie er bestattet zu werden wünsche. Ohne zu zögern, unterzeichnete er die eidesstattliche Versicherung.

Die Vereine der Linken forderten auf, an der Bestattung Krügers teilzunehmen; viele Museen und Kunstgesellschaften des Reichs und des Auslands meldeten ihre Beteiligung an. Die Münchner Galerien, Hochschulen, offiziellen Vereinigungen blieben abseits. Der Polizeipräsident veröffentlichte eine Erklärung, er werde nicht zulassen, daß die Leichenfeier zu einer Demonstration ausarte. Aus einer Unterredung der Verantwortlichen im Ministerium wurde ein Wort kolportiert: »Die Toten sollen das Maul halten.«

Johanna, begleitet von Kaspar Pröckl und der Tante Ametsrieder, fuhr zum Östlichen Friedhof. Die Straßen waren schwarz von Menschen. Polizei sicherte mit starken Kräften die Ludwigsbrücke, die Corneliusbrücke, die Reichenbachbrücke, alle Zugangsstraßen zum Friedhof.

Johanna stand in der Halle des Friedhofs, schwarz gekleidet, das bräunlichweiße Gesicht starr, die Oberlippe eingeklemmt. Die Menschen preßten sich in dem großen Raum. Johanna sah Gesichter, Kränze, Gesichter, Kränze. Sie stand steif und hölzern. Man hielt Reden, legte Kränze nieder. Johanna sah die Menschen, hörte die Reden. Stand immer gleich steif, unbewegt. Den Leuten, wenn sie in dieses breite, starre Gesicht sahen, wurde es unbehaglich.

Da lag er, viele Blumen lagen über ihm, die Blumenverkäufer hatten gute Geschäfte gemacht. Viele berühmte Leute hielten Reden, die wahrscheinlich mit vieler Mühe ausgefeilt waren. Sie sprachen viel von der Bedeutung des Toten, von seinen Büchern, von seiner Leistung. Ein wenig auch von seinem tragischen Ende. Nicht aber sprachen sie von dem Unrecht, das an ihm getan war; denn das war verboten. »Die Toten sollen das Maul halten«, hatte einer verfügt. Johanna stand da, sie sah und sie hörte, sie sah nicht und sie hörte nicht. Die Toten sollen das Maul halten. Das erbitterte sie. Das durfte nicht sein, daß einer so was verfügen konnte. Das war ein Ärgernis, das muß geändert werden. Sie dachte angestrengt nach, wie man es ändern könnte. Wie einer wohl in einem Traum eine Aufgabe hat, er kann sie nicht erfüllen, aber er muß sie doch erfüllen, und er versucht tausend Mittel, und dann das tausendunderste, so, während man Reden hielt und Kränze niederlegte, kurbelte Johanna ihr Gehirn an, immer von neuem, und quälte es ab, wie man erwirken könnte, daß dieser Tote den Mund aufmacht.

Man redete, legte Kränze nieder, sang. Es wird gar nicht einfach sein, dachte Johanna, es wird verflucht hart sein, aber ich werde es schaffen. Kränze, Reden. Ich werde es schaffen, beschloß sie. Dieser Tote wird den Mund nicht halten. Das wird sie beweisen, das wird sie den Herren Hartl und Flaucher ins Gesicht hinein beweisen.

Als der Sarg hinausgetragen wurde und die Versammlung auseinander ging, gewahrte Johanna, daß auch Dr. Gsell und Ministerialrat Förtsch da waren. Ja, die beiden Herren, gerade im Gefühl ihrer Sicherheit und Unschuld, wollten zeigen, daß sie wußten, was sich gehört. Sie hatten sich mit dem Manne Krüger, solange er lebte, über die Pflicht ihres Amtes hinaus befaßt. Sie wollten nicht fernbleiben in der Stunde, da sein Leib zu Asche werden sollte.

Johanna war schuld an Martins Tod. Sie hat sich nichts vorgemacht, sie hat das dem graugelben Gesicht zugestanden, als sie mit ihm allein war. Sie will sich nicht davor drücken, sie wird die Konsequenzen auf sich nehmen. Aber dieser elende Förtsch hat gewußt um die Krankheit Krügers, sie hat ihn rechtzeitig informiert, und es war eine Frechheit, daß dieser Mensch hier war, und sie hat lange genug an sich gehalten, und jetzt will sie nicht mehr. Sie trat auf die beiden zu, das Gesicht weiß unter dem schwarzen, schleierlosen Hut. Sie sah den Dr. Gsell an, und sie sagte nichts. Dann schaute sie den Kaninchenmäuligen an, gradaus in seine Augen, und sagte, nicht laut, doch sehr deutlich: »Sie sind ein gemeiner, niederträchtiger Mensch, Herr Förtsch.« Es standen viele Leute herum und schauten auf sie und hörten zu. Der Kaninchenmäulige stammelte etwas. Johanna sagte: »Schweigen Sie.« Und sie wiederholte klar, unüberhörbar: »Sie sind ein Lump, Herr Förtsch.«

3

Deutsche Psychologie

Wenn der Amerikaner vier Wochen kürzer in Rußland geblieben wäre, wenn er vier Wochen früher mit Jacques gesprochen hätte: es hätte genügt, Martin Krüger lebte und wäre frei. Wenn Jacques vor seiner Abreise zu ihr gesprochen hätte: es hätte genügt, Martin wäre frei. Wenn Martin nicht das Bild der Anna Elisabeth Haider in die Galerie gehängt hätte, wenn nicht die Franzosen die Ruhr besetzt und die Esel um Kutzner ihre Nebenregierung aufgerichtet hätten, wenn der Minister Klenk nicht gestürzt wäre, wenn der Minister Messerschmidt nicht sechsundzwanzig Tage zu früh hätte fortmüssen, wenn von so vielen Geschehnissen nur eines hätte verhütet werden können: es hätte genügt, dann immer wäre Martin frei. Hinter soviel glücklichen, hinter soviel fatalen Geschehnissen, wo stak der Sinn?

Was sie getan hat, war nutzlos gewesen. Doch wenn sie es nicht getan hätte, wären die Ereignisse nicht gekommen, die Martin dann geholfen haben. Aber sie haben ihm ja leider nicht geholfen. Aber doch nur, weil seine Kraft nicht ausgereicht hat, haben sie ihm nicht geholfen. Nein, weil *sie* es an der nötigen Kraft und Intensität hat mangeln lassen. Aber hatte sie ihn nicht, schon bevor die ganze Geschichte ins Rollen kam, gewarnt, er solle sich nicht einlassen mit dieser Anna Elisabeth Haider? Sie hat schon das rechte Gefühl gehabt, *ihm* fehlten die Fühler.

Johanna in ihren Nächten haderte mit dem toten Krüger. Sie stand in der winzigen Zelle, die Heizrohre knackten, sie wollte Antwort haben von dem graugelben Gesicht. Sie redete ein auf den starren Mann, sie wollte bestätigt haben, daß an seinem jämmerlichen Ende nicht sie schuld sei. Aber das graugelbe Gesicht rührte sich nicht; es blieb fest in der gleichen, unmilden Ruhe.

Es lag nicht an ihm, es lag nicht an ihr. Es war dies: jede Tat, ob heiß oder lau, ob gegen die Natur des Täters oder aus ihr, ist blind, ist eine der sechsunddreißig Nummern der Roulette. Es ist undurchschaubarer Zufall, ob sie gesegnet ist oder nicht.

Was Johanna getan hat, war weder gut noch böse. Es war neutral, gleichgültig, blieb ohne Folgen. Ob es geschah oder ob es nicht geschah, änderte nichts. Sie war herumgelaufen bei den Verwaltern der Gerechtigkeit, bei Richtern und Anwälten, hatte die Wahrheit gesagt nach Bedarf, hatte gelogen nach Bedarf, hatte diese verfluchten *gesellschaftlichen Beziehungen* gesucht, war in den Schmutz gesprungen, wenn es dienlich schien, hatte vor den offiziellen und den heimlichen Regenten getrotzt und gebarmt, hatte getan, was getan werden konnte: der Apparat war stärker, die Maschine war weitergelaufen. Aber weil Jacques für Herrn Pfaundler eine Revue schrieb, und weil ein Musiker, dessen Namen sie nicht kannte, für diese Revue einen Schlager machte, und weil einem Dollarscheißer auf der Durchreise dieser Schlager gefiel, und weil ihm Jacques' Daherreden gefiel, und weil diesem Jacques ihr breites Gesicht und ihre stumpfe Nase gefiel: darum, um ein Haar, wäre Martin freigekommen. Freilich nur beinahe. Freilich nur um ein Haar. Immerhin, ohne daß sie sich anstrengten, mit dem kleinen Finger erreichten dieser Musiker, dieser Amerikaner, dieser Jacques mehr als sie mit den sinnvollen Anstrengungen vieler Monate. Kein Mensch kann sich da zurechtfinden, so irrsinnig verfilzt ist alles. Da war Pech, da war Glück: wo war da Schuld?

Und doch, da war Schuld. Es gab ein Konto, auf dem galt nicht Erfolg und Mißerfolg. Auf dem galt nichts als die Kraft, als die Anspannung, die einer in eine Handlung steckte. Kluge Leute mochten sagen: Martin Krüger starb, weil die Justizpflege schlecht war und der Strafvollzug barbarisch. Kluge Leute mochten sagen: Martin Krüger starb, weil die Bestandteile seines Blutes, weil die Kammern seines Herzens so beschaffen waren und nicht anders. Sie wußte: er wäre nicht gestorben, wenn sie an seine Befreiung mehr Kraft und mehr Willen gesetzt hätte.

Unterdessen fuhr aus dem Westen zurück auf einem großen Meerschiff der Schriftsteller Jacques Tüverlin. Er hatte kurz vor seiner Abreise erfahren von dem Tode Martin Krügers. Es lag nahe, Betrachtungen daran zu knüpfen über Schicksal, Zufall, Erfolg. Es gab damals eine Lehre, die sich historischer Materialismus nannte. Diese neue praktische Geschichtschreibung prätendierte, alles menschliche Geschehen sei bestimmt durch ökonomische Gesetze. Sie ließ die Menschen nicht als Individuen gelten, sondern nur als Exponenten wirtschaftlicher Verhältnisse. Ein Unerforschbares im historischen Ablauf wollte diese Lehre nicht wahrhaben. Das Zufällige, erklärte ihr bester Schriftsteller, Leo Trotzki, helfe diensteifrig dem Gesetzmäßigen. Die historische Gesetzmäßigkeit verwirkliche sich durch die natürliche Auslese der Zufälle. Die bewußte menschliche Tätigkeit unterwerfe die Zufälle einer künstlichen Auslese.

Jacques Tüverlin fand die finstere Intoleranz, mit der die Anhänger dieser Lehre ihre Katalogisierungsmethode als die einzig mögliche gelten lassen wollten, etwas primitiv. Er studierte eifrig, doch mit positiver Skepsis an dieser Wissenschaft herum. Sie steckte, fand er, ähnlich wie die Wetterkunde in den Anfängen. Ahne da etwas, dort etwas, sei aber unverwertbar für die Praxis. Nicht einmal das Schicksal dieses Mannes Krüger, so sichtbar es mit Politik verknüpft war, ließ sich mit ihrer primitiven Methode erfassen.

Jacques Tüverlin überlas, was er in jenem Essay über Martin Krüger gesagt hatte. Er hatte die Zusammenhänge dieses Schicksals mit den soziologischen Bedingungen der Zeit bloßgelegt, hatte aber nirgends die Verbindungsfäden zu einer tieferen Deutung abgeschnitten. Er brauchte jetzt, nach dem Ende Martin Krügers, nichts zu widerrufen. Auch an seiner Praxis dem Manne Krüger gegenüber fand er bei genauerer Erforschung nichts zu tadeln. Der Mann war ihm nicht sympathisch gewesen. Ihr Schicksal kreuzte sich, er hatte sich nicht gedrückt, hatte die unwillkommene Beziehung auf anständige Art auseinanderzuknüpfen gesucht. Hatte dem Toten gegenüber fair gehandelt.

Unnütze, aussichtslose Grübeleien waren gegen seine Gewohnheit. Trotzdem bedrängte ihn jetzt, da nichts mehr daran geändert werden konnte, dieses Schicksal. Er konnte nicht verhindern, daß, genau wie Johanna Krain, auch er sich in seinen Nächten mit Martin Krüger auseinandersetzte. Er rechtfertigte sich vor dem Toten, legte ihm mit guten Gründen dar, daß man für ihn nicht mehr habe tun können, als man getan habe.

Jacques Tüverlin, als er aus Amerika zurückfuhr, war in seinem vierzigsten Jahr. Er sah aus wie dreißig. Der ganze Mann war frisch, gelockert, gut in Fahrt. Er hatte Neues gesehen, hatte neue Fragen und Zweifel gelernt, hatte Hirn, Herz, Glieder trainiert. Er hatte ein dickes Bankkonto, galt als einer der repräsentativen Schriftsteller der Epoche. Er fuhr übers Meer, gesättigt mit Bildern und Visionen, gestopft mit Plänen, gelassen wartend, welcher reif werde, erfüllt von einer kräftigen Freude auf Europa, auf Bayern, auf Johanna Krain.

Einzige Trübnis blieb die unerwartete Lösung des Falles Krüger. Allgemeines und sehr Persönliches ging ihm da ärgerlich durcheinander. Er hatte, als das Mammut die Freilassung Martin Krügers von der bayrischen Regierung forderte, seinen Spaß gehabt an den sonderbaren Wegen, die das Schicksal beliebte. Wenn er Johanna nichts gesagt hatte, so war das, weil es nicht seine Art war, eine Ernte groß auszuläuten, solang er sie nicht unter Dach hatte. Aber wahrscheinlich war es mehr noch aus Eitelkeit. Er hatte sich gefreut, zurückzukommen als der gute, lächelnde Onkel, der die Schwierigkeiten ringsum mit leichter Hand zum fröhlichen Ende bringt. Diese Überraschung war ziemlich gründlich mißglückt. Dagegen war nichts zu sagen. Recht geschah ihm.

Nicht recht aber geschah dem Manne Krüger. Das verdroß ihn. Es mußte ein Sinn sein hinter dem scheinbar Sinnlosen. Es war bequem, an eine Vorsehung zu glauben, mochte man sie nun Gott heißen oder, nach modischer Mythologie, ökonomisches Gesetz. Es war da ein Urwald, durch den sich jeder seine eigene Straße selber hauen mußte. Er jedenfalls konnte die Straße nicht entdecken, die die andern zu sehen vorgaben. Er blieb angewiesen auf sein eigenes Witterungsvermögen. Seine Nase allein konnte ihm helfen, nicht die guten Ratschläge der Herren Hegel und Marx.

Der Fall Krüger, durch seine scheinbare Sinnlosigkeit, kratzte ihn besonders. Um ein Haar hätte sein, Jacques', Wille es gefügt, daß der Mann wieder herauskonnte. Er hätte nur seinen Überlegenheitsfimmel ein wenig zähmen und Johanna rechtzeitig sprechen müssen, dann hätte vermutlich der Mensch den freien Himmel noch gesehen. Den Sinn dieses Ablaufs, dieses Beinahe, dieses letzten Nein herauszukriegen, quälte ihn wie nach allen gelösten Worten eines Kreuzworträtsels das letzte, ungelöste. Woran war Krüger verreckt? An Angina pectoris? An dem Bild der Anna Elisabeth Haider? An Politik? An soziologischen Zusammenhängen? Vor dreiundzwanzighundert Jahren hätte man darüber eine Schicksalstragödie geschrieben. Zu zeigen, daß der Mann Krüger ein Opfer der ökonomischen Verhältnisse war, wäre nichts anderes gewesen als banalisierte Schicksalstragödie.

Da fuhr also dieser Schriftsteller Jacques Tüverlin übers Meer, bedeckt mit vielem Ruhm und mancher Erkenntnis, doch übel gekratzt von einigen Fragen, betreffend das unbehagliche Ende des Falles Krüger. Er fuhr sieben Tage und sieben Nächte, stieg an Land bei der Stadt Hamburg, fuhr durch die Tiefebene, durch Berge, über Flüsse, über den Fluß Rhein, den Fluß Donau, gelangte in das Land Altbayern, stand vor Johanna Krain. Und als er sie sah, sah er gleich, seine Grübelei war nicht akademisch gewesen. Der Tod Krügers war kein gültiges Ende des Falles Krüger. Der Tod Krügers ging ihn sehr persönlich an.

Johanna stand vor ihm in ihrem großen Zimmer in der Steinsdorfstraße. Es waren wenige Monate, daß sie das scharfe, zerknitterte Gesicht mit den großen, festen Zähnen und dem vorspringenden Unterkiefer nicht gesehen hatte, aber ihr schienen es viele Monate, und sie liebte diesen Mann maßlos. Er hielt ihre beiden Hände in seinen kräftigen, sommersprossigen, und er sprach mit seiner vergnügten, gequetschten Stimme auf sie ein. Er konstatierte erfreut, daß ihr Haar wieder lang geworden war. So, sie hatte die Absicht, es im Knoten zu tragen? Ja, das paßte zu ihr, das war großartig. Sie redeten munter über hundert Dinge des Alltags, es schien, als sei nichts weiter in der Zwischenzeit gewesen. Aber dazwischen war, daß er Martin Krüger beinahe befreit hätte und daß Martin Krüger gestorben war. Und Johanna wußte, daß, so maßlos sie diesen Mann liebte und so läppisch und dunstgleich ihre Hemmungen waren, sie niemals mehr mit ihm werde schlafen können.

Fünfzig Jahre vorher hatte der deutsche Philosoph Nietzsche gelehrt, Psychologie sei geradezu der Maßstab für die Reinheit oder Unreinlichkeit eines Volkes. In Deutschland sei die Unsauberkeit in psychologischen Dingen Instinkt geworden. Jacques Tüverlin hatte diesen Satz gut verdaut. Was der Philosoph konstatiert hatte, mochte einen verdrießen: wer Vernunft hatte, nahm die Tatsache als Tatsache, richtete sich danach.

Jacques Tüverlin sah, wie es um Johanna bestellt war. Sie sagte: »Es ist schade, daß du nicht geredet hast, bevor du gingst.« Sie hatte recht. Er hatte einen Fehler gemacht. Es war an ihm gewesen, zu reden, sie besser zu sehen, besser zu kennen. Er hatte einen Fehler gemacht. Er hätte wissen müssen, daß sie sich durch Monate und Not verzehren werde, daß sein eitles Verschweigen für Krüger üble Folgen haben konnte. Er hatte einen Fehler gemacht. Als sie jetzt sagte, es sei schade, daß er geschwiegen habe, versuchte er nicht erst lange, ihr seine Gründe zu erklären. Er sagte einfach: »Ja, es ist schade.«

Er sah, wie schwer im Gefühl diese Frau war, wie kein klares Wort, keine vernünftige Erwägung ihr über diese Schwere forthelfen konnte. Sie stand vor ihm, dumpf wie ihr Land, querköpfig, und er liebte sie sehr.

Ein dicker, sinnloser Stein lag zwischen ihr und ihm. Sie hatte ihn hingeschoben aus purer Einbildung, sinnlos. Allein das nutzte ihm nichts. Eine Handlung muß nicht unrichtig sein, bloß weil sie unlogisch ist. Sie wird auch nicht immer richtig, bloß weil sie ihre Logik hat. Er ging immer von sich allein aus und von seiner Erkenntnis. Das war falsch. Der Stein war da. Die Schuld lag an ihm. Er beklagte sich nicht.

4
Opus ultimum

Johanna bekam die Manuskripte Martin Krügers von der Direktion der Strafanstalt Odelsberg heraus. Es waren große Bündel, Hefte, immer wieder korrigierte Seiten, abgerissene Zettel, Aufzeichnungen, stenographische Notizen, schwer zu sichten. Johanna bat Jacques Tüverlin, zusammen mit einem Fachmann den Nachlaß herauszugeben. Tüverlin zog lieber Kaspar Pröckl heran.

Die beiden Männer saßen zusammen wie in den Tagen, da Tüverlin an der Revue schrieb. Nur stritten sie noch viel heftiger. Den Schriftsteller Tüverlin interessierte nicht der Mann, der jene Seiten geschrieben hatte, ihn interessierte nur das Werk. Dieser tote Martin Krüger hatte das Glück gehabt, den Kreis seiner Begabung ganz auszuschreiten. Der wilde, rebellische Versuch über Goya war herrlich ergänzt durch den stillen, mildglänzenden Aufsatz über »Josef und seine Brüder«. Es gab starke, unglückliche Begabungen, die immer im Fragment steckenblieben, denen ein Fertiges, ein Werk, niemals glückte. Manchmal brachte ein Mann von kleinem Format größere Dinge zustande als ein Mann von großem. Martin Krüger war eines jener kleineren, glücklichen Talente, die die Schale fanden, jeden Tropfen ihres Weines aufzufangen. In diesem Sinne suchte Tüverlin den Nachlaß Krügers zu ordnen, zu runden.

Den Ingenieur Kaspar Pröckl kratzten solche Theorien aufs Blut. Es war nicht wahr, daß ein Werk seinen Meister lobte: es lobte höchstens die Zeit, in der es entstand. Es lag nicht an der Begabung des einzelnen, ob durch seine Arbeit ein Werk zustande kam oder nicht; es lag lediglich an der Zeit, an den wirtschaftlichen und sozialen Verhältnissen. Der Aufsatz über »Josef und seine Brüder« zum Beispiel galt ihm nur als Schnörkel, den er am liebsten ganz gestrichen hätte. Das Gesamtwerk des Malers Landholzer, seine Wirklichkeit, bewies ja, wohin eine konsequent individualistische Kunstauffassung heute führte: zur Persönlichkeitsspaltung, zur Schizophrenie, ins Irrenhaus. Dem Pröckl lag nichts daran, ob das Werk Martin Krügers rund wurde oder nicht; ihm kam es darauf an, daß aus diesen Seiten das Rebellische herausschlug, jener revolutionäre Geist, der in Krügers letzten Stunden aufbegehrte. War etwa Krüger abgeklärt gestorben, mild, im Glanz? Qualvoll verreckt war er, in Kot und Blut, ein Rebell. Folgerichtiger Abschluß, Krönung seines Werkes war nicht »Josef und seine Brüder«, sondern der Goya.

Nicht als ob Kaspar Pröckl dem »Versuch über Goya« ganz zugestimmt hätte. Dieser »Versuch« war nicht gut, war unerlaubt glanzvoll. Revolution war nicht glanzvoll, Revolution war eine harte, langwierige, unpathetische, bösartige Sache. Trotzdem: die Arbeit über Goya war Rebellenarbeit, zeigte das Wertvolle, Wesenhafte an Martin Krüger. Wenn Pröckl sich vor Tüverlin für den Goya ereiferte, wenn er versuchte, seinen falschen Glanz wegzubringen, das Wesenhafte herauszuholen, so war dies eine Art Selbstzüchtigung, Wiedergutmachung. Er hatte dem Manne Krüger nicht dazu verhelfen können, daß er sich durchbiß. Es war eine Niederlage gewesen, er hatte versagt. So wollte er wenigstens das, was von Krüger blieb, nach seinem eigenen Bilde gestalten.

Es kostete ihn Selbstüberwindung. Immer wieder sah er deutlich den Graubraunen vor sich, wie der ihm vorwarf, es fehlten ihm die wichtigsten Organe: genußfähige Sinne und ein mitleidendes Herz. Er hatte noch genau im Ohr den Tonfall des Toten, wie der ihm im Besuchsraum der Anstalt das Kapitel vorlas: »Wie lange noch?« Er hatte noch genau im Ohr, wie herzhaft ihn Krüger auslachte. Heute noch wehrte er sich gegen den Toten, haderte mit ihm, verwahrte sich ergrimmt. Es war eine Lüge, er war kein Puritaner. Dieser Tote hatte nicht gewußt, was es ihn kostet, Sentiments durch helle, harte Vernunft zu unterdrücken. Oft, wenn er die Seiten Krügers las mit ihrem Lack und Glanz, wenn Tüverlin ihm mit einem Blender von Aphorismus zu Leib rückte, spürte er stark die Versuchung, sich auf ein Gebiet zu retten, wo er sich besser wehren konnte. Aber er widerstand, griff nicht zu seinem Banjo, schrieb keine Ballade.

Er war verbittert gegen Tüverlin. Er anerkannte seine Begabung, aber er frisierte sich den Schriftsteller Tüverlin zurecht als reinen Repräsentanten der untergehenden Bourgeoisie. Pröckl war erfüllt von tiefem Mißtrauen gegen alles, was wie Erfolg aussah. Erfolg machte ihm ein Werk, einen Menschen von vornherein verdächtig. Tüverlin war schon anrüchig durch seinen Erfolg. Denn was konnte in einer kapitalistischen Welt Erfolg haben als das, was ihrer herrschenden Schicht dazu diente, ihren Profit zu sichern und zu mehren? Tüverlin, das gestand er ihm zu, schrieb seine Bücher nicht bewußt zur Mehrung dieses Profits; aber unbewußt ließ er sich von solcher Absicht leiten. Ohne daß er's wußte, schrieb aus ihm das Kapital und verdrängte, was vielleicht an besserer Erkenntnis in ihm war. Er konnte nicht heraus aus der Ideologie der herrschenden Schicht, von der er ein Teil war. Er war ein Repräsentant des faulenden, schmeckerischen, unernsten Europas, das er, Kaspar, jetzt verließ, um mitzuarbeiten an den Fundamenten einer besseren Welt.

Tüverlin konnte sich nicht versagen, den Kaspar Pröckl zu necken, ihn durch halbernst gemeinte Aussprüche aufzuziehen. Einmal etwa setzte er ihm auseinander, wie sein Marxismus bedingt sei ausschließlich durch sein individuelles Temperament. Den Pröckl erbitterten derartige Halbwahrheiten bis aufs Blut. Gröblich mit seiner gellenden Stimme schrie er auf Jacques Tüverlin ein, der quetschte zurück. Unvermittelt dann machten sie sich wieder an die Arbeit, sich über praktische Details rasch verständigend.

Johanna saß still dabei, schaute von einem zum andern.

Wahrscheinlich war, was Jacques über das *Werk* sagte, richtig; aber ihr wurde Martins Gesicht deutlicher, wenn Kaspar Pröckl sich ereiferte. Wie immer, der Streit der Männer, die Erkenntnis Tüverlins, die Rebellion Kaspar Pröckls, bekam ihrer Arbeit nicht schlecht. Sinnvoll ergänzte die Hinterlassenschaft Martin Krügers das, was er zu seinen Lebzeiten gemacht hatte, zum weithin sichtbaren Werk.

Johanna schaute zu, wie dieses Werk wurde. Die Blätter, überdeckt mit Martins kräftig ansetzenden und dann fahrigen Schriftzügen, hingen noch mit ihm zusammen, hatten noch ihr Teil Leben von ihm. Man konnte den Buchstaben ablesen, ob sie geschrieben waren in einer Stunde der Zuversicht oder der Hoffnungslosigkeit. Jetzt wurde das alles eingewalzt, das Kleine, Wimmelnde wurde reglos, erstarrte in sauberer Maschinenschrift, wurde zum Werk.

Das Werk rundete sich, wuchs. Aber, und dies bedrückte Johanna, der Mann verschwand hinter dem Werk. Das Werk verdeckte den Mann.

5
Der Marschall und sein Trommler

Die Berliner Regierung mußte den passiven Widerstand gegen die Ruhrbesetzung aufgeben. Ausnahmezustand über das ganze Reich wurde verhängt. Die Herren der Wirtschaft zwangen das Berliner Kabinett, gegen die in Sachsen und Thüringen verfassungsmäßig bestellten Arbeiterregierungen mit Waffengewalt vorzugehen. Reichswehr marschierte ein in Dresden, in Weimar, erklärte die sozialistischen Regierungen für abgesetzt, verjagte mit dem Bajonett die Minister aus ihren Ämtern. Einzelne Wirtschaftsführer, einzelne Militärs taten sich als Diktatoren auf. Überall in Deutschland war Gärung, Willkür, Wirrwarr, Elend. Der Dollarkurs kletterte in Ziffern, die für den Mann von der Straße leere Begriffe waren. Das Pfund Brot kostete Milliarden.

In München die Wahrhaft Deutschen triumphierten. Hatten sie nicht vorausgesagt, daß die Berliner Methoden das ganze

Reich ins Chaos stürzen würden? Kutzner blühte auf, vergaß die Schlappe vom Frühjahr. Sein Führerinstinkt hatte ihn nicht betrogen. Jetzt erst war es an dem: nicht die Baumblüte, der erste Schnee war die rechte Zeit für den Marsch nach Berlin.

Aus seinem Palais am Promenadeplatz der Flaucher äugte herüber. Fing dieser Kutzner schon wieder an, sich aufzumandeln? Begriff er noch immer nicht, wer der Marschall war und wer der Trommler? Zugegeben, die amerikanische Anleihe hatte sich nicht so sichtbar ausgewirkt, wie der Staatskommissar gehofft hatte; aber unterirdisch wirkte sie weiter. Auf sie gestützt, hatte er die Diktatur erobert, und mit dem Amt war ihm neue Kraft zugewachsen.

Mit noch größerer Leidenschaft als in den offenen Kampf gegen Berlin stürzte er sich in den heimlichen gegen seinen rebellischen Trommler. Die Wahrhaft Deutschen wollen die Schwäche des Reichs für ihre eigenen Zwecke ausnützen? Haltauf, das kann der Flaucher besser, da ist der Flaucher früher aufgestanden. Bauernschlau machte er die zugkräftigsten Programmpunkte der Wahrhaft Deutschen zu seinen eigenen. Nahm ihnen den Wind aus den Segeln. Sie machten großartige Sprüche her von ihrem bevorstehenden Marsch nach Berlin: er handelte. Setzte den von der Berliner Regierung über das ganze Reich proklamierten Ausnahmezustand für Bayern außer Kraft, erklärte statt dessen seinen eigenen bayrischen Ausnahmezustand. Regierte wild drauflos. Hielt Goldbestände, die die Reichsbank aus Nürnberg in andere Tresore schaffen wollte, in Bayern zurück. Verfügte die Herabsetzung des Bierpreises. Verjagte, den Vorstellungen der Reichsminister zum Trotz, altansässige Juden in großer Anzahl aus München. Die Berliner Regierung wagte nicht einzugreifen. In Sachsen, in Thüringen hatte sie es mit verelendeten Arbeitern zu tun. Vor Bayern standen schützend die starken Mächte der gesamten Reaktion. Flaucher, kühn gemacht durch die Berliner Passivität, weigerte sich geradezu, Anordnungen des Reichs auf bayrischem Boden vollziehen zu lassen. Das Berliner Reichswehrministerium verbot wegen unflätiger Angriffe die Münchner Zeitung der Patrioten, den »Vaterländischen Anzeiger«, beauftragte den Münchner Wehrkreiskommandanten, das Verbot durchzuführen. Der bayrische General, auf Flauchers Weisung, warf den Befehl seines Berliner Vorgesetzten in den Papierkorb. Berlin enthob den General des Kommandos. Der leistete nicht Folge.

Flaucher, überzeugt von der Ohnmacht Berlins, wagte den großen, entscheidenden Schlag. Ernannte den von Berlin abgesetzten General zum bayrischen Landeskommandanten, verfügte, die bayrischen Truppen sollten neu vereidigt werden: auf ihn, auf Flaucher. Im Rundfunk, durch den Äther, verkündete er der Welt, die Reichsregierung stehe im Banne des Marxismus, wolle das bundesstaatliche und politische Eigenleben Bayerns zielbewußt auslöschen, habe seit Jahren die nationale Gesinnung unterdrückt. Bayern, Hochburg des bedrängten Deutschlands, sei nicht gewillt, das länger zu dulden, nehme den Kampf an, den Berlin ihm aufgedrängt habe. Feierlich dann am andern Morgen nahm er alle auf bayrischem Gebiet stehenden Truppen neu in Eid und Pflicht. Auf die bayrische Staatsregierung als auf die Treuhänderin des deutschen Volkes.

In seinem dicken, viereckigen Kopf jubelte es: Te deum laudamus. Kutzner hatte für die nationale Sache Sprüche gemacht: er, Flaucher, hatte ihr ein Heer geschafft. Wer war jetzt der Marschall, wer der Trommler?

Kutzner wütete. Nicht genug, daß der Flaucher, der ehrgeizige Hund, ihm seine Parolen stahl, jetzt wollte er ihm auch die Krone seines ganzen Planes vor der Nase wegschnappen, den nationalen Putsch. Gefehlt, Freundchen. So schnell gibt es der Kutzner Rupert nicht auf. Jetzt ist es halt ein Wettrennen, wer zuerst mit seinen Vorbereitungen fertig wird. Mit den Herren seines Stabes beriet er. Man brauchte nicht lange zu warten, man war so gut wie fertig. Ein neuer Tag der Befreiung wurde festgelegt, diesmal nicht zur Generalprobe. An einem 9. November war das alte Reich von den roten Hunden zusammengeschlagen worden; an diesem 9. November, dem fünften Jahrestag der Zerstörung, soll es neu erstehen.

Flaucher in seinem gelben Haus am Promenadeplatz äugte, lächelte. Soll der Kutzner ruhig rüsten und darauf warten, daß die Armee zu ihm übergeht. Da kann er lange warten, dafür ist gesorgt. In der Stunde der Entscheidung wird nicht die Armee dem Kutzner, da wird die mühsam gerüstete Truppe des Kutzner ihm zufallen. Lächelnd, seiner Sache sicher, schaute der Staatskommissar zu, wie die Wahrhaft Deutschen ihren Aufmarsch organisierten. Kern der nationalen Erhebung blieb die Armee, und die gehörte ihm. Sie war stärker, als sie aussah. Aus den sechs andern Divisionen der Reichswehr blinzelte man ihr zu. Wenn es darauf ankommt, werden die Berliner Herren gut daran tun, sich nicht allzu fest auf ihre Truppen zu stützen. Schon beschwor, in einem Geheimerlaß, der Chef der Reichswehr ängstlich seine Kommandeure, politisierende Offiziere aus der Truppe zu entfernen. Flaucher lächelte tiefer. Das war ein guter Oktober für ihn, voll Lächeln und Sicherheit.

Im November, über Nacht, schlug der Wind um. Der Flaucher merkte es, als er, im Herrenklub, den Fünften Evangelisten traf.

»Ich höre«, sagte der mit seiner hohen, fettigen Stimme leise, fast gelangweilt, »ich höre, das Gesicht des Herrn Kutzner gefällt Ihnen jetzt weniger, Herr Staatskommissar. Auch ich habe mich entschlossen, kein Geld mehr in den Herrn zu stecken.« Flaucher schaute dem Reindl schülerhaft aufmerksam auf den gefräßigen Mund, rieb sich zwischen Hals und Kragen.

Er verstand wenig von wirtschaftlichen Dingen; aber das verstand er, daß die lässige Bemerkung dieses verfluchten Reindl mehr wog als tausend patriotische Kundgebungen. Offenbar war die Geschichte an der Ruhr abgeblasen, die deutsche Industrie hatte sich mit der französischen verständigt, sie hatte keinen Appetit mehr auf einen Putsch. Das Kapital zeigte den Anhängern des Staatsstreichs und des Wehrgedankens die kalte Schulter. Flaucher dachte scharf nach, sein viereckiges Gesicht wurde ganz dumm vor Nachdenken. Wenn sich das Geld zurückzog, dann nützte ihm seine Armee nichts, dann konnte jetzt er seine Baumblüte erleben. »Ich habe mich auch entschlossen, kein Geld mehr in den Herrn zu stecken.« Wenn er diesen freundschaftlichen Rippenstoß zusammenhielt mit gewissen Stimmungsberichten aus Berlin, die er bisher nicht ernst genommen hatte, dann klang auf einmal jener Geheimerlaß des Chefs der Reichswehr gar nicht mehr ängstlich.

Eine verfluchte Geschichte. Er hat sich zu weit vorgewagt, hat von den Parolen der Wahrhaft Deutschen zu viele übernommen. Wenn jetzt der Kutzner, das Rindvieh, loslegt, dann wird man das ihm in die Schuhe schieben, dann wird er, der Marschall, zugleich mit seinem Trommler ausrutschen. Himmelsakra, da ist er bös hineingesaust. Hin und her wandelnd in der Nacht zwischen den Plüschmöbeln seiner niedrigen Zimmer mit dem Dackel Waldmann, schwitzte er, stöhnte. Was er getan hat, er hat es in Demut getan, zum größeren Ruhme Bayerns und des Herrn. Es kann nicht sein, daß ihn der Himmel so jämmerlich im Stich läßt. Er hockte in Zerknirschung.

Und siehe, der Himmel war mit ihm und sandte ihm einen Plan. Er wird seinen eigenen Putsch aufgeben und wird auch seinen Trommler Kutzner zurückpfeifen. Aber er wird sich dafür bezahlen lassen. Wird auch aus diesem Mißerfolg für sein Land Profit herausschlagen. Verkaufen an das Reich wird er seinen Verzicht. Kompensationen wird er verlangen, Zugeständnisse einhandeln, die Bayerns gefährdete Eigenstaatlichkeit stärken sollen. Befriedigt ins Bett legte er sich, schlief gut, traumlos.

Gleich am andern Morgen machte er sich an die Arbeit. Seinen eigenen Putsch abwiegeln war einfach; die bayrische Armee war fest in seiner Hand; wie sie bereit war, mit ihm zu putschen, war sie auch willig, mit ihm zum Reich zurückzukehren. Aber die andern, die Kutznerleute, den Trommler und seinen Anhang, wieder in die Ecke zu stellen, das war weniger einfach. Die waren weit vorgetrieben, die wollten los, die ließen sich nicht mehr halten. Dazu war er in Zeitnot. Er wußte nicht, wann Kutzner losschlagen wollte, aber er wußte, daß es eine Frage von wenigen Tagen war. Zeit gewinnen, Zeit gewinnen, darauf jetzt kam es an.

Er beschloß, schlau zu sein, versammelte um sich die Führer der Kampfverbände. Beteuerte, sein Ziel sei das gleiche wie das ihre. Zeigte sich aber voll Sorge über die Situation in Berlin. Sicher könne man die Reichswehr dort so weit kriegen, daß sie sich anschließe, aber jetzt sei sie noch nicht mürbe genug. Um ganz kurze Zeit nur handle es sich, aber die müsse man, man *müsse* sie abwarten.

Höhnisch erwiderten die Kutznerleute. Der Herr Generalstaatskommissar sei der Bewegung schon einmal in den Arm gefallen. Man habe die Zeit der Baumblüte nicht vergessen. Solle man wieder kneifen? Er habe ja die gleichen Ziele wie die Herren, jammerte von neuem der Flaucher, aber die Situation sei nicht reif. Aufschub, eine einzige Woche Aufschub.

Trotzig erwiderte der Landsknechtführer Toni Riedler, spöttisch der Gauleiter Erich Bornhaak. Warum, wenn man bis zum 9. fertig sei, solle man bis zum 16. warten? Eine halbe Woche Aufschub, bat Flaucher.

Kutzner war die ganze Zeit auffallend schweigsam; finster saß er da, die Arme verschränkt, das Schicksalsschwangere der Stunde in Miene und Haltung betonend. Jetzt erhob er sich. Gut, erklärte er, man werde eine halbe Woche warten. Laut murrten seine Herren. Man werde bis zum 12. November warten, erklärte abschließend mit Autorität der Führer.

In der gleichen Nacht zu einem Kriegsrat versammelte er seine Herren. Es war ihm, während Flaucher sich abzappelte, die Erleuchtung gekommen. Für den 8. November hatte Flaucher eine große Versammlung im Kapuzinerbräu angekündigt, in der er programmatisch zur Lage Stellung nehmen wollte. In dieser Versammlung, in der Nacht vom 8. zum 9., erklärte Kutzner, werde er die nationale Revolution proklamieren. Mit der Waffe in der Hand werde er Flaucher zu einem Ja oder Nein zwingen. Wünsche der Staatskommissar ernstlich die Erhebung des Volkes, dann erleichtere man ihm auf diese Art den Absprung. Er glaube, fuhr Kutzner vertraulich fort, Flaucher habe den Aufschub nur verlangt, um die Wahrhaft Deutschen hereinzulegen, damit er ihnen selber zuvorkomme. Da sei er aber beim Kutzner ausgerutscht. Der falle nicht hinein auf solche Plumpheit. Er denke nicht daran, sich länger hinhalten zu lassen. Daß er ihm den Aufschub bis zum 12. zugesagt habe, sei eine nordische List, erlaubt, ja geboten, zum Besten des Vaterlandes.

Nochmals mit Ernst fragte er, ob alles bereit sei. Mit Ernst erwiderten alle militärischen Führer ja. Einer sagte, wenn die politischen Vorbereitungen so weit gediehen seien wie die militärischen, dann fehle sich nichts. Verweisend schaute Kutzner. Keine Antwort gab er dem Dreisten. Geheimnisvoll wies er, mit großer Gebärde, auf die verschlossene Schublade mit den Plänen. Alle hatten sich erhoben. In der Nacht vom 8. zum 9. November, erklärte er, werde er den Rubikon überschreiten.

6
Coriolan

Otto Klenk hockte einsam auf der Gschwendthütte. Er hatte es wirklich durchgehalten, war den ganzen Sommer und Herbst der Stadt München ferngeblieben. War allein herumgesessen in Berchtoldszell, als einzige Gesellschaft die alternde Wirtschafterin Veronika, die Mutter des Simon. Seine Frau mußte die Münchner Wohnung hüten, er duldete sie nicht in Berchtoldszell. Immerhin, daß er selbst heute, an seinem fünfzigsten Geburtstag, einsam hier oben hocken werde auf der Gschwendthütte, das hatte er noch vor einem halben Jahr für unmöglich gehalten. Damals hätte er eher vermutet, das ganze Deutschland werde diesen Tag feiern als den Ehrentag seines Erretters.

Da hockte er also vor Berg und Nebel, paffte in seine kurze Tiroler Pfeife, grinste. Heute war ein guter Tag, Bilanz zu machen. Wenn es ihn jetzt erwischte, wenn er jetzt abkratzen müßte, zu dieser Stunde, hatte er viel ausgelassen in seinen fünfzig Jahren, hatte er viel zu bereuen? Nichts hatte er zu bereuen. Wenn er sein Leben um und um drehte, es war ein gutes Leben, er brauchte, wenn er ja dazu sagte, die Stimme nicht zu dämpfen. Er war ein Bayer, ein alpenländischer Mensch. Bayern und die Zeit paßten nicht recht zusammen: um so schlimmer für die Zeit. Klenk hieß Klenk und schrieb sich Klenk. Ihm war es recht, daß er nicht zu diesem glatten Allerweltsgeschwerl gehörte.

Seine Bücher, sein Berg, sein Wald, sein Jäger, er selber,

eine bessere Gesellschaft gab es nicht. Es war nicht schlecht, allein zu sein. Er dachte an jene Jagd in den italienischen Bergen; so ein Steinbock war ein ganz vernünftiges Tier. Einen gewissen Simon freilich hätte er heute gern hier gehabt. Aber den zu verständigen, konnte er sich nicht überwinden. Wie er damals im Krach von den Patrioten geschieden war, hätte er den Simon gern mitgenommen, weg von den Patrioten, mit heraus nach Berchtoldszell. Aber der Simon, das Früchterl, wollte nicht. Ihm gefiel es in München, er dachte nicht daran, auf dem Land zu versauern. Wie Klenk heftig wurde und befahl, trotzte er ebenso heftig dagegen. Äußerte unmißverständlich und grob: mit Gewalt kommen könne ihm keiner. Wenn der Alte die gekränkte Leberwurst spielen wolle, so sei das seine Sache. Klenk hob die Hand, bezwang sich. In allem Zorn freute er sich, wie sein Junges ihm nachgeriet. Der gleiche braunrote Schädel, die gleichen Augen, deren Weiß ins Bräunliche spielte, die gleiche Gewalttätigkeit.

Da stand er auf seinem Berg, riesig, die abgetragene Lederjoppe über der blütenweißen Wäsche, gereckt den spärlich bewachsenen, knochigen Schädel, ein doppelter Coriolan. Er wartete, daß sein Land ihn rufe, und er wartete, daß die Patrioten ihn riefen, und er freute sich darauf, beide schallend zur Kirchweih zu laden. Gespannt schaute er zu, wie Flaucher mit dem Reich, wie Kutzner mit dem Flaucher kämpfte. Zu spät, meine Herren. Der Reindl hat nicht auf Sie gewartet. Der ist längst abgefahren, die Geschichte an der Ruhr ist aus, Sie haben Ihren Zug verpaßt. Da hätten Sie früher aufstehen müssen, meine Herren.

Er kehrte von der Gschwendthütte zurück in das Haus von Berchtoldszell. Starke Hitze ging aus von dem großen Kachelofen, füllte die weite, derbe Stube. Er saß auf der Holzbank, rauchte stark, schaltete den Rundfunkapparat ein, um die letzten Nachrichten zu hören. Die Veronika trug die Speisen auf. Er aß kräftig, reichlich. Trank. Seitdem er hier in Berchtoldszell war, hatte er keine Angst mehr wegen seiner Nieren. Nach dem Essen saß er lange, döste vor sich hin. Hat man nicht angerufen? Hat keiner nach ihm verlangt? Nein, niemand hat angerufen, weder der Flaucher noch der Kutzner hat nach ihm verlangt.

Es war gut, allein zu sein; aber man konnte nicht den ganzen Tag auf den Zusammenbruch der Wahrhaft Deutschen warten. Er schrie herum mit der Veronika. Nahm eines seiner Bücher, ging hinaus in den Wald. Saß auf einem Baumstumpf, las von Recht und kulturwissenschaftlicher Logik, träumte, las wieder, kritzelte höhnisch Glossen an den Rand.

Wer waren die beiden, die auf ihn zukamen, der forsche Herr und die zierliche Dame? Sakrament. In seinem Hirn erklangen die dumpfen Paukenschläge jener Ouvertüre. Eine großartige Geburtstagsüberraschung war das. Er wird das Nein ganz ausschmecken, das er dem Burschen zu versetzen gedenkt.

Ja, der Führer hatte sich entschlossen, den Tag vor dem Putsch fern von der Stadt zu verbringen. Lag nicht sein Plan fertig in der Schublade? Das einzige, was ihm zu tun blieb, war, seine Nerven aufzuruhen für den großen Schlag. Er fuhr hinaus, die Insarowa, seine Sekretärin, nahm er mit, doch nicht einmal ihr sagte er, wohin es ging. Erst außerhalb der Stadt gab er Weisung, nach Berchtoldszell zu fahren. Warum, nun er schon Zeit hatte, sollte er nicht den Versuch machen, den Klenk herumzukriegen? Der Klenk war nicht dumm. Der Klenk mußte einsehen, daß damals bei der Baumblüte er, der Führer, recht gehabt hatte. Er war in versöhnlicher Stimmung, dem Klenk zugetan. Er wird sich anstrengen, der Klenk muß mitmachen, er muß den Klenk dabeihaben. Es wird schiefgehen, wenn der Klenk nicht dabei ist.

Die Insarowa, als Kutzner Weisung gab, nach Berchtoldszell zu fahren, glitzerte auf. Sie hatte sich in der letzten Zeit eng an Erich Bornhaak angeschlossen. Der, seitdem Klenk sich von den Wahrhaft Deutschen zurückgezogen hatte, riß immer mehr Macht an sich. Er vervielfältigte sich in hitziger Geschäftigkeit, in wilden Vergnügungen. Die Insarowa bewunderte ihn, wie er sich verschwendete; ihr gefiel die spielerische, zynische Achtlosigkeit, mit der er sie nahm. Sie freute sich darauf, den Klenk zu kitzeln, Erich mit ihm eifersüchtig zu machen.

Klenk, als er die beiden sah, erhob sich. Kutzner, nach

einigen allgemeinen Wendungen, begann gleich zu reden. Er hatte einen guten Tag, die Worte flossen ihm kräftig und herzhaft aus dem Mund. Klenk dachte sich: Der kann's. Er stand riesig da, hörte gelassen zu, nicht unhöflich; hier in seinem Wald fühlte er sich diesem traurigen Tropf von einem Kutzner zehnmal überlegen. Der und die Insarowa, nach der langen Autofahrt, froren, hatten das Bedürfnis nach einem warmen Zimmer. Das hagere Gesicht der Russin äugte aus ihrem dichten, grauen Pelz. Sie trippelte von einem Fuß auf den andern, ein kleines, zierliches, behaartes Tier, zitternd im Frost. Trotzdem das Luder schuld war damals an seiner Nierengeschichte und allem, was darauf folgte, hätte er ihr etwas Wärme gegönnt. Aber noch feiner war, den Kutzner frieren zu lassen. Er ließ ihn frieren.

Der Führer, um sich warm zu machen, redete doppelt dringlich. Eifrig das winzige Schnurrbärtchen bewegte er, seine hökkerige Nase sprang bedeutend auf und ab. Klenk dachte: Zu spät, Herr Nachbar. Deine Bäume sind abgeblüht. Er genoß das bildhafte Wesen des Mannes, hörte sich schmeckerisch die langen Beschwörungen an.

Nach geraumer Weile erst führte er die Gäste ins Haus, gab den Halberfrorenen zu essen und zu trinken. Er stellte sich unschlüssig und hatte seine Freude, als der Führer darauf hereinfiel und seinen Salm von neuem anfing. Diesmal kam er auf die Schublade zu sprechen und den großen Plan. Schon als er seinerzeit das erstemal davon sprach, hatte dem Klenk diese Schublade imponiert. Eigentlich war sie das einzige, was ihm an Kutzner imponierte. Mehrmals in der Zwischenzeit hatte er sich in seinem bilderreichen Kopf ausgemalt, wie da der große Plan in der Lade lag, von keinem gekannt, alle bewegend. Als jetzt der Führer wieder geheimnisvoll davon anfing, warf er, war es Scherz, war es ein wirkliches Projekt?, ihm beiläufig hin, auch er arbeite an einem Schriftstück, das keiner so bald zu Gesicht bekommen soll. Der Führer, der bisher träumerisch auf die Beinknöpfe an Klenks Lodenjoppe gestarrt hatte, horchte hoch, schaute ihm in die braunen, listig vergnügten Augen. Ja, erklärte Klenk, er arbeite an seinen Erinnerungen. Der Führer, Minuten hindurch, schwieg, beschäftigte sich nur mit Essen, nachdenklich. In diesen Erinnerungen, meinte er schließlich, Unbehagen hinter gemachter Munterkeit verbergend, werde wohl auch er eine Rolle spielen. »Und ob, Herr Nachbar«, sagte Klenk.

Der Insarowa gefiel Klenk, seine gescheiten Augen, sein langer, knochiger Schädel, seine gegerbte Haut, der ganze Mann, wie er so gelassen und groß herumging in seinem Haus und in seinem Wald. Sie begriff nicht, warum sie sich den ganzen Sommer auf Erich Bornhaak beschränkt hatte. Sie dachte nicht daran, den Rat des vertrauenswürdigen Internisten Bernays zu befolgen. Daß sie nicht mehr lange zu leben haben wird, das hatte auch seine Vorteile; denn wer, wenn nicht sie, sollte seine Tage ausgenießen? Gleich, auf die erste Aufforderung hin, versprach sie dem Klenk, einmal allein zu ihm herauszukommen. »Wann?« fragte Klenk. »Morgen abend«, erwiderte die Insarowa, rasch entschlossen. Morgen abend, das war die Zeit des Absprungs: es wird Erich kratzen, wenn sie ihm da nicht zuschaut.

7

Nordische List gegen nordische List

Der Staatskommissar Dr. Flaucher arbeitete zielbewußt an der Ausführung seines neuen Planes. Es war eine vom Himmel gesendete Eingebung, die notwendige Preisgabe der Wahrhaft Deutschen als freiwilligen Entschluß hinzustellen, sie gegen das Zugeständnis bayrischer Reservatrechte an das Reich zu verkaufen. Ums Leben gern hätte er dem Klenk wissen lassen, was er da für ein großartiges Ei gelegt hat. Wenn der Klenk von dieser wahrhaft staatsmännischen Idee hörte, dann, endlich, mußte er ihn für voll nehmen. Aber es war kein Verlaß auf den Klenk; man konnte nicht sicher sein, ob er nicht hinging und tratschte. Flaucher mußte sich leider gedulden und zulassen, daß Klenk ihn noch ein paar Tage für einen Trottel hielt.

Eilig, doch umsichtig traf er seine Vorbereitungen. Am 9. November wollte er die entscheidenden Verordnungen gegen die Wahrhaft Deutschen erlassen. In der Rede, die er in der Versammlung am 8. November halten wird, wollte er den Bruch ankündigen und weltanschaulich begründen. Diese Rede sollte eine Absage an die Patrioten sein, ein Angebot für Berlin.

Vorsichtshalber, um die Wahrhaft Deutschen in Sicherheit zu wiegen, bat er sie für den Nachmittag des 8. November nochmals zu sich. Die Zusammenkunft verlief sehr freundschaftlich, man stellte fest, daß man über die letzten Ziele durchaus einer Meinung sei. An diesem 8. November sagte Flaucher, der für heute abend seinen Schlag gegen die Patrioten plante, ihnen mit nordischer List zu, daß er am 12. gemeinsam mit ihnen vorgehen wolle. Die Patrioten, die den Putsch auch für heute abend planten, versprachen ihrerseits mit nordischer List dem Flaucher, daß sie bis zum 12. warten würden. Man trennte sich in bestem Einvernehmen.

Als dann der Abend da war, hielt, im Saal des Kapuzinerbräus, der Generalstaatskommissar Flaucher die langerwartete große Rede zur Lage. Alle vaterländischen Vereine waren geladen, der riesige Saal war gefüllt bis auf den letzten Platz. Einleitend sprach Flaucher über die zersetzenden Wirkungen des Marxismus. Einziges Mittel dagegen sei Ordnung, eiserne Disziplin. Er hob die Stimme, er wollte seine These verkünden: von allen somit, auch von den bestgesinnten Patrioten, sei zu fordern unbedingte Unterordnung unter die gottgewollten Organe des Staates, unter die Regierung, unter den Staatskommissar, unter ihn.

Da, an der entscheidenden Stelle seiner Rede, wurde er unliebsam unterbrochen durch Unruhe am Saaleingang. Kommandos, Geschrei, ein Schuß. Mit rauchender Pistole auf einmal steht neben ihm auf der Rednertribüne der Führer Rupert Kutzner. Er trägt einen neuen, streng geschnittenen, uniformartigen Sportrock. Um den Hals hat er einen weißen, gestärkten, sehr hohen Kragen; scharf bis zum Nacken trennt sein Scheitel die Haare. Auf der Brust trägt er ein geschweiftes Kreuz aus Eisen, eine Kriegsauszeichnung, verliehen nur für die Erreichung sehr hoher Ämter oder sehr großen Reichtums und für wirkliche Heldentaten. In der Hand die Pistole hält er hoch erhoben. So stand auf der Bühne des Münchner Hoftheaters der Schauspieler Konrad Stolzing vor dem Adel Genuas, verkündend den Sturz der Tyrannei, in der Rolle des Grafen Fiesco von Lavagna, einer Figur des Bühnendichters Schiller.

Den bestürzten, erbitterten Flaucher leicht beiseit schob Rupert Kutzner. Dem totenstillen Saal mit schmetternder Stimme verkündete er: »Die nationale Revolution ist ausgebrochen. Der Saal ist von sechshundert Schwerbewaffneten umzingelt. Reichswehr und Landespolizei unter unsern Fahnen sind im Anmarsch. Die bayrische Regierung und die Reichsregierung sind abgesetzt. Eine provisorische Reichsregierung unter meiner Leitung wird gebildet. Der Morgen findet entweder eine deutsche nationale Regierung oder mich tot.« Dann, mit starker Stimme, befahl er: »Maßkrug her«, trank tief.

Ungeheurer Beifall knatterte hoch. Viele hatten Tränen in den Augen. Begeistert schauten sie auf Rupert Kutzner, voll des gleichen Gefühls wie in der beliebten Oper Lohengrin, wenn auf silbernem Schwan einer hereinzieht, um im letzten Augenblick Erlösung aus allen Nöten zu bringen.

Der Flaucher, als er den Schuß hörte, als er den gescheitelten Menschen mit der rauchenden Pistole in der Hand auf dem Podium sah, als die Stimme hinaustrompetete unter dem winzigen Schnurrbart, erkannte blitzklar, daß jetzt auch sein zweiter Plan hinunterschwamm. Der Hund hat ihn angeschmiert mit seinen Loyalitätsbeteuerungen, der Hund ist ihm zuvorgekommen. Vermutlich wird er ihn jetzt auffordern, sich anzuschließen, mitzutun unter seiner Oberleitung. Das ist, aller Vernunft zum Trotz, eine große Versuchung. Wenn auch die Geschichte höchstens vierzehn Tage vorhalten kann, wenn sie auch an der bayrischen Grenze zusammenbrechen muß, es ist verlockend, vierzehn Tage hindurch Volksheld zu sein und dann im Kampf gegen Berlin als bayrischer Löwe zu fallen, einzugehen wie der Schmied von Kochel in den Mythos, in die bajuwarische Walhalla. Sein eigener Plan ist verhunzt, sein Leben ist versaut: für ihn ist das beste ein großartiger Abschluß. Aber für das Land Bayern ist es nicht das beste. Denn die Aussichten des Putsches sind wirklich null Komma null. Die norddeutsche Reichswehr ist dagegen, die Industrie ist dagegen, der Putsch kann nicht über die bayrische Grenze hinausgetrieben werden, er *muß* in kürzester Zeit zusammenbrechen. Wenn er mittut, wenn er nicht noch in dieser Nacht den Putsch im Keim abdrosselt, dann wird sich höchstens das bittere Jahr 1866 wiederholen, und das verdammte Preußen wird den Süden endgültig schlucken.

Das alles erkannte Flaucher, noch während die Pistole des Kutzner rauchte. Sein Zorn war verraucht, noch ehe der Schuß verraucht war. Auch Angst hatte er keine vor der Pistole und vor dem Geschwerl in den Windjacken mit den Hakenkreuzen und den Handgranaten. In einer Minute, ehe man bis sechzig zählen konnte, erkannte dieser alte bayrische Mensch mehr, als er in all den Jahren bisher erkannt hatte. Er hatte sich überhoben, sein Triumph war hohl gewesen, seine göttliche Sendung Essig. In dieser Minute des Schmerzes, der Zerrissenheit, des Zusammenbruchs, des Entschlusses wurde der vierte Sohn des Notariatskonzipienten von Landshut zum großen Mann. Er sah genau, was war: daß es leichter war, an die Grenze zu marschieren und zu sterben, und daß er, drosselte er den Putsch ab, einen stachligen, unrühmlichen, sehr dreckigen Weg wird gehen müssen. Aber er hatte sich überhoben, er hatte die Dinge so weit kommen lassen, er hatte die Schuld. An ihm war es, wiedergutzumachen. Er beschloß, sich zu opfern.

Das alles also, Erkenntnisse und Entschluß, erlebte der unglückliche Franz Flaucher in dieser *einen* Minute. Mit seiner gewissen Bauernschlauheit aber fand er in der gleichen Minute des Entschlusses auch das Mittel, das allein übrigblieb, um, wenn er sich schon opferte, der Stadt und dem Land Blutvergießen zu ersparen. Vor allem muß er seine Bewegungsfreiheit wiederkriegen. Er wird sich zu diesem Behuf dem Narren scheinbar fügen. Wird dann, sowie er erst hier heraus ist, Berchtesgaden und das erzbischöfliche Palais informieren, dort Zustimmung für seine weiteren Schritte einholen. Wird daraufhin zusammen mit dem Landeskommandanten in die Kasernen gehen, funken, depeschieren, abblasen. Er selber wird, tut er das, in aller Zukunft nicht nur für einen Trottel, sondern auch für einen Schuft gelten. Die Männer, denen sein Opfer zugute kommt, die heimlichen Regenten, werden ihn verleugnen, werden ihm wenig Dank wissen. Kein anständiger Hund mehr wird ein Bein vor ihm heben. Er wird erledigt sein. Aber der Putsch auch. Der Putsch wird, wenn er es so macht, schon vor dem Weichbild der Stadt München zusammenbrechen, nicht erst nach vielem Blutvergießen und großer Demütigung für alle Bayern an der Grenze des Landes.

Wie ihn also Kutzner nötigte, folgte er ihm scheinbar einverstanden ins Nebenzimmer, wo inzwischen auch der militärische Führer des Putsches, General Vesemann, eingetroffen war. Der bayrische Landeskommandant und der Chef der Landespolizei wurden in gleicher Weise wie Flaucher in dieses Nebenzimmer genötigt. Kutzner setzte den Herren auseinander, er habe ihnen, unter seiner Oberleitung, führende Ämter zugedacht, dem Flaucher das Gouvernement des Landes Bayern. Diese Ämter aber *müßten* sie übernehmen. Vier Schüsse, und er fuchtelte mit der Pistole, habe er in seiner Waffe, drei für die Herren, falls sie es ablehnten, seine Mitarbeiter zu werden, den letzten dann für sich selber. Flaucher, in Ausführung seines Entschlusses zu den beiden andern hinüberblinzelnd, sagte bauernschlau und traurig: »Herr Kutzner, ob Sie mich erschießen oder nicht, darauf kommt es jetzt nicht an. Ich sehe nur das Wohl des Vaterlandes, und ich gehe mit Ihnen.« Und dies war wahrer, als Kutzner wußte.

Unter brausendem Beifall kehrten Kutzner und Flaucher zurück in den Hauptsaal, auf das Podium, um eine gemeinsame Erklärung abzugeben. Aufgabe seiner provisorischen Regierung, verkündete Kutzner, sei die Rettung des deutschen Volkes, der Vormarsch gegen das Sündenbabel Berlin. Die Leitung der nationalen Regierung übernehme er, die Leitung der Armee General Vesemann, Dr. Flaucher sei bayrischer Landesverweser. Flaucher erklärte, er trete dieses sein Amt schweren Herzens an, als Statthalter der Monarchie. Die beiden Männer reichten sich die Hände, standen, die harte, dickgeäderte, schwitzende Hand des Flaucher in der harten, langnägeligen, schwitzenden des Kutzner. »Der Rütlischwur«, ruft aus dem Saal eine sonore Stimme, die des Schauspielers Konrad Stolzing. »Wir wollen sein ein einzig Volk von Brüdern«, spricht er vor, ergriffen, und ergriffen wiederholt es der Saal, »in keiner Not uns trennen und Gefahr.«

Flaucher steht auf dem Podium, Hand in Hand mit dem Führer, steif, unbehaglich. Er überlegt: wenn er vor Mitternacht hier loskommt, dann ist es gewonnen, dann ist es noch Zeit, dann kann er noch alles deichseln zur Rettung des Vaterlands. Er möchte seine Hand zurückziehen, aber in dieser Situation geht es nicht gut, auch hält ihn der Kutzner fest. »Wir wollen frei sein, wie die Väter waren«, tönt es von unten, erst die sonore Stimme, dann der Saal, »eher den Tod, als in der Knechtschaft leben.« Eine Mordsstimme hat der Kerl. Wenn man nur wüßte, wieviel Uhr es ist. Sakrisch lang dauert so ein Rütlischwur. Und schwitzen tut der Kutzner.

Endlich kann der Landesverweser vom Podium wischen, hinaus in den Vorraum. Auf der Toilette schaut er auf die Uhr. Zehn Uhr achtzehn. Gott sei Dank, er hat noch Zeit. Er tritt ins Freie, niemand hält ihn. Gierig saugt er die kalte Luft ein. Jetzt ist er nicht mehr Landesverweser von Gnaden des Monteurs Rupert Kutzner, jetzt ist er wieder solider bayrischer Beamter wie seit dreißig Jahren.

Er steigt ins Auto, wischt sich mechanisch die Hand am Polster. Seine Schultern sind schlaff, aber sein Gesicht ist verbissen. Seine Pflicht verlangt, daß er jetzt einen ungeheuren Klumpen Dreck hinunterschluckt. Das ist unangenehm, aber ein bayrischer Beamter tut seine Pflicht.

8

Cajetan Lechners rauhester Tag

Der Altmöbelhändler Cajetan Lechner saß im Kapuzinerbräu, als dort die Revolution ausbrach. Hörte mit an den historischen Schuß, die Rede Kutzners, schaute mit eigenen Augen, wie der Führer und der Staatskommissar Hand in Hand auf dem Podium standen. Das Herz ging ihm auf. Schon sah er wieder das Schrankerl in deutschem, in seinem Besitz, träumte schon das gelbe Haus befreit von seinem fremdrassigen Räuber. Gewaltig in das blaugewürfelte Taschentuch schneuzte er, mächtig aus dem kropfigen Hals schrie er Heil. Viele Krüge Bieres leerte er. Nur eines wurmte ihn in dieser historischen Nacht: daß er seinen Photographenapparat nicht mit hatte, daß er nicht für die Nachwelt in einem künstlerischen Bild hatte festhalten können den grauen Tonkrug, aus dem der Führer sich stärkte nach der Verkündigung der nationalen Einheit, oder die beiden Hände, des Kutzner und des Flaucher, wie sie vereint lagen im Treuschwur.

Die Nacht rückte vor. Von außen immerzu der Trommelwirbel anziehender Truppen. Ordonnanzen und Kellnerinnen mit Orders und Bier. Allmählich wurde der Alte müde. Aber er ging nicht nach Haus, er schlief, zusammen mit vielen andern, im großen Saal des Kapuzinerbräus, der als Heerlager hergerichtet war.

Nicht aber schliefen die Führer. Sie wachten, sie regierten. Im ersten Stock hatte Kutzner sein Oberkommando aufgeschlagen. Alles war gut abgelaufen, es war auch ohne den Klenk gegangen, er hatte die Miesmacher strahlend widerlegt. Er arbeitete, erließ Aufrufe, verkündete das Standrecht, die Einsetzung eines nationalen Staatstribunals.

In der Stadt unterdes feierten die Wahrhaft Deutschen ihren leichten Sieg. Verwüsteten das Gebäude der verhaßten Linkszeitung, plünderten es aus, zerschlugen die Maschinen, die Setzkästen, schmissen johlend die Büsten der Sozialistenführer zum Fenster hinaus. Verhafteten an Hand einer schwarzen Liste Parteifeinde aller Art, Abgeordnete und Stadträte der Linken, Juden in gehobener Stellung. Schleppten die Gefangenen herum, unterhielten sie durch langsame, umständliche Erwägungen, wo und wie man sie am besten erledige, ob durch Hängen an diesen Baum oder an jenen Laternenpfahl, ob durch Erschießen an dieser Mauer oder an jenem Sandhaufen. Besonders Mißliebige wurden gröblich mißhandelt, bespuckt, ihrer Kleidung beraubt. Man hielt Kriegsrat über sie, führte sie mit vorgehaltenen Maschinenpistolen in ein Gehölz, eröffnete ihnen, jetzt sei es soweit.

Kutzner und Vesemann, im provisorischen Oberkommando, erließen noch immer Aufrufe. Die Nacht rückte vor, gewisse

Nachrichten aus den Kasernen, die längst da sein mußten, wollten nicht eintreffen. Man telefonierte nach Flaucher, nach dem Landeskommandanten, schickte Kuriere, ersuchte, forderte, befahl. Die Herren blieben verschwunden. Ein Gerücht kam auf von einem Rundtelegramm Flauchers, er lehne den Putsch ab, erkläre die mit Waffengewalt erpreßte Stellungnahme für ungültig. Andere Meldungen kamen, die Reichswehr stehe hinter Flaucher, auswärtige Polizei, auswärtiges Militär sei im Anmarsch. Kutzner wollte die Gerüchte nicht wahrhaben, erklärte hochfahrend, er sei bereit, zu kämpfen und zu sterben. Allein das war eine Geste. Seine innere Freude entwich wie Luft aus einem angestochenen Reifen. Die alte Lähmung war wieder da, die peinliche Erinnerung an das Abendessen in der Rumfordstraße, an das Geflenn und Geschrei seiner Mutter.

Im Hauptsaal der Möbelhändler Cajetan Lechner schlief nicht gut. Der Raum war voll Rauch, roch nach Menschen und Bier. Der Morgen kam herauf, die alten Knochen taten weh. Aber dann kriegte er Kaffee und ein Gewehr. Seine Zuversicht hob sich, sein Humor war wieder da. Es wurde acht Uhr, zehn Uhr, man wartete, es gab Bier und Weißwürste. Endlich hieß es, jetzt sei es soweit. Auf geht's. Antreten zu einem Demonstrationszug, Richtung Zentrum, Marienplatz.

Der Gauleiter Erich Bornhaak hatte den Demonstrationszug vorgeschlagen. Es war Blödsinn, hier untätig herumzuhocken, sich auf die Eroberung des Kapuzinerbräus zu beschränken, sich von Flaucher den Weg vorschreiben zu lassen. Ob der nun umgefallen war oder nicht, ob die Möglichkeit bestand, ihn, war er umgefallen, zu einem zweiten Umfall zu bewegen, das war piepe. Begeisterung war in der Stadt, ein großer Teil der Reichswehr stand zu ihnen, auch gegen die Vorgesetzten. Ein Demonstrationszug, selbst gegen Flaucher, wird bald erweisen, woran man ist.

Es war ein ansehnlicher Zug, bestehend freilich zumeist aus sehr jungen Leuten. Kutzner und Vesemann schritten voran, beide in Zivil, flankiert von Soldaten mit aufgepflanztem Seitengewehr. Man marschierte in Zwölferreihen. Cajetan Lechner war in der vierzehnten Reihe. Er nahm sich wunderlich aus mit seinem weißlichen Schnauzbart, dem mächtigen Kropf, den angegrauten Koteletten unter diesen strammen jungen Leuten: aber er stellte seinen Mann. Man hatte Kaffee im Leib, auch Bier und Würste, man marschierte, an der Spitze Vesemann und der Führer, und indem man marschierte, siegte man. Heute eroberte man München, morgen Bayern, in einer Woche das Reich, in einem Monat die Welt. Am Straßenrand standen Leute, winkten, schrien Heil. Eine erkannte Cajetan Lechner ganz genau, das war die Hofrätin Beradt, die Alte aus dem Prozeß Krüger. Sie verteilte Astern und Zigarren, und bei ihr ging es ganz wild auf mit Heil und Hurra.

An der Ludwigsbrücke stand Polizei. Es waren schäbige zwölf Mann. Auf den Pfiff eines Offiziers warfen sich die ersten zwei Reihen der Wahrhaft Deutschen auf die Polizisten, spückten sie an, entwaffneten sie, überwältigten sie, führten sie ab. Der alte Lechner schaute angeregt; so also war das, wenn man siegte. Geschwellt marschierte er weiter, der innern Stadt zu. Zweibrückenstraße, Theatinerstraße, Marienplatz. An den Mauern die Anschläge der neuen nationalen Regierung sind heruntergerissen. Neben ihren Resten kleben andere Plakate, Proklamationen Flauchers: in seiner Hand ruhe die gesamte vollziehende Macht des bayrischen Staates; wer sich Kutzner und Vesemann anschließe, werde als Hochverräter behandelt. Herunter mit den Sauplakaten. Wahrscheinlich ist es nur ein jüdischer Dreh. Weiter. Perusastraße, zur Residenz, zur Feldherrnhalle.

Was? In der Residenz liegt Landespolizei? Will absperren? Das wäre ja noch schöner. Die kämen uns recht, die Bazi, die elendigen. Man staut sich, schreit, fuchtelt. Der Altmöbelhändler Lechner kann nicht recht erkennen, was eigentlich los ist. Soviel sieht er: um die Feldherrnhalle herum kommt Reichswehr. Gehört sie zu uns oder zu den andern?

Ein Knattern. Die schießen ja. Wer schießt? Einige fallen um. Jesus Marie und Josef, hat es die gerissen? Einer, wie er umfällt, drückt den Bauch hoch wie bei einer gymnastischen Übung. Auch die andern, denen offenbar nichts geschehen ist, schmeißen sich hin. Er selber, der alte Lechner, schmeißt sich hin, einfach in den Dreck, trotzdem er seinen schönen Rock anhat.

Ein Fuchs, auf der Flucht, in höchster Todesgefahr, das hat man mehrmals beobachtet, beißt unterwegs schnell noch eine Gans tot und schleppt sie mit. Der alte Lechner, wie er in der Residenzstraße an der Feldherrnhalle im Dreck liegt und mit nie erlebter Anspannung alle seine Gedanken darauf richtet, aus der Gefahr herauszukommen, ringsum äugend, was geschieht und wie sich die andern anstellen, findet Zeit, einige allgemeine und einige besondere Beobachtungen zu machen. So ist das also, mein Lieber, mit Krieg und Schlacht und Vorstürmen, mit Vaterland und Revolution. Verflucht ungemütlich, Herr Nachbar. Eine Sauerei, Herr Nachbar. Er sieht das graue Auto des Führers, wie es umdreht, wie es mit Vollgas, rücksichtslos, durch die dichten Menschen davonfährt. Wie gern säße er darin. Es kommen noch ein paar Schüsse. Er sieht, vom Boden aus schräghinauf lusend, wie die Kugeln an der Mauer zerspritzen. Schad, daß er seinen Apparat nicht dabei hat. Einige richten sich hoch, laufen fort, geduckt. Trampeln über ihn weg. Herrschaftseiten, das war sein Arm. Schießen die weiter, die Saubazi? Eine Mauer her. An der Mauer zerspritzen die Kugeln. Er möchte hinter so eine gute, steinerne Mauer, durch die die Kugeln nicht durchkönnen. Jetzt ist schon wieder einer auf seinem Rücken. Hundskrüppel, saugrober. Das ist doch keine Art nicht. Eine Kugel kommt geflogen, gilt sie mir oder gilt sie dir? Gescherter Rammel. Er schnauft, es wird ihm weh und weich am ganzen Leib.

Er will da fort. Er wird jetzt einfach fortlaufen. Es scheint stiller, es hat ganz kurz gedauert. Rings um ihn die meisten stehen auf, äugend, laufen, verdrücken sich. Es ist schon ganz leer um ihn. Der Boden ist bedeckt mit Waffen. Herrgottsakra, hier treten sie ihn noch zu Tod. Er richtet sich hoch, auch er. Schon schiebt es ihn mit, reißt es ihn mit in eine Seitenstraße.

Hier, Gott sei Dank, ist es still, hier fliegt nichts herein, hier ist es gut. Jetzt merkt er erst, wie schwach er ist, weich und weh und überall wie aus Watte.

Die Schießerei hatte keine zwei Minuten gedauert. Vor den ersten Kugeln der Reichswehr war der ganze Zug zerstoben.

Nicht allen aber war das gut hinausgegangen wie dem Cajetan Lechner, nicht alle waren zerstoben; viele Verwundete lagen, achtzehn Tote auf dem Odeonsplatz.

Unter ihnen zum Beispiel der Gymnasiallehrer Feichtinger. Er hatte mitgeholfen, den Mann Krüger zu verurteilen. Dann hatte er zwei blaue Hefte benötigt, war, um sie zu kaufen, erst am Isartorplatz umgestiegen statt am Stachus, war bestraft worden, hatte sich erbittert dem Kutzner angeschlossen. Nun lag er vor der Feldherrnhalle. Er war sein Leben lang stolz darauf gewesen, daß ihm die Brillengläser nie zerbrochen waren. Sie waren auch jetzt unversehrt; aber der Gymnasiallehrer Feichtinger war tot.

Einer der Führer auch lag unter den Erschossenen. Der Windige hatte mehr Kugeln pfeifen gehört als die meisten im Zug; sie machten ihn nicht nervös, er wußte, wie man sich am besten davor schützt. Drei Jahre lang war er an Punkten der Erde gewesen, wo es Kugeln gab wie Regentropfen; jetzt, hier, auf dem gemächlichen Odeonsplatz, hatte es ihn ereilt. Da lag er, zu Füßen der fragwürdigen Feldherrn, blutlos die eben noch sehr roten Lippen, keine Augenweide mehr.

Der Altmöbelhändler Cajetan Lechner stand in seiner Seitenstraße. Er zitterte, er war sakrisch erschöpft: aber er lebte. Vor ihm, neben ihm drückten Menschen in ihn hinein, preßten. Er stand gepreßt an eine mächtige Haustür, eine breitflügelige. Da wird nichts zu machen sein, die ist bestimmt abgesperrt. Trotzdem, mühselig, griff er nach der Klinke, suchte, drückte gegen die Klinke. Siehe, ein Teil der Tür öffnete sich. Er war in einem weiten, hellen Hausgang. Gleich wieder schloß er die Tür, mechanisch. Es war besser, wenn da nicht zu viele mit hereinschwappten.

Es war eine gute Tür, die wohl keine Kugel durchließ. Wenn nur nicht das Gewehr so merkwürdig an ihm herumbaumelte. Er möchte das Gewehr los sein, ums Leben gern. Dann wäre er die ganze Sache los und hätte mit den Kugeln nichts zu schaffen. Er tappte die niedrigen Steinstufen hinauf, zum ersten Stock. Dort war ein Schild: Dr. Heinrich Baum, Dr. Siegfried Ginsburger, Rechtsanwälte. Er läutete. Er hoffte nicht, daß man öffnen werde. Aber schau an, die Tür klinkte auf. Ein

Fräulein fragte ihn, was er suche. Er antwortete mechanisch, er wolle zum Herrn Rechtsanwalt. Man ließ ihn ein. Ein jüngerer, hagerer Mensch mit nicht unguten, bebrillten Augen fragte ihn, was er wünsche. Cajetan Lechner sagte: »Ja mein, ja mein.« Er nahm das baumelnde Gewehr von der Schulter, lehnte es an ein Aktengestell. Es wollte nicht stehen. Er hielt es auf der einen Seite, auf der andern, behutsam; er dachte, wenn es falle und scheppere, dann sei es ganz aus. Schließlich, leise, sehr vorsichtig, legte er es quer über den Schreibtisch. Dann sagte er: »Herr Doktor, ich hätte eine Bitte. Dürfte ich austreten?« Der Anwalt zeigte ihm selber den Weg.

Cajetan Lechner, die Tür hinter sich verriegelnd, atmete auf. Das war ein hartes Rennen gewesen, aber er hatte es gemacht, und jetzt war er in Sicherheit. Er hockte da, atmete. Dann, ruhiger geworden, säuberte er sich umständlich. Das war eine schwere Arbeit, und sie gelang nicht restlos; denn er hatte sich übel bekleckert.

Er blieb lange in der guten Sicherheit hinter der versperrten Tür. Umständlich, mit noch zitternden Gliedern, zog er sich wieder an. Dann nahm er die Binde mit dem indischen Fruchtbarkeitsemblem vom Ärmel, warf sie in die Schüssel, zog die Spülvorrichtung. Die Binde wollte nicht hinunter. Er nahm eine Art Besen und stopfte sie vollends hinein. Dann, befriedigt, setzte er sich noch eine Minute. Endlich, leise aufseufzend, verließ er den Raum.

Er wollte sich drücken; aber das Schreibfräulein führte ihn von neuem zu dem Anwalt. »Was wünschen Sie?« fragte freundlich der bebrillte Herr. »Eigentlich nichts weiter«, sagte Cajetan Lechner. »Nichts für ungut, Herr Doktor«, sagte er zutunlich, »was bin ich schuldig?« – »Nichts«, sagte der Anwalt. »Nur: was soll ich mit dem Gewehr?« fragte er. Cajetan Lechner zuckte die Schultern. »Wollen Sie es nicht mitnehmen?« fragte der Anwalt. »Nein, nein«, sagte mit entsetzter Abwehr Cajetan Lechner.

Der Anwalt trat ans Fenster. Von der Straße kam nur noch wenig Lärm. Cajetan Lechner hockte da, schweigend. Es war ein großer, kahler Raum; doch er gefiel ihm besser als irgendein andrer Raum, den er kannte, und er wollte möglichst lang bleiben. »Jetzt, scheint es, schießen sie nicht mehr«, sagte am Fenster der Anwalt und wandte sich langsam um. Der alte Lechner stand schwerfällig auf. »Also dann geh ich halt«, sagte er. »Dann sage ich halt: Vergelt's Gott.« Er schob sich hinaus. Vor der Tür stand er lange und schaute das weiße Schild an mit den schwarzen Buchstaben: Dr. Heinrich Baum, Dr. Siegfried Ginsburger. Das sind Juden, stellte er fest.

Auf der Straße war es unfreundlich, kalt. Dem Cajetan Lechner war noch immer, als baumle ihm das verflixte Gewehr um die Schulter. Er fühlte sich schwach in den Gliedern, hatte Hunger, das Bedürfnis, sich richtig zu waschen. Aber er hatte eine große Scheu davor, nach Hause zu gehen an den Unteranger. Auch in kein Restaurant traute er sich; ihm war, jeder müßte ihm ansehen, wie übel er sich bekleckert hatte. Er strich durch die Straßen, erschöpft. Gelangte schließlich in die Isarauen. Ging immer weiter. Harlaching, die Menterschwaige. Schlank und hoch spannte sich die Großhesseloher Brücke. Er setzte sich auf eine Bank, schaute auf den Fluß, der graugrün und unabänderlich vorüberrollte. Er hatte ernstlich gehofft, durch den Kutzner das gelbe Haus zu kriegen und vielleicht auch wieder das Schrankerl. Jetzt hatte sich der Kutzner als ein Narr und ein Schisser erwiesen und er selber auch nicht als bayrischer Löwe, und er war keineswegs hochgekommen, sondern auf diese Bank. Die Großhesseloher Brücke zog ihn an. Sie war sehr hoch, ein beliebtes Ziel aller Selbstmörder, von ihr sprang sich's tief und sicher. Von ihr waren zahllose Dienstmädchen aus ihrem Liebeskummer, zahlreiche verelendete Drei-Quartel-Privatiers aus ihrem Hunger und Gewurstel für immer herausgesprungen. Wenn es Sommer wäre, dachte der Cajetan Lechner, dann könnte man schön kommod ins Wasser gehen: so muß man springen. Denn plötzlich war er fest entschlossen, seinem versauten Leben ein Ende zu machen. Gestern, wird es in der Zeitung heißen, sprang der geachtete Altmöbelhändler Cajetan Lechner von der Großhesseloher Brücke in die Isar. Die Schande trieb ihn in den Tod.

Müd und steif schleppte er sich auf die Brücke. Kinder spielten dort, Lausbuben, so zwölf- oder vierzehnjährige, sie spielten Kutzner und Flaucher. Der alte Cajetan Lechner schwang sich mit krachenden Knochen auf das Brückengeländer. Es war kalt. Ein heftiger Husten überkam ihn, er zog sein blaugewürfeltes Taschentuch, schneuzte sich. Die Buben waren aufmerksam geworden. »Da kommt her«, schrie einer, »da springt einer ab, das wird fein.« Sie sammelten sich um den alten Lechner, erwartungsvoll, ihn durch wohlwollende Zurufe anfeuernd.

Cajetan Lechner hockte auf dem Brückengeländer, die Knaben störten ihn. Wenn die so damisch herstierten, da konnte eines nicht auf einen vernünftigen, weihevollen letzten Gedanken kommen. »Fahrt ab, Saububen, dreckige«, sagte er. Aber die dachten gar nicht daran. Sie debattierten, wie hoch die Brücke sei, und ob einer da schon durch den Luftdruck getötet werde oder erst unten zerschmettere. Sie hatten ähnliches im Film gesehen, sie waren sachverständig und sehr gespannt auf die Wirklichkeit.

Der alte Lechner hockte auf seinem Geländer. Es war verflucht kalt, die Füße waren ihm ganz steif, da kriegte man ja das Reißen. Eigentlich war ihm die Stimmung vergangen. Doch er genierte sich vor den Buben, so unverrichteterdinge wieder herunterzusteigen. Sie hatten ganz recht, er war ein Unwürdiger, es gehörte sich, daß er da hinuntersprang. Er suchte sich anzufeuern, sich seinen ganzen Jammer vorstellend. Die Buben schimpften, daß er sie solang warten ließ. Aber der Appetit war ihm ebenso rasch vergangen, wie er ihm angeflogen war. Da half kein Anfeuern mehr; wenn eines nicht in Stimmung ist, dann kann man nicht verlangen, daß man da hinunterspringt. Grimmig aus seinen wasserblauen Augen schaute er auf die Knaben, stieg umständlich herunter vom Geländer, schimpfte: »Rotzbuben, dreckige, gescherte Lackel, Saubagage, damische«, trollte sich. »Schisser, Hundskrüppel, elendiger«, derbleckten ihn die Buben zurück.

Er schleppte sich wieder zur Bank, todmüde, als müßte er jeden Knochen einzeln vor sich her tragen. Hinter ihm klang es noch immer: alter Saubartel, Hundskrüppel dappiger, Lahmarsch trauriger. Er möchte gerne länger ausruhen, trotz der Hundsbuben. Allein wenn er auf der Bank sitzen bleibt, dann erkältet er sich auf den Tod.

Er ging zurück zur Stadt. Jetzt waren überall die Plakate

Kutzners abgerissen, nur mehr die Plakate der Regierung klebten. Er stellte sich vor solch einen Anschlag, las, ohne zu begreifen. »Der Schuft von einem Flaucher, der Verräter, der Hundling«, schimpften die Leute. Ja, ja, sagte Cajetan Lechner. Wenn einer ihn anschaute, glaubte er, er schaue schief, rieche ihm seine Schande an.

Schließlich, getrieben von Schwäche, traute er sich doch in eine Wirtschaft. Er aß eine Leberknödelsuppe. Erst aß er mechanisch, gierig, aber dann schmeckte es ihm, und er bestellte eine saure Lunge, und hernach bestellte er einen Kalbsbraten. Dazu trank er ein Bier, und noch eins, und dann trank er Kaffee. Er saß lange in der rauchigen Wirtschaft, es war warm, er dunstete aus. Das war ein böser Tag gewesen. Das Schrankerl hin, das gelbe Haus hin, die Ehre hin. Unwürdig war er, so benahm man sich nicht als Hausbesitzer und Vizepräsident der Grüabigen.

Aber es war doch gut, hier zu hocken. Wie die Kugeln an der Mauer zerspritzten, das war scheußlich gewesen. Jetzt hatte er einen Kalbsbraten und eine saure Lunge im Magen, und sein Gewehr war er auch los und die Armbinde, und jetzt geht er ins Volksbad und badet.

Er zahlte und gab ein reichliches Trinkgeld. In der Trambahn, auf der Fahrt zum Volksbad, schauten sie ihn schon wieder so an. Dann lag er in der Wanne. Er blickte träumerisch auf die Inschrift, daß man nach fünfundvierzig Minuten die Badezelle wieder verlassen haben müsse und daß der Friseur im Hause sich auch für Fußpflege empfehle. Schade, daß man nur so kurz in der Wanne bleiben durfte. Der Lechner hatte das Gefühl, als spüle er mit jeder Minute mehr von dieser damischen Revolution und von seinem unwürdigen Revolutionsadam fort. Aber er mußte bald heraus aus der blaßblauen Wärme und wieder in seine beschmutzten Kleider.

Seufzend fuhr er nach Haus. Wenn man die Kinder brauchte, dann waren sie nicht da: heute, wo er die Wohnung leer hoffte, da hockte natürlich die Anni und wartete auf ihn. Sie hatte eine Mordsangst ausgestanden. Es hatte so viele Tote und Verwundete gesetzt, sie wußte, er war dabeigewesen, und er war die ganze Nacht und den ganzen Tag nicht nach Haus gekommen.

Er hatte für ihre Fragerei ein nichtssagendes, mürrisches Gebrabbel. Verlangte ins Bett; er fürchtete das Reißen oder wenigstens einen starken Schnupfen, sie solle ihm einen Fliedertee machen. Hastig, während sie ihm den Tee bereitete, zog er sich aus, suchte die Wäsche vor ihr zu verstecken. Sie brachte ihm eine Wärmflasche und das heiße Getränk. Er schwitzte, brummte, fühlte sich wohl. Aber ganz ausschwitzen konnte er seine Unwürdigkeit und Schande nicht. Soll ihn der Hautseneder frotzeln: er hat keine Lust mehr, Hausbesitzer zu sein. Nie mehr wird er vergessen, wie es ihm weich und weh um den Leib war. Er wird sich nicht mehr einmischen in die Händel der Großkopfigen. Ein solcher wie er muß froh sein, wenn sie ihm sein Bier, seine saure Lunge und seine Ruh lassen. Er wird sich überwinden und wird ohne ein Wort zuschauen, wie in Zukunft bei den Grüabigen ein anderer den Vize macht.

9
Zufall und Notwendigkeit

Jacques Tüverlin fuhr am frühen Nachmittag von Villa Seewinkel herein nach München, um sich die nationale Revolution anzuschauen, von der wirre Gerüchte auch an den Ammersee gedrungen waren. Überall jetzt klebten die Plakate, in denen Flaucher die erzwungene Zusage widerrief und Kutzner und Vesemann für Rebellen erklärte. Trotzdem war die Sache nicht eindeutig. Ganz Gescheite wollten wissen, diese Kundgebung sei nur pro forma, eine List, um Berlin, um das Ausland hinters Licht zu führen; in Wahrheit halte es der Flaucher trotzdem mit den Patrioten. Gerüchte gingen, Truppen von auswärts seien im Anzug. Für wen? Gegen wen? Niemand wußte recht, was los war.

Tüverlin lenkte seinen Wagen langsam durch die verstörten Menschen. Auf dem Odeonsplatz war geschossen worden, soviel war gewiß, es hatte Tote und Verwundete gegeben. Jetzt war der Platz abgesperrt, leer. Die Tauben trippelten verwundert, daß heute keine Passanten da waren, sie zu füttern. Einsam, ehern schauten die bayrischen Feldherrn, von denen der eine kein Bayer und der andere kein Feldherr war, von ihrer Halle auf das geräumte Schlachtfeld. Das plumpe Mahnmal war heute kein Verkehrshindernis. Neue Gerüchte: Kutzner sei gefallen, der General Vesemann sei gefallen. Wüstes Geschimpf auf Flaucher, der den Abend vorher dem Führer den Rütlischwur geleistet und ihm gleich darauf den Dolchstoß von hinten versetzt hatte.

Die strategischen Punkte, die öffentlichen Gebäude waren bewacht von Reichswehr und von grüner Polizei. Die Posten standen dumm, krampfhaft gleichmütig. Die Passanten knurrten. In der Amalienstraße, vor einem Versammlungslokal der Patrioten, sah Tüverlin einen einzelnen grünen Polizeisoldaten Wache stehen. Eine dürre, alte Frau, es war die Hofrätin Beradt, doch das wußte Tüverlin nicht, trat auf den Mann zu, kam sich offenbar sehr tapfer vor, spuckte ihm ins Gesicht. Viele sahen es, klatschten Beifall, die Gesichter verzerrt von Wut und Triumph. Der Polizist zuckte hoch, stand ganz still, ruckte mit dem Kopf nach links, nach rechts, dann wischte er sich mit dem Ärmel den Speichel weg. »Judenknecht, Novemberlump, Verräter, roter Hund, Judas«, rief die Dame. Sie hatte erwartet, jetzt endlich werde die Freiheit kommen, die völkische Erhebung, und werde die gemeinen, bolschewistischen Mieterschutzgesetze wegfegen, so daß sie mit ihren Untermietern, dem niederträchtigen Gesindel, umspringen könne, wie es sich gehörte. Allein wiederum hatte Tücke und Verrat die Freiheitsträume des Volkes vernichtet. Diesem Polizisten gegenüber wenigstens hatte sie ihrer Empörung Luft gemacht. Die Nase hoch, entfernte sie sich durch eine beifällige Menge. Ein anderer, ein mickeriger, schlecht angezogener, verfrorener Mensch, versuchte es ihr nachzutun. Allein diesmal ließ sich der Polizist nichts gefallen. Der Mickerige lief davon. Der Grünuniformierte ihm nach mit dem Gummiknüppel. Der Mickerige fiel hin, drückte sich an die Mauer eines Hauses, versuchte hineinzukriechen. Der Polizist schlug auf ihn ein. Die Leute schauten, schimpften, doch in genügendem Abstand, daß sie gleich davonkonnten.

Tüverlin fuhr weiter, auf die Ämter, auf die Redaktionen,

um sich zu informieren. Er hatte überall Zutritt; er war Schriftsteller, also nahm man ihn nicht ernst: er hatte Erfolg, also verhielt man sich mit ihm. Allein die Zeitungen, die Ministerien wußten selber nicht recht Bescheid. Er fuhr in die Redaktion des »Vaterländischen Anzeigers«. Auch dort konnte der gutgestellte Ausländer ohne weiteres herein. Das Gebäude war besetzt; grüne Polizisten standen im Haupteingang, die Treppen hinauf, den Korridor entlang. Tüverlin vermutete gleich, daß sie einen herein-, doch nicht mehr hinausließen. Er ging doch hinein.

In dem großen Sekretariat war wirrer Betrieb. Die Telefonsignale flackerten, rot, gelb, grün. Aus allen Teilen der Stadt kamen sorgenvolle, verzweifelte Anfragen der Freunde, der Verwandten nach dem Schicksal jener Demonstrationsteilnehmer, die nicht zurückgekehrt waren. Langsam schälte sich heraus, was an der Feldherrnhalle geschehen, wie jämmerlich beim ersten Schuß der Putsch zusammengebrochen war. Dabei trafen von auswärts immer noch günstige Meldungen ein, wo überall in den kleineren Orten die nationale Revolution gesiegt habe.

Die Kriminalbeamten, höflich, ohne die Redakteure groß in ihrer Arbeit zu stören, halten Haussuchung, durchstöbern die Schreibtische. Jetzt sind sie im Zimmer des Führers. Öffnen seinen Schreibtisch. Tüverlin, unter Redakteuren, Stenotypistinnen, steht in der Tür, schaut zu. Auch er hat gehört von der berühmten Schublade, von der das ganze Land raunt, der Schublade mit den geheimnisvollen Plänen um die Neuordnung des Reichs. Das also ist die berühmte Schublade. Tüverlin stellt sich auf die Zehen. Über die Schultern der Redakteure, der Beamten schaut er, wie die Polizisten die Schublade aufbrechen.

Es sind Papierschnitzel darin und ein Sektpfropfen. Nein, weiter ist nichts in der Schublade.

Tüverlin, als die Polizei ihm endlich erlaubte, das Haus zu verlassen, fuhr in den Herrenklub. Dort gab es nicht mehr viele Anhänger des Kutzner. Der Dollar stand heute sechshundertdreißig Milliarden, es wird nur mehr Wochen, vielleicht nur Tage dauern, bis die Währung stabilisiert ist. Man hatte Herrn Kutzner nicht mehr nötig, er war zu spät gekommen, man grinste, wie läppisch sein Putsch zusammengebrochen war. Man erörterte, ob die Regierung besser daran tue, Kutzner zu verhaften oder ihn ins Ausland fliehen zu lassen. Hämisch zählte man her die vielen Kompromittierten. Und wie war das mit dem Generalstaatskommissar selbst? Man tuschelte. War Flauchers Zusage an Kutzner wirklich nur ein Schachzug gewesen, war er wirklich von Anfang an entschlossen, den Putsch zu zerschlagen?

Der Minister Sebastian Kastner war darüber unterrichtet. Ja, Flaucher hatte noch unter der Pistole Kutzners den Entschluß gefaßt, jenes Funktelegramm mit dem Widerruf zu versenden; aber er war Beamter auch in seiner heroischen Stunde, er brauchte die Billigung derer, die er für seine gottgewollten Herren hielt. Sebastian Kastner hatte in seinem Namen mit dem stillen Herrn von Rothenkamp telefonieren müssen, dem Vertrauensmann Berchtesgadens, dem Vertrauensmann der Kirche. Es waren kurze Gespräche gewesen. Eile tat not. Sebastian Kastner bewunderte, was sein Meister Franz Flaucher in dieser schlimmen Nacht getan hatte, wie er den Kutzner hinters Licht führte und Bayern und das Reich vor dem Ärgsten rettete. Wenn einer den Namen Vater des Vaterlandes verdiente, dann er. Die Schnelligkeit des Entschlusses, die Schlauheit der Ausführung, das ganze Verhalten des Mannes schien ihm schlechthin die Offenbarung eines Genies. Und jetzt brandete die ganze verblendete Stadt in Haß gegen den Mann, und er konnte sich nur mehr im Panzerauto durch die Straßen bewegen. Sebastian Kastner arbeitete sich ab, suchte wenigstens hier zu überzeugen, brachte Argumente, fluchte mit pöbelhaften Schimpfworten auf Kutzner, das Rindvieh, auf den Saupreußen Vesemann.

Die andern hörten höflich, ungläubig und belustigt zu, wie der ungeschlachte Mann seine Wut ausspie, wie er zappelte, um seine Bewunderung zu propagieren. Vielleicht als einziger Jacques Tüverlin begriff, daß, was Flaucher getan hatte, im Sinn gerade dieser Herren richtig, ja beinahe genial gewesen war. Wäre an Stelle des Flaucher einer von diesen höhnischen Herren gestanden, dann hätte er sich vermutlich überrumpeln lassen von der Verlockung, auf einige Tage den nationalen

Helden zu spielen, und es wäre zu Bürgerkrieg gekommen und säuischem Gemetzel. Erst an den Grenzen Bayerns vermutlich wäre man der idiotischen Revolte Herr geworden. Vermutlich war in der entscheidenden Stunde für das Land Bayern dieser gewiß nicht sehr begabte Mann Franz Flaucher der einzig rechte Staatsmann.

Erschüttert geradezu erkannte Jacques Tüverlin die Zusammenhänge. Es schien historische Notwendigkeit, daß die Industrialisierung Mitteleuropas in nicht allzu schnellem Tempo vor sich gehe. In diesem Sinn war das Land Bayern ein guter Hemmschuh. In diesem Sinn hatte der historische Prozeß eine Gruppe der besonders Zurückgebliebenen hochgeschwemmt, den Kutzner und seine Leute. Als aber der Bremsklotz gar zu kräftig in Erscheinung trat, mußte er weggeräumt werden. Wiederum war es gut und ersparte weitere Katastrophen, wiederum war es historische Notwendigkeit, daß die Erledigung nicht etwa durch einen Fortgeschrittenen geschah, sondern durch einen, der sich selber nach Kräften gegen die Industrialisierung wehrte. So zeigte sich, daß sogar solche Zufälle wie die Führung dieses läppischen Putsches durch den armseligen Kutzner und sein Zusammenbruch durch den armseligen Flaucher einer gewissen Auslese unterlagen. Beider Männer Tun erwies sich, von oben gesehen, als ein Segen für das Land Bayern.

Jacques Tüverlin war im Begriff, dem Verteidiger des Flaucher, dem Sebastian Kastner, beizuspringen, wie der jetzt klobig und allein inmitten der höhnischen Herren sich abzappelte: als ein neuer Gast eintrat, der ihn mehr fesselte als der Kastner und den er seit langem nicht gesehen hatte, Otto Klenk.

10

Eine Wette kurz vor dem Morgen

Klenk war während des Putsches in Berchtoldszell gewesen. Die Tänzerin Insarowa war bei ihm, es war ein vergnügtes Abendessen geworden, sie blieb die Nacht über. Am Morgen telefonierte er nach München, konnte keine Verbindung bekommen. Die Insarowa blieb den Morgen über, auch am Mittag, als an der Feldherrnhalle Erich Bornhaak zu Tode kam, war sie in Berchtoldszell. Da Verbindung immer noch nicht zu bekommen war, fuhr Klenk die Tänzerin schließlich selber nach München.

Nicht weit entfernt von Berchtoldszell kam um die Zeit, als sein Wagen ansprang, ein anderer Wagen an, der den Führer Rupert Kutzner in das Landhaus eines Freundes brachte, in ein gutes Versteck vor der Polizei.

Klenk gelangte in die Stadt, setzte die Insarowa ab, hörte Undeutliches, Deutlicheres, Deutliches. Lachte schallend, als er sah, wie jämmerlich der Putsch zusammengebrochen war, dem Kutzner, doch auch dem Flaucher zum Unsegen.

Hörte von Toten und Verwundeten. Fuhr hierhin, dorthin, suchte seinen Sohn, Simon, den Bams. Fand ihn nicht. Viele Gerüchte waren in der Stadt, bald den, bald jenen nannte man unter den Toten. Klenk brannte darauf, endlich eine genaue Liste einzusehen. Als er sie einsah, war sein erstes Gefühl Freude, weil er einen gewissen Namen nicht darauf fand. Sein zweites Gefühl war eine grimmig gehobene Betroffenheit, weil er den Namen Erich Bornhaak fand. Er dachte an den Feind, der in Berlin saß. Er hätte ihn gern hier in München gehabt. Er wäre geradewegs zu ihm gegangen. Hätte er gelächelt, weil Simon Staudacher lebte und Erich Bornhaak tot war? Er hätte nicht gelächelt. Sie wären einige Zeit zusammengesessen, wahrscheinlich hätten sie wenig gesprochen, oder auch gar nichts.

Er ging in den Herrenklub. Er hatte Lust, zu diesem 9. November einige Anmerkungen zu machen. Der Herr Generalstaatskommissar wird kaum im Herrenklub sein; der Herr Generalstaatskommissar kann sich nur im Panzerwagen in die Stadt trauen. Es ist fraglich, ob der Herr Generalstaatskommissar es so eilig haben wird, im Panzerwagen gerade in den Herrenklub zu fahren. Immerhin, einige Ohren wird Otto Klenk finden, in die es lohnt, seine Bemerkungen zu träufeln.

Er konnte aber solcher Ohren nur wenige entdecken. Wenn

man ein bißchen auf Qualität sah, war da eigentlich nur Jacques Tüverlin. Er kannte ihn, der war ein Viech. Den zu beriechen, mit ihm zusammenzuhocken, mit ihm Glossen zum 9. November auszutauschen, das stand vielleicht dafür. Jacques Tüverlin seinesteils schien auch bereit dazu. Otto Klenk hatte damals den Plan gegen Krüger ausgeheckt, der für verschiedene Leute, auch für ihn, Tüverlin selber, unangenehm geworden war. Das hinderte nicht, daß ihm dieser große bayrische Mensch das Herz wärmte.

Im Herrenklub mußte man gedämpft reden, und überall gab es dumme Ohren. Tüverlin, wie Klenk vorschlug, man solle lieber in die Tiroler Weinstube gehen, war dabei.

In dem Nebenlokal, wo der Viertelliter Wein zehn Pfennig mehr kostete, bedeutete die Resi, die jetzt an Stelle der Zenzi zur Kassierin aufgerückt war, den beiden Herren, man müsse leider in zehn Minuten schließen, heute sei früher Polizeistunde. Allein die beiden setzten durch, daß sie bei heruntergelassenen Rolläden, bei ausgeschaltetem elektrischem Licht und bei Kerzenschein noch zusammensitzen konnten.

Sie tranken stark, betreut von der Resi, und sie sprachen sich aus. Klenk hatte Tüverlins Bücher angeregt gelesen und mißbilligte sie. Tüverlin hatte Klenks Gerechtigkeit angeregt verfolgt und mißbilligte sie. Sie gefielen sich. Es zeigte sich, daß ihnen auch der gleiche Wein gefiel. Sie konstatierten, daß man vom Leben nichts habe außer sich selber, und fanden beide, das genüge. Klenk hieß Klenk und schrieb sich Klenk, Tüverlin war Tüverlin.

»Wozu machen Sie eigentlich Bücher, Herr Tüverlin?« fragte Klenk. »Ich drücke mich aus«, sagte Tüverlin. »Ich habe mich durch Justizpflege ausgedrückt«, sagte Klenk. »Sie haben sich aber nicht immer gut ausgedrückt, Herr Klenk«, sagte Tüverlin. »Was haben Sie an meiner Justizpflege auszusetzen?« fragte Klenk. »Sie war nicht fair«, sagte Tüverlin. »Was ist Fairneß?« fragte Klenk. »Fairneß«, sagte Tüverlin, »ist die Bereitschaft, in gewissen Fällen mehr zu geben, als man verpflichtet ist, und weniger zu nehmen, als man berechtigt ist.« – »Sie verlangen viel Luxus von einem schlichten Mann«, sagte Klenk.

»Ob es eigentlich angenehm ist«, sagte später Tüverlin, »so

als ein halb ausgestorbenes großes Tier über die Erde zu wandeln?« – »Es ist großartig«, sagte mit Überzeugung Klenk. »Manchmal muß es wirklich großartig sein«, sagte neidisch Tüverlin. »Wissen Sie«, sagte Klenk, »ich hätte Ihren Martin Krüger wirklich begnadigt. Ich habe nichts gegen den Mann gehabt.« – »Wenn Sie sich zu erinnern belieben«, sagte Tüverlin, »habe ich in meinem Essay nichts Gegenteiliges behauptet.« – »Ihr Essay ist ein ausgezeichneter Essay«, sagte anerkennend Klenk. »Jedes Wort eine Lüge und so lebendig. Prosit«, sagte er.

»Wissen Sie«, meinte er dann, »wenn Ihre Johanna Krain ähnlich ist wie Sie, dann müßten wir ihr eigentlich eine Ansichtskarte schreiben.« – »Sie ist Gott sei Dank ganz anders«, sagte Tüverlin. »Schade«, sagte Klenk und grübelte, wem man dann eine Ansichtskarte schreiben könnte. Aber dem Flaucher, dem Kutzner, dem Vesemann, das lohnte nicht.

Lärm entstand. Zwei späte Gäste verlangten hartnäckig Einlaß. Nach einiger Debatte ließ sie die Resi ein. Es waren von Dellmaier und Simon Staudacher. Eigentlich, fand Klenk, war Simon, der Bams, ein Rotzbub. Aber dieser Rotzbub war sein Junges. Ein gewisser anderer war nicht mehr in der Welt, aber dieser Rotzbub saß da in Fleisch und Blut. Das freute den Klenk.

Von Dellmaier war verstört durch das Schicksal seines Freundes Erich Bornhaak. Man konnte ihn nicht allein lassen, Simon Staudacher hatte ihn schon die halbe Nacht durch versperrte Lokale geschleppt. Von Dellmaier hatte viel erlebt: daß Erich Bornhaak nicht mehr da war, war das erste, was ihm aufs Herz schlug. Man konnte bis zehn zählen, man konnte bis tausend zählen, diesmal stand Erich nicht auf. »Französisch sprach er wie ein Pariser«, erzählte er. »Wie ich mit ihm in Paris in einem Puff war, hielten ihn die Jungens alle für einen Einheimischen«, und sein lautes Lachen pfiff durch den Raum. »Das Merkwürdigste«, grübelte er, »waren seine gefärbten, manikürten Nägel.«

Simon Staudacher hatte den Erich gern gehabt. Er ärgerte sich über seinen Vater, der großkopfig dasaß, weil er recht behalten hatte. Recht haben kann jeder Esel: auf den Schneid kommt es an. Es fehlte wenig, und Simon Staudacher hätte seinem Vater die Flasche auf den spärlich bewachsenen Schädel gehaut. Trotz allem, der Führer war im Recht, und die andern waren Schisser. »Die Felddienstordnung«, schrie er, »schreibt vor: Fehlgreifen in der Wahl der Mittel belastet nicht so sehr wie Unterlassung.« – »Ich sitze in Berchtoldszell und unterlasse«, grinste Klenk. Tüverlins nacktes Gesicht zerfältelte sich. Er hatte nicht gewußt, daß es eine Instruktion gab, in der die Weisheit des Militärs den Krieg so nackt für eine bessere Sache erklärte als den Frieden.

Simon Staudacher sang Landsknechtlieder, von der Resi immer wieder gebeten, sich zu mäßigen, damit man ihn auf der Straße nicht höre. Tüverlin nahm in sich auf, wie ähnlich die beiden waren, der Klenk und sein Junges. Nur ein Winziges fehlte dem Jungen, aber der Reiz des Vaters war weg. Den Simon reizte das Wesen Tüverlins. Er frotzelte ihn, suchte ihn heiß zu machen. Jetzt hatten einige Wahrhaft Deutsche dran glauben müssen, gut, aber viele andre hatten schon vorher dran glauben müssen: Karl Liebknecht und Rosa Luxemburg, der Reichsaußenminister, die Hausgehilfin Amalia Sandhuber, der Abgeordnete G., Martin Krüger, der meineidige Schuft. Klenk verbot dem Jungen das Maul, der aber folgte nicht. »Halt doch das Maul«, sagte noch einmal, fast begütigend, Klenk. »Tot ist tot«, sagte er mit seiner riesigen, tiefen Stimme, abschließend.

»Tot ist nicht tot«, erklärte auf einmal hell und gequetscht der Schriftsteller Tüverlin; möglich, daß er an den literarischen Nachlaß des Mannes Krüger dachte. »Da haben Sie leider unrecht, werter Herr«, lachte pfeifend der Versicherungsagent von Dellmaier. »Wenn Sie einmal abgekratzt sind, dann sind Sie leider beschissen und halten die Fresse.« – »Sie sind im Irrtum«, wandte Tüverlin bescheiden ein. »Es kommt vor, daß Tote den Mund aufmachen.« – »Denken Sie an Ihren Freund Martin Krüger, Tüverlin?« fragte Klenk. »Er war nicht mein Freund«, sagte Tüverlin, »aber vielleicht denke ich an Martin Krüger.« Jetzt war er sicher, daß er nicht mehr den literarischen Nachlaß des Mannes im Auge hatte, sondern anderes. »Überheben Sie sich nicht«, sagte friedlich Klenk. »Dieser Tote wird den Mund nicht aufmachen, da hat der Flaucher zufällig einmal recht gehabt.« – »Er wird ihn aufmachen«, sagte höflich Tüverlin. Simon Staudacher lachte dröhnend. Die Kerzen, stark heruntergebrannt, flackerten. Jacques Tüverlin hatte breite Schultern und einen wohltrainierten Körper; dennoch saß er geradezu zierlich zwischen den riesigen Männern. »Wollen wir wetten, daß er sprechen wird?« sagte er. Der Versicherungsagent von Dellmaier horchte hoch; die Kassierin Resi kam näher. »Worum wollen Sie denn wetten?« fragte Klenk. »Ich wette den Ertrag meines nächsten Buches, Klenk, gegen zwei Beinknöpfe von dieser Ihrer Lodenjoppe, daß der tote Martin Krüger den Mund aufmachen wird.« – »Wird er den Mund gegen mich aufmachen?« fragte Klenk. »Ja, gegen Sie«, sagte Tüverlin. Klenk lachte schallend. »Ich lege noch eine Flasche Terlaner zu«, sagte er. »Angenommen«, sagte Tüverlin. »Das muß schriftlich gemacht werden«, sagte Simon Staudacher, und sie protokollierten die Wette.

II

Wie das Gras verwelkt

Mit Gier sog der Abgeordnete Geyer die Nachrichten ein, die aus München kamen über den Putsch des Rupert Kutzner. Es waren wirre Nachrichten; doch nach vierundzwanzig Stunden stand fest, der Putsch war gescheitert. Sehr jämmerlich, wie es schien. Eine ungeheure Freude erfüllte Geyers Herz. Er sah vor sich das dreiste Gesicht des Klenk, an einer Wurst lutschend, gelben Wein trinkend, mit frecher Zutraulichkeit Sätze der Gewalt verkündend, und er triumphierte über dieses Gesicht. Jetzt sah der Junge, daß die Dinge doch nicht so glatt gingen, wie er sich einbildete, daß Frechheit, Willkür, Unrecht, Gewalt zuletzt an sich selber zerschellten. Auf dem Sofa lag der Abgeordnete Geyer, die roten Lider unter der Brille geschlossen, die Hände unterm Kopf verschränkt, die gelben Zähne bloß. Lächelte satt, befriedigt.

Am Abend des zweiten Tages dann las er von den Toten an der Feldherrnhalle. Es waren Zufallstote, Namen ohne Belang.

Vesemann hatte sich verhaften lassen, Kutzner war auf seinem grauen Auto sogleich davon. Dann stieß er auf den Namen Erich Bornhaak.

Dr. Geyer hatte sein Zeitungsblatt auf der Straße gekauft, in der Nähe seines Hauses. Er ging heim, es war ein schrecklich langer Weg, er hinkte erbärmlich. Das Zeitungsblatt trug er in der Hand, er ließ es fallen, bückte sich, ihm war, als sei sein Rücken zerbrochen, er hob es auf, knüllte es in die Tasche. Es waren nur mehr hundert Schritte zu seinem Haus; allein er war entsetzlich müde. Er hätte am liebsten eine Droschke genommen; aber dann hätte der Chauffeur geschimpft, das konnte er nicht hören. Er stieg die Treppe hinauf, jede Stufe war eine Qual. Er stand an der Flurtür. Die rechte Hand mit dem Zeitungsblatt hatte er in die Tasche gestopft, er sperrte das Schloß mit der linken auf. Das war eine Anstrengung, aber er kam nicht auf den Gedanken, die Hand von dem Zeitungsblatt in der Tasche zu nehmen. Er schleifte sich in sein kahles Zimmer. Zog die Vorhänge vor die Fenster, daß das Licht von der Straße nicht hereinkam, nahm die Decke der Ottomane, verhängte den Spiegel. Dann suchte er. Es lag nahe, die Haushälterin Agnes zu rufen, daß sie ihm bei seinen Verrichtungen helfe; aber das tat er nicht. Schließlich fand er, was er suchte, eine ziemlich große Kerze und eine schon weit heruntergebrannte. Er steckte die Kerzen an. Dann ging er in die Küche. Die Haushälterin Agnes fragte verwundert, was er wolle. Er gab keine Antwort, nahm sich aus einer Ecke einen niedrigen Schemel, trug ihn ins Zimmer. In dem dunkeln Zimmer dann, vor den Kerzen und dem verhängten Spiegel, bemühte er sich, sein Kleid zu zerreißen. Aber seine Hände waren dünnhäutig und schwach, und der Stoff seiner Jacke war fest, und es ging nicht. Er holte eine Schere und schnitt in die Jacke, auch das war schwierig, doch schließlich gelang es, und dann riß er weiter. Dann setzte er sich auf die Erde, auf den Schemel. Dort blieb er hocken.

Die Haushälterin Agnes kam herein. Er hockte stumpfsinnig und sah alt und verfallen aus. Er mußte einen schweren Schlag bekommen haben, wahrscheinlich von dem ausgehausten Lumpen. Das hatte ihn vollends verrückt gemacht. Sie brummelte leise, aber sie wagte nichts zu sagen und schlurfte wieder hinaus.

Nach einer Weile hörte sie ihn hin und her gehen. Doch als sie vorsichtig ins Zimmer schaute, hockte er wieder auf dem Schemel. Sie sah jetzt auch, daß er sich die Jacke zerrissen hatte. Sein Kopf hing nach vorn herunter, es war ein Wunder, daß ein Mensch so sitzen konnte. Sie fragte, ob er essen wollte; er erwiderte nicht, und sie drängte nicht.

Sie ging in dieser Nacht nicht zu Bett. Sie horchte ins Zimmer, was er tue. Er hockte die meiste Zeit auf der Erde, manchmal schleppte er sich hin und her. Die Kerzen gingen aus, er hatte keine neuen. Er schaltete das elektrische Licht nicht ein, hockte in dem dunkeln Zimmer.

Der Junge hatte die Beine gekreuzt. Es waren karierte Hosen aus einem ausgezeichneten, englischen Stoff, gut gebügelt. Er selber hatte wahrscheinlich niemals so gute Hosen getragen. Die Strümpfe waren dünn, mattglänzend. Die Schuhe schmiegten sich stark und bequem, sicher waren sie nach Maß gefertigt. Die Katzenfarm war ein tolles Projekt, aber sie war ein Einfall. Der Junge hatte verflucht viele Interessen. Politik, Blutuntersuchungen, Geschäfte jeder Art, Kleider, gutgeschnittene Anzüge. An der rechten Gamasche hatte merkwürdigerweise ein Knopf gefehlt. Auch einen Freund hatte er. Sogar der Klenk hielt viel von ihm. Er war ein patenter Junge. Es war ein schieres Wunder gewesen damals an dem österreichischen See. So ein großes, blondes Mädchen. Schuld war, daß er sich um diesen Krüger zu wenig gekümmert hatte. Dann wäre ihm der Junge nicht erschossen worden. Der Hockende auf seinem Schemel schnupperte, er roch ganz deutlich den Geruch von Heu und Leder.

Als spät der Morgen heraufkam, hörte die Haushälterin Agnes den Dr. Geyer sprechen, allein, in einer fremden Sprache. Es war hebräisch. Der Reichstagsabgeordnete Geyer sprach Gebete, hebräische, Sterbegebete, auch Segenssprüche, mechanisch die Lippen bewegend, wie er sie von Kind her im Gedächtnis hatte. Denn Dr. Geyer entstammte einer jüdischen Familie, die die Riten und Gebete hoch in Ehren hielt, und er hatte ein gutes Gedächtnis. Er sprach: »Wie die Blume verwelkt, wie das Gras verdorrt, welken wir aus dem Licht.« Er legte die Hand auf die kalte Schale der Schreibtischlampe, wie sein Vater ihm die Hand auf den Kopf gelegt hatte am Freitagabend beim Segensspruch, und sagte: »Gott lasse dich werden wie Ephraim und Manasse.« Auch sagte er: »Wir gedenken, daß wir Staub sind.« Es quälte ihn, daß nicht zehn Leute da waren, wie das Gesetz es vorschrieb. Es quälte ihn, daß er nicht am liturgischen Neujahrstag an ein fließendes Wasser gegangen war, wie das Gesetz es vorschrieb, und seine Sünden hineingeworfen hatte, auf daß der Fluß sie weitertreibe und ins Meer versenke. Nur dies hätte er zu tun brauchen, dann wäre der Junge nicht umgebracht worden.

So hockte der Abgeordnete Geyer den Tag über und aß nicht und wusch sich nicht und rasierte sich nicht und blieb in den gleichen Kleidern. Er trauerte um seinen Sohn Erich Bornhaak, der ein Held gewesen war im Krieg und der verkommen war im Krieg und der Hunde vergiftet hatte und Menschen erledigt, immer leicht gelangweilt, und der seinen Vater aufgefordert hatte, sich der Königsberger Blutprobe zu unterziehen, und der erschossen worden war an der Feldherrnhalle in München, um sich einen leisen Geruch von Heu und Leder und dicke Lächerlichkeit.

Die nächste Nacht schlief Dr. Geyer ein wenig. Am Morgen stellte er sich hin mit geschlossenen Füßen und wiegendem Oberkörper und sprach: »Geheiligt und gerühmt werde Sein Name.« Eigentlich sollte dies geschehen in Gegenwart von zehn erwachsenen Gläubigen. Er mußte es allein tun.

Auch diesen Tag über hockte er und aß nicht. Den Abend dann fuhr er nach München.

12

Der wasserlassende Stier

Der Schauspieler Konrad Stolzing kam zurück aus dem Städtchen an der oberbayrisch-schwäbischen Grenze, wo Rupert Kutzner in ehrenvoller Haft gehalten wurde. Er war hingefahren, bepackt wie ein Weihnachtsmann mit Liebesgaben für den

Eingekerkerten. Allein es hatte sich gezeigt, daß dies überflüssig war. Die Begeisterung und Treue der Vaterländischen hatte um den gefangenen Führer ein ganzes Warenlager von Liebesgaben gestapelt. Es türmten sich um ihn Kuchen, Schinken, Wildbret und Geflügel, Wein, Schnaps, Eier, Pralinen, Zigarren, wollene Unterjacken mit dem eingewebten indischen Fruchtbarkeitsemblem, Wickelgamaschen, Unterbeinkleider, ein Diktaphon, Grammophonplatten, auch zwei Bücher.

Anschaulich, mit großen Worten, malte der Schauspieler den Freunden das Bild des eingekerkerten königlichen Mannes. Rupert Kutzner war im Innersten erschüttert über die Tücke und Hinterlist, mit der man ihn zu Fall gebracht hatte. Hand in Hand mit ihm war Flaucher gestanden vor der begeistert tobenden Menge; dann war er hingegangen und hatte ihn schnöd verraten. Wenn er, der Führer, sein Versprechen, den Streich aufzuschieben, nicht gehalten hatte, so war dies zu edlem Zweck geschehen. Was aber Flaucher getan hatte, war nicht nordische, das war Hinterlist. War es zu fassen? Ein deutscher Mann und soviel Tücke. Tagelang, berichtete der Schauspieler weiter, saß der wunde Held, er hatte sich anläßlich der nationalen Revolution den Arm verstaucht, in dumpfem Brüten. Verweigerte Speise und Trank, sprach von Selbstmord. Zwanzig Minuten lang hatte er, Konrad Stolzing, auf den Adler im Käfig einreden müssen, bis der ihm zusagte, er werde vielleicht doch sein Leben dem völkischen Gedanken, dem schwarzweißroten Deutschland erhalten.

Die bayrische Regierung unterdes ging daran, den Prozeß des Kutzner den jetzigen politischen Umständen gemäß aufzuziehen. Das Reich war wieder konsolidiert, die Reichsmark war stabilisiert: die Pläne einer Donaukonföderation unter bayrischer Hegemonie schwammen ein für allemal hinunter. Die Patrioten, früher eine willkommene Stütze, waren jetzt eine Belastung für das offizielle Bayern. Man warf der Münchner Regierung vor, sie unter Führung des von ihr bestellten Generalstaatskommissars Flaucher sei bis zu dem Putsch genau den gleichen Weg gegangen wie der Aufrührer Kutzner und seine Gefolgschaft. Es galt für das bayrische Kabinett, in dem Prozeß des Kutzner diesen klaren Tatbestand zu verschleiern, ins Gegenteil zu verkehren, die Schuld von sich ab den Wahrhaft Deutschen allein zuzuwälzen.

Die Anklage beschränkte sich also auf Kutzner, Vesemann und acht andere Führer und begriff Flaucher nicht mit ein. Der wurde vielmehr als Zeuge geladen, doch nicht von seinem Amtsgeheimnis befreit. In dieser Eigenschaft konnte er unter Eid alles bekunden, was für die Unschuld der Regierung sprach; wurde aber eine Tatsache heraufgeschwemmt, die sie belasten konnte, so durfte er sich auf sein Amtsgeheimnis berufen. Um ihm die Aussage in diesem Sinne zu erleichtern, übertrug die Regierung die Führung des Prozesses einem Manne, der ihm nahestand. Auch hielt sie die Anklage des Staatsanwalts zurück, so daß Flaucher und der Landeskommandant sich in Ruhe über eine einheitliche Zeugenaussage verständigen konnten.

Die Verhandlung fand statt in dem freundlichen Speisesaal der ehemaligen Kriegsschule. Die Zuhörer waren gesiebt, sie waren zu einem großen Teil Angehörige und Anhänger der Patrioten, unter ihnen viele Damen. Die Verhandlung wurde geführt in Form einer verbindlichen Unterhaltung. Schranken gab es nicht, die Angeklagten saßen bequem an Tischen. Trat der Angeklagte General Vesemann ein, so präsentierten die wachhabenden Soldaten, und das ganze Auditorium erhob sich.

Rupert Kutzner hatte Monate hindurch nicht mehr öffentlich gesprochen. Wie er jetzt nach der langen Entbehrung den Mund auftun durfte, Kontakt spürte, offene Ohren, da kam es über ihn, ein Rausch; er fühlte sich steigen, fühlte Wind in den Flügeln. Er trug gemäß dem Rat des Schauspielers Stolzing nicht den gewohnten knappen Sportanzug, sondern, auf daß die tragische Bedeutung der Stunde würdiger zur Geltung komme, einen langschößigen Rock, darauf das geschweifte Kreuz aus Eisen. Tüverlin beschaute den Mann, wie seine Brust sich hob und senkte, wie seine leeren Augen sich belebten, wie die gutrasierten, gepuderten Wangen rot anliefen, wie die höckerige Nase schnaubte. Zweifellos glaubte der Mann, was er sagte, glaubte, es geschehe ihm großes Unrecht. Glühend in immer anderen Worten erklärte er, für ihn existiere nicht die sogenannte Revolution. Nicht ein Meuterer und Rebell sei er, sondern der Wiederhersteller der alten Ordnung, die gestört worden sei durch Meuterer und Rebellen. Hatte nicht der Generalstaatskommissar genau wie er die Reichsregierung beseitigen, durch ein antiparlamentarisches Direktorium ersetzen wollen? Nichts anderes gesagt und getan hatte der Regierungschef als das, wofür jetzt er, Kutzner, auf der Anklagebank saß. Nur deshalb hatte er nicht auf Flaucher gewartet, sondern vor ihm losgeschlagen, weil eben er, Kutzner, der geborene, gottgewollte Führer war. Staatskunst kann man nicht lernen. Wenn ein Mann weiß, daß er eine Sache kann, dann darf er nicht auf einen andern warten, bloß weil der im Amt ist, dann darf er nicht bescheiden sein. Er hat seinem Vaterland einen Dienst tun, hat seine geschichtliche Mission erfüllen wollen. Manche seiner Mitarbeiter sind dabei elend umgekommen, er selber hat sich den Arm verstaucht: jetzt stellt man ihn vor Gericht, bemakelt ihn als Verräter. Er glühte, er sprach voll echten Zornes.

Tüverlin überdachte, was Kutzner sprach. Es war das Problem des Hochverrats. Ein Staatsstreich, der mißglückte, war Hochverrat, ein Staatsstreich, der glückte, war Recht, wirkte Recht und machte die bisherigen Rechtsinhaber zu Hochverrätern. Dieser Mann Kutzner wollte nicht zur Kenntnis nehmen, daß die Republik Tatsache war. Er behauptete, und aus dieser Behauptung erklärte er sein Handeln, die Revolution nach dem Krieg sei erfolglos gewesen.

Es redete aber Rupert Kutzner vier Stunden lang. Er genoß diese Stunden wie einer, der fast erstickt war, die neue Luft. Reden war der Sinn seiner Existenz. Den Kopf über dem hohen, steifen Kragen reckte er, stand stramm wie ein Soldat beim Rapport, den langen Rock geschlossen. Wahrte Haltung. Vergaß, noch so hingerissen, nicht, die Männer, von denen er sprach, bei ihren tönenden Titeln zu nennen. Es war ihm sichtlich eine Erhebung, daß da so viele Exzellenzen, Staatskommissare, Generale, Minister waren, die alle er in Bewegung gesetzt hatte.

So hohl das war, was er, immer das gleiche, vorbrachte, Rupert Kutzner wirkte, solange er sprach, nicht lächerlich. Im Gegenteil, wie dieser Mann seinen Sturz und Zusammenbruch mit weiten Bewegungen und langhallenden Worten garnierte, das war großartig.

Der Lächerliche, der Verächtliche war der Zeuge Franz Flaucher. Der war der wirkliche Angeklagte. Er hatte in entscheidender Stunde den Kutzner schmählich verraten, die große Idee von hinten erdolcht, und jetzt saß er hier und wollte es nicht gewesen sein und drückte sich. Das war die allgemeine Meinung.

Zwei Wochen dauerte der Prozeß. Zwei Wochen hindurch hackten die Angeklagten und ihre Verteidiger mit hämischen Fragen auf den gestürzten Generalstaatskommissar ein. Sie wollten erweisen, daß er gewillt gewesen sei, mit oder ohne Kutzner die Berliner Regierung durch Staatsstreich zu stürzen und eine bayrische Diktatur an ihre Stelle zu setzen. Daß er das gleiche habe tun wollen wie Kutzner, nur eben erst am 12., nicht schon am 9. November. Daß, wenn Kutzners Tätigkeit Verrat war, Flauchers ganze Regierungstätigkeit auch Verrat gewesen sei. Die Hintermänner des Flaucher, die heimlichen Regenten, waren ihnen nicht erreichbar: um so schonungsloser häuften sie Hohn, Haß, Verachtung auf den Mann, der ihnen erreichbar war, auf den Feigling und Verräter, auf den Zeugen Franz Flaucher.

»Warum«, fragten sie, »warum haben Sie die Männer nicht verhaften lassen, deren Verhaftung die Reichsregierung befahl? Warum haben Sie Reichsgesetze für Bayern außer Kraft gesetzt? Warum haben Sie Reichsbankgold zurückgehalten? Mit welchem Recht haben Sie die bayrische Reichswehr als Treuhänder des Reichs in Pflicht genommen? Wer hat Sie zum Treuhänder gemacht?« Flaucher hockte da, verstockt, schwieg, erklärte, er könne sich nicht erinnern, er verweigere die Aussage, das Amtsgeheimnis verbiete ihm, zu antworten. Ringsum zuckte man die Achseln, lachte höhnisch. Er schwieg.

Der vierte Sohn des Konzipienten des Kgl. Notars von Landshut hatte viele Demütigungen kosten müssen während seiner langsamen Karriere, als Student durch hochfahrende Kommilitonen, als Beamter durch herrschsüchtige Vorgesetzte, als Minister durch den unernsten, protzigen Klenk. Dann aber hatte er triumphiert, Kutzner war vor ihm auf den Knien gelegen, seine gewünschte Stunde war gekommen. Er hatte geglaubt, sie sei bezahlt mit der Schmach seines bisherigen Lebens, aber es zeigte sich, daß er sie jetzt erst zu bezahlen hatte. Es war eine große Versuchung, der frechen, höhnischen Bagage hier im Saal hinzureiben, wie es wirklich war, darzutun, daß er gehandelt hatte als treuer Soldat Höhergestellter, daß er jetzt hier hockte als Statthalter anderer, gottgewollter Herren. Aber das eben war der Dienst, den diese gottgewollten Herren von ihm verlangten, daß er das Maul halte, daß er sich darbiete der Schmach, die eigentlich sie hätte treffen müssen. Hatte er sich früher angefüllt mit der Süßigkeit seiner Sendung, so pumpte er sich jetzt voll mit ihrer Bitterkeit.

Zwei Wochen hindurch saß er so auf seinem Zeugenstuhl, den massigen, viereckigen Schädel geduckt, schweigsam, unbehilflich, sich manchmal reibend zwischen Hals und Kragen. Wenn der Führer sprach von dem verächtlichen Verrat, den man an ihm begangen habe, dann spritzte die Verachtung des ganzen Saales über den plumpen Mann auf dem Zeugenstuhl. Manche waren von diesem Schauspiel mehr angezogen als von der Darbietung Rupert Kutzners. Der Maler Greiderer zum Beispiel, der jetzt auf dem Land lebte, kurbelte sein ramponiertes grünes Auto an, das bereits, weil es noch lief, als Museumsgegenstand galt, und fuhr in die Stadt, nur um sich den gestürzten Generalstaatskommissar anzuschauen. Wie er dahockte, überdeckt mit höhnischen, schmachvollen Fragen, ein Haufen Unglück. Mochten die Feinde ihn noch so sehr kratzen und beißen, er zuckte nicht, gab nicht mehr an. Wißbegierig studierte der Greiderer den duldenden Flaucher. Er malte jetzt an einem großen Bild, das einen müden, verwundeten Stier zeigte, wie er an der Barriere steht, Wasser lassend, und nicht mehr in die Arena will. Der Greiderer, in dem Gerichtssaal in der Infanterieschule, kam auf seine Rechnung. Er fand eine Menge Nuancen. Zwei Wochen saß so der Zeuge Flaucher, verbockt, bösartig, und sammelte in seine Brust die Spieße, sie von andern abzuwehren.

Kutzner aber und die Seinen sammelten alles Licht auf sich. Wagte man, gegen sie aufzumucken, so drohten sie mit hinterhältiger Freundlichkeit Enthüllungen an. Der ganze Gerichtshof mußte ihnen als Beleuchter dienen. Der öffentliche Ankläger wurde klein und kleiner. Immer öfter mußte er sich entschuldigen, schweigen, den Verteidigern das Feld überlassen. Sein Plädoyer war ein Hymnus mehr auf die patriotischen Verdienste Kutzners und Vesemanns als eine Anklage ihrer Tat. Er beantragte niedrige Festungsstrafen. Sämtliche Angeklagten, in ihrem Schlußwort, erklärten, sie würden ihre Tat, die leider gescheitert sei an dem Wortbruch des ehrgeizigen Gesellen Flaucher, jederzeit wiederholen. Die Weltgeschichte, erklärte Kutzner, spreche ihn frei, die Weltgeschichte, erklärte General Vesemann, schicke Männer, die für ihr Vaterland gekämpft haben, nicht auf Festung, sondern nach Walhall.

Der § 81 des Deutschen Reichsstrafgesetzbuches lautet: »Mit lebenslänglichem Zuchthaus oder lebenslänglicher Festungshaft wird bestraft, wer es unternimmt, die Verfassung des Deutschen Reiches oder eines deutschen Landes gewaltsam zu ändern.« Das Gericht sprach den General Vesemann frei, die andern Angeklagten verurteilte es zu Festungshaft von einem Jahr bis zu fünf Jahren mit einer Bewährungsfrist, die entweder sogleich eintrat oder im äußersten Fall nach sechs Monaten. Außerdem verurteilte es Rupert Kutzner zu einer Geldstrafe von zweihundert Mark.

Nach der Verkündung des Urteils erhoben sich die Zuhörer und brachten den Angeklagten stürmische Huldigungen dar. Auch von außen kam Jubelgeschrei. Der Führer trat ans Fenster, zeigte sich den Begeisterten. General Vesemann hatte einen weiten Weg zu fahren von der Infanterieschule, wo die Verhandlung stattgefunden hatte, bis zu seinem Landhaus in der südlichen Villenvorstadt. Der ganze Weg war gesäumt mit Huldigenden. Das Auto des Generals war geschmückt mit Blumengirlanden; am Kühler, triumphierend, wehte die Fahne mit dem indischen Fruchtbarkeitsemblem.

13

Johanna Krains Museum

Es waren seit dem jämmerlichen Ende des Mannes Krüger elf Monate um, und es kam ein neuer Frühling. Deutschland hatte sich beruhigt, gefestigt. Der Versuch der Rheinlande, sich vom Reich zu separieren, war gescheitert. Der Kampf mit Frankreich um das Ruhrgebiet hatte mit einem Wirtschaftsabkommen geendet. Es war von den Großmächten eine Sachverständigenkommission unter dem Vorsitz eines gewissen Generals Dawes bestellt worden, um einen vernünftigen Reparationsplan zu entwerfen. Die Reichsmark war stabilisiert. Der Dollar kostete 4,20 Mark wie vor dem Krieg.

Auch in Bayern trat Ruhe ein. Der Sturz Kutzners bewirkte nur wenig Änderung. Die Patrioten waren zu weit gegangen, jetzt hatten sie ihre Watschen weg, waren gedämpft. Die Regierung, nach dem Prozeß, zeigte dem besiegten Feind Milde. Dem geschädigten Wirt des Kapuzinerbräu ersetzte sie den nicht bezahlten Konsum der Patrioten an Bier und Würsten. Den Linksparteien gegenüber blieb sie hart wie zuvor. Die Roten sollten nicht glauben, daß jetzt etwa sie das Maul aufreißen dürften. Die kurze Haft Rupert Kutzners war Erholung mehr als Strafe: die Arbeiter, die bei der von den Patrioten entfesselten *Sendlinger Schlacht* festgenommen waren, wurden ausgiebig verurteilt, die Urteile streng vollstreckt.

Johanna Krain achtete auf diese Ereignisse nur, soweit sie verknüpft werden konnten mit dem Kampf für den toten Martin Krüger. Denn dieser Kampf, trotz ihrer Anstrengungen, war im Versanden. Das Werk Martin Krügers wurde groß und strahlend, immer mehr Leute redeten von seinem Werk. Aber immer weniger Leute redeten von dem Manne Krüger, seinem Leben und seinem Tod, und langsam verloren sich auch die letzten, die ihr bei ihrem Kampfe halfen. Es blieb, wollte sie sich nichts vorlügen, nur ein einziger Mensch, durch den der Mann Krüger noch in der Welt war: sie.

Nur durch sie, durch sie aber *war* er in der Welt. Sie war zu lau gewesen, solang er lebte, jetzt wenigstens wollte sie nicht lau sein. Je heftiger sie sich sein Bild zurückruft, je dringlicher sie sich mit dem Toten befaßt, so lebendiger wird er. Sie spürt selber wieder vom Herzen heraufkriechen, ihren Hals, ihre Schultern packen jenes pressende Gefühl der Vernichtung.

»Ich hab's gesehen«, steht unter ein paar wüsten Greueln, die der Maler Goya aufgezeichnet hat. »Ich hab's gesehen«, heißt ein Kapitel in Martin Krügers Buch. Daß jemand etwas gesehen hat, ist ein primitives, aber schlagendes Argument. Wer gesehen hat, was sie sah, der hat die verdammte Pflicht, es zu sagen.

Am Tag, da der Tod Martin Krügers sich jährte, brachte der »Vaterländische Anzeiger« der Wahrhaft Deutschen einen Aufsatz zum Fall Krüger. Man müsse es einmal laut sagen, hieß es darin, daß Mensch nicht gleich Mensch sei. Dieser degenerierte, entsittlichte Mann Martin Krüger lasse die Wahrhaft Deutschen völlig kalt. Das ganze Berliner Geschrei werde bloß gemacht, um die deutsche Justiz zu unterhöhlen. Sie, die Wahrhaft Deutschen, könnten nur lachen über die Salonapostel, die plötzlich ihr Herz für diesen Mann entdeckten. »Wir erklären«, schloß der Aufsatz, »der roten Berliner Presse und sämtlichen Humanitätsaspiranten vom Kurfürstendamm laut, deutsch und klar: Kocht euch euren Martin Krüger sauer.«

Johanna Krain las den Aufsatz. Die Toten sollen das Maul halten, hatte vor einem Jahr ein Verantwortlicher angeordnet. Diese hier waren noch deutlicher. Johanna verkrustete sich immer mehr. Der Tote soll nicht das Maul halten. Sie wird Zeugnis ablegen, wird erzwingen, daß er ganz lebendig wird. Sie spürt: wenn sie den Toten reden macht, dann wird ein großer Teil Schuld von ihr abfallen.

Sie zersann sich den Kopf, wie sie das anstellen könnte. Eine sichere Gelegenheit hatte sie vor sich. Der Förtsch hatte sie verklagt, weil sie ihm damals in großer Öffentlichkeit ins Gesicht gesagt hatte, er sei ein Lump. Der Prozeß wurde immer wieder vertagt; aber ewig wird man ihn nicht vertagen können. Einmal wird es an dem sein, daß sie reden darf. Sie hat gelesen, was alles der Kutzner gesagt hat, wie man den hat reden lassen. Auch sie wird reden, und daß ihnen die Ohren weh tun. Martin Krügers Schicksal sollte reißen an den Herzen der Menschen.

Sie war besessen von ihrem Plan. Die Stummheit des Toten bohrte an ihr, wenn sie aufstand und wenn sie sich niederlegte. Sie war eine Frau von mittleren Gaben, mit einem Alltagsgesicht, doch verbissen in eine Idee. Sie ging herum wie früher, ungeschminkt, ungepudert, mit geknotetem Haar. Sie hatte viele Aufträge, und sie arbeitete viel. Sie war, wenn sie mit den Menschen sprach, sehr ruhig. Innen war sie ausgehöhlt von ihrem wilden Verlangen, hinzutreten vor die Welt und zu schreien.

Sie sah zu, wie man mit jeder Woche mehr sprach vom »Goya«, von der »Spanischen Malerei«, weniger von Odelsberg. Es darf nicht sein, daß die begangene Gemeinheit vergessen wird und versinkt. Hingemacht hat diesen Mann das Land Bayern. Wir alle in diesem verfluchten Land Bayern haben ihn hingemacht. Das darf nicht ungesagt bleiben. Das ganze Land wird krank an dem verhaltenen Wort. Die Krankheit des Landes muß mit Namen genannt werden. Sie muß das tun, Johanna, laut, deutlich.

Man konnte sie nicht mehr dumm machen. Sie hatte einiges erlebt von ihrem sechsundzwanzigsten Jahr bis zu ihrem achtundzwanzigsten. Sie hatte Erinnerungen, ein ganzes Museum. Da war zum Beispiel ihre Maske. Da war ein Tennisschläger aus der Zeit ihrer *gesellschaftlichen Beziehungen.* Da war der trokkene Laib Brot aus der Zelle in Odelsberg, sehr hart, sehr trokken, gut konserviert, ein hervorragendes Museumsstück. Da war in einer Kassette ein Pack Briefe, gebündelt, wohlgeordnet, geschrieben von einer Hand, die nicht mehr schrieb. Da war mit einem schadhaften e der Ausschnitt aus der Morgenzeitung, daß Fancy De Lucca sich erschossen hatte, weil sie nicht mehr Tennis spielen konnte. Da war ein Fläschchen mit einem schon fast verrauchten Geruch von Heu und Leder, herrührend von einem jungen Menschen, der gelebt hatte ohne Sinn, den sie geliebt hatte ohne Sinn, der gefallen war ohne Sinn bei einem läppischen Putsch. Da war ein grauer Sommeranzug. Eigentum ehemals eines Mannes, der verreckt war in einer überheizten Zelle, vor jenem vertrocknenden Laib Brot und keinem Menschen. Hauptstück des Museums aber blieben Martin Krügers Schriften, mit dem Aufsatz über »Josef und seine Brüder«, mit den Kapiteln »Ich hab's gesehen« und »Wie lange noch?«, klassischen Prosastücken bereits. Da standen sie, vier schöne, starke Bände mit roten Lederrücken, das Werk, das verfluchte Werk, das den Mann und sein Schicksal begrub.

Als endlich der Tag des Prozesses Förtsch kam, trat sie vor die Richter, angefüllt mit einem guten Zorn, klar, kräftig, wie in ihren besten Tagen. Sie wußte nicht genau, was sie reden wird, aber daß sie gut und unüberhörbar reden wird.

Rupert Kutzner hatte vierzehn Tage hindurch gesprochen, einmal vier Stunden auf einen Satz. Johanna Krain gab man nicht vierzehn Tage, auch nicht vier Stunden, auch nicht eine Minute. Die Richter waren höflich, leicht verwundert. Was wollte sie eigentlich? Einen Wahrheitsbeweis antreten? Wofür? Sie habe mit eigenen Augen gesehen, daß es Martin Krüger in Odelsberg an ärztlicher Fürsorge gefehlt hat? Aber der objektive Tatbestand war hinlänglich geklärt durch das Disziplinarverfahren gegen Dr. Gsell, und die subjektive Gutgläubigkeit gestand man ihr ohne weiteres zu.

Ihr Anwalt, mit umständlicher Begründung, dringlich und in aller Form, beantragte Wahrheitsbeweis. Das Gericht zog sich zurück, beriet eine halbe Minute, lehnte ab.

Johannas Augen, als das Gericht diesen Beschluß verkündete, verdunkelten sich vor Zorn. Nicht mehr sah sie den hellen, kahlen Gerichtssaal. Vielmehr sah sie eine rauchige Konditorei in Garmisch. An den Wänden Alpenrosengerank und ein Stampftanz von Burschen und Dirndln. Ein freundlicher, langbärtiger Herr, Kuchen in Milchkaffee tunkend, spricht sanft und weise: wie die Rechtssicherheit es erfordere, daß manchmal einem Unschuldigen zu Recht Unrecht geschehe.

Johanna wurde, unter Zubilligung mildernder Umstände, zu einer kleinen Geldstrafe verurteilt. Kehrte zurück in ihr Museum, nicht geschlagen.

14

Herr Hessreiter diniert im Juchhe

Die Festigung der deutschen Währung, die Schrumpfung von der Billion zur Eins, war nicht ohne Krämpfe vor sich gegangen. Erheblich rascher, als sie hochgeströmt war, rann die ungeheure Geldflut ab. Viele wanden sich jetzt in kurzfristigen Zahlungsverpflichtungen, sahen sich plötzlich ohne Mittel, ihre gehäuften, kostspieligen Betriebe zu erhalten. Zusammenkrachten ringsum die geblähten Konzerne, die hochtönenden Gesellschaften.

Das Agrarland Bayern spürte die Erschütterung nicht so peinvoll wie die meisten andern Teile des Reichs. Eine Verschiebung freilich trat ein unter den heimlichen Regenten des Landes. Berchtesgaden, das erzbischöfliche Palais, der Geheimrat Bichler, nun man die endgültige Bilanz zog, verloren an Macht. Die ganz Großen, die Reindl und Grueber, tauchten aus der Wirrnis mit großem Gewinn.

Zu den wenigen aber, die es gerissen hatte, gehörte der Kommerzienrat Paul Hessreiter. Die Verträge mit Südfrankreich verlangten große Barzahlungen, die Münchner Banken wurden schwierig, die Hetag mußte mit Verlust an Herrn Curtis Lang abgestoßen werden. Die Süddeutschen Keramiken selber wackelten. Vor seinen Freunden war Herr Hessreiter nach wie vor der große Geschäftsmann, sorglos, unerschüttert, erhaben über jede Konjunktur; in seinem Büro zappelte er sich ab, schlug um sich, schnappte nach Luft.

Ostern kam. Um diese Zeit pflegte man nach dem Süden zu fahren. Ob er keine Reisepläne habe, fragte Frau von Radolny. Ihr ging es gut, ihre Rente war üppig aufgewertet, Luitpoldsbrunn war entschuldet, ausgerüstet mit modernen Maschinen. Ach, wie gern wäre Herr Hessreiter gereist. Verlockend vor ihm standen Hotels an italienischen Seen, südtirolische Läden, in denen man herumkramen konnte unter gemütvollen Kuriositäten, geeignet für das Haus in der Seestraße. Statt dessen verlangten drohend nach ihm gerichtliche Termine, Gläubigerversammlungen. Natürlich, sagte er, werde man reisen. Er schlage den Comer See vor, hinterher vielleicht ein paar Tage Riviera. »Aber du kannst doch erst fort«, mahnte gelassen Frau von Radolny, »wenn du die Geschichte mit dem Pernreuther geregelt hast«, und sie nannte den Namen seines schlimmsten Gläubigers.

Herr Hessreiter ruderte mit den Armen, wich aus, hierhin, dorthin. Es erwies sich, daß Katharina mit seiner Lage genau vertraut war. Sie sah in alle Winkel, unerbittlich, viel deutlicher als er. Sie saß da, groß, das schöne Gesicht blühend unter dem kupferroten Haar, und sie rechnete kühl, ohne ein Wort des Vorwurfs, die Summe zusammen, die er brauchte. Keine kleine Summe.

Sie sei bereit, erklärte sie, das Geld für ihn aufzutreiben. Und dann könne man auch an den Comer See. Die Bedingungen, zu denen sie die notwendige Summe beschaffen konnte, waren nicht angenehm. Auch wurde nicht recht klar, wer eigentlich das Geld geben sollte. Klar wurde nur, daß sie Bürgschaft stellen, daß ihr Gut Luitpoldsbrunn haften mußte. Sie kannte das Leben, sie kam von unten herauf, hatte erst in den letzten Zeiten noch erfahren, wieviel Wechselfälle auch den scheinbar Sicheren bedrohen. Wenn sie Paul helfen soll, dann, das mußte er begreifen, brauchte sie Garantien. Künstlerische Abschweifungen, Seitensprünge wie die Serie »Stierkampf« und ähnlichen Luxus werden sich die Süddeutschen Keramiken in Zukunft verkneifen müssen. Herr Hessreiter persönlich wird nicht umhinkönnen, sich auf einen etwas weniger weiträumigen Lebensstil einzurichten. Man wird gut tun, gemeinsamen Haushalt zu führen. Genügt nicht das schöne Haus in Luitpoldsbrunn? Für das Haus in der Seestraße weiß sie einen solventen Käufer. Ihr Zusammenleben wird man zu Zwecken des gemeinsamen Haushalts am besten legalisieren, man wird auf dem Petersberg vorsprechen, beim Standesamt. Das alles wird gar nicht so umständlich sein, wie es ausschaut; die ganze Angelegenheit braucht wenige Wochen. Man wird nach Italien können, noch ehe es zu heiß wird. Gelassen kam, liebenswürdig, ihre sonore Stimme aus dem starken Mund, resolut, doch ruhevoll, als spräche sie über den Wechsel eines Dienstmädchens.

Paul Hessreiter, als sie begann, war hin und her gegangen. Als sie sagte, daß allenfalls sie das Geld schaffen wolle, war er mitten im Schritt stehengeblieben. Dann, mit jedem Satz von ihr, wich er weiter zurück, bis er schließlich an die Wand gedrückt stand, den kleinen Mund töricht halboffen, die braunen, schleierigen Augen angstvoll auf dem schönen Gesicht der Frau. Langsam, während sie sprach, stürzte sein ganzes vierundvierzigjähriges Leben ein. Aus allen Winkeln seines Hirns, in großer Panik, raffte er Ausflüchte zusammen, Schönfärbereien. Doch schon bevor er sie recht bedachte, wußte er, daß das Bruch war und daß die Frau recht hatte. Wußte, daß er sich allem fügen mußte, was sie anordnete. Jeder neue Satz war ein Schlag auf seinen Kopf. Er war vielleicht kein bedeutender Mann, wie er sich manchmal vorgemacht hatte, aber er hatte sein gutes Münchner Herz, und nun hatten sie so lange zusammen gelebt, und er begriff nicht, wie eines so grausam sein konnte wie da die Frau.

Sie war zu Ende. Herr Hessreiter, langsam, erholte sich, löste sich von der Wand, redete. Es wurde eine lange Rede. Katharinas ruhevolle Augen folgten langsam dem hin und her gehenden Mann. Sie sagte gar nichts, und als er endlich fertig war, lächelte sie nicht einmal. Da sah Herr Hessreiter nackt und bitter deutlich, woran er war. Er wurde für eine ewige halbe Minute grau und alt.

Dann, hilflos, gutmütig, begann er von neuem auf sie einzureden. Die Kunst in den Süddeutschen Keramiken aufzustekken gebe ihm einen Riß durch und durch; aber gut, da sie es partout wolle, er sei konziliant, er stecke auf. Heiraten, er sehe da keine großen Ersparnisse; aber da sie glaube, ohne den Petersberg gehe es nicht, gut, einverstanden, Petersberg. Nur sein Haus, das schöne Haus an der Seestraße, nein, sie möge entschuldigen, da sei er nicht ihrer Meinung. Die Zeit, die Mühe, den Geschmack, das Leben, das Herz, das er da hineingesteckt habe, das könne ihm keiner herauszahlen. Es wäre ein Jammer und ein Unsinn, das wegzugeben. Wie überhaupt sie sich das vorstelle? Sie seien keine Bauern, sie brauchten die Stadt, sie könnten nicht das ganze Jahr auf dem Land leben. Das sei einfach ausgeschlossen.

Frau von Radolny meinte, so habe sie sich das auch nicht gedacht. Er könne ja eine Etagenwohnung in München mieten, eine Atelierwohnung, einiges aus dem Haus in der Seestraße könne er dort wohl unterbringen. Er müsse sich halt in Gottes Namen behelfen. »Ich habe mich auch manchmal behelfen müssen«, sagte sie. Sie hob kaum die Stimme, sie sprach weiter gelassen und liebenswürdig, aber wie sie das sagte: ich habe mich auch manchmal behelfen müssen, das bewirkte, daß Herr Hessreiter aufging: jede Widerrede war sinnlos. Er wußte, es war nicht ihre finanziell dreckige Zeit, die sie im Aug hatte, sondern jene, da sie ihm nach Paris schrieb und er ihre Briefe geschäftsmäßig freundlich erwiderte.

Frau von Radolny nahm also die Sache in die Hand, und es ging alles sehr schnell. Sie verkaufte das Haus in der Seestraße an irgendwen, der fraglos nur eines andern Mittelsmann war. Herr Hessreiter selber wußte nicht, wem jetzt sein Haus gehörte. Es galt nun, eine Wohnung zu mieten, auf Jahre hinaus festzulegen, welche Wände, welche Straßen man vor Augen haben, welche Luft man atmen sollte. Darüber mußte man mit sich selber, mit Freunden, mit Künstlern gründlich zu Rate gehen, dazu brauchte ein Mensch von Kultur Monate. Allein Frau von Radolny fackelte auch da nicht lange. Statt der neun großen und fünf kleinen Räume, die Herrn Hessreiter in der Seestraße zur Verfügung standen, die kleinen Kammern und Gelasse nicht eingerechnet, bekam er jetzt ein Atelier und einen Schlafraum in der Elisabethstraße, in einem Mietshaus, im vierten Stock: im *Juchhe.* Als *Juchhe* bezeichnete man in jener Stadt verächtlich die obersten Stockwerke der Häuser; denn dort oben war es hoch wie auf den Gipfeln der Berge, und es kam einen die Lust an, zu jodeln und Juchhe zu rufen. Allein Herr Hessreiter hatte kein Verlangen zu jodeln. Es reute ihn nicht sehr, daß er nicht mehr der große Geschäftsmann war: aber daß er sein Haus verlor, seine Möbel, das höhlte ihn aus. Ein Menschenherz ist nicht groß, es war erstaunlich, wieviel Gerät, wieviel Schreibtische, Sessel, Sofas, Ruhebetten in Herrn Hessreiters Herzen Platz hatten. In seinem Herzen, nicht aber in seinem neuen Atelier in der Elisabethstraße. Wenn er das große Bett mit den vergoldeten Exoten in den

Schlafraum stellte, dann konnte man sich nicht mehr umdrehen. Wohin mit den Vitrinen, den Schiffsmodellen, der *Eisernen Jungfrau*, seinem Lieblingsfolterinstrument, dem ganzen lustigen, herzerquickenden Krimskrams? Frau von Radolny wünschte keinen einzigen Gegenstand nach Luitpoldsbrunn zu übernehmen; alles, was er nicht in der Elisabethstraße unterbringen konnte, sollte veräußert, versteigert werden. Zum erstenmal begehrte Herr Hessreiter auf. Sein Widerstand dauerte nicht lange.

An einem der letzten Apriltage fand die Versteigerung statt. Von den Mitgliedern des Kaufmannskasinos, des Herrenklubs waren sehr viele da, die Räume in der Seestraße waren überfüllt von Neugierigen, von Käufern.

Herr Hessreiter war nicht dabei, als sein Hausrat versteigert wurde. Es war ein schöner, heller Tag, er ging spazieren im Englischen Garten, den Schritt träg federnd, den Spazierstock mit dem Elfenbeinknopf schwingend. Es ist doch eine Schweinerei, dachte er. So ein Blödsinn, das auseinanderzureißen, und er stellte sich vor, wie seine mit Mühe zusammengetragenen Dinge zerstreut wurden in fremde, dumme, lieblose Hände. Er hatte Lust, in die neugierige Versammlung zu gehen, aus der er sicher die meisten kannte, die neuen Besitzer mit jovialen, leicht bitteren Anmerkungen zu beglückwünschen. Aber er tat es nicht. Er entfernte sich immer weiter von der Seestraße. Er kam zur Feldherrnhalle. Der Ärger über das damische neue Mahnmal, mit dem jetzt wieder die saublöde Bagage den schönen Platz verschandelte, schaffte ihm eine kleine Erleichterung.

In der Seestraße indes war Geschäft und Leidenschaft. Die Biedermeier- und Empiremöbel, die Vitrinen, der ganze gemütvolle, skurrile Zierat, das Geschirr und Gerät, für große Gesellschaften bestimmt, die Kostüme, Tücher, Bilder, Skulpturen wurden zum ersten, zweiten, dritten ausgeboten, verkauft. Es waren nicht lauter lieblose Hände, in die der viele Kleinkram gelangte. Manche der neuen Besitzer strahlten über ihren Erwerb; Greiderer, Matthäi, der alte Messerschmidt hatten einen guten Tag.

Versteigert auch wurde das Selbstporträt der Anna Elisabeth

Haider. Herr Hessreiter hatte es mitnehmen, in seinem neuen Schlafraum aufhängen wollen, Frau von Radolny hatte das nicht gewünscht. Jetzt also bot der Auktionator das Aktbild aus, und mit hilflos rührend gerecktem Hals blickte das tote Mädchen in die Versammlung. Gelockt und mit Unbehagen schaute man auf die vielberedete Leinwand. Das Bild hatte Verwirrung gestiftet, Unglück, Skandal, seiner Malerin war es nicht gut bekommen, dem Manne Krüger, der es als erster entdeckt und aufgehängt hatte, war es nicht gut bekommen, auch dem Hessreiter, das zeigte sich jetzt, war es nicht zum Segen ausgeschlagen. Vorteil gebracht hatte es nur einem, dem Kunsthändler Novodny. Der tat denn auch heute das erste Angebot. Ernsthaft mit bot nur der Maler Greiderer. Nach kurzem Hin und Her wurde der Akt dem Kunsthändler zugeschlagen.

Frau von Radolny wußte, für wen er das Bild erwarb, daß es jetzt dem Manne gehörte, der auch das Haus gekauft hatte, dem Fünften Evangelisten. Sie war, seit der Stabilisierung, gut befreundet mit Herrn von Reindl. Sie hatte mit Achtung zugeschaut, wie klug der und rechtzeitig sich auf den Umschwung eingestellt hatte. Auch gefiel ihr, daß er, das Gewonnene kaum gefestigt, von seinen Geschäften abließ und seine Tage wie in seiner Jugend mit den soviel wichtigeren Nebendingen füllte.

Sie schaute hinüber zu ihm. Er schien nicht sehr beteiligt an der Versteigerung; selbst auf den kurzen Kampf des Kunsthändlers Novodny mit dem Maler Greiderer hatte er kaum geachtet. Fleischig in seinem tiefen Sessel saß er, die Beine von sich gestreckt, faul hinhörend auf Herrn Pfaundler, der neben ihm stand. Ja, Katharina hatte Herrn Pfaundler, trotzdem er es nicht um sie verdiente, endlich den langersehnten Kontakt mit dem Fünften Evangelisten verschafft. Mit dem stabilisierten Geld war die alte Festfreudigkeit nach München zurückgekehrt: Herr Pfaundler war im Aufstieg. Katharina teilte seine Meinung, man müsse nur den nächsten Fasching auf die alte Höhe bringen, ihn pfundig und ausgiebig machen wie früher, dann werde die Stadt wie früher von selbst wieder das Zentrum der deutschen Festfreude werden. So ein richtiger Fasching freilich erforderte Organisation, Kapital. Sie konnte es nur billigen, wenn Pfaundler sich schon jetzt im Mai die Hilfe des Reindl für den Winter sicherte.

Gerade wurden die Schiffsmodelle versteigert. Herr Pfaundler bot mit. Es waren ziemlich viele Interessenten da, Herr Pfaundler blieb hartnäckig. Der Reindl aus seinem Sessel schaute schläfrig und erheitert zu ihm auf. Herr Pfaundler wollte das Schiff haben, er sah darin ein Wahrzeichen. Er fühlte sich als großer Abenteurer, seine Pläne gingen weiter, als Frau von Radolny ahnte. Wenn von den beiden guten Dingen Münchens das erste, das Bier, sich exportieren ließ, warum nicht auch das zweite, das Festliche, der Fasching? Was dem Kutzner nicht geglückt ist, der Marsch nach Berlin, er war der rechte Mann, das zu schaffen. Schon haben die großen Münchner Bräuhäuser ihre Filialen in Berlin, schon gibt es dort Münchner Bockbierfeste. Er wird das ausbauen. Ein Monstre-Etablissement wird er errichten mitten im Herzen der verhaßten Stadt. *Haus Bavaria* wird es heißen, und darbieten wird er dort die Herrlichkeiten Bayerns. Ein Gebirgsdorf, eine Alm mit lebendigem Rindvieh, eine Hofbräuhausschwemme, einen Salvatorkeller, alles künstlich, Theresienwiese und Oktoberfest, eine Gebirgsbahn, Jodler und Schuhplattler, und jeden Abend ein ganzer Ochs am Spieß gebraten, und Alpenglühen jeden Abend. Dreitausend Menschen, Nacht für Nacht, mitten in der saupreußischen Hauptstadt werden singen: »Solang der alte Peter« und »Ein Prosit der Gemütlichkeit«. Er wird das schon erkraften, er wird es erzwingen. Er wird den Reindl ganz auf seine Seite kriegen. Er war gut in Fahrt. Er ersteigerte das Schiffsmodell.

Katharina schaute befriedigt zu, wie die Schiffsmodelle weggingen, die so störend von der Decke heruntergehangen waren. Es war gut, daß hier Luft wurde, es war gut, daß der Reindl hier einzog, daß an die Stelle des seligen Herrn von Radolny Herr Hessreiter rückte. Nach den Schiffsmodellen kamen die großen, plumpen Weltkugeln an die Reihe, dann die Puppen. Der Matthäi, der alte Messerschmidt erwarben mehr, als sie verantworten konnten. Es wurde Luft in der Seestraße.

Herr Hessreiter mittlerweile beendete seinen Spaziergang. Katharina hatte ihn eingeladen, den Abend und die Nacht in

Luitpoldsbrunn zu verbringen; aber er war voll Groll und Melancholie und wollte seine zornige Trauer in Einsamkeit ausschmecken, wie es sich gehörte. Er war jetzt ein armer Mann, und die Armut hat ihre Gesetze. Es bereitete ihm ein finsteres Behagen, sich diesen Gesetzen zu fügen. Er kaufte eine Semmel und ein Stück Leberkäs, eine aus Mehl und Leberfleisch gemischte Speise. Erstieg, die Mühsal ganz auskostend, die vielen Stufen ins *Juchhe* zu seiner neuen Wohnung. Kein Tischtuch nahm er, kein Besteck, keinen Teller. Auf nacktem Tisch aß er, auf dem Papier, in das sein Leberkäs gewickelt war. Es war freilich ein besonders schöner Empiretisch, er hätte bei der Versteigerung einen guten Preis erzielt, und Herr Hessreiter gab sehr acht, ihn nicht zu beschmutzen.

Dann legte er sich in das breite, niedrige Biedermeierbett. Er konnte sich's nicht versagen, mit sachter Hand den Zierat der vergoldeten Exoten zu streicheln. Das wenigstens hatte er gerettet. Er versuchte zu lesen. Der Geruch des Leberkäspapiers, das er auf dem Tisch hatte liegenlassen, störte ihn. Er stand auf, nahm das Papier, spülte es in der Toilette hinunter. Die Äolsharfe klang. Sie nahm wenig Raum ein und begleitete ihn in die Armut.

15

Kaspar Pröckl verschwindet gegen Osten

Der Ingenieur Kaspar Pröckl hatte die Marschorder, die er sich damals bei der Verbrennung des »Bescheidenen Tieres« ausgestellt hatte, mit Reißnägeln über seinem Bett befestigt. Ins Russische übertragen, damit die Anni sie nicht lesen könne. Punkt 1, die Sache mit dem Kapitalisten Reindl, war erledigt. Die Bayrischen Kraftfahrzeugwerke bauten die Fabrik in Nishnij Nowgorod aus, sein Vertrag war perfekt, er wird binnen kurzem als Chefingenieur dorthin übersiedeln. Punkt 1 konnte er ausstreichen. Punkt 2, die Sache mit dem Strafgefangenen Martin Krüger, hatte sich leider von selber erledigt, und ehe Kaspar dem Manne Krüger dazu verholfen hatte, sich durchzubeißen. Wie immer, auch dieser Punkt war gestrichen. Nicht erledigt aber war Punkt 3, die Sache mit dem Mädchen Anna Lechner. Kaspar Pröckl hatte programmgemäß an sie die Frage gerichtet, ob sie in die Partei eintreten und mit ihm nach Rußland gehen wolle. Er war erregt gewesen. Man hatte nicht bloß zusammen gegessen und zusammen im Bett gelegen, es war, Theorie hin, Theorie her, mehr zwischen ihm und diesem Mädchen. Er hatte eine kleinbürgerliche Szene gefürchtet, Vorwürfe, Bitten, Kränkungen und zuletzt ein Gelächter und ein Nein. Er hatte sich geirrt. Die Anni saß eine Weile nachdenklich und erwiderte dann vernünftig, auf den ersten Hieb könne eines da keine Antwort geben. Er möge sich gedulden, sie werde ihm rechtzeitig Bescheid sagen.

Kaspar Pröckl, nun er wußte, daß er München bald und für immer verlassen werde, beschaute die Stadt mit neuem Blick. Er war in München geboren, niemals weit aus dieser Stadt herausgekommen. Alle Flüsse waren ihm wie der Fluß Isar, alle Natur wie der Englische Garten, aller Verkehr wie das Leben am Stachus, der Umkreis der Frauentürme war seine Welt. Er wußte, daß München eine Bauernstadt war, verknorpelt im Alten, übel reaktionär. Aber dieses Wissen war nur in seinem Hirn, ins Blut war es ihm nie gedrungen. Jetzt mühte er sich, seine Vaterstadt klein zu sehen, schäbig, verächtlich, sie messend an gigantischen Phantasiebildern. Es gelang nicht recht.

Er strich durch die Straßen, wo er als Kind mit andern um kleine, farbige Steinkugeln gespielt hatte, die andern tyrannisierend, immer bestrebt, Erster zu sein. Er stand vor dem Haus, in dem er geboren war, vor dem Bürogebäude, von dem er den Vater abgeholt hatte. Er dachte in diesen Tagen viel an seinen Vater. Wie der, da er selber nichts erreichte, seinen ganzen Ehrgeiz auf ihn, den Kaspar, warf. Er duckte den Sohn, aber er war stolz auf seinen gescheiten Buben. Schickte ihn aufs Realgymnasium, unter Opfern, auf die Technische Hochschule. Kaspar Pröckl erinnerte sich, wie einmal an einem Sommerabend auf dem Starnberger See ein Junge in einem Boot Geige gespielt hatte. Alle Leute klatschten. Das tat es dem Vater an: gleich mußte er, Kaspar, auch Geige lernen. In der Familie mandelte sich der Vater groß auf. Büroangestellter bei der Stadtverwaltung, behauptete er die Autorität, die er bei seinen Kollegen und am Stammtisch entbehren mußte, mit doppelter Beflissenheit in seiner ärmlichen Wohnung, verlangte tyrannisch Anerkennung von Frau und Kindern. Dem Knaben Kaspar imponierte das. Er hatte das gleiche Geltungsbedürfnis wie der Vater; nur wollte er nicht der Familie, er wollte der Welt gelten. Jetzt noch, auch wenn er darüber lachte, sah er vor sich mit Respekt das Bild des Vaters, wie er dasaß, sich rasierend, umgeben von der demütigen Frau und den ängstlichen Kindern, die ehrfürchtig zuhörten, wie er die Angelegenheit seines Büros, der Stadt, des Reiches, der Welt hochfahrend und abschätzig glossierte. Der Vater Pröckl war kein schlechter Mann gewesen; was schlecht war, war die Zeit, die Umwelt. Was war das für eine Generation, die schließlich nichts anderes zuweg brachte als das schlechte Geschäft des Krieges? Er, Kaspar, erkannte den Grundfehler. Die marxistische Lehre, als er auf sie stieß, fand guten Boden.

Alles in allem waren die letzten Wochen Kaspar Pröckls in seiner Heimatstadt nicht gut. Er hatte Muße für lästige Gedanken und Gefühle.

Auch Punkt 3 seiner Marschorder, die Sache mit dem Mädchen Anna Lechner, erledigte sich schließlich anders, als er erwartete. Die Anni hatte sich's überschlafen, sie war jetzt soweit, daß sie ihm Bescheid sagen konnte. Nicht aus seinen Büchern, aus ihrer eigenen Anschauung hatte sie gelernt. Da waren Männer, die waren dazu bestellt, zu verhüten, daß dem Staat Unheil geschehe, und wie dann der saudumme Putsch des Kutzner geschah, erklärten sie einfach, diese Entwicklung hätten sie nicht vorausgesehen, und regierten, der Hartl, der Kastner und die ganze Blase, ruhig weiter. Ein Staat, der solche Männer im Amt ließ, einem so dummen Staat, dem kann man nur mit Gewalt helfen, der muß hin werden. Kaspar hatte recht, sie wird in die Partei eintreten.

Kaspar Pröckl hatte sich damit abgefunden, daß die Anni hierbleiben werde. Das war schmerzhaft gewesen. Wie sie ihm jetzt sagte, sie werde in die Partei eintreten, war ihm das eine große, unerwartete Freude. Ganz leise nur hatte er das Bedenken, daß diese Wandlung nicht aus Überzeugung, daß sie nur seinethalb geschehe. Doch es erwies sich sogleich, das war

Irrtum. Es habe leider, fuhr sie nämlich fort, ihr Entschluß mit ihrer beider weiteren Gemeinschaft nichts zu tun. Sie mache sich keine Illusionen, sie wisse, daß sie es ohne ihn schwer aushalten werde. Aber in Rußland werde sie es überhaupt nicht aushalten. In die Partei eintreten wolle sie: aber nach Rußland gehe sie nicht. Sie wolle alt werden hier in dieser Stadt München, im Umkreis der Frauentürme, im Angesicht der bayrischen Berge, und begraben sein auf dem Südlichen Friedhof. So, und jetzt werde sie Tee aufsetzen.

Kaspar Pröckl hockte da, schwieg. Da war nichts zu machen; eine Münchnerin, selbst wenn sie Genossin war, schaute eben so aus. Das Unangenehmste an dem Vorurteil der Anni war, daß er es so ganz begriff. Ja, er wußte nicht recht, wer von ihnen beiden tapferer war, sie, weil sie an ihrem Vorurteil, er, weil er an seinem Urteil festhielt. Für ihn jedenfalls, wollte er nicht wie der Maler Landholzer in Schizophrenie verfallen, blieb einziger Halt ein Leben inmitten eines praktischen, realisierten Marxismus. Den gab es nur in Rußland.

Wenige Tage später verabschiedete sich Kaspar Pröckl von dem Fünften Evangelisten. Erst sollte die Unterredung im Büro der Bayrischen Kraftfahrzeugwerke stattfinden; im letzten Augenblick ließ Herr von Reindl den Herrn Ingenieur telefonisch in das Haus am Karolinenplatz bitten. Das verstimmte Kaspar Pröckl. Er wird froh sein, wenn er das Gefrieß des Herrn nicht mehr sehen muß. Auf alle Fälle wird er, wenn der Herr sich erdreisten sollte, übers Geschäftliche hinaus irgend etwas Persönliches zu sagen, ihn tüchtig abfahren lassen. Aber der Fünfte Evangelist sagte nichts Persönliches, und das ärgerte Pröckl. »Ich möchte mir nur erlauben«, sagte Herr von Reindl, »Ihre Aufmerksamkeit auf *eine* Tatsache zu lenken: Sie sind nicht verpflichtet, nach Ihrer Erkenntnis zu handeln, Sie sind verpflichtet, Erfolg zu haben.« Im übrigen lief die Unterredung lau ab, ohne Schwung. Als der junge Ingenieur die große Prunktreppe hinunterging, vorbei am »Tod des Aretino«, wünschte er, der Reindl möge bald einmal nach Rußland kommen, die Werke zu besichtigen. Er formulierte an den Sätzen, die alle dann er dem fleischigen Mann in sein Gesicht hineinsagen wird.

Zwei Stunden später überbrachte ein Bote mit einem sehr herzlichen Schreiben ein Abschiedsgeschenk des Reindl: eine großartige, grüne Lederjacke. Pröckl schimpfte, so protzig maskiert wolle er nicht nach Rußland. Andern Tages aber nahm er, auf Drängen der Anni, die Jacke doch mit.

Er fuhr die riesige Strecke in einem neuen, kleinen Wagen. Trotzdem er ins Frühjahr hineinfuhr, hatte ihn die Anni mit warmen Sachen ausgestattet, als ginge es zum Pol. Auch mit Geld, Vollmachten, Empfehlungen war er dick gepolstert.

Ein Stück Weges begleiteten ihn der Schriftsteller Tüverlin und das Mädchen Anna Lechner. Am Flusse Inn nahm Tüverlin Abschied. Pröckl versprach, er werde schreiben, sowie er das Bild »Josef und seine Brüder« entdeckt habe. Die Anni begleitete ihn bis zur Stadt Passau, wo der Fluß Inn in den Fluß Donau mündet. Kaspar Pröckl brachte sie an den Zug, mit dem sie zurückfahren sollte. Er war besonders mürrisch, schimpfte mit den Mitreisenden, als die ihrem Gepäck nicht schnell genug Platz machten. Sie stand am Fenster des Zuges. Er sagte, es sei läppisch, auf dem Perron herumzustehen und auf die Abfahrt zu warten, und er gehe jetzt. Er reichte ihr die Hand hinauf, sie stak in dem ledernen Autohandschuh. Dann wartete er doch, bis der Zug abfuhr. Streifte den Handschuh ab, gab ihr nochmals die Hand, stand noch eine Weile.

Er fuhr am gleichen Tage weiter, in der neuen grünen Lederjacke, Pfeife im Mund, allein. Verschwand aus Deutschland, dem Osten zu, in die Tschechoslowakei hinein, nach Polen, nach Krakau, nach Moskau, nach Nishnij Nowgorod. Wen von denen, die er in Europa zurückläßt, wird er in Rußland vermissen? Vier Menschen. Auf einem Baumstumpf hockend, aus finstern, brennenden, tiefliegenden Augen hohlwangig auf ihn hin starrend den Maler Landholzer. Feist ausgestreckt auf einer Ottomane, violett, aus schläfrigen Augen ihn anblinzelnd den Fünften Evangelisten. Auf und ab gehend in seinem Zimmer, mit gequetschter Stimme vergnügt auf ihn einredend den Schriftsteller Jacques Tüverlin. Tee eingießend, sacht und doch resolut ein Versäumnis des Alltags rügend das Mädchen Anna Lechner.

16

Die Familie Lechner kommt hoch

Dieses Mädchen Anna Lechner hatte gleich nach der Stabilisierung ihre Stellung in der Fabrik im Norden aufgegeben und ein Schreibbüro aufgemacht. Bei der Herausgabe der Hinterlassenschaft Martin Krügers hatte Kaspar Pröckl sie zu Schreibarbeiten herangezogen. Dabei war sie mit Jacques Tüverlin zusammengekommen. Dem gefiel das resolute bayrische Mädchen, er nahm sie zur Sekretärin, es war ein gutes Arbeiten. Er ließ sich mit ihr in lange Debatten ein, scherzhafte zuerst, allmählich ernsthafte, über kleine Stilfragen. Erörterte wohl auch, während sie an der Maschine wartete, auf und ab gehend, monologisch die Einzelheiten seiner Arbeit, das Für und Wider. Nachdem Kaspar Pröckl fort war, sprach er oft mit ihr über diesen ihren Freund, häufte vor ihr Argumente, richtete an sie Anwürfe, die eigentlich ihm galten.

Mit ihrem Vater hatte sie jetzt ein bequemes Hausen. Der trug, seitdem sie ihn in seiner tiefsten Schmach gesehen hatte, eine gewisse Scheu vor ihr. Überhaupt war er seinem Vorsatz gemäß seit seiner großen innern Niederlage still und mild geworden. Eines nur erbitterte ihn. Schräg gegenüber am Unteranger hatte ein gewisser Seligmann seinen Laden, ein Jude, schon sein Vater hatte dem Lechner Konkurrenz gemacht. Anläßlich der Judenverfolgungen unter dem Staatskommissariat des Flaucher wäre dieser Seligmann um ein Haar ausgewiesen worden. Leider war es nicht dazu gekommen, der Putsch, der saublöde, hatte alles vermasselt, und der Jud Seligmann blieb im sichern Besitz seines Geschäftes wie seit Jahrzehnten. Ja, gewisse jüdische Kunden schnitten jetzt den Lechner, weil der Seligmann ihnen erzählte, der habe bei den Wahrhaft Deutschen mitgemacht und sei überhaupt ein Antisemit. Da, trotz aller Demut, konnte sich der Lechner nicht halten. »So ein Bazi«, schimpfte er. »So ein Hammel, so ein damischer. Jetzt sagt er auch noch, ich bin ein Antisemit, der Saujud, der drekkige.« Im übrigen war er stolz vor sich selber, wie wenig Stolz er hatte. Die Grüabigen wollten ihn wieder zum Vize haben, aber er weigerte sich. Sie sagten: geh zu. Aber er nahm und nahm die Ehre nicht an.

Grollte der Alte im Innern seiner Tochter Anni, so hatte er um so mehr Freude an seinem Sohn Beni. Am Tag, da Cajetan Lechner im Zylinder als Trauzeuge am Petersberg gestanden war, hatte er alle Hoffnungen für sich eingepackt. Er wird es nicht mehr schaffen, aber wer hochkommen wird, das ist sein Sohn Beni. Für den erwies sich die Heirat mit der Kassierin Zenzi wirklich als großes Glück. Man konnte es ihm ansehen, wie er unter dem Einfluß der Zenzi aus einem roten Hund mehr und mehr zu einem anständigen Menschen wurde. Mit Genugtuung nahm der Alte wahr, wie der Beni seinen Schläfenbart von Woche zu Woche tiefer in die Wangen stehenließ.

Ein Vorgang eigentlich ohne Bedeutung riß das letzte Mißtrauen zwischen Vater und Sohn nieder. Der Alte hatte nämlich seinerzeit und seither wohl noch oft mit dem Beni und der Anni über den Prozeß Martin Krüger diskutiert und wohl auch einiges Herbe über den Schlawiner Krüger geäußert. Aber jetzt erst, nachdem der Mann Krüger seit mehr als einem Jahr tot und verbrannt war, kam es an den Tag, daß seine Kinder nicht daran gezweifelt hatten, er habe den Krüger mit verurteilt. Wo doch er und der Hessreiter diejenigen waren, die die Schuld des Krüger verneint hatten. Wie sich das jetzt endlich durch einen beiläufigen Satz herausstellte, waren die Kinder einfach umgeschmissen. Da allerdings hatte es ihm gestunken, daß man ihn für einen solchen Unmenschen hatte halten können, und mit seiner Demut war es aus. Geschimpft wie ein Feldwebel hatte er über diese neumodische Jugend, die dem eigenen Vater solche Gemeinheit zutraut. Es war ein segensreicher Ausbruch. Seither betrachtete der Beni seinen Vater mit einem wirklichen Respekt, die letzte Fremdheit war fort, Vertrauen und Herzlichkeit war zwischen den beiden Männern.

Dem Beni tat das not. Er hatte keine rechten Spezln mehr. Die Genossen von der Roten Sieben, seitdem er die Zenzi geheiratet und die elektrotechnische Werkstatt gekauft hatte, frotzelten ihn, daß es schon nicht mehr schön war. War er nicht im Zuchthaus gesessen für die Partei? Er verbiß sich, wurde trotzig, kam immer seltener in die »Hundskugel«.

Schloß sich dafür enger an die Zenzi. Gewiß, von wirtschaftlichen Zusammenhängen, von Mehrwert und Klassenkampf hatte die keine Ahnung. Um so besser, das mußte man ihr lassen, verstand sie sich auf die eigene Wirtschaft. Die Werkstatt ging, man lebte gut.

Der alte Cajetan Lechner konstatierte es mit Befriedigung. Er hatte es nicht erreicht, aber mit seiner Familie ging es schnell aufwärts. Das beste war, daß für den Beni noch freie Zeit herausschaute, seine Studien und Basteleien weiterzutreiben. Man hatte ihn am Nationaltheater nicht vergessen, man zog, wenn es um Schwieriges ging, den erfindungsreichen Beleuchter gerne zu. Für diese Betätigung seines Sohnes hatte der Alte ein leidenschaftliches Interesse. Emsig, wenn der Beni davon erzählte, kaute er aus seinem kropfigen Hals Ausrufe des Staunens und der Anerkennung, geschwellt von Freude, daß seine eigenen künstlerischen Neigungen jetzt so großartig aufgingen in seinem Sohn. Der geschmeichelte Beni konstruierte für den Klub Die Grüabigen eine kunstvolle Anlage, die automatisch durch Lichtsignale anzeigte, wieviel Kegel gefallen waren.

Und die Familie Lechner stieg höher. Als die Kassierin Zenzi einen gesunden, ehelichen Knaben zur Welt brachte, kam es freilich zu einem letzten, großen Streit zwischen ihr und dem Beni. Anläßlich der Geburt seines Sohnes nämlich regte sich in Benno Lechner der revolutionäre Geist. Sein Sohn sollte Wladimir heißen, nach Wladimir Iljitsch Uljanow, genannt Lenin, dem Begründer des neuen Russenstaates. Die Zenzi sträubte sich dagegen. Unter keinen Umständen duldete sie so einen saublöden, heidnischen Namen. Sie wollte für das Kind zum Paten haben einen ihrer Stammgäste aus der Tiroler Weinstube, einen Großkopfigen, der ihnen aber doch die Ehre antun wird, denn er hält große Stücke auf sie, den Geheimrat Josef Dingharder von der Kapuzinerbrauerei. Das aber ließ Benno Lechner unter keinen Umständen zu. Tage hindurch ging der Kampf. Man einigte sich schließlich dahin, daß der alte Lechner Pate sein sollte. Genannt aber wurde der Knabe Cajetan Wladimir Lechner.

Der alte Lechner strahlte. Nahm sein Enkel- und Patenkind

in den verschiedensten Stellungen auf. Machte ihm ein Geschenk, das sich gewaschen hatte. Verkaufte das Haus am Unteranger und kaufte dafür auf den Namen dieses jüngsten Lechner ein Einfamilienhaus am Rande der Stadt, in Schwabing. Er selber war nicht würdig, Hausbesitzer zu sein: aber es sollte sich manifestieren, daß die Familie Lechner hochgekommen war.

Es war ein altes Bauernhaus, das sich inmitten der weitergreifenden Stadt erhalten hatte. Große Kastanienbäume standen auf dem mauergeschützten Hof. Das Haus sollte auch in Zukunft ausschauen wie das Haus eines Bauern, der es sich in der Stadt behaglich macht; aber ausgestattet sein sollte es mit allem Raffinement moderner Technik, elektrifiziert vom Keller bis zum First, doch so, daß die Apparate versteckt blieben, nicht als Fremdkörper wirkten. Beide Lechner hatten es wichtig, bastelten, zerbrachen sich den Kopf. Der alte Lechner lief manche Woche herum, die rechten, altväterisch gediegenen Möbel aufzutreiben.

Mitte Mai war es soweit. Während der Alte Laden und Wohnung am Unteranger beibehielt, das hatte er sich ausbedungen, zogen der elektrotechnische Werkstattbesitzer Benno Lechner, seine Frau Crescentia und der Säugling Cajetan Wladimir in das Haus in Schwabing. Die Zenzi beschrieb ihrer Freundin in Weilheim in einem umständlichen Brief ihr neues Heim, unterzeichnete: »Deine Dich liebende Freundin Crescentia Lechner, geborene Breitmoser, wohnhaft Fröttinger Landstraße 147, im eigenen Haus.«

Die Stätte ihres früheren Wirkens, die Tiroler Weinstube, hatte sie seit ihrer Verheiratung vermieden. Jetzt äußerte sie den Wunsch, dort mit dem Beni zu Abend zu essen. Der grantelte, verhielt sich ablehnend. Nach einigem unbehaglichen Hin und Her gingen sie. Setzten sich in das kleine Nebenzimmer, wo der Viertelliter Wein zehn Pfennig mehr kostete. Die betont bürgerliche Gemütlichkeit, die Holztäfelung, die massiven, ungedeckten Tische, die altväterisch festen, für seßhafte Hintern gemachten Bänke und Stühle, das alles war vertraut und dennoch neu. Der Raum war dämmerig vom Rauch guter Zigarren, vom Dunst nahrhafter Speisen. Auf gewohnten Plätzen saßen Männer in festen Stellungen, mit festen Ansichten. Sie kannten sie fast alle, sie riefen und nickten ihr Grüße zu, leicht erheitert, wohlwollend, mit geziemendem Respekt. Die Resi half ihr aus dem Mantel, lief um die Speisekarte.

Frau Crescentia Lechner, geborene Breitmoser, ließ sich nieder auf der Bank am Ecktisch unter dem Sims mit dem Arrangement von Zinntellern. Sie nahm Besitz von dem Raum, in dem sie so lange dienend herumgegangen war und die Kassierin gemacht hatte. Da hockte sie, ein Bild, das jetzt seinen richtigen Rahmen gefunden hat, die breite, resolute Person, berechtigt und darauf wartend, gut gespeist und gut bedient zu werden, neben dem Mann, den sie sich erkämpft und den sie hinaufgebracht hat. Sie war angelangt, sie fühlte sich wohl, das war ein guter Tag, das war der beste Tag ihres Lebens.

17
Seid ihr noch alle da?

Der Schriftsteller Jacques Tüverlin trieb vergnügt im Lärm der Auer Maidult. Krieg, Revolution, Inflation hatten in den vergangenen Jahren auch diesen traditionellen Trödelmarkt der östlichen Vorstadt Au beeinträchtigt, jetzt aber lief das Leben wieder in solidem Gleis, und die Auer Dult war zünftig wie früher. Ganz München drängte sich zwischen den Buden, vornean die Künstler und die Kinder, und Jacques Tüverlin stöberte, nicht weniger aufgeregt als sie, nach Kostbarkeiten. Man bastelte gern in der Stadt München, man ließ nichts umkommen, man suchte nach kaputten Dingen, um sie auf neu herzurichten. Hierher, in die Auer Dult, mündeten die meisten Sachen, die im Kleinleben Münchens mitgespielt hatten: Möbel, Kleider, Schmuck, Geschirr, Bücher, Nachtstühle, Kinderspielzeug, alte Akten, Brillen, Betten, Fahrräder, Gebisse. Es hing an all dem ausgedienten Gelump noch der Geruch des kleinen Lebens, von dem es ein Teil gewesen war. Darin herumzuwühlen, vielleicht ein Stück von Wert aufzuspüren, machte einen Heidenspaß. Man stieß sich und preßte sich, behaglich und mit

Gelächter, es war ein Schlendern bei allem Drängeln, und Tüverlin drängte und schlenderte mit.

Er sah viele bekannte Gesichter. Herr Hessreiter wandelte herum, betrübt und beflissen, und vergnügt und beflissen Herr von Messerschmidt. Der Geheimrat Kahlenegger beugte sich mit Gefühl über einen Glaskasten, der eine Sammlung bayrischer Schmetterlinge enthielt. Cajetan Lechner aber hatte es mit einer alten Vitrine; sie war sehr vermorscht, es war ein Wunder, daß sie ihm nicht unter den Händen zerfiel. Aber das gerade reizte ihn. Das war seine Aufgabe, dieses zarte, wurmstichige Ding kunstgerecht aufzuneuen.

Wer aber kramte dort mit dünnen, langen Fingern in dem aufgestapelten Trödel? Richtig, es war der Komiker Balthasar Hierl. Jacques Tüverlin sah ihn stöckisch feilschen mit einer beleibten Tandlerin. Es ging um ein großes, altmodisches Klistier; mit zärtlicher Gier wog es der Komiker in seinen mageren Händen. Ja, das mochte ein reizvolles Requisit sein für die Bühne in den Minerva-Sälen. Aber die Alte war offenbar ebenso zäh wie er, und Tüverlin sah ihn schließlich ohne das Klistier abziehen. Bestimmt wird er am nächsten Tag zurückkommen und weiter feilschen.

Die Menschen ringsum drückten sich, rempelten einander an, sagten: »Hoppla, Herr Nachbar«, lachten. Mit gemächlicher Leidenschaft, hartlauernd, unentwegt, hauten Käufer und Verkäufer einander übers Ohr. Tüverlin schmeckte voll Anteil das bäuerlich Schlaue dieses Feilschens, ließ sich von dem Fanatismus ringsum anstecken, mußte die Technik dieses Geschachers selber ausprobieren. Er hatte einen alten Stich aufgespürt, darstellend eine ihm vertraute Landschaft am Ammersee. Er erkundigte sich listig zuerst nach den Preisen von zehn andern Dingen; aber der Händler merkte gleich, daß es der Stich war, auf den er sein Auge geworfen hatte. In seinem Herzen wunderte er sich verachtungsvoll, wie ein vernünftiger Mensch einen solchen Dreck kaufen wollte, und er verlangte den unerhörten Preis von zehn Mark. Tüverlin tat entsetzt. Rief einen von den Zuhörern zum Zeugen an, wie wertlos das Bild sei. »Das ist ein Schund, dafür würde ich keine fünfzig Pfennig geben«, bestätigte mit Überzeugung der Angerufene.

Der Händler war im stillen seiner Meinung. »Aber der Rahmen, meine Herren, schauen die Herren den Rahmen an!« beschwor er sie. »Ein Gelump, keine fünfzig Pfennig«, wiederholte mit Inbrunst der Zeuge. »Der Rahmen«, beteuerte hartnäckig der Händler. Tüverlin war stolz, als er schließlich den Stich für sieben Mark fünfzig erstand. Der Händler blickte ihm voll mitleidiger Verachtung nach, schaute mit zärtlichem Respekt auf seine Öldrucke.

Tüverlin geriet vor eine Bude, vor der sich besonders viel Volk drängte. In Bündel geschichtet lagen da hochbezifferte Banknoten der Inflation, Millionenscheine, Milliardenscheine. Besonders gesucht waren die braunen Tausender aus der Vorkriegszeit. Gelockt und mit Gier streichelten viele Finger diese braunen Noten. »Eintausend Mark zahlt die Reichsbankhauptkasse in Berlin gegen diese Banknote dem Einlieferer.« War das einfach in den Wind gedruckt? Dreizehneinhalb Zentimeter hoch war ein Bündel von tausend solchen Scheinen, und wenn man ein solches Bündel besaß, dann hatte man, vor wenigen Jahren noch, ausgesorgt für sich und seine Familie auf Lebenszeit. Viele brachten es nicht in den Kopf, daß das alles jetzt wertlos sein sollte, und die Händler in der Bude machten gute Geschäfte. Man kaufte die billigen Tausender, eine Million für fünf Mark, zu Sammelzwecken angeblich, zum Spaß; aber ein bißchen Hoffnung, sie könnten doch noch aufgewertet werden, heftete fast jeder daran. Einer hatte es besonders wichtig, ein halber Idiot offenbar, es war der Onkel Xaver. Er hatte einen Schubkarren mitgebracht, in den verfrachtete er das Erworbene.

Der eine der Händler kam Tüverlin bekannt vor, das spitz zulaufende Gesicht, die kleinen Rattenzähne, das pfeifende Lachen. Ja, man erkannte auch ihn, man begrüßte ihn. Herr von Dellmaier, zwischendurch seine Ware anpreisend, verkaufend, konversierte mit ihm französisch. Jacques Tüverlin sehe, es sei ein einträgliches, amüsantes Geschäft, mit dem er sich da befasse, einträglicher und amüsanter als die Politik. Tüverlin erinnerte sich. Seit dem Tode dieses Erich Bornhaak, hatte man ihm erzählt, war der Versicherungsagent von Dellmaier ganz auf den Hund gekommen; im Zusammenhang mit gewissen Undeutlichkeiten in der Kassenführung der Wahrhaft Deutschen war er auch dort hinausgeflogen.

Aus der Unterhaltung mit Herrn von Dellmaier riß den Tüverlin der Anruf einer bekannten Stimme. Der Sprecher stand vor der Nebenbude, ein Herr in einem hellen, flauschigen Überzieher, mit einem munteren, hartfaltigen Bauerngesicht. Er war unter großer Heiterkeit damit beschäftigt, seine Begleiterin, eine füllige, geräuschvolle Dame, mit alten Orden, Abzeichen, Rosetten zu bestecken. Denn in dieser Bude gab es alte Kleider zu kaufen, von Herrschaften getragene, Uniformen des aufgelösten Heeres, alte Roben von Richtern und Anwälten, vor allem aber abgelebte Wahr- und Ehrenzeichen. Nebeneinander lagen feil Orden der Monarchie, Sowjetsterne, Hakenkreuze. Der Maler Greiderer hatte mit polterndem Gelächter aus dem Haufen eine Handvoll herausgegriffen und verlustierte sich nun damit, seine Begleiterin mit einem wahllosen Wirrwarr von Ehren und Überzeugungen zu behängen.

Er begrüßte Tüverlin umständlich, war voll Lärm, voller Freude. Er war wieder im Aufstieg, er hatte in Berlin mit einer Ausstellung einen Mordserfolg. Saupreußen sind sie, die Berliner, aber einen Gusto haben sie: den Erfolg entschied gerade jenes heimlichgehaltene Bild, auf das der Osternacher so scharf gewesen war. Jetzt kann er nachher hinfahren nach Berlin und sich das Bild anschauen. Es war aber dieses Bild betitelt »Der Wahrhaft Deutsche«, und es stellte dar einen Patriotenführer in Tracht in seiner ganzen repräsentativen Leerheit: und der Patriotenführer war sein Freund und Spezi, Balthasar von Osternacher. Das war eine Hetz. Lachend und vielwortig sprach er auf Tüverlin ein, haute ihm auf die Schulter, packte ihn an den Knöpfen. Holte aus allen Taschen hervor Berliner Rezensionen. Erzählte, wie er jetzt im Geld schwimmen werde. Diesmal aber werde er gescheiter sein und auf dem Land bleiben. Höchstens alle Wochen zweimal in die Stadt fahren. Tüverlin erkundigte sich nach dem grünen Auto, ob es noch laufe. Ja, frisch lackieren habe er es lassen und dem abgedankten Haserl geschenkt. Für sich aber und seine heutige Begleiterin habe er ein neues, großartiges, noch viel grüneres in Auftrag gegeben.

Tüverlin schlenderte weiter. Er kaufte sich türkischen Honig, eine weiß und rosige, klebrige Leckerei. Neben ihm plärrte ein Kind seinem in die Luft entkommenen blauen Ballon nach. Tüverlin kaufte auch dem rotznäsigen Buben türkischen Honig. Ringsum lärmte es, freute es sich des Daseins. Der vielfältige, wurmstichige Trödel des Münchner Lebens breitete sich behaglich in dem hellen Licht der Hochebene. Händler und Volk beschwindelten einander ausdauernd, mit gemächlicher List.

Vor einem Stand, in dem Rosenkränze feillagen, Darstellungen der Jesuskrippe, Marterln, fiel Tüverlin ein Mann auf mit einem gesträhnten Bart, ein Hagerer. Mit umständlicher Andacht betastete er den geweihten Kram. Die Geschäfte des Rochus Daisenberger hatten gelitten unter dem Zusammenbruch der Wahrhaft Deutschen, er schloß sich wieder enger an die Klerikalen, begann die Heiligkeit seiner Garage zu betonen. Was ihn hier anzog, war ein blutrünstiges Schnitzbild des Gekreuzigten. Ursprünglich mochte es an einem Wegrain gestanden haben, versehen mit einem Gitter gegen zudringliche Hände und mit einem guten Dach gegen Regen und Schnee, oft mit Feldblumen geschmückt. Jetzt lag es auf der Auer Dult, nackt, erbarmungswürdig, und Rochus Daisenberger hatte sein Auge darauf geworfen. Er war entschlossen, den armen Heiland in seine Garage aufzunehmen, sie unter den Schutz des Bildwerks zu stellen.

Noch einer stand vor dem heiligen Krempel, ein schwerer, dumpfer Mann. Er stierte auf ein Metallgefäß, eine Art Vase. »Was möchten der Herr?« fragte die Verkäuferin. »Das da möchte ich«, erwiderte der Mann und erstand die Vase, ohne zu feilschen. Sie wird sich, gefüllt mit bunten Blumen, gut machen auf einem gewissen Grab dritter Klasse im Südlichen Friedhof. Er wird sie zu dem kleinen Holzkreuz stellen, auf dem in schwarzen Schablonenlettern gemalt ist: Amalia Sandhuber. Einmal war sie dagelegen in Dreck und schmelzendem Schnee mit blauem Gesicht und hatte die Waden von sich gestreckt. Jetzt lag sie auf dem Südlichen Friedhof. Es war möglich, daß er sie zu Recht umgebracht hatte; aber nach allem, was inzwischen war, hatte er Zweifel und das Bedürfnis, dieses

Gefäß mit Blumen über ihr Grab zu stellen. Es war ein Saustall, daß sie ihn auf der Polizei nicht behalten hatten. Die Beichte hatte ihm auch keine Erleichterung gebracht. Der Boxer Alois schaute zu, wie die Verkäuferin die Vase umständlich in eine alte Zeitung verpackte. Es gibt nur eines, er hätte es schon lange tun sollen, und er wird es auch tun. Er wird in ein Kloster eintreten, als dienender Bruder. Am schönsten wäre es, wenn sie ihn in ein Kloster auf dem Land nähmen. Sie teilen ihm seine Arbeit zu, es wird schwere Arbeit sein, er macht sie gern, andere legen sie ihm auf, er braucht nicht nachzudenken, er hat seinen Frieden. Und am Abend geht er ruhevoll herum in der härenen Kutte. Wenn es sich auf dem Land nicht machen läßt, dann bleibt er auch in der Stadt, im St.-Anna-Kloster zum Beispiel. Die Tandlerin reichte ihm das Paket mit der Vase. Das wird er also auf den Südlichen Friedhof bringen, und noch heute wird er sich im St.-Anna-Kloster erkundigen, was er zu tun hat. »Grüß Gott«, sagte er zu der Tandlerin und trollte sich. »Ein andermal wieder die Ehr«, sagte die Tandlerin.

Tüverlin indes war vor ein Kasperltheater geraten. Die Kinder saßen geräuschvoll, in hoher Erwartung. Tüverlin, ebenso voll Erwartung, mischte sich unter sie. Gleich wird die Vorstellung beginnen, gleich wird Kasperl erscheinen. Da wackelte er schon die Rampe entlang. Er hatte eine Kupfernase, gelbe Hosen, grüne Weste, rotes Jäckchen, weiße Halskrause, grünes Spitzenhütchen. Mit krächzender, grölender Bierstimme schrie er: »Seid ihr auch alle da?« – »Ja«, schrien sie strahlend, und dann begann das Spiel. Kasperl hat furchtbar viele Feinde. Kaum hat er den einen totgeschlagen, kommt schon ein neuer: ein großmäuliger Offizier, ein Finanzbeamter, ein grüner Gendarm, der dicke, vollbärtige Wunderdoktor Zeileis, der amerikanische Boxer Dempsey, zuletzt der Teufel selber. Immer wieder rücken sie gegen ihn an, manchmal von beiden Seiten zugleich. Er plumpst hin. Aber er sagt nur: »Öha« und steht gleich wieder auf. Er kriegt viele Prügel, aber er teilt ebenso viele aus, bald ist er ein Held, bald ein Schisser, alles ist wie im Leben. Die Vorstellung dauert nicht lang, aber sie genügt, daß der glückliche Kasperl neun Feinde durch Totschlagen erledigt. Nach dem achten wird eingesammelt, und jeder muß fünf Pfennig zahlen. Der Kasperl ist kein Grantiger. Er macht Mutterwitze, wenn er Prügel kriegt, und auch wenn er totschlägt, gibt er seinen Senf dazu, guten Rat für die Zukunft, allgemeine Sprüche und Volksweisheiten. Schließlich ist der letzte Feind erledigt und hin, und übrig bleibt nichts als aus tiefem Bierbauch das Lachen des Kasperl. Und die Vorstellung ist aus, und gleich wird sie wieder anfangen, und Kasperl wird fragen: Seid ihr auch alle da?

Laut und vernehmlich durch das laute Lachen der Kinder quäkt das Lachen Tüverlins. Er ist ein Mann, dem es gut geht, in bester Stimmung, und er hält einen billig erstandenen Stich auf dem Schoß. Er bleibt sitzen, wie es aus ist, er bleibt zur nächsten Vorstellung. »Seid ihr auch alle da?« grölt Kasperl. »Ja«, stimmt Tüverlin mit ein.

Diesmal aber, während Kasperl oben prügelt, vergeht Tüverlin allmählich das Lachen. Seid ihr auch alle da? Er beschaut sich die Gesichter der Kinder ringsum. Ja, hoffnungslos alle waren sie da. Die Alten waren da in den Kindern, deutlich in den Gesichtern der Kinder waren die Züge der Alten.

Wo immer er hinschaut, nichts hat sich geändert, alle sind sie noch da. Krieg war, Revolution war, und dann das letzte Jahrfünft mit seinem Blut und seiner Lächerlichkeit, mit der *Befreiung Münchens* am Anfang und der Inflation in der Mitte und dem Kutznerputsch am Schluß. Aber die gleichen Leute sitzen in den Ämtern, im Nürnberger Bratwurstglöckel, im Herrenklub, in der Tiroler Weinstube. An die Stelle des Klenk rückt der Simon Staudacher, an die Stelle des Cajetan Lechner der Beni. Das Jahr dreht sich im alten Kreis, Fasching, Salvatorsaison, Maibock, Maidult, Oktoberfest, zuletzt wiederum Fasching. Die Feldherrnhalle bevölkert sich mit neuen bronzenen und steinernen Mahnmalen, die Militärmusik dröhnt blechern die alten Wagnermelodien, die Tauben girren und werden fett, die Studenten reißen mit eckiger Bewegung die bunten Mützen von den zerhackten Köpfen, am Tor zum Hofgarten steht idolhaft wuchtig, inmitten tiefen Respekts, General Vesemann. Die Isar fließt grün und rasch wie immer, die Stadthymne plärrt vom alten Peter und der Gemütlichkeit, die nicht aufhört. Es ist ein zähes, bäuerliches Haften, die ewige Wiederkehr des gleichen. Die Stadt will das letzte Jahrzehnt einfach nicht wahrhaben, sie hat es vergessen, sie gibt sich treuherzig, hält sich die Augen zu und will es nicht gewesen sein. Sie glaubt, dann vergessen es auch die andern. Aber da irrt sie.

In Tüverlin war eine Gereiztheit, die er sonst nicht kannte. Er hatte die Geschehnisse hier miterlebt seit mehr als einem Jahrzehnt. Er war durch das Münchner Leben mit einer Neutralität gegangen, die häufig wohlwollend war, manchmal übelwollend, aber immer Neutralität. Die *Befreiung Münchens*, der Fall Krüger, die barbarische Komik des Kutznerputsches. Die Gesichter der Achtjährigen, mit den Gesichtern der Alten darin, waren ihm auf einmal verekelt. Ihr Lachen, Kasperls Lachen, sogar der Stich auf seinem Schoß war ihm verekelt. Alles brach los in ihm, was die dummen und rohen Geschehnisse dieser Jahre angestaut hatten.

Es war mehr als Mißlaune, als vorübergehendes Unbehagen. Tüverlin, von der Maidult nach Haus fahrend, spürte ein neues, unmißverständliches Gefühl. Es war Haß.

18

Jacques Tüverlin erhält einen Auftrag

Es war seit dem Zusammenbruch der Wahrhaft Deutschen ein halbes Jahr um, die schlimmsten Wirkungen der Geldaufblähung und der Stabilisierung waren überwunden. Die Ergebnisse jener Kommission, die unter dem Vorsitz des Amerikaners Dawes zusammengetreten war, um einen vernünftigen Reparationsplan zu entwerfen, lagen einer Konferenz der beteiligten Staaten vor; niemand zweifelte, daß sie zu einem Abkommen führen würden. In England regierte die Arbeiterpartei unter Ramsay Macdonald. In Spanien hatte sich ein General, ein gewisser Primo de Rivera, zum Diktator aufgeschwungen. In Marokko erhoben sich unter dem Führer Abd el Krim die eingeborenen Berber gegen die vordringenden Spanier und

Franzosen. Die verkleinerte, auf Asien zurückgedrängte Türkei hatte mit ihren Besiegern einen neuen Frieden geschlossen. In Rußland war der Begründer des Sowjetstaates, W. I. Lenin, nachdem er eine *Neue*, gemäßigtere, *Ökonomische Politik* eingeschlagen hatte, gestorben; seine Nachfolger verbanden sich gegen seinen größten Gehilfen, Leo Trotzki, verdrängten ihn aus der Leitung des Staates. In Indien dauerte die Gärung fort. In China, auf dem Rücken einer verelendeten Bevölkerung, bekriegten sich geldgierige Generale.

Der Mai verging. Die Stadt München, die bayrische Hochebene hatten sich vollends beruhigt. In den krampfigen Zeiten des abgelebten Jahrzehnts hatte sich Jacques Tüverlin darauf gefreut, in diesem vertrauten, gemächlichen Leben mitzutreiben, beteiligt und betrachtend. Jetzt war es an dem. Die Hochebene lag friedlich, Berge, Seen, gewelltes Vorland, die Stadt genoß breit die gepriesene bayrische Ruhe. Doch den Tüverlin kratzte, was in den letzten Jahren hier geschehen war, er sah überall die Spuren dieses Geschehens wie eine widerliche Krankheit. Er begriff nicht mehr, warum er, dem die ganze Welt freistand, sich mit Leib und Seele gerade in diesem Land angesiedelt hatte. Er fuhr herum, kreuz und quer, er schwamm in den Seen, er kletterte in den Bergen, er trank in der Stadt, debattierte mit halbwegs vernünftigen Männern, schlief mit Frauen. Aber er tat es ohne Freude.

Noch hatte er sich nicht entschieden, welchen von seinen Plänen er ausführen solle. Sonst war ihm die vorbereitende Arbeit die liebste. Man sah klar und lockend das Positive, die Schwierigkeiten traten zurück. Man knetete, formte, nichts war festgelegt, hundert schöne Möglichkeiten waren da. Jetzt machte ihm, das erstemal in seinem Leben, selbst diese angenehme, unverbindliche Arbeit keine rechte Freude. Er spürte ein früher nie gekanntes Unbehagen, eine Ödnis. War es, weil Kaspar Pröckl ihm abging? War es, weil seine Beziehungen zu Johanna so albern geworden waren, kahl, förmlich? Er war gereizt gegen Kaspar Pröckl, daß er nicht da war, gereizt gegen Johanna, daß sie einen so harten Kopf hatte, gereizt gegen sich selber, daß er schlecht arbeitete.

Am 7. Juni jährte es sich zum drittenmal, daß Martin Krüger

verurteilt worden war. Heute, ob mit oder ohne Amnestie, wäre er frei geworden. Keine Zeitung verzeichnete den Jahrestag. Johanna sah, daß der Mann Krüger nun ganz verdeckt war von seinem Werk. Es bohrte an ihr. Einmal machte sie den Mund auf, um mit Tüverlin zu sprechen, den sie jetzt selten sah. Aber sie sprach nicht, es hatte keinen Sinn. Sie wurde schmäler, härter. Sie arbeitete viel.

Auch Jacques Tüverlin hätte diesen Erinnerungstag nicht wahrgenommen, wenn er nicht einen Brief aus Berchtoldszell erhalten hätte. Die Beinknöpfe seiner Joppe, schrieb Otto Klenk, hätten sich gelockert. Aber er habe sie fester nähen lassen; denn, soweit er sehe, bestehe wenig Aussicht, daß Herr Tüverlin sie kriegen werde. Man habe bei jener Wette zwar keinen Zeitpunkt vereinbart, bis zu dem Tüverlin seine Ankündigung, er werde den toten Mann reden machen, verwirklicht haben müsse. Doch Klenk baue auf Tüverlins stark beredete Fairneß, daß man sich über die Terminfrage nachträglich verständigen könne. Er lade Herrn Tüverlin ein, ihn zu diesem Zweck in Berchtoldszell zu besuchen.

Tüverlin hatte seit Monaten nicht jener Nacht gedacht, da er kurz vor dem Morgen mit den ungeschlachten bayrischen Männern bei herabgebrannten Kerzen und versperrten Türen eine Wette abgeschlossen hatte. Er hielt den Brief Klenks in der Hand, beschaute die kleinen, kräftigen, gefälligen Buchstaben. Hellte sich auf. Es war eine alberne Wette gewesen, aber er bereute sie nicht. Er war ein Mann, der zu seinem Wort stand. Er wird sich anstrengen, und er wird die Wette gewinnen. Er beschloß, sogleich, noch heute, nach Berchtoldszell zu fahren.

Durch den hellen Frühsommermorgen fuhr er, auf umständlichen Wegen, zu seiner Rechten immer die dunkelblaue Kette der Berge. Er soll also bewirken, daß der Mann Krüger den Mund aufmacht. Das war eine schwierige Sache. Viele Berufene hatten erklärt, in seinem Essay zum Fall Krüger sei alles gesagt, was zu diesem Fall gesagt werden könne, sein Essay sei viel wichtiger als der Fall selbst. Aber dieser berühmte Essay schien ihm auf einmal trocken und kalt. Wenn der Tote reden sollte, dann war es mit theoretischer Erkenntnis allein nicht getan, dann mußte das Land Bayern lebendig werden. Der Essay genügte nicht, den Toten reden zu machen.

Die kräftige bayrische Erde, über die der Schriftsteller Tüverlin fuhr, roch gut. Die Straßen freilich waren holperig, noch nicht für Kraftwagen bereitet. Die Gedanken des Schriftstellers Tüverlin gingen auf und ab. Da war also der Mann Klenk mit seiner Justiz, und da war der Mann Krüger mit seinem Prozeß, seinen lächerlichen Umschwüngen, seinem grotesk traurigen Ende. Woher nahm er, Tüverlin, eigentlich das Recht, sich so aus hohem Himmel über den Fall Krüger zu äußern? Die Hemmungen Johannas gegen ihn waren verstandeswidrig, bayrisch. Aber wäre sie nicht geschaffen mit solchen Hemmungen, er hätte sie nicht geliebt. Sein hochmütiger Essay war dümmer als ihre Hemmungen, schon deshalb, weil sich ja erwiesen hatte, daß der Fall Krüger für ihn keine akademische Angelegenheit war, daß er ihn verdammt viel anging. Heute war der wirkliche Märtyrer des Prozesses Krüger er, Tüverlin.

Auf einmal an diesem Junimorgen, auf der Fahrt nach Berchtoldszell, mit großem Bedauern und mit noch größerer Lust, spürte Jacques Tüverlin, wie unter seinen Plänen einer heraufkam, immer höher, die andern verdrängte. Es war dies der Plan zu dem *Buch Bayern.*

Während er mechanisch nach rechts steuerte, einem entgegenkommenden Auto ausweichend, dann ein Bauernfuhrwerk überholte, und noch eines, und wieder einem Wagen auswich, im Ablauf von weniger als einer Minute, sah er in sich das ganze Buch, die Vertiefungen, die Ausblicke, das Zuvor und das Hernach. Zuerst war Vielfältigkeit gewesen und mannigfaches Verstehen, dann Ödnis und Unbehagen, dann tieferes Verstehen und ein guter Haß. Jetzt war die Vision da. Er hatte den Auftrag.

Er lenkte das Steuer. Er gab Gas, mehr, weniger, mechanisch. Er lachte laut, grimmig, quäkend. Er schaute stier. Er knirschte. Er summte vor sich hin, wie er es von Johanna angenommen hatte, zwischen Lippen und Zähnen. Im Fahren rundete sich ihm das Buch. Er erlebte das Land Bayern. Er war ganz erfüllt.

Er wußte noch nicht klar, wieweit sein Buch Beziehungen

haben wird zu dem toten Mann und zu seiner Wette. Allein ein gutes Buch ist eine gute Sache: er wird den Toten reden machen.

Er warf, während er ihn überholte, einem Fuhrknecht, der sich tölpisch in der Mitte der Straße hielt, einen groben Fluch hin. Sein nacktes Gesicht, in dem frischen Wind, verfältelte sich, grinste. Bilder kamen, Gedanken kamen, verschlangen sich, zeugten. Vielleicht, wenn die Wasser sich verlaufen, wird sich erweisen, daß sein Buch noch mehr bewirkt, als daß der Tote redet. Er pfiff vor sich hin, sang vor sich hin, am Steuer, im Wind. So kam er nach Berchtoldszell.

19

Die Welt erklären heißt die Welt verändern

Er fand den Klenk nicht allein, Simon Staudacher war da. Man saß an dem großen, ungedeckten Holztisch. Die Haushälterin Veronika trug die Speisen ab und zu, derbe, schmackhafte Speisen, in riesigen Quantitäten. Hier im Licht von Berchtoldszell doppelt deutlich sah Tüverlin die Ähnlichkeit zwischen Vater und Sohn. Der Volksschlag, in allen Wirrnissen, blieb der gleiche. Immer ähnlicher wurde der Benno Lechner dem Alten, immer ähnlicher der Simon Staudacher dem Alten.

Klenk, der, verkrochen in seinem Dachsbau, selten Gäste sah, freute sich seiner Besucher. Er schimpfte auf den Simon, der blöderweise von seinen Wahrhaft Deutschen nicht abließ und mit *Justament* und *Jetzt erst recht* an ihnen festhielt. Im Grund gefiel ihm diese Gewalttätigkeit. Zur Zeit hatte es der Junge mit der Säuberung der Partei. Er hatte mit dem Toni Riedler angebandelt. Das war nicht einfach, da standen sich zwei Saftige gegenüber. Der Alte, der so oft selber mit dem Landsknechtführer herumgerauft hatte, bekam einen verdächtigen Glanz in die Augen, daß jetzt der Junge den Streit fortsetzte. Ohne Rücksicht auf Tüverlin gab er dem Simon Ratschläge, wie er am besten dem Toni Riedler an den Kragen könne. Tüverlin dachte an den sterbenden König David. »Daß ich Joab dir empfehle / Einen meiner Generäle. / Du, mein Sohn, bist fromm und klug / Gottesfürchtig, stark genug / Und es wird dir leicht gelingen / Jenen Joab umzubringen.«

Klenk hatte geflissentlich das Gerücht, er schreibe an seinen Erinnerungen, in München verbreiten lassen. Er hatte gemerkt, wie unbehaglich es seinerzeit dem Kutzner war, als er davon anfing, und es machte ihm Spaß, wie jetzt diese Erinnerungen, eine bedrohliche Wolke, über vielen Köpfen hingen und aus vielen Betten den Schlaf vertrieben. Denn er hat mit vielen Menschen zu tun gehabt, auch galt er nicht als ein sanfter Heinrich, und man wird kaum vermuten, daß seine Erinnerungen rosa und himmelblau sein werden. Tüverlin bezweifelte, daß Klenk wirklich daran schreibe. Kutzner hatte mit einer leeren Schublade den Mut seiner Anhänger gestärkt: zu diesem Klenk hätte es gepaßt, daß er seine Feinde schreckte mit angeblichen Memoiren in einem leeren Schubfach. Ihn interessierte, ob was Wahres an dem Gerücht sei. Der Simon mußte bald in die Stadt zurück. Kaum war er mit dem Klenk allein, suchte er ihn auszuholen. Doch der sagte nur, ja, es stimme, er arbeite an seinen Erinnerungen.

Er hätte gern mehr gesagt. Als er seinerzeit dem Kutzner davon geredet hatte, war das nur eine Hetz gewesen. Dann aber hatte ihn der Wunsch gepackt, es den andern zu geben, sie zu ärgern, und nun war die Schublade ziemlich voll. Klenk hatte keinen schriftstellerischen Ehrgeiz, aber er fand, was er da gemacht hatte, den andern zum Leid, sich zum Spaß, das war eine saftige Sache geworden, und eigentlich hätte er gern diesem Jacques Tüverlin etwas davon gezeigt. Aber Otto Klenk hatte seinen Stolz, er begnügte sich mit einem trockenen Ja.

Wechselte gleich den Gegenstand. Fragte, wie es also sei, ob der Herr Tüverlin mit sich reden lasse wegen des Termins der bewußten Wette. Tüverlin saß an dem ungefügen Holztisch, blinzelte hinüber zu Klenk. Er schlage den 7. Juni des nächsten Jahres vor, sagte er dann. »Noch ein volles Jahr«, überlegte Klenk; »das wären dann insgesamt neunzehn Monate.« – »Neunzehn Monate«, gab Tüverlin zu bedenken, »sind keine lange Zeit, um einem Leichnam die Zunge zu lösen.« – »Na schön«, schlug Klenk ein, und es war abgemacht.

Ob man was hören dürfe, fragte er gemütlich weiter, über die Arbeit, die Tüverlin gewissermaßen auf dem Halm an ihn verwettet habe. Tüverlin, mit den rötlich überflaumten Händen, umständlich, säbelte sich ein Stück des derben, dunkeln Brotes ab, bestrich es mit Butter. Dann, gleich nach dem Klenk, schnitt er nach dem Landesbrauch einen Rettich in Scheibchen, beizte ihn mit Salz, wartete, bis die Wurzel fertig zum Genuß sei. »Ich glaube, Klenk«, sagte er mit seiner gequetschten Stimme, »ich glaube, Sie verrechnen sich. Ich glaube, eben mein Buch wird bewirken, daß der Tote den Mund aufmacht.« Klenk ließ die Hand, die einen Bissen zum Munde führen sollte, auf halbem Wege sinken. »Sie schreiben ein Buch über das Land Bayern?« fragte er. »Sie schreiben also auch gewissermaßen Erinnerungen?« – »Wenn Sie so wollen«, erwiderte freundlich Tüverlin. »Ich drücke mich aus, wie ich Ihnen schon einmal auseinanderzusetzen die Ehre hatte.« – »Und davon versprechen Sie sich einen Erfolg?« sagte Klenk. »Einen politischen Erfolg? Eine Änderung?« Sein langer, braunroter Schädel grinste.

Der Rettich war soweit, Tüverlin aß mit Behagen Scheibe um Scheibe. »Ein großer Mann«, sagte er, »den Sie nicht leiden können, ich übrigens auch nicht, er heißt Karl Marx, meinte: die Philosophen haben die Welt erklärt, es kommt darauf an, sie zu ändern. Ich für meine Person glaube, das einzige Mittel, sie zu ändern, ist, sie zu erklären. Erklärt man sie plausibel, so ändert man sie auf stille Art, durch fortwirkende Vernunft. Sie mit Gewalt zu ändern, versuchen nur diejenigen, die sie nicht plausibel erklären können. Diese lauten Versuche halten nicht vor, ich glaube mehr an die leisen. Große Reiche vergehen, ein gutes Buch bleibt. Ich glaube an gutbeschriebenes Papier mehr als an Maschinengewehre.« Klenk hörte aufmerksam zu, seine stille, grinsende Heiterkeit dauerte an. »Was kommt denn in Ihrem Buch vor?« fragte er. »In meinem Buch kommt vor Kasperl im Klassenkampf«, sagte Tüverlin. »Man kann auch sagen: die ewige Wiederkehr des gleichen. Alle hauen Kasperl auf den Kopf, aber am Schluß steht er immer wieder auf. Das kommt daher, daß er nichts begreift als das nächste. Ich habe das schon einmal gemacht, in einer Revue. Damals ist es nichts geworden, weil ich hundert Partner brauchte, mir zu helfen. Diesmal mach ich es allein, in einem Buch.« – »Und damit, daß Sie das schreiben«, fragte Klenk, geschüttelt von innerer Heiterkeit, »damit, glauben Sie, werden Sie bewirken, daß man die Sache Krüger wieder aufrollt?«

Tüverlin war mit seinem Rettich zu Ende. Listig, munter saß er vor dem riesigen Mann. »Ja«, sagte er.

20

Otto Klenks Erinnerungen

Den Klenk, seit dieser Begegnung mit Tüverlin, kratzte es, nun seinerseits den Fall Krüger darzustellen, auf seine Manier. Nicht mit irgendeinem verblasenen, abstrakten Kasperl wird Martin Krüger zu tun haben, sondern mit einem äußerst realen Flaucher und einem äußerst realen Klenk.

Es war längst nicht mehr die Lust, die andern in Atem zu halten, aus der Klenk an seinen Memoiren schrieb. Immer mehr reizte es ihn, den Menschen nachzuspüren, in deren Schicksal er verflochten war, das Leben derer weiterzuverfolgen, mit denen sein Weg sich gekreuzt hatte. Ihn interessierte das Ergehen des Uhrmachers Triebschener, des Heizers Hornauer, des Musikanten Woditschka. Der Dr. Geyer drückte sich jetzt, nachdem die Wahrhaft Deutschen ihn blöderweise bei der Bestattung Erich Bornhaaks verhauen hatten, im Ausland herum. Das war schade. Lebte er noch in Berlin, Klenk wäre imstand gewesen und wäre eigens hingefahren.

Eine Woche nach Tüverlin erschien in Berchtoldszell wieder einmal Dr. Matthäi. Der, seit dem Tod des Pfisterer, war nur mehr der halbe Matthäi. Er war krank, wenn er nicht einen Menschen hatte, an dem er sich reiben konnte. Jetzt hatte er sich den Klenk herausgesucht. Der hat Saft genug, hundsgemein ist er auch, so daß ein ergiebiges Rauferts herauskommen könnte. Aber leider gibt der Klenk nicht an. Der Matthäi versucht immer von neuem, ihn anzuzapfen, aber wenn er noch so grob daherbläst, der Klenk reagiert sanft wie ein Jungfernfurz.

Die Haushälterin Veronika hat den Tisch abgedeckt. Die beiden Männer sitzen noch beisammen beim Bier, in ihren Lodenjoppen, rauchen ihre Tiroler Pfeife. Sooft er herauskommt, verspricht sich der Matthäi eine Hetz. Aber der Klenk zieht nicht, er bleibt so einsilbig, daß man geradezu das Gefühl hat, man sei aufdringlich. Auch heut ist es so fad, als säße man beim Passionsspiel in Oberfernbach.

Der Matthäi sucht irgendein Thema. Diese Russen mumifizieren die Leiche ihres Lenin. Eine infantile Idee, was? Er sagt noch zwei Sätze, ohne Schwung. Er hat keine Hoffnung mehr, daß der Klenk angibt. Aber schau an, der Klenk steht auf, riesig auf und ab schreitet er durch die knarrende Stube. Herrgottsaxen, und jetzt macht er auch den Mund auf. »Mumifizieren«, lacht er. »Mein Lieber, da gibt es bessere Mittel, einen Menschen in der Welt zu halten«, und er haut bedeutend auf den Schreibtisch mit seinen vielen großen Schubladen.

Dem Matthäi gibt es einen Riß. Aha, die Memoiren. Er ist scharf auf diese Erinnerungen, aber er hält sich im Zaum, um, nachdem der andre endlich einmal angegeben hat, nicht wieder alles zu verpatzen. Er putzt an seinem Kneifer, hockt still da, hält sein fettes, zerhacktes, unbeherrschtes Hundsgesicht gesenkt, wartet.

Den Klenk drängt es, sein Geschriebenes endlich irgendwem zu zeigen. Es sind immerhin schon zwei-, dreihundert große Seiten, die er vollgeschrieben hat. Soll das immer so tot liegenbleiben, nur für ihn allein? Heute wenn Tüverlin da wäre, würde er sich nicht beherrschen. Warum, wütet er in seinem Innern, macht dieser Matthäi nicht seinen Brotladen auf und sagt, er wolle was hören?

Der Matthäi brannte darauf, etwas zu hören. Aber er fürchtete, wenn er das sagte, dann werde der Klenk ihn abfahren lassen. So hockte er also auf der Holzbank und wartete, und der Klenk stand vor dem Schreibtisch und wartete. Schließlich, da dieser Matthäi offenbar ein Vorhängeschloß vor dem Maul hatte, riß Klenk, ungestüm geradezu, die Schublade auf, kramte das Manuskript vor, blätterte darin. Minuten vergingen,

Matthäi sagte nichts. Da begann Klenk zu lesen, mitten heraus, ohne Einleitung.

Es waren aber Otto Klenks Erinnerungen eine Sammlung von Porträts. Freundliche Augen hatte er nicht, der Minister Otto Klenk, zu Grabinschriften wären seine Schilderungen nicht zu brauchen gewesen. Die Menschen, die er auf seinem Wege getroffen hatte, waren viele und verschiedene, aber Gelump und Gesindel, fand er, waren sie alle. Allein wie etwa einen Insektenforscher, der tausend Seiten über Wanzen schreibt, die Liebe zu seinem Gegenstand packt, so war dem Klenk beim Schreiben eine freudige Wut gekommen. Er war ein geschulter Jurist, er konnte, wenn er wollte, verwickelte Dinge sehr gut im Zusammenhang darstellen. Hier aber verzichtete er auf Zusammenhang, auf abgewogenes Urteil. Mit Behagen und Zorn bilderte er seine Menschen ab, mit glühender Unsachlichkeit. Und wie ein bayrischer Bauernbub, wenn das Rauferts zu Ende ist und der andere abzieht, nochmals eine Handvoll Mist zusammenballt und diesen Ball dem andern nachschmeißt, so, wenn er mit der Schilderung eines seiner Menschen zu Ende war, schrieb er an den Rand noch ein paar üppige Anekdoten und Züge. Er ließ sich ganz gehen, er führte einen wilden, triumphierenden Watschentanz auf, einen großartigen, altbayrischen Amoklauf. Ringsum prasselten die Schläge, auf die Gefallenen nochmals haute er ein, strahlend, besessen. Der Matthäi hockte da, rauchte, paßte auf wie ein Haftelmacher, war hingerissen. So was war auch ihm von früh auf als letztes schriftstellerisches Ideal vorgeschwebt, aber er mußte literarisch repräsentieren, er durfte sich das leider nicht leisten.

Klenk war gespannt, wie sein Geschriebenes auf den Matthäi wirken werde. Gierig, während er las, äugte er nach dem vierschrötigen Mann. Der, als Klenk aufhörte, schimpfte mörderisch. Das sei fades, dilettantisches Gestümper, Ausbrüche einer gekränkten Leberwurst, urteilslos, zusammenhanglos; das Deutsch sei willkürlich, grotesk untermengt mit beamtenhaften Wendungen. Den Klenk füllte dieses wüste Geschimpfe mit Genugtuung; er mußte auf Matthäi ungeheuren Eindruck gemacht haben. Aufgekratzt wie seit langem nicht mehr, ließ er sich in einen gewaltigen Streit ein. Man müsse, sagte Matthäi, sich als Bayer schämen, daß man Jahre hindurch einen Menschen von so geringer Urteilskraft zum Justizminister gehabt habe. Über den Matthäi, sagte Klenk, stünden auch einige saftige Sätze in dem Manuskript, aber die sage er ihm jetzt nicht. Die seien bestimmt als Marterl für den Matthäi, und er hoffe, wenn der andere erst abgekratzt sei, sein Herz noch lange an diesem Marterl zu erfreuen. Sie tranken ein Bier, und noch eins, und einen Wein, und noch einen, und mitten in der Nacht noch mußte die Veronika Eier mit Schinken und einen Salat machen.

Erst als es gegen Morgen ging, sehr befriedigt und noch keineswegs zu Ende, schieden die Männer. »Kommen Sie bald wieder«, rief Klenk dem Matthäi nach, »ich brauche noch Stoff für Ihr Marterl.«

Der Eindruck seiner Vorlesung machte dem Klenk noch schärferen Appetit, den Schicksalen derer nachzuspüren, die in seinen Erinnerungen auftauchten. Vor allem kratzte es ihn, den Geyer zu sehen. Es verlautete, Geyer habe sich in einem kleinen Ort an der südfranzösischen Küste angekauft. Klenk beschloß, ihn aufzusuchen.

Er fuhr hinunter, im Wagen, über die frühsommerlichen Schweizer Pässe, randvoll von Kraft und Spannung.

Der kleine Ort, an dem Geyer wohnte, war ein Fischerdorf. Dunkel bewachsene Hügel liefen die Küste entlang bis nah herunter an die See. Pinien, Kastanien, Korkeichen. Seit dem Krieg war die Gegend, vor allem von Engländern, neu und stark besiedelt. Kleine Landhäuser zogen sich über dem Dorf die Höhen hinan. Ein solches Häuschen hatte Geyer gekauft.

Als Klenk läutete, bellte ein Hund stark und anhaltend. Die gelbhäutige Haushälterin Agnes erschien, mißtrauisch, gab mürrische, halbe Auskunft. Zu Hause sei der Herr nicht, es sei ganz unbestimmt, wann man ihn antreffen könne, er empfange niemand. Hinter dem abziehenden Klenk kläffte wütend der Hund. Die gelbgesichtige Frau schaute ihm böse nach.

Dem Klenk machte das nichts. Es war herrliches Wetter, die Gegend war schön. Der Geyer wird spazierengehen, er wird den Geyer schon finden. Es war angenehmer fast, mit ihm im

Freien zu reden, in dieser schönen, weiten Gegend, als in vier engen Wänden.

Klenk logierte sich in dem netten, kleinen Hotel ein. Erfuhr, Dr. Geyer sei ein stiller Herr, von dem man wenig höre und der wenig benötige. Er stehe ganz unter dem Pantoffel Madames, seiner Haushälterin oder vielleicht auch seiner Frau, das wisse man nicht.

Gegen Abend des zweiten Tages, weglos durch das dichte Unterholz der Berge spazierend, zwischen Ginster, Thymian und Lavendel, stieß Klenk auf seinen Mann. Er saß auf einem Felsblock, stierte auf die blaue See, sah ausgezehrt aus, verfallen. Klenk sah ihn als erster. Dr. Geyer, als der riesige Mann in der Lodenjoppe mit seinen mächtigen Stiefeln heranstapfte, wurde fahl, begann zu zittern. Dem Klenk war berichtet worden, Dr. Geyer habe sich bei jenem Attentat und bei den peinlichen Vorgängen anläßlich der Bestattung Erich Bornhaaks keineswegs schwächlich verhalten. Aber Klenk hatte auch gehört, daß der Schrecken über ein Unerwartetes einen Menschen oft erst viel später überkommt. Solch eine damals nicht verspürte Angst mochte jetzt den Anwalt gepackt haben, als er den Feind heranstapfen sah.

Dem Klenk war das unlieb. Er war nicht als Feind hierhergekommen. Er wollte wissen, was aus dem Mann geworden war, vielleicht auch wollte er ihn ein wenig frotzeln, das war alles. Erich Bornhaak war tot, Simon, der Bams, lebte. Im übrigen saßen sie beide auf Altenteil, Klenk auf seinen Erinnerungen, Geyer auf seinem Buch »Recht und Historie« oder wie das Ding hieß. Feindschaft gegen den dünnen Anwalt? Nein.

Er redete also gemütlich auf Dr. Geyer ein, in seiner nettesten Art, damit der sich bald wieder erkrafte. Aber Dr. Geyer erkraftete sich nicht. Klenk sah bald, daß Dr. Geyer sich wohl sein Leben lang nicht mehr erkraften werde. Er saß da, gerötet, dünnhäutig, stark blinzelnd, mit dem weiten, etwas schmuddeligen Rock und den langen, vom Unterholz zerrissenen Hosen nicht recht in die große, stille Landschaft passend, heillos flatterig und zerfasert. War das der Mann, der dem Klenk zeitweise als ebenbürtiger Gegner erschienen war? Das war überhaupt kein Mann mehr, das war ein Ding geworden.

Dieses Ding Geyer hockte auf dem Stein. Klenk sprach mit dem Ding Geyer, das Ding Geyer verfolgte Gedankengänge aus früheren Jahren, und wenn man da anzapfte oder dort, dann kam etwas heraus wie eine Antwort, manchmal sogar eine beschlagene, intelligente Antwort. Schließlich ging Klenk mit dem Ding Geyer nach Hause, aß mit dem Ding Geyer zu Abend. Andern Tages fuhr er zurück nach Berchtoldszell.

Es war eine schöne Fahrt gewesen, und es war eine schöne Gegend gewesen, und überhaupt pflegte Otto Klenk eine Unternehmung niemals zu bereuen. Aber er konnte nicht behaupten, daß die Verwandlung seines Feindes Geyer ihm Freude bereitet hätte. Er strich aus seinen Erinnerungen die Seiten, die von dem Abgeordneten Geyer handelten.

21

Die Tante Ametsrieder greift ein

Tüverlin arbeitete. Es gab in ihm viele Bilder, seinem Wesen enger verknüpft, die an den Tag wollten: er aber hatte gerade diesen bleiernen, unbehaglichen Stoff Bayern gewählt. Er hatte den Auftrag.

Daß er seinerzeit durch die Revue die Amnestie Krügers erreichte, war ihm durch Zufall, durch Glück, in den Schoß gefallen. Der Weg zur Verwirklichung Krügers, den er jetzt zu gehen hatte, erforderte heiße, methodische Bemühung. Er arbeitete. Beschlich seinen Stoff von vielen Seiten, kreiste ihn ein. Erkannte immer schärfer die ewige Wiederkehr des gleichen in den Menschen, ihr besitzerhaft Hartes, ihren dumpf wütigen Zorn gegen die Notwendigkeit, gegen die Bedrängung des Bodens durch die Industrie. Spürte das, hob es ans Licht. Er sah, was er gemacht hatte: es stand da in harter Klarheit, es war gut.

Es war miserabel. Es war Erkenntnis, nichts weiter, es war immer noch der Essay. Erkenntnis allein genügte nicht: Kunst wird nur, wenn Erkenntnis mit Liebe oder Haß zusammenschmilzt. Nichts von Bayern war lebendig geworden. Nichts war da von der Vision, die er auf jener Fahrt nach Berchtoldszell gehabt hatte. Klenk wird die Knöpfe seiner Joppe nicht abtrennen müssen.

Zu Ende September, als Tüverlin seine Arbeit zum viertenmal von neuem begann, erhielt er den folgenschweren Besuch der Frau Ametsrieder.

Die Tante Ametsrieder nämlich hatte das Hauswesen ihrer Nichte wieder an sich gerissen. Von außen betrachtet, schien da alles in Ordnung. Johanna lebte still in der Steinsdorfstraße, sie hatte reichliche, gut entlohnte Beschäftigung, auch aus den Büchern Martin Krügers kam Geld ein. Aber die Tante Ametsrieder hatte die Augen auf, sie sah, daß es mit dieser Ruhe und Sicherheit nicht weit her war. Das Mädel hat viel erlebt, großes Unrecht und bittere Enttäuschung. Wenn man alles in sich hineindruckst, dann schlägt es sich aufs Gemüt. Die Tante Ametsrieder versteht sehr gut, was es heißt, einen so großen und gerechten Zorn wie den ihrer Nichte so lange ungesagt mit sich herumzutragen. Herr Tüverlin, wenn er nur wollte, könnte Johanna von heute auf morgen Gelegenheit schaffen, sich öffentlich ihre Kränkung von der Leber zu reden. Er hat Einfluß, er ist auch nicht auf den Kopf gefallen, trotzdem er Schriftsteller ist. Bloß, er merkt einfach nichts. Darum also ist jetzt sie in Villa Seewinkel und sagt ihm auf gut bayrisch, was los ist. Sehe er denn nicht, daß das mit Johanna nicht so weitergehen könne! Seit Jahren lebe das Mädel mit lauter toten Dingen um sich, Manuskripten, einer Maske und einem trockenen Laib Brot, und müsse ihren guten, bayrischen Zorn in sich hineinwürgen, statt ihn der Welt ins Gesicht zu sagen. Ein so gescheiter Mann und merkt nicht, daß das Mädel kaputtgeht, wenn man ihr nicht hilft.

Der Schriftsteller Tüverlin hörte Frau Ametsrieder aufmerksam an. Das war ja Wort für Wort wahr, was sie sagte. Da hat er Johanna und seine Beziehungen zu ihr so genau analysiert, und am Nächstliegenden ist er stockblind vorbeigelaufen. Er hat sich benommen wie ein Esel und Universitätsprofessor. Was denn hat er Greifbares für sie getan? Eine großartige Analyse hat er gemacht, den berühmten Essay. Wenn einer umkommt vor Schmerz und schreien muß und nicht schreien kann: nützt es ihm dann, wenn man ihm aus dem Konversationslexikon eine Beschreibung seines Schmerzes vorliest? Diese wackere Tante Ametsrieder ist zehnmal gescheiter als er. Johanna ist ein lebendiger Mensch und will schreien, wenn es ihr weh tut.

Nein, die Tante Ametsrieder mußte nicht lange reden, da gingen dem Herrn bereits einige Seifensieder auf. Er lief im Zimmer herum, sein nacktes, krauses Gesicht zerfältelte sich. Ordentlich vergnügt wurde er. Er haute ihr auf die Schulter und sagte voll Anerkennung: »Tante Ametsrieder, Sie sind ein Schwergewicht.« Wäre sie nicht so statiös und imponierend gewesen, er hätte sie herumgeschwenkt. So blieb ihm nichts übrig, als die resolute Bavaria voll Herzlichkeit einzuladen, mit ihm aufs Oktoberfest zu gehen.

Die Tante Ametsrieder befriedigt zurückgefahren, machte Jacques Tüverlin einen langen Spaziergang. Mit lustvollem Schmerz spürte er, wie sehr Johanna ihm durch all diese Monate abgegangen war. Er brauchte dieses bayrische Mädchen, ihren Zorn, ihr umwegiges Empfinden, ihre Dumpfheit, ihre Kraft. Recht hat sie, wenn sie schreien will. Ihn selber packte es, wenn er daran dachte, wie man sie stumm gemacht hatte. Scharf überlegte er, wie er Johanna und sich helfen könnte. Das einfachste wäre, sie schriebe und redete, von ihm unterstützt, öffentlich über Martin Krüger. Aber einen solchen Vorschlag nähme sie nie an, im Gegenteil, er verscheuchte sie nur noch weiter.

In der Nacht kam ihm der rechte Einfall. Oh, es gab noch viele listige Umwege, um den Geist durchzusetzen gegen die Macht der Trägheit und der Beharrung. Am Morgen schickte er ein langes Telegramm an Mr. Potter. Am gleichen Abend hatte er Antwort. In Gegenwart der Anni Lechner riß er die Depesche auf, las, schaute starr, sagte: »La montagne est passée.« Er nahm das Manuskript des *Buches Bayern*, schlug es munter auf den Tisch, sagte noch einmal: »La montagne est passée.« Die Anni mußte mit ihm zu Abend essen. Er holte eine Flasche eines besonders geschätzten Weins. Zum Grammophon gab er ihr eine gymnastische Schaustellung, war stolz, daß er sich siebenmal hochstemmen konnte. Dann, zu einer krausen, von ihm selbst erfundenen Melodie, sang er in Variationen: »La montagne est passée.«

Andern Tages fuhr er zu Johanna. Teilte ihr mit, Mr. Potter habe da eine merkwürdige Idee. Die Bücher Martin Krügers hätten es dem Amerikaner angetan. Mr. Potter wolle nun, daß er, Tüverlin, im Rahmen eines Films Leben und Ende Martin Krügers erzähle. Mr. Potter, durch seine Verbindungen, wolle diesen Film propagieren, dergestalt, daß Tüverlin zur ganzen Welt reden könnte.

Er blinzelte hinüber zu Johanna. Sie sagte nichts; aber er sah, wie die ganze Frau sich spannte. Er saß da, harmlos, listig, trank Tee. Da sie hartnäckig schwieg, sprach er schließlich weiter. Was er zum Fall Krüger zu sagen habe, habe er bereits in jenem Essay geäußert. Ein ausgezeichneter Essay, wie er bei nochmaliger Lektüre habe feststellen können, aber für die Zwecke Mr. Potters kaum geeignet. Es fehle ihm an Feuer für eine Sache, die von der Leinwand herunter an die ganze Welt gehen sollte, an Schwarze und Gelbe, an Braune und Weiße, an Geschäftemacher und Asketen, an Intelligente und Politiker.

Johanna schwieg noch immer. Soll er weiterreden? Er hatte große Lust. Es war eine gute Eingebung, daß er es nicht tat.

Sie saß da, benommen, und klemmte ihre Oberlippe ein. Das waren natürlich lauter großmütige Lügen. Der Essay brannte in hellem Feuer, nur in einem ganz andern als in dem gemeinen von Liebe und Haß. Sie war gerührt und zärtlich, daß der Mann um ihretwillen sein Werk verleugnete. Nach einer Weile sagte sie also: »Ja, fürs Kino ist das vielleicht wirklich nicht das richtige Feuer.« Er beschäftigte sich eifrig mit seinem Tee, sein Gesicht war zerfältelt und kraus, ein kleines Kind konnte ihm kilometerweit ablesen, wie listig und gespielt seine Harmlosigkeit war. Sie las es ab und mußte herzhaft lachen. Woraufhin er aufstand und nun auch dieses große Mädchen zum Oktoberfest einlud, allein erst, nachdem er sie geküßt hatte.

In einem großen, blauweißen Bierzelt, inmitten von Münchnern, die ihr Leben lärmvoll genossen, fragte Johanna Krain den Schriftsteller Tüverlin, ob er es für möglich halte, daß an seiner Stelle sie in Mr. Potters Tonfilm mitmache. Ohne seine Antwort abzuwarten, sagte sie heraus, was alles sich in ihr gestaut hatte. Inmitten von Lärmenden und Besoffenen, inmitten von altmodischen Liedern, man könne sie halt nicht kriegen, die Fliegen, und was brauche denn ein Bauer einen Hut, inmitten von Blechmusik, Bier, Brezeln, Würsten, am Spieß gebratenen Fischen, Gegröl und Gestank, sagte sie ihm, wie es all diese Monate hindurch an ihr gezehrt habe, daß man sie nicht habe reden lassen, und daß die Bücher Krügers den gemarterten Mann ganz verdeckten, und wie erlöst sie sei, weil jetzt eine Hoffnung heraufkomme, sie werde dennoch reden können. Tüverlin blinzelte sie an, und dann schlug er vor, sie sollten eine Brezel reißen, was unter jenem Volksstamm als ein Zeichen besonderer Vertrautheit galt, und sie hackten jeder einen Finger in eine gesalzene Brezel und zerrissen sie. Die Blechmusik spielte: solang die grüne Isar durch die Stadt gehe, solang höre dort die Gemütlichkeit nicht auf, und dann den Stierkämpfermarsch, und dann wieder: ein Prosit der Gemütlichkeit. Tüverlin sang mit, und er und Johanna tranken aus den großen, grauen Krügen.

22

Das Buch Bayern

Johanna arbeitete. Der Film *Martin Krüger* war in Angriff genommen. Mit Hilfe eines Films, der gestützt war durch das Geld und die Macht des Kalifornischen Mammuts, an die Nerven und das Gewissen der Menschen heranzukommen, war eine unerwartete, einmalige Gelegenheit. Sie wollte bis ins Letzte ausgenutzt sein. Es war harte Arbeit. Oft klaffte ihre Wahrheit und die Wirksamkeit, die ihre Mitarbeiter mit Recht forderten, unüberbrückbar auseinander. Ließ sich, was sie wollte, überhaupt ausführen? Kann man seine Bitterkeit und heiße Empörung hinstellen vor Aufnahmeapparate, Linsen, Operateure? Kann man seine Seele photographieren?

Jacques Tüverlin sah, wie sie sich abarbeitete. Er hätte ihr gerne geholfen, aber niemals geradezu sprach er ihr von dem Film, um den sie sich quälte. Die Sache forderte, daß die Arbeit von ihr getan wurde. Er ist ein *Hereingeschmeckter*: Johanna ist ein Stück Bayern. Bayern selber mußte gegen Bayern Zeugnis ablegen. Er hatte jetzt das rechte Aug bekommen für Johanna Krain und für ihr Land und begnügte sich, ihr auf die stille, vorsichtige Art zu helfen, die allein sie nicht verscheuchte. Mit Behutsamkeit holte er heraus, was in dieser kräftigen Frau an gesundem Zorn stak. Er sperrte sie auf. Das Krampfige an ihr verschwand. Sie fühlte sich befreit aus dem unsichtbaren Käfig. Es entstand, ohne viele Worte, eine neue Gemeinsamkeit zwischen ihnen.

Sonderbarerweise zog er aus dieser stillen, selbstlosen Arbeit Gewinn für sein Buch. Sein Stoff war in Bewegung gekommen, kreiste, regte sich, atmete: doch inmitten dieses lebendigen Stoffes lag immer noch starr, nicht hinausgediehen über bloße Erkenntnis, der Fall Krüger. Zuerst hatte Jacques Tüverlin ihn abseits liegenlassen, er war nicht wichtig für das *Buch Bayern*; allmählich aber verbiß er sich darein, gerade den Mann Krüger und seinen Prozeß lebendig zu machen. Alle Schicksale waren berufen, mitzuwirken an der Höherführung der Art; aber auserlesen waren nur diejenigen, die andere zwangen, sie weiterzuleben, sie aufzubewahren für die Kommenden. Ob ein Schicksal für die Art fruchtbar wurde, hing nicht ab von seiner Größe und Bedeutung, auch nicht von seinem Träger, sondern nur von seinem Betrachter, seinem Dichter. Indem das Schicksal Martin Krügers von Jacques Tüverlin Besitz ergriff, bekam das Martyrium dieses toten Mannes Sinn, bekam Jacques' eigene und Johannas Entbehrung Sinn. Es trieb ihn, den Mann Krüger zu dichten.

Daß er das zufällige Leben Martin Krügers genau kannte und selber darein verknüpft war, half ihm dabei nicht viel. Es kam nicht darauf an, wie Martin Krüger und sein Prozeß wirklich, ja ob er wirklich war. Kam es darauf an, ob Jesus von Nazareth aktenmäßig gelebt hatte? Ein Bild von ihm existierte, das der Welt einleuchtete. Durch dieses Bild war, nur durch dieses Bild, Wahrheit entstanden. Es kam darauf an, daß Jacques Tüverlin ein Bild Martin Krügers erlebte, das er der Welt als wahr aufzwingen konnte.

Immer deutlicher spürte er, wie ihm für diese Aufgabe Kraft

zufloß aus dem dumpfen Zorn Johannas. Ihr Vorhaben verknüpfte sich geheimnisvoll mit seinem eigenen. Ihre dunkle Empörung schoß in sein Werk hinein, Leben zeugend. Sein Buch wurde gespeist von der Kraft Johannas, die Menschen für den toten Martin Krüger zu erhitzen. Manchmal schien ihm, daß, erlahmte sie, auch er erlahmen müsse.

Gegen Ende dieses Oktober erhielt er einen Brief von Kaspar Pröckl aus Nishnij Nowgorod. Kaspar Pröckl hatte die ganze Zeit geschwiegen. Auch jetzt erzählte er wenig von sich selber. Hingegen berichtete er ausführlich, wie er das Bild »Josef und seine Brüder« gefunden habe. Es hing im Museum einer kleinen Stadt an der Grenze des europäischen und des asiatischen Rußlands. Es hieß jetzt »Gerechtigkeit«, der andere Titel war gestrichen. Als Kaspar Pröckl das Bild besichtigte, stand davor eine Schulklasse von vierzehnjährigen Knaben und Mädchen. Nachdem man den jungen Menschen die Vorgänge auf dem Bild erklärt hatte, denn sie wußten nichts von der Geschichte Josefs, debattierten sie eingehend darüber, wieweit der Maler des Bildes bereits durchdrungen sei von kollektivistischem Geist, wieweit er steckengeblieben sei in den individualistischen Anschauungen der bürgerlichen Epoche.

Jacques Tüverlin hatte bei seiner neuen Arbeit die Auseinandersetzungen mit dem heftigen Menschen schmerzhaft entbehrt. Es freute ihn, daß Pröckl gerade bei diesem Stadium seiner Arbeit ihn höhnisch und sehr gegenständlich an den Maler Landholzer und an das Bild »Gerechtigkeit« erinnerte. Angeregt lief er vor der Anni Lechner auf und ab. Holte den dritten Band des »Kapitals« hervor, eines Buches von Karl Marx, das von Millionen als das Buch der Bücher verehrt wurde. Mit Anni Lechner an Stelle des abwesenden Kaspar Pröckl setzte er sich auseinander. Triumphierend, als boxte er den Kaspar Pröckl nieder, knallte er ihr einen Satz dieses Karl Marx hin: »Man muß die versteinerten Verhältnisse der deutschen Gesellschaft schildern und sie dadurch zum Tanzen zwingen, daß man ihnen ihre eigene Melodie vorsingt. Man muß das Volk vor sich selbst erschrecken lassen, um ihm Courage zu machen.« Schließlich, als sei das die endgültige Widerlegung des Briefes, suchte er jene Postkarte hervor, die er einmal während einer Debatte mit Pröckl an sich selber geschrieben hatte: »Lieber Herr Jacques Tüverlin, vergessen Sie nie, daß Sie nur dazu da sind, sich selbst und nur sich selbst auszudrücken. In aufrichtiger Verehrung Ihr redlichster Freund Jacques Tüverlin.« Unter wüsten Beschimpfungen gegen die Theorien Kaspar Pröckls befestigte er die Postkarte an der Wand über der Schreibmaschine. Dann erkundigte er sich voll Anteilnahme bei Anni Lechner, was Kaspar Pröckl ihr über sein Ergehen geschrieben habe.

Vielleicht durch den Brief Kaspar Pröckls, vielleicht durch Jacques' Gemeinsamkeit mit Johanna kam ein neuer Klang in das *Buch Bayern*: Empörung gegen die Justiz der Zeit. In jener Epoche redete man überall auf dem Planeten von einer Vertrauenskrise der Justiz. Der Begriff der Gerechtigkeit war unsicher geworden, schäbig. Man wußte zuviel von der menschlichen Seele, um die alten Begriffe von Gut und Böse gelten zu lassen, zuwenig, um neue an ihre Stelle zu setzen. In früheren Zeiten hatten bei einer Exekution die Zuschauer, ja häufig der Gerichtete selber, Befriedigung verspürt; denn es war einer Rechtsordnung Genüge geschehen, an die sich alle innerlich gebunden fühlten: jetzt war die Gerechtigkeitspflege von keinem lebendigen Gefühl mehr legitimiert, sie war zum bloßen Instrument der Macht und ihrer Bewahrung geworden, ihre Maßnahmen wirkten schwächlich, willkürlich. Möglich, daß in Bayern die Justiz besonders bösartig und verbohrt gehandhabt wurde, aber viel anders war es ringsum auch nicht. In Ungarn, auf dem Balkan, in Rußland stand es vielleicht noch schlimmer als auf der bayrischen Hochebene. Tüverlin hatte diese Tatsache bisher mit erkennerisch fatalistischer Skepsis hingenommen: jetzt nahm seine Skepsis die Züge des Zornes an, wurde schöpferisch. Das Unrecht hier in Bayern war ihm das nächste, er sah es mit seinen lebendigen Augen, er litt es mit, durch Johanna. Wollte er Bayern dichten, mußte er das bayrische Unrecht mitdichten. Auf den Deckel des Manuskripts hatte Anni Lechner säuberlich geschrieben: »Das Buch Bayern«. Er fügte hinzu: »oder Jahrmarkt der Gerechtigkeit«.

Am Abend des Tages, an dem Jacques Tüverlin diesen Untertitel festgelegt hatte, sprach er zum erstenmal mit Johanna

Krain über sein Buch. Johanna konnte nur im Bilde denken, sie war getroffen von diesem Wort: Jahrmarkt der Gerechtigkeit, sie sah diesen Jahrmarkt bunt und leibhaft vor sich. Ein riesiger Haufen kahlen, wurmstichigen Gerümpels war da, Menschen irrten herum, ängstlich suchend nach etwas Brauchbarem, über jeder Bude waren Schilder: Gerechtigkeit, und die Verkäufer standen feierlich, in schwarzen Talaren.

Johanna hütete sich, dieses Bild abzunutzen. In den Abenteuerbüchern ihrer Kindheit hatten die Araber ein Wort, mit dem sie in der Stunde der Gefahr ihre Pferde anfeuerten. Johanna, wenn sie in der Wirrnis der Aufnahmeapparate, inmitten der Krane, Gestänge, grellen Lampen, nach zehn mißglückten Versuchen keine Aussicht mehr sah, weiterzukommen, holte ihr Letztes aus sich heraus mit dem Wort: Jahrmarkt der Gerechtigkeit.

23

Ich hab's gesehen

München tanzte. Das neue Jahr war da, mit ihm der Fasching. Auf den Redouten der großen Brauereien, bei den Festen der unzähligen Kegelgesellschaften, Sparvereine tanzten die Kleinbürger, die Arbeiter, die Bauern, auf den Künstlerfesten, den Bällen der Studenten, Offiziere, Fememörder tanzten die Großbürger. Herr Pfaundler hatte alle Schrauben seines listenreichen Kopfes angedreht, um die behagliche Breite des früheren Faschings noch zu übertreffen. Es gab jeden Abend zwei große Feste, am Samstag fünf, und die üppigen Bilder der Revue waren diesmal nicht beeinträchtigt durch Tüverlinsche Ideen.

München tanzte. München, bei der lärmvollen Musik der Française, hob die Frauen auf die verschränkten Arme, schubste sie hoch unter nicht abreißendem Jauchzen und Gegröl. München, um diesen fetten Fasching mitzumachen, versetzte Leib- und Bettwäsche. München, im grauenden Morgen, versammelte sich nach durchjubelter Nacht in primitiven Kneipen, Chauffeure, Marktweiber, befrackte Herren und flittermaskierte Damen, Straßenreiniger, Huren durcheinander, um Bier zu trinken und Weißwürste zu schlingen. München schrie losgebunden seine Seligkeit und seinen Wahlspruch hinaus: solang die grüne Isar und: ein Prosit der Gemütlichkeit.

Herr von Grueber, mit verächtlichem Wohlwollen, schaute zu. Herr von Reindl, mit einem kleinen, schläfrigen Lächeln, ließ sich mittreiben. Herr Pfaundler triumphierte. Er hat den Riecher gehabt. Jetzt im Januar hat er München neu erobert, im Dezember wird er Berlin erobern. Denn München hatte sich erkraftet, es war, das gab auch der Reindl zu, wie früher. In unverwüstlicher Lebenslust war es emporgetaucht aus den damischen Zeiten des Krieges und der Revolution, die lebendige Ordnungszelle des Reichs. Sicher wie auf dem festen Boden der Hochebene stand die schöne Stadt auf ihrer kräftigen Tradition.

Ungefähr vierzehn Tage nach der Premiere der Münchner Revue wurde in Berlin der Film »Martin Krüger« zum erstenmal aufgeführt.

Tüverlin fuhr hin. Er saß in einer Loge hinten im Parkett auf einem blauen Stuhl. Es waren noch drei fremde Menschen in der Loge. Er war gespannt in allen Fibern. Er wußte von dem, was auf der Leinwand vorgehen wird, nicht mehr als die drei Fremden. Er hatte Johanna die ganze Zeit nichts gefragt.

Es wurde dunkel, auf der Leinwand erschien Johanna Krain. Sie stand auf einem Podium vor einem niedrigen Pult. Sie war sehr groß, doch ihr Gesicht schien nicht so breit wie im Leben. Tüverlin kannte genau das geknotete Haar, die langen Augen, die harte Stirn, die Art, die Oberlippe zwischen die Zähne zu klemmen. Allein wie sie zu sprechen anhub, wie die Stimme aus dem Apparat kam, nicht laut und dennoch raumfüllend, da war dieser Schatten ihm erschreckend fremd. Er war gewohnt, mit Apparaten, mit mechanischen Dingen umzugehen, ihr Wesen war ihm vertraut: jetzt seit Jahren zum erstenmal ängstigte ihn das gespenstisch Beseelte eines mechanischen Vorgangs.

Er rutschte auf seinem blauen Stuhl, zerknüllte nervös das Programm. Er wußte um das Zufällige jeden Erfolgs; dennoch prickelte ihm die Haut vor Erregung. Er sagte sich, es beweise nichts für noch gegen die Sache Martin Krügers, ob das tönende Bild da vorn heute Wirkung tue oder nicht. Dennoch verdroß ihn, daß ringsum Geräusper war, halblautes Gerede, klappende Sitze. Ihm schien, als seien die Zuschauer mit dem Vorsatz gekommen, kalt zu bleiben, als warteten sie ungeduldig den zweiten Film ab, mit dem der Film »Martin Krüger« zusammengespannt war. Die Leute, mit denen er die Loge teilte, machten schnodderige Bemerkungen. Was denn? Es ging um alte Geschichten von einem toten Mann und einem vergilbten Prozeß, und das wollten sie gar nicht wissen. Tüverlin sagte sich, als naiver Zuschauer dächte er vermutlich kaum anders; dennoch kratzte ihn das Geschwätz.

Die Frau auf der Leinwand, die Augen halbschräg vor sich, sagte: »Viele von Ihnen haben die Bücher Martin Krügers gelesen. Sie haben das Kapitel gelesen ›Ich hab's gesehen‹. Hören Sie, ich hab's gesehen. Es waren dreiundvierzig Tage vor seinem Tod, da habe ich Martin Krüger gesehen. Man hat amtlich festgestellt, die Ärzte hätten es nicht an der notwendigen Sorgfalt fehlen lassen. Man muß den Mann sehr ohne Wohlwollen angeschaut haben, wenn man nicht sah, daß er vom Tode bedroht war. Bitte, glauben Sie mir. Ich hab's gesehen.«

Die Art, wie die Frau auf der Leinwand den Blick hob und ihm unerwartet gradaus in die Augen schaute, die Art, wie sie sagte: bitte, glauben Sie mir, machte, daß Jacques Tüverlin die Nägel ins Fleisch bohrte. Denn er hatte Lust aufzuspringen und laut irgend etwas Törichtes hinauszurufen: ja, ja oder so etwas. Aber das ging nicht. Er konnte sich nur ein bißchen räuspern und einen leisen, knurrenden Laut ausstoßen. Den aber hörten alle, denn es war jetzt sehr still im Saal.

Es erzählte nämlich die Frau auf der Leinwand von ihrem Kampf um den Mann Krüger. Sie erzählte, wie sie von dem Justizminister Klenk zu dem Reichsjustizminister Heinrodt gegangen war, auch von dem Minister Hartl erzählte sie und dem Minister Flaucher. Manchmal verschwand ihr redendes, lebendiges Gesicht, und statt seiner erschien, während die Stimme fortklang, der Kopf eines der Männer, von denen sie sprach. Es waren bayrische Köpfe, wie man ihnen auf allen Straßen begegnete, höchstens der lange, gewalttätige Schädel des Klenk sah anders aus als einer aus dem Dutzend. Allein in der riesenhaften Vergrößerung des Films und während die Stimme erzählte, bekamen die Köpfe einen besonderen Aspekt. Der massige, viereckige Kopf des Franz Flaucher rückte hin und her über einem unbequemen Kragen, und dann rieb ein lächerlicher, dicker Finger zwischen Hals und Kragen, aber das war auf einmal gar nicht lächerlich, das war eher peinlich und voll Gefahr. Der glatte Kopf des Dr. Hartl lächelte verbindlich, aber jeder sah, wie kalt und höhnisch leer seine Höflichkeit war. Zwischen dem milden Bart des Reichsjustizministers Heinrodt gingen die Lippen auf und ab, auf und ab, und aus ihnen kamen einige allgemeine, wohlwollende Sätze über Recht und Unrecht: aber sie klangen überraschenderweise gar nicht wohlwollend, eher ärgerlich, erbitternd. Auch der Kopf Rupert Kutzners zeigte sich. Als Johanna sprach von dem Zeitungsaufsatz der Wahrhaft Deutschen, in dem sie den Humanitätsaspiranten vom Kurfürstendamm den Rat gaben, sich ihren Martin Krüger sauer zu kochen, da erschien er, der Schädel des Führers. Er bestand aus einem aufgerissenen Mund mit einem winzigen Schnurrbart und aus ach, so wenig Hinterkopf, und das war ein befreiender Moment; denn da löste sich die Spannung der Hörer in lautes Gelächter. Dann war wieder die Stimme Johannas da, sie erzählte von ihrer Unterredung mit dem Minister Messerschmidt, daß nur mehr sechsundzwanzig Tage fehlten, und man hätte Martin Krüger freigelassen. Und der große, dumpfe Kopf des Ministers Messerschmidt mit den hervorquellenden Augen schaute armselig aus und aufreizend hilflos. So kamen sie, Kopf auf Kopf, ziemlich viele, manche bekannt aus den illustrierten Zeitungen. Aber sie waren erschreckend verwandelt auf der Leinwand, so vergrößert und raumfressend und während die Stimme erzählte, wie sie an diese Köpfe hingesprochen habe, an einen nach dem andern, vergeblich.

Johannas Redeweise war nicht retuschiert, Sprechart nicht und Mundart nicht, man konnte sich schwer vor der Echtheit dieses Tones zusperren. Es saßen in dem Theater viele, die im Grund einverstanden waren mit den großen Köpfen und ebenso dachten wie sie. Sie hörten unbehaglich die unverlogen bayrische Stimme, sie schauten mit verpreßten Lippen auf die unverfälscht bayrischen Köpfe. Einen von ihnen aber hielt es nicht mehr auf seinem Sessel. Er sprang auf, er begehrte auf, er schrie dem redenden Schatten zu: »Lüge! Verleumdung! Sie sind eine unverschämte Verleumderin.« Es war ein wenig lächerlich, wie dieser lebendige Mensch sich mit dem tönenden Schatten herumstritt. Aber ob lächerlich oder nicht, man wollte sich nicht stören lassen, man wollte nicht ihn, man wollte den Schatten hören. Der aufgeregte Mann schrie noch mehrmals: »Schluß! Unverschämtheit!«, auch anderes, Unverständliches, aber man brachte ihn zum Schweigen.

Der Schatten hatte unbeirrt weitergesprochen. Johanna erzählte jetzt, wie sie die Nachricht bekommen habe, Martin Krüger sei amnestiert, und wenige Stunden später die Nachricht, er sei tot. »Man hat mir gesagt«, sprach sie, »daß es Fälle krasseren Unrechts gibt und daß Männer zu Unrecht in den Gefängnissen sitzen, wichtiger für das Gemeinwohl als dieser Martin Krüger, der nun tot ist. Aber ich will das nicht begreifen, mir ist dieser Martin Krüger wichtiger als alles auf der Welt. Sagen Sie mir nicht: dem Mann ist nicht mehr zu helfen. Ich will ihm nicht helfen, ich will mir helfen. Ich hab gesehen, daß Unrecht geschah. Ich hab's gesehen, und seitdem ich es sah, ist mir das Essen verekelt und das Schlafen und meine Arbeit und das Land, in dem ich lebe und immer gelebt habe. Das Unrecht, das ich sah, ist nicht gestorben mit dem Mann, es ist immer da, es ist rings um mich, es ist am meisten da von allem Unrecht in der Welt. Ich muß davon reden. Gerechtigkeit beginnt zu Hause.« Sie hob, als sie dies sagte, die Hände, ließ sie aber gleich wieder sinken, etwas geniert, es war eine ziemlich hilflose Geste, auch klemmte sie auf ihre komische Art die Oberlippe zwischen die Zähne. Allein man lachte nicht, die blasierten Hörer schauten auf den starken Mund, was er weiter reden werde.

Er redete aber nicht weiter. Vielmehr erschienen von neuem die großen Köpfe. Auch sie sagten nichts, sie versammelten sich stumm um Johanna Krain, sie lagerten sich um sie, eine stumme, bedrohliche Versammlung riesiggroßer Köpfe. Die Frau war sehr klein inmitten der Kolosse, ein kleiner Mensch mitten unter gigantischen Steinbildern uralter Götzen. Es war beängstigend, wie dieser kleine Mensch den Kampf aufnahm mit diesen Kopfgebirgen, es war ein aussichtsloses Unternehmen, es war gar nicht anders möglich, als daß er zermalmt wurde. Der kleine Mensch aber erhob seine Stimme und klagte an: »Die Toten sollen das Maul halten, hat einer von diesen Männern gesagt. Ich aber will nicht, daß der Tote den Mund hält. Der Tote soll den Mund aufmachen.«

Alle sahen es. »Der Tote soll das Maul halten«, befahl stumm die drohende Versammlung der großen Köpfe. »Der Tote soll den Mund aufmachen«, begehrte der kleine Mensch.

Und sie gerieten in Bewegung, die Köpfe, sie zogen sich enger um die Frau, folgten einander, überschnitten sich, drehten sich, ein verrückter Tanz riesiggroßer, dumpfer, gewalttätiger Köpfe. Das dauerte nur kurze Augenblicke, aber sie waren nicht kurz. Dann, man atmete auf, verdämmerten die Köpfe, und übrig blieb nur die Stimme des Menschen.

Jetzt aber redete diese Stimme vom Jahrmarkt der Gerechtigkeit. Es war der Schatten einer achtundzwanzigjährigen Frau, der sprach, einer Frau ohne besondere Begabung. Aber dieser Schatten streckte die Arme so drohend in den Raum, und die großen Augen des Schattens schauten so zornig, daß manches lebendige Auge wegsah. »Martin Krüger«, sagte der zornige Schatten, »ist auf diesem Jahrmarkt an eine der übelsten Buden geraten. Sagen Sie nicht, er ist tot und seine Sache ist abgelebt. Der Jahrmarkt geht weiter, und Sie alle sind gezwungen, dort einzukaufen.«

Tüverlin, wohl infolge der Spannung, spürte die Erschöpfung so, als werde er niemals von seinem blauen Stuhl aufstehen können. Er schwitzte, wahrhaftig er schwitzte, als da vorn die Frau hinsprach an die Berge von Köpfen. Und als sie verschwanden und allein die tapfere Stimme übrigblieb, da streckte er sich und schnaubte so stark, daß die andern in der Loge unwillig Pst machten. Er kehrte sich nicht daran. Das war nun da, das war in der Welt, das einleuchtende Bild eines großen Gefühls. Ihn hob ein großes Ja, das Glück, einverstanden zu sein mit dem Schicksal.

Er brauchte keine Bestätigung durch das Publikum. Es war gleichgültig, ob die Menschen heute begriffen oder erst in zehn Jahren. Immerhin war es angenehmer, daß sie heute begriffen. Es war sehr still, nachdem der Film »Martin Krüger« zu Ende war, man hatte angestrengte, betroffene, fast dumme Gesichter, man sprach zueinander mit sonderbar gedämpften Stimmen. Das Ganze hatte keine halbe Stunde gedauert: viele gingen, ohne den zweiten Film abzuwarten.

Jacques Tüverlin depeschierte Johanna, nach der Wirkung des Films »Martin Krüger« tue sie gut, München schleunigst zu verlassen.

Er fuhr ihr auf halbem Weg entgegen. Die Neugier der Welt war groß, die Zeitungen waren voll von Bildern und Berichten über Johannas Film. Tüverlin suchte einen Ort, wo sie die nächsten Monate in Ruhe leben könnten. Das war nicht leicht. Sie dachten an entlegene Orte an der Ostsee, in Südtirol. Schließlich fiel ihnen ein Dorf im Bayrischen Wald ein. Im Bayrischen Wald, einem Mittelgebirg an der bayrisch-tschechischen Grenze, dem Ursitz der Altbayern, las man keine Zeitungen und sah keine Filme.

Hier, zwischen sanften, verschneiten Waldbergen, zusammen mit Johanna Krain, vollendete Jacques Tüverlin »Das Buch Bayern oder Jahrmarkt der Gerechtigkeit«. Was er gespürt hatte von der Stunde des Unmuts vor dem Kasperltheater bis zu der glücklichen Entspannung vor dem Film, verdichtete sich. Das Land Bayern, wie er es gesichtet hatte auf der Fahrt zu Klenk, wurde Gestalt. Johanna nahm ihm Nebenarbeit ab, soviel sie konnte. Sie war überzeugt, das Buch mußte bewirken, daß es besser werde in ihrem Lande.

Tüverlin, als er das Werk in Druck gab, schickte eine Abschrift an Klenk.

Am Tag, als sich der Tod Martin Krügers zum zweitenmal jährte, traf in dem Dorf im Bayrischen Wald ein Brief ein aus Berchtoldszell. Der ehemalige Minister Otto Klenk teilte dem Schriftsteller Tüverlin in trockenen Wendungen mit, er habe das Manuskript gelesen, er habe auch den Film »Martin Krüger« gesehen. Beigelegt waren zwei Knöpfe seiner Joppe.

Information

Kein einziger von den Menschen dieses Buches existierte aktenmäßig in der Stadt München in den Jahren 1921/24: wohl aber ihre Gesamtheit. Um die bildnishafte Wahrheit des Typus zu erreichen, mußte der Autor die photographische Realität des Einzelgesichts tilgen. Das Buch »Erfolg« gibt nicht *wirkliche*, sondern *historische* Menschen.

Ausführliche Berichte über die deutschen Einsperrungsanstalten jener Zeit sind uns erhalten in den Aufzeichnungen der Schriftsteller Felix Fechenbach, Max Hoelz, Erich Mühsam, Ernst Toller, die in solchen Anstalten untergebracht waren.

Material über die Sitten und Gebräuche der altbayrischen Menschen jener Epoche findet sich in einer Zeitung, die damals in einem altbayrischen Orte namens Miesbach erschien, dem »Miesbacher Anzeiger«. Diese Zeitung ist in zwei Exemplaren erhalten; das eine befindet sich im Britischen Museum, das andere im Institut zur Erforschung primitiver Kulturformen in Brüssel.

Unser Text folgt dem Erstdruck, der 1930 als zweibändige Ausgabe beim Gustav Kiepenheuer Verlag erschien. Feuchtwanger setzte vor das »Vierte Buch«, mit dem der Band zwei begann, die »Information«; sie steht im vorliegenden Band am Ende des Romans.

Orthographie und Interpunktion folgen dem Duden; Eigenheiten Feuchtwangers bei der Zeichensetzung blieben erhalten. Titel sind in Anführungszeichen gesetzt. Offensichtliche Irrtümer des Autors (N. Lenin statt W. I. Lenin) und Druckfehler wurden stillschweigend korrigiert.

Das im 22. Kapitel des fünften Buches angeführte Marx-Zitat steht in der Einleitung »Zur Kritik der Hegelschen Rechtsphilosophie«. Es lautet dort: »Man muß jede Sphäre der deutschen Gesellschaft als die *partie honteuse* der deutschen Gesellschaft schildern, man muß diese versteinerten Verhältnisse dadurch zum Tanzen zwingen, daß man ihnen ihre eigene Melodie vorsingt! Man muß das Volk vor sich selbst *erschrecken* lehren, um ihm *Courage* zu machen.«